欣梦享
ENJOY LIVING

满足

上 册

MANZU
WORKS
BY HANYAN

Satisfied

含胭 —— 著

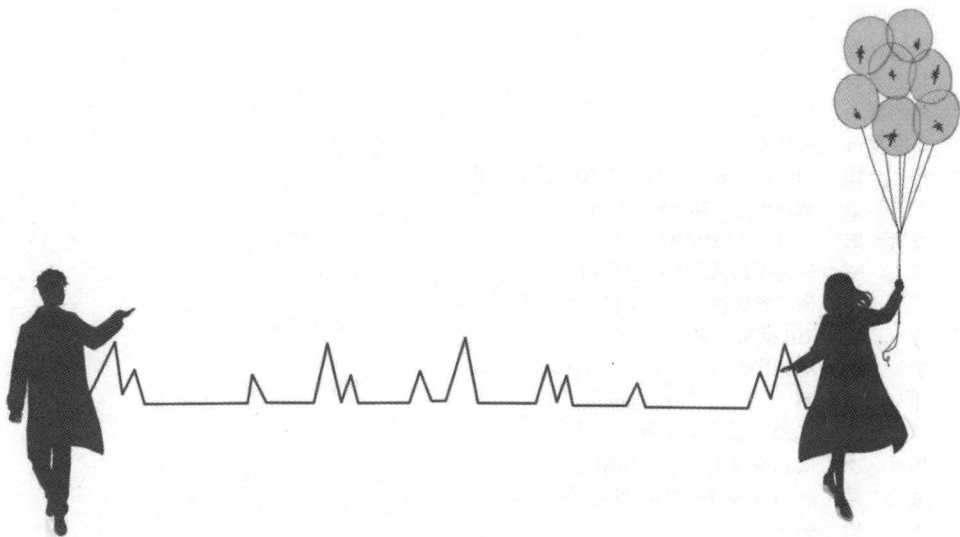

海峡出版发行集团 | 海峡文艺出版社

图书在版编目（CIP）数据

满足 / 含胭著 . — 福州：海峡文艺出版社，
2022.5
ISBN 978-7-5550-2948-9

Ⅰ. ①满… Ⅱ. ①含… Ⅲ. ①长篇小说—中国—当代
Ⅳ . ① I247.5

中国版本图书馆 CIP 数据核字（2022）第 053826 号

满足

含胭　著

出 版 人	林　滨	
出版统筹	李亚丽	
责任编辑	邱戊琴	
编辑助理	王清云	
特约监制	杨　琴	
特约策划	杨　琴	
出版发行	海峡文艺出版社	
经　　销	福建新华发行（集团）有限责任公司	
社　　址	福州市东水路 76 号 14 层	
发 行 部	0591 — 87536797	
印　　刷	三河市兴博印务有限公司	
厂　　址	河北省廊坊市三河市杨庄镇大窝头村西	
开　　本	710 毫米 × 970 毫米　　1/16	
字　　数	883 千字	
印　　张	44	
版　　次	2022 年 5 月第 1 版	
印　　次	2022 年 5 月第 1 次印刷	
书　　号	ISBN 978-7-5550-2948-9	
定　　价	69.80 元	

如发现印装质理问题，请寄承印厂调换

那个卷发少年，
是她青春岁月里永不褪色的一道身影。

目录

C O N T E N T S

上册

目录

CONTENTS

下 册

第1章

───── ◇ ─────

碰瓷翻了车

（1）

市第四人民医院门口有一座"匸"字形天桥，横跨一条六车道大马路，上桥和下桥都只有一个楼梯口子。

炎炎夏日，午后近两点，一天里最热的时候，柏油马路被太阳晒得能煎熟鸡蛋，路边的梧桐树叶子蔫蔫地垂着，知了在树上鸣叫不停，周围一丝风都没有。

章翎哼着歌儿走在人行道上，打算穿过天桥去马路对面的公交车站坐车。

她每周要去费老师家上一堂声乐课，上学时，课安排在周末，放暑假后调到了周二下午。父母觉得孩子大了乖得很，自己坐公交都能搞定，便放心地让女儿独自去上课。

章翎穿一条湖蓝色连衣裙，脚踩小白鞋，背着帆布双肩包，一个人晃晃悠悠地走到天桥下。包里响起音乐声，章翎停下脚步，摸出一部新手机，小巧的白色直板诺基亚，是父母庆祝她考上钱塘五中送给她的升学礼物。章翎初中时一直没有手机，爸爸说她马上就要成为高中生，是时候拥有一部自己的手机了。

电话是初中好友范欣言打来的，她和章翎同样考上了五中。章翎接通电话，就听到范欣言有气无力的声音："翎翎，你知道我打听到五中的校规有多变态吗？"

章翎一边接电话，一边走上天桥，"多变态？"

"女生不能留刘海！"范欣言一阵哀号，"说是扎了马尾必须要把脑门儿露出来，我额头这么宽，真要丑死了。"

章翎摸摸自己的刘海，她留着一头短发，问："那短头发的怎么办？"

"不知道，如果短头发都不能有刘海……"范欣言坏笑，"哈，那你岂不是比我更惨？"

十五六岁的女孩已经很在意外表，虽然大家都要穿校服，但爱美的女孩子都会在发型上做做文章，比如让理发师修剪出时尚的刘海，有些还会戴上水钻发夹。章翎不太在乎这些，说："实在不行，我把头发留长得了，也扎马尾。"

范欣言听到了她这边的环境音，车辆正在天桥下穿行，问："你在哪儿呢？"

"去上课的路上。"章翎说，"今天好热啊，我都快晒化了，你在干吗呀？"

她已经穿过天桥，正准备从另一头的台阶下去。

范欣言说："我在看《好听的歌》重播，有几个唱得一点都不好听，还没你唱得好呢，你怎么不去报名参赛？"

章翎失笑，"我都没看过这个节目，好看吗？"

"好看啊！才播三期，你肯定喜欢。"

范欣言在电话里给章翎介绍起来，章翎没仔细听，眼角余光扫到楼梯上迎面而来的一位老奶奶——花白短发，深色衣裤，佝偻着背脊，右手提着一兜水果，像是橙子。

她走得很慢，没靠左，没靠右，正正儿地走在楼梯中间。楼梯并不窄，可以同时并肩过四个人，章翎便靠右边走，想把左边让给她。

范欣言还在介绍她喜欢的参赛选手，章翎听得心不在焉。也不知怎么的，那老奶奶走着走着竟歪了方向，向着章翎越靠越近，等章翎反应过来时，两人已是擦肩而过。

"哎哟喂！"老奶奶眉头一皱，身子一晃，闭着眼睛就撞到章翎身上，章翎吓一跳后赶紧扶住她的胳膊，叫道："奶奶您小心！"

老奶奶手里的那兜橙子掉到台阶上，袋口没散开，整一兜骨碌骨碌往台阶下滚去。

电话里的范欣言一惊，"怎么了？"

"没事，欣言我先不和你说了，刚差点撞到人。"章翎说着就挂断了电话。她扶稳老奶奶，把手机丢回包里，心里一阵后怕。橙子掉了是小事，老奶奶这么大年纪要是在楼梯上摔跤，那是要出大事的！

章翎关心地问："奶奶您没事吧？"

老奶奶脸上满是皱纹，掀起眼皮打量面前的小姑娘——娃娃头，戴着一副圆框眼镜，小鼻子小嘴，一双眼睛又圆又亮，脸蛋儿嫩得能掐出水来，一看就是个顶乖的好娃娃。

真是作孽——奶奶心道，这样的姑娘哪是小兔崽子能祸祸的？

奶奶想起自己的任务，眼一瞪，没好气地说："你这小孩怎么回事？走个路都毛手毛脚的，把我水果都撞掉了！"

章翎愣愣地没搭腔，心想分明是奶奶您自己撞上来的呀。她也不计较，觉得老奶奶可能是中暑了，说了一声"对不起"后先扶着她走上天桥平台。奶奶手指天桥下，语气生硬地说："你去给我捡上来。"

章翎脆生生地应下："好呀，那您在这儿等我。"

也没等奶奶回答，她已经蹦蹦跳跳地下了台阶。奶奶右手撑着额头，嘴里"哎哟哎哟"地叫唤着，眼睛却偷偷往天桥下瞄。

章翎蹦到最后三四个台阶时，身前有一道影子闪过，她仓促抬头，就看到一个和她差不多岁数的男孩站在台阶下，正抬起脑袋直勾勾地盯着她。

章翎脚步一顿，定睛看去，那男孩个头不高，又黑又瘦，头发微卷，发色在阳光下显得特别浅，身上穿一件旧旧的 T 恤衫，不知道是浅蓝色还是浅灰色，已经洗得发了白，左肩那儿还有个破洞。

他的脸也很瘦，额头和下巴上长着一片青春痘，整个人汗津津的，模样不算好看，甚至可说是邋遢，一双眼睛却炯炯有神。章翎发现，他的瞳仁像发色一样偏浅，在阳光下是很明显的咖啡色，清透明亮，看着还挺稀奇。

只是，这人的眼神并不友善，周身散发出一股奇怪的气场。在旁人眼里，这就是个十几岁的小屁孩在装腔作势地耍帅，却又欲盖弥彰地掩饰他的紧张。可惜，以章翎的阅历还无法提炼出这样的观感，她被卷毛男孩如临大敌般的神情唬住了，不知道闹的是哪一出，视线落在他右手上，那兜橙子已经被他攥在手里。

下了天桥没有店铺，只有一个孤零零的报刊亭，一个四十来岁的中年男人正坐在里头摇扇子。

马路上车辆来来往往，公交车站在二十米开外，报刊亭后是一排一百多米长的铁栏杆，栏杆后面是这个街区唯一的社区公园。

酷暑季节，别说逛公园了，马路上连行人都没几个，大家都躲在空调间里。章翎面对着那黑黑瘦瘦的卷毛男孩，发现周围除了报刊亭里的男人和天桥上的老奶奶，其余一个人都没有。

她没多想，走下最后几级台阶，大大方方地站在那卷毛男孩面前，绽开一个笑容，礼貌地说："你好，这个橙子是那位老奶奶不小心掉下来的，我来帮她捡，你给我吧，谢谢你啦。"

说着，她回头指指天桥上，奶奶遥遥地对他们招了招手。

女孩子的声音甜美轻柔，就像她的歌声一样婉转动听，卷毛似是发了愣，眼珠子动也不动地盯着她。

就在章翎以为他会把橙子交还给她时，卷毛神色倏变，像是突然回过神来，把橙子往身后一藏，站姿由立正改为稍息，吊儿郎当地抬抬下巴，开口道："你说是她的就是她的呀？谁给你证明？我告诉你，这是我的。"

他应该还处在变声期，声音嘶哑难听，和章翎的妙嗓子一比简直天差地别。报刊亭里的中年男人没忍住，"噗"的一声笑了出来，觉得这场面真是比春晚小品都好看。

章翎惊呆了，光天化日，朗朗乾坤，她这是碰到地痞流氓了吗？

她被卷毛理直气壮的气势唬了一下，很快就反应过来，"不是，怎么是你的呢？这是那位奶奶刚刚掉的呀，她人还在那儿呢，叔叔，您也看到了吧？"

她向报刊亭里的中年男人投去求助的目光，那男人咧嘴一笑，展开一份报纸挡住脸，大声说："别问我，我什么都没看到！"

章翎一愣，心想不妙，这两人怕是一伙的，心里便慌了起来。

卷毛还是把橙子藏在身后，挑着眉说："看到了吧？这就是我的，我刚在水果店买的。"

章翎活了十五年，还没见过这样不讲道理的无赖，回头看一眼天桥上的老奶奶，放软语气对卷毛说："你别这样，这橙子真是那位奶奶不小心掉下来的，奶奶年纪大了，好像还有点中暑，你赶紧还给她吧。"

"你听不懂人话吗？四眼妹。"卷毛像是万分不耐烦，挥着手说，"别多管闲事，快滚，我没工夫和你扯皮！"

这怎么还成多管闲事和扯皮了呢？章翎手足无措，心下也起了离开的念头，这事儿的确和她没关系，再耗下去上课都得迟到了。

只是，作为一名好少年，她看对方也就十几岁的年纪，居然这样不讲公德还出言不逊，实在是看不过眼，便大着胆子劝道："我没有多管闲事，同学，你、你这样是不对的，别说失主还在，就算失主不在，捡了东西也要交给警察叔叔才对。"

听到那声"警察叔叔"，报刊亭里的男人笑得身子都抖起来了，连着手里的报纸都发出簌簌声响。

卷毛脸色变得更加难看，瞪眼叫嚣道："谁是你同学？你少来这套！教训谁呢？什么失主、警察？这就是我的！"他提起那兜橙子晃一晃，语气相当欠揍，"你说是你的，你叫它一声看它应不应啊。"

章翎心底一片冰凉，确认自己是碰到了流氓，这大概就是传说中的不良少年吧？见他小小年纪就烫头染头，是不是早就不读书了？哪个学校会允许学生烫卷发？

章翎从小乖巧懂事，初中所处地段治安很好，所以没有亲身遭遇过校园霸凌，也没被校外青年敲诈勒索过，更不可能接触打架斗殴，此时面对凶巴巴的卷毛，她头一回感受到来自同龄人的恐吓。

她脑门上冒出汗珠，双脚不由自主后退一步。卷毛还梗着脖子撂狠话："快滚啊！再不滚信不信我揍你啊！"说罢还朝章翎挥了挥拳头。

章翎圆睁的眼睛逐渐泛红，哽咽道："你这人……怎么不讲道理呢？"

"谁不讲道理了？"见她眼镜片后的那双眼睛浮上水汽，卷毛傻了眼，张张嘴，出口的却是，"喂，你干吗？你哭什么？我怎么你了？别搞得好像我欺负你似的！"

他咄咄逼人，蛮不讲理，章翎再也忍不住，拽住自己双肩包的背带，转身就要走。

她不是死脑筋的女孩子，爸爸妈妈告诉过她，她还小，如果碰到不在自己能力范围内的事，最要紧的是保护好自己，不能不自量力地和别人硬拼。也就是一兜橙子，撑死了几十块钱，章翎打算自己掏钱给老奶奶，毕竟橙子掉下来也有她的责任。

至于这小流氓，惹不起还躲不起吗？

万万没想到，等她真要走的时候，卷毛竟又不放了，大吼一声："喂！你不准走！你给我把话说清楚！"

怎么还出尔反尔啦？章翎吓得身子一抖，拔腿就往公交站跑。卷毛上前一步拽住她背包上一个玩偶挂件，用力一扯，绳子绷断，玩偶硬生生被他扯了下来。

卷毛吃了一惊，章翎更是吓坏了，也不管玩偶，只想往人多的地方跑。卷毛大叫着又去抓她背包："说了你不准走！"

章翎从未经历过这样的阵仗，哭喊道："我给你钱，我给你钱，求求你放过我吧！"

卷毛嘶哑着嗓子怒吼："谁要你的钱了？！"

他手上的力道却没松，依旧抓着章翎的背包，章翎被他拽得一个趔趄，放声大哭："救命啊——"

就在这时，非机动车道上一辆路过的自行车突然停下，一个高挑的身影直接跳了下来，任凭自行车"砰"的一声倒在地上。

章翎绝望中抬起头，就看到一个高个子男生逆着光站在她面前，泪眼迷蒙中看不清他的五官，只听到他温润的嗓音："同学，发生什么事了？"

在她身后，卷毛愣在当场，因为，那原本是属于他的台词。

章翎就像抓住了一棵救命稻草，意识到卷毛拽住她背包的手已经松开，立刻躲到路过男生的背后。

男生偏头问她："到底怎么了？"

章翎与他视线相触，才看清对方是个十七八岁的少年，留着一头乌黑碎发，肤色白皙，俊眉朗目，身上是一套耀眼的红色篮球服。

章翎眼角还挂着泪珠，指着那卷毛男孩说："他、他抢东西，橙子……他抢橙子！"

卷毛跳脚，"放屁！这是我的！"

章翎有了靠山再也不害怕，探出脑袋叫道："明明是你抢的！"

"是我买的！"

"是你抢的！"

少年看向那卷毛男孩，自觉看透了事实真相，用下巴点点章翎，对着卷毛冷声道："还给她。"

卷毛冷笑，"凭什么？你谁啊？"

少年面色一沉，"我谁？我是你爸爸。"

就这一句话，卷毛脸色变了，眼神瞬间变得狠厉，左手的玩偶和右手的橙子统统丢到地上，咬牙切齿道："你找死。"

接下来的场景令人猝不及防，所有人都没反应过来，两个半大男孩已经扭打在一起。

一直在天桥上看戏的老奶奶颤巍巍地走下楼梯，边走边喊："别打啦，别打啦！快别打啦！"

中年男人也从报刊亭里冲出来，忙着拉架。

章翎站在边上看傻了眼，只看到两个男生拳脚相向，声声到肉，也跟着喊："别打啦！住手呀！你们别打啦！"

一个白白胖胖的男孩从远处跑来，看到这一幕，目瞪口呆。

卷毛几乎是被少年压着打，总也躲不过对方的拳脚，而自己的进攻却全被挡下。他不停地挣扎，每次想去踢少年，却总也踢不到，叫的声音倒是非常响亮。

中年汉子的力量不容小觑，终于拉开了两个男生。他看向那个路过的少年，样子有点狼狈，原本帅气的发型被搞乱了，脸上有伤，万幸不严重，正像头小狮子似的怒视过来。

卷毛明显更惨，他个子比那少年矮很多，人又瘦，眼角唇边都挂了彩，左鼻孔流着鼻血，衣服也扯破了，偏过头"啐"了一口，带着血沫子。

他被中年男人拉扯着，指着那少年挑衅道："有种你别走！"还作势要踢他，像是忘记了刚才是谁一直在挨打。

"谁走了？再来啊！"那少年也不甘示弱，向卷毛竖了根中指，"只会欺负女生的垃圾！"

"你才垃圾！"

"孬种！"

"草包！"

肉搏之后，又开始互喷。

"胡闹什么？！"中年男人大吼一声，两个满头大汗的男生终于都消停下来，只余目光还在半空中厮杀。

中年男人知道这事儿纯属卷毛吃饱了撑的在找碴，但还是忍不住护短，对那少年说："干什么呀？你这么大个人了，以大欺小啊？"

少年震惊，指着卷毛道："是他先动手的！"

卷毛也很不满，"谁小啦？！"

　　章翎拉拉少年的衣摆，小声说："嘘！他俩是一伙的。"

　　少年立刻闭嘴，眼神警惕地看着对方两人。中年男人听到了，一口气差点没喘上来。

　　那个半路出现的白胖男孩像只鹌鹑似的缩在边上动也不敢动，奶奶过来打圆场，嗓门很大："好啦好啦！都别吵啦，这么热的天，真是作孽，赶紧散了吧，散了吧。"

　　章翎又对那少年说："那个……橙子是这个老奶奶的。"

　　少年捡起地上的一兜橙子交给奶奶，"您拿好了赶紧回家吧，这儿太乱了。"

　　奶奶心情复杂地看着他，也没道谢，回头冲那卷毛一瞪眼，拎着橙子就上了天桥，头都没回。

　　卷毛站在原地咻咻喘气，中年男人拉了他一把，他甩开对方的手，中年男人直接一巴掌挥到他后脑勺上，疼得他"嗷"一声叫，声音活像被踩了一脚的田鸡。

　　"你要闹到什么时候？赶紧滚！"中年男人用眼神示意边上的白胖男孩，"还有你！这么热的天不在家写作业，就知道在外头乱晃！滚滚滚，还不嫌丢脸啊！"说完，他就自顾自回了报刊亭。

　　白胖男孩秒懂，上来拉卷毛，"走了，走了走了。"

　　章翎默默地看着他们，见那卷毛垂着眼睛，视线也不知在看哪里，手背抹了一把鼻血，满不在乎地蹭到衣服上，好半天都没动弹。

　　路过的少年没再耽搁，已经扶起倒在地上的自行车。章翎见他要走，赶紧过去说："同学，刚才谢谢你，你受伤了，要紧吗？"

　　少年摸摸脸上破皮的地方，摇头，"没事，皮外伤，很快就好了。"

　　章翎扶一扶眼镜腿，鼓足勇气开口："那个，你能告诉我……你叫什么名字？还有 QQ 号……我能加你吗？"

　　这句话出口后，不远处呆立的卷毛猛地抬头看过来，章翎意识到他的目光，立刻闭嘴。推着自行车的少年也注意到那卷毛小子古怪的视线，大声问："你看什么看？"

　　卷毛没说话，单薄的胸膛小小起伏着，终是转过身离开了。胖男孩追在他身边，边走还边回头朝章翎看。

　　等他俩走远，少年才转头对章翎笑了笑，"我叫乔嘉桐，QQ 号……我报给你？"

　　"好呀。"章翎从背包里翻出手机，把他的 QQ 号存下来，小声说，"我叫章翎，回家就加你，今天真的谢谢你。"

　　乔嘉桐说："不客气，你也赶紧走吧，这儿太不安全了。对了，你去哪儿？要我送你吗？"

　　章翎指指公交站，忍住心里的遗憾，"不用了，我就是去坐公交车。"

　　"行，那你注意安全。"乔嘉桐长腿一抬就骑上了自行车，向着章翎挥挥手，"我走了，拜拜。"

"拜拜。"章翎看着他远去的身影，不知道自己的双颊早已漫上一片红晕。

人都走光，只余那中年男人在报刊亭里摇扇子，周围蝉鸣不绝，车辆如梭，仿佛之前什么都没发生过。

章翎惊魂未定，再也不敢多待，快步向公交车站跑去。

地上，她的玩偶挂件静静躺着，两分钟后，被人捡起。

蒋赟的心情糟糕透顶，一路上都紧抿着唇没吭声，偏偏草花还要在耳边火上浇油。

"你怎么会打不过他呢？"小胖子瞅着蒋赟脸上的伤，像是百思不得其解，"没道理啊赟哥，你不应该打不过他的，你那么会打架！"

蒋赟好烦躁，刚才他的确没有用全力，更多的是在保护自己。

动手以后，他反倒冷静下来，想起自己究竟在做什么，局面为什么会变得如此诡异？到后来，他突然感到很没劲，基本不还手了，就硬挺着让那王八蛋揍，为了逼真，还故意哼哼几声。

他没那么浑蛋，做不到在章翎面前去揍那个出手帮她的人。

草花还在叽叽歪歪，蒋赟的怒气只能冲他发泄，"你闭嘴吧！我还没找你算账呢！刚才你去个厕所怎么要这么久？"

"我、我吃了两根冰棍儿，拉肚子啊。"草花小声哼哼。

蒋赟冷笑，"哼，你是怕了吧？"

草花自知理亏，圆脸盘儿上汗水密布，看着蒋赟调色盘似的脸，耷拉着脑袋说："我是怕呀，你都没说要被揍得这么惨的。"

蒋赟差点吐血，"你是不是有毛病？咱俩是演戏！我会真揍你吗？"

"那可说不定。"草花瞟他一眼，"你疯起来狗都拉不住。"

蒋赟语塞，心里越想越气。这个局他筹划许久，求了半个月才说动奶奶帮忙，和草花还彩排过一回，原本以为万无一失，最后却因为草花的临阵脱逃而搞得乱七八糟。

在与章翎面对面的那一刻，蒋赟脑袋里一片空白，耳朵边上嗡嗡嗡响，鬼使神差地就念出了原本给草花准备的台词，完全忘记之后英雄救美的戏份该谁来演。

本来应该是他闪亮登场的，结果换成了一个路人甲。

蒋赟牙都要咬碎了。

走到分岔路口，草花弱弱地说："赟哥，对不起，我没帮上你的忙，今天不陪你玩了，我、我回家了。"

蒋赟扫了他一眼。草花见他消了些气，讪讪一笑，"赟哥，其实我觉得你不用弄得这么复杂，你不就是想问章翎要个 QQ 号吗？直接问她要不就得了，你看刚才她问那个帅哥要 QQ，就要得很顺利嘛。"

他真是哪壶不开提哪壶，蒋赟刚压下去的火气又噌噌冒起来，扭脸瞪他，"闭嘴！你懂个屁！"

"我是不懂。"草花摸摸自己的小寸头，"我都不明白，就算你要到 QQ 号又怎样？你连个手机都没有。"

蒋赟没好气地说："我不能去网吧吗？"

"你还没成年，哪个网吧会让你进？"草花像个大人似的叹口气，"再说了，就算网吧让你进，你有钱吗？还不是每次都来我家蹭电……"

话没说完，蒋赟已经一脚踹过去，"你不是要回家吗？怎么还不滚？"

草花躲开他的脚，"呸"了一声，麻溜儿地滚了。

蒋赟站在原地看小胖子跑得飞快的身影，右手摸进中裤裤兜里，把东西掏了出来——一只长颈鹿玩偶挂件，旧旧的，原本挂在章翎背包上，被他扯下来后扔到了地上，章翎忘记拿走了。

也有可能……是因为他碰过，她不想要了。

蒋赟抓着这只长颈鹿玩偶，心里越发郁闷，狠狠地挠了挠头发，转身往水站跑去。

这一天的声乐课，章翎表现得很一般，费老师关心地问她是不是哪里不舒服，章翎不敢说实话，只说天气太热，自己可能有点儿中暑。

课程比平时早结束半小时，章翎坐公车回家。坐在车厢里，她又想起下午发生在天桥边的事，还有……那个男生。

她已经不害怕了，竟还感到兴奋，一颗心扑通扑通跳得飞快。

打开手机看到那串号码，章翎后知后觉地生起一抹羞涩。居然真的要到他的 QQ 号了，不可思议，她还从没做过这么大胆的事情！

那个叫乔嘉桐的男生，完全不认识她，居然愿意出手相助，如果没有他，章翎都不敢想自己会遭遇什么。和他一比，那个卷毛实在叫人讨厌，人与人之间的差距怎么会这么大？

章翎额头靠着玻璃窗偷偷地想着……

乔嘉桐，名字怎么写呀？

他几岁？在哪个学校上学？

穿着篮球服，是去打球吗？

个子那么高，他的体育一定很好吧？

成绩呢？一个会见义勇为的人，成绩肯定差不到哪里去。

他长得好好看呀，在学校里一定很受欢迎吧？

想着想着，章翎回过神来，发现自己竟然用手指在玻璃上写了个"乔"字。

她赶紧把字擦掉，心虚地坐正身体，想着回家以后要把下午碰到的事告诉爸爸妈妈，还不能忘记去加乔嘉桐的 QQ 号码。

吃晚饭时，章翎把下午的遭遇绘声绘色讲给父母听，章知诚和杨晔听得津津有味，但当章翎说到卷毛出场时，杨晔却问了一句："帅吗？"

章翎一口汤差点喷出来。

"怎么可能帅？"她无语地看向老妈，"脏兮兮的，个头比我高不了多少，很黑，哦！他还烫头呢！"

章翎继续往下说，说到乔嘉桐时语调都变了，简直眉飞色舞，杨晔笑着问："这个英雄救美的小男孩，帅吗？"

"妈妈！"章翎真是服气了，"你都不担心我的吗？"

"大白天的，还是在医院门口，有什么好担心的？"杨晔笑嘻嘻的，"你说那小卷毛图什么？你也不漂亮啊，搭讪也轮不着你。"

章翎鼓起脸颊，心想，真的是亲妈吗？

章知诚伸手揉揉女儿的短发，"别瞎说，我们家翎翎最漂亮了，在爸爸心里就是校花。"

在这件事上章知诚很没有节操，章翎知道自己长得也就那样，但是在老爸嘴里，她从幼儿园开始就是"园花"，不容反驳。和老爸相比，老妈又是另一个极端，从小就调侃女儿长得不漂亮，是个丑小鸭，弄得章翎小时候万分迷茫，长大了才懂得，这是老爸老妈之间奇怪的情趣，他俩对她外貌的评价，哪句都不能当真。

"我觉得他就是想敲诈点钱。"章翎夹起一块红烧肉往嘴里塞，"旁边还有个大人和他一伙的，要不是那个男生刚好路过，我钱包肯定被抢了。"

"现在的小流氓这么嚣张了？"杨晔还是想不通，"他不怕你报警啊？"

章翎气呼呼地回答："我根本没有报警的机会！钱要是被抢，手机估计也遭殃。妈妈，我都要跑了他还拉着我，力气可大了！"

章知诚忧心地问女儿："那个小卷毛，有没有对你做其他不好的事？"

章翎咬着筷子摇摇头，"没有，就是抢了橙子打死不还，拉我背包不让我走，讲话还特别讨厌。"

杨晔收起调笑的心思看向丈夫，"我们医院门口治安很好的呀，怎么会发生这种事？"

她是市第四人民医院的医生，家也在医院附近，这块儿虽不算是市中心，治安状况倒也不错，上个月刚满十五岁的女儿看着还是个半大孩子，遭遇这样的事情难免令父母担心。

"会不会是那种小候鸟？"章知诚说，"就是那些外来工的小孩，趁着放暑假来城里和父母团聚，平时家里管得也不多，就比较无法无天。"

章翎想起那个报刊亭老板，觉得有道理，"有可能哦，不过我看他那样子不像学生，我们学校从来见不着这样的人。"

"也许是十六中的学生呢？"杨晔随口说道，章知诚和章翎都静了下来。

的确是有可能的，十六中是附近的一所初中，规模很小，可能是因为学区内有一片比较大的城中村，生源参差不齐，导致十六中的校风一直很糟糕，中考的重点高中升学率向来辖区垫底，最近三年更是创下无一人考上重点高中的"辉煌纪录"。

第四人民医院的职工都想尽办法把孩子往别的优质初中送，章翎就是其中之一。她在十六中待过半年，初一下学期章知诚做了些工作，借着妻子调去市区另一所医院的机会，把章翎转学去了口碑较好的明阳中学，两边一对比，章翎深有体会。

吃过晚饭，章翎乖乖坐到钢琴前，开始练琴。章知诚在厨房洗碗，杨晔坐在沙发上，就着女儿叮叮咚咚的琴声看书，一家三口各干各的，气氛很温馨。

章翎家所在的小区叫金秋西苑，不老不新，多层无电梯，家里是一套一百多平方米的大三房，除了初一转学后一家三口搬去市中心租住，章翎六岁之后一直住在这里。

就是章翎初中那两年，她父母把房子精装修了一下，后来杨晔调回四院，章翎中考结束，一家人才搬回来。如今家里变得更加窗明几净，章翎的新房间也充满了少女气息，是浪漫的粉蓝色调。

练完琴，章翎溜去阳台问老爸："章老师，我能玩会儿电脑吗？"

"玩吧，少玩游戏啊，可以看看美剧练练听力。"章知诚正在晾衣服，扭头吩咐她。

章翎笑得很乖，"知道啦。"说完，她就溜去书房打开了台式电脑。

其实是可以用手机去加乔嘉桐QQ的，但章翎总觉得不够正式。

她打开电脑QQ，搜索出那个穿红色篮球服的英俊少年留给她的QQ号，郑重其事地发出好友申请：你好，乔同学，我是章翎。

（2）

直到夜里十点多，蒋赟才拖着疲惫的脚步回到家。

他的家就在城中村里，这块儿叫袁家村，道路四通八达，小店开得凌乱。不过到了这个点，大多数店都已打烊，只留下一些夜宵摊、理发店，还有光线暧昧、窗帘紧闭的按摩店仍在营业。

蒋赟走进院子，他和奶奶租住在一幢四层自建房的一楼，一个朝北的单间，二十多平方米，阴暗潮湿，厨卫公用。

房东一家住顶楼，把底下三层隔成一堆小单间，统统出租，还在三楼到四楼的楼梯上安了一道大铁门，也不知是为了防谁。

　　袁家村全是这样的房子，蒋赟家的邻居租客三教九流做什么的都有，清一色外来打工人，每天争厕所、抢厨房都能吵得脸红脖子粗。房东们对此非常嫌弃，有些人盼着拆迁暴富早点搬离这是非之地，有些人又舍不得一年十几万的房租，于是两拨人只能一边骂、一边忍地混居在一起。

　　蒋赟开锁进屋，扑面而来就是一股子令人作呕的酸臭味——来自半屋子的废品，纸板、塑料、金属、易拉罐、饮料瓶……但凡能卖点钱的，奶奶李照香都会当宝贝似的捡回家，这是她唯一会干的工作。

　　因为这个原因，蒋赟搬过无数次家，在袁家村东西南北中都住过，每次都因为邻居投诉而被房东赶出门。租这间屋子的时候，李照香答应房东于晖会勤快地处理废品，于晖才勉为其难地租给他们。

　　李照香睡得早，已经在高低铺的下铺打起了鼾，蒋赟不小心踩上一个易拉罐，李照香惊醒，咕哝了一句："橙子在冰箱，记得吃，不然明天准没了。"

　　"哦。"蒋赟应下，拿了条内裤去厕所冲凉水澡。

　　身上的T恤原本就有破洞，打过一架后破得更加厉害，还沾着点点血迹，下午去水站上班把刚子叔都吓一跳。蒋赟扒下上衣，直接丢进垃圾桶里。

　　浴室里有一面镜子，照出少年黑白分明的身影。大概是因为缺乏营养，蒋赟发育较晚，身上极瘦，个子也没抽条，也不知还有没有机会抽条。他躯干白，四肢黑，就像一只瘦骨嶙峋的熊猫，身上还有些稀稀拉拉的伤疤，帮助他成为附近十几岁小流氓中无人敢惹的"小斌哥"。

　　说来搞笑，奶奶习惯喊他"小崽"，而邻居们很多都不认识"赟"字，读字读半边，一个个自以为是地喊他"蒋斌"，久而久之，蒋赟就成了"小斌哥"，他也不纠正，随他们瞎叫。

　　洗完澡，蒋赟光着上身，只套了条沙滩裤去公用厨房，从公用冰箱里掏出两个橙子，砧板都不用，一点也不讲究地十字对切，站在水槽旁就大口大口吃起来。

　　橙子的汁水又冰又甜，格外爽口，是蒋赟鲜少能吃到的水果。

　　李照香是附近出了名的抠门老太太，水果这种东西，她向来觉得多余，家里很少买进门。就算买，也都是贪便宜挑一些歪瓜裂枣，像橙子这种档次的水果，要不是为了做局，蒋赟根本没机会吃。

　　为什么要选橙子呢？因为这玩意儿滚楼梯不容易烂。

　　啃完两个橙子，蒋赟没回屋，洗了把脸后走到院子里，四仰八叉地躺在一把竹躺椅上。

　　小院子是于晖自己隔的，算是违章建筑，被拆过好几次，风声过了又给围起来。

里头停着一辆于晖的轿车，剩下的全是电瓶车和自行车，两排衣架上挂满衣服，还零散摆着几把竹椅木凳，白天偶尔有老人在这里打牌。

蒋赟很累，送了一天的水，胳膊酸得抬不起来，这时候难得放松，他叉着两条腿，一双眼睛茫然地望着夜空发呆。

天上有云，看不见星星和月亮，空气依旧是燥热的，并没有因为入夜而有所降温，最多就是少了灼灼阳光。

于晖在屋里装了空调，但奶奶为了省电几乎不开，蒋赟这年纪火气旺，怕热，宁可在室外喂蚊子，也不想进屋去蒸臭味桑拿。

有蚊子在他耳边嗡嗡叫，蒋赟一巴掌拍在自己左脸上，蚊子没打着，却牵动了脸上的伤口，疼得他嘶地倒吸一口气。他低骂一句，想起下午的事又自嘲地一撇嘴，心想，他大概再也没机会去和章翎说句话了。

章翎啊……

蒋赟从裤兜里掏出那个长颈鹿玩偶，拿在手里把玩，记起自己第一次远远指着章翎给草花看时的场景。小胖子当时表情很费解，说："就这？四眼妹啊，一点都不漂亮。"

蒋赟直接赏了他一脚，觉得胖子不仅脑子笨，而且眼神也不好。

章翎明明那么好看，绝对的十六中校花！

嗯，要是章知诚能认识蒋赟，也许会引为知音。

少年正在发愁，二楼突然传来一声男人的怒吼，蒋赟抬头看，接着就听到女人的尖叫声和孩子的哭泣声，还有一些杂音——是两个人打架撞到家具、砸东西的声音，乒乒乓乓，稀里哗啦。

这在袁家村司空见惯，蒋赟听了一会儿污言秽语和哭爹喊娘，原本就躁郁的胸腔越发要爆炸，便冲着那扇窗子破口大骂："大晚上的不睡觉吵什么吵！想死啊！"

二楼的男人探出头来与他对骂："少多管闲事！滚回屋去！活得不耐烦了？！"

蒋赟哪里会怂，抄起一块石头作势要丢，那男人立刻把头缩了回去，"你给我等着！我打不死你个小畜生！"

少年的公鸭嗓把夜色扯出一道裂缝，"老王八蛋你来啊！谁怕谁！"

三楼窗户探出一个女人脑袋，"我的妈呀，蒋小斌你吃火药啦？"

蒋赟："睡你的觉去贾小蝶！"

女人娇叱："贾小蝶是你叫的吗？没大没小！"

二楼的女人和小孩又哭叫起来，四楼的房东于晖开了窗往外喊："几点了还闹？！再闹明天都给老子搬走！"

二楼的男人仰头喊："晖哥！你也不管管这臭小子！"

"他又不是我儿子！我管他干吗？都回屋睡觉！"

"晖哥！"

"闭嘴！跟个小孩计较什么？"

二楼的男女开始骂骂咧咧，蒋赟冷着脸，手里抛着石头，还真在院子里等了一会儿，却只等到二三四楼都灭了灯。他"喊"了一声，丢掉石头，踩着拖鞋踢踢踏踏地回屋去蒸臭味桑拿。

蒋赟从小在这里长大，不管是外表、气质、说话还是做事都完美地与附近的混混们融为一体。

在于晖眼里，蒋赟现在是个十五六岁的小兔崽子，长到二十多岁，要是没因为作奸犯科被抓进去，大概就会像隔壁巷子的小刘、小赵那样去做个洗车工、服务员；长到三十多岁，运气好的话讨个老婆生个孩子，可以去送快递、送外卖；四五十岁后体力下降，能像报刊亭的老钟那样摆个小摊儿养活自己，就不错了。

只是，邻居们早忘了，蒋赟和奶奶李照香其实是正儿八经的钱塘本地人，因为无房，挂的集体户口，一老一小相依为命，在这个城市再也没有别的亲戚。

邻居们更是无人在意，在刚刚结束的钱塘中考，蒋赟考了个十六中应届毕业生状元，以一己之力终结了学校的辉煌纪录，是毕业生中唯一一个考上重点高中的学生。

当然，分数是低空过线，相当拿不出手。

十六中状元这一晚睡得不太好，屋里又热又臭，蒋赟六点半就从上铺爬下来，奶奶已经不在家。

肌肉酸痛并没有被睡眠缓解，反而疼得越发厉害，蒋赟伸懒腰时关节还发出"咔咔"的声响，和床边"咔咔"叫着的风扇形成二重奏。他踢了风扇一脚，看着地上捆绑好的一堆破烂，大清早就开始烦闷。

洗漱完，蒋赟原本想煮碗挂面，一看公用厨房挤了好几个人，干脆提着书包溜达出去，在王叔的早点摊吃了一顿奢侈的烧饼油条豆腐脑，一边吃一边做当日计划——上午去区图书馆看书做题，那里有免费空调，还有水喝，就是得早点去，要不然没空位。中午去水站蹭饭，下午和晚上送水。

送水真的很辛苦，五加仑的桶，近四十斤重，有电梯还好说，没电梯的房子只能人工扛，蒋赟已经干了一个月，身上的酸痛就没好过。

不过没办法，他还没满十六岁，找不到更像样的零工。招童工是犯法的，只有水站老板刚子叔肯给他机会，说好了万一被查，就说两人是"叔侄"关系，蒋赟只是"帮家里亲戚的忙"。

他没有底薪，上班时间机动，送一桶水两块钱，薪水日结，一天也能挣大几十块，还管饭。蒋赟决定开学前就一直干这个，开学后看学业紧张程度，打工事宜再议。

　　早饭吃到一半，李照香弓着背路过，手里拎着一叠捆好的硬纸板，看到孙子在早点摊，顿时气不打一处来，"你个小崽子赚了几块钱就乱花！家里没早饭吗？"

　　蒋赟懒得理她，闷头喝豆腐脑。李照香走到他身边，粗声粗气地开口："我问你，昨晚吃了几个橙子？"

　　蒋赟没抬头，回答："两个。"

　　"我就知道！"老太太气得浑身哆嗦，"我冰了仨！我冰了仨呀！哪个狗娘养的贼骨头又给偷了！"

　　公用冰箱丢东西是常态，有些租客会买个冰箱放自己屋里，李照香祖孙二人居无定所，不可能买家电，平时怕丢食物，连鸡蛋都是吃几个买几个，几乎不存粮。

　　蒋赟听奶奶在早点摊上大呼小叫，觉得丢人，拉了她一把，"算了，剩下几个别冰了，今天一起吃了吧。"

　　"什么算了？"李照香知道贼是抓不到的，怒气只能冲孙子发泄，"还不是因为你出的馊主意，小小年纪就知道碰瓷骗姑娘，浪费钱还挨揍！瞧你这熊样！"

　　她丢下纸板，粗粝的手掌抚上蒋赟的左脸颊——他脸上的青青紫紫还未褪去，被蒋赟一巴掌拍开，"行了！你走吧！待这儿干吗？"

　　"你说待这儿干吗？我一把老骨头待这儿干吗？"李照香开始念第一百零八遍，"要不是因为你个讨债鬼，我会待这儿吗？早去你姑姑那儿享福了！我都快七十了还这么苦，伺候完你爷爷伺候你爸，伺候完你爸又伺候你，这辈子就没享过一天福……"

　　蒋赟大吼一声："那你走啊！我求你留下了吗？！"

　　早点摊上的食客都吓了一跳，纷纷抬头看他们。李照香眨了眨眼睛，哆嗦着手就一巴掌呼到蒋赟脑门上，"你个小白眼狼翅膀硬了就要飞了是吧？没良心啊，和你妈一个样！我命真苦啊，上辈子到底是作了什么孽……"

　　她扯着嗓子号起来，老板王叔都出来劝她。蒋赟烦不胜烦，丢下早餐钱把没吃完的烧饼油条一抄，就要走。王叔拉了他一把，劝道："小斌，你现在脾气越来越不像话了，你奶奶年纪大了，怎么能这么和她说话？"

　　蒋赟甩开他的手，拎起书包，一声不吭地走了。

　　暑假的后半段，章知诚不放心女儿单独去上声乐课，每周二都由他开车接送。于是，章翎再也没单独去过天桥边的公交站，连着那个报刊亭都远远绕开。

　　她自然没机会再见到某个讨厌的卷毛，时间久了，章翎逐渐淡淡忘掉这件事。

　　她加上了乔嘉桐的QQ，终于知道他的名字怎么写，最令人惊喜的是，乔嘉桐居然是钱塘五中的学生，开学念高二。

　　这真是一个超完美的话题切入点，章翎借着自己学妹的身份，变着花样向乔嘉桐打听学校的情况：考试多吗？校风严吗？分不分快慢班？晚自习到几点？教导主任是男的女的？周末要赶进度补课吗？食堂的饭菜好不好吃？

乔嘉桐从没有不耐烦，每次都很认真地回答。他看了章翎的 QQ 空间，知道她会弹琴唱歌，还在一些动态下简短留言。

八月中旬，章翎告诉乔嘉桐，自己要和爸爸妈妈去海边旅游，乔嘉桐回复：幸福啊，我们后天就开学了。高二分文理，我读理，现在还不知道在几班，到时候学校见吧，学长请你喝奶茶。

章翎从未如此渴望开学，开学后，她就是高中生了，将面临一个新的学校，新的班集体，新的老师和同学，学校里还有她认识的帅气学长，要请她喝奶茶。

章翎翻着乔嘉桐的 QQ 空间，看着他留下的照片和动态，思绪翻飞。

乔嘉桐无疑是一个英俊的男生，略微自恋，空间里有他的自拍，几乎都没有笑容，看起来酷酷的。他的人缘应该很好，每一条动态下都是一大堆留言，有人夸他帅，有人说他臭美，还有人约他去看电影、吃饭或打篮球。对于夸赞他从来不回，只对邀约有反应，很简单的两个字：私聊。

算是校园风云人物了吧？章翎红着脸偷偷地想，肯定是的。

十七岁的男孩骨肉长开，已经有点儿大人模样，和稚嫩的初中生差别好大，至少章翎从没在初中校园里见过如此耀眼的男生。

这令她对接下来三年的高中生活更加充满期待。

钱塘五中位于城东，距离章翎家不算远，坐公交五站地，骑自行车只要二十多分钟，章知诚开车送章翎去报到，算上等红灯的时间，十几分钟也能到了。

最近几年，重点高中纷纷迁址扩招，好多老牌学校都搬去了郊区，变成寄宿制。章翎恋家，不想住校，填志愿时可选余地就不大，五中已是最近的走读制重高。

但据说它也要搬，新校址半年前就在鸟不拉屎的地方破土动工，顺利的话，章翎这一届学生上高三时会搬去新校区住校。可那是两年后的事，章翎现在还懒得考虑。

开学报到日是个周六，章翎从老爸车里下来，抬头看向五中校门。老校区已有几十年历史，学校周围都是店铺和小区，开学季人流量很大，看着十分热闹。

校门口车辆不能久停，章知诚降下车窗，问女儿："知道回家坐几路车吗？"

章翎回头一笑，"知道，有三辆车路过第四医院站。"

章知诚还惦记着暑假里那件不愉快的事，说："正式上课后，你晚上出校门了给我打电话，我到车站去接你。"

章翎哀叹："章老师，不用那么夸张吧？你不是说那是个小候鸟吗？开学了，小候鸟早就飞回老家啦。"一边说，一边还用两只手比了个扑棱翅膀的动作。

"安全第一。"章知诚笑得温柔，从后视镜看了眼后方车辆，"爸爸堵路了，你进去吧，我也得去学校了。"

章翎提一提书包带，冲老爸挥挥手，"爸爸再见！"

章知诚的车开走后，章翎立刻摸出手机，先给乔嘉桐发 QQ 消息。

章翎：学长，我来报到啦！

可能是新生报到日学校管得不严，乔嘉桐很快就回了。

乔嘉桐：欢迎！我今天在做你们的入学服务志愿者呢，公告栏那儿有分班，你去看看吧。

章翎：OK。

她又给范欣言打电话，范欣言说还有五分钟就到，章翎干脆在校门口等她，想着一块儿去看分班。

蒋赟比章翎到得早，他是跑过来的，花了不到二十分钟，跑出一身臭汗。站在校门口，他估了估时间，觉得不用去买自行车。

五中是蒋赟的第一志愿，因为它离袁家村最近。蒋赟是绝不会选择寄宿制高中的，那得多交很多钱。

进校门不远就是公告栏，围着好多新生。蒋赟看过说明，入学手续是在班里办，首先要知道分班，便拎着空书包往公告栏前挤，仰着脑袋在密密麻麻的班级名单里寻找自己的名字。

五中规模不算小，新高一分为十二个班，蒋赟数了一下，每个班都是四十八人左右，按姓氏首字母排序，也看不出是否有快慢班。他想，这所高中有一千七百多个学生，人好多啊，十六中和它一比就跟幼儿园似的，他那届毕业生才一百五十多个人。

在高一（6）班"J"打头区域，蒋赟找到自己，刚要走，脚步猛地停下，视线牢牢地被 6 班名单中排在最后的那个名字吸引——章翎。

他闭了闭眼睛，又睁开，再三确认，真的是章翎。

会不会是同名同姓？

这名字并不大众，而且章翎家离这儿不远，她也是高一新生，同名同姓的概率反而更小。

蒋赟微微张嘴，差点原地蹦起来。他这短短十几年人生就没走过运，暑假里找章翎碰瓷还以失败告终，原本以为这辈子都没机会认识她了，现在就像凭空中了个大奖，常年下线的幸运女神第一次眷顾到他。

他和章翎高中同班？

他和章翎高中同班！

蒋赟再也不耽搁，挤出人群就往教学楼跑，他急着去求证，看看到底是不是那个章翎。

现在就是后悔，非常后悔！暑假里碰什么瓷儿呢？真是闲得蛋疼！原来老天早就安排好了一切，就搁这儿给他一个惊喜呢！

高一年级都在 A 栋，6 班在二楼，蒋赟冲到教室门口才刹住脚步，心跳得异常快，浑身都冒汗，他平复了一下呼吸，故作镇定地走进了教室。

教室里到了小一半人，老师不在，有人抬头看他一眼，没有任何反应，又与周围刚认识的同学聊起了天。

蒋赟在男生里是不起眼的，女生们甚至还认为他长得丑。他个子瘦小，皮肤黑，脸上还有青春痘，能引人注意的大概算是他的头发，这会儿留得更长了些，卷得也更明显，可惜的是并没有什么美感。

蒋赟只往教室扫了一眼就知道章翎还没来。黑板上贴着一张座位表，蒋赟快速地找出自己和章翎的名字，又看了一眼教室里的人，猜出大概是按体检身高和眼睛度数排座，因为坐前面的清一色是小个子和四眼娃，越往后，个头越大。

四大组，每组六排，蒋赟在靠墙第一组第二排，章翎在靠窗第四组第三排，离得……有点远。蒋赟看清楚表上章翎的同桌，叫吴炫宇，这家伙已经到了。

他径直走到吴炫宇身边，屈指敲了敲桌面。

吴炫宇是个戴眼镜的男生，体型和蒋赟差不多，精瘦，只是肤色白了八个号，长得挺清秀，此时正在翻看提前放在抽屉里的高一语文课本。他抬头看蒋赟，不解地问："有事吗？同学。"

蒋赟面无表情地说："哥们儿，和我换个位子。"

吴炫宇很茫然，"为什么？"

"不为什么，我想坐这儿。"

前后几个同学都看了过来，别说吴炫宇这样的乖宝宝，这教室里哪个新生见过这样不要脸的架势？吴炫宇磕磕巴巴地说："可……可座位是分……分好了的，贴着……"

"呢"字还没出口，蒋赟已经一掌拍在桌面上，"我靠墙，你靠窗，没差别。我不近视，你近视，凭什么我坐第二排，你坐第三排？"

吴炫宇大着胆子问："你多高？"

蒋赟一抬下巴，"一米六八。"

其实体检时是一米六六。

吴炫宇说："可……可能是因为我比你高？我一米六九……"

前桌的一个女生听到这段对话，没忍住笑场了。

章翎刚走到 6 班教室门口就听到一阵骚动，好几个男生挤在窗边一个座位旁，正七嘴八舌地说着话。

"你这人怎么这么霸道呢？讲不讲理的？"

"你别和他换！怕什么呀？让老师来评评理！"

"太过分了！当自己是谁啊？"

一个声音弱弱地说："算了算了，换就换吧，我坐哪儿都没关系。"

"他就是看你好欺负，你硬气点！"

"我真没关系……"

这时，另一个嘶哑的嗓音懒洋洋地开了口："关你们屁事啊？人家都说了是自愿的。"

这欠揍的声音、语气……章翎心中生起不祥的预感。她走进教室，就看到一个白白净净、戴眼镜的男生抱着书包从人堆里钻出来，低着脑袋坐到靠墙第二排，而那几个打抱不平的男生也都气不顺地散了场。

章翎看过黑板上的排座表，视线挪到自己的座位上，发现那居然就是之前冲突的发源地。然后，她就对上了一双明亮的、咖啡色的眼睛。那人的脸已经有点陌生，脑袋上耀武扬威的卷毛却清晰地唤醒了章翎的记忆。

她倒吸一口气，又体会到心底一片凉的感觉。

小候鸟没有飞回老家，小候鸟阴魂不散，扑棱到她身边来了。

因为之前蒋赟强行换座的事，高一（6）班教室里的气氛颇有些诡异，章翎虽没看见事情开头，也通过只言片语猜出了大概。她装作什么都不知道，默默走到座位边，蒋赟没再发神经，很自觉地起身让道，章翎侧身经过他，坐在靠窗的座位。

她坐下的那一瞬间，蒋赟觉得自己的灵魂得到了升华。

天花板上的吊扇转得飞快，后排几个男生的对话随着风声传到章翎耳朵里，多是对她新同桌的议论，言语间是毫不掩饰地鄙夷。蒋赟并不在意，已经把新发的书本都塞进书包，面上波澜不惊。

不会有人知道他为什么要换座，这是个秘密。

章翎低着头把书本从抽屉里拿出来，一本本认真地看，强迫自己不去在意身边的卷毛。可这人存在感实在太强，章翎知道他在看她。

大概是因为章翎贴着窗台，左边没别人了，蒋赟打量她的眼神变得肆无忌惮。女孩子留着过耳短发，戴着圆框眼镜，从侧面看，小鼻子翘翘的，皮肤好白，嘴唇微微嘟起，那么近的距离，还能看到她脸颊、脖子上细小的绒毛。

蒋赟看得忘我，几乎忘记了暑假里的那场碰瓷，然而章翎不可能忘。她心里一团乱麻，想着这人一定是认出了她，还在记仇吗？要报复她吗？这样的一个小流氓，怎么会考上五中的？

其实，时间已经冲淡了厌恶与恐惧，所处环境的改变更是令章翎安心。这里是学校，不是大街，他们都是学生，卷毛总不至于在教室里对她发难。章翎又想起一个问题，那天的事，卷毛的意图到底是什么？劫财？劫色？还是纯粹当街发神经，寻她开心？

各种想法在章翎脑海中翻滚，却紧抿着唇不主动说话，蒋赟也不说话，很是沉得住气。这种状态对于一对新同桌来说十分奇怪，奇怪到连前桌的女生都回头打量他们了。

见章翎长得面善，女生友好地向她打招呼："嗨，我叫薛晓蓉，你呢？"

薛晓蓉是个小个子圆脸女生，扎着一把马尾辫，也戴眼镜。章翎觉得她就是个救星，拯救她于水火之中，立刻做了自我介绍："我叫章翎，立早'章'，'孔雀翎'的'翎'。"

"孔雀翎的'翎'怎么写？"薛晓蓉一时没反应过来，"哦，右边是'羽毛'的'羽'对吗？"

"对，左边是'命令'的'令'。"章翎补充。

身边的某人插了一句嘴："就是鸟屁股毛。"

章翎好无语，薛晓蓉还记着之前"一米六八"和"一米六九"PK的事儿，对蒋赟的第一印象虽不算好，但那段对话戳到她笑点了，觉得这人大概就是嘴欠，笑吟吟地问："那你叫什么名字呀？"

蒋赟没再摆谱，干脆地回答："蒋赟。"

"哪个 yūn？"

蒋赟瞟一眼章翎，难得耐心地解释："上面文武斌，下面'贝壳'的'贝'。"

"文武贝那个'赟'？"薛晓蓉的同桌突然回头，是个矮矮壮壮的男生，语调很惊喜，"你和我弟弟名字一样哎，我叫汤子渊，我弟叫汤子赟。"

蒋赟没吭声，心想和你弟名字一样又怎样？同个名还能让你占便宜了？

薛晓蓉居然很捧场，"哇，那好巧哦。"

蒋赟心道：巧个屁。

薛晓蓉的反应让汤子渊很受用，他侧着身，滔滔不绝地说："这个字的意思我熟，我爸见人就解释，'赟'的意思是'美好'，然后你们看字形哈，古代贝壳是钱币，'赟'就表示文武双全，又有钱！我爸翻好久字典才给我弟取的名。"

薛晓蓉饶有兴致地听着，章翎瞟一眼她的新同桌，寻思着"美好，文武双全，又有钱"这几点，卷毛同学貌似半点儿没沾边。

这时，汤子渊又压低了声音，贼兮兮地说："其实'赟'还有个意思，《新华字典》上都没有的，你们肯定没听说过。"

章翎有点好奇，薛晓蓉也急着问："是什么？"

汤子渊："就是，'大'。"

薛晓蓉："什、什么大？"

"什么大？我也不知道啊。"汤子渊看向蒋赟，"你知道吗？"

蒋赟翻个白眼：你大爷！

（3）

教室里的人已经到齐，一位四十多岁的女老师捧着资料走进来。她长着一张长脸，身材微胖，原本聊着天的各路小团体立刻噤声，一个个端坐着面向黑板。

老师姓邓名芳，是高一（6）班的班主任，教物理。她做了简单的自我介绍，接下去就开始讲开学注册的事儿，以及五中的校纪校规。

每天穿校服是肯定的，全钱塘的高中都一样。

在校不能用手机，当然，这一条说了等于白说。

高一晚自习不强制，但要求学生尽量都参加，因为老师们上课会赶进度，只能在晚自习给大家答疑。

周六上午会有半天答疑课，下午自习，自愿参加。

学校有食堂，提供午餐和晚餐，刷卡打饭菜。出于安全卫生考虑，不建议学生去校外用餐。

下午大课间会有一顿午点，通常是牛奶、点心和水果，为了方便班级管理，没有特殊情况建议所有人都要订。

男女生交往要有分寸，高中阶段学业为重，不要分心。

以上这些都很正常，然后，章翎就听到了范欣言打听来的那条奇葩校规——五中特别重视学生们的仪容仪表，希望学生们展现正能量的青春风貌。所以，严禁烫发染发，严禁化妆，严禁戴首饰……女生不能留刘海，不能长发披肩，男生额发不过眉，鬓发不过耳，颈后的头发必须往上推……

邓芳一条条说着，底下一群半大孩子已经失望地叫起来。

一片窃窃私语声中，章翎注意到很多人在看一个女生。她坐在第二大组的第二排，长发披在肩上，两鬓各扎一束麻花辫归拢在脑后，还扎了个小小的发髻，戴着一枚水钻发圈。

从章翎的角度只能看见她的侧脸，能看出那是一个十分漂亮的女孩子。难怪，一多半的男生都在朝她看。

邓芳也注意到那个漂亮女生，温声道："这位同学，从后天开始，你要把头发扎成马尾，知道吗？"

"知道啦，谢谢老师。"女生回答，声音又甜又嗲。

邓芳的目光又在教室里环视一圈，想要看看谁的发型不合格，突然眼神一凛，视线定格在某人身上。她低头看一眼座位表，语气不再像之前那般温和，变得略严厉，"吴炫宇。"

靠墙第二排的吴炫宇跟个弹簧一样弹起来，"到！"

邓芳吓一跳，又看了看座位表，问："你是吴炫宇？你怎么换位子了？为什么不按座位表坐？"

吴炫宇："我……"

教室里鸦雀无声，后排几个男生都是一脸看好戏的表情。

邓芳生气了，"你跟谁换的位子？"

蒋赟主动站起来，"老师，我跟他换的。"

邓芳要找的就是他，问："你叫什么名字？"

"蒋赟。"

"你这头发怎么回事？又烫又染，还有学生样没？今晚去拉直！"

蒋赟面无表情地看着她，"报告老师，我是自然卷。"

邓芳愣了两秒，又说："那去把颜色洗掉，染黑。"

蒋赟："报告老师，我是自然黄。"

同学们实在忍不住，一个个都笑出声来。邓芳严肃地说："笑什么？安静！蒋赟，你为什么要和别人换位子？"

蒋赟站着都没正形，懒散地回答："老师我眼睛散光，靠墙的话，光线打黑板上，我会看不清。"

邓芳："那以后轮大组，你就永远都不能靠墙了？"

"那倒不是。"蒋赟说，"习惯一下就好，我没那么娇气。"

邓芳看了他一会儿，没再发作，让蒋赟和吴炫宇都坐下了，又看到蒋赟身边那个戴眼镜的文静女同学，有点儿不放心，从座位表上找到她的名字，居然是章翎，她不自觉地念出声："章翎。"

章翎万万没想到邓老师会点她的名，也跟个弹簧一样弹起来，"到！"

这一个个都在鬼叫什么？邓芳忍住气，说："我们先搞开学注册的事，一会儿你到我办公室来一趟。"

章翎瞪大眼睛，郁闷地坐下，想不明白为什么要叫她去办公室，换座的事从头到尾都和她没关系啊。

邓芳开始按照要求收注册用的资料，从第一大组开始，教室里便热闹起来。蒋赟沉默了一会儿，也猜不透老师的意图，忍不住问章翎："哎，你闯什么祸了？"

章翎不想和他说话，自顾自整理书包。蒋赟又问："你还记得我吗？咱俩见过。"

章翎依旧不吭声，蒋赟察觉出她的冷淡，换了一个话题："对了，你哪个初中毕业的？"

他的声音本就因变声期而显得嘶哑，放低音量后越发怪异，章翎怕他得不到答案会一直发问，便简短回答："明阳中学。"

"明阳中学。"蒋赟重复了一遍，评价道，"好像也不怎么样嘛。"

章翎很爱母校，忍住脾气问："那你是哪个初中毕业的？"

蒋赟挑挑眉毛，"我为什么要告诉你？"

章翎气结，就知道不该去接这人的话茬。

见女孩子又闭紧了嘴，蒋赟心里居然很开心，面上却摆出一副高深莫测的表情，"我就说一点吧，我是我们学校中考状元。"

章翎果然被唬住了，"真的？"

"骗你干吗？"

看章翎一脸惊讶，蒋赟心情更好了，可惜尾巴还没甩起来，就听到忙碌中的邓老师说："哦，有个事通知一下，我们学校有贫困生助学政策，低保家庭、困难家庭都可以申请，打算申请的同学一会儿到办公室来找我填表，需要准备一些资料。"

蒋赟的好心情顿时荡然无存。

幼儿园、小学和初中都有类似的助学政策，章翎就像绝大多数同学一样，听过就算。毕竟从小到大，她就读的班级里，还从没有人申请过这样的补助，以为只是邓老师的例行通知。

入学手续办理完毕，所有人登记了校服尺码，时间就已近中午，邓芳通知第二天休息，周一开始军训，接着就宣布放学。

章翎整理好书包，准备等大家走了以后再去办公室。蒋赟居然也磨磨蹭蹭，章翎问："你怎么还不走？"

蒋赟没办法，只能站起身把书包甩在肩上，决定先去学校里晃一圈再回来。

章翎这时候才敢打量蒋赟的背影，发现卷毛同学背的书包已经很旧，身上的 T 恤也洗得发了白，在一群背着新书包、穿着新衣服的同学中邋遢得很醒目。她没多想，等教室里的人走得差不多，便去了邓老师的办公室。

开学报到日，办公室里人挺多，邓芳坐在椅子上打量章翎，"章翎，是吧？我看过你的资料，对你印象很深刻。"

章翎茫然地看着她，"啊？"

"你在小学和初中，都是文艺骨干。"邓芳说，"学了十几年的钢琴和声乐，参加过很多比赛，小学、初中一直是学校广播台的主持人，也主持过一些大型校园活动，英语口语特别好，我没说错吧？"

章翎感到难为情，不觉得这些事儿有什么值得说的，都是学业外的兴趣爱好罢了。

邓芳看着女孩微红的脸颊，笑道："你别紧张，我看过你的中考成绩，很不错，就想问问你，以后高考是打算走文化课路子，还是走艺考路子？当然，现在说还太早，老师就是和你随便聊聊。"

章翎回答："我参加文化课高考，不参加艺考。"

"哦？挺好。"邓芳没料到她会答得如此肯定，说，"你的文艺才能很出众，难得的是成绩也好，所以军训完了选班委，我希望你能竞选一下班长，兼文艺委员，你觉得怎么样？"

章翎说："邓老师，我不想做班长，文艺委员可以。"

邓芳疑惑，"为什么不想做班长？"

章翎想了想，找了个冠冕堂皇的理由，"我想把精力放在学习上。"

邓芳没再勉强，问："那学习委员呢？"

"学习委员可以。"

"行吧。"邓芳眉头微蹙，又换了一个话题，"你那个同桌，蒋赟，如果你不想和他一桌，就和我说，我帮你调开。"见章翎像是没听明白，邓芳补充道，"蒋赟是十六中毕业的，十六中的情况你应该知道一些，你是不是在那儿读过半年？"

"嗯。"章翎点头。

她想，老妈好厉害！小卷毛原来真的是十六中毕业的呀，这么说起来，他们还曾做过校友。

邓芳继续说："一次中考说明不了什么，考上重点也不代表高考就十拿九稳了。我见多了初中时成绩不错，上高中后一落千丈的学生，学习这个事说白了都是看个人，学习习惯、学习态度都很重要。高中课程比初中难，课业也更紧，初中也许可以靠小聪明拿个好成绩，高中是不可能的。"

她啰啰唆唆说了一大堆，章翎也不懂她想表达什么，只能懵懂地听着。邓芳终于说到重点："蒋赟中考成绩不怎么样，在班里也是靠后的，我怕他会影响你，你想换座吗？"

章翎差点笑出来，想起小卷毛牛哄哄地说自己是学校中考状元，真后悔没给他录个音。她摇摇头，"先不换了，邓老师，我没那么容易被影响。"

章翎心中其实有另一番考量，就算要换座，也不是现在。她和蒋赟之前就有矛盾，这时候换座太刻意，对方指不定会做出什么事来。章翎倒也不是怕他，就想多一事不如少一事，不想刚开学就把本就一言难尽的关系弄得更僵。

邓芳觉得这小姑娘看着挺乖，话也少，心里主意倒不小，面上就绽开了笑，"行，那就先不换，章翎，你喜欢物理吗？"

章翎一愣，也笑了，"喜欢。"

"我看你填的表格，你爸爸是明阳中学的老师，教什么的？"

"就是物理。"

"怪不得，你理化成绩很好。"邓芳说，"我们学校高一分班是打散的，高一下学期微调，高二分文理后会有尖子班，往后还有不少保送名额。你好好学，争取保送，千万不要被人影响，有事儿来找我就行。"

章翎轻轻点头，"好的，谢谢老师。"

从办公室出来，章翎看到走廊上等着两个男生，一个是蒋赟，正趴在护栏上往楼下看，另一个肤色苍白，神情寡淡，穿着一件丑丑的酒红色 T 恤，章翎不认识。

她奇怪地看着蒋赟，心想他不是走了吗？

蒋赟看到她就问："四眼妹，老师找你说什么了？"

章翎鼓起脸颊，亏她还想和蒋赟打个招呼呢，一听这称呼就不想理他，甚至还想回他一句"小卷毛"。只是章翎从不会因为同学的外形特征而给人起绰号，"小卷毛"这个称呼也只在和父母吐槽时才会用到。

她低着头从两个男生身边匆匆走过，蒋赟的视线一直追随着她的背影，好半天才回过神来，发现酒红 T 恤已经进了办公室。他赶紧进去，酒红 T 恤正在和邓芳说话，邓芳看到蒋赟，问："有事吗？"

"领表格。"蒋赟松松垮垮地站着，"不是说低保家庭能申请助学补贴吗？"

酒红 T 恤转头看了他一眼，邓芳没再多说，取了两份表格交给他们，"一人一份拿回家填，有不明白的下周一问我，证明材料自己准备好，有些可能需要社区盖章。"

蒋赟拿着表格没动，酒红 T 恤疑惑地看着他，邓芳也看出他的异样，问："还有事吗？"

"有。"蒋赟说，"老师，我想申请几件事。"

邓芳："什么？"

蒋赟说得铿锵有力："我申请不参加晚自习，不参加周六答疑课，不订午点。"

酒红 T 恤一脸震惊，邓芳气道："你怎么不干脆造反啊？"

这些事儿都要额外交钱，蒋赟很坚持，"老师，请你批准。"

"理由！"

蒋赟语气骄傲："我初中就不参加晚自习和补课，照样考上五中。"

他在十六中嚣张惯了，因为成绩好，老师们都不管他，如今就把这种自由散漫的作风带进了高中校园，完全没意识到自己的语气有多招人厌。

"你初中能和五中比吗？"邓芳其实猜到原因了，她并不是那种温和耐心的老师，对待调皮的男生尤其严厉，可这时面对两个家境困难的学生，还是缓了缓语气，"那午点是什么情况？高中学业很紧张，你们又是长身体的阶段，我可以给你打申请免了午点费，学校对困难学生是有补贴名额的。"

蒋赟一脸正气，"不用了，我奶奶说了，做人要有骨气，不是自己花钱买的东西，吃了落人口舌。"

"你！"邓芳看向酒红 T 恤，"那你呢？姚俊轩，你参不参加晚自习和补课？"

姚俊轩咬咬牙，回答："参加。"

"午点呢，订吗？"

姚俊轩看一眼蒋赟，感觉十分被动，他原本也不打算订午点，可要是能申请到免费午点，他也不会拒绝，不过那不就等于承认自己没骨气了吗？

邓芳看出他的为难和窘迫，挥挥手说："行了，你俩先走吧，这事儿过后再说。"

两个男生正要走，邓芳又叫住蒋赟："你回去给我把头发剃了！像什么样子！跟个喜羊羊似的。"

蒋赟挠挠头发，不情不愿地应了一声。

离开办公室，蒋赟把表格往书包里塞，姚俊轩瞅了他几眼，压着声音问："哎，午点免费你也不订？"

蒋赟抬头看他，姚俊轩个子比他高一些，很瘦，眉目间透着一丝阴郁，身上的酒红色翻领 T 恤样式老气，极不合身。蒋赟从他身上感受到一种说不清道不明的同类气场，那个气场叫作——穷。

蒋赟不冷不热地回答："就一些牛奶破蛋糕，有什么了不起的，不订。"

姚俊轩沉吟片刻，又问："你之前为什么要换座？"

蒋赟的眼神冷下来，嗤笑一声，抬抬下巴道："你管得着吗？"

章翎离开学校，范欣言在校门口等她。

范欣言分在高一（2）班，和章翎不在同一个楼层，两人约好了放学一块儿去吃肯德基。

章翎忙着给乔嘉桐发消息。

章翎：学长，我们放学了。

乔嘉桐：我在食堂吃饭，下午还要上课，你们后天要军训了吧？

章翎：嗯，什么时候能见到你呀？

乔嘉桐：军训完了的开学典礼就能见到我了，你是不是还惦记着奶茶呢？

章翎：嘻嘻。

"你在和谁聊天？"范欣言挽住章翎的胳膊，章翎赶紧摁掉手机，不给她看。

范欣言笑嘻嘻地问："你们班咋样？同桌男的女的？我同桌是女生，我们班主任不让男女同桌，真没劲。"

章翎好羡慕，为什么邓老师会安排男女同桌啊？她垂头丧气地说："我同桌是个男的，感觉不怎么好相处。"

"是吗？"范欣言和章翎边走边说，"可是你好相处呀！你这人这么好，别怕，保不准过几个礼拜，你那同桌就喜欢你了，哈哈！"

章翎无语，范欣言沉迷于言情小说和少女漫画，对于谈恋爱有着迷之憧憬，念初中时前前后后喜欢过五个男生，清一色暗恋，其中有三个连话都没说上过一句。

两个女孩找了家肯德基吃午饭，吃东西时，范欣言问章翎："你打算竞选班委吗？"

章翎想到邓老师的话，说："可能会做学习委员或文艺委员吧。"

"为什么不做班长？"范欣言说，"官儿越大，成绩再跟上，到时候保送会越有把握。"

"你怎么也在想保送的事了？这才刚开学呢。"章翎舔着甜筒，觉得好笑，"我不想做班长，你不是知道原因的嘛。"

"嘻，就这么一件小事，你心理阴影到现在啊？"范欣言摇着头，语气无奈。

这件事说大不大，说小也不小，发生在章翎初一上学期的期末考前，当时她还在十六中上学。

十六中实在是一所神奇的学校，逃学早恋、打架作弊已经不稀奇，里面有些学生的脑回路，章翎完全理解不了。

那年期末，章翎所在的年级就出了一件事，初一（4）班的班长被初三的几个女生合伙欺负，在楼梯上摔伤了，起因据说是初三女生们看其不顺眼。万幸那名班长没大碍，不过还是因伤缺席了期末考试。

章翎小学时就是班长，当时也是初一（1）班的班长，父母正在给她办转学，知道这事儿后惊出一身冷汗。

章翎念小学时人缘不错，归功于她的好性格，可升入十六中后，她能感受到女生之间的暗潮汹涌。她学业优秀，家境小康，文艺才能出众，长得虽不算特别漂亮，但也清秀可人，难免招人嫉妒，当时班里的确有几个女生对她说话阴阳怪气的。

因为隔壁班班长出了事，章翎转学后再也没做过班长，总觉得这个职位有危险。

蒋赟离开学校后直接去了水站，想着刚开学没上课，抓紧时间再多赚点钱。

"嘿，状元来了。"水站老板刚子叔正在盘账，问他，"中饭吃了吗？"

"没有。"蒋赟甩下书包，先灌了一杯凉水。

水站开在袁家村的一条主路边，某栋自建房一楼的单门面店铺，刚子叔一家就住在二楼。老板娘洪姨指着电饭煲对蒋赟说："锅里有饭，菜在冰箱里，你吃点儿吧。"

蒋赟熟门熟路地给自己盛饭，把电饭煲刮得一粒米都不剩，又从冰箱里拿出一盘咸菜炒肉片，也不加热，埋头吃起来。

刚子叔坐到他身边，拎一下他的书包，问："开学了？书包很重啊。"

"嗯，今天发书了。"

"学费交了吗？"

"交了。"蒋赟狼吞虎咽，边吃边说，"学校还有补助，过段儿交的钱能退回来，可能还有多。"

刚子叔从他书包里掏出一本化学课本，翻了几页发现跟天书似的，问："那别的呢？饭费什么的，有补助吗？"

蒋赟嚼得腮帮子鼓鼓的，"那肯定没有，谁还管吃饭啊？"

刚子叔叼上一支烟，"有困难和我说。"

洪姨经过他们身边，踢了丈夫一脚，蒋赟看在眼里，说："叔，你让我送水已经帮了我大忙了，别的真不用。"

他三两口就把一碗饭吃完，不死心地又打开电饭煲看一眼，好像那饭能凭空变出来似的。

他没吃饱，洪姨语气硬邦邦的："你也太能吃了，每回过来我都以为蝗虫过境，你奶奶不给你吃饭的呀？"

蒋赟不吭声，刚子叔拍拍他单薄的背脊，对妻子说："你不看看他什么岁数，正是最能吃的时候。"又转向蒋赟，"可你怎么还是这么瘦呢？也不长个儿，你爸不矮啊，你现在过一米七没有？"

"没过。"蒋赟抹抹嘴，又灌了一大杯水。

"体重呢？过一百了吗？"

"应该过了吧。"蒋赟说着，就去水槽边把碗给刷了。

洪姨说："哎，你不长个儿会不会是被水桶压的呀？"

"有可能。"刚子叔眯着眼抽烟，"要我说你还是别干了，送个水送成二级残废，以后老婆都讨不着。"

蒋赟已经在对着订单把大水桶往电动三轮车上搬，回头说："那不行，老婆可以不讨，钱不能不赚。"

从下午到晚上，蒋赟骑着电动三轮车在附近的大街小巷穿梭，用稚嫩的肩膀把一桶桶水扛到客户家，直干得浑身骨头肌肉都不是自己的了才收工回家。

有凉风吹过袁家村的窄巷，蒋赟走在路上，看到路边蹲着一条野狗，野狗冲他叫："汪，汪汪！"

蒋赟也叫："汪汪汪，汪汪汪汪汪！"

野狗被吓得不敢动弹，蒋赟大笑起来，也不顾地上脏，身上酸，丢下书包直接来了个连续侧手翻，最后接一个空翻，动作干净利落。

这曾是他的拿手绝活，每次表演都能换来一大片掌声。

落地站稳，蒋赟呼出一口气，掸掉手上的灰，捡起书包往家走。直到这时，他才体会到胸腔里蓬勃滋生的那份喜悦。

长久以来暗藏心底的愿望猝然成真，令他感到分外不真实。

他和章翎同桌了。

哈哈哈哈哈！他和章翎同桌了！

只是，她好像挺烦他的。

蒋赟想，大概是因为暑假里的那次冲突吧，那是个误会，他以后会找机会向她解释。他不怕她讨厌，讨厌他的人那么多，他都习惯了。能找到章翎，和她同桌上课，能每天看到她，听听她说话，蒋赟已经心满意足。

回到家，出租屋里依旧闷热，废品们散发着永不消失的酸臭味，李照香倚在下铺打电话，用的是社区送的老年手机。

蒋赟知道电话是姑姑蒋建梅打来的。

"是小崽刚回来……嗯，今天开学了，一整天的也不知跑哪儿去了，就知道瞎玩。"李照香明明知道蒋赟在打工，但在电话里从不对女儿说，不知是出于一种什么心理。

蒋赟无所谓，坐在桌子前整理新书。崭新的书本还透着纸墨香，他一本本看过，在扉页郑重写下自己的名字。

李照香还在聊电话：

"费钱，当然费钱！吃饭、校服、砖头厚的书，什么都要交钱。"

"小崽子还不听话，淘气哟，我也是命苦，没办法……怎么办？还能丢了他呀？"

"书总是要读的，他要是不爱读我肯定不管他，他爱读，就得供他读下去。"

"考大学？他要是有本事考上大学，我砸锅卖铁也要给他上啊。"

"学费你甭操心，不会问你要，等把小崽的大学学费攒够了，我就去你那儿养老，再也不管他了。哎哟哟，这些年我就没享过福，一把屎一把尿，总算是把这讨债鬼给养大了。"

蒋赟听着奶奶的话，坐在桌前发呆。

姑姑是亲姑姑，只是蒋赟和她算是陌生人。他出生前蒋建梅就远嫁去了西北，婆家条件也不好，蒋赟小时候蒋建梅回来过，不过他一点儿也不记得了。后来，李照香去过几次女儿家，都没带蒋赟，蒋建梅却一次都没回过钱塘，因为娘家早就不复存在。

蒋赟觉得，姑姑大概也是怕奶奶把自己托付给她，她穷怕了。

李照香的大嗓门被蒋赟当作背景音，他翻出书包里的助学补贴申请表，借着台灯幽暗的光线一项项填写。

他和李照香组成了一个钱塘低保家庭。李照香早年是农民，大字儿不识一个，没交过社保，所以没有退休金，看病都要自费。

蒋赟才十五岁半，一老一小理论上唯一的收入，就是蒋赟亲生母亲每月给的五百块"抚养费"，但这笔钱因为一些历史遗留问题在十几年前就没再执行。

李照香和蒋赟领了十几年的低保补助，早年每月只有几百块，现在涨到一千多，交掉房租、水电费后，连吃饭都不够。李照香就靠着捡废品卖钱贴补家用，把蒋赟拉扯长大。

蒋赟从小吃百家饭，穿百家衣，小时候跟着奶奶捡废品，直到中考结束才在水站打工赚点钱，收入的大头给了奶奶做家庭开销，自己留了些散钱买教辅书籍，人生中第一次有了"零花钱"这个概念。

他看着表格上"父／母"那一栏，捏着笔，不知道要怎么写。从小到大，每次面对这样的表格，他都很麻木。

思忖半晌，他把那些空白格都划了道斜杠。

第 2 章

——◇——

一个苹果

（1）

周日早上，章知诚开车送章翎去上声乐课。

他和妻子问过女儿的意见，高中课业紧，声乐课是否要暂停，章翎说继续上吧，要是哪天觉得太吃力，再停下也不迟。

她最喜欢唱歌，没想过往专业路线发展，纯粹是兴趣爱好。高中里没了音乐课，要是连每周日去费老师家开开嗓的机会都失去，那生活就真的变成一潭死水。

半路上，章知诚问："翎翎，你的新班级怎么样？昨天回家你都没怎么说，之前不是还很期待开学吗？"

说到开学，章翎原本第一个想到的肯定是乔嘉桐，可现在，她脑海中浮现出的却是她的新同桌。她懊丧地问："爸爸，你还记得暑假里，我和你们说过的那个小卷毛吗？就是在天桥边抢橙子的那个。"

"记得啊，怎么了？"

章翎撇撇嘴，"他也考上五中了，和我同班，还……和我同桌。"

章知诚感到意外，"这么巧？"

"一点都不巧，他原本不是我同桌，硬换过来和我坐的。"章翎想了想，迟疑地问，"爸爸，你说他会不会欺负我呀？"

这个问题章知诚无法回答，只能说："爸爸说不准，你可以先观察他一下。"

"我不喜欢他。"章翎耷拉着眉毛，"我们班主任问我要不要换座，我没答应，现在都有点后悔了。"

"也许人家也有优点呢？他好歹也是考上重点的学生，五中分数线不算低了。"章知诚握着方向盘，安慰女儿，"翎翎你别怕，记住一点，有事情一定要和爸爸妈妈讲，爸爸会帮你出主意的，千万不要自己受委屈。"

"嗯，我就知道章老师最好了。"有爸妈撑腰，章翎的确不害怕，又换成乐呵呵的表情，"对了爸爸，我一直没告诉你，那个救我的男生也是五中的呢，是个高二学长，这才叫巧！"

章知诚恍然大悟，"噢——那我知道了，这小伙子肯定长得很帅。"

章翎懊恼，"爸爸！"

五中的管理班子对军训没有执念，只进行三天，十二个班级由教官带着，在操场上分地块练练站军姿、正步走，算是走个过场。

军训中，原本陌生的少男少女们迅速熟络起来，章翎和几个女生成了朋友，除了前桌薛晓蓉，还有李婧和孙妙岚。

离开教室，所有人的脸庞在大太阳底下被曝光得分明，男生们观察着女生，女生们也观察着男生，很快，班里最漂亮的女生和最帅气的男生便脱颖而出。

那个被邓芳要求改扎马尾辫的女生叫许清怡，名字就很小清新，人也长得甜美可爱，瓜子脸，大眼睛，樱桃小嘴，皮肤白得发光。小男生们看着她的眼神都很荡漾，连着女生们私底下都承认，哪怕扎起马尾，露出整个脑门儿，许清怡依旧是最亮眼的女生。

最帅气的男生叫萧亮，个子长得很高，据说中考时有体育加分。邓芳让他在军训时代管一下班级纪律，他执行得不错，章翎觉得他很有班长潜质。

休息时，谁和谁要好已经初露端倪，大家会三三两两聚在一起喝水聊天。章翎无意中看到蒋赟，总是一个人孤零零地站在角落里，摆着一张臭脸，不和任何人说话。

他剃掉了一头卷毛，脑袋上只剩薄薄一层发茬，后脑勺居然有一道四五厘米长的伤疤，看着触目惊心，配上黝黑的肤色，活像一个小劳改犯。邓芳看到后差点昏过去，说这还不如喜羊羊呢，恩准他把头发留起来。

大概是因为报到那天换座的事，男生们都不愿意搭理蒋赟，反倒是那位弱小的"受害人"吴炫宇，因为脾气好，几个男生总爱和他勾肩搭背。

另一个有点孤僻的是姚俊轩，不知是谁透出的消息，说姚俊轩和蒋赟家里都很困难，双双申请了助学补贴。

十五六岁的半大孩子对"贫穷"已有概念，但还不能理解，长在温室里的花儿怎么会对野草感同身受？所以，大家都心照不宣地不和这两人来往。奇怪的是，蒋赟和姚俊轩彼此之间也没有交流，就像6班的两座孤岛，生人勿近。

有一次，蒋赟还和几个男生起了冲突。据说是因为正步走时队伍不齐，大家都赖队末的蒋赟，说他是故意拖后腿。蒋赟直接发飙，差点和人打起来，还是被萧亮给拦下的。

萧亮说的话，包括章翎在内的很多人都听到了，他说："蒋赟，你不是小学生了！要发疯也得看看地方！别给我们班丢脸！"

说来也怪，这话一说，蒋赟就真的没再闹，只是冷着脸走到了一边。当然，别的男生也没敢再去招惹他。

章翎心想，两座孤岛还是有差别的，姚孤岛气质阴沉，几乎没有存在感，而蒋孤岛就是一座活火山，指不定啥时候就会爆发。

军训的最后一天，萧亮突然找到章翎，手里拎着一只装满冰冻饮料的塑料袋，掏出一瓶冰红茶给她，"章翎，喝饮料吗？"

萧亮似乎家境不错，军训期间很大方，每天都会请几个同学喝饮料，其中也有女生。但章翎没和他说过话，无功不受禄，便说："不用了，谢谢，我有水。"

萧亮没再坚持，拿着饮料发了一圈，那瓶冰红茶最后到了许清怡手里，她甜甜地对萧亮说："谢谢。"

"不客气。"萧亮发完水，又走回章翎面前，笑着说，"章翎，你可能不知道，咱俩是一个小学的，云涛小学，就是不同班。"

章翎惊讶地看着他，萧亮解释："我记得你，你在小学时很有名，是大队委员。四年级以后，每次文艺演出都是你主持的，对吧？"

"呃……"章翎尴尬极了，她完全不认识萧亮。

"你和蒋赟同桌，所以我想提醒你……"萧亮压低声音，视线越过人群落在那个孤单少年的身上，"你最好防着他一些，他这人……不怎么样。"

章翎抬头看萧亮，眨巴了一下眼睛，像是没明白。

"本来不想说的……哎，算了，还是告诉你吧。"萧亮像是下定了决心，"小学时我和蒋赟同班，他这人有很多不好的习性，比如……偷东西，不仅偷同学的文具，还偷小卖店的食物。他平时经常打架骂人，破坏公物，考试作弊，甚至还和老师打过架，很吓人。"

章翎愣愣地听着，关注点偏了一下，原来，蒋赟和她还是小学校友。如果萧亮记得她，那蒋赟呢？蒋赟记得她吗？

他从没说起过，章翎不由得看向人群外的蒋赟，吃了一惊，他居然也目光灼灼地在看她。章翎立刻收回视线，继续听萧亮说话。

萧亮没注意到章翎的走神，耸耸肩说："总之，蒋赟家条件不太好，可能是没有大人管他，他性格真的很古怪，我们上小学时班里没人理他，他能考上五中，我也很意外。"

章翎听完后没有评价，说："萧亮，谢谢你提醒我，只是这些事……请你不要再对别人说，行吗？"

萧亮的眼神闪烁了一下，表情有点尴尬，章翎都看在眼里。

她明白，他大概已经对别人说过了。

三天军训结束，周四一早，学校举行了正式的开学典礼，全校师生都聚集在操场上，乖乖听校长讲话。章翎终于见到乔嘉桐，这才知道为什么乔嘉桐会说开学典礼能见到他，原来他要作为学生代表发言，光荣地站在国旗下。

晴空万里，乔嘉桐穿一身雪白衬衫，系着领带，藏青色西裤扎在衬衫外，显得整个人高挑挺拔，器宇轩昂，拿着话筒从容地脱稿发言。

哪怕远远地看不清他的脸，章翎都能回忆起他 QQ 空间里那一张张酷酷的表情。时隔一个多月，再一次见到乔嘉桐，章翎的心跳依旧会加快。

蒋赟也认出了乔嘉桐，心里相当震惊，这个讨厌的家伙居然和他一个高中！居然还是学生代表！居然混得人模狗样！

有没有人知道他当街干架骂人是什么样子的？

啧，真虚伪——少年站在大太阳底下，臭着脸生了一场闷气。

开学典礼结束后，学生们排队回到教室，上课铃响，章翎的高中生活正式拉开帷幕。

早上，章知诚开车送她上学，晚自习结束后，章翎自己坐公车回家，章知诚会在站台等她。

学校生活没有想象中的精彩纷呈，更不像校园偶像剧描绘的那么跌宕起伏，章翎每天就是按时上下学，乖乖吃饭，认真听课，努力写作业，连手机都不怎么看。

她和她的新同桌"相敬如宾"，不到万不得已，两人不会交谈。

章翎每天对蒋赟说得最多的话是：

"麻烦你让一下，我要出去。"

"谢谢。"

"麻烦你让一下，我要进去。"

"谢谢。"

章翎真的开始偷偷观察蒋赟，对于萧亮的话，她并未放在心上，虽然那些事儿听起来的确很吓人，但她都见识过蒋赟当街"抢劫"了，对他的印象本就不咋地，再多来几条罪状也吓不到她，更何况那还是小学时的事情。

单就开学这几天来说，章翎觉得蒋赟并未太出格。他就是很不合群，每天独来独往，一个人上下学，一个人去食堂吃饭，体育课时也不参与集体球类运动，连姚俊轩都和男生一块儿打篮球了，蒋赟依旧一个人坐在场边发呆。

　　他不参加晚自习，是班里唯一的一个，下午放学后就背着书包走人，他甚至没有订午点，也是班里唯一的一个。

　　下午第二节课下课是二十分钟的大课间，值日的同学会把牛奶点心抬进教室，发给大家。同学们喝牛奶的喝牛奶，吃水果的吃水果，有人觉得食物不对胃口，咬两口就丢了，去小卖部买零食饮料吃。只有蒋赟一动不动地坐在座位上，教室里飘着点心的香味，他不为所动，始终埋头看书，像是特别用功的样子。

　　章翎在他身边如坐针毡，连着心爱的黑米糕都要吃不下去。她不明白蒋赟为什么不订午点，是因为家境困难吗？可姚俊轩分明订了的呀，还大口大口地吃得很香。

　　章翎捧着黑米糕细嚼慢咽，偏偏蒋赟还要怼她："你能不能吃快一点？属仓鼠的吗？"

　　章翎只能加快速度吃，腮帮子撑得鼓起，一不小心就噎到了，咳嗽半天，眼泪都咳了出来。她的同桌终于"好心"地走去教室后面，从柜子上拿来她的水壶递给她，章翎刚要说谢谢，那货已经开了口："你是不是食管发育畸形？就这点儿东西，我三口就能吃完。"

　　章翎把话咽了下去，只送给他一个含泪的白眼。

　　蒋赟吃饭的速度的确超快，章翎曾在食堂偷看过他吃饭，真是惊叹不已。那次，蒋赟只打了一份酸辣白菜，米饭却堆得跟小山包一样高，一个人坐在桌边吃得风卷残云。吃完后，他拿着不锈钢碗站在汤桶边舀免费咸菜汤，仰着脖子连喝三碗，才意犹未尽地去放餐盘。

　　当时章翎还未收回偷窥的视线，斜对面突然坐下一个人，她转回目光，就对上一张英俊的脸庞，乔嘉桐笑着问她："我能坐这儿吗？"

　　薛晓蓉和孙妙岚一脸紧张地看着他，章翎说："能坐啊。"

　　朋友们的惊讶和乔嘉桐的自来熟都令章翎心中窃喜，还有点小小的骄傲，她认识优秀的乔学长呢，嘿嘿。

　　乔嘉桐一边吃饭，一边问章翎："进了五中感觉怎么样？和想象中有没有什么不同？"

　　章翎笑眯眯地回答："没什么不同，挺好的，就是有人欠我一杯奶茶，一直没喝着。"

　　乔嘉桐爽朗大笑，"记着呢，不会赖账的，这阵子我在忙竞赛，比完了我联系你。"

　　章翎难为情道："学长，我和你开玩笑的。"

　　乔嘉桐说："我可没和你开玩笑，我是认真的。"

　　薛晓蓉和孙妙岚安静如鸡，彼此对视一眼，闷头吃饭。

章翎心中小鹿乱撞，又问乔嘉桐："学长，你在高二几班啊？"

"懒惰班，知道不？"乔嘉桐冲她挤挤眼睛。

章翎没懂，薛晓蓉却是"哇"了一声："学长你是学霸呀？"

乔嘉桐语气谦虚："算不上吧，在班里也进不了前三。"

这时，有人在不远处叫他，他端起餐盘对章翎说："我兄弟叫我了，你们慢吃，奶茶我记着呢，馋猫。"

乔嘉桐走了，章翎被他那句"馋猫"扰得心神不宁，完全没注意到食堂门口，放完餐盘的蒋赟这时候才阴沉着脸离开。

"章翎章翎。"孙妙岚急不可待地问，"你和乔学长认识呀？"

章翎唇角含笑，轻轻点头，"嗯。"

孙妙岚又问："乔学长说的懒惰班是什么意思？"

章翎摇摇头，薛晓蓉得意地给她们介绍："懒惰班就是勤勉班的反义词，勤勉班你们知道吗？就是慢班，上课进度最慢，都是高一上期末考后每个班垫底的几个凑成的一个班。跟它反一反，懒惰班就是尖子班，高二才有，文理各一个，大名儿叫实验班。"

章翎和孙妙岚一同感慨："哇……"

女孩子们都喜欢干净帅气、个子高高的男生，最好还有体育天赋，如果再加上成绩优异，性格温柔，谈吐幽默，简直就是完美。

乔嘉桐就很完美。

下午的英语课，老师让同桌间练习口语对话，这是章翎和蒋赟交流最多的时候。章翎放下偏见，很认真地念着英语，偶尔还会抬眸看一眼她的同桌。

他们坐在窗边，是光线最好的地方，蒋赟半侧身向着她，咖啡色的眼珠子被阳光照得越发清透。他垂下眼帘时，章翎惊奇地发现他的睫毛又密又长，还往上翘，就跟用睫毛夹夹过似的。只是他眼窝较深，双眼皮又不宽，平时睁眼就看不太出来。

卷毛同学黑黑瘦瘦，还长痘痘，倒是生了一双很漂亮的眼睛。

"喂，你在发什么呆？"蒋赟的声音响在耳边，章翎回神，发现该轮到自己说对白了。她总觉得，午饭以后，她的同桌似乎心情不太好。

章翎念了几句，蒋赟接下去念，章翎忍不住纠正了他的几个单词发音。第一次蒋赟没反应，乖乖地重新念一遍，章翎又纠正，蒋赟扫了她一眼，脸色开始发臭，但还是按照她的发音重念了，结果，章翎居然第三次纠正。

这下子蒋赟火了，眉毛都扬起来，"你有完没完？要我呢？"

章翎小声道："有完，我不说了，你自由发挥。"

蒋赟咬着牙，"啪"一下合上了英语书。

　　两天后，学生们迎来第一次周六答疑课，其实就是补课。蒋赟没来，章翎心想他胆子可真大呀，连补课都敢不参加。

　　上课时，老师们通知大家下周一进行摸底考，发了几套试卷让周日回家练习。章翎回忆了一下，蒋赟知道这事儿吗？要是不知道，周一他岂不是会一脸蒙？

　　好歹是同桌，章翎课后找邓芳说了自己的疑问，邓芳说："你甭管他，他没手机，联系不上。"

　　章翎问："那他爸爸妈妈的联系电话呢？"

　　邓芳不打算透露蒋赟的家事，说："章翎，你别替他操心，管好自己就行了。他要是真有能耐，不复习照样能考好。"

　　班主任都这么说了，章翎只得作罢。

　　周一早上，高一年级的入学摸底考试如期进行，蒋赟果然一脸蒙，问章翎："什么时候说的要考试？"

　　章翎："周六上午。"

　　蒋赟："完蛋！"

　　摸底考的考纲是初中知识，卷子难过中考，蒋赟考得灵魂出窍，章翎却发挥得很稳定。周三出成绩后，章翎是全班第二，年级第十六，班里考第一的居然是乖乖仔吴炫宇。

　　一场考试就令章翎从不起眼变得瞩目，连着上厕所时，和她打招呼的同学都多了几个。

　　萧亮全班第九，许清怡只有三十多名，美少女很偏科，语文英语优秀，物理化学不太好，高二应该会选择学文。

　　课间休息时，薛晓蓉回头对着章翎大呼小叫："妈呀！原来把你和吴炫宇安排同桌，是因为你俩都是学霸！"

　　章翎笑笑没说话，蒋赟的脸色黑得和锅底一样，汤子渊回头问他："弟弟，你第几名？"

　　这人不怕死，自从知道蒋赟的名字后就恬不知耻地喊他"弟弟"，不过仅限于在座位附近，一离开教室，汤子渊就跟不认识蒋赟似的，随班里其他男生的大流，一句话都不会和他讲。大家多多少少都听到了传言，关于蒋赟小学时的事。章翎知道是萧亮传出来的，只是这些事不知真假，也无从考证。

　　摸底考的排名没有公布，同学们只知道总分前五名是谁。蒋赟看着手心里的成绩条，几科糟烂的成绩后是总分和排名——班级第四十七名，即倒数第二，年级排名五百五十一。

他把纸条团了塞进书包，心里烦躁得想掀桌。暑假里他并未放松，每天都抽时间看书做题，开学后上课、做作业也很认真，这次摸底考的确很难，但他习惯了在十六中做“学霸”，想当然地以为他做不出的题，别人一样做不出。他还觉得自己考得不赖，怎么会是这么一副鸟样？没道理啊！

十六中状元初战折戟，自尊心碎得稀里哗啦。

汤子渊没得到蒋赟的回答，猜测他可能考得不好，便很自觉地转了回去。章翎虽然不知道蒋赟的排名，却知道他每科的成绩，试卷发下来老师要讲解，她一科一科地偷看，心里大概有了数。

下午的大课间，午点被抬进教室，章翎领到一罐牛奶、一块蛋糕和一个苹果。她从小不爱吃苹果，瞅一眼低气压的同桌，小心翼翼地把苹果递过去，“蒋赟，你吃苹果吗？”

“不吃。”蒋赟头都没抬。

章翎没把手收回来，“我不喜欢吃苹果，你喜欢的话你吃了吧。”

蒋赟冷冷地说：“你可以带回家。”

章翎：“我爸妈也不爱吃苹果，家里从来不买的。”

蒋赟没说话，章翎又把苹果一送，“真的，带回家也没人吃，都浪费了。”

“说了不吃！”蒋赟恶狠狠地瞪她，“你烦不烦？”

章翎噘着嘴把苹果拿回来，塞进抽屉里，窸窸窣窣地拆开蛋糕包装纸，小小咬了一口，又把吸管插进牛奶罐里。

教室里有些吵闹，蒋赟一直在做题，章翎偷偷看了他几眼后，忍不住问：“你为什么不参加晚自习？”

蒋赟手下动作一顿，也没转头，冷声回答：“不关你的事。”

“老师晚上会讲题。”章翎轻声说，“你要是一直不参加，容易跟不上。”

蒋赟终于转头看她，“我跟不跟得上关你屁事？咸吃萝卜淡操心！”

章翎呆住，感觉和这人没法沟通。

蒋赟丢下笔，起身就出了教室。等他离开，薛晓蓉才转过头来，抚着胸口说：“他好凶啊，怎么会有这样的人？”

章翎都见过蒋赟当街干架了，听他口出恶言已经不觉得稀奇，对薛晓蓉说：“你别怕他，我觉得他就是只纸老虎。”

“你知道他考多少名吗？”汤子渊还在好奇，因为他只考了全班第四十一，周围的人成绩都比他好，他迫切地想要找个垫背。

章翎说：“不知道。”

“调班的事，家长会时邓老师会宣布。”薛晓蓉把打听来的消息告诉章翎，“排在倒数的几个都很危险，到时候可能会打包进入勤勉班，据说进了勤勉班就意味着老师放弃你了。"

汤子渊吓坏了，"我也很危险对吗？"

"是呀，瞧瞧你的英语成绩，差点儿就不及格了。"薛晓蓉说完，又看向章翎，"其实，蒋赟要是调班了也好，他留在我们班，搞得气氛好奇怪。萧亮说的那些也不知道真的假的，我以前还没怎么觉得，现在看到蒋赟都有点害怕，椅子都不敢碰到他桌子。"

"还是姚俊轩正常点。"汤子渊感慨道，"他考全班第四呢，好厉害！"

章翎一直吃着蛋糕听他们说话，没有插嘴，视线移到右边，蒋赟的桌面上叠着几本课本题集，一本物理作业正摊开着。

章翎抿抿唇，趁着别人不注意，把作业本拿过来翻看。蒋赟的字写得不好，但还算不上潦草，他把解题步骤写得很清晰，不过章翎看出有不少错误，蒋赟对着答案用红笔订正过。

摸底考沿用的是中考 120 分制，章翎的理化综合卷接近满分，如果记得没错，蒋赟的理化卷只有 74 分，是成绩最低的一科。

章翎咬着蛋糕，心想，班主任的课学得最烂，还不参加晚自习和补课，怪不得邓老师不待见蒋赟。

（2）

电动三轮车上还有两桶水，送完就能收工了。

蒋赟把车停在路边，坐在车座上跷起脚，思考人生。他知道自己理化成绩是弱项，但不是因为不喜欢，比起历史、政治这些文科课程，他更喜欢理科。

念初中时，他的理化老师水平很一般。教物理的是个近六十岁的老头，就是在混退休，教化学的又是个刚毕业的小姐姐，每天被一群调皮学生整得战战兢兢，蒋赟记得自己去办公室问她问题时，她都能一惊一乍地蹦起来。相对来说，教数学的班主任水平最好，所以蒋赟的数学成绩还不错，理化……几乎算是自学成才。

高中和初中真的很不一样啊，光一个 6 班就卧虎藏龙，人人都能秒杀他。经过一场摸底考，蒋赟意识到自己各科基础都太弱，要想追上去，得下苦功才行。他也很想参加晚自习和补课，送水多苦啊，谁不想好端端地坐在教室里写作业？但仔细算过账，他还是放弃了。

晚自习的费用是一天五块钱，预交五百块，学期末多退少补；补课是一天十五块，预交三百。一共八百块钱，蒋赟其实拿得出，暑假里送水赚了三千多呢。然而账不是这么算的，初中是义务教育，十六中又没有那么多额外开销，蒋赟觉得上学还挺省钱，可是进入高中后，他明显感觉到用钱的地方多了好多。

光班会费就交了两百，校服不仅分一式两套的运动款春秋装和夏装，还有一套正装，一共交了一千两百块钱，说是能穿到毕业。交钱的时候，蒋赟好肉痛。

老师要求的教辅书籍必须买，食堂吃饭也不便宜，蒋赟如果不继续打工，只靠低保补助和奶奶捡废品的收入，别说攒大学学费了，他和奶奶再过几个月估计都要喝西北风。

蒋赟打定主意要在高考前把学费挣出来，但他也知道高三那一年肯定得拼命学习，所以就把打工时间定在高一高二。现在他就很矛盾，好好学习意味着会吃不上饭，课余打工又有可能会跟不上学习。

"唉——惆怅。"无数行人车辆从少年眼前经过，夜色中，蒋赟看着那些陌生人疲惫的面容，想象不出自己二三十岁时会是什么样子。最后，他也没想出个所以然来，决定还是先努力不让学习掉队，高三再冲刺吧。

蒋赟收工后回家，于晖在院子里洗车，冲得地上全是水，三楼租户贾小蝶刚下晚班回来，被污水弄脏了鞋，两人正在院子里叉腰互骂。

于晖看到蒋赟进来，扯开嗓子喊："蒋斌！叫你奶奶明天把废品卖一批，熏死人了！"

贾小蝶顿时与他同仇敌忾，"就是！隔老远就闻到味儿了，你住屋里不会中毒吗？"

蒋赟压根儿没看他们，只低低"哦"了一声，拽着书包准备进屋。

于晖叼起一根烟，见他无精打采的，问："你干吗呢？挨老师批评了？"

贾小蝶嬉皮笑脸地说："我看是被女朋友甩了吧！"

于晖怼她："说什么呢？人家是正经学生，你以为是你啊？"

贾小蝶生气，"我哪里不正经了？"

蒋赟不想说话，他从不知教养为何物，不想理人时就完全当对方不存在，小时候不知为此挨了多少顿揍，现在好点儿了，他能打，别人轻易不敢动他。

"妈的，小兔崽子。"于晖对他这副德行已经很了解，懒得和小孩计较，又问，"你饿不饿？饿的话有肉松面包，要吗？"

蒋赟的脚步顿了一下，晚饭的确没吃饱，在刚子叔那儿他不好意思多吃，午饭更别提了，食堂一块大排卖五块！他舍不得买，每次都是四两米饭就一个蔬菜。他总怀疑学校的米饭量不足，如果让他敞开吃，他绝对能干掉八两饭。

于晖擦干手从车里掏出一个纸袋，递了两个面包给蒋赟，"吃吧，小伙子长这么瘦，怎么有力气学习？"

蒋赟思想斗争许久，还是没接面包，"不用了，晖哥，我不饿。"

"随你。"于晖不和他客气，随手把面包递给贾小蝶，贾小蝶乐呵呵地接下，蒋赟肚子"咕噜"一声叫，干咽了一口口水。

于晖拍拍他的肩，"去写作业吧，觉得热就开空调，把窗子关上，味儿散出来太恶心人了。"

蒋赟回到屋里，李照香已经在打鼾。

九月中旬的天气依旧炎热，废品如果处理得不及时，气味的确很呛人。蒋赟拎起衣襟闻一闻，不知道自己身上会不会沾染臭味，每天坐在章翎身边，她会不会闻到什么？

他关上窗，打开空调，空调启动的声音把李照香吵醒了，中气十足地喊："你疯啦？开什么空调？电不要钱的呀？"

"晖哥在外头洗车，说太臭了，让我开空调，要不然就把你赶出去。"蒋赟一边打开书包一边问，"要关吗？"

李照香不吭声了，翻了个身继续睡觉。

蒋赟把成绩条从书包里掏出来，看到那辣眼睛的数字，叹了口气，丢到垃圾桶里。他接着拿课本作业，手突然摸到一个圆圆的东西，拿出来看，居然是一个苹果，一半红，一半青，个头不大，还挺新鲜。

蒋赟把苹果拿到鼻子底下嗅嗅，闻到一阵甜香，他没忍住，"咔嚓"咬了一口，好甜啊！汁水四溢，真是好吃。

李照香又醒了，眯着眼睛问："你吃什么呢？"

蒋赟回答："苹果。"

"哪儿来的？"

"同学给的。"

李照香不高兴了，"干什么要吃同学的东西？这种事都是有来有往的，人家请你吃东西，你就得还回去，你拿什么还？"

蒋赟没理她，专心地吃着苹果，恨不得连苹果芯都给吃下去。李照香唠叨完两句就闭了嘴，蒋赟很快把一个苹果吃完了。他在破烂堆里写作业，五中的作业比初中时多很多，蒋赟每天晚上十点多开始写，一直写到半夜一两点才能写完。

以往，躺下睡觉时他总是饿得前胸贴后背，能忍就忍，实在忍不了就去煮一包方便面吃。可这天，他吃了一个苹果，其实不顶什么用，心里却觉得好满足。

蒋赟躺在上铺，从枕头旁拿过那个长颈鹿玩偶，手指摩挲着长颈鹿头顶的一撮毛，想到下午自己还凶了章翎几句，不知道她会不会生气。章翎……真是一点都没变呢，和小时候一样可爱。

一夜过去，早上六点半蒋赟准时起床，睡不够，就洗一个冷水澡提神，洗完后从院子里的晾衣架上把校服扯下来穿。五中的夏装校服很漂亮，白色短袖，翻领和袖边是蓝色，配蓝色短裤，蒋赟买了180的号，特别宽松，奶奶会帮他洗干净，他就两套轮着穿。

鞋子是刚子叔给的，刚子叔的儿子比蒋赟大三岁，职高毕业后在外头做汽配学徒，鞋子不穿了就带回家，刚子叔转头就会拿给蒋赟。其中还有一双名牌，蒋赟很珍惜，每次都刷得干干净净。

早饭通常是奶奶准备好的大白馒头配咸菜，蒋赟能吃五个馒头，有时候换成一大碗清汤挂面。吃饱后，他背上书包跑步去学校。

清晨七点，早高峰还未开始，马路上行人、车辆不多，街边的店铺也都关着门。

薄雾被晨光驱散，少年背着沉重的书包在路上飞奔，宽大的校服被风吹得鼓起，他能听到自己规律的呼吸声。衣服上的洗衣皂味儿沿着马路渐渐消散，跑到五中后，已经变成一股子汗味。

章翎没生蒋赟的气——她不是爱记仇的人，卷毛同学在天桥下初次亮相时讲话就是那个样子，才过两个月，能指望他变得讲文明懂礼貌吗？所以，在教室碰到以后，章翎毫不介意地对蒋赟打招呼："早上好。"

蒋赟纠结烦恼了一个晚上，此时面对她的笑脸，想起那个苹果，反而一句话都说不出来了。

摸底考结束，大家基本上知道自己在班里是什么货色，于是，周五下午的班会课上，高一（6）班的班委竞选开始了。

令人意外的是，全班前五名居然没有一个去竞选班长，而是扎堆地报名了学习委员。邓芳很不满意，指定吴炫宇和萧亮去竞选班长，萧亮自然是高票当选，他在军训中依靠帅气的外表和大方的行为，已经积累了不错的人气。

蒋赟把票投给了吴炫宇，对于萧亮，他是相当看不上。

学习委员的竞选呈白热化，章翎上台发言时，除了说到她会好好配合班长的工作，还提到自己有文艺特长，可以兼任文艺委员的职务，帮大家排练节目。可她还没说完，邓芳清了清嗓子，突然打断她，"章翎啊，文艺委员的事我们一会儿再提，可能会单独设置，不兼任。"

章翎一愣，没想明白，这事儿是邓老师自己说过的，怎么又不算数了？

这段插曲令她在台上颇为尴尬，推了推眼镜腿后，匆匆结尾就下了台。蒋赟起身让她回座位，章翎坐下后，蒋赟偷偷看了她几眼，很难得地主动开口："你为什么不做班长？"

章翎回答："不想做。"

蒋赟："你想做学习委员？"

章翎："嗯。"

蒋赟："行，那我投你。"

章翎失笑，心想你的一票好稀罕呢。

班长已经是个男生，学习委员要再选出个硬邦邦的男生，同学们觉得会被压迫，于是，文文静静的章翎就顺利地当选了学习委员。

汤子渊为人热心，成了生活委员，吴炫宇做了数学课代表，姚俊轩是语文课代表，李婧是英语课代表，章翎兼任物理课代表，萧亮兼任体育委员……没一会儿，几个班委职位和课代表全被瓜分完毕。

许清怡成了文艺委员，她的学艺经历竟比章翎还丰富，会钢琴，会跳舞，还会拉大提琴，小时候做过童装模特，拍过广告走过秀，甚至还在一部连续剧里演过一个小角色。她每说一项，底下同学就低呼一声，觉得许清怡不仅漂亮，还多才多艺。

发言结束后，许清怡意味不明地看了章翎一眼，很快，她又羞红双颊，像是很不好意思地回到了座位上。

蒋赟也注意到许清怡看向章翎的那一眼，并不觉得那人有什么了不起，他是见识过章翎才艺的。小学五六年级时，章翎是学校里雷打不动的小主持人，她主持从不用手稿，无论多长的内容都能背出来，台风稳健，大方得体，和她生活中低调随和的模样大相径庭。

她还会唱歌，唱得超级好听，蒋赟那会儿最期待的就是文艺演出，因为一定可以看到章翎主持，听到章翎唱歌。那个叫许什么的，傲个屁啊！哪点儿能和章翎比？

班会临近结束，邓芳发放第一次家长会通知，要求父母们认真对待，谢绝祖辈参加，这对蒋赟来说又是一件糟心事。

李照香去给他开过家长会，老太太啥都不懂，去了等于白去，回头班主任还将蒋赟骂了一通。初二、初三时，蒋赟仗着成绩好，家长会都是自己去听，老师也不管他。现在就不行了，他是全班垫底，没脸提这个要求。

放学后，蒋赟去水站，厚着脸皮问刚子叔下周二晚上有没有空，刚子叔说他儿子过十九岁生日，一大家子要出去聚餐。

蒋赟又去问于晖，于晖说那天晚上要陪领导应酬。蒋赟硬着头皮给草花打电话，想请草花的爸爸帮个忙，可草花爸爸向来不喜欢他，认为儿子都被他带坏了，哪里肯答应。

蒋赟甚至去问了早点摊王叔，王叔说最近痛风发作，走路疼得很，去不了。

"妈的！为什么一定要开家长会啊？"蒋赟暴躁极了，觉得到处求人又被拒的自己跟个傻子一样。最后，还是报刊亭老板钟叔解了他的燃眉之急。

晚上九点半，蒋赟坐在报刊亭外，找了本过期杂志百无聊赖地翻着。钟叔一个人过，收摊很晚，自得其乐地一边抽烟一边就着手机看抗战片，抬头看看蒋赟，问："小斌，后来你有没有找到那个小姑娘？"

暑假里的碰瓷事件，钟叔全程围观，甚至还看过蒋赟和草花的彩排。在蒋赟和章翎发生冲突后，每一个周二下午，蒋赟都曾守在这个报刊亭，眼睛盯着天桥对面，可是，他再也没等到过章翎。

钟叔见过蒋赟失落的眼神，虽然他早就无法体会少年人的心情，还是被蒋赟的清纯少男心所感动。这种傻了吧唧的蠢事，也只有十几岁的小屁孩才干得出来。

钟叔从冰柜里拿出一支绿豆棒冰递给蒋赟，蒋赟接过，低着头拆包装纸，说："找到了。"

"真的？"钟叔很惊喜，"那你要到她的那个……什么号码了吗？"

"没有。"蒋赟咬了一口棒冰，眼神黯淡，"她讨厌我。"

钟叔啧啧啧地摇头，"你就是活该。"

蒋赟想到一件事，"叔，你去开家长会，暑假里那事儿，你可别和人家讲。"

钟叔觉得奇怪，"我去和谁讲你这倒霉事儿啊？"

蒋赟想到章翎的家长，心虚地说："反正就谁都别讲，就当你不知道。"

钟叔不耐烦，"行了，我晓得了，你年纪不大，事倒挺多。"

不远处，一辆公交车刚好进站，蒋赟望过去，后车门下了几个乘客，其中一个穿着白色T恤、蓝色短裤的身影吸引了他的注意。蒋赟视力不错，看清是谁后立刻搂着书包跳起来，还不忘往钟叔面前丢了两个硬币，"叔，我给钱了啊！"

他小跑着过去，躲在一棵梧桐树后，远远地看着章翎。

有人来车站接她，大概是她的爸爸？

蒋赟没有走近，他远远地看着那个戴眼镜的高个子中年男人接过章翎的书包，递给她一罐喝的东西，又揉揉她的短发。章翎拿着纸罐儿喝了一口，抬头笑嘻嘻地说了几句话。然后，两人并肩走上天桥，穿过马路去了对面。

蒋赟的视线一直追随着那对父女，那样的画面是他梦里才有的场景。从来没有人去接过蒋赟放学，帮他拎书包，给他带零食，揉揉他的脑袋，问一句：今天在学校过得怎么样？中午吃的什么？有和同学闹矛盾吗？考试考了第几……蒋赟在树后站了许久，棒冰都化了，他也顾不上吃，拎着书包恹恹地走回家。

周二晚上的家长会，章知诚到得很早。

妻子是医生，工作很忙，而他是老师，作息相对规律，所以除了初中时父女同校那两年，章翎的家长会都是由他来参加，学习和生活也都是由他来照料。另外，章知诚对章翎的新同桌小卷毛十分好奇，很想看看对方的家长是什么样，想着早点到，还能和对方聊聊。

钟叔人生中第一次参加家长会，来得也很早。报刊亭让蒋赟去管，也就卖卖报纸杂志、冰棍玩具，小兔崽子都能搞定，算钱比他利索多了。

钟叔走进教室时看什么都新奇，找到座位坐下，对身边斯文儒雅、戴着金边眼镜的男人抱怨道："这位子怎么这么小啊？腿都叉不开。"

章知诚被他挤在里头，坐得更加逼仄，笑了笑，问："你是蒋赟的爸爸吗？"

"蒋赟是谁？"钟叔愣了半天才恍然，"他不是叫蒋斌吗？那个字不念'斌'？我们一直叫他蒋斌的呀，他也没说不对。"

章知诚愣住，钟叔惊讶完又说："我不是他爸，就是邻居，我和他爸以前是朋友。"

章知诚："那他家长……"

"他没爸妈，只有一个奶奶。"钟叔用正常音量说话，完全没在意前后桌的家长都竖着耳朵在偷听。

章知诚觉得不妥，提醒他："这位大哥，小孩的事我们一会儿再私底下聊吧，蒋赟可能并不想让别人知道。"

钟叔这才反应过来，"哦哦，有道理，文化人到底不一样，想得真周到。"

家长会并没有什么特别，邓芳把学生们的摸底考成绩条发给家长，讲了讲高一年级的进度安排，以及期末考后的分班调整计划。

邓芳解释道："请大家千万不要误会，勤勉班的设立是为了给部分同学打下更坚实的基础。因为如果不调班，所有班级的上课进度都很快，有些同学可能不适应这样的节奏，会越来越跟不上。而勤勉班的进度会和年级教材同步，这样，这些同学基础打好了，到了高三再拼一下，考上理想大学的机会还是很大的。"

钟叔听得云里雾里，不过，看着手里的成绩条，就算他文化不高，也知道蒋赟考得不好，差不多就是全班垫底的水平。他小声问章知诚："大兄弟，老师的意思是不是说，小斌要被踢出这个班啊？"

章知诚也小声回答："这个不一定的，要看期末考成绩，还有好几个月呢。"

钟叔又问："你小孩第几名？"

章知诚把成绩条给他看，钟叔很是大惊小怪，"第二啊！那不就是榜眼吗？你家小孩很优秀啊。"

章知诚笑道："我女儿学习很自觉，是挺乖的。"

"有大人管到底不一样。"钟叔说，"蒋斌，不是，蒋……我还是叫他小斌吧，叫习惯了。小斌的学习都是自己捣鼓的，他其实是个很聪明的小孩，可惜了，投胎没投好。他能考上这学校已经很牛了，就是不知道这个成绩以后能不能考大学。"

章知诚说："你回家后和他讲，一次考试代表不了什么，高一才刚开始，叫他继续努力，进步空间很大的，千万不要气馁。"

钟叔连连点头，"小崽子倔得很，考成这样心里肯定不好受，估计会玩命儿地学。"

邓芳又说了这个学期的一些活动安排，任课老师们依次进入教室分享内容，时间久了，钟叔开始打瞌睡，章知诚看到他用手支着脑袋，口水都快流下来。

家长会结束后，邓芳身边立刻围了不少人，章知诚也想和班主任聊几句，发现暂时挤不进去，干脆拉上钟叔，去走廊上说话。

周围没有别人了，钟叔就想把蒋赟家里的事简单说给章知诚听，反正蒋赟只说暑假里的事不能讲，没说别的也不行。

"我和小斌的爸爸从小就认识，一直住在袁家村。袁家村你知道吗？以前都是田地，后来才划进城区。"

章知诚点头，"我知道，离我家很近。"

走廊有护栏，算是半露天，钟叔烟瘾发作，点起了一支烟，章知诚没阻止他。钟叔憋了好久，贪婪地深吸一口烟，幽幽道："小斌的爸爸要是还在，今天就是他来开家长会了，看到小崽子考成这样，回去估计会打断他的腿。"

章知诚静静地听着。

钟叔回忆道："小斌的爸爸可聪明了，读书特别厉害，长得又周正，是我们那几个兄弟里唯一一个考上大学的。他老婆是他大学同学，特别漂亮，两人很登对，结婚时还是我做的傧相。

"那会儿大家条件都不好，但是小斌爸爸很能干，大学毕业后没给人打工，自己开了个装修公司，生意做得红红火火，没两年就给家里新建了一栋楼。他家老头很早就没了，小夫妻和小斌的奶奶一块儿住，后来，小斌就出生了。"

"可惜啊，天妒英才，小斌出生没多久他爸就生了病，一查，是癌。得了病总得治吧？"钟叔掰起手指，"公司卖了，房子也卖了，那会儿房子不值钱，卖得挺亏。后面又借了债，折腾了两年吧，病也没治好，人就走了，才二十八呀，唉！小斌那时才两岁多。"

"他爸走的时候，家里欠了十几万的债，老太太有个大女儿，很早就嫁去外省了，也不可能帮着还这个钱。小斌妈妈被自己的爹妈接回老家，小斌呢……说起来也真是作孽，他妈和他奶奶都不想要他，都想让对方养。

"后来订了协议，小斌的外公外婆给了他奶奶十几万用来还债，说是提前给的抚养费，往后他们家女儿就和小斌没关系了。他奶奶没办法，拿钱还了债，真就是穷得叮当响。老太太那年五十多岁，也没文化，就靠着给人打扫卫生、捡捡废品，慢慢把小斌拉扯大。"

章知诚问："那这些年，蒋赟的妈妈有回来看过他吗？"

　　钟叔摇头，"没有，一次都没有。反正我是从来没听说那女的回来过，可绝了。老太太也硬气，说不找她就不找她。"

　　章知诚没再开口，钟叔继续往下说："小斌小时候成天调皮捣蛋，也没上幼儿园，他奶奶要赚钱嘛，管不住他。后来，小斌四五岁的时候吧，有人牵线搭桥，他奶奶就把小斌送去了外省的一家武术学校，说是能一边上学一边学武，学费很低，包吃住，就是连过年都不能回来，我们听着都觉得不靠谱……"

　　章知诚正听得入神，邓芳从教室里走出来，看到他后惊喜地说："章翎爸爸，幸好你没走，我正要找你说几句呢。"

　　"哟，老师找你，那你忙，我先走了。"钟叔没再说下去，准备走人。

　　邓芳叫住他："请问，你是蒋赟的……"

　　"他是蒋赟的表叔。"章知诚赶在钟叔说话前开口，"章翎和蒋赟同桌，我刚好和他聊几句。"

　　表叔这个关系，不远不近。邓芳想了想，还是对钟叔说："蒋赟叔叔，关于蒋赟的在校问题，我还是要和你沟通一下。他不参加晚自习和周六补课，我也不能强制，但是他不订午点，说实话我看着都挺心疼，这么大的孩子正是要加强营养的时候，蒋赟呢，瘦得皮包骨头，你们家长在家里要让他多吃点，吃饭能花多少钱呀！"

　　钟叔"好好好"地应着，章知诚看着他，知道他并没把邓老师的话往心里去。

　　钟叔离开后，邓芳和章知诚聊了几句，两人都是物理老师，很有共同话题，说了一会儿章翎后，邓芳又说到她的同桌蒋赟："章翎爸爸，你也是老师，应该更能理解我的想法。我没有办法顾全到每一个人，如果蒋赟自己上进，我会督促他，但他情愿破罐子破摔，我也不可能为了他花费太多心力。"

　　章知诚问："邓老师，你刚才说，蒋赟不参加晚自习和补课？"

　　邓芳叹气，"对，我跟他说过很多次了，晚自习和补课的费用可以免掉，但他就是不答应。章翎爸爸，如果蒋赟影响到了章翎，章翎回家和你们说了，请你叫她一定要来告诉我，我会给他们调座。你放心，蒋赟期末考后大概率会调到勤勉班，我看人不会错，按照他现在的学习态度，他是跟不上的。"

　　邓芳是想给章知诚吃一颗定心丸，章知诚却并未感到安心。

　　他也教了十几年书，见过数不清的学生，也碰到过家境困难的小孩，就像有句话说的那样——幸福的家庭都是相似的，不幸的家庭各有各的不幸。

　　章知诚没有见过蒋赟，只从女儿口里知道那是个头发天然卷、又黑又瘦、其貌不扬的男孩子。现在他又知道了，那男孩从小没爹没妈，跟着奶奶苦兮兮地长到这么大，钟叔说得没错，他能考上五中，的确很牛。

　　章知诚回家后，章翎还在写作业，杨晔去医院值班了。章知诚考虑了一会儿，想着暂时不把蒋赟家里的事说给女儿听，不过，他还是要和女儿聊聊。

“翎翎，吃杧果西米露吗？我给你打包了一份。”

“哇！吃吃吃。”

章翎开开心心地从房间里跑出来，父女俩在沙发上坐下。章翎很放松，她家的氛围一直温馨又开明，父母从不要求她必须考第一。章翎知道，爸爸不是要批评她。

章知诚说：“我见到小卷毛的家长了。”

章翎舀着杧果西米露往嘴里送，好奇地问：“爸爸还是妈妈？”

看来她什么都不知道，章知诚说：“是他叔叔，对了翎翎，你和蒋赟相处得好吗？”

章翎一惊，急道：“怎么了？是他叔叔找你告状了吗？还是邓老师和你说什么了？我和蒋赟……没怎么呀，我们很少说话的。”

章知诚温和地问：“为什么很少说话？”

章翎推了推眼镜，噘噘嘴，回答道：“他很不好相处，不合群，要么不讲话，一讲话就呛人，班里同学都不怎么搭理他，老师也不喜欢他，他每天就是一个人进进出出，成绩又很差。而且……”

“而且什么？”

章翎犹豫道：“爸爸，我不知道这些事是真的还是假的，我们班班长和蒋赟是小学同学，他说蒋赟小时候做过很多不好的事，偷东西、打架、作弊什么的，大家都知道了，他处境就更尴尬了。”

章知诚问：“他就没有优点吗？”

章翎咬着勺子望向天花板，“我还真没发现他有什么优点。”

“你希望他期末考后调去慢班吗？”

听到这个问题，章翎愣住了，“什么？”

章知诚慢悠悠地说：“调去慢班，你们不是有这样的分班机制吗？”

“我怎么会希望他调去慢班？”章翎说，“他也没有那么讨厌啊。”

章知诚了解女儿，章翎是个善良的小姑娘，就算先前和卷毛同学不太对付，同桌两个星期了，她还是习惯用善意去对待对方。

“你是学习委员。”章知诚耐心地说，“在管好自己学习的前提下，你可以试着提醒一下蒋赟，甚至帮他一把。学习委员的同桌考到全班垫底，还要被踢出班级，说出来你也丢脸吧？”

章翎没想过这茬，仔细一想的确是这样，忙着急地问：“可、可我要怎么帮他呀？他连晚自习都不参加！”

章知诚说：“你可能需要先搞清楚，他为什么不参加晚自习。”

章翎摇头，“我不知道。”

"邓老师知道吗？"

"邓老师也不知道，我悄悄问过她，她让我别管蒋赟的事，管好自己就行了。"

"唔……"章知诚手指敲着下巴，"那你就得花花心思，把这个问题先弄明白，才能对症下药。"

章翎知道章知诚是个好丈夫、好爸爸，除此以外，他还是个好老师，年年被评为明阳中学受学生喜爱的教师之一。

老爸就去开了一次家长会，回来后居然惦记上了小卷毛，这是"老师病"犯了吗？邓老师都懒得管蒋赟，她亲生老爸却要求她做个合格的学习委员，先从拯救失足同桌做起。

之后的两天，章翎对怎么拯救同桌还毫无头绪，这位同桌倒是石破天惊地率先在班里掀起了一场暴风雨。

那是周四上午的体育课，男女生分开自由活动，有七八个男生在打篮球，蒋赟原本照旧作壁上观，却被教体育的田老师揪着衣领丢到篮球场上。蒋赟的运动能力其实很不错，中考时体育拿的满分，跑步快，弹跳力好，只是篮球运动很受客观条件影响，他太矮了，又瘦，抢不到球，也不经撞，混在一群男生堆里完全没有优势。

这天他穿着刚子叔送给他的二手名牌球鞋，跑动中，先是被人撞了几下，差点扑街，接着又被人踩了几脚。蒋赟一开始以为对方是不小心，次数多了就发现，他们是故意的。

是的，不是一个人，是一群人，所有人都是故意的。

蒋赟脸色冷下来，牙关咬得很紧。他不是好脾气的吴炫宇，也不是隐忍低调的姚俊轩，更不是胆小懦弱的草花，他可是袁家村的"小斌哥"，从小到大的经历让他学会了一个道理，要想不被人欺负，只有比他们更狠更强才行。

所以，当萧亮又一脚踩上蒋赟的鞋面，还贱兮兮地说了一句"抱歉啊"后，少年心中戾气暴涨，他一个字都不舍得给，借着转身发力，狠狠一拳就砸在萧亮的脸颊上。

（3）

篮球场上的骚乱出现得很突然，原本四散在操场各处的6班男生很快都冲了过去，一片吱哇乱叫声也吸引了羽毛球场地上女生们的注意，"怎么了？"

"有人受伤吗？"

"打起来了？我们班的男生？"

章翎很有班委的觉悟，第一个丢掉球拍跑向篮球场，其他女生也跟着一起跑过去。

田老师已经挤进人群，把蒋赟从几个大个子手里拽出来。他被群殴了一通，这时眼睛都充了血，还发疯般地要挣脱束缚冲向萧亮，嘴里叫着："你就这点本事吗？啊？放开我！老子干不死你！"

女生们都吓呆了，一个个缩在边上不敢动。

章翎也被蒋赟激烈的言行惊到，又看向萧亮。萧亮的模样并不比蒋赟好多少，脸上也是挂了彩，头发乱蓬蓬的，正一脸委屈地对着田老师告状："我就是不小心踩了他一脚，我都道歉了！他们都听到的，你们说，我是不是道歉了？"

周围几个男生纷纷帮腔，证明萧亮的确道歉了，还添油加醋地说了事情经过——就是打篮球时的小摩擦，踩一脚撞一下很正常，蒋赟却一点都不讲理，反应特别大，上手就打人，实在是太野蛮了！

章翎听着他们七嘴八舌地说话，大概知道了前因后果，田老师依旧拽着蒋赟，大声问："是这么回事吗？"

蒋赟喘着粗气没吭声，嘴角只剩冷笑。他知道自己说什么都没用，一张嘴斗不过对方几个人，况且，谁也没法证明球场上的踩一脚是无心还是故意。

"问你话呢！"田老师在蒋赟后脑勺上拍了一下，觉得他默认了，气得半死，"你怎么回事？让你去打球不是让你去打架！有没有点学生的样子了？一会儿都跟我到你们班主任那儿去！不像话，这是学校！不是黑社会！"

还没下课，几个男生陪萧亮去了医务室，没人愿意陪蒋赟，他也懒得去，独自坐在篮球场边的台阶上生闷气。

章翎在不远处看着他，许清怡走到她身边，小声说："学委，你好可怜哦。"

章翎很纳闷，转头看她，"我哪里可怜？"

"你和蒋赟同桌呀。"许清怡皱着秀气的眉头，"他好可怕，你没看到他刚才的样子吗？跟条疯狗一样。"

章翎："他平时不是这样的，上课很认真。"

许清怡撇撇嘴，"丑人多作怪，学委，你和他同桌不害怕吗？"

丑人多作怪——这已经不是章翎第一次从女生嘴里听到这句话，每次都是用来形容蒋赟。

蒋赟的确没有一张干净帅气的脸，章翎天天坐在他身边，有时候看到他脸上的青春痘也会觉得心烦。他似乎发育得比别的男生晚，嘴唇上冒出来的小绒毛还很细软，每天顶着个劳改犯头型，身上总有一股子汗味。

但章翎没觉得他丑。

他就是性格不讨人喜欢，不懂怎么和人交往，不懂怎么正常说话。至于萧亮说的那些偷东西啊、作弊啊之类的事，已经是另一个层面的问题，章翎不会因为别人几句话就轻易相信。同桌十几天，蒋赟大多数时候都很安静，没出过什么幺蛾子。

哦，除了打架骂人，章翎已经亲眼见过两回，觉得这事儿的确要引起重视。

"我们都没有亲眼看到究竟发生了什么，不能那么武断。"章翎对许清怡说，"大家都是同班同学，请你以后不要再用这样的话说他，很不礼貌。"

许清怡面色变了一下，接着就露出清纯甜美的微笑，挽住章翎的胳膊晃一晃，"你这么严肃干吗呀？我和你开玩笑的，我都不知道你和蒋赟这么要好哦。"

章翎不想再理许清怡了，自从班委竞选时许清怡怪怪地看了她一眼，章翎就知道，她俩做不了朋友。这位美少女似乎把她当成了假想敌，章翎很是莫名其妙。

她不着痕迹地甩开许清怡的手，迈开脚步向蒋赟走去，直到站在他面前。

蒋赟先是看到一双脚，白色棉袜，紫色运动鞋，再往上是细细的一双腿，从蓝色运动短裤里伸出来，左膝盖略弯，形成一个很俏皮的站姿。

这是章翎——他眨眨眼睛，抬起头来。

"去医务室吗？"短发少女歪了歪脑袋，语调平缓地说，"你受伤了，我陪你去看看吧，让校医给你消消毒。"

蒋赟面无表情地看着她，齿缝里蹦出两个字："不用。"

"不疼吗？"章翎指指自己的左脸颊，"都肿了。"

蒋赟："我说了，不用。"

章翎耸耸肩，"行吧，那一会儿我陪你去邓老师那儿。"

蒋赟瞪大眼睛，"不用你陪！"

"我是班委，班长是当事人，说话不客观。"章翎解释，"我有权利知道究竟发生了什么，我也会有自己的判断，选择相信还是不相信。你刚才什么都没说，我不信你会随便打人。"

蒋赟被气笑了，偏过头笑得脸都在疼，继而摇摇头，说："我从小到大，不知道打了多少架，我告诉你章翎，其中有百分之九十的干架都是毫无理由的。想打，就打，看不顺眼，就揍他，懂吗？"

章翎问："那暑假那次，你在街上对我拉拉扯扯，有理由吗？"

蒋赟愣住了。

"没有？"章翎又问，"那，后来你和乔嘉桐打架呢？是你先动的手，也没有理由？"

"乔嘉桐……"蒋赟想了一会儿才想起这个名字是谁，"呵，你都知道他名字了？加上 QQ 了吗？"

章翎很冷静，"你还没回答我的问题。"

"没有理由。"蒋赟摆出一副玩世不恭的姿态，"就是没有理由，我看他不顺眼，看你也不顺眼，我想揍就揍了，哪来这么多理由？"

蒋赟坐着，章翎站着，两个人面对面，一起沉默下来。

下课铃响了，薛晓蓉大着胆子跑到章翎身边，拉拉她的胳膊，"走了，下课了。"

章翎问蒋赟："真的不去医务室吗？你去的话，我陪你。"

薛晓蓉惊讶极了，"章翎？"

蒋赟冷笑，"你好执着啊！怎么，看上我啦？"

薛晓蓉满头黑线，心想，这位男同学你哪里来的底气说出这句话？

章翎也很无语，耐心耗尽，转身往教学楼走去。

田老师在不远处喊蒋赟："你起来！别装死！到你们班主任那儿领罪去！"

蒋赟慢吞吞地站起身，摸摸左脸颊，火辣辣地疼，身上肯定也有瘀青，刚才混战中被那几个王八蛋踹了好几脚，现在浑身都开始不得劲。

"嘶——"他自言自语，"屄货，有种和老子单挑。"

田老师一巴掌呼上他的背，"还单挑？要不要我来和你单挑啊？！"

办公室里，邓芳铁青着脸，看向面前几个高矮不一的男生，血压突然就蹿上去了。就一堂体育课，居然演变成群架，还是班内打架，打架的还是班长！这要是传出去，她这个班主任颜面何存？

邓芳手指萧亮，"班长，你先说，到底是怎么回事？"

萧亮与左右男生对了个眼色，从善如流地把事情讲了一遍，末了重申："邓老师，我真不是故意踩蒋赟的，我道歉了。"

邓芳又点名问了几个旁观者，所有人口径都一致，最后，她望向蒋赟，瘦削的少年鼻青脸肿，校服衣领都被撕裂了，脚上的白色运动鞋脏污不堪，神情是浑不懔的。

她问："蒋赟，是这么回事吗？"

蒋赟撩起眼皮看她一眼，语调平平地说："还问我干吗？他们不都说了吗？你还想听不一样的答案啊？"

邓芳虽然见识过不少问题学生，但他们都忌惮"叫家长"，所以犯错后面对老师时还算乖顺，哪里会像蒋赟这么目无尊长。

"你怎么说话的？"邓芳忍住气，"我要听的是事实，他们说了一遍，我要再听你说，你告诉我，是这么回事吗？"

"那我就说了，信不信由你。"蒋赟嘴角一牵，"他们是故意踩我的，还撞我。"

"你胡说！"萧亮插嘴，"打篮球冲撞踩脚很正常的好吗！"

"你先歇着去。"邓芳挥手制止萧亮，又问蒋赟，"你为什么要说他们是故意的？你能证明吗？"

"不能。"蒋赟双手负在身后，站得歪歪扭扭，"没人能证明，但我就是知道，他们是故意的。"

"你这是污蔑！"

"瞎说呢！"

"胡说八道！"

几个男生大呼小叫，邓芳大吼一声："都给我闭嘴！"

她问蒋赟："你不能空口无凭说人家是故意的，蒋赟，你告诉我，就算他们是故意的，那他们为什么要这么做？你给我个理由。"

蒋赟觉得好笑，"为什么？那你去问他们啊，我哪知道是为什么。"

邓芳一拍桌子，"你这是什么态度？有你这样和老师说话的吗？！"

"我态度哪儿不对了？"蒋赟毫不畏惧地瞪着她，"他们组团欺负我，还不准我反抗了？你要听事实，我说了，你又不信。他们现在是踩我几脚，下次说不定捅我几刀呢？"

萧亮脸色都发白了，"你放屁！"

邓芳血压飙升，"你这人、你这人到底是怎么回事？不行，我得叫你……"

"叫家长吗？"蒋赟唇边泛起一个嘲讽的笑，"别忙了，我没家长。"

邓芳噎住，冷静一会儿后，她让蒋赟向萧亮道歉。蒋赟"嗤"了一声，像听了一个笑话，"开玩笑，他向我道歉还差不多。"

萧亮一直忍着，这时候真忍不了了，冲过来推了蒋赟一把，"你是不是有病？"

蒋赟一把格开他的手臂，食指指着他，"别碰我，有本事单挑啊。"

萧亮看着他充满戾气的眼睛，明明两人有十来厘米的身高差，萧亮却没来由的心里一紧。之前打架时他就发现了，蒋赟看着瘦小，力气却很大，揍他的那几拳重得要死，要不是他们人多拦得快，他可能早就被蒋赟揍趴下了。

臭小子们在办公室里都这么嚣张，邓芳简直脑壳疼，赶紧站起来拉开他们。她也算是知道学生们性格上的多样性，明白现在这局面，让蒋赟道歉是不可能的，让萧亮道歉更没道理，于是只能搬出校纪校规给几个男生讲大道理，直讲得他们昏昏欲睡，每人答应写一篇一千字的检讨，才放他们回教室。

邓芳严肃地下总结："这是念在你们初犯！下次再打架，就不是写检讨这么简单了！听明白没有？蒋赟！"

蒋赟打了个哈欠，困得要死，拖长音调回答："听明白啦——"

几个男生鱼贯而出，萧亮走在最后，邓芳叫住他，低声说："你是班长，大度点，蒋赟家里情况比较特殊，家教方面可能有点问题，所以你不能用常理去对待他。逼着他道歉，万一他心里不痛快……做出什么极端的事呢？所以这事儿你就吃点亏，回家和爸妈好好解释一下，有事就让他们来找我，好吗？"

萧亮原本就心虚，这时候自然顺水推舟地应下。邓芳觉得这孩子真懂事，想到蒋赟又开始头疼，这位没有家长可叫的学生，究竟该怎么教啊？

一群男生回到教室，语文课已经开始了。蒋赟在座位上坐下，章翎转头看了他一眼，他无动于衷，翻开了语文书。

章翎的烦恼并不比邓芳来得少，她从未和蒋赟这样的男生打过交道，总觉得这人特别难沟通，好好对他，他也不领情，讲话总是夹枪带棒，仿佛对所有人都抱有敌意。

体育课的事，章翎总觉得不简单，因为冲突的对象是萧亮。如果不是因为萧亮把那些陈年八股的事情传得人尽皆知，蒋赟在班里的处境也不会差成这样。章翎偷偷瞄了蒋赟一眼，正好看到他左脸颊上的瘀青，还有后脑勺上那道醒目的伤疤。

她想，这个人，究竟是在怎样的环境中长大的？

上午的课结束，学生们去食堂吃饭，蒋赟依旧做独行侠。章翎打完饭菜找座位时看到了他，抿着唇想了想，打算再和他聊聊，刚迈出脚步，就看到另一个人坐在了蒋赟对面。

她没再向前，孙妙岚和李婧过来叫她："章翎，晓蓉找到空桌了，我们过去吧。"

"哦。"章翎只能跟着女生们去了另一个方向。

蒋赟大口大口地吃着饭，对面的姚俊轩阴沉着脸，一副欲言又止的样子。

"有话就说，有屁就放。"蒋赟嫌他碍眼，"装什么装？"

姚俊轩终于开口："你就不能低调点吗？"

"啥？"蒋赟抬头看他。

"因为你的鞋子。"姚俊轩说，"钩牌的，他们一开始猜是山寨，笑半天，后来发现是真的，所以才去针对你。他们说你是贫困生，一边领着助学补贴，一边穿名牌鞋，太嚣张。"

蒋赟的眼神晦暗不明，一口饭咽下肚，反问："你没穿过别人不要的鞋啊？"

姚俊轩沉默。

"报到那天，你穿的那件红衣服，不是哪个老头穿过的吗？"

见姚俊轩脸色发白，蒋赟嗤笑道："姚俊轩，你是不是脑子进水了？我偷了还是抢了？他们犯傻你也跟着他们犯傻？"

姚俊轩说："你没偷没抢，但挡不住他们认为你偷你抢，所以，你低调点不就行了吗？"

"神经病。"蒋赟都搞不懂他的逻辑，"什么叫低调？是不是我要在后背贴张大字报，说我全身除了校服，都是别人不穿了的垃圾，说我就是个贫困生、低保户，连饭都吃不饱！是要这样吗？"

姚俊轩冷冷地看着他，"我不管你怎么样，蒋赟，我告诉你，我只想安安稳稳上完三年学，然后考上大学，离开这里。你如果要发疯，不要连累我，像我们这样的人，在班里就该老老实实，等以后高考结束，就那群傻子，你爱怎么弄他们随便你，但，不是现在。"

"我们这样的人？哈。"蒋赟把最后几口饭都扒进嘴里，腾地站了起来，"搞半天你是怕他们呀，那就离我远点儿。我也告诉你姚俊轩，你怕他们，老子可不怕。"

出租屋里，顶灯亮着昏暗的光，李照香戴上老花眼镜，给蒋赟缝补校服的衣领，一边缝一边唠叨："这才开学多少天，又打架！你老师不说你啊？把人打坏了我们也没钱赔，到时候把你抓去蹲大牢，看你怎么办。"

蒋赟在台灯下写作业，连着几道数学题都很难，他正在绞尽脑汁地想题，李照香却不肯让他清净，"你瞅瞅这新衣服，才穿几天就破成这样，叫同学怎么想你？我把你送去学武是为了让你锻炼身体，不是叫你去学怎么打架……"

蒋赟打断她，语带讥诮，"你不是把我送去学武，你是把我卖给了武校。"

李照香愣了愣，哼哼唧唧地说："奶奶没文化嘛，那时候又不懂，后来不是把你接回来了？就这么点事儿记恨多少年呢，说得好像我不要你一样。你要搞清楚，是你妈不要你，不是我，我一把老骨头了还要养活你，要是没有你我不晓得多快活……"

蒋赟把笔一丢，起身就出了门，椅子都被他碰倒在地上，发出"砰"的一声巨响。

"这狗脾气随的谁呀？"李照香看着甩上的房门，嘀咕了一句，又低头缝起校服。

蒋赟漫无目的地走在袁家村的窄巷中，指望夜晚的凉风能吹熄心中的怒火。

在武校的那几年就是一场噩梦。去的时候他还没满五岁，回来也才九岁多，可直到现在，蒋赟偶尔还会在睡梦中被魇醒。想起那些暗无天日的岁月，真是叫天天不应，叫地地不灵，也不知道是怎么熬过来的。

绕来绕去走了好久，蒋赟停在一片小空地前。

空地原本是社区弄的健身设施区域，后来被附近几户人家当成了停车场，几个年久失修的健身器材七零八落地竖在角落里，早就无人问津。

蒋赟双臂拉着一根单杠，用力一撑，人就上去了。他高高地坐在单杠上，晃着脚，抬头看向前方的一栋三层小楼。

暮色中的袁家村家家户户都亮着灯，窄巷里时不时有人骑电瓶车路过，还能听到从一扇扇窗户里传出来的各种声音：电视节目、打麻将、炒菜、狗叫、骂孩子……是蒋赟难以理解的一种热闹。

李照香说，他们的家一直都在袁家村。

姚俊轩说，三年后，他考上大学，要离开这里。

"这里"是哪里？是姚俊轩的家，还是钱塘？

蒋赟很少想到未来，他的现状不允许他做太长远的打算。他不知道姚俊轩家里是什么情况，贫穷，要么是因病，要么是因祸，要么是像他这样，压根儿就没有家。

长大以后，无论去哪儿，都是无牵无挂。

萧亮听从了邓芳的嘱咐，不知道怎么糊弄了家长，总之，他的父母没有来找蒋赟麻烦。

蒋赟知道自己实打实地得罪了班长，但他并不怵萧亮给他穿小鞋。被排挤、被欺负伴随着他整个童年到少年时期，随着年纪增长，他有了反抗的能力，这些反倒越来越不算个事儿。蒋赟习以为常，反正，那种呼朋唤友的快乐时光，他原本就从未拥有过。

他在班里彻底边缘化，前桌的汤子渊再也不喊他"弟弟"；薛晓蓉的椅背离他的桌子足有二十厘米远；姚俊轩当面路过都对他视而不见；女生们远远看到他就会躲开，接着就凑到一起说小话；以萧亮为首的后排男生每次看到他，一个个都会露出鄙夷的表情，仿佛在看一个垃圾。

唯一例外的是章翎，连蒋赟自己都有点儿吃惊。她会主动对他说话了，频率竟比以前都高。但这种例外却触动了少年敏感的神经，事出反常必有妖，蒋赟自动将章翎的善意屏蔽，只觉得她对他说的每一句话，都暗含讽刺。

九月的最后一个上学周，各门学科陆陆续续迎来单元测验。这次考的可不是初中知识了，蒋赟使尽浑身解数，想打个翻身仗，结果却是——十六中状元二战又折戟。

语文差强人意，数学马马虎虎，英语因为花的时间着实不多，差点儿不及格，化学比想象中好，物理……物理不提也罢。

距离上次被请进办公室还没过一周，蒋赟又一次被邓芳抓过去挨训。

"你上课到底有没有在听？这道，还有这道！我看你是根本没听懂，瞎七搭八写的什么鬼？"邓芳手里扬着他的物理试卷，本来就是长脸，这会儿拉得更加长，近乎咆哮，"你不参加晚自习我也没说你，那你回家作业总得好好做吧！你看看你平时的作业！敷衍我啊？你每天晚上到底在干啥？还想不想学了？不想学早点说！别来拖我们班平均分的后腿！"

蒋赟垂着脑袋乖乖听着，这不是打架，成绩不好挨老师训，他无话可说。

"有不懂就要来问，你来问我还能不给你讲啊？"邓芳气得头发都要炸开，"你就算不问我也要问问同学，亏你旁边还坐着一个学习委员呢！还是物理课代表！你有没有为她想过？她不要面子的啊？"

蒋赟眨巴眼睛，"关她什么事？"

"关她什么事？你说关她什么事？你知不知道学习委员的职责是什么？"邓芳狠狠一拍桌子，"你真清高呢！是可以自力更生了对吗？那你怎么不回家去自学得了！"

教数学的潘老师端着茶杯经过他们身边，看到蒋赟后脚步一顿，也加入批判大军，"嘿，这小子，我也想找他聊聊呢，学习态度太不端正了，考上五中就能放松啦？是不用参加高考了吗？开学到现在从来没问过我问题，我还以为学得多好呢，一考试就全露馅！"

教英语的马老师也走了过来，蒋赟抬头与她对视，马老师本来也想激情发言，被他一盯居然厌了，一个急转身又走了回去。

邓芳喝了几口茶润润嗓子，尽量语重心长地开口："蒋赟，我知道你家里情况特殊，所以也没对你要求太高，但你看看姚俊轩，人家门门课都是前三，你呢？"

蒋赟低头看着脚尖。

邓芳挥挥手，"行了，你先回教室吧，自己好好想想。晚自习真的要参加，我和你说了不用你交钱，学校没那么死板。"

蒋赟只听进了第一句话，转身就要走，邓芳又叫住他："你把章翎给我叫过来。"

蒋赟一怔，应下："哦。"

章翎小跑着来到办公室，邓芳的情绪已经回归正常，就蒋赟的事儿与她沟通几句，又问："你真的不想让他换座吗？你想的话，我就安排他和姚俊轩去坐。"

章翎摇摇头，"不用了，邓老师，蒋赟没有影响我。"

邓芳痛心疾首，"就算他没影响你，你也没有影响到他呀！你这么一个好学生坐在他旁边，作用呢？作用呢？！我是想啊，他和姚俊轩会不会比较有共同语言？姚俊轩说不定能督促他认真学习？"

章翎想到蒋赟的臭脾气，小声说："我觉得够呛。"

"行吧，那我们再观察他一段时间，到期中考试时再说。"邓芳说完蒋赟的事，想起叫章翎来的另一个目的，"章翎，学校十月份有不少活动，需要主持人，高三学生都退出广播社了，广播社需要从高一新生里培养后备力量，每个班要推一男一女去竞选，最后大概会招六个人。往后，学校大大小小的活动都会由这些学生轮流主持。我们班，女生我想推你，男生我推萧亮，你愿意参加吗？"

章翎点头，"我愿意的。"

邓芳："好，那我就报上去了，国庆后就有面试竞选，大概就是诗朗诵吧，你刚好趁假期好好准备一下。"

章翎："好的，谢谢邓老师。"

这时离国庆放假只剩两天，高二年级的月考刚刚结束，章翎在吃午饭时收到乔嘉桐的 QQ 消息，很高兴地说他考完了，终于有时间请章翎喝奶茶。

章翎坐在食堂里红着脸回消息。

章翎：学长，我以为你要赖账呢。

乔嘉桐：那不可能，你什么时候有空？

章翎：周五放学吧，第二天放假了，周五没有晚自习。

乔嘉桐：好，到时候再约，我知道有家奶茶店很好喝。

章翎收起手机，看到三个小伙伴都眼睛发亮地看着她。薛晓蓉说："我打赌，是乔学长！"

孙妙岚和李婧都嘿嘿贼笑，"我加注。"

"你们在说什么啊。"章翎装作听不懂，很生硬地转移了话题，"你们化学考得咋样？我没考好。"

"哎哟，不要说这个，好烦。"孙妙岚说，"国庆放五天假，咱们出去玩吧？"

李婧："去哪儿？景区到处都是人。"

薛晓蓉提议："去看电影怎么样？再一起吃顿饭。"

几个女生都觉得这主意不错，辛辛苦苦上学一个月，好不容易放几天假，大家都想放松一下。

吃完饭回到教室，章翎看到蒋赟趴在桌上睡着了。他每天中午都会趴着睡会儿，是真的睡着，有时候自然醒，有时候睡得太熟，需要章翎用笔将他戳醒。

他好像很缺觉，脸上的疲态显而易见，痘痘也冒得更加猖狂，上课前都要去卫生间洗把冷水脸才能彻底清醒。章翎很困惑，实在猜不出蒋赟每天晚上都在干吗。

她没办法，伸出食指戳戳蒋赟的背，戳了好几下才把他弄醒。蒋赟睡眼惺忪地抬起头，章翎说："对不起，我要进去。"

男孩子不声不响地站了起来，章翎坐回座位上，问："你每天睡几个小时啊？"

蒋赟大概是刚睡醒，没想到抬杠，乖乖回答："四五个小时。"

"这么少？"章翎好惊讶，"够睡吗？"

"够了。"蒋赟看看墙上的挂钟，起身去卫生间洗脸。

他不在，章翎随手抽了一本蒋赟的作业本看，现在她都不偷偷干这事了，因为根本没人在意。章翎觉得，蒋赟绝对没有厌学问题，他上课挺认真的，作业也都有写，就是的确不会去向老师提问，这个习惯不太好。她想和蒋赟好好聊聊，关于他的学习状态，他真的不太跟得上进度了，这么下去可不行啊。

下午的大课间，发的水果又是苹果。

"啊……是不是每周三都是发苹果啊？"章翎盯着苹果看了一会儿，递到蒋赟面前，"喏，给你吃。"

　　蒋赟没拒绝，这已经是章翎给他的第三个苹果了，收下后就塞进书包，也没说谢谢。

　　章翎不在意，她发现了，"谢谢"和"对不起"这两个词语，在卷毛同学的字典里是不存在的，他最喜欢说的应该是"屁"和"老子"。

　　章翎喝着牛奶，咬着红豆饼，见蒋赟神色平静，觉得是个好时机，像是闲聊般地开口："蒋赟，你昨天的数学卷子订正了吗？"

　　蒋赟警惕地看向她，"干吗？"

　　"就问问。"章翎冲他微笑，"能给我看看吗？"

　　蒋赟挑眉，"凭什么给你看？"

　　章翎边咀嚼边说话："昨晚，潘老师讲卷子了，你没听到，有几道易错题，我可以给你讲讲。"

　　蒋赟的脸色立刻就变了，"你什么意思？真以为做个学习委员有多了不起了？谁要你讲！"

　　这句话的音量不小，汤子渊、薛晓蓉、李婧等前后桌的同学都能听到，但他们全都一动不动，噤若寒蝉。章翎眨巴一下眼睛，压低声音抱怨了一句："你怎么那么容易生气啊？"

　　蒋赟心里一激灵，"是不是邓芳和你说什么了？"

　　"啊？"章翎反问，"说什么？"

　　"让你尽到学习委员的职责，帮助我提高成绩，对吗？"蒋赟越想越觉得就是这么回事，不禁冷笑道，"管得倒宽呢，但是我告诉你，我不需要！以后我的事儿你少管，你叫鸟屁股毛真是没叫错，拿着鸡毛当令箭，真把自己当回事了！"

　　章翎满脸通红，心里好生气好生气好生气，气得手都发抖了。

　　她发誓再也不要和蒋赟说话，这人根本不可理喻！

　　啊啊啊……就让他调去勤勉班吧！大家都开心！

第3章

—— ◈ ——

微末的希望

（1）

章翎和蒋赟开始冷战。

汤子渊和薛晓蓉不敢回头和他们说话，传作业和卷子也只敢找章翎，就怕触到蒋赟的霉头。这位男同学可不光是会打嘴炮，他是会打人的啊！

蒋赟知道自己惹章翎生气了，但说出去的话泼出去的水，叫他道歉是万万不可能的。再说了，所有人都讨厌他，章翎又为什么要对他好？不就是因为邓芳找过她了吗！她表面上温温软软的，心里指不定有多不情愿呢。

第二天从早到晚，章翎和蒋赟愣是一句话都没说，连着英语课口语练习都是各看各的书，幸好马老师忌惮蒋赟，没让他们来做对话示范。

熬到傍晚，下课铃一响，蒋赟理好书包就走人，章翎看着身边空下来的座位，懊丧地叹了一口气。

还没到食堂吃晚饭的时间，同学们大多都停下了笔，有人在聊天，有人上厕所，简单放松后准备晚上再战。许清怡不知从哪里回来，眼眶泛红，还没走到位子上，就"呜"的一声哭了出来，坐下后，干脆趴在桌上哭得好伤心。

立刻就有一堆同学围住了她，有人询问，有人安慰，萧亮走去她身边，半蹲下来小声对她说话。许清怡这才坐直身子，脸上还挂着泪珠。美少女落泪我见犹怜，似是受了天大的委屈，萧亮耐心地询问她，许清怡终于抽抽噎噎地开始说话。

章翎一直坐在座位上做题，许清怡有自己玩得好的女同学，那个小团体平时和章翎没有交集。况且，美少女还有更多玩得好的男同学，所以章翎没太关心她的事。可是，渐渐地她感觉不对劲，因为周围突然安静下来，章翎抬起头往教室中间看，发现居然有很多人在看她。

后桌的李婧拿笔戳戳章翎的背，用气声问："怎么了？"

章翎也用气声回答："不知道。"

这时，萧亮对章翎说："学委，麻烦你出来一下，我有事和你说。"

章翎便跟他走了出去，两人站在走廊上，萧亮把事情原委告诉章翎："许清怡想进广播社，想做主持人。她去找邓老师申请，想作为我们班女生代表去竞选，但是邓老师告诉她，我们班女生推的是你，你知道这事儿吧？"

"知道。"章翎说，"但不是我自己申请的，是邓老师做的决定。"

萧亮挠挠头发，"那现在就有点难办了，许清怡说自己是文艺委员，这事儿本来就和她的职责有关，邓老师居然问都不问她一句，她心里就很委屈，你说，怎么办呢？"

章翎不以为意，"那我去和邓老师说一声吧，让许清怡去竞选好了，我无所谓的。"

萧亮观察着她的脸色，圆圆的镜片挡住了女孩的眼睛，令他猜不透章翎究竟是怎么想的。萧亮试探着问："你生气了？"

章翎"噗"一声笑出来，"我没生气啊，这有什么好生气的？你去和许清怡说吧，我不去了，让她去，我现在就去和邓老师说。"

"哎，章翎。"见她要往办公室走，萧亮叫住她，"其实可以先在班里搞个内投的，这样才公平。"

章翎摇头，"不用那么麻烦，她想参加就让她去，我真的无所谓的。"

她立刻就去了办公室，找邓芳说明这件事，邓芳原本正在头疼，听到章翎的决定后，问："你就这么放弃了？"

章翎点点头，"嗯。"

"我推你，是因为我觉得你选上的概率比她大。"邓芳放柔声音，不让别的老师听到她的话，"开学一个月了，虽然我没看过你俩正儿八经主持的样子，但是光听平时说话，我就知道你的普通话比她标准，语速、咬字、情绪，各方面都比她优秀，经验也比她丰富。"

章翎微笑，"但是她比我漂亮。"

邓芳无言以对。

章翎很坚持，邓芳就没再勉强，同意让许清怡去参加竞选，并在晚自习时找许清怡说了这件事。没想到，许清怡居然不同意。

第二天是周五，国庆长假前的最后一个上学日。

蒋赟很记仇，依旧板着一张臭脸不和章翎说话。章翎感到无奈，这位同桌糟糕的性格她已领教许久，想着幸好要放假了，放完五天假，他总该消气了吧？

章翎更期待的是放学后与乔嘉桐的见面，高二年级在 B 栋，他们平时几乎见不着，在食堂偶遇也只能简短地打个招呼，连 QQ 都很少聊。开学一个月，章翎攒了许多话想对乔嘉桐说。

吃午饭时，蒋赟排在一支队伍的末尾。他的前面是别班的一个男生，另一支队伍有人叫他，男生就过去了，蒋赟自然而然地顶了他的空缺，但是排他前面的两个女生却没注意到身后换了人。

蒋赟一开始没留心她们的聊天，直到"章翎"这个名字窜进他的耳朵，他开始偷听，才发现这两人似乎是他的同班同学。

个子高高的叫赵思婷，对另一个矮个子说："章翎真的好白莲花呀，太能装了，你说她到底是什么意思？"

矮个子叫沈漫，摇头道："不知道，以退为进？反正我觉得她这一手真的好阴险，清怡完全被她弄蒙了。"

蒋赟没听懂。

"下午班会课可以看好戏。"赵思婷说，"哎，上次萧亮和痘神打完架，你知道章翎对清怡说了什么吗？"

"说什么？"

"章翎说痘神一点都不丑，还要清怡不准再说痘神的坏话，把清怡给呕得哟！"

沈漫语调夸张，"不会吧？我的天啊！"

蒋赟都不知道自己又有了一个新外号，"斗神"吗？听着还挺威风的。等等，章翎帮他说话了？说他不丑？真的假的？

赵思婷又说："真的！你说章翎怎么吃得消痘神的？是不是眼瞎？"

蒋赟翻了个白眼。

沈漫咯咯咯地笑了几声，"就是有这种女生的，我最烦了，总是装得一副很清高的样子，就是假正经，你看班里有几个男生鸟她？长得也不怎么样。"

赵思婷说："可是芳芳姐好像很喜欢她。"

"成绩好呗，又会装乖。"沈漫嗤之以鼻，"我听说章翎爸爸也是个老师，搞不好芳芳姐和他认识呢，要不然为什么推荐她却不推荐清怡啊？清怡比她好看多了。"

赵思婷表示同意："就是，真白莲……"

蒋赟的拳头硬了，要不是这俩是女生，他可能会把咸菜汤桶扣到她俩头上。他清清嗓子，凉飕飕地开口："说完了吗？我看你们是闲出屁来了。"

两个女生同时回头，看到他后吓得一蹦三尺高，排了半天的队也顾不上了，你推我拉地就离开了这支队伍。

蒋赟冷着脸，其实没听明白她俩说的是什么，只知道她们说他丑。蒋赟无所谓，男人嘛，又不吃软饭，长得漂亮有毛用？但是她们攻击章翎，这就不能忍了。

吃完饭回到教室，蒋赟什么都没对章翎说，因为他们还在冷战中。他用眼角余光偷瞄章翎，想到刚才听到的那个词儿——白莲花。

是个贬义词吗？为什么？白莲花，多清纯多高洁多美丽啊，用来形容章翎还挺合适的。

下午最后一堂是班会课，没什么议题时通常是自习，章翎的心情已经放飞，和薛晓蓉快乐地讨论国庆节去哪个商场玩，看什么电影，吃火锅还是吃比萨。蒋赟听着她俩小声地叽里咕噜，生硬地打断："安静点儿好吗！要聊天出去聊。"

薛晓蓉就是个贱货，立刻转了回去，前胸都快贴着桌沿了，椅背后的空当几乎能让汤子渊直接进出。

这时，邓芳走进教室，说开一个简单的班会，是关于广播社招新的事。章翎惊讶地看着邓芳，听到她说要进行一次班内投票，想要参加广播社主持人竞选的同学都能报名，每人朗诵一篇语文课文就行。

因为时间不多，萧亮就打了头阵，没别的男生报名，邓芳宣布萧亮作为6班男生代表去竞选，全班没有异议。

接着就是女生选拔，许清怡第一个上台，拿着语文书深情朗诵。全班同学昨天都知道了这件事，在许清怡朗诵时，一个个偷偷地朝章翎看，只有蒋赟感到困惑，微蹙着眉，不知道发生了什么。

许清怡下台后，邓芳对她表示赞许，又说："好了，下一位，抓紧时间。"

她的视线已经望向章翎。

邓芳满心以为章翎一定会上台，就当给她一个面子，可是章翎坐在座位上不为所动，甚至还翻开一本题集做起作业来。蒋赟用手肘捅了她一下，"哎，到你了。"

章翎没理他，邓芳忍不住点名："章翎。"

章翎抬头看她，清晰地开口："邓老师，我不参加。"

蒋赟猛地转头看她，像是不相信自己的耳朵。许清怡低着头坐在座位上，手指在桌下搅在一起，牙关咬得很紧。

教室里一片静默，邓芳有些下不来台，耐着性子说："章翎，这是为班级争光的事，你有这方面特长，为什么不参加？"

章翎说："对不起，邓老师，我真的不想参加。"

蒋赟怔怔地看着她，少女的短发已经留长了些，刘海原本盖住了眉，考虑到学校的校规，她把刘海往一边将起，夹了几枚黑色发夹，露出光洁的脑门，整个发型显得很老气。她的一双眼睛藏在眼镜片后，圆圆的，眼神很平静，不带一丝情绪。

所有人都觉得章翎生气了，选择用这样一种方式来反抗。邓芳也是这时候才发现，章翎的性格并不像她以为的那样人畜无害，小姑娘看着十分乖巧懂事，是老师眼里不用操心的好孩子，可骨子里却很倔，甚至都不愿意给老师面子。

这场班内投票最终不了了之，只有萧亮和许清怡两人参加，也就只有他俩胜出。邓芳让他们假期好好准备，争取入选，为班级争光。

"选入广播社，也算是给自己增加筹码。"邓芳这话不知是说给谁听，"到时候还有机会加入学生会，可以锻炼你们的组织领导能力、协调能力、社交能力，这些本领进入大学和参加工作后都会很有用。"

班会课结束，邓芳讲了讲假期安全注意事项，便宣布放学。学生们一阵欢呼，久违的假期真是太令人期待了。

章翎整理好书包，心里惦记着乔嘉桐，一边掏手机一边往教室外走，快要走到楼梯口时，身后响起一个喑哑的声音："喂，你站住。"

他没有喊她的名字，章翎却知道他叫的就是她，因为在学校里，蒋赟只和她一个人说话。

章翎停下，转身看他，蒋赟单肩背着书包走到她面前。身边是一群群从教室里涌出来的学生，有他们班的，也有别班的。6班的人都好奇地看了他们一眼，也没停下脚步，一个个轻快地下了楼梯。

章翎问："有事吗？"

蒋赟咬咬牙，反问："你为什么不参加主持人竞选？"

章翎歪了歪头，一字一句地说："关你，屁事，咸吃萝卜，淡操心。"

她从没说过脏话，这句话说出口都有点吃力，但看到蒋赟目瞪口呆的样子，心里又觉得好爽。真的是，忍他，很久了！

蒋赟确实被惊到，他想，原来章翎也会记仇的吗？都是他开学那阵子说过的话了，她记到现在？

章翎说完后就要走，刚转过身，蒋赟却一把拉住她书包顶上的拉环，章翎又被他拉得一个趔趄，几乎是跳着挣开他，气道："你干吗呀？"

蒋赟问："你是不是怕她？"

"谁？"章翎都不懂他在说什么，"我怕谁啊？"

"许清怡。"

章翎莫名其妙，"哈？"

她看看周围，放学的大部队已经离开了，只有零零散散几个学生在往楼梯口走，就没压着声音，反问："我怕她干吗？"

蒋赟："你要是不怕她，为什么不去参加竞选？你不就是怕自己得票没她高吗？"

章翎真要被气死，"这是我的事，我自己会决定，用不着你管！"

蒋赟的小胸膛都起伏起来，知道章翎还在生他的气，但现在不是斗气的时候，他试着耐心说话："章翎，主持是你的本事，我知道你有这本事，你就该去争取，让他们看看你有多厉害！"

章翎问："你怎么知道我有这本事？"

"我……"蒋赟语塞，情急之下想了个理由，"邓芳说的。"

章翎好脾气地解释："蒋赟，这事儿我已经决定了，你真的不用操心，我都没放在心上。"

蒋赟急了，"你咽得下这口气？"

"我根本就没生气！"章翎觉得和他说不通，不懂他为何比她这个当事人都要着急。

蒋赟摇头，语气笃定，"我不信。"

"你为什么不信啊？"章翎都蒙了，"我根本不在乎做什么主持人，也没想过要进广播社，本来就是邓老师自己给我报上去的，现在许清怡想去，那就让她去，哪里有问题？"

蒋赟大声喊："你一直都是主持人啊！小学，初中，你明明很厉害的，为什么连争取都不去争取，直接就放弃？"

章翎的声音也大起来，"争取，是针对自己想要的东西，我想要的东西我一定会去争取！我愿意放弃，就说明我根本就不在乎这个东西，你懂不懂啊？"

蒋赟就像钻了牛角尖，非要说服她："我不懂！我只知道你是个很牛的主持人！你连试都不试一下，那些傻子都以为你怕了许清怡！就她！整天掐着嗓子说话，声音尖得跟没毛鸡似的，还代表我们班去竞选？真要笑掉别人大牙！"

章翎："可是这关你什么事啊？你的事不让我管，我的事你也别管！你真的好奇怪，不想想自己考了几分，还要来管这种无聊的事，你知道你现在在班里排第几吗？是不是真想去勤勉班啊？"

蒋赟很茫然，"勤勉班是什么？"

章翎一口血差点吐出来。

开学一个月，所有高一新生都知道勤勉班是什么，虽然理解学校的良苦用心，也明白基础打不好的确会影响整个高中阶段的学习，但少年人都有傲气，谁也不想顶着一个差生名头被降班，那实在是太丢人了！所以，每个人都在铆足劲儿地学习，力争待在原班，再努力向高二的实验班冲刺。而章翎面前，却站着一个连勤勉班是什么都不知道的笨蛋。

"你！唉，算了，我跟你说，勤勉班就是……"章翎简单地对蒋赟介绍了一番，听完以后，男孩傻眼了。

章翎无奈地看着他，"现在知道了吧？你都半只脚踏进去了，还有闲心来管我？你操心操心你自己吧。"

说完她又要走，没想到，蒋赟又一次拉住她的书包拉环。

"你到底要干吗呀？"章翎几乎要跳脚了，这辈子没这么气急败坏过。她急着去和乔嘉桐见面，他们都约好时间在 A 栋楼下碰头了。

蒋赟说出一句意想不到的话："章翎，我保证期末考好，不去勤勉班，你去竞选主持人，好不好？"

章翎一个头两个大，"我管你去不去勤勉班！我说了我不想去竞选主持人！"

蒋赟眉头皱起来，"你是不是傻呀？你比许清怡强！"

"我就算比周涛朱迅强我都不去！我不在乎！我无所谓！"章翎爆发出有生以来最大的吵架能量，"你才是傻的！就考这么几分，还有工夫来多管闲事，我要是你，急都急死了！你还好意思说每天晚上只睡四五个小时，说得自己好像很勤奋一样！谁知道你每天晚上在干吗！"

蒋赟气爆了，"我每天晚上在干吗关你屁事啊！"

乔嘉桐刚走上二楼平台，转了个弯，就听到一句声音都喊劈了的脏话，而且……这声音和语气居然还有点耳熟。他从墙角悄悄探出脑袋，就看到一男一女在吵架，女生背对着他，像是章翎，男生……嘿！虽然发型变了，也是个熟人呢。

乔嘉桐没露面，静静地站在转角处等着。章翎的声音响起："你又说脏话！我忍你好久了，你为什么老要说脏话？没有人教过你好好说话的吗？"

蒋赟咆哮："是啊！没有啊！我就是这么一个人，说脏话怎么了？碍你事了？不爱听你别听啊！"

章翎："你以为我想听啊？现在是你拉着我不让我走！还有，是我要和你同桌的吗？是你自己换过来的！我知道你就是记仇，但是暑假里那件事我有哪里做错了？明明就是你不对！后来你和乔嘉桐打架，也是我的错吗？你打不过他赖我是吧？就是要报复我，是吧？"

乔嘉桐眼睛望着天花板，没想到吃瓜吃到自己身上了。

蒋赟眼睛都红了，"谁说我打不过他？！"

章翎一点都不害怕，"我亲眼看见的！就算你打得过他，很骄傲吗？有本事你考试考过他呀！人家是年级前十！你大概是倒数前十！"

蒋赟愣了几秒，指着章翎冷冷一笑，"我就知道，你看不起我。"

章翎正色道："我没有看不起你。"

"其实，你和他们都一样，觉得我是个垃圾，想离我远点儿，对吗？"蒋赟自嘲地摇摇头，"装得好像很关心我的样子，想要帮我，心里巴不得我有多远滚多远，对吗？"

章翎："你别乱说，我是真的想帮你！你现在成绩不好是客观事实，而且我没看到你有努力。"

蒋赟怒吼："你怎么知道我没努力？！"

章翎："你努力在哪儿了？我要给你讲题，你都不愿意听！"

蒋赟："我不需要你给我讲题！不需要你假好心！你又不是老师！"

章翎："好，这可是你说的，那放完假咱俩就换座！我不要和你同桌了！"

蒋赟惊呆了，目光复杂地看着章翎，问："你是不是很讨厌我？"

章翎正在气头上，一口承认："是！"

蒋赟像被泼了一盆凉水，声音都颤抖了，"我就知道，你都是装出来的，跟那些人都一样，你就是个，是个……白莲花。"

章翎倒抽一口凉气，"你说什么？"

"白莲花，假清高，就是你！"蒋赟活学活用，都没注意到章翎的眼眶已经泛红了。

乔嘉桐听不下去了，从转角处走出来，开口："章翎。"

章翎回头看到他，乔嘉桐穿着夏装校服，单肩挂着书包，闲闲地站在那儿，肩宽腿长，英俊的脸上挂着微笑。他的目光那么温柔，章翎一下子觉得好委屈，忍了半天的眼泪不争气地滑下来，嘴唇微微抖动，叫他："学长……"

"在楼下等你好久，你没来，消息也不回，就上来看看。"乔嘉桐走到他们身边，觑了一眼呆若木鸡的蒋赟，放低声音问章翎，"可以走了吗？"

"嗯。"章翎都不知道自己为什么要在这里和蒋赟吵半天，最后还落得一个"白莲花、假清高"的评价。她摘掉眼镜抹抹眼睛，乔嘉桐掏出一包纸巾，抽了一张递给她，"别哭了，走吧，喝奶茶去。"

从乔嘉桐出现以后，蒋赟就像被施了定身术，不会动，也不会说话了。他眼睁睁地看着章翎转身，和乔嘉桐一起向楼梯走去，很快，两个人就消失在他的视野里。

蒋赟呆呆站了好久，直到教室里的值日生们打扫完卫生陆续出来，他才提提书包背带，低着头下了楼梯。

乔嘉桐带章翎去了五中附近的一家奶茶店，排队的人很多，两人排了好一会儿才买到两杯奶茶，在店里找到空位坐下。章翎已经不哭了，不过眼睛还是红通通的，眼镜搁在桌上，她双手握着奶茶杯，问对面的乔嘉桐："学长，刚才，你听到多少？"

乔嘉桐想了想，"好像是从'关你屁事'开始。"

章翎想，是她那句"关你屁事"还是蒋赟说的那句啊？

哦，老天，真是见鬼了。

乔嘉桐好奇地问："你和那家伙同班，还同桌啊？"

章翎点点头。

乔嘉桐："你怎么都没和我说过？他有没有欺负你？"

"没有，他平时还算正常，我本来是想见面和你说的。"章翎声音低低的，"今天，班会课出了点小意外，他突然就发疯了。"

乔嘉桐问："什么意外？"

章翎便把主持人竞选的事告诉他，乔嘉桐听完后，说："我就是广播社的呢，你要是来竞选，我会是评委之一哦。"

章翎抬起头愣愣地看着他，乔嘉桐笑问："后悔了？"

"没有。"章翎摇摇头，"真的不想参加，小学初中做了好多年的主持人、运动会广播员、学校广播站播音员，主持过文艺会演、毕业典礼，该体验的都体验过了，没有遗憾。我同学想去就让她去吧，这有什么好争的？我那个女同学，我觉得她将来搞不好会走艺考。"

乔嘉桐见她兴致不高，安慰道："好啦，别生气了，为了这么件小事儿不值得。"

章翎瘪瘪嘴，还是难以置信，"学长，他说我假清高，还说我是白莲花！"

乔嘉桐看着女孩气鼓鼓的样子，乐坏了，"我知道你不是。"

"你说我要不要和他换座？"章翎感到为难，"换吧，全班就都知道我和他吵架了，他在班里的处境会更糟糕。不换吧，这人真的好气人，我都快被他气死了。"

乔嘉桐说："想换就换呗，别委屈自己，你为他着想他也不见得领情，有些人就是没心没肺的，以后毕业了也不会再联系。对了，你上回摸底考是不是年级十六？那你高二能进实验班啊，那小子，你就别管他了。"

章翎没接腔，乔嘉桐端详着她，突然说："章翎，我才发现，你不戴眼镜更好看。"

章翎一下子就害羞了，脸上升起两团红晕。

乔嘉桐说完后，低头去吸杯子里的珍珠，乌黑的碎发垂在额前，衬着白皙俊朗的脸庞，偶尔抬眸与章翎对视，眼睛亮晶晶的。

三四百度的近视令章翎的视野有点模糊，但还是挡不住乔嘉桐耀眼的光芒。

她托着下巴看他，觉得学长真的好温柔，转念一想，自己刚才又在他面前哭鼻子了，已经是第二次，心下就懊恼起来。好不容易和学长见面，期待了这么久，却又叫他看了笑话，连本来准备好的聊天话题都给忘了，学长会不会觉得她是个粗鲁的女孩子？居然在走廊上和男同学吵架。

都是因为蒋赟！那个人，是不是命里和她犯冲呀？

（2）

夜里近十点，蒋赟收了工，失魂落魄地回到家。

九月底昼夜温差很大，白天阳光猛烈，穿着夏装校服还不觉得冷，晚上冷风一吹，他才意识到，秋天快要来了。

少年的心，比这初秋夜晚的风都要凉。

贾小蝶在公用厨房煮面，看到蒋赟进门，赶紧喊他："小斌小斌，你明天是不是开始放假？"

蒋赟"嗯"了一声，贾小蝶开心地说："那你帮姐一个忙，姐请你吃方便面！"

蒋赟问："什么忙？"

贾小蝶笑得狡黠，"先吃，吃完了再说。"

她煮了两包方便面，自己吃半包，给蒋赟一包半，结果还是蒋赟先吃完。两人坐在公用厨房的小桌子旁，蒋赟抹抹嘴，问："帮什么忙？你说。"

贾小蝶上楼拿来一个小箱子，笑嘻嘻地说："我最近在学美甲，需要练习，你给我做模特儿吧？"

蒋赟惊恐大叫："我不！"

贾小蝶叉腰，"你要不要脸？都吃我方便面了！"

蒋赟吃人嘴软，十分钟后，生无可恋地瘫在桌边，让贾小蝶帮他做水晶指甲。

贾小蝶二十五六岁，初中学历，独自一人在钱塘打拼多年，脸长得还行，就是嘴巴很厉害，谈过两个男朋友都被她给骂跑了。蒋赟无聊得想打瞌睡，贾小蝶说："别睡，陪姐聊聊天。"

他俩能有什么好聊的？蒋赟眼睛望着天花板上的蜘蛛网，突然想到一个问题，问："姐，你知道说一个女生是白莲花，是什么意思吗？"

贾小蝶无语地看他，"你不知道啊？"

蒋赟摇摇头，贾小蝶说："就是说她装清纯呗，表面上是个柔柔弱弱的女孩子，实际上骚得很，爱使阴招，特别喜欢招惹男人，对着有利用价值的人和她看不上的人，态度那是明显不同。小斌弟弟，这可不是什么好词儿，你别对女孩乱说啊。"

蒋赟心碎地想，晚了。

见他一副要死不活的样子，贾小蝶问："你怎么啦？在学校不开心啊？"

蒋赟缓缓转头看她，又问出一个直击灵魂的问题："姐，我是不是长得很丑？"

贾小蝶失笑，"哈哈，蒋小斌，你真失恋啦？"

蒋赟懒得理她，别开了头。贾小蝶的工作妆还没卸，戴着两片假睫毛，扑闪扑闪着眼睛左右打量他，蒋赟被她看得难受，低声说："别看了，我知道我长得丑。"

"没有啦，你们这个年纪的小孩，毛都没长齐呢，哪看得出好看难看啊。"贾小蝶继续低头在蒋赟指甲上捣鼓，"你呢，其实五官还不错，眼睛很好看，鼻子也够挺，就是实在太瘦了，皮肤还不好。你要不去买点祛痘的洗面奶啊、面霜啊之类的用用？"

蒋赟木着一张脸，"不买，没钱。"

"男孩子别这么抠门。"贾小蝶说，"其实啊，看一个男人帅不帅，不光是看脸，还要看整体。个子高了，人捯饬得干净点儿，再丑也丑不到哪里去，那个叫作气质。还有啊，好男人呢，要看他有没有担当，够不够可靠，有担当的男人最帅。"

蒋赟若有所思，贾小蝶见他似懂非懂的样子，不禁想逗他，"就你这小身板儿，嘴巴又欠，哪怕长得唇红齿白也像个太监，和帅没关系。"

蒋赟瞪她，"谁像太监了？"

贾小蝶嘿嘿直乐，"哟，你懂的呀？才多大就懂啦？"

蒋赟不耐烦了，"你什么时候做完啊？我困死了！"

贾小蝶："别急嘛，明天你又不上学。"

最后，蒋赟左手五根手指，除了小指，其他四根都被贾小蝶"精心打扮"了一番，红银蓝黑四个色，每个指甲都有近两厘米长，亮闪闪的。蒋赟看着自己的左手，眼睛都发直了，"这玩意儿怎么弄掉啊？跟老妖婆一样！"

他想抠掉美甲，贾小蝶制止他，"别别别，我就想看看做完了能维持多久，反正你们国庆放假了，到你上学前一晚姐给你搞掉，乖乖的，姐每天请你吃夜宵。"

这天晚上，可能是因为第二天不用早起，蒋赟没强迫自己立刻入睡。他躺在上铺，翻来覆去地想放学时发生的那一幕，最后捞过枕头边的长颈鹿，轻轻地摩挲着。

上初中时，学校里有很多人早恋，有的是和同班同学谈，有的是和低年级的学弟学妹，有些胆大的就找校外闲散人员……蒋赟从来没考虑过这事儿，也不可能有女生喜欢他，当然，他也看不上她们，放眼整个十六中，就没见过比章翎更优秀的女生。

但这并不代表蒋赟想和章翎发展些什么。

天可怜见，他最初的梦想只不过是找到章翎，要到她的 QQ 号，与她保持联系，做个朋友或是网友，都行。如今两人同校同班又同桌，每天手肘碰着手肘，蒋赟反而不知道要怎么和她和平相处了。

章翎啊……说起来，有两年半时间，她是失踪了的。

蒋赟至今都记得，几个月前，七月初的一个周二下午，他在钟叔的报刊亭看杂志，偶然间抬头，看到天桥对面走过来一个女生。那一刻，他的心脏差点停跳，恨不得当场表演一个大鹏展翅。

蒋赟看到章翎去第四医院公交车站坐车，从那以后，他天天下午去蹲点，直到一周后的周二下午，才又一次蹲到章翎。他远远地看着她，第一次体会到失而复得的心情。

两年半没见，章翎长大了一些，个子高了，人还是又白又瘦。她以前不是短发，扎过马尾，还曾梳过俏皮的双马尾，不过现在的短发也很好看，配上圆圆的眼镜一点也不显呆，是个超级可爱的女孩子。

同桌一个月，章翎的脸在蒋赟脑海中印刻得更加清晰，连她右边下颌骨处有颗小小的痣，他都熟记于心。

可是她说，放完假就换座，她不要和他同桌了。

她还承认，她讨厌他。

她含泪看向乔嘉桐时，眼睛里有光。

她说，乔嘉桐是年级前十，而他，是倒数前十。

少年在黑暗中闭上眼睛，轻轻地叹了一口气。

他手里紧攥着那只长颈鹿，心里想着某个人，各种情绪交织在一起，辗转反侧到难以入睡，最终……在第二天清晨，他奇奇怪怪又黏黏糊糊地醒了过来。蒋赟睡的还是草席，盖的是一床毯子，他往底下一摸，低骂一句，整个人在上铺僵成了一块石头。

大清早，小少年虎着脸在卫生间里洗内裤，一边洗，一边想这五天假期要怎么安排。不能全用来打工，作业很多，必须要认真做，最好再花时间把学过的知识点都过一遍。

蒋赟其实无所谓去不去勤勉班，有学上，他已经很知足。勤勉班上课进度慢，反而更符合他的需求，只是勤勉班里没有章翎，就冲这一点，蒋赟也不想调班。

就一个晚上，他就接受了章翎讨厌他的事实，觉得这没什么大不了的，章翎要是喜欢他，那才叫稀奇呢。

吃过早饭，蒋赟提着书包去区图书馆自习，中午厚着脸皮去水站蹭饭。刚子叔的小女儿晓晓上小学二年级，也放假在家，正趴在小桌子上做作业，看到蒋赟就喊："妈妈，蝗虫来啦！"

蒋赟瞪了她一眼，晓晓发现了他五彩斑斓的手指甲，像是发现了宝藏，抓着他的手大叫："哇，小斌哥哥，你的指甲好漂亮啊！"

蒋赟抽回手，"我不叫小斌，你爸妈没文化，你怎么也没文化？我的名字这么写。"

他在晓晓的草稿纸上写下一个"赟"字，晓晓问："这个字读什么？"

蒋赟把一本《新华字典》丢给她："你不会自己查啊？"

晓晓翻了半天字典，一边翻一边念："617 页……哦，读 yūn，意思是'美好'，多用于人名。"

蒋赟突然好奇，给晓晓写了个"翎"字，让小家伙去查字典。晓晓又是一阵翻，"310 页……翎，鸟的什么和尾上的长羽毛，什么鸡翎……"

蒋赟从晓晓手里拿过字典，看到组词范例是"野鸡翎"，不禁笑出声来，自言自语道："怎么会取名叫鸟屁股毛的？"他又看向"翎"字所属的页码，很有点不可思议。

这时，刚子叔说："小斌啊，明天是中秋，晚上我们一家要去我大舅哥家吃饭，你看，你是收工回家陪你奶奶过节呢，还是独个儿帮我看店？"

中秋节啊……蒋赟说："我留下看店吧，我们家不过节。"

刚子叔点头，"行，那就辛苦你了，明天我把钥匙给你。"

中秋团圆夜，章翎跟着爸爸妈妈去外公外婆家过节，去的时候带去一堆礼物：红酒、月饼、水果礼盒……回来又换了一批礼物：牛奶、月饼、水果礼盒……都是舅舅给的。

"两盒月饼，一共十二个，每人配给四个，必须完成任务。"杨晔提着月饼盒子对大章小章下命令，"别苦着脸，知道你们不爱吃月饼，过了中秋又不能送人了，不能浪费嘛。"

章翎拿着水杯去倒水，一看饮水机就喊："章老师，没水啦！"

"哎呀，下午忘记叫水了。"章知诚看看时间，已经晚上九点多，说，"不知道水站有没有关门，我打个电话问问。"

他拨通电话："你好，请问现在还能送水吗？"

对方说："打烊啦，明早才能送。"

章知诚挂掉电话，杨晔说："哎，老公，我们搬家回来时，我同事不是送了我们几张水票吗？你是不是没用过？"

章知诚记起这件事，那位同事因为搬家多出了一些水票，所属的水站在袁家村，章知诚当时买了小区门口水站的水票，所以一直没叫过那家的水。他把水票找出来，试着拨通电话。

蒋赟原本已经要锁门走人，接到电话后，问："送哪儿？"

对方说："金秋西苑。"

蒋赟一愣，知道那是章翎住的小区，在她失踪的两年半里，他还曾去那里找过她，最后一无所获，他说："能送，要什么水？"

"农夫山泉，我有水票，我们家是 16 栋 3 单元 402。"

"好，十分钟到。"

"谢谢，辛苦你了。"

金秋西苑在第四人民医院附近，住着很多医院职工，蒋赟知道这个小区绿化和治安都很好，保安十分负责，盘问他半天才放他进去。

他开着电动三轮车到了 16 栋 3 单元楼下，锁好车，把一桶农夫山泉扛上肩，摁响了 402 室的门铃，门铃里传来一个男人的声音："是送水师傅吗？"

"是。"

"咔嗒！"单元门打开了。

楼道里有声控灯，蒋赟右肩扛着大水桶，吭哧吭哧地往上走。爬到三楼时他缓了口气，额头上青筋都爆出来了，他继续一鼓作气往上走，终于到了四楼。402 室的门已经打开，一个女孩子的声音从门里传出来："师傅辛苦啦，进来吧不用脱……蒋赟？！"

蒋赟大惊失色，头皮都要炸开，肩上的桶差点儿滑下去，幸亏章知诚动作快，帮他扶住水桶，慢慢放到地上。

玄关处，蒋赟和章翎大眼瞪小眼。章知诚看看这个又看看那个，心里觉得有趣，笑问："你就是蒋赟？"

站在章翎家的玄关处，蒋赟想起两天前自己和章翎吵的那一架，就觉得特别尴尬，特别讽刺。他脸皮发烫，心脏狂跳，有一种想要夺门而出的冲动，但是不行，他是送水师傅，不能给刚子叔惹麻烦。

蒋赟穿着一件黑色圆领短袖衫，底下是牛仔裤、人字拖，整一身都是别人不要了的旧衣服，裤子甚至是李照香从社区的旧衣捐赠箱里捡来的，一整天干活出汗，上衣湿了干，干了湿，这会儿都脏得没眼看。他用左手挠挠裤腿，突然感觉到自己的长指甲，立刻握成了拳。他不敢看章翎，更不敢看她的父亲，真是想死的心都有了。

章知诚也在打量蒋赟，这个男孩比他想象中还要来得瘦削，手臂那么细，却能扛起沉重的水桶爬四层楼，换成是他这个成年人都会感到吃力。

章翎见蒋赟低着头不吭声，问："蒋赟，怎么是你来送水啊？"她还试着拎了下地上的水桶，惊呼，"噢，好重！"

蒋赟没回答，只低声问章知诚："叔，水要装吗？"

章知诚拍拍他的肩，"要，你跟我来，不用脱鞋。"

蒋赟摇摇头，从裤兜里抽出两只鞋套套在脚上。他拎起水桶，跟着章知诚到了饮水机前，先把空水桶拿下来，再弯腰拆掉水桶口的封装，章知诚按住他的手，"我来吧。"

他看到蒋赟左手的美甲，心里一阵迷惑，却没说破。蒋赟用力摇头，拂开他的手，咬牙把水桶扛起来，"咚"的一声装到饮水机上。

章翎一直跟在他们身边，看蒋赟涨红着脸，满头大汗，赶紧递给他一张纸巾。蒋赟却没接，连视线都不敢与她相触，直接抬起胳膊抹抹汗，问章知诚要了水票，拎起空桶就要走。

经过两天两夜，章翎已经不那么生气了，尤其是看到蒋赟来送水，真是满肚子疑问，有心想留他说几句话，却找不到理由。

知女莫若父，亲爱的老爸帮了她的忙，章知诚喊住蒋赟："小蒋，你还有水要送吗？"

蒋赟不想撒谎，摇摇头，章知诚说："那坐会儿吧，休息一下，瞧你一头汗。"

蒋赟看向章知诚，心想，这就是章翎的爸爸？看着好年轻啊，个子高高的，长得很斯文，感觉和于晖差不多大，于晖才三十多岁。

他站在客厅里无所适从，章知诚指指沙发，"来，坐那儿。"

"我衣服脏。"蒋赟说，"会把你家沙发弄脏的。"

"没事儿，来吧。"章知诚不由分说就揽着蒋赟的肩来到沙发边，把男孩子按在沙发上，又对女儿说，"翎翎，去拿点水果来，再给蒋赟倒杯喝的。"

"好！"章翎乐颠颠地跑进厨房。

蒋赟局促极了，"我不用喝水……"

"你是章翎的同学，放轻松，章翎以前经常带同学来家里玩。"章知诚在蒋赟身边坐下，温和地问，"小蒋，你怎么在送水呢？是帮家里的忙，还是在打工？"

蒋赟咬着牙关，一脸倔强。

"那就是在打工了。"章知诚又问，"每天晚上都打工吗？所以才不参加晚自习？"

蒋赟沉默片刻，抬头看他，"叔，别说出去，行吗？"

章知诚以为他是怕别人嘲笑他，结果蒋赟说："我还没满十六岁，不想给老板惹麻烦，老板对我很好。"

"这样啊……"章知诚明白了，"放心吧，不会说的，翎翎也不会说。"

蒋赟松了一口气，这时候才敢偷偷打量章翎家的客厅，啊，这就是章翎平时生活的地方。他送水几个月，进过无数客户家，有富丽堂皇的豪宅，也有简陋的出租屋，这还是头一次停留下来，被邀请坐在沙发上休息。

蒋赟记事以来第一次待在这样的一个客厅，手脚都不知道要怎么放，屁股只坐了一点边沿，背脊挺得笔直。他环顾四周，天花板上挂着式样简洁的水晶吊灯，家具是白色，沙发是咖啡色，沙发靠背上还搁着一排毛绒玩具，餐桌上铺着暖色系桌布，墙上挂着装饰画……处处透着家的温馨。

客厅角落里有一架黑色钢琴，蒋赟想，是章翎的吧？

他又看到电视柜上的一幅全家福，是章翎和她的爸爸妈妈，大概是几年前拍的，章翎只有十岁出头。

蒋赟想起草花的家，很小的两居室，又脏又乱，客厅都没有沙发，又想起于晖的家，交房租时去过四楼，面积虽然很大，装修却土得掉渣。全都不能和章翎家比，她家，真的好漂亮。

章翎端出一盘水果放到茶几上，蒋赟一看，居然是切成片的橙子。

她是不是故意的？

"吃水果吧。"章翎忍着笑，又给他倒来一杯冰葡萄汁。

蒋赟就像一只落入羊群的小狼崽，失去了往日里的嚣张跋扈，这会儿臊眉耷眼，心里万般不是滋味。

章翎在单人沙发上坐下，歪着脑袋看他，她没戴眼镜，一双眼睛又圆又亮。蒋赟被她看得后背都起了鸡皮疙瘩，章知诚帮他解围，"小蒋，喝点饮料，今晚还挺热的。"

蒋赟拿起杯子喝了几口，葡萄汁冰甜爽口，很好喝，他从来没喝过。

这时，杨晔洗完澡，擦着头发从主卧出来，看到蒋赟后好奇地问："咦，来客人了？"

章翎很兴奋："妈妈，这是我同桌，蒋赟。"

"哦？"杨晔瞪大眼睛，"就是那个传说中的小卷毛吗？"

章翎慌张地阻止她，"妈妈你别乱说呀！"

蒋赟扯扯嘴角，艰难地打招呼："阿姨好。"

"你好你好。"杨晔上下打量他，热情地说，"吃水果，别客气，你还是翎翎上高中后第一个带回家玩的同学呢。"

杨晔也在沙发上坐下，突然像发现了新大陆，"哎哟，小卷毛你还做美甲呢？现在的小孩这么时髦的吗？"

蒋赟握紧的左拳不知何时松开了，这时又一次握得紧紧的，脸红得都要滴出血来，章翎还要凑热闹，"真的耶，我刚才都没注意！"

蒋赟羞耻极了，不知道怎么才能离开，章知诚居然又说起之前中断的话题："小蒋，你是打算一直晚上打工，不参加晚自习吗？"

章翎微微张嘴，"啊"了一声，蒋赟不知道该怎么回答。

杨晔很惊讶，"什么？你晚上都在打工啊？你才多大呀？满十六了吗？"

蒋赟不敢抬头，章知诚语气温柔，"小蒋，叔叔和你说，你现在应该以学业为重，我知道你可能有不得已的苦衷，但是这个度很难把握，一个处理不好，你就会顾此失彼，最后得不偿失。"

蒋赟垂下眼睛，"我知道。"

章知诚拍拍他的背，感觉到少年浑身紧绷，语气越发轻柔，"有困难可以和你们班主任说，她其实很关心你，家长会时还和我聊到了你。"

蒋赟想象不出邓芳会对章翎的爸爸说什么。

章知诚又说："你也可以多和章翎聊聊，你们是同龄人，会比较有共同话题。"

蒋赟偷偷看了章翎一眼。女孩在自己家一点也不老实，已经盘腿坐在沙发上，手肘支着扶手，手掌托着下巴，正一脸探究地看着他。他没来由地感到心慌，赶紧收回目光。

章知诚察觉到蒋赟的防备与沉默，知道这一晚的相遇太过突然，男孩估计到现在都没反应过来，再聊下去也不会有什么效果，便找借口说自己要去用电脑，向妻子使了个眼色。杨晔接收到，说："好啦，翎翎，你陪陪小卷毛，妈妈也去看书了，过阵子还要考试呢。"

说完，夫妻俩就离开了，把客厅留给章翎和蒋赟。

大人们一走，蒋赟才放松了一些，立刻对章翎说："我要走了。"

"你橙子还没吃呢！"章翎指指茶几上的橙子，"我特地给你切的，吃完了再走。"

蒋赟没办法，只能把一盘橙子都啃完。章翎盯着他的左手看，爸妈不在，她终于问出心中的疑问："蒋赟，你喜欢做指甲呀？"

蒋赟瞪她，"闭嘴。"

章翎："干吗这么凶啊？谁还没点儿小爱好了，我理解。"

蒋赟气结，心想你理解个屁！

水果吃完，章翎带他去卫生间洗手洗脸，蒋赟洗完后抬起头看镜子，发现章翎正倚在门边看着他，抱着手臂笑得很贼，"怎么会这么巧？"

蒋赟无言以对，默默叹气。

时间真的不早了，他第二次告辞，"我要走了。"

章翎没有理由再留他，便对着书房和主卧喊了一声："爸爸，妈妈，蒋赟要走啦！"

蒋赟急道："别叫，叔叔阿姨忙着呢。"

"没事儿，客人走了必须要送，这是我们家的规矩。"章翎送蒋赟到门边，杨晔和章知诚都走了出来。

杨晔说："小卷毛，下次再来玩啊。"

章知诚说："很晚了，路上小心，到家了给翎翎发个消息。"

蒋赟一怔，章翎说："爸爸，他没手机。"

章知诚："哦，这样啊。"

蒋赟摘掉鞋套塞进裤兜，犹豫片刻，对那一家三口说："叔叔阿姨，章翎，我走了，再见。"

"再见。"章知诚拍拍他的肩，"要努力啊，小蒋同学。"

蒋赟拎着空桶下楼梯，杨晔突然想到什么，拿出一盒月饼和一箱牛奶交给章翎，"女儿，你去追他，把这些给他。"

章知诚叮嘱道："翎翎，蒋赟要是愿意，你就和他聊聊，刚才，我看他很紧张，好像吓坏了。"

"哦，好。"章翎一句都没多问，穿上鞋就追了出去。

楼下，蒋赟已经坐上电动三轮车，正要发动，听到章翎在二楼北阳台冲他喊："蒋赟！你别走，等等我！"

女孩快速地跑下来，蒋赟这一晚过得迷迷瞪瞪的，一脸错愕地看着她。章翎把月饼和牛奶递给他，"今天中秋节，这盒月饼给你吃，是蛋黄莲蓉馅的，还有牛奶，祝你中秋快乐。"

蒋赟没接，目光沉沉地看着她。

这是……要发飙的前奏？章翎不等他发飙，直接把两个礼盒放在他的空车斗里，又摸摸车斗边沿，大惊小怪地叫："哇！你会开这种车啊？你就是开着这种车送水的吗？好厉害啊！"

蒋赟冷冽的眼神渐渐变得平静，"嗯"了一声。

章翎问："需要驾照吗？"

"不用，这是电动车。"

"不到十六岁也能开吗？"

"好像……不能。"蒋赟说，"但我快满十六岁了。"

章翎站在车边，双手负在身后，歪着头问："你什么时候满十六岁？"

蒋赟："明年三月。"

"几号啊？"

"三月十号。"蒋赟想起那本新华字典，"翎"字就在 310 页。

章翎绽开笑，"那还有半年呢，你就比我大三个月，我是六月生的。"

蒋赟心里一动，问："六月几号？"

章翎回答："六月十七。"

蒋赟震惊地瞪大眼睛，心想，神了啊，"赟"字就在 617 页！

章翎没注意到他奇怪的表情，又摸摸车斗边沿，好奇地问："这能坐吗？"

蒋赟没听懂，"啊？"

"能坐人吗？"章翎问，"我还没坐过这种车。"

蒋赟都结巴了，"这、这个……平时是放水的，很脏。"

"没关系，我还没洗澡。"章翎抬腿就跨上车斗，她穿着一身卫衣牛仔裤，顺势蹲下来，"你带我溜一圈，行吗？"

蒋赟转身看着她，感到为难，"你爸爸妈妈等你回去呢。"

"没关系的，我带手机了，和他们说一声就好。"章翎拍拍他的背，"司机师傅，麻烦开车。"

蒋赟抿着唇看她，章翎抬眸，"快走啊！"

（3）

两分钟后，电动三轮车突突突地开出了金秋西苑小区，车斗里多了一个女孩，沿着马路慢慢往前行去。

章翎一开始蹲着，时间久了觉得好累，干脆一屁股坐下来抱住膝盖。她抬头看天，说："蒋赟你看，今天月亮好圆啊。"

蒋赟没好气，"你是不是傻？今天是中秋，月亮还能不圆？"

这人就不会好好说话！章翎看着他单薄的背影，决定不和他计较，问："你每天晚上送水，能挣多少钱啊？"

"多的话四五十，少的话二三十。"

"那一个月能有一千多？"

"嗯。"蒋赟说，"周末不止，周末有时候一天能挣一百。"

章翎很好学，"怎么算钱的？送一桶挣多少？"

"两块。"

"电梯房和楼梯房都一样吗？"

"都一样。"

"那要是楼梯房送到七楼，岂不是很亏？"章翎想到刚才那桶水，那么重！问，"七楼，你扛得动吗？"

蒋赟语调平平，"扛得动。"

章翎开始算账，"一天挣一百，那你就要送五十桶水，那得从早干到晚吧？"

蒋赟解释："有时候是送写字楼，有手拉车和电梯，一趟就能送近十桶，也不累。"

章翎继续十万个为什么，"那你整个国庆都要送水吗？"

蒋赟有点不耐烦了，"你怎么那么多问题啊？"

章翎噘着嘴说："放完假要考试嘛，我这不是怕你一直打工，没有时间复习。"

蒋赟始终没回头，专心地开着车，冷冷道："你不是说放完假就要换座吗？还管我干吗？"

章翎撇撇嘴，噫，小气鬼，就知道他会记仇。

她不再说话，抬起头看天上圆圆的月亮，一会儿后又开始看路边的风景，这些店铺都是熟悉的，不过坐着的交通工具却很新鲜。

晚风微凉，吹起章翎耳边的发丝，看完月亮和街景，她的注意力又回到蒋赟身上。他真的好瘦啊，肩膀也不宽，黑色短袖衫太大，肩线都挂到上臂一半了。他的头发长长了一些，后脑勺的伤疤有点被盖住，不那么明显，不过卷毛还没开始形成，章翎觉得，大概得再长两个月，他的发丝才会开始打卷儿。

自来卷真好玩，都能省下烫头发的钱，章翎偷偷地想。

蒋赟不知道章翎的新鲜劲要持续多久，但他没问，开着三轮车带她在街上兜风，特别傻，却又舍不得停下。

他绕着整个金秋西苑开了一圈，快要回到大门时，车斗里的章翎说："蒋赟蒋赟，前面那个便利店门口停一下！"

蒋赟把三轮车在便利店门口停下，章翎跳下车，问："我要去买关东煮，你吃吗？我请你。"

蒋赟想都没想就回答："不吃。"

"我不喜欢吃东西的时候旁边有人看着。"章翎笑嘻嘻地说，"真的，你不说我就看着买了。"

蒋赟说："你去买吧，我走了。"

章翎噘嘴，"这儿离我家这么远，你不开车送我回去啊？"

蒋赟惊呆，这儿都已经能看到小区大门了，他还要开车送她进去的吗？章翎微微一笑，"你等着，我马上回来，别走啊。"

她往便利店跑去，跑到一半又回头喊："你别走啊！"

对蒋赟来说，这实在是很神奇的一个中秋夜。

他和章翎一人拿着一杯关东煮，并肩坐在三轮车的车斗边沿，晃着腿，看马路上车来车往、高楼大厦万家灯火。在匆匆而过的路人眼里，这就是两个十几岁的学生，晚上嘴馋出来买小吃。

章翎给自己选的是甜不辣和油豆腐，给蒋赟买了四串——牛肉丸、虾球、甜不辣和蟹棒，纸杯里塞得满满当当，还打了好多汤，加了点辣，她知道他会吃辣。

蒋赟一声不吭地吃东西，难得没有狼吞虎咽，实在是因为心情太复杂。他吃过关东煮，是草花请客，他经常给草花抄作业，草花偶尔会请他吃点小零食，以前都没觉得关东煮有这么好吃，连汤都如此鲜美。

吃东西时是不是应该聊聊天？蒋赟瞄一眼左边的章翎，试着起了个话头："你不是说你讨厌我吗？"

章翎正在喝汤，"噗"的一口差点喝到气管里，觉得这人真是不会聊天！她咳嗽几声后顺了顺气，转头说："你不还说我是白莲花？吵架时的话你也当真啊？我妈和我爸吵架时还会说——"她捏着嗓子学杨晔讲话，"章知诚我恨死你啦！"

蒋赟笑了，笑得肩膀都在抖，章翎发现自己见过他冷笑、嗤笑、阴笑、皮笑肉不笑，却还是第一次看到他真正的笑容，那么开心，就像一个超普通的高一男孩子。

蒋赟笑了好一会儿后，轻声说："你爸爸妈妈看着好年轻。"

"是吗？他俩都四十二岁了。哎，我告诉你一个秘密。"章翎向蒋赟凑近了些，小声说，"他俩是高中同学，同班的。"

蒋赟没明白，一脸蒙地看着她，章翎说重点："他俩上学时，早恋！"

"啊——"蒋赟吃惊地问，"那会儿也有早恋啊？"

"当然了。"章翎问他，"哎，你看我长得像我爸，还是像我妈？"

蒋赟上身后仰了一下，以便更好地观察她。章翎出门也没戴眼镜，一张脸完完整整地出现在他面前，蒋赟回忆过那对中年夫妻的容貌，回答："像你爸。"

"是哦，别人都这么说。"章翎咬了一口甜不辣，问，"那你呢？你长得像你爸还是像你妈？"

听到这个问题，蒋赟咖啡色的眼珠子瞬间变得黯淡，整个人被沉默笼罩。章翎发现他不对劲，不安地挠挠头发，觉得自己大概问了不该问的问题，蒋赟似乎一直都回避谈他的父母。

谁知，他突然开口：",别人都说我像我妈。"

章翎："啊？"

蒋赟垂着头，"但我不记得她长什么样了，我最后一次见到她，是我六岁那年，快十年了，我真的一点儿也不记得了。"

章翎不敢再问下去，不敢问你妈妈现在在哪儿，爸爸呢？为什么，他们都不在你身边了？

蒋赟看看章翎，女孩子像是一副做错事的模样，他觉得好笑，便换了个话题："你真的不想参加主持人竞选吗？"

章翎回答："嗯，不想参加。"

看蒋赟一脸"怒其不争"的表情，章翎叹气，"你以为做主持人很好玩吗？那么多串场词要背，还不能坐在台下看节目。每次文艺会演都是冬天,穿的那个礼服好薄的,冻死人！而且，很多活动都在期末考之前，复习特别紧张，还要去一遍遍排练。本来，邓老师要我去，我没办法只能去，刚好许清怡想去，那就最好咯。"

蒋赟语气低落，"我还挺想看你主持的。"

章翎哈哈笑，"你可以期待一下我的表演，不主持，没说不表演节目呀。"

蒋赟转头看她，"也是，你还会唱歌。"

章翎问："你怎么知道？这个邓老师可没说过吧？"

蒋赟甩锅甩得极其顺手，"萧亮说的。"

章翎无语，心想萧亮这人可真是大嘴巴。

两杯关东煮吃完，章翎拍拍蒋赟的左臂，"哎，你手给我看看。"

"干吗？别看！"蒋赟知道她想研究他的美甲，作为一个男孩子，他实在过不了这一关，打算回去就找贾小蝶算账。

"给我看看嘛，这么小气干吗？"章翎去抓他左手，蒋赟握着拳躲来躲去，就是不给她看。两人闹了半天，蒋赟的左手腕还是被章翎捉住了，她的手很白，他的手臂却是黝黑的，凑在一起对比得好明显。

章翎说："我妈妈是医生，要给人做手术的，不能做指甲，我都没看过，你给我看看嘛。"

爱美的女孩对美甲很感兴趣，大眼睛眨巴眨巴，蒋赟立刻投降，松开五指给她看。

　　贾小蝶给蒋赟贴的假指甲特别牢，蒋赟试过抠掉，没成功，这时候展现在章翎眼前，真叫一个妖艳璀璨。章翎抓着他的手仔细看，还一片一片地摸，问："这是贴上去的吗？"

　　她的手指触到蒋赟手上的皮肤，他似乎都能感觉到她的呼吸轻拂过他的手指，瞬间浑身僵硬，动都不敢动，讷讷地回答："嗯，贴上去的……不是我自己要做的！我一个女邻居在学美甲，非要让我做模特！"

　　章翎笑着说："真好看。"

　　蒋赟看到她的笑容，眼睛都移不开了，说："你要是想做，我可以让我邻居帮你做，不收钱，她反正还没出师。"

　　章翎摇摇头，"不啦，我还小呢，不能做这个。"

　　蒋赟松了口气，他并不希望章翎去做美甲，因为他不想把她带去他住的地方。

　　章翎欣赏完美甲，视线移到蒋赟的左手上，他的手指瘦长，指间有不少茧，还有些小伤疤，皮肤也略粗糙，不太像一双少年的手。

　　她张开自己的右手五指，和他的左手并在一起，她的手指修长，纤巧白嫩，蒋赟痴痴地看了一会儿，问："是不是弹钢琴的人，手指都很长？"

　　章翎动动自己的手指，说："不一定的，没有因果关系，没人规定手指短的人不能弹钢琴。"

　　这句话说完，两人都沉默下来，似乎意识到了同一件事——他们是同龄人，一个的手会弹钢琴，另一个，却只能扛水桶。

　　章翎想了好一会儿，开口："蒋赟，放完假，你别打工了，参加晚自习吧。"

　　蒋赟收回左手，低头看着手里的空杯子，问："那还换座吗？"

　　"你要是参加晚自习，就不换座。"章翎发愁地说，"你在班里，还能和谁去坐啊？一会儿又跟人打起来，你脾气也太差了。"

　　蒋赟轻笑，"他们不惹我，我也不会惹他们。"

　　章翎问："上次你和萧亮打架，是不是因为他们先惹的你？"

　　蒋赟默认。

　　"我就知道。"章翎为蒋赟打抱不平，"萧亮说的那些，都是假的吧？他这么造谣你，你怎么都不解释一下的？"

　　蒋赟转头看着她，"他说的那些，都是真的。"

　　章翎大吃一惊，"什么？"

　　"偷东西，作弊，和老师打架，欺负同学……"蒋赟一时也想不全小学时的丰功伟绩了，笑了笑，说，"都是真的，我以前……的确不是个好东西。"

　　章翎微张着唇，不知要怎么接他的话。

蒋赟的笑容更大了些，"现在，其实也好不到哪里去，你不是说了吗，年级倒数前十，半只脚都踏进勤勉班了。"

"这个……"章翎对他握了握拳，"所以要你参加晚自习啊，还有三个多月呢，救得回来！"

蒋赟没答应也没拒绝，他从车沿上跳下来，拿过章翎的空纸杯一起丢进垃圾桶里，回来跨上车，说："很晚了，我送你回家，你爸爸妈妈该担心了。"

章翎也爬进车斗，笑道："女儿被卖掉咯。"

"和硬纸板一个价，一斤五毛钱。"蒋赟发动车子，"就你，顶多卖个五十块。"

章翎往他背上砸了一拳，"哼！那你就只值二十！"

蒋赟慢条斯理地说："你高估我了，我是赠品，免费的。"

章翎被逗乐，哈哈哈地笑了好半天。蒋赟背对着她，唇边也绽开笑，电动三轮车向着金秋西苑的大门开去。

走到二楼北阳台时，章翎往楼下看，蒋赟还没走，坐在车上仰头看她，她向他挥挥手，"拜拜，中秋快乐，你回家路上注意安全。"

蒋赟也抬起右手，很不习惯地挥一挥，"拜拜，中秋……快乐。"

章翎，谢谢你！这句话，他还是没有勇气说出口。

章翎回到家时，章知诚和杨晔等在客厅，见女儿进门，章知诚问："他回去了？"

"嗯，我坐着他的三轮车去兜风了，还挺好玩的。"

章知诚冲她招招手，"翎翎过来，开会了。"

章翎走去沙发上坐下，问："开什么会啊？"

章知诚说："杨医生先发言。"

杨晔看着女儿，没再说笑，表情略严肃，"翎翎，你那个同桌小卷毛，我观察了一下，他应该是长期营养不良。"

"啊？"章翎很惊讶，"真的吗？他平时中午都吃很多很多米饭的呀。"

"米饭有什么营养？他吃肉吗？"

杨晔是一位骨科医生，四院没有儿科，小孩测骨龄都是去的普通骨科门诊，她见多了骨龄超龄或骨龄落后的儿童患者。

章翎回忆了一下，摇摇头，"每次只打一份蔬菜，最多是荤素合炒的那种，我从来没见过他打大肉。"

"他的确瘦得过分了。"章知诚问女儿，"我听你们邓老师讲，他都没订午点，对吗？"

章翎点头，杨晔说："这样肯定不行，男孩子青春期长身体，需要大量的蛋白质补充，要多吃肉蛋奶，他要是再不引起重视，会严重影响生长发育，个子长不高还是小事，免疫力低了很容易得大病的。"

章翎想起蒋赟的作息，"妈妈，他还睡得很少呢，说每天只睡四五个小时，我之前都不明白，现在知道了，他肯定是先打工，再做作业，所以才会很晚睡。"

"他这不是在作死吗？这么小的小孩打什么工呀。"杨晔用手指戳戳丈夫，"章老师，你把他家里的情况告诉翎翎吧。"

章翎着急地问："爸爸你知道蒋赟家里的事啊？"

"嗯，家长会上知道的。"章知诚没再隐瞒，把钟叔说的事复述了一遍，章翎听完后好半天说不出话来，她这才明白，蒋赟居然是个没有爸爸妈妈的孩子。

"这孩子真是……他妈妈怎么能这么一走了之？连回来看看他都不愿意？哪怕一年见一次也行啊！"杨晔是个母亲，觉得难以理解，"不行，太可怜了，现在这社会怎么还会有营养不良的小孩？要我说我们给他订份午点吧，先把营养补起来，要不然这孩子真要废了，以后高二高三学习强度很大的，他身体肯定吃不消。"

章知诚同意，"我也是这个意思，翎翎，这事儿交给你去办，钱，爸爸妈妈会出，怎么让蒋赟同意，就看你的了。"

章翎蒙了，这是又要她卖萌耍宝的节奏吗？刚才她为了逗蒋赟开心，已经装傻充愣、撒娇卖萌，无所不用其极了，还没完啊？

家庭会议结束，一家三口各回各房。

章知诚靠在床头看书，杨晔敷着面膜从主卫出来，看到丈夫出神的样子就知道，他那书估计半天都没翻一页。

"还在想小卷毛啊？"杨晔问。

章知诚抬头看她，摘掉眼镜放在床头柜上，说："我很久，没碰到像蒋赟这样的学生了。"

杨晔太了解他了，"我知道你为什么对他这么上心，他和你上学那会儿是挺像的。"

章知诚皱眉，"没有吧？我那会儿比他帅多啦。"

杨晔大笑，揉揉他的头发，"但你那会儿和他一样穷啊，章老师。"

蒋赟回到袁家村，把三轮车停到水站门口，看到车斗里的月饼和牛奶，挠了挠头，最后还是一手提一箱，慢慢地走回家。

李照香睡着了，蒋赟没有吵醒她，洗过澡后坐在公用厨房，拆出一罐牛奶，又拿了一个月饼，一口一口吃起来。蛋黄莲蓉馅的月饼很甜腻，但蒋赟还是觉得非常好吃。

他这也算是……过了个像样的中秋节了。

吃完后，他洗脸刷牙，回到屋里在上铺躺下。这一晚过得像做梦一样，蒋赟想起自己和章翎并肩坐在三轮车上吃关东煮的情景，还打打闹闹，忍不住就露出了笑。

章翎好像不生他的气了，但他并没有道过歉，真是奇怪，怎么会有章翎这样大方的人？她的爸爸妈妈看着好恩爱，尤其是她的爸爸，一个男人，怎么脾气会这么好？章翎说过，她的爸爸是个好人，也是个好老师。

说这话的时候，她才九岁多，还是个小孩子。

蒋赟想起晚上章翎说的另一句话，她说，她不喜欢吃东西的时候旁边有人看着。

不是骗人的，因为这已经是蒋赟第二次听到她说类似的话。

那天发生的事，蒋赟直到现在都记忆犹新，那是他和章翎的第一次见面。

大概是十月底的一天，云涛小学三四年级的孩子由老师带着去江滨公园秋游，先参观一个小型博物馆，接着就是野餐和自由活动。

彼时的蒋赟九岁半，刚从武校回来没多久，九月初转学进入云涛小学，插班入读四年级。

他逃离了一个魔窟，却并未迎来希望，当时的状态就像一只从原始森林被带到文明世界的小兽，伤痕累累，充满野性。他每天好勇斗狠，看所有人都带着仇恨，不讲文明，没有纪律，文化课完全跟不上，班里自然没人愿意和他做朋友。

他从未参加过春游、秋游等学校组织的活动，没有概念，李照香也不懂，所以那一天，他什么食物都没带。野餐时间没东西吃，连水都没得喝，蒋赟只能一个人躲到角落里，肚子饿得咕咕叫。

就算这样，班里调皮的男生也没放过他，居然找了过来，看到他狼狈的样子，一个个笑得好开心，还故意拿着蛋糕和薯片在他面前吃得津津有味。

有一个小男孩把面包递给他，问："想吃吗？"

蒋赟凶狠地看着他。

"我才不给你！"小男孩哈哈大笑，冲他做鬼脸。

蒋赟向他手里的面包吐了一口口水，"呸！"

小男孩愣住了。毫无悬念，他们打了起来。

蒋赟打架很厉害，就认准那个用面包调戏他的小男孩揍，小男孩没一会儿就被打哭了，却被蒋赟压着起不来。可是他们人多，其他男孩一拥而上，抱手的抱手，抱腿的抱腿，一下子就把蒋赟摁到了地上。蒋赟在混战中挨了好几下，几个男孩正抱成一团在草地上滚得天地变色，一个小女孩的声音骤然响起："你们在干吗？不准打架！再打架我就告诉老师了！"

几个小男孩都蹦起来，一看来人，纷纷大叫：

"是章翎！"

"大队委啊！"

"快跑！"

一眨眼全都跑得无影无踪，草地上只剩一个蒋赟，躺在那儿咻咻喘气。章翎走到他身边，弯下腰看他。

蒋赟深深地记得那一幕，阳光从她身后倾泻而下，小女孩背着光，头上戴着一顶小黄帽，帽子下露出两根麻花辫，长着一张圆圆的脸，一双圆圆的眼睛，关心地问："你怎么啦？"

蒋赟从地上爬起来，掸掉身上的草屑，捡起被蹬掉的鞋子穿上，一句话都没说。

那会儿他很矮小，比章翎还矮大半个头。九岁半的男孩子，身高堪堪一米三，体重还不足五十斤，剃着一个寸头，肤色不像长大后那么黑，脸上也没有青春痘。宽大的校服套在他身上像麻袋一样，还被扯得又脏又乱，印着好几个鞋印。

他警惕地瞪着章翎，打算离开这里，仔细一想，也没地方可去，便干脆在一棵大树旁坐下来，背靠树干继续忍饥挨饿。

章翎没走，一直歪着脑袋看他，见他坐下后，走过来问："你在干吗呀？"

蒋赟浑身炸毛，抿着嘴唇对她怒目而视。

章翎是出来上厕所的，看看四周，又看看蒋赟，问："你的书包呢？"

蒋赟依旧一言不发，章翎连吃几个闭门羹，看这男同学好凶的样子，打算溜了，偏偏这时候，蒋赟的肚子响亮地叫起来：咕噜噜，咕噜噜……两个孩子都愣住了，蒋赟几乎恼羞成怒，也不知怎么想的，人往地上一趴，双手抱头，闭上眼睛原地装睡。

章翎被他怪异的行为吓了一跳，眨了眨眼睛，迈开腿跑了出去。

直到她的脚步声完全消失，蒋赟才重新爬起来，抱着膝盖，默默地望着天空发呆。

没过几分钟，不远处有个人影飞快地跑来。蒋赟呆呆地看着，戴着小黄帽的女孩居然回来了，两根麻花辫飞舞着，还带来了她的小书包。

蒋赟充满戒备地看章翎在他身边坐下，盘着腿，从书包里往外掏东西，面包、虾条、巧克力、火腿肠、果冻、鱿鱼丝……蒋赟咽了口口水，章翎拆开面包，撕成两半，把大的那一半递给他，"给你吃，我们一起野餐吧。"

蒋赟微低下头，看向章翎的眼神非常凶。

章翎没被他吓到，直接把面包塞进他手里，又把火腿肠撕掉包装，递给他，"面包要配火腿肠吃。"

蒋赟把面包往她面前一丢，"我不吃。"

面包掉在草地上，还滚了两圈，弄脏了。蒋赟的肚子叫得更欢了，他待不下去，准备爬起来走人，章翎却捡起草地上的面包，说："那我吃。"

她张嘴就咬了一口，蒋赟立刻把面包夺下来，"你干吗！"

"不能浪费食物，我爸爸教我的。"章翎抬头看着他，"你不吃，也不能丢掉啊。"

蒋赟说不出话来，章翎拿起那块小点儿的面包，咬了一口，说："一起野餐吧，我不喜欢一个人吃东西，我喜欢大家一起吃。你看，我爸爸给我带了好多吃的，我一个人吃不完。"

话音刚落，蒋赟的肚子又叽里咕噜叫了几声，章翎冲他咧嘴笑，露出一排洁白的牙，"你坐下，一起野餐吧。"

蒋赟重新坐回大树下，拿起那半块面包，拍掉上面的尘土草屑，先是小小地咬一口，又小小地咬一口，接着就大口大口地吃起来，没几口就把面包吃完了。

章翎惊奇地看着他，赶紧把火腿肠和虾条也拿给他，蒋赟又是一通狼吞虎咽，连着虾条袋子里的碎屑都仰头倒进嘴里。章翎接着递上果冻和巧克力，把橘子和香蕉让他选，蒋赟毫不犹豫地选了香蕉，因为香蕉顶饿。

他把这些都干掉以后，那种难忍的饥饿感终于消失。蒋赟打了个响亮的饱嗝，章翎忍着笑，把一罐柠檬茶递给他，"喝饮料吧。"

蒋赟看着她，章翎晃晃自己的卡通水壶，"你喝，我还带了水。"

章翎吃完橘子，拆开最后一包鱿鱼丝，抓了一把给蒋赟，蒋赟这时候才发现，他好像把这女孩的食物都吃光了。他红着脸，不知道该怎么办，章翎却浑不在意，指指鱿鱼丝，"你吃吃这个，这个很好吃。"

蒋赟只尝了一根，就说："饱了。"

"哦。"章翎吃着面包和鱿鱼丝，问他，"你是几班的呀？"

"5班。"

"我是2班的，我叫章翎，你呢？"

蒋赟没回答，看向她左手臂上别着一个三道杠。

"我是大队委员。"章翎看看自己的左臂，问他，"你们班也有一个大队委员吧？"

蒋赟完全不懂什么大队委小队委，入学一个多月，他连人头都没认齐。他猜测能戴这个的应该是狠角色，三道杠好像比二道杠厉害，要不然，那些浑蛋不会跑那么快。

"刚才，是你们班的男同学在欺负你吗？"章翎问，"你应该告诉老师。"

对蒋赟来说，老师或者教练，都是恶魔般的存在。

"没有用的。"小男孩阴沉着脸，"老师都不是好人。"

章翎瞪大眼睛，"怎么会啊？我爸爸就是老师，他可好可好了。"

蒋赟闭上了嘴。

"章翎，你在哪儿呢？"

远处传来女人的呼唤声，章翎回头张望，"哎呀，是我们班主任在叫我，可能要集合了，我得走啦，你也快回你们班去吧。"

她把没吃完的一包鱿鱼丝塞到蒋赟手里，拍拍屁股站起来，提起自己空空的小书包，说："我走啦，以后，要是别人再欺负你，你可以来告诉我，我知道怎么对付他们。"跑开几步，她又回头说，"还有，你别和他们打架啦，我爸爸说了，打架厉害没用，小学生要用成绩说话。我爸爸真的是个好人，也是个好老师。"说完，她就跑走了。

大树下，只剩蒋赟一个人坐在草坪上，左手拿着半包鱿鱼丝，右手拿着一罐柠檬茶。

蒋赟躺在上铺，手里不知何时又攥紧那只长颈鹿，想起九岁时的自己，还有九岁时的章翎。

他们后来再也没说过话。

蒋赟只能远远地看着舞台上，章翎在主持，章翎在歌唱。

大概，就是从那一天开始，蒋赟才意识到，他是真的逃离魔窟了，因为魔窟里不会有章翎这样的女孩子。

他的人生，也是从那一天开始，才真正有了一丝微末的希望。

第 4 章

加油，蒋赟！

（1）

国庆假期第四天，草花来水站找蒋赟玩。

草花大名曹华，和蒋赟在十六中相识，混足三年，是彼此唯一的朋友。

"赟哥，我好想你啊！"小胖子依旧白白胖胖，见到蒋赟就抱着他嗷嗷叫，"你为什么没有手机啊？我平时都不能和你聊聊天！"

蒋赟手忙脚乱地推开他，"干什么干什么？别动手动脚的！"

其实，蒋赟和草花性格南辕北辙，一个是天不怕地不怕的刺头，学习还不错，能蹦爱跳，又穷又横；另一个却是软包子一坨，成绩很差，懒散懦弱，家里虽不富裕，父母也没短过宝贝儿子的吃喝。

他俩的相识过程很简单，草花因为长得胖，胆子小，从小被同学欺负着长大，进入初中后也没能摆脱被霸凌的命运。那天，他又一次被男生们堵在男厕所，正哭哭啼啼地求饶，蒋赟从天而降，以一打四，把草花从水深火热中拯救出来。

草花从此对蒋赟俯首称臣，两个小男孩彼此做伴，三年初中生活便也不那么难熬。

中考后，草花连普高都没考上，去了一所职高学中餐烹饪，目标是毕业后成为一名掌勺大师傅。蒋赟在五中入学一个月，每天上学打工，两人没有见过面，这时见到，看着草花兴奋的样子，蒋赟心里也有点激动。

刚子叔很善解人意，"小斌，你今天别干活了，和你同学出去玩玩吧，好不容易放几天假，别老想着挣钱。"

草花立刻说："谢谢叔！赟哥，走吧，我请你吃麻辣烫！"

两个男孩离开水站，走出了袁家村，草花问："赟哥，咱俩去哪儿转转？"

蒋赟原本对去哪儿没有想法，不过，他记起章翎和薛晓蓉的对话，她们好像就是今天去看电影，去的哪儿？是不是天阳百货？

蒋赟问草花："你知道天阳百货在哪儿吗？"

"知道，离这儿不远。"草花很惊讶，"赟哥，你要去逛商场啊？"

"不行吗？"蒋赟双手插在裤兜里，低头看看自己的衣裤，穿得还算干净，也没破洞，左手的美甲也在前一晚让贾小蝶给弄掉了。

草花说："没说不行，那就去呗，坐公交还是走路？"

蒋赟："走路。"

草花唉声叹气，两三公里的路程对小胖子来说，真的太难了。

章翎和三个小伙伴的确约在天阳百货玩耍，中午吃了一顿比萨，吃完后逛商场，等着看下午两点场的电影。

在女装专柜闲逛时，薛晓蓉挽住章翎的胳膊，小声问："上礼拜五放学，你是不是和乔学长见面了？"

章翎心里一咯噔，"你怎么知道？"

"有人看见了，来找我打听。"薛晓蓉说，"好像是在校外一个奶茶店，看到你们在排队。"

章翎不觉得这有什么好打听的，一口承认："是啊，学长请我喝奶茶，他早就答应我的，你不是知道的吗？"

薛晓蓉"啧"了一声："我是知道啊，但是别人不知道啊。"

章翎问："是谁看见的呀？"

"不知道是谁看见的，但是来问我的是沈漫。"薛晓蓉声音更低了，"她问我，乔学长是不是你男朋友。"

章翎嘴角一扯，"我的天……你怎么说？"

"我当然说不是啊！"

章翎很烦这种事，初中里也有人传这些小话，谁谁喜欢她，谁谁也喜欢她……她行得正坐得端，从没放在心上。可是现在有点不一样，她对乔嘉桐不能说是全无念想。

不过章翎很分得清主次，在她心里，高中阶段肯定是学业摆第一，哪怕家里有一对早恋榜样，她也丝毫没受影响。况且，她亲爱的老爸老妈都是高才生，双双硕士毕业，章翎从很早以前就有学业上的目标，硕士是打底的。

薛晓蓉见章翎不太开心，犹豫着说："还有呢，你要不要接着听？"

"还有什么呀？"章翎真是奇了怪了。

薛晓蓉说："沈漫问我……萧亮是不是喜欢你？"

章翎都要崩溃了，"萧亮难道不是喜欢许清怡吗？"

"我也觉得萧亮喜欢许清怡啊！"薛晓蓉自己都觉得奇葩，"但是沈漫说，主持人竞选那个事，班里内投是萧亮向邓老师提出来的，他似乎希望你赢，不希望许清怡去。"

"为什么？"章翎丈二和尚摸不着头脑。

薛晓蓉耸耸肩，"我猜啊，大概是觉得许清怡选不上吧。"

李婧和孙妙岚走在前面，进了一家卖女孩子饰品玩具的专柜，薛晓蓉和章翎也跟了进去，她们没再继续刚才的话题，都觉得很无聊。

在发饰柜台前，几个女孩拿着各种发夹、发箍试戴起来。章翎从暑假就开始留发，这时候头发已经长到脖子一半的位置，她试着把头发在脑后扎起，问薛晓蓉："我是不是能扎头发了？"

薛晓蓉咯咯笑，"能，就是很短，像个兔子尾巴。"

"我留两年短发了，再过一阵子就能扎起来。"章翎挑了几个发圈和发夹，又摘下眼镜问，"晓蓉，你看我不戴眼镜好看吗？"

薛晓蓉打量她片刻，点头，"好看，你以后可以戴隐形眼镜。"

章翎抿唇微笑，拿着发饰去结账。

收银台边有一面墙，上面全是毛茸茸的小动物钥匙扣，章翎看到一只长颈鹿，惊喜地拿下来看。

"噢！好可爱啊。"她一翻标价，"哎哟，好贵。"

一起排队的孙妙岚问："你喜欢长颈鹿吗？"

"是呀。"章翎说，"我以前也有一只长颈鹿，挂在包上好多年，是我爸爸送给我的，后来不小心弄丢了。"

孙妙岚问："你要买吗？"

章翎摇摇头，"这个太贵了，就算要买，也得是我爸爸给我买，怎么能用自己的零花钱？"

她把长颈鹿挂回墙上，几个女孩结完账，手挽着手离开了专柜。

直到她们在拐角转弯，蒋赟和草花才走进这个专柜。

之前，两个男孩在商场里四处乱逛，草花一开始都不知道蒋赟想干吗，跟着他到处走。后来，他发现蒋赟突然变得鬼鬼祟祟，定睛一看，真相大白，那不是章翎吗？敢情这人是想来商场碰瓷儿呢！

"你怎么知道章翎会来这里？你怎么找到她的？"草花对于蒋赟的神通广大佩服得五体投地，迫切地想要将功补过，"赟哥，你今天打算怎么弄？我一定帮你！要不我去坐电梯撞她一下？然后我摔倒？不过……她会不会记得我？嗯，应该不会，那次我都没和她说上话……"

蒋赟打断了小胖子的自作多情，"我和章翎现在是同桌。"

草花："她应该只记得——什么？！"

蒋赟抬抬下巴，神情倨傲，"我，和章翎，现在，是同桌，听明白了吗？"

草花下巴掉下来了，跟在蒋赟身边，他狗腿地问："赟哥，那你加上她 QQ 了吧？"

蒋赟脸色沉下来，真丢人，并没有。

除了送水，蒋赟还没进过商场，因为商场里哪怕是一双袜子，价格都不是他能承受的。像这种卖小玩意儿的店，蒋赟更是没逛过，站在店里，看到那些五颜六色可爱的小物件，他相当迷茫。

他没想过会真的碰到章翎，自然没有勇气假装偶遇。他就是想来看看，章翎平时和朋友一起玩的地方是什么样的。

蒋赟走来走去，装模作样地拿起商品看，一个导购小姐来到他身边，问："小同学，是要给女朋友买礼物吗？"

草花"噗"一下笑出来，蒋赟瞪了他一眼，一本正经地说："我就看看。"

导购走开了，蒋赟拿起一只带毛绒兔耳的发箍，想象章翎戴上它的样子，觉得肯定很可爱。草花提醒他："赟哥，刚才章翎好像站在那儿过。"

他指着收银台，蒋赟走过去，看到那一整面动物玩偶钥匙扣墙，自然，他也看到了那只长颈鹿。蒋赟把长颈鹿拿下来，一看标价——六十八元。

"我天，这么贵？"他把长颈鹿翻来覆去地看，想看出这东西哪里值这个价——这只长颈鹿要比章翎原来那只大一点，长得也不太一样，表情看着更呆，不过都软乎乎的，捏着很有趣。

"咦？这不是章……"草花还没说完，就被蒋赟打断，"闭嘴。"

这么羞耻的事不能再让人提起，蒋赟盯着长颈鹿看了好久，咬咬牙，走去收银台结账。

"需要包装吗？"收银小姐问。

蒋赟不懂，"什么包装？"

收银小姐拿出一个纸盒和一个透明袋子给他看，"盒子五块，袋子三块，都绑彩带和扎花，还送一张空白贺卡。"

蒋赟想了想，说："要袋子吧。"

他把裤兜里全部的钱都掏出来，一张张数给收银小姐。这是昨天送水发的工资，幸好没留在家里，都是五块十块，还有硬币。蒋赟付完钱，看着收银小姐把长颈鹿装到袋子里，袋口收紧，又绑上粉红色的彩带和礼花，最后连着一张带信封的贺卡一起装进一个塑料袋里。

蒋赟提起袋子和草花一起离开，草花看着他的表情都扭曲了，觉得赟哥莫不是中了邪？六十八块钱的钥匙扣啊！还有三块钱的塑料袋！赟哥居然眼都不眨一下就掏钱了！

　　已经快下午一点，草花饿极了，拖蒋赟去吃饭。商场里东西贵，他俩走了一站路，在一家菜市场边找到一家麻辣烫店，满满当当点了两大碗，坐在桌边埋头大吃。蒋赟菜料要的不多，却煮了三块面饼，他不想占草花便宜，管饱就行。

　　吃东西时，两个男孩聊起了天，草花问蒋赟："读重点是不是很辛苦啊？每天都要考试吗？"

　　蒋赟吸溜着面条，回答："还行吧，上新课呢，没那么多考试。"

　　草花又问："赟哥，你现在还能考第一吗？"

　　蒋赟抬眼看看他，心想，他再努把力，估计能冲一冲倒数第一。

　　见他没回答，草花很有眼力见儿，不再提这事，嘿嘿笑道："你现在和章翎同桌，你俩是不是成朋友了？她知道你那件事吗？"

　　蒋赟愣了一下，知道草花说的是哪件事，摇头，"不知道。"

　　草花奇怪，"你为什么不告诉她？"

　　"告诉她干吗？"蒋赟觉得草花真是傻，"十六中那种破事儿多得都能写本书，要不然她为什么要转学啊？我才不和她说呢，反正五中也不可能会有这种事。"

　　草花讪笑，"是哦，五中可是正规的好学校。不像我，我那个学校可乱了，我觉得比十六中都乱，我每天去上学……都提心吊胆的。"

　　蒋赟很敏感，抬头问："又有人欺负你啊？"

　　草花瘪着嘴不敢说话，蒋赟追问："我问你呢，是不是又有人欺负你？"

　　"就……高二的一个傻子，和外面几个流氓玩在一起，在学校里挑人，放学了就去敲诈。"草花垂着脑袋，圆脸盘儿涨得通红，"我被抢了两次，加起来一百多块。我后来上学都不敢带钱了，但是他们还是会找我，说不给钱就一直找，让我每个月给两百。"

　　蒋赟生气了，砰地一拍桌子，"一群垃圾小瘪三还敢收保护费了！"

　　店老板从麻辣烫锅边探出头来，"干什么呢？不准打架啊！"

　　草花被老板吼得浑身一抖，眨了眨眼睛，很没骨气地哭起来，"赟哥，呜呜呜……我都不知道该怎么办，我每个月零花钱也就两百，都给他们了我就要饿死了……呜呜呜呜……"

　　蒋赟抽了张纸巾抹抹嘴，问："这事儿你和你们老师说了吗？"

　　草花点头，"说了，没用，那些老师都很怕事，让我去报警。"

　　"报警能管用？"

　　"也就管用一会儿吧。"草花抽抽搭搭地说，"你想啊，我要在那儿上三年呢，警察还能管我三年啊？"

"那你和你爸妈说了吗？"

"没有。"草花吸吸鼻子，看着他，"我爸三棍儿打不出个屁来，和他说了也是白说。再说了，他每天上晚班，我这么大个人了，难道还能让他接送啊？"

蒋赟又问："欺负你的，一般都几个人？"

"一般是三个，有时候四个。"草花边哭边说，"有一次我想跑，没跑成，被他们揍了一顿，可疼了。"他撩起袖子给蒋赟看，白白胖胖的右手臂上有一块很大的瘀青，放下袖子后又指后背，"背上也有，还有腿上，我都被打趴下了，求饶也不行，就是要钱。"

蒋赟了解草花，要不是被欺负得厉害了，草花是不会来向他求助的。他俩今天在一起玩了几个小时，草花直到现在才说这件事，显然也是纠结很久，就怕给他惹麻烦。但是，不找他，草花还能找谁呢？小胖子就他一个朋友，他也一样。整整三年的相依相伴，两人知道彼此所有的小秘密，草花对他，是真的好。

蒋赟问："他们一般什么时候找你，你有数吗？我不可能天天去蹲点。"

草花愣愣地看着他，"赟哥，你真的肯帮我啊？"

蒋赟不耐烦，"废什么话！问你呢，礼拜几，你有数吗？"

"一般都是礼拜一。"草花说，"一个礼拜刚开始，大家口袋里钱会多一点。"

蒋赟嗤笑，"小瘪三还挺有经济头脑啊，行吧，放完假，周一我去找你，看看碰不碰得到，能碰到，这事儿我帮你解决。"

草花给他加油鼓劲，"赟哥，我觉得你肯定干得过他们！"

"是吗？"蒋赟想起之前和萧亮打的那一架，他没敢下重手，就萧亮那外强中干的样子，蒋赟怕自己下重手，第一拳就能把班长 KO。他冷冷一笑，活动了一下指关节，发出"咔咔"的声响，"说起来，我还真是很久没舒展筋骨了。"

打工人们的长假还未结束，五中学生已经提前返回学校。

教室里的大组每月一轮，十月伊始，章翎和蒋赟就换到了靠墙的第一大组。章翎到得早，蒋赟走进教室时习惯性地往窗边去，章翎叫他："蒋赟，这儿！"

蒋赟回头一看，拽着书包走过来。现在，换成章翎起身，让他坐进位子。

在同学们眼里，他俩依旧是那副"相敬如宾"的样子，只有章翎和蒋赟自己知道，经历过冷战、吵架和假期偶遇，他俩已经和好了。

看蒋赟在墙边坐下后，章翎说："早上好。"

蒋赟低着头整理书包，半天没出声，就在章翎以为这又是她唱独角戏的一刻，蒋赟低低开了口："早上好。"

章翎把英语书竖起来，脸颊藏在里头，闷声笑了半天，蒋赟臊得不行，气恼地问：

"笑什么笑？"

他没把那只长颈鹿带来，因为还没想好以什么理由送给章翎，或者算是赔给她？蒋赟想，她的生日还要好久呢，要不圣诞节送？可圣诞节也还有近三个月。在那之前，还有别的节日吗？蒋赟从没研究过送礼物这种事，想了两天也没想出个所以然来，索性暂放一边。

章翎看到蒋赟的校服，问："你怎么还穿夏装啊？大家都穿秋装了，你不冷的吗？"

蒋赟是跑着来的，非但不冷，还觉得热，摇头道："不冷。"

章翎叮嘱他："下周一升旗仪式，你记得穿秋装，要不然全班不统一，邓老师又要生气了。"

下周一……蒋赟想到那一天，他得去草花的学校蹲点，就心不在焉地"嗯"了一声，表示自己知道了。

章翎又问："还有，晚自习和补课的事，你有没有考虑好啊？"

虽然知道她是好心，蒋赟还是莫名烦躁，生硬地回答："暂时不参加。"

"为什么呀？"章翎原本以为他能想通，结果这人就跟茅坑里的石头一样又臭又硬，她真要愁死了。

蒋赟说："不为什么，我要打工，要存钱。"

"那你怎么复习？"

"你别管，我自己有数。"

章翎忍住气，"行，我倒要看看你下次考试能考几分。"

劝蒋赟参加晚自习的事暂告失败，章翎知道急也没用，只能先解决午点的事。五中的午点费是一月一交，十月的费用在九月底都已收完，章翎抽空跑了一趟办公室，想把蒋赟的午点费补交给邓芳，并转达了父母的话。当然，她隐瞒了蒋赟课余打工的事。

邓芳惊讶极了，消化以后才对章翎解释："章翎，现在不是钱的问题，蒋赟的午点费其实是可以减免的，就和姚俊轩一样。我和蒋赟提过，但他不同意，他自尊心很强，该他重视的事死活不重视，这些小事却爱钻牛角尖。你又说不能让他知道是你父母出的钱，那你要我怎么和他说啊？"

"可以减免的？"章翎好意外，"那他为什么不同意？"

邓芳一摊手，"对啊，为什么呀？我也想不通啊！"

章翎手里拿着钱，一下子不知道该怎么办，邓芳叹了口气，"你把钱拿回去吧，这事我来解决，我就和他说学校硬性规定，所有人都必须订午点，和我的考核挂钩。他也不懂，再犟嘴我抽死他。"

章翎被邓芳逗笑了，想了想，说："邓老师，要不这样，午点您想办法给蒋赟减免，这个钱您交给他，让他充饭卡里，就说是学校给的餐费补贴。他每天都只打一份蔬菜，不吃肉，我妈妈说了，这样下去他身体会吃不消的。"

邓芳想到蒋赟那瘦骨伶仃的身板儿，心里也是五味杂陈，没再拒绝，收下了一百多块钱。等章翎走后，邓芳从自己钱包里掏出两张百元整钞，起身去了食堂。

蒋赟就这么莫名其妙被订了一份午点，饭卡里又多出两百块餐费补贴，还是退不回去的，邓芳命令他每顿饭都必须要吃肉，由章翎监督。

"打完饭菜去给章翎看，她说可以你才能吃，她说不行你就给我去加菜！以后每个月餐费补贴都有两百，直接打到你饭卡里，你自己好好安排。"邓芳看着面前一脸呆滞的男孩，越看越觉得碍眼，"你瞧瞧你的样子，像个学生吗？跟天桥下卖艺的猴儿似的！"

蒋赟脚尖点着地，嘟囔道："我以前就是卖艺的呀。"

邓芳："说什么呢？"

"没说什么。"蒋赟立正，问，"邓老师，餐费补贴是从十月开始的吗？"

"是。"

"姚俊轩也有吗？"

邓芳真的很头疼，"你管着你自己吧！蒋大爷，我真的是要叫你一声大爷！你事儿怎么这么多啊？外头别去说，自己有点数，这种政策上的福利，你拿着就是了，明不明白？"

蒋赟应下，邓芳恩准他回教室，临走又是一声吼："你的物理啊！给我好好学起来！下次考试再不及格，信不信我抽死你！"

"噢！知道啦。"蒋赟飞快地溜出了办公室。

不知道是不是他的错觉，总觉得过了一个国庆假期，连邓芳的长脸看着都顺眼了许多。

这一次，蒋赟没再排斥免费午点，因为他想到了章翎的话——她不喜欢吃东西的时候，旁边有人看着。

蒋赟想，怪不得她每天吃午点都一副心事重重的样子，原来是被他给闹的。

第二天下午的大课间，值日生们把午点抬进教室，章翎刚要去领食物，蒋赟起身张望了一下，说："今天吃梨，你坐着，我去。"

他走到讲台边，从筐子里拿了两罐牛奶和两块黑米糕，又在水果篓里挑起香梨。

也是不巧，值日生之一是和萧亮走得很近的一个男生，叫刘陈飞，篮球场冲突也有他的份。刘陈飞见蒋赟弯着腰东挑西拣，问："痘神，你干吗呢？选妃啊？"

蒋赟抬头，刘陈飞抱着手臂一脸嘲讽地看着他。蒋赟没理会，快速地挑了两个香梨回座位。

刘陈飞问另一个值日生王波："痘神订午点了？"

王波指指筐上的数字，"是，四十八份，全班都有。"

"啧。"刘陈飞摇头感叹，"贫困生福利就是好啊，可以白吃白喝的。"

姚俊轩正好领完食物，听到刘陈飞的话后脚步一顿，又低着头向座位走去。

蒋赟没听到刘陈飞的话，把午点分给章翎，给香梨时还看了一眼梨屁股，最后给了她一个大的。章翎拿起梨子咬一口，又脆又甜，问："你刚才在挑什么？"

"我挑的两个母梨。"蒋赟单手抛着梨，说，"母梨比公梨好吃，屁股上能看出来。"

章翎看一眼自己梨子的屁股，没看出什么不同来。蒋赟瞄到前桌汤子渊的梨，拍拍他的背，汤子渊转过来，一脸惶恐，"什、什么事？"

可怜汤子渊和薛晓蓉的记忆还停留在放假前——蒋赟和章翎的冷战阶段。

蒋赟说："把你的梨拿来。"

汤子渊立刻双手奉上，薛晓蓉也转了过来，蒋赟指着梨屁股对章翎说："看到了吗？这就是公梨，屁股是突起的，母梨是凹进去的。"

"味道会不一样吗？"章翎被蒋赟说得好奇极了。

蒋赟把梨递给她，"你吃一口试试呗。"

章翎脑子一糊涂，都忘了这个梨是汤子渊的，接过来就"咔嚓"一口咬了下去。汤子渊绝望地看着她，章翎嚼了几下后，说："好像没什么不一样啊。"

"你味觉绝对有问题，公梨粗糙，母梨细腻。"蒋赟一笑，把自己的梨丢给汤子渊，汤子渊接住，章翎才意识到自己手里拿着两个梨，还都被她咬了一口。

"我……"她觉得好丢脸，蒋赟才第一天吃午点，就被她霸占了一个梨。

"干吗？想独吞啊？想得美。"蒋赟从她手里把那个公梨拿过来，就着她咬过的地方一口就咬掉半个，"咔嚓咔嚓"吃得贼香，还向她挑衅地挑了挑眉。

章翎傻傻地看着他，薛晓蓉努力憋笑，汤子渊却是不怕死地开口："咦？你俩不吵架啦？"

蒋赟瞥他一眼，"我俩什么时候吵过架？"

汤子渊摸摸后脑勺，迷茫地看向薛晓蓉，薛晓蓉实在忍不住了，笑出声来，"是是是，你俩一直是友好同桌，班级楷模。"

接下来就是美妙的下午茶时间，蒋赟头一次坐在教室里喝牛奶，吃点心，没有囫囵吞枣，而是一口一口细细品尝。

章翎边吃边问："你怎么会挑梨？"

蒋赟回答："以前租房子的地方，有个邻居卖水果，他教我的。"

章翎："你经常搬家吗？"

"嗯。"

章翎没再问下去，见蒋赟吃完了点心，递给他一张纸巾，问："黑米糕好吃吗？"

蒋赟点点头，好吃，就是没吃饱，可以再来三块。

"我也觉得黑米糕很好吃。"章翎开始细数，"还有芋头糕也好吃，红糖发糕也好吃，哦，绿豆糕和桂花糕，都很好吃。"

蒋赟无语地看着她，"那什么糕不好吃？"

"就那种大白馒头，不好吃。"章翎回忆着午点品种，皱着眉说，"都没味儿的。"

蒋赟偷偷地笑，那种大白馒头他倒是很喜欢，又便宜又顶饿，奶奶一买就是一大袋，他每顿能吃五六个。

长假带来的懒散在几个上学日后渐渐消失，周日短暂地休息后，新的一周开始了。

蒋赟穿上了春秋款校服，蓝白相间的运动装，别的学生都很嫌弃，他却觉得格外好看。穿新衣服总会叫人心情舒畅，只是 180 号买大了，上衣都快拖到大腿一半的位置，穿在身上晃荡晃荡，有点邋遢。

去上学时，蒋赟还另外带了一套衣服，放学后要去草花学校，他得"换装"，总不能傻乎乎地穿着五中校服去干架。

下午最后一堂自习课，蒋赟向邓芳请假，说家里有点事，邓芳没多问，批了假。蒋赟回教室整理书包准备走人，章翎问他："你要走了？还有一堂课呢。"

"我请假了。"

"为什么？"

"家里有事。"

"什么事？"

蒋赟的动作停下来，想到今晚可能会发生的事，不知道会不会受伤，如果受伤，明天该怎么面对章翎？他决定给自己做个铺垫，"我有个亲戚，出了点事，要我去帮忙处理。"

章翎不太信，哪个亲戚会叫一个十五六岁的高中生去帮忙处理事情？她说："你别骗我。"

蒋赟看着她的眼睛，"我没骗你。"

两人对视许久，章翎才起身放行。

草花念的职高离五中有四公里远，蒋赟没坐车，一路跑过去，找了个公共厕所换好衣服，在学校门口与草花碰头。两个男孩煞有介事地讨论过战术，最后击掌分开，严阵以待。草花当靶子在校门口溜达好久，蒋赟双手插兜躲在角落里，视线一直追随着他。

可是这一天，那些流氓并没有出现。草花不知该庆幸还是泄气，蒋赟同样心情复杂。最后，草花请蒋赟吃了一顿面条，两人一起灰溜溜地走回家。

（2）

日子一天天地过去，蒋赟觉得，学校生活变得越来越令人期待，也越来越……香了——是点心香、水果香、牛奶香，还有沁人心脾的饭菜香。

蒋赟在食堂排队打饭，轮到他时，他看了一眼菜档，说："一份辣子鸡丁，半斤饭，可以了。"

身后的人往他背上戳了一下。

蒋赟咽咽口水，又说："再加一个……红烧狮子头。"

刷完饭卡，他回头瞪了章翎一眼，章翎冲他笑笑，摆摆手，示意他可以退下了。

蒋赟依旧一个人吃饭，虽说他和章翎关系升温，也远未到可以同桌吃饭的程度。再说了，章翎有要好的女同学，薛晓蓉她们是绝对不允许蒋赟插入她们中间的。

因为没找到四人位空桌，章翎和薛晓蓉与别人拼了一桌，李婧和孙妙岚坐到了远处。蒋赟坐得离章翎不远，中间隔着一张桌子，可以看见她的脸。

章翎和薛晓蓉吃了没多久，身边别班的人吃完了，位子空下来，章翎没留神，乔嘉桐和一个男生坐在了她们身边。

"拼一下，可以吗？"乔嘉桐亮出他的招牌笑容。

这人每次都这样，章翎故意说："不可以，有人了。"

"真的？"乔嘉桐立刻起身，"那我走啦？"

薛晓蓉咯咯笑，章翎很无奈，"学长，你好无聊啊。"

乔嘉桐重新坐下，把他的同学介绍给章翎："我兄弟，徐舟。"

他又把章翎和薛晓蓉介绍给徐舟。徐舟是个运动型男生，个子也很高，和乔嘉桐应该关系很好，开口就是调笑："乔学长真厉害呢，升高二才几天，就认识高一的小学妹了？"

乔嘉桐说："这你就错了，这个小学妹，我还没升高二就认识了，认识的过程那叫一个惊心动魄，全武行的！"

徐舟让他讲讲，章翎的视线却越过几个人落在不远处的蒋赟身上，他的脸色非常、非常、非常难看。章翎心虚地说："学长，别讲了，这事都过去了。"

乔嘉桐笑笑，"行，你说不讲就不讲。"

另一边，蒋赟已经吃完饭，臭着脸拿起餐盘离开。

章翎放松了一些，乔嘉桐说："章翎，告诉你一个消息，昨天广播社招新竞选弄完了，你们班推的那两个，都没戏。"

章翎："这样啊。"

乔嘉桐回忆了一下，又说："不过那个女生，好像被施老师看中了，挑进了礼仪队。"

章翎："哦。"

"我们学校礼仪队很有名的，还上过新闻，清一色的帅哥美女。"徐舟接腔道，"你们乔学长，当时被广播社和礼仪队疯抢，两边老师差点打起来，唉，自古红颜多祸水啊！"

两个女生笑个不停，乔嘉桐气道："闭嘴！谁是红颜？"

四人边吃边聊，乔嘉桐说到十月下旬的一场活动："这次广播社招新，第一次主持的任务就是登山接力跑。"

登山接力跑是五中的一项传统活动，时间定在每年重阳节，地点是城隍山，只有高一年级参加，并以此替代高一秋游。徐舟是田径队的，给章翎和薛晓蓉详细地讲了参赛规则：每班派十六名同学参加，八男八女，接力跑十六道山路，直至登顶。山顶有一块很大的广场，等到所有人都上山，会有颁奖典礼，这时候就需要主持人和礼仪队服务。登山结束后就是自由活动，大家吃吃喝喝，完了就下山回家。

"你俩跑步快吗？"乔嘉桐问两个女生，"八百米成绩是多少？"

章翎说："我中考跑了三分零五秒，还行吧，是满分。"

薛晓蓉吐吐舌头，"跑步我不行，我耐力项选的游泳才拿满分。"

徐舟指着章翎，"那你肯定得参加。"

乔嘉桐附和："这成绩，跑不掉了。哎，章翎，你得想好跑哪棒儿。"

章翎好奇，"这也有讲究吗？"

徐舟说："当然了，是山道啊，长度、陡度、阶梯数量，每一道都不一样的，你想轻松点还是想挑大梁？"

章翎求助地看向乔嘉桐，乔嘉桐说："女单男双，你听我的，跑十一道。"

章翎不解，"为什么？"

乔嘉桐脸上露出神秘的笑，"先不告诉你，到时候你就知道了。"

周五下午的班会课，邓芳宣布了登山接力跑的事，并委托萧亮组织同学参加，安排赛道，力争取得好名次，说完后她就离开教室，让学生们自己去讨论。

距离比赛还有一个多星期，萧亮看过所有人的中考体育成绩，先自己排出一个表，把跑得快的全都一网打尽。很快，十六个人选就确定下来，其中包括章翎和蒋赟。

别的同学都在底下自习，十六个参赛人员挤在讲台边讨论赛道安排。萧亮向高年级学长打听过了，知道哪几道比较难跑，十二道是最艰苦的一道，因为特别长又特别陡，都是安排给能力偏强的男生。

"蒋赞，你跑十二道。"萧亮说。

一方面，蒋赞跑步的确快，另一方面，萧亮也存了点私心，这一道可以拉开距离，要是拿不到好名次，还能赖蒋赞。

蒋赞虽然不懂萧亮心里的弯弯绕绕，却有与他对着干的本能，"为什么？你要我跑哪道就哪道啊？我要跑最后一道，我要冲刺！"

萧亮："最后一道是我跑。"

蒋赞不服气，"凭什么？你跑得很快吗？我就要跑最后一道！"

刘陈飞气不过，"你有完没完啊？领了补助就该为班级多出力，让你跑十二道就是给你出力的机会，你还叽歪个毛线？"

蒋赞最听不得这种话，当场就要撸袖子，"放……"

章翎拉了他一把，严肃地对刘陈飞说："这和领补助有什么关系？蒋赞参赛是因为他跑得快，参赛的每一个人，都是在为班级出力啊！"

蒋赞有章翎撑腰简直可以气吞山河，"就是！还有那么多人没跑呢！你那么牛你一个人跑全程啊！老子不是非要参加的！"

章翎瞪他，"你少说两句。"

蒋赞一扭头，"哼。"

刘陈飞气到手抖，"你这人……"

萧亮头大，"都别吵啦！行了，男生的先放放，先排女生。"

萧亮把女生们叫到身边排赛道，章翎抿抿唇，说："班长，我想跑十一道。"

"好。"萧亮弯腰记下，"章翎十一，李婧你十三可以吗？"

李婧："可以。"

蒋赞转头看了章翎一会儿，凑过去对萧亮说："算了算了，冲刺那个让给你，我就跑十二吧。"

萧亮无语地看向他，蒋赞扯扯嘴角，冲他露出一个笑。

章翎不明白乔嘉桐为什么建议她跑十一道，不过，学长总不会害她，所以她选择相信。

蒋赞同样不明白章翎为什么要跑十一道，但他知道十一道是和十二道交接棒，就冲这个，哪怕十二道是天堑，他也要跑。想象着章翎向他跑来的那个瞬间，把接力棒交到他手上，喊一句：蒋赞，加油！

还没跑呢，蒋赞就觉得浑身充满力量。

最近顿顿有肉吃，还加了一顿午点，喝上了牛奶，蒋赞送水时都觉得更有力气了。

他对自己说，一定要好好跑，拼命跑！爬楼梯这种事，谁能比得过他？只是，小少年刚燃起雄心壮志，一盆冷水就兜头而下，把他浇得透心凉，因为，又一波单元测验如期而至。

钱塘下雨了，连着下了好几天，学生们在教室里唰唰写卷子，雨水在窗外哗哗伴着奏。

蒋赟越考越心焦，考完物理后，他整个人趴在桌上，灵魂已然升天。

考试前几天蒋赟都没去打工，专心在家复习，李照香每天给他烧晚饭，都纳闷了，问："崽，这个考试很要紧吗？"

蒋赟说："很要紧，你别吵我。"

他想不通，都这么花工夫了，为什么很多大题他还是做不出来？

学习这种事，除非是天才，大多数人还是要靠勤学苦练才能脱颖而出。蒋赟脑子不笨，也不厌学，四年级开始才在普通小学正常上学，靠着自己摸索的学习方法，在六年级时已经能完全跟上进度，顺利升入初中。

初中三年，他更像是开了挂，老师讲的全都能听懂，作业做完还嫌不够，自己拿着卖废品的钱去买课外题集，一本本如饥似渴地刷题。学习对他来说一点都不枯燥，更不辛苦，还有比坐在窗明几净的教室里上课更幸福的事吗？

他原本以为自己在五中也能游刃有余，只是他忘记了，现在身边同学的水平和过去可不一样，师资力量更是比十六中高出不知几个层次。蒋赟每天打工累到半死，只能用有限的时间做作业，白天再强打精神听课，一个半月下来，差距自然被拉开。

发物理卷子的那天，章翎看了蒋赟一眼，没再理他。

蒋赟的物理又一次不及格，他很委屈，这份卷子特别难，不知道是谁出的题，他明明把课本和作业本上的知识点都顺过了，可是后面的几道大题，他还是做得两眼冒金星。

邓芳没有放过他，又一次把他提到办公室受审。

她已经没有发火的力气，手指敲敲桌面上蒋赟的试卷，问："你给我解释解释，你是不是故意的？我真要怀疑你是故意考砸的了，就是为了气死我。别人也有做不出的，但思路没有一个像你这么清奇，你要么是个天才，要么就是弱智！我平时讲的东西，你都当饭吃掉了吗？！"

讲着讲着，邓芳还是发起火来了，甚至开始人身攻击。她的物理教学水平在五中都是拔尖的，就是脾气不太好，一个四十多岁的女人，几乎不走温情路线，对着男生想骂就骂。

现在的小孩都是家里的宝，老师连批评都要斟字酌句，就怕家长来投诉。可邓芳面前是蒋赟啊，这熊玩意儿不忌惮叫家长，正好，邓芳也不用再忌惮。

蒋赟垂着脑袋挨训，不敢吱声。

"不懂就来问！让你问问题你会死啊？你到底要怎样才肯参加晚自习？蒋赟！啊？蒋大爷！"邓芳近乎歇斯底里，"请你来参加晚自习是要害你吗？你这么尊贵的呀？人家都要花钱去外面找家教，两三个小时砸几百元补课。我们学校晚自习，每天任课老师轮流督堂，都是教龄十几二十年的骨干教师，劳心劳力给你们讲题答疑，三更半夜才回家！为了什么？就为了看你考出这满江红啊？！"

邓芳真的是要气死了，学生课外的那些事儿，她并不怎么在乎，这个活动那个活动，她都放手让他们自己去弄。唯独学习这一块，她嘴巴上说蒋赟不上进她就懒得管，可真看到他的成绩，她还是要犯心绞痛。

晚自习和补课的确不能强制，要不然蒋赟去教育局告状，一告一个准。他不自愿，邓芳不敢强逼，但她知道，像蒋赟这样的孩子，如果再跟不上大部队，只会越落越远，不会有人砸钱给他补课的。

蒋赟一直没说话。

"你聋啦？还是哑巴啦？和你说半天你听没听到啊？"邓芳砰砰拍桌子，"蒋赟我告诉你，下个月期中考是最后期限，如果你期中考试还是全班倒数前三，你就自己提前收拾铺盖吧！我绝对不会再来管你！晚自习不参加拉倒！"

办公室里静悄悄，大家都在听邓芳骂人。这一次，潘老师、马老师等人没敢过来助威，就怕再一助威，邓芳会被120送走急救。

蒋赟想了半天也不知该回答什么，只能"哦"了一声。

"哦？哦什么哦？哦你个头啊！"邓芳把他的卷子拍在他胸上，"走走走走走，别在我跟前晃，我看到你就心烦！"

蒋赟被骂得狗血淋头，脚步发飘地回到教室，可是等待他的并不是同桌友善的安慰，而是一张冷脸——章翎也在生气。

蒋赟心里虚得要死，翻开英语课本，眼睛看着书上一个个单词，它们认识他，他好像都不认识它们了。

下午的课结束，蒋赟收拾书包准备走人。

"你让让，我要走了。"他说了一声，章翎没动，蒋赟只能碰碰她的手臂，轻声喊，"章翎。"

章翎转头看他，又看看窗外的雨，问："你的伞呢？"

蒋赟说："我没带伞。"

"为什么？"

这几天，蒋赟都是湿淋淋地进教室，一套校服差不多到中午才被他捂干，章翎想不明白，真的有人困难到家里连把伞都没有吗？

蒋赟说："我跑步回去，很快就到了，带伞麻烦。"

章翎像看一个外星人似的看着他，"那你可以穿雨衣啊。"

"穿雨衣更麻烦了。"蒋赟说，"我把外套罩头上的，淋不着。"他又从书包里掏出一只老大的塑料袋给她看，"书包用袋子套住，也淋不着。"

章翎问："你为什么不坐公交车？"

蒋赟开始不耐烦，"你怎么管这么宽啊？快让开，我要走了。"

章翎一下子就站起来，把椅子往前一推，手往教室门一指，"行，你走。"

周围很多同学抬起头看着他们，按照蒋赟以往的脚气，他应该会发飙，至少要对章翎呛声，薛晓蓉都为章翎捏一把汗了。可是这一次，蒋赟既没发飙，也没呛声，只是把书包挂在肩上，瞄了章翎几眼后，灰头土脸地滚出了教室。

章翎坐回座位，无视周围人探究的目光，继续低头做作业。

晚自习结束后，章翎坐公交车回家，没有好友与她同路，每天都是一个人走。车到第四医院站，章知诚已经撑着伞等在站台。

湿漉漉的雨天让人心情不好，章知诚接过女儿的书包，发现她闷闷不乐，问："怎么了？考得不好啊？"

"没有。"章翎抬头看着他，"爸爸，蒋赟物理又不及格。"

"这样啊……"章知诚和章翎一人一把伞，一起往天桥走。

章翎说："卷子是挺难的，全班平均分七十四，但不及格的也就两个，另外那个男生理科特别弱，不过文科很强，邓老师就没揪着他不放。可蒋赟……哪科都不行，你说他将来会学文吧，我看也不像，历史课时我还看到他在偷偷写化学作业呢。"

章知诚问："他是没听懂吗？"

章翎说："我也不知道，我说你哪里不懂就问我，我会给你讲，他也不问，说自己都听懂了。听懂什么了呀！就一个速度和加速度的题，给了些反应时间啊、速度啊这些条件，最后求刹车距离，就稍微设了点陷阱，他就做不出来了！"

淅沥的雨水从伞面滑落，章翎的脚一不小心踩进一个水坑，污水溅出，弄脏了她的鞋面，搞得她心情更加糟糕，忍不住抱怨："哎呀，真倒霉，烦死了！"

章知诚的语调依旧不紧不慢："别这么暴躁，谁没踩过水坑啊？回家洗一下就行了，这都是小事。一会儿爸爸给你买杯奶茶，你藏书包里，回房间再喝，别告诉你妈妈。"

章翎的心情瞬间好转，翘起嘴角微笑，"你不给杨医生买呀？"

章知诚也笑，"杨医生最近减肥呢，自己不敢喝，看到你喝会吃醋。"

又走了一段路，章知诚说："理化这个东西，其实要讲悟性，如果人人都能学好，也不会分文理了。翎翎，你觉得你们邓老师课讲得怎么样？"

"挺好的。"章翎回答，"风格和你不太一样，但你俩有共通点，就是讲得很精炼，很通透，不会东拉西扯。邓老师算是我见过的女老师里偏凶的一个，不过她有时候还挺逗的。"

"是啊，老师和老师都不一样，几十个学生，哪能个个都一样？有些人对理科就是不开窍。"章知诚说，"其实，知识点理解了，多做题，万变不离其宗，高考理综卷年年都有满分，就是这个道理。理解不了，你让他硬套公式，没有用，题目稍微换个角度，他又会看不懂。"

章翎噘着嘴说："爸爸，如果期末蒋赟真调去勤勉班了，你别来说我，我对他真的没辙。"

"我来说你干什么？你又不是他老师，又不是他家长。"章知诚笑道，"蒋赟到底哪里出了问题，我们其实还没搞清楚。如果他是不喜欢理科，那硬逼也没用，如果他只是因为时间、精力不够，那现在，一切都还来得及。"他顿一顿，继续说，"蒋赟能从十六中考上五中，说明他学习能力没问题。你要知道，明阳一个班能考上重点的人数都不会超过一半，重点没那么好考。所以，我还是觉得蒋赟的问题，大概率就是他把精力分散了，主次颠倒了，只要能让他心无旁骛地学习，成绩应该可以提上来。"

章翎思索着父亲的话，点点头，"那我再试着劝劝他吧。"

她突然想到下午蒋赟的反应，忍不住说给章知诚听，"哎爸爸，你知道吗？我发现了一件事，挺好玩的，就是蒋赟好像有点怕我，好像……很听我的话。"

"哦？你这么厉害啊？"章知诚皱着眉问，"他会不会是喜欢你？"

"不会吧！"章翎哈哈大笑，"你都不知道，他骂过我白莲花，假清高，四眼妹，鸟屁股毛，说我多管闲事，拿着鸡毛当令箭，说我傻，叫我滚……"

"那应该是不喜欢了。"章知诚听着听着，很想揪住小卷毛揍一顿，臭小子居然敢这么说他的宝贝女儿！他又想起自己的求学时光，很有些怀念地说，"我上学的时候，根本不敢对你妈妈说一句重话，她指东我不敢往西，她眼睛一瞪，我腿都能发软呢。"

章翎爆笑，"哈哈哈哈哈哈……"

和爸爸聊过以后，章翎原本想再劝劝蒋赟，结果热脸贴了个冷屁股。她觉得自己很是自作多情，就臭卷毛那爱答不理的态度，哪里像是怕她？更别提听她的话。

章翎也有脾气，温言好语没人听，她也就不再理蒋赟。

两人又一次陷入冷战，汤子渊和薛晓蓉觉得这日子真是没法过，上个学竟能上出《钱塘老娘舅》节目的既视感，可惜他俩不敢做善于调解矛盾的老娘舅，就怕被后桌的男同学问候祖宗十八代。

一个周末过去，周二那天就是重阳节，钱塘五中即将迎来登山接力跑。除去蒋赟，高一（6）班参赛的十五名同学在萧亮的带领下，每天下午晚饭前会去操场上训练跑圈，碰到雨天就移步体育馆。

周一下午最后一堂自习课，萧亮把第二天登山要用的护具带到教室发给参赛同学，很有领导人气质地拍拍手，说："今天就不练了，大家晚上早点睡，明天天晴，好好跑！这是咱们班第一次参加集体比赛，争取拿前三！"

蒋赞领到护具后就塞进书包，又把桌面上的课本、笔袋、作业本也塞进去，章翎看着他的动作，问："你又请假？"

蒋赞点头，"是。"

上周一下雨，蒋赞没去草花的学校，周末时他和草花通过电话，小胖子说他有预感，这周一那些流氓会出现。蒋赞心里有点没底，第二天要登山，他不想受伤，但是答应了草花的事，他不能食言，就和草花约好了放学去蹲点。

章翎真是气不打一处来，"你已经不参加晚自习了，怎么连最后一堂自习课都要请假？你到底要去干吗呀？"

蒋赞祭出一句久违的蒋氏名言："关你屁事？"

章翎微微张嘴，心想，爸爸，我真的尽力了，这人已经没救了！

蒋赞离开学校后，跑步去了目的地，又一次和草花碰头。

他换上黑色 T 恤和运动裤，在草花眼皮子底下压腿、扭腰、原地高抬腿、系紧鞋带……草花被他的职业精神感动，"赞哥，你将来要是去做保镖，肯定是金牌级别。"

蒋赞心情很差，受不了他的贫嘴，赶他，"你赶紧去做鱼饵，早弄完早收工。"

正是学校的放学高峰，草花做鱼饵十分尽职，在校门口的小卖店逗留了一会儿，又在街边站了片刻，买了一串烤肠慢吞吞地吃。

蒋赞一直站在街对面的一条巷子里，倚着墙，远远地看着草花。突然，他站直身子，看到三个男生走向草花，其中一个染着红头发的瘦子揽住了草花的肩，迫使他跟着他们离开了校门。

蒋赞跟了上去。

红毛带着草花到了另一条偏僻的巷子里，这里几乎无人经过，他把草花推到墙上，向他伸手，"烤肠好吃吗？看来是有钱了啊，拿来，都快月底了，这个月月供还没交呢。"

草花吓得浑身哆嗦，强迫自己不往巷口看，就怕露馅，小声说："哥，我真没钱。"

红毛一巴掌就呼到他脸上，"啪"的一声响，"没钱？没钱你烤肠是捡来的啊？拿来！"

就在这时，蒋赞终于走进了巷子。他已经提前藏好书包，此时赤手空拳，步态很镇定。草花和三个流氓都转头看到了他，红毛感觉到来者不善，但是仔细一看，这人年纪很小，个子不高，又瘦，就没放在心上，大声嚷嚷道："你谁啊？滚出去！哥们儿办事呢。"

蒋赟自然不会停下，依旧一步一步向他们走去，直到站在离他们五六米开外，他才嘶哑着嗓子开口："我找人呢，找那个胖子。"

草花颤抖着喊他："斌、斌哥……"

蒋赟说："等你好久，烤串儿都凉了，蒋哥、文哥、武哥，还有贝哥，都到了，就差你一个，你在干吗呢？"

草花与他配合默契，大叫："斌哥，斌哥救我！他们要抢我钱！"

"什么？"蒋赟双手插兜，难以置信地看向红毛，"哥们儿混哪条道的？我家蒋哥的兄弟你也敢动？"

红毛也是从小混到大的，看人心里有谱。蒋赟看着年纪很小，身上却没有学生气，眼神阴郁，面对他们也不慌张，一看就是个在烂泥堆里摸爬滚打长大的小畜生，是同类。

红毛不忌惮蒋赟，却忌惮他背后那些蒋哥、文哥之流，说这小畜生背后有大佬，也不是没有可能。但是流氓最要紧的就是有气势，红毛对着蒋赟扬起下巴，"蒋哥是谁？没听过，小鬼，这儿是哥的地盘，你别挡哥的财路。"

蒋赟不咸不淡地说："大家都要发财，大哥你找别人，我不会管，但这胖子是我家蒋哥的好兄弟，你找他就是不给蒋哥面子。我家蒋哥特别讲义气！最见不得兄弟在外面被人欺负。"

红毛歪过脑袋看他，心里在掂量，蒋赟也不动声色地看着他，等待他的回答。如果能和平解决最好，只要他们以后不找草花麻烦就行。这种在校门口敲诈学生的垃圾，永远不会消失，蒋赟也不是救世主，管不了别人，只想护着草花。

然而，流氓是不会被几句话轻易劝退的，很重要的一个原因就是流氓最要面子。红毛不能在两个小弟面前丢脸，那穿黑衣服的小畜生就这么不痛不痒地说几句话，他就放了胖子，那他以后还怎么在小弟面前混？

所以，管他什么蒋哥文哥，流氓们碰到这种事，就只有一个结局，那就是——用拳头说话。

当红毛骂骂咧咧地走过来，一掌推上蒋赟的胸膛时，少年垂下眼睛，轻轻地叹了一口气。

就在下一瞬间，红毛的手都还没收回去，蒋赟倏地抬眸，眼中已是戾气逼人。他右拳夹着劲风，不声不响，一拳头就重重砸在红毛的脸上。红毛"嗷"一声叫，几乎是飞出去的，蒋赟没等他有反应，冲上去就补了一脚。

两个小弟愣了两秒才怒喝着冲过来，草花抱着脑袋在角落里蹲下，惊恐地看着眼前的一幕。

蒋赟打架和一般男生不太一样, 别人都是靠的本能和蛮力, 蒋赟不是, 他打架时总会不自觉地带点儿表演性质。

草花知道, 蒋赟正儿八经地学过武术, 会套路, 有章法, 虽然不像武侠片里飞檐走壁那么扯淡, 倒也有点现代警匪片里武打戏的意思。

他很灵巧, 身姿轻柔矫健, 会用拳, 间或换掌下劈, 踢人时尤其花里胡哨, 喜欢回旋踢、侧踢、飞踹、扫堂腿……偶尔, 他甚至会借着巷子里的某个支撑点, 一跃而上, 脚尖一点又飞扑下来, 伴随着一声怒吼, 那拳头的力度就跟猛虎下山一样。

草花仰着头, 有那么一瞬间, 他觉得蒋赟飞起来了。

流氓们也就是十八九岁的小年轻, 并不是穷凶极恶之徒, 从没见过有人这样打架, 立时乱了阵脚, 左支右绌。蒋赟不屑四面应战, 讲究擒贼先擒王, 所以不论两个小弟怎么见缝插针地对付他, 他就是揪着红毛不放。

也亏得这三人身上没带家伙, 那些普通的拳脚加身, 蒋赟全不放在眼里, 就跟不怕疼似的, 拳头雨点般尽数落在红毛身上。红毛被打蒙了, 躲都躲不掉, "嗷嗷"叫唤得都带上了哭腔。

就在草花一晃神的工夫, 战斗已经临近尾声。两个小弟见红毛被揍得亲妈都不认得, 怕蒋赟收拾完老大再转头对付他们, 吓得哇哇大叫落荒而逃。红毛也想跑, 被蒋赟一把揪住衣领掼到地上。

打红了眼的少年一脚踩上红毛的屁股, 红毛哭喊起来: "别打了别打了, 斌、斌哥是吗? 斌哥, 我错了! 你放过我吧, 胖子, 不是, 胖哥, 你兄弟, 我保证再也不碰他!"

蒋赟累得满头大汗, 缓了缓呼吸, 问: "以后还找不找我兄弟麻烦了?"

红毛发抖, "不、不找了, 不找了……"

蒋赟: "你最好说话算话。"

红毛: "算话, 算话, 一定算话。"

蒋赟弯腰看他, 拍拍他的脸, "我信你一回, 再有下次, 就不是我一个人来这么简单了, 我们蒋哥开武馆的, 懂吗?"

红毛深信不疑, 连连求饶, 蒋赟终于松开了脚, "快滚!"

草花气不过, 又往红毛屁股上踹了一脚, 红毛爬起来就跑, 头都不敢回。

（3）

等到流氓们走光, 蒋赟紧绷的神经才慢慢舒缓下来, 他先检查了一下身体, 没见血, 都是些拳脚伤, 过一阵子就会好。只是……他扭了扭左脚踝, 发现不对劲, 好像是刚才飞踹的一下, 落地时脚踝扭到了。

"妈的，早知道就不耍帅了。"他一瘸一拐地走到墙边，一屁股坐在地上，脱了鞋袜检查伤处，脚踝已经肿了起来。

草花屁颠屁颠地跑到他身边，蹲下来着急地问："赟哥，你没事吧？你受伤了？"

"就扭了一下，没事。"蒋赟没对草花说第二天要登山的事，想到书包里的护具，应该有护踝，心下定了定，说，"我觉得他们应该不会再找你麻烦了，但你还是要小心点，别太嚣张。"

"我嚣张？我是全校最低调的人了！"草花又急又气，"赟哥，你这脸上都有伤，明天去上学，你们老师会不会说你啊？"

蒋赟摇摇头，"不怕，就说我住在袁家村，晚上被流氓找了，这种小事情学校不会管。"

草花扶他站起来，找出他的书包，两人一起往家走。蒋赟左脚很疼，走路用不上力，半路想去药店买瓶喷雾，身上却没带钱，草花掏遍口袋，也只有几块钱。他去便利店给蒋赟买了个面包，出来时忍不住哭了，泪流满面地说："赟哥，谢谢你，这次是我欠你的，以后你有用得到我的地方，我一定帮忙！"

蒋赟见不得胖子哭，往他肚皮上拍一下，"你记着，如果他们再来找你，你千万别说我叫什么名字，在哪个学校上学，就说你不知道，只知道我叫斌哥。"

草花连连点头，"我懂！我还有个很厉害的兄弟叫蒋哥！"

蒋赟差点笑岔气，推了他一把，小胖子浑身肥肉乱颤，也跟着一起乐。

这时已是十月下旬，秋意正浓，天黑得越来越早，蒋赟抬头看看天色，不着边际地说了一句："没有云，明天应该是个晴天。"

草花说："是呢，这几天都不会下雨。"

蒋赟重重地叹了口气，草花紧张地问："怎么了？脚还是很疼吗？"

"不是。"蒋赟一脸便秘般地看着他，"草花，我明天要坐车了。"

草花大惊，"啥？你要去哪儿？"

"城隍山，我们学校秋游。"

草花拍拍蒋赟的肩，"赟哥，保重，记住啊，别吃早饭。"

蒋赟有一个很严重的毛病，就是晕车。

草花说是他名字没取好，叫什么不好，非要叫"赟"，这不，晕血晕车晕针晕各种的，总得给他晕一样。蒋赟也懒得告诉他，"晕车"的"晕"其实念"**yùn**"，第四声，和他的名字根本不是一个音。

蒋赟什么车都晕，不分大小，不论贵贱，不讲能源，只要是全封闭的，带轮子的，开起来会颠的，他一律晕得七荤八素，坐一路吐一路。所以，他不坐公交车上下学真不是为了节省几块钱车费，实在是坐不了，因为这个破毛病，他的生活半径也变得特别小，永远在袁家村附近打转。

蒋赟回到家，李照香还没睡，看到他受伤的脸又是一顿破口大骂。蒋赟没理她，自从他"经济独立"，李照香就再无威信。他拿好衣裤去厕所洗澡，脱衣服后，对着镜子检查身上的伤，就是大块大块的瘀青红痕，挺疼的，但他受得住。

最大的困扰还是左脚踝，出租屋里也没冷敷用的冰块，蒋赟就拿冷水泡了泡脚，祈祷第二天能好一些。

周二一早，秋高气爽，是个适合出游的好天气。

蒋赟起得比平时早，穿上校服，拿出学校发的护膝和护肘放进书包，又把护踝牢牢地绑在脚踝上。左脚踝依旧高高肿起，有了支撑，脚掌落地的疼痛感减轻不少。

他去厕所照镜子，脸上最明显的伤处在左颧骨，青了一块，别的倒还好。蒋赟从屋里翻出一顶黑色鸭舌帽戴上，拉低帽檐，多少能挡一下。

萧亮说参赛选手会发一个食品包，算是参与奖，蒋赟觉得那个能做午饭，就只拿了一个月饼和一罐牛奶做早饭，打算下车后再吃。蛋黄莲蓉馅的月饼一共六个，他给了奶奶三个，自己吃了两个，最后一个舍不得吃，一直留到现在。

书包空空的，也没别的东西要带，蒋赟想了想，把那只长颈鹿礼袋塞进包里。昨天他又凶章翎了，就当赔不是吧，也不知道能不能哄好。实在不行，就借口重阳节，这个节怪是怪了点，但好歹也是个节嘛。

收拾完，蒋赟走路去学校集合。大家都在操场上等大巴，三三两两凑在一起聊天，蒋赟独自一人站在角落里，拉低鸭舌帽。果然，包括邓芳在内，没人注意到他脸上的伤。

他正暗自庆幸，一个人却走到他面前。

蒋赟想要跑，章翎已经一把拽住他的校服，那衣服实在太宽大，蒋赟拉链又拉得低，差点被扒下来。他拢着校服，就像被调戏的小媳妇一样气恼，"干什么你？揩油啊？"

章翎暂时忘记了昨天放学时的不快，急问："你的脸怎么回事？"

蒋赟摸摸脸上的瘀青，满不在乎地说："被人打了。"

"你又打架？！"章翎觉得这人真是神了，"你到底怎么回事啊？为什么三天两头要打架？"

蒋赟吊儿郎当地看着她，"我告诉过你，有些人打架是没有理由的。我住的那个地方叫袁家村，你应该知道那边都是些什么人，他们要打我，我能怎么办？"

章翎上上下下扫了他一遍，问："你有没有别的地方受伤？今天能跑吗？不能跑就说，换个人没关系，你千万别硬撑。"

"开什么玩笑？"蒋赟挑挑眉毛，"我有这么虚吗？"

"章翎！"萧亮在不远处叫她，"你过来一下，讨论一会儿的分工。"

"噢！"章翎回头应了一声，临走前对蒋赟说，"你……你以后别打架了，真的，太吓人了。"

蒋赟翻了个白眼，"啰唆。"

大巴车准时来接人，学生们排队上车。

五十三座的大巴，可以装下整个班级和一个班主任。座位都是二人座，蒋赟上车后直奔后排，挑了倒数第二排靠窗的位子坐下，书包往旁边一丢，他知道，不会有人来和他坐。

章翎上车后往后面张望，只看到一顶隐隐约约的黑色鸭舌帽，薛晓蓉拉她，"章翎，坐这儿。"

章翎就在前面坐下了，拿出手机，插上耳机线，问薛晓蓉："听歌吗？一人一个耳机？"

许清怡与章翎坐在同一排，隔着过道。看了章翎一眼后，许清怡从包里掏出一款白色手机样电子产品，外形特别轻薄时尚，慢悠悠地把耳机塞进耳朵里。沈漫坐在她身边，问："这是什么手机？"

"这不是手机，是 iPod，我主要用来听歌，听英语。"许清怡回答，"我学琴的，对音质有要求，这个音质要比一般手机好。"

沈漫没见过，语气带点羡慕："真好看呢。"

许清怡微微一笑，章翎和薛晓蓉都听到了她们的对话，薛晓蓉拉拉章翎，"听歌吧，你手机里都有什么歌？"

"很多的。"章翎说，"我最喜欢王菲。"

出发时间到，司机启动了大巴，蒋赟闭上眼睛，脑袋靠在窗玻璃上。他连一口水都没敢喝，心里高度紧张，也不知道开到城隍山要多久，只能静静等待晕车反应的到来。草花说他可能是有心理障碍，纯属吓得，蒋赟也不懂，只知道自己坐车是真难受。

开了五分钟，他不出意外地开始头晕、恶心、心悸、想吐，整个人死狗一样地瘫在座位上，冷汗涟涟。如果能躺下可能会好一点，但他不愿意，最后一排坐着几个人高马大的男生，都是看他不顺眼的，他不想在他们面前露怯。

车子开了半个多小时到达目的地，邓芳讲了讲注意事项，萧亮在后排站起身，大声说："所有人听好了！没必要的东西都别带！轻装上阵！参赛同学的背包让别的同学背上山！邓老师带了班旗，全员登顶后认旗子集合！听明白了吗？"

同学们兴奋大叫："听明白啦！"

萧亮大手一挥，"好，下车！"

蒋赟脱掉长袖长裤留在车上，剩一身短打，又把护肘和护膝直接戴在臂上、腿上。他没拿包，因为不会有人帮他拎包，只拿上了牛奶和月饼，走在最后。

他下车时，别人已经在往前走，他快速绕到车的另一边，弯下腰呕吐起来。其实什么都吐不出来，只有酸水，但依旧带给他解脱的快感。

终于是……活着下车了。

蒋赟靠着车厢调匀呼吸，心跳平复后，才去追赶大部队。

装着五中师生的大巴车陆续抵达停车场，所有人开始徒步登山。城隍山不算高，但它设计登山道时采用了环形，所以整个山道很长，其中有石板平路，也有连续的石阶。景区入口进去没多久就是接力跑的起点线，第一道的女生留下，别人继续往上。接着是第一道和第二道交接棒处，第二道的男生留下，以此类推。

五中举行这项活动已有二十多年，每一道交接棒位置固定，都是一个较为开阔的小平台，类似休憩处。有几个点甚至还有石凳凉亭，足以容纳二三十人同时停留。

十二道之所以难跑，是因为从起点到终点，中间没有适合交接棒的平台，全是向上的陡峭台阶，所以这一道就格外长，比三四五那三道加起来都长。

章翎和三个小伙伴一起走，一边闲聊一边看风景，偶尔还停下拍几张合影。太阳将女孩们的脸晒得微微发红，章翎不觉得累，在这样晴朗的天气和好友们一起爬山，既放松，又惬意。

足足走了一个小时，她们才走到十一道起点，章翎把背包交给薛晓蓉，目送着她们继续往上。

她也穿着短袖 T 恤和运动短裤，所有护具都已佩戴好。章翎从裤兜里拿出发圈和发夹，也不照镜子，拢起头发在脑后扎了个小辫子，又用发夹把挂下来的碎发一股脑儿全夹起来，顿时感觉好凉爽。

山下一直有五中的学生在往上走，章翎在平台站了十几分钟，蒋赟才像只乌龟一样慢吞吞地爬上来。他吃掉了牛奶和月饼，这时双手空空，一步一步走得很痛苦。因为帽檐遮挡，章翎看不见他龇牙咧嘴的表情，只看到他垂着脑袋路过，都没看她一眼，章翎忍不住叫他："蒋赟。"

蒋赟吓一跳，转头看到她后一愣，问："你怎么扎头发了？我都没认出来。"

章翎问："你怎么走这么慢？"

"走得慢你也要管？"蒋赟摇摇头，像是很受不了的样子，"走了走了，一会儿见。"

章翎看着他继续龟速往上爬，心里总觉得不对劲，突然冲他大喊："蒋赟，等会儿加油啊！"

男孩背影一僵，也没回头，高举右手比了个"OK"。

章翎所在的交接棒平台上，十二个高一女生已经到齐，除她们以外，还有两个老师和一个高二学姐，算是裁判组和后勤队。前面的大部队还未登顶，离比赛开始还有一段时间，女生们自然闲聊起来。

学姐姓陆，有人问她："陆学姐，高二今天不是上课吗？为什么你还能过来做裁判呀？"

陆学姐笑嘻嘻地回答："这是奖励。"

"啥意思？"

陆学姐解释道："我是去年十一道的单道第一，所以要来做裁判，这是传统。你们好好跑，跑第一明年也能放一天假呢。"

章翎听着她的话，心思一转，问："学姐，你知道去年十二道跑第一的是谁吗？"

"知道呀。"陆学姐对她眨眨眼睛，"不过说了你也不认识吧。"

章翎追问："是谁？"

陆学姐："乔嘉桐。"

这个名字一说出来，好几个女生都叫开了：

"哎呀，怎么会不认识？乔学长这么有名！"

"哇，那一会儿交接棒，就能见到他了？"

"我听说十二道最难跑呢，乔学长好厉害啊！"

章翎并没有太意外，也没有对交接棒时能见到乔嘉桐产生多大的期待。这时候，她心里更多的是担心，因为蒋赟也在那里。

老天，他俩不会又打起来吧？

陆学姐无奈摇头，"你们这群只看脸的家伙。"

有胆大的女孩不服气，"哪有只看脸？乔学长明明是德智体美劳全面发展的！"

陆学姐笑个不停，"行行行，那我再给他加个分，爆个料，你们的乔学长呀，除了德智体美劳全面发展，家里还很有钱呢！"

"喔！"女孩子们笑成一团，还有人说起了悄悄话。

有人问："学姐，那他有没有女朋友啊？"

章翎竖起了耳朵。

"这我就不知道了，我和他不是一个班的。"陆学姐说，"我只知道，喜欢他的女孩可以从这山的山脚排到山顶。"

"太夸张了吧！"

“怎么可能啊？”

章翎在原地热身，没有参与讨论。她看着那些女孩子，都是十五六岁的年纪，有人皮肤白，有人皮肤黑，有人单眼皮，有人双眼皮，有人戴眼镜，有人不戴眼镜……章翎心里明白得很，她不是许清怡那种能让人眼前一亮的女孩子，就算在这平台上的十二个女孩里，论外表，她也不算最出众。

而乔嘉桐，不管从哪方面来看，都非常优秀。

少女的愁绪藏在心里，不会显露于表面。只是，章翎稍许感到困惑，因为跑十一道是乔嘉桐建议的，他到底是什么意思？

章翎自信，却不自恋，她不认为自己拥有令乔嘉桐区别对待的条件。她和学长的交流并不多，学业如此繁重，哪有时间聊天？那乔嘉桐让她跑十一道，究竟是为什么？想了半天也没想明白，章翎决定跑完再说，见到学长后，他总会给一个解释。

与此同时，蒋赟也终于爬到十二道的起点，一眼就看到大刺刺坐在石凳上喝水的乔嘉桐，两人目光相对，蒋赟脱口而出：“完蛋！”

乔嘉桐却是微微一笑。

爬了一个多小时的山，蒋赟的左脚踝疼得要死，要不是他从小受伤经验丰富，知道只是扭伤，真要怀疑自己脚骨断了。他很想找个地方坐下，可是仅有的几个石凳都坐满了人。他也不讲究，一屁股坐在石阶上，拆了左边护踝检查伤处。

真是没眼看，肿得和馒头一样，蒋赟咬着牙重新把护踝绑紧。乔嘉桐走过来，问：“你跑这道？”

蒋赟不想理他。

“这道可不好跑。”

蒋赟继续装死。

“章翎是不是跑十一？”

这下蒋赟不淡定了，回头反问：“你怎么知道？”

乔嘉桐一笑，没卖关子，“是我叫她跑十一的，她还挺听话。”

蒋赟咬咬牙，还是问出了口：“你为什么在这儿？你们不上课吗？”

乔嘉桐说：“我是去年这一道的单道第一，被抓来做裁判。”

蒋赟低头想了想，又问：“章翎知道你在这儿吗？”

乔嘉桐伸个懒腰，漫不经心地回答：“可能吧。”

他俩实在没话聊，乔嘉桐走开了，蒋赟独自坐着想东想西，越想越窝火。章翎对乔嘉桐的心思，他有所察觉，之前并未放在心上。

蒋赟是个有自知之明的人，有些事情，他自己都不愿承认，因为现在的他没有任何资本去谈这些蠢事。他把一腔热忱深埋心底，埋得自己都要挖不着，挖不着，就不会患得患失，不会愁肠百结。他们毕竟都只是十五六岁的少年人，那两个字说出口很容易，要有结果，难如登天。

可明白归明白，当乔嘉桐用那种欠揍的语气说出"可能吧"这三个字后，蒋赟心里还是生起难言的怒意。他不能忍受，乔嘉桐用这样的态度对待章翎。

十分钟后，山顶的裁判组打来电话，大部分师生都已登顶，比赛即将开始。每一个交接棒平台都接到电话，很快，起点处做好了准备。

山道狭窄，不适宜一窝蜂地跑，第一道选手是按照班级排序，每隔十秒出发两人。裁判组看过时间，一声哨响，比赛开始了，1班、2班的两个女生率先冲了出去。

章翎原地等待，陆学姐说，前面的道次长短不一，快的两分多钟就能跑完，慢的要跑四五分钟，想要轮到十一道，还得等半小时左右。

裁判组的电话一直在响，二号平台、三号平台……九号平台陆续打来电话，说是已经有人交接棒，请下一组平台做好准备。山顶那边也有收到实时消息，却没人知道实时排名，这也是传统，为了给所有人一个惊喜。

当十号平台打来电话后，陆学姐大声喊："大家做好准备！看到人后，是哪个班的就自己排序接棒，不能推搡抢道，否则算犯规！"

十二个女生紧张兮兮地看着石阶，刚好底下十几米处是个转角，大家猜测着会是谁先冲上来。

两分钟后，一个人影从转角出现，章翎摘下眼镜重新戴好，看清不是自己班的。

7班男生一马当先，把接力棒交到同班女生手里，那女生转头就跑，男生直接坐在地上，喘得跟拉风箱一样。紧接着，又有两个男生冲上来，可惜都不是6班的。

章翎有点急了，只有前三才有奖杯和奖品，第四到第十二都只有一张奖状。她原地小跑着，几乎望眼欲穿，突然，她眼睛一亮，同班的王波终于出现。王波跑得全身发红，头发湿漉漉的，"啊啊"狂叫着把接力棒交给章翎，章翎也来不及对他说什么，拿了棒子转身就跑。

第四，还有机会！

章翎耐力不错，也不惧怕长跑，但她的确没跑过山道，原来是这么难的！田老师的吩咐出现在她脑海里，登山跑对心肺功能和腿部力量的要求很高，一开始千万不要发力冲，要不然很快就会没力气，后半程只能靠走。记住一定要调整呼吸，匀速跑，实在跑不动了不要逞强，走一段儿没事……

章翎知道自己和第三名相距并不远，但她还是没有用力去冲，依然按照自己的节奏往上跑。跑过两分钟后，她也像王波一样大汗淋漓，双腿像灌了铅，每抬一步都要使上吃奶的力气。章翎大口大口地呼吸，规律地摆动手臂，眼睛紧盯石阶，在心里给自己鼓劲。

转过一道弯，前面出现了一个选手，速度已经很慢。章翎心里顿时生出力量，她咬紧牙关，也不加速，就用一直保持的速度追了上去，二十米、十米、五米……超过对方的那一刻，章翎告诉自己不能掉以轻心，后面还有五道，她要再拉大一点距离，给蒋赟、李婧和萧亮他们留出更多的余地。

章翎也不知自己跑了多久，她从未跑得如此痛苦，终于，前面出现了人声，她抬起头就看到蒋赟。蒋赟目光灼灼地盯着她，拍手大喊："快快快！"

少年人的热血在此刻沸腾，章翎向他冲过去，把接力棒交到他手里，叫道："稳住第三！加油，蒋赟！"

瘦削的少年头也不回地冲了出去，章翎脱力，一屁股坐在了地上。

乔嘉桐过来拉她，递给她一瓶水，章翎完全没力气说话，撩起眼皮看他一眼，呼哈呼哈地喘着气。

"很累吧？"乔嘉桐说，"你跑得还挺快。"

章翎摆摆手，晃了一会儿后坐到石凳上，耳边嗡嗡嗡的，什么都听不清，额头上的汗水一滴滴落到地上。她看着山道，一个又一个女生冲上来，一个又一个男生冲出去……坐了好久好久，十二个女生终于到齐，一个个都累瘫了。

再也没人惦记见到乔嘉桐的事，包括章翎。这时候，她们只想躺平。乔嘉桐通知大家："休息两分钟，我们慢慢往上走，去山顶集合。"

蒋赟觉得自己要死了，左脚疼得要炸，每一步踩下去，都跟剜骨割肉一样。

他向来耐疼，可是此时面对这像是永远跑不到头的山道，他真的要崩溃，恨不得从山上跳下去拉倒。支撑他坚持下去的就是章翎那句话，一直绕在耳边——她让他稳住第三。蒋赟想，他怎么能让她失望？

所以，脚断了也要跑，疼死了也要跑，不指望超几个，但也绝对不能被人追上！

十二道真的好长好长，蒋赟觉得自己简直是用生命在登山，到后来都疼得麻木了，只会机械地跨台阶。

突然，前面出现了些微人声，蒋赟终于看到胜利的曙光，可就在这时，身后也传来一阵脚步声。蒋赟大惊，也不回头，咬牙往前冲，但他的速度早已是强弩之末，再也提不起来，便眼睁睁看着一个男生超过了他，并且与十三道女生交接棒。

蒋赟一颗心掉到冰窟里，世界末日也不过如此。如果他没受伤，别说被反超了，他都有信心追到第二甚至是第一。但现在说这些有什么用？他就是被反超了！从第三掉到了第四。

李婧出现在前方，女生们尖叫着给男生加油，蒋赟大叫一声，不顾一切奋力冲刺，把棒子交给李婧，接着他身子一软，整个人栽倒在地上。负责后勤的老师吓坏了，赶紧过来看他，蒋赟没晕倒，只是疼疯了，又因为在快要跑到终点时被超越，羞愤难当，不知道一会儿要怎么面对章翎。

在这一刻，小少年被身体和心灵的双重打击击倒，脑子里悬着的一根神经猝然崩断，他半趴在地上，拳头砸着泥土，竟呜咽着哭了起来，还哭得十分伤心。

平台上的老师和选手们个个目瞪口呆，超过他的那个男生一脸蒙，有个老师安慰蒋赟："同学，你跑第四呢！已经很快了，别伤心，友谊第一比赛第二啊。"

蒋赟哭得更凶了，在心里回答：章翎才是第一，友谊和比赛都是狗屁！

鸡飞狗跳了一阵子后，蒋赟终于冷静下来，双目发直地在角落里席地而坐。有人递给他一瓶水，他仰着脖子一口喝干，抹抹嘴，眼睛望向来路。老师喊他："同学，休息得差不多了吧？人都到齐了，我们要上山啦！"

蒋赟说："你们先走，我等我同学。"

老师没有勉强他，一群人往山顶出发。蒋赟在原地坐了几分钟，山道上终于出现十一道选手们的身影——两个老师，一个乔嘉桐，还有一大群女孩子。他们说说笑笑，走得十分轻快。

章翎……真的和乔嘉桐走在一起，离他最近。

蒋赟坐的地方偏角落，身边还有一棵树，所有人都没注意到他，想当然地以为这个平台已经空了。他看着那些人慢慢走过，甚至看到章翎在对乔嘉桐微笑，嘴巴动着，不知道在说什么。

蒋赟突然觉得自己很可笑，他蜷起腿，把自己缩得像个球，于是，更没有人注意到他了。

当所有人都消失在上山的山道上，蒋赟扶着树干站起身，试着动动左脚踝，钻心地疼。他苦笑了一下，心想，等了也是白等，他根本不可能再爬到山顶。

如此想着，他便独自一人，一瘸一拐地往山下走去。

第5章

———— ◇ ————

谢谢你的长颈鹿

（1）

还没爬到山顶时，乔嘉桐接了个电话，章翎一听就知道对方在说名次，等乔嘉桐挂断后，她问："学长，6班第几？"

"你猜猜？"乔嘉桐说，"你们班最后一棒是第五个冲到终点。"

"唉——"章翎轻叹一声，心想，还是输了呀。

乔嘉桐继续说："不过，你们班是第三，恭喜。"

章翎瞪大眼睛，"啊？"

乔嘉桐笑着解释："你们班最后一棒的前面，有两个是2班和4班的，他们一个比你们早出发二十秒，一个早出发十秒，而你们班最后一棒到终点时，比第四名慢六秒，明白了吧？"

章翎听明白了，开心得原地蹦起来，"太棒了！6班威武！"

见乔嘉桐一脸揶揄地看着她，章翎感到难为情，尴尬地笑笑，重新找了个话题："学长，你还没告诉我，为什么要我跑十一道呢？"

乔嘉桐像是很惊讶，"你看到我，还猜不到理由吗？"

章翎看着他英俊的脸庞，有点笑不出来了。

乔学长是真的很自恋，他大概以为，章翎跑到底后见到他，会又惊又喜吧？

见到他，是惊喜，为什么？他感觉到什么了吗？还是说，他根本不用去感觉什么，因为，他一直都处在这样一个环境里，人人都爱他。而他额外的青睐和照拂，就已经是一份奖励。

他们终于上到山顶广场，已是正午，广场上乌泱泱几百号人，颁奖典礼的简易舞台也已布置完毕。

章翎还没找到自己的班级，一个人影突然小跑着过来，娇滴滴地喊："乔学长，我一直在这儿等你呢，你快来，白老师都急死了，说要过一遍颁奖流程。"

章翎看着许清怡，她穿一身剪裁合体的浅蓝色旗袍——是学校礼仪队的服装，绾着发髻，化着淡妆，露出一双美腿，真是眉目如画，亭亭玉立。

不知道有多少人在偷偷打量她，章翎随便看一眼，就能找到几个看直了眼的小男生。而自己呢？扎着个兔子尾巴样的小辫子，脑门上是横七竖八的发夹，戴着一副圆框眼镜，浑身臭汗，实在是……没有对比就没有伤害。

乔嘉桐对章翎说："你去班里吧，我要去工作了，今天我是主持人，要带一个高一的女生。"

"哦。"章翎没什么可说的，看着乔嘉桐和许清怡并肩离开。许清怡走着走着还回头看了她一眼，章翎努努嘴，转头去找自己的班级。

瞅着班旗来到集合地点，同学们正在庆祝，一个个说得血脉偾张，唾沫横飞，把萧亮夸上了天。他们也只看到最后萧亮的冲刺，据说分外精彩。萧亮的第五个撞线来之不易，他在前三无望的前提下，在最后关头从第六超到第五，差点跑吐，失望之余又被告知得了第三，全班瞬间被狂喜淹没。

章翎找薛晓蓉拿回自己的包，又找生活委员汤子渊领到食品包，想找蒋赟没找着，只能找到李婧，问："蒋赟第几个交接棒的？"

"第四，我也是第四。"李婧说，"蒋赟最后被人超了一名，我看到的，不过那个人是2班的，比我们班早出发。蒋赟当时都疯了，整个脸都扭在一起，叫得跟杀猪一样惨。"

章翎听得一愣一愣的，又问："蒋赟人呢？"

李婧摇头，"不知道，没看见。"

章翎又回头去找汤子渊，问："蒋赟领了食品包吗？"

汤子渊："没有，从十道往后只有他没领，其他人都上来了，他可能走得比较慢吧。"

一直到起点线的那拨人都来到山顶，蒋赟还是没出现。章翎把这件事告诉给邓芳，邓芳慌了一下，赶紧去打听，班里前几道的参赛选手一问三不知，说上山时没注意蒋赟有没有下山。

只有第四道的一个男生想了半天，"啊"了一声："他下山了，我确定！他今天是不是戴着一顶黑帽子？我有印象，放心放心，人没丢，下山去了。"

邓芳狠狠松了口气，又说："臭小子这么没有组织纪律性！第一次集体活动就敢不参加，这是要造反啊！"

章翎找到第四道男生，问："你有注意到蒋赟走路的样子吗？"

那男生茫然地想了一会儿，"没太注意，好像……有点瘸？可能是太累了吧？"

　　章翎心中的不安越扩越大，她找到汤子渊，领了蒋赟的食品包，又和邓芳说了一声，都没来得及观看颁奖典礼，一个人向着山下跑去。

　　下山要比上山快，章翎一路小跑到了山下，并没见到蒋赟的身影。

　　她跑到停车场，找到 6 班的那辆大巴，司机正在车外抽烟，章翎问他有没有看见一个戴着黑色鸭舌帽的男生，司机说："那小子啊，脚受伤了，在车上睡觉呢。"

　　章翎上车后走到后排，看到蒋赟放低了座椅靠背，正歪着脑袋呼呼大睡。

　　她跑得有点喘，站在他身边，静悄悄地观察他。蒋赟没戴鸭舌帽，左颧骨处的瘀青很明显，仔细看真的有点吓人。他脱掉了左脚的鞋，左小腿横搁在右大腿上，护踝已经拆掉了，哪怕穿着袜子，章翎都能看出他左脚踝肿得老高。他似乎睡得很不踏实，眉头微微皱着，章翎不忍心叫醒他，干脆坐在过道另一边，一边听歌一边等他自然醒。

　　薛晓蓉给她发来 QQ 消息。

　　薛晓蓉：你去哪里了？我们要拍集体照，只差你一个啦！

　　章翎蹙眉，回复。

　　章翎：怎么会只差我一个？蒋赟也不在啊。

　　薛晓蓉回了个尴尬的表情。

　　章翎收起手机，听着歌，偶尔转头看一眼蒋赟。这一等就等了二十多分钟，蒋赟维持一个姿势久了难免吃力，迷迷糊糊地往左翻了个身，顺便把左腿搁到左边的座位上。他都没完全睁开眼睛，就被视野里钻进来的一个人影吓得睡意全无。

　　蒋赟差点来个鲤鱼打挺，看清是章翎后，整个人僵在那里，问："结束了？"

　　章翎说："没有，你一直没上山，我下来找你。"

　　蒋赟像在梦游，"找我……干什么？"

　　"你脚受伤了？"章翎的眼睛盯着他的左脚踝，"什么时候受的伤？昨天，还是今天？"

　　蒋赟一下子就把左腿放下来，脚掌着地时疼得他想挠窗，却依旧嘴硬，"谁说我受伤了？没有的事！"

　　章翎有无数做法可以反驳他，比如反问"那你为什么不去山顶"，或者告诉他是司机说的，甚至直接要求他把袜子扒下来，但她没这么做，只是眼神柔柔地看着他，问："你饿吗？我把你的食品包拿来了。"

　　她不说还好，说了以后，蒋赟就记起自己为什么要上车睡觉。不光是因为脚踝疼，还因为他登山累得半死，却一点吃的喝的都没有，当时又饿又渴，实在没地方可去。

　　章翎把食品包递给蒋赟，他打开看，里头有椰蓉面包、苹果、牛奶和矿泉水，很简单的食物，有些学生甚至吃都不吃就会丢掉，只吃自己带来的零食。可对蒋赟来说，袋子里的每一样东西都很珍贵。

"先吃东西吧，我也没吃呢，好饿。"章翎拆出面包咬了一口，又顺手把苹果递给他，"这个给你。"

蒋赟接过苹果，塞进书包里。

两个人坐在大巴上吃午饭，章翎依旧吃得慢，蒋赟饿极了，把食品包里的几样东西干完后，远远没吃饱，又扯开空空的袋子看了一眼。章翎没笑话他，从自己包里掏出一包夹心饼干递给他，"吃吗？我今天多带了一些吃的。"

蒋赟当然想吃，却记起自己晕车的事，整个人就都不好了，说："不吃，够了。"

章翎把饼干收回来，"你想吃就和我说。"

大巴车熄着火，司机只打开车门通风，车厢里的气味并不好闻，蒋赟和章翎陷入沉默，两人都不知该说些什么。章翎默默吃完面包，喝掉牛奶，过了好一会儿才开口："你怎么都不问问我，我们班跑了第几。"

蒋赟说："关我屁事。"

章翎皱眉，"说得好像你没跑一样。"

蒋赟看着她，眼珠子的颜色似乎都深了一些，轻声说："我没稳住第三。"

章翎摇头，"不，你稳住了。"

蒋赟没懂，章翎解释："超过你的那个人是2班的，他们班比我们班早出发二十秒，你没落后他二十秒吧？"

蒋赟说起这事就难堪，"但他超过我了，在十二道，我就是比他慢。"

章翎："这很正常，十二道最难跑，每个班都会把能力最强的男生放在这道，那个人速度应该很快，被他超过不奇怪啊。"

蒋赟还是接受不了，"是不奇怪，可你说我稳住第三了，我没有！我就是第四个交棒！"

章翎叹气，"行，你说2班那个人单道比你快，我承认，那你又怎么知道比他早交棒的那两个单道也比你快？你又怎么知道跑在你后头的那些人，单道一定比你慢？"

蒋赟无言以对，章翎继续说："如果十二个班是同一时间起跑，蒋赟，你就是稳住了第三，2班那个人没法超过你。结果也证明了这一点，班长第五个撞线，但我们班还是拿了第三，听明白了吗？真的！你稳住第三了。"

蒋赟说不出话来，章翎又一次把视线移到他的左脚踝上，"你的脚到底怎么了？严重吗？"

"没事。"蒋赟摆摆手，"就扭了一下，没断。"

"我也知道没断。"章翎严肃地说，"我妈妈是骨科医生，骨折骨裂还是扭伤，我比你分得清。但就算是扭伤，也不是小事情。"

蒋赟笑笑，"为什么你会比我分得清？你是骨折过还是骨裂过？"

章翎说："我没骨折骨裂过，但我经常听我妈妈讲病例。"

"哦，就是理论知识很丰富。"蒋赟看着她，"章翎，你是没学过'实践才是检验真理的唯一标准'吗？我骨折过，也骨裂过，扭伤更是不计其数，你说我分不分得清？"

他们的对话一直冷静又克制，假装像个大人，成熟理智。章翎原本就不喜欢吵架，蒋赟是没力气吵架，两人只能搜肠刮肚地想出说服对方的方法，可是不经意间，他们还是会透出一丝独属于少年人的稚气。比如这时，蒋赟说的每一句话都令章翎胆战心惊，她纠结地问："你……你为什么会老受伤？还老打架？是……有人对你家暴吗？"

"家暴？"蒋赟笑得露出了牙，"我连家都没有，哪儿来的家暴？"

章翎想了想，突然拿出手机打电话，蒋赟不知道她打给谁，就没吭声。电话接通后，他听章翎说了一句："喂，妈妈，我想问问你，你下午在医院还是在家？"

蒋赟吓得差点蹦起来，叫道："你要干吗？"

章翎食指在唇边比了个"嘘"，继续讲电话："我跑完了……嗯，是这样的妈妈，我同桌蒋赟……对，就是小卷毛，他今天登山脚扭伤了，我想带他去医院看看，你在的话我就直接来找你了，行吗？"

蒋赟呆呆地看着她。

"好，那我们回学校后，我就把他带到四院去……嗯，好，谢谢妈妈，妈妈再见。"章翎挂掉电话，对蒋赟比了个剪刀手，"搞定，三甲医院骨科主任医师帮你看病，她总比你分得清吧？"

蒋赟懊恼地大叫："谁说我要去医院了？！"

章翎："不要钱的。"

蒋赟愣住，章翎又说："如果要用药，去我家拿吧，我家都有。"

蒋赟恶狠狠地瞪她，"如果要拍片呢？你家连 X 光也有啊？"

"那就拍片。"章翎勇敢地与他互瞪，"医生都叫你拍片了，说明她用肉眼已经无法判断你的伤情，需要借助设备，你是觉得你的一只脚值不了这些钱吗？"

蒋赟真的很想对她说，别说一只脚了，他觉得他整个人都不值什么钱，活了十几年，他从来没找到自己存在的意义。可是面对章翎的善意，他终究没有说出口。

章翎拍板，"就这么定了，下车后你跟我走。"

不知不觉已经是下午两点多，五中的师生们结束了重阳节活动，下山回到停车场。高一（6）班的学生们陆陆续续上车，走在最前头的几个看到章翎和蒋赟都有点吃惊，但也没多问，涉及蒋赟，他们并不在意。章翎起身去了原来的座位，看着她的背影，蒋赟竟有些舍不得。

邓芳带着萧亮和许清怡去与学校领导拍合影，同学们在车上等待，叽叽喳喳地聊着天。蒋赟又一次头靠玻璃闭上眼睛，开始后悔刚才吃了太多东西，一会儿估计会吐个精光。

突然，最后一排的刘陈飞大叫起来："我游戏机呢？我游戏机不见了！"

他有一台心爱的索尼 PSP，来的路上就在玩，萧亮说没必要的东西都别带，刘陈飞就把游戏机留在了车上。

几个男生在最后一排到处找，刘陈飞翻遍背包、口袋，都没找到，其他几人也都掏了背包，游戏机完全不见踪影。他们的动静吸引了车厢里很多同学的注意，只有蒋赟充耳不闻，正在酝酿睡意。

有人帮忙一起找，摸座椅的缝隙，跪在地上看座位底下有没有，也有人提出疑问："你是不是带下车了？落在山上？"

"不可能！"刘陈飞无比确定，"我就放在这儿，就这儿！还盖了件衣服。我知道上山后没时间玩，带它干什么？"

他转着脑袋看来看去，视线最终停留在蒋赟身上。刘陈飞上车很早，知道蒋赟跑完就下了山，一直在车上，他看了蒋赟一会儿，过去拍拍蒋赟的肩，"喂，你有没有看到我的游戏机？"

蒋赟睁开眼睛看他，眼神冷得像冰，"别碰我。"

刘陈飞气坏了，"你一直在车上！现在我游戏机不见了，问问你都不行啊？我没怀疑是你拿的已经很给你面子了！"

一句话就勾起所有人的记忆——蒋赟小学时，偷过东西。

车厢里安静下来。因为人没到齐，车上又都是精力旺盛的学生，司机嫌吵，一直没上车，这时候邓芳和萧亮都不在，群龙无首，没人敢出来说话，除了章翎。

她走到车厢尾，指着倒数第二排另一边的座位对刘陈飞说："我也一直在车上，就坐在这儿和蒋赟聊天。我没看到游戏机，我和他连座位都没离开过，你再仔细找找，如果真的在车上，不会不见的。"

刘陈飞说："学委，你上山了，我们都看到你了，你是后来才下的山，蒋赟就没上过山！你又不是和他一起上的车！"

这是事实，章翎看了蒋赟一眼，男孩子没说话，脸上连个表情都没有，仿佛事不关己高高挂起，可现在，他分明正处在舆论中心。

章翎说："我的确不是和蒋赟一起上的车，但他没上山是因为脚受伤了，他不会拿你东西的。"

刘陈飞哪这么好糊弄，语气也重起来："学委，我不是不信你，但这事你没必要帮他说话！你让他把背包打开给我看一眼，拿没拿，不就一清二楚了吗？"

"凭什么？"章翎还没回答，蒋赟已经站起来，冷冷地看向刘陈飞，"你丢了东西就要看我包？那我说我丢了两千块钱，你肯不肯给我看你的包啊？"

"我肯啊。"刘陈飞一把拎起背包伸到他面前，"你看，随便看，我身正不怕影子斜！我们几个的包你都可以看，看看有没有你的两千块钱！看完了，把你的包打开给我看一眼，行吗？"

刘陈飞之所以咬着蒋赟不放，是因为他确定自己把游戏机留在了车上，而蒋赟，在他下车时正在脱衣服。他们几个已经是最后下车的一拨人，合理怀疑，蒋赟是最后下车的那个人，又确定是最早上车的那个人。

游戏机不见了，还能凭空消失吗？不怀疑他，怀疑谁？更何况，他是个有"前科"的人。

蒋赟抿着嘴唇怒视刘陈飞，双手已经握成了拳。章翎挡在他面前，说出一句出人意料的话："刘陈飞，你为什么一定要看蒋赟的包？他都没带包上山，就算他背包里真有游戏机，说不定……也是别人故意放进去的。"

这话的信息量太大了，别说刘陈飞和蒋赟感到震惊，别的同学也都傻了眼。刘陈飞难以置信，"学委，你什么意思？你是说我故意栽赃他？我有这么下作吗？！"

蒋赟拉了一把章翎的手臂，"你别胡说，我包里没有！我根本就没见过什么破游戏机。"

章翎意识到自己说了不得体的话，十足的阴谋论，也不明白自己为何会有如此明显的倾向性。她不信蒋赟会偷游戏机，就冲他愿意扛着四十斤的水桶爬楼梯，只为赚两块钱；冲他脚受伤了都要跑完一棒；冲他能从十六中考上五中；冲他一开始拒绝了免费午点；冲他在她家时手足无措的窘迫模样……她就不信蒋赟会偷东西！

章翎说："我、我不是这个意思，我只是……"

刘陈飞放过了她，对蒋赟说："我只要求看一眼你的背包，没有就没有！你怕什么？心虚吗？"

蒋赟冷哼："你爷爷我还不知道'怕'字怎么写呢，但我凭什么要给你看？你是谁啊？你想看，叫警察来啊。"

场面一下子陷入僵持，刘陈飞执意要看蒋赟的背包，蒋赟无论如何都不答应。章翎心里赞同蒋赟，却不知道要怎么说服刘陈飞。

同学们也都在窃窃私语，静观事态发展。这时，刘陈飞的好友王波率先打开背包，把里面的东西哗啦啦都倒在座椅上，一堆鸡零狗碎，然后对蒋赟说："你看，我包里就这样，没有两千块钱，也没有游戏机。"

另一个男生明白了他的意思，也如法炮制，把背包里里外外翻给蒋赟看，"我也没有。"

很快，后面三排的几个男生都给蒋赟看了他们的背包，章翎看蒋赟的脸色越来越沉，再看刘陈飞也是气得不轻，当又一个男生想要打开背包时，刘陈飞喊住他："行了！别弄了！丢了就丢了，算老子倒霉！"

他眼神凌厉地看着蒋赟，似乎已经将他定罪。不光是他，很多人看向蒋赟的眼神都已变得怀疑。

如果他没拿，为什么不让看包？真问心无愧的人，不该在这种时候急于证明自己吗？

只有章翎乎能理解蒋赟的坚持。她焦心又生气，那些人好像给蒋赟敲了个戳，他是不配拥有"尊严"这两个字的。

章翎对刘陈飞说："什么叫'丢了就丢了，算你倒霉'？你要么报警吧！叫警察来！蒋赟的包只给警察看！哦对了，大巴上可能还有监控，到时候一查不就清楚了？"

刘陈飞不耐烦地挥手，"谁会因为这点小事报警？"

章翎很大声："这不是小事！"

"别吵了，我给你看就是了。"男孩子略微嘶哑的声音响起，章翎和刘陈飞都愣住了，他们一齐转头，就看到蒋赟已经打开了他的书包，包口向下，所有东西都倒在座椅上：护肘、护膝、护踝，长袖校服、校裤，一串钥匙，一张饭卡，一顶帽子，一个苹果。

还有一样非常诡异，且和蒋赟的气质完全不符的东西——扎着粉红色礼花的透明塑料袋，里头装着一只一手长的毛绒长颈鹿玩偶。

周围的人看着这只精心包装过的长颈鹿，都陷入了沉思。

有女生小声道："这是什么？"

"长颈鹿。"

"废话，我当然知道这是长颈鹿。"

章翎看着长颈鹿，彻底傻眼了。

包里没有游戏机，蒋赟又把校服校裤拎起来抖一抖，好让刘陈飞看见里头没有藏东西。他又走出座位，淡淡地说："要不要把椅子也检查一下？你们自己来。"

刘陈飞脸色很差，空气尴尬得令人窒息，就在这时，萧亮和许清怡上了车，他们都感觉到车厢里诡异的气氛。萧亮径直走向最后一排，奇怪地问："你们在干吗？椅子怎么这么乱？遭贼啦？"

更尴尬了。

萧亮没等到回答，从包里掏出一样东西丢给刘陈飞，"抱歉啊飞哥，我刚下车时把你游戏机拿去玩了。"

一句话石破天惊，所有人都愣住了，刘陈飞脸色瞬息万变，只有蒋赟的反应与众不同，他笑了，一开始是浅笑，渐渐地变成大笑，最后甚至笑出了声，"哈哈哈哈哈……"

萧亮莫名其妙地看着他，"你笑什么？"

刘陈飞崩溃地问："你拿我游戏机干吗？！拿了不会和我说一声啊！"

萧亮被吼蒙了，回答："我跑最后一棒，要等好久，怕等的时候太无聊，就拿去玩玩嘛。后来我跑的时候让一个高二学生帮我拿，结果跑到终点我给忘了，刚才拍合影碰到他才想起来，这才要回来。"

刘陈飞恨不得把这缺根筋的班长拖下车暴揍一顿，萧亮还是没心没肺，"你们赶紧把东西理一下，邓老师在和主任说话，等她上车，就准备回学校了。"

刘陈飞得了个台阶，一边继续抱怨萧亮，一边帮王波收拾起背包，蒋赟也默不作声地把东西都收进书包里。

事情像是解决了，章翎却认为，并没有。她看向那几个正在插科打诨的男生，清晰又响亮地开口："刘陈飞，你是不是应该向蒋赟道歉？"

蒋赟猛地转头看她，刘陈飞脸色一阵红一阵白，萧亮不明就里，"到底发生什么事了？"

章翎逼视着刘陈飞，蒋赟心里的感觉很新鲜，体会到翻身农奴把歌唱的快乐。他是个不会道歉的人，此时看着刘陈飞满脸猪肝色，居然有点理解他的难处，大度地对章翎说："算了算了，我……"

"你先别说话。"章翎打断他，"做错事就该道歉，不管是有心还是无心，对别人造成了伤害是事实，所以，刘陈飞，你应该向蒋赟道歉。"

刘陈飞满头大汗，这事儿闹得超尴尬，想都没想过居然会这么乌龙。萧亮想要帮他说话："学委，不管发生什么事，大家好歹是同学……"

"你说得对，大家都是同学。"章翎只看向刘陈飞，"刚才的事，全班都看到了，如果你觉得自己不需要道歉，我也不会逼你。不过，我有理由怀疑，上次你们在篮球场和蒋赟起冲突，起因真的是合理冲撞吗？"

萧亮大惊，"什么……"

刘陈飞一把拦住他，大声说："蒋赟刚才是我不对我向你道歉对不起！"

萧亮傻眼了，蒋赟也在发愣，只发出一个简短的音节："啊。"

邓芳上车时，车厢里的气氛已恢复正常。

许清怡和赵思婷发着消息，就章翎维护蒋赟的言行疯狂吐槽。

章翎没再坐回前面，而是直接坐在蒋赟身边。她不放心这个人，刚发生了这样的事，她怕蒋赟半路上再和那群男生起冲突。蒋赟整个脑袋都晕乎乎的，现在，他除了晕车，似乎还开始晕章翎。

车子开动后，章翎很快就发现蒋赟不对劲，他脸色发白，额头上布满冷汗，闭着眼睛缩在座位角落里，不停地做吞咽动作。

章翎问："你晕车啊？"

"嗯。"

"所以你才不坐公交车上学吗？"

"别和我说话。"蒋赟一个字都不敢多说，就怕一张嘴会吐出来。

章翎闻言，低头在包里掏东西，蒋赟起先没注意，突然，鼻子闻到一阵清新的橘子香。他睁开眼睛，发现章翎剥了个橘子，手拿整张橘子皮搁在他鼻子底下，笑着说："偏方，说是晕车时闻橘子皮会好一点，你试试？"

蒋赟接过橘子皮，凑在鼻前，一下一下地深呼吸。新鲜橘子皮的气味真的很好闻，蒋赟闻着闻着，不知是心理作用，还是真有效果，他的恶心感竟渐渐减弱。

章翎观察了他一会儿，拿出手机问："听歌吗？一人一个耳机？"

蒋赟不想听，又不舍得拒绝，一时很纠结，章翎已经把一个耳机递给他，他只能塞进左耳。

大巴在马路上行驶，蒋赟的耳朵里开始出现歌声，是一个优美缥缈的女声。他闭上眼睛，仔细地听歌词，不知不觉困意来袭，在蒋赟入睡前，听到的最后一句歌词是：

有生之年，狭路相逢，终不能幸免
手心忽然长出纠缠的曲线
懂事之前，情动以后，长不过一天
留不住，算不出，流年……

章翎完全没有睡意，想到那只长颈鹿，满肚子的疑问。

大巴突然颠簸了一下，原本靠着右边窗户睡觉的蒋赟突然向左边歪过来，脑袋无意识地靠在章翎的右肩上。他俩的身高只差四五厘米，坐高也就差不多，男孩子这样靠着女孩子，姿势竟一点也不难受。

可章翎不愿意啊！

她用左手顶着蒋赟的脑袋，把他推向右边，小声说："睡那边去，一身臭汗。"

两分钟后，大巴又一次颠簸，蒋赟的脑袋又靠到章翎右肩上，她懊恼极了，再一次把他给推了回去。

直到第三次，蒋赟脸色发青地靠过来时，章翎放弃了。

干吗要嫌弃他一身臭汗呢？她自己不也一样吗？

蒋赟看起来真的很难受，眉头皱得更紧。章翎压低下巴看着他紧闭的眼睫，睫毛又长又翘，鼻梁很挺拔，从她现在的角度看格外明显。不过，他额头上的青春痘也很明显，看着好烦人，章翎想，这人用不用洗面奶的呀？

她突然有点想笑，知道卷毛同学今天受了很大的委屈，算了算了，就让他靠一会儿吧，好好睡一觉，醒来就能到学校了。

（2）

这是蒋赟记事以来，第一次坐车没有呕吐，堪称史上一大奇迹！

谁知这还没完，更神奇的是，蒋赟睁开眼睛时，发现自己身上披着校服，脑袋竟是靠在章翎的肩膀上，他手里还紧紧抓着那片橘子皮，当场石化。

章翎什么都没说，蒋赟却恶人先告状："你为什么不叫醒我？让别人看见说闲话怎么办？"

章翎瞠目结舌，好像被占便宜的是蒋赟一样。

蒋赟就这么靠着章翎的肩膀睡觉，周围人又没瞎，当然都看见了。一路上有人促狭地笑，还把这事儿悄悄往前传，前面甚至有人站起来朝他们张望，章翎只当没看见。

蒋赟的姿势的确有点过界，他们又都是春意涌动的年纪，章翎可以想象后续发展，肯定会有人传她和蒋赟的闲话。不过她并不担心，因为心中坦坦荡荡。

所有人在校门口下车，接力的同学上交护具后，原地解散。邓芳终于看到蒋赟脸上的伤，问："你脸怎么回事？"

蒋赟随口说："登山的时候摔了一跤。"

邓芳又注意到他瘸着脚走路，问："脚也受伤了？"

"嗯。"蒋赟气定神闲地回答，"不严重，我一会儿就去医院看看。"

章翎站在离他不远处，很是无语，心想在车上嘴硬说不去医院的人是谁哦！

班里的人都走完了，只剩章翎和蒋赟站在路边对峙，一个说要么打车，要么坐公交，一个打死不坐车，要走路去医院。

章翎愁坏了，"好远的呢，你脚都这样了，怎么走啊？"

蒋赟一脸倔强，"我能走，你坐车吧，反正我不坐。"

章翎想了一会儿，指着校门口一排做路障用的石墩子，说："你坐那儿等着，我马上回来。"怕蒋赟会逃跑，章翎又把自己的背包交给他，"帮我拿着。"

说完她就跑走了，蒋赟不知道她要做什么，只能抱着包，乖乖坐在石墩子上等她。

五中附近有一个地铁站，出站口有很多接客摩的，章翎找了一辆，坐在师傅后座上开了回来。蒋赟傻愣愣地看着她，章翎跳下摩的，说："你坐这个，我坐公交，一会儿四院门口见，我付过钱了。"

师傅笑眯眯地看着两个穿校服的孩子，说："我这车能带两个，你俩都瘦，要不挤挤？"

蒋赟和章翎一同拒绝："不要！"

他们兵分两路，一个坐摩的，一个坐公交，来到第四医院门口。会合后，章翎带蒋赟去门诊大厅，就这么一小段路，蒋赟已经走得很吃力，有时候甚至会单腿蹦跶。章翎在门诊大厅的服务台借到一辆轮椅，命令蒋赟坐下，推着他去住院部找老妈。

杨晔这天没出门诊，在住院部查床，看到两个孩子过来，便把他们带到了办公室。

"在山上摔跤了？"杨晔打量着蒋赟的脸，"摔得挺严重啊。"

蒋赟摸摸左颧骨的瘀青，含糊地"嗯"了一声。杨晔蹲下来，让蒋赟脱掉鞋袜，看到他的左脚踝后神色就变得凝重。她用手摸一下伤处，蒋赟没忍住"嗷"一声叫，浑身都绷紧了。

章翎看到蒋赟的左脚踝已经肿成右脚踝的两倍粗，害怕地捂住了嘴，心想这得多疼啊，这人到底是什么做的？居然还能跑完一道接力。

杨晔抬头看蒋赟，说："去拍片吧。"

蒋赟觉得自己简直是乌鸦嘴，杨晔已经把钱包递给女儿，"翎翎，你去给他买个病历本，挂个急诊，要填什么电话联系。"

章翎没多问，接过钱包转头跑了出去。

蒋赟有点慌了，嗫嚅着问："阿姨，很严重吗？"

杨晔在椅子上坐下，看着他，"你这不是今天登山摔的吧？脸上也是，我看倒像是打架打的。"

蒋赟羞愧地低下头去。

杨晔又问："还有别的地方受伤吗？"

蒋赟不敢再撒谎，指指前胸后背，"身上有点瘀青，不严重。"

杨晔示意，"衣服脱了我看看。"

蒋赟拽着校服不撒手，"不、不用了吧？真没什么。"

杨晔："脱了。"

她的眼神并不冷，语气也不凶，蒋赟却莫名地感到一阵压迫感，只能脱掉校服，又撩起短袖衫给她看。

"咦？你身上还挺白啊，脸是晒黑的吗？哟，这么多伤？"

"这都是什么时候弄的呀？有好几年了吧？"

"小卷毛，你是不是老打架？"

杨晔围着蒋赟转了一圈，在瘀青和一些陈年伤疤处用手指戳戳，每戳一下，蒋赟就跟条蛇一样扭一下，不知道怎么回答杨医生的问题。

"还好，没伤着骨头，养养就行了。"杨晔看男孩子都快崩溃了，只能放缓语气。

蒋赟松了口气。

"真瘦。"杨晔又说，"也就你们这个年纪了，怎么吃都不胖。"

蒋赟居然听出了一丝羡慕，但他不敢说话，重新穿好衣服。

杨晔坐下，问："章翎知道吗？"

蒋赟点点头。

"真出息啊，合着伙儿骗我呢。"杨晔从抽屉里摸出一包蛋黄派，丢给蒋赟，"吃吧，不够还有。"

蒋赟拿着蛋黄派，觉得章翎大概是遗传，她和她妈妈好像都很喜欢投食，跟喂小狗似的。

章翎回来后，推着蒋赟去拍片，等报告，完了又回到杨晔这里。杨晔看过 X 光片，说："骨头没事，就是软组织损伤。你这扭伤原本没啥，今天登山加重了，我给你开点儿药，有内服消肿的，也有外敷活血化瘀的，你记得……"

杨晔还没说完，蒋赟插嘴："阿姨，能不用药吗？或者少开点儿。"

"如果不用药，伤处会有积液，到时候就要手术了。"杨晔看了他一眼，"没问你要钱，你乖乖养伤，别再作死就行。"

蒋赟急道："这不行！"

杨晔一瞪眼，"问过你行不行了吗？"

蒋赟在外头再横行无忌，在杨晔眼里也还是个小屁孩。她用弹力绷带帮蒋赟做包扎固定，一边干活一边问："你俩怎么来的？打车吗？"

蒋赟老实回答："坐的摩的。"

"啥？"杨晔抬头看章翎，"你也坐的摩的？"

"我没有，我坐的公交！"章翎指着蒋赟，"他晕车，打死不肯坐车，我没办法才给他叫的摩的。"

杨晔"噗"一声笑："蒋赟，晕车，你这名字取得可真好。"

蒋赟心道，阿姨，"晕车"的"晕"念 yùn，您也不知道吗？

他垂头丧气，听到杨晔问："那你平时怎么上学的？"

蒋赟说："跑步。"

"那这段时间别说跑步了，你走路上学都不行。"杨晔好奇地问，"小卷毛，你是不是不会骑自行车？"

谁还不会骑自行车了？蒋赟大叫："我会！"

"那你怎么不骑车上学？"

蒋赟又闭嘴了，杨晔想了想，对章翎说："你爸那辆车很久没骑了，放着也是放着，先拿给小卷毛骑，一会儿我给他打个电话，他也该下班了，你俩去家里吃饭，顺便拿车。"

一通忙碌后，这时已是傍晚，窗外的天色都暗了下来。

章翎问："妈妈，你不回家吃吗？"

杨晔摇头，"今天要值班，你想吃什么我和你爸说，让他去买菜。"

章翎嘻嘻笑，"我想吃土豆炖牛腩！"

杨晔拿起了手机，母女两个把一切安排得明明白白，蒋赟连插个嘴都插不上，一直到杨晔帮他包扎完，他才意识到，自己要去章翎家吃晚饭了。小少年蒙得找不着北，只觉得世事无常。

章翎和蒋赟离开时，杨晔送他们去电梯口，不停地对蒋赟交代事情："体育课和广播操的假条我给你签了，你交给你们老师，至少两周不能运动。骑车上下学时，记得用右脚落地，这点常识应该有吧？还有，这段时间绝对不能去送水，也不能干其他的重体力活，你要是不听话，我就……"

她一时想不起来她"就"要干什么，还是章翎补充完整："妈妈，他要是不听话，我就再也不理他了！"

杨晔对女儿竖起大拇指，蒋赟挂着眉毛，觉得这个威胁好吓人。

杨晔打量着蒋赟，突然绽开笑，"哎哟小卷毛，我才发现，你头发真是卷的呀！好好玩。"

光说还不够，她还上手摸了摸蒋赟的头发，蒋赟呆滞了。他的头发留了近两个月，这时又变成微卷，发色比常人浅，和他的瞳仁儿是一个色系。章翎看妈妈摸得高兴，也跃跃欲试，蒋赟瞪她，她才讪讪地放下手，嘟囔道："小气鬼。"

章翎和蒋赟离开医院时，天已擦黑，两人并肩往金秋西苑走。

"就几百米，很快就到了。"章翎问，"你能走吗？还疼不疼？"

蒋赟试着左脚着力，用过药，又包扎固定后，左脚的疼痛感减轻许多，回答："能走，不怎么疼了。"

又走了一会儿，蒋赟的脚步越来越慢，到最后竟然停了下来，章翎回头看他，"怎么了？很疼啊？要不我让我爸爸来背你？"

"不是。"蒋赟看着她，问，"我去你家吃饭，会不会不太好？"

"不会啊，我经常带同学回家吃饭的。"章翎说，"我爸爸做饭很好吃，你吃过就知道了。"

蒋赟知道她没理解自己的意思，"我是说，你爸爸会不会不欢迎我？"

上一次是偶遇，这一次可不是了，他心里没底。毕竟，他和草花这么要好，草花的爸妈都不太欢迎他上门。

章翎笑起来，摇头，"不会，放心吧。"

蒋赟定了定心，重新迈开脚步，问："你们家是你爸爸做饭啊？"

"嗯，我妈妈工作忙，经常要值班，有时候还要通宵的。"因为背的包很轻，章翎走路也变得轻快，还会蹦跳一下，"而且，我妈妈是骨科的嘛，平时做手术都是拿着锯子切手砍腿，血淋淋的，她做的饭，我吃着都有心理阴影。"

蒋赟被她逗笑了，边笑边说："你妈妈人很好。"

章翎说："我爸爸也很好啊，他俩就是互补的。"

路过一家甜品店，章翎停下来，说："你吃杧果西米露吗？这家的杧果西米露可好吃了，我特别喜欢。"

蒋赟没回答，他都不知道杧果西米露是什么东西。

章翎已经走了进去，"今天登山好辛苦，我要犒劳下自己，打包三份吧，我爸爸也爱吃。"

蒋赟找不到理由阻止她，说自己不爱吃吧，一听就是假话，结果还有可能是章翎一份都不买。她想吃，他不能扫了她的兴。唉！可惜他没带钱，要不然就他来买单了。

章翎拎着三份杧果西米露，领着蒋赟走到单元门前时，一眼就看到章知诚在围着一辆自行车忙活。蒋赟傻了眼，因为那竟然是一辆很高级、很专业的自行车，红黑色调，特别漂亮。

章知诚也看到了他们，笑着说："回来啦？土豆牛腩炖着呢，我刚把车从储藏室拿出来，好久没骑了，都是灰。"

见蒋赟看着自行车发呆，章知诚揽过他的肩，说："我以前玩过骑行，不过好久没玩了，这车对你来说可能高了点，车把也比较低，我把坐垫调到最低了，你试试？"

蒋赟跨上车试了一下，骑了一圈回来，右脚尖堪堪能点到地。章知诚笑道："小蒋同学，你得多吃点啦，才能蹿个子。"

蒋赟的脸红了，知道自己个子矮，比章翎都高不了多少，他悄悄和章知诚比了一下，叔叔明显过了一米八，杨医生也有近一米七，这么看来，章翎以后还得长。

老天爷，她不会长得比他还高吧？

蒋赟下车，说："叔，我脚好了就把车还给你。"

章知诚说："不急，你拿着骑吧，我最近不会骑车。"

弄完车子，章知诚把两个孩子带上楼，蒋赟第二次走进章翎家。章知诚让他们自己去玩，他去厨房做饭。蒋赟放下书包，站在客厅里不知道要怎么办，章翎叫他："蒋赟，到我房间来。"

蒋赟："啊……"

他跟着章翎走进她的房间，十几平方米大，有一个朝南的大飘窗，白色墙壁，粉蓝色家具，书架上摆满了书，床上还有毛绒玩偶，收拾得很干净，一看就是个女孩子的房间。

章翎让蒋赟坐在写字台前的椅子上，自己坐上飘窗窗台，一人拿了一碗杜果西米露用勺子舀着吃。

"唔……真好吃！"章翎一脸满足，问，"你觉得好吃吗？"

蒋赟吃着甜品，点点头，"好吃。"

章翎微笑，"他们家的双皮奶也很好吃，下次我带你去吃。"

蒋赟偷偷地想，还有下次啊？行吧，下次一定要换他来请客。

章翎又问："你作业做完了吗？明天要交的。"

一句话就把蒋赟从浮想联翩打回到现实世界，他前一晚去干架了，受伤而回，一个字都没写，回答："没做……完。"

章翎说："那你一会儿吃完饭早点回去吧，作业挺多的，我昨天做到十一点才做完，就想着今天肯定很累，不想做。"

蒋赟："哦。"

这一次，他罕见地吃得很慢，每一口都要品尝许久才咽下去，还是章翎先吃完。她去丢外卖盒，说："你坐会儿，我去和我爸爸说说话。"

章翎溜到厨房，把这天的事长话短说，都告诉给章知诚，末了，她问："爸爸，我做得对吗？"

章知诚给予肯定："你做得很好，这事儿的确不能糊弄过去，你这样处理，蒋赟以后在你们班应该会好过一点。"

章翎得了表扬很开心，章知诚让她回房陪蒋赟，自己擦干净手，去了房间。

开饭了，章知诚喊两个孩子出来吃饭。蒋赟洗过手，忐忑不安地被章翎带到餐桌边坐下，看着章知诚端上一盘盘香喷喷的热菜：土豆炖牛腩，番茄炒蛋，清蒸鲈鱼，干菜炒刀豆。

蒋赟的口水都要流出来了。

章翎去盛饭，章知诚看她拿出三个小碗，笑着说："等等，换一个。"

他找出一个大海碗，给蒋赟盛了满满一碗饭，章翎咋舌，"哇哦！"

章知诚说："放心，他吃得完，我还怕他不够呢。"

章翎撇撇嘴，"啧，蒋小猪。"

蒋赟看到大海碗后眼珠子都瞪出来了，看看章知诚也只用小碗，羞得恨不得钻到桌子底下去。章知诚安慰他："你年纪小，我像你这么大的时候，吃饭也用大碗。现在我老了，新陈代谢慢，吃多了容易发胖。"

章翎不满，"爸爸你才不老呢！你是出了名的不老男神！"

　　章知诚大笑，揉揉她的脑袋，"别贫嘴，快趁热吃吧。"

　　蒋赟拿起筷子，先吃了一口刀豆，又吃了一块番茄，章知诚直接用勺子给他舀来一大块牛腩，"别光吃蔬菜，多吃肉。"

　　蒋赟咬一口牛腩，酥嫩可口，满满的牛肉香，这下子不光是口水，连眼泪都要掉下来。

　　章翎劝他："你放开吃吧，这儿又没别人，你平时吃饭哪有这么斯文？"

　　蒋赟垂着头扒了一口饭，又咬一口牛腩，很快就真的大口大口地吃起来。

　　章知诚没说错，他不仅吃完了一大碗饭，还不够，章翎又帮他添了半碗，父女两个震惊地看蒋赟表演吃饭。新添的饭都吃完后，蒋赟终于吃饱，摸摸鼓起的小肚子，觉得这是这辈子吃得最过瘾的一顿饭。

　　四个菜全部吃完，土豆炖牛腩有一大半进了蒋赟的肚皮，他提出要洗碗，章知诚按住他的肩，"你脚不好，尽量少站，让翎翎去吧，反正她昨晚把作业都做完了。"

　　章翎乖乖收拾碗盘去厨房，章知诚坐到蒋赟身边，问："你不回家吃饭，和家里说了吗？"

　　蒋赟回答："我家里就一个奶奶，她不太管我，我平时也不怎么回家吃饭，不用和她说。"

　　章知诚又问："你奶奶没有手机？"

　　"她有的，一个老年机，社区给的。"

　　章知诚闻言后起身，把之前准备好的东西拿过来给蒋赟看，"这个手机是我用过的，用了一年多，今年上半年刚换下来，没坏，我就是换了个智能机。你要是不嫌弃就拿去用，说明书、充电线和耳机都在，对了，你是不是还没有身份证？"

　　蒋赟已经蒙了，点点头，章知诚说："那你就用你奶奶的身份证，去营业厅办个电话卡，选一个便宜点的套餐，每个月就十几块钱吧。你们这个年纪还是要有个手机，你看今天，翎翎找不到你，只能跑到山下去，如果你有手机，她就能联系到你了，对吧？"

　　蒋赟看着面前那台还挺新的手机，碰都不敢碰。

　　章知诚拿了个袋子把手机和线都装进去，"拿去吧，我放着也是放着，卖也卖不了几块钱，还不如给你用。"

　　蒋赟动了动嘴唇，非常非常艰难地开口："谢谢，叔。"

　　"不客气。"章知诚温和地看着他，"打算什么时候开始参加晚自习？我听章翎说，你物理不太好哦。"

　　蒋赟被戳到痛处，一身毛又要炸开了，"我、我会努力的。"

　　"光嘴巴说没用。"章知诚说，"有不懂就要问老师，或者问问章翎。章翎的理化不错，理解得很透彻，你千万不要不懂装懂，基础没打严实，以后课程会越来越难，你很容易跟不上。”

蒋赟点点头，章知诚便没有继续往下说。像蒋赟这样的孩子，他很了解，长篇大论地说教没有用，还不如每次就点一下，他反倒能听进去。

章翎洗完碗，蒋赟提出告辞，章知诚让女儿送送蒋赟。

两人一起下楼，天已全黑，路灯亮着光，照亮了长长的一条路。蒋赟背着包，包里装着手机和药品，又推上自行车，和章翎一起往外走。来到小区大门处，蒋赟说：“我走了，你回去吧。”

章翎歪着脑袋看了他一会儿，突然向他伸出右手，摊开手掌。

蒋赟愣愣地看着她，女孩子问：“没有礼物吗？”

一丛烟花在蒋赟脑海里炸开，“砰！”“啪！”火花四溅。

他看着面前的女孩，她还是白天的样子，穿着蓝白色校服，扎起一个小辫子，脑袋上满是发夹，戴着眼镜，镜片后的眼睛圆圆的，一脸期待地看着他。

蒋赟结巴：“什、什么礼物？”

“啊……不是给我的呀？”章翎噘起嘴，收回手负在身后，“好吧，当我没说。”

蒋赟脑门上开始冒汗。

两个人面对面傻站了一会儿，蒋赟投降了。他拿下书包，掏出那只礼袋装的长颈鹿，递给章翎，“是给你的。”

章翎一下子就笑开了，“我就知道！我原来那只长颈鹿被你扯掉了！那可是我爸爸送给我的呢！”

那只还在，就在蒋赟的枕头边上，天天陪他一起睡觉。只是他不敢说，觉得有点变态。

章翎接过袋子，迫不及待地拆掉礼花，松开袋口，把长颈鹿拿出来看，还捏一捏，“真可爱，咦？我好像在店里见过这只呢，幸好我没买。”

蒋赟扯扯嘴角笑了笑。

章翎说：“谢谢你的长颈鹿，蒋赟，我很喜欢。”

蒋赟低下头，片刻后又抬起来，低声说：“应该是我谢谢你……章翎，谢谢你，还有，以前的一些事，对不起。”

章翎惊讶地看着他，还是第一次听到“谢谢”和“对不起”这两个词从卷毛同学嘴里说出来。

“对不起什么呀，我都忘了。”章翎哈哈笑，“你快回去吧，很晚了，你还得做作业呢。”

蒋赟终于说出了那两句话，好像也没多难，心里一阵轻松，他跨上车，向章翎挥挥手，"我走了，明天见。"

"明天见！"章翎拿着长颈鹿向他挥挥，"注意你的脚啊，别用力，千万别去打工啦！要不然我真的不理你哦。"

"知道了。"蒋赟没再多说，再说下去真要没完没了地道别。他右脚点地，伏下上身握紧把手，左脚踩下踏板，一下子就骑了出去。

直到他的身影完全消失，章翎才转身回家。她没让章知诚看见长颈鹿，偷偷摸摸溜回房间，找出暑假里用的那只双肩帆布包，右边的金属扣上还留着一根绷断的线。章翎把线剪掉，把新的长颈鹿挂上，拎起包左右打量，又戳戳长颈鹿软乎乎的肚皮，看着它呆呆的眼睛，笑得好开心。

蒋赟回到袁家村，推着自行车走进院子，于晖正在洗车。看着那四溅的水花，蒋赟都顾不上脚疼了，一把把自行车抬起来，就怕车子被弄脏。

"哟，哪来的车？"于晖关了水，走过来啧啧称奇，"这车不错啊，不会是你偷来的吧？"

蒋赟生气，"滚！我同学爸爸借给我骑的。"

于晖看过 Logo，惊讶："你同学爸爸这么大方？这车起码大几千，上万都有可能。"

蒋赟吓一跳，"这么贵？"

"对啊，你别停院子里，停屋里去。"于晖指指房子，"丢了我可不管啊，你自己看着点儿。"

蒋赟不敢马虎，把自行车搬进屋，想着第二天还得再买把锁，车子要是丢了，把他卖了都赔不起。

洗完澡，蒋赟听着奶奶的呼噜声，在台灯下奋笔疾书。作业真的很多，他估计得做到半夜，有些题还做不出，愁人。好不容易搞定作业，蒋赟从抽屉里掏出一只小盒子，打开盖子，看着里头几张百元大钞和一堆散钱，叹了口气。

打工的大头都给了奶奶，李照香是真葛朗台，把钱给她蒋赟很放心，奶奶绝对不会乱花。盒子里的七百多块是他的全部"积蓄"，存了四个多月，都是血汗钱。

下午看病是章翎挂号缴费，蒋赟不知道她付了多少钱，但又拍片又配药，怎么的都要几百吧？蒋赟觉得这钱必须要还给杨医生，要不然他心里过不去。最终，他抽出三百块放进书包，打算第二天拿给章翎。

蒋赟爬到上铺睡觉，头一次没有感觉到饿，摸摸肚子，今晚真的吃得好饱。他摩挲着长颈鹿，又一次想到章翎的家。

小时候，他也曾经幻想过，如果他有一个家，有爸爸和妈妈，会是什么样。现在，幻想有了实质答案，章翎的爸爸妈妈，就是他想象中完美父母的模样。不需要住别墅豪宅，不需要有用之不尽的财富，不需要男帅女靓，在金秋西苑 16 栋 3 单元 402 室，蒋赟头一次感受到家庭的温暖。

一个温柔的老师爸爸，一个干练的医生妈妈，一个品学兼优的高中生女儿，每个人都很忙碌，却相亲相爱，彼此依赖。

少年在黑暗中缓慢地眨动眼睛，心里好羡慕章翎，能在这样的家庭长大。这是蒋赟曾经渴望至极的一种生活，却也是他无法触碰的一种生活，和他的主观意识无关，就算再努力，都没用。

（3）

翌日清晨，蒋赟骑着自行车去上学，把车停在五中的自行车棚。棚子里停着无数自行车，还有教职员工的电瓶车，放眼看去，章翎爸爸的自行车依旧是最酷的一辆。

蒋赟走出车棚，没注意到在车棚另一边，姚俊轩阴郁的视线。

教室里，章翎已经到了，起身冲蒋赟打招呼："早上好。"

蒋赟绕过她坐到位子上，"早上好。"

章翎看看他的脚，问："你的脚好点了没？"

"好很多了。"蒋赟低头整理书包，掏出三百块钱给章翎，"这是昨天去医院的钱，你拿回去还给你妈妈，帮我跟她说声谢谢。"

章翎一愣，"我妈妈不是说了嘛，不要你掏钱。"

"你拿着。"蒋赟坚持，"这钱不能让她掏。"

章翎不敢拿，"我拿回去，我妈妈会骂我的。"

蒋赟失笑，"为什么骂你？你是她女儿，我又不是她儿子，她没义务给我掏钱。"

章翎："可是……"

"别可是了，你拿着。"蒋赟把钱塞进她的笔袋，"放心吧，我没穷到这份上。"

章翎没再和他争，把钱从笔袋里拿出来放进钱包，说："我回去看看发票，都忘了一共花了多少钱，要有多的，我明天还你。"

蒋赟："嗯，要是不够，你和我说。"

"好。"章翎想了想，小声说，"蒋赟，你这段时间反正也不能打工，不如晚上参加晚自习吧？"

蒋赟没说话，章翎瞅着他，"不然你回去也是做作业啊，留在学校不也一样吗，还能听听老师讲题。"

"我一会儿去问问邓老师。"蒋赟说，"反正这个月马上要过完了，我想……从下个月一号开始。"

章翎很无语，"你以为是上班啊？还要算自然月的？"

对于晚自习，蒋赟自己也觉得势在必行，他基础本就比别人弱，在学习上花的时间再比别人少，成绩只会越来越差。可他不像别的同学那样没有后顾之忧，只要管着上学就行。奶奶老了，而他长大了，三年高中四年大学，还有整整七年时间，他不可能只花钱不赚钱。

章翎爸爸说他会顾此失彼，最后得不偿失，蒋赟也害怕会这样。可是生活的压力如此巨大，房租、菜价年年在上涨，奶奶身体也不好，蒋赟有时候会有一种深深的无力感，恨不得一夜之间长大十岁，能有足够的力量抵御重压。哪像现在的他，连个身份证都没有，去打工，还是个童工。

周四上午的体育课，进行完耐力训练后，田老师让大家自由活动，女生们有的打羽毛球，有的打乒乓球，三三两两地散开玩耍。章翎和三个小伙伴找了块羽毛球场地，李婧和薛晓蓉先打，章翎和孙妙岚坐在边上等。

两个女孩聊起了天，孙妙岚犹豫着问："章翎，你和蒋赟现在是什么情况？"

"我和蒋赟？什么情况？"章翎一下子就明白了，"是不是有人说什么了？哎呀，你别听她们瞎说，我和蒋赟什么事都没有，就是同桌。"

"前天登山回来，他靠你肩膀睡觉呢，你都没推开他。"孙妙岚说，"大家都看到了，说你俩在谈恋爱。"

"噗！哈哈哈哈哈……"章翎笑死了，解释，"我推他了，没推动，他晕车很厉害，我就没忍心叫醒他，怕他吐。"

孙妙岚小声说："我也觉得你不可能和他谈，就他那样，你怎么可能看得上？"

章翎笑笑，"蒋赟其实没你们想的那么不好，他人还行，就是开学那会儿萧亮说的那些事，把大家给吓着了，先入为主吧。如果你们和蒋赟熟了，就会知道他这个人蛮真诚的。"

孙妙岚有点受不了，"我一点儿也不想和他熟，他看起来很凶的样子，讲话还粗鲁。"

章翎抱着膝盖，慢悠悠地说："他是老说脏话，可能和他的生活环境有关系，我也说过他，他现在在我面前不怎么说了，有时候讲话还挺逗。"

孙妙岚大着胆子开口："章翎，我觉得，你还是不要和他走得太近吧。"

章翎转头看她，"为什么？"

"我、我听说……"孙妙岚吞吞吐吐，"蒋赟家里没大人的，从小混黑社会长大，抽烟喝酒打架偷东西什么都会，成绩又很差，也不知道他是怎么考上的五中。你、你和他就不是一个世界的人，许清怡她们都在笑你，说你是在垃圾堆里找男朋友。"

章翎看着她的好朋友，笑容渐渐消失，向来温和的眼神此时变得冷淡。她知道，自己在生气，不仅仅是因为被传绯闻，还因为那些人说蒋赟是垃圾。

章翎对蒋赟也曾有过偏见，不过现在真的没有了，他们私底下相处过几次，她能感觉出蒋赟并不坏，就是很冲动，很倔强，还很敏感。章翎还看到爸爸妈妈对待蒋赟的态度，心里明白，如果蒋赟真的是个无药可救的不良少年，爸爸妈妈是不会允许她和他做朋友的。

她严肃地对孙妙岚说："行吧，我不会再要求你也去了解蒋赟，但是我要怎么和他相处，我自己心里有数。如果你觉得我和他做朋友是一件不好的事，那，你也可以不用理我，我不会怪你。"

孙妙岚着急了，"我不是这个意思！"

"我知道，我只是认为，许清怡她们爱怎么说是她们的事，以后，不管她们怎么议论我和蒋赟，你都不用来和我说，我不在乎。"章翎拍拍屁股站起身，"你们打吧，我不打了。"

她离开了羽毛球场地，薛晓蓉跑过来问孙妙岚："章翎怎么了？"

"生气了。"孙妙岚很沮丧，"就……蒋赟的事嘛，许清怡她们说的那些，我和章翎说了，让她别和蒋赟走这么近，她就生气了。"

相比孙妙岚和李婧，薛晓蓉因为坐在蒋赟前面，要更了解他一些，叹了口气，说："其实，蒋赟真的没有她们说的那么坏，他之前对章翎是挺凶的，不过最近好很多了，尤其是国庆放完假以后，他俩现在挺聊得来的。我有时候也会和他聊几句，你们对他不了解，就别瞎传话了。"

体育课下课后，大家回到教室，章翎看到蒋赟正枕在一本摊开的数学作业本上，睡得好香。想到孙妙岚的话，章翎气坏了，一巴掌呼上蒋赟的背。男孩吓一跳，坐直身子时右腿膝盖咚地撞在桌底下，痛得他龇牙咧嘴，大叫："你干什么？我左脚已经瘸了，你是要我右腿也断掉吗？"

章翎也叫："你还好意思说？体育课是让你用来睡觉的吗？再有半个月就期中考试了，你就继续摸鱼等着考不及格吧！"

蒋赟仰着脑袋看她，不懂为何上了一堂体育课，章翎会发这么大火，他只睡了几分钟而已，前面一直都在做作业啊。

章翎气鼓鼓地坐下来，蒋赟挠挠头发，眨眨眼睛，回忆起有限的生理卫生知识，小心翼翼地问："你……是不是那个来了？"

"走开！别和我说话！"章翎从蒋赟桌上抽出一本物理题集，唰唰翻页，在四份卷子上打了个钩，丢给他，"这四套卷子，下周一之前你给我做完，我给你批改，要是敢不做，你等着瞧！"

说完，她又"刺啦"一下，把题集后面的答案给撕掉了。

蒋赟目瞪口呆，心想，女孩子真是喜怒无常，好难伺候。

周五中午，蒋赟在食堂吃饭，姚俊轩坐到他对面。

看到姚俊轩的脸，蒋赟就心烦，这位男同学总是一副苦大仇深的表情，仿佛每个人都欠了他八百万，他是忍辱负重才在这里求学。最奇葩的是，作为贫困生，他自己追求学业高调，生活低调，对蒋赟也有同样的要求，老是提醒他不要太嚣张，别惹是生非。

"又怎么了？"蒋赟开门见山，"姚哥，你给个准话，又哪里看我不顺眼了？我没吃你家饭吧？"

说到饭，姚俊轩还真的看向蒋赟的餐盘。蒋赟今天打了三个菜，一块大排，一份花菜，一份盐卤豆腐，还有小山包一样的米饭。姚俊轩餐盘里是两个菜，一份雪菜肉片，一个荷包蛋。

"你最近吃得不错。"姚俊轩说，"我观察过了，你每天都会吃大肉。"

蒋赟下巴都要掉下来，"你暗恋我啊？"

"滚。"姚俊轩沉着脸，"你上个月，明明只吃一个菜，还是蔬菜。"

"关你屁事啊！"蒋赟真要疯了，"那你要我怎么吃饭？吃好点儿也不行？我没用你钱吧？"

"我还看到你的车了，一辆公路自行车，很贵。"姚俊轩的眼神越发阴沉，"班里很多人都看到了，都在议论，那车，你哪儿来的？"

蒋赟烦透了，端着餐盘起身就要走，姚俊轩没等他离开，又问出一句话："还有，你和章翎现在是什么关系？他们说，你和她好上了？"

"他们说他们说，他们说什么你都信？他们说你是狗，你是不是就要去吃屎了？"说到章翎，蒋赟就不淡定了，一屁股坐回去，"姚俊轩，你到底是混哪里的？纪检委吗？还是公安部？你是要查我有没有坑蒙拐骗，还是要查我有没有乱搞男女关系？"

他怒视着姚俊轩，"爷爷今天把话和你说清楚，以后你别再来烦我。第一，我和章翎是同班同学，是同桌，是朋友，别的什么关系都没有！听明白了吗？第二，关于那辆自行车，是我一个朋友的爸爸借给我的。我脚受伤了，有医生假条，坐公交我会吐，不骑车我没法上学，等我脚好了就会把车还给人家，这个解释你满意吗？"

姚俊轩始终面无表情地听着。

蒋赟继续说："第三，关于吃饭，你装什么蒜呢？不是每个月有两百块餐费补贴吗？我有，你也有啊，你自己舍不得吃，还不让我吃了？"

姚俊轩的神情终于变了，眉间皱出一个"川"字，冷冷地问："每个月有两百块餐费补贴？我怎么不知道？"

下午放学时，蒋赟背着书包，拖着姚俊轩来到邓芳的办公室。

"邓老师就在这儿呢，你自己问她，是不是这么回事！我有没有撒谎！"蒋赟气得不轻，姚俊轩不信他的话，非说自己没有享受到福利。

听明白事情原委后，邓芳很想原地消失。她后来和章知诚通过电话，两人就蒋赟生活上的困难达成了共识，约定好从十一月开始，章知诚每个月给蒋赟两百块餐费补贴，邓芳会在期中考试后，强制命令蒋赟参加晚自习和周六补课，至于费用，她会打申请全部减免。

此时此刻，打死邓芳都不敢告诉两个男孩，十月的补助有一部分是她贴的，心思急转间，她已经决定让章知诚来背锅。

"蒋赟，你冷静点听我说。"邓芳尽量和颜悦色，"餐费补贴，的确不是学校发的，我之所以不告诉你，就是怕你不接受。"

蒋赟原本还气焰嚣张，一听这话就傻眼了，"什么意思？不是学校发的？那是谁给的？"

"这……"邓芳扯扯嘴角，"我不方便说，是一位爱心人士。"

"什么？"蒋赟看向姚俊轩，姚俊轩脸色发白，也正阴笃笃地看着他。

有爱心人士匿名资助蒋赟，却没有资助姚俊轩，为什么？明明姚俊轩学业比蒋赟优秀许多，平时还从不惹事，模样也更干净好看。

两个男孩心里都是翻江倒海，蒋赟追问："邓老师，究竟是谁啊？我必须要知道！"

邓芳说："真的不能讲，我答应对方了。"

姚俊轩凉凉开口："是章翎的父母吧？"

邓芳一口气差点上不来，这届学生真是太难带了！

姚俊轩的话给了蒋赟提示，是的，没错！补助是从十月开始的，午点也是，而九月底他刚刚去过章翎家，被她的父母撞见他送水的事。而且，章翎平时也会和父母说到他，那么事情就很明晰了，除了章翎的爸爸妈妈，蒋赟想不出来还有谁会资助他，并且不资助姚俊轩。

看着邓芳奇怪的表情，蒋赟知道姚俊轩大概蒙对了，他难以置信，浑身血气上涌，脸烧得快要沸腾。

"真的是，章翎的爸爸妈妈吗？"蒋赟问。

姚俊轩冷哼一声，看着蒋赟的眼神满是讽刺。邓芳依旧不承认，"这个，真的不能讲，你们别猜了。"

蒋赟大叫："就是他们！对吗？！"

一嗓子吼得整个办公室都静了一瞬，邓芳忍了半天，再也忍不下去，也吼起来："不管是谁！这难道不是好事吗？他们只是想要你多吃点饭！可以多花点心思在学习上！搞得好像在害你一样！你脑子到底清不清楚？清不清楚啊！"她站起来，把蒋赟赶出办公室，"你给我走！周末好好想一想，期中考试怎么考才对得起人家这份好心！姚俊轩，你留下。"

蒋赟拖着书包站在走廊上，很想回教室去质问章翎，又怕她并不知道这件事，说不定全是她父母的主意。到底是不是章老师和杨医生？蒋赟想了半天，心里做出一个决定，他转过身，向着楼梯走去。

办公室里，邓芳好言好语地安慰着姚俊轩，夸他学习努力，为人谦和，劝导他，好心人资助这种事，有，当然好，没有，也不要太放在心上，要以学业为重。总之，如果是学校里的补助政策，肯定是一视同仁的，不可能蒋赟有，他没有……邓芳说得口干舌燥，姚俊轩也只是静静听着，最后说："邓老师，我明白，你放心，我没多想。"

他离开办公室，慢慢走回二楼教室，进去后看了一眼章翎，她正在埋头做题。

姚俊轩收回视线，想到那天大巴上章翎为了蒋赟和刘陈飞吵架的情景，一点儿也不勉强，是发自内心的维护。还有后来，蒋赟靠在章翎肩膀上睡觉，章翎也没推开他，神色很坦然。

姚俊轩想，为什么是蒋赟呢？那种人，烂泥扶不上墙，而他，已经这么努力了，为什么，却没有人放在心上？

蒋赟一整晚都没睡好。

周六早上，他把章知诚给的手机塞进包里，又带上两百块钱，骑着车去了金秋西苑。他还没来得及去办电话卡，知道章翎去了学校，她的父母应该在家，就算不在，大不了他多跑几趟。

把车在单元门外停好后，蒋赟提起书包摁响单元门铃，门铃里传来杨晔的声音："你好，哪位？"

蒋赟说："阿姨，是我，蒋赟。"

"小卷毛？上来吧。"

蒋赟雄赳赳气昂昂地走到四楼，402 室的门已经打开，杨晔连拖鞋都给他摆好了。她似乎刚做完运动，扎着马尾，穿一身运动服，脑门上都是汗，笑吟吟地问："这么早？找章翎吗？她去上学了呀。"

"我不进去了，阿姨，我知道章翎去了学校。"蒋赟板着一张脸站在门外，"我是来找你和叔叔的。"

"找我们？"杨晔好奇，"什么事啊？"

蒋赟从书包里把装着手机的袋子拿出来，又加上两百块钱，还有自行车钥匙，一股脑儿递给杨晔，"这些东西还给你们，我不需要你们的施舍，不需要你们可怜我。"

杨医生可没章老师那么温柔，她抱着手臂打量蒋赟，问："什么意思？"

"没什么意思。"蒋赟觉得自己可有骨气了，伸出去的手就没想过收回来，"我知道我的餐费补贴是你们给的，还有这个手机和楼下的自行车。我知道你们是好心，但我不需要！我能照顾好自己，不用你们可怜。"

杨晔让开了一点位置，"你先进来，别在门口吵吵嚷嚷。"

蒋赟真想把东西丢下就走，不过理智告诉他这样做就太过分了，他没办法，只能脱鞋进屋。沙发边的地上摆着一张瑜伽垫，杨晔把垫子卷起来，让蒋赟坐到沙发上。蒋赟站得笔直，梗着脖子像个宁死不屈的烈士，"我不坐了，说完就走。"

杨晔瞥了他一眼，给他拿来一瓶果汁，自己在单人沙发上坐下，笑着开口："小卷毛，脚有没有好一点？"

蒋赟一直端着，时刻提防杨医生对他兴师问罪，冷不防被问了这么一句，便老老实实地回答："好很多了。"

"每天都在用药吗？"

"嗯。"

杨晔帮他把果汁瓶盖拧开，跷起二郎腿，开口："蒋赟，你刚才说的那些话，我很好奇，想问你一个问题，我们给你饭卡里充值，让你多吃肉多吃菜，是折辱你了吗？"

蒋赟被问住了，愣了半天才回答："你们没必要这么做的，我和你们又没有关系，我自己有钱吃饭！而且，你们为什么要偷偷摸摸做这些事？还不让邓老师告诉我！"

"告诉你了，你会接受吗？"杨晔的坐姿很悠闲，右手在半空中一摊，"你看，你现在知道了明显不接受啊，所以我们才不想告诉你，就是不希望你心里有压力。"

蒋赟瞪着她，"可我现在知道了。"

"所以呢？你就想要把我们的好意都还回来，对吗？"

"是，我不需要你们的好意！不需要你们可怜！"

杨晔的神情变得有些严厉，"蒋赟，你章叔叔是老师，我不是，我一般给人上课都是讲怎么切大腿，不过今天，我还是要给你上一课，教教你做人的道理。"她指着沙发，"你先给我坐下。"

那种压迫感又来了，蒋赟抿了抿唇，还是坐到沙发上，屁股只坐了一点边沿，背脊依旧笔挺。他警惕地看着杨晔，不知道她要说些什么。

蒋赟不觉得自己有哪里做错，从小到大，李照香教他做人要有骨气，不能平白无故接受别人的好，那些都是要还的。当你还不出时，别人就有了你的把柄，你就会低人一等。比如当年，李照香拿了蒋赟外公外婆的十几万，后来这么多年，她都没脸再去和蒋赟的生母联系。又比如当年，李照香得了一点小恩小惠，就轻信别人，把蒋赟送去了武校，结果让孙子受了近五年的苦。

所以现在，他们祖孙二人愿意接受别人不要了的旧衣服，也不愿意接受别人哪怕是一个鸡蛋的施舍。

杨晔不知道蒋赟在想什么，自顾自开了口："你觉得自尊受到了伤害，受到了侮辱，就因为我们给你的饭卡充钱，对吗？但是蒋赟，在你有这样的感受前，你是不是应该先学会区分，别人对你的帮助，哪些是施舍，哪些是羞辱，哪些又是真正的善意？"

蒋赟唇线紧抿，一脸戒备地看着她。杨晔停顿以后继续说："你觉得我们是在施舍你，羞辱你，还是在帮助你？你有没有想过，你一次次拒绝别人善意的帮助，不仅寒了对方的心，对你自己又有什么好处？"

蒋赟正色回答："我不需要你们的帮助，我上学有补助，自己能打工赚钱，我有钱吃饭，可以照顾好我和我奶奶！"

"打工赚钱？"杨晔笑了，"小卷毛，什么年纪就要做什么年纪该做的事情，你现在才几岁？都没满十六。你现在最应该做的是什么？是打工赚钱吗？还是打架混社会？你现在最该做的就是好好上学。"

蒋赟扬起下巴，"你站着说话不腰疼！我家和别人家不一样！我要是不打工，饭都要吃不上！"

"对啊，不打工，饭都要吃不上，所以我们不是让你吃上饭了吗？"杨晔觉得这男孩真的好执拗，"我知道你的家庭情况和一般孩子不一样，你会因为经济条件不好而焦虑，那你就需要做好取舍。"

杨晔伸出一根食指，"第一种情况，你不喜欢上学，迫切地想要改变家里的困境，那你十六岁过了就去打工吧。好好学一门技术，努力工作，每个月挣几千不是问题，社会上很多年轻人都这样。"

她又伸出中指，"第二种情况，你喜欢上学，那你就一门心思地好好读书，将来考一所好大学，挑一个自己喜欢的专业，大学毕业后参加工作，只要你不懒惰，生活肯定会越来越好。"

她继续伸出无名指，"第三种情况，就是你现在面临的局面，你又想要上学，又想要赚钱，还要抽空去打个架，你可真牛啊，小卷毛，你是天选之子吗？哪个好处都不想落下，但这可能吗？"

蒋赟回答得很没有底气："有什么不可能的？我现在就是这样啊。"

"所以你考试不及格呀。"杨晔无情地提醒他。

蒋赟没话说了。

杨晔的语气缓和下来："你呢，听我的话，好好上学，其他生活上的事情，会有相关机构帮你解决。上大学有助学贷款，还可以勤工俭学，你现在上高中，学校有助学补助，你吃午点和参加晚自习的费用都可以减免。蒋赟，你不要以为这是在羞辱你，因为你还没满十六岁，就是个孩子，你和你奶奶都是弱势群体，你们本来就有资格接受社会各方面的帮助。"

蒋赟固执地摇头，"我奶奶说了，做人要有骨气，这些东西都不是白拿的，拿了会落人口舌。"

杨晔："你奶奶什么文化程度？"

蒋赟一愣，"她？她没上过学。"

杨晔惊奇，"我是硕士呢！你宁愿听你文盲奶奶的，也不听我的呀？"

蒋赟被问住了，低下头，手指一下下地抠着校裤裤腿，老半天后才闷闷地开口："我……我心里过不去这道坎，我就是……不喜欢接受别人的帮助。我总是觉得，你们都看不起我，觉得我没爸没妈，可怜我，但我其实……我也没那么惨，我过得挺好的，可以照顾好我自己，还有我奶奶。"

杨晔放下二郎腿，上身向前倾了一些，温柔地问："蒋赟，章翎有没有告诉过你，她爸爸上学时的事？"

蒋赟抬头看她，"说过一点。"

"说了什么？"

蒋赟认真回答："她说，叔叔和你上学时是同班，你俩，早恋。"

杨晔一拍沙发扶手，懊恼地说："这臭孩子瞎说什么呢！不是指这个！如果她没说过，我可以告诉你，你听完就会懂了。"

第6章

我送你回家

（1）

蒋赟真的听杨晔说了章知诚上高中时的"故事"，他没想到，身材高大、温文尔雅的章老师，上学时居然是个寄人篱下的小可怜。

章知诚出生在一个知识分子家庭，听他的名字就知道，他的父母期望他长成一个知识渊博、诚实有信的人。

但他们家运气不太好，章知诚的母亲在他七岁时因病去世，父亲又在他十二岁时因为工程事故意外去世，他的祖父母和外祖父母当时要么不在了，要么身患重病，所以，章知诚只能跟着姨妈一家生活。

那会儿是二十世纪八十年代，大家都穷，姨妈家凭空多了个十几岁的半大小子，对章知诚自然没有好脸色。章老师也曾有过吃不饱饭、做繁重家务，还要被打骂的经历。他差点没能上高中，还是因为他的初中班主任极力劝说，才让姨妈同意他继续念书。

那位班主任是快退休的女老师，在章知诚上高中后，用微薄的工资承担了他三年的学杂费和饭费。这一切，杨晔全都知道，因为她和章知诚是高中同班同学。

那个年代教育资源稀缺，大学还远未扩招，能考上的人凤毛麟角，并且是由国家承担学费。章知诚学业优秀，对考大学满怀憧憬，谁知，他和杨晔高考的那年政策巨变，大学由免费改为收费，这对章知诚来说无疑是晴天霹雳，因为他的姨妈不可能给他出大学学费。

最后伸出援手的是杨晔的父母，他们帮章知诚缴纳了大学学费，而章知诚则在大学期间靠着勤工俭学给自己挣生活费。就这样，他磕磕绊绊地从本科念到研究生，最后顺利毕业。

"你章叔叔毕业时，能找到收入更高的工作，可以进大国企、大外企，但他执意要做老师，因为他的初中班主任对他影响巨大，他也想成为那样的人。可惜，那位班主任在他读大学期间生病去世了，都没机会看到他戴硕士帽的样子。"

杨晔回忆往事，说了好久，蒋赟一直听得很认真。杨晔顿了顿，继续说："你章叔叔得到过很多人的帮助，除了那位班主任，我的爸爸妈妈，还有他的一个远房叔叔，他叔叔每年过年都会给他寄新衣服，汇一笔钱。他读大学时，好几个老师都对他很照顾，帮他介绍工作……你说这些人图什么？是图你章叔叔学成以后用钱去回报吗？"

蒋赟问："那叔叔还钱了吗？"

杨晔缓缓摇头，"没有，没有还过钱，连我父母的钱都没还。啊，当时他们还不是你章叔叔的岳父岳母，我爸妈一开始都不同意我和他在一起，一直到他读研期间才松的口。"

蒋赟问："那章叔叔心里过得去？那些帮他的人不硌硬吗？不觉得他是个白眼狼吗？"

"白眼狼？"杨晔哈哈大笑，"小卷毛，你真可爱，其实吧，那些人帮助你章叔叔，都是心甘情愿、不求回报的。至于你章叔叔心里过不过得去……你等等，我给你看点儿东西，你就明白了。"

杨晔走去主卧，片刻后拿了一个牛皮纸袋出来，她坐回沙发，把纸袋里的东西拿给蒋赟看，都是一些手写的书信，还有几张复印件。

蒋赟拿起一张复印件看，发现是一张期末成绩单，门门功课都在 95 分以上，成绩单的主人是一个初二学生，名字里有个"霞"字，应该是女孩。

"你章叔叔工作以后有了工资，就开始陆陆续续资助一些家庭困难的小孩上学，这些信，都是那些小孩写给他的。"杨晔指着蒋赟手里的成绩单，"这个女孩叫周玉霞，我和你章叔叔从她上初一开始资助她，到现在，她已经念大三。以前每年都会给我们写一封信，去年她打工买了一部手机，现在改成发短信了。"

蒋赟放下成绩单，拿起一封信，信上的字迹并不端正，内容倒是很多，详详细细地记录着一个小女孩的生活：最近看了什么书，以后的理想是做医生，想去北京看天安门，作文被老师表扬了，和女同学吵架了……最后落款是：小霞。

在蒋赟看这些信时，杨晔说："蒋赟，心里过不去这道坎，就把它给记着，记得别人对你的好，当你长大了，工作赚钱了，有能力了，你也可以变成一个帮助别人的人。"

蒋赟抬起头来看她，杨晔微笑，"我们不会要求你任何经济上的回报，我们只希望看到你能心无旁骛地做一件事。读书就好好读，不读书就去好好学技术，我们不希望你瞻前顾后，捡了芝麻丢了西瓜，事后又后悔，说我当初为什么不这样那样。"

看着蒋赟沉思的表情，杨晔知道他听进去了。

她慵懒地靠在沙发上，手肘支着扶手，手掌托着下巴。蒋赟看着她，记起章翎也曾有过这样的姿势，她长得更像爸爸，但在某些方面，其实也很像妈妈。

杨晔又慢悠悠地说起来："人类是一个群居社会，蒋赟，没有人可以孤独地生活。小时候由父母亲人抚养你，学龄阶段你就要进入学校接受教育，生病需要医生给你看病，吃饭你得去菜场买菜买米，去远方你需要乘火车乘飞机，所有事都是大家通力协作，整个社会才能正常运转。

"你别以为互帮互助、无私奉献这种话说起来很官方，像是在做报告，其实，社会上真的有很多人需要帮助，也有很多人愿意帮助别人。而你现在，就是一个需要被帮助的人，因为你只是一个孩子。"

蒋赟被很多人骂过小兔崽子、熊孩子、小王八蛋、小畜生，也有人半调侃地叫他小孩儿，这还是头一次，他听到一个大人用那种心平气和的语气，说他只是一个孩子。

他突然，有点想哭，很努力地才忍住眼泪。

杨晔直起上身，把蒋赟放在茶几上的手机等东西重新装起来，递给他，"蒋赟，这些东西你都拿回去，今天的事也别和章翎说，她是真心实意地想要帮助你，你别去伤她的心。"

蒋赟吸了吸鼻子。

杨晔："不要再去考虑什么打工赚钱的事，好好读你的书，像大家一样参加晚自习和补课，以后你有的是机会回报社会。"

蒋赟抬头看着她，杨晔把东西直接塞进蒋赟的书包，一边塞一边说："你好好想想我说的话，我知道你有自尊，有骨气，但你用的方法不对，你钻牛角尖了，以为大家都看不起你，变着法儿地在羞辱你，你相信阿姨，真的不是这样。"

蒋赟无法反驳，章老师的例子就摆在那儿，还有证据，依旧摊在茶几上。

他站起身，想到自己刚才说的那些话，很是难为情。

杨晔又想起一件事，"哦，对了，我和你章叔叔后来讨论过，每个月给你两百块餐费估计不够，因为你少了打工的收入，还要在学校多吃一顿晚饭，这一来一去的两百肯定不行。所以我们决定从十一月开始，每个月给你六百块，包括吃饭和零花钱，你省着点用，差不多也够了。"

蒋赟猛地抬起头，大叫："不用这么多！"

"没事儿，就那个小霞。"杨晔指指信纸，"她告诉我们，她现在打工完全能负担生活费，让我们不用再资助她了，刚好，就由你来接力吧。不过，你也要像她一样，期末给我们看成绩单哦。"

蒋赟准备离开了，手机、两百块钱和自行车钥匙一样都没还回去，走的时候手里还多了一瓶果汁。他很晕，觉得自己的名字真的没取好，这阵子老是处在眩晕的状态。

从来没有人像杨晔这样与他交流，给他讲道理，她说的那些话，也从来没有人对他说过。

杨医生让他心安理得地接受帮助，因为他还是个孩子。过不去心里的坎怎么办？那就像章老师那样，以后有能力了，再去帮助别人。每一句话，蒋赟都觉得好有道理，甚至开始怀疑自己之前的坚持到底是为了什么？只是为了争一口气吗？

杨晔把蒋赟送出门，蒋赟走到楼下，刚跨上自行车，就见章知诚提着两大袋菜走回来，看到他后疑惑地问："小蒋？你怎么来了？"

蒋赟看到他，吓得差点从车上摔下来，脸涨得通红，"叔，我走了，再见。"

章知诚一脸迷茫地看着小少年骑上车飞驰而去，在后头喊了一声："骑慢点儿！小心摔跤！"

周一上学，蒋赟除了交掉周末作业，还把那本物理题集上交给章翎，下午最后一堂自习课，章翎拿着红笔帮他批改，很有老师的范儿。

"你选择题不是蒙的吧？"章翎看他一眼，"要是蒙的可不行，会就是会，不会就是不会。"

蒋赟不满，"我就没有蒙题的习惯，都是算过的。"

章翎点点头，"我觉得也是，要不然不会错这么多。"

下课后，蒋赟端坐在座位上，没有像往常那样收拾书包准备走人。章翎拿出手机看了一眼日期，又瞅瞅她的同桌，说："蒋赟，今天是十月二十九号。"

蒋赟："嗯。"

"不是十一月一号哦。"

"我知道。"

章翎瞪大眼睛，扶扶眼镜腿，犹豫着问："你不回家？今天要参加晚自习吗？"

干什么非要打破砂锅问到底啊！就不能装作没什么特别事情发生的样子吗？蒋赟臭着脸，"不行啊？"

章翎笑开了，"没有没有，哈哈。"

她好开心，开心得都没心思做作业了，往蒋赟那边凑了凑，小声说："蒋赟，今晚去食堂，我请你吃饭吧？"

蒋赟纳闷，"为什么？"

章翎眼睛闪着光，"庆祝你开始参加晚自习啊！"

蒋赟脸都皱起来了，"你是不是有毛病？"

"哼。"章翎收起笑容，坐了回去，又不理他了。

一会儿后，蒋赟也凑过去，"哎。"

章翎没好气，"干吗？"

蒋赟哼哼唧唧，"要不，晚上，我请你吃饭吧？"

章翎扭头看他，"为什么呀？"

蒋赟找了个理由，"你上次请我吃了杧果米西露。"

章翎"噗"一下笑出来，"那个叫杧果西米露！"

"哦……都一样。"蒋赟挠挠头发，"真的，我请你吃饭吧，我还没请你吃过东西呢。"

章翎笑得很甜，白皙的脸颊上有微微的红晕，回答："好呀。"

晚饭时间到了，大家三三两两去食堂，章翎对薛晓蓉说："今天我不和你们一起吃了，我和蒋赟一起。"

薛晓蓉愕然，"啊？"

章翎的喜悦还没散去，"嗯！他今天开始上晚自习了，我们要庆祝一下！"

薛晓蓉失笑，上晚自习这么痛苦的事，有什么好庆祝的？

章翎和蒋赟一块儿排队打饭，蒋赟照旧要了一荤一素半斤饭，章翎看到有炒面，欢喜地说："我要吃炒面！再要个荷包蛋。"

蒋赟刷卡的手顿了一下，说："你别给我省钱。"

章翎冲他眨眼睛，"我没给你省钱啊，一份炒面很多的，我吃不下别的菜了。"

两人打完饭菜，找了张桌子面对面坐下，蒋赟有点儿不自在，他还是头一回在学校里和章翎同桌吃饭。

有很多人在暗戳戳地看着他们，许清怡那桌都在笑，薛晓蓉那桌个个表情困惑，姚俊轩已经无话可说，萧亮、刘陈飞那几个则神色不明。所有人心里就一个问题：蒋赟真的追到章翎了？

简直是灰少年的逆袭啊！

两位画中人并不在意来自四面八方的窥探，边吃边聊天。章翎看着蒋赟大口吃饭，说："你知道吗？我妈妈第一次见到你，就说你营养不良。"

蒋赟抬头，嘴里还塞满了饭，含糊着问："是吗？"

章翎点点头，"嗯，她说你得多吃肉蛋奶，要不然以后会长不高，免疫力低了还可能生大病。"

蒋赟说："我这几年长得很慢，我都觉得差不多长到头了。"

"不会吧？"章翎惊讶，"你都还没变完声呢！"

蒋赟脸红了，羞于和一个女孩讨论身体发育的话题，低低地说："我知道我声音很难听，也不知道什么时候会好。"

"其实还好，听多了就习惯了。"章翎笑笑，"哎，我问你，你爸爸多高？"

蒋赟摇头，"不知道。"

"妈妈呢？"

"不知道。"

章翎撇撇嘴，用筷子夹起炒面吸溜，说："身高其实绝大部分和遗传有关，当然后天的营养、运动和睡眠也很重要，不过如果能知道你爸爸妈妈的身高，是有公式可以算出你最终身高的大致范围的。"

她不愧是骨科医生的女儿，说起这些东西头头是道，蒋赟好奇地问："真的？怎么算？"

"哪，以我为例子吧。"章翎给蒋赟示范，"我爸爸是一米八二，妈妈是一米六八，他俩特般配！我是个女儿，我的遗传身高就是把他俩的身高加一下，再减十三，最后除以二，正负五厘米都是正常范围。"

蒋赟心算，回答："一米六八左右？"

章翎笑嘻嘻，"一米六八点五，正负五厘米。"

蒋赟："你现在多高？"

章翎咬着筷子想了想，"开学还没体检过呢，中考量的是一米六三，不过我感觉我又长了点儿，你中考量的是多少呀？"

蒋赟没再瞒报身高，"一米六六，现在不知道。"

"咱俩比比？"章翎说着就站起来，蒋赟也跟着起身，两人面对面站得很近，章翎把手掌贴在自己头顶，向蒋赟平移过去，估了一下，说，"你肯定不止一米六六，我觉得你快一米七了。"

蒋赟心中一阵窃喜，一米七对他来说，真是一个够了三年都没够到的目标。

而此时的吃瓜同学们都差点晕倒，这俩人是什么情况？怎么吃着吃着还比起身高来了？

蒋赟重新坐下，兴奋地问："那儿子的遗传身高怎么算？"

章翎："减十三改为加十三。"

蒋赟又算了一下，说："那你爸妈要是生个儿子，就是一米八一点五，正负五厘米？"

"对！"

蒋赟不吭声了，打算回家后去问问奶奶，他爸妈都有多高。

章翎安慰他，"你多吃点肉，多喝点奶，肯定还能长的。我妈妈说我爸爸上高一时个头也不高，也就一米七左右，高中毕业就蹿到一米八了。"

蒋赟心中燃起希望，立刻大口大口吃起了饭。

　　谁知道，章翎接着说："不过，我爸爸上高中时不长痘痘，是个小帅哥，我看过他那会儿的照片，可眉清目秀了，我妈妈说她一眼就喜欢上了。"

　　蒋赟委屈地说："又不是我想长痘痘，我也是初中才开始长的。"

　　从这天开始，五中高一（6）班的晚自习和周六补课教室多了一个人，开学两个月，班里四十八人终于全员到齐。邓芳甚感欣慰，看蒋赟的一头卷毛都觉得顺眼多了。

　　十一月开始，大家又换座位，章翎和蒋赟轮到第二大组，与第三大组并在了一起。章翎左边有了另一个"同桌"，是一个叫杜善杰的男生，长着一张方脸，人很啰唆，课间休息老要找章翎聊天。

　　在章翎的左前方是班里的学霸吴炫宇，小吴同学对蒋赟颇为忌惮，对章翎倒是欣赏有加，时常回头找她讨论题目，进行一场学霸间的交流。于是，蒋赟发现自己被章翎"冷落"了，尤其在看到吴炫宇和杜善杰相继和章翎成为 QQ 好友后。

　　蒋赟不开心，他也是有 QQ 号码的！

　　周日，蒋赟跑了一趟营业厅，用李照香的身份证办好一张电话卡，选了一个便宜的套餐，回家后对着说明书研究手机怎么用。

　　这是他的第一部手机，哪怕是二手的，在他眼里也是个宝贝。章知诚装过手机 QQ，蒋赟登录自己的 QQ 号，这个号是草花帮他注册的，联系人只有一个草花，他给草花发消息。

　　蒋赟：草花！

　　草花：赟哥？你怎么上 Q 了？你在网吧吗？

　　蒋赟：不是，我同学的爸爸给了我一部旧手机。

　　草花：你有手机啦？那以后咱俩可以经常聊天了！

　　蒋赟：我流量很少的，上课忙，不能经常聊天，就是和你说一声，你有事可以给我 Q 留言，我能看到。

　　草花：好好好，没事儿！

　　蒋赟：后来那群人有没有再找你麻烦？

　　草花：没有没有，他们还在校门口混，被保安赶过几次，不过看到我都是绕着走，我也没去招惹他们。

　　蒋赟：那就好。

　　蒋赟放心了，退出聊天界面，看着空空荡荡的通讯录，心想，要怎样才能很自然地去加章翎的 QQ 号呢？再问问汤子渊、薛晓蓉和李婧愿不愿意加他，这几个人都是他前后桌，关系虽算不上好，每天也能说上几句话。

　　要不，等期中考考完了再说吧，争取考得好一点，章翎就不会骂他。哦，还有章老师和杨医生，大人们用 QQ 吗？蒋赟很想把他们都给加上。

几天前，蒋赟已经从邓芳那里领到章翎父母给的六百块钱。邓芳没有帮他充饭卡，叮嘱他自己看着办，要求每顿都要吃肉，还要多吃鸡蛋和蔬菜。

"你呀，怎么会这么瘦？去演难民都不用化妆了。"邓芳斜眼看他，"周末自己去买牛奶喝，章翎妈妈说你营养不良，每天都要喝牛奶，要不然你就长不高了！钱要是不够用就来和我说，别再去打工了，知道吗？"

蒋赟小声问："你怎么知道我在打工？"

邓芳生气，"之前我猜过！但觉得你都没满十六岁，也没地方打工啊。后来章翎爸爸说你就是在打工，你呀你呀！胆子可真大，再被我发现你去哪儿打工，我就去举报他们非法招童工！"

"哦。"蒋赟乖乖应下，想了想，问出一个藏了好久的问题，"邓老师，姚俊轩家里是什么情况，你知道吗？"

邓芳说："他家……他爸妈都在，他爸爸生病好多年了，妈妈有智力残疾，两人都没有劳动能力，靠低保生活。"

蒋赟心算了一下，三口之家，一个月低保补助大概是两千多，连个捡废品的人都没有，好像比他家还穷。邓芳又说："不过他家有房，早年他爸爸单位分的房子，小两居，我去家访过。"

蒋赟嘴角下挂，好吧，果然还是他更穷。

期中考试将在十一月中旬进行，考完后则是秋季运动会。邓芳只关心期中考，运动会的事儿完全丢给萧亮去弄，考虑到班里有两个家境困难的孩子，她连班服都不同意买。

动员同学们参加运动会又费了萧亮好多唾沫星子，很快，跳高、跳远、投掷、短跑等相对轻松的项目都被人认领，只剩下几个痛苦的长跑，大家推来推去，谁都不想去遭罪。

章翎直接报了个八百米，就单项，别的都不参加，既轻松，又不会有人说闲话。蒋赟依旧是个瘸脚将军，原本还很遗憾无法参加这次运动会，谁知萧亮竟然来找他，问他能不能跑三千米。

蒋赟一脸蒙，章翎都震惊了，先开了口："他脚受伤了！怎么还能跑三千米？"

萧亮说："又不是现在跑，运动会是二十三和二十四号，离登山都过一个月整了，还好不了吗？"

章翎好生气，"扭伤是很容易复发的，好了以后只能先从轻松的项目开始恢复锻炼，三千米啊！他的伤再加重你负责吗？"

刘陈飞在萧亮身边怪怪地笑，"学委，你可真护着蒋赟呀。"

章翎知道他们这拨人的心思，无非就是觉得蒋赟是领取补助的贫困生，就该承担这些苦活累活，但是，凭什么？

她开始上纲上线，"蒋赟是登山时摔伤的，十二道最陡峭你们又不是不知道，他摔了都没退出比赛，咬牙坚持交接棒，名次都没掉，就是为了给我们班争光！换成你们能做到吗？怎么？是嫌他跑十二道还不够出力？要再加个三千米才过瘾，是吗？"

蒋赟都听傻了，刘陈飞在大巴上就已经领教过章翎的功力，再也不敢接她的话，萧亮打圆场，"好啦好啦，我知道了，我就是问问，没说一定要蒋赟跑，学委，你这么生气至于吗？"

他们走了，章翎轻轻地"哼"了一声，蒋赟在边上偷瞄她，从头到尾他一句话都没说，全被章翎给挡回去了，他低声说："撒谎会长长鼻子哦。"

章翎瞪他一眼，"你还说！"

看着她愠怒的表情，蒋赟实在忍不住，笑趴在桌上。根正苗红的章学委说起瞎话来草稿都不打，那个感天动地，差点连他这个当事人都要信了。

后来，蒋赟和章翎得知，男子三千米被萧亮推给了姚俊轩。至于到底是威胁、强迫、恳求还是姚俊轩自愿，就没人知道了。

天气一天比一天凉，蒋赟告诉奶奶，自己要开始用功读书，以后除了寒暑假，平时晚上不会再去打工。

李照香没说什么，她从来不关心蒋赟的成绩，却也知道孙子想要考大学。她的儿子就是大学生，曾经是蒋家的骄傲，只可惜走得早，李照香自然希望蒋赟能像爸爸一样争气。

杨医生配的药很管用，蒋赟自己也够注意，十几天下来，左脚踝的伤逐渐痊愈。他把那辆酷炫的自行车还给了章老师，这辆车实在太拉风，蒋赟骑着上下学时，每次在十字路口等绿灯，都会有一些男的冲车子吹口哨。

蒋赟穿着校服背着书包，坐在车上总觉得委屈了这辆车。

但他享受过骑车上下学的快乐，再也不想跑步，还掉车后，就在袁家村找了家修电动车的小铺，花五十块问老板买了一辆二手自行车。那是辆很普通的 26 寸男士车，车架深蓝色，前头有大横杠，车把高度正常，后座还有带人载物的支架。

蒋赟骑上车转了一圈，车子旧了，有些部位会"哐哐"响。他觉得这车没有章老师那辆骑着舒服，仔细一想，五十块的车和几千上万的车去对比，不是搞笑吗？

蒋赟后来和姚俊轩在自行车棚打过几次照面，姚俊轩看到了他的二手车，脸上依旧面无表情。两个男孩再无言语间的交流，蒋赟明白，虽然他俩都是贫困生，性格却截然不同，经历也大相径庭，并不是同为穷鬼就一定有共同话题。姚俊轩父母双全，只是家里常年被疾病的阴影笼罩，蒋赟没有这样的经历，想象不出有个智力残疾的近亲，生活会是什么样。他自己没爸没妈，在袁家村放养着长大，还曾在武校被折磨过近五年，他这十几年吃过的苦，姚俊轩估计也难以想象。

蒋赟坐在课桌前，脑子里把所有事情都过了一遍。现在他每天两顿饭在学校吃，几乎没别的开销，六百块，足够了。家里的房租、水电和奶奶的生活支出，靠一千多块低保补助基本也够用。

奶奶每天还在捡废品，蒋赟也不知道她一个月能赚多少钱，奶奶从来不说。这么一算，他好像……真的可以无牵无挂地投入到学习中去了。

蒋赟其实有着很强的自主学习能力，十六中师资力量不行，同学们更是一群奇葩，蒋赟家里又没有督促他的家长，如果没有足够的自律性，他就不可能考上五中。当放下所有包袱，再也不去想打工、房租、吃饭之类的破事儿后，蒋赟发现，他每天多出好多好多学习时间，都有时间背英语了，连着晚上睡觉都能睡足八小时。

他用了两个星期，把拉后腿那几门课的知识点都过了一遍，每天除了做作业，还开始刷课外题。有不懂的地方，他试着去问邓芳，问潘老师、马老师，有些小问题，就直接问章翎。章翎从没有不耐烦，每次他问了，都会给他讲。

两个星期的努力自然不会让蒋赟的成绩突飞猛进，但至少，面对考试，他心里不再那么没底。

十一月十二号，周一，天气微凉，这是期中考试的第一天，蒋赟骑着车来到学校，在校门口口碰到章翎。

章翎已经开始扎辫子上学，穿一身蓝白色运动校服，脑后是一根短短的小辫子，脑门上左右各夹两个黑色发夹，戴着圆框眼镜，就是个又朴素又可爱的学生妹。

她远远地就冲蒋赟招手，"蒋赟，早上好！"

蒋赟停车后回头，左手握把，右手一挥，"早上好！"

章翎大声说："考试要加油哦！"

蒋赟："知道啦！"

（2）

五中的期中、期末考不分教室，但会在班内打散座位，并且把原本合在一起的课桌拉开，变成一人一桌。

教室不大，所有的桌子把每个角落都填满了，桌与桌之间的过道都走不了人，只能在考完一门后把桌子临时并一下，大家才能钻出来上厕所。

蒋赟被分在倒数第二排靠墙，周围的人都不熟，相对有印象的是左前方的许清怡，而许清怡前面是姚俊轩。蒋赟没有关注他们，左手托着下巴、右手转着笔，远远地看向坐在第二排的章翎。

章翎的小辫子真可爱，挂都挂不下来，就那么短短一撮竖在脑后，像个小尾巴。蒋赟平时偷看她时，她的侧脸不会再被挂下来的头发挡住，能完整地看到翘起的小鼻子，白嫩嫩的脸颊，还有微微嘟着的嘴唇。蒋赟越来越觉得，自己在开学时找吴炫宇换座位这个决定，真是太太太明智了！

监考老师进入教室，铃响之后，考试开始。

期中考分单科，要考九门，第一天上午是语文和生物，下午是数学和政治。一天下来，蒋赟写得手酸，感觉倒是还不错，不过他的弱项都在第二天，那几门对他才是挑战。

第二天的考试，上午考英语和物理，下午是化学、历史和地理。考英语时一切正常，但在考第二门物理时，蒋赟发现了一点不对劲。

他原本在埋头做题，突然听到几声轻微的声响，是用脚踢椅子的声音，蒋赟身子一颤，才意识到这声响不是冲他而来。他抬了下头，恰巧看到许清怡用笔戳了戳前桌姚俊轩的后背。

蒋赟对这样的动作太熟悉了，初中三年他就是个作弊大户，前后左右所有人都会在考试时找他要答案，要么玩儿命地用脚踢他椅子，要么玩儿命地用笔戳他后背，甚至有一次在快要交卷时，两个男生明目张胆地抢起他的卷子，差点当堂打起来。

监考老师早已见怪不怪，只在那儿叫：小心别撕破啊！

蒋赟收回思绪，告诉自己不要分心，却还是忍不住往许清怡那里看。然后，他就看到这样一幕——姚俊轩背过手假装挠背，许清怡偷偷拿走他手心里攥着的纸条，而台上的监考老师并未发现。

蒋赟心想，姚同学看着冷艳高贵，原来也过不了美人关啊。

上午的考试结束，大家准备去食堂吃午饭。许清怡和赵思婷走在一起，有说有笑，像什么事都没发生过。姚俊轩默默收拾笔袋，走得很晚。蒋赟路过他的桌子往前走，他不是多事的人，没打算把刚才看到的事告诉别人。

在楼梯上，章翎追上了蒋赟，着急地问：“你物理考得咋样？”

这位物理课代表非常尽忠职守，对蒋赟这位物理困难户格外关心，蒋赟一笑，“还行吧。”

章翎眨巴着眼睛问：“能及格吗？”

蒋赟不高兴了，“你能不能对我要求高一点？”

"你连着两次没及格了。"章翎不觉得自己的要求有问题，"你要是能考七十分，我就请你喝奶茶。"

蒋赟挺起胸膛，"我要是考八十分呢？"

章翎说："那……那我请你吃肯德基！"

蒋赟打了个响指，"成交。"

章翎高兴坏了，蹦蹦跳跳地跟在他身边，"你真的能考八十分吗？卷子不简单呢！"

蒋赟哪里有这个底气，就是瞎说的，他只能保证自己及格，不过面子不能丢，抬着下巴嘚瑟地说："到时候成绩下来再看吧，我估计就是七八十分了。"

下午的化学考试，蒋赟又分了下心去看许清怡，果然，他再一次听到脚踢椅子的声音，之后就看到姚俊轩给许清怡传了纸条。

后面是两门文科考试，那两人再没有动静。蒋赟懂了，许清怡文科好，理科差，估计只要求姚俊轩给她传理化的答案，不知道要没要数学的，毕竟这位美少女数学也不咋的。

期中考期间没有晚自习，考完后大家放学回家。蒋赟骑车离开学校时，无意中看到路边一家奶茶店排队的人群中，站着两个人——姚俊轩和许清怡。

他完全没减速，"嗖"一下就越过他们骑了过去。

奶茶店门口，终于轮到许清怡，她买来两杯奶茶挤出人群，给了姚俊轩一杯，甜甜地说："今天真是谢谢你了，如果你不帮我，我都不知道该怎么办了。"

姚俊轩脸色微红，没说话，把吸管插进奶茶杯子里，喝了一口后说："你以后，还是不要这样了。"

许清怡跺了跺脚，表情懊恼，"不是呀，我以后是学文科的，物理化学真的好难啊！可是期中期末排名，什么都要算进去，那对我就太不公平啦。如果我因为物理化学不好而掉到勤勉班，你说我冤枉不冤枉？"

"这次考试不关系到调班。"姚俊轩闷闷地说，"期末考才重要。"

许清怡摇头，"我问过邓老师，她说期末调班也会考虑期中考和平时测验的成绩，要综合考量，那样才公平。"

姚俊轩迟疑着问："我……今天那样，有别人看见吗？"

"没有没有，你放心吧。"许清怡踮起脚，在他耳边小声说，"我身边那几个都是我好朋友，就算看见了也不会有人去说的。"

少女的吐息吹在姚俊轩耳边，还有一点甜腻的奶茶香，他的脸变得更红了。

姚俊轩的自行车还在学校，两人在奶茶店门口分别，许清怡眨巴着大眼睛，软软地说："姚俊轩，期末考时，如果我们还坐得近，你要再帮帮我哦。"

姚俊轩看着女孩娇美的脸庞，像是受了蛊惑，点点头，"嗯。"

许清怡立刻绽开笑，"我就知道你一定会帮我的，你真好。"

期中考成绩在两天后出炉，所有人都发了一张成绩条。和摸底考一样，只公布前五名，6 班第一第二依旧是吴炫宇和章翎，两人的总分差得很少，姚俊轩掉了一个名次，是全班第五。

虽然排名没公布，但大家私底下都有打听，薛晓蓉、李婧、孙妙岚、杜善杰等人都很稳定，汤子渊却没考好，第四十五名，正式掉入降级圈。

蒋赟去上厕所时发现他躲在厕所里哭，顺口安慰了一句："怕什么？下次再努力呗。"

汤子渊哭得更凶了，扑过来要抱蒋赟，"弟弟啊……"

蒋赟一掌推开他，"别碰我！你尿完还没洗手呢！"

萧亮进步很大，从摸底考时的第九，一下子升到第四，班长大人变得更有威信。蒋赟对许清怡的排名很好奇，但他找不到人打听，只能求助章翎，问："你知道许清怡第几吗？"

"谁？"章翎以为自己听错了，"许清怡？你问她干什么？"

蒋赟不好说理由，含糊道："就……我想知道她考得咋样。"

章翎看了他一会儿，蒋赟都被她看得浑身起毛了，章翎才收回视线，说："我也不知道，一会儿我去帮你打听一下。"

蒋赟赶紧说："不用专门去打听！我以为你知道。"

章翎："我和她不熟。"

蒋赟察觉出章翎有些不高兴，却不知道为什么，突然记起，他还没打听她的年级排名，立刻狗腿地问："章学委，你年级第几？进步了没？"

"十三。"章翎反问，"你呢？班里第几？还不能说吗？"

自从成绩条发下来，蒋赟捂得死死的，谁都不给看。他其实进步了一些，全班第四十二，在年级也进了前五百大关，算是暂时脱离降级圈，但还是没脸告诉章翎。他的语文数学依旧马马虎虎，文科那三门忽略不计，就是理科生们的平均水平，化学半死不活，最拉胯的依旧是英语和物理。

"给我看看嘛，小气鬼。"章翎向他摊开手掌，"我又不会笑你。"

蒋赟说："我怕你骂我。"

"我为什么要骂你啊？"章翎转转眼珠子，"那你至少告诉我你物理考了多少？奶茶，还是肯德基？"

蒋赟很丧气，没有奶茶，也没有肯德基，他的物理是六十九分，太糟糕了！

章翎知道他的物理成绩后，连个安慰奖也没给，说奖品滚入奖池，什么时候考上七十分八十分再来兑换。邓芳倒是很高兴，因为蒋赟的物理总算不是全班垫底，她把几个成绩退步的学生拉去办公室受训，临走前还"慈爱"地看了蒋赟一眼，"蒋赟，这次考得不错。"

六十九分还考得不错？蒋赟想掀桌。

期中考试结束，就意味着第二次家长会的到来。

蒋赟又开始发愁，这一次是去请钟叔呢，还是王叔呢，还是刚子叔呢，还是晖哥……他在各位叔和哥里举棋不定时，章翎给他带来一个劲爆的消息，她说："蒋赟，我妈妈说，这次你的家长会由她来开。"

蒋赟惊了，"什么？！"

章翎对他解释："本来，我爸爸说他一个人来帮我俩一起开，后来我妈妈说，你位子上没人，看着不太好，他俩一合计，就说我爸给我开，我妈给你开，他俩就当约会了。"

蒋赟嘴角都抽起来了，好、好别致的约会。

他小声嘟囔："那你妈妈不是就看到我成绩条了？"

"你进步了呀，门门都及格了呢！"章翎安慰他，"他们又不是不讲道理的人，你才刚开始参加晚自习，还能指望你一下子进步十几二十名啊？"

蒋赟有气无力地趴到桌上，章翎又说："还有，我爸爸说，家长会那天你去我们家吃晚饭，等他俩回来，老师如果有什么交代，我妈妈就关起门来一对一和你说，连我都不让听。他们就怕像上次那样，老师在家长会上说了勤勉班的事，结果你什么都不知道。"

"啊！"蒋赟崩溃了，双手抓着头发惊呼，"还要一对一地说？"

想到又要和杨医生面对面交流，蒋赟已经开始紧张了，试着和章翎商量："能不能，你爸爸帮我开，你妈妈帮你开啊？"

"不行！"章翎就跟宝贝被抢了似的，"我从小到大的家长会都是我爸爸给我开的，不能让给你。"

蒋赟心想，还不如去请钟叔呢！

家长会是后一周的周二晚上，章翎和蒋赟放学后先后出校门，一个坐车，一个骑车，当章翎在第四医院站下车时，发现蒋赟推着自行车等在站台上。

"咦？"章翎很惊喜，"你怎么在等我？"

蒋赟笑笑，"一起走吧。"

他骑车比章翎坐车快，不敢一个人先去金秋西苑。章翎回家要过天桥，蒋赟推着车不能走天桥，要去前头的十字路口穿马路。章翎前后看了一眼，说："走吧，我陪你走。"

蒋赟指着天桥对面说："别了，你过天桥，在那儿等我，往前要走一百多米呢。"

章翎："没关系，我陪你走，又不赶时间。"

"你是不是傻？"蒋赟手臂前后一划拉，"你走过去，我骑过去，比咱俩一起走一圈要快很多啊。"

"也是。"章翎想了想，看看蒋赟自行车后的后座，问，"要不，你带我？"

"不、不安全吧？"蒋赟心都跳快了，看看这车流密集的大马路，他摔了倒没啥，摔到章翎她爸妈估计得砍死他。

章翎歪着头问："你是不是带不动我？"

"我怎么可能带不动你？"蒋赟的血气一下子就被激起来了，"我天天扛水桶的人，把你扛起来都没问题！"

"那不就得了。"章翎已经笑嘻嘻地摘下他的书包抱在怀里，自己横着坐上他的后车架，拍拍他的背，"走吧。"

蒋赟纳闷极了，男生骑车带女生，怎么想都有点不对劲吧？章翎看着也不傻呀，难道不懂吗？怎么还能主动提呢？蒋赟心潮起伏地踩下踏板，章翎勾起脚，二手破车"哐当哐当"地向前骑去，汇入非机动车道的晚高峰车流里。

"我小时候一直想让我爸骑车带我。"章翎坐在车后座，左手抱着蒋赟的书包，右手拽着他校服的后衣摆，气鼓鼓地说，"结果章老师买的每辆车都没有后座！我就从来没坐过，今天还是第一次有人骑车带我呢。"

原来是这个原因吗？蒋赟笑了，"来，叫声爸爸听听。"

章翎往他后背拍了一下，"讨厌。"

骑了一百多米碰到十字路口，章翎跳下车，两人走着穿马路。过马路后，章翎又坐到车上，蒋赟带她带得越来越顺，突然起了点小心思，叫她："章翎。"

"嗯？"

蒋赟忍着心跳，故作镇定地说："要不，你让你爸以后别来车站接你晚自习了，他每晚跑出来也挺麻烦的，晚上我可以送你回家。"

章翎咂摸了一下他的话，奇怪地问："你怎么知道我爸会来车站接我？"

蒋赟恨不得扇自己一个耳光，你是不是傻？

"我……"这下真是编都编不出来了，他只能老实回答，"我见过他来接你。"

章翎好惊讶，"什么时候啊？"

"忘了，九月吧。"

章翎说不出话来，蒋赟边骑边说："我现在上晚自习了，住得离你也近，我骑车比你坐车快，可以在车站等你。你到了我就送你回去，一直看着你上楼我再走，保证护你安全。这样，你爸爸晚上就不用再出门了，马上就是冬天，晚上出来很冷的。"

他说得有道理，可是……章翎问："那你不是要绕一圈吗？会晚回家。"

蒋赟笑着说："就多几分钟时间，不碍事，你爸爸妈妈帮了我很多，我也想不出能为他们做些什么，把你安全送回家，还是做得到的。"

章翎愉快地说："行，那我回家和我爸爸说，他要是同意，就这么办。"

蒋赟背对着章翎，脸上表情仿佛中了五百万大奖，忍不住单放手给自己握了握拳，觉得自己真聪明啊，旷世天才，千古神童！

结果车子就晃起来了，章翎惊叫："哎呀，你别晃呀！"

她拽紧蒋赟的校服后衣摆，蒋赟的拉链还是拉得很低，后领口又被拉下去了，他也大叫："你别拉我衣服！衣服要掉了要掉了要掉了！"

"啊啊啊……别晃！"

蒋赟第二次在章翎家吃饭，这一次，杨晔也在了。章知诚做了丰盛的五菜一汤，他和杨晔吃得很快，吃完后就一起出了门，蒋赟扒在客厅窗边偷看，叔叔阿姨下楼后居然手牵着手，真跟去约会一样。

章翎吃饭向来细嚼慢咽，还没吃完，蒋赟把自己的碗筷拿进厨房，出来说："今天我洗碗吧。"

章翎皱眉，"你别催我，我还没吃完呢！"

"没催你，就是和你说一声。"大人们不在，蒋赟放松许多，在章翎家客厅转了两圈，还拿起电视柜上那张全家福仔细看，问，"这照片上你几岁？"

"十二岁。"章翎说，"我本命年，过生日特地去影楼拍的。"

蒋赟心想，那就是小学快毕业的时候。照片上的章翎长发披肩，脑袋上戴着一顶小皇冠，没戴眼镜，穿着白色纱裙，跟个小公主一样。

蒋赟看着照片出神，记事以来他从没过过生日，李照香一点儿也不讲究这个，连碗长寿面都不给他煮，更别提什么生日蛋糕了。他把照片放下，心里的羡慕又多了一层。

章翎终于吃完了，蒋赟把所有碗盘都收进厨房，问过章翎洗洁精和洗碗布在哪儿，挽起袖子开始洗碗。章翎挺不好意思的，就在厨房陪他，拿保鲜膜把没吃完的菜包起来放进冰箱，一边干活一边问："你平时在家做家务吗？"

"做啊。"蒋赟说，"不过我家很小，也就做饭洗碗洗衣服，没别的活了。"

章翎好奇，"你还会做饭啊？"

"会。"蒋赟扭头看她一眼，"你不会吗？"

章翎老实地摇头，"不会。你好厉害啊，我同学里没人会做饭。"

蒋赟说："我也就会简单炒个菜，不像你爸爸水平那么高，我们家吃得很简单。"

洗完碗，他又把台面、燃气灶擦干净，看着厨房里精致的瓷砖和高级的厨房电器，想起于晖家那个恶心吧唧的公用厨房，还有耗子、蟑螂跑来跑去，觉得自己仿佛来自丐帮。

蒋赟回到客厅，指着餐桌问章翎："我是在这儿做作业吗？"

"这么快就要做作业啊？"章翎正赖在沙发上玩手机游戏，回头说，"先休息一会儿嘛，今天作业又不多。"

蒋赟看着她赖皮的样子，觉得很新鲜，原来学委也会躲懒的吗？

可是不做作业，他还能干什么呢？蒋赟又在客厅转起了圈，最后停在那架黑色钢琴前，好奇地用手摸摸琴键盖。章翎看到了，从沙发上跳起来，"哎，蒋赟，你想不想听我弹琴？"

蒋赟回头看着她，点点头："……想。"

章翎就坐到钢琴前，说："其实我很久没弹了，隔壁的爷爷奶奶要求我每晚九点过后就不能练琴，可我要上晚自习嘛，平时就不能练了。本来周末我还会弹一下，但这段时间一直在准备考试，就没弹过。"说着，她已经准备就绪，问："你想听什么？"

蒋赟站在她身边，脑子里一片空白，回答："什么都行。"

"那我就随便弹了。"

章翎开始弹琴，是一首优美舒缓的钢琴曲。蒋赟看着她的双手在黑白琴键上飞舞，谱子都不用看，叮叮咚咚的旋律已经流淌在耳边。

穿着运动校服的女孩神色平静，嘴角含着淡淡的笑，弹得投入时，甚至会闭上眼睛。男孩一动不动地站在她身边，不敢发出一丝声响，看着她的目光近乎虔诚。

不知过了多久，章翎敲下最后一串音符，抬起头问："好听吗？"

蒋赟呆呆地看着她。

"蒋赟？"章翎伸手在他面前一晃，蒋赟才回过神来。

他不答反问："你能一边弹琴一边唱歌吗？"

章翎："能啊，那叫自弹自唱。"

蒋赟眼睛里亮起了光，"那你给我唱一个？"

章翎噘起嘴："为什么？我又不是卖唱的。"

她不情愿，蒋赟自然不会勉强，倚靠在钢琴边，他伸出食指小心地敲了一个琴键，"叮"的一声，觉得很有趣，问："你说，五中有文艺演出吗？"

章翎说："有吧，肯定有，要不然招那么多主持人干什么？"

蒋赟又问："那你能去表演吗？表演唱歌。"

章翎笑着回答："这个又不是我说了算，我都不是文艺委员。"

蒋赟又顺次敲了几个琴键，听到一串向上的音阶，低低地说："但你唱歌很好听。"

章翎不以为意，"到时候再说吧，说不定咱们班是跳舞呢？跳舞我可不行，就七八岁时跳过一阵子，哎，许清怡跳舞应该不错，你想不想看她跳舞呀？"

蒋赟脱口而出："不想。"

章翎瞄他，"你不是还想知道她排名吗？"

蒋赟："我就是好奇，她比我好还是比我差。"

章翎："我问来了，她和你差不多，比你好一点点，第四十名。"

蒋赟沉默了。

他想，如果姚俊轩没有给许清怡答案，许清怡会不会总分比他都低？再一想，四十名和四十二名又有什么区别？还不都是班里倒数。

归根到底，还是他考得太差，像吴炫宇、章翎、姚俊轩这些人，不管许清怡怎么作弊、拍马也赶不上，他们根本不会把她放在眼里。蒋赟明白了，考试和打架是一样的，想不被人压着，要做的就是让自己变得更强。

章知诚和杨晔回来时，两个孩子正面对面坐在餐桌边写作业。看到他们进门，蒋赟立刻炸了毛，章知诚却笑着问："喝奶茶吗？给你们买奶茶了。"

"喝！"章翎高兴地跑过去接奶茶袋子，一看只有两杯，问，"妈妈不喝吗？"

"减肥。"杨晔没好气。

章翎告状："爸爸，蒋赟和我说好了，他物理考到七十分，我请他喝奶茶，可他只考了六十九分，所以他应该没得喝才对。"

蒋赟叫起来："我不喝！给阿姨喝吧。"

章知诚把奶茶拿给他，"别听章翎瞎说，叔叔买给你的，喝吧。"

杨晔洗过手，冲客厅喊："小卷毛，来，进书房。"

蒋赟汗都下来了，人生头一回在家长会后被"家长"训话。他垂头丧气地进了书房，杨晔说到做到，真的关上了门。

章知诚和章翎留在客厅，章翎的学习一如既往地稳定，章知诚沉声道："你这次要是再仔细点，说不定能考班里第一。"

章翎点点头，"嗯，我知道。"

"不过……吴炫宇应该也有粗心扣的分，所以，也差不多了。"章知诚说着说着没憋住笑。章翎"扑哧"一声，和他一起笑出声来，"章老师，你好讨厌啊。"

父女两个并肩坐在沙发上，章翎喝一口奶茶，突然说："对了爸爸，我和你说件事。"

她把蒋赟的提议告诉老爸，章知诚听完后，愣了老半天。

章翎没察觉到老父亲的心酸，兀自说着："我觉得蒋赟的主意不错，以前初中晚自习，你还能在办公室等我，有空调。现在，马上就冬天了，你每天跑出来，我也觉得很过意不去，你又不同意我自己回家……"

章知诚打断她，问："蒋赟，真的不是喜欢你吗？"

章翎目瞪口呆地看着他，"不、不是吧？"

"一个男同学，每天送一个女同学回家，你觉得他不是喜欢你？"

章翎想了想，回答："我觉得不是，我又不是我们班最漂亮的女孩。"

章知诚觉得好笑，"这和漂不漂亮有什么关系？"

章翎歪过头，"怎么没关系？男生不都喜欢漂亮的女孩子吗？我们班好多男生喜欢许清怡，光我报得出名字的就有好几个了。"

章知诚看着他的宝贝女儿，心想，先不管蒋赟喜不喜欢她，至少，章翎肯定没往这方面想过，他的小姑娘，似乎还没开窍。

章翎觑着老爸的脸色，问："爸爸，你不同意啊？没事儿，你不同意我就去和蒋赟说。"

章知诚微笑，"你先别和他说，让爸爸再想想。"

书房里，杨晔已经把邓芳的评价一五一十说给蒋赟听。邓芳表扬了蒋赟，说他最近的学习态度好了许多，上课更有精神了，作业的完成度也不错，连着脾气都收敛不少。

蒋赟正听得飘飘然，杨晔话锋一转："但是，邓老师说，她觉得你有几门课的基础比较薄弱，跟着进度有点吃力，你自己知道是哪几门吗？"

蒋赟回答："物理，化学，英语。"

"你还挺清楚啊。"杨晔问，"那你打算怎么办？"

蒋赟："多用功。"

杨晔说："英语，你自己先多背多听多做题，至于物理和化学，我和你章叔叔回来的路上商量了一下，他有个主意，一会儿让他自己和你说，你看看行不行。"

蒋赟不知道章知诚的主意是什么，想着无非就是让他多刷题、多问问老师和章翎，就没太在意。

一对一谈心结束，蒋赟离开前思想斗争许久，才大着胆子问："阿姨，你有 QQ 吗？"

杨晔："有啊，怎么了？"

蒋赟说："我能加你好友吗？还有叔叔的号，可以吗？这样……我和你们联系就能方便点儿。"

"可以啊。"杨晔拿出纸笔，把自己和章知诚的 QQ 号写下来，递给蒋赟，"回去加吧，少玩手机啊。"

蒋赟没接，"我上学都不带手机的，那个……阿姨，章翎的号你也写一下吧。"

杨晔直接笑场了，"小卷毛你怎么回事？搞半天你就是想从我这儿套章翎的 QQ 号是吧？你怎么混得这么失败？和她同桌三个月了她 QQ 号都不肯给你？"

蒋赟急坏了，"不是！我没套！我就是想加你们，我没问章翎要过 QQ 号！"

杨晔翻着手机，把章翎的 QQ 号也写下来，"拿去拿去，才多大的人搞得这么处心积虑，一点都不可爱。"

蒋赟接过那张纸，觉得"处心积虑"这个词搁他头上还挺贴切的，他为了要到章翎的 QQ 号，可不就是处心积虑忙活了五个月嘛。

杨晔和蒋赟一起回到客厅，章知诚当着三人的面，说出他的计划："章翎每周日上午要去老师家上一堂声乐课，都是由我接送。那位老师家的房子很大，每次章翎在琴房上课，我都是在会客室等着。等两三个小时也很无聊，所以我想，蒋赟，以后每周日上午八点半你到这里和我们会合，跟着我的车走，章翎上声乐课，我就在会客室帮你补物理，化学也能顺带着讲讲。这样，既不浪费我的时间，效果也肯定比你自己复习来得好。等章翎上完课，我再把你们一起带回来，你觉得如何？"

蒋赟又晕了。

章翎拍着手说："这主意不错啊，时间都充分利用起来了！蒋赟蒋赟，你走运了，我爸爸可是省特级教师，他要是去外头给人补课，两小时收费可贵呢！"

章知诚拍一下女儿的脑袋，"别瞎说，我们严禁补课收费。"

章翎吐吐舌头，"我知道。"

蒋赟想不出拒绝的理由，因为这样的安排的确没占据章老师的业余时间，于是，这件事就这么定了下来，从这周日开始。

（3）

蒋赟回家了，章翎回房继续做作业，做着做着，她停下来，想到了爸爸的话，爸爸说，蒋赟喜欢她。

章翎起身打开衣柜，看到帆布包上挂着的那只长颈鹿，想到那天蒋赟把长颈鹿送给她时的情景。男孩子非常紧张，红着脸，脑门上都冒出一层汗。

章翎又回想起自己和蒋赟的相处。最近一个月，他俩的确走近了许多，但之前两个月，蒋赟对她的态度实在不怎么样。章翎忘不了他们暑假里第一次见面时的场景，在天桥下，蒋赟就跟鬼上身一样地缠着她，都把她给吓哭了。

蒋赟……真是一个很神奇的人，都不知道他脑袋里在想些什么。

其实这段时间，她和蒋赟的"绯闻"在班里被传得很夸张，章翎觉得十分可笑。

他们后来再也没同桌吃过饭，聊天也都是在座位上，没有一起上下学，放学后也不联系，仅有的几次私下见面，还都是在她父母的眼皮子底下。

她承认自己对蒋赟不错，所以蒋赟对她的态度有所转变，不是很正常吗？为什么会扯到"喜欢"上去呢？就因为他们一个是男生，一个是女生？

说到喜欢……章翎拿出手机，打开自己与乔嘉桐的 QQ 聊天界面，自从登山跑后，她和乔嘉桐已经一个月没联系了。

暑假里，他们聊天的频率还挺高，开学后因为学业繁忙有所减少，但在每次高一测试、高二月考后，两人都会问问对方的考试成绩，顺便闲聊几句。不知道为什么，一个月了，乔嘉桐没找过她，她也不想主动去找他。

章翎分析了一下，似乎是在知道许清怡也认识乔嘉桐后，她突然就觉得，自己不应该和乔学长走得太近，好像没什么意义。

正胡思乱想呢，她的手机弹出一条 QQ 好友申请，申请人叫"只为你堕落"，头像是系统自带的一杯咖啡，好友申请写的是：猜猜我是谁？

章翎嘴角抽抽，这个人真的很无聊啊。

她通过申请，没和对方打招呼，等了好一会儿，那边才发过来两个字。

只为你堕落：你好。

菲羽：你作业做完了？

只为你堕落：你知道我是谁吗？

菲羽：嘻嘻。

菲羽：快点做作业吧，我还没做完呢。

只为你堕落：哦。

一墙之隔的主卧，章知诚和杨晔正讨论着蒋赟的"提议"。

"小晔，你觉不觉得蒋赟喜欢翎翎？"章知诚越想越不对劲。

杨晔在看书，眼睛都没抬，"你才知道啊？"

章知诚惊讶地问："你早就看出来了？"

"挺明显的呀。"杨晔看他一眼，"不过我观察了一下，小卷毛应该不是那种会乱来的孩子，挺有分寸的，至于翎翎，你更不用担心了，她明白得很。"

章知诚哪能不担心，靠在床上半天说不出话来，心思很恍惚，感觉就一晃眼的时间，女儿就长大了，他这个爸爸居然要开始面对这样的问题。

他问妻子："要答应吗？蒋赟说每天送翎翎回家。"

"我觉得没什么，你也乐得轻松，晚上还能专心备课。"杨晔心很大，笑道，"你要是不放心，就再观察一阵子，俩小屁孩，有什么情况我们还能看不出来啊？"

见章知诚还在犹豫，杨晔劝他："翎翎大了，你不能老是把她当个孩子一样护着，她以后总要谈朋友的。青春期男女同学间有些小心思很正常，每天看到的就这么一拨人，处久了总会有感情，这个感情很珍贵，只有这个年龄段才有。翎翎很优秀，对小卷毛又友善，小卷毛不喜欢她我才觉得奇怪呢。哎，你别说，我现在看小卷毛都觉得顺眼起来了，挺好玩一小孩，眼睛还挺漂亮的，像那个什么……琥珀。"

章知诚叹气："他太矮了。"

杨晔哈哈大笑，"拜托，又不是真要你挑女婿！你还是想想怎么给他提高物理成绩吧，别到时候你这个省特级出马，他期末考还是考不好，那可真是丢脸丢大发啦！"

章知诚从苦恼老爸秒变骨干教师，摇头浅笑，"杨医生，你也太小看我了。"

此时，在距离金秋西苑不远的袁家村，某个自以为深藏不露、实则少男心事被扒得底裤都不剩的男同学，正在莫名激动中。

因为，他终于、终于、终于加上了章翎的QQ，时间要是倒退回七月，那就是一场碰瓷界伟大的胜利！

可是现在，他们已经很熟了，头一次网聊，章翎居然这么冷淡，蒋赟有点儿失望。他托着下巴，想到放学路上自己说过的话，不知道章翎有没有去和她爸爸商量，章老师会答应吗？

要是章老师答应了，他以后岂不是能天天送章翎回家？

啊……美滋滋，嘟哩个嘟！

周六上午，蒋赟百无聊赖地坐在区体育场看台上，耳边是广播员打了鸡血般的加油声，眼前是热火朝天的比赛现场。

这是运动会的第二天，蒋赟做了一天半纯观众，看得心痒痒，尤其是看到班里几个男生成绩很烂，他寻思要是他上，短跑OK，长跑OK，跳远也OK，怎么的也能拿几个前三回来。

章翎没和他坐在一起，而是和她的三个小伙伴在一块儿玩，几个女孩比赛项目不一样，时不时地要跑下去，你帮我拿衣服，我帮你加油递水，忙得不可开交。

章翎的八百米就要开跑了，在看台做了好久蘑菇的蒋赟终于站起身，几个男生在他身后吹口哨，有人起哄：

"噢噢噢！痘神，去给学委加油吗？"

"她跑完了肯定很累，你可以给她一个爱的拥抱！"

"还可以给一个爱的么么哒。"

有女生说："你们好恶心啊。"

"哪里恶心了？"一个男生说，"人家是一对儿，你别羡慕嫉妒恨。"

蒋赟转身，冲他们竖了根中指。

这些傻子真的很烦人，有时候，章翎凑过脑袋给他讲题，教室后面都会有起哄声和笑声传来。蒋赟觉得章翎是女孩，被传这种乱七八糟的事情很对不起她，冲动得都想卷袖子去干仗了，章翎却说："别理他们，无聊，你期末考考过他们，就是最好的让他们闭嘴的办法。"

此时，面对章翎的比赛项目，蒋赟虽然知道应该避嫌，但还是控制不住自己，走下了看台。其实他也不知道自己要去干什么，章翎身边有朋友在，轮不到他帮忙，蒋赟只想给她加个油，毕竟八百米跑下来也不轻松。

可是，他都没能靠近章翎，离得远远地就看到乔嘉桐站在章翎面前。

蒋赟站住了脚步。

另一边，章翎看着乔嘉桐，他穿一身白色运动服，特别干净帅气。乔嘉桐笑眯眯地问："章翎，你最近怎么都不找我聊天了？"

章翎心想，你也没找我啊，嘴上却回答："忙期中考呢。"

"考得好吗？"

"还行。"

"你要跑八百米吗？"

"嗯。"

"跑完了来看我跳高怎么样？"

章翎不想去，正想找个借口推掉，徐舟跑了过来，"桐哥，检录了。"

"来了。"乔嘉桐冲章翎挥挥手，"一会儿见。"

他和徐舟向着检录处走去，徐舟回头看一眼章翎，女孩子正转身去八百米的起点，徐舟问："桐哥，你喜欢这类型的女孩吗？"

乔嘉桐笑笑，"不行啊？"

徐舟："没什么行不行的，就感觉挺普通一小姑娘，看着特别乖。"

乔嘉桐没接腔，徐舟又说："下午出去玩，你要不叫上她？"

乔嘉桐想了想，弯唇一笑，"也行。"

章翎脱下校服外套，和眼镜一起让薛晓蓉保管，然后一身短袖短裤轻装上阵。她原地热身，感觉状态不太好，因为是例假第三天，天气又很凉，只想快点跑完拉倒。

蒋赟终于走过来，叫她："章翎。"

章翎转头看到他，眯了眯眼睛，冲他比了个剪刀手。

蒋赟喊："加油。"

章翎伸臂指着他，"你歇着，别跟着我跑，你脚还没好透呢。"

蒋赟的心思被她说破，脸都烧起来了。五中没几个体育生，章翎的水平有机会拿前三，蒋赟的确想在内圈带她一段，尤其是最后冲刺的一百米，有男生带速度会提起来。

不过章翎这么说，他就放弃了，嘴硬道："谁要跟着你跑啊？我就是下来转转。"

章翎对他做个鬼脸，跑到起点线去做准备。

每个班只出一人，十二个女生在枪响后冲了出去。蒋赟的视线一直追在章翎身上，瘦瘦的女孩夹在一群选手中，很快就绕到跑道的那一边，蒋赟真想在体育场上穿个对角线追过去，但想到章翎的吩咐，还是站在了原地。

第一圈结束，有五个女生形成第一梯队，把其他人都甩在后面，章翎是其中之一，跑在第四。她的优势是耐力，中考前训练，她最快一次跑过两分五十八秒，算是超水平发挥，中考时跑的三分零五秒很水，因为稳拿满分。

跑过六百米，章翎冲上去了，超到第二。

高一（6）班的看台上兴奋起来，因为邓芳不重视运动会，所以大家报名都是瞎报，这两天比得贼丢人，除了萧亮拿到一百米跑第三名、两百米跑第二名，其他人拿了几个第四第五，他们班还没拿过第一名。而现在，章翎正在保二争一。

同学们一个个都站起来，撕破嗓子对章翎喊加油，连着萧亮、沈漫等人都忘了嫌隙，叫得比谁都大声。刘陈飞甚至脱了校服在头顶狂甩，大叫："学委加油！章翎必胜！超上去啊——"

蒋赟站在终点旁，手心里全是汗，看着章翎跑过最后一个弯道，和另一个女生一起向着终点冲过来。从他的角度看不太出谁比谁领先，只能在原地蹦跶，放声大喊："章翎加油！章翎加油！章翎加油啊——"

薛晓蓉被他惊呆，劝他："你小点声，嗓子都喊劈了。"

姚俊轩也在这里等候下一场比赛，看着蒋赟癫狂的样子，很是无语。蒋赟却恍若未闻，又蹦又跳，挥着手叫得更加响亮："章翎！加油啊啊啊——"

薛晓蓉、孙妙岚和李婧被他感染，也大喊大叫："章翎加油！加油！冲啊——"

看台上的6班众人："章翎！加油！章翎！冲刺！"

高二男子跳高的赛场就在百米跑道旁，许清怡正和乔嘉桐说着话，章翎一阵风似的掠过他们身边。许清怡发现乔嘉桐的注意力转移到跑道上，又听到那震耳欲聋的加油声，转头看去，章翎已经在冲向终点。

她在最后三十米实现超越，第一个撞线，成绩三分零一秒。

高一（6）班的看台炸了锅，他们班总算拿到了一个第一！

蒋赟冲过来，在孙妙岚之前抢先扶住章翎的手臂，见她要往地上赖，大喊："走一下！别坐！我扶着你走。"

孙妙岚和李婧对视一眼，没再往前。

章翎脸色潮红，浑身湿透，呼哈呼哈地喘着气，被蒋赟拖着在终点附近瞎转悠。

"你好牛啊。"蒋赟说，"你跑第一呢！"

章翎没力气说话，蒋赟开启喋喋不休模式：

"明年我一定要参加运动会。"

"你知道吗？我体育很好的。"

"我也能拿第一！"

"我们班那群人太菜了，我脚不好，上去跑都能比他们快。"

"你真的很牛啊，我都没想到你能跑第一！"

章翎终于缓过一口气，命令他："你先，别说话，让我，歇会儿。"

"哦。"蒋赟闭嘴，又搀着她转了半天，章翎才活过来，挣脱蒋赟的搀扶。她小腹坠胀，很不舒服，说要去下卫生间，薛晓蓉送来章翎的衣物，她接过，独自向场外走去。

去卫生间的路上要经过高二男子跳高的赛场，章翎看到许清怡在观赛，身边是徐舟，而乔嘉桐正在做热身准备。

她没停留，直接走了过去。

章翎在卫生间里待了好一会儿，换好衣服出来时，跑道上已经在进行高一男子三千米的比赛。

七圈半，十二个男生早已散落在跑道各处，章翎一时都看不出第一名在哪儿，只看到姚俊轩拖着脚步，跑得十分痛苦。

蒋赟在跑道边等章翎，眼睛也看着姚俊轩。姚俊轩一次又一次跑过高二男子跳高的赛场，许清怡就在那里，可她从未回头看过一眼。

高一（6）班的看台上也没有加油声，跑道上，姚俊轩清瘦的身影便显得更加落寞。

最终，他跑了第十，到终点后直接吐了。没有人在等他，章翎拿给蒋赟一瓶水，指指姚俊轩。蒋赟走过去，把水递给他，问："你没事吧？"

姚俊轩弓着腰对他摆摆手。

蒋赟说："明年，我来跑。"

姚俊轩抬头看他，黑发湿哒哒地贴着额头，惨白的脸上露出一个讽刺的笑，"明年，咱俩早不是一个班的了。"

乔嘉桐比完跳高，很轻松地拿了个第一，收拾东西时看到章翎和几个同学正往看台走，乔嘉桐叫住她："章翎！"

章翎回头，乔嘉桐跑过来，问："你下午有空吗？"

"什么事？"

"我们几个人要出去玩，你要不要一起？"

周六下午全校放假，章翎身体不舒服，又因为她有意与乔嘉桐保持距离，所以并未多想，说："不了，我不去了。"

乔嘉桐以为她是怕生，指指不远处的徐舟，"徐舟也一起，你认识的。"

见过一次就叫认识吗？章翎对他说实话："学长，对不起，我今天身体不太舒服，下午想回家睡觉。"

她的脸色的确不太好，乔嘉桐潇洒地挥挥手，"行，那你好好休息，下次我再约你。"

他跑向徐舟，徐舟似乎在笑，往他肩上捶了一拳。

章翎看着乔嘉桐的背影出神，学长的邀约令她感到意外，他似乎对她很照顾，章翎不是第一次有这种被特殊对待的感觉，但她始终想不明白原因。

回过神来，章翎发现蒋赟没有像薛晓蓉她们那样先走，而是一直在前面等她，他走过来，问："你哪里不舒服？"

这是听到她的话了？章翎小脸一红，"你别管。"

蒋赟低头看她的脚，"你脚没受伤吧？"

"没有。"

蒋赟想了老半天，低声问："你那个来了？"

这个人真的很烦耶！章翎不想理他，甩着胳膊走得飞快。

蒋赟想不通，追在她身边问："女生来那个不是不能跑步的吗？体育课都能请假的，你跑了不会有事吧？"

章翎忍无可忍，冲他大叫："你别跟着我呀！"

回到看台，章翎受到英雄般的礼遇，蒋赟吃了瘪，默默坐回自己的座位。萧亮蹦下几个台阶来找章翎，兴奋地叫她下午一起去唱歌。

章翎说："我不去了，你们去玩吧。"

萧亮在她身边坐下，问："你知道十二月底文艺会演的事吗？"

章翎摇头，"不知道，我又不是文艺委员。"

萧亮解释给她听："我和你说，咱们学校每年的文艺会演，高一年级的节目都是固定的，是大合唱，学校是想让所有学生在高中阶段都有一次登台表演的机会，最后还会评奖。也就一个月了，芳芳姐让我们班委讨论一下唱什么歌，你唱歌这么好，必须得一起去选歌啊！"

这倒是个正经事，章翎说："行，那我一起去，有哪些人啊？"

萧亮报了几个名字，都是班委成员，还有他的几个好兄弟，许清怡作为文艺委员自然在列。章翎觉得自己不会待太久，就没想叫薛晓蓉等人，说："我知道了，你把地址给我吧，我中午和薛晓蓉她们一起吃饭，吃完了我就去。"

萧亮说："OK，地方是许清怡定的，她有会员卡。"

蒋赟看着章翎和萧亮凑在一起的背影，不知道他们聊了些什么。他只关心章翎的身体，跑完以后，她的脸色一直发白，几乎没笑过。

没多久，运动会结束了，邓芳讲了几句话后宣布解散。章翎和三个小伙伴收拾好背包准备去吃饭，蒋赟也站起身，听到萧亮对章翎喊："学委，下午 KTV 别迟到啊！"

章翎："知道了。"

蒋赟拽上书包跑到章翎身边，急吼吼地问："你下午要和萧亮去唱歌？"

章翎点头，"嗯，班委都去。"

蒋赟眉头都皱起来了，"你不是不舒服吗？刚还说要回家睡觉的。"

章翎说："我们班委要开会，有事讨论。"

蒋赟大叫："但你身体不舒服啊！"

他的声音很大，周围几个人都听见了，章翎感到难堪，也有了小情绪，"蒋赟，你怎么什么都要管？我和你说过，我的事我自己会决定！"

好死不死，刘陈飞经过他们身边，调侃道："哎哟，学委发飙了，痘神你又惹女朋友生气啦？"

蒋赟暴怒，"妈的，闭上你的臭嘴！"

刘陈飞："我……"

章翎气得哇哇叫，"你怎么又说脏话？"

蒋赟瞪她，"干吗？哦，我不能管你，你倒是能管我怎么说话，你这人怎么这么搞笑呢？"

章翎脾气也上来了，"谁要管你了？我就是讨厌听人说脏话！你在外面说我不管，别在我面前说就行！"

蒋赟："乔嘉桐不说脏话吗？他还骂我垃圾孬种呢！你怎么不去说他？"

章翎震惊，卷毛同学真的好记仇啊！她瞪着蒋赟，"乔嘉桐后来没在我面前说过脏话，如果他说了，我一定会提醒他。"

蒋赟"喊"了一声："拉倒吧，我知道，乔嘉桐放个屁都是香的。"

章翎气坏了，气得浑身哆嗦，"蒋赟，你再这样不讲道理，我真的不理你了。"

"哼。"蒋赟冷声道，"随便你，爱理不理，你以为我在乎啊？"说完，他把书包甩到肩上，昂起高贵的头颅大步走下台阶。

章翎转过头，看到三个小伙伴都木愣愣地看着她，还有刘陈飞一直没走，表情很精彩，像是看了一场好戏。薛晓蓉劝章翎："走吧，别生气了，蒋赟不是一向都这样吗，口无遮拦的，你别理他就行，过两天就好了。"

章翎像是在问她，也像在问自己："明明什么事都没有，他为什么老要和我吵架？"

刘陈飞悠悠道："这还不明显，他吃醋了呗。"

这话一说，章翎更迷茫了。薛晓蓉头疼，"飞哥，你少说两句吧。"

离开体育场，章翎和三个小伙伴吃了一顿麦当劳，分别后，她独自一人去 KTV。

章翎身体很难受，心情也不好，在包厢里一直不怎么说话，更没唱歌，萧亮和许清怡讨论大合唱的曲目时，她也没什么意见。

待了半个多小时，章翎累了，对萧亮说她要先走，萧亮正和大家讨论得热火朝天，就没在意。章翎背着包出门，想先去一趟卫生间，结果，在走廊上意外碰见乔嘉桐。

这……就有点尴尬了。

这家 KTV 离区体育场不远，步行就能到，乔嘉桐和朋友们在这里玩很正常。只是，某个本该在家睡觉的小学妹竟然出现在这里，乔嘉桐难免会多想，神色间有些微的愠色。

他开门见山地问："章翎，你是对我哪里有意见吗？还是我做了什么让你不高兴的事？"

章翎只觉得自己这天大概不适宜出门，明明跑了个八百米第一，结果却是一个两个的都来找她晦气。本来，她可以好好向乔嘉桐解释，不知为何，偏偏就是不想解释，她什么话都没说，扭头就走。

人都有这样冲动的时刻，章翎此时的想法很简单，无所谓啦，大不了和学长就此绝交。谁知乔嘉桐也是个不走寻常路的人，他拦住章翎，低头看她的脸，问："你怎么了？不开心吗？"

章翎垂着脑袋，"没有，你让让，我要去上厕所。"

乔嘉桐站了一会儿，让开了。

从卫生间出来时，章翎发现乔嘉桐还等在门口，他说："来，到我们包厢来坐坐。"

章翎没动，乔嘉桐笑得很温柔，"来吧，有什么不开心的事，可以说给我听。"

鬼使神差地，章翎跟着他进了包厢，包厢里有七八个人，有男有女，玩得正开心，除了徐舟，章翎一个都不认识。徐舟看到她后惊喜地叫出声："天那！乔学长真神通广大呢，怎么把小章妹妹骗过来的？"

乔嘉桐指着他，"别瞎说啊，他们班大概就在隔壁玩。"

章翎在沙发上坐下，延续在自己班包厢里的沉默节奏，几乎不说话，就听他们唱歌。乔嘉桐给她拿饮料和爆米花，逗她说话，劝她唱歌，她也依旧提不起精神来。后来，乔嘉桐去唱歌了，章翎放松了一些，认真听他唱，还在心里从专业角度点评了一下，满分是十分的话，乔学长大概能拿七分。

就在这时，包厢门被推开，一个脑袋探进来，甜甜地问："乔学长，我能来玩一会儿吗？"

徐舟鼓掌，"美女大驾光临，欢迎欢迎，热烈欢迎！"

许清怡进到包厢，看到章翎后，一愣，立刻又换成娇俏可人的笑容，挨着章翎坐下，还亲热地挽住她的手臂，问："学委，你怎么在这里呀？"

"我在走廊上碰到的乔学长。"章翎想去拿包，说，"你玩，我先走了。"

许清怡拉住她，"怎么我刚来你就要走啊？刚才在我们那儿，你都不说话不唱歌，我还以为你走了呢，原来是跑这里来了。"

章翎："我真的要走了。"

许清怡看着她，突然就绽开笑，"班长说你从小学唱歌，唱得特别好，我一直没听过，今天刚好在 KTV，你给大家表演一个呗？让我长长见识。"

章翎说："我今天身体不舒服，不想唱歌。"

开玩笑呢，她在自己班的包厢都没唱，却跑别人包厢来开嗓，许清怡回头不知道会怎么说给萧亮听。再说了，这个包厢里的人她都不认识，一点儿也不想出风头。

许清怡却不放过她，趁着别人一曲终了，拿来一支麦克风在嘴边，娇滴滴地说："乔学长，章翎说要和你合唱。"

乔嘉桐回过头来，语调轻快："行啊，唱什么？"

许清怡依旧拿着话筒，"唱什么章翎定呗，我告诉你们一个秘密，章翎可是从小学声乐的，专业级别，我们有耳福了呢。"

徐舟起哄："哇，真的呀？那赶紧来一首！桐哥，你有压力咯。"

乔嘉桐笑而不语，许清怡把麦克风递给章翎，"学委，来一首呗，班长夸过你好几次，我可太期待听你唱歌了。"

章翎接过麦克风，拿在嘴边说："对不起，今天我嗓子不好，唱不了。不过大家别失望，我也告诉你们一个秘密，许清怡从小学跳舞，她说可以和乔学长合跳一支舞，伦巴，我们也有眼福了。"

乔嘉桐莫名其妙，"什么？"

大家都在窃笑，许清怡面色变了，抿着嘴唇紧盯着章翎。

章翎把麦克风放下，背上双肩包，原本沉郁的表情突然变得明朗开怀，她拍一下手，欢快地对许清怡说："你生气了？我和你开玩笑的，你不会当真了吧？"

许清怡冷冷地看着她，章翎咯咯直笑，笑完后冲乔嘉桐挥挥手，"学长，我真要走了，回家睡觉去，你们继续玩，拜拜。"说完，也不等乔嘉桐和许清怡的反应，便头也不回地跑了出去。

章翎真的回家睡了个午觉，足足睡够四个小时，不爽的身体和心情才慢慢恢复过来。晚上，章知诚给她炖了一锅红豆汤，放了些莲子和红枣，又香又甜，章翎吃得很开心。

　　章知诚端着锅说："红豆炖多了，我放冰箱里吧，明早热一热，蒋赟来了可以喝一碗。"

　　"噗！咳咳咳咳……"章翎大惊，这时候才想起来，第二天早上蒋赟要来搭车补课，可他们中午时才刚刚吵了一架。

　　章知诚帮女儿拍背，"这么大个人了怎么吃东西还会呛？小心点儿。"

　　章翎不敢和爸爸说这件事，她想，卷毛同学这么记仇，明早说不定就不来了，到时候，她要怎么和爸爸解释啊？

第7章

—————— ◈ ——————

偷偷喜欢她

（1）

周日一早，在章翎忐忑不安的等待中，蒋赟提前十分钟来到金秋西苑。但他没上楼，章知诚喊他都没用，倔强的小少年只肯在楼下等着。

章知诚催章翎下楼，两个小家伙见到面，表情都很不自然，连招呼都没打。蒋赟说："叔，我能骑车过去吗？我晕车。"

章知诚很为难，"有点远呢，最好搭我的车，你能克服一下吗？"

蒋赟没再坚持，点点头。

他没吃早饭，带了一罐牛奶和几个包子在书包里，打算下车后再吃。章知诚去开车，章翎和蒋赟站在路边等。

气氛……就是……非常的……尴尬。

车子开过来了，章翎习惯性地去拉副驾驶的车门。章知诚说："翎翎你坐后面，照顾一下蒋赟。"

章翎："……哦。"

她和蒋赟在后排坐下，一左一右，中间空出的位置坐一个胖乎乎的邓芳都没问题。

车子开了出去，章知诚终于发现不对劲，因为后排的两个孩子一直没说话。他从后视镜里看了一眼，问："小蒋，很难受吗？"

蒋赟已经一脸菜色地缩在座位上，手里攥着个塑料袋，随时准备呕吐，就怕把章老师的车子弄脏。他简短地说了一句"还好"，就又闭上了嘴，喉头不停吞咽。就在这时，左边伸过来一只手，轻轻地碰碰他的胳膊，蒋赟低头，看到那只手里拿着一个金灿灿的橘子。

章翎说："偏方，你要不再试？"

蒋赟抿着嘴，心想，真是要了他的小命了。

橘子皮真是一件神器。

蒋赟把它整张打开，凑在鼻子前，跟戴着呼吸面罩似的大口呼吸，居然真的好受许多。章翎和章知诚都不敢和他说话，章翎偷偷看他，蒋赟的样子好吓人，两只眼睛都发了直，仰着脑袋，一张橘子皮摊在脸上，胸口不停起伏着，不知道的人估计得以为这是什么神秘的做法仪式。

车子开了半个小时，费老师家到了，是一个高档排屋楼盘。章知诚领着两个孩子进门，章翎去琴房上课，蒋赟则被他带进会客室。会客室里摆着沙发、圆桌和几把椅子，还有一面很大的落地玻璃窗，窗外是费老师家的小庭院，种着郁郁葱葱的花草。

秋末冬初，屋里开着中央空调，屋外的阳光透过玻璃照进来，体感十分温暖。蒋赟站在落地窗前发愣，对于豪宅的体验又狂升数个层级，他想，这些人究竟是做了什么，才能过上如此优越的生活？

章知诚喊蒋赟在圆桌边坐下，保姆阿姨给他们端来热茶和点心。蒋赟缓了一会儿，晕车带来的恶心感才渐渐消失，他从书包里拿出牛奶和包子，问："叔，我能在这儿吃早饭吗？"

"吃吧，给你十分钟。"章知诚翻开蒋赟带来的物理书和几本作业本，说，"我先看看你的作业，前几天我问过章翎你的大概情况，虽然我是教初中的，但高中物理我也能讲，平时翎翎有一些问题都会和我讨论。我想了一下，初中的知识点我就不给你过了，和高中差异挺大，我先就你们的进度给你总结几类常考的题型，再给你讲讲在这些题型上会有哪几种常见的变形……"

"嗝！"蒋赟打了个响亮的饱嗝。

章知诚抬头看他，惊掉下巴，"你吃完了？"

"嗯。"蒋赟几乎是两口一个包子，此时嘴里还塞得满满当当。

章知诚失笑，"你吃这么快干吗？又没人和你抢。"

蒋赟好不容易把包子咽下去，说："我习惯了。"

章知诚没有备课，第一次一对一家教，重点是考察蒋赟的真实水平，对着他的几本物理作业讲题就行。

他的讲课风格和邓芳很不一样，邓芳为人雷厉风行，讲课时不苟言笑，情绪倒是很饱满，经验也丰富。蒋赟知道邓芳水平不错，无奈他的基础太拉胯，邓芳又不可能顾上所有人，所以导致的结果是章翎、吴炫宇这些人听得很轻松，蒋赟却跟得非常吃力。

而章知诚讲课走的是细腻风，讲究条理清楚，结构严谨，环环相扣，还很幽默风趣。

可能是因为一对一教学，蒋赟发现自己再也不可能糊弄过去，就像章翎说的那样，会就是会，不会就是不会，没听懂就要问，不懂装懂立马会被章老师拆穿，一道题弄懂了，章老师才会继续往下说。

对着几本作业本，两个多小时过得特别快，蒋赟还没反应过来，章翎已经下课了，他觉得收获非常大。

章翎跑进会客室，问："爸爸，你们顺利吗？"

"顺利呀。"章知诚喝了口热茶润润嗓子，笑着说，"蒋赟的水平比我想象中要好，理解力不错，一点就透。"

蒋赟脸红了，不敢抬头看章翎。章翎说："快十二点了，咱们走吧，今天去哪儿吃午饭？"

章知诚问蒋赟："小蒋，你想在外面吃，还是去我们家吃饭？"

蒋赟立刻说："叔，你别管我，你把我带回金秋西苑就行，我回自己家吃。"

"等你回家都几点了呀。"章翎插嘴，"爸爸，外面吃估计不行，蒋赟晕车呢，回我们家吃吧，简单点，吃碗面好了。"

"行。"父女二人又一次把一切都安排妥当，章知诚对蒋赟说，"去我们家吃碗面吧，翎翎平时上完课，我们也都是简单吃点儿。"

回金秋西苑的路上，橘子没有了，下车后，蒋赟撑着塑料袋，大吐特吐。章翎捏着鼻子，在他身边帮他拍背，说："看来以后得准备两个橘子，你也太没用了。"

蒋赟吐得眼泪鼻涕都流下来，心里可惜着早上吃下去的牛奶和包子，还不忘回头呛她："我都说了我骑车去！"

章翎说："你别看我爸爸只开了半小时，那是上的高架桥！我坐公交都要坐一小时呢，等你骑到，我都要下课了。"

蒋赟好崩溃，回过头又是一阵呕。

章知诚带着两个孩子上楼，脱下外套去厨房煮面。蒋赟和章翎在客厅大眼瞪小眼，章翎想到蒋赟前一天的"恶行"，"哼"了一声，果断地溜进了房间。蒋赟理亏，不敢招惹她，只能走进厨房，问："叔，要我帮忙吗？"

"不用。"章知诚正在准备菜料，回头看他，问，"你和章翎怎么了？吵架了？"

蒋赟答不上来，手指无措地抠着裤腿边。

章知诚打量着蒋赟，立冬已过，钱塘的气温一天比一天低，这两天虽是晴天，也有了初冬的寒意。章翎早已在校服里穿上毛衣，这天的外套都是带绒的，而蒋赟还是只穿运动校服，拉链拉得很低，里面是一件薄 T 恤。

章知诚说："天冷了，你穿得太少，这样很容易感冒，家里有毛衣和厚外套吗？"

蒋赟点头，"有。"

"棉毛衫裤呢？"

"也有。"

"有就行，记得穿上。"章知诚从冰箱里拿出几个鸡蛋，嘱咐道，"也不知道为什么，现在的小孩都流行冬天穿单裤，大概是觉得这样很酷？教室里又没空调，怎么受得了？别和自己过不去。"

蒋赟问："叔，你也会穿棉毛裤吗？"

"当然了。"章知诚笑着说，"我又不是铁人，年轻时我也穿啊，从来没有不穿过。"

蒋赟又问："章翎也穿吗？"

章知诚挑眉，"穿啊，她敢不穿，我打她屁股。"

蒋赟"嘿嘿嘿"地笑起来，章知诚看着他傻乎乎的样子，问："你吃几个荷包蛋？"

蒋赟止住笑，懂事地说："一个就行。"

章知诚点头，"知道了，给你煎三个。"

中午的面条果然很简单，菜料就是青菜肉丝荷包蛋，只是蒋赟的碗特别大，其实都不能算碗，是章翎家的一口大砂锅。就算这样，蒋赟也是第一个吃完，连着面汤都给喝得干干净净。

章知诚和章翎一齐看呆，章知诚说："小蒋，你吃饭太快了，这样不容易消化。"

蒋赟抹抹嘴，垂着眼睛说："叔，我真是习惯了，改不过来。"

章翎纳闷，"为什么会有这样的习惯？你就慢点儿吃呗，搞得好像有人和你抢一样。"

蒋赟沉默，脑子里又浮现出痛苦的回忆——吃饭必须靠抢，吃得慢就有可能吃不上，那种绝望的饥饿感折磨了他许多年，哪怕后来被奶奶接回家，吃饭快这个习惯还是改不过来。

也是因为，哪怕回来了，他依旧会吃不饱。蒋赟有时候甚至觉得，他上辈子可能是饿死的，这辈子才会一直奔波在吃饱饭的远大征途上。

吃完午饭，蒋赟主动提出洗碗，章知诚没有阻止。把厨房收拾干净后，蒋赟知道自己必须要走了。

这间房子温暖又明亮，虽然面积和豪华程度远远比不上那位费老师的家，但在蒋赟眼里，这是全天下最漂亮最舒适的一套房子。他越来越喜欢待在这里，可以享受到热空调，能吃到各种好吃的食物，能听到章老师和杨医生温柔地说话，卫生间干净整洁，有抽水马桶，最重要的是，在这里，他时时刻刻都能见到章翎。

但蒋赟也知道，这里是章翎的家，和他没什么关系，他只是一个被善待的小客人。

蒋赟走的时候，章翎站在门口送他，两人都还记得前一天的争吵。蒋赟无数次鼓起勇气想道歉，话到嘴边又给咽了下去。章翎这次也很坚持，虽然和蒋赟说过几句话，但两人并没有冰释前嫌。

最后，蒋赟灰溜溜地下了楼梯，章翎面无表情地关上了门。

章知诚问女儿："你和蒋赟吵架了？"

"嗯，他昨天又发神经。"章翎气恼地说，"我昨天肚子不舒服嘛，本来想回来睡觉，结果我们班班长喊我去 KTV 为合唱选歌，就这么个事儿，蒋赟就发脾气了，不让我去，还说脏话。我叫他不要说脏话，他就和我吵起来了，哎哟，这人真的是好莫名其妙。"

章知诚心想，这哪儿是莫名其妙，分明是关心则乱嘛。

蒋赟回到家，在小小的出租屋里翻箱倒柜，李照香回家时吓一跳，以为家里遭了贼，问："小崽，你找什么呢？"

蒋赟说："找我冬天的衣服。"

李照香从废品堆里扒拉出一个行李袋，"喏，都在这儿呢。"

蒋赟把袋子里的衣服都拿出来，有冬天的毛衣、外套和棉毛衫裤，款式能从少年儿童跳跃到老大爷。他翻出一套相对干净些的棉毛衫裤，拎起裤子看了看，问："奶奶，会不会短了点？"

李照香说："你试试呗，短了我再去问人家要，这套你都穿三年了，一直很合身。"

蒋赟脱掉校裤试了一下，棉毛裤真的短了，裤脚高高吊起，裤裆那里卡得有点紧。李照香围着他转了一圈，说："崽，你是不是长高了？"

蒋赟心里小小地激动了一下，想到一件事，问："奶奶，我爸有多高？"

"你爸呀，大高个儿。"李照香想起自己那短命的儿子，叹口气，"是这附近几个小崽子里最高的一个，比刚子高大半个头呢。"

蒋赟问："过一米八了吗？"

李照香摇头，"那我不知道，我都不懂这种算法。"

蒋赟沉思片刻，大着胆子问："那……我妈呢？她个子高吗？"

李照香立刻拉长脸，气呼呼地说："不知道！你妈长什么样子我都不记得了！小崽，人家都不要你了，你还惦记她干什么？犯贱啊？"

蒋赟大声反驳："我没惦记她！"

李照香骂骂咧咧地走了出去，蒋赟默默叹气，他的遗传身高，估计这辈子都没法算出来。

周一上学，蒋赟和章翎谁都没服软，不能算冷战，但彼此之间说话做事都板着个脸，再也没有打打闹闹。

汤子渊悄悄问薛晓蓉："后面两位又怎么了？"

薛晓蓉说："你弟弟又作死呗。"

汤子渊哀号，"我的妈呀，这都第几回了？"

因为这样诡异的局面，蒋赟送章翎晚自习回家的事自然搁浅，谁都没再提。章知诚大为放心，继续乐呵呵地做起他的"护花使者"。

连着周三发苹果，章翎都没给蒋赟，硬是塞给了汤子渊，汤子渊拿得战战兢兢，总觉得自己会被蒋赟打死。蒋赟心里好后悔，这是他头一回没拿到章翎的苹果，觉得这次真是作了个大死，也不知道章翎啥时候才能消气。

周五下午的班会课，邓芳说讲一下十二月底文艺会演的事，班委已经选好大合唱曲目，大家要把歌学一下，男女生分一下歌词，由许清怡统筹安排，萧亮配合。说完后，邓芳就离开了教室。

蒋赟之前并不知道这件事，一听是大合唱，顿时来了精神。

许清怡俏生生地走上讲台，把歌曲名告诉给大家，是一首励志歌曲《我相信》，并不难唱，算是耳熟能详。

章翎知道选这首歌是男生们的主意，那天在 KTV 就听萧亮和刘陈飞把几首励志向歌曲车轱辘地听，觉得很正常，大合唱嘛，肯定是要选好唱的歌。可是许清怡接下来的话，就令她不那么淡定了。

许清怡说："这首歌我们会分男女声部，然后有两个领唱，男女各一个，男生领唱是班长，女生就是我。一会儿我把歌词发给大家，听过的同学请回家把歌词背出来，没听过的也请尽快熟悉一下，下周一的自习课，我们会先把歌过一遍。"

章翎坐在座位上，看许清怡在台上布置任务，她漂亮又自信，同学们似乎也没有意见。章翎知道自己不应该多想，这本来就是一件学习外的小事，是让大家放松精神的一种调剂，是快乐的集体活动，所以她连选歌都没参与，一切随大流。

可是唯独领唱，是她在乎的，却没有任何人通知过她，哪怕只是简单问一句。章翎心里很不是滋味，她想，他们就这样决定了吗？

这时，身边的蒋赟突然高高举手。

大家都向他看去，讲台上的许清怡一愣，戒备地看着蒋赟，不知道该不该问他为什么举手，蒋赟却已经站了起来。

许清怡不得不开口："蒋赟，你有问题吗？"

蒋赟说："有啊，我就是想问，为什么主持人竞选时要搞班级内投，领唱就不用？都随你们说了算吗？"

许清怡一时被噎住，萧亮走上台，说："领唱只有一男一女，每人也就唱四句，并不多，谁上都一样。你想唱，男生那几句我可以让给你。"

蒋赟说："我不想领唱，我就是问问，女生呢？能竞选吗？"

萧亮看了章翎一眼，说："能啊，谁要竞选，报名就行。"

许清怡心里着急，拉了一下萧亮的衣袖，对着蒋赟解释道："是这样的，上次主持人竞选，女生都没人报名，只有我一个，那个可比这次重要多了，所以这次领唱，我和班长商量后就直接定了，不想浪费大家时间。而且上周在 KTV 选歌，女生也只有我一个人唱了，大家都说自己唱得不好。当然，我知道很多人没去 KTV，那……行啊，谁要竞选领唱，就报名呗，可以内投啊。"

她知道别的女生不会与她争，那就是自取其辱，唯一的竞争者就是章翎，但她觉得章翎不会报名。

她多清高啊！拒绝竞选班长，拒绝竞选主持人，在 KTV 又拒绝唱歌。许清怡搞不清章翎的路数，潜意识里觉得章翎一直在逃避与她竞争。

别的不说，在文艺方面，许清怡相当自信。

萧亮说章翎小学时文艺才能很出众，在学校里出尽风头，但那话的重点难道不是"小学"吗？章翎现在一点儿也不起眼，除了学习好，许清怡就没看出她有哪些拿得出手的才艺，什么弹琴、唱歌、主持……始终只是"听说"，班里有谁真正见识过？

许清怡看向章翎，那个女孩依旧文文静静地坐在座位上，扎着一个小辫子，戴着一副大眼镜，神色平静地与她对视。

蒋赟听完许清怡的话，清了清嗓子，抬眼看着天花板，也不知道在问谁："听到了吗？可以内投啊，那，有人报名吗？"

教室里鸦雀无声，薛晓蓉回头看了一眼章翎，心想，章翎肯定不会报名，她才不会在这种小事上去和班花争个高低。萧亮也是一样的想法，所以这次他问都没问章翎，毕竟老被拒绝很没面子。

所有人都和他们想的一样，大家对章翎拒绝主持人竞选的那一幕记忆犹新。然而，出乎所有人的预料，章翎站了起来，大大方方地说："我报名，竞选女生领唱。"

蒋赟偏过头，笑了。

章翎说过，争取，是针对自己想要的东西，她想要的东西一定会去争取。她愿意放弃，就说明那个东西她并不在乎。

她说的每一句话，蒋赟都记得一清二楚。他看着讲台上蒙了的许清怡和萧亮，重新坐下，深藏功与名。

章翎依旧站着，问："规则是什么？我听你们的。"

哪里有什么规则？萧亮和许清怡你看我，我看你，萧亮犹豫着说："要不，你俩各唱几句？大家投票。"

章翎说："可以，唱什么歌都行吗？"

　　许清怡脸色极其难看，心里认准了章翎就是在针对她，想要在全班同学面前让她难堪。许清怡知道自己小瞧章翎了，她的心机真的好深啊！可许清怡已是骑虎难下，只能应战，说："唱什么都行，你先来。"

　　"好，那我唱了。"章翎没有离开座位，就站在原地，简单报了个幕，"我唱王菲的《人间》，从第二段开始。"

　　她也没做什么准备，双手负在身后，张嘴就唱了起来。

　　时隔三年，蒋赟脑海中魂牵梦萦的天籁之声，终于又一次真实地飘响在他耳边，如记忆中那般空灵清透，婉转动人。他都不敢仰头去看章翎，胸腔里的心脏擂鼓般地振动着，便干脆闭上眼睛，用心聆听。

　　不是所有感情都会有始有终
　　孤独尽头不一定惶恐
　　可生命总免不了，最初的一阵痛
　　但愿你的眼睛，只看得到笑容
　　但愿你流下每一滴泪，都让人感动
　　但愿你以后每一个梦，不会一场空
　　天上人间，如果真值得歌颂……

　　"好了，可以了。"许清怡开口打断章翎的演唱，章翎便停了下来。蒋赟意犹未尽地睁开眼睛，教室里安静几秒，突然间，爆发出一阵掌声。

　　"哇——好好听啊！"

　　"清唱都这么好听，真是绝了。"

　　"王菲的歌不好唱呢。"

　　同学们也说不出什么专业点评，最直观的感受就是——好听！

　　薛晓蓉回过头来，激动得脸都红了，"章翎，你唱歌怎么这么厉害？"

　　章翎笑笑，看了许清怡一眼后，坐了下来。蒋赟转头看她，听着同学们叽叽喳喳的议论声，心里酸溜溜的，啊，他的宝藏终于被人发现了。

　　章翎在 KTV 听过许清怡唱歌，感觉就是……不是每一个会弹琴的人，唱歌便一定好听。这事儿是讲天赋的，如同老天给了许清怡一张漂亮的脸，回过头就给了章翎一副丑嗓子。章翎不知道自己能不能获胜，毕竟许清怡有颜值加分，但她确信，光论唱功，许清怡没法和她比。

　　蒋赟没听过许清怡唱歌，这时候还挺期待，他已经准备好他的那一票，倒要看看许清怡打算怎么和章翎 PK。

但是许清怡并没有唱，在全班眼皮子底下，她又哭了。这真是章翎和蒋赟没想到的。许清怡红着眼睛，像是极力忍住泪意，对萧亮说："女生领唱就给章翎吧，我不参加了。"

说完，她就捂着嘴一头冲出教室，大家已经能听到她压抑不住的呜咽声，全班傻眼，萧亮赶紧追了出去。

章翎和蒋赟面面相觑，蒋赟挠挠头发，不解地问："她是不是有病？这有什么好哭的？"

章翎翻开作业本，像个没事人似的开始做作业。

姚俊轩坐在座位上，望着教室门发呆许久。

十分钟后，邓芳走进教室，一脸的无可奈何，身后跟着萧亮和许清怡。美少女已经止住眼泪，红着脸颊，神情委屈。邓芳来做和事佬，拍板决定领唱改为四人，两男两女，章翎和许清怡都是女生领唱，男生还差一个，大家自愿报名。

最后，王波成了另一个男领唱，这事儿才算告一段落。

在食堂吃晚饭时，蒋赟排在章翎身后，章翎正和小伙伴们聊着天，蒋赟看着她动来动去的后脑勺，想了半天，抬起手拉了拉她的小辫子。

章翎："哎哟！"

高中生还能做出这种奇葩事的，有也仅有一个了。

章翎摸着头发，回头怒视蒋赟，"你干吗？"

蒋赟被她吼得一怔，小声说："放学后，我想请你喝奶茶。"还没等章翎说话，他又补充了一句，"是我之前打工赚的钱，还有多。"

章翎已经知道父母资助蒋赟吃饭的事，抿着唇不吭声，蒋赟观察着她的脸色，更小声地问："去吗？"

"哦。"章翎说完，瞪他一眼，"你别再扯我头发。"

她回过头去，蒋赟眨眨眼睛，又飞快地扯了下她的辫子，在章翎跳起来前就溜出队伍，一脸无辜地排到隔壁队尾。

三个小伙伴都在憋笑，章翎重新把辫子扎好，嘀咕道："幼稚鬼。"

她拿出手机给老爸发消息，让他晚上不用去车站接她放学。章知诚没多问，只回了一句："好，知道了，路上小心。"

晚上下课，章翎背着书包坐上公交车，五站路后，在第四医院站下车，蒋赟已经推着自行车等在站台上。

夜晚风很大，气温比白天降了好几度，章翎围着围巾，校服里穿着厚毛衣，看蒋赟难得地把拉链拉到领口，问："你是不是没穿毛衣？"

蒋赟"嗯"了一声，那些毛衣他都看过了，要么太大，要么太小，要么就破了好几个地方，被李照香打了几块补丁，实在是没眼看。

章翎光用想的都觉得冷，问："你不冷吗？"

蒋赟说："还好，十二月再穿。"

章翎无语，"明天就是十二月了。"

"哦。"蒋赟望向马路前方，车灯和霓虹灯交相闪烁，扯开话题问："你是走天桥，还是……我带你？"

章翎说："走天桥。"

"哦。"蒋赟失望地垂下眼睛，"那我骑过去，你在那头等……"

还没说完，章翎已经扒下他背上的书包，笑起来，"逗你呢，你这人好磨叽，快上车。"

蒋赟愣愣地看了她一会儿，终于抬腿跨上自行车，章翎在后座上坐好，拍拍他的背，"走吧。"

自行车"哐当哐当"地往前骑，章翎仰起脑袋看蒋赟的后脑勺。他前些天又剪过一次头，算是修了一下，还是微卷，但比之前野蛮乱长的一头卷毛稍微有了点型。章翎看了好一会儿后，恶趣味陡生，抬手摸上了蒋赟的脑袋。

蒋赟吓一大跳，车子立刻乱晃，大叫："你干什么？！"

章翎说："只准你拽我辫子，不准我摸你头发吗？"

蒋赟："你摸之前能不能说一声！吓死老子了。"

章翎挑眉，"你说什么？"

蒋赟："吓死……我了。"

"哼。"章翎已经心满意足地收回了手，老妈摸过蒋赟的卷毛，她一直好奇，不知道手感如何，现在终于如愿以偿。蒋赟的发质并不硬，因为天然卷，又不打理，就有点干燥蓬松，摸着毛茸茸的，手感还不错。

自行车到了奶茶店前，章翎跳下车，和蒋赟一起站到柜台前。蒋赟还是头一回自己买奶茶，看着琳琅满目的价目表毫无头绪，问："你喝什么？"

章翎看着一块新品介绍牌，说："这个珍珠麦香，第二杯半价哎。"

蒋赟也凑过去看，问："你喜欢吗？"

章翎冲他笑，"新品，没喝过，试试呗。"

蒋赟说："你别给我省钱。"

又是这句话，章翎叹气，"谁给你省钱啊，人家店里搞的活动。"

珍珠麦香奶茶很烫，有着浓浓的小麦香，两人一人捧一杯，在路边站着喝，章翎尝过后说："挺好喝的，你觉得呢？"

蒋赟点点头，他连没味儿的大白馒头都很喜欢，甜甜的奶茶怎么可能不好喝？章翎抬眸瞅瞅他，说："今天下午，谢谢你。"

蒋赟莫名其妙地看着她，"谢我什么？"

"要不是你举手，我就不能做领唱了。"

蒋赟失笑，"这有什么。我知道你脸皮薄，不会去和他们掰扯。我当时都想好了，如果你不接我的话，丢脸的也就是我，无所谓。"

章翎问："你怎么知道我想做领唱？"

蒋赟笑了一下，"我猜的，而且，我一直想听你表演唱歌，就想赌一把。"

章翎努努嘴，"也就两句。"

"够了。"蒋赟喝光奶茶，丢进路边的垃圾桶里，章翎还在喝，蒋赟看着她，问，"你还生我气吗？"

章翎装傻，"我什么时候生你气了？"

蒋赟低声道："我从小，就……讲话吧，袁家村都是大老粗，那个……我很多时候就是习惯了，讲话会不过脑子。"

章翎说："慢慢改吧。"

"我以后会注意的。"蒋赟说着，还是有点不服气，"可是那个乔嘉桐，他真的也说脏话！男生都会说，不是只有我一个。"

章翎反驳："哪有啊？我爸爸就不说。"

蒋赟不敢吱声了，的确，他都没法想象章老师说脏话是什么样子。看来，章翎喜欢斯文有礼的男孩子，对标自己，蒋赟觉得这个要求简直和考试进步的难度一样高。

喝完奶茶，蒋赟骑车送章翎回家，西北风从前方吹过来，蒋赟挺直腰背，尽可能地帮章翎挡风，不忘问一句："冷吗？"

章翎抱着他的书包，缩在他背后，回答："不冷。"

蒋赟一直把章翎送到单元门口，章翎上楼前，蒋赟叫住她，问："上次和你说的事，你问过你爸爸了吗？就……送你回家。"

章翎歪过脑袋，笑得很灿烂，"你不已经在送了吗？"

蒋赟一愣，摸着脑袋傻笑起来。

章翎走上楼梯，蒋赟依旧推着自行车在楼下等，女孩在三楼北阳台探出身来向他挥手，蒋赟也挥挥手，等到楼梯里的声控灯灭掉，才骑车离开。

（2）

周末，来自北方的冷空气席卷钱塘，气温又断崖般地下降了几度。一夜之间，五中的学生们都在校服外穿上了厚外套，有羽绒服、棉衣、冲锋衣……颜色五彩缤纷，款式新潮时尚。

蒋赟没有像样的外套，唯一一件一点都不破的是件黑色棉衣，还是钟叔这个年龄段的口味。他没办法，只能穿这件上学，在教室里碰见姚俊轩，姚俊轩身上也是一件老头味十足的深色厚外套，两个少年看着对方，都在心里叹了口气。

日子一天天地过去，蒋赟的学习状态和班里同学越来越同步，每天认真听课、做作业，参加晚自习和周六补课，周日去章翎家搭车，上一堂免费的物理科家教课。

他依旧会晕车，章翎每次都给他准备两个橘子，蒋赟认领橘子皮，橘子果肉则被章翎和章知诚分着吃掉。上完课，章知诚会叫蒋赟回家吃午饭，三个人时吃得比较简单，有时候杨晔也在，章知诚就会做得丰盛一些。

蒋赟甚至吃到了大闸蟹，这可是钱塘人在秋冬季节钟爱的美味，对蒋赟来说绝对算是奢侈品。杨晔很喜欢吃蟹，章知诚每次都蒸六只，他和章翎一人一只，杨晔和蒋赟一人两只。

吃蟹很麻烦，杨晔吃得慢，命令小卷毛不准加速，陪她一起剥蟹壳。于是，蒋赟被迫成了吃饭垫底，和杨医生面对着面慢条斯理地嗦蟹脚。章翎还用手机偷偷给他们拍了一张照，刚巧拍到蒋赟的腮帮子都嗦得凹了进去。

她发给"只为你堕落"。

菲羽：**餐桌上的一道风景。**

只为你堕落：……

蒋赟觉得，不仅吃饭慢了下来，连着生活节奏都在一天天地变慢。最近的每一天，过得就像他的自行车轮，吱嘎乱响，却行进得缓慢又稳当。

十二月中旬的单元测验，蒋赟每门功课都有进步，物理更是考了七十八分，超过了班里的平均分。邓芳高兴得差点敲锣打鼓，自掏腰包买来两条围巾，给蒋赟和姚俊轩一人一条，让他们注意保暖，不要着凉。

上学真是一件好轻松、好快乐的事，每天晚上，蒋赟会在第四医院公交车站等章翎，她下车后，会摘掉他的书包抱在怀里，接着坐上他的自行车后座。

蒋赟骑着车，目视前方，身后载着他最珍视的女孩，还有两个笨重的书包，每踏一脚都很吃力，但在他心里，这是甜蜜的负担，是神仙才能过的日子。

经过领唱风波，许清怡在班里低调了许多，一直认认真真地组织大家排练大合唱。几周之后，节目已经排得很顺，邓芳听过后表扬了她，许清怡借机和邓芳讨论起表演服装的事。

她想买适合登台的演出服，已经选好几套款式，都是亮闪闪、花里胡哨的。她兴冲冲地拿给邓芳看，邓芳看过后，没有同意，对许清怡说："我们班有家境困难的同学，买这样的衣服，只能穿一次，不合适。校服里不是有一套正装吗？穿那个就行。"

许清怡试图争取，"邓老师，我打听过了，好几个班级都是穿那套校服，如果要拿奖，合适的演出服是会加分的。"

邓芳依旧否决："没必要，拿不拿奖不是重点，下个月就要期末考了，许清怡，你要在学习上再加把劲才行。"

许清怡最近一次物理测验没及格，被邓芳一说立刻羞红了脸，小声说："我以后是学文的。"

邓芳看着她，"会考总要考吧？调班也要看理化，你至少要及格啊，蒋赟的物理都进步很多了，他历史政治可没不及格。"

"我会努力的。"许清怡咬着唇，还是不死心地问，"邓老师，如果蒋赟和姚俊轩同意买演出服，也不行吗？"

邓芳说："你这不是强人所难吗？"

许清怡急道："他俩演出服的钱，我来出！这总行了吧？"

从小到大，许清怡都是人群中的焦点，在学校从未如此憋屈过。开学至今，因为没有音乐课，她除了加入礼仪队，作为礼仪小姐参与过颁奖，作为文艺委员还没有任何建树。文艺会演是她打的第一仗，她迫切地想获奖，就跟章翎参加登山跑和运动会获奖一样，许清怡也想被人肯定。

离开办公室，许清怡就去找章翎，把她叫到走廊上，将事儿挑明，"邓老师同意我们买演出服了，但是蒋赟和姚俊轩的服装费，不让他们出，我和你商量一下，一套大概是一百出头，我出姚俊轩的，你出蒋赟的，行吗？"

章翎听完许清怡的话，问出邓芳的同款疑问："校服里不是有一套正装吗？很适合登台的，为什么要买演出服？"

许清怡说："大家都穿校服，就没有亮点了呀！我们班想要脱颖而出，除了唱得好，服装也要考虑进去啊。"

章翎想了想，说："我觉得这事不仅仅是蒋赟和姚俊轩的问题，你得问问全班的意见，肯定不是人人都想买。一百多块也不少了，买来的衣服平时没法穿，就是浪费。"

许清怡气坏了，"就这么点钱你都计较？你和蒋赟不是很要好的吗？你是不是不愿意给他出钱？"

章翎平静地说："你没理解我的意思，要不这样，你在班里搞个投票，如果超过一半人同意买演出服，蒋赟的那一份就由我来给，如果没超过一半，那我们就穿那套正装。"

"又投票？"许清怡简直要得投票恐惧症了，气鼓鼓地说，"算了，就当我没问！

到时候拿不了奖，邓老师怪起来可别把锅扣我头上。"

说完，她腰一扭就回了教室。

章翎打从心底里不想买演出服，她并不在乎这一百多块钱，也愿意为蒋赟掏，就是纯粹觉得很浪费。如果可以，她宁愿给蒋赟买一件好一点的厚外套，他身上那件黑棉衣很薄，尺码还偏大，章翎每天看着他冻红的手，心里都酸酸的。

她把想法告诉了爸爸妈妈，可他们不同意。章知诚对章翎说："蒋赟有衣服穿，我们帮助他，要把握好一个度，不能越界，要不然会伤了他的自尊心。"

章翎明白父母的苦心，但心里还是不痛快，她数着自己攒下来的零花钱，打算在圣诞节或元旦时，借口送礼物，给蒋赟买一件新衣服。

另一边，许清怡对赵思婷和沈漫吐槽这件事。

赵思婷是她的忠实小跟班，生气地说："章翎怎么老和你作对啊？"

许清怡郁闷地说："真的好烦，我都说我愿意给姚俊轩出钱了，她都不愿意给蒋赟出！还阴阳怪气地要我搞投票，有病啊！你们说，穿漂亮衣服上台，谁会不愿意？"

赵思婷："就是！谁要穿校服啊！"

沈漫不吭声，因为她一点也不想买演出服。许清怡选的演出服特别挑身材，赵思婷个子高，许清怡脸美身材好，穿什么都好看，而沈漫个子矮，腰还有点粗，那样子的演出服，她穿起来肯定不好看。

但她不敢说。

这件事不知怎么传了出去，连男生们都知道了。

周四上午的体育课，蒋赟坐在篮球场边上，身边是班里几个候场的男生，正叽里呱啦地聊着天。

"你们愿意买吗？演出服。"刘陈飞问。

汤子渊说："我不想买，我弟弟上个月运动会刚买了班服，就穿过一次，我妈一直念叨，我再问她要钱，她不得骂死我啊。"

杜善杰也同意，"这么奇形怪状的衣服，我穿着就跟个小丑一样，才不买呢。"

王波仰头看天，"班长说最好都同意买，要不然班花又得哭鼻子。"

几个男孩顿时唉声叹气，许清怡的脸就是直男斩，十五六岁的小少男们根本难以抗拒她哭得楚楚可怜的模样。

刘陈飞看向蒋赟，大声问："痘神，你同意买演出服吗？"

蒋赟瞟了他一眼，压根儿没打算理人，刘陈飞笑着说："其实你同不同意无所谓，如果要买，你那份的钱，学委会掏。"

蒋赟一下子就看向他，"你说什么？"

"你不知道吗？"刘陈飞说，"学委和班花说好了，班花对老姚负责，学委对你负责，哎呀，你和老姚真是艳福不浅啊。"

说完，几个男生都嘿嘿嘿地怪笑起来。蒋赟怔了几秒，突然一跃而起，向着乒乓球场地冲去。

章翎正和三个小伙伴打乒乓球，看见蒋赟神色不善地跑过来，心里一跳，问："怎么了，蒋赟？"

蒋赟看了一眼薛晓蓉三人，说："你出来，我有话和你说。"

章翎跟着他走到场外，两人面对面站好，蒋赟就发作了，"谁说我的演出服要你出钱了？我是穷！但还没穷到这份上！"

章翎立刻明白了，好声好气地解释："演出服还没确定买不买呢，我是倾向于穿校服，如果最后真的要买，我是想……"

"你想给我掏钱？"蒋赟瞪大眼睛，"你凭什么给我掏钱？咱俩什么关系？你爸妈帮我掏饭费，你还管我穿衣服？我知道你爸妈帮助我是看我可怜，我以后一定不会让他们失望！但是章翎，你也可怜我吗？"

这是他心中一直以来的疑问，在一件件小事以后，越来越搞不清楚。章翎对他是真的好，所有人都看得出来，她帮他讲题，送他苹果吃，在发现他不见了以后下山去找他，在同学刁难他时帮他说话。

还有别人看不到的时候，她关注他的脚伤，陪他去医院看病。每天晚上，她愿意坐上他的自行车，让他送她回家。每周日他们都会见面，一起坐章老师的车，一起吃午饭。

他会进章翎的房间玩，她把自己喜欢的书借给他看，拿零食给他吃，给他讲她有多喜欢王菲，梦想就是去看一场王菲的演唱会。

蒋赟觉得自己和章翎已经成为好朋友，他从不奢求章翎对他会有别样的情愫，甚至愿意接受章翎对乔嘉桐的那点小心思，因为他的确不够好，硬条件软条件，哪哪儿都是一团糟，别说乔嘉桐了，他连萧亮都比不上。

但是，他绝不能接受章翎对他的好是因为——可怜他。

同情和怜悯，是蒋赟最不稀罕的东西，当这种情绪从别人眼睛和嘴巴里流露出来时，他还能装作看不见、听不见。如果对方是章老师和杨医生，他勉强能接受，因为章老师曾经有过和他类似的经历。章翎父母对他的好，是一种传承，蒋赟发誓自己也会传承下去。

可如果对方是章翎，她对他释放的善意只是因为可怜他，蒋赟简直会羞愤地死掉。

只是一件演出服，一两百块钱，对他而言的确是一笔"巨款"，但也不是没能力靠自己去得到，大不了花几个周末去送水。为什么，章翎连商量都不商量，就答应帮他掏这个钱？还搞得全班都知道？

蒋赟没能得到章翎的回答，因为他发现，女孩子看着他的眼睛里写满了困惑。那种困惑令蒋赟绝望，他似乎知道了章翎的答案，她是不是在心里说：是啊，我就是可怜你啊，要不然呢？

如果不是可怜你，为什么要对你好？你成绩差，家里穷，长得不高又不帅，讲话还粗俗，我是疯了还是傻了，要对你好？

蒋赟的心沉了下去，章翎看见他的表情突然由愤怒变得悲伤，心里困惑更甚。其实，她也在问自己，她和蒋赟究竟是什么关系？她对他好，真的是可怜他吗？如果不是可怜他，那又是为什么呢？

章翎发现自己很难回答这个问题，只能选择沉默。

于是，在她的沉默中，蒋赟缓缓摇了摇头，说："我不用你给我掏演出服的钱，也不用你可怜我，这事儿你不准和你爸妈说，你要是说了，咱俩就绝交。"

说完，他就走了。章翎看着他清瘦又倔强的背影，差点要出声喊他，最后还是忍了下来。

这天晚上，蒋赟没有参加晚自习，下午放学后就离开了学校。他来到水站，和刚子叔说自己需要一百五十块钱，要打几天零工，刚子叔同意了，洪姨语调怪怪地说："你们学校不是有食堂吗？你以后吃过晚饭再来吧。"

蒋赟说："我懂，洪姨，这几天你们不用管我饭。"

将近两个月没有送水，蒋赟突然之间重操旧业，觉得万分吃力。以前看到订单上六楼、七楼的客户，他都没什么感觉，干就完事。可现在，把沉重的水桶扛到肩上，看着眼前高高的楼梯，他心里竟发了虚。

害怕左脚再受伤；害怕落下功课，成绩退步；害怕被章老师和杨医生知道，让他们失望；害怕章翎会猜出他隐秘的心意，骂他自作多情，从此与他保持距离。

思前想后，没有退路，一百五十块钱，拼几天就有了。蒋赟咬咬牙，手臂用力稳住水桶，抬脚迈上了楼梯。

夜里收工回家，蒋赟累得浑身像要散架，拿了换洗衣裤去淋浴间洗澡，洗到一半时他怒骂出声："哪个王八蛋把热水都洗完了？！"

于晖买的热水器蓄水量有限，蒋赟洗之前没注意热水余量，这时候浑身泡沫，花洒里只剩冰凉的冷水。骂人也没用，十二月的天气，蒋赟只能跳着脚、浑身哆嗦着用冷水把泡沫冲干净，穿好衣服回屋做作业。

他已经很久没有熬夜做作业，生物钟越来越规律，每晚都是复习到十一点入睡，早上六点四十分起床，可今天，他一直写到凌晨一点半，才打着哈欠爬上床。

第二天起床时，蒋赟就发现身体不对劲，头晕、鼻塞、嗓子痒——他被昨晚的冷水澡冻成了感冒。

这天是周五，蒋赟因为身体不舒服，到学校后就和章翎说了一句话："我感冒了，你别和我说话，会传染。"

章翎听着他浓浓的鼻音，关心地问："怎么回事啊？是着凉了吗？"

蒋赟瓮声瓮气，"说了别和我说话！"

章翎噘起嘴，好嘛，不说就不说，这么凶干什么？

下午的班会课，许清怡带着班里所有人去体育馆，第一次为大合唱排队形，让男女生们由矮到高排队。蒋赟脑子昏昏沉沉，从中午开始，他就觉得自己发烧了，还有点不敢相信，因为他向来皮实，已经很多年没有感冒发烧。

晕车也会难受，但那种难受和发烧不一样。蒋赟强撑着精神排队，被人拽着胳膊拖来拖去，"你在这儿，你比汤子渊高。"

"再往后，吴炫宇，你和蒋赟换个位置，他比你高。"

吴炫宇乖乖往前站，蒋赟愣了一下，倏地站得笔直。又听到萧亮说："蒋赟再换，到杜善杰后面。"

哇哦！蒋赟突然短暂地头也不晕眼也不花了，那几个男生开学时都比他高，现在统统排他前面去了？

啊，他是不是已经过了一米七？这破学校到底什么时候体检啊？

大合唱的队形分四排，第一排是四位领唱，第二排是全女生，第四排是全男生，中间第三排男女混合，男生在中间，女生在两边，蒋赟就是站在中间偏左位置的一个，他的正前方，就是章翎。

四位领唱在前面看着全班同学，讨论如何微调队形。许清怡小声地对萧亮说："蒋赟不好看，在中间太扎眼，要不把他换去第四排边上？"

萧亮说："行。"

"为什么？"章翎问，"那刚才排身高还有什么意义？"

许清怡说："学委，你应该知道，大合唱也有印象分的。"

章翎看了一眼蒋赟，男孩子正无精打采地垂着脑袋，她冲他大叫："蒋赟！打起精神来！"

蒋赟突然被点名，吓得虎躯一震，瞬间挺直了腰背。同学们叽叽咯咯地笑成一片，蒋赟垮着脸，瞪了一眼章翎。

章翎被他瞪得莫名其妙，转头对许清怡说："我没觉得蒋赟不好看啊，到时候会化妆，给他脸上打点粉就行了，他五官又不差。"

许清怡呵呵笑，"你那是情人眼里出西施。"

章翎眼神凌厉地盯着她，许清怡渐渐止住笑，别过头说："不换就不换，玩笑都开不起，哼。"

排完队形，许清怡带大家练了两遍歌，快下课时，终于说到演出服的事。她没有搞纸上投票，而是一本正经地说："买衣服是为了班级荣誉，邓老师已经同意，所以我来征求大家的意见，少数服从多数，不同意买演出服的人请举手。"

这骚操作……同学们都傻了眼，没人敢第一个举手。章翎很佩服许清怡精巧的心思，但还是果断地举起了手。见她举手，薛晓蓉、孙妙岚和李婧都举了手，她们私底下讨论过，买衣服只是锦上添花，如果唱得不行，打扮成王子公主都白搭。

有人领头，汤子渊、杜善杰和吴炫宇也举了手，刘陈飞看一眼萧亮，右手抬起放下，抬起放下，最后还是举了起来。蒋赟没再固执己见，遵从本心高高举手。

沈漫站在纯女生那排，想举又不敢举，差点纠结死。

越来越多的人举手，许清怡的脸色也越来越难看，她望向姚俊轩，出乎意料，姚俊轩一直没举手。

最后，举手的人是二十七个，超过半数，买演出服的事彻底歇菜。沈漫心里高兴极了，蒋赟也松了一口气。

看许清怡一脸要哭的表情，萧亮头都大了。章翎走到许清怡身边，说："其实还有个办法，我们四个领唱各买一套演出服，后面的同学只要着装统一，精神风貌好，整体效果一样出彩。"

许清怡低头想了想，冷冷地问："你为什么不早说？"

章翎愕然，"哈？"

晚上，蒋赟又没参加晚自习，但他不是去打工，而是回家睡觉，实在是撑不下去了。

混混沌沌地睡过一个晚上，蒋赟悲催地发现自己并没退烧，反而病得更加严重。他没有犟到带病去补课，给章翎发消息，说自己发烧了，周六请一天假，周日家教也暂停，周一再去学校。

五中教学进度很快，离期末还剩一个月，高一上半学期的课程大多数学科已经上完。周六上午的课，邓芳和潘老师各发一套卷子，说是高一上的综合卷，让大家下午自习时做，准备为期末考冲刺。

章翎帮蒋赟领了卷子，邓芳问她："蒋赟生病严重吗？"

章翎说："我不知道，他只说他发烧了。"

邓芳懊恼，"臭小子肯定是穿太少，着了凉。你平时也劝劝他，换件外套穿穿，他那件衣服薄得就剩两片布，里头的定型棉都快漏完了。"

章翎垂着眼睛，"我知道了。"

这两天，她和蒋赟之间气氛怪怪的。蒋赟借口感冒要传染，都不和她说话，章翎主动对他开口，他也是一副"懒得理你"的模样，次数多了，章翎也就不理他。

反正，从开学到现在他俩一直是好了吵，吵了好，好了又吵。卷毛同学阴晴不定的坏脾气人尽皆知，连薛晓蓉都知道怎么对付他，晾他几天，他包准会来讨饶。

不过这一次有点不一样，蒋赟生病了，昨天一整天都蔫蔫的。章翎思考以后，问邓芳："邓老师，需要我去看看蒋赟吗？顺便把作业给他带去。"

邓芳说："也行，你是学习委员，又是他同桌，去看看他，他应该会很感动。"

章翎倒不是为了让蒋赟感动，他俩还在"冷战"呢，章翎只是……有点担心他。

得到邓芳的允许后，她给蒋赟发消息。

菲羽：发卷子了，我给你送过来，你家住哪儿？地址给我。

菲羽：你在睡觉吗？我下午不自习了，去你家看你。

菲羽：蒋赟？

菲羽：小卷毛小卷毛，你还活着吗？

章翎一直没收到蒋赟的回复，只能再去找邓芳，问她要蒋赟家的地址。邓芳说："他家房子是租的，在袁家村，我不知道开学后他搬没搬过家。"

章翎说："应该没有，他没和我说起过。"

于是，邓芳找出蒋赟在开学时填的住址，叮嘱章翎："下午去可以，晚上千万别去，那个地方治安不太好，看完他后回到家记得给我发个消息。"

章翎吃完午饭就离开学校。袁家村要比第四医院远一站，下车后，章翎在一家水果店买了一串香蕉，看到边上有一家卖包子的小店，又买了五个大肉包，这才走进袁家村。

袁家村的地形相当复杂，自建房盖得乱七八糟，门牌号码形同虚设，完全没有规律。章翎在里头转了半天，愣是没找到蒋赟家，手机里，他也一直没回复。

章翎走着走着看到一家水站，眼睛一亮，拿着地址去问里头的中年男人："叔叔，请问您知道这个地址在哪儿吗？"

看店的正是刚子叔，他看过地址，说不清楚，他们这儿都不用这些门牌号。章翎灵机一动，问："我是找蒋赟家，蒋赟，我是他同学，叔叔您知道吗？"

刚子叔摇头，"蒋赟？不知道，没听过。"

正在水站做作业的晓晓突然抬起小脑袋，大叫："我知道！姐姐我知道！蒋赟就是小斌哥哥！"

晓晓正懒得做作业，自告奋勇带章翎去蒋赟家。上小学二年级的小女孩一路蹦蹦跳跳，骄傲地说自己有文化，知道蒋赟的名字怎么写，怎么念，还知道它的意思。

章翎笑着问："那我考考你，我的名字你知道怎么念吗？"

她把自己作业本上的名字拿给晓晓看，晓晓一看就乐了，"这是'翎'！小斌哥哥教过我的，我们还一起翻过字典！这是鸟屁股毛的意思！"

晓晓把章翎带到于晖家的院子前，指着蒋赟家的房门给她看，章翎掰下一个香蕉给她，小姑娘又蹦蹦跳跳地回去了。

章翎走进院子，打量了一下四周环境，去敲蒋赟家的门。

"咚咚咚，咚咚咚。"敲过几声后，门开了，一个留着花白短发的老奶奶站在章翎面前，扯着大嗓门喊："你找谁啊？屋里有人睡觉呢！"

章翎看清老奶奶的脸后，彻底傻眼了。

（3）

从盛夏到严冬，章翎已经由短发改为扎辫子，校服外还穿着红色羽绒服，在李照香眼里，就是个戴眼镜的乖巧学生妹，和大街上其他学生妹没什么两样。老人家记性差，李照香已经完全不认得章翎了。

门是半开的，章翎看不见屋里的情景，只感觉黑漆漆的，应该是拉着窗帘。同时，她还闻到一股难闻的味道，像是路过垃圾桶时的那种气味。她看着李照香的脸，心中疑窦丛生，嘴里却说："奶奶您好，请问这里是蒋赟家吗？我是蒋赟的同学，来给他送作业。"

"哦，小崽在睡觉，发烧了。"奶奶把门拉开了些，"进来吧，屋里乱，你随便坐。"

章翎走进门，把香蕉和热包子交给奶奶，"我知道蒋赟生病了，这些是买给他的，奶奶，您是蒋赟的……"

李照香觉得她的问题很奇怪，"我是他奶奶呀。"

"亲奶奶吗？"

李照香一瞪眼，"这叫什么话？还能是认的呀？"

章翎晕菜了，李照香把香蕉和包子搁在写字台上，嘟囔道："来就来了，还买什么东西。"

接着她把窗帘拉开，光线透进来，整间屋子并没亮堂多少，因为朝北，哪怕是下午采光都不好。章翎终于看到这间屋子的全貌，震惊地瞪大了眼睛。屋里没开空调，阴冷潮湿，拥挤杂乱，是章翎在社会新闻或纪录片里才能见到的那种出租屋。半屋子都是废品，散发着令人作呕的气味，另外半间住人，没什么家具，最醒目的是一张高低铺，还不是木头材质，而是铁架子。

上铺有一个人卷着被子在睡觉，侧身向墙，章翎能看到露在外面的一头卷毛。

章翎转学后也住过出租屋，是一套老破小，一家三口租了两年半，章知诚把房子布置得干净温馨，章翎住着还挺舒服。她一直都知道蒋赟是租房子住，以为出租屋最多就是简陋一些，从未想过他的居住环境竟如此糟糕。

李照香已经走到床边，拍着床架子大喊："别睡啦！快起来！你同学来看你了！"

章翎急忙说："奶奶，别叫他了，让他多睡会儿吧，我把作业放下就走。"

"睡个鬼哦！他从昨晚睡到现在了。"李照香继续拍床，"起来！你肚子不饿吗？肉包子吃不吃？"

上铺的被子蠕动了一下，一个哑哑的声音有气无力地响起："吃，你别喊，我难受呢。"

"难受你也得起来！你同学来啦！"

"什么同学？谁啊？"蒋赟翻过身，从被子里探出脑袋，就和站在写字台边的章翎打了个照面。

只一眼，蒋赟就跟被雷击中似的，整个人打了个颤，脑袋里一阵眩晕，差点从上铺栽下来。

章翎仰着脑袋看他，蒋赟大概睡得太久，头发都是炸开的，脸上的表情仿佛见了鬼。李照香不耐烦地喊："发什么愣？赶紧起来啊！"

蒋赟也喊："别催！我总要穿衣服吧！"

他捞过放在床边的毛衣和长裤，拿到被窝里摸索着穿，穿好后才掀开被子从上铺爬下来。

就这么会儿工夫，蒋赟脑子里已经闪过无数念头：章翎怎么会来？家里的环境被她看到了，她会不会嫌他脏？她见到了奶奶，奶奶认出她了吗？之前和她说了些什么？章翎认出奶奶了吗？五个月了，她和奶奶就见过一次，也许已经忘了呢？万一她记得奶奶怎么办？他该如何解释？

暑假里的那次见面就是个坑，蒋赟自己挖的坑，几个月来，他好不容易让章翎淡忘掉那件事，哪能想到会有更大的坑在等待他。

老天爷，求求你，让她们两个都失忆吧！

蒋赟脸红红地转身面对章翎，心里好紧张，问："你怎么来了？"

章翎看着他身上的毛衣，有好几个破洞，说："上午发了两套卷子，邓老师让我给你送过来，周末要做。我给你发消息了，你一直没回我。"

"哦，我睡着了，没看手机。"蒋赟挠挠头发，看向坐在小板凳上整理废品的李照香，说，"那是我奶奶。"

章翎说："我知道。"

"那个……她……"蒋赟吞吞吐吐，时刻观察着章翎的脸色，"你……她，她有没有和你说什么？"

"没有。"章翎问，"你身体好点了吗？"

蒋赟微微松了口气，"还有点晕，再睡两天就好了。"

章翎突然伸手摸上他的额头，她从室外来，手掌有点凉，蒋赟的额头却是滚烫的。章翎皱起眉说："好烫，你知道你发烧到多少度吗？"

额头上贴着章翎的手掌，蒋赟一动都不敢动，回答："不知道，我家没有体温计。"

章翎收回手，又问："那你吃药了吗？"

蒋赟摇头，章翎说："你得去医院看看，光睡觉没用。"

蒋赟没接腔，李照香出声了："就一点儿感冒发烧，去什么医院？那些医生都是骗子，一进去就要你验血拍片，再给你配一堆药，然后他们拿回扣。傻子才会上当。"

某位医生的女儿一时无言。蒋赟臊得慌，"你少说两句！什么都不懂别胡说八道。"

李照香回头瞪他，"我不懂？我不懂能把你养这么大？你个小兔崽子……"

蒋赟打断奶奶的话："你不说有包子吗？我饿了，包子在哪儿呢？"

"看吧，还知道肚子饿，哪用看医生？"李照香起身拿过一袋包子递给蒋赟，"还热着呢，你同学给你买的。"

蒋赟一惊，看向章翎。章翎冲他笑笑，"吃吧，别的也不敢乱买，包子你肯定喜欢。"

狭小凌乱的屋子里，连个坐的地儿都没有，章翎想了想，说："你自行车借我一下，我家有药，去给你拿点来，普通的发烧吃点药好得快。"

蒋赟把车钥匙给她，章翎把试卷留下，背上书包说去去就回。

等她离开，蒋赟飘着去卫生间洗漱，回来后一屁股坐到下铺，拿起肉包咬了一口。他心里好慌张，感觉肉包子都不香了。

李照香捆好一大堆纸板，说："你这同学一看就是个好娃娃，你就该和这样的小孩一块玩，别老和草花那种笨小子混在一起，看着就没出息。"

蒋赟问："奶奶，刚才那个女同学，你以前见过吗？"

李照香很奇怪，"你高中同学我哪里会见过？也是稀奇，你生个病，居然有女娃娃来看你，你还挺能干。"

很好，失忆了一个。看章翎刚才的反应，似乎也对奶奶没印象，要不然她不会那么淡定，肯定会骂死他。蒋赟浑身冒冷汗，有逃出一劫的感觉。

章翎骑车来回只用了半小时，给蒋赟带来几盒常用药，还用保温瓶装来一桶红枣银耳汤，说："这是我爸爸下午炖的，听说你生病了，让我拿给你喝。"

蒋赟接过保温瓶，低声说："谢谢。"

李照香在边上瞪他，蒋赟把保温瓶牢牢护在怀里，与她互瞪。

　　章翎又拿出一支水银体温计，说："先测体温，我家有多的体温计，测完了你留着用，晚上睡觉前再测一次。"

　　李照香"啧"了一声："真讲究，我和你说，这臭小子可皮实，没那么虚。"

　　蒋赟都没力气怼奶奶了，乖乖把体温计含在嘴里，三分钟后，章翎拿出来看——三十八点一摄氏度，说："还好，不算特别高，先吃药试试。"

　　二十多平方米的小屋子里挤了三个人，蒋赟觉得很尴尬。想和章翎说说话，奶奶都能听见，还会插嘴。见奶奶没有出门的意思，蒋赟对章翎说："屋里空气不好，我们去外面走走吧。"

　　章翎很担心，"你发烧呢，能出去吗？"

　　蒋赟已经在穿外套，"能，我睡得头都晕了，屋里熏得慌，就想呼吸呼吸新鲜空气。"

　　李照香又一次插嘴："睡到下午一点多还好意思说熏得慌？怎么不熏死你呢？"

　　蒋赟没理她，看过药盒上的说明，吞下两颗消炎药，就领着章翎出了门。

　　这天天气很好，午后的太阳照得人暖烘烘的，袁家村纵横交错的巷子里，电瓶车来来往往，有不少人在门口晒太阳。女人们织着毛衣、嗑着瓜子，还有些小孩在路边玩耍，很是热闹嘈杂。

　　蒋赟双手插兜，低着脑袋在小巷里穿来穿去，章翎跟在他身后，好奇地四处打量。走着走着，蒋赟停下来，回头问她："你来过袁家村吗？"

　　章翎摇摇头。

　　"这儿白天治安还行，晚上不太安全，有些人喝过酒会发酒疯，你以后还是别来了。"蒋赟看着路边各色小店，一边走一边给章翎介绍，"那家早餐店开了几十年了，老板姓王，他家的生煎包很好吃，就是有点贵，一块钱三个，每次一锅出炉，很快就会卖完。

　　"这里的房子都是租出去的，你看，房东一般都住顶楼，底下隔成单间，有些条件好的会带单独的厕所，大多数都是厨卫公用。你一会儿要上厕所，我带你去公厕，这儿公厕不好找。"

　　路过一个巷口，一堆人挤在一起吆喝得很大声，章翎探头看，发现里头是一张牌桌。

　　"他们天天在这儿打牌，赌钱的。"蒋赟小声说，"不过，我知道他们有人出老千，就是合着伙儿三个骗一个的那种，围观的还有托，也有人帮他们传牌，总之阴得很，被发现了就要赖，赖不过就打架。"

　　他们又路过一家理发店，蒋赟指着店招说："小叶理发店，我就是在这家剪的头，老板是个阿姨，我这头剪一次五块，不洗也不吹。我上初中的时候，有一回老板发神经，说要试试帮我把头发拉直，免费的，我就试了，弄完后我俩都傻了，我的天，贼难看！头发都贴着头皮，跟汉奸似的。"

章翎"咯咯咯"地笑个不停。

路过水站，刚子叔在门口晒太阳，蒋赟冲他招手，"叔，今天忙不？"

刚子叔咧嘴笑，"不忙，你同学找你玩呢？"

"嗯。"蒋赟对章翎说，"我就是在这个水站打的工。"

章翎说："我知道，刚才还是里头的小妹妹把我带去你家的，我差点迷路。"

蒋赟："是吗？这儿的路是不好找。"

章翎沉默几秒钟，说："那个小妹妹说，你和她翻过字典，查我的名字，是真的吗？"

蒋赟大惊失色，"瞎说，没有的事！"

他看到前方有个老奶奶坐在家门口，守着一个小摊儿，赶紧转移话题，大声地喊："高阿太！"

高阿太的年纪比李照香还大，她看到蒋赟后笑着说："小斌，今天不上学啊？"

蒋赟说："阿太，今天礼拜六！"

"今天礼拜六啊？哎哟，我日子都过昏了。"高阿太长得慈眉善目，问，"小斌，这个女娃娃是你对象吗？长得真好看。"

章翎脸红了，蒋赟很无语，"阿太，我才十六岁。"

高阿太从摊儿上拿起一根棒棒糖，非要塞给章翎，"乖宝，给你吃，橙子味儿的，好吃。"

章翎感到很不好意思，蒋赟说："你拿着吧，我一会儿趁她不注意，会把钱放她盒子里。"

高阿太耳背，指着蒋赟对章翎说："你别给他吃，乖宝才能吃糖，他不乖，没得吃。"

章翎忍着笑看向蒋赟，蒋赟不停点头，"是是是，我最调皮，行了吧？"

两人离开高阿太的摊位，章翎回头看，高阿太还笑眯眯地朝她挥着手。她拆掉棒棒糖的包装纸，把糖咬进嘴里。

蒋赟说："高阿太八十多岁了，一直在自家门口摆摊卖文具和玩具，还有自己纳的鞋底。她家东西卖得比超市都便宜，很多小孩放学后都会来，不过有些小孩很坏，欺负她年纪大了，拿了东西不给钱就跑，还被我抓到过几回，扒了裤子揍一顿。"

章翎想象出那个画面，笑得更加开心。

两人东走西逛了好一阵子，蒋赟看着前方，突然停住脚步，问章翎："你急着回家吗？"

章翎吮着棒棒糖，摇头，"不急，怎么了？"

蒋赟一笑，"那我带你去个地方。"

他把章翎带到袁家村中那块安装有健身设施的小空地，在两个并排着的推腿设施上坐下。太阳还未西落，连风都带着暖意，章翎咬着棒棒糖，发现自己已经很久没这样懒洋洋地晒太阳，一时感觉十分惬意。

不远处有一个跷跷板，两个年轻妈妈正带着各自两三岁大的孩子在玩耍，两个小朋友被妈妈护着，在跷跷板两头上上下下，笑得很大声，妈妈们不停地逗孩子："好玩吗？飞起来啦！哦！又掉下去啦！"

"宝宝抓紧了，宝宝真厉害啊，会玩跷跷板喽！"

蒋赟一直看着他们，很久都没说话。章翎没问他为何要来这里，这个地方算空旷，空地上停着几辆轿车，四面都是高矮不一的自建房，没什么特别之处。

她安静地看着蒋赟，在心里思考着，要怎么向他开口，那么多的疑问，她并不想装傻。

两人沉默了一阵子后，蒋赟突然指着前方一栋朱红色外墙的三层小楼，说："那栋房子，是我爸爸造的，原本，那是我家。"

章翎的心都跳快了一下，顺着蒋赟的手指望去，那栋小楼陷在周围四五层高的楼里，旧旧的，并不起眼。

蒋赟收回手，两只脚无意识地推着健身设施，"我奶奶说，那栋楼造好的时候，是整个袁家村最漂亮的房子，搬家那天，还摆了宴席。房子造好以后我才出生，在那儿住过两年，十几年了，里头是啥样子，我都不记得了。"

章翎转头看着他，蒋赟的目光又落在那两对母子身上，说："我也不记得我爸了，只能看看照片，他长得挺帅，不过我和他长得不像。还有我妈，我连照片都看不着，我奶奶说她都丢了，也不知道真的假的，反正她就是不给我看。"

蒋赟轻轻地叹了一口气，看向身边的女孩，"章翎，我家很不好，你也看到了，就……我没想到你会来。"

章翎看了他一会儿，棒棒糖在嘴里融化，是浓郁的橙子味儿。

她问："蒋赟，你是不是以前就认识我？"

蒋赟并未神色大变，仿佛已经做好思想准备，他垂下眼睛，牵唇一笑，"啊，被你发现了。"

章翎继续问："是什么时候？小学还是初中？"

蒋赟抬眸，注视着她，"小学就知道你了。"

章翎追问："我和你说过话吗？"

蒋赟笑得更开心，"说过。"

章翎好困惑，"什么时候啊？我不记得了。"

蒋赟摆摆手，"不记得就算了，就说了些无关紧要的话。"

"那……"章翎又问，"暑假那次，你是故意的？"

这一次，蒋赟不笑了，眼神深深地看着她，轻轻点头，"嗯。"

"为什么？"

"我就是想认识你一下，要个QQ，交个朋友，没别的意思。我那会儿不知道我和你考上了同一个高中。"蒋赟背靠椅背，拉直双臂伸了个懒腰，自嘲地笑了笑，"结果被我搞砸了，我是不是很傻？"

这可真是一件大无语事件。

蒋赟是很傻，但章翎不傻，相反，她是个很聪明的姑娘，很多事情串起来看，逻辑链变得越来越清晰。

蒋赟小学时就知道她。

暑假里，他故意设局，想要借机认识她。

高一开学，他强迫吴炫宇换座位，和她成为同桌。

他好多次夸她唱歌好听，说主持是她的特长，却硬掰是听萧亮说的。

他送水到她家，见到她的父母，慌得不知如何是好，连看都不敢看她。

他买了一只长颈鹿，不便宜，包装得美美的，就是为了送给她。

他听到她跑十一道，就主动要求跑十二道，哪怕脚受伤了也要跑。

他说要每晚骑车送她回家，保证护她安全。

她去跑八百米，他下看台来给她加油，搀着她走了好久。

他知道她身体不舒服，不希望她去唱歌，就冲她发火。

他听许清怡说领唱已经确定人选，毫不犹豫地举手，帮她争取。

他听说她要给他出演出服的钱，跑来找她对峙，生气地问她是不是可怜他。

章翎回忆着，蒋赟从来没对她说过暧昧的话，其实也没做过出格的事，他俩的相处中，反而是吵闹更多。但现在章翎知道了，爸爸说得没错，这个倔强又敏感的男孩子，似乎真的在偷偷地喜欢她。

甚至不是从高一开始，而是很久以前，久到不知道是什么时候，他都不肯告诉她。

章翎不是第一次被人喜欢，初中时有男生向她表白，都被她拒绝了，回家后还心急火燎地把这事儿告诉给爸爸妈妈。

那时候她还是个孩子，哪怕现在，她也只有十五岁半，知道自己绝不能在这种事上分心，即使是乔嘉桐，在她心里占的位置也远远比不过学业。

可对方是蒋赟……章翎莫名地有些害怕，她想，如果蒋赟对她表白，她该做何反应？

她是把他当朋友的，从不计较他的家境、长相、性格……他在班里没有朋友，她如果拒绝他，他俩以后该怎么相处？

蒋赟还愿不愿意继续接受爸爸妈妈的资助？还愿不愿意让爸爸给他上家教课？还愿不愿意再骑车送她回家？

他会不会，从此以后，再也不理她？

章翎没有回答蒋赟的问题，蒋赟也不再说话。暑假里的碰瓷事件真相大白，他不知道章翎心里是怎么想的，于他本人而言，这事儿算是彻底翻了篇，心里感到一阵轻快。

他们在空地上坐了半个多小时，两位年轻妈妈带着孩子回家了，章翎的棒棒糖早已吃完，蒋赟吃下去的药也开始生效，他打了个哈欠，说："我又困了，走吧，我送你回家。"

章翎忙说："不用，我自己坐车回去就好了，走回去也行，就一站路。"

"我送你。"蒋赟的语气不容拒绝，章翎没办法，只能跟着他起身往回走。

路过一条小巷，前头来了一辆轿车，后头又来一辆电瓶车，眼看着路要被堵住，蒋赟拉了一把章翎的手臂，将她的后背贴到墙上，自己侧身护住了她。

两人瞬间离得很近，近到章翎都能感受到蒋赟浅浅的呼吸。

冬天干燥，男孩子从不护肤，脸上有点脱皮，章翎能看到他挺直的鼻梁，嘴唇上细细的小绒毛，还有下巴上星星点点的青春痘。

比起开学时，现在的他们已经有了细微的身高差，七八厘米左右。章翎刚一抬眸，就撞进那双漂亮的眼睛里——咖啡色的瞳仁，清透明亮，窄窄的双眼皮，还有又长又翘的睫毛。

眼睛一下一下地眨动着，像是在撩拨她的心。

章翎手心都出了一层汗，等车子开过去后，轻轻一挣，便挣开了蒋赟握着她手臂的手。蒋赟有所察觉，快速地说："对不起。"

"没事，我衣服有没有蹭脏？"章翎忍住剧烈的心跳，回身给他看后背，顺便遮掩住自己逐渐发烫的脸颊。

蒋赟帮她掸了掸后背，"还好，稍微有点灰，现在没了。"

他们回到于晖家的院子，蒋赟取了自行车，章翎坐上后座，男孩送女孩回家。

半路上，章翎想了半天，拉拉蒋赟的后衣摆，说："你上次问过我一个问题，我现在回答你，我……不是可怜你。"

蒋赟心里咯噔一下。

章翎斟酌着语句，说得很慢："蒋赟，我其实很佩服你，如果我是你，不会有你这么厉害。你可能不知道，我爸爸上高中的时候家里也很困难，他那时候也没有爸爸妈妈，但他没你厉害，他高中时期从来没打过工，一直就是在拼命学习。"

蒋赟没吭声。

"我爸和我妈，其实是上大学后才谈的恋爱。"章翎决定出卖她亲爱的父母，"高中时，他俩的确看对眼了，但谁都没说破，约好了一起考大学。他俩成绩都很好，后来我爸考上钱塘大学，我妈考上钱塘医学院，他俩才走到一起。"

章翎越说越有信心，"我和他俩一样，高中时期不会考虑别的，只想好好学习。"她拍拍蒋赟的背，"下个月就期末考了，你能考进全班前三十名吗？"

蒋赟说："我试试吧。"

"我觉得你能行。"章翎微笑，"再加把劲儿，我相信你。"

蒋赟没再说什么，把章翎送回家后就骑车回去了。

章翎觉得这一个下午过得真是惊心动魄，她把意思表达出来了，不知道蒋赟听没听懂。章翎只希望蒋赟把心事都藏在心里，就像她把心事藏在心里一样，只要不说出来，怎样都没关系。

爸爸在她上初中时就告诉过她，喜欢一个人是一件很美好的事，和学业并不冲突。有人喜欢她，说明她很优秀，所以，绝不能践踏对方的感情，要说，谢谢你喜欢我，但我现在只想以学业为重。

章翎记得，当时她吃着冰激凌，笑嘻嘻地问："那要是向我表白的人，刚巧是我喜欢的人，怎么办？"

章知诚惊讶地问："你有喜欢的人了？"

章翎摇头，"没有没有，我就是问问，如果那个人，我也喜欢他，我怎么回答呀？"

章知诚说："那不就是我和你妈妈吗？还能怎么回答？一起努力学习，考个好大学，长大了要还是互相喜欢，就结婚生小孩呗。小宝贝，你以为你是怎么来的呀？"

那时候，章翎被爸爸逗得哈哈大笑，可现在，她觉得这事儿一点也不好笑。

她一直以为自己喜欢乔嘉桐，可在这天下午，她惊恐地发现，不知道从什么时候开始，她居然，有那么一点点，喜欢上了蒋赟。

第8章

小卷毛生日快乐

（1）

周日早上的声乐课下课后，章翎说："爸爸，今天蒋赟不在，我们去外面吃饭吧，去天阳百货好吗？我有点想吃牛排了。"

章知诚笑道："蒋赟不在你就要去吃大餐，被他知道了，还以为我们平时多小气呢。"

章翎叹气："又不是我不想带他去，他晕车啊，吃完大餐都得吐光，多浪费。"

章知诚问："他身体好点了吗？"

"好很多了。早上和他发消息，他说测了体温是三十七点五摄氏度，降下来了，明天应该可以上学。"

父女二人开车到天阳百货，章翎心满意足地吃完牛排，却不急着走，黏黏糊糊地拉着爸爸说想逛会儿商场。

二楼三楼是女装，四楼是男装，五楼是运动品牌和童装。章翎对着楼层介绍发了会儿呆，还是决定对章知诚说实话："爸爸，我想给蒋赟买件外套，用我自己的零花钱，我带了三百块，去哪个楼层买呀？"

章知诚失笑，什么吃牛排，什么逛商场，这大费周章的，原来最终目的是这个。

他带女儿上五楼，一边乘电梯一边问："怎么突然想给蒋赟买外套？"

"没有突然想啊，想好久了，你们不是不答应嘛，那我就用自己的零花钱买呗。"章翎噘着嘴说，"他外套很薄，都冻感冒了，而且，那件外套也不知道是谁给他的，像是老头儿穿的，可丑了。我昨天去他家，他家连个衣柜都没有，我估计他也没有别的外套。"

章知诚又问："你给他买了外套，零花钱还够用吗？"

"够用。"章翎笑着回答，"我平时都不怎么花钱，就买点书和吃的，都存着呢。"

　　她一个月的零花钱是三百，平时都穿校服，很少买衣服，一周六天在学校，连和小伙伴出来玩的机会都很少，的确存了不少钱。

　　章知诚和章翎在五楼运动品牌闲逛，勾牌、草牌之类都很贵，倒是有一家国货品牌在搞活动，柜台外的花车上堆满打折款。章翎拎起一件黑色羽绒外套，特别厚实，觉得挺合适，看看标签，原价一千七百九十九，打两折，三百六十元整。

　　"哎呀，超过预算了。"

　　她对着老爸吐吐舌头，章知诚被她逗笑了，揉揉她的脑袋瓜，"买吧，六十块钱爸爸给你补上。"

　　章翎喜滋滋地让营业员去拿 180 的号，章知诚皱眉，"要买这么大吗？ 175 就够了吧？"

　　章翎摇头，"蒋赟长高了，现在已经过了一米七，我怕买 175，他明年穿会不够大。"

　　章知诚揶揄地问："你对他这么有信心啊？"

　　"他校服都是 180 的号！"章翎努努嘴，"不管，就买 180，宁可买大也不买小，里头还要穿校服和毛衣呢，宽松点好。"

　　章知诚跟着女儿去结账，无奈地摇头，心想，宝贝女儿对他这个老爸都没这么上心，还从没给他买过衣服。这头一回给异性买衣服，居然是给小卷毛。他酸溜溜地问："翎翎，你以后工作了，会给爸爸买衣服吗？"

　　章翎一愣，立刻回答："当然会啦！我给你去一楼买，就那些大牌！买新款，一点儿不打折的！"

　　章知诚哈哈大笑，"有你这句话，就够了。"

　　买完羽绒服，章翎连袋子都不让老爸提，自己拎在手里快乐地走。

　　昨天晚上，她躺在床上想了很久，不明白自己怎么会喜欢上蒋赟。其实，在蒋赟问她"咱俩什么关系？你也可怜我吗？"的时候，章翎就已经有点怀疑了。

　　她就是不太能接受，毕竟，她的理想型一直是章知诚这种温柔体贴、聪明博学、高大英俊，又有责任心的好男人。

　　蒋赟……差得实在有点远。

　　后来，想着想着，章翎就想通了。

　　他们家的氛围一直开明，章翎从没有因为什么事而感到压抑过，只是喜欢一个人而已，没什么大不了的，范欣言初中都喜欢过五个男生呢！自己之前不还喜欢乔嘉桐吗？

　　蒋赟，也是一个很可爱的人。

　　章翎知道自己不会早恋，所以绝不会对蒋赟说什么，如果蒋赟对她说了什么，她也一定不会同意。他们两个保持现状即可，谁要是学习退步了，那就彻底死了这条心吧。

想通以后，章翎越发坦然，连着给蒋赟买衣服都不对老爸遮遮掩掩了。她只是不想蒋赟再感冒发烧，就他住的那个屋子，要是老妈过去，非得昏过去不可。杨医生有点儿洁癖，搞不好会让章翎离小卷毛远远的，怕她染上什么细菌。

上车后，章知诚问："你打算什么时候把衣服给蒋赟？"

章翎想了想，说："文艺会演以后，元旦吧，你给他上完课，去咱们家吃饭，我拿给他，就说是新年礼物。"

"安排得不错啊。"章知诚笑，"对了，你们的节目排练得如何？"

"已经没什么问题了。"章翎笑得很自信，"我真是很久没登台唱歌啦，爸爸，看我大展身手吧！"

蒋赟在家休息了一个周末，按时吃药，多喝水多睡觉，周一早上完全退烧，就精神抖擞地去了学校。

小少年完全不知道，他的同桌在这个周末经历了怎样的心理变化，见到章翎就打招呼："早上好！"

章翎从书本里抬起头来，冲他笑，"早上好！"

他们已经在第三大组坐了一个月，蒋赟进座位需要章翎让座，他瞅瞅窗边，问："元旦过了，咱们是不是又要换到第四组去了？"

"是呀，都轮过四个月了。"章翎说，"下个学期开学后会换座位，咱俩估计做不了同桌了。"

蒋赟大惊，"为什么？我不会去勤勉班的！"

章翎笑死了，"不是，你没发现你都挡着李婧了吗？她都和我抱怨好几回了，你总是坐得笔挺，她都得歪着脑袋看黑板。"

蒋赟好委屈，长高原来是有利有弊的。

一周后，元旦假期前的最后一天下午，钱塘五中在区艺术剧院举行迎新年文艺会演。高三生不再参加表演，只做纯观众，高一、高二加上教师代表，一共有二十六个节目，需要三个多小时才能演完。

高一因为全是大合唱，后台就挤满了人，连着走廊上都有人在化妆，吵闹得就像菜市场。

演出快要开始，章翎看了看别班的准备，有的班级唱中国风歌曲，全员穿着飘飘欲仙的汉服；有的班级唱革命老歌，全员都是红军军装；更多的班级像他们一样，就是穿正装校服。

走廊上，有人拿着小提琴在练习，估计要在大合唱里伴奏，还有个英俊的男生拿着一把剑在舞，章翎就有点纳闷了。蒋赟走过来，和她一样纳闷，问："那人在干吗？高一的吗？大合唱还舞剑？"

章翎猜测道："可能是那个唱中国风歌曲的班级，这个就和伴舞差不多了。"

"还能这样？"蒋赟恍然，"那我也行啊，我还会翻跟斗呢！"

章翎斜眼看他，"我们那个歌需要翻跟斗吗？又不是唱《西游记》。"

蒋赟笑了，"我真会翻跟斗，可以从舞台这头一直翻到那头，不带停的。"

"行啊，那明年你去表演。"章翎啪啪啪地鼓掌，"我非常期待哟。"

蒋赟挥手，"算了算了，明年还是听你独唱吧，我更期待。"

章翎眨眨眼睛，说："明年，不知道咱俩还能不能在一个班。"

她的语气并没有多遗憾，分班是必定的，章翎的目标就是实验班，全年级理科前四十八名才能进。而蒋赟，还在为考进全班前三十名而努力，实验班对他来说算是遥不可及。

蒋赟却愣住了，想到运动会时姚俊轩说的话。

是哦，章翎、姚俊轩、吴炫宇，甚至是萧亮，都是以实验班为目标的人，高一结束，自己大概率就要和章翎分开了。

高一（6）班来了四位会化妆的妈妈，各自拎着化妆包，流水线操作。第一个打粉底和画鼻梁，第二个画眉毛、眼影和眼线，第三个涂口红、打腮红，第四个弄头发。几个半大孩子被搞成夸张的猴屁股，你看我，我看你，一个个都笑个不停，还拿手机自拍合影。

许清怡的妆是自己化的，贴了假睫毛，脸上还有水钻和亮粉，精致得像个小明星。

相比其他完全不会化妆的女同学，章翎的表演经验算丰富，也会点儿化妆，但她没有化妆品，只能让妈妈们帮她化。妈妈们忙不过来，尤其是第二棒眼妆，女生眼妆复杂，队伍排得老长，章翎就自告奋勇去帮忙，拿着眉笔喊人："有男生没化眼妆的吗？到我这儿来！"

刘陈飞顶着一张打了粉底的大白脸探头探脑，"学委，你会不会啊？"

章翎说："会不会，你试试就知道了。"

"我不要，我怕你公报私仇。"刘陈飞一推蒋赟，"蒋赟也没化呢，让他做你的小白鼠。"

蒋赟也顶着一张大白脸，青春痘都被遮得看不见了，章翎冲他招手，"你过来，快！我给你化眼妆，都要来不及了！"

蒋赟不情愿地走到她面前，一脸的怀疑，"你真的会吗？"

"我会，男生眼妆不复杂。"章翎歪着头打量蒋赟，大家都穿着正装校服，男生们是白衬衫，藏青色西装配同色领带，女生们则是裤子换成藏青色百褶裙，考虑到很多人没有黑皮鞋，就统一穿着白色系运动鞋。

这么一打扮，包括蒋赟在内，所有的男生都变得精神很多，只是蒋赟的衣服稍微有点大，袖子和裤腿都长了点。章翎心想，幸好他瘦，这套西装很修身，像汤子渊那样个子不高又有点壮的男生，肚皮上的扣子绷得很紧，才叫辣眼睛。

章翎让蒋赟坐下，说："闭眼。"

蒋赟闭上眼睛，章翎给他扫眼影，画眉毛，蒋赟皱眉，"痒。"

"你眉毛别动。"章翎的脸离蒋赟很近，他闭着眼睛，感受到她指腹的温度，还有呼在他脸上的气息，浑身骨头都要酥了，只能硬撑着坐得笔挺。

蒋赟的眉形还不错，挺凌厉的，就是眉毛颜色和发色一样，不黑。章翎给他用了咖啡色的眉笔，又扫了点大地色眼影，为了更醒目，还稍微晕了点蓝色。

她说："睁眼，我看看。"

蒋赟睫毛一颤，睁开眼睛，章翎就笑了，"你眼窝深，我不给你画眼线了，这样就可以啦。"

蒋赟转着脑袋照镜子，化过眼妆后，果然比之前的白色鬼脸精神不少，他问章翎："这玩意儿能洗掉吗？"

"能啊，我带洗面奶和卸妆水了，一会儿借你。"章翎说着，又补充一句，"哦，我那瓶洗面奶是祛痘的，你拿回去用吧，我都不长痘。"

蒋赟生气，"你什么意思？"

章翎瞥了他一眼，蒋赟立刻蔫了，"也……行吧。"

他被第三位妈妈招过去了，开始化唇妆，章翎看向刘陈飞，"飞哥，你来不来？"

刘陈飞只能在章翎面前坐下，"学委，我当初年幼无知，如今请你手下留情。"

章翎"噗"一下笑了，"说什么呢？"

许清怡把自己打扮完，跑了过来，一见章翎在给人化妆，问："学委，你怎么还没换衣服？"

章翎转头看她，许清怡扎着高高的马尾辫，穿一件银色紧身背心，腰细得吓人，背心上缀满亮片，在舞台上被光一打，会非常耀眼。她底下是一条黑色蓬蓬裙，露出白皙纤瘦的胳膊和腿，十二月底的天气，她像是完全不怕冷，在后台活蹦乱跳。

章翎身上裹着羽绒服，说："我衣服已经穿里面了。"

他们四个领唱是穿银黑系，章翎刚巧有一件灰色衬衫，四舍五入也算银色，就没买衣服。下装是黑色紧身牛仔裤，她把衬衫扎在裤子里，穿起来给爸妈看过，他们都说还不错，显得青春又精神。

6班的签抽得不好，第四个出场，许清怡很泄气，章翎却觉得不错，早点唱完还能早点下去看表演。

这场文艺会演一共四位主持人，高一、高二各一男一女，乔嘉桐是其中之一。他穿着一身黑色西装，非常帅气，在后台走过时，被许清怡叫住："乔学长！"

乔嘉桐走过来，夸赞许清怡："哇！你今天好漂亮啊，是领唱吗？"

"是呀。"许清怡嗲嗲地说，"乔学长，你要帮我们去评委老师那里说说话哦，我们班排练得特别好，一定不会让他们失望的。"

"行，我会让他们重点听你们班唱。"乔嘉桐看向章翎，问，"章翎，你也领唱吗？"

章翎正在给一个男生画眉毛，抬头回答："嗯，我也是领唱。"

乔嘉桐笑着说："期待你们的节目，加油！我先去忙了。"

没一会儿，演出正式开始，后台已经能听到台上主持人抑扬顿挫的开场白。

在第一个班级大合唱时，章翎溜去台边听了一下，高中文艺表演没有彩排环节，章翎想知道现场音响的质量，这关系到她对麦克风的控制。听过一会儿她心里就有数了，回到班里对另三位领唱说，话筒不要离嘴太近，容易产生噪音。

第三个班级唱完后，乔嘉桐和一位高一女主持上台，为高一（6）班串场报幕。

女主持："青春的标签是肆意笑容，沸腾热血。"

乔嘉桐："青春的态度是勇敢追梦，大步向前！"

女主持："我们相信，未来的每一刻都将精彩万分！"

乔嘉桐："下面，请欣赏高一（6）班为我们带来的歌曲，《我相信》。"

6班的同学们已经排好队，依次上台，登上专为大合唱设置的阶梯架。

说来有趣，蒋赟的表演经验也算丰富，但和同学们一起表演文艺节目，还是人生头一回。他觉得五中的领导班子挺有意思，想出这么个法儿，管你阿猫阿狗，谁都能上一回台，高中阶段也能留个纪念。

四位领唱站在第一排，许清怡站好后，台下前排观众都被她吸引了注意力，一个个交头接耳："哇，那个女生好漂亮啊！"

"好瘦啊，又瘦又白，脸真的超好看。"

章翎穿着衬衫、长裤和运动鞋，上台前摘掉眼镜，把辫子散开，让黑发自然地垂在肩上。

她个子不矮，又化着妆，比起平时的学生样居然显出一点女人味来。为了舞台效果，她还在脑袋上戴了一只夸张的发箍，有一个带亮丝的超大黑色蝴蝶结。

乔嘉桐下台时和她擦肩而过，看到她的蝴蝶结，没忍住笑了一声。

蒋赟站在台阶第二排，看着正前方章翎的后脑勺，觉得那只大蝴蝶结好可爱。章翎之前一直没拿出来，候场时才戴上，把大家都逗乐了，她还有点懊恼，"笑什么呀？

不好看吗？"

薛晓蓉笑得弯了腰，"好看好看，你好像卡通人啊。"

领唱们一人拿一个麦克风，许清怡回头看一眼班里的队伍，觉得 OK 了，向着场边比了个手势，大家都安静下来，等待前奏响起。

蒋赟好紧张，因为看到章翎已经拿起麦克风凑到嘴边。

前奏一响，就两三秒，章翎就亮了个高音："嘿耶——啊哈！哈啊——"

全场被震惊，瞬间掌声雷动。

班里同学平时练歌都没听领唱们用过麦克风，这时候是第一次听到章翎的声音从音响里出来，如此清亮通透，又有力量感，和她唱王菲歌曲时的状态截然不同。

蒋赟鸡皮疙瘩都起来了，要不是站在台上，他简直要跳起来鼓掌。

章翎的高音飙过后，王波开始唱："想飞上天，和太阳肩并肩，世界等着我去改变。"

许清怡是甜美的小细嗓，"想做的梦，从不怕别人看见，在这里我都能实现。"

萧亮中规中矩，"大声欢笑，让你我肩并肩，何处不能欢乐无限。"

等到章翎唱最高音的第四句，台下又被震到了，"抛开烦恼，勇敢地大步向前，我就站在舞台中间！"

下一秒，蒋赟和全班同学一齐大声歌唱："我相信我就是我，我相信明天，我相信青春没有地平线！"

女生："在日落的海边，在热闹的大街。"

男生："都是我心中最美的乐园！"

合："我相信自由自在，我相信希望，我相信伸手就能碰到天！"

女生："有你在我身边。"

男生："让生活更新鲜。"

合："每一刻都精彩万分，I do believe……"

章翎又给垫了一串高音："啊啊——"

这样的音高对她来说游刃有余，就是享受舞台，她站姿放松，偏过头，麦克风拉得离嘴略远，音量既不会掩盖身后同学们的合唱，又保证能让观众听到，气息稳，音色亮，是最棒的加分项。

在章翎"默默无闻"的背景高音中，蒋赟唱嗨了，第二次唱到"我相信伸手就能碰到天"时，同学们一起伸长右臂，抬手向天。

蒋赟抬起头来，舞台上方炫目的灯光照得他睁不开眼睛，他闭上眼，唱出最后一句："I do believe……"

章翎极富穿透力的歌声又一次响在耳边："喔喔！喔——"

观众们都沸腾了，所有人都被那个戴着黑色大蝴蝶结的女孩吸引了目光，每次她一亮嗓，台下就是如雷的掌声和欢呼声。她穿得很朴素，外形没有另一个女孩亮眼，但当她拿起麦克风，整个人都闪闪发光，连着头上搞怪的蝴蝶结都变得那么有趣。

乔嘉桐站在台边，听到章翎的歌声，内心也很震撼。

他看过章翎的QQ空间，里面有她参加唱歌比赛的照片，但从没听她唱过。他想，原来，章翎的水平有这么高的？

合唱结束，高一（6）班的同学们排队离场，一到后台，大家就炸了，把章翎围在中间。

"学委，你真是神了，你怎么不去参加《好听的歌》啊？"

"去了能拿冠军！"

"我不行了，我耳朵要怀孕了。"

"啊啊啊学委我爱你！我要你的签名，我要和你合影！"

许清怡板着小脸冷眼旁观，姚俊轩走到她身边，低声说："我觉得，你唱得很好听。"

许清怡白了他一眼，"你不是在讽刺我吧？"

"没有，真的很好听。"姚俊轩的粉底盖住了他脸上的烫意，说出这些话，已经费了他很大的勇气。

许清怡脸色稍有缓和，说："谢谢。"

趁着还没卸妆，大家纷纷合影留念，还拉着邓芳一起拍，邓芳大声说："今天我请客！结束后请你们喝奶茶，一人一杯！"

大家都欢呼起来，有人叫："芳芳姐万岁！"

刘陈飞趁乱摘了章翎的蝴蝶结，硬要戴到蒋赟头上，蒋赟不愿意，两个男生差点发展为后台斗殴，还是章翎把他们拉开，笑眯眯地说："蒋赟，你戴上，我和你拍个照。"

蒋赟蒙了，刘陈飞像得了圣旨，立刻把蝴蝶结发箍戴到蒋赟头上，大家哈哈大笑。蒋赟表情都扭曲了，章翎站在他身边，把手机递给薛晓蓉，"晓蓉，帮我们拍一张。"

她歪着头看蒋赟，"你别摆臭脸，笑一个。"

蒋赟嘴角抽了一下又一下，终于扯出了一个笑，章翎与他并肩看向镜头，比了个剪刀手，笑得很甜，"茄子！"

高一（6）班最后得了大合唱比赛二等奖，一等奖是那个唱革命老歌的红军班。许清怡代表班级上台领奖时，心里很不痛快。

谁都知道，这个奖的最大功臣是章翎，如果没有她的"背景高音"加持，6班和别的班级比并没有什么优势。不让她唱，就没奖，让她唱，她就出风头，好像别人的努力都只是在给她做陪衬，许清怡快气死了。

领完奖，她去后台换衣服，碰到候场中的乔嘉桐，乔嘉桐看到她手里的奖杯，笑着说："恭喜你啊，许清怡，你们班唱得真不错，我在边上听得都好激动！"

许清怡说："是章翎唱得好。"

乔嘉桐没发现她酸溜溜的语气，越说越兴奋："啊，是！章翎那个高音真的太厉害了！下次出去唱歌一定要叫上她，听个 live（现场演出），肯定很过瘾！"

许清怡看着他，想到登山跑时章翎和他并肩上山，后来又在 KTV 包厢里见到他们，疑惑地问："学长，你和章翎之前就认识吗？"

乔嘉桐说："是啊，暑假里偶然认识的，加了个 Q，聊过以后才发现她也考上了五中，就感觉挺有缘分。"

许清怡点点头，"这样啊……"她眼珠子一转，用开玩笑的语气说，"学长，你该不会是喜欢她吧？"

乔嘉桐一愣，脸色有些不自然，笑着摆摆手，"没有没有，你别瞎说啊。"

许清怡也笑，"就算你喜欢她也没戏，学长你可能不知道，章翎有男朋友了。"

乔嘉桐的笑容渐渐消失，"是吗？她没和我说过啊，你们班的？"

许清怡："对，我们班的，不知道你刚才注没注意，有个头发天然卷的男生，就是那个人。"

乔嘉桐面色一变，许清怡没注意到他奇怪的表情，顾自说着："他俩没公开，但在我们班，大家早就知道了，刚才唱完歌，他俩还一起拍了合影呢，特亲密。"

乔嘉桐感到匪夷所思，怎么想都想不通。许清怡依旧穿着登台的表演服，突然抖了抖身子，牙齿打战地说："学长，我不和你聊了，好冷哦，我先去换衣服啦！"说着就一蹦一跳地跑走了。

乔嘉桐好半天才反应过来，双手插进西裤裤兜里，仰起头自言自语道："章翎和那家伙？不会吧？这什么眼光？"

（2）

新年第一天，蒋赟一大早就骑车来到章翎家，准备搭车去补课。他在楼下等，章翎跑到北阳台叫他："蒋赟，新年好！你先上来。"

蒋赟上楼后才被告知，大过节的，费老师不上课。

"你为什么昨天不和我说？"蒋赟前一天收到草花的消息，说好久没见，想找他玩，听说他要上家教课，只能遗憾地推到寒假。

章翎见他一脸委屈，觉得好逗，"费老师不上课，没说章老师也不上课呀，我爸爸说马上要期末考了，每一周都不能落下。"

原来如此，不过这样一来，岂不是占用了章老师的业余时间？蒋赟看向章知诚，他正笑眯眯地从书房出来，"小蒋，新年好，演出时你和翎翎的合影我看过了，还挺有意思。"

蒋赟瞬间脑壳疼，那张照片拍得特别清晰，照片上的他都不太像他了，皮肤很白，涂着眼影、口红和腮红，头发打过啫喱，还戴着一个黑色大蝴蝶结，和边上可可爱爱的章翎一对比，简直就是黑历史。

但就算是黑历史，蒋赟还是问章翎要来了照片，小心地存到相册里。

章知诚没再和蒋赟寒暄，拖着他去了书房，让章翎自己回房间做作业。邓芳已经在上高一下的课程，在章老师的恶补下，蒋赟现在已能跟上大部队的步伐，知识点的理解和做题速度都有了很大的进步。

在讲完一道难题后，蒋赟捏着笔，突然问："叔，怎样才能考上实验班？"

章知诚刚喝下一口茶，放下茶杯后，反问："你想上实验班？"

"是不是……不可能？"蒋赟脸皮发烫，"我知道，我在班里都是中等靠后的，我就是问问。"

章知诚语气温和："只要是五中高一的学生，就没有人'不可能'上实验班，只是困难程度不一样罢了。这毕竟不是冲第一第二，只是冲前四十八，我倒觉得你有这个想法挺好的，还有半年，不试试怎么知道呢？"

蒋赟问："那要怎么做？"

章知诚说："前几名，的确需要一点天赋，不过前四十八名，我觉得没别的捷径，就是花时间，花大量的时间！并且不能有明显的偏科，每一门都要均衡。"

他曲着手指敲敲蒋赟的物理题集，"语文和英语，拉分差没有数理化来得大，你现在弱项依旧是物理和英语，这两门，你一定要多花时间。其实你理解力不错，先试试多刷题，期末考结束，我们看看你这段时间的努力有没有成效，再来定下一步计划。"

蒋赟咬咬牙，心里燃起希望，重重点头，"嗯，我期末考一定好好考。"

上完课，蒋赟跟着章知诚走出书房，就看到章翎窝在沙发上，女孩儿拖长着音调说："你们怎么搞了三个多小时？我都要饿死了，快出去吃饭吧。"

蒋赟没明白，章知诚拍拍他的肩，"今天新年第一天，咱们就不在家吃了，出去吃，不开车，就小区附近一家火锅店，翎翎吵了好几天想吃火锅。"

蒋赟："啊……"

他总觉得，章翎和她父母也太不和他见外了，大过节的出去吃饭，居然还要叫上他。

章知诚看他表情纠结，说："吃火锅要人多才热闹，两个人点不了几个菜。"说完，他走去主卧，"我也饿了，换个衣服就走，你俩准备准备吧。"

章翎见蒋赟要去拿外套，跳起来说："你等等！"

蒋赟疑惑地看着她，章翎从房间里提出一个纸袋，把新羽绒服拿给他看，"你穿这个，新年礼物！"

蒋赟呆立当场，这……好像越来越过分了。

他压低声音问："干吗要给我买衣服？"

章翎看看他，又看看衣服，问："你不喜欢吗？不是我爸妈买的，是我给你买的。"

蒋赟说："你买的，不就是你爸妈买的？你又没赚钱。"

章翎嘴巴噘起来了，"我用我自己的零花钱买的。"

蒋赟不想要，但看着章翎失望的表情，又不舍得一口拒绝，都不知道该怎么办。这时，章知诚换好衣服走出来，一见这场面就明白了，拿过羽绒服剪掉标签，直接套到蒋赟身上，说："穿上吧，这件暖和，是翎翎专门去商场给你挑的，就当过年的新衣服了，提前一个月给你。"

蒋赟心里五味杂陈，过年的新衣服是什么东西，他从来没体会过，这么多年来，除了校服和内裤，他就没穿过别的新衣服。

黑色羽绒服有点大，还很厚，蒋赟低着头、垂着手，任凭章知诚帮他把拉链拉上，用只有他才能听到的声音说："男孩子，硬气点，别让章翎看笑话。"

蒋赟吸吸鼻子，赶紧抬手抹了抹眼睛，不敢去看章翎。章翎仿佛感知到什么，说："我去上个厕所，你们先走吧，我来锁门。"

章知诚便带着蒋赟出了门。

蒋赟原本以为，他的眼泪早在武校那几年就流干了，可是现在，眼圈儿止不住地发了红。作为一个有血有肉的人，在得到别人真心对待时，实在做不到无动于衷。

室外的寒风迎面而来，蒋赟抬起头，湿润的眼睛终于被风吹干。他想，他到底要怎么做，才能报答章翎一家人对他的好？这份恩情，真怕还不上，真怕自己不够好，最后会让他们失望。

走着走着，他渐渐冷静下来，在心里小小发誓，加倍努力地去学习吧，一定要争气，先把目标定到实验班，还有半年，他得拼命。

之后的半个月，蒋赟真的开始拼命，每天除了吃饭睡觉，就是不停刷题，高三学生都没他用功，连着晚上送章翎回家时，都在和她讨论题目。

身上的羽绒服好温暖，蒋赟骑着自行车，再也不怕寒风侵袭，虚心地向章翎请教英语成绩该如何提高。章翎坐在他身后，说："多读多背多做题呗，训练语感，这事急不得，你慢慢来。"

蒋赟想，他可只有半年，哪能慢慢来？

他的英语基础很一般，也不怎么喜欢英语，听完章翎的话后，他逼着自己狂背单词，一篇一篇地练习阅读理解。他的课桌上，题集撂得老高，汤子渊每次回头，都看到蒋赟埋首在书本里，那阵仗，不知道的还以为他即将面对的是高考。

汤子渊吓得和薛晓蓉吐槽："我弟弟最近怎么了？"

薛晓蓉说："复习呀，谁像你，都在降级圈了，心还这么大。"

汤子渊很委屈，"我也在努力啊！"

薛晓蓉："努力打《魔兽》吧。"

一月下旬，为期三天的期末考来临了，考场位置又一次打散，这一回，蒋赟被分在教室中间，章翎在他斜后方几桌。

蒋赟看一眼许清怡的位子，美少女像是走了狗屎运，不仅贴着墙，左边还是姚俊轩，两人的桌子就隔着二十厘米远，真是得天独厚的作弊环境。不过，蒋赟不打算再分心去关注许清怡是否作弊，因为他确定自己不会有降班的危险，这次考试的目标就是向前冲，必须要全神贯注，心无杂念。

三天考试结束，蒋赟累得像被扒了一层皮。每考完一门，他就像别的成绩不错的同学一样，兴冲冲地找章翎对答案，答案一致，就好开心，不一致，就后悔又丧气。

知道一道物理题的解法后，蒋赟甚至捶起了桌子，"啊！完蛋，我没注意到那个点！啊啊啊这题章老师给我讲过！他肯定会骂死我的！"

章翎很喜欢看他投入学习的样子，安慰他："章老师不骂人，只要你懂了就行，下回注意呗。"

这次期末考后，班里的氛围很微妙，大家都知道，这将是高一（6）班最后相聚的几天，成绩出来后，开过家长会，整个高一年级十二个班级将进行微调。

几个老大难知道自己铁定要去勤勉班，已经躺平；另几个成绩靠后的就很忐忑，祈祷自己在年级排名靠前点儿，熬过这一次就行。许清怡就是后者，她当然作弊了，问姚俊轩要的数理化答案，还要得理直气壮，姚俊轩给得也心甘情愿。

语文考完后，许清怡才向他递了个眼神，姚俊轩就主动开口了："放心，我会帮你的。"

许清怡觉得自己将来要学文，被理化拖后腿很不公平。美少女似乎没想过，所有人都是一样的，大家不是学文就是学理。拿蒋赟打比方，他会学理，照样认认真真背历史、政治和地理，没觉得学习这三门不用高考的课程是浪费时间。

公平这种事，真的很难说，如果是章翎处在蒋赟的位置，也许在第一次看到许清怡作弊时，就会向老师打报告。但蒋赟不会，从小到大，他一直处在一个不公平的环境，别人有的，他全都没有，如果样样都要求公平，他早就活不下去了。

许清怡作弊，不可能只有蒋赟一个人知道，别人都没说，他也不会说。而且，这件事还关系到姚俊轩，是那个笨蛋自己做的决定，蒋赟很看不起他的行为，但绝不会去揭发他。

两天后，期末考成绩出炉，学校迅速做出排名，并且综合期中考和平时测验成绩，召集所有班主任和任课老师开会，讨论调班名单。

章翎这一次发挥得特别好，考到全班第一，第一次进入年级前十，位列第八。吴炫宇班级第二，姚俊轩第三，萧亮第五。

蒋赟是班里进步最大的一个，从四十二名一下子跳到二十五名。

他的物理和化学全部超过平均分，尤其是物理，考了八十六分。蒋赟还遗憾那道粗心错掉的题，说要是做对了，他能拿九十。虽然他的总分在班里只是中等水平，邓芳还是大力表扬了他，让他继续保持这股势头，寒假不要放松。

薛晓蓉、李婧、刘陈飞等人排名没有大变化，唯有汤子渊，他考了全班第四十四，倒数第五，很尴尬的一个位置，只能伸着脖子猜上天落不落那一刀。

许清怡第四十二名，算是脱离降级圈，每天都乐呵呵的，状态很轻松。蒋赟想，如果她不作弊，总分应该比汤子渊低，不过汤子渊学习状态的确不太好，每次考试都在下位圈徘徊，真去勤勉班也不见得是坏事。

这一次的家长会，依旧是章知诚和杨晔一起去开，开完回家后把消息带给两个孩子。蒋赟遗憾地得知，班里后五名将被调去勤勉班，下个学期，会有五个新同学进入6班，这意味着，他的"哥哥"要和他分开了。

考完试，大家照旧上学，继续上高一下的新课，汤子渊跟霜打了的茄子似的，每天都不声不响，下课了就趴在桌上睡觉。

放寒假前的最后一个上学日，午休时，他起身去厕所，蒋赟看他情绪不对，跟了出去，果然发现他抱着膝盖躲在厕所里哭。

"没什么大不了的。"蒋赟看着那个壮实的男孩，说，"又不是被开除。"

汤子渊眼泪鼻涕糊一脸，抬头瞪他，"你会不会说话的？"

蒋赟挠挠头发，"我初中是十六中的，毕业班一百多个人，只有我一个考上重点，考上了，还是班里垫底，但你看，我现在都进步了。"

汤子渊气坏了，"你还嘚瑟？！"

蒋赟不怎么会安慰人，有点着急，"不是，我的意思是说，你得自己加把劲，寒假里少玩《魔兽》吧，以后好好学，还是能考上好大学的。这儿毕竟是重点，老师的水平都很好。"

汤子渊抹一把眼泪，呜咽着说："我就是觉得很丢人。"

蒋赟在他身边席地而坐，也抱起膝盖，"丢人吗？不至于，你不是有个弟弟吗？汤子赟，对吧？你是哥哥，应该给弟弟做榜样，小男孩都崇拜哥哥，你得支棱起来。"

汤子渊抽着气，没说话。

蒋赟像是想到了什么，继续说："我以前也有个哥哥，不是亲的，只比我大一岁，一直很护着我，我特别崇拜他。你之前老说我是你弟弟，每次说，我都能想到他，不过，他可不像你这么爱哭，是个特别硬气的人。"

这是七年来，他第一次对别人说到这件事，是尘封的痛苦记忆，自己都不愿触碰。

汤子渊转头看他，"他现在在哪儿呢？"

蒋赟垂下眼睛，"在外地，过得挺好的。"

汤子渊说："我弟成绩很好，长得也比我好看，我爸妈向来更喜欢他，我中考，是玩儿命才考上的重点，我本来就不聪明……"

蒋赟揽住他的肩，"那你更应该努力啊，高考才能见真章，到时候让你弟弟看看他哥有多牛，不好吗？"

这一年的春节特别晚，五中寒假也就放得晚，从二月初才开始，高一比高二、高三放得更久，有十八天。蒋赟安排好自己的学习时间，另外找了一份为期两周的寒假工。

他没再去送水，而是在天阳百货的一家面馆打杂工。这份工作是贾小蝶介绍的，面馆的老板是她朋友，春节时商场人流量大，女老板不舍得歇业，但很多员工回了老家，只能招几个学生来帮忙。蒋赟是年纪最小的一个，连身份证都没有，老板和他说好了，他俩是"姑侄"，侄子寒假在店里帮忙，直接喊老板"姑姑"。

蒋赟的工作是收拾碗盘、擦桌子、洗碗、上菜、打扫后厨卫生，每天从早上十点干到晚上九点，日薪一百二十块，包两顿饭。

不用在室外吹冷风，每天都能享受商场里的空调，蒋赟觉得挺好。晚上下班回家，他都会做作业，复习功课，一直弄到半夜两点多才睡，第二天九点起床，吃过早饭骑车去商场，周而复始。

章翎知道他在打工，春节前，她和两个初中好友聚会，特地选了天阳百货，吃午饭时，三个女孩进到面馆，一人点了一碗面。

范欣言问："为什么要吃面啊？好不容易出来玩，我本来想吃比萨的。"

章翎笑着说："我突然特别想吃面条，听说这家的猪肝面做得很好。"

等面上桌，女孩们聊着天，拿起手机拍合影，没一会儿，一个穿着暗红色工作服的男孩端着餐盘过来了，"大肠面，谁的？"

"我的。"

"海鲜面？"

范欣言举手，"我的。"

男服务生跑第二趟时，把最后一碗猪肝面端到章翎面前，章翎仰头对他笑，"谢谢。"

头发微卷的男孩冲她做个鬼脸，溜走了。范欣言惊讶地看向章翎的碗，"我的天啊！猪肝怎么这么多？早知道我也点猪肝面了。"

章翎看着面碗里堆得像小山一样的猪肝，差点笑死，用勺子舀了几勺猪肝分给小伙伴，"你们尝尝，据说特别好吃。"

分完了，她用筷子夹面条，呆了一下，惊喜地说："呀，还有一个荷包蛋呢！我都没点。"

"这么好？"范欣言更羡慕了，"是不是放错了呀？"

章翎转头看过去，男孩正在不远处收拾碗盘，像是心有灵犀，突然也回头看她，目光相会，他弯着眼睛笑起来。

章翎吃完面，一直盯着后厨的门，等蒋赟又一次端着餐盘出来后，她起身走过去。蒋赟给客人上完面条，一回头就看到章翎，问："吃完了？好吃吗？"

"差点撑死。"章翎向他凑近了些，小声问，"我爸爸让我问你，除夕你上班吗？"

蒋赟回答："除夕只做午市，下午两点就下班，怎么了？"

章翎说："今年过年，我外公外婆被我舅舅一家带到海南度假去了，我妈妈医院要值班，去不了，所以我们家就三个人过。除夕下午，我爸爸说要包饺子，你要是有空就一起来，包完了你带些走，和你奶奶晚上煮着吃，你来吗？"

包饺子啊……蒋赟沉默片刻，说："过年，我还是不去了吧。"

"为什么？"章翎觉得很奇怪，"我妈妈下午都要上班呢，家里就我和我爸两个人，你又不是第一次去。"

蒋赟在思考，章翎又说："我爸爸说了，你不准买东西，买什么他都不会收的，就让你去包个饺子，对了，你会包饺子吗？"

蒋赟点点头，"会。"

"太好了，我不会！"章翎很开心，"那你俩干活，我还能看电视呢。"

聊完天，章翎回到餐桌旁，范欣言问："那是谁？你认识吗？"

"哦，我 6 班的同学，寒假在这儿帮忙。"章翎揭开谜底，"刚才逗你们呢，我面里的料都是他给加的，他知道我要来吃猪肝面。"

范欣言呼出一口气，"怪不得，你和他关系很好吗？老实交代，是不是你的追求者呀？"

章翎故意摆谱，"才不是呢，他又不好看，还那么矮。"

两个小伙伴一齐扭头看向蒋赟，范欣言说："还好嘛，也不是很矮，和我爸爸差不多高。"

另一个女孩说："长得也还行啊，就是皮肤不太好，哎，他怎么还烫头？你们学校能烫头吗？"

章翎也望了一眼蒋赟，笑着说："他是自来卷。"

不知是不是错觉，章翎总觉得，蒋赟身上起了点变化。

首先是他的声音，去年暑假第一次见面时，他还是难听的公鸭嗓，现在，声线越来越低沉醇厚，不再嘶哑。

章翎学声乐，曾经认识两个一起上课的小男孩。一个变声前歌声嘹亮，唱《青藏高原》都不在话下，变完声，高音竟再也上不去，音准音感还在，只能悲催地走男低音路线。另一个男孩变声前高音就不咋地，变完声却脱胎换骨，成了清朗的少年音，唱歌时自带少年感，特别适合唱男偶像的歌。

所以，男孩子变声就跟撞大奖一样，蒋赟看着清瘦，就是少年模样，一开口居然是个低音炮，也是章翎没想到的。

除了声音的变化，蒋赟的肤色也有了些改变，因为好久没有风吹日晒地去送水，他不那么黑了，虽然没有乔嘉桐那般白净，至少在人堆里，肤色看着很正常，很健康。

再就是他的身高和骨骼变化，以前的他瘦得皮包骨，脸上都没有肉，现在不是了。他的双颊丰润了一些，下颌骨依旧凌厉，从侧面看，鼻梁非常挺，眼窝又略深，下巴还有点翘，轮廓十分鲜明，配上那双漂亮的眼睛和薄薄的嘴唇，不怪小伙伴说他"长得还行"。

当然，皮肤不好依旧是硬伤，章翎觉得蒋赟可能需要去皮肤科看看医生，但她不敢说，只能悄咪咪地送他一瓶祛痘洗面奶和一罐祛痘面霜，也不知道他用没用。

除夕下午，蒋赟下班后骑车去金秋西苑，章知诚已经准备好了饺子皮和饺子馅儿，在餐桌上铺开，挽起袖子叫他："小蒋洗手，开工了。"

看女儿笑嘻嘻地站在边上围观，章知诚问她："你好意思不帮忙吗？"

章翎骄傲地抬起下巴，"谁说我不帮忙？我会帮忙吃！"

蒋赟看着她耍赖皮，心里觉得有趣，也挽起袖子，"叔，我们两个人就够了，让章翎歇着吧，就这么点皮子，我一个人都能包完，我还会好几种包法呢。"

章翎摇头晃脑，"还是蒋赟对我好。"

章知诚无奈摇头，见蒋赟已经手势纯熟地包起饺子，问："包饺子，谁教你的？"

"武……"蒋赟及时刹车，"五六年前跟一个邻居哥哥学的。"

他真的会好几种包法，什么葵花饺、元宝饺、老鼠饺……都是在武校时学会的。

那几年，他过年都不能回家，因为过年时表演任务很重，每天都有好几场，是武校那群魔头敛财的好时机。

那时候蒋赟才几岁大，身边的小伙伴也都和他差不多年纪，大家剃着统一的小光头，穿着仿真丝的廉价武术服，天天被拉去广场、景区、婚宴酒楼、楼盘开盘现场，甚至还去电影城当群演，打的名头不是北少林就是南少林。

那时小男孩们一点也不期盼过年，因为冬天实在太冷。寒冬腊月，他们只能穿单衣，是经典的黄色底子，盘扣立领红腰带，没上台前，一个个拖着鼻涕，瑟瑟发抖地挤在一起互相取暖，活像一群快要冻死的小鸡崽。

过年期间收工回宿舍，他们可以吃一顿自己包的饺子，但是每个人都有定量，没人能吃饱。

原因很简单，观众们不喜欢看正统的武术套路表演，就喜欢看小孩翻跟斗，越是年纪小、长得虎头虎脑的小男孩，翻起跟斗来观众越喜欢，总是会有成片的掌声、叫好声和"咔嚓咔嚓"的拍照声。于是小男孩们都开始练习翻跟斗，侧手翻、空翻、倒着翻……为了翻跟斗更轻盈好看，教练就不让孩子们长高长胖，严格控制他们的饮食。

蒋赟那几年就没吃饱过，饭菜来了都靠抢。岁数小时，大孩子会抢他的饭，岁数大了，饿极了的时候，他也会去抢更小孩子的饭。那小孩被抢了饭，伤心得哇哇直哭，教练也不会帮他，反而嫌他吵闹，把他揍一顿，又罚他去扎马步。

一晃眼，那已经是好多年前的事了，蒋赟现在人模狗样地在重点高中上学，身上穿着簇新的羽绒服，食堂里饭菜丰盛，他甚至不再囊中羞涩，想吃什么菜都能吃上。还有牛奶喝，有火锅吃，尝过奶茶和杧果西米露，吃上了大闸蟹。

当初的那些小伙伴，现在是不是和他一样，再也不会饿肚子？是不是，都过上了正常的生活？

但是，蒋赟从未忘记，这一切，都是余蔚帮他们换来的。

从武校回来后，蒋赟没再包过饺子，李照香提议过，每次都被他否决，因为看到饺子，就会让他想起余蔚。

这么多种饺子的包法，都是余蔚教他的，那个只比他大一岁的小男孩，还会把自己的饺子分几个给蒋赟，只为让他吃得更饱一点。

余蔚，他的"哥哥"，蒋赟嘴里"在外地、过得挺好"的人，没能等到逃出魔窟的那一天，他再也吃不上蒋赟包的饺子了。

（3）

"小蔚，我好饿。"

"再忍忍，马上就放饭了。"

"小蔚，我脚好疼，呜呜呜……"

"你别哭，哭有什么用？一会儿把他们吵醒又要来打你。"

"我不想再待在这儿了，小蔚，我们什么时候才能毕业啊？"

"你傻呀，这儿根本就不是学校，那些人都是魔鬼！"

"啊，我们会死在这儿吗？"

"不会的，他们胆子还没这么大。"

……

"小赟，我长大了要当警察，把这些魔鬼全部抓起来枪毙！"

"小赟！快跑！往前跑！别停下！去找警察！快跑——"

……

蒋赟心中思绪翻涌，手上机械地包着饺子，没有和章知诚说话。

突然，耳边响起一首舒缓温柔的钢琴曲，像是一股清泉，叮咚流淌，优美的琴声环绕在客厅，慢慢抚平了他焦灼不安的情绪。

他抬起头，就看到章翎坐在钢琴边，投入地弹奏着。

她穿着一件米黄色毛衣，扎着马尾辫，整个人沐浴在午后的阳光里，所谓岁月静好，大概就是这样一幅画面。

如果说，人是靠着一份念想而活，那在蒋赟短短十六年的人生中，前六年，他的念想是母亲，六岁到九岁，念想是余蔚，从九岁一直到现在，他的念想就是章翎。

那个女孩永远都不会知道，她对他来说，有多么重要。

包完饺子，章知诚帮蒋赟装好一大袋，让他带回家和奶奶一起吃。蒋赟提出告辞，章知诚没留他，在他换鞋时往他羽绒服口袋里塞了个红包，说："小蒋，这个月放寒假，饭费就不给你了，给你个压岁包，祝你新春快乐，学业进步。"

蒋赟吓坏了，无论如何不肯收，和章知诚在玄关处打起太极。章翎在边上看好戏，章知诚突然板起脸，沉声道："长辈给你的压岁包，要推回来也是长辈推，你一个小辈推什么推？"

章翎快速地捂住嘴，差点笑出来，没想到她亲爱的老爸还会这么说话。

蒋赟没被唬住，大声说："叔！不带这样的！你们再这样对我，我以后都不敢来了！"

"是吗？"章知诚镜片后的眼睛微微眯起，"不想考实验班了？"

蒋赟猛地看向章翎，章翎很惊奇，"蒋赟，你要考实验班啊？"

蒋赟简直无地自容，脸色快要红过那个红包。

"收下，大过年的，小孩拿红包就是讨个吉利，别想那么多。"章知诚把红包塞进蒋赟的口袋，"回去路上小心，帮我们和你奶奶拜个年，去吧，明年见了。"

蒋赟胸口一阵阵地起伏，好半天才抬起头来，低声说："谢谢叔。"他又看向章翎，"明年见。"

章翎微笑着向他挥手，"明年见。"

除夕夜，蒋赟和李照香在出租屋里吃饺子。

李照香另外做了三个菜，还大方地给蒋赟买了一瓶椰奶，算是一顿丰盛的年夜饭。饺子很香，个个皮薄馅大，蒋赟用米醋拌辣酱，足足吃了三十多个才打住。

章知诚给的红包有一千块，蒋赟把钱拿出来时，整个人都蒙了，赶紧找笔记本把日期和金额都记下来。

家里没有电视机，吃完饭，一老一小也没得看春晚，蒋赟干脆翻开书本做题，李照香则倚在床头和女儿打电话。

"建梅啊，过年好呀！年夜饭吃了吗？我这儿好着呢，吃饺子了……你好不好啊？你让小侃、小越和我说说话……不愿意啊？这俩孩子，外婆都不要了，小没良心的，外婆多想他们呀。"

蒋赟缓缓转头，无语地看着她，奶奶和姑姑打电话时心情都很好，不过她每次想和外孙、外孙女说说话，那俩货都不愿意，也不知道第几回了，一次次被拒，又一次次请求。

蒋赟心想，大概是远香近臭吧，奶奶对他从没有好脾气，对他那两个陌生的表哥表姐，却一直充满耐心。

他回过神来继续做题，手机突然响了，打开看，是草花的消息。

草花：赟哥，你哪天有空？我来找你玩。

蒋赟：初八前，我每天都在天阳百货六楼老钱塘面馆打工，你随便哪个中午来都行，我请你吃面条。

草花：好嘞，我来之前和你说！

初五下午两点，章翎来到天阳百货，上电梯到六楼，先去蒋赟打工的面馆，却被别的员工告知有个男孩来找蒋赟玩，趁着下午没客人，两人不知溜哪儿去了。

章翎拿出手机，想到蒋赟好不容易和朋友聚聚，便忍住了没给他发消息，转身走去六楼另一边的 KTV。

乔嘉桐在包厢里等她，还有徐舟、许清怡和其他几个乔嘉桐的同学。这次唱歌是乔嘉桐组的局，寒假以后，他已经约过章翎两回，章翎不想去，每次都以要走亲戚为由拒绝他。原本以为乔嘉桐不会再来找她，结果他又第三次来约，言辞非常恳切，甚至说怕她认生，还叫上了她的同班同学许清怡，她俩可以做个伴。

章翎真要被乔嘉桐的脑洞打败，是谁告诉他，同班的两个女生就一定会是好朋友？

许清怡已经同意，章翎要是再不去就显得很小气，于是便答应下来。

出门时，章知诚在客厅看书，抬起头问："去约会吗？"

章翎大叫："爸爸你瞎说什么呀！我同学约我去唱歌！"

章知诚无辜地看着她，"宝贝，你是不是忘了，今天是情人节啊。"

章翎反应过来，只是，情人节这种节日还没在小少女的节日单里出现过，也只有章知诚和杨晔这样的父母，才会嘻嘻哈哈地以此与女儿打趣。章翎气鼓鼓地穿鞋出门，"爸爸你真无聊，给妈妈的礼物准备好了吗？"

章知诚笑，"当然准备好了，晚上早点回来吃饭，我们不嫌弃你做电灯泡。"

正因为这段小插曲，乔嘉桐又恰好把唱歌定在天阳百货，章翎才想在赴约前去见一下蒋赟。她并未准备礼物，只想和他说一声，她要去和乔嘉桐那拨人一起唱歌。蒋赟不喜欢乔嘉桐，章翎清楚得很。

走进包厢，章翎立刻收获一片欢呼声，乔嘉桐像是很兴奋，"千呼万唤，大明星终于来了！"

包厢里大部分都是陌生人，章翎很尴尬，"学长，你别这么说。"

许清怡起身来拉她，很是亲热，她的长发披散在肩上，穿着白色毛衣配小短裙，打扮得非常漂亮，笑嘻嘻地说："学委，我听学长说他叫了你两次你都没来，跟诸葛亮似的，要三顾茅庐才请得动你哦。"

章翎说："前两次，我都要去亲戚家。"

许清怡把她拉到沙发上坐下，"今天终于有空了？对哦，今天可是情人节呢，真是个好日子！"

章翎奇怪地看着她，"情人节怎么了？你不也来了吗？"

乔嘉桐哪会感受到两个女生间的刀来剑往，已经迫不及待地张罗起来，"章翎，你快去点歌！想唱什么就切上来，我们都特别想听你唱整首歌！"

章翎没再拒绝，起身去点了首歌，不是王菲的，因为不想在这些人面前唱她偶像的歌。

她唱完一首，包厢里简直要沸腾，徐舟说："我应该把门打开，在门口收门票！"

乔嘉桐对另一个偏胖的男生说："听到了吧？这才叫牛，你还自封五中歌神，跪下吧！"

那个男生作势要跪到沙发上，"服了服了，学妹，收徒吗？个子一米八体重一百八的那种？"

众人爆笑。

章翎以前也和同学们在 KTV 唱过歌，从没被这么吹捧过，觉得太夸张，不是很喜欢这种气氛，便越发感到拘束。乔嘉桐像是看出她的不快，让大家别闹了，对章翎说："咱俩合唱一个？行吗？"

章翎同意："行，唱什么？"

乔嘉桐思索，"我想想啊。"

许清怡说："唱《珊瑚海》，周杰伦的！"

乔嘉桐问章翎："你会吗？"

章翎点头。

于是，在众人戏谑的目光中，乔嘉桐和章翎合唱《珊瑚海》，结果万分惨烈。

这首歌音不低，乔嘉桐一开始还发挥正常，章翎更是能完美驾驭女声高音。可到后来，乔嘉桐逐渐感到吃力，章翎高音一飚，他直接被带偏，唱到副歌高潮"海鸟跟鱼相爱，只是一场意外"时，他额头暴着青筋，近乎嘶吼，调早就不知跑哪个海岛上去了。

一首歌唱完，章翎放下话筒，包厢里突然爆发出一通狂笑。大家都对着乔嘉桐打趣，说视频录下来了，以后乔大帅哥追妹子，就给人看这个，包准听一个跑一个。

乔嘉桐生气，"你们还是人吗？！"

徐舟笑得肚子疼，"桐哥，你也有今天！你和小章妹妹看来的确无法相爱，她是海鸟在天上飞，你就是海里翻白眼的鱼。"

乔嘉桐慢条斯理地说："这你就说错了，章翎是鸟，我可不是鱼，你看我的名字，嘉桐，那是一棵好树，良禽择木而栖，懂吗？"

这话暧昧得很，众人顿时怪叫起来，许清怡像是听到了什么笑话，笑得靠在章翎身上，"良禽择木而栖，哈哈哈哈哈！"

章翎抿着唇，心想，早知道是这样，就不来了。

这个时候的蒋赟，正和草花在商场五楼的一家奶茶店里坐着。

中午，蒋赟请草花吃了一碗加过无数料的面条，草花就请他喝奶茶，两个男孩边喝边聊天。

他们已有数月不见，草花瘦了一点，见面时就惊喜地叫："赟哥，你是不是长高了？"

蒋赟挠挠头发，"嗯"了一声，草花手舞足蹈，"有没有人说你变帅了？"

"没有。"蒋赟挺不好意思，"我一直都这样啊。"

喝奶茶时，两人聊着近况，草花听蒋赟说他期末考考到全班第二十五名，差点流下宽面条泪，"赟哥，那你考大学稳了，那可是重点！垫底的都能上大学，像你这样的随便考就行啦！"

蒋赟叹气："这成绩我不太满意，你知道吗？章翎是我们年级第八。"

"年级第八？"草花震惊了，"你们一个年级有几百个人吧？她这么厉害的？那你能和她考一个大学吗？"

"肯定不行啊！你这不是废话嘛。"蒋赟托着下巴发愁，"所以我还得再努力些才行，我也想和她考同一个大学，至少要去同一个城市。"

对着草花，蒋赟不会隐瞒心事，小胖子什么都知道。

草花喝了几口奶茶，没再说话，蒋赟看着他，问："你又怎么了？有话就说，别藏着掖着，你这脸根本就藏不住心事。"

草花犹豫了一会儿才开口："赟哥，你还记得那个红毛怪吗？"

蒋赟一听就炸毛，"他又找你麻烦了？"

"不是。"草花小声说，"他来找我，没要钱，问我要你的手机号，说他老大想认识一下你。"

蒋赟瞪眼，"那帮瘪三王八蛋还有老大？"

"嗯，说想认识一下，交个朋友，我不给，他们找我好几回了。"

蒋赟想不明白，"你等等，他要找的到底是谁啊？蒋哥，还是斌哥？"

"要找斌哥，那天揍红毛怪那个，就是你。"草花解释，"他们说，给蒋哥的电话也行，老大和老大交流，约出来吃个饭。"

身兼数职的蒋赟很纳闷，"他们到底想干吗？"

草花一摊手，"我不知道啊！所以一直没给，出门看到他们，我就把手机藏内裤里，他们真搜我包了，没找到手机。"

蒋赟好嫌弃，"你怎么这么恶心？"

草花大叫："我还不是为了你？"

蒋赟想了想，说："草花，如果真的只是要个手机号，他们逼得紧，你给就完事了，我自己会和他们说，你也别犟嘴，再被揍就没意思了。"

草花一脸正气，"我才不给呢！你这好端端地在重点上学，哪能和那种垃圾有牵连？赟哥你放心，打死我都不会出卖你的！"

蒋赟心里感动，小胖子还挺仗义，笑了笑说："我不怕他们，真的，法治社会，他们还能把我怎么着？"

两人聊到下午四点，面馆的晚市快开始了，蒋赟要回店里工作，便和草花在五楼分别，独自一人乘扶梯上楼。六楼的扶梯口不远处就是 KTV 的门，蒋赟刚踏上六楼平台，就看到 KTV 门口站着两个人，一男一女，面对着面。

他差点以为自己眼花，那分明就是乔嘉桐和章翎。

过年期间，商场里人来人往，乔嘉桐和章翎都没看到蒋赟。章翎在包厢里待了一个多小时就提出要走，乔嘉桐一定要出来送她，看着女孩子的脸色，他问："你生气了？"

章翎说："我没生气。"

"我向你道歉，刚才不该乱说话。"乔嘉桐双手插在裤兜里，摆了一个稍息的站姿，很是潇洒。他本就高大英俊，此时穿着潮牌 T 恤和破洞牛仔裤，外形更是惹眼。章翎戴着眼镜，乖巧朴素，站在他面前，活像"霸道总裁爱上我"中的某个场景。

章翎低着头说："你不用道歉，我没放在心上。"

乔嘉桐沉默了一会儿，问："我听说，你和蒋赟在一起了？"

他已经从许清怡那里知道了蒋赟的名字。

章翎大骇，抬起头来，"没有！"

她的反应令乔嘉桐很受用，浅浅一笑，"我就知道，你不可能看上他。"

章翎又闭紧了嘴。

"你还是别和他走太近了，去年暑假的事忘了吗？"乔嘉桐摆出一副学长的姿态，"章翎，你太天真了，有些男生就喜欢招惹你这种老实的女孩子，卖惨哭穷，博取你的同情心。你善良，不知不觉就被他骗了，不是我说他坏话，蒋赟真的配不上你。"

章翎觉得有趣，歪着头问："你了解他吗？"

乔嘉桐失笑，"还用怎么了解？他满嘴脏话，当街欺负你，后来又骂过你，一言不合就动手打架，都是我亲眼看到、亲耳听到、亲身经历的。他长得……不用我多说了吧？其他方面，贫困生、领补助、成绩也很一般，这些还不够吗？"

他知道得还不少，大概都是许清怡告诉他的吧？章翎不想多说，觉得没什么意思，点点头，"我知道了，学长，谢谢你的提醒，你放心，我绝对不会在这些事上分心，我心里有数。"

乔嘉桐一愣，似乎没想到章翎会这么回答，回忆起章翎与他初识时的态度，和现在完全不一样，他想，难道是他误会了？不应该啊！在这方面，他向来敏锐又自信。

他温声道："也不是说不能分心，就是，那个，我的意思是，要分人……"

章翎一口否决："不分人，高中期间不考虑这些。"

乔嘉桐接不上话了。

"我真的要走了，学长，我爸爸妈妈还等我回家吃饭呢。"章翎最后对乔嘉桐一笑，"祝你们玩得开心，再见。"

她向厢式电梯的方向走去，蒋赟远远看到她背后的帆布包，挂着他送的那只长颈鹿，心脏小小地跳了一下。

乔嘉桐也在看章翎的背影，等她在转角消失，才走进 KTV，蒋赟则默默离开扶梯口。他站得远，一点儿也没听到他们的对话，只能看到章翎的表情，一开始是拘谨地垂着脑袋，接着是惊讶抬头，再是歪头微笑，继而点头，临走前又露出一个灿烂的笑容。

聊得好像……还挺愉快。

蒋赟再会脑补，也补不出对话内容，他比较介意的是章翎那个猛然抬头，不知道乔嘉桐说了什么，会让她如此惊讶，是……表白吗？

蒋赟走回面馆，员工们正在为晚市做准备，店里还没有客人，收银姐姐和一个服务生聊着天："今晚生意应该一般。"

服务生问："为什么？"

"今天情人节，谁会来吃面条啊？那得多抠门。边上西餐厅全都预约满了，每桌一朵红玫瑰，今晚只做套餐，二百五十八一位，啧啧啧，有钱人真多。"

蒋赟恍然，原来今天是情人节，章翎来天阳百货和乔嘉桐一起玩，都没和他说，更没来找他，是不想让他知道吗？

一直到晚上十二点，章翎也没给蒋赟发消息。

他们本来就没有经常聊天，章翎知道蒋赟在打工，晚上还要做作业，不会来打扰他。蒋赟因为看到了那一幕，心中一直有个疙瘩，赌气似的不去找她。

于是，直到寒假结束，他们都没再联系过。

（4）

二月下旬，新学期开学，学生们回校报到，领书本，打扫卫生，认识新进班的五个同学，交流着各自的假期生活。

黑板上贴着一份新的座位表，章翎在第二大组第三排，同桌是杜善杰。蒋赟在第四大组第四排，同桌是一个叫王雨晴的女生，蒋赟从来没和她说过话。他和章翎之间隔了一个大组，不管怎么轮，都没法子靠在一起。

汤子渊离开了6班，薛晓蓉的同桌换成吴炫宇，姚俊轩成为许清怡的后桌，孙妙岚坐到章翎前面，萧亮、刘陈飞那些大个子依旧霸占最后一排。

王雨晴个子很高，性格却非常内向，她似乎很怕蒋赟，鹌鹑一样地缩在座位上，大半天过去一句话都没说。蒋赟也落得清静，课间休息时会看向章翎，心想，杜善杰那个啰里吧唆的碎嘴子可千万别影响章翎学习。好在，章翎和孙妙岚很要好，薛晓蓉换开了，她不至于太孤单。

开学第一天没有晚自习，下午放学后，章翎回头看了一眼，蒋赟在收拾书包，没有注意到她的视线，她背上书包离开教室，独自一人去车站坐车。

章翎心里怪怪的，总觉得有什么地方不对劲，好像从寒假后半段开始，她的生活中就少了点什么，至于少了什么？又说不上来。

公交车摇摇晃晃地开着，天色渐渐黑下来。晚高峰公交车的车况比起晚自习下课后要拥挤很多，车到第四医院站，章翎夹在一堆乘客里下车，室外很冷，她搓搓手，低着头转身往天桥走，身后突然响起一道低低的男声："章翎。"

章翎猛地回头，就看到蒋赟推着自行车站在站台旁。

整整一天，他们没有说过话，章翎向他走去，问："你怎么在这儿？"

蒋赟说："送你回家。"

"又不是晚上。"章翎微微错开视线，小声说，"你刚才也没说啊。"

"我以为不分白天晚上的。"蒋赟看着她不自然的脸色，开始反省自己是否有哪里做错，试探着问，"那……还要我送吗？"

章翎终于迎上他的视线，"要，书包多重啊，以前都是我爸爸帮我拎的。"

蒋赟不解："你这么娇气的吗？"

听到这句话，章翎扭头就走，蒋赟再傻也知道自己说错话了，忙推着车追上去，"我不是那个意思！我是说，你坐我车，书包也是自己背的呀。"

章翎走得飞快，"那至少我不用走路啊。"

蒋赟着急，"你别走了，越走越远了，上车吧，我送你回去。"

章翎扬着脑袋，"我不，我今天就自己走了，我一个八百米年级第一，还是头一回被人说娇气！"

"我错了我错了，我错了还不行吗？"蒋赟头大，从没发现章翎还有这样任性的时候，忍不住拉了一把她的胳膊，"别走了，上车，你看你都走过天桥了！这是要走哪儿去啊？"

章翎站住脚，斜眼看他，蒋赟讪讪地松开手。章翎抿了抿唇，问："你今天为什么不和我说话？"

蒋赟愣住，"我怎么和你说话？我和你离这么远！"

章翎又问："那你寒假后面几天，为什么不给我发消息？"

蒋赟惊呆，"你也没给我发消息啊！"

章翎："我不给你发，是因为你在打工！"

蒋赟："对啊，我不给你发，就是因为我在打工啊！"

见章翎眉头皱起来，蒋赟突然开窍，"我错了，对不起！我不该不给你发消息，不该不和你说话，都是我的错！"

章翎看了他一会儿，才一脸傲娇地转身，立定。蒋赟赶紧把书包摘下来交给她，又跨上自行车，章翎坐在他的后座上。

车子还没起步呢，两人就听到一个声音："蒋小斌！能干了啊，都有女朋友啦？"

蒋赟差点从自行车上摔下来，抬头看去，原来是钟叔坐在报刊亭外，怀里抱着个电暖炉，抽着烟冲他笑。章翎把脸埋在他书包上，小声嘀咕："你们果然是一伙的。"

蒋赟也不要脸了，偏头道："你不都知道了吗？他本来的戏份就是负责拉架。"

章翎："哼。"

在钟叔意味深长的目光中，蒋赟昂首挺胸，自行车从报刊亭前骑了过去。

路上，章翎拉拉蒋赟的后衣摆，问："你今天和王雨晴聊天了吗？"

"王雨晴是谁？"蒋赟脱口而出后才想起来，"哦，她叫王雨晴啊，没聊天，她不理我。"

章翎说："她人挺好的，你别欺负她。"

蒋赟很不满，"我是那种人吗？"

章翎："呵呵。"

又骑过一段路，蒋赟问："那你呢？你和杜善杰聊天了吗？"

章翎扶额，"别提了，我差点被他烦死。"

蒋赟笑出声来，止住笑后，说："哎，你掏一下我右边口袋，给你的。"

"什么呀？"章翎腾出手去掏他羽绒服口袋，摸出一个亮闪闪的东西，仔细一看是一个水钻樱桃发圈，樱桃又小又亮，很精致，扎在辫子上不会太突兀。她偷偷地笑，"干吗要送我礼物？"

"也不算礼物吧，你不还送我衣服吗？"

"送你衣服，是因为你之前送过我长颈鹿。"

"那个长颈鹿是赔给你的。"蒋赟将车骑得很稳，"这个樱桃，是我用寒假工资买的，也不知道你喜欢什么，我看许清怡都戴的这种，还挺好看。"

章翎望天，这人的特长就是精准踩雷，她都懒得和他计较了。

车子到了十字路口，章翎跳下车，和蒋赟一起等绿灯，信号灯正在倒计时：18、17、16……9、8、7……

章翎目视前方，突然开口："蒋赟，我希望你能考上实验班。"

蒋赟的心像被撞了一下，难以置信地转头看她。

就在这时，绿灯亮起，无数行人车辆越过他们，向马路对面走去。章翎没等蒋赟回答，已经快步走上斑马线，把他甩在了后面。

蒋赟眨眨眼睛，确认自己不是幻听，才推着车小跑步追上去，大声喊："我会努力的！"

穿着红色羽绒服的女孩回头对他微笑，眼镜片反射着灯光，令蒋赟看不清她的眼睛，只听到她清脆的声音："嗯，加油！"

惊蛰节气，春雷乍响，意味着寒冬即将过去。

钱塘的初春季节总是伴随着绵绵细雨，蒋赟不喜欢下雨，不是嫌骑车穿雨衣麻烦，而是因为放学后送章翎回家，车架子上都是水，她没法坐。所以每逢雨天，他在车站接到章翎后，两人都是步行回家。

　　一开始，蒋赟连雨衣都懒得穿，被章翎念叨过几回后，才去买来一件乖乖穿上，两人一个撑伞，一个穿着雨衣推着车，慢悠悠地走去金秋西苑。

　　日子过得很平静，开学已有三周，寒假里暂停的家教课恢复正常。章知诚一上来就丢给蒋赟几道有点难的变形题，他都顺利解答，章知诚很欣慰，知道蒋赟并没有因为打工而落下功课。

　　在学校，新同桌王雨晴是个闷葫芦，前后桌同学也不熟，蒋赟便越发醉心于学习。周围人都知道他上学期是一匹黑马，从开学时的全班垫底，到期末考时位居中游，曾经有过一些恶意猜测，比如猜他作弊，毕竟在萧亮的讲述中，作弊也是蒋赟的"前科"之一。

　　不过现在，看到他吓死人的学习态度，没人会这么想了，一个个都佩服得很。王雨晴私底下和好友吐槽，说蒋赟就是个做题狂魔，坐在他身边都不好意思偷懒，午休时想睡会儿，都会有一种罪恶感。

　　开学时进行过一次简单的摸底考，蒋赟考得十分放松，分数下来后，每一科都很好看，全班排名第二十一。他把成绩条拍下照片发给章知诚，章老师回他一个大拇指，让他再接再厉。

　　雨水淅淅沥沥地下着，蒋赟把章翎送到单元门口，章翎上楼前，从书包里掏出一个苹果，递给他。苹果沾上了雨水，更显鲜嫩，蒋赟收下苹果，与她相视而笑。

　　章翎上楼后，蒋赟骑车回家，雨衣穿着好闷，他干脆扒下来，淋着雨将车骑得飞快，不顾路人诧异的眼光，一边骑一边大声歌唱："我相信自由自在！我相信希望！我相信伸手就能碰到天！"

　　伸手自然碰不到天，但伸伸手，能碰得更高一点。

　　蒋赟终于迎来他期盼已久的春季体检，量身高时，他站得笔挺，听到医生在边上报数："一米七三点五，体重五十三公斤。"

　　蒋赟偷笑，章翎的遗传身高是一米六八点五，正负五厘米，这么看来，就算她贴着上限长，也超不过他啦。

　　嘿嘿，真好！

　　他弯腰穿鞋，女医生说："这位男同学，你太瘦了，要多吃点。"

　　刘陈飞排在后面，大笑着说："他已经是个饭桶，再吃能把食堂吃破产！"

　　蒋赟也很纳闷，他的确瘦，身上一丝赘肉都没有，每天吃下去的食物也不知去了哪儿。但他能感受到自己身体的变化，骨骼生长几乎是肉眼可见，宽松的校服变得越来越合身，洗澡时照镜子，似乎连肩膀都长宽了，手臂也变得更有力量。

　　于晖隔几天见到他，都会大惊小怪地问："蒋斌，你是不是又长高了？"

　　其实蒋赟没长特别多，比起去年中考体检也只长了七厘米，大家会有这样的感觉，可能是因为男孩子从一米六几跳到一米七几，就像修仙突破了一个境界，是质的飞跃。走在人群里，再也不会有人说他个子矮小，像个孩子。

又一个周日上午，蒋赟跟着章家父女去费老师家补课，补完课，一大两小开车回到金秋西苑。

章知诚刚把车停稳，蒋赟就下车冲到路边，扶着树干干呕，章翎紧跟着过去帮他拍背。他缓了一会儿，什么都没吐出来。

坐了几个月的车，蒋赟的晕车症状有小小缓解，不会每次都呕吐，只是那种眩晕恶心的感觉还是会有。章翎递给他一瓶矿泉水，他喝了几口，抹掉溢出眼眶的一点眼泪，直起上身，大口呼吸新鲜空气。

章翎问："你坐火车会晕吗？"

蒋赟说："不知道，我没坐过火车。"

"地铁呢？"

"地铁不会，我坐过几次。"

"地铁不会的话，那坐高铁动车应该没问题。"章翎皱皱小鼻子，"飞机估计够呛，你得晕死过去。"

蒋赟脸色发白，抚着胸口说："我哪儿有机会坐飞机？做梦呢。"

章翎笑道："这有什么好做梦的？飞机票有时候会打折，比火车票都便宜。"

章知诚停完车，三人一起上楼。这天杨晔也在家，她刚练完瑜伽，正汗津津地把瑜伽垫收起来，笑着迎接他们，"回来啦？"

章翎偷偷问："妈妈，你去拿来了吗？"

杨晔往她脑门上弹了一下，"拿来了，放心吧，你交代的事我还能不记得呀？"

章知诚脱掉外套，挽起袖子准备做饭，杨晔进厨房帮忙，嘱咐女儿："翎翎，你和小卷毛一起玩，先别做作业了，放松一下，饭好了叫你们。"

一切都很寻常，蒋赟完全没发现异样，跟着章翎去了房间。他知道杨医生比较讲卫生，在室外穿过的外衣外裤，不能往床上坐，所以每次都是坐在章翎的椅子上，章翎则坐飘窗窗台。

章翎拿来一罐巧克力，抓了一把给蒋赟，自己则叼着一根棒棒糖爬上窗台，拿起一本杂志翻着看，一边看一边和蒋赟聊天："你最近碰见过汤子渊吗？"

蒋赟说："在食堂碰见过。"

"他现在怎么样啊？"

"还行。"蒋赟吃着巧克力，"说是在勤勉班他还是学霸，摸底考进前十了。"

章翎咯咯笑，"我问过邓老师，去年高考时，进过勤勉班的一个学姐考上重点本科了呢，很厉害的。"

蒋赟试探着问："你以后，是不是能保送？"

"不知道。"章翎抬眼看他，"我想去北京，如果保送的大学我不满意，就自己考。"

蒋赟吓坏了，"清华北大呀？"

章翎大笑，"北京又不是只有清华北大，我也想去呢，不一定考得上啊，别的也行，人大、北航什么的，我没有清北情结。"

"为什么想去北京？"蒋赟说，"A 大也是全国前五啊。"

A 大在钱塘，章知诚念的钱塘大学和杨晔念的钱塘医学院后来都被并入 A 大，如果章翎考上 A 大，也算是父母亲的小校友了。

章翎耸耸肩，"不为什么呀，就想出去看看，北京是首都啊。"

见蒋赟神色怪怪的，章翎问："蒋赟，你去过别的省吗？"

蒋赟回神，说："去过 B 省，其他没有了。"

"去旅游吗？"

"不是，去上学。"蒋赟声音很低，"我是四年级才转去云涛小学的，之前一直在 B 省上学。"

章翎很奇怪，"你不是钱塘人吗？为什么会去 B 省上小学？"

蒋赟说得含糊其词："我奶奶把我送去的，后来发现那儿不好，就回来了。"

"哦，我去过很多地方。"章翎咬着棒棒糖，眼神平静地看着他，"我爸爸有寒暑假，每年暑假都会带我去旅游，全是自由行。他对我说，世界很大，有机会得出去看看，还说，如果我以后不想留在钱塘工作，他和我妈妈也不会强留我，去北京，去上海，去国外，都可以。不过，我还是想在钱塘发展，所以就想趁上大学的机会，出去生活几年。我一定会读研的，也许还会出国读，六七年在外头漂，也很爽了。"

蒋赟从章翎的话里不停地提取信息，她想去北京读大学，也许会去国外读研，之后会回钱塘发展……他想，北京有什么大学是他能考上的？首都啊，都是很厉害的学校吧？

不过，现在说这些还太早，他还是先想想怎么考上实验班吧。

正想东想西呢，章翎的手机响了，她接起电话，"喂，李婧？"

蒋赟没出声，见章翎听了会儿电话，眉毛都飞起来了，瞪大眼睛吃惊地说："真的？我的妈呀！那你怎么回答他？"

"我的天，飞哥？我一点儿也没看出来啊！你俩熟吗？"

"你和晓蓉、岚岚说了吗？哈哈哈哈哈……她俩反应肯定和我一样，你也真藏得住，都没和我们说过！"

"怎么回答？我怎么知道啊，他喜欢的是你，又不是我，你自己想，我才不给你建议呢。哈哈哈哈哈……行，明天学校说，瞧把你给激动的，赶紧去和晓蓉她们打电话吧，晓蓉有经验，她初中谈过俩月……我没有！你别瞎说，我只有一颗纯净的灵魂！"

章翎挂掉电话，嘴边还笑个不停，蒋赟听出一个大概，问："李婧怎么了？"

章翎从窗台上跳下来，兴奋地在原地蹦跶，"今天，刘陈飞约李婧出去喝奶茶，向她表白了！毫无征兆！我都觉得这两人完全不认识呢！原来他俩运动会时就眉来眼去的了，李婧当时跳远摔了一跤，是刘陈飞背她去的校医那儿。"

蒋赟半张着嘴，开始发呆。

原来，早恋这种事，不是十六中的专利，重点也有啊。

他问："李婧答应刘陈飞了吗？"

"还没有，吓傻了，当场跑路。"章翎笑得很贼，"不过我听她语气，她对飞哥也有点意思，八成会答应吧。"

蒋赟迷茫地问："芳芳姐能同意？"

章翎差点给他跪下，"拜托，谁会告诉老师呀？真被老师知道了，就得叫家长啦！"

她又坐回窗台，蒋赟剥了一颗巧克力塞进嘴里，味儿都尝不出来，脑袋晕乎乎的。章翎见他一副想不明白的样子，问："你知道我们班有多少男生喜欢许清怡吗？"

蒋赟转头看她，摇摇头。

"至少八九个，甚至可能超过十个。"章翎叼着糖，双手食指交叉比了个手势，"不仅我们班，别的班还有很多，高年级也有，你没见老有男生到我们班门口探头探脑的吗？很多人说许清怡已经不是班花了，是校花。"

蒋赟皱眉，"为什么？"

章翎觉得答案显而易见，"因为她漂亮呀。"

蒋赟低头想了想，问："那你呢？有人向你表白吗？"

"没有。"章翎把最后一点糖从棍子上咬下来，对他绽开笑，"我说过，我高中不会考虑这些，不管是谁，我都不会答应的。"

蒋赟垂下眼眸，不知该高兴，还是该失落。

午饭做好了，杨晔来喊两个孩子吃饭。蒋赟走到客厅，愕然发现这天的午饭特别丰盛，有鱼有虾有鸡有肉，足足七菜一汤。杨晔还摆好四个玻璃杯，倒上橙汁，那架势，哪儿像是一顿便餐？在蒋赟眼里满汉全席也不过如此。

大家洗过手，章知诚和杨晔在餐桌边坐下，蒋赟左右一看，"章翎呢？"

杨晔清清嗓子："下面有请华语乐坛下一位天后，为我们献歌一曲！"说罢，两夫妻啪啪鼓掌，蒋赟则一头雾水。

章翎从厨房出来了，手上端着一个蛋糕，插着两支燃烧着的蜡烛，蜡烛是数字，一个"1"，一个"6"。她把蛋糕放到蒋赟面前，又走去钢琴边，掀开琴键盖说："献丑啦。"

她低下头，十指在琴键上跳跃，开始自弹自唱。在琴声伴奏中，蒋赟听到了他记事以来第一首为他而唱的生日歌："祝你生日快乐，祝你生日快乐，祝蒋赟生日快乐……"

蒋赟已经变成一块石雕，傻愣愣地坐在餐桌旁，看着面前的蛋糕，是一只可爱的喜羊羊，有着一头卷毛。

"祝你生日快乐。"章翎唱完最后一句，章知诚和杨晔又一次鼓掌。章翎跑回餐桌边，大声说："蒋赟，祝你十六岁生日快乐！"

章知诚和杨晔也一起喊："小卷毛生日快乐！"

蒋赟呆呆地看着他们，他只对章翎说过一次，三月十号是他的生日，她居然记住了。

"我……"蒋赟不知该说什么，章翎又拿出一顶红色尖顶帽，戴到他头上，笑着说："先许愿，再吹蜡烛。"

蒋赟很茫然，许愿要怎么许？需要说出来吗？他动动嘴唇，开口："我希望，我能考……"

章翎急道："哎哎哎，不能说出来，说出来就不灵了！你要在心里说。"

这样啊……蒋赟没有双手合十，也没有闭上眼睛，就盯着那个蛋糕，在心里说：我想考上实验班。

本来还想说，希望和章翎考上同一所大学，一起去北京。又一想，做人不能太贪心，老天爷那么忙，哪里顾得上这么多愿望？

杨晔拿出手机帮他拍照，蒋赟看着镜头，傻乎乎地比出一个剪刀手，差点没把章翎笑死。

许完愿，蒋赟将蜡烛吹熄，简单的仪式就结束了。章翎把塑料刀递给蒋赟，让他切蛋糕。看着可爱的喜羊羊，蒋赟好舍不得，幸好有照片做纪念，他还是切下了第一刀。四人吃过蛋糕，端起玻璃杯碰杯，午餐终于开席。

蒋赟吃着菜，神魂还未归位，章知诚给他夹菜，说："多吃点，今天你是寿星。我和你说，除了这些菜是我和你阿姨做的，别的所有事，都是翎翎安排的。"

蒋赟转头看向章翎，他俩并排坐着，章翎刚咽下一口肉，听到爸爸的话后跳起来，"哦，对，爸爸不说我差点忘了，还有礼物！"

什么？还有礼物？蒋赟一脸蒙。

章翎从卧室里拿出一个大纸袋，里头是一个藏青色的新书包，适合男孩子用，很大，很结实，样子还好看。

"可以用到高考呢。"章翎得意地献宝，"漂亮吧？我挑了好久。"

蒋赟想哭了，没人能撑得住吧？

"咔嚓！"手机快门声再次响起，成功逼退了蒋赟的眼泪，他看向杨晔，她又在拍照，还指挥两个孩子，"翎翎，你和小卷毛坐一块儿，我帮你们拍个合影。"

章翎立刻坐到蒋赟身边，两人一起望向镜头，杨晔说："一二三，笑！"

蒋赟微笑，眼睛里有闪烁的光点。

在这一天，他终于年满十六周岁，吃到生日蛋糕和生日大餐，听到章翎唱的生日歌，还收到了生日礼物。

有那么一瞬间，他甚至心生错觉，自己已经成为这个家庭的一分子，被爸爸妈妈深深地爱着，大概就是这样的感觉吧？

第9章

别怕，有我在

（1）

天下着小雨，气温乍暖还寒，路人们又穿上了厚外套，五颜六色的雨伞在街上匆匆移动。

下午放学，草花走出学校，警惕地四下张望，没发现奇怪的人，才撑起伞快步往家的方向走去。可是走了没多久，一股危险的感觉向草花袭来，果然，在路过一个巷口时，三个男人从巷子里走出来，挡在草花面前。

为首的男人是个生面孔，三十多岁，长得并不凶，头发被雨水淋湿，盖着眉眼，却挡不住眼神里的阴狠气。

红毛跟在他身后，唯唯诺诺地说："海哥，就是这个胖子。"

草花丢掉雨伞转头就跑，很快被人追上，拎着后领拖进巷子，又一次被推到墙上，左右开弓领了两个耳光。

"你们家蒋哥，架子这么大呀？"叫海哥的男人叼起一根烟，小弟立刻给他撑上伞，他眯着眼睛拍拍草花的脸，"要个手机号都不给？到底是混哪里的？整个钱塘也没几个武馆，就没听说过有这号人。"

草花吓得浑身肥肉都在抖，衣兜里的手机已经被红毛搜出来，翻到通讯录，说："海哥，真有一个姓蒋的！"

海哥拿过手机看，"蒋……这字念什么？蒋斌？"

红毛一激灵，"就是那个斌哥？"

"什么乱七八糟的。"海哥直接拨通电话。

蒋赟正在食堂吃晚饭，章翎和三个小伙伴就在隔壁桌，不知说到什么笑话，四个女生笑成一团。

手机响了，蒋赟一看是草花来电，接起来，"喂，草花。"

听筒里传来一个陌生男声："你就是蒋哥？"

蒋赟心里一咯噔，知道要糟。

海哥自报家门，说自己姓康，康大海，没别的意思，就想和蒋哥见个面，把那个很能打的斌哥也带来，手头有个活计，想找他一起发财。

蒋赟冷静地说："小斌还是个学生，抱歉了海哥，他真没时间做别的。"

他特意压低声音，听着还真不像个高中生。康大海说："有没有时间我要当面问问他，就吃个饭，这点面子总要给吧？"

蒋赟心想你哪根葱我都不知道，给谁面子啊？嘴里还是很恭敬，"真的很抱歉，海哥，小斌还小，都没成年呢，帮不了你什么忙，只会添乱。"

康大海说："你错了，我就是看中他没成年。"

蒋赟愣住了。

"行吧，反正你的电话我也有了，小胖子也跑不掉，你再想想，过些天我再给你打电话。"

康大海要挂电话，蒋赟急道："你别动胖子！"

"不动他，只要他告诉我小斌哥在哪儿就行。"康大海说完就把电话挂了，蒋赟再拨过去，电话已关机。

章翎注意到蒋赟不对劲，问："蒋赟，怎么了？"

蒋赟收起手机，回答："没什么，诈骗电话。"

巷子里，康大海看向草花："你听到了，说不说？"

草花倔强地摇头，康大海作势要打他，另一个小弟开了口："海哥海哥，我找这胖子的同学打听过，他有个兄弟在五中上学，要好的哥们儿就那一个，小斌哥如果是学生，会不会就是五中那个？"

草花抖了一下。

"钱塘五中？看来猜对了。"康大海抽一口烟，拍拍草花的圆脸，"那不是个好学校吗？小斌哥这么厉害啊？这名字取得真好，文武双全，以后我儿子也得叫这个。"

说完，他把草花的手机重重摔到水洼地里，发出"啪"的一声响，然后手一挥，带着两个小弟就离开了。

好一会儿后，草花才哆哆嗦嗦地捡起手机，却发现已经开不了机。

晚自习放学时，小雨并未停歇，蒋赟心里惦记草花，打算送章翎回家后去草花家看一眼。那群流氓已经联系上他，应该不会对草花怎么样，但不确认一下，蒋赟心里放不下。

五中门口，红毛在蹲点，小弟靠在电瓶车上，问："哥，你还认得他吗？"

"卷头发，很黑，很瘦，人不高，挺好认。"红毛说着又想不明白了，"这小王八蛋是这学校的学生？不可能吧？会不会是在里头食堂打工的？"

小弟说："不知道，你看着点儿，别看漏了。"

"海哥为什么一定要找他？"红毛对蒋赟还是很忌惮，并不想与他"共事"，还觉得自己不得宠了。

小弟说："他没成年，又能打，要是出了事就把他顶上，都判不了几年，海哥说那可是个人才，好好培养，以后能像成哥一样厉害。"

红毛点燃一根烟，问："人家要真是个学生，不愿意怎么办？"

小弟觉得他真傻，"所以才要问一下嘛，他又不是正经学生，都是道上混的，不问怎么知道人家愿不愿意？给钱的呀！"

也是蒋赟运气差，他骑车出校门时没穿雨衣，身上是校服，一头卷毛在一众学生里格外醒目，红毛一眼就看清了。

"找着了！妈的小王八蛋还真是这儿的学生。"红毛丢下烟蒂，跨上电瓶车，"你给海哥打电话，我跟着他，今天先看看他住哪儿。"

霏霏细雨中，电瓶车不远不近地跟着蒋赟的自行车，蒋赟心里记挂草花，什么都没发现，一路骑到第四医院公交车站才停下。红毛和小弟的电瓶车也远远停下，两人等了一会儿，一辆公交车到站，一个穿着红色羽绒服的女孩下车，走到蒋赟身边。

小弟很八卦，"噢，这小子有对象！"

红毛"啐"了一口，也来劲了，"我就知道这种学校的人都是假正经，处个对象跟做贼似的，老子还没对象呢！你问问海哥，这小子的对象在，要不要今天就去会会他？"

蒋赟已经推着车，和章翎一起往前走了。小弟与康大海通过电话，拍拍红毛的背，"海哥说行，跟上吧，有妹子在更好办事。"

电瓶车又一次跟了上去。

从车站走到金秋西苑，大部分路段都算热闹，有店铺有行人。不过在距离小区两百多米外，有一大段没有店铺的路，边上是一个施工工地，晚上黑灯瞎火，这也是为什么章知诚不放心章翎一个人回家的原因。

蒋赟和章翎走过这段路时，还在热烈地讨论几道数学题，身后突然响起电瓶车的声音。蒋赟回了下头，那辆电瓶车已经越过他们，打横停在他们面前，车上两人一起跳下了车。

接着，一辆面包车也开过来，停在他们身边，算是小小地包围住他们。蒋赟已经看到红毛，一下子就松开自行车，车子砰地倒地，他则挡在章翎面前。

章翎正狐疑，被他的动作吓一跳，就听到蒋赟用气声说："章翎，报警。"

那辆面包车的位置停得很讲究，前后都没路灯，也没摄像头，刚好把这一块地方挡在来往行人车辆的视野外，红毛和小弟一人守一头，蒋赟和章翎被困在工地边。

章翎没来得及报警，她刚把手机拿出来，想借着雨伞遮挡拨 110，就被红毛发现，指着她叫："小丫头想干吗？别耍花招啊，把伞丢掉！"

章翎不敢动了，偷偷把手机塞回衣兜，丢掉雨伞，任凭雨水打在身上，她和蒋赟都已无暇顾及。

她不清楚这些人和蒋赟是什么关系，看外表就知道不是好人。

章翎平时上学很大气，怼刘陈飞和许清怡时一点也不害怕，可毕竟才这么点岁数，去年暑假都能被"假流氓"蒋赟吓哭，这会儿面对一群"真流氓"，哪里还能淡定？她伸手揪住蒋赟的后衣摆，轻声问："他们是谁啊？"

可怜蒋赟也不知道他们是谁，心里只确定一件事，今天就算是死，也不会让这群人动章翎一根汗毛。当然，能不动手最好，本来就没什么事，如果红毛记恨他，蒋赟情愿被他打一顿，只要他们不碰章翎就行。

他偏过头，低声说："别怕，有我在。"

雨势渐大，章翎的头发和衣服被淋湿，眼镜片也变得模糊不清。躲在蒋赟身后，她有一种莫名的安全感，告诉自己要冷静，这里离家不远，也不是荒无人烟，总有办法脱身。

这时，面包车的车门打开，康大海走下车，身后跟着另一个小弟，剃寸头，二十多岁，长得挺精神，他很主动地帮康大海撑起伞。

康大海扫了蒋赟一眼，问："你就是斌哥？"

蒋赟认出他的声音，"你是海哥吗？和你打电话的就是我。"

他不打算再隐瞒，这伙人有车，还是四个男的，他却拖着一个章翎，想跑也跑不掉。就算这次跑掉，也会有下一次，蒋赟希望这事儿在今天完结，要不然，他、草花、还有章翎，以后都会很麻烦。

康大海和红毛一时没搞清个中缘由，康大海问："你是五中学生？"

"是。"蒋赟反手护着章翎，眼神警惕，"所以我不可能帮你做事，我也不需要发财。"

"听说你能一个打三个？"康大海指指红毛，"他说的，是真的吗？"

蒋赟与红毛对视，红毛脸色很难看，蒋赟承认了："是，我以前练过，一般人动不了我，输给我不丢人。"

章翎扯扯蒋赟的衣摆，连她这个门外汉都知道，蒋赟这话可能是想解释，可说出来完全就是挑衅加嘚瑟。果然，红毛更生气了，"放屁！谁动不了你？！"

康大海觉得有趣，问："你在哪儿练过？"

"武术学校，学过五年。"蒋赟有问必答。章翎在他身后，他不敢祭出"关你屁事"和"关我屁事"那两句蒋氏名言。

"练家子啊！"康大海瞟了眼寸头，后者轻轻一笑。

康大海继续问："今年多大？"

蒋赟："十六。"

"蒋哥，斌哥，是一个人？"康大海这时才反应过来，拍了下手，"噢！我懂了，你上头没大哥！"

蒋赟觉得这群流氓简直是智障，就听康大海高兴地说："那你愿不愿意跟我混？不耽误你上学，海哥这儿有适合你的发财门路，不危险，钱管够。"

蒋赟冷冷道："不用了，哥，我要考大学。"

"哎呀！大学生才挣几个钱？"康大海越说越来劲，"又不是不让你考大学，你是个人才啊！跟着哥，包你吃香的喝辣的，漂亮妹子随便挑！你瞅瞅你对象，戴个四眼儿，这种书呆子最没劲。"

和这个海哥说话仿佛对牛弹琴，蒋赟都疲了，"海哥，咱们讲道理，一码归一码，你小弟敲诈我兄弟，我帮我兄弟去讨个说法，他们三个，我一个，打不赢我还怪我啊？那事儿过去快半年了，我现在好好地在上学，不混什么帮派，也不想发财。今天我同学在，她胆小，你们放她走，我留下，该怎么样就怎么样，揍我出气我二话没有！行吗？"

章翎把他的衣摆揪得更紧了，轻声道："别……"

"你放心，别怕。"蒋赟偏头安慰她，又看向康大海，"哥，放我同学走，她是女孩，这事儿和她没关系。"

康大海啪啪鼓掌，"有情有义啊小斌哥！我都要被感动了，但你看我像个傻子吗？放她走，你留下，一会儿警察不都来了吗？"

蒋赟硬着头皮说："那你把我们都放了吧，我们保证不报警，这事儿就是个误会！"

红毛叫起来："海哥！你答应要帮我讨个公道的！"

蒋赟怒极，"你当街敲诈学生活该被揍！还有脸讨公道？你有本事和老子单挑啊！"

红毛不敢吱声了，康大海向着身边的寸头招招手，耳语几句后，对蒋赟说："这样吧，你和我这小兄弟过过招，让我看看你的身手，没亲眼见过我总归不太信，点到为止，你赢了，我放你们走，你输了……"

红毛哇哇叫："输了我要拍他照片！扒了裤子，和他对象一起拍！"

康大海吹声口哨，"行，就这么办！"

蒋赟知道打赢了的话，这事儿真要没完没了了，他耐揍，原本是想"输"的，不过听了红毛的话后，他就只想赢了。

他已经开始活动手腕，"海哥，说话算话，别碰我同学，我赢了，就放我们走。"

寸头嗤笑一声："口气不小啊。"

章翎没想到事情会变成这样，这些人说蒋赟能一个打三个，她没见过，相当怀疑，因为蒋赟连乔嘉桐都打不过。这个寸头一看就不是善茬，蒋赟怎么可能打得过他？再说了，现在怎么还有人会当街打架？又不是拍电影，这些人都不怕打伤人坐牢的吗？

章翎牢牢拉住蒋赟的手臂，"你别去！"

蒋赟说："放心，我能赢。"

"蒋赟……"章翎哭了，眼泪掉下来，"别去，你别去……"

"没事儿，你别哭。"蒋赟摘下书包丢到地上，见章翎吓得浑身发抖，转身就抱住了她，还学着章知诚的样子揉揉她头发，"别怕，我很厉害的。"

借着这个拥抱的掩饰，章翎的手偷偷伸到口袋里，摸索着按下两个键。她的手机设置了一键拨号，拨的是章知诚的号码，这还是去年暑假她被蒋赟吓到以后，父女两个研究出来的。

她不敢按免提，只能大声叫："蒋赟！你别打架！这个工地都没有人的！你要是受伤了怎么办啊！"

康大海说："四眼妹妹，你别叫，再叫我只能请你上车了。"

章翎最后喊了一声："你们四个欺负一个！你们是坏人！"

流氓们哈哈大笑，觉得小朋友真可爱。

蒋赟不想再耽搁，已经转身迎上了寸头。

雨水冰凉，哗啦啦的声响掩盖住此处的动静，片刻间，蒋赟和寸头就交上了手。

章翎终于知道蒋赟说的是对的，有些打架真是毫无理由，你不想打，也会有人逼你动手。

蒋赟刚躲过寸头的一拳，一个回旋踢踹到他小腹上。寸头冷笑，抓住蒋赟的右小腿一拧，蒋赟也不慌，着地的左腿用力一蹬，双臂一展，顺着寸头的手势就来了个原地三百六十度旋子转体。

地上有积水，水花四溅，康大海叫了一声好。

章翎眼睛都看直了，想到去年蒋赟和乔嘉桐打架的场景，和现在完全判若两人。

寸头欺身而上，一个擒拿手要抓蒋赟，蒋赟像条泥鳅一样，猛地下腰，凌波微步似的就从他身前转到了身后，紧接着一肘子砸在寸头背上。寸头却并未动摇，回身也是一拳落在蒋赟脸上。

蒋赟早有预判，沉肩微移卸了一部分力，也没休整，抬起膝盖就去顶寸头要害。寸头一惊，后退两步，蒋赟的拳头再次袭来。

　　章翎只觉眼花缭乱，她还是第一次在现实世界看到这样的打架。天上落着雨，地上溅着水，蒋赟与那寸头在雨中过招，说是点到为止，可每一拳、每一脚却分外凌厉。

　　蒋赟抬腿侧踢寸头左腰，寸头没避过，挨过一脚后换拳为掌，横劈蒋赟颈部。蒋赟偏头躲过，一记左勾拳又被寸头架住，他咬咬牙，右掌递上，大吼一声："只有你会这一招吗？"

　　寸头左肩真被劈到，冷哼："也就会些花架子。"

　　蒋赟怒喝："揍孙子足够了！"

　　他已经确定，这家伙也是练过的，浑身肌肉结实，身躯跟铁板一样硬，出拳如风，下盘稳健，和红毛那种小瘪三完全不是一个级别，就是想不通这样身手的人为何会给康大海做小弟。

　　不过蒋赟并不怕他，他胜在灵巧，那些年的跟斗不是白翻的，腾挪闪避要比普通男生敏捷许多，偶尔也能反击，重重一拳砸在寸头身上，随即又快速跃起避开他的攻击。

　　蒋赟练过长拳套路和各种腿法，当时在武校，小孩之间永远有斗殴，那可不是表演，是硬碰硬的打架，生生把这群孩子逼成了自学散打，目的也许只是为了护住一床被子，或是一个馒头。

　　有时被教练殴打，他们也会试图反抗，那可是成年人！蒋赟那股子"就算被揍，也要让对方吃到苦头"的劲儿，就是这么练成的。

　　后来回到钱塘，混迹十六中和袁家村，蒋赟年岁增长，打架经验越发丰富，碾压菜鸡无压力，以一打多也寻常，碰到这种势均力敌的对手，他集中精神，还能预判对方的招数。拳脚相向间，双方都挨了几下。

　　寸头发现自己轻敌了，这小孩只有十六岁，身材单薄，力气却很大，速度极快，身体协调性非常好，最要紧的一点是他似乎不怕疼，脸都肿起来了，也没有一点儿退缩的迹象。

　　康大海打着伞看得热血沸腾，频频鼓掌叫好，红毛和小弟听着那一声声怒吼和拳脚砸在身上的声音，感觉浑身都在疼。

　　章翎早就吓傻了，眼睛只盯着蒋赟，他每一次被打到，闷哼出声，脚步趔趄，章翎就会捂住嘴，眼泪控制不住地往下流。

　　蒋赟心下着急，觉得自己疏忽了一个问题，这又不是打擂台，没裁判，怎么样算输赢？是要一个把另一个打趴下吗？所谓的点到为止又是啥？寸头显然不会认输，他要是认输，红毛绝对干得出扒他裤子拍照那种事。

　　但要他把寸头打趴下，如今看来，真的很难啊！

　　两人正打得难分难解，不远处响起一阵叫喊声：

　　"在那儿！就在那儿！"

"你们在干什么?!都住手!"

"我们已经报警了!赶紧住手!"

有手电筒的光在雨幕中四处乱挥,章翎听到爸爸的声音,提着的心顿时落下去,再也忍不住,"哇"的一声大哭起来。

康大海四人"训练有素",在章知诚和金秋西苑的保安们还未跑到时,已经纷纷上车,面包车和电瓶车一下子消失得无影无踪。

章知诚冲到章翎身边,身上还穿着家居睡衣,先是上上下下看她是否受伤,确认无碍后,一把把湿淋淋的女儿搂进怀里,"没事了没事了,爸爸来了,翎翎别害怕,爸爸来了……"

章翎呜咽着推开他,"蒋赟,蒋赟受伤了……"

蒋赟此时鼻青脸肿,正脱力地坐在雨地里大声地喘着气,雨水夹着汗水,令他浑身湿透。保安们七嘴八舌地说着话,有人去扶他,碰到他身上的伤处,他"嘶"了一声,这时才感觉到疼。

章翎跑到他身边蹲下,抬手去摸他的脸,蒋赟偏开头,不敢看她。章翎的眼泪又掉下来,颤声问:"你没事吧?我们去医院。"

蒋赟嘴唇一动,哑声道:"对不起。"

真是后怕,他惹上的烂摊子,居然会把章翎扯进来,如果让她受伤,他大概只能在章知诚面前以死谢罪了。

"先别说这个了,去医院吧。"章翎去拉他,没拉动,章知诚走过来,帮着把蒋赟扶起。

就在这时,警察来了,简单听完事情经过,就跟着他们一起去医院做笔录。

(2)

第四医院的急诊室里,杨晔匆匆赶来,章翎和蒋赟正在分别做笔录。章知诚陪着章翎,杨晔走去蒋赟身边,听他把事情原原本本地对警察说了一遍。

男孩子非常狼狈,一身校服脏污不堪,浑身湿淋淋的,脸上还有伤,杨晔对警察说:"先给他处理伤口吧。"

蒋赟抬头看她,说:"阿姨,我没事,你去看看章翎吧,她吓坏了。"

杨晔叹口气,正要转身,蒋赟又说:"阿姨,对不起。"

杨晔看了他一眼,去找女儿了。蒋赟垂下头,两只手互相搅着,心想,这事儿结束了吗?康大海还会不会再来找他?他已经说得很明确,他要上学,不可能帮康大海做事,都不知道那个智障为何会看上他,还有草花和章翎,那群人会再找他们麻烦吗?

蒋赟从小生活在泥泞里,见多了那些十几岁就跟着老大混社会的人,曾经也有人招徕过他，因为他无父无母，穷、狠、聪明，又能打，但他统统拒绝了，因为不给各个老大面子，他还被群殴过几回。

蒋赟至今不会抽烟喝酒，也没打算去学，他只想考大学，想要过上正常的生活，不想住在堆满废品的出租屋里，不想再穿别人不要了的旧衣服，不想再和人抢厕所抢厨房，不想再被人指指点点，说那是个没人要的小垃圾、低保户，这辈子也就这样了。

想要改变，为什么会这么难？

蒋赟终于开始理解姚俊轩，考上大学，离开这里，摆脱过去的一切……他和姚俊轩，其实有着一样的心愿。

一个中年男警在蒋赟身边坐下，递给他一袋面包，"饿了吧？吃点儿，打架也挺耗体力的。"

蒋赟接下面包，转头看他，男警说："我姓梁，你可以叫我梁叔叔。你的笔录我看了，关于那个康大海，也是附近警局的熟面孔，没有正当职业。我们会去找他，放心吧，以后他应该不会再来找你麻烦。"

蒋赟说："我不知道他要我去帮他做什么，我没问。"

梁警官说："肯定是违法犯罪的事，你没答应，做得很好。"

蒋赟转回头去，盯着手里的面包发呆，梁警官拍拍他的肩，"小伙子，你很能打呀，年纪轻轻的，都敢和康大海的手下单挑。"

蒋赟被揍得很惨，为自己在章翎面前夸下的海口而汗颜。

梁警官笑着说："听说你学习还不错，有没有想过以后报考警校？"

蒋赟愣住，这时，护士过来叫他去处理伤口，梁警官便起身离开了。

这一晚，章翎很早就被母亲接回家，章知诚陪蒋赟在医院待到凌晨。蒋赟处理完身上的伤口，才疲惫地回到袁家村。

奶奶早就睡着了，蒋赟没进屋，独自一人坐在院子里，抬头看天。

全身都在疼，但他忍得住，他知道，他最疼的其实是那颗心。

他知道是章翎通知的章老师，是章老师报的警。自从到了医院，章老师一直陪在女儿身边，蒋赟没有机会再和章翎说句话。

后来，章老师来陪他，也没说什么，只是眼神很冷，令蒋赟心惊。

他明白，那是一种失望。

他想，自己还能继续和章翎做朋友吗？

她一定吓坏了，一个在温馨家庭长大的女孩，哪里见过这种事？

像他这样的人，是不是应该离她远远的，才对？

第二天上学，蒋赟脸上的伤差点让邓芳突发心梗，幸好他带上了警局开的证明，他是受害人，半道被流氓欺负，邓芳看过后才算松了口气。

可是班里同学并没看到证明，他们只看到蒋赟高高肿起的脸，顿时谣言四起。王雨晴惊恐万分，看蒋赟的眼神像是在看一个"恐怖分子"，蒋赟觉得她可能都快吓哭了。

蒋赟不打算对别人解释，也发消息提醒过章翎，不要把这件事说出去，绝对不能让同学们知道，他晚上会送她回家。他们已经被传好久"绯闻"，如果这件事再被捅出去，章翎一定会被人议论。

后面几天，在学校，蒋赟和章翎没有任何交流，放学后，章翎坐车回家，也是章知诚到车站来接她。

蒋赟把自行车停在钟叔的报刊亭旁，远远看到章知诚接到章翎，才骑车回家。

身上的瘀青红肿渐渐消退，蒋赟心里的疙瘩却丝毫未解。

周日早上，他没有出现在章翎家楼下，章知诚叫上章翎去上课时，章翎的表情呆呆的，问："爸爸，你是不是生蒋赟的气了？"

章知诚想了好一会儿，回答："是。"

章翎说："可我觉得他没做错什么。"

章知诚严肃地说："他的朋友被敲诈勒索，就应该报警，告诉家长和老师，而不是两个十几岁的孩子自己去解决这种事。如果没有那件事，蒋赟也不会被人找麻烦，也就不会把你也牵扯进去。章翎，你快十六岁了，平时也有看社会新闻，应该知道这个社会有阳面，也有阴面。我们并没有不让你看到阴暗面，允许你和蒋赟做朋友，爸爸妈妈自认已经很开明，但我们也不希望你接触阴暗面！保证你的安全，关心你的生活和学业，呵护你平安长大，才是我们作为父母应尽的责任。"

章翎问："爸爸，你是让我不要再和蒋赟做朋友，是吗？"

章知诚说："这件事，你自己决定。"

"那，你是不愿意再给他上课了，对吗？"

"不，这件事，由他决定。"章知诚回头看她，"我什么都没和他说，今天，他来，还是不来，我都不意外。"

章翎没再说话，心里却隐隐觉得，这不公平。

爸爸妈妈对蒋赟很好，资助他吃饭，过年给他红包，帮他补课，请他吃午餐……章翎有过猜测，爸爸可能是从蒋赟身上，看到了少年时的自己，于是，他和妈妈会想要帮助蒋赟，改善他的生活，提高他的成绩，做的种种努力，是希望他最终成长为另一个章知诚。

温柔，善良，包容，耐心，博学多才，心存大爱。

所以，当他们发现蒋赟并不是少年章知诚时，他们失望了。

都是家境贫寒的少年，都没有父母亲，都有一颗求学心，只是少年章知诚从不说脏话，更不会打架，他不打工，不和人交恶，眉清目秀，低调寡言，老师和同学都喜欢他。

他从来没认识过那些三教九流的人。

可是，蒋赟本来就不是少年章知诚啊！

蒋赟就是蒋赟，可能有点傻，有点偏，有点凶，有点冲动，还有点记仇，但在章翎心中，那就是蒋赟最真实、最鲜活的模样。

她从未希望他会变成另一个章知诚。

章翎深深记得在那雨幕中，蒋赟将她护在身后的情景，少年偏过头，低声说：别怕，有我在。

还有那个短暂的拥抱，以及之后他在雨中与人搏斗的矫健身影。

他声音哑哑地说：对不起。

章翎后悔自己当时为何不告诉他：这不是你的错，不用和我道歉，你已经做得很好了，我知道你是为了保护我。

也后悔在后来的几天，没有问问他：伤口还疼吗？用药了吗？那些人有没有再来找你？

更后悔没有对他说：你真的不用自责，我们没有怪你，你来上课吧，不是说好了要考实验班的吗？

章翎在车上沉默很久，快要开到费老师家时，突然开口："爸爸，如果蒋赟再来找你上课，你能不骂他吗？"

章知诚没回答。

章翎抿抿唇，说："我喜欢他，并不是因为他像你。"

什么叫作引狼入室？温柔的章老师现在才明白。生平第一次，他想骂人，想打架，想拎起那个臭小子，把他吊到城墙上！

这一天，蒋赟在食堂吃完晚饭，放好餐盘后洗了把脸，准备回教学楼继续奋斗，章翎突然站到他面前，说："去操场走走吧，我有话对你说。"

蒋赟愣了半晌，章翎已经转头走出了食堂。

傍晚时分，太阳还未完全落山，在西边染出一片金色。

初春季节气温怡人，学校操场边几棵樱花树的樱花开得正盛，被前几日的春雨一打，落下一地花瓣，有一种零落的美感。只是少年们还未到伤春悲秋的年纪，并不会被那晚霞和落花感染情绪，他们更感兴趣的是篮球、足球和演艺明星。

操场上，不少男生抓紧晚自习前的一点儿时间在踢球打球，跑道上还有人在跑步，戴着耳机，不知是听歌还是听英语。

章翎走在前面，蒋赟跟在后面。男孩看着女孩的后脑勺，她的头发长了许多，马尾扎高了，绑着他送的樱桃发圈，走路时辫子会一甩一甩的。

蒋赟猜测章翎要对他说什么，他想，大概就是告诉他，她的父母要求他们以后不要再来往。他早已做好思想准备，都不用他们讲，这一个多星期，他根本不敢和章翎说话。

没什么大不了的，初中那两年半，他连见都见不到她，照样能活。现在和她在同一所学校，同一个班级，每天都能看到她，就算不说话也没关系，他已经很知足。

章翎绕着跑道走了一百多米后，渐渐停下脚步，转过身来，看着距离她两三米远的蒋赟，问：礼拜天，你为什么不来上课？"

蒋赟静静地看着她，不说话。

章翎说："就算有事不来，是不是也应该给我发条消息？我等了你好久。"

蒋赟移开视线，盯着操场上正在争球的几个男生，沉声道："我以后，不去上课了。"

"为什么？"

"你知道为什么。"蒋赟真不想把话说得这么清楚，觉得很没劲，"你和我走得近，说不定会碰到危险，那些人根本讲不通道理，指不定哪天又来找我麻烦。"

章翎歪着脑袋，困惑地问："为什么好人要怕坏人？"

蒋赟说："我不是怕他们，我是怕你被牵连。"

章翎说："可我觉得分明是他们在害怕，要不然，也不会听到有人来，跑得比兔子都快。"

蒋赟笑了一下，"那是做贼心虚，但还有个词，叫贼心不死。"

章翎："我还知道一个词，叫邪不压正。"

蒋赟："可我不想那样的事再发生，不想再吓到你。"

章翎低下脑袋，小声说："我那天，其实也没那么害怕。"

"呵。"蒋赟偏头轻笑，"骗谁呢？你都吓哭了。"

"我那是装的，为了打电话。"

"我不信。"

"真的。"章翎抬头看他，"和去年暑假碰到你时不一样，那次，只有我一个人，真的有点怕。这次，有你在，我其实没那么害怕，我知道你会保护我。"

蒋赟叹气："你能不能别再提去年暑假的事了？"

章翎咯咯咯地笑起来，"好吧，不提了，那蒋赟，礼拜天继续来上课吧，不是说好一起考实验班的吗？"

蒋赟再一次沉默，章翎又说："今天早上，我和我爸爸说了，晚上让他不用来接我。"

蒋赟倏地瞪大眼睛，"你爸爸能答应？"

"为什么不能？"章翎努努嘴，"他从来不会强迫我该做什么，不该做什么，有什么事，我们都是商量着来的。"

蒋赟说："我知道，你爸爸妈妈生我气了。"

"是有点儿，不过没那么严重。"章翎微笑，"他们知道事情的经过，说只要你以后不再和那些人来往，碰到事情就及时报警，别逞能，把精力都放到学习上，他们就不会再来说你。"

蒋赟依旧犹豫不决，他想，如果他是章知诚，最宝贝的女儿碰到这样的事，他一定不会答应再让女儿和那个浑小子有往来。

章翎也没要他立刻答应，"好了，我说完了，礼拜天早上，我在家等你。"

她转身继续绕着跑道走，蒋赟又跟了上去，走着走着，章翎突然想起一件事，回过头来，"对了，你说你在武术学校学过五年，是真的吗？"

蒋赟一下子就站住了，点头，"真的。"

章翎不解，"那你怎么会四年级转学？你留级啊？"

"不是。"蒋赟说，"我没上幼儿园，四岁半就去武校了，九岁多回来的，就是上四年级的年龄。"

"这么小就去了？"章翎好惊讶，"武校就在你说的那个 B 省吗？怪不得你打架这么厉害，可是……去年，为什么你会打不过乔嘉桐？"

蒋赟不高兴，"不是说好不提了吗？"

章翎吐吐舌头，"哎呀，不好意思，我忘了。"

她对武校充满好奇，走了几步后又问："你在武校都学了些什么？轻功吗？我那天看你可以原地大旋转，飞起来一样的，好厉害啊！"

蒋赟咽了口口水，当那些痛苦记忆又浮起来时，他依旧会感到心慌气短。他低声道："我不想说，可以不问吗？"

"哦，好吧。"章翎不明白他为何不想说，被父母呵护着长大的女孩根本想象不到，当她在教室里快乐地上课时，她的同龄人却在地狱里挣扎求生。

转过大半圈，两人路过篮球场，篮球场两个篮板下分别挤着几个生龙活虎的男生，一边是高一，一边是高二，刘陈飞和王波在打球，又跑又跳，喊得很大声。

场边的台阶上有观众，高一这边人不多，李婧托着下巴坐在那儿，章翎远远看到她，向她挥挥手，李婧害羞地低下头去。

高二那边的看台明显观众更多，因为乔嘉桐在场上，许清怡带着她的两个小跟班也混在其中。女生们在看乔嘉桐，场上场下许多男生都在看许清怡。

蒋赟看了一会儿，突然问："萧亮怎么不在？他不是一直和刘陈飞混在一起的吗？"

章翎说："在教室吧，萧亮这个学期可用功了，他想冲实验班。"

理科实验班满员四十八人，但不是十二个班级的前四名都能进，而是要看年级排名。在高一（6）班，最近几次考试的前六名排名有变动，人却一直没变化，除掉两个文科生，另四个就是章翎、吴炫宇、姚俊轩和萧亮。

通常来说，每个班级的理科前三都稳进实验班，第四名却不一定。万一别班学霸扎堆，一个班都能进六七个，某些班的第四名很有可能被挤下来。所以，从未进过班级前三的萧亮冲实验班并不保险。

蒋赟顿时紧张起来，他连班级前二十都没进过，立刻说："我要回去自习了。"

这时，乔嘉桐进了一个好球，场边的观众都欢呼起来，许清怡双手拢在嘴边大喊："学长你好棒呀！"

乔嘉桐很兴奋，小跑着和队友庆祝，视线无意间转向场外，竟看到章翎和她身边的蒋赟。乔嘉桐不知为何突然有点不开心，走到场边拿水喝。许清怡也看到了章翎和蒋赟，抓着赵思婷的胳膊激动地说："哎哎哎，你看你看，章翎在和痘神逛操场呢！"

赵思婷："喔！"

沈漫百思不得其解，"你们说，章翎看上痘神什么了？"

"不知道，大概是瞎了吧。"赵思婷突然产生阴谋论，对许清怡说，"清怡，你说她会不会是故意的？故意拖着痘神过来给乔嘉桐看？"

许清怡没明白，问："什么意思？"

"你不是说章翎和乔嘉桐关系怪怪的吗？"赵思婷说，"有些女生就是这样的，她心里明明喜欢乔嘉桐，却打死也不说，就不停地刺激他，想让对方主动表白，这样，主动权就在自己手上了。"

许清怡皱眉，"你觉得乔嘉桐会对章翎表白？"

赵思婷说："那我不知道，你们出去玩的几回，我也没去啊，不过你不是说过吗，乔嘉桐对章翎的态度，和对别的女生不太一样。"

"我觉得他对我的态度，和对别的女生也不一样啊！"许清怡一挑眉，居然有点生气了，"你怎么不说他会对我表白啊？"

沈漫闷头笑，许清怡掐她，"漫漫你笑什么呀！"

沈漫不笑了，酸溜溜地说："和你表白的人还少吗？"

"哼。"许清怡骄傲地抬起下巴，"你以为这是好事儿吗？烦都烦死了。"

说完，她的视线又移到乔嘉桐身上。

少男少女们各有各的心事，不外乎上课、考试、排名……还有心里悄悄藏着的那个人。正如杨医生所说，他们的社交圈还是太小，每天学校家里两点一线，看来看去就是那么一拨人，实在太容易动心。

学校外面的世界是什么样的，孩子们还没机会见识到。

蒋赟再也没有逛操场的兴致，快步跑向教学楼，奔着他的实验班而去。章翎追都追不上他，干脆放弃，去小卖部买了两瓶果汁饮料，回到教室后，特地从后门进，经过第一大组第四排时，往蒋赟桌上放下一瓶，才又绕过讲台，走到自己第三大组的位子。

蒋赟从书本里抬起头来，愣愣地看着桌上凭空出现的橙汁，橙汁啊……从去年暑假开始，蒋赟对橙子这种水果有了一点心理阴影。

王雨晴以为他不知道是谁给的，好心提醒他："是学委放的。"

蒋赟："哦。"

他把橙汁塞进书包，知道章翎是在提醒他，放学后，车站见。

从这天开始，蒋赟和章翎的交往恢复正常。

在学校，他们依旧很少说话，但每天晚自习放学后，蒋赟会在公交车站等章翎，骑车送她回家。

周日上午，他会去金秋西苑，继续接受章知诚的家教辅导。

章老师果然没有骂他，蒋赟偶然见到杨医生，她也没有用异样的眼光看他。蒋赟心中愧疚，主动向章知诚保证，自己再也不和那些社会闲散人员有来往，一定好好学习。并且，就算是死，也会保证章翎的安全。

听到这句话时，章老师的表情很精彩，像是有千言万语要讲，最后只憋出一句话："你才多大？死什么死？章翎的安全不用你保证！你管着自己就行。"

蒋赟挂下嘴角，嘟囔道："叔，你信我，我不是说大话。"

康大海和红毛再没找过蒋赟麻烦，蒋赟不知道是不是梁警官去找过他们，他和草花通电话，草花说，红毛已经很久没在校门口出现。

"因祸得福！"小胖子在电话里高兴地说，"我手机被他们砸坏了，被我爸骂了一顿，后来给我买了个新手机，智能的，装上了微信！赟哥，你知道啥是微信吗？"

蒋赟说："不知道。"

草花很得意，"现在我爸他们都流行用微信了，和 QQ 差不多，挺好玩的，还有朋友圈。啥时候你有微信了，咱俩加上。"

蒋赟听不懂，"哦，好。"

他的手机不支持装微信，也没有这个需求。他依旧只有那么几个 QQ 好友，平时学习忙，也不怎么聊天。

转眼到了清明，学校放假两天，蒋赟跟着李照香去给爷爷和爸爸扫墓。爷爷和爸爸葬在同一个墓园，他们先去爷爷那儿，李照香烧纸点香，对着墓碑絮絮叨叨老半天，又领着蒋赟去到蒋建齐的墓前。

蒋赟虽然对两位亲人都没有记忆，但比起爷爷，父亲对他来说，总归是一个特殊的人。他看着墓碑上蒋建齐的照片，那是一个风华正茂的青年人，头发乌黑，五官俊朗，笑容阳光，就是和他一点儿也不像。

蒋赟看过自己和父亲的合影，那时候他才一岁多，蒋建齐生病还不久，看着挺精神，身穿衬衫和牛仔裤，把儿子抱在手里。

小蒋赟已经有了一头卷毛，发色比现在更浅，皮肤白白的，眼睛很亮，手里拿着个小玩具，笑嘻嘻地望着镜头。

奶奶说他小时候像个外国洋娃娃，别人看到都会稀奇地逗他，问是不是混血儿。

照片的背景是那栋朱红色小楼，院子里停着一辆摩托车，晾衣架上挂着一条女士连衣裙，蒋赟猜测，那是母亲的裙子。拍照的人应该就是母亲，可能在拍照后，父亲还帮他和母亲拍过合影，那个连脸都记不得了的女人，曾经也将他亲昵地抱在怀里。

墓是单穴，蒋赟知道，父亲走了的时候，母亲就没提过要办双穴墓，哪怕他们有将近十年的感情。所有人都理解，时代不同了，一个才二十八岁的女人，往后的人生路还很长，哪会独自一人走下去？

李照香拿出抹布要擦拭墓碑，蒋赟说："奶奶，我来吧。"

他拿过抹布，仔仔细细地把墓碑、墓盖板都擦干净，李照香已经抹起眼泪，一边烧纸一边说："建齐啊，妈来看你了，还有小崽。"

蒋赟抬眼，与照片上的蒋建齐对视。

"这一晃眼，你走了也有十四年了，你看，你的儿子都这么大啦，十六岁，换到老底子，都能出去上工干活了。不过他还在上学，上高中，和你一样争气，以后要做大学生。"李照香把纸元宝一张张掰开，丢进火堆里，"建齐啊，妈实在是没本事让小崽过得更好点，你也别怪我，妈没文化，真的尽力了。

"你也是没福气，现在变化好大哟，到处是高楼，人人有手机，你都没机会看看。你要是还在，脑袋那么聪明，现在肯定成了大老板，住洋楼，开小车，小崽也不会过得这么苦了。

"你姐这些年都没来看过你，你别怪她，她离得远，家里老老小小都要她操持，走不开。就算她回来了，家里连个住的地儿都没有，唉……再过两年，小崽就要高考，等他考上大学，我就去你姐那儿养老，和她说好了的……"

蒋赟突然打断李照香的絮叨："奶奶，你真的觉得姑姑会给你养老吗？"

李照香发了一会儿愣，气道："你这说的什么屁话？在你爸面前别瞎说！你姑姑可孝顺了，早就答应给我养老的！"

蒋赟笑了一下，"你别嘴硬了，姑这两年都不同意你过去看她，也不过来看你，钱也不给，这叫孝顺？"

"你！"李照香气得不轻，指着墓碑喊，"你是不是要活活把你爸气得爬起来？啊？拣好听的说你不懂啊？"

蒋赟也蹲下来，看着李照香浑浊的眼睛，缓缓道："奶奶，我来给你养老，等我考上大学，不管去哪儿都把你带上。反正我们在钱塘也没有房子，租哪儿不是租？我不会丢下你的，你也别去麻烦姑姑了。"

李照香嘴唇翕动，连着眼睛都泛起了泪光，嘴里却硬邦邦地说："谁要你给我养老？你这小王八蛋，我看着就来气！看了这么多年，巴不得早点儿把你赶出去！"

蒋赟见她心口不一，干脆盘腿坐在地上，对着墓碑说："爸，你听听，奶奶嘴硬呢。"

"胡说八道！"

"你心里是不是可开心？就怕我以后不要你？"蒋赟抓住李照香枯槁的手，"不会的，奶奶，我就你一个亲人了，咱俩平时吵归吵，我绝对不会不要你。说好了，以后我给你养老，等我工作挣钱了，给你买个大房子，带电梯的，咱俩一起住。不过你不准再捡废品，要不然我和你没完。"

"讨厌，死开。"李照香拂开他的手，"哪儿学来的巧话？骗女娃娃去！骗我这个老太婆没用。"

蒋赟哈哈笑，帮着李照香烧起了纸。

清风吹起纸灰，飘扬在空中，蒋赟又一次看向蒋建齐的照片，在心里说：爸，我长大了，过得挺好，我会照顾好自己和奶奶，你放心吧。

（3）

四月底，五中进行了高一下的期中考试，所有人都认真对待。因为这次考试后，学校会进行三个排名，分别是总分排名、理科排名和文科排名，能让大家更直观地了解自己的文理科在年级是什么水平，对期末选文理志愿有参考作用。

而期末考后的分班，就是依据文理科排名，不再看总分。

蒋赟的确很想知道理科排名，考得格外认真，分数出来后，他拿到成绩条，总分不看，发现排除史地政后，他的理科排名是班里第十一，年级第一百三十七。

晚上，蒋赟在车站接到章翎，问她："你说，前面那一百多个人，有多少会选文科？"

章翎坐在自行车后架上，晃着腿说："不知道，几十个总有吧，不是人人都偏科的，有些文科厉害的人，理化也不差，只是他们更喜欢文科。"

蒋赟激动了，"那就是说，光算理科，我也许能进前一百？"

章翎不太能理解他高兴的点，毕竟前一百离前四十八，还有好长一段路，说："我不知道呀，你就继续努力呗，你这次拖后腿的是英语。"

蒋赟骑着车，发愁地说："还有俩月，你说，我能赶上来吗？"

章翎笑着拍拍他的背，"蒋赟，你压力别太大，实验班是个小目标，考上最好，考不上也没啥，你一直在进步，这个排名拿去高考，差不多够一本线了。"

蒋赟背对她嘟起了嘴，心想你当然压力不大，你又不在乎以后能不能和我同班，哼！

这次期中考，章翎没能守住班级第一，不管是总分还是理科排名，都在吴炫宇后面。但她妥妥地能进实验班，章知诚也不会说她，才高一呢，在学习上，他向来信任女儿。

许清怡没再找姚俊轩作弊，没有了降班压力，她很放松，理化不及格就不及格呗，大不了会考前再努努力。

沈漫考得很差，班级垫底，被父母狠狠地骂了一顿，说期末要是再垫底，暑假里就取消她期待已久的旅行。

薛晓蓉、王雨晴、杜善杰、孙妙岚等人成绩都还算稳定。刘陈飞退步了，李婧却进步了，他俩一个要学理，一个要学文，章翎有点搞不清，早恋，到底对学习有没有影响？

班级理科第三的位置，姚俊轩和萧亮竞争激烈，最后还是姚俊轩以微弱的优势胜出。萧亮大受打击，越发埋头苦学，姚俊轩更不会懈怠，学习，本来就是他最看重的事情。

蒋赟把章翎送回家后，骑车回到袁家村，进院子停好车，突然有点口渴，他随身带的水杯空了，便打算去公用厨房灌杯水再回屋。

厨房里黑漆漆的，蒋赟很自然地打亮顶灯，就听里头一个女声尖叫起来："啊啊啊！"

蒋赟被吓得更狠，水杯都差点甩出去，定睛一看，居然是于晖和贾小蝶在厨房里。两人衣衫不整，贾小蝶披头散发，正低着头往于晖怀里钻，好像钻进去了，蒋赟就能不认识她一样。

于晖好事儿被打断，懊恼地叫："深更半夜的你干吗？进来不会敲门啊？"

蒋赟呆滞，于晖又叫："还不快滚？"

小少年居然没犟嘴，"哦"了一声后，背着书包拿着水杯，灰溜溜地回了屋。

春天，果然是万物复苏的季节，大草原上的动物们开始择偶交配……蒋赟没喝到水，本就干渴，看到刚才那一幕后，喉咙更干了，身体也开始发神经。

奶奶在睡觉，他想做作业，翻开书本，脑袋里却乱糟糟的。

他在草花家用电脑看过小片儿，还是初二的时候，他发育比别人晚，那会儿看着只是纯好奇，内心都没什么悸动，现在不一样了，他真的……长大了许多。

刚考完期中考，蒋赟这阵子精神没那么紧绷，对着作业本发了半天愣后，缓缓转头看向上铺，奶奶在下铺鼾声震天。

这张铁架子高低铺，每次搬家都要拆掉，搬完重装，早就不那么结实。蒋赟在上头翻个身，床架子都会"嘎吱嘎吱"地响，所以，他有过梦遗，却从没胆量在上铺做些别的，现在，他还是没胆。

忍了半天，居然降不了火，蒋赟忍不住了，拿上换洗衣服，夹着腿跑去公用淋浴间，路过厨房，里头已经没人了。

淋浴间里，蒋赟快速锁上门，脱掉衣裤，打开花洒，热水哗哗而下，浇在少年稚嫩又蓬勃的身体上。他左手抵着瓷砖墙，右手往下，低着头，脸皮滚烫。

还是第一次干这事儿，蒋赟好奇得不行，又激动，毫无经验，很快就完事了。他颤抖了一下，喉间发出一声轻微又羞耻的低吟。

热水还在洒，蒋赟转身背靠墙壁，呼哈呼哈地喘着气。

满室水汽，少年头发湿透，单薄的胸膛上下起伏。他伸出食指，无意识地在瓷砖墙上写了个潦草的名字，又赶紧抹去。

下流胚，他对自己说，蒋赟，你就是个下流胚！

好久以后，蒋赟的心跳呼吸才恢复平静，脸红红地开始洗澡。

"五一"过去，气温逐渐升高，学校里一些怕热的男生开始穿短袖校服上学，其中就包括蒋赟。

章翎坐在自行车后座，问他："你不冷吗？"

"不冷。"十六岁的男孩火气旺得要死，都已经在床上铺上了草席。

蒋赟后来见过于晖和贾小蝶，那两人就跟没事人似的，反倒是蒋赟一脸尴尬，想不明白男房东和女租客怎么会搞在一起。其实那两人都是单身，小少年还没弄懂，成年男女有时想做点什么，不是非得和感情有关。

春季学期，学校依旧有不少活动，比如春游、五月的艺术节、篮球赛等等。

这个年纪的男孩女孩都有小团体，春游时，大家到了公园会散开玩耍。蒋赟没朋友，去了也无聊，总不可能跟着章翎，再说薛晓蓉她们也不会答应。所以，蒋赟干脆请了一天假，对邓芳说自己晕车，一个人待在家里刷了一天的题。

艺术节和篮球赛都与他无关，倒是和章翎有点关系，蒋赟怂恿章翎去报名，代表班级进行个人才艺展示，章翎考虑以后，没有答应。这个机会最后花落许清怡，她终于好好地出了一次风头，在学校操场搭建的小舞台上，跳了一支古风独舞，惊艳全场。

新晋校花多才多艺，果然不是浪得虚名。

许清怡在台上翩翩起舞，姚俊轩在台下看得如痴如醉，一同荡漾着的还有其他男生甲乙丙丁……章翎也在看，蒋赟站在她身边偷偷瞄她，想看看她有没有生气或是不甘，结果啥都没看出来。许清怡跳完后，章翎还大力鼓掌，对薛晓蓉说："许清怡跳舞真厉害。"

蒋赟一点儿不觉得许清怡有多厉害，不就是一些抬腿、劈叉、旋转、下腰吗？他也会啊！

乔嘉桐是文艺表演的主持人，毕业典礼分配给了另外一组搭档，所以，这是他在五中进行的最后一场主持。暑假以后，他将升上高三，开始为期一年"啥也不参加，只管埋头读书"的生活。

学校舞台很简陋，主持人在台下候场时和观众们融为一体，乔嘉桐看到章翎，两人只打了声招呼，没有聊天。

蒋赟有点奇怪，问章翎："你不和乔嘉桐聊聊吗？"

章翎反问："聊什么？"

蒋赟说："我管你们聊什么，就……你俩不是很要好的吗？"

章翎纳闷，"我什么时候和他很要好了？"

蒋赟撇撇嘴，心想，一起聊QQ，一起喝奶茶，一起去唱歌，还不要好吗？

艺术节除了文艺表演，还有书画和手工展览。章翎和小伙伴们去参观，蒋赟厚着脸皮跟在她们身后，章翎看什么画，他也跟着看，章翎弯腰观察手工作品，他也弯腰打量，还用手去摸摸。

章翎瞪他，"你别乱摸，都是艺术品。"

蒋赟讪讪地收回手来。

在学生们办的跳蚤集市，章翎在一个摊位上看到一个毛线织的橙子，拿起来对某个跟屁虫说："你看，橙子耶。"

蒋赟差点炸毛，发誓这辈子再也不吃橙子！

章翎带着零花钱，打算买几样有趣的小玩意儿，逛来逛去，她看到一个小人摆件，Q版，连着底座也只有十厘米高，有一头咖啡色卷毛，穿一身黑色武术服，小短腿正高高踢起，表情奶凶奶凶的。

她拿起来，问薛晓蓉："你看这个像谁？"

三个小伙伴同时转头看向蒋赟，蒋赟一脸迷茫，章翎却哈哈大笑，愉快地把卡通小人买下来。

蒋赟也买了一样东西，是一支缀着孔雀羽毛的圆珠笔，卖十块。

买的时候，他还和学生摊主讨价还价："大哥，能便宜点吗？"

那摊主都傻了，"这是慈善义卖啊，同学。"

蒋赟说："可这玩意儿小商品市场最多卖五块。"

摊主生气，"你瞎说！我进价都不止五块！"

蒋赟："哦，那你肯定被人宰了。"

摊主差点撸袖子出来揍他。

蒋赟认了尿，乖乖地掏出十块钱。

晚上，在第四医院公交车站，章翎和蒋赟郑重地交换礼物。蒋赟把玩着手里的卡通小人，眉头皱起来，"哪儿像我了？"

"不像吗？简直和你一模一样！"章翎也在看自己手里的孔雀羽毛圆珠笔，笑嘻嘻地说，"你居然能买到这个，我都没看到。"

蒋赟挠挠头发，"我一直没问你，你为什么要叫鸟屁股毛？"

章翎无语地看着他，"'翎'是指鸟身上的长羽毛，不一定是鸟屁股毛！鸟身上那些很漂亮的羽毛都能叫作'翎'！"

蒋赟："哦，鸟毛，那你为什么要叫鸟毛？你爸爸妈妈很喜欢鸟吗？"

蒋赟说对了一半，章翎名字的由来，的确是因为取名那人很喜欢鸟，但不是她的父母，而是她的外公。

杨教授是一位资深鸟类学家，如果被他知道，他用毕生追求汇聚成一个"翎"字，给外孙女取的大名，希望她能展翅飞翔，却被一个毛头小子一次次喊"鸟屁股毛"，估计会气得拿出戒尺来伺候。

当然，这是后话。

时间进入六月，快乐的校园活动全部结束，这一年的高考开始了。

五中是考场，学生们放了几天假，蒋赟待在出租屋热得静不下心来，干脆每天都去区图书馆，早出晚归地学习。他真的已经很拼命，所有时间都用在学习上，只为心中那个明确的目标。他知道自己一直在进步，前后桌的同学有时会找他问题目，他们做不出来的，蒋赟都能解答，这种感觉令他安心。

章翎看他压力太大，经常会劝他，不用那么紧张，这又不是高考，即使是高考，也不是一考定终身，放平心态很重要。

蒋赟却觉得不是，他真的就是一考定终身，绝对没有高复的打算。到时高考，考成什么样他都会去读，穷人家的孩子，没有那么多时间可以挥霍，做到极致，才算对得起自己。

天气越来越热，李照香也看出蒋赟对这次期末考很重视，非常慷慨地允许他开空调睡觉。最近大半年，蒋赟吃得饱，睡得好，有大把时间学习，整个人的精神面貌都有了很大的变化。

小少年就像春天的笋，噌噌地窜个子，比起三月体检时，他又长高了一些，去年夏天还能穿的短袖童装，今年是再也穿不下了。

于晖给他拿来一袋子夏天衣服，"我刚理出来的，你看看能不能穿。你现在和我差不多高了，有能穿的就留下，不能穿的就丢掉。"

蒋赟接过，说："谢谢晖哥。"

于晖很惊讶，他还是头一次听到这小孩说"谢谢"。

六月底，蒋赟终于迎来期末考，在考试前，他已经填写过志愿：理科。

他准备得很充分，也像章翎说的那样放平了心态。事在人为，人却不一定能胜天，蒋赟很明白这个道理，只求问心无愧。

这次考试为期三天，因为高三生已离开学校，空出十几间教室，学校便把高一年级一个班的学生拆为两半，每个教室只坐一半人。这么一来，考场座位变得十分宽松，也大大降低了作弊的可能性。

考试时，章翎分到别的教室，蒋赟没有离开本班，而是被分到教室最后一排的中间，他的前面是沈漫，沈漫右边是姚俊轩，左边是萧亮。

第一门考语文，考完后，大家收拾东西去吃午饭，下午还要考两门。

蒋赟走得早，去食堂抢饭，姚俊轩走得很晚。他没有朋友，习惯独来独往，游离在整个班集体之外。姚俊轩走出教室时，发现走廊上还有一个人在，是沈漫。

姚俊轩知道沈漫，因为她是许清怡的朋友。姚俊轩看了她一眼，往楼梯走去，沈漫抿抿唇，跟了上去。

楼梯上没有其他人，沈漫叫住他："姚俊轩。"

姚俊轩停下，回头看她，沈漫脸色通红，鼓足勇气说："下午的物理考试，你能不能帮帮我？"

苍白少年惊讶地看着她，沈漫说："我知道，你帮过许清怡。"

姚俊轩眼神冷下来，"你不是学文的吗？物理和你有什么关系？"

沈漫结巴，"我、我爸妈不懂，只看总分，那个……物理、化学、数学和英语，四门，就四门，我只要选择题，可以吗？"

姚俊轩说："不行。"

"我求求你了，你都帮过清怡，我是她朋友啊。"沈漫一副要哭的样子，"反正下个学期我们也不是一个班的了，我就求你这一次。我期中考考得很差，爸妈都把我骂死了，如果期末考再考不好，我整个暑假都没有好日子过。真的，姚俊轩，求你了。"

姚俊轩还是不答应，"不行，这次考试对我很重要，我绝对不会帮你作弊。"

"如果是清怡求你，你也不答应吗？"沈漫咬咬唇，"我就知道，你喜欢许清怡。"

隐秘心事被当场戳穿，是姚俊轩不能接受的，他咬牙道："你别胡说，我没有！"

"是吗？"沈漫的语调也凉下来，带着怨气，"行，你要是不帮我，我就去告诉邓老师，上个学期的期中考期末考，你都帮许清怡作弊了。因为作弊，许清怡才没去勤勉班，本来，汤子渊可以不用去的。"

　　说完，她扭头就往楼梯下走，姚俊轩心中掀起狂风暴雨，各种念头混杂在一起，他想，沈漫为什么会知道？是许清怡说的吗？如果沈漫真的去告诉邓芳，对他和许清怡会不会有影响？会被追责吗？会被处分吗？会不会影响他去实验班？

　　沈漫已经拐过楼梯拐角，姚俊轩叫住她："你等等。"

　　沈漫站住了，抬头看他，姚俊轩脸色发白，居高临下地看了她好一会儿，才做出决定："就四门，只要选择题，是吗？"

　　"嗯嗯！"沈漫又跑上来，脸上带着感激的笑，"就四门，不用多，而且不影响别人！我只想考得好一点，我也不可能去实验班啊。"

　　姚俊轩低头垂眸，"行，我帮你，就这一次，你跟我保证，什么都不能对别人说。"

　　沈漫高兴坏了，"放心放心，我一定不会说的，连清怡都不会告诉！"

　　物理、化学、数学和英语，四门课的选择题分值也不少，沈漫加上这些分，足够过个快乐的暑假了，能如期出去旅游，不用被父母责骂。

　　三天考试结束了，蒋赟又被扒了一层皮。

　　在这次考试中，他看到过一次姚俊轩给沈漫传纸条，因为桌子离得远，那个纸团是飞过去的，刚好被蒋赟看到。

　　姚俊轩本来就紧张，丢了纸团后心虚地四下张望，没承想视线和斜后方的蒋赟撞了个正着。两个少年都愣在那里，姚俊轩立刻低头，蒋赟也继续做起了题。

　　他想，姚俊轩是傻的吗？爱屋及乌？连许清怡的朋友都要帮？但还是那句话，这是那个笨蛋自己做的选择，蒋赟绝对不会去揭发他。

　　两天后，成绩出炉，蒋赟心如止水，等待命运的判决。

　　蒋赟去邓芳那里领成绩条时，看到邓芳的脸色，他就知道不妙，一看理科排名，排除掉所有文科志愿生，他年级排名第五十。

　　蒋赟双脚一软，差点当场晕过去。

　　"还有一个萧亮。"邓芳重重叹气，"他比你还惨，年级第四十九，你俩就差 0.5 分。"

　　这次考试，高一（6）班理科前三是吴炫宇、章翎和姚俊轩，而 9 班异军突起，居然有七个人强势进入理科前四十八名，挤下了很多班的第四，其中就包括考得还不错的萧亮。

　　晚上，蒋赟在车站接到章翎，两人彼此对视，目光凄凄，恨不得当场抱头痛哭。

　　"算了，别难过了，你已经进步很多。"章翎也不知该怎么安慰他，蒋赟眼睛都是直的，看那样子，简直是痛不欲生。

　　"我再做对一道选择题，说不定就进了。"蒋赟双手紧紧抓着自行车把，像是在自言自语，"为什么就不能再做对一道题？我、我作文再多写几句名人名言，说不定也能再加几分……"

章翎叫他："蒋赟……"

"你别和我说话！"蒋赟好伤心好难过，"我真的……我真的已经很努力了！"

他眼睛开始发酸，蒋赟从没想过自己有一天还会因为考试没考好而掉眼泪，跟小学生似的。他偏开头，喃喃道："你先别和我说话，让我自己冷静一下。"

章翎有些无措，想了半天后，抬手抓住他的校服下摆，摇一摇，"你别哭。"

"谁哭了？"这声音都带着哭腔了。

章翎说："咱们先走吧，你看，人家都在看你了。"

蒋赟转头，发现车站里几个候车人真的在看他，他吓一跳，赶紧抹抹眼睛，推着自行车离开站台。

章翎说："我请你喝奶茶吧，你别难过了。"

蒋赟摇头，"不想喝，没胃口。"

哎哟，小饭桶都没胃口了，这可真是件稀罕事。章翎又说："那我请你吃肯德基吧，老早就说要请你，一直没请上。"

蒋赟悲怆地抬头看天，说："我想吃汉堡。"

章翎连忙答应："行行行，再加辣翅，走吧，别傻站着了。"

在肯德基吃着汉堡、啃着辣翅，蒋赟渐渐冷静下来，问章翎："以后我和你不在一个班了，我还能送你回家吗？"

章翎在吃蛋挞，点头道："当然可以啊。"

蒋赟问："那，你爸爸还会给我上课吗？"

"可以啊，反正我高二还会上声乐课的，高三才会停。"章翎对他微笑，"哎呀，真的没事，你看，你是第五十名，不管进哪个班，你都是数一数二的呢！让你也尝尝学霸的待遇。"

对哦，蒋赟反应过来，不管进哪个班，他都是学霸了。

小少年自我疗伤的能力很强，一个晚上，蒋赟就想通了。分数是自己考出来的，怪谁都没用，好好珍惜和章翎同班学习的最后两周吧。暑假后，他就不能在教室里见到她了。

那么，就把下一个目标定为北京！他也要去北京！还能帮着照顾章翎，不让任何人欺负她，让章老师和杨医生放心。

蒋赟胡思乱想一整晚，第二天去学校，愕然发现，过了二十四小时，事情居然发生了很大的变化。姚俊轩和沈漫被邓芳约谈，还是被请到教务处，后来，许清怡也被叫去了。

　　教室里顿时议论纷纷，说什么的都有。蒋赟与章翎远远对视，章翎茫然地摇摇头，蒋赟却已猜到了什么。他看向最后一排的萧亮，班长大人神色如常，还在和刘陈飞开玩笑。

　　第一个回来的是许清怡，哭得梨花带雨，任谁安慰都不说话，就趴在桌上嘤嘤嘤。第二个回来的是沈漫，低着头不敢看人，坐到座位上就收拾书包，直接走人。

　　蒋赟又去看萧亮，班长依旧无动于衷。

　　姚俊轩最后回来，整个人像是从冷水里捞出来的，满头满身的汗，脸色苍白。

　　他没回自己座位，而是冲到蒋赟身边，像只野兽一样红着眼睛，脖子上青筋直冒，揪住蒋赟的衣领，一把把他从座位上提起来，吼道："是不是你？是不是你去打的报告？是不是你？！我知道就是你！肯定是你！你早就看我不顺眼了！现在我不能去实验班了，你满意了吧？你也没份啊！哈哈哈哈哈……我没得去你也只是第四十九名啊！"

　　蒋赟很轻易就挣开了他，见他眼神涣散，行为疯癫，知道自己的猜测大概已成真，冷静地说："不是我。"

　　"不是你还有谁？"姚俊轩大吼，"不是你还有谁？还有谁？！还有谁会害我？我……我真的……我这么努力都是为了什么？我只想离开这里！是不是像我这样的人，就不可能有好日子过？就不可能翻身？我……我活着还有什么意思！"

　　蒋赟试图抓住他的胳膊，"你冷静一点！"

　　姚俊轩力气变得很大，一把推开他，"别碰我！你这阴险卑鄙的小人！"

　　蒋赟头疼，"你先冷静，先冷静，真的不是我。"

　　"啊啊啊！"姚俊轩突然大吼一声，朝着教室外冲去，蒋赟心中一凛，拔脚就追。

　　教室外是护栏，虽然只是二楼，下面也是坚硬的水泥地，姚俊轩狂叫着，已经手脚并用上了护栏。

　　"不要！"蒋赟一个鱼跃飞扑，紧紧抱住他的腰，两人一起重重地摔在地上。

　　教室里的人紧跟着冲出来，刘陈飞大叫一声，泰山压顶般压在他们身上，王波跟着压上，蒋赟惨叫："嗷！神经病啊！压死人啦！"

　　刘陈飞叫："冷静冷静冷静冷静！"

　　被压在最底下的姚俊轩暴哭，"让我去死！让我去死啊——"

　　邓芳匆匆赶来，看到这一幕后差点昏厥过去。

　　姚俊轩低调做人一整年，第一次爆发就如此惊天动地，把所有人吓得够呛。他在学校待不下去了，邓芳说沈漫的母亲正在来学校的路上，两人要面谈，结束后她会立刻赶去姚俊轩家。

　　蒋赟便自告奋勇送姚俊轩回家，邓芳同意了，没喊萧亮，而是让章翎和刘陈飞保驾护航。

个中因果，不言而喻。

出租车上，章翎坐在副驾，后排的刘陈飞和蒋赟把姚俊轩夹在中间，阻止他一切自残行为。

章翎低头发消息，蒋赟正在抵御晕车之苦，裤兜里的手机震了一下，他拿出来看。

菲羽：邓老师刚才告诉我，有个原本选理科的人，年级 45 名，今天找老师说，他还是想选文科，因为他文科年级 26 名。

只为你堕落：？

菲羽：蒋赟，你可能，要进实验班了。

只为你堕落：……

此时此刻，对蒋赟来说，这并不算是个叫人心安理得的好消息。他看向身边的姚俊轩，一路上，这人都在默默哭泣，眼泪流了满脸，鼻涕都哭了出来，费掉章翎整包纸巾。

多讽刺啊，蒋赟想，萧亮就算不去告状，其实也能进实验班。

结果阴差阳错，最大的受益人居然变成了蒋赟。

第10章

有梦好甜蜜

（1）

出租车开到小区门口，四人下车，姚俊轩站着不动。蒋赟难得会看脸色，对章翎和刘陈飞说："我陪他回家吧，你们找个有空调的地方坐会儿，等等邓老师。"

刘陈飞说："我们一起……"

章翎止住他，"飞哥，我们去前面那家麦当劳吧。"

刘陈飞终于反应过来，"哦，好。"

他和章翎并肩离开，走着走着，刘陈飞问："学委，真的是班长吗？"

章翎没吭声，已有八卦小达人去打听来事情的来龙去脉，结合姚、许、沈三人的言行，整件事的脉络已经很清晰。刘陈飞像是在自问自答："刚才姚俊轩的话大家都听见了，蒋赟说不是他，我信，那就是班长了。考试时，班长好像就坐在沈漫边上，说不定看到了什么。"

章翎说："别瞎猜了，不管是谁，姚俊轩作弊是事实。"

好歹做过一年同窗，刘陈飞并不愿看到这样的结果，将心比心，如果他是姚俊轩，估计也要崩溃。他叹气道："那姚俊轩以后怎么办啊？"

章翎觉得很奇怪，"什么怎么办？又没有被开除，继续上学呗。"

刘陈飞说："可他进不了实验班了。"

章翎说："他要真有本事，在哪个班都一样。"

几乎是同时，蒋赟正对姚俊轩说："又不是被开除，有什么大不了的？你去哪个班不能做第一啊？"

姚俊轩冷冷地看着他，"资源不一样，懂吗？实验班有全年级最好的老师，最好的学生，老师不用再去顾及那些跟不上的智障，进度最快，高三会给大家留足复习时间。这就跟考清北一样，我明明可以上清北，结果却因为有人害我，我就只能去个普通学校，你觉得公平吗？"

某个曾经也算是"跟不上的智障"挠挠头发，说："可你就是作弊了呀，虽然是你帮人家，但对别人也不公平啊，你看，汤子渊不就是受害者吗？都半年了，谁来给他讨公道？"

姚俊轩哑口无言。

两个男孩一起往姚俊轩家走去，蒋赟考虑半天，还是开了口："我和你说个事儿，有个前四十八的理科生今天改文科了，所以，我可能会进实验班。"

姚俊轩猛地停住脚步，难以置信地看着他，"你是不是要我死给你看？"

"不是，你迟早要知道这事儿，到时候知道了不是更生气吗？"蒋赟说，"反正你现在已经快崩溃了，再多听一个坏消息，也没啥。"

姚俊轩身子一晃，指着他，"你、你你你……"

"我是王八蛋，行了吧？"蒋赟抬手推了他一把，"走吧，别死不死的了，活着多好呀。"

姚俊轩家所在的小区很破旧，他家在二楼，如邓芳所说，是一套小两居，采光很差，房子里弥漫着一股中药味。姚俊轩的妈妈看到他们，露出惊喜的笑容，"轩轩？今天回来得这么早？呀，还带同学来玩了！"

蒋赟原本以为姚俊轩的妈妈智力残疾，是个傻子，还有点怕，如今一见，好像和普通的中年女人没什么两样，看着还挺亲切，就是看人时眼睛直勾勾的，偶尔会露出呆滞的表情，接着又像突然清醒，还会自顾自地拍手唱歌。

姚俊轩的父亲在卧室，蒋赟没见着，就见他妈妈围着他们打转，不停地问："轩轩，你要不要吃水果？冰箱里还有棒冰，吃棒冰吗？旺旺碎碎冰，你小时候最喜欢的！"

姚俊轩很不耐烦，冲她吼："走开！别来烦我！"

他妈妈立刻像做错了事一般，躲到角落对手指，"轩轩生气了，轩轩不喜欢我，不能打扰他，不能打扰他……"

姚妈妈"反省"了不到一分钟，就去冰箱里拿来两支碎碎冰，一脸讨好地递给他们。姚俊轩看都不看，蒋赟拿过一支，说："谢谢阿姨，我很喜欢吃这个。"

姚妈妈高兴极了，把另一支也塞给他，"给你吃，都给你吃，你是个好孩子！要和轩轩做好朋友哦！"

姚俊轩拽着书包进自己房间，回头喊："进来，别理她，她脑子有问题。"

蒋赟拿过两支碎碎冰，对姚妈妈说："阿姨，我去房里和姚俊轩一起玩，你忙你的吧。"

姚妈妈还沉浸在喜悦中，"好好好，你们玩你们玩，两个好孩子！"

蒋赟走进姚俊轩的房间，小小的房间里到处都是书，姚俊轩指着床，"坐吧，我不讲究。"

蒋赟在床沿上坐下，打量四周。这个房间和章翎的房间没法比，连草花的房间都不如，但姚俊轩毕竟有一个独立的私人空间，还挺干净，应该是他妈妈帮着收拾的，蒋赟心里一阵羡慕。

姚俊轩冷静了许多，垮着肩膀坐在椅子上，和蒋赟大眼瞪小眼。

蒋赟扯开一支碎碎冰的包装，咬掉封口，一边嗦着甜冰一边问："哎，你有没有想过，学校为什么会把我俩分在一个班？"

姚俊轩冷漠着脸，"想过，大概觉得一个穷光蛋会被人欺负，两个在一起，还能做个伴。"

蒋赟哈哈大笑，把另一支碎碎冰丢给他。姚俊轩也拆了包装开始嗦冰，夏天吃这个，其实很爽。蒋赟笑了一阵子后，说："你知道吗，我都没有爸爸妈妈的，还挺羡慕你，你妈妈对你挺好的吧？"

姚俊轩说："她不发病还行，发起病来，我恨不得掐死她。"

蒋赟："不至于。"

姚俊轩突然问："你是不是喜欢章翎？"

蒋赟闭嘴了，埋头嗦冰，姚俊轩冷笑，"做什么白日梦呢？你和她没戏，癞蛤蟆想吃天鹅肉啊？"

蒋赟并未发火，很冷静地反问："你不也喜欢许清怡吗？"

"我没想和她怎么的。"姚俊轩说，"我知道自己几斤几两。"

蒋赟问："因为她，你实验班都没得去了，后悔吗？"

姚俊轩出神几秒，摇头，"不后悔。"

蒋赟笑了，"我也没想和章翎怎么的，也知道自己几斤几两。"

姚俊轩垂下头，手指摸着碎碎冰外的水珠，低低开口："我就是觉得很不公平，为什么我会生在这种家庭？他俩连自己都照顾不好，还生个屁孩子。"

蒋赟无法回答，他也曾有过类似的疑问，爸爸生病死了，没什么可说的，为什么妈妈会不要他？那把他生下来干什么？不要他也就算了，为什么连看都不来看看他？一点儿都不想的吗？

他扯开话题："哎，你以后打算考哪个大学，想过吗？"

姚俊轩说："上海交大。"

蒋赟着实是个棒槌，问："这学校好吗？"

姚俊轩想把他从二楼丢出去。

蒋赟吃完了一支碎碎冰，觉得味道不错，看了姚俊轩一会儿，说："你别寻死了，行吗？"

冲动过后，姚俊轩自己也没了那份胆量，帮人作弊被抓，最多记过，说不定还只是警告或通报批评，实在犯不着寻死觅活。

蒋赟继续说："还有两年呢，你好好学，我就不信你考不过实验班的人，至少，你得考过萧亮。"

姚俊轩瞪他，"我考过你绰绰有余。"

蒋赟摆摆手，"这么说就没意思了，我和你应该是一个阵营的，咱俩考得好，还能给贫困生争光，说明学校请我们吃的那些点心牛奶没浪费。"

姚俊轩吐血，"做个贫困生你还很得意了是吗？"

蒋赟说："我是真没为这个心烦过，不觉得有什么丢脸的，又没偷又没抢，就你说的那个什么……资源？你想啊，好歹我们还在钱塘，省会！低保政策还不错，饿肯定饿不死，有多少人生在穷山沟里，吃不饱饭，书都没得念，那不是更惨吗？"

姚俊轩冷笑，"你倒挺想得开。"

蒋赟伸个懒腰，"想不开也没办法，难道真去跳楼吗？好死不如赖活着，以后日子长着呢。"

姚俊轩："你写七言绝句啊？"

蒋赟："哈哈哈哈哈……你就说我说的有没有道理！"

"屁个道理！"

"姚俊轩，会好起来的。"蒋赟说，"你会变好，我也会变好，我们不可能永远都是低保户。"

姚俊轩定定地看了他好久，突然转头嗤笑一声："不做低保户，你的要求可真低。"

邓芳处理完沈漫的事，赶来姚俊轩家，蒋赟就先告辞了。

他和姚妈妈道别，姚妈妈看到老师很害怕，抓着蒋赟的手不肯放。蒋赟还是头一次被一个母亲这样抓着手，感受了一下，姚妈妈的手粗糙宽厚，却很温暖。他说："阿姨，我先走啦，下次再来和姚俊轩一起玩。"

姚妈妈很委屈，"不吃饭吗？好孩子，我给你做好吃的。"

蒋赟微笑，"不吃了，我书包还在学校呢。"

姚妈妈点点头，"哦，那你回去吧，路上小心。"

蒋赟离开这栋老破小，走去街角的麦当劳，却只有章翎一个人在等他。

章翎说："我让飞哥先回去了，邓老师来了吗？"

"来了。"

蒋赟坐下，章翎把一杯奶昔推到他面前，"给你买的，都快不冰了，你快喝吧。"

蒋赟喝了一口，皱眉，"好甜啊。"

章翎笑："冰的时候更好喝，香草味儿，我很喜欢的。"

蒋赟记下，章翎喜欢喝麦当劳的香草奶昔，以后，一定要请她喝。可惜，蒋赟后来再也没法实现这个心愿，因为，麦当劳奶昔全国停售，手里的这一杯，成了蒋赟喝到的第一杯，也是最后一杯。

章翎和蒋赟走出麦当劳，准备回学校，蒋赟摸摸肚子，吃了一支碎碎冰，又喝了一肚皮奶昔，犹豫半天，问："能走回去吗？"

章翎抬头看天，太阳火辣辣的，"今天有三十五度哦。"

蒋赟："那你坐车吧，我走回去，坐车我肯定要吐。"

章翎看了他一会儿，叹气："算了，我陪你走吧，也不算很远。"

两人在路上走得汗流浃背，章翎居然又馋了，走进便利店想买饮料，蒋赟说："我来吧，我带钱了。"

章翎挑了一瓶茉莉花茶，蒋赟不想再吃甜的，就买了一根烤肠边走边吃。章翎说："你听说了吗？咱们学校的新校区快造好了，已经在内部装修，明年九月，咱们就要住校了。"

蒋赟就是个"村通网"少年，一听大惊失色，"什么？咱们学校还有新校区？在哪儿呢？"

章翎很无语，"都开工快两年了，在钱塘和嘉市相邻的地方，很远，开车都要一小时，没通地铁，你到时候可怎么办啊？"

蒋赟顿时愁眉苦脸，章翎又说："不过住校也有个好处，把人全部关起来，学习时间会更多，对我们这一届其实算有利，既尝过走读的滋味，又能在高三封闭管理，挺好的。"

见蒋赟在走神，章翎问："你住过校吧？在 B 省是不是住校？"

蒋赟看着她，"是。"

"住校好玩吗？"

蒋赟苦笑，心想，好玩个屁。

这次作弊事件在期末前有了处理结果，学校没有差别对待，姚、许、沈三人各记过一次，写一份千字检讨，姚俊轩失去进入实验班的资格。萧亮和蒋赟也正式接到通知，开学后，他们将进入理科实验班。

七月上旬的课程因为即将分班而放缓进度，天气太热，教室又没空调，陆续有学生中暑，学校领导紧急商量后，干脆提前放暑假。蒋赟立刻去找他的七大叔八大哥，询问哪里能打暑期工。

他已经办好身份证，章翎让他别去送水，理由是送水会晒得很黑。蒋赟觉得这个理由莫名其妙，男人黑点儿不是更有男人味吗？后来还是贾小蝶帮他牵线搭桥，他依旧去天阳百货那家面馆打工，只是工资没有过年时那么高，日薪八十，工作时间和工作内容不变，单休。

上班一周后，一天晚上蒋赟下班回家，已经快夜里十点，在房门上看到一张贴着的 A4 纸，是社区通知李照香去体检。

李照香捡废品神出鬼没，蒋赟又在打工，社区工作人员估计找不着人，只能把通知贴到房门上。

蒋赟和李照香每天碰不到面，老太太又不识字，蒋赟只能进屋把奶奶叫醒，告诉她体检时间。

李照香翻了个身，咕哝道："不去。"

蒋赟皱眉，"又不去？免费的呀。"

李照香就一句话："不去，医院里都是骗子。"

老太太虽然没有退休金，但因为是低保户，社区年年给她安排体检，但她已经很多年没去了。

五六年前，李照香曾去体检过，社区医生说她这儿那儿一堆毛病，让她去大医院复查。李照香就近去了四院，一个医生也不看她的体检报告，直接开单子让她验血做 B 超，李照香说："我这刚照过肚子，还照啊？"

医生说："你那是社区医院做的，只是常规体检，我这里肯定要再做一次。"

李照香出来后，看着左手的体检报告，里头有 B 超图片，再看看右手的缴费单，骂了一句："照照照，照你个鬼！就知道骗钱！"

她一把撕掉缴费单，昂首阔步离开医院，从此再没做过体检。

那会儿蒋赟还小，也管不着奶奶，现在稍微懂点事，觉得奶奶快七十的人，还是去做个体检比较保险，就劝她："去吧，我陪你去，没人能骗你。"

一听孙子愿意陪她去体检，李照香动摇了，"那你看着点时间，到时候叫我。"

体检是在七月下旬的一天，蒋赟调休，陪着李照香去社区医院，七七八八检查完，一老一小顶着烈日回袁家村。

半路上，李照香气哼哼地说："没毛病最好，有毛病我也不去治，找条河一跳拉倒，那医院能进吗？你爸进医院花了几十万，结果呢？人没救活，房子没了，老婆跑了，还把你给耽误成这样。"

蒋赟说："那不行，有病肯定得治啊。"

也不知是不是他乌鸦嘴，一个礼拜后，蒋赟接到社区医院的电话——当时留的是他的手机号，医生通知他，李照香胃部有阴影，高度怀疑是肿瘤，要她赶紧去大医院复查。

蒋赟在面馆里接完电话，在后厨站了好久好久，才去找老板，"姑姑，我想明天请个假，陪我奶奶去医院。"

李照香几乎是被蒋赟架着去的四院，活像被绑架，一路都在吆喝骂人。不过蒋赟再也不是那个随她打骂的小屁孩，他已经过了一米七五，身上依旧瘦，手臂却很有力，哪是一个七旬老人能挣得过的。

蒋赟帮奶奶挂号、看诊、缴费、检查，折腾一通后，得到一个初步诊断，医生说，大概率是胃癌。

奶奶这些年都吃的什么，蒋赟其实搞不清楚，上高中后，他很少在家里吃饭，李照香吃饭都是自己解决。蒋赟其实用脚趾头都能猜到，奶奶肯定吃得很马虎，甚至会吃一些馊了、霉了的食物。

她总是自诩身子骨很健旺，捡废品时健步如飞，为了一个可乐瓶可以跟踪别人两条街。半夜三点出门翻垃圾桶，她还会在脑袋上戴一个探照灯，解放双手，就像一个袁家村的夜行侠。

医生建议奶奶手术，说还不是晚期。蒋赟庆幸这事儿发生在暑假，他有大把时间可以照顾奶奶，做的第一个决定就是向面馆辞职。

他问李照香要钱，李照香暴跳如雷，"你做梦！我一个子儿都没有！"

蒋赟说："奶奶，你要是没了，我就只剩一个人了。"

这句话威力很大，李照香最终拿出两万块，说只有这些。蒋赟知道不可能，老太太抠门得很，这些年肯定存了不少钱。

他带着奶奶去四院办手续，却被告知没床位，蒋赟想了很久，还是决定去找杨医生帮忙。杨晔知道后，立刻帮他调床位，两天后，李照香住进了四院。

经过一系列检查，确诊是胃癌中期，李照香将在八月上旬进行手术。蒋赟没请护工，天天陪在医院照顾奶奶，抽空还趴在病床上写作业。

章翎天天都来病房探望奶奶，也不带东西，就陪奶奶说说话，有时候拉着蒋赟去楼下走走，叫他别担心，说胃癌手术后病人存活率还是很高的。

鸡飞狗跳了一阵子，蒋赟征得李照香的同意后，还是把这件事告诉给姑姑，蒋建梅在电话里沉默许久，说她会来钱塘。

两天后，蒋赟终于见到蒋建梅，那是一个年近五十的中年女人，身材挺高，和蒋建齐长得有点像。姑侄二人相当陌生，交谈时分外客气。

蒋建梅不是一个人来，还带着她的大女儿，叫周文越，二十一岁，念大三，这时候正放暑假，说是跟着来钱塘玩玩。蒋赟觉得匪夷所思，她外婆都得癌了，她怎么还有心思来旅游？

蒋建梅和周文越看过李照香的出租屋后，一起沉默，最后住到四院边上的一家小旅馆。当晚，周文越一个人出去玩耍，蒋建梅去病房，和老母亲聊了好久，病房里隐隐传来两个女人的哭泣声。

蒋赟没打扰她们，独自一人低着头，在走廊上坐着。

不知何时，一双小白鞋出现在他眼前，蒋赟抬起头就看到章翎。她提着一袋子食物，穿一条白色无袖连衣裙，眼神温柔地看着他。

他似乎更瘦了，眼底有黑眼圈，面容很疲倦，章翎拎起袋子向他晃晃，"我给你带奶茶了，还有鸡排，吃吗？"

蒋赟看着她，嘴角一牵，露出一个浅浅的笑。

蒋建梅没在病房陪床，晚上去旅馆睡。

深夜，李照香在病床上翻了个身，看蒋赟在折叠躺椅上睡着了，便摸出自己的老年机，爬下床偷偷摸摸去厕所。她戴上老花眼镜，打开一个小本本，对着号码一个键一个键地摁，最后把电话打通。

听筒里响起一道男声："喂，哪位？"

李照香问："是阿伟吗？"

"你是……"

"我是建齐的妈妈，蒋建齐，你还记得吗？"

"啊，建齐妈妈？阿姨，我是阿伟！好久没联系了，找我有事吗？"

李照香呵呵笑道："没什么事，就是……想问问你，你还能找到翟丽吗？"

阿伟名唤钱利伟，在A省另一个城市甬市工作，是蒋建齐的大学同学兼室友，两人是最好的兄弟。

二十世纪九十年代初的大学生们感情很深厚，蒋建齐生病那两年，家里债台高筑，钱利伟自己也刚结婚，还是省吃俭用给他送了一些钱。蒋建齐去世后，钱利伟哭着对李照香说，一定会帮着照顾蒋赟，蒋赟就是他干儿子。

他也的确做得不错，哪怕蒋赟的生母离开了，钱利伟依旧每年来一次钱塘，看望李照香和蒋赟，给他们带些生活用品，再给小蒋赟发一个红包。

变故发生在蒋赟五岁那年的秋天，钱利伟风尘仆仆赶来钱塘，却惊讶地发现，孩子不见了。他问李照香，是不是把蒋赟送人了，李照香大怒，"我怎么可能把孙子送人？我是把他送去上学了！"

　　她拿出那家武校的宣传单给钱利伟看，钱利伟看着那薄薄的劣质印刷纸就感到不妙，问："好好的孩子为什么要送去这种地方？蒋赟明年九月就要上小学了呀！"

　　李照香说："这就是小学啊，收费可便宜了，还包吃住，可以一直上到初中毕业呢！"

　　钱利伟痛心疾首，"阿姨，你这是在耽误孩子呀！"

　　李照香被一个后辈如此指责，气得直哆嗦，"我耽误孩子？小崽待在家，我一步都不能离开！怎么去挣钱？不挣钱，我俩去喝西北风啊？这么大的小孩多调皮你知道吗？你知道个屁！我一个邻居给我介绍的这学校，我觉得挺好，问小崽愿不愿意去学武功，他自己说愿意，我才送他去的！都去一年了！"

　　钱利伟觉得和这文盲老太太简直无法沟通，干脆问："能接回来吗？"

　　李照香反问："接回来你养啊？我是没空看着他，我还得挣钱呢。"

　　钱利伟无言以对，最终，他把那张武校宣传单上的地址、电话抄下来，离开了钱塘。

　　考虑很久，钱利伟还是把这件事告诉给蒋赟的亲生母亲——翟丽。

　　他是蒋家这边唯一一个能联系到翟丽的人，也算是翟丽父母留的后路，把他作为蒋家和翟家之间的中间人。

　　翟丽后来再婚生育，据说生活过得安稳富足，丈夫体贴会赚钱，孩子天真又可爱，她已经淡忘掉了在钱塘的那段婚姻。翟丽父母告诉钱利伟，没有要紧事别联系翟丽，并且，不经过他们同意，绝不能把蒋赟的信息透露给翟丽，也不能把翟丽的联系方式给到李照香。

　　钱利伟觉得，才五岁大的蒋赟被送去一家看着就不靠谱的武校，应该算是一件要紧事吧？所以，他还是悄悄联系了翟丽。至于翟丽有没有想办法处理，钱利伟就不知道了，因为一年后，当他再一次去钱塘看望李照香时，发现老太太早已搬了家。

　　其实，在袁家村打听一下，还是能找到老太太的，但不知为什么，钱利伟没去找。小孩不见了，蒋家只剩一个没文化又固执的老人，钱利伟来之前就缺乏动力。

　　他像是自我催眠般，说我来了，但我找不到人了，这事儿不赖我，建齐，我已经尽力了。

　　从那以后，钱利伟就再也没去袁家村找过李照香，也再也没见过蒋赟。在他的记忆里，那个有着一头卷毛、会用哆哆的小奶音叫他"钱叔叔"的可爱小男孩，模样永远停留在四岁的年纪。

　　钱利伟和蒋建齐的同窗情谊，就此消散。

（2）

　　蒋建梅在钱塘待了几天，每天都在病房照顾老母亲，周文越天天在外面玩，打卡钱塘诸景点，玩累了就回旅馆睡觉，蒋赟连她人影儿都见不着。不过姑姑来了，蒋赟的确轻松不少，每天都能回出租屋给她们做饭、送饭，不用去医院食堂买饭菜。

这些天，草花来医院看过奶奶，刚子叔和钟叔也来过，连于晖都来了一次，和贾小蝶一起，他们就跟约好了似的，都没买东西，只给钱。

章翎几乎天天来，章知诚和杨医生也来过，临走时，章知诚给了蒋赟一个红包，里面是一千块，说："钱不多，你看着用，有困难就和我说。"

蒋赟心中感激，捏着红包说不出话来。章知诚拍拍他的肩，"你还小，别硬撑，有什么事和你姑姑商量着来，千万不要自作主张，知道吗？"

"嗯。"蒋赟点头，"谢谢叔。"

十六岁的少年从未享受过衣食无忧的生活，对于苦难，接受度比同龄人高许多。生老病死，谁都躲不掉，蒋赟想过李照香重病缠身的那一天，只是没料到会来得如此早。

他倒也没多绝望，更不会怨天怨地，人人都说胃癌不算严重的癌症，李照香又是中期，还没转移，能救活，叫他不要太担心。蒋赟更发愁的是李照香手术后的调养问题，五中高二、高三年级八月中旬就要开学，上的还是新课，他很难请假。

可不请假，谁来照顾奶奶？姑姑吗？虽说姑姑的两个孩子都上大学了，可她家里还有年迈的公公婆婆要照顾，她不可能在这里待太久。这个问题，蒋赟作为小辈没法子开口提，眼看着开学日越来越近，只剩一个多星期，他多少有些焦虑。

李照香两天后要进行手术，医生要求她这两天以流食为主，蒋赟就给她熬一些小米粥，装进保温瓶带去医院，自己和姑姑则吃些简单饭菜。

蒋建梅比蒋赟想象中好相处，对吃饭要求也不高，蒋赟做什么她吃什么。只是，她对蒋赟的态度始终疏离又客气，从来不会关心地问问他生活、学习上的事情。

远亲不如近邻，蒋赟这会儿算是深有感触。

这天傍晚，钱塘下了一场雷阵雨，电闪雷鸣，暴雨倾盆，阵仗大得仿佛有谁在渡劫。蒋赟在出租屋做好饭菜和小米粥，冒着暴雨，骑车去医院送饭。

他把车停到自行车棚，脱下雨衣塞进车兜，跑了几十米冲进住院大楼，身上还是被淋湿了。他浑身泛着潮气，提着袋子坐电梯到十一楼，闻到早已习惯了的消毒水味，向奶奶的病房走去。

病房是三人间，门开着，蒋赟听到里面传来女人的说话声，也没多想，就走了进去。

奶奶睡在靠门第一床，床边围着两女一男，坐着的是两个女人，其中一个是蒋建梅，另一个中年男人站在床尾，似乎是不想打扰她们聊天。

蒋赟停住脚步，视线完全不受控制，没看奶奶，没看姑姑，也没看那男人，就像被命运推动着、不管你愿不愿意都要往前行一般，他的眼睛里，就只剩下蒋建梅身边的另一个女人。

那女人看到他，慢慢站起身来。

她和杨医生差不多岁数，留着一头咖啡色长卷发，个子挺高，身材保持得很好，皮肤白皙，五官竟带点儿异域风情，鼻梁高，眼窝深，长着一双有着咖啡色瞳仁的漂亮眼睛。

老天像是应景般在窗外劈过一道闪电，紧接着，炸雷声响起。

蒋赟已石化。

那女人看着他，目光凄楚，嘴角却扯出一个怪怪的笑，像是在极力压抑感情，开口叫他："贝贝。"

蒋赟手里的保温瓶和餐盒统统落地，一片狼藉。

那女人吃了一惊，向前一步，又叫："贝贝，我是……"

没等她说完，蒋赟已经转过身，用百米冲刺的速度向楼梯间跑去，还差点撞到一些护士和病人。身后，那女人似乎追出来，在走廊上大喊："蒋赟！我是妈妈呀！"

蒋赟已经冲进楼梯间，沿着那旋转的楼梯，快速往下跑。他的心脏跳得很重很重，仿佛要炸开，明明是三伏天，他却满身寒意。一鼓作气跑到一楼，蒋赟冲进自行车棚，雨衣都来不及穿，打开锁；跨上车，一头冲进暴虐的雨幕中，任凭雨水把他浇透，还能掩盖掉脸上一些叫人耻辱的痕迹。

天气太热，章翎习惯每天晚饭后来找蒋赟。

她穿一条藏青色连衣裙，左手拎着一把长柄伞，右手提着两杯冰橘茶，晃晃悠悠来到病房，却只看到一个令人尴尬的场面——奶奶在哭，蒋赟的姑姑也在哭，另一个陌生女人双肘支着病床，手指都插进头发里，不停摇头，"是我的错，都是我的错……"

病房里其他病人和家属都沉默着，章翎终于看清那女人的脸，顿时呆若木鸡。

怎么说呢？但凡是认识蒋赟的人，只要不是眼睛或智力有问题，一眼就能看出，这女人和蒋赟必定有着血缘上的联系。

李照香看到章翎，向她招招手，章翎走进去，李照香说："小妹，你回去吧，今天小崽不会来了，他刚才来过，后来走了。"

章翎看看那个女人，心里猜到了什么，问："蒋赟去哪儿了？"

李照香说："回家了吧。"

那女人突然大叫："他住哪儿？我去找他！"

一个章翎之前没注意到的中年男人开了口："你今天就别去了，那么大雨，让他冷静一下吧，孩子还小，脑子转不过弯来很正常，过两天就好了。"

女人又呜呜呜地哭起来，再一次自责，"是我对不起他，是我对不起他……"

　　章翎冷眼看着他们，猜不出这男人是谁，难道是蒋赟的继父？她对李照香说："奶奶，那我就先回去了，您好好休息，后天就要做手术，您千万不要太激动，对身体不好。"

　　李照香抹着眼泪点点头，"我知道，小妹你回去吧，那么大雨，还让你跑一趟。"

　　她们说话时，那女人一直在观察章翎，章翎当然不紧张，随她看。她并不喜欢这个人，尽管她长得很漂亮，气质也温婉和善，但章翎心里明白得很，这是个不负责任的女人，任何苦衷都不成立。

　　对奶奶说了声"再见"，章翎就离开病房，下楼来到住院部门口。她撑着伞，在雨中静静地站了好一会儿。

　　暴雨如注，地上已有一大片积水，雨伞根本没什么用，章翎却不在乎被淋湿。莫名记起三月时的那场雨。她躲在那男孩身后，抬头能看到他的后脑勺，卷发被水淋湿，都贴在头皮上，颜色也变深了。

　　她记起他低沉的嗓音，他说："别怕，有我在。"

　　刚才的陌生男人说"孩子还小"，章翎微微一笑，心想，蒋赟还小吗？他早已在他们看不见的地方、不经意的时间，长成了一个有骨气、有担当的人。这些大人真的都很自以为是，那些眼泪也不知是流给谁看，认的错，也不知是说给谁听。

　　现在是怎样？奶奶生病了，他们来找蒋赟，是要把他带走吗？章翎笑意渐收，心中无比笃定，蒋赟，是绝对不会跟他们走的。

　　想到这儿，章翎的脚步动了，踩着积水，往袁家村走去。

　　四院离袁家村一站路，因为雨大，章翎走了二十多分钟才走到蒋赟家，敲门后发现屋里没人，他的自行车却停在院子里。

　　这么大雨，他会去哪儿呢？章翎撑着伞在院子里开动脑筋，心里突然一亮，猜到一个地方。

　　绕了好久的路，章翎才找到那片小空地，空地没有路灯，很暗，只有附近住家的灯光能微微照明。私家车横七竖八地停着，章翎远远看去，角落里的健身设施上果然坐着一个人，浅色上衣，屈腿抱膝，面向那栋朱红色的小楼，把自己团成了一个球。

　　章翎向他走去，一直走到他身边，他都没抬起头来。

　　雷阵雨不会下太久，这时候雨势小了些，章翎把伞和冰橘茶搁在地上，摘掉眼镜放在伞上，往前迈了一步，略微俯身，张开双臂就把他拥进怀里。

　　男孩子早已全身湿透，再旺的火气也无法抵御暴雨侵袭，这会儿他身体冰凉，僵硬如石，皮肉贴着骨头，是独属于少年人的瘦削凌厉。章翎要好点儿，身上只是微潮，怀抱还带着暖意。

章翎就这样抱着他，许久许久，怀里的人终于动了一下。蒋赟像是从哪里穿越回来，眼神逐渐聚焦，发现自己被谁抱在怀里后，简直要疯掉。

他轻轻挣扎，章翎终于松开他，笑着说："醒啦？"

蒋赟的眼睛又红又肿，抬头看着面前湿漉漉的女孩，轻声问："你怎么在这儿？"

"我去医院找你，你不在，奶奶说你回家了。"章翎也不顾推腿器上都是水，拉拉裙摆，面向蒋赟的方向横着坐下，说，"我知道你心里不好受。"

蒋赟呆呆地看着她，问："你见到她了？"

"嗯。"章翎点头，"但我没和她说话。"

蒋赟的眼神往四周飘，冷冷开口："我不知道她这时候来是什么意思，早八百年干什么去了？我现在，一点儿也不想见她。"

章翎说："我理解。"

雨依旧在下，只是变成了小雨，两人反正都淋湿了，倒也不在意，权当在酷暑天里消暑降温。蒋赟抬头捋捋头发，自嘲地说："我现在才知道，为什么别人会说我长得像她，原来这天然卷是遗传的。"

章翎说："她长得有点儿像外国人。"

蒋赟问："那我呢？"

"你不像。"章翎摇头，一本正经地说，"你是华夏好儿郎。"

蒋赟笑出声来，笑着笑着，他又低下头，小声说："我是不是和你说过，我最后一次见她是六岁那年？"

章翎："嗯。"

"我记不得她的脸了，但一直记得她对我说的话。"

"她说了什么？"

"她说，她没办法，不能带我走。"蒋赟抬眸与章翎对视，说得很慢，"那时候我在武校，过着猪狗不如的生活，天天挨打、挨饿，练习那些基本功，浑身都是伤，哭都不敢哭，哭了会被揍得更惨。有一天，教练说有个女的来看我，我高兴坏了，以为是奶奶来接我回家，出去见到人，我更高兴了，因为那个人说她是我妈妈，亲生的妈妈。"

那时候蒋赟还没满六周岁，这些事，他只有零星的记忆，但见到亲生母亲时那种狂喜之情，他这辈子都忘不掉。

他两岁多就没有妈妈了，连妈妈的照片都见不到。别人都有爸爸妈妈，奶奶告诉他，爸爸在那个石头房子里，而妈妈走了，不要他了。

小蒋赟不信妈妈会不要他，奶奶把他送来武校，他记恨奶奶，心想，不要他的是奶奶才对，如果妈妈在，一定不会把他送到这么可怕的地方。这儿说是能读书学武功，结果都是骗人的，他连饭都吃不饱，每天无休无止地练功、挨打，还要被带出去表演杂耍，也不知道要待多久才能回家。

然后妈妈就来了，小蒋赟高兴得哭了，绝处逢生般，一点儿没有陌生感，抱着妈妈不撒手，说妈妈你带我走吧，你带我走吧！我好想你啊，我不想待在这儿了，我会听话，我会好好学习，我不会惹你生气，求求你带我走吧！

妈妈也哭了，抱着他，亲他的脸，摸他的小光头，嘴里却说：对不起，对不起，妈妈没办法，妈妈不能带你走。

那次见面还不到半小时，妈妈给他带了些吃的和衣服，后来就走了，再也没出现过。

蒋赟记得自己抱住妈妈的大腿，哭得赖在地上，是两个教练合力才把他给拽下来。他挣扎着向妈妈伸出小手，哭喊着"妈妈你带我走吧，求求你带我走吧"！

可是妈妈就那样头也不回地走出了校门，隔着铁栏杆，她的背影越来越远，越来越远。小蒋赟还在哭，等再也看不见妈妈的背影时，迎接他的就是教练重重的耳光。他被打得摔在地上，那个魔鬼说："想走？白日做梦！"

在时光的流逝中，妈妈决绝的表情渐渐变得模糊，当时见到她有多高兴，后来就有多怨恨，几年后，蒋赟终于再也记不起她长什么样了。直到今天，他看到那个女人，苦痛回忆里的那张脸才重新长出五官，她们融合在一起，她叫他"贝贝"，她说：蒋赟，我是妈妈呀。

呵，哪儿来的脸？

章翎看着蒋赟走神的表情，带着隐隐的愤怒，没去催他，等他回过神来，才伸手拉住他的手。

蒋赟低下头，看着两个人牵住的手，又一次出神。章翎却说："蒋赟，我知道你可能不愿意讲，但我真的很想知道，你在武校都经历了什么，你能给我说说吗？"

蒋赟问："你为什么想知道？"

章翎说："因为我想多了解你一些。"

"你为什么想多了解我？"

"因为……"章翎眨眼，她没戴眼镜，那双圆圆的眼睛显得如此灵动，说，"因为咱俩是好朋友啊。"

蒋赟眼里亮起一层光，"只是好朋友吗？"

章翎微笑，还有点害羞，依旧牵着他的手，指甲还掐了他一下，"现在就只能是好朋友，以后……以后再说呗。"

蒋赟想，这是什么意思？是他理解的那个意思吗？

不可能吧？不可能吧？绝对不可能！

章翎虽然是近视眼，脑子却很聪明的呀。

　　蒋赟变幻莫测的表情弄得章翎很尴尬，只能松开手，温柔地开口："能说说吗？我爸爸说，心里有事别老压着，要学会倾诉，说出来可能会好受些。所以，我有什么苦恼都会和爸爸妈妈说，他们从来不会不分青红皂白地骂我，有些事会帮我分析，有些事会劝我看开，有时候觉得是我不对，也会批评我。不管怎么样，说出来了心里就会舒坦，我知道你很多事都藏在心里，其实……你可以和我说的。"

　　蒋赟定定地看着她，心里在纠结。

　　从武校回到钱塘，那些事，他谁都没讲，连警察也没讲，因为他那会儿才是个九岁多的孩子，警察不需要他的证词，他们去审那些魔鬼，魔鬼们自己就都招了。

　　赔偿肯定没有，奶奶也不懂去告状，那五年，仿佛过了就过了。奶奶只说自己听信了小人的话，却不知道她这错误的决定，让蒋赟遭受了多少痛苦折磨。

　　草花只知道他在武校过得很苦，别的他都没说，小胖子并不知道余蔚的存在。蒋赟平时已经很少去想这些事了，因为想起来心就会痛，可突然见到那个女人，此时又面对章翎，他真的想要倾诉，想要找个人问问，这到底是为什么？

　　他到底做了什么伤天害理的事，那些人要这样对他？也不问问他愿不愿意，不要他了就当垃圾一样丢掉，明知他深陷魔窟却不管他死活，他被人欺凌嘲笑、忍饥挨冻时，他们又在哪里？在他完全不需要他们的时候，又莫名其妙地跑过来，亲亲热热地叫他"贝贝"。

　　贝你妈个贝！她以为她是谁？！

　　蒋赟沉默好久，张了张嘴，问："你真的要听？"

　　章翎点头，"嗯，想听。"

　　蒋赟笑了，"我怕你听哭，我那时候可惨了。"

　　章翎从地上拿起纸袋，掏出两杯冰橘茶，一杯自己喝，一杯插上吸管递给蒋赟，"不怕，流眼泪了就喝水，水分补上就行了。"

　　蒋赟笑得更厉害了，"那我真说了啊。"

　　"说吧，我好奇很久了。"章翎咬着吸管喝冰橘茶，真跟相声剧院的观众似的，"让我听听蒋大侠的学武史，这可不是一般人能经历的。"

　　蒋赟又笑了一声，真的开始说给她听。

　　早年的记忆其实很淡，六岁以后的事，蒋赟却记得很深。

　　那些乱七八糟的表演场地，所谓的"少林小子"们整齐划一地打长拳套路，观众鼓掌叫好，接着还有武术过招、脑门儿砸砖、剑术、棍术、刀法，还有永远最受欢迎的翻跟斗。

　　他们每人擅长的功夫路子不一样，平时各练各的，回到宿舍后，碰到一点小摩擦就卷袖子打架，小小年纪个个出口成脏，周末表演时，看到观众里和他们差不多年纪的小孩，一个个又都会流露出羡慕的目光。

章翎问："那，文化课怎么办？"

蒋赟说："有文化课，就是没什么人听，大家年纪也不一样，混在一起，老师就是瞎教。我算是成绩最好的了，但是转到云涛小学后，还是门门不及格，英语从来没学过，你们都学一年了，我连 ABCD 都不认识。"

章翎难以理解，"怎么会这样呢？它既然是个学校，教育局不管吗？"

"什么教育局？它根本就是个黑作坊，黑武校！"蒋赟义愤填膺，"它招的都是乡下地方的小男孩，家里穷得要死，巴不得把孩子送出去。本来，像我这种城里的小孩，他们不会要，可我奶奶没文化，家里又没别的大人，就被他们盯上了，给我奶奶送了点东西，说是学费便宜多少多少，初中毕业能直接进体育大学，也是邪门，我奶奶居然信了！"

章翎托着下巴问："后来呢？你是怎么回来的？不是说要读到初中毕业吗？"

蒋赟皱眉摇手，"根本没人能混到那个年纪，甚至……不知道我猜得对不对，有些小孩在五六岁时就失踪了，也不知道去了哪里。留下的孩子，十一二岁发育了，懂事了，都知道反抗啊，要么自己跑路，要么就联系家里给接回去。有些家里没人管的，跟被洗脑了似的成了教练，也就是帮凶。"

章翎第二遍问："那你呢？你是怎么回来的？"

蒋赟顿了一下，目光放得很远，说："我能回来，是因为死了一个小孩，叫余蔚，是我最好的兄弟。"

他想起余蔚，那年他们一个十岁，一个九岁。因为实在受不住了，他们商量着要逃跑，结果却没成功。

余蔚被抓住的时候，蒋赟已经幸运地跑了出来，在武校栏杆外面。

他回过头，看到魔鬼们手中的余蔚已是满脸鲜血，蒋赟吓坏了，立刻就要往回跑，半死不活的余蔚却凄厉地叫起来："小赟！快跑！往前跑！别停下！去找警察！快跑——"

蒋赟愣住，然后，他就转身跑了。

他真的叫来了警察，可是晚了一步，小小的余蔚被那些恶人打得颅内大出血，在昏迷中永远地离开了这个世界。

这件事当时在 B 省闹得很大，后来被人压了下来。多年后，蒋赟才后知后觉地分析出，那家黑武校能长期存在，背后肯定有不一般的势力。如果不是因为余蔚死了，办案的警察又刚正不阿，那武校指不定能蒙混过关，他会再一次被抓回去。

武校最终被取缔，魔鬼们被收监，所有孩子一夜之间重获自由。

　　蒋赟有地方可回，他很聪明，牢牢记得自己来自钱塘，住在袁家村，奶奶叫李照香。别人却没有那么幸运，很多男孩发现，自己成了无家可归的人。

　　他们离开家时还太小，这会儿都不记得自己是从哪儿来的了。

　　章翎真的听哭了，眼睛红得像兔子，不停地吸鼻子，咧着嘴，呜呜咽咽哭得十分伤心。

　　不知什么时候，雨停了，原本凉爽清新的空气又变得有些闷热，周围的树梢上，夏蝉在安静几小时后，东一只西一只地再次发出鸣叫。

　　蒋赟的衣服湿答答地贴在身上，很不舒服，但他不在意。他眼里只有那个哭泣的女孩，心想自己是不是太残忍？这种事，他经历过就好，为什么要说给章翎听？那根本就是她这辈子都不会触碰的世界，干吗要去吓唬她？

　　他有些不自然地开口：“你别哭了，这都过去很多年了，是你要我讲的，我本来都不太记得了。”

　　章翎抬手抹抹眼睛，说：“你怎么会这么倒霉？”

　　蒋赟大笑，“哈哈哈哈哈……”

　　哭过，笑过，他说：“但我活下来了。”

　　倾诉一场，心里果然好受许多，那个女人带来的痛楚已经被他抛开，蒋赟一口气喝掉半杯冰橘茶，突然伸长双臂“啊”的一声吼，章翎被他吓一跳，问：“你干吗？”

　　蒋赟笑着看她，“就……突然觉得，没什么大不了的。”

　　章翎也笑，“嗯，本来就没什么大不了的。”

　　她伸出手掌，发现再也没有雨丝落下，抬头看雨后的夜空，听周围阵阵蝉鸣，说：“蒋赟，我给你唱个歌吧。”

　　蒋赟愣住，“什么？”

　　“想听吗？”

　　蒋赟点头，“想。”

　　“很应景呢，我以前比赛唱过的，叫《有梦好甜蜜》。”章翎清清嗓子，真的在这空旷的小空地唱起歌来：

　　　淅沥的雨丝，像那六弦琴
　　　它叮叮咚咚，是那么动听
　　　斑驳的树影，像梦的森林
　　　引领我走进，五彩的神秘
　　　满天的繁星，掩藏我点点点的秘密

夏日的蝉鸣，吟唱我对未来的希冀

dream my dream

every day has a dream，has a dream

总觉得，有梦好甜蜜……

她的歌声真像百灵鸟一样轻灵悠扬，在燥热的夏夜，抚慰着蒋赟那颗稚嫩却千疮百孔的心。他从没听过这首歌，到后来却跟着她哼起来："Dream my dream，every day has a dream，has a dream，总觉得，有梦好甜蜜……"

（3）

雨后的街道满是水洼，风带着潮热之意，明天又会是个高温天。

谈心结束，蒋赟没有骑车送章翎回家，而是和她一起步行去金秋西苑。

章翎拎着长柄伞，甩来甩去，走着走着还拿伞尖去戳蒋赟的腿，男孩跳起来，嫌弃地叫："干吗？脏不脏啊？"

章翎噘嘴，"你还挺讲究，自己都淋一身雨，也不怕感冒。"

"你不也淋雨啦？"蒋赟看着她身上的深色连衣裙，都快干了，有些拧巴地问，"哎，你不会感冒吧？"

章翎语气自信："不会，我身体特棒。"

蒋赟忙说："这种话别随便说，每次说了都会生病，邪门得很。"

章翎扭头看看他，她又戴上了眼镜，还是蒋赟用衣服下摆帮她擦干净的镜片，说："蒋赟，快开学了。"

蒋赟知道她的意思，没吭声。

章翎迟疑着问："你奶奶做完手术，以后怎么办？"

蒋赟沉默，他也不知道该怎么办。

章翎又问："那个，你妈妈……是你奶奶找来的吗？"

"应该是吧。"蒋赟轻笑，"老太太本事真大，我还以为她俩早就联系不上了。"

章翎问："你会跟她走吗？"

听到这句话，蒋赟站住了，转头看她，斩钉截铁地说："不会。"

章翎松了口气，脸上渐渐绽开笑，蒋赟也笑了，两人继续踩着水洼往前走。

把章翎送回家后，蒋赟又一次去医院病房。那对中年男女已经走了，蒋建梅正拉开折叠椅打算陪床，看到蒋赟后愣了一下。

蒋赟说："姑姑，你回去休息吧，我来陪夜。"

病床上的李照香睁开眼睛，静静地看着蒋赟，蒋建梅收拾了一下，没多说，离开了。

蒋赟在病床边坐下，抱起双臂冷冷地盯着奶奶。他心里很火大，老太太就是个拎不清的人，思想狭隘，明明是个文盲还特别喜欢自作主张，好像全世界就她最聪明，偏偏做的都是蠢事儿。

李照香被他看得浑身不舒坦，干脆先声夺人："干什么？你还先气上了？有你这样做小辈的吗？送个饭全洒地上，是不是要饿死我呀？"

蒋赟问："你干吗要联系她？"

李照香不承认："什么呀？我没联系她，我联系的是你爸的大学同学，就刚才那个男的，是他联系的你妈！不关我事。"

"你就编，继续编，别以为我不知道你在想什么，你想把我送走，对吗？"蒋赟觉得很搞笑，"我是一个东西，还是什么猫猫狗狗？随你说了算吗？那个女的十几年没管过我，你现在要我怎样？认她呀？你是不是有病？"

"我是有病啊！胃癌！"李照香从病床上坐起来，一把拉上身边的帘子，把自己床与别的病人隔开，压低声音说，"崽，奶奶马上要开刀了，开完了能不能活都不一定。剖肚子前，我肯定要把事情都安排好，我要是死了，你上哪儿去找你妈？"

"死个屁！"蒋赟咬牙，"我什么时候说过我要找她？"

"你还小呀，你才十六！"李照香右手揪着被子，左手食指点点他的脑袋瓜，"你别以为你能挣点钱就多了不起了，你就还是个小孩儿。"

蒋赟躲开她的手，梗着脖子说："反正，这事儿你怎么想我不管，这么说吧，我就算不念书了，去打工，去要饭，我都不会去求她！更不可能跟她走！我和她啥关系都没有，根本不想见到她！"

李照香眼珠浑浊，满脸皱纹，抬手摸摸孙子年轻的脸庞，重重地叹口气："唉——崽啊，其实奶奶骗你了，今天就都跟你说了吧。"

蒋赟不为所动，继续冷眼听她"编"。

于是，李照香就说了一个和之前的说辞略微不同的"故事"，至于真假，蒋赟无从考证，也不想考证。

翟丽的老家在 A 省南部台城，她是家中独女，父母在二十世纪八十年代末就经营起一家窗帘店，乘着改革开放的东风越做越大，到九十年代初已经开出好多家门店，家境在当时算得上殷实。

翟丽来钱塘念大学时与蒋建齐相恋，父母从一开始就反对，那时恰逢出国潮，翟家二老希望女儿毕业后出国留学，再回老家发展。但翟丽和蒋建齐情投意合，两人身高、外貌、性格都很相配，恋爱谈得如胶似漆，远在台城的父母也干涉不了。

蒋建齐毕业后之所以选择创业开公司，就是想要快速积累第一桶金，博得老丈人认可。他也的确做到了，生意做得风生水起，家里建起漂亮的新房子，翟丽父母总算同意了两人的婚事。

后来，蒋赟出生，蒋建齐生病，那两年，李照香负责照顾住院的儿子，翟丽就在家带小孩。

蒋赟的外公外婆给蒋建齐送过钱，当时就起了让女儿离婚的念头，翟丽不肯，一直拖到蒋建齐病逝，翟丽父母旧话重提，要女儿必须跟他们回老家。

"不是你妈妈不要你，是你外公外婆不肯要你，他们怕你妈妈带着你，影响再婚。"李照香一边回忆，一边说，"你想想，她带了你两年，换尿布，喂奶，哄睡，给你做菜糊糊，陪你学走路、学说话，全都自己一个人料理。两年多啊，养只猫狗都有感情了，何况是个人？你都会走路会说话了呀，天天喊妈妈、妈妈，跟在她屁股后头打转，她怎么舍得丢下你？

"你外公外婆当年的担心，我懂，一个女人带着孩子，是很难，我又拿了他们十几万给你爸还债，想了想，唉！就放她走吧。我的孙子我来带，有我一口吃的，就饿不着你，我当时就是这么想的。

"我一直和你说是你妈妈不要你，就是怕你太想她，想绝了你的念头。本来是想等你考上大学，满十八岁了，再告诉你，到那时候，她四十多了，家里两个老的也管不住她，你也不用她养，要不要相认，你俩自己看着办。"

李照香见蒋赟一脸冷漠，似乎不信她的话，干脆抓住他的手摩挲着，"崽，奶奶没骗你，你妈真的没有不要你，她走的时候哭得跟个泪人儿似的，说让你等等，再等几年，她一定会来接你。我知道她的意思，她那会儿什么都没有，房子、钱，都在你外公外婆手里，她就算把你带走，你外公外婆不帮她，她拿什么养活你？"

蒋赟冷笑。

奶奶至今不知道，他曾在六岁时与翟丽见过一面。

她离开钱塘时可能真的什么都没有，那四年后呢？她还是什么都没有吗？正好相反吧？她应该有了新的婚姻，新的丈夫，新的公婆，新的孩子……她早就过上了新的生活。

她去 B 省武校，也许是出于思念，也许是出于愧疚，但绝不是想要带走蒋赟。她见到学校糟糕的环境，看到她不满六岁的亲儿子剃着小光头，个子比同龄人矮小许多，心里是怎么想的？

她只会哭哭啼啼地说"妈妈没办法，不能带你走"，连把他送回钱塘的念头都没有。

她似乎不想让人知道她来过，觉得孩子小，以后都会忘记，也许还觉得他过得不错？有书读，有武学，小小年纪远离家乡，大概真能在那儿成才吧？

　　李照香把孙子送进魔窟是受自身眼界所限，听信了别人的谎言，如果老太太知道他在那儿受苦，拼了老命也会把他救出来。蒋赟以前记恨奶奶，长大后就明白了，奶奶真不是故意的。

　　可是翟丽呢？作为一个亲妈，还是个大学生，见死不救，说她是无心，谁信啊？说到底，还是自私，一个凭空冒出来的六岁儿子，也许会毁掉她当时拥有的一切。

　　蒋赟听烦了，对奶奶说："别说她了，我不想听。"

　　"行，不说她。"李照香说到正事，"这几天我和你姑姑聊过，和她说好了，动完手术，休息半个月，我就跟她回家。"

　　蒋赟大惊，"为什么？"

　　"你上学呢，我留在这儿，你怎么办？"李照香叹气，"就是因为我要跟你姑姑走，才想着去找你妈，把你的事儿安排一下，总不能把你一个人丢在这儿吧？"

　　蒋赟说："奶奶，我能一边上学一边照顾你。"

　　"不可能！"李照香摆着手，语气很坚决，"前些天晖子过来，给了我五百块钱，他虽然没说太明白，但我知道他的意思。我这病是倒霉病，鬼知道能不能好，万一哪天人在他屋里没了呢？那他不得气死啊？所以他不想我继续住在他那儿了。"

　　蒋赟呆住，居然还有这种事？

　　李照香说："后来我和晖子说了，我会走的，去你姑姑那儿养老，他说如果是你一个人住的话，就没毛病。"

　　蒋赟皱眉，问："姑姑能答应？"

　　"她凭什么不答应？"李照香眼一瞪，"她是我女儿，我是她妈！我就她这一个孩子了，你才多大？我生病了，她不照顾我，难道让你照顾我啊？"

　　"可是……"

　　"别可是了，我都和她说好了。"见蒋赟不放心的样子，李照香心里暖暖的，"其实吧，我还有点儿钱，我和你姑姑说了，不花她的，只要她能给我一张床，帮我做做饭就行。"

　　这话一说，蒋赟就信了，奶奶肯定还有钱，只是不会轻易拿出来，那钱是她给自己养老准备的，蒋赟从来没惦记过。

　　李照香继续说："崽，你安心上学，跟不跟你妈走，你自己和她商量去。我和她说了，你念的是个好学校，转学也挺可惜。我是想啊，就算她不在钱塘，好歹能照顾一下你，让你顺顺利利去高考，我在你姑姑那儿也能放宽心。"

　　蒋赟握紧奶奶的手，声音很低："我不需要她照顾，我能照顾好自己。"

　　李照香揉揉他的头发，"我知道，你长大了，可她毕竟是你妈。"

　　"她不是。"蒋赟抬头，目光坚定，"奶奶，别用老一辈的说法来劝我了，我不会认她的，我的亲人只有你一个。"

李照香往他脸上拍了一下，语气里却满是慈爱："你这偏小子哟。"

之后，她又和蒋赟叨叨了好久，告诉他，如果她在手术台上人没了，遗像要用她五十岁过寿时照的一张相，穿着黄衣服，是蒋建齐给她照的，就在相册里。那本相册大部分是蒋建齐的照片，蒋赟肯定找得到。

她的钱不多，都在存折里，存折藏在她床底下的一个箱子里。她要是没了，让蒋赟和姑姑分一分，她要是活下来，就会把钱带走养老。

她跟着女儿走，以后，蒋赟就一个人留在钱塘，放寒假了，蒋赟可以坐火车去姑姑家过年，她出钱。大过年的，哪能把一个孩子孤零零地留在钱塘？

她叫蒋赟不要担心，她命很硬，没那么容易死，她还要看着蒋赟考大学呢，要看到他结婚生娃，还要住他买的、带电梯的大房子！

蒋赟笑了，抓着奶奶的手贴在颊边，说："奶奶，你一定会长命百岁的。"

两天后，李照香进行了胃癌肿瘤切除手术，切掉了病灶处的半个胃，手术很顺利，麻药效果消失后，她就醒了过来。

蒋赟又一次见到翟丽，那个女人依旧柔弱悲戚，眼睛很肿，像是这几天都是以泪洗面。看到蒋赟，她向他伸出手，嘴才张开，蒋赟就先说话了："第一，不准叫我'贝贝'，我会觉得像在叫一条狗。第二，别指望我会叫你什么，你不配。第三，不准对我动手动脚，我恶心。第四，我不知道你来的目的是什么，但我先告诉你，我不要你的钱，不要你的东西，不要你一丝一毫的施舍，我和你，没关系。第五，我绝对，不可能跟你走，你想都别想。"

翟丽又哭了，捂着嘴，眼泪汹涌而出，哽咽着说："蒋赟，是妈妈对不起你，可妈妈当年真的是有苦衷的……"

那个中年男人把翟丽带去边上休息，又过来找蒋赟，告诉他，自己是蒋建齐的朋友，并主动拿出几张大学时和蒋建齐的合影给蒋赟看，"我叫钱利伟，你小时候一直叫我钱叔叔，我最后一次见你时，你才四岁。"

对于这些从天而降的所谓"故旧"，蒋赟其实一个都不想理，但被章翎一家"熏陶"一整年，蒋赟现在也知道要讲礼貌了，低低喊了一声："钱叔叔。"

钱利伟微笑，眼睛里泛着泪光，拍拍蒋赟的肩，"好孩子，一晃眼长这么大了。"

蒋赟真的很想吐槽，晃眼你妹啊晃眼！你晃眼一个给我看看！十几年，每年三百六十五天，几千个日日夜夜，他吃饭有上顿没下顿，冬天冷死，夏天热死，居无定所，被人打骂，饿极了的时候差点和狗去抢食了，他怎么没能一晃眼就活下来呢？

这些人，都是鸡汤文学看多了吧？

　　李照香苏醒后，游山玩水好几天的周文越终于出现，知道外婆休养两周后要跟她们回家调养，非常震惊，当着蒋赟的面就冲她妈发起了脾气。蒋建梅很尴尬，劝了半天周文越也没消气，回到旅馆收拾行李，独自一人气呼呼地坐着火车回了家。

　　人和人的感情就是这样的，和血缘的关系大吗？

　　蒋赟想，在他这个便宜表姐眼里，李照香大概就是个拖累，前半辈子没给过她妈任何好处，生病了却觍着老脸要女儿把她接回家照顾，跑到论坛上去发个家长里短帖，说不定还能引来众多网友的支持。

　　如果可以，蒋赟也不想送走奶奶，光用想的就能知道，老太太去到女儿家，绝对不会得到好脸色。奶奶一辈子生活在钱塘，习惯了这边的气候和饮食，去到那遥远的西北省份，哪儿是享福？绝对是遭罪。

　　但是蒋赟想不出更好的办法了，李照香说得没错，他毕竟，只有十六岁。

　　李照香手术那几天，章翎没来，因为她发烧了。蒋赟决定，以后在生病这种事上，不管心里怎么想，他绝对不能开口说出来，因为他就是个乌鸦嘴。

　　当初说自己的脚要拍片，后来真拍片了；又说奶奶有病就要治，奶奶真得了重病；现在更离谱，章翎说自己身体特棒，他非说会生病，好了，她还真发烧了。

　　蒋赟恨不得掌自己的嘴。

　　翟丽和钱利伟在李照香术后第三天准备离开，走之前，翟丽又一次掉眼泪，想要摸摸蒋赟的脸，被他躲开了。

　　少年冷漠地说："你以后别来找我了，我不想见你。"

　　翟丽哭得像是生离死别，"呜呜呜呜呜……"

　　蒋赟烦躁地别开了头。

　　幸运的是，钱塘低保户平时看小病没福利，生大病倒是有补贴，李照香住院二十来天，七七八八自费花了两万多块医疗费，刚好用完蒋赟手头全部的钱，老太太也就出了院。

　　蒋赟已经把于晖的出租屋狠狠打扫了一遍，那些陈年垃圾全部被他清空，角角落落都用消毒剂消毒杀菌，再通风透气。

　　丢垃圾的时候，蒋赟很仔细，他知道李照香的尿性，生怕她把钱藏在垃圾里，要是被不小心弄丢了，好不容易救活的奶奶估计会重新死过去。不过，他最终什么都没发现。

　　蒋赟换上一个更亮堂的顶灯，擦家具，拖地板，又买来两套新的床上用品，换掉李照香用了不知多久的毛巾、牙刷，小屋子顿时焕然一新，显得宽敞整洁了许多，那种令人作呕的垃圾臭，总算是消失得干干净净。

　　在这个过程中，五中开学了。

李照香住回出租屋调养，蒋建梅依旧住在小旅馆，每天早出晚归来出租屋照顾母亲，晚上蒋赟放学后，由他接班。

蒋建梅已经买好八月底的卧铺火车票，还帮李照香收拾起衣服行李，这才发现，老母亲连一件像样的衣服都没有，鞋子也全是破的，这些年，活得跟个老叫花子似的。

她不禁抱怨："你说说你，之前为了建齐，现在为了蒋赟，过过一天好日子没？要我说，蒋赟是翟丽的儿子，就该归她管，她当初不管，你就该去派出所告她！关你什么事了？十几年，为了这么个小子，你钱存不下来，人又给搞病，图什么？"

李照香躺在床上，哼哼道："养老钱我还有，你就别担心了，花不着你的。"

蒋建梅从衣服堆里抬起头，问："你还有多少钱？"

"一两万吧，等我身子再好点儿，还能去捡纸板。"李照香觑她一眼，"后事也不用你管，你爸墓上给我留着位子呢，你只管把我往里头一埋就行。"

蒋建梅嘀咕："才一两万，能用多久？看病复查不花钱啊？"

李照香的身子在慢慢恢复，中气也足起来，"你给你妈看个病怎么了？这些年管你要过一毛钱吗？"

蒋建梅气道："那你给你俩外孙买过一样东西吗？过年连个红包都没有！你不都贴给蒋赟了？"

"小崽没红包！你翻翻他的衣服，有一件好衣服没？"李照香大叫，"他就是个纯吃饭的饭桶，我早就不想管他了！"

两个女人在屋里争执时，某个纯吃饭的饭桶正坐在教室上晚自习，眼睛盯着前排女生的后脑勺发呆。

蒋赟和章翎升入高二（1）班，班主任叫陈涛，中年男性，教数学。

蒋赟觉得陈老师就是个老天使，因为他在分座位时，把蒋赟分在了章翎后桌。班里都是陌生同学，除了老6班那三个，蒋赟一个都不认识，心里却明白，这些不显山不露水的人，全部是学霸。

他的同桌是个叫邱远峰的男生，身材中等，戴着黑框眼镜，性格沉稳，似乎很好说话。

章翎的同桌叫张梨，很爽气的一个短发女生，两人名字读音有点像，每回有人叫其中一个，另一个都会抬头，也就两三天工夫，大家都受不了了，统一把张梨叫成"梨子"。

四人初见时，彼此说到上学期的期末排名，张梨很厉害，年级理科第四，章翎第九，邱远峰自惭形秽，"败给两位女将了，我只是第三十二，蒋赟，你呢？"

蒋赟想要原地消失。

选班委和课代表时更搞笑，陈涛说据不完全统计，这个班里有原班长六位，副班长五位，学委七位，体育委员、文艺委员、宣传委员若干，就算不是班委，剩下的也都是课代表，整个班里的原纯群众，只有一个。

有人问："是哪一位高人，如此淡泊名利？"

蒋赟把脑袋埋在了手臂上。

这一回，章翎没竞选学委，而是开开心心地混了个文艺委员。萧亮压线进班，也没脸去做班长，竞选体育委员，成功当选。

班长叫林师妍，是个女生，原9班那帮学霸里的第一，也是全年级理科第一。学委叫方家豪，男生，原9班第二，年级第二。他们班进了七个人，用人数优势把领导班子给选了出来。

蒋赟觉得，他走了狗屎运进到1班，萧亮估计会不爽。萧亮这人的品性一言难尽，蒋赟时刻准备着，果然，没几天工夫，班里有人看他的眼神就怪怪的了，尤其是后排那些男生。

蒋赟无所谓，全世界讨厌他都没关系，只要章翎懂他，就行。

去食堂吃饭时，蒋赟习惯了一个人，结果章翎叫他："蒋赟，和我一起吧，还有梨子。"

她的原四人小队散落到各个班，再凑到一起吃饭太刻意，暂时，章翎只和张梨一起进出，想着桌子还有空，就喊了蒋赟。蒋赟正在犹豫，邱远峰搭上他的肩，"我也一起吧，人多了不太好找座。"

咦？蒋赟扭头看着邱远峰，心想，这人怎么回事？他俩很熟吗？

邱远峰发现他神色古怪，赶紧把胳膊收回来，"你是不是不喜欢别人碰你？噢，抱歉，我以前和朋友闹惯了，以后会注意。"

蒋赟眨巴着眼睛看他，邱远峰又说："你是……不想和我一桌吃饭？噢！那、那我……"

"没没没没没有！"蒋赟赶紧拉住他，"快走吧，一会儿食堂里好菜都没了。"

章翎也回头喊："蒋赟，快点儿！"

"哦！"两个男生赶紧追上去。

开学一周后，蒋赟逐渐习惯高二（1）班的上课节奏，真的巨快，班里那些人，也真的巨厉害。

有一件令人开心的事，芳芳姐还是他们的物理老师。

经过摸底考，蒋赟依旧是全班倒数第一。这个结果在他和章翎的预料中，刚刚过去的暑假，奶奶生大病，蒋赟是照顾奶奶的主力军之一，不可能有太多时间去温习功课。

他在学校会碰到老6班的同学，刘陈飞、许清怡、薛晓蓉、李婧、王雨晴……大家都散开了，看到蒋赟，有人视而不见，有人会向他打个招呼，比如刘陈飞这傻大个，甚至会冲过来拍一下他的背，问："你是不是倒数第一？快，说出来让我高兴高兴！"

气得蒋赟恨不得上脚去踹他。

刘陈飞再也没和萧亮一起玩，在篮球场上碰到，会主动走开。

姚俊轩去了5班，妥妥地霸占第一，看到蒋赟，两人冷漠对视，到最后又会憋不住一起笑出来。

"傻子。"

"智障。"

互相伤害之后，两个少年擦身而过。

八月底，在家人一个接一个的电话催促后，蒋建梅终于带着李照香，准备坐卧铺火车回老家。

蒋赟一个人去送站，奶奶抓着他的手，在站外说了好久好久，蒋赟就一直听，一直听，最后，李照香生生地把自己说哭了。

蒋赟好无奈，抱住她佝偻的身子，拍着她的背，说："奶奶，我都记住啦，你就别念叨了，等我，我过年就去看你。"

李照香在孙子怀里放声大哭，才发现，那个原本只到她腰高、拖着鼻涕的卷毛小孩，现在都比她高出一个多头了。

送走奶奶和姑姑，蒋赟回到出租屋，李照香的东西带走后，屋里显得更加宽敞。蒋赟在奶奶的下铺坐下，伸手摸摸她睡过的草席、枕头，心想，其实他俩在一块生活时，感情也没那么深嘛，奶奶对他又不好，以前还会打骂，他也会对奶奶大吼大叫发脾气。

平时他放学回家，奶奶都睡了，半夜再起来出门捡废品。他起床时，奶奶都不在，两人面都见不到，哪里来的感情？可是，他们两个，一老一小，毕竟相依为命了这么多年。

想着想着，蒋赟的眼睛还是红了，眼泪静悄悄地落下来，他也懒得抬手去擦干。他看着空荡荡的出租屋，从今以后，他就要开始一个人的生活。

蒋赟十六岁这年的夏天，紧张、幸运、慌乱、忙碌、愤怒、伤感……在这一天，终于结束了。

第 11 章

中秋团圆夜

（1）

有生以来，蒋赟第一次拥有一个独属于自己的房间。

他把房间格局调整了一下，书桌搬到窗前，桌面上摆上章翎送他的卡通小人，原本都不敢拿出来，怕被奶奶弄丢。李照香用来放杂物的那个柜子脏得要死，蒋赟擦了好多遍，改成他的书架，他没什么闲书，光是课外题集就把柜子塞了个七成满。

他搬到下铺睡觉，把自己的四季衣服整理好，放进行李袋后堆在上铺。长颈鹿一直在他枕头边，换到下铺后一眼就能瞧见，蒋赟挠挠头发，有些害臊，把小玩偶塞到了枕头底下。

每天早上，他去厨房煮一碗挂面当早饭，还会加个水煮蛋，中饭、晚饭都在学校吃，外加午点，填饱肚皮没问题。

放学回家，他先洗澡、洗衣服，把衣服晾在院子里，再回房间复习功课。只是，每次开门进屋，他都会怔愣片刻，因为再也闻不到那伴随着他好多年的酸臭味，再也听不到奶奶震天响的呼噜声。

他和李照香约好，每周日下午通一次电话。第一次打过去时，奶奶特别开心，说自己一切都好。姑姑家在县城，家里有几间平房带着院子，给老母亲安排了一个小单间，平时还能出来晒晒太阳。

奶奶说身子恢复得不错，刀口都快长好了，过阵子会去那边的县医院复查，她和姑姑的丈夫、公婆相处也算融洽，没吵架，让蒋赟不要担心。老太太亲热地小崽长、小崽短，一句都没骂蒋赟，把远香近臭坚决贯彻到底。

章老师和杨医生依旧资助蒋赟吃饭，每月六百块，因为他家有变故，章老师曾提出给他"涨薪"到八百，被蒋赟婉拒了。

李照香离开前，提前给了于晖一整年房租，又把发放低保补助的银行卡留给了蒋赟。蒋赟每个月能领到一千六百块钱，他会把钱取出来，汇给奶奶一千，他想，老太太身在女儿家，还是要有点钱更保险。

蒋赟算过账，低保补助六百多，加上章老师资助的六百块，一千多块钱，省着点用，也够他一个月的吃饭和水电开销。

因为奶奶生病而停下的一些"业务"，在李照香离开后逐渐恢复正常，比如周日的家教课，还有每天骑车送章翎回家。

蒋赟的自行车"哐当哐当"轧过那条熟悉的街，章翎坐在后座上，抱着他的新书包，问："你一个人住，害怕吗？"

"害怕什么？"蒋赟没明白，"我是个男的，又没钱，贼也不会惦记我呀，你不也一个人一个房间吗？"

章翎说："但我家里还有爸爸妈妈呀，他们从来不会让我一个人在家过夜的。"

蒋赟笑道："那我那栋楼里还有几十个人住着呢，吵得很，放心吧，我不害怕。"

章翎很难理解蒋赟的心大，中考前填志愿，她连住校都抗拒，宁可放弃更优质的高中，就近选择五中。她无法想象现在的自己独自一人生活会是什么样，身边一个亲人都没有，肯定会害怕。她的朋友们看起来也都一样，只有蒋赟，好像没把这当一回事，似乎过得还挺开心。

"我家现在不一样了，被我弄得挺干净。"蒋赟乐呵呵地说，"一点儿也不臭了，就是……有点空，我寻思着租期完了搬个家，我现在一个人，不用住那么大的屋，找一间十平方米的就够，摆个床，一张桌子，一个柜子，房租还能便宜两三百。"

章翎没接他的话，因为实在不知道该说什么。

夏末初秋的晚风吹着很舒服，章翎干脆晃着脚，哼起歌来："甜蜜蜜，你笑得好甜蜜，好像花儿开在春风里，开在春风里……"

蒋赟纳闷地问："你唱的什么呀？"

"《甜蜜蜜》，你没听过吗？"

"听过，这不是很老的歌嘛，你连这种都喜欢？"

章翎无语，"这是一部老电影的主题曲，那部电影里，男主角骑自行车带着女主角时就会放这首歌，名场面哎，你没看过吗？"

蒋赟老实回答："没看过，什么电影啊？我就喜欢动作片。"

真是道不同不相为谋，章翎说："不告诉你，反正你也不喜欢。"

她不唱歌了，蒋赟等了一会儿后，又问："那电影最后的结局是什么？他俩好了吗？"

章翎回忆后，说："不知道，我没看完，他俩一开始是好的，后来分开了，女主角有了别的男朋友，男主角也和别人结婚了，后面我就没看了，我妈妈挺喜欢的。"

像是悲剧，蒋赟顿时没了兴趣。

九月，新学期正式开学，学校里少了那群脱发、黑眼圈、仿佛永远都睡不够的高三生，多了一帮每天活蹦乱跳的高一新生。

蒋赟走在校园里，惊觉自己也变成了学长，看看那些高一的男孩子，有好多都比他矮，他下意识地就挺起了胸膛。

他和邱远峰走近许多，每天都会一起吃饭。体育课上，邱远峰去打篮球，叫蒋赟一起，蒋赟看到萧亮也在，实在不想去，邱远峰问：“你很怕他吗？”

他听说了关于蒋赟的传闻，但没往心里去。章翎和蒋赟来自一个班，他俩关系挺不错，经过观察，邱远峰觉得蒋赟就是个很普通的男生，为人大大咧咧，学习特别用功，一点儿不会投机取巧，说话虽然粗鲁，但也没萧亮说的那么奇葩。

少年们都慕强，邱远峰成绩比萧亮好，莫名地有了点英雄主义，决定“罩着”蒋赟。

听到邱远峰的问题，蒋赟失笑，“我怕他？开什么玩笑。”

邱远峰说：“那就去打球啊，篮球场又不是他家开的。”

于是，蒋赟就跟着邱远峰去打球了。

他很少打篮球，打得并不好，不过这一年他长高不少，加上原本就出众的弹跳力，夹在一群男生里倒也不会再被人欺负。

一个三步上篮得分后，蒋赟和邱远峰击掌，萧亮抹了把汗，走到场边大喊：“我不打了！换个人。”

蒋赟拍着球，看着萧亮的背影，冲邱远峰笑了一下。

九月上旬，高二（1）班因为进度不同，提前进行了几门单元测验，成绩下来后蒋赟发现，虽然他摸底考的总分在班里垫底，但论单科的话，他竟没有吊车尾。

比如向来还不错的数学，他能混到班里三十多名，就连物理，他后面还跟着小猫三两只。

陈涛把他叫去办公室，这位班主任教学风格很严谨，管理班级也耐心，性格温和，注重细节，仿佛和邓芳掉了个个儿。

他已经从邓芳那里知道了蒋赟的家庭情况，对他格外关心，放柔语气叽里咕噜说了十几分钟，大意就是让蒋赟安心学习，有什么生活上的困难就和老师说，学习上有不懂的要及时提问等等。

就……有点儿像章老师，但比章老师婆妈，长得也远没章老师英俊。蒋赟正听得思想开小差，邓芳的咆哮声骤然响起：“陈涛！你说完没有？我这排队呢！叫蒋赟给我滚过来！”

蒋赟浑身一震，灰溜溜地滚到邓芳面前，迎接他的又是当胸一张试卷，"考上 1 班就放松了是吗？啊？清华要你了还是北大要你了？上学期的劲头去哪儿啦？看看你的错题！让姚俊轩来做他一道都不会错！"

蒋赟弱弱地插嘴："姚俊轩本来物理就比我好啊。"

邓芳大怒，"那你就不能以他为目标吗？他能行你为什么不行？你在 1 班，他在 5 班，要是月考你考不过他，你自己说说，有脸吗？有脸吗？！"

蒋赟都要疯了，"邓老师，你现在是 5 班班主任啊！"

"5 班班主任怎么啦？你们两个不都是我学生吗？他是大傻子，你是二傻子！你们就是五中双傻！"

没错，邓芳现在是高二（5）班班主任，姚俊轩能进 5 班，也是她主动把他提过去的，就是因为不放心。

邓芳发泄之后爽了不少，指着椅子让蒋赟坐下，蒋赟乖乖落座。邓芳突然压低声音，换了个话题："我和你说个事，昨天，陈老师接到一个电话，他因为对你不熟，让我去接的。对方是个女的，说是你亲妈。"

惊讶过后，蒋赟愤怒了，"这人怎么阴魂不散的？！"

邓芳瞪大眼睛，"真是你亲妈呀？"

"她说什么了？"蒋赟烦透了，翟丽是怎么回事？居然还把电话打到学校来，是想要干吗？

邓芳说："那人说，她现在是你的监护人，你在学校有什么事，让我们给她打电话，要交什么费用都可以找她。你家里的事我只知道个大概，也没多问，就打算先和你沟通一下再说。"

蒋赟垮着肩膀，狂翻白眼，"邓老师，你别理她，我和她没关系，要缴费你和我说就行，千万别去通知她。"

"我明白了。"邓芳叹口气，"怎么回事啊？你怎么突然多了个亲妈？一年了，你的家长会都是章翎妈妈来帮你开，说个笑话，我那会儿还以为那是你妈呢，后来和她聊了才知道，居然是章翎的妈妈。"

蒋赟没忍住，嘿嘿傻笑几声。他心目中的妈妈就是杨医生那样的，穿着白大褂时多酷啊，专业、干练，平时讲话幽默，训起人来又一点不留情面。或者，像邓芳这样凶巴巴的妈妈也行，蒋赟有时会猜，邓芳骂自己的小孩是什么样。

邓芳往他脑袋上拍一下，"笑什么笑？卷子拿回去好好订正，有不懂就来问。"

她打发蒋赟回教室，又去找陈涛，把这件事交代了一下。

邓芳做了几十年教育工作者，其实很懂这些青少年的心理。蒋赟虽然没成年，法律上有监护人，但他已经有了独立思考能力，也有一定的辨别能力。

显然，他的亲生母亲多年来对他不管不问，很不负责任，邓芳心里原本就鄙视，现在那人突然要插手蒋赟的事情，小少年有抵触心理再正常不过。老师的确可以引导，可以劝解，但家家有本难念的经，摁着蒋赟的脑袋让他和母亲和解，他肯定不答应。

叛逆期的男孩敏感冲动，情绪起伏原本就大，再去逼他，绝对会影响学习。邓芳决定顺着蒋赟的意思来，告诉陈涛，别去和那女的联系，电话可以接，敷衍几句完事。蒋赟的事就和原来一样，告诉章翎妈妈就行。

蒋赟回到教室继续晚自习，没过几分钟，坐在门口的同学回头喊："蒋赟，有人找！"

章翎先蒋赟一步抬头，看到教室前门站着的，赫然是姚俊轩。

蒋赟不解地走出教室，问："你找我？"

姚俊轩板着一张脸，说："你的数学和物理单元卷，给我看看。"

蒋赟警惕："凭什么？你们还没考吧？"

"我不看前面的，我就想看附加题。"姚俊轩眼神依旧阴郁，"我们考的时候没有附加题，我不要答案，只要题目。"

蒋赟犹豫，姚俊轩催他："给不给？"

"怎么给啊？"蒋赟很为难，"我给你抄一遍啊？我都写答案了。"

姚俊轩也觉得有点强人所难，说："我可以盖着自己抄，保证不看你答案，前面的题也绝对不看。"

蒋赟想了半天，回头看看教室，说："现在拿给你不好，一会儿放学在车棚给你吧。"

姚俊轩同意了："行。"

蒋赟又问："姚哥，你是打算……以后每一回都来问我要吗？你不如去问芳芳姐拿？"

姚俊轩冷冷地看着他，"那么多科，我得找几个老师？找你一个不是更方便吗？怎么，你顶了我的名额，这点儿忙都不肯帮？"

蒋赟顿时释怀了，觉得姚俊轩的要求也不算过分，爽快地说："行吧，以后考完了我告诉你，要是不忙，我就帮你抄一下附加题。"

"谢了。"姚俊轩离开了教室。

晚自习下课后，蒋赟和姚俊轩在自行车棚碰头，姚俊轩拿到蒋赟的数学和物理卷子，果真没看答案，但不可避免地看到了蒋赟的分数。

姚俊轩冷笑，"垃圾。"

蒋赟差点吐血，姚俊轩又说："找个地方吧，我抄完你拿走，很快的，我拿回家你肯定不放心。"

蒋赟说："不行，你拿走吧，我赶时间。"

姚俊轩问："你赶什么时间？"

蒋赟："我要去车站接人。"

姚俊轩："接章翎？"

蒋赟的脸唰地红了，想起刚被这人骂过"垃圾"，决定扳回一城，便抬起下巴邪魅一笑，"不行吗？我要送她回家，我是护花使者，懂吗？"

姚俊轩皮笑肉不笑，"懂。我和你一起吧，我不想把你的卷子拿回家，怕到时候你也去告状，说我作弊，我要你看着我抄题。"

于是，这天晚上，章翎、蒋赟和姚俊轩三人就并肩坐在了肯德基，姚俊轩用白纸盖着答案，埋头抄物理附加题，章翎和蒋赟一起帮他抄数学题，三人同时开工，速度就快了许多。

章翎一边抄，还一边吐槽："咦？你怎么这道题都会错？这道很简单啊。"

姚俊轩头都没抬，"因为他是个智障。"

蒋赟暴躁，"你俩都闭嘴吧！"

章翎偷偷地笑起来，之前下车时，她看到姚俊轩，其实吓了一大跳，知道事情原委后就淡定了。

还是蒋赟最尴尬，从头到尾脸色都很不自然。两份卷子抄完，姚俊轩把本子往书包里一塞，卷子还给蒋赟，说："谢了，护花使者。"

章翎探出脑袋，"啥？"

蒋赟恨不得一掌拍死姚俊轩，"别胡说八道！抄完就滚！"

"态度这么差。"姚俊轩拎起书包准备走人，对章翎说，"学委，你重新去配个眼镜吧。"

蒋赟一脚踹过去，"滚啊！"

姚俊轩离开后，蒋赟才骑车送章翎回家。章翎抬头看着天上缺了一角的月亮，说："蒋赟，下个礼拜四就是中秋节了。"

"嗯。"

"学校放假，你怎么过？"

见蒋赟没吱声，章翎拍拍他的背，"来我家吃饭吧，我妈妈说，她要庆祝和你认识一周年。"

蒋赟："什么？"

其实，蒋赟心里明白得很，什么一周年纪念都是借口，章老师和杨医生就是觉得他一个人过中秋惨兮兮的，所以才叫他去家里吃饭。

蒋赟觉得他们多虑了，以前奶奶在家时，他们也不过中秋，中秋节阖家团圆，而他们这个家离家破人亡就差一口气，一老一小根本没心情过节。

不过，章翎父母的好意令蒋赟无法拒绝，人家长辈都说要过周年纪念，他一个小辈还能说不去吗？蒋赟便答应下来，发现自己内心深处，其实也很想去。

学校中秋放两天假，章翎让蒋赟中饭吃完就过去，别带作业，下午两人可以一起玩。

蒋赟在衣服袋子里扒拉半天，找出一件七成新的牌子货 T 恤，白色短袖，是于晖给的。他俩虽然差不多高，可于晖毕竟有一百四十多斤，蒋赟连一百一十斤都不到，衣服穿着就有点大。蒋赟也不管了，又找出一条牛仔裤套上，骑车出了门。

路过一家水果店，蒋赟停住车。平时去章翎家上课，他都是空着手，可今天是过节呀，空手上门似乎不太好？于是蒋赟就买了一串香蕉和一个哈密瓜。怕车子颠簸震坏水果，他不敢放车兜里，就把两个袋子各挂一个车把，小心翼翼地骑去金秋西苑。

上到四楼，章翎已经打开门，笑嘻嘻地等在玄关。蒋赟换鞋进屋，现在在章翎家，他已经拥有了自己的拖鞋，自己的毛巾、喝水杯和一副碗筷。那是个大海碗，据说是章翎挑的，碗底有大象喷水图案，蒋赟每次吃完饭，就会和那头大象面对面。

章知诚在厨房忙活，杨晔过来迎接蒋赟，蒋赟乖乖喊人："阿姨，中秋快乐。"说着把水果递过去。

"哟，还买东西啦，真懂事。"杨晔抬手揉揉蒋赟的脑袋，"小卷毛真长高了，再过一年我都要摸不着啦。"

蒋赟笑笑，一转头就愣住了，因为看到餐桌墙边，竖着搁了一块巨大的圆桌面。章翎注意到他惊愕的眼神，解释道："哦，这是我爸爸问隔壁爷爷借来的，今晚吃饭有十二个人。"

"十二个人？！"蒋赟吓坏了，第一反应就是想逃跑。

杨晔说："对啊，我爸妈和我哥一家都要来，翎翎没和你说吗？"

章翎吐吐舌头，"没说，怕说了他就不敢来了。"

蒋赟看向章翎，她还真是了解他。

没过半小时，杨医生的家人们就都到了，蒋赟僵硬地站在章翎身边，听她一个个为他介绍。

章翎的外公杨教授，七十多岁，身材高大，精神矍铄，退休前是一位鸟类学家。外婆喻明芝端庄慈祥，头发乌黑，梳得一丝不苟，还涂着口红，退休前是一位越剧演员。

蒋赟恍然大悟：哦，原来章翎的好嗓子是隔代遗传。嘴上礼貌地跟着喊："章翎外公好，外婆好。"

章翎舅舅杨磊五十出头，衬衫西裤，举止优雅，是一位外企高管，舅妈留一头短发，身材娇小玲珑，是一位中医。

蒋赟心想：这组合是中西合璧吗？嘴上依旧很甜："章翎舅舅好，舅妈好。"

章翎的表哥杨鹏，二十七岁，已婚，和表嫂樊真都在银行工作，有一个三岁儿子杨思凡，小名杰克，刚念幼儿园小班。表姐杨鹤，同样二十七岁，单身，打扮时尚，大学学设计，现在自己开了一家小型的广告公司。

蒋赟：咦？都二十七？哇，龙凤胎啊！不过长得一点儿也不像，嘴上笑嘻嘻："章翎表哥好，表嫂好，表姐好，杰克好。"

八个人介绍完毕，蒋赟总结：章翎家的亲戚都好厉害啊！

此时，众人的目光都落在蒋赟身上。来之前，他们就知道这天的晚餐会多一个小朋友，正因如此，这一年的中秋聚餐才会由杨教授家改到章知诚家。章翎笑着介绍："这是蒋赟，我高中同学，是我爸的私房小弟子。"

表姐杨鹤打趣道："小翎翎，老实交代，是不是你的小男朋友呀？"

"不是啦！"章翎和表哥、表姐年龄差距不小，平时联系不多，但见面了还是会打闹，尤其杨鹤，每次都要问她有没有在高中谈个男朋友，大人们也不说她，有时候还会起哄，帮着"欺负"章翎。

杨鹤大笑，"承认了也不要紧嘛，小弟弟还挺可爱的。"

蒋赟木木地站在一边，袁家村无法无天的小斌哥，此时已经成了一只鹌鹑。

外婆喻明芝对蒋赟的卷发产生了浓厚兴趣，围着他转了一圈，说："小朋友，你坐下让我看看你头发。"

蒋赟生无可恋地坐下，喻明芝摸摸他的头，惊喜地说："哎哟，真的是自然卷啊，卷得还挺好看的，就是没剪好。"她甚至拉直蒋赟一撮头发，再松手，看那头发重新卷回去，开心得像个孩子似的拍手，"这都不用烫头了！颜色也很好看呢。"

很快，舅妈、表嫂和表姐都围上来，一个个揪着蒋赟的头发研究发质，杨晔在边上笑，"手感不错吧？我也觉得很好摸，所以我都喊他小卷毛。"

蒋赟一脸麻木，心想，幸好昨晚认真洗头了。章翎看着他那张憋红了却又无可奈何的脸，简直要笑岔气。

客人们放下礼物后，章知诚打开电视机，大家立刻熟门熟路地该干什么就干什么。喻明芝要看戏曲频道，杨教授陪她一起看。樊真照顾着小杰克，小男孩正是调皮捣蛋的年纪，樊真一直跟在他屁股后头，就怕他闯祸。另外几人在餐桌边打起了牌，因为平时工作忙，大家聚会也不多，这会儿一边打牌一边聊天，说着各自的近况。

蒋赟看着这热热闹闹一屋子人，很有点新鲜，心想，家人们聚会原来是这样的？

喻明芝坐在沙发上喊章翎："翎翎，过来和外婆一起听戏，叫上小卷毛。"

章翎看向蒋赟，蒋赟说："你去陪你外婆吧，我去你房里看会儿书，我不爱听戏。"

章翎说："行，你自己玩会儿，我陪她半小时就来找你，我也不爱听戏。"

蒋赟走进章翎房间，挑了本书坐上飘窗窗台，漫不经心地看起来。还没过半小时，樊真抱着杰克进来，看到蒋赟，说："小家伙要午睡啦，你忙你的，别管我们，杰克每次来都认他小表姑的床睡觉，不爱去大床。"

说着，她把昏昏欲睡的杰克放到床上，脱掉他的外衣裤，给他盖上被子，坐在床沿轻轻地哼起了歌。

蒋赟拉上窗帘，再也无心看书，偷偷地看着床上那对母子。

李照香说，翟丽带了他两年多，他的吃喝拉撒都是她照顾的。蒋赟看着樊真和杰克，心想，翟丽那时候也会这样给他哄睡吗？那么温柔地拍着他，给他唱歌，亲昵地叫着他的小名。

真烦人，他的小名怎么叫"贝贝"？跟条狗一样，看看人家小孩，杰克，英文名，多么高大上！

杰克很快就睡着了，樊真又陪了一会儿，才轻手轻脚地起身，用手势示意自己出去，让蒋赟帮忙看着点儿，蒋赟点点头，比个"OK"。

小男孩睡得很香甜，客厅里，不知何时传来一阵钢琴声，蒋赟知道是章翎在弹琴。后来又响起戏曲唱腔，哦，那是外婆在唱戏了。蒋赟低下头轻轻地笑，觉得章翎家的氛围可真好，聚会时都不会无聊，能开一场家庭文艺晚会。

中间，章翎进来过一回，看到杰克在睡觉，蒋赟在看书，就没多待，又走了出去，给蒋赟拿来一大堆零食饮料，活像喂猪。

蒋赟拆开一包牛肉干，又打开一罐柠檬茶，坐在飘窗上吃吃喝喝，觉得这个中秋节就算没有大餐，光是这样就足够惬意。

杰克睡了一个多小时后，自动醒过来，小男孩抱着章翎的毛绒玩偶，在床上翻了个身后坐起来，头发支棱得乱糟糟，有些茫然地看着蒋赟。蒋赟丢了一块巧克力过去，逗他："小帅哥，叫我一声哥哥。"

杰克歪了歪脑袋，小鹿般的眼睛眨巴眨巴，那模样令蒋赟想到章翎，小家伙很懂礼貌地叫："哥哥。"

蒋赟笑得眼睛都没了，"乖。"

杰克又说："哥哥，你好像喜羊羊啊！"

蒋赟的笑容瞬间消失，问："要找你妈妈吗？我去帮你叫她。"

可能是身处熟悉的环境，杰克居然摇摇头，往蒋赟的方向爬了几步，抬起小脑袋说："哥哥，你陪我玩呀。"

蒋赟挑挑眉毛，"我和你有什么好玩的？"

（2）

客厅里，章翎陪着外婆弹琴唱歌好一阵子，实在忍不住了，说："外婆，我同学还在房里呢，我不能老丢着他一个人呀。"

喻明芝正唱得兴起，说："你把他叫出来一起唱。"

章翎嫌弃地说："他不会唱歌，唱得贼难听，跑调的。"

杨教授笑着对老伴儿说："你就放过翎翎吧，人家一个十几岁的小姑娘，喜欢和同龄人玩，你一来就霸着她不放，让人家小男孩一个人在房里，多没劲儿。"

喻明芝年逾古稀，心态却像个少女一样，抓着章翎的手不高兴地问："你不喜欢陪外婆唱歌吗？"

"没有没有，外婆，我喜欢呢，但我同学他……"

"你是不是喜欢人家呀？"喻明芝笑眯眯地问，"我像你这么大的时候，都晓得要打扮漂亮，去和男同学见面啦。"

杨教授眼一瞪，"哪个男同学？你不是念的女校吗？"

喻明芝一扭腰，"哼，女校旁边也有男校的呀，那些小伙子穿着中山装，不知道多英俊嘞！"

趁着外公外婆开始斗嘴，章翎悄悄溜回房间，一开门，她就傻眼了。她的床尾是一面白墙，没有柜子和电视机，一米多宽，此时那白墙边竟头下脚上、倒立着一个人。

蒋赟没注意到开门声，因为穿的T恤太宽松，倒立后，衣服都掉下来，甚至遮住他大半张脸，他还在说话："哥哥厉害吧？哥哥还能倒立走路呢！"

说着，他真的双脚凌空，用双臂撑着地挪了几步，可能是长久不做这样的动作，他多少有些不稳，很快又把两只脚搁在墙上支撑。

杰克坐在床上，高兴地拍手笑，"哥哥好厉害啊！"

章翎看到蒋赟裸露的上半身，肋骨根根分明，腰极细，肤色要比脸、脖子和手臂白皙许多，身子上还有一些零散的疤痕。她毕竟只是个十六岁的小姑娘，看到蒋赟那光溜溜的身躯、肚脐眼儿，还有胸膛……小脸蛋渐渐红了。

章翎走到蒋赟身边，食指往他腰上一戳，蒋赟分明听到杰克在床上，身边什么时候多了一个人？他吓得身子一抖，差点一头栽下来。

"谁啊？"他一个翻身双脚落地，蹲在地上、拉好衣服抬头看，正对上章翎红通通的一张脸。

蒋赟："啊……"

他麻溜儿地站起来，章翎问："你在干吗呢？"

"和你弟弟玩。"蒋赟尴尬地挠挠头发，又一次拉扯T恤下摆，心想自己刚才是不是走光了？都被章翎看见了？嘤，她不会以为他在耍流氓吧？

章翎笑死了，"哪儿来的弟弟？杰克是我侄子，他叫我小姑的，你是他叔叔才对。"

"是吗？哦，对哦。"蒋赟反应过来，对杰克说，"小帅哥，你得叫我叔叔。"

杰克不解，"哥哥。"

"叔叔！"

杰克不高兴了，"你是哥哥！"

"行行行，随你怎么叫，反正就见一次。"蒋赟大度地摆摆手，"今天降个辈分，就陪你做一回侄子。"

章翎把一大一小两个男孩带到客厅，杰克愉快地投入妈妈的怀抱，蒋赟还是不习惯这么多人的场合，干脆溜去厨房，说要帮章知诚的忙。章知诚也没拒绝，丢给他一把四季豆，让他择成段。

章翎偶尔会进厨房，美其名曰要帮忙，都被章知诚赶了出去。章翎看蒋赟真的在打下手，帮爸爸洗菜切菜，气鼓鼓地说："章老师，蒋赟是客人呢，你好意思让他帮忙吗？"

章知诚还没说话，蒋赟先开口了："你别捣乱，我跟着叔叔学习做菜呢。"

章翎叉腰，"我在帮你出头哎！"

"去去去，什么都不会，就知道吃。"蒋赟手湿，只能用脚轻轻踢了她一下。章翎跳起来就一脚踢回去，踢的还是他屁股，"蒋赟你是不是想造反？"

蒋赟也叫："你有本事在班里也这样啊！在班里装得多淑女你爸爸知道吗？"

作为一个过来人，章知诚心情很复杂。他知悉女儿的秘密，也明白蒋赟的心思，同时也知道，这两小只之间什么都没说开过，所以看着他俩打打闹闹，真恨不得一人头上敲一平底锅，让他们注意公序良俗，别在他这个老师跟前眉来眼去还自以为他瞎。

章知诚又一次把章翎赶出厨房，章翎走之前，偷偷往蒋赟屁兜里塞了一包小核桃，蒋赟红着脸低头切菜，章知诚看在眼里，轻轻地叹一口气。

女大不中留，连一包小核桃，都没有他的份啊。

晚餐前，大圆桌板由章知诚和蒋赟合力抬起，搁到原本的长餐桌上。章知诚还借来几把折叠椅，蒋赟一把把在桌边摆好，又把碗筷杯子一个个放好，热菜一盘盘端出来，厨房客厅来回跑，勤快得像只小蜜蜂。

章翎的家人们嗑着瓜子，一个个悄悄地打量那小男孩，小声地议论着。杨晔没有隐瞒，说了蒋赟和他们家的缘分，大家都很同情这个男孩，又觉得他在这样的境况下还能考上五中实验班，相当厉害，是个狠人。

舅妈："小伙子个头还行啊。"

杨晔："还能长呢，去年底才开始抽条，太瘦了，我总让他多吃。"

章翎："他再吃下去就真是饭桶了。"

樊真："五官挺精神的，就是皮肤不太好。"

杨鹤："哎呀，这个年纪的小孩有几个不长痘啊。"

舅妈："我们医院有一款中药面膜，是院里自己调配的，对这种青春期的痘痘脸效果挺好。"

章翎听进去了，"舅妈，真的吗？能让蒋赟试试吗？"

舅妈："行啊，回头我让鹏鹏给你拿点来。"

章翎心花怒放，"谢谢舅妈！"

开饭了，十二个人把大圆桌围得满满当当，章知诚做了一大桌子菜，给喝酒的几位倒上红酒，作为主人，他端起酒杯说："来吧，都是家里人，咱们简单碰个杯，多吃点，祝大家中秋快乐。"

"中秋快乐！"

"爸爸妈妈健康长寿！"

"鹤鹤快点找到男朋友。"

"祝翎翎和小卷毛学习进步，考上一所好大学！"

"小杰克乖乖的呀，不要再尿床啦！"

蒋赟举着玻璃杯，愣愣地看着周围的一切，好像在做梦。章翎坐在他身边，与他碰杯，"蒋赟，祝你中秋快乐。"

"中秋快乐。"蒋赟发自内心地微笑，抿了一口西瓜汁。这西瓜汁还是他榨的，章知诚教他怎么用榨汁机，他就把一个二十多斤的大西瓜全给榨成了汁，非常好喝。

吃饭时免不了聊天，不知是谁起的头，说到了名字。

杨鹤吐槽："爷爷真的很讨厌，自己喜欢鸟，非要给我们取鸟名，一个鹏，一个鹤，唉……为什么不给章翎也取个鸟名啊？应该叫她小鸽子、小燕子什么的。"

杨教授说："她不是叫鸟毛吗？我没偏心啊。"

"噗。"蒋赟，"咳咳咳咳……"

章翎在桌子底下踢了他一脚，杨鹤没注意到身边两人的动静，又说："爷爷，你说你要是个昆虫学家，我们可咋办？是不是要叫蜘蛛、螳螂之类的呀？"

杨晔说："那不一定，可以叫小蝴蝶呀，杨小蝶不也挺好听吗？"

蒋赟一下子就想到了贾小蝶，又是"噗"一声笑，笑完了才发现整个餐桌只有他一个人在笑，赶紧正襟危坐，摆起一张严肃脸。杨鹤坐在章翎另一边，探头看看他，说："小卷毛，我突然发现你姓蒋哎。"

蒋赟不懂，姓蒋有什么稀奇的？挺大众的呀。

"知道我们家的传统吗？"杨鹤又想和他开玩笑了，"我们家的夫妻，男女姓氏加起来，都是一个词组。"

蒋赟没懂，"啊？"

杨鹤解释给他听："我爷爷姓杨，奶奶姓喻，他俩是'洋芋'，就是吃的洋芋。杨鹏和樊真，就是'扬帆'，扬帆起航的那个'扬帆'。章翎的爸爸妈妈，'张扬'，不用解释了吧？"

蒋赟看向剩下的那对，就是章翎的舅舅和舅妈，他并不知道舅妈姓什么。章翎为他解谜："我舅妈姓茅，三顾茅庐的'茅'。"

"杨，茅……"蒋赟念出声来，"羊毛？"

"哈哈哈哈哈……"杨鹤和章翎笑成一团。

舅妈生气，"你俩无不无聊？见一个就要说一个吗？"

大家都在笑，这应该是他们家的一个传统笑点。蒋赟知道自己说了长辈的小话，窘得要死。章翎的舅舅杨磊帮他解围，"好了好了，鹤鹤你别逗小蒋了，看把孩子吓得。"

杨鹤笑得眼泪都出来了，对蒋赟说："小卷毛，听明白了吧？你再想想你和翎翎的姓。"

蒋赟还真顺着她的话锋走，"蒋，章，奖章？"

"没错！缘分啊！"杨鹤揽住章翎的肩，"章小翎，知道姐姐为啥没找对象吗？就是因为找不着一个和我组词好听的，你就不一样了，这不现成有一个嘛。"

蒋赟脸红成猪肝色，章翎也害羞了，"鹤鹤姐你别瞎说！蒋赟就是我同学。"

章知诚听不下去了，"鹤鹤，你妈妈说你刚接触了一个男孩子，聊得还挺好，姓牛，不是很合适吗？"

"真的？姓牛呀？"喻明芝拍着手，张口就来了一句，"好地方来好风光，好地方来好风光，到处是庄稼……"

章翎立刻接上，歌声无比嘹亮，"遍地是牛羊啊！"

杨鹤虎着脸，一桌人笑得东倒西歪。

中秋团圆宴在一片和乐氛围中愉快结束，蒋赟帮章知诚收拾餐桌，主动要求洗碗，那么多碗盘，章翎再也不好意思躲懒，便和他一起挤在水槽边干活。收拾完厨房和餐桌，蒋赟又和章知诚一起把大圆桌面抬下来，客人们也要告辞了。

蒋赟原本想和他们一起走，被杨晔叫住，像这个家庭的第四位主人似的，跟在章翎一家三口后面，挥着手说"再见"，把客人们一一送走。人都走光了，杨晔关上门，大手一挥，"来，小卷毛，坐地分赃！"

所谓坐地分赃，其实就是分配客人们带来的一大堆礼品。杨晔挑出两盒月饼、一箱酸奶、一箱梨子，让蒋赟带走。

"帮忙消灭一点。"杨晔蹲在地上，指着剩下的几箱水果和月饼，说，"这些是翎翎爱吃的，就不给你了，太多了，水果吃不完很容易烂。"

蒋赟哪里好意思拿，"阿姨，真的不用！"

"少废话，让你拿你就拿。"杨晔起身对章翎说，"小卷毛可能不好拿，你送送他吧，反正也不远。"

章翎很乐意，"行！"

于是，蒋赟在饱餐一顿后，迷迷瞪瞪的，又提着大盒小盒离开了章翎家。

他没骑车，车把上挂着月饼，章翎把水果和酸奶搁在后座上，用手扶着和他一起慢慢走，抬头看天上圆圆的月亮，再次感叹："一年了呢。"

蒋赟心中激荡，是啊，一年了呢。

去年的中秋夜，他扛着一桶四十斤的水，误打误撞来到章翎家，根本想象不到，之后的一整年，他会变成这样。

路过小区门口那家便利店，章翎"咯咯咯"地笑出来，指着店门口说："你还记得吗？咱们在那儿吃过关东煮。"

蒋赟低低地"嗯"了一声。

"那会儿，你骑的是个电动三轮车。"

"嗯。"

"你还做了美甲呢！"

"能别提这个吗？说了是帮邻居忙！"

"哈哈哈哈哈……"

两人又走了一阵子，章翎说："刚才，我姐开玩笑，你别放在心上。"

蒋赟说："我知道是开玩笑。"

章翎瞄他一眼，抿抿唇，说："我们家……他们那些姓能组词，是真的满有趣的，对吧？"

蒋赟："是。"

"我有时候也会想……"章翎的心脏怦怦直跳，还是很勇敢地说了出来，"如果，那真的是个传统，我以后找男朋友不是限制很多嘛，章，前面要加个什么字，才能组词啊，好像……也不多。"

蒋赟说："嚣张。"

章翎："啊？"

蒋赟一本正经地说："你可以找一个姓萧的，萧亮那个萧。"

章翎隔着自行车推了他一把，"你这人讨不讨厌？还不如奖章呢。"

蒋赟"嘿嘿嘿"地笑起来，章翎脸红了，低头看着脚下的路，小声说："蒋赟你知道吗？刘陈飞和李婧分手了，就在前几天。"

"什么？"蒋赟想起自己前一天还在学校里见到刘陈飞，那人看起来并没什么两样，急问，"为什么？"

章翎耸耸肩，"分班了呗，从早到晚都见不着面。"

蒋赟说："那不是还能一起吃饭吗？"

"李婧也是这么想的。"章翎说得慢悠悠，"她想和飞哥一起吃中饭、吃晚饭，但是飞哥不答应，他喜欢和男生一起吃饭。飞哥说，他俩可以每天晚饭后一块去操场玩，李婧一开始觉得也行，结果真去了，飞哥就是打篮球，让李婧坐看台上看。"

蒋赟眨眨眼睛，暂时，他没觉得哪里有问题。

章翎继续说："咱们学校连个小树林都没有，李婧想和飞哥去偏僻点儿的地方走走，说说话，飞哥又不肯，说怕被抓，两人吵了好几次，然后就分手了。"

蒋赟完全没经验，发表不出什么意见。

章翎转头看他一眼，又说："李婧告诉我，她最怀念的其实是他俩没谈之前的那几个月，见不着时就很想，见着了就紧张，说句话都能开心老半天。那会儿，她去看飞哥打球，一点儿都不觉得无聊，真的好上了，看飞哥在场上跑，她说自己闷得都要睡着了。"

蒋赟问："为什么会这样？她不喜欢飞哥了吗？"

章翎摇头，"不是，喜欢的，但就是不一样了。"她顿了一下，说，"我爸爸说，人的精力是有限的，当你在一件事上花费太多精力时，势必会在另外一些事上有所放松。李婧说，她和飞哥每天晚上都要 QQ 聊天，周日还要想着法儿溜出去见面，就……其实很累，有时候作业多，飞哥还缠着她不放，她只能陪他聊天，聊完再去做作业。等哪天她想和飞哥多聊聊时，飞哥却说他作业很多，没空聊天，差点把李婧给气死。"

蒋赟皱眉，心想，刘陈飞这也太不地道了吧？

章翎突然问："是不是男生都这样？"

蒋赟立马否认："我不是！"

章翎歪着头看他，"你要是有了女朋友，能为她做到什么程度？"

蒋赟不吭声了，章翎一笑，也没逼问，这本来就是一个超纲的话题。

蒋赟又想了一会儿，问："他俩牵手了吗？"

章翎瞪大眼睛，"当然牵手了呀，从三月到现在，半年多了，还能不牵手啊？"

蒋赟很是大惊小怪，"那、那、那他俩到哪一步了？亲嘴了吗？"

章翎贼笑，"你说呢？"

蒋赟震惊，刘陈飞那个傻大个，居然疑似亲过嘴了？再去看章翎，尤其是看到她粉嘟嘟的嘴唇，蒋赟喉结一滚，腿都有点发软。

禽兽！他骂自己，蒋赟你就是个禽兽！

章翎见他傻乎乎的样子，乐得直笑，"你别这么惊讶，哎，还有个事儿你听说过没？就上礼拜，萧亮对许清怡表白了，不过许清怡拒绝了。"

蒋赟呆滞，什么？萧亮能举报姚俊轩作弊，明知道会捅出许清怡，居然还有脸去向她表白？

"你怎么什么都不知道啊？"章翎有点嫌弃，好不容易想和他说点八卦，这人一惊一乍的，真没意思。

蒋赟反应过来，脑子里仿佛抽了筋，脱口问出一句："如果乔嘉桐和你表白，你会答应吗？"

"乔嘉桐？"章翎乐坏了，"不会啊，我很久没和他联系了，他前阵子在参加化学竞赛，忙得很。"

蒋赟心里酸酸的，"很久不联系，你也知道他去参加化学竞赛？"

"他自己和我说的。"章翎一点不往心里去，"暑假时他喊我出去唱歌，但我没去。"

蒋赟问："你为什么不去？"

"我为什么要去啊？"

蒋赟咬咬牙，开口："我以为……你喜欢他。"

章翎说："我不喜欢他。"

蒋赟："哦。"

说着说着，袁家村到了，蒋赟带章翎回到出租屋，把东西都放回屋子，又骑上车，说送她回家。

坐在后座上，章翎抬手去摸蒋赟的头发，手指揉搓着他微卷的发丝，一下下轻柔地抚摸。

这一回，男孩没再嚷嚷，大概是因为下午被太多人摸过头发，他已经麻木了。章翎的指腹触碰到他后脑勺那道伤疤，问："这个疤，是怎么弄的？"

蒋赟说："摔的。"

"在武校吗？"

"是。"

章翎没再问下去，揉着蒋赟的头发，心里想起李婧和刘陈飞，又想起爸爸的话，一遍遍地提醒自己，不能说，不能说，绝对不能说出来，很多事，可能说出来就变得不一样了。

他们还没到可以自由掌控人生的年纪，还有许多要为之努力奋斗的目标，他们才高二，还没满十七岁，他们以后的路还很长。

可是，可是……章翎闭上眼睛，小心翼翼地把脸颊贴到蒋赟的背脊上，感受着他身体的温热。

那是发自本能的心跳和悸动。

还有相视而笑时，眼睛里藏不住的光亮。

章翎记得下午在房间，看到蒋赟赤裸的上身，她用手指去戳他的腰，是故意的，就是想摸摸他。

想要和他牵手，想要和他拥抱，甚至想要……她的心跳得好快好快，皱紧眉，满脸通红，庆幸蒋赟看不见她。

骑着车的少年一无所知，专心地看着前方的路。

想起章翎问他的那个问题：你要是有了女朋友，能为她做到什么程度？

蒋赟在心里做出回答：**如果是你的话，我可以把一切都献给你，我所拥有的，一切。**

回到出租屋，蒋赟看着柜子上的四箱礼盒，出神许久。

他把梨子礼盒拆开，挑了个大的，也不洗，坐在椅子上直接啃了一口，梨子很新鲜，水分充足，非常甜。

正美滋滋地吃着梨，手机响了，蒋赟拿起来看，是一条陌生号码发来的短信。

139XXXXXXXX：蒋赟，今天是中秋节，妈妈祝你节日快乐，你的地址给我一个，妈妈想给你寄些东西。

蒋赟直接删掉短信，把号码拉黑。

洗过澡，他躺到床上，双手枕在脑后，盯着上铺的床板想心事。

蒋赟猜不透章翎的意思，好多次了，她对他说过些模棱两可的话，比如"高中里不考虑别的，只想好好学习"，又比如"有你在，我其实没那么害怕，我知道你会保护我"，还有那句叫蒋赟心都跳快了的"现在就只能是好朋友，以后再说"。

这天晚上，章翎说：人的精力是有限的，当你在一件事上花费太多精力时，势必会在另外一些事上有所放松。

蒋赟想，章翎是不是发现了什么？在提醒他别瞎想？他表现得这么明显吗？得和姚俊轩那大傻子说一声，别再胡言乱语了。不管章翎怎么想，蒋赟都打定主意，绝对不能再对她说些奇怪的话。

章翎啊……看看她的家庭，一大家子都那么厉害，个个都是体面人，章翎将来还要读研，毕业后也会像她的家人们一样厉害，成为一个职场精英。而自己呢？连大学学费都不知道在哪儿呢，他有啥资格想东想西？

"唉……"蒋赟叹口气，摸过枕头边的长颈鹿，决定睡觉。

萧亮表白许清怡被拒这件事，是范欣言告诉章翎的。

范欣言学文，升入高二后进入 10 班，和许清怡、赵思婷同班，近距离见到那位传说中的校花，范欣言抚着心口对章翎感叹："真的好漂亮啊！我一个女的看了都要动心。"

章翎承认，许清怡的确越来越漂亮，虽然个子只有一米六出头，但在一堆女生里就是能一眼只看到她。美少女肤白腰细腿又长，五官精致，笑容甜美，连着刚入校不久的高一学弟们都知道高二有一位女神级别的大美人。

大美人因为作弊被记过处分，丢了好大一个脸，都恨死萧亮了，怎么可能接受他的表白？

至于五中校草，依旧是乔嘉桐。

乔学长家境优越，对发型、穿着向来讲究，就算平时只能穿校服，也会用四位数人民币的背包和运动鞋去搭配，那些五块钱剃个头、脸上冒着青春痘、嘴唇上还留着小胡子的邋遢男生们，怎么和他比？加上他身高腿长，体育好，成绩又不错，高一、高二参加过不少竞赛，拿到些大大小小的奖项，在学校里更是风头无两。

这样优秀的乔学长，自然有数不清的女生偷偷喜欢他，章翎也曾是其中之一，只是那会儿，她还不知道乔嘉桐有这么受欢迎。

她有很多机会可以和乔嘉桐走得更近些，甚至成为好朋友，登山跑、运动会、文艺会演、艺术节……哪怕是在食堂偶遇，只要她愿意停下来，和乔嘉桐聊聊天，他们的关系也会更进一步。

章翎站在镜子前，摘下眼镜，披散长发，观察镜中的自己。她长得还行，但肯定没许清怡漂亮，脸没她小，眼睛没她大，鼻子也没她挺。章翎脸上还带着婴儿肥，皮肤白白嫩嫩，身上倒是挺瘦。

她对着镜子微微一笑，心里明白，自己就是一个很普通的女高中生。

一年前，乔嘉桐对她的包容、亲近与照顾显而易见，曾经还令她产生过困扰，那时候，他们还会愉快地聊天，但一年来，也不知怎么的，她与他越离越远。

在食堂遇见，她和蒋赟坐一桌，两人有说有笑，远远地看到乔嘉桐，他再也不会过来打招呼，每次都是转身离开。

QQ 上，他们倒是偶尔有联系。乔嘉桐会主动来找她聊天，他似乎学业压力很大，经常说一些和高考有关的话题，还问到章翎以后的升学去向。章翎很大方，她的计划没什么见不得人。

章翎：我想去北京，第一选择是北航。

乔嘉桐：北航？是直接考，还是参加自主招生？

章翎：看情况，符合自主招生要求的话，当然最好，不符合就直接考。

乔嘉桐：我也想去北京，本来想考清华，不过几个竞赛加分都加上，可能分也不够，要不，我也去北航？

　　章翎：学长，这是大事儿，别这么草率，你的成绩可选择的学校很多啊！

　　乔嘉桐：年级前十，不尴不尬，保送能上的学校我看不上，看得上的学校又很难考，巨烦。

　　章翎其实能理解乔嘉桐的烦恼，因为她也是理科年级前十，一直在第七八九名打转，偶尔还会跌出前十，绝对算不上出类拔萃。

　　清北超级难，除非有竞赛全国一等奖加持。章翎一直都没去参加理科竞赛，只报名了十一月的中学生英语竞赛，她和章知诚讨论过，放弃清北吧，目标就是北航。

　　章知诚虽然遗憾女儿从未把 A 大作为首选项，但还是尊重章翎的选择。

（3）

　　国庆前，学校八卦圈传出一个劲爆的消息，有个天真烂漫的高一小女生当众向乔嘉桐表白，阵仗搞得挺大，不仅递情书，还超大声地喊："乔学长我喜欢你！"

　　这样的表白场面其实不算稀奇，稀奇的是乔嘉桐的回应。以往，乔学长碰到这种事都是温柔地笑，不会当面给人难堪，偶尔会说一句："用功学习吧，我现在不考虑这个。"

　　两年多来，他的确没谈过女朋友，一直让老师们很放心。可是这一次，乔嘉桐在被表白后的回应是："对不起，我已经有喜欢的人了。"

　　当时在场人数众多，消息传出来，学校的八卦圈沸腾了，大家都在猜，能被万花丛中过、片叶不沾身的乔嘉桐看上的女生，会是谁？

　　很快，目标指向许清怡。

　　乔嘉桐和许清怡认识，一起出去玩过好几次，桌游、唱歌、吃饭、电玩……乔嘉桐人缘很好，喜欢和一群人一起玩，他的好多朋友都见过许清怡。就在刚过去的暑假，他们还一起去划船烧烤，据说，乔嘉桐当时就是和许清怡一条船。

　　作为当事人，许清怡自然也听到了这则八卦，心里不禁小鹿乱撞。

　　赵思婷拉着她尖叫："啊啊啊，我就知道乔学长喜欢你！"

　　许清怡小脸微红，有些不自然地说："你别瞎说，不一定是我呢。"

　　赵思婷嘿嘿笑，"不是你还会是谁啊？你不是说暑假和乔学长见过好几次面嘛。"

　　大家都懂，乔嘉桐的话是一个前奏，事情正常发展的话，他应该很快就要向许清怡表白了。

　　乔学长还从没向女生表白过呢！许清怡也从没接受过男生的表白，校草和校花，配一脸好吗？都有人在给他们的孩子取名字了。

八卦消息在整个学校传来传去，萧亮整天黑着一张脸，终于，连蒋赟这种"村通网"少年都听说了这件事。

在自行车棚把抄好的化学附加题拿给姚俊轩时，蒋赟觑着对方那张仿佛能结冰的臭脸，居然有点幸灾乐祸，搭着姚俊轩的肩膀说："那啥，天涯何处无芳草，你懂的哈。"

姚俊轩冷眼看他，"滚，别碰我。"

蒋赟把胳膊收回来，讪笑，"哎呀，屁大点事，你早该想到会有这一天。"

姚俊轩懒得理他，把题纸往包里一塞，跨上车就走了。

蒋赟撇撇嘴，也骑车离开学校。在车站接到章翎，蒋赟主动聊起这个话题："你说，许清怡会答应吗？"

章翎明白他说的是什么，回答："我怎么知道？"

"我觉得会。"

章翎没接话，她没告诉蒋赟，当传闻出来后，乔嘉桐其实给她发过消息：**那件事，不要听别人瞎说。**

还没等章翎回复，他就下线了。

蒋赟还在问："你说，乔嘉桐是认真的吗？"

章翎有些心烦，蒋赟还在自问自答："应该是认真的，许清怡好歹是校花，追到校花，多有面子啊。"

感受到身后女孩的沉默，蒋赟心里一顿，犹豫着问："哎，你有没有一点点、一点点……不高兴？"

章翎反问："我有什么好不高兴的？"

"没有，我就是随便问问。"蒋赟第一次体会到吃瓜的快乐，"你说，这事儿闹挺大，乔嘉桐会不会被老师叫去谈话呀？他都高三了，怎么还有心思弄这些？"

章翎一巴掌拍到他背上，"乔嘉桐许清怡怎么样，关你什么事啊？你怎么不看看你的月考成绩？我去问过邓老师了，你差姚俊轩一大截呢！"

蒋赟又来劲了，"哎，说到姚俊轩，刚才我和他见面了，他脸可真臭，估计是被许清怡这事儿给闹的，这算失恋吗？"

章翎真要被他气死，"你省省心吧！人家姚俊轩就算失恋成绩也比你好呢！"

蒋赟很委屈，"你们为什么总要拿我和他比？他成绩向来比我好啊。"

章翎大声说："行！那你去和萧亮比！萧亮也失恋！他之前只比你高 0.5 分，现在呢？"

蒋赟无话可说，这次月考他的确没考好，可能是因为日子过得太舒坦，奶奶在姑姑家似乎也挺好，他那股子拼劲儿一时没调动起来。

章翎继续说："我爸爸让你国庆来我们家上两天课，下午和我一起做试卷。我爸爸找来的卷子，他怕你一个人待着不是吃就是睡，说要给你加点量。"

蒋赟生气，"我什么时候不是吃就是睡了？"

章翎又一巴掌呼上去，"我还不知道你？"

"我……"蒋赟百口莫辩，仔细一想，好像章翎说得也没错。自从他开始一个人生活，所有事都归他说了算，晚上放学肚子饿，还会煮一碗方便面端回屋里吃，再也不用担心奶奶的唠叨，的确是饿了吃，困了睡，有时候还会不知廉耻地在下铺蒙着被子打发一下自己，都不用去淋浴间了，真可谓是逍遥自在许多。

章翎："你来不来？"

蒋赟妥协了，"来。"

这一年的国庆，五中只放四天，后面两天，蒋赟听从章老师的吩咐，每天早上乖乖去章翎家上课，下午做试卷。

第一天没有异常，从早学习到晚。第二天，也就是假期最后一天的下午，蒋赟正和章翎一起在餐桌上埋头做题，章翎的电话响了。

她看一眼来电人，皱着眉接起手机，"喂，乔学长？"

蒋赟的耳朵瞬间竖起，心里闪过一堆疑问。

章翎："现在？我走不开，我在上家教。"她看向蒋赟，蒋赟立刻低头，装作没听，章翎拿起电话进了自己房间。

几分钟后她出来了，对沙发上的章知诚说："爸爸，我出去一趟。"

章知诚没问她的去向，只是问："回来吃晚饭吗？"

章翎说："回来的。"

"哦，我今天菜买得挺多，小蒋也一块儿吃，你早点回来。"

"好。"章翎回房换衣服，背上那个周末出门才会用的帆布包，长颈鹿在包上晃来晃去。她走回餐桌边，把自己的卷子书本整理了一下，看向某个始终没抬头也没吭声的人，说："乔嘉桐叫我出去一下。"

蒋赟终于抬头看向她，章翎又说："我会回来吃饭的。"

"哦。"蒋赟闷闷地回答。

"他说，明天是他十八岁生日，今天放假就提前过。"

"哦。"

"我没给他买礼物，我刚刚才知道。"

"哦。"

连着三个"哦"，章翎不再说了。电话里的乔嘉桐似乎心情不太好，说一定要见到她，如果她下午有课，他就一直等，等到见到她为止。章翎隐隐觉得，乔嘉桐找她，是和学校里最近的传言有关。

那件事后，乔嘉桐再无动静，口风很严，既没有对许清怡表白，也没有对别人说过什么。章翎原本一点儿也不关心这件事，可现在接到电话，她心里冒出一个古怪的念头，却又觉得匪夷所思。

她想，不应该吧……

蒋赟依旧抬头看着她，他刚剪过头，发型清爽不少，咖啡色的眼瞳很明亮，静静地注视着她，嘴唇紧抿，除了"哦"，什么都没说。

章翎知道，他大概也猜到了什么。

乔嘉桐把见面地点定在天阳百货那家 KTV，章翎坐公交过去，一路上都在想，一会儿见到面，乔嘉桐会对她说什么？

他过生日，包厢里肯定有很多人，许清怡也在吗？乔嘉桐为什么一定要叫她过去？不觉得尴尬吗？

章翎赶到目的地，服务生把她带到包厢门口，能听到里面传出来的音乐声，是震耳欲聋的舞曲。章翎深呼吸，推开门就愣住了，宽敞的包厢里居然只有乔嘉桐一个人。

光线昏暗，大屏幕上音乐劲爆，乔嘉桐穿一身休闲装，外形一如既往英俊时尚，整个人懒洋洋地歪在沙发上，转头看到她，喊："来了？"

章翎走进包厢，问："其他人呢？"

"什么其他人？"乔嘉桐笑，"我没叫他们，坐。"

章翎放下包，在沙发上坐下，与他隔着一米远，看到茶几上摆着水果拼盘、薯条炸翅，还有几瓶啤酒和饮料。乔嘉桐把饮料拿给她，章翎问："你喝酒啊？"

乔嘉桐说："我成年了。"

"不是明天才满十八吗？"

"不差这一天。"乔嘉桐说着又笑了，"我早就会喝酒了，啤酒又喝不醉，你没喝过酒吗？"

章翎摇摇头，乔嘉桐向她竖个大拇指，"乖孩子。"

屏幕上的舞曲放完了，接着是一首抒情歌曲，乔嘉桐放起原唱，包厢里的氛围就变得有些暧昧。章翎坐了一会儿，问："你找我来，有事吗？"

乔嘉桐挑起一边眉，"你很紧张？"

"没有。"

"那你坐这么直干吗？"他坐得很舒展，晃晃手指，"放轻松。"

章翎往后坐了些，把背脊也靠在沙发靠背上，又问："你为什么找……"

乔嘉桐打断她的话："说了过生日，想唱歌就找你了，你唱歌好听。"

章翎不吭声了，她猜不透乔嘉桐的心思。暑假里他们没见面，开学后在路上和食堂有偶遇，最多就打个招呼，要不是 QQ 上还有联系，章翎都以为自己已经远离乔嘉桐的社交圈。

乔嘉桐拿起话筒，跟着原唱轻轻哼歌，章翎干坐着很无趣，喝了口饮料，又拿起一根薯条往嘴里塞。乔嘉桐唱完一首，说："你去点歌吧。"

章翎看着他，没动。

"干吗呀？叫你出来唱歌这么不情愿呢？又没别人。"乔嘉桐也开始吃薯条，吃了几根后，问，"你是不是和蒋赟在一起了？"

"没有。"章翎正色回答，这个问题她早已做过准备，不管谁来问，哪怕是爸爸，她都能理直气壮地说"没有"。

乔嘉桐抬眸，锋锐的眉眼紧盯着她，"你别骗我。"

章翎说："没骗你。"

"那你喜欢他吗？"

章翎反问："你到底要问什么？"

乔嘉桐笑笑，依旧看着她，说："我喜欢你。"

章翎把一根薯条蘸过番茄酱，放进嘴里咀嚼，"你别开玩笑。"

"没开玩笑。"乔嘉桐扯了张纸巾擦擦手，拿起一瓶啤酒喝一口，靠回沙发，有些倨傲地说，"我还是第一次对人表白呢。"

章翎困惑极了，比发现自己喜欢蒋赟还要困惑。她喜欢上蒋赟，好歹能说出些道道，两人天天见面，彼此间越来越了解，章翎知道蒋赟不像他外表和言行表现出来的那样恶劣，内里有着强劲的生命力，她被他那股在逆境中都不服输的劲儿深深吸引，并且越来越觉得他很有趣。

那乔嘉桐喜欢她什么？

论外表，她比不上许清怡，论成绩，她也不是顶尖，论性格，她并不是那种活泼可爱的女孩，整天就是埋头学习，兴趣爱好也只有唱歌而已。最关键的是，她和乔嘉桐真的很少联系，现在的同桌梨子甚至都不知道她认识乔嘉桐，还会无所顾忌地和她分享乔学长的八卦。

章翎嚼着薯条，好半天没咽下去，乔嘉桐喝着酒等了一会儿，问："你在嚼钉子呢？"

章翎终于咽下薯条，问："你是不是在和人打赌啊？还是玩真心话大冒险输掉了？"

乔嘉桐不解，"什么意思？"

"就是打赌输了，要对我说些什么，我答应了你，你就赢了，类似这种。"章翎眉头都皱起来了，摇头道，"乔学长，我真的不懂。"

乔嘉桐脸色不太好看了，"我是认真的，没打赌。"

章翎越发难堪，"我说过，我高中里不考虑这个。"

"那你喜欢我吗？"乔嘉桐问，"我只想知道，你喜欢我吗？"

章翎好尴尬，说"不喜欢"，会不会被他打出去？

乔嘉桐没给她缓冲时间，居然向她坐过去一些，两人的距离一下子离得很近，他换了一种问法："章翎，你喜欢过我吗？"

章翎上身后仰，手掌撑着沙发垫，闻到他呼吸间淡淡的酒气，镇定回答："喜欢过。"

乔嘉桐眼神变了，变得柔和深邃，"现在呢？现在不喜欢了？"

章翎不语，乔嘉桐追问："为什么？"

章翎咬紧牙关不回答，多说多错，总之，她喜欢蒋赟这件事，在学校里不打算告诉任何人，包括蒋赟本人。

乔嘉桐退后了一些，说："喜欢一个人，还能变成不喜欢，为什么？"

这个问题章翎能回答："喜欢一个人，为什么不能变成不喜欢？谈恋爱能分手，结婚都能离婚，谁规定喜欢一个人就要一直喜欢下去？当发现这个人和自己想的不一样时，不喜欢了，不是很正常吗？"

"是吗？"乔嘉桐不以为然，"我才知道，见异思迁，还能这么解释呢。"

章翎生气了，"学长，你这样说很不礼貌！"

"那你要我怎么说？"乔嘉桐的语气也带上了火气，"我怎么和你想的不一样了？我去招惹别的女孩了吗？我有做过什么对不起你的事吗？当初救了你，和你加 QQ，暑假里天天陪你聊天，开学后在学校和你见面，我有哪次是敷衍你的？你被蒋赟弄哭，我安慰你。登山跑让你跑十一道，就是想你跑完后，我能和你一起上山。运动会后叫你去玩，你说身体不好不想去，转头就在 KTV 碰到你。问你理由，你也不说，直接给我甩脸色，去了包厢又死活不唱歌，害我被朋友笑话，我说你什么了吗？寒假里请神仙一样地请你出来玩，待一个多小时就要走，一点都不给我面子，我还向你道歉！暑假里叫了你几次，你都不肯出来，借口一大堆。我就纳闷了，我到底怎么你了？你看不出来我对你有好感吗？"

这血泪控诉，听起来好像章翎真的很渣一样。

的确，她曾经感觉到一些不寻常，但真的没想那么深，乔学长对所有人都很好啊，就那些小事，他居然记到现在？这记仇程度和蒋赟都不相上下了，还是说，男生都这样？

问题是，为什么呀？乔嘉桐为什么会对她有好感？她如此平平无奇，男生不都喜欢漂亮女生吗？

章翎决定回答他最后一个问题："对不起，我……真没看出来。"

乔嘉桐"哈"一声笑，"那你现在知道了。"

章翎："对不起……"

"不用现在给我回答，我知道你高中里不会谈恋爱，我也没时间。"乔嘉桐说得很冷静，十八岁的少年有着超越年龄的成熟气度，是从小优越的生活和良好的家教赋予他的气质，"你说你要考北航，对吗？我关注着他们学校的自主招生，和我爸妈也讨论过。我的理想是清华，目前看来基本没戏，我爸妈想让我去上海，或是留在钱塘念 A 大，我和他们说北航也很好，他们觉得 OK，不出意外我会去参加北航的校考，我一直很想去北京。"

章翎后背上汗都出来了，后悔把自己的计划告诉给他，纠结道："上海好学校很多啊，复旦、交大、同济……"

"你以前和我说过，你可能会出国读研。"乔嘉桐打断她，"想过去哪个国家吗？我也有这个计划，我记得，当时就和你说过吧？"

这都是什么时候的事了？一年多了呀，章翎想到学校里最近甚嚣尘上的传闻，讷讷开口："我以为你喜欢许清怡。"

乔嘉桐注视着她，突然流露出他惯有的温柔笑容，"是因为她吗？你才和我疏远？你吃她的醋？"

章翎狂摇头，"没有！"

"我喜欢头脑聪明、知分寸的女孩。"乔嘉桐抬手摘掉她的眼镜，看着她白皙稚嫩的脸庞，柔声道，"你的声音很好听，唱歌更好听，而且，我觉得你很漂亮，以后不戴眼镜，会更漂亮。"

章翎一动都不敢动，眼镜没了，视野里的一切都变得模糊，包括乔嘉桐。乔嘉桐把玩着她的眼镜，又漫不经心地帮她戴上，手指还将她散落的发丝掠到耳后，却很有风度地没有触碰到她的脸颊，继而开口："我知道你喜欢蒋赟。"

章翎心惊肉跳地看着他。

"为什么不承认呢？"乔嘉桐轻笑，"你心里其实清楚得很，对吗？"

他接下来说的每一句话都直戳章翎的心。

"因为，如果让别人知道你喜欢蒋赟，所有人都会笑话你。

"因为，你知道，蒋赟根本就配不上你。

"因为，你再清楚不过，你和蒋赟不可能有未来。我和你可能也没有未来，但至少，我们有开始的可能，蒋赟呢？他有什么？一个贫困生，大学可能要靠助学贷款才能读，就算你想扶贫，你父母也不会答应。

"不要再在他身上浪费时间了，章翎，你是个聪明的女孩，自己都知道，这没有意义。"

章翎算是落荒而逃，坐在回家的公交车上，心乱如麻。她还是太小，比乔嘉桐小一岁半都多，他的话竟令她无法反驳。

　　长大以后的事，章翎没想那么多，学业上她一直都有计划，从未得过且过，可是在别的事情上，小小年纪的她哪能想得如此长远？她抱着自己的帆布包，与包上挂着的长颈鹿面对面，长颈鹿呆头呆脑，会让她想到那个笨蛋。

　　她喜欢蒋赟，为什么不敢让别人知道？真的是如乔嘉桐说的那样吗？因为别人知道了，都会来笑话她？

　　章翎摇摇头，对自己说"不是，不是"，她没那么胆小，她只是不想分心，蒋赟也没有那么不堪，他非常真诚，非常可爱。可是想着想着，她又有点害怕了，发现乔嘉桐说的有一部分，可能是对的。

　　她并不是害怕别人笑话她，而是害怕，她和蒋赟没有未来。

　　未来究竟是什么？十六岁的她想象不出来。

　　章翎拎着两杯奶茶回到家，杨晔已经下班回来了。章翎在客厅没看到蒋赟，回房一看也没人，去厨房问："爸爸，蒋赟呢？"

　　章知诚在备菜，说："下午你出去后半小时，他就说要回去了。"

　　章翎问："不是说要留他吃饭吗？"

　　"那他要走，我还能拦着他呀？"章知诚回头对女儿笑，"你走了，他整个人跟丢了魂儿似的，卷子做得乱七八糟，说静不下心，想回去，我就同意了。"

　　章翎低下头，章知诚问："怎么了？你俩吵架了？"

　　"没有。"章翎笑得很勉强，"没事儿，反正明天就上学了。"

　　章翎回到房间，换好家居服后爬上床，给蒋赟发消息。

　　菲羽：小卷毛，你怎么没等我回来？我还给你带奶茶了。

　　蒋赟回得挺快。

　　只为你堕落：你不在，我一个人待着怪怪的。

　　菲羽：为什么呀？你和我爸爸不是很熟了吗？

　　只为你堕落：再熟，他也是你爸。

　　菲羽：你想不想知道，乔嘉桐找我做什么？

　　只为你堕落：不想，这是你和他的事。

　　菲羽：你什么意思啊？

　　只为你堕落：我要做题了，先不和你聊，我卷子还没做完呢。

　　章翎气得把手机丢出去，"臭卷毛！讨厌鬼！大笨蛋！"

　　过了一会儿，她又爬到床尾把手机捡回来，发出一条消息。

　　菲羽：明天上学，记得穿秋装，别再穿短袖了，凉。

只为你堕落：知道了。

章翎在床上仰面躺下，摘掉眼镜，原本混乱的思绪渐渐变得清晰。

她想起乔嘉桐最后说的话："你放心，我不会勉强你什么，两年后你考不考北航，自己决定。你也说了，喜欢一个人没规定要一直喜欢下去，你和蒋赟也一样。如果，你曾经喜欢过我，就说明我身上有吸引你的特质，那么，我相信，当你对我有了更多的了解后，你会重新喜欢上我。"

章翎不知道自己会不会再一次"移情别恋"，现在的她只知道，乔嘉桐真的很自恋。

国庆假期结束，下一次小长假是元旦，整整三个月，除了一些学校活动，高中生们就只剩下每周日可以休息。

章翎来到学校，蒋赟已经在早读，身上穿着秋装校服，拉链拉得很低，章翎向他打招呼："早上好。"

蒋赟抬头看她一眼，又很快低下头去，像是特别用功的样子，匆匆道："早上好。"

一整天，他们都没有说话，连着中饭和晚饭都没有一起吃，倒不是故意，实在是找不到四人座，两个女孩和两个男孩只能分开和别人拼桌。

晚上下课，章翎在车站下车，看到蒋赟等在那里。她默默摘下他的书包，蒋赟跨上车，载着女孩往金秋西苑骑去。

车到单元门前，章翎下车，叫住想要逃跑的男孩："你等等，我有东西给你，本来昨天要给你的，结果你跑了。"

蒋赟问："什么东西？别再给我拿吃的了，我不好意思。"

"不是吃的，你等着，我很快下来，这个东要放冰箱的。"章翎说完就跑上楼去。

蒋赟难以相信，章翎要给他的东西居然是一盒中药面膜。

"这是七天的量，你先试试。"章翎把方盒递给他，"我舅妈医院里调配的，说是可以治痘痘，你放冰箱里冷藏，每次用之前先用洗面奶把脸洗干净，再用勺子把面膜挖出来敷在脸上，不要超过半小时，用水洗掉，再用点保湿霜，就行了。"

蒋赟捧着盒子，想到乔嘉桐那张吹弹可破的白皮脸，问："你是不是觉得我很丑？"

章翎真要吐血，"你是觉得有痘痘很好看吗？"

蒋赟没话说了，有痘痘当然不好看，但让他一个男的用面膜，多奇怪啊，和娘娘腔似的。

"反正你先试试吧，有效果我再去问我舅妈要。"章翎准备上楼，又回头瞪他一眼，"不准不用啊！秋冬季天气干燥，更加要注意护肤，你的脸在冬天跟蛇似的还会脱皮，你也不嫌干。"

蒋赟扭扭捏捏地应下："知道了，啰唆。"

回到袁家村，蒋赟先洗澡洗衣服，全部弄完后，他做贼似的拿着面膜盒子进厨房，好奇地掀开盒盖看，扑面而来就是一股子浓浓的中药味。

"呕，真难闻。"他在洗澡时就用过洗面奶了，还是章翎一年前给他的那支。蒋赟用勺子把咖啡色的泥状面膜膏挖出来，硬着头皮往脸上抹，活像在涂墙，一边抹还一边吐槽，"什么玩意儿，和屎一样的。"

刚抹完，贾小蝶拿着一包泡面走进厨房，蒋赟回头，两人就打了个照面，贾小蝶尖叫："啊啊啊！"

蒋赟："叫什么叫？没见过面膜吗？"

"这什么面膜？海底泥吗？"贾小蝶认出是蒋赟，走近些打量他，掩着鼻子说，"什么呀？中药啊？哈，蒋小斌你还挺要漂亮。"

蒋赟顶着一张泥脸狠狠地瞪了她一眼。

乔嘉桐度过了他的十八岁生日，在 QQ 空间晒出生日蛋糕的照片，收获一片"生日快乐"的祝福。

他的生活没有变化，高三学业繁忙，课余时间依旧和徐舟等好友混在一起，待人接物温和有礼，路上偶遇许清怡，也会笑着招招手，仿佛忘记了上个月两人间那场沸沸扬扬的"绯闻"。

赵思婷在看到乔嘉桐后依旧会大呼小叫，许清怡面上笑嘻嘻，心里却越来越怀疑。她不是迟钝的女孩，一直是众星捧月的那个"月亮"，哪个男孩喜欢她，哪个又不喜欢，她心里明镜似的清楚得很。

虽然她和乔嘉桐关系还不错，私下都打入了他的朋友圈，但一年来，许清怡着实没在聚会中发现乔嘉桐对哪个女孩有特别对待。大家都说乔嘉桐喜欢的人是她，她之前也期待过，可随着时间推移，乔嘉桐迟迟没有动作，许清怡逐渐意识到，乔嘉桐喜欢的那个女孩，可能并不是她。

那会是谁呢？许清怡把乔嘉桐身边的女孩猜了个遍，也猜不出来。

章翎再也没在蒋赟面前提起乔嘉桐的事，蒋赟自然也不会问，那一天，乔嘉桐为什么要找章翎，终是成了一个谜。

第12章

烟雨人间

（1）

蒋赟发现，章翎在学校开始躲着乔嘉桐了，远远看到就会走开，连招呼都不再打。蒋赟看在眼里，当然不会傻乎乎地去问缘由，只在心里偷着乐。

花了两个星期，蒋赟用完了那盒中药面膜，也说不上来有没有效果，只觉得这药泥虽难闻，抹到脸上后却凉丝丝的很舒服。

作为一个糙汉子，蒋赟原本从不注意面部清洁和护理，洗脸都是清水抹一把算数，现在在章翎的唠叨下，他开始习惯用洗面奶和保湿霜。洗掉面膜后，蒋赟照镜子，额头和下巴上的痘痘依旧在冒，不过皮肤状况好了一点点，那种秋冬季一直存在的红肿、发痒、脱皮等问题，似乎缓解不少。

章翎询问过舅妈，茅医生说这种中药面膜要按疗程使用，不可能用一两周就立竿见影，那种见效很快的药很多都含有激素，用久了会有依赖性，而他们医院的中药配方就相对温和，适合青少年用。

茅医生又送来两盒面膜，叮嘱章翎要劝蒋赟坚持使用，两个月后再看效果，必要时也可以去中医院找她，她给蒋赟开点儿内服药，帮助调理。

杨晔也在四院询问过皮肤科的同事，给他们看蒋赟的面部特写照片。医生们说，最好把小男孩带过来看看，这种青春期的痘痘可以治，就是疗程比较长，要坚持，并且把药品名字告诉杨晔，建议蒋赟先用外敷药试试。

为了蒋赟那张痘痘脸，真可谓是中医西医齐上阵，章翎的家人们也是操碎了心。每天上学看到蒋赟，章翎都会凑近些盯着他脸看，嘴里嘀咕道："有没有好一点？啊，下巴上这一颗，好像比前几天小一点了。"

蒋赟差点崩溃，他一点儿也不臭美，对自己这张脸向来不上心，更确切地说，他对自己的外表，从头到脚，哪哪儿都不上心。

他是男人呀，男人就要威武阳刚，打扮得花枝招展有啥用？

蒋赟更在意的是奶奶的事。

之前，他每周日和李照香通电话，老太太永远报喜不报忧，说去县医院复查结果挺好，只要注意调养就行。蒋赟信以为真，直到接到蒋建梅的电话，她说："你奶奶每天都要吃药，药费很贵很贵。"

蒋建梅客套两句后就进入正题，"蒋赟，姑姑给你打电话也是没办法，你知道，你表哥表姐都还在上学，每年都要交学费、生活费，我公婆年纪也大了，只有一个有退休金，另一个没有，现在又加上你奶奶，姑姑真的很困难。"

蒋赟没吭声，直觉蒋建梅还没说完。

果然，蒋建梅停顿后继续说下去，"蒋赟啊，姑姑问问你，你不要多想，就是……你奶奶是不是还有钱在你那儿啊？她说她把所有钱都带来了，两万都不到，我就觉得吧……十几年了，不应该啊，所以我寻思着，是不是在你那儿呢？哦！你千万千万不要多想，姑姑不是惦记你奶奶的钱，就是……她要看病啊，你懂的吧？"

蒋赟语气平静："姑姑，我和奶奶每个月领一千多块补助，还得租房子和吃饭，你觉得奶奶应该存下多少钱？她做手术的两万多块，都是她自己存的钱，也没让你掏。"

蒋建梅说："我知道，你们一直很困难，就是吧……我听你奶奶的意思，挺有底气的，就感觉不应该只有这么点。她的性格你比我了解，特别省，都算是抠门了，所以我就在想，她之前一直说要给你攒大学学费，就……"

蒋赟冷冷地说："我这里没有别的钱了，一毛都没有，她全带走了，信不信由你。"

蒋建梅一时噎住，蒋赟缓了缓语气："姑姑，下个月我领到钱，给她汇一千二，我自己只留四百多，这总行了吧？"

"四百多啊……"蒋建梅问，"你吃饭够吗？"

蒋赟笑笑，"不够我就去要饭，放心吧。"

他想挂电话，蒋建梅又叫住了他："蒋赟，那个……姑姑和你直说了吧，不是姑姑不想帮你，实在是姑姑太困难了，你表哥还有三年才毕业，那个……就是……到时候你高考吧，上大学，学费的事儿，姑姑真的是没有办法，你、你可以去找你妈妈……"

蒋赟把电话挂了。

他和姑姑没感情，但姑姑好歹在照顾奶奶，他没什么可指摘的。

蒋赟更烦翟丽，很烦很烦很烦。

拉黑翟丽后，他接到过钱利伟的电话，钱利伟质问他是不是把翟丽的电话拉黑了，说他不懂事，翟丽以前是没办法，现在有能力了，可以更多地照顾他，弥补之前对他的疏忽。

钱利伟说翟丽每次打电话都哭得很厉害，说这十几年一直都很想念蒋赟，不知道他过得好不好，好不容易找到了，孩子却不认她，令她伤心欲绝。

钱利伟语重心长地说："蒋赟，你还没满十七岁，以后的路还很长，她毕竟是你亲妈，她知道错了，你为什么不肯给她一个改错的机会呢？十四年在人生中只占五分之一、六分之一，甚至七分之一，你为什么不用剩下的五分之四、六分之五、七分之六的时间去接纳你的妈妈，让自己有一个家，不好吗？"

蒋赟觉得很搞笑，他的生活被那女人无端打扰已经令人烦躁，这会儿她居然恶人先告状，好像做错事的是他一样。她不要他了，就潇洒走掉，她见死不救，说自己有苦衷，现在她想认他了，他就必须要同意吗？还有没有天理了？

钱利伟也是有毛病，仗着自己比他多吃了几年饭，什么都不知道就能对他指手画脚？蒋赟也不管长幼之分了，语气很冲地说："钱叔叔，你二十多岁、三十多岁时，一年见你爸妈的次数是几次？现在你四十多，一年又见他们几次？你再回忆一下，你上幼儿园、小学和初中时，和他们相处的时间又是多少？我告诉你，我长大了，我的亲人只有一个奶奶，我是她捡垃圾养大的，我没有妈，以后也不需要。"

说完，蒋赟挂断电话，把钱利伟也给拉黑了。

十月下旬，高二年级进行了第二次月考，这一次，蒋赟复习得挺认真，尽管总分在班里依旧吊车尾，在年级里倒还过得去，在近四百个理科生中，排在第五十六名。

梨子第五，章翎第八，邱远峰第二十九，萧亮第四十五。

姚俊轩第二十一，是实验班外所有理科生中的第一，比他上学期期末考排名都要高，蒋赟知道后，嘴角挂成一个向下的弧形。

按照以往高考录取率来看，五中的一本线上线率在百分之七十到百分之七十五之间，在钱塘重点里不算出众，三本线还行，基本能到百分之九十六，也就是说，绝大多数人都能上本科。以蒋赟的排名，普通一本院校随便挑，想去重点大学就够呛，别说清北了，章翎的目标北航、姚俊轩的目标上海交大，蒋赟都只有仰望的份儿。

这一次成绩出来后，章翎没骂蒋赟，因为章知诚对她说，不要对蒋赟太苛刻，他一个人生活，这一年来从年级垫底追到这个位置，已经很不容易。蒋赟在拼，他前面那些人也不是吃素的，个个都在拼，蒋赟需要的是鼓励，能维持在年级前五十左右，也能接受。

月考结束后，学校组织秋游。

三年中，高一是登山跑，高三没有秋游，所以高二算是唯一一次正儿八经的秋游。学校很大方，组织学生们去钱塘乐园玩，这可是钱塘本地最大的游乐场，门票都要一百多。

吃饭时，邱远峰问蒋赟：“你去过钱塘乐园吗？”

蒋赟摇头，“没有。”

“那边有过山车，跳楼机，还挺好玩的，我去过三次。”邱远峰又问张梨，“梨子，到时候我们四个一起玩吧。”

蒋赟偷偷瞥他，同桌两个月了，连他都能看出来，邱远峰对张梨有点儿意思。张梨留着短发，性格特别直爽，听到邱远峰的话后很随意地回答：“行啊。”

邱远峰来劲了，开始规划要怎么玩，说大家不要背太多吃的，午饭可以在乐园里的餐厅解决，有一家快餐店的比萨很好吃。章翎和梨子都去过钱塘乐园，兴致勃勃地参与讨论，蒋赟一直默默地听，没有发表意见。

放学后，蒋赟载着章翎回家，路上，他想了很久，说：“章翎，秋游我想请假。”

章翎愣住，问：“为什么？”

“我晕车，那边好远，开车要一个小时呢，我不得吐死啊？”

章翎说：“明年我们就要住校了，新校区更远，难道你不坐车了？你多坐坐，说不定就越来越适应了，现在你坐我爸爸的车去费老师家，都不吐了呀。”

“那是因为橘子上市了。”蒋赟叹气，“上半年没橘子，我不还吐了好几次？我真的怕坐车，你就饶了我吧，你们好好玩，我对游乐场本来也没什么兴趣。”

章翎不高兴地噘嘴，“你都没去过，怎么知道没兴趣？那边很好玩的！你春游就请假了，这次门票还那么贵，你不去多浪费啊。”

蒋赟小声说：“我真的不想去。”

章翎气得不理他了。

其实，晕车只是一个借口，蒋赟不想去秋游，最大的理由是怕花钱。

从邱远峰嘴里，他知道学校只包门票和大巴，进入乐园后，有好多地方要花钱，吃的，喝的，买玩具和纪念品，还都很贵。蒋赟真的没有多余的零花钱，也不好意思自己背个面包和矿泉水过去，难道邱远峰他们在店里吃比萨，他一个人蹲在外面啃面包吗？

自从接了姑姑的电话，他已经到了一块钱掰成两半花的地步，扪心自问，他连面包和矿泉水都舍不得买。再说了，万一章翎在商店看中什么小玩意儿，他是买还是不买？也许她并不稀罕他送，但他总觉得，和章翎一起出去玩，他总得给她买点什么才说得过去。

他打工赚的钱早就花完了，现在生活费的大头还是章老师和杨医生给的，他没脸拿他们的钱去给章翎买礼物，所以，还是请假最省事。

第二天，蒋赟真的去向陈涛请假，理由是他晕车特别严重，陈涛同意了。

邱远峰和梨子知道后都很遗憾，章翎气得不轻，和蒋赟冷战了两天，并拒绝他晚上送她回家。蒋赟觉得女孩子就是闹闹小性子，也没去道歉，想着等她秋游回来，心情好了，再想办法去恢复邦交。

秋游在周五，周四晚上，蒋赟骑着自行车离开学校，直接回袁家村，一路上没发现后面有一辆电瓶车跟着他。直到自行车骑到袁家村路口，车辆渐少，蒋赟才有所察觉，将车停在路边，警惕地回头看。

那辆电瓶车也没躲，晃晃悠悠地骑上来，骑车人戴着头盔，蒋赟看不见他的脸。电瓶车最终停在他的自行车边，骑车人转过头来，蒋赟隔着黑漆漆的面罩与他对视，问："你谁啊？跟着我干吗？"

那人摘下头盔，是个二十岁左右的年轻男人，头发很短，貌不惊人，左额有一道两三厘米长的伤疤，蒋赟眯起眼睛，觉得有点眼熟。

男人很惊喜，"蒋赟，真的是你？"

蒋赟迟疑："你是……"

"不认识我了？你以前还喊我一声师兄的。"那人从夹克衫里掏出一包烟，自己叼上一根，又递一根给蒋赟，"抽吗？"

蒋赟没接，说："我不抽烟。"

那人把烟塞回烟盒，上下打量蒋赟身上的校服，"厉害啊，重点中学，怎么考上的？"

蒋赟一直在观察他，那人伸手拍拍他的胳膊，"怎么？还没想起来我是谁？"

蒋赟开口："赵……楠？"

"哈哈哈哈哈，没错！就是我！长了头发差点认不出你，不过你眼睛颜色浅，挺少见。"赵楠乐得大笑，拿头盔砸了下蒋赟的胸，"多少年没见了？七年多了吧？那鬼地方被查以后，大家都散开了。"

蒋赟相当震惊，左右一看，问："你怎么找到我的？"

"我听人说的。"赵楠眯着眼抽烟，一边说话一边吐烟圈，"上半年在一个酒场子，听一个老大说他认识了一个十六岁小孩，学过武，能和成哥单挑不落下风。我多嘴问了句叫啥，那文盲说叫蒋斌，我一寻思，十六岁，钱塘人，学过武，这不会是蒋赟吧？"

蒋赟蒙了，赵楠还在乐，"后来我就打听了一下，他们说你在五中上学，我这阵子就在附近混，没事儿就去学校门口看一眼，去四五回了，今儿才看到你。你牛啊！都能单挑成哥？这么多年功夫都没落下呀？"

蒋赟问："成哥，就是那个剃寸头的吗？你认识的老大是康大海？"

赵楠点头，"对，康大海，成哥是他手下，叫成可，功夫了得，据说能一挑五把人全给干趴下。"

蒋赟皱眉，吹牛吧？那个寸头哪有这么厉害？他要能一挑五把人干趴下，那天蒋赟早被干趴下了。

他没作声，看到赵楠的右手手指，无名指和尾指是畸形的，伸不直，特别细，应该是伤了神经。赵楠发现他在看自己的手指，干脆把右手伸给他看，"你还记得吧？那时候徒手劈砖，劈断了，没去医，后来一直这样了。我那会儿也是傻，不懂什么叫'专用道具，请勿模仿'，居然找了块真砖去劈，就是个缺心眼儿。"

蒋赟想到那件事，笑出声来。

赵楠比他大两岁多，他被送过去时，赵楠已经在武校了，武校被取缔那年，赵楠还没满十二，后来去了哪里，蒋赟并不知道。离开武校后，他再也没见过那些所谓的师兄弟。

蒋赟想走了，问赵楠："师兄，你找我有事吗？我现在就是在上学，没干别的。"

赵楠说："我知道你在上学，就是想找你叙叙旧，我也是碰碰运气，没想到真是你。"

蒋赟说："我现在上课很忙，每天都要上晚自习，周末也要补课，没什么多的时间。"

他记起自己和章知诚的约定，想和赵楠划清界限，原本就没什么交情，无旧可叙。赵楠听出了他的意思，一根烟抽完了，丢掉烟蒂，眼睛盯着蒋赟，"那个……其实吧，是有事找你。"

蒋赟问："什么事？"

"康大海一直记挂着你，逢人就吹，念叨半年多了。"赵楠说，"我和他说，如果你真是我师弟，应该会卖我面子。你别紧张，没什么事，就是海哥想请你喝个酒，说想交个朋友，你给个面子，行不？"

蒋赟心里一动，他并不想卖赵楠面子，可是在这一刻，他想到了那位有过一面之缘的梁警官。

他对梁警官说，康大海想让他帮忙做事，但他不知道是做什么，梁警官说肯定是违法犯罪的事。蒋赟想，如果能知道康大海到底要他干什么，他是不是还能给梁警官递个信息？

赵楠看出蒋赟神色间的松动，提议去他家里坐坐，蒋赟没同意，他并不想让赵楠知道自己住在哪里。他想得很多，赵楠说康大海念叨他半年多了，又说自己只是来五中门口碰碰运气，来了四五回，蒋赟想，至于吗？

他一个普通高中生，也就比别的男生能打，为什么会让康大海念念不忘？如果这次拒绝赵楠，还会有下一次吗？他的老底估计都被赵楠漏光了，虽然他没把人带回家，但他住在袁家村，赵楠已经知道了。

蒋赟问："师兄，我记得你不是A省人，怎么会在钱塘？"

赵楠摆摆手，"别提了，前几年一直在外头混，去过很多地方，这两年才在钱塘落脚，这边好赚钱。"

"你在做什么工作？"

"就打零工呗，跟着一些哥们儿跑跑腿。"

蒋赟眉头微蹙，"康大海那种？"

赵楠笑笑，"你别小看海哥，他现在混得不错。"

蒋赟"嗤"了一声，记起梁警官说过，那人根本没有正当职业。

他又问："你后来没上学吗？"

赵楠像听到一个笑话，哈哈直乐，"没上了，回过家，对上学没兴趣，也跟不上。我就想不明白，你是怎么考上中学的？那些数学题你都会做？"

蒋赟："……会做。"

"你牛。"赵楠竖起大拇指，放下手后，语气变得更诚恳些，"师弟，我刚才和你说的事，你怎么说啊？真的，卖师兄一个面子，我在海哥那儿也好交差。"

蒋赟沉吟后说："行，我卖你面子，去见康大海，就这一次，下不为例，但你得告诉他，我不喝酒，也不吃饭。"

听他答应下来，赵楠任务完成，非常开心，"没问题！那咱俩留个手机号，我去安排。"

两人互留手机号，赵楠临走前，蒋赟问："师兄，你还记得余蔚吗？"

"余蔚？谁啊？"赵楠神情迷茫，愣了一会儿才叫，"哦哦哦！我想起来了，哎，那小孩不是死了吗？"

蒋赟说："就是因为他死了，我们才得救的。"

"得救？"赵楠似乎觉得这个说法很有趣，"得救个毛线啊，原本日子过得好好的，害老子一下子都没地方去了。"

蒋赟被那句"日子过得好好的"给噎到，无言以对。想想也是，赵楠那时候已经是个大孩子，在那边的确过得比小孩更舒坦，只要够听话，多抢抢小孩的饭，也不愁饿肚子。

蒋赟心里一片凄凉，心想，是不是除了他，已经没人记得余蔚了？

赵楠戴上头盔，自以为帅气地向蒋赟比了个手势，"我先走了，电话联系。"

蒋赟看着他的电瓶车消失在夜幕中，才踏下踏板，骑车回家。

周五一早，秋高气爽，钱塘五中的高二生们坐上大巴，去钱塘乐园秋游。

高二（1）班的大巴上吵吵嚷嚷，章翎塞着耳机听英语，为下个月的英语竞赛做练习。蒋赟没来，她有点提不起劲。

章翎回忆了一下，和蒋赟认识一年多，他俩还没一起出去玩过。蒋赟晕车，穷，一到节假日就忙于打工，章翎自己零花钱足够，出去玩时，从没有必须男生买单这种念头，可对方是蒋赟，她知道哪怕是 AA，对蒋赟来说都是一种压力。

她不想给他压力，所以连请他去看场电影都没提过，尽可能地把见面地点都放在她家，想要给他改善伙食，就得爸爸出马，周日中午把蒋赟拖去家附近的饭店吃顿饭。

只是那样一来，章老师永远都在，是好大一个电灯泡。

章翎原本超级期待秋游，大家一起去游乐场玩，没有大人，蒋赟也能一起，多有意思呀，结果那个笨蛋居然请假，真是要气死人。

大巴抵达目的地，学生们下车，陈涛挥着班旗说："里面项目多，你们一会儿就分散了，散开前，我们先拍个大合影！"

学生们在入口处的几级台阶上分排站好，章翎夹在人堆里，突然想起一件事。高一时，开学军训没拍合影，6 班第一次拍集体照是在登山跑后，学校请来专业的摄影师，拍完后按照照片上的人头数把照片印出来，一人发一张。那次章翎和蒋赟提前下山，都没拍照。

第二次拍集体照是春游时，蒋赟请假没去，照片用电子版发到班级 Q 群，大家自行下载。

本来，因为文理分班，邓芳说要在期末考后拍个大合影，再组织大家出去玩一趟，给高一（6）班留个美妙的回忆。谁知道出了作弊事件，涉及三个人，班里的氛围变得很差，最后，别的班都拍照了，就 6 班没拍，也没出去玩，美妙的回忆变成一份永久的遗憾。

现在进入高二（1）班，大家第一次拍大合影，蒋赟又请假。章翎想，很多年后同学们看照片，每一张上都没有蒋赟，仿佛班里没有这个人似的，这家伙是不是要等拍毕业照才会吝啬地露个脸？

拍完大合影，所有人排队进园，呼啦啦一下就散开了。章翎和梨子在一起，邱远峰勾搭来两个男生彭源和郭骏骁，三男两女凑成一个小分队，商量着先去玩跳楼机。

往跳楼机走的路上，郭骏骁突然大声说："哎哎哎，我们先去玩过山车吧！走走走，就在前面。"

他一马当先跑过去，其他人不明所以，只能跟上。章翎跑到过山车入口处才发现，原来排在他们前面的几个人里，有许清怡。

许清怡进园后就把一身校服脱掉了，身上是自己的漂亮衣服。她戴一顶黑色鸭舌帽，长发披肩，脸上架着太阳镜，嘴唇上的唇彩在太阳下泛着光，活像一个私底下出来玩耍的女明星。

邱远峰和彭源都一脸无语地看着郭骏骁，郭骏骁有点难为情，嘿嘿笑了几声后，也不管了，继续一脸荡漾地看着许清怡。

彭源低声吐槽："人家是乔嘉桐的人，你少自作多情了。"

郭骏骁踢了他一脚，"看看也不行啊？"

　　章翎和梨子小声地笑。

　　许清怡拿着手机在嘟嘴自拍，她用的是触屏智能机，屏幕特别大，自拍时屏幕框进了后面的人，包括章翎。

　　高一结束后，许清怡和章翎就再无交集，两人教室都不在一个楼层，任课老师也没有重合，除了在路上远远看见，如此近距离的碰面还是第一次。许清怡看着手机上的章翎，心里突然想起乔嘉桐。

　　最近几个月常出现在乔嘉桐身边的女生，她都分析过，没一个能构成威胁。那个神秘女生，是校外人员的概率很小，就算是，暑假里也应该被乔嘉桐叫出来了。

　　如果那个人并不是常出现在乔嘉桐身边的呢？

　　如果那个人是章翎呢？有这个可能吗？

　　许清怡越想越不是滋味，干脆回过头去热情地打招呼："嗨，学委！"

　　章翎正在看手里的游园地图，听到一声"学委"后，懵懂地抬头，"啊？"

　　许清怡说："好巧哦，你也排过山车呀？"

　　章翎："嗯。"

　　许清怡看看她周围，"咦？蒋赟呢？你不是一直和蒋赟一起玩的吗？"

　　章翎说："他请假，没来。"

　　许清怡挤过几个人来到章翎身边，亲热地挽住她胳膊，章翎很不习惯，忍着没挣开。许清怡说："学委，暑假里你怎么没出来唱歌呀？乔学长叫过你吧？"

　　其实乔嘉桐从没在朋友面前说过这件事，叫人来唱歌，却叫不到，多丢人啊，许清怡只是赌一把。

　　章翎哪会想这么多，很老实地回答："嗯，那几次我都有事。"

　　要不是许清怡戴着太阳镜，章翎就能看见，她的眼睛已经瞪得很大。

　　居然，还是，好几次？

　　许清怡心脏怦怦直跳，知道自己很可能猜对了。

　　她压抑住内心复杂的情绪，驾轻就熟地绽开笑，抱着章翎的胳膊像是在撒娇，"学委，我现在还是文艺委员，最近在考虑今年文艺会演的节目，我问你啊，你们班是不是你独唱？"

　　章翎头疼，"还有两个月呢，你这么早就在准备了？"

　　许清怡笑着说："是呀，高三都不用表演了，只有这一次机会，我想弄得好一点嘛，高二的节目也有评奖的。"

　　章翎说："我们班还没说起。"

　　"你唱歌那么好，肯定要独唱。"许清怡对章翎身边几个陌生的 1 班同学说，"你们知道吗？章翎唱歌超级好听，歌后级别！到时候你们班别搞其他节目了，就让她上，保准能得奖。"

梨子、邱远峰等人一脸蒙，他们是真的不知道。

"学委，期待你的表演哦。"许清怡说完最后一句，又挤到前面去了。

章翎感到奇怪，没弄懂美少女的意思，她莫不是在下战书？

轮到他们时，刚好和许清怡一辆过山车。

章翎不怕这些刺激项目，过山车上天入地转过两个大圈，她玩得十分过瘾，一路上就听到许清怡的尖叫："啊啊啊——"

真是……聒噪。

（2）

蒋赟在家待了一天，哪儿都没去。

难得有一整天的空闲，又是大晴天，他洗掉床单被套，晾在院子里，又给家里搞了次大扫除，最后坐在书桌前认真做作业。

早上吃挂面，中午吃挂面，然而挂面易消化，下午四点多蒋赟又饿了，便去厨房煮了一大碗挂面，没加鸡蛋，只洒了些葱花。

他把面条端进房间，刚吃两口，敲门声响了。蒋赟嘴里塞得满满的去开门，拉开门就看到章翎站在门口，板着一张小脸。

蒋赟捂住嘴，一口面条差点喷出来。

"咳咳咳咳……"他扶着门框咳了半天，才直起腰问，"你怎么来了？"

"我来突击检查，看你有没有偷懒。"章翎绕过他走进屋里，看到书桌上摊着书本作业，边上还有一碗面条，足有面馆里两碗的分量，就是清汤寡水，什么料都没有。

蒋赟尴尬地跟在她身后，偷偷观察她的脸色，想猜出章翎是否还在生他的气。章翎回头问："这是你的晚饭吗？"

"呃……不是。"蒋赟撒谎了，挠挠头发，"就饿了，先垫垫肚子，谁家晚饭这么早吃？"

章翎看着他，"你是不是没钱了？"

蒋赟嘴硬，"不是！怎么会？我有钱，可宽裕了。"

章翎半信半疑，转过身子，"那你吃吧，别放凉了。"

以前李照香在时，蒋赟和奶奶一起吃饭是支开一张折叠桌，李照香坐床，蒋赟坐椅子。

此时他看看屋里，章翎都没地儿坐，赶紧往下铺一指，"我床单刚洗了，你要不嫌弃就坐床上吧。"

章翎不客气地走到下铺坐下，蒋赟坐回椅子，开始快速吃面。

"你吃慢点儿，我又没催你。"章翎见他狼吞虎咽的样子，嘟囔道，"猪八戒吃人参果都没你快。"

正说着，蒋赟已经捧起大碗在喝汤。

他连汤带面吃完后，抹抹嘴，第二次问："你怎么来了？"

章翎面不改色，"坐车时听英语，没注意坐过了站，就顺便过来转一圈。"

蒋赟一脸"你是不是当我傻"的表情，章翎的脸微微热起来，从包里掏出一个塑料袋，放在他床上，"今天在游乐场，买了一顶帽子，付完钱才发现是男款，就想着……给你吧。"

蒋赟："不能退吗？"

章翎："不能。"

蒋赟："怎么不能退呢？刚买，你又没戴过，都没走出店门吧？"

章翎："走出店门了。"

蒋赟："标总没剪吧？"

章翎脸色不好看了，蒋赟拍大腿，"你就是太老实，人家说什么你都信，标没剪肯定能退，不给退你就打 12315 投诉他们……"

章翎怒了，"你到底要不要？不要拉倒！"

蒋赟顿时哑火，又一迭声地说："要，要要要要要。"

章翎："哼。"

蒋赟起身，"你先坐会儿，我去把碗洗了。"

他端着碗去厨房，章翎坐在下铺，屁股底下是薄薄一层垫褥，边上是折起来的一套被芯，她用手摸摸，也很薄。她的视线又移到枕芯上，这枕芯也不知用了多少年，都发黄了，章翎撇撇嘴，心想男生就是邋遢，正要收回视线时，她愣了一下。

枕头底下露出一样东西，章翎把它拿出来，难以置信地与手里的长颈鹿对视。

门外响起脚步声，章翎赶紧把长颈鹿塞回枕头底下，装作没事人样地坐着，还拿出手机看，也不知在看什么。

蒋赟走进来，问："今天天气挺好，你们玩得开心吗？"

章翎抬头看他，小脸红扑扑的，蒋赟问："你很热啊？"

章翎眼睛四下乱瞟，拿手扇风，"你屋里好闷。"

"是吗？我白天还通过风。"蒋赟又把窗子打开，一丝微风吹进来，"这样好点了没？"

章翎的脸还在烧，烧得她眼镜都起雾了。她摘掉眼镜，看蒋赟把椅子拉过来一些，与她面对面坐下。蒋赟很少看章翎不戴眼镜，这会儿看着觉得很有趣，只是两人干坐着太奇怪，他没话找话："你坐过山车了吗？"

章翎："坐了。"

"害怕吗？"

"不害怕。"

"我没坐过。"蒋赟放松地靠在椅背上，"你说，我晕车，会不会连过山车也晕啊？"

章翎被他看得受不了，偏开头，"不知道。"

"你怎么了？是不是发烧了？"蒋赟都想伸手去按按她的额头，但是不敢，只能抓过床上的袋子，把帽子拿出来看，"买了什么帽子啊？这邪门，帽子还分男女。"

那是一顶迷彩棒球帽，蒋赟疑惑，"你喜欢这种的？这一看就是男孩子戴的呀。"说完他就戴到头上，问章翎，"怎么样？"

章翎已经"失常"好一会儿了，这时候依旧愣头愣脑的，也不回答。蒋赟无趣地把帽子拿下来，起身说："我去给你倒杯水吧，你脸好红，真的没有发烧吗？"

就在他快要走到房门边时，章翎叫住他："蒋赟。"

"干吗？"蒋赟回头。

章翎说："我问你一个问题。"

蒋赟瞬间就紧张了，像玩"一二三木头人"似的站在那儿一动不动，结巴着问："什……什么问题？"

章翎始终坐在下铺，模模糊糊地看着他，问："我戴眼镜好看，还是不戴眼镜好看？"

蒋赟："啊？"

他心里长出一口气，又浮起一层淡淡的失望，然后他很认真地回答："都好看。"说完，蒋赟就逃也似的出了房间，在厨房倒水时心情都还未平复。

"想什么呢？"他自言自语道，"她哪会问那种问题。"

已是傍晚，两个租户大妈在公用厨房准备晚餐，彼此用方言聊着天，都有点儿愁眉苦脸，蒋赟听不懂，拿着水杯回到屋里。

章翎咕嘟咕嘟喝过一杯水后，提出要回家，蒋赟拿起车钥匙说："我送你。"

"不用了，天都亮着呢。"章翎把包背上，还是不太敢看他。

蒋赟坚持，"这儿很乱，我不放心你一个人走。"

他一直都这样，不管白天晚上，只要章翎来袁家村，必定会送她回家。章翎没再拒绝，跟着蒋赟去拿自行车。

于晖刚下班回来，把车停在院子里，下车后和蒋赟打了声招呼。那两个做饭的大妈听到汽车声，急急忙忙跑出来，其中一个大声问："晖子，那消息是真的假的？"

于晖问："什么消息？"

大妈："很多都人在说，袁家村要拆迁了，真的假的？"

蒋赟的脚步停住了，惊愕地看向于晖，于晖笑着摆手，"你们消息比我都灵通啊，我都没听说过。"

他安抚几句，两个大妈才嘀嘀咕咕地走回厨房。蒋赟将自行车开锁，领着章翎走出院子。

章翎也听到了那些对话。

她住得离袁家村不远，从小就知道这地方治安不好，虽然离四院和金秋西苑只有一站路，却仿佛是两个世界。近些年来，章翎也听到过类似的传闻，政府要大力整顿这块城中村，只是因为面积太大，一直进展缓慢。

但城市发展日新月异，如今看来，袁家村总有一天会消失。

骑车送章翎回家的路上，蒋赟异常沉默。

章翎知道他心里不好受，虽然他家没房，但他就是生在袁家村、长在袁家村的，袁家村要是拆迁，蒋赟将来该住到哪里去呢？而且，那栋朱红色的小楼也将不复存在，那是他父亲留给他的一份回忆。

章翎不想蒋赟陷入低迷的情绪中，拉拉他的后衣摆，打算扯开话题："蒋赟，明年春游你别请假了，好吗？"

蒋赟敏感地问："怎么了？今天有人欺负你啊？"

"没有。"章翎小声说，"就是……春游秋游都会拍大合照，你是不是一次都没拍过？"

蒋赟失笑，"这有什么？我又不喜欢拍照。"

章翎垂下眼睛，"这和喜不喜欢没关系，你是班里的一分子，每次拍照都不在，我总觉得怪怪的。"

蒋赟的声音带着笑意，"行，明年春游我一定去。"

他又想起章翎在出租屋里奇怪的状态，之前真吓了一跳，章翎的脸那么红，蒋赟差点以为她是受了什么刺激，要问他：你是不是喜欢我？

究其原因，是因为最近几天，邱远峰近乎亢奋的状态，想到这儿，蒋赟问："哎，今天你们出去玩，邱远峰有没有对梨子表白？"

这事儿，章翎和蒋赟在放学后八卦过几次，章翎回答："没有。"

"是吗？我还以为他今天会有所行动呢。"

章翎的语气很肯定："邱远峰不会说的。"

蒋赟问："为什么？"

章翎悠悠道："因为他知道，要是说了，可能会影响梨子，梨子做梦都想去北大，所以不会给邱远峰回应。"

张梨成绩很好，如果一直保持理科年级前五，考进北大的希望非常大。

蒋赟"啊"了一声，想到另一个问题："梨子要是去了北大，你再考去北京，你俩不是都在北京了？"

章翎笑着说："是啊，到时候还能约个饭。"

"不知道邱远峰想考哪里。"蒋赟想了半天，才不太自信地开口，"章翎，你说，我能考去北京吗？"

章翎心里重重一跳，脱口而出："能啊。"

蒋赟问："真的吗？北京有什么学校是我考得上的？"

"那可太多了。"章翎拍拍他的背，"你是不是以为北京只有顶尖大学啊？不是的啦，那边还有好多普通本科学校，你只要不退步，选择范围很大的，蒋赟，你真的想去北京吗？"

"我就是问问。"蒋赟傻笑，"我都不知道那边有什么学校，以前都没关心过这些事，就觉得还早。"

他没有电脑，也进不去网吧，真的没关心过那些知名大学都在哪个城市，什么"985""211"，啥都不懂，很多信息还是升上高中后才第一次听说，你让他说出北航的全称是什么，他只会朝你干瞪眼。

蒋赟心里很高兴，第一次明确地知道，他也可以去北京。

前面是一家奶茶店，章翎又拉拉蒋赟的后衣摆，"停一下，我想喝奶茶。"

蒋赟将车在奶茶店门口停下，章翎跳下车刚要走过去，蒋赟拉住她的胳膊，"你喝什么，我请你。"

这可不是章翎的本意，赶紧说："不用！我自己买。"

蒋赟没松手，"你都送我帽子了，我请你喝奶茶。"

章翎知道自己拗不过他，只能说："就光奶茶，七分糖，什么都不要加，热的，谢谢。"

蒋赟过去买，章翎站在车边等，一会儿后他回来，手里只有一杯奶茶，章翎问："你的呢？"

蒋赟摸摸肚子，"我刚吃完面条，还喝了一肚皮汤，喝不下。"

章翎心里又一次闪过那个念头，接过奶茶问："蒋赟，你和我说实话，你是不是没钱了？"

蒋赟的沉默出卖了他，他实在不想再撒谎，但也不想说实话。

章翎知道自己猜对了，说："你可以和我说的，我爸爸……"

"别告诉你爸爸。"蒋赟打断她，"章翎，别告诉你爸爸。我当你是朋友，可以和你说，但你不能告诉你爸爸，你和我保证。"

章翎想不明白，"为什么？"

"他们已经帮我太多太多。"蒋赟摇头，"我还不起了，不能再让他们帮忙。"

　　章翎问："到底发生什么事了？你现在每个月生活费是多少啊？"

　　蒋赟没再隐瞒，把奶奶吃药贵的事说给她听，末了解释："我现在一个月的生活费是一千出头，省着点用，差不多也够。每天餐费要控制在二十五块以内，在食堂也能吃得很好了，我会算着用，所以你真的不要告诉你爸爸。"

　　他们面对面站在路边，和一年前比，现在的蒋赟和章翎已经有了明显的身高差，十厘米左右，站得近，章翎需要微微仰视他。

　　她觉得手里的奶茶好烫手，一杯奶茶十块钱，可以顶蒋赟一餐饭。她咬咬唇，说："我爸爸妈妈真的可以帮你。"

　　"现在不一样了，章翎。"蒋赟注视着她的眼睛，"我妈没出现前，我可以说服我自己接受你爸爸妈妈的帮助，我要是碰到困难，一定会和他们说。可是我妈出现了！我现在用着你爸爸的钱，真的很过意不去。我就在想，只是为了争一口气，为什么损失的却是你爸妈？你爸妈的钱也不是大风刮来的，那个女人做错的事，为什么要你爸妈来承担？"

　　章翎表情很严肃，"因为这口气，必须要争！如果我是你，我也不会去拿她的钱，这是原则问题。"

　　"你说得简单。"蒋赟感到烦躁，食指戳戳自己的胸，"可你毕竟不是我！我现在已经是吊着一口气，能做到的极限就是维持现状！章翎你有没有算过？你爸爸妈妈每个月给我六百块，一年是多少钱？你爸爸还每周给我上课，请我吃顿饭，逢年过节他俩还会给我好多吃的。这一年多来他们对我的恩情，我都记在心里，越来越多，多得我都担不起了！可是我和你爸爸小时候不一样，你爸爸是真孤儿，我不是！"他手往大马路一指，"那个叫翟丽的女人，她还没死呢！"

　　他突然变得很激动，激动得章翎都有点吓到了，双手捧着奶茶，瞪大眼睛看着他。

　　蒋赟抬手抓抓头发，尽力平复情绪，"章翎，你的爸爸妈妈，是这个世界上对我最好的人，比我奶奶对我都要好，我就没见过像他们这么好的人，可我是个什么玩意儿？我真的很怕自己做不好，会让他们失望，我哪能贪得无厌地让他们付出更多？你明不明白啊？"

　　"明白。"章翎点点头，眼睛一眨巴，很委屈地看着他，"可是，那个……我对你不好吗？"

　　蒋赟被她天马行空的问题问住了，偏开头捂住脸，低低地笑了好几声，才说："你怎么回事？这种事，还要去和你爸妈攀比啊？"

　　章翎翘起小嘴巴，"不是攀比，就是觉得，我对你也挺好的呀。"

　　"傻子。"蒋赟真要疯了，"啪"一下拍在她脑门上，听着很响，其实落下时早就没了力，"你还没赚钱呢。"

章翎却夸张地叫："哎呀！疼的。"

蒋赟赶紧又帮她揉揉，被她懊恼地拍开手。蒋赟叹口气，跨上自行车，回头说："走吧，奶茶上车喝，你爸妈都要等急了。"

章翎没再耍脾气，乖乖坐上后座，两人重新上路，快要骑到金秋西苑时，章翎说："蒋赟，我会为你保密的。"

"嗯。"蒋赟说，"谢了。"

章翎明白蒋赟的苦衷，果真没有将他现在的困境告诉父母。

和同龄人相比，蒋赟遭受的苦难太多，背负的压力太大，章翎和小伙伴们遇到的那些烦恼，在他面前都不算个事儿。

谁喜欢谁，谁不喜欢谁，谁成绩退步了，谁家父母在闹离婚，谁喜欢的明星出了绯闻……若是被蒋赟听到，就只会说一句：什么玩意儿？

章翎躺在床上，帆布包上的长颈鹿已经被她拿下来，双手握着搁在胸口。

那只爸爸送给她的长颈鹿，原来没有丢，被蒋赟拿回家了，看那样子，这一年多来一直都放在他的枕头边。那个笨蛋……是如此卑微地、偷偷地，喜欢着她。

章翎突然觉得自己好自私，好残忍，为什么不告诉他呢？

告诉他，其实他很好，告诉他，其实，她也喜欢他。

不需要早恋，只需给他一点自信，告诉他，继续努力吧，他们可以一起去北京。

周六的补课照常进行，周日上午的家教课也很顺利，蒋赟在章翎家吃过午饭，一点都没表现出异常，说下午要回家做作业，便离开了章翎家。

这天晚上，他要去赴康大海的约，赵楠已经帮他安排好了。

蒋赟不知道见面地点，在袁家村路口等着，赵楠骑电瓶车来接他。

他到底还是年纪小，预想过几个和康大海见面的地点，比如餐厅、烧烤店、KTV、棋牌室等等，就是没想过，康大海居然会叫他去夜总会见面。

当然，夜总会的门头不叫夜总会，有个小清新的名儿叫"烟雨人间娱乐会所"。

蒋赟知道那种量贩式 KTV，是连中学生都能去玩的地方，省着点花，人均消费能不到五十，而这个烟雨人间，他看着那装修风格就知道，这是个烧钱的地方。

一个身姿曼妙的女郎引着赵楠和蒋赟往里走，康大海已经等在包厢里。包厢特别大，桌子上摆满酒水食物，音乐放得巨响，包厢里有男有女，足有十几个人，五六个男人年龄从二十多岁到四十多岁不等，每个身边都坐着一个年轻女孩。

这群男人里，最年轻、最显眼的是那个寸头——成可。现在他已经不是寸头了，发型留得还挺帅，染成酒红色，配上那张还不错的脸，颜值高过所有男士，连着引他们进去的女郎，都对他抛了个媚眼。

成可冷眼看蒋赟，显然早就知道他要来，蒋赟却连个正眼都没给他，只看向康大海。大半年没见，这家伙还是老样子，看着一点儿也不起眼，不凶狠，笑眯眯的模样甚至能让人以为他是个好人。

康大海站起来，热情地与蒋赟拥抱，好像两人很熟似的。他搭着蒋赟的肩向在座几人介绍："这就是我说的小斌哥！人来了，我可没吹牛啊！他能单挑阿成，后生可畏呀！哪，阿成也在，你自己说说，是不是这么回事？"

成可浅笑，"那天和他闹着玩的，人家是个学生，打坏了要出事。"

康大海哈哈大笑，蒋赟连坐都不想坐，板着一张脸，做出一副木讷的样子，问："海哥，你找我来什么事？我时间不多，明天要上学，我还要回家写作业呢。"

听到那句"写作业"，几个男人笑得前俯后仰，康大海乐不可支，"哎呀，急什么呀？坐会儿坐会儿，不耽误你做作业。"

他拉着蒋赟在沙发上坐下，赵楠不敢坐，很狗腿地问："海哥，要去安排吗？"

康大海大手一挥，"安排上！"

赵楠立刻出了包厢。蒋赟坐得笔挺，心里想得很简单，今天的目的就是遂了康大海的愿来和他见面，见过了，也算是给了他面子，以后两人再也不用联系。

有可能的话，蒋赟也想知道康大海究竟为什么要找他帮忙，如果只是些鸡零狗碎的小事就算了，如果是什么大事件，即使只是个线索，他也可以偷偷去报警。

然而康大海并不急着说什么，只是招呼蒋赟吃喝，他仿佛很好心，不让蒋赟喝酒，给他拿的饮料，蒋赟留着心眼儿，一口都没喝。

几个男人凑在一起喝酒吹牛，也不忌讳那几个年轻女孩，聊到谁谁前阵子在西南赚了几十万，谁谁又在澳门输掉一套房，谁谁找了个姘头，被大房捉奸，光着屁股躲进衣柜又被揪出来……惹得一群男人拍腿大笑，康大海笑得眼泪都出来了。

蒋赟挨着他，翻了个白眼，在心里默背英语课文。

成可不知何时坐到他身边，伸臂搭住他的肩，嬉皮笑脸地问："怎么改主意了？你不是要考大学吗？"

蒋赟推开他的手，厌恶地说："别碰我。"

成可大笑，"小孩儿就是有趣。"

正说着，包厢门打开，蒋赟抬眼望去，是赵楠带着一个女孩走进来。那女孩浓妆艳抹，穿着黄色上衣，个头很矮，一副战战兢兢的样子，康大海一指蒋赟，"灵灵，你去陪陪小斌哥。"

听到女孩的名字，蒋赟大吃一惊，那个叫灵灵的女孩已经磨磨蹭蹭地坐到他身边。她一坐下，蒋赟就弹开了，几乎贴到成可身上，成可正搂着一个姑娘，被蒋赟逗得直笑。

灵灵的妆容浓得看不清五官，身上是一股浓烈的劣质香水味，竟和蒋赟一样紧张，颤抖着说："哥……哥哥你好，我……我叫灵灵。"

蒋赟蒙了："哪个 líng？"

灵灵眼睛里写满惊恐，"机灵的灵。"

蒋赟定了定神，小声问："你多大？"

灵灵扯开一个笑，"十八。"

蒋赟不信，"不到吧？"

"到……到了，刚满十八。"

蒋赟沉默，别说十八了，这个叫灵灵的女孩可能连十五六岁都没有。他突然就想到自己待过的那间黑武校，想到余蔚，想到里头那些被胁迫、被虐待的小孩，镇定心神压着声音问："你为什么会在这里？是不是被抓过来的？"

灵灵吓得不轻，偷看了一眼康大海，连连摇头，"没……没有，没有没有。"

蒋赟向她凑过去一些，在她耳边小声说："如果你想逃跑，我可以帮你报警。"

灵灵呆滞地看着他，蒋赟说完后就又坐直了身子，看看康大海和其他男人，都是一副醉生梦死的样子，又看成可，发现他竟眯着眼睛在看他，唇边还挂着讥诮的笑。

蒋赟吓一跳，不知道成可有没有听到他刚才的话，他后悔了，后悔自己来到这么个鬼地方。他看向灵灵，灵灵笑得比哭还难看，浑身都在发抖，蒋赟再也待不下去，突然起身，不顾康大海等人惊讶的目光，逃也似的出了包厢。

恍惚中，他似乎听到成可一声嘲讽的笑，"瓜娃子。"

第二天早上，蒋赟从学校自行车棚走出来，看到校门口不断进校的学生，个个穿着校服、背着书包，有人在笑，有人在聊天，有人像是没睡醒般迷迷糊糊，他搓一搓脸，觉得自己也像做了个光怪陆离的梦。

昨晚亲身经历的那一幕，是蒋赟在香港电影里才看过的场景。

康大海那些人聊了些什么，做了些什么，他已经不太记得了，印象最深刻的就是那个叫灵灵的女孩，不是记得她的脸，而是她的眼睛，那双写满恐惧的眼睛，令蒋赟夜里再次被噩梦纠缠。

他似乎能感同身受灵灵的恐惧，那种状态，他也曾经有过。

蒋赟打着哈欠走进教室，章翎也刚到，正低着头掏作业。蒋赟看到她，一颗纷乱的心渐渐平静下来，主动对她打招呼："早上好。"

章翎抬起头笑得开怀，"早上好！"

坐在教室里，蒋赟感到无比安心，想起杨医生说过的话，什么年纪就该做什么年纪该做的事情，听课、考试、做作业……尽管他曾经有过与众不同的童年，现在不也扭过来了吗？

经济窘迫没什么大不了的，他应当享受如今平静的求学生活，可是内心深处，灵灵的那双眼睛总是会一闪而过。

在食堂吃晚饭时，蒋赟接到赵楠的电话，走去食堂外接听。

赵楠的语气带着不满，"师弟，你昨天怎么回事？招呼都不打一声就跑了，是不是那个女的惹你生气了？你走后，海哥打了那女的好几巴掌，还叫我给你打电话赔不是。"

灵灵被打了？因为他？

蒋赟躲在食堂外的大树底下，小声说："和那女的没关系，师兄，这事儿就算了吧，你以后也别给我打电话了。我现在上高二，学习很紧张，你们玩的那种场合，我不适合，也不喜欢，你让海哥放心，我不会去和任何人说的。"

"谁怕你去说了？"赵楠失笑，"你是不是以为海哥在犯法呀？不是，他做的正经买卖，都注册公司的，可赚钱了。"

蒋赟一个字儿都不信，"我不管他做什么的，反正，我不想再和他有牵扯了。师兄，你体谅一下我，我考上高中不容易。"

电话那边安静了一会儿，赵楠才开口："师弟，你真的不想发财吗？海哥找我们干的事不犯法，提成高，又特别适合我们这种能打的，干一单能有一两万的提成，我和你要是搭档，成功率会更高。"

蒋赟都快被憋死了，不耐烦地问："你到底在帮他做什么呀？"

赵楠嘿嘿一笑，神秘兮兮地说："这样，这周我就在干一单，要忙几天，等哪天收网了，你要不要跟我去看看？你看过就知道了。"

蒋赟："不去，我上学呢。"

赵楠跟听不懂似的，"行吧，到时候我再问问你，你有空就去，没空拉倒。"

电话挂掉了，蒋赟觉得赵楠这人脑子不太好使，当初能拿块真砖去徒手劈砖，也不是没有道理。

章翎吃完后走出食堂，看到蒋赟，问："你和谁打电话呀？"

蒋赟把手机塞回裤兜，笑笑，"我姑姑。"

一个星期无风无浪地过去，就在蒋赟以为赵楠不会再来骚扰他时，赵楠又来电话了。周六晚上，他正在出租屋里写作业，赵楠给他打电话："师弟，收网了，哥要发财啦！你要来看看不？"

（3）

一辆黑色轿车里，赵楠挂掉电话，对驾驶座上的成可说："成哥，麻烦你去趟袁家村吧，接一下我师弟，就是那个小斌哥。"

成可叼着一根烟，瞥他，"他也要去？"

"是。"赵楠有点忌惮成可，"海哥说现在生意多，人手不够用，像小斌那样的人，一个能顶一组，让我带他去看看，怕他以为我们在干什么坏事儿呢。"

成可乐坏了，"这还是好事吗？"

赵楠赔笑，"成哥，你看，你这么忙都要来干这单活，大材小用啊！小斌那家伙没爹没妈，虽然是个学生，但你也看到了，他肯定缺钱！海哥就喜欢这种，还没成年，都不怕被抓……"

成可懒得再听，"行了，甭说了，系上安全带。"

蒋赟头脑一热答应了赵楠，实在是因为三番五次被"勾搭"，对方又总是故弄玄虚，他真的太好奇了，什么活儿又要会打，又不犯法还赚钱？蒋赟真的想不出来。

他在袁家村路口上了成可的车，坐在后座，两人通过后视镜对视，成可戏谑地说："你那天跑挺快啊，属兔子的吧？"

蒋赟不想理他，成可兀自笑个不停，和赵楠打趣："我好久没见这么憨的人了，你从哪儿找来的？"

赵楠一边呵呵笑，一边从副驾下来，到后座陪着蒋赟。

路上，赵楠和成可很有默契，没说即将要做的事，只是闲聊天。赵楠告诉蒋赟，康大海是烟雨人间的股东之一，赵楠他们几个平时的落脚点就在那儿，对里面的花边新闻如数家珍。

蒋赟听他们聊起灵灵，耳朵竖了起来。赵楠说灵灵上班才一个多月，很不听话，成天哭，打都打不服。他忍着心里的不适，装作不经意地问："她年纪还很小吧？"

"是小，顶多十五。"赵楠回忆着，"我那天不知道听谁说，那傻妞是离家出走，来这儿找网恋的男朋友，结果那男的不是什么好鸟，居然把小丫头送到烟雨人间去上班。"

蒋赟皱眉，"她是被骗来的？"

"具体的我也不清楚。"赵楠瞅着蒋赟，"嘿，你不会是看上她了吧？"

蒋赟否认："没有。"

赵楠很无所谓，"这种事多了去了，反正过一天算一天，我现在就想着怎么发财，唉！要像成哥这么牛就好了。成哥，你将来要是发大财了，别忘了照顾我啊。"

成可不吃他的马屁，"说什么呢？跟着海哥好好干吧。"

他又从后视镜里看了蒋赟一眼，蒋赟冷漠地别开头去。

幸好车程不远，十几分钟就到了。蒋赟下车后发现是一个老旧的住宅小区，他跟着成、赵二人下车，心里有点紧张，不知道所谓的"收网"是什么意思？莫非是……

捉奸？

三人走进一栋住宅楼，在五楼一间房前停下，没敲门，赵楠直接摸出钥匙开锁。正开着，里头传来一阵慌乱的喊声："谁啊？谁啊？谁在外面？"

蒋赟一惊，听那声音像是个老太太。此时门已被赵楠打开，成可速度比谁都快，一闪而入，蒋赟还没反应过来，就被赵楠一把推进门，迅速地关门落锁。

客厅站着一个惊慌失措的老太太，足有七八十岁，嘴里嚷嚷着："你们是谁啊？是谁啊？你们是强盗呀……"

成可已经冲进卧室，蒋赟听到他一声笑，"哟，想跑啊？这可是五楼，你还能飞出去不成？"

另有一个男人颤抖的声音："求求你放过我，放过我，再宽限几天，就五天……不不不，三天，三天就行，我一定能还钱……"

成可把那男人揪到客厅，是个瘦脱了相的中年人，模样很丑，看着都快要吓瘫了。蒋赟微微张嘴，明白了，他们是来讨债呢。

后来发生的事情让蒋赟恍惚以为自己是在看电影，成可当着那老太太的面把欠债的男人痛殴一顿，老太太被赵楠控制着，身子抖得像筛糠，脸都憋红了，眼泪哗哗地往下流，连蒋赟这么"铁石心肠"的人都要不忍心看。

成可终于收手，拉了把椅子坐下，指着地上鼻青脸肿的男人说："躲，你再躲啊，看你还能躲哪儿去？"

赵楠接腔："这几天费老子好大劲儿才逮到你个龟孙，欠债还钱，天经地义！我们老大知道你没钱，房子也卖了，可你老娘还有一套房啊。"

那男人死狗一样地瘫着，哭哭啼啼地说："我妈年纪大了，那套房是她养老用的，再卖了，你们让她住哪儿去啊？"

赵楠笑了，"我管她住哪儿去？你是她儿子，我又不是她儿子，你欠的债，她不帮你还谁帮你还？你有本事别欠债啊。"

男人仰起头，"你们利息太高了，我本金都还完了呀。"

成可冷哼："嫌利息高当初去问银行借啊，是我们求你借的吗？合同签的白纸黑字，这会儿不认账了？"

男人艰难地爬起来，突然给成可跪下了，砰砰磕头，"求求你们放过我吧，我会去找钱的，我一定会去找钱的。"

成可向赵楠使个眼色，赵楠松开手，快要厥过去的老太太长长地喘了口气，颤颤巍巍地站起来，也"扑通"一声跪下了，和男人一起磕头，"大老板放过我儿吧，大老板，我儿错了，求求你们别打他啦。"

成可神情温和，"阿姨，我们不是老板，就是打工的，今天就一个要求，你愿不愿意卖了房子帮你儿子还债？只要你答应，这事儿就结束了。你要是不答应，不是我吓唬你，你儿子估计只能躲到阴曹地府去喽。"

老太太吓得脸一会儿红一会儿白，成可点起一支烟慢慢等。老太太转头看着被打成猪头般的儿子，抹了把眼泪，像是下定决心般开了口："我卖，我卖，我卖房子，我卖！"

成可笑了，"早答应不就没事了吗？"

一行三人揣着房本离开屋子，来到车边时，蒋赟不肯上车了。

他与赵楠对视，说："师兄，这是犯法的。"

赵楠争辩："他们欠钱是签了合同的，不犯法，欠钱就得还啊！"

蒋赟还是那句话："这是犯法的，你去和康大海说吧，我不会干。"

赵楠："你……"

一直站在旁边的成可突然一把掐住蒋赟的咽喉，蒋赟要害被制，立时要反抗，成可却已经松开了手，拍拍他的脸，冷声道："不干就滚，别来碍事，好好上你的学去，我们找得到你，懂吗？"

蒋赟咳嗽了好几声，忍住气回答："懂。"

成可走得大步流星，头也不回，"楠子，上车。"

赵楠不死心地回头看蒋赟，像是想不明白，这么适合他们的活计，蒋赟怎么会不愿意干。

这一趟，蒋赟看了一场暴力催债的戏码，内心受到极大震撼，尽管明确拒绝了赵楠，他心里却一点也不轻松，因为又一次直面社会的阴暗。

那个老太太，比李照香的年纪都要大，却要卖房子给儿子还债，她那儿子的模样已是不人不鬼，不知有没有涉及别的犯罪行为。赵楠竟认为做这事儿不犯法，看来，他不仅是个文盲，还是个法盲。

这拨人，统统不是好人，康大海、成可、赵楠……蒋赟决定离他们远远的，再也不和他们来往。他好不容易从一个泥沼里出来，怎么能再陷入另一个泥沼里？

后来几天，果然没人再来骚扰蒋赟，他也没把这些事说给任何人听。偶尔，他会想起灵灵，无关其他，也不知为什么，灵灵那双惊恐的眼睛会让蒋赟想到余蔚，想到那些暗无天日的岁月。

蒋赟起过报警的念头，又想起成可掐住他咽喉的那只手，接着就想到章翎，想到章老师和杨医生，想到奶奶……最终，还是作罢。

时间到了十一月，秋意渐浓，五中新一届的运动会将在下旬举行，这一次，蒋赟终于可以参加。

萧亮是体育委员，开始动员同学们报名，章翎又报了一个八百米，萧亮站在她桌边记录时，瞟了后桌的蒋赟一眼，说："蒋赟，你这脚伤养一年了，现在总能跑了吧？"

蒋赟刚抬起头，章翎已抢先开口："你什么意思？"

萧亮说："我没什么意思，就问问，怎么？他今年还不能参加呀？"

章翎还要说，蒋赟伸臂按住她的肩，抬头看向萧亮，"嚷嚷啥？我说不报了吗？"

他和萧亮不和，连邱远峰都知道，周围几人都不再说话，看向这两个话里有话的人。

萧亮扬扬手里的表格，"你报什么？还有好多项目。"

蒋赟问："一人能报几个？"

萧亮："最多两个，集体项目不算，短跑、跳高、跳远、投掷每班报两人，四百米以上的项目，一人。"

蒋赟："你报的什么？"

萧亮不高兴了，"你管我报的什么？还要和我抢吗？我跑一百两百，去年都是前三，现在已经报满了。"

"跨栏呢？"

"还有一个名额。"

蒋赟背脊往椅背一靠，"那我报一个跨栏，一个三千米跑。"

萧亮拿笔的手顿住，不确定地问："你报三千米跑？"

"我领补助的，愿意为班级多出力。"蒋赟抱起双臂，"我要跑第一。"

"呵。"萧亮低头记录，"你这么厉害，开学怎么不竞选体育委员呢？"

蒋赟笑，"因为我淡泊名利。"

萧亮离开后，章翎就回过头来，"你会跨栏吗？"

蒋赟感到奇怪，"跨栏有什么会不会的？不就跳过去吗？"

邱远峰问："你干吗要跑三千米啊？那个可累了。"

蒋赟说："总得有人跑，十二个人争第一，胜算还大些。"

章翎看着他，倒是不意外蒋赟报三千米，一年前姚俊轩被萧亮逼着跑三千米时，蒋赟已经咽不下这口气。

高中生的生活平淡枯燥，在日复一日的学习中，期中考马上就要来了。两次月考都在班里吊车尾，蒋赟自己都觉得说不过去，他想，至少要考过萧亮呀！于是，他又一次进入到忘我的学习状态，刷题刷到飞起，利用各种碎片时间背诵英语。

渐渐地，他淡忘掉和康大海、赵楠有关的那些事，直到一天晚上，深夜快十二点，他在复习功课时突然接到"赵楠"的电话。

蒋赟起先没接，对方却锲而不舍连打三次，蒋赟才勉强接起。

一开始"赵楠"没出声，蒋赟"喂"了几声后打算挂掉，那边才开口，竟是一个怯怯的女声："是……是小斌哥吗？"

蒋赟充满戒备，"你是谁？"

"我是灵灵，你还记得我吗？"

灵灵给他打电话！蒋赟冷静地问："你找我什么事？"

"这是楠哥的手机，他喝醉了。"灵灵确认对方是蒋赟后，语速快起来，"小斌哥，我求求你救救我，救救我，不用做别的，就……那个……帮我报个警好吗？"

蒋赟觉得莫名其妙，"你可以自己报警啊。"

"我手机被收走了，这是楠哥的手机，我不敢用这个手机报警，我不敢！"灵灵越说越快，"就……就……明天晚上我要上班，他们说要把我送给一个大老板，我……我明晚如果跑不掉，我就完了，我就完了……"

说着说着，她嘤嘤地哭起来，"小斌哥，楠哥说你在记挂我，我不知道真的假的，他说你在记挂我。我求求你，你上次说你会帮我的，我叫姜灵，今年十四岁，我逃跑过，被抓回来了，他们打我打得好惨，求求你帮我报个警，只要报个警就行……"

姜灵……听起来和章翎更像了。

"啊，楠哥像是醒了，我挂了我挂了，小斌哥，帮我报警。"姜灵说完，就把电话挂了。

蒋赟看着手机，想着刚才听到的那些话，脑袋里乱成一锅粥，思考半天才把姜灵的话给总结出来。

她应该是因为离家出走见网恋男友，被骗到烟雨人间，来了两个月，逃跑过，被抓回来，打得很惨。她没有手机，听赵楠和成可说，蒋赟在记挂她，可能是以调笑的形式说的，她听进去了，还趁赵楠喝醉的时候，偷偷拿他的手机联系蒋赟。

她希望蒋赟帮她报个警，在明晚之前。

她的诉求就只有这一个——帮她报警。

会是骗他的吗？为了试探他？

蒋赟和姜灵只见过一面，算是陌生人，那个年轻女孩的死活，其实和他没什么关系，她陷入这种境地，并不是他害的。

如果是别人碰到这种事，真的可以做到置之不理，当对方是个骗子，是试探。可是，他是蒋赟，第一次见到姜灵时，他就起了帮她脱困的念头。

在那些年里，蒋赟和余蔚年纪大一点后，也曾在外出表演时试过向人求救，把纸条递给路人，或是拽着别人的衣角仰起头说：阿姨，求求你帮我们报个警。

但是没有人帮他们，一个都没有，就算有，可能也被武校背后的势力压下去了。

在这种时候，蒋赟很想找个大人问问，他到底该怎么做，比如章老师、杨医生、邓老师……但是他不敢。

他不想、也不敢让他们知道，他的生活圈里还有那样一些人存在。

蒋赟几乎一夜未睡，天亮后起床，他在床边坐了五分钟，终于下定决心。他想，只是报个警，又不是要他单刀赴会去救人，哪怕是试探，他都认了！如果不报这个警，也许他这辈子都不会安心。

想到这儿，蒋赟就背着书包出了门，骑车到天桥下钟叔的报刊亭。现在，公用电话已经很少有，钟叔这儿倒是还有一部。

这一天是十一月十三号，星期三，阴天。

钟叔在吃早饭，蒋赟拎起话筒，生平第一次拨出 110，对着接线员条理清晰地说完事情的经过。当然，他没说赵楠和成可去暴力催债的事，觉得没什么关系。

最后，他说："我不知道到底发生了什么事，那个女孩只让我帮她报警。"

接线员说："好的，谢谢你，我会把情况反映上去。"

蒋赟挂掉电话，看了钟叔一眼，丢下硬币后骑车离开。

这个没有电视机、没有电脑、没订报纸、平时也不怎么用手机上网、满心满眼只有读书和章翎的断网少年根本想象不到，这天晚上，钱塘公安干警们通力协作，在烟雨人间娱乐会所破获了一桩贩毒大案。

现场人赃俱获，警方还解救了数名被拐骗来的未成年少女，抓获了一大堆犯罪嫌疑人：王某瑞、康某海、成某、刘某、罗某琴、孙某……

报完那个警后，蒋赟安心了，心无杂念地准备起第二天的期中考试。

这一次的期中考和月考不同，每科卷面分值不再是百分制，而是和高考一致。

此时 A 省高考还未改革，依旧是文理分科，语数外三门各 150 分加文 / 理综合卷 300 分，满分 750 分。

蒋赟摩拳擦掌，总听人说这一年省理科状元考了 720 多分，钱塘状元考了 710 多分，五中状元考了 690 多分……他想，模拟一场高考，他能考几分呢？结果是——592 分，班级第四十三名，年级理科第四十八。

蒋赟对成绩不太满意，只能说排名还算差强人意。

这次考试结束后，大家普遍反映题目好难，蒋赟的排名至少说明，他留在实验班是名正言顺的。

年级第一依旧是林师妍，超厉害的一个女生，703 分，一骑绝尘，第二名方家豪差了她足有 20 多分。梨子这次发挥很好，强势考取第三，674 分。高难度的卷子会把大家的分差拉得很大，中间甚至出现断层，像邱远峰这样的中段选手，考分也在 620 分以下。

蒋赟去拍章翎的背，章翎回过头来，看到男孩有气无力地趴在桌上，小声问她："你几分？"

章翎说："659。"

"这么高？！"蒋赟惊呆了，"你不是说很难吗？"

章翎说："是很难呀，但我这次没把握的几道题恰好都对了。"

蒋赟的嘴巴又挂成一个向下的弧形。

章翎向他摊开手掌，"你英语多少？成绩条给我看看。"

蒋赟一把把成绩条团了塞进书包，"不给你看。"

他的英语只考了 97 分，连 100 都没上，也不知道背下来的东西都去了哪里。

在刚刚过去的周日，章翎参加完英语竞赛初赛，给蒋赟发消息说感觉还不错。章翎的学习特点是各科比较平均，没有明显的短板，所以每次考试成绩和排名都很稳定，相对来说，英语和物理是强项。

而蒋赟的英语最拉胯，别说在班里了，在年级里单科排名，连许清怡都比不上。

蒋赟藏好成绩条，章翎也无所谓，反正，她爸妈要来参加家长会，她总会知道的。

自习课快要下课，章翎问："一会儿去跑步吗？"

蒋赟说："去啊。"

他俩运动会都要参加长跑，自从报完名，两人就约好每天下午晚餐前去操场跑圈练习，找找感觉。尤其是蒋赟，都放出话来要跑第一，哪敢一点儿不练习就直接上手跑三千米？

下课后，蒋赟脱掉外套，带上水壶，只穿着一件薄薄的长袖 T 恤，和章翎一起去操场。

这个季节天气已经很凉，章翎每日例行一问："你不冷吗？"

蒋赟听得耳朵起茧，"你是不是祥林嫂？我不冷，还能光着膀子跑步呢！"

章翎白他一眼，"谁要看？一堆排骨。"

说到这事儿蒋赟就感到冤枉，他的饭量已经足够大，每天连午点加夜宵一共吃五顿，可就是不长肉！

乔嘉桐和萧亮在他这个年纪时都已肩膀宽阔，手臂和大腿上有好看的肌肉，是少年人向成年男性身材转变最后的阶段。就连邱远峰，虽然个子和蒋赟差不多，身材也是结实有型，显得沉稳可靠。

而蒋赟呢？只长个子不长肉，距离他心目中的威武阳刚真是相距甚远。

两人来到操场，先慢跑一圈热身。

章翎跑在前，蒋赟跟在后面，他喜欢看章翎跑步时甩来甩去的马尾辫，还有脑袋上那枚亮闪闪的樱桃发圈。

她大多数时候都用这个发圈，已经用了大半年，蒋赟边跑边思想开小差，想着什么时候再给她买几个发圈，让她换着戴。别的女孩似乎都不会认准一个发圈用，他的章翎哪能不如人家？

慢跑完，两人各练各的，毕竟男女生速度不一样，八百米和三千米配速也各有讲究。

章翎甚至做了些准备，问教体育的田老师要来前几年运动会时高一高二男子三千米前三名的成绩，发现差距好大，最快的第一是十一分零五秒，最慢的是十一分五十六秒。

田老师说："我们学校男子三千米校纪录是十分五十二秒，大概有快二十年没人打破了，明年运动会这个项目就要取消，改成一千五百米。"

章翎错愕，"为什么？"

田老师叹气："现在的小孩都金贵，没人要跑这个，我们学校就算有体育生也都不是练长跑的。每次参加比赛，一个个都滥竽充数，跑跑走走能拖到十五分钟，我们都喊他们别跑了，赶紧退赛完事。"

章翎把这个消息告诉蒋赟，说他只要跑十一分多基本就能拿第一。

蒋赟在练习了几天后，由章翎计时，正儿八经地跑了一回三千米，差点跑崩溃，成绩倒是还不错，十一分四十六秒。

章翎帮他拍背、递水，说："你很厉害啊，我看你都不用练了，搞不好直接跑就能拿第一。"

蒋赟没同意，喘着大气说："不行，我至少要跑进十一分二十秒，保险点儿。"

从那以后，他隔三天就正经跑一次三千米，成绩果然一次比一次提高，田老师都来场边看过他跑，很是惊讶，"这小子去年运动会参加了吗？我怎么一点印象都没有呀。"

秋天傍晚的操场热闹非凡，是高中生们一天里唯一能放松心情的时刻。为了运动会，有不少人在练习，百米跑道的外沿还被人摆上了几个栏架，章翎休息时看到了，朝蒋赟喊："蒋赟蒋赟，有人要练跨栏！一会儿你也去练一下！"

蒋赟觉得没必要，"不用了吧？我能跳过去。"

章翎说："是要跨过去，不是跳过去！你看没看过跨栏啊？"

她拉蒋赟来到栏架边，一位男体育老师正在教几个高一男生的跨栏动作，并且做了几次示范，蒋赟站在后面听了一会儿，男生们就各自去练习了。

蒋赟凑上去，问："老师，我能练一下吗？我也要比跨栏，还没练过。"

老师说："行啊，你跑一下试试，我看看。"

蒋赟都没怎么准备，就朝着栏架冲去，章翎目不转睛地看着他，就见蒋赟腾空而起，利落干脆地连过几个栏架，连碰都没碰到一下。章翎很惊喜，发现就刚才那一小会儿工夫，蒋赟已经学会了一些动作技巧。

几个高一学弟在旁边啪啪鼓掌，蒋赟小跑回来，体育老师对他表示肯定："可以啊，就是动作不太标准，不过校运会这样就差不多了，你弹跳力很不错，再练练包进前三。"

于是，两小只愉快地结束练习，一身臭汗地去食堂吃饭。

运动会的前一天晚上，要开高二学期第二次家长会，蒋赟像往常一样去章翎家等待杨医生的"教诲"。

章知诚说杨医生回不了家，他提前去医院接她，顺便给她送饭，让章翎和蒋赟直接回家吃饭就行。他俩放学后就没赶时间，章翎嘴馋，说要吃鸡排，蒋赟便骑车带她去鸡排店。

晚高峰的路上车水马龙，行人密集，一路上，蒋赟好几次回头看，章翎好奇地问："你看什么呢？"

蒋赟没敢说，自从打完那通匿名报警电话，这阵子他出门都很小心，总是会留意有没有人跟踪他。他实在是被康大海那拨人跟踪过几次，弄怕了。

他打马虎眼儿，"没看什么。"

两人在鸡排店门口等鸡排出炉，蒋赟想到晚上的家长会，对章翎说："最近几次考试，我真的很努力了，但不知道为什么总是很难进步，名次一直就是四十多、五十多，你说这是为什么？"

章翎安慰他："挺好的了，你不要压力太大，你看看班里的人，哪一个没在用功？"

蒋赟望天，"不知道姚俊轩这次考了几分。"

章翎笑着说："这个我知道！我去问过邓老师，他 641 分，年级十七，又进步了。"

"什么？"蒋赟既被姚俊轩的好成绩吓到，又被章翎的操作震惊，"你为什么要去问芳芳姐？你又要拿姚俊轩来和我比啊？"

章翎的鸡排出炉了，暂时没理蒋赟，先对店员说："我要甘梅味，谢谢。"

蒋赟垂头丧气，"你们怎么都能考 600 多？你爸爸妈妈会不会觉得我一直在原地踏步？"

章翎拿到鸡排，叉了一块塞进嘴里，一边咀嚼一边说："不会，我觉得你考挺好的了，真的——唔，好好吃。"她又叉一块递到蒋赟嘴边，很自然地说，"张嘴。"

"啊——"蒋赟吃到鸡排，皱眉，"怎么是甜的？我喜欢麻辣味。"

章翎不高兴地努嘴，"不给你吃了。"

买完鸡排，两人走向自行车，章翎开始给蒋赟分析，"你就是英语不行，你想，高考的时候语文 110，英语 110，数学 130，理综 250，不就 600 了吗？"

蒋赟觉得有道理，"这么说起来，好像是挺简单的。"

章翎冲他笑，"对呀，本来就不难，就是你英语得先考到 100！"

蒋赟垂下脑袋，"唉——"

他跨上自行车，心里一动，又一次回头张望。章翎问："你到底在看什么呀？"

"我总觉得有人在跟着我们。"蒋赟问，"你有这种感觉吗？"

章翎坐上后座，抱住他的书包摇头，"没有，你别疑神疑鬼的了，谁会跟着我们呀？快走吧。"

蒋赟没再多说，等她坐稳后骑车上路。

在他们身后二十多米远处，一对原本搂搂抱抱的小情侣分开彼此，各自上了一辆自行车。

年轻男人说："这小孩反侦查能力挺强啊。"

女人嗤笑，"你怎么不说是你跟踪技术太烂？"

男人不服气，"我俩都这样了，为工作献身！够敬业了吧？"

女人瞪他，"骑快点，少废话，梁队说一定要保护好这小孩的安全。"

他们一直不远不近地缀在蒋赟车后，男人看着那对小高中生，语气酸溜溜的："熊玩意儿，放学不回家，和女同学吃鸡排，真不像话！"

女人笑问："东哥，你不会是在羡慕吧？"

男人："哼！"

五中高二（1）班的教室里，家长们还未到齐，章知诚和杨晔已经坐在两个小孩的位子上。

杨晔伸手戳戳前桌章知诚的后背，上身前倾，小声说："章老师你还记得吗？上高中时你是坐我后面，现在咱俩换了。"

章知诚回头一笑，问："蒋赟这次考得好吗？"

"还行。"杨晔把装着蒋赟成绩条的信封递给他，"我今天可是推了晚上的科室会来给小卷毛开的家长会，他要是考得烂，我回家骂死他。"

章知诚笑得很温柔，"你不要老是去说他，我都感觉他很怕你。"

杨晔瞪大眼睛，"瞎说！他明明是怕咱女儿。"

正说着话，教室前门进来一位女士，高挑靓丽，衣着考究，教室里很多家长都向她看去。杨晔和章知诚也注意到她，待看清她的脸，两人俱是一惊。

那位女士看过黑板上的座位表后，咖啡色的眼眸往教室里一扫，接着就款款走到杨晔的座位边，说："你好，这是我儿子的位子。"

陈涛来教室时，看到杨晔站在走廊上，他叫她："章翎妈妈？"

杨晔应下，开口："陈老师，我想请问一下，蒋赟的妈妈过来开家长会，蒋赟知道吗？"

陈涛大吃一惊，"什么？蒋赟妈妈来了？"

杨晔："您不知道吗？"

陈涛汗都下来了。他的确接到过翟丽的电话，告诉过她家长会的时间，但他知道翟丽在台城，到钱塘开车要四个多小时，高铁要两个半小时，还对她说不需要过来，蒋赟现在学习状态很稳定，没什么可担心的。

他当然没有告诉翟丽，有人会帮蒋赟开家长会，哪能料到翟丽会大老远地从台城跑过来？

陈涛不停地向杨晔道歉，杨晔自然是说没关系，和老师沟通后，她离开学校，回医院参加科室会。

家长会开了近两个小时，结束后，家长们准备离开，章知诚看到翟丽走去陈涛身边，心想，要不要和她聊一下呢？就是不知道该以怎样的立场。

翟丽和蒋赟的矛盾，章知诚听章翎说过一些，也知道蒋赟小时候在武校的经历。这些事，蒋赟不愿触碰，所以章知诚和杨晔从没在他面前提起，就为了保护少年那颗敏感的心。

如果蒋赟知道翟丽来给他开家长会，不知道会是什么反应。

章知诚很为难，蒋赟毕竟不是他的孩子，他担心这件事由自己告诉给蒋赟，会有挑拨母子关系的嫌疑。想来想去，章知诚决定暂时隐瞒，至少等妻子下班回家，两人商量后再做决定。

蒋赟一点儿也不知道这晚发生的事，章知诚回家后说杨晔去医院开会了，对两个孩子说了些不痛不痒的话，就打发蒋赟回家去。

蒋赟在门口换鞋时，章翎悄悄往他手里塞了一颗糖，又打闹似的挠了下他头发，蒋赟皱着眉回头看她，章翎笑嘻嘻地说："小卷毛，明天运动会加油呀。"

满足

下 册

MANZU
WORKS
BY HANYAN

含胭—著

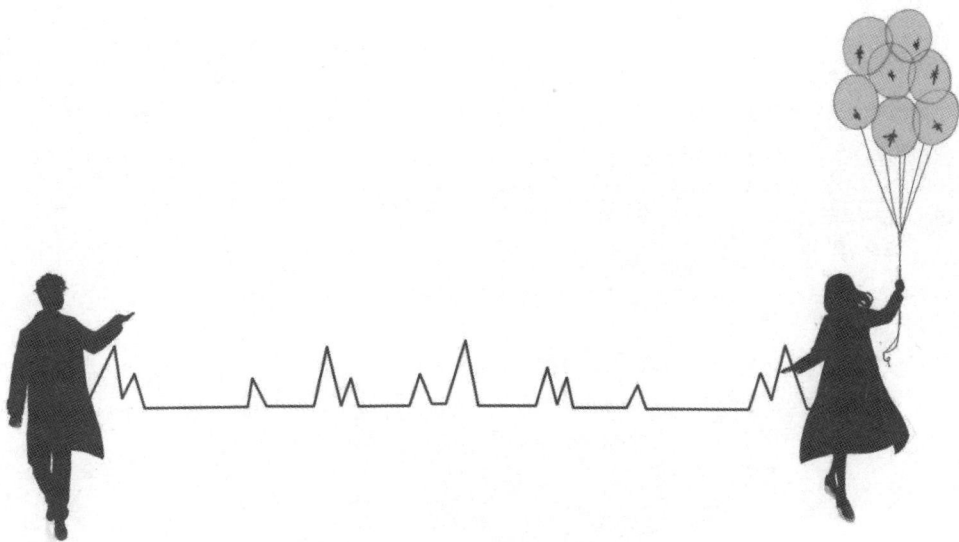

海峡出版发行集团｜海峡文艺出版社

第13章

我的小卷毛好厉害

（1）

秋季运动会依旧在区体育场举行。

入场式后，各项比赛正式开始，蒋赟坐在看台上，左边是邱远峰，右边是章翎。没过多久，章翎就开始掏背包，拿了些零食分给邱远峰和梨子，最后抓出一个大袋子，全都塞到蒋赟包里。

"干什么干什么？喂猪呢？"蒋赟低头看袋子，都是些小包装的零食，什么牛肉干、鸡爪、核桃肉、话梅、巧克力……章翎小声说："家里很多零食快过期了，有些还是过年买的，我爸让你帮忙消灭，我就都装来了，一块儿吃呗。"

蒋赟拆开一包鸡爪，塞进嘴里啃得很香，"这种味道不错，够辣，上次你爸爸买的那种不好吃，淡得很。"

章翎推了他一把，"你居然还挑食？"

不得不说，这一年多因为认识了章翎，蒋赟吃到了很多以前从没吃过的零食和水果，嘴巴都被章老师养刁了，还知道什么好吃什么不好吃，换成以前饿极了的时候，狗粮他都能吃下去。

蒋赟的比赛分两天，第一天是一百一十米栏，第二天是三千米跑。

上午预赛跨栏，分三组，前八进决赛。普通高中男生跑跨栏真可谓是丑态百出，一场下来，倒下的栏架比竖着的都多，被绊倒摔跤的都有好几个。蒋赟跑得不错，只在最后踢倒两个栏架，顺利进入决赛。

萧亮第一天比两百米跑，这是他的强项，也是憋着一口气，晋级下午的决赛。

高二年级坐在一起，薛晓蓉溜过来找章翎聊天，自从分班后，两人很少有机会见面，这时凑在一起聊得很开心。

"我怎么觉得几个月没见蒋赟，他变化好大呀。"薛晓蓉和章翎咬耳朵，"你有没有发现，他好像变帅了。"

"有吗？没有吧。"章翎转头看蒋赟，他正在吃香蕉，腮帮子塞得鼓鼓的。

薛晓蓉说："真的呀，他痘痘都少了很多，要不是他发型那么特别，我都要认不得他了。"

章翎很纳闷，又一次去看蒋赟，还是没感觉。他俩天天见面，连周日都能见到，不像薛晓蓉，真的快有半年没那么近距离地看到蒋赟。章翎说："他最近几个月是在治痘痘，我舅妈给他开的药，看来那种中药还挺有效果。"

薛晓蓉嘿嘿笑，"我觉得他有点像混血儿，还挺帅。"

章翎一下子就想到翟丽，嘴角抽抽，"没有吧……"

两个女孩又去看蒋赟，蒋赟突然转过头来与章翎四目相对，他抬起下巴，"你瞅啥？瞅一眼又瞅一眼的，说我什么坏话呢？"

薛晓蓉扶额，"算了，我收回我的话，他并没有变化。"

下午，萧亮的二百米决赛先开跑，后面紧跟着的就是跨栏，蒋赟下看台去检录，章翎、邱远峰和梨子一起去为他加油。

他们站在跑道边看萧亮比赛，萧亮高一时是两百米跑第二名，因为别班有个短跑超快的男生，这一次还是他俩之间的决战，最终萧亮落败，屈居第二。

萧亮很失望，在场边弯腰扶膝，一会儿后，开始关注跨栏比赛。

虽然没人挑明，但高二（1）班的人都知道，这一次运动会，萧亮和蒋赟之间有一场小竞争。体育委员担着拿分重任，蒋赟却说要跑第一，大家都想看看，这两人到底谁会更厉害。

蒋赟的比赛即将开始，他没有像样的运动服，干脆穿一身夏装校服，运动鞋依旧是二手的，不过这双是于晖给他的，牌子很好，他平时都舍不得穿。

蒋赟在起点线做热身，按预赛成绩分在3道。6道是刘陈飞，他跑过来和蒋赟击掌，"哈哈，没想到你能进决赛！"

蒋赟问："你去年跑了没？第几？"

"第四。"刘陈飞压低声音，"中间4道5道那两个很强，去年第一第二就是他们。"

蒋赟问："他俩是跑得快还是跨栏动作好？"

刘陈飞笑得像个傻子一样，"是跑得顺！没怎么撞栏，谁练过这个呀？能跑完、不摔跤就不错了。"

章翎等人站在终点附近，一个个伸着脑袋等待比赛开始。高二看台上不知何时多了一位女士，戴着墨镜，静静地站在角落里。

发令枪响，八个少年同时冲出起点，在第一个栏架前纷纷跃起，一个个跳了过去，栏架噼里啪啦倒下三个。

章翎的眼睛就盯在蒋赟身上，终于能体会到前一年他在终点线呼喊她名字时的心情，原来根本就控制不住，章翎也蹦跳着喊："蒋赟加油！蒋赟加油！"

邱远峰和梨子也一起哇哇叫。

蒋赟的弹跳力真的很出众，现在他个子不算矮了，一米高的栏架对他来说不算什么，跳都跳得过去。不过，他还是回忆着学习来的技术动作，在跑到栏架前时不减速，尽量动作舒展地跨过去。

栏架接二连三地被撞倒，4 道男生原本只关注 5 道对手，没想到 3 道的蒋赟居然与他齐头并进，在跨到第四个栏架时，4 道男生被蒋赟带了点节奏，落地时脚步趔趄，直接摔了个大马趴，遗憾地退出第一名竞争。

大家逐渐拉开距离，蒋赟和 5 道选手冲在最前面，刘陈飞第三。章翎觉得蒋赟就跟超级马里奥似的，咚咚咚地一路跳过来，居然一个栏架都没碰倒。可惜，他毕竟练得太少，最后只差 5 道选手一个身位，第二个冲过终点。

观战的萧亮松了口气，同为第二名，大家都别嘚瑟。

蒋赟站在终点旁叉着腰发了会儿呆，章翎跑过来说："很棒了很棒了！你第一次跑就能拿第二！明天三千米继续努力！"

刘陈飞也跑过来，他拿到第三，十分开心，揽着蒋赟的肩大呼小叫："你好牛啊！去年你要是参加就好了，咱们班积分就不会那么惨啦！"

章翎说："那可不一定，去年他矮呀，也许跳都跳不过去。"

刘陈飞抚掌大笑，"哈哈哈哈……说得很有道理！"

蒋赟斜眼看他们，生气。

翟丽看完蒋赟的比赛，也没和陈涛打招呼，便转身离开看台。

陈涛刚好在和邓芳聊天，看到翟丽的背影，指着她对邓芳说："你看，那个就是蒋赟的妈妈，她说今天要来看蒋赟比赛，让我别告诉孩子。"

邓芳已经知道前一晚翟丽来参加家长会并且和杨晔尴尬见面的事，气得翻了个白眼，"你别把她当回事，假惺惺的，自己穿得人模狗样，知不知道她儿子冬天的外套薄得跟块布一样！她做这些事给谁看？感动天还是感动地？呸！她就是为了感动她自己！你去问问她蒋赟爱吃什么，爱玩什么，她知道个屁！"

陈涛深以为然，默默地对邓芳竖起大拇指。

蒋赟升入高中以来，第一次站上领奖台，礼仪小姐端来奖牌和奖状，端银牌的那位竟是许清怡。

颁奖仪式很简单，校领导给获奖运动员颁完奖，握握手说句"祝贺"，然后前三名合个影，就结束了。

许清怡领蒋赟去拿奖品，一路上偷偷看他。她嘴上不说，心里是和薛晓蓉一样的疑惑，感觉几个月没见蒋赟，这人变得有点不一样了。个子长高可以理解，明明眉眼还是那个眉眼，卷毛还是那个卷毛，怎么感觉变好看了呢？

蒋赟被她看得浑身不自在，忍不住呛她："你看什么看？"

这态度恶劣得叫礼仪小姐连礼仪都不顾了，许清怡气道："看看也不行啊？哼！"

第二名的奖品是一本皮面笔记本，蒋赟偷瞄冠军和季军的奖品，第一名是运动水壶，刘陈飞拿到一支牙膏。蒋赟又看到一个筐里装着几个毛绒玩具，问管理奖品的老师："老师，那个娃娃是给谁的？"

老师说："哦，那个是给破纪录的运动员的。"

蒋赟："破纪录啊……"

一天的比赛结束，高二（1）班就像它们的班号一样，比得相当一般，在十二个班级里积分处于下游。散场时，陈涛安慰大家，"同学们今天辛苦啦！输赢不重要，我们重在参与，友谊第一，比赛第二！"

一群学生勉强捧场，稀稀拉拉地鼓了几下掌。

第二天依旧是个好天气，一大早就是一百米决赛。

萧亮和方家豪都在前一天下午的预赛中顺利闯入决赛，高二（1）班的同学们就坐在百米跑道起点旁，班长林师妍挥舞班旗，大家全体起立，有节奏地喊口号帮两个男生加油。

蒋赟和章翎也喊得很大声。其实，蒋赟不算是个有集体荣誉感的人，从小到大待过的任何一个集体，带给他的都不是温暖，而是嘲讽和欺凌。唯独这个高二（1）班，开学至今三个月，他一直待得很自在，从来没受过欺负，甚至还交到邱远峰这个好朋友。

所以这一刻，蒋赟是发自真心地为萧亮和方家豪加油，希望他能为班里拿个第一。

可惜，那位短跑王也参加了一百米跑。萧亮高一时获得第三，这一次已是拼尽全力，最后还是只跑了第二，方家豪第四。

同学们坐下来，一个个都露出失望的表情。他们班一直顶着一个"书呆子班"头衔，总归有些不舒服，很想用一个体育项目第一名来证明，他们这拨人并不是只会死读书。

高二女子八百米和男子三千米通知检录，章翎和蒋赟准备下看台，路过吴炫宇的座位时，这个清瘦文静的眼镜男孩抬起头，脸红红地对章翎说："学委，靠你了。"

吴炫宇还是习惯叫章翎"学委"，他俩在老（6）班时是竞争对手，不算熟，现在各自有了新朋友，座位离得又远，交情变得更淡。可是在运动会这种青春热血的场合，吴炫宇会想起一年前章翎比赛时的情景，忍不住就想给她打气。

章翎绽开笑，刚要说话，蒋赟突然凑过来，"小吴学霸，你怎么不说靠我呢？"

吴炫宇身子一抖，蒋赟当初强行与他换座、和男生们打架、在大巴上吵架、鼻青脸肿地上学、和姚俊轩拉扯……种种光荣事迹给他幼小的心灵留下浓重阴影，这么久了，他还是很忌惮蒋赟，所以才一直没和章翎拉近关系。

吴炫宇扶扶眼镜，抿着唇低下头去，章翎赶紧说："我和蒋赟都会加油的！"说完就拖着蒋赟走下看台。

蒋赟挠挠头发，问她："吴炫宇干吗不理我？"

章翎说："他怕你呗。"

"怕我？"蒋赟不解，"为什么？我没欺负过他呀。"

章翎无语，"你忘了你是怎么和我做的同桌吗？"

"啊……"蒋赟想起来了，笑得露出大白牙，"对哦，哈哈。"

章翎推他，"快走吧，别傻笑了，一会儿好好比。"

高一的男女生都跑完后，章翎站上起跑线。

她像去年一样摘掉眼镜，马尾高高绑起，一身短打，露出细细的腿和手臂，樱桃发圈在阳光下泛着耀眼的光。

蒋赟远远地喊："章翎！第一啊！"

章翎转头冲他笑，发令枪响，她和其余十一个女生一起冲出起点。这一次她没来例假，又因为训练了近一个月，身体状态调整得非常好，自我感觉步态轻盈，呼吸顺畅，情绪一点儿也不紧张。

章翎这次没有采用跟跑策略，从一开始就突出重围成为领跑。薛晓蓉、孙妙岚和李婧也来为她加油，和蒋赟、梨子、邱远峰站在一起，当章翎跑过一圈、经过终点线时，这一群人声势浩大。

蒋赟带头喊："章翎——"其余人跟上，"加油！"

"章翎——""加油！""章翎——""加油！"

章翎快速地跑过他们，甩开第二名十几米远，薛晓蓉很担心，问蒋赟："她跑这么快，后面会不会没耐力？"

蒋赟说："放心吧，我和她算过了，她要是状态好，今天能跑进三分钟。"

跑过六百米时，章翎已经领先第二名一大截，高二（1）班的看台上也沸腾起来，加油声响彻云霄，吴炫宇喊得声嘶力竭："学委加油！学委必胜！"

蒋赟站在终点旁，远远地看着章翎独孤求败似的冲过来，再也抑制不住内心的激动，拢着双手大喊："章翎冲啊！冲起来！你是最棒哒——"

章翎冲过终点线，成绩两分五十四秒，破了她自己的最好成绩。

只是这次迎接她的不再是蒋赟，而是一堆女孩子，因为蒋赟的比赛快要开始，他的起点在体育场对角线那头，已经被裁判叫过去集合。

蒋赟站在起点处，隔着老大一个体育场，心思还在章翎身上，脑袋探成一只狐獴，还是什么都看不到。

有人拍他的肩，蒋赟回头，发现竟是姚俊轩，他短袖衫的前胸处也别着号码牌。蒋赟惊讶地问："怎么回事？他们又逼你比赛啊？"

姚俊轩眼神一沉，"没人逼我，我自己报的，反正也没人爱跑。"

蒋赟蒙了，"你是自虐狂吗？"

"滚。"姚俊轩活动着脚踝，"我这回不会垫底了，练了两个月。"

蒋赟更惊讶了，"你什么时候练的？我每天晚饭前去训练，都没见过你啊。"

姚俊轩说："我每天早上早一个小时到校训练。"

蒋赟想不明白，记起前一天颁奖的事，拍了一下手，"噢！我知道了，你是想上领奖台，让许清怡给你拿牌是吗？"

姚俊轩火了，"你是不是有病？你以为我是你啊？满脑子只有这些龌龊念头。"

蒋赟一把推上他的胸，"你才有病！我什么时候满脑子龌龊念头了？"

姚俊轩挡开他的手，低声说："我就是想证明下自己。"

他走开了，蒋赟看着他单薄的身影，突然觉得这可能不算个好消息，赶紧问："姚哥，你现在能跑多少？"

姚俊轩回头，"能进 12 分，干吗？"

蒋赟松了口气，"还好，那你一会儿跟紧我，别掉了，前面我带你跑。"

姚俊轩冷眼看他，"要你带？我自己懂配速。"

啧啧，蒋赟想，学霸们到底不一样，姚俊轩居然和章翎一样，跑个三千米还分析配速，章翎甚至为此写过笔记，让蒋赟好好研究。

十二个男生站上起跑线。这是个人项目径赛的最后一项，比完后，就只剩高一、高二的男女 4×100 米接力，接力比完，运动会也就结束了。

萧亮没上看台，一直在场边和方家豪一起观赛，正关注蒋赟的比赛时，郭骏骁着急地跑过来，大喊："体委，不好啦！任康昨天跑完预赛脚扭了一下，本来想忍忍的，今天发现还是很疼，说一会儿接力决赛跑不了啦！"

高二（1）班由萧亮领衔，以预赛第四的成绩进入男子 4×100 米接力决赛，萧亮很着急，"那你在班里问问哪个男生跑得快，赶紧换人顶上。"

郭骏骁说："有几个准备着，但都说自己跑不快，叫你别记挂前三了。"

萧亮和方家豪对视一眼，都很失望。本来，他们队伍里有两个百米前四选手，郭骏骁和任康速度也不慢，是很有机会拿个牌，甚至冲一下冠军的，这一变故，估计就要歇菜。

正说着，蒋赟那边已经开跑，萧亮、方家豪和郭骏骁先关注比赛。

蒋赟的前程跑得十分放松，训练过就是有底气，他一边跑还一边去想姚俊轩，想着这家伙去年练都不练，上场就跑，难怪会跑成那个鸟样。

姚俊轩今年果真不一样了，牢牢地留在领跑梯队。其实领跑梯队一共只有三人，蒋赟打头，姚俊轩第三，中间夹着个啥也不懂、一开始就冲得很凶的小菜鸡。

还没跑过四百米，小菜鸡就落后了，蒋赟和姚俊轩一前一后跑在最前面。蒋赟能听到身后姚俊轩的脚步声和呼吸声，一点也不慌，姚俊轩能看到蒋赟的背影，心里也很镇定。

他们第二次跑过终点线，第三次、第四次……每一次，蒋赟都能听到章翎的声音，"蒋赟加油！注意配速！现在很好，很好，保持住！"

他还听到章翎和薛晓蓉等人给姚俊轩加油，"姚俊轩加油！加油！"

蒋赟和姚俊轩把队尾的选手逐一套圈，姚俊轩一直跟得很紧，途中跑时，蒋赟迎来自己的极点。这是长跑中很常见的现象，他会觉得脚沉得迈不动，肚子疼，喘不上气，人生好无望，终点还有那么远，恨不得就此死去……极点出现，不要慌，冲过去就好了。

蒋赟一直保持良好的呼吸节奏，摆臂有力，步伐稳健，曾经困扰过他的脚伤早就痊愈，此时的他浑身上下没有疼痛的地方，那些不适感渐渐消失，跑得越来越放松。

跑过六圈时，蒋赟还回头看了一眼，姚俊轩离他只有五六米远。

他喊："姚哥，我走啦！你别追我，追不上！"

说完他就开始加速，绝尘而去，姚俊轩心里奔过一万匹草泥马，呼吸都差点被搞乱。

蒋赟感觉自己跑疯了，居然都不觉得累。还剩最后一圈，他跑过终点线时转头往场边看，从一堆人里看到章翎。她在朝他大力挥手，嘴里喊的什么，他听不清。又跑了三百米，跑过高二（1）班的看台，他往看台上看了一眼，那些脸都很模糊，只有那面迎风飞舞的橙色班旗，映到他的眼瞳里。

蒋赟觉得自己飞起来了，长跑竟是一件如此美妙的事，有那么一瞬间，他甚至觉得自己可以永远、永远地跑下去。

天多蓝啊，小风吹着多舒服，他在一个好大的体育场里，边上是一千多个同龄人，他们都只有十几岁，那么年轻，那么快乐，像春天的树，吸取着天地精华，抽着枝芽，苗壮成长。

蒋赟冲过终点时竟没有减速，有个人迎面跑来，被他横冲直撞的姿态吓一跳，却也没躲，张开双臂想要拦住他。

他也不管了，整个人扑上去，把那人抱了个满怀。

章翎往后退了好多步，才稳住身子没被蒋赟扑倒。男孩将她抱得好紧，他累坏了，大声地喘着气，整个人的身体重量都压在她身上。

她应该推开他的，但舍不得，干脆也抬起手，牢牢地抱紧他。

这是个很纯粹、很干净、很有爱的拥抱。

蒋赟全身湿透，皮肤散着热气，手臂却箍得极紧，低低的嗓音响在章翎耳边，"我赢了。"

"嗯，你赢了。"章翎温柔地拍着他的背，"你还破校纪录了。"

蒋赟仿佛没听见，又说："我赢了。"

"是是是，我的小卷毛好厉害！"章翎右手揉揉他湿淋淋的头发，左手抓着他背上的 T 恤，"蒋赟，我们的运动会结束了。"

高三生不用再参加运动会，当蒋赟和章翎在运动场上挥洒汗水时，乔嘉桐和他的同学们正坐在五中教室里，为着另一个目标而奋斗。

蒋赟第三次说："我赢了。"

章翎被他抱得都快喘不上气，拍拍他的背，"知道你赢了，好啦，别抱着了，我陪你走一走，好多人在看我们呢。"

这句话令蒋赟感到困惑，他终于活过来，松开怀抱才发现，身边真的已经围了一大堆人，一个个脸上都挂着揶揄的笑，他又低头去看章翎，发现她的小脸也是红扑扑的。

这下子蒋赟真疯了，人都蹦跶了一下，下一秒，那群人就呼啦啦地一拥而上，田老师带头，邱远峰领着几个男生七手八脚地把蒋赟抬起，高高抛到空中。

蒋赟惊恐大叫："别别别！我要吐啦——"

蒋赟同学的成绩是十分三十七秒，破了五中建校以来男子三千米校运会纪录，这是一个无人能打破的纪录，因为从明年开始，这个项目就要取消。

姚俊轩的成绩是十一分十四秒，获得第二。

萧亮从头到尾都在场边，内心震撼地看着这一切。蒋赟和姚俊轩的成绩并不出众，放到市中学生运动会上，根本不值一提，校运会三千米第一，含金量本就不高。这是一个很好拿的第一，参加的大多数都是菜鸡，萧亮如果练一下再去跑，说不定也能拿冠军和破纪录。那他为什么不去参加呢？为什么大家都不愿意跑呢？很简单，因为累啊！

萧亮原本以为蒋赟报这个项目只是为了拿个第一胜过他，可是当他看完蒋赟的比赛，就知道不是这样。蒋赟早就遥遥领先了，后程随便走几步都能拿第一，但他从头到尾都没放松过，一直跑得很快，连着冲过终点都没减速。

他是想尽自己所能做到最好，他要战胜的，从来就不是萧亮。

前三名去领奖，蒋赟和姚俊轩站上领奖台，互相击了个掌。

蒋赟站在最高处，脖子上挂着金牌，手上拿着奖状，向不远处的章翎挥手。章翎拿手机给他拍照，旁边站着的是邓芳，她来给姚俊轩拍照。蒋赟笑得好灿烂，干脆把姚俊轩也拽过来，搭着他的肩膀，两人一起比剪刀手。

许清怡端着奖牌站在边上，愣愣地看着这两个人。

蒋赟如愿以偿，能领到一个毛绒玩偶，他拉着章翎去领奖品，让她去玩偶筐里自己挑。章翎挑了一只愤怒的小鸟，圆滚滚、大红色，对蒋赟说："你看，凶巴巴的，像不像你？"

蒋赟冷漠脸，"我又不是鸟，你才是。"

他俩刚从领奖处出来，萧亮就匆匆跑来，问蒋赟："你上次是不是说你能跑短跑？你现在累不累？还能跑一百米吗？"

蒋赟："啥意思？"

多么奇葩的一件事，蒋赟的运动会居然还没结束。

萧亮把三个男生叫到一起，讨论道次安排，"弯道跑和直道不一样，我擅长跑两百米，第三棒就还是我，不变。任康本来是第一棒，是个弯道，骏骁你顶上吧。第二棒又要接又要交，蒋赟没练过交接棒，我想改成家豪，让蒋赟跑最后一棒，只要接到我的棒，后面只管冲就行，你们觉得怎样？"

大家都说听他安排，于是，高二（1）班男子 4×100 米接力的四棒由任康、郭骏骁、萧亮和方家豪，改为郭骏骁、方家豪、萧亮和蒋赟。

萧亮对蒋赟交代交接棒规则，又和他简单地练了一下，临阵磨枪，也没其他办法。

高一的接力比赛快要结束，高二女子接力正在准备，高二（1）班女将没能进决赛。蒋赟在场边喝水，章翎陪着他，担心地问："你刚跑完三千米，能立刻跑接力吗？"

"就一百米。"蒋赟做了一组原地高抬腿，说，"问题不大。"

这个年纪的少年精力旺盛，好像有用不完的力气，蒋赟更是不怕苦累，想着晚上饱餐一顿、好好睡一觉，明天起来又是好汉一条。

比赛即将开始，蒋赟走到接力点准备。他在 6 道，上方就是高二（1）班看台，所有人都在朝他喊："蒋赟，再拿一个第一！"

蒋赟大叫："这又不是我说了算的！"

4 道男生笑了一声，蒋赟回头看他，认出是那个赢过萧亮两次的短跑王。

短跑王问蒋赟："去年登山，你是不是跑的十二道？"

蒋赟说："是，怎么了？"

那人又笑，"你发型很特别，我有印象，我也跑的十二道，第三个交棒，我记得你跑完后还摔在地上，哭了。"

蒋赞震惊，好家伙，原来这就是那个超过他的人。

他遥遥看向终点，这已经是这届运动会的最后一项比赛，运动场上人散了不少，只有参赛的八个班的啦啦队们还留着。

蒋赞做了一个深呼吸，知道章翎在终点等着他。

"砰"，一声枪响，第一棒的八个男生如箭离弦。大家没有统一的服装，离得那么远，蒋赞也搞不清哪一个是郭骏骁，只看到八道身影迅速掠过弯道，逐一交接棒。

第二棒方家豪是百米第四，直道能力还是很出众的。他穿着一件红色 T 恤，非常显眼，蒋赞看清了，方家豪跑在前三。

每一道只有十几秒的时间，眨眼间，萧亮已接棒。

没了短跑王，二百米第二的萧亮在弯道没有对手，当当当地大步跑来，位列第一，4 道选手排第二，两人差得并不远。

蒋赞在交接棒区域小跑，右手向后，张开五指。萧亮冲过来把棒往他手里一送，蒋赞瞬间握紧，拔脚就冲，耳边听到萧亮大吼："加油！"

交接棒顺利，蒋赞提着的心放下一半，接着就听到身后的脚步声紧随而来，他知道是那个短跑王。

蒋赞看过短跑王的百米比赛，没指望自己能比这人快，但这不是个人赛！他的三个队友在前面帮他奠定了领先的基础，他要做的就是稳住！蒋赞撒开腿疯跑，身体里爆发出巨大的能量，刚刚跑完的三千米仿佛不存在，他忍不住叫出声来，双腿迈得飞快，眼里只有终点线。

他居然想起九岁那年、逃离武校的那一刻。

余蔚血流满面，在铁栏杆后大叫："小赞！快跑！往前跑！别停下！去找警察！快跑——"

快跑，快跑，跑得慢会被抓到，被抓到可能会死。

身后追赶的脚步声越来越近，越来越近……蒋赞咬紧牙关，誓死不让去年登山跑的那一幕再次发生。

三十米、二十米、十米、五米……那追赶的脚步声已经与他并列，蒋赞憋红着脸，脖子上青筋都鼓了出来，一声怒吼，和身边的短跑王几乎同时像两枚炮弹似的冲过终点。

萧亮等队友都过来了，章翎和小伙伴们则围住了蒋赞。没人欢呼，大家都很安静，在等待裁判出示结果，因为肉眼根本就看不清到底是谁先撞的线。

这不是什么国际大赛，没有慢镜头回放，也没有高科技设备把成绩精确到 0.01 秒。

校运会全靠裁判按表，几个裁判商量了一会儿，又拿终点线上一位老师用手机拍的视频反复看过几遍，最后一致认定，蒋赟比短跑王率先撞线，获胜的是高二（1）班。

"啊啊啊啊！"萧亮仰天怒吼，和郭骏骁胸膛相撞，跟拿了奥运冠军一样激动。

短跑王没有异议，笑着对蒋赟竖起一根大拇指。

蒋赟跑向自己的队友们，四个男生紧紧抱在一起，又蹦又跳，章翎、邱远峰、梨子以及其他走下看台的（1）班同学都冲了过去，一个个高兴得手舞足蹈。

这个第一含金量可就高了，完美地证明，实验班并不是只会读书的"书呆子"班！

领奖时，礼仪小姐许清怡看到萧亮和蒋赟在最高领奖台上勾肩搭背，大笑合影，只觉得这世界真是玄幻。

高二（1）班在第二天的比赛中，拿到三个冠军，一个亚军，两个田赛季军，积分噌噌直追。尤其是接力项目，第一名有八分，让他们一下子冲到高二年级积分榜第三。

陈涛乐得合不拢嘴，拿第一的几个学生如英雄般回到看台，所有人都激动坏了。陈涛说他出五百块，不够的用班费补，组织大家下午去唱歌，搞个大包厢，能去的人都一起去。

章翎问蒋赟："你去吗？"

蒋赟说："你去我就去。"

章翎大笑，"你可是二金一银得主，大功臣！你不去，他们也不答应啊。"

蒋赟嘿嘿傻笑，觉得好快乐，怎么会这么快乐！

（2）

运动会结束后，一群学生走出体育场，准备去那家最近的 KTV。蒋赟去拿自行车，章翎也不避嫌，说搭他的车过去，两人正往停自行车的地方走，一个女声突然在身后响起，"蒋赟。"

蒋赟和章翎同时回头，就看到翟丽。

她摘下墨镜，长卷发散在肩上，臂上挎着一个皮包，静静地看着蒋赟。蒋赟快乐的心情顿时消失，整个人都绷紧了，抿着唇，对她怒目而视，他刚要发作，章翎拉住了他的手。

她柔软的小手一下下抚着他的手，声音很轻，"蒋赟，没事儿，没事儿，你别生气。"

在章翎的轻言细语中，蒋赟愤怒的心真的慢慢平静下来，眼里的戾气也渐渐消失，他问翟丽："你来干吗？"

翟丽走近几步，说："我来看你，蒋赟，你有空吗？我知道你下午放假，我想和你谈谈。"

蒋赟说："我们没什么好谈的。"

翟丽叹气，"我承认，上一次见面我太激动了，这几个月我想了很多，我知道我伤害了你。这次过来，我没别的意思，就想和你好好聊聊，就半小时，可以吗？"

蒋赟并不想和她聊，章翎却小小声地说："去吧，你们可能是需要好好聊一聊。"

蒋赟转头看她，章翎对他微笑，用只有他能听到的音量说："蒋赟，我不是劝你与她和解，我只是觉得你们的确需要开诚布公地聊一下，不要发火，冷静一点，你可以试着说出你的心里话，然后听听她的解释。你可以选择不接受，没有人有资格指责你。你记着，不管你做出什么样的决定，我永远站在你这边，永远支持你。"

蒋赟看着章翎镜片后的那双眼睛，如此清澈、平和、亮如晨星，还带着少女特有的一抹羞涩。

章翎拍拍他的手，"你去吧，我在 KTV 等你。"

蒋赟承认章翎说得有道理，自从翟丽出现，他们还没有心平气和地说过话，每次沟通都只是浮于表面，一个嘤嘤哭，一个嗷嗷叫。

他和翟丽的确需要谈一谈，他已经快十七岁了，应该像个大人一样勇敢地面对这一切，而不是一味地逃避和愤怒。

想通以后，蒋赟看向翟丽，说："行，半小时，我和你谈。"

翟丽就近找了家咖啡馆，蒋赟跟在她身后进去。

咖啡馆外，佟跃东和夏云手牵着手，像一对普通情侣轧马路般慢悠悠地走过。

"我觉得这女的是他妈。"佟跃东说。

夏云好无语，"你这不是废话吗？他俩长得那么像。"

"唉——"佟跃东突然感叹，"看了两天运动会，我都想去比赛了。"

之前的一天半，因为蒋赟一直在体育场，两位有任务在身的小警察放心不下，干脆搞了两张体育场的工作证混进去，全程看完高中小孩儿们跑跑跳跳。

夏云回忆着蒋赟的比赛，说："那小孩的确挺厉害的。"

佟跃东同意，"是啊，长跑可以，短跑也不错，昨天还比跨栏，上蹿下跳跟个猴似的，听说他还很能打，怪不得梁队说他是个好苗子。"

夏云点头，"韧劲十足，不怕吃苦，是个好孩子。"

佟跃东摸摸肚子，四处张望，"小夏，找个地方吃点儿吧，我快饿死了。"

咖啡馆里，蒋赟也快饿死了。

自从下看台检录后，他就没吃过东西，只喝了一肚皮水，此时跑完两场比赛，体能消耗巨大，饿得恨不得来一打肉包子，但就算饿死，他也不想吃翟丽买的食物。

翟丽问蒋赟喝什么，蒋赟说不用，翟丽就点了一杯咖啡，一份三明治，又给蒋赟要了一杯橙汁。

两人面对面坐着，都没说话，翟丽端详着蒋赟的脸，不知又想到什么，眼眶渐渐湿了。蒋赟木然地看着他，翟丽知道自己失态，赶紧调整情绪，先开口，"刚才那个女孩，是你女朋友吗？"

蒋赟一愣，立刻说："不是，就是我同学。"

"我在你奶奶的病房见过她，你是不是和她很要好？"翟丽尽量放柔语气，就怕蒋赟不高兴，"她和你一样都在实验班，肯定学习很好，看着也文静，是个很可爱的女孩子。"

蒋赟冷冷地问："你怎么知道我在实验班？"

翟丽说："前天晚上我去给你开家长会了，对不起，没有提前告诉你，我让你们班主任也不要告诉你，就怕影响你运动会发挥。"

蒋赟瞪大眼睛，气得差点要掀桌，记起章翎的话，好不容易才按捺住脾气。他很伤心，发生这种事，章老师回家居然没有告诉他，怎么？他们都串通好了吗？章翎也知道吗？是不是全世界就他一个人不知道？

他近乎咬牙切齿地说："你以后，不要再来给我开家长会，我不需要。"

翟丽凄凄地说："我是你妈妈呀……"

蒋赟闭了闭眼睛，重新睁开后冷静许多，"你来找我，到底是想干吗？你就一次性都说出来吧，别再拐弯抹角了。"

翟丽想了一会儿，说："蒋赟，我不知道你奶奶是怎么和你说的，我……我知道这些年我对你有亏欠，但以前我真的有苦衷。我不求你原谅我，只是我现在有能力了，可以在很多方面照顾你，我知道你过得不太好，所以我想从现在开始，每个月给你生活费……"

说到这里，翟丽停顿一下，大概是怕蒋赟会打断她，可蒋赟并未打断，翟丽赶紧继续说下去，"以后你高考，我也可以负担你的大学学费和生活费，如果你学业优秀，本科毕业想要读研，哪怕是出国深造，我都可以负担。"

蒋赟抱起双臂，问："为什么？"

翟丽一愣，"什么为什么？"

"为什么想做这些？"蒋赟真的不懂，"你应该早就再婚了吧？也有小孩了，你完全可以不管我的，我也没要你管，你没必要做这些，你不怕影响你现在的家庭吗？"

翟丽有点尴尬，抬手掠掠头发，"其实，我后来的先生……现在都还不知道这件事，不知道你的存在，我这趟过来也是说出差。我就是觉得，你是我儿子，我现在经济条件好了，不可能眼睁睁看着你过得那么苦。我和你爸爸当初感情很好，如果他在那边知道这些，肯定会怪我的。"

蒋赟明白了，搞半天，翟丽并不是想认他，只是想给钱。大概钱利伟也给了点压力，加上做人的那么一点良知告诉她，她可以不管儿子的日常生活，可要是连钱也不给的话，以后下去了指不定要被蒋建齐找麻烦呢。

说白了，她如今不缺钱，就是想求一份心安，依旧害怕蒋赟的出现会影响她现在的生活。

蒋赟在心里问自己：蒋赟，你缺钱吗？

——缺，很缺很缺。

拿她的钱能心安理得吗？

——能啊，我本来就是未成年人，拿亲生母亲的钱来维持学习和生活，合理又合法。

那你愿意拿吗？

——当然是，不愿意。

拿了，就等于原谅她了，把过去的十几年都抵消了，那些没有翟丽参与的岁月，几千个日夜，蒋赟是怎么熬过来的，只有自己知道。

况且，再过一年多他就成年了，十八岁，在法律上已经具备完全民事行为能力，他再拿翟丽的钱去上大学，真的要如李照香说的那样，落人口舌，低人一等。

蒋赟先不提钱的事，问："我奶奶是怎么和你说的？是不是说我这些年过得很苦？"

翟丽点点头，眼睛又有点发红，"她说你吃了很多苦，但学习一直很优秀，还考上了重点中学。我很欣慰，这一点你像你爸爸，你爷爷奶奶都没什么文化，你爸爸照样念书很好，体育也很优秀，你没有让他失望。"

蒋赟都想笑了，摇摇头，说："你是觉得我混到现在这样，就是因为遗传吗？你是觉得你和我爸的基因都特优秀是吧？开什么玩笑呢？我问你，如果我现在是个混社会的，跟着老大，每天打打杀杀，一会儿去学校门口敲诈学生，一会儿去赌鬼家里暴力讨债，一会儿又在夜总会里做打手，你还会愿意给我钱吗？"

翟丽很惊讶，"你在说什么呀？我相信你，你不会是这样的人。"

"我应该是怎样的人？"蒋赟发现自己越来越冷静了，一点儿也没有发火的意思，语气就像闲聊天似的，"我和你说，我能混成现在这样，看起来还算过得去，不是一句'你相信我'决定的，这和你，和我爸，半毛钱关系都没有。让我来告诉你，我是怎么混成这样的。"

他盯着翟丽，一项项说给她听，"第一，这些年其实是国家在养我，月月给我低保补助，我上学，从小到大的学费都被减免了，连我现在每天吃的午点，都是学校请客的。

"第二，这些年，虽然有很多人欺负过我，但也有很多人帮过我，有人给我旧衣服，有人给我介绍工作，有人免费帮我补课。直到现在，还有好心人每个月给我几百块，让我能够吃饱饭，叫我不用再去打工，可以没有后顾之忧地上学，这些事，奶奶和你说了吗？

"第三，社会上有多少人盯上过我，看中我能打，又没爹没妈，给我一点甜头，就想叫我去跟他们混，做些犯法的事。我没去，就挨揍，这些事奶奶说了吗？不可能吧？她根本什么都不知道。

"第四，我从武校回来以后，从学习完全跟不上，到跟上，到超过班里所有人，再到考上重点高中，最后考进实验班，我付出了多少努力，做了多少本题集，你知道吗？你什么都不知道，就一句我像我爸，就完了？"

翟丽的脸色已经发白，蒋赟短短几句话包含的信息量太大，这十几年来，她的确想念过他，怕他在武校过得不好。可是转念后，她又会在心里安慰自己，蒋赟有奶奶照顾着，李照香一直没联系过她，没有消息就是好消息，说明蒋赟没事。

几个月前接到钱利伟的电话，翟丽平静的生活被打破，心里慌张极了，考虑好久还是决定去钱塘，这才终于见到了她的亲儿子。

她的贝贝，已经从一个六岁小男孩长成一个高高的少年人，他有一张与她如此相似的脸庞，卷卷的头发那么可爱，还在重点中学的重点班上学，是一个生活贫苦却学业优秀的高中生。

她既愧疚又欣喜，觉得儿子很争气，久违了的母爱终于泛滥，想着不能再耽误孩子。蒋赟学习那么好，她又有了经济能力，以后可以好好培养他，至少在经济上让他宽裕点，上大学后也能像普通孩子一样想买什么就买什么，不用那么捉襟见肘。

她的确从来没想过，如果蒋赟变成一个坏孩子，她还是否愿意去和李照香见面，是否还会如此坚持不懈地联系陈涛，试图与蒋赟见面，巴巴地要给他钱？

翟丽咬着唇，只会道歉，"对不起，我的确是对你疏忽了，很多事我都不了解，所以才想要……"

蒋赟打断她的话，"才想要给我钱？如果我是个流氓呢？你压根儿就不会来理我吧？说不定跑得比兔子都快，会怕我缠上你，不停地问你要钱，用'告诉你老公'这件事去要挟你，把你变成一台取款机。呵，别这么看我，也别不承认，就是这么回事儿，我不会说错的。"

翟丽面如死灰，蒋赟一口喝掉桌上的免费柠檬水，碰也没碰那杯橙汁，就拽着书包站起身，"我最后再说一遍，我不要你的钱，你也别来找我了，我不会去打扰你的，你把我忘了吧，就当我六岁那年已经死在了武校。"

说完，他头也不回地离开了咖啡馆。

KTV 的豪华大包厢里，挤挤挨挨坐了三十多个学生，沙发上坐不下，男生们就坐在地上。陈涛说自己年纪大了，不喜欢吵闹，就没来，老师不在，少男少女们更是像猴子归山似的，说笑打闹，玩得十分开心。

梨子和邱远峰记起秋游时许清怡说过的话，喊章翎去唱歌。章翎唱了一首，直接把一包厢的人震翻，很多同学这时候才知道，她就是高一大合唱时那个头戴黑色大蝴蝶结的高音小公主。

"刚好刚好，我们趁机讨论下文艺汇演的节目。"林师妍拍着手说，"来来来，章翎你是文艺委员，唱歌还这么好听，你有什么想法吗？"

章翎还没考虑过这件事，笑着问林师妍："班长，你是想拿奖还是重在参与？"

大家一起叫："当然是想拿奖呀！"

虽然他们的主业是学习，在学习上已是年级里的绝对强者，可是面对比赛，不管是体育还是文艺，小少年们都有一颗争胜的心。

其实，章翎已经从范欣言那里得知，许清怡排练的是一支古风舞蹈，许清怡主舞，另五个女生做陪衬，据说非常保密，都没在学校里练过，就怕被别的班级知道。

章翎给林师妍等人分析，独唱或二三人合唱这种形式的节目，在学校文艺汇演里其实很普通，哪怕她唱得好，也很难拿一等奖。别的班级如果有亮眼的舞蹈、小品、乐器演奏之类，唱歌很容易就被比下去。

"那怎么办？"林师妍问，"我们要跳舞吗？"

章翎抬头看向大屏幕，有个男生在唱歌，是一部仙侠剧的主题曲，屏幕上是连续剧里的片段，男女主角拿着剑飞来飞去。章翎心里产生了一点灵感，还没抓住，却不由自主说出口来："我记得，去年大合唱的时候，有看到一个男生在舞剑……"

方家豪面色一变，弱弱举手，"那个人，就是我。"

章翎惊呆，"啥？"

方家豪高高瘦瘦，面容清秀，看到大家都盯着他看，惊愕地问："不会又要我舞剑吧？我就会一点点，我爷爷教我的，不可能撑起一个节目！"

章翎激动了，连说带比画，"你会翻跟斗吗？就是那种原地大旋转，两条腿都飞起来，类似功夫片里的那种？"

方家豪不太确定地说："我以前练过一点武术，很久没练了，可能需要熟悉一下，空翻我可以。"

那一点点灵感变得越来越具体，章翎心里有底了，说："我想到一种节目形式，算是歌舞吧，但是舞蹈不是普通的舞蹈，是武术，加一点舞蹈，可能更贴近于音乐剧……"

方家豪连连摇手，"不行不行，跳舞、音乐剧我都不行！"

林师妍往他背上拍了一掌，"你先让章翎说完！"

方家豪委屈地闭上嘴，章翎接着说："学委，不会让你一个人去跳的，会给你配一个很强的搭档。然后我还需要一个会唱歌的男生，和一个会跳舞的女生。"

几个人把脑袋凑到一起，章翎把想法一说，大家都听得一愣一愣的，林师妍问："会不会有点难啊？排不出来怎么办？"

章翎说："班长，你相信我，只要给我人，我一定能排出来。"

林师妍立马起身，拿过麦克风大声喊："在场的各位同学，先听我说，现在我们要进行选拔！"

蒋赟来到包厢时，选拔已经结束。

跳舞的女生叫金盏，平时是个戴眼镜的乖乖妹，居然已有十年舞龄，直到上高中后才没再跳。郭骏骁和萧亮进行独唱 PK，大家投票后郭骏骁获胜，成为章翎的新搭档。

这一回，萧亮输得一点脾气都没有，大概因为拿到了接力冠军，心情还是很好，笑哈哈地对郭骏骁说："你做好心理准备吧，和章翎唱歌一点都不好玩，人家保准会说，这个女生唱得真好，这个男的唱的什么玩意儿？"

蒋赟坐在章翎身边，从包里翻出面包大口大口地啃，一边吃一边听他们聊，啥也没听懂。章翎转头看他，问："你没事吧？"

蒋赟鼓着腮帮子摇头，过来的一路上他已经把情绪都调整好了，该说的也都说给翟丽听了。他很平静，本来就不曾拥有，何来失去后的伤心难过？

章翎观察蒋赟的脸色，确认他真的没什么事后，告诉他一个消息，"我们刚刚决定了，下个月的文艺汇演，需要你参加。"

蒋赟嚼着面包，愣愣地问："我能表演什么？唱歌跳舞我都不行啊。"

章翎神秘一笑，说出两个字来，"武，术。"

"噗！"蒋赟喷了，章翎尖叫着扑上去打他，"哎呀你恶不恶心！都喷我脸上了！"

学霸们别的不说，执行力一个比一个强，陈涛和林师妍把排练任务交给章翎后，她半点儿没耽搁，很快就选定曲目，并且开始设计适合两男一女的舞蹈动作，又拉着蒋赟和方家豪讨论武术动作。

周一下午，几个人蹲在体育馆的角落里，抬着脑袋看蒋赟表演。

蒋赟按照章翎的要求做了几组武术动作展示后，其余人都像幼儿园小朋友一样啪啪鼓掌，方家豪却是"扑通"一声跪下了。

"你们饶了我吧，孩子还要考清华……"他"涕泪俱下"，又一次被来旁观的林师妍"暴打"一顿。金盏和郭骏骁在边上看热闹，发现这年级第一第二也是有点儿猫腻。

蒋赟拉着垫子，对方家豪说："学委，其实不难，你要能空翻，一定能学会。"

他讲话时的语气不咸不淡，章翎在边上看着他，觉得他情绪不对劲。明明前一天早上，他去她家上课时还好好的，怎么才过一晚，他整个人都变得蔫蔫的呢？

趁着空闲，章翎拉拉蒋赟的衣角，问："你怎么了？没事儿吧？"

蒋赟立刻就笑了，"没事啊，我能有什么事？我好着呢。"

章翎现在已经很了解他，他是真笑还是假笑，她心里门儿清。不过，章翎不喜欢咄咄逼人，蒋赟显然不想说，她也就没问下去。想一想，他的烦心事，要么和钱有关，要么和翟丽有关，说来说去也就那么回事，章翎安慰过他，也不知道有没有效果。

只是章翎这次还真猜错了，蒋赟的确碰到了烦恼，却和钱无关，和翟丽也无关。

此时是十二月初，距离运动会结束已有一周多。几天前，学校发布了这一学期各年级期末考和寒假时间安排的通知，蒋赟知道后，在前一天下午给李照香打电话，问奶奶买火车票的事。

蒋赟要去姑姑家过春节、看奶奶，因为是春运，需要提前一个月买火车票，要不然很容易买不到。他和李照香通电话，想和奶奶讨论买哪一天的火车票，奶奶正高高兴兴地说着，电话却被姑姑抢去了。

蒋赟听到奶奶懊恼的声音，"建梅你干什么呀？我和小崽还没说完呢……"那声音越来越远，应该是蒋建梅拿着手机出了房间。

她接起电话，声调很冷漠，"蒋赟，姑姑和你说个事儿，是这样的，你奶奶现在好好的，每天都吃药，我们给她一日三餐都弄得很好，你放宽心吧。春运很忙，火车票又贵又难买，你寒假时间也不长，所以我想吧，今年过年，你要不就别过来了。"

蒋赟拿着手机愣住了。

蒋建梅继续说："你别多想，姑姑也是没办法，家里地方小，过年时你表哥表姐都会回家，你来了也没房间睡。再说，你妈都来找你了，你可以去你妈家过年，她现在条件可好了，你要学聪明点，多在她面前说说你的难处，要是能问她要来点你奶奶的药费……"

蒋赟挂断了电话。

后来，深夜时分，李照香又偷偷地给蒋赟打了个电话，接通后，祖孙二人隔着半个中国，都不知道该说什么，最后还是蒋赟先打破沉默，"奶奶，你别去说姑姑，我都懂，我不去了，别让姑姑不高兴，没事儿的。"

李照香再也忍不住，呜呜地哭起来，"崽啊，奶奶已经半年没见着你了。"

"我暑假去看你，我自己买票，自己花钱住旅馆，不求姑姑。"蒋赟安慰她，"没事儿，真没事儿，我都这么大了，一个人过得可好呢。"

李照香说："过年，你一个人怎么行啊？要不你真听你姑姑的，去你妈那儿过年？"

蒋赟坚决地说："我不去，你别管我，我能照顾好自己。"

结果李照香不放心，私自给翟丽打电话，说想让蒋赟去翟丽那里过年。翟丽接完电话吓坏了，立刻给蒋赟打电话，还是被拉黑中，只能大晚上的出家门，找朋友借了个手机给蒋赟打，扯东扯西说半天，意思就是让蒋赟千万别去她那儿过年。

蒋赟心里一阵冷笑，语气却很平静，"我奶奶老糊涂，你别理她，我不会去的，你放心吧。"

接完这些乱七八糟的电话，蒋赟仰面躺在下铺，架起腿，枕着手臂，盯着上铺床板发呆。

他想，有什么大不了的？不就是一个人过年嘛。姑姑不要他过去，翟丽也不要他过去，都很正常啊，他本来就没那么想去姑姑家，只是有点想奶奶，翟丽那儿更不用说了，八抬大轿来请他，他都不会去的。

可是，想着想着，他的眼眶还是湿了。

他十七岁了，还被人当皮球似的踢来踢去。

他果真，是一个没有家的人。

（3）

钱塘正式进入冬季，只有在换季时，蒋赟才会意识到，自己又长高了。他翻出去年冬天的毛衣和外套，有几件穿着不再像麻袋，他的肩膀已经能把肩线撑起来。

蒋赟跟着章翎从费老师家回来后，章知诚从主卧拿出两个大大的收纳袋，说："小蒋，这些是我理出来的冬天衣服，我三十多岁时穿过的，一直放着，你看一下，不嫌弃的话就拿去穿。"

现在的蒋赟和章知诚的身高已经差不多，章老师身材保持得很好，他的衣服，蒋赟的确可以穿。

蒋赟接过袋子，发现里头的衣服都折得很整齐，有毛衣、牛仔裤和外套，带着一股子清香，他低声说："谢谢叔。"

章知诚拍拍他的肩，"不客气，都是旧衣服。"

章翎从袋子里拎起一件驼色毛衣，惊喜地叫："哇，爸爸你把这件也给蒋赟了呀？这件你穿着好好看的，蒋赟蒋赟，你去换上我看看。"

蒋赟说："不用了吧，换衣服好麻烦的。"

"不麻烦，你去换一下嘛，去我房里。"章翎不由分说把他推进房。

蒋赟身上穿的毛衣已经很旧，不仅起球，肘部和下摆还有几个破洞。很早以前，他到章翎家时会感到难为情，在开着热空调的屋里都不肯脱外套，被羽绒服裹出一身汗，后来还是章翎逼着他才把外套脱掉。

章知诚和章翎自然不会因为蒋赟穿着破衣服而取笑他，也没有自作主张去给他买新毛衣，久而久之，蒋赟也就坦然了。

他在章翎房间换上那件驼色毛衣，走出来后，章知诚说："挺合身啊。"

章翎哈哈哈地笑起来，拍着手说："一冲眼我还以为是我爸！蒋赟，你穿着也很好看呢！"

蒋赟不好意思地拽拽毛衣下摆，被章翎拖到穿衣镜前照镜子，两人并肩站立，他估了一下，自己应该比章翎高出十厘米了。

"你又长高好多。"章翎拿手掌顶着自己的头顶，向蒋赟位移过去，问，"你能长到一米八吗？"

蒋赟微笑，"我不知道。"

距离月底的文艺汇演还有大半个月，高二（1）班表演的五个人天天下午自习课溜去体育馆排练，拉出两个大软垫，蒋赟指导方家豪练习一些腾空、翻滚动作。

章翎和郭骏骁穿着厚外套，其余三人连校服都脱了，只余一件薄 T 恤，蒋赟更是短袖上阵，饶是如此，一小时下来他们也能练得浑身大汗。

方家豪的爷爷是一位武术爱好者，在方家豪小时候教过他一些基本功，不过很多年没练，他只会一些剑术的花架子。这次在章翎的要求下，方家豪竟还要练劈叉，被蒋赟压腿压得嗷嗷惨叫，郭骏骁看着那场面，觉得自己的腿根都在疼。

金盏算是人不可貌相，章翎看过她跳舞就知道，她的舞蹈功底并不比许清怡差，很多高难度动作都是自己设计，章翎看得惊叹不已，只觉得班里也是卧虎藏龙。

有时候，他们会碰到别的班级来排练节目，还有高一年级拉着大部队来练大合唱，章翎并不怕排练内容被人看见，就算看见，人家也搞不懂他们在练什么。

有人看到蒋赟在连续翻跟斗，惊异之余问："那是体操吗？"

还有人看到方家豪拿着一把剑在挥舞，问："剑术？"

又看到金盏在练舞，众人满头问号：这到底是个什么节目？

许清怡终于知道了这件事，偷偷溜到体育馆旁观，因为没有音乐，她看了半天也没看出个所以然来。章翎很大方地叫她："许清怡！"

许清怡负着双手走过来，问："学委，你们班的节目到底是什么呀？"

章翎笑着说："秘密，到时候你就知道了。"

许清怡看着她，问："你不唱歌吗？"

章翎说："唱啊。"

"唱什么？"

"我就是个伴奏。"章翎指着正在苦练的两男一女说，"他们才是主角。"

离汇演还剩一周时，章翎觉得，节目中所有的舞蹈和武术动作都能顺下来了，于是他们开始加上配乐，整个节目已初具雏形。

晚上回家，章翎坐在自行车后座，问蒋赟："你去姑姑家的火车票买了吗？"

蒋赟说："还没买。"

章翎为他着急，"你得赶紧买了，再不到一个月就要放假，现在已经能买票啦，春运的票很紧张的。"

蒋赟说："不急，我还没定哪天走。"

章翎见他气定神闲的样子，以为他有自己的计划，便没多问，又说起节目的事，"蒋赟，下午排练的时候我看了几遍，总觉得你的表现力还差一点，就是那种绝望的情绪没有体现出来。"

蒋赟头疼，"我满脑子都在想动作，还要什么表现力啊？"

"我更倾向于这是一出音乐剧，尽管它只有四分多钟。"章翎沉浸在节目中，"你的眼神、表情，肢体动作，都要体现出你的情绪，从一开始的充满希望，意气风发，到最后的心碎崩溃，你的情绪一定要足够饱满，夸张点都没关系。"

蒋赟叹口气，"拜托，我又不是演员。"

"你体会一下嘛，跟着歌词。"章翎拍拍他的背，"你想，你女朋友要是被别的男生抢走了，你会是什么心情？"

蒋赟沉默片刻，有些委屈地说："为什么最后不是我抱得美人归？"

"哈哈哈哈……"章翎大笑，"因为学委看起来比较正派，你比较邪性，你输给他，更有一种悲剧美。"

蒋赟不解，"我比较邪性？"

"嗯！"章翎说，"学委一看就是个名门弟子，你呢，更像个魔教妖人。金盏一开始会被你桀骜不驯的性子吸引，久了以后还是会觉得学委更靠谱，就是要这样才有戏剧冲突啊！"

蒋赟不说话了，累得半死居然是演一个魔教妖人，不开心。

这一年的最后一天下午，五中又一次在区艺术剧院举行迎新年文艺汇演。

高二（1）班的节目已经排得很熟练，看过整个节目的人都极为震惊，梨子和林师妍激动得小脸通红，萧亮和邱远峰满肚子的词语匮乏到只剩一句句"牛"。

后台又是一片繁忙，金盏带来化妆包，五个人找了个角落，两个女生互相化妆，接着开始帮三个男生化。

蒋赟自然是坐在章翎面前，他还没换演出服，头发前几天剪过了。这一次没去小叶理发店，而是被章翎带去章知诚常去的美发店，找了一位章老师御用的托尼老师，帮蒋赟把一头卷毛修得很帅气，就跟专门烫过似的。

章翎给蒋赟打粉底时细细端详他的脸，他脸上的痘痘真的好了许多，肤色也更健康了，粉底打上去后痘印都被盖得看不见，整张脸显得很是干净细腻。

他的脸型偏瘦，额头饱满，眼窝深，鼻梁挺，下颚线条清晰，却没有那种国字脸般突出的棱角，显得很流畅。他闭着眼睛，乖乖地让章翎帮他画眉毛、打眼影。章翎看着他长而翘的眼睫毛，心里闪过薛晓蓉说过的话，蒋赟，好像真的变帅了。

一个少年的成长是如此有迹可循，一年半前，他们在天桥下初相见时，蒋赟还是个又黑又矮又丑的男孩，经过五百多个日出日落，章翎几乎天天与他见面，就这样见证了一个男生身高、外貌上巨大的变化，只觉得好神奇。

她在蒋赟眼角和眼底扫了些红色眼影，仔细晕开，说："睁眼，我看看。"

蒋赟睁开眼睛，他被画上了黑色眼线，在眼尾上挑，咖啡色的眼瞳配上红色眼影，真是说不出的邪魅勾人，勾得章翎的心都扑通扑通乱跳起来。她错开视线不敢看他，拿来镜子说："你看看，觉得怎么样？"

蒋赟一照镜子就傻眼了，"这什么鬼？怎么不男不女的？"

"你不懂，这叫烟熏妆。"章翎问边上的金盏，"盏盏，你看看，蒋赟这样行了吗？"

金盏和方家豪一起看过来，金盏竖了根大拇指，方家豪惊呼："啊，大魔头！帅！"

蒋赟看着方家豪干净帅气的妆容，很是羡慕，心想，名门弟子和魔教妖人的待遇到底不一样。

几人化完妆，各自去卫生间换演出服。隔间里换衣服的人很多，还要排队，蒋赟顶着一张魔头脸，回头率百分百，正排着队时，旁边有人叫他，"蒋赟？"

蒋赟回头，就看到乔嘉桐。

乔嘉桐穿着那身正装校服，正在系领带。他穿西装特别有型，就是个贵公子模样。

蒋赟问："高三还要表演吗？"

"不表演，做个高考动员，类似诗朗诵。"乔嘉桐挑着眉毛打量蒋赟，问，"你要表演吗？怎么化这么个妆？"

蒋赟没好气，"关你屁事？"

乔嘉桐也不计较，笑问："章翎会唱歌吗？"

蒋赟："嗯。"

"她也在后台？"

"嗯。"

乔嘉桐系完领带，在镜子前整理头发，最后朝蒋赟一笑，"我去找她聊几句，好久没见她了。"

蒋赟在隔间换好衣服，走出来时，厕所里排队的几个男生都吓一跳。蒋赟去照镜子，自己也觉得没眼看——他好像一个杀手啊，一身黑色劲装，腰上系着腰带，要是再蒙个面、拿把刀，出去就能直接砍人了。

魔教妖人深深叹气，"买的什么玩意儿。"

蒋赟回到他们的大本营，远远的，果然看到乔嘉桐站在章翎面前。

后台人特别多，蒋赟悄悄走过去，章翎背对着他，没发现，乔嘉桐看到他了，却不着痕迹地收回视线，并没有提醒章翎。

蒋赟一直没出声，就光明正大地站在章翎身后不远处，抱起双臂，想听听乔嘉桐当着他的面，能对章翎说些什么。

乔嘉桐一点也不忌惮他，对面前的女孩说："前些天，北航自主招生的公告出来了，我说到做到，已经报名，过审核应该没问题，明年三月笔试。"

蒋赟大吃一惊，听到章翎只"哦"了一声。

乔嘉桐双手插在裤兜里，站姿很帅，脸上是温柔的笑，"章翎，你一直是个清醒的人，希望你也能遵循自己的理想。"

他的视线又越过章翎，落在蒋赟身上，"记着，不要浪费时间在无谓的人和事上，你的未来不该是那样，我们……北航见。"

说完，他就走了。

他们谁都没注意到，赵思婷在乔嘉桐身后和一个女生聊天，乔嘉桐和章翎的对话，几乎都被她给听去了。

章翎一直没转身，又低头去整理自己的表演服。蒋赟站了一会儿才走过去，说："我换好了。"

章翎转过身来，眼睛一亮，"哇！好帅！"

蒋赟挠挠头发，"真的吗？"

章翎小鸡啄米般点头，"真的真的，好看极了！来来来，我先给你拍个定妆照。"

方家豪回来时，蒋赟差点流下羡慕的眼泪，方家豪才叫帅好吗？他一身白色长衫，端的是仙风道骨，手里拿着一把剑，对蒋赟作揖道："这位英雄，请问你的道具呢？"

章翎把一个塑料酒坛子往蒋赟手里一塞，"喏，道具。"

蒋赟抱着酒坛子，欲哭无泪。

高二的节目都在高一大合唱后，也需要抽签定顺序，这次章翎手气不错，（1）班排在第九个出场，许清怡所在的（10）班是第七个。

许清怡和她的舞伴们都已经化好妆、换好舞裙，正在做上场准备，赵思婷匆匆跑过来，眼睛发光，拉住许清怡的手臂说："清怡清怡，我和你说件事！"

舞台上，主持人报完幕，高二（10）班就要开始舞蹈表演。

章翎和金盏站在台边看，谁都能看出，许清怡在服装上下了血本。六个女孩的舞裙特别华丽，缀着各种亮片和珠珠，加上复杂的发饰和精致的妆容，在舞台上极其夺人眼球。

舞蹈排得也很好，许清怡算是拿出了看家本领。舞伴们是一身藕色古风裙，她却是一身红裙，在舞台中央旋转时，仿如一朵艳丽盛开的牡丹花，台下掌声热烈，校花的名头真不是盖的。

很多人说，这个节目应该是一等奖了，一看就花了很多心思。

金盏问章翎："你有信心赢吗？"

章翎说："这要看你们呀。"

金盏表情很俏皮，"我是不会有问题的，还是要看那两位大侠发挥得怎样。"

又一个节目结束后，主持人上台了。

男主持："感谢高二（4）班带给我们的精彩表演，下一个节目是什么呢？"

女主持："下一个节目呀，有点特别，究竟哪里特别？我们先卖个关子。"

男主持："你说得我都好奇了，下面，请欣赏高二（1）班带来的创意歌舞——《任逍遥》。"

高二（1）班所在的区域顿时尖叫、口哨声不断，乔嘉桐的诗朗诵已结束，他坐回座位，面色沉静地看着舞台。

许清怡站在台下，冷着脸，想要更直观地看清这个节目。

赵思婷之前对她说的话，就像一根刺，刺进许清怡的心里。

那原本是一个只有乔嘉桐、章翎和她知道的秘密，只要乔嘉桐不说出来，许清怡也不会太尴尬，反正，别人都认为乔嘉桐喜欢的人是她，只是还未表白罢了。可现在赵思婷知道了，许清怡很不想承认，她居然从赵思婷的眼睛里看到一种叫"幸灾乐祸"的东西。

赵思婷是个大嘴巴，很快，这件事就会传得人尽皆知——乔嘉桐喜欢的人并不是许清怡，他喜欢高二（1）班的章翎。

章翎、郭骏骁和金盏先上台，两位歌手站在左右舞台边，相距很远，一人拿一支麦克风。他们没有买演出服，穿得十分普通，都是白衬衫、牛仔裤。

金盏穿一身浅蓝色古风裙，在舞台中央背对观众，摆出一个舞蹈造型。

观众席上，绝大多数人都很好奇，不知道创意歌舞是什么意思，少数看过他们排练的人都激动地对身边人说："这个好看这个好看，我今天就在等这个节目！"

《任逍遥》也算是一首耳熟能详的老歌了，伴奏响起，章翎拿起麦克风，嘹亮的歌声便在剧院里响起：

让我悲也好，让我悔也好，恨苍天你都不明了。

郭骏骁唱下一句：

让我苦也好，让我累也好，随风飘飘天地任逍遥……

在他们开唱后，蓝衣少女也转身亮相，随着歌声翩翩起舞。

此时，一位白衣少侠执剑登场，一个起手式后，紧跟着一个分腿跃起，剑光舞动，他的白色长衫轻盈飘逸，吸引到蓝衣少女的目光。

她向他跑来，两人忽聚忽分，转眼便共舞起来。

"哇，这个男生好帅！"观众席上的女孩们看得很开心，噼里啪啦地鼓起掌来。

章翎收起那悲怆的情绪，歌声变得很温柔：

英雄不怕出身太淡薄，

有志气高哪天也骄傲，

就为一个缘字情难了，

一生一世想捕捕不牢。

郭骏骁：

相爱深深天都看不到，

恩怨世世代代心头烧，

有爱有心不能活到老，

叫我怎能忘记你的好……

白衣少侠和蓝衣少女情投意合，仿佛已定终身，章翎的情绪又一次扬起：

让我悲也好，让我悔也好，恨苍天你都不明了。

就在这时，另一个少年抱着一个酒坛子跌跌撞撞走上舞台，像是喝得酩酊大醉的样子。

他穿一身黑衣，腰带勾勒出极瘦的腰身，身姿高挑单薄，眼睛扫向观众席。前排观众都吃了一惊，只看到他赤红的双眼，阴狠中又带着痛苦的表情。

他终于看到蓝衣少女，放下酒坛，向她踉跄几步，伸出手去。

蓝衣少女也看到他，顿时挣开白衣少侠，向他奔来，黑衣少年脸上露出欣喜的笑容。

郭骏骁和章翎的歌声先后在耳边缭绕：

让我苦也好，让我累也好，让我天天看到她的笑。

让我醉也好，让我睡也好，把愁情烦事都忘了……

就在蓝衣少女快要和黑衣少年牵手时，白衣少侠执剑赶来，腾空跃起，一剑斩下。黑衣少年险险避过，助跑两步后展开双臂，来了个三百六十度分腿侧空翻，动作漂亮得像飞起来一样。

这下子观众席上都疯了，"哇哇"声响成一片。

"啊啊啊这个更帅！我的妈呀！"

"他会武术啊！"

"我刚才看到了什么？啊啊啊啊啊！"

白衣少侠勃然大怒，丢掉剑，转眼与黑衣少年交上了手。他们一同跃起，一同落下，黑白交缠，身姿灵动有力，从舞台这边一直斗到那边。

等到了台边时，两人喘口气，对视一眼，同时开始助跑，接三个侧手翻，又连一个空翻，最后再是一个同步的分腿侧空翻。

一黑一白两道身影在台上翻飞腾跃，白衣有下摆，每次腾空裙摆都会扬起，黑衣是劲装，衣衫贴臂贴腿，做所有动作都利落潇洒，英姿勃发。

观众们只觉眼花缭乱，一个个目瞪口呆，都忘记鼓掌了。

舞台已经不是舞台，而是变成了一个江湖，蓝衣少女夹在他们中间，左右为难，一筹莫展。

显然，黑衣少年比白衣少侠武艺更高超，招招逼得对方不停后退。蓝衣少女又一次冲上来，也不知该帮谁，三人突然"唰"一下同时劈叉，台下的观众们眼珠子都要掉出来了。

黑衣少年越战越勇，彻底占据上风，他拿起那把剑，直指白衣少侠心脏。蓝衣少女张开双臂猛地挡在白衣少侠身前，咬着唇，对黑衣少年摇头，已是泫然欲泣。

章翎闭上眼睛，抚住心口，歌声里是无尽的绝望：

让我悲也好，让我悔也好，恨苍天你都不明了。

郭骏骁：

让我苦也好，让我累也好，让我天天看到她的笑。

黑衣少年像是受到巨大打击，连退两步，丢下剑，失魂落魄地拿起那个酒坛子，仰起头想要灌醉自己。

章翎：

让我醉也好，让我睡也好，把愁情烦事都忘了。

郭骏骁：

让我对也好，让我错也好，随风飘飘天地任逍遥……

黑衣少年醉了，他摇晃着身体，蓦地想起之前在后台听到的那些话。

"不要浪费时间在无谓的人和事上。"

"你的未来不该是那样。"

"我们北航见。"

那种绝望的心情，崩溃，心碎……他似乎体会到了，啊，应该如她所愿，把情绪都表达出来了吧？

白衣少侠捡起剑，和蓝衣少女携手离去。

舞台上，只剩下那个孤独的黑衣少年，他狠狠砸下酒坛，单膝跪地，垂下头，留给观众一道落寞的身影。

章翎唱得让人想哭：

让我悲也好，让我悔也好，恨苍天你都不明了。

郭骏骁：

让我苦也好，让我累也好，随风飘飘天地任逍遥。

章翎的左手探向虚空，悠悠唱出最后一句：

随风飘飘天地任逍遥……

方家豪一下台，那股仙气立时消散，不顾形象地一屁股坐到地上，嘴里不停叫唤："累死我了，累死我了……你看我这汗流的。"

为了安全起见，他和蒋赟上台前就做了二十多分钟热身，上台后又连蹦带跳四分多钟，体力消耗真的很大。那串跟斗已经是他的极限，要不是蒋赟用眼神给他鼓励，他真的差点认怂。

林师妍跑到后台来找他，原本死狗一样瘫着的方家豪立刻坚强地爬起来，接过林师妍递来的水，一撩头发，问："我刚才帅吗？"

林师妍激动地说："少臭美，蒋赟比你帅多了！"

方家豪垮下脸来，金盏的注意力却在舞台上，"怎么底下观众一点反应都没有？我们演得不好吗？"

演唱已结束，舞台上灯光黑下来，章翎和郭骏骁弯腰行礼，和蒋赟一起退场，台下依旧静悄悄的。

金盏疑惑，"怎么回事啊？"

突然，一阵炸雷般的掌声在剧院里响起，把金盏吓一跳，正下台的章翎也吓得一抖，她回过头，听到好多人在尖叫，也不知叫的什么。

蒋赟走在她身边，拉了她一把，"快走吧，发什么愣啊？"

章翎问："你听到掌声了吗？"

蒋赟喘着气，抹抹额头的汗，"我又没聋。"

章翎扑过去抱了他一下，"我们成功了！"

一个非常短暂的拥抱，抱完就分开，还是把蒋赟搞得面红耳赤，别扭地说："你干吗呀？"

章翎和他一起往后台走，回头说："你上次运动会不也这样吗？"

蒋赟说："你是女孩子，应该矜持点。"

"为什么？"章翎不服气，"就许你抱我，不许我抱你呀？"

蒋赟摆摆手，"算了算了，说不过你，反正你以后别这样。"

章翎鼓起脸颊，心里很不痛快，看他那嫌弃的样子，活像被吃了豆腐似的。

郭骏骁从另一边下台，赶过来和他们会合，辛苦准备一个月的节目顺利演完，似乎还挺受欢迎，五个人都很开心，嘻嘻哈哈地去卸妆换衣服。

对于观众席上的学生们来说，看惯了各种唱歌、跳舞、小品、乐器演奏……哪怕来个戏曲节目都会很新鲜，更别提这种唱得好、跳得好、糅合武术动作，内核又是二男争一女的狗血音乐剧，都喜欢得不得了，恨不得原班人马再排几出戏让他们过过瘾。

十二个节目演完后，两支教师团队上台表演，评委老师们趁着这个时间讨论奖项。

几个评委间产生了分歧，有人说《任逍遥》虽然形式新颖，内容却不够健康向上，打打杀杀，情情爱爱，不能体现高中生们的青春风貌，还是选高二（10）班那支舞蹈更保险些。

有人不同意，说武术是中华文明的一种文化表现形式，现在会的人已经很少，这一个班里就有两个，多稀罕啊，肯定要鼓励！况且，《任逍遥》的女歌手唱得那么好，跳舞的女孩也不比高二（10）班那朵红牡丹跳得差，为什么不能赢？

还有人说，现在的孩子接触信息多，这个节目内容没什么大不了的，看学生们的反应，很明显《任逍遥》最受欢迎，干吗非要和学生们过不去？弄得不好，又要被他们说老师是老顽固，不会与时俱进。

最后，教务处主任拍板，顺应民意，把高二年级的一等奖颁给高二（1）班。

结果公布时，（1）班座位区欢呼起来，全场再次响起掌声，这个一等奖是众望所归。

章翎欢欢喜喜地去领奖，许清怡又拿了个第二，上台时强颜欢笑，对章翎说："恭喜你啊，学委。"

"也恭喜你。"章翎笑眯眯地说，"我在边上看了，你们跳得真好。"

她说的是真心话，许清怡却觉得是在讽刺她。

文艺汇演全部结束，大家离开剧院，一堆人说要去肯德基吃晚饭庆祝一下，蒋赟还在犹豫时，一群高一女孩忽然跑过来，指指点点地说："是那个吧？就是那个卷头发的学长！"

"对对对，就是他！啊，好帅。"

"去，你去，我不敢。"

几个女孩你推我搡地过来，其中一个长得很甜的妹子被推到蒋赟面前，红着脸说："学长，我们能加一下你的QQ吗？你刚才表演的时候好帅啊！"

蒋赟第一次碰到这种事，愣在当场。

章翎站在他身边偷偷瞅他，见他傻乎乎的没反应，抬腿踢了他一下。蒋赟回过神来，发现大家都在看他，心想，要不要加？不加，很不给人面子啊，加吧，就……他转头问章翎："我要加吗？"

章翎蒙了，"你问我干吗？人家问的是你。"

蒋赟好认真，"你说加我就加，你说不加我就不加。"

章翎退开两步，"你别推给我，你自己决定，不关我事。"

梨子捂着嘴躲在邱远峰身后，差点爆笑出声。

那个高一女孩听到蒋赟和章翎这一问一答后，像是明白了什么，结结巴巴地说："啊，那个……不加，没……没关系的，学长，我们没有别的意思，我……我们先走了，学长加油！学姐加油！加油哦！"

说完，几个女孩就跑走了。

蒋赟都没明白发生了什么，纳闷地问："怎么又不加了？我 QQ 好友很少啊，还想多加几个呢。"

方家豪忍住笑，说："来来来，我加你，你就别去祸祸人家小学妹了。"

郭骏骁和金盏也拿出手机，"蒋少侠，也加一下我吧。"

蒋赟又转头去看章翎，章翎都要疯了，"干吗呀？你加你的 QQ 去，和我有什么关系？"

蒋赟终于笑开了，摸出手机，把自己的 QQ 号报给大家。

最终，他还是跟着章翎去了肯德基，给自己点了个汉堡套餐。

吃东西的时候，章翎悄悄把一对烤翅放到他托盘上，过了会儿，又把一个蛋挞放过来，蒋赟看着她，她做个鬼脸，"我买多了，吃不下。"说完，干脆光明正大地把一盒鸡米花放过去。

蒋赟别开头偷偷地笑，知道她就是故意的。

大家七嘴八舌地拷问起蒋赟，是在哪里学的武术，蒋赟说小时候在武校待过几年，他们要再问下去时，章翎把话题扯开了。

蒋赟托着下巴，静静地看她，心里又想起乔嘉桐说的话。

他想，乔嘉桐和章翎什么时候约定过要一起考北航？

是国庆节那次吗？章翎从来没对他说过，北航，估计是他考不上的学校。

无谓的人和事又是指什么？那个"人"，是指他吗？

她的未来不该是那样，是哪样啊？

章翎的未来明明一片光明，重点大学本科毕业，再出国读研，毕业后回钱塘，进大公司工作，拿优渥的薪水，买房，买车，嫁一个同样优秀、门当户对、又高又帅的老公，生一个特别可爱的孩子，像她一样有一副好嗓子，又乖又善良，读书特别好……蒋赟想，这一切好像都和他没什么关系，他连过年都没地方去。

"蒋赟？"

蒋赟一个激灵，"啊？"

章翎奇怪地看着他，"你在发什么呆？"

蒋赟眨眨眼睛，说："明天，我不去你家补课了，元旦放两天，一天我要做作业，作业太多了，另外一天我想和我初中朋友见个面，我和他已经很久没见面，挺想他的。"

章翎说："行，我回去和我爸爸说一声。"

蒋赟开始吃汉堡，章翎吃着薯条，欲言又止几次后还是开了口，"蒋赟，你是不是有心事？"

蒋赟快速地说："没有啊。"

"哦。"章翎说，"你要有什么事，都可以和我聊聊的。"

蒋赟点头，"知道。"

第 14 章

蒋赟，我喜欢你

（1）

新的一年开始了，元旦假期，蒋赟被草花叫到家里，说要给他展示一下他学习一年半后的成果。

"我爸去上晚班了，我妈去医院给我外婆陪床，我外婆前阵子做了个小手术，我妈她们几个姐妹轮着陪床。"草花在厨房里像模像样地颠锅，对蒋赟说，"我现在觉得还是生女儿好，女儿贴心，我俩舅舅就跟死了似的。"

蒋赟说："这得分人。"

女人有翟丽那样狠心的，男人也有章知诚那样重情的，蒋赟觉得，如果杨教授将来生病住个院，章老师绝对愿意陪床，二话都不会有。

草花也长高了，似乎还瘦了些，很有点小伙子的模样。他给蒋赟做出三菜一汤，擦擦手说："赟哥，尝尝我的手艺！"

两个男孩坐在餐桌边，蒋赟把每道菜都尝了一口，对草花竖起大拇指，"厉害，可以去餐馆上班了。"

草花很高兴，从柜子里翻出两罐啤酒，问："喝点儿不？"

蒋赟摇手，草花说："你还不会喝酒啊？"

"酒有什么好喝的？"蒋赟说，"你要喝自己喝，我吃饭就行。"

草花一个人喝酒没劲，就也盛了一大碗饭，和蒋赟边吃边聊。

蒋赟问他，这个学期有没有被红毛那帮人找麻烦，草花问："你没看新闻吗？"

"什么新闻？"

草花说："上个月，哦不，上上个月，十一月，不是有个大新闻吗？就那个什么……什么烟雨夜总会被端了，因为贩毒，组织卖淫嫖娼，各种乱七八糟的，抓了一大批人，红毛就是里头一个。"

蒋赟拿筷子的手顿住了，难以置信地问："烟雨人间？"

"对对对，烟雨人间。"

"什么时候来着？"

"十一月，哪天我忘了，钱塘每个电视台都播了，报纸上也写了。"草花说得眉飞色舞，"我本来不知道这事儿和红毛也有关系，还是我同学和我说的。我们学校不是有几个傻子一直跟红毛混吗？那阵子红毛被逮了，那几个傻子在学校跟个瘟鸡似的，真就是夹着尾巴做人，我才知道是这么回事。一直到现在，学校门口半个流氓都看不见，前所未有的清静。"

蒋赟没心思吃饭了，"你电脑打开，我看看新闻。"

草花打开电脑，蒋赟搜索"烟雨人间"关键词，真的跳出很多新闻报道，他点开《钱塘晚报》的一篇，一字不漏地看完。

十一月十三日晚，钱塘公安接到群众举报，烟雨人间娱乐会所涉及违法犯罪行为，城东区治安大队极为重视，组织警力突袭烟雨人间，一举捣毁一特大涉黄团伙。在侦破过程中，警方意外发现该娱乐会所还涉及毒品交易，数额巨大，人赃俱获，当场抓获以王某瑞、康某海、成某为主的犯罪分子若干……

蒋赟看着新闻页面，震惊得嘴巴都张开了，那个"举报的群众"，难道是指他吗？康某海，是康大海？成某，是成可？

这可真是……万万没想到啊！

草花问："赟哥，你怎么了？"

蒋赟离开书桌，飘啊飘地回到餐桌边，继续默默吃饭，足足反应了五分钟，他才清醒过来，猛地一拍桌子，"哈哈哈哈哈……老子立功了！"

草花吓一跳，"你说啥？"

"没什么。"蒋赟不想把这事儿告诉草花，也不在乎举报人有没有奖金，他就是特别高兴，康大海和成可那些垃圾、败类、人渣，居然还敢贩毒？被逮进去活该！真是天道好轮回，苍天饶过谁啊！

哈哈哈哈哈！

不知道姜灵有没有被解救？看这新闻说的，她应该没事了吧？

草花往蒋赟碗里夹了块红烧肉，问："赟哥，你什么时候去你姑姑家？"

蒋赟回过神来，说："我不去了。"

草花愕然，"为什么？"

"火车票买不到。"蒋赟随意撒了个谎，"而且太远了，我寒假也就十几天，去找个地方打几天零工得了，寒假工钱多。"

草花又问："那你年夜饭上哪儿吃？"

蒋赟满不在乎地说："找个做年夜饭的餐馆打工不就得了？又管饭，又有钱。"

他都计划好了，那些餐馆过年时都缺人，他有身份证，肯定找得到工作，开日薪就行。草花没再多说，也不敢自作主张地让蒋赟上他家过年，他爸妈肯定不会同意。

新年第一天，蒋赟就知道了一个好消息，想到以后再也不会被康大海骚扰，心里乐开了花。与这事儿相比，一个人过年算什么？乔嘉桐和章翎的事又算什么？

不就是一起考北航嘛，北航又不是章翎家开的，乔嘉桐爱考不考，蒋赟才不在乎呢。

元旦假期结束，大家回校上课，学生们一个个开足马力，开始准备期末考。在如此紧张的学习气氛中，学校八卦圈又传出一个劲爆消息——乔嘉桐不喜欢许清怡，他喜欢的女生叫章翎。

章翎是谁？就是文艺汇演上唱《任逍遥》的那个女生，高二理科实验班的学霸，长得很可爱。

哦，原来校草不是颜狗，喜欢内外兼修的女生。

乔嘉桐最近很烦恼，不知道消息是怎么传出去的。

在他的概念里，这件事应该只有他和章翎知道，最多加个蒋赟。乔嘉桐连徐舟都没说过，徐舟曾经探过他的口风，问他是不是喜欢章翎，他敷衍过去了，没承认也没否认。

肯定不是章翎说出去的，那会是谁呢？蒋赟？动机是什么？

乔嘉桐要面子，这么一来变得很被动，好友们都来向他求证：桐哥，你喜欢的女孩真是章翎吗？

乔嘉桐不知道该怎么回答。

说是，等于是隔空表白，如果人家去问章翎，章翎否认或拒绝，他会超级丢脸。说不是，就是隔空打章翎的脸，会让章翎觉得他毫无诚意，这事儿希望就更渺茫了。

于是，乔嘉桐来了一手十分骚的操作——他给章翎发消息。

乔嘉桐：章翎，如果有人来问你，你可以不承认，说目前以学业为重，但请你不要直接否认，可以吗？

章翎：什么意思？

乔嘉桐：我马上要高考了，不想被这些事干扰。消息不是我放出去的，我相信也不是你，我猜测，有可能是蒋赟。

章翎：不可能是蒋赟，我了解他。

乔嘉桐：不管是谁，请你帮我这个忙，谢谢。

这波骚操作已经超出章翎的理解范围，最近几天，她也被这件事困扰，班里好多人都跟打了鸡血似的来问她，消息是不是真的。

他们都不知道章翎和乔嘉桐居然有联系，仔细想想，章翎品学兼优，长得虽然不如许清怡漂亮，也算清秀可爱，个子还比校花高，文艺才能也不落下风，校草喜欢她，完全可以理解。

章翎想来想去想不明白，干脆去书房找老爸，"章老师，你有空吗？我想和你聊聊。"

章知诚正在备课，听到后就起了身，和女儿一起坐到客厅沙发上，开始大章小章间久违了的谈心。

章翎挑重点，把自己和乔嘉桐相识以来的事告诉给老爸，又说到国庆时和学长的那次见面，以及学校里最近的传闻，还有乔嘉桐对她做的奇怪请求。

章知诚越听越心惊，原来，他的宝贝女儿已经被这么多人盯上了？除了蒋赟那个傻小子，这儿居然还有一个校草？

听完后，他说："你这个学长，估计就是怕你拒绝，怕丢脸。我猜，他应该从来没被女孩拒绝过。"

章翎委屈地说："那和我有什么关系？就为了他的面子，我还不能拒绝了？"

"高三生学业压力很大，可能精神上也会紧张，比较脆弱敏感。"章知诚劝女儿，"翎翎，如果你不是特别为难的话，建议你忍到六月，等他高考完离校，这些谣言自然会消失。那个男生也没要你承认，你先别否认，就一口咬定目前不考虑这些事就行了，你觉得呢？"

章翎噘起嘴，不高兴地说："那蒋赟误会了怎么办？"

章知诚脑壳疼，放柔语气问："翎翎，你以前真的喜欢过那个学长吗？"

"嗯。"章翎承认了，"喜欢过三个多月。"

章知诚耐心地问："后来为什么不喜欢了？"

章翎回忆一年多前的事，回答："我一开始喜欢他，是因为他救了我，他长得很高，很帅，对我也很好。后来开学，我和他有过几次见面，就发现他和我想的不太一样，我不喜欢他的性格。"

章知诚接受了她的解释，又问："那蒋赟呢？你是什么时候开始喜欢他的？"

章翎顿时不好意思了，拿起一个抱枕捂住脸，小声说："我也不知道。"

章知诚笑了，揽过女儿的肩，说："翎翎，你还小，你们这个年纪的孩子对异性产生好感，是很正常的一件事。爸爸问你，你是怎么分辨自己喜欢一个人，又不喜欢另一个人？你怎么确定你喜欢蒋赟呢？会不会是因为你和他接触比较多的缘故？然后，他的家庭情况又很特殊，爸爸说得直接一点吧，你能分辨出喜欢和同情吗？"

章翎把脸埋在抱枕里，很久都没说话，章知诚耐心地等待着。章翎从抱枕里露出一双眼睛，终于开口了。

"我能分辨。"她说，"我想亲他，好几次了。"

幸亏章老师没有高血压，要不然，这会儿估计得打 120 了。

乔嘉桐和章翎的"绯闻"在学校传了一阵子后，乔嘉桐被老师叫去谈话，语重心长地告诉他这个阶段最为重要，离高考只有五个月，绝不能为任何事分心。

老师说："你这么优秀，完全可以上大学后再考虑这些事嘛。"

乔嘉桐乖巧点头，"我知道，我不会的，您放心吧。"

章翎很配合，打太极似的把所有来求证的人都给推了回去。乔嘉桐也一口咬定，高考前只关注学习，两个当事人都没有正面回应，慢慢地，这事儿也就无人再提。

只是章翎发现，蒋赟变得越来越沉默，连着晚上骑车送她回家，都不怎么说话了。章翎很想告诉他，那些传闻完全就是乔嘉桐的一厢情愿，和她没关系，又怕说了以后，蒋赟会以为她是在暗示什么。

她什么都不敢说，不敢挑破这层窗户纸。

那天，爸爸还和她说了很多话。他说，现在的社会和他年轻时已经不一样了。二十世纪九十年代中期，福利分房还未取消，章知诚研究生毕业后进入学校工作，尽管工资不高，但能分到一套两居室住房，不用为无房结婚而发愁。

杨晔当时进医院也分到一套小户型。后来，在章翎读小学前，他们卖掉两套小房子，全款买了金秋西苑这套大户型，这些年的生活才能过得如此安逸。章知诚和杨晔存着钱，打算等章翎大学毕业后，再为女儿买一套房当嫁妆。

章知诚没有提到蒋赟，可章翎知道爸爸的意思。

蒋赟实在太穷了，就算念完大学，他也只能靠自己，靠自己维持生活，靠自己养奶奶，靠自己买房……现在的房价那么高，就算是 985 大学的毕业生，也得奋斗好几年才能攒够首付。

章翎原本都不关心这些事，只在亲戚们聊天时听到过，可现在，她情不自禁地会想到蒋赟，想蒋赟未来会变得怎样，自己未来又会变得怎样。

现在的他们只是高中生，章翎在与蒋赟日常相处时都会考虑到他的经济情况，尽可能地不让他为难。如果他们想要在一起，想要走得更远，这就是个无法回避的问题。

这不是现在的章翎和蒋赟能解决的问题，他们，真的还太小。

想着想着，章翎忍不住把脸颊贴在蒋赟的背上，男孩发现了，偏过头问："怎么了？"

章翎说："冷。"

风的确有点大，蒋赟立刻停下车，把围巾解下递给她，"围头上。"

章翎的外套没有兜帽，就把带着他体温的围巾裹在头上，蒋赟轻笑，"像个小村姑。"

章翎打了他一下，蒋赟重新上路，十七岁的少年挺直腰背，说："你贴我紧点，能挡挡风。"

"嗯。"章翎一点没客气，与他贴得更紧了，右臂还环住他的腰。

蒋赟的自行车穿过寒风呼啸的街道，他看着前方，蹬得格外卖力。

一月上旬，高二生们集体参加高中会考，理科生们把那些历史、政治等课程做了了结，紧接着，就是一月中旬的期末考试。

这一次蒋赟发挥不错，小升了几名，年级第四十一，章翎依旧是年级前十。最让人惊讶的是姚俊轩，他就跟升级打怪似的，一次比一次考得好，一举夺取年级第十，总分 657 分，远远甩开蒋赟和萧亮，让一堆实验班的学霸们佩服得五体投地。

期末考结束后，还要上一周课才放寒假，同学们都放松许多。大课间吃午点时，章翎和梨子转过身来，一边吃点心，一边和后桌的两个男孩聊天，说到寒假里的计划。

梨子说要和父母回老家过年，她爸爸的老家在 A 省另一个城市。章翎说她前一年暑假没出去旅游，爸爸妈妈答应她寒假时自驾去安城玩一趟，就三四天，会在春节前，避开春节假期。邱远峰最幸福，父母安排了泰国游，去东南亚享受阳光和沙滩。

蒋赟咬着牛奶吸管，一直安静地听，章翎见他不说话，问："蒋赟，你呢？你哪天的火车去你姑姑家？"

蒋赟说："我……呃，就过年前三四天吧。"

他在撒谎，眼神都不敢与人对视，章翎万分肯定。

晚上回家，只剩他们两个时，章翎开门见山地问："蒋赟，你是不是没买火车票？"

蒋赟背对着她，哑口无言。

章翎知道自己猜对了，又问："为什么不买？是买不到吗？"

蒋赟认命了，回答："不是，我姑姑家太远，房子也小，我去了没地方睡，我和她商量过，决定还是不去了。"

章翎皱眉，"你之前为什么不和我说？"

蒋赟笑笑，"这又不是什么大事儿。"

章翎问："那你过年怎么办？就一个人吗？"

"不会，我打算去餐馆打工。"蒋赟尽量做出轻松的姿态，"就像去年一样，你不还来面馆吃过面吗？我会很忙的。"

章翎不说话了，直觉告诉她蒋赟没有说实话，明明之前他说过好几次要去看奶奶，章翎知道，他想奶奶了。

这次学期末的家长会，翟丽没再作妖，连个电话也没给陈涛打，杨晔向陈涛确认后，才和章知诚一起去开家长会。

高二开学时的第一次家长会，邱远峰的爸爸见到杨晔，理所当然地以为她是蒋赟妈妈，两人还聊过几句，邱爸爸一直以"蒋赟妈妈"称呼对方，杨晔也没否认。

谁知道，期中考后的家长会，蒋赟的家长换了个女人，现在又换回杨晔，邱爸爸都被搞蒙了，一脸想问不敢问的样子，杨晔主动解释："上回来的那个是蒋赟亲妈，我是他干妈，蒋赟平时和我走得更近，我和他很亲。"

邱爸爸："哦哦哦，原来如此。"

章知诚和杨晔开完家长会后回家，两小只正在乖乖做作业，杨晔进门就喊："喝奶茶啦！"

章翎喜滋滋地跑过去，"咦？妈妈你也喝呀？你不减肥啦？"

杨晔得意扬扬，"不减了，今天心情好，陈老师表扬小卷毛了。"

她把奶茶分给两个孩子，蒋赟接过，忐忑地说："谢谢阿姨，陈老师说什么了？"

杨晔揉揉他的脑袋，"说你运动会上拿了二金一银，文艺汇演又出了大力气，帮班里拿到一等奖，期末考进步明显，与同学关系也融洽，各方面表现都很棒！总之就是点名表扬啦，真给我长脸。"

蒋赟很不好意思，"我考试很一般的，比章翎差远了。"

"你这成绩放在年级里挺不错的了，小蒋，自信一点。"章知诚走去沙发边，"好了，小朋友们都过来，我们开个会。"

蒋赟不明就里地被章翎推着到沙发上坐下，接着就听章知诚说了一个令他晕菜的消息，"小蒋，你们二十五号开始放假，三十号是除夕，我和杨医生早就计划好带章翎出去旅游，二十六号出发，二十九号回来，四天三晚，因为春节前房间会便宜很多。我们自驾游去安城，不远，就两个多小时。章翎现在大了，和我们睡一个房间不太方便，所以从她初二以后，我们订酒店都是订的家庭房，这次也一样，我订的是个两室一厅的套房。"

蒋赟听得云里雾里，心想章老师订房间和他有什么关系？

章知诚继续说："前些天，章翎告诉我们，你今年过年不去你姑姑家，一个人留在钱塘。我和杨医生商量了一下，鉴于你这个学期表现特别好，都被陈老师点名表扬了，我们决定给你一份奖励。小蒋，你愿意和我们一起去旅游吗？"

蒋赟听呆了，杨晔给他解释："你看，自驾游，车里就多个人，住宿，也是屋里多个人，我们都不用多花钱，最多加一点景点门票和饭钱。哦，还有就是你晕车的问题，这个就需要你克服一下了。怎么样？小卷毛，和我们一起去吧？你和章翎还能做个伴儿，她要去游乐场，你俩一起玩会更开心。"

章翎见蒋赟一脸呆滞，拉拉他的毛衣袖子，笑着说："蒋赟，一起去吧，好不好？"

蒋赟缓缓转头看她，又去看章知诚和杨晔，纠结地说："叔叔阿姨，你们的心意我领了，可你们全家出去玩，我去了会打扰你们的，就……你们真的不用管我，我一个人没事的，我本来还想去打工呢。"

章知诚说："寒假一共才十几天，今年你就别打工了，我听翎翎说，你们的寒假作业也不少。"

蒋赟低下头，手指揪住运动裤的裤腿，章翎又来拉他的袖子，还摇一摇，"去嘛，蒋赟，去嘛去嘛。"

章知诚心酸地别开头，杨晔忍着笑往他大腿上掐了一把。

蒋赟还是犹豫不决，这种时候就要严厉的杨医生出马了，杨晔说："小卷毛，你别这么拧巴，明明心里很想去，非要说这种场面话干什么？我们又不是来和你客套的，想去就去，我们三个都希望你去，到时候你还能陪章翎去坐过山车，省得我和你叔叔剪刀石头布，我俩这一大把年纪了，谁爱玩那个呀。"

"就是就是。"章翎对着蒋赟撒娇，眼睛亮晶晶的，"陪我去坐过山车吧，好不好嘛？"

蒋赟哪能抵挡这样的攻势，终于妥协，"谢谢叔叔阿姨，那……那我就一起去了。"

"好，就这么说定了。"章知诚一拍手，"散会！"

（2）

"梁队，小孩放寒假了，还要跟着他吗？"佟跃东坐在梁军对面，和他商量，"跟了两个多月，一点风吹草动都没有，应该不会有问题了吧？那帮浑蛋估计都不知道是他报的警。"

蒋赟上学时，梁军派出几组小警察，轮班护他上下学。蒋赟的行动轨迹非常规律且简单，周一到周六就是上学、放学，周日上午去金秋西苑，下午回家，去袁家村的小超市和小菜场买足一周的食品和日用品，就不再出门。

警察们看着他进校门就会离开，放学时再来，对日常工作几乎没有影响。

放寒假后就不一样了，这个年纪的小孩活蹦乱跳，鬼知道每天会往哪里窜。平时，佟跃东和同事们除了悄悄护送蒋赟，还会观察有没有可疑人员跟踪他，两个多月了，一点异常都没有。大家都觉得，这事儿应该过了，毕竟蒋赟什么都不知道，犯罪分子非要把怨仇搁到他头上，实在是很牵强。

梁军觉得佟跃东的分析有道理，几位领导商量后，决定暂时收队。

于是，一个周日下午，蒋赟就在家里见到两位穿着警服上门的民警，还郑重其事地给他展示证件，民警说："小同学，你所在的社区向我们反映，你还未成年，目前一个人生活，马上要过年了，我们就来走访一下。你在日常生活中如果有发现任何异常，务必第一时间报警，知道吗？"

"知道，那个……"蒋赟犹豫着说，"这两个月，我总觉得有人在跟踪我，这算异常吗？"

民警有些尴尬，说："算吧，以后请一直保持警惕。你年纪还小，这附近治安也不太好，你这样一个人生活，社区还是很关心你的。"

两位民警叮嘱过几句后就离开了蒋赟家，蒋赟没把这件事放在心上，自认已经很小心，没什么事都不会到处乱跑。

几天后，寒假正式开始。出游的前一天，蒋赟开始准备行李，他把书包腾空，放进一些换洗内衣裤，接着就不知道要放什么了。他从来没有出门旅游过，不知道该带什么。他又装进几本作业，带上一个空水壶，坐在床上发了半天愣后，把毛巾和牙刷也放进包里。

他翻出抽屉里的小盒子，里面是这几个月存下来的钱，只有四百多块，一股脑儿都带上。

他躺在下铺，捞过枕头旁的长颈鹿，手指摩挲着，脑袋里一片空白。突然，他又蹦起来，把章翎送的那顶迷彩棒球帽塞进包里，摸着帽子，他傻傻地笑出声来。

蒋赟很不想承认，又不得不承认，其实，他开心极了，激动极了，期待极了。

这辈子从没出去旅游过，还是和章翎一起，同行的是章老师和杨医生，都是对他很好很好的人。和他们在一起，蒋赟不会紧张，也不怕出丑，心里只有一种说不出的幸福感。

那叫什么来着？温暖？是温暖吧？整个胸腔都暖融融的，是被一杯杯奶茶、一顿顿热饭、一件件毛衣给焐热的。

蒋赟都怕自己晚上要激动得睡不着，怎么会有这样的好事？和章翎一起出去旅游，四天三晚，每天从早到晚都能看到她，一起去游乐场玩，住大宾馆，啊啊啊他都想大叫了，真开心啊！老天爷，怎么会有这样的好事啊？怎么会轮到他头上？

这一晚蒋赟睡得很不踏实，做了个梦。

他在梦里醒来，发现去旅游其实是做梦，自己应该去打工才对。然后他就去了一家餐馆，店长让他洗盘子，那盘子从水槽一直叠到房顶，蒋赟挽起袖子洗了一晚上盘子，洗得筋疲力尽，最后被手机闹铃闹醒。

醒过来时，他都分不清梦境和现实，到底要去洗盘子还是去旅游？想了半天才想起，他是真的要去旅游。

啊啊啊啊啊他要去旅游啦！要去旅游啦！要去旅游啦！

蒋赟穿衣、洗漱、吃早饭，最后揣上手机充电线和身份证，背上章翎送的书包，穿上章翎送的羽绒外套和章老师给的牛仔裤，骑着车一阵风似的去金秋西苑，一边骑还一边哼歌："英雄不怕出身太淡薄，有志气高哪天也骄傲……"

章知诚一家三口也把行李准备好了，一大一小两个拉杆箱。章翎穿一件姜黄色羽绒服，底下是牛仔裤和雪地靴，两鬓的头发在脑后扎了个小揪揪，其余都披散在肩上，打扮比上学时要时尚许多，只有脸上那副圆框眼镜还显露出她的学生气。

她在三楼北阳台朝蒋赟招手，"你等一下哈，我们马上下来！"

蒋赟仰着脑袋问："要我来拿行李吗？"

杨晔立刻把脑袋探出来，"要！"

蒋赟三步并作两步地跑上楼，右手提起 26 寸的箱子，左手提起 22 寸的箱子，转头就往楼下走，章知诚拦都拦不住。

他埋怨妻子，"干吗让小蒋拿？我提大的，你提小的，还能拿不动啊？"

杨晔说："你不懂，你让他干点活，他心里会更踏实。这几天你别和他客气，这么大个小伙子，该跑腿跑腿，该出力出力，他精力可比你旺盛多了。"

章知诚一愣，不高兴了，"什么意思？我什么时候精力不旺盛了？"

杨晔睨他，"章老师，我怀疑你在耍流氓。"

章知诚叹口气，"杨医生，说到耍流氓，麻烦你平时盯着点咱女儿，让她别去对小蒋耍流氓。那天突然给我来一句'我想亲蒋赟'，我说得嘴皮子都起泡了，她才说她就是想想罢了。要我说，想都不能想！她才多大呀？"

杨晔笑得肚子都疼了，"你也太专制了吧？想都不让人想啦？女儿愿意来和你说是信任你，知道你不会骂她。你要是处理不好，以后她有心事都不来和你说了，你会更发愁。"

作为一对"反面教材"父母，章知诚明白妻子说得有道理，也记得自己十七八岁时那种怦然心动的感觉。孩子们在长大，思想越来越独立，专横地禁止比不过理性引导，身为一个女孩的父亲，他的处理方式真的很重要。

也许，章知诚想，还可以把一切交给时间。

他和杨晔带着章翎下楼，"一家四口"上车坐好，杨晔自然坐副驾，章翎和蒋赟坐后排。章翎拿出一大兜橘子给蒋赟看，"我都准备好了，你要坚强！让我们见证奇迹的发生。"

蒋赟："你这么说，我压力好大。"

"别有压力，我又不是没看你吐过。"章翎直接剥了个橘子，把皮丢给他，"拿去吧。"

蒋赟刚拿到橘子皮，章翎又把半个橘子果肉塞过来，"这个好甜的，你尝尝。"

章知诚启动车子，"没东西落下了吧？我们出发！"

蒋赟掰了一瓣橘子肉塞进嘴里，果然很甜。他放松下来，转头看向窗外，第一次觉得坐两个多小时的车好幸福啊。

轿车开出金秋西苑，上高架，连高速，离开了钱塘。

蒋赟前一晚没休息好，在车上睡着了，歪着脑袋嘴唇微张，橘子皮掉在肩膀上，看着特别傻。章翎拿手机怼着他的脸拍照，他什么都不知道，睡得好香。

章翎回看照片，笑得直抖，拿给副驾的杨晔看，"妈妈你看，这人太好玩了，哈哈哈哈……"

章知诚无奈地摇摇头，感受到女儿发自内心的快乐。

蒋赟睡得正熟时，听到章翎的声音，"蒋赟，醒醒，到了。"

他迷迷糊糊地睁开眼睛，"到了？这么快？"

章翎乐死了，"哪儿快了？两个半小时了，我爸妈都在服务区休息过，就你睡得跟个猪一样。"

蒋赟揉揉眼睛，发现驾驶位果然已换成杨医生。他坐直身子往窗外看，是一片陌生的街景，店招上都是"安城"打头，这才意识到他已经到了另一个城市。

章翎递给他一颗小包装青梅，"你这次都没吐哦，奖励你一颗梅子，坚持住，马上就到啦。"

蒋赟把青梅吃进嘴里，咔嚓一咬，酸酸脆脆甜丝丝，真好吃。

车子在一家酒店旋转门前停下，门童小哥帮蒋赟打开车门时，小少年吓一跳。他拖着行李箱，跟着章知诚和章翎走进酒店大堂，抬头环顾四周，眼睛都不够看了。蒋赟只去过蒋建梅住过的那家小旅馆，而这个酒店……看起来好高档啊。

章知诚和杨晔在前台办入住，章翎拉蒋赟在大堂里到处转悠。这是一家亲子酒店，很多人和章知诚想法一样，趁着小孩放寒假，避开春节错峰出行，所以大堂里有很多带着孩子的家庭。

那些小孩年龄不一，一个个抱着玩具，认识的、不认识的已经玩在一起，不停地追逐打闹。还有一两岁的小女孩走得跌跌撞撞，年轻的妈妈在后面护着她。

蒋赟看着他们，心想，原来别的小孩都是这么长大的。

办完入住，四人去房间，蒋赟全程一脸蒙，章翎在他身边蹦蹦跳跳，和他说话，他都跟梦游似的，答得牛头不对马嘴。

房间在二十八楼，章知诚打开门，蒋赟就看到一间宽敞、明亮又时尚的客厅，落地窗外是阳台，客厅里铺着厚地毯，摆着沙发、茶几、电视机、电视柜、书桌椅等酒店标配，还有一张加床，白色被褥铺得很整洁。

章知诚揽着蒋赟的肩，指着加床说："这几天，就委屈你睡这里了。"

蒋赟忙说："不委屈，叔，已经很好了！我睡沙发都行，睡地上都行！这地都是软的。"

章知诚微笑，加床其实要钱，含一份早餐，但他不打算告诉蒋赟，反正傻小子什么都不懂。

放下行李，章翎拉着蒋赟去参观房间。章老师和杨医生睡主卧，有一张一米八宽的双人床；章翎睡次卧，是一张一米五宽的床；整个套房只有一个卫生间，在客厅，卫生间都又大又豪华。

蒋赟拉开玻璃移门走到阳台，趴在栏杆上往外看。酒店在市区，站在二十八楼能看到一大片城市街景，风呼呼地吹到他脸上，他也不嫌冷，贪婪地享受着这一切。

章翎也走出来，与他并肩趴在栏杆上，问："这酒店好吗？"

"好。"蒋赟转头看她，"我从没住过这么好的房子，还这么高，我以前都没上过这么高的楼。"

章翎很自然地抬手，揉揉蒋赟被风吹得飘动起来的头发，笑得很甜，"以后，你会住更好的房子，上更高的楼。"

在房间安顿好，章知诚带着大家出去吃午饭，在一家小饭馆简单点了几道菜。蒋赟饿了，连吃四碗米饭不带停，杨晔说："我就喜欢看小卷毛吃饭，吃得真香，把我胃口都带起来了。"

蒋赟脸红了，捧着空饭碗不敢再盛，章翎拿过他的碗帮他添饭，说："妈妈你别笑他，他就是个饭桶，每顿都要吃半斤饭的，就这小碗，他吃七八碗都不够。"

说完她又朝服务生喊："你好，请再给我们来一品锅饭！谢谢。"

蒋赟好害臊，章翎扯开话题，"爸爸，下午去哪里玩？"

行程都是章知诚安排的，他说："下午就在市里逛逛，这儿走过去十几分钟有一条步行街，步行街到头是一个人工湖，我看攻略上说风景还不错。今天就不开车了，我们随便转转吧。"

蒋赟一听不用坐车，心里特高兴，三口两口又把一碗饭吃完了。正巧，服务生把一品锅饭端上来，一看原来那一大碗都空了，好惊讶，"都吃完啦？真厉害呀。"

其余三人哈哈大笑，只余蒋赟捧着小空碗在那儿难为情，杨晔赶紧帮他添饭，"吃吧吃吧，吃饱点，争取身高超过章老师哈！"

章知诚挑眉，"嗯？"

吃完饭，四个人一块儿走去步行街，章翎挽着杨晔的胳膊走在前面，章知诚和蒋赟跟在后面。蒋赟看着章翎的背影，她只比杨医生矮一点点了，看背影完全就是个大姑娘，长头发又黑又浓密，小揪揪上绑着樱桃发圈，真是好看。

安城的步行街和别处大同小异，逛的就是个心情，蒋赟终于见识到章翎在父母面前讨东西的模样，只要张张嘴，想吃什么想喝什么，章老师都会给她买。

"爸爸，我想吃糖炒栗子！"

糖炒栗子很顶饱，章翎吃了几个就不想吃了，抓一把给老爸，剩下半包都塞进蒋赟的羽绒服口袋，眼睛看来看去，很快又发现新欢，"章老师，我要吃糖葫芦！"

章翎站在糖葫芦柜台前，看着各种水果口味，不知道该挑哪串。章知诚已经准备好钱包，章翎最终选了一串草莓糖葫芦，杨晔问蒋赟："你呢，你要哪个？"

蒋赟连连摇手，"我不吃我不吃。"

杨晔劝他，"小卷毛，出来玩呢，你和翎翎对我们来说都是一样的。这些都是小东西，你千万别想着给我们省钱，让你挑你就挑。翎翎一个人吃，你不吃，她也怪没滋味的，对吧？"

蒋赟好为难，真不想章老师和杨医生再为他花钱了，章翎说："我帮他挑，要那个什锦的吧，四种水果呢，都尝尝。"

于是，蒋赟手里就多了一串什锦糖葫芦，有猕猴桃、山楂、草莓和橘子，红黄绿搭配得特别好看。

他的糖葫芦才到手，打头的一片猕猴桃就被章翎咬走了，章知诚敲她脑袋，"好意思不？抢人东西。"

章翎做个鬼脸，"蒋赟才不会和我计较呢。"

蒋赟无可奈何地看着她，举着糖葫芦问："你还要别的吗？"

章翎摇头，晃晃自己的糖葫芦，"山楂酸，草莓我有了，我就想吃你一个猕猴桃。"

听她这么说，蒋赟才咬下一颗草莓，糖霜在嘴里融化，配着新鲜又冰凉的草莓，汁水溢满口腔，味道特别好。

两小只一边走一边吃糖葫芦，章知诚和杨晔手牵手跟在后面，杨晔说："小卷毛真的长高好多啊，快一米八了吧？"

章知诚"哼"了一声，杨晔掐掐他的手，"嘿，我都没看出来，你这人原来这么小气的？"

这时，章翎回头喊："爸爸，我想喝那个烧仙草！"

她真是一路走一路吃，喝完烧仙草，再和蒋赟分吃一盒章鱼烧后，在一家据说开了二十年的臭豆腐摊边又一次站着不动了，说："爸爸，我想吃臭豆腐。"

这次章知诚不同意，"吃这么多小吃，你还吃不吃晚饭了？"

说完，他就牵着杨晔继续往前走，章翎嘴巴翘起来，刚要走，蒋赟拉住她胳膊，"你要吃吗？我给你买，我带钱了。"

章知诚和杨晔走过十几米后回头，就看到章翎已经端着一碗臭豆腐在拌酱料。章老师头都大了，只能和妻子一起走回去，听到蒋赟说："少放点辣酱，你不太会吃辣。"

章翎说："你会吃啊，我就是馋，吃两块就行。"说着就叉起一块沾满辣酱的臭豆腐递到蒋赟嘴边，"你尝尝。"

蒋赟咬下臭豆腐，竖起大拇指，"嗯，真的很香。"

章翎也吃了一块，"嗯嗯，真的，好好吃啊！"

被忽略的章老师转头问妻子："你想吃吗？"

杨晔瞪他，"哟，这时候才想起我啊？"

章知诚笑着摇头，也去买了一碗，按着妻子的口味拌好调料，递到她手里。杨晔叉起一块，章知诚期待地看着她，结果她却是送进自己嘴里，"唔，果然是老字号，味道真不错。"

章知诚放弃了，手搭上妻子的后背，"走吧，边走边吃。"

一块臭豆腐突然来到他嘴边，杨晔快笑死了，"章老师，你也有今天啊？哈哈哈哈……"

一路上除了吃东西，蒋赟发现，章翎还特别喜欢拍照。

偏偏杨医生也喜欢拍照，母女两个看到哪儿好看就要章老师帮她们拍。章翎还喜欢合影，有时拉着蒋赟，有时拉着老爸，蒋赟被她折腾得够呛，感觉一辈子拍的照都没这天下午来得多。

章翎甚至叫住一个路人姐姐，帮他们四个拍了一张合影。

章知诚和杨晔站在中间，章翎挽住爸爸的胳膊，蒋赟站在杨晔身边，背景是春节前繁华热闹的步行街，路灯上挂满红灯笼，显得特别喜庆。

杨晔早已用上智能手机，随手就发朋友圈，晒出这张四人合影，配文是：儿女双全。

杨鹤很快点赞。

杨鹤：难道不是女婿吗？

杨鹏：点赞。

杨磊：点赞。

樊真：点赞。

章知诚：[敲打][敲打][敲打]

逛完步行街，他们走到那个传说中的人工湖边，已是傍晚。

冬天太阳落山得早，此时湖对面的天空夕阳正红，远远望去，湖水静谧，草木凋敝，虽不及春夏季节花红柳绿，倒也别有风味。

码头上停着很多空船，估计天气太冷，也没人坐船玩，章翎看到一家自行车租赁摊位，有双人、三人和四人自行车出租。

"爸爸！"她指着四人自行车大叫，"咱们玩那个吧！"

章知诚便租了一辆四人自行车，四个轮子，四副脚踏，他和蒋赟坐前面，章翎和杨晔坐后面，四人开始骑车环湖游。

　　这种多人自行车骑起来其实很累，章知诚和蒋赟吭哧吭哧踩了一段路后回头发现，后面的那对母女早就不踩了，正在那儿头碰头地玩自拍。

　　章知诚懊恼，"你俩好歹踩几脚吧！帮忙分担一下呀。"

　　杨晔把注意力从手机屏幕上移出来，惊讶地问："你不是玩骑行的吗？这点力气都没有啦？"

　　蒋赟忙说："算了，叔，就我俩踩吧，我觉得还行，不太累。"

　　为了证明自己不比小年轻体力差，章知诚也不吭声了，和蒋赟一起做起卖力的"黄包车夫"。

　　蒋赟是真的一点儿也不觉得累，让他一个人骑车带三个都愿意。他们绕着湖边骑了十五分钟再原路返回，两个男人已是满头大汗，却都心甘情愿，毫无怨言。

　　还掉自行车，已是饭点，章知诚提议吃火锅，全票通过。吃完一顿热乎乎的火锅，这一天的行程就结束了。

　　他们回到房间，章知诚拉上窗帘，四人排队洗澡。

　　蒋赟这时候才感到不好意思，毕竟，他从没和章翎家人一起过过夜，这个房间两室一厅，就好像他住在章翎家里一样。

　　因为蒋赟在，杨晔和章翎特地在薄睡衣外披上一件家居服。蒋赟没有睡衣，洗完澡只穿着一件短袖 T 恤和一条沙滩裤，看他一身夏天打扮，章翎咋舌，"你不冷吗？"

　　"不冷。"蒋赟指指空调，"这屋好热。"

　　时间还早，章翎打开客厅里的电视机，大家坐在沙发上一起吃水果看电视，章翎换台到一个省级卫视时，蒋赟突然说："停一下。"

　　章翎一看，原来是蒋赟姑姑家所在省份的卫视，正在播晚间新闻。

　　那边落大雪了，领导干部们正上街指挥抢险救灾。蒋赟平时没有电视看，都不知道那个地方冬天会下这么大的雪，看新闻上的画面，一脚踩下去都能没到膝盖。

　　"我姑姑那儿肯定也下雪了。"他语气担忧，"钱塘很少下雪，我奶奶在那边也不知道能不能习惯，这都零下好几度了吧？"

　　章知诚安慰他，"放心，那边室内有暖气，你奶奶这么大年纪也不会跑出来，只要待在家里，不会冷的。"

　　蒋赟说："我就担心她闲不住，要出去捡废品，每次打电话我都劝她好好休息，她嘴里答应得好好的，可……谁知道呢？"

　　章翎拍拍他胳膊，"你姑姑会劝住她的，你别太担心。"

　　夜里十点多，大家互道"晚安"，回房睡觉，蒋赟躺在客厅床上，睡得不太习惯。

　　酒店里哪怕是加床，床垫都很软，他从没睡过软床，第一次躺上这么软的床垫，感觉人都要陷进去似的。

房间空调还打得特别热，蒋赟热得睡不着，起来去看墙上的空调开关——29度！他伸出手指，真想把温度降几度，又怕这个开关是控制全屋，万一让章老师他们着凉了可不行！蒋赟想，热就热吧，大不了不盖被子了。

他躺回床上，真的踢开被子，摊手摊脚地准备睡觉。就在他睡得迷迷糊糊时，感觉有个人轻手轻脚地走到他身边，拉过他的被子帮他盖上。

他没睁眼，一会儿后就听到卫生间抽水马桶的声音，然后那人回房。蒋赟将眼睛睁开一条缝，刚好看到那人关上房门。

他笑了一下，就知道肯定是她。

这一次他没再踢被子，闭上眼睛，卷着被子，很快就陷入甜香。

（3）

第二天早上六点半，蒋赟睁开眼，看着身边陌生的环境，好半天没反应过来。他悄悄爬下床，光着脚踩上厚厚的地毯，走到落地窗边拉开窗帘往外看。

天已经亮了，整个城市正在苏醒，他怔怔地看了许久，才舒展双臂伸个懒腰，嘴角控制不住地往上扬。

七点半，章知诚走出房间时发现蒋赟已经起床，正趴在书桌上做作业，笑着喊他："小蒋，早上好。"

蒋赟从书本中抬起头，"早上好，叔。"

章知诚问："昨晚睡得好吗？怎么起这么早？"

蒋赟说："睡得很好。我就是习惯了，每天早上六点多会自然醒。"

章知诚看看女儿关着的房门，失笑，"章翎一放假，生物钟会自动调整为懒觉模式，估计还得再睡会儿。"

他去卫生间洗漱，又探出头来，"小蒋，你有没有带剃须刀？放牙刷的小抽屉里有剃须刀，我自己带了，你要用的话可以用酒店的。"

蒋赟起身走到卫生间门口，扭扭捏捏地说："叔，我还没刮过胡子。"

"是吗？我看看你的脸。"章知诚观察蒋赟嘴唇上的小绒毛，说，"你可以不刮，想刮也能刮了，刮过一次后就得经常刮，你再等等也行。有些男孩过了二十岁才刮，有些十七八岁就刮了，看个人喜好。"

从没有人教过蒋赟这些男孩成长过程中需要注意的事，他看着章知诚洗脸刷牙剃须，章知诚习惯用刀片剃须刀，一边刮一边对他笑，"学着点，你也快了。"

蒋赟挠挠头发，觉得章老师刮胡子的样子真帅，男人味十足，不知道自己哪一天也能刮胡子，长成一个真正的男子汉。

一直到八点，两扇房门才先后打开，杨晔和章翎出来洗漱，客厅里顿时热闹起来。章翎头发睡得乱糟糟的，打着哈欠说："爸爸妈妈早上好，蒋赟早上好。"

杨晔也是睡眼惺忪，"老公早上好，翎翎早上好，小卷毛早上好。"

蒋赟偷笑，原来说"早上好"是他们一家人的习惯。

洗漱完，换好衣服，"一家四口"去早餐厅吃早饭。这还是蒋赟第一次吃自助餐，找好座位后，章知诚说："蒋赟同学，请你尽情发挥，这是你的主场，吃回本就靠你了。"

蒋赟不明白，章翎拉着他先去转一圈，蒋赟就跟刘姥姥进了大观园似的，头一回知道原来早餐都能有这么多品种，还分中式和西式，水果都有五种，大早上的还有鲜榨果汁和炸鸡薯条。

章翎说："你想吃什么就自己拿，不过拿多少都得吃完，不能浪费，只要吃得下，随你吃。"

蒋赟起得早，肚子早已饿得咕咕叫，看着那琳琅满目的食物，咽了口口水，问："真的随我吃？"

章翎冲他握拳，"对，随你吃！加油！"

蒋赟同学立刻撒欢儿般地冲向他的主场。

他吃了一碗面条、三个煎蛋、两个烧卖、两截油条、一个肉包、一碗豆腐脑、一个紫薯、一段玉米、一块巧克力蛋糕、一片果酱吐司、一堆炸鸡薯条、若干培根和早餐肠、一杯牛奶、一杯苹果汁、一大盘水果……章知诚、杨晔和章翎震惊地看着他埋头大吃，蒋赟吃得好满足，满足到想原地打滚，光盘后摸摸肚子，打了个饱嗝。

章知诚问："吃饱了吗？"

蒋赟有些不好意思地说："我想再吃两个烧卖，那个烧卖特好吃。"

章翎拍拍他胳膊，"去拿吧，帮我也拿一个，我尝尝。"

蒋赟屁颠屁颠地去了，杨晔憋不住笑出声来，"我的天啊！章老师，今晚咱们吃自助晚餐吧，我可太喜欢看小卷毛吃饭了！"

吃饱喝足，四人回房休整片刻，背上包，开始这一天的重头戏——去游乐场玩。

安城的这家游乐场要比钱塘乐园大很多，游艺设施也更高科技、更刺激，章翎一直想来玩，这次算是如愿以偿。

她和杨晔没背包，轻装上阵，东西全归大章和小蒋来背。蒋赟戴上那顶迷彩棒球帽，背着一书包水和零食，寸步不离章翎，她想玩什么，他都陪着。

杨晔看着前头那两个并肩走的孩子，叹气，"早知道翎翎有小卷毛陪着，咱俩就不用来了，本来还以为翎翎是个电灯泡，现在看来，咱俩才更像电灯泡。"

章知诚说："那不行！就他俩一起，我可不放心。"

这一天天气特别好，太阳高照，也没有风，蒋赟人生中的游乐场初体验比他想象中都要来得完美。

他一点儿也不害怕那些刺激项目，不管是过山车、跳楼机还是大摆锤，只要是和章翎一起，她想玩几次他都愿意陪。

他所有的待遇都和章翎一样，喝果汁，一人一杯，吃烤肠，一人一串，午餐吃汉堡套餐，一人一份……章翎这么大了，居然还对泡泡枪感兴趣，章知诚干脆买下两把，让女儿和蒋赟一起去玩。

蒋赟拿着那把卡通泡泡枪，一开始觉得太傻了，按下开关，一串串泡泡从枪口冒出来，很快就吸引来几个五六岁的小孩围着他转。他渐渐感受到乐趣，一次次地打泡泡，还小跑几步，逗得那群小孩追着他跑，"哥哥""哥哥"不停地喊。

蒋赟大笑出声，把枪口对准天空，看泡泡在阳光下被映出彩虹色，伸出食指去戳一下，泡泡破了，只在他指尖留下一点肥皂水。

他心中莫名地感到一阵遗憾，好希望这个泡泡能一直飞，一直飞，永远都不要破。

坐海盗船时，章翎和蒋赟坐在船尾，晃到最高点时，章翎整个人都缩了起来，突然伸手抓住蒋赟的手。蒋赟吓一大跳，刚转头看她，海盗船已经急速往下荡，他一把抓紧章翎的手，十指紧扣，两人同时大叫起来："啊啊啊——"

章知诚和杨晔在下面等，谁都没看到，男孩和女孩的手始终牵在一起，都紧张得出了汗，一直到游戏结束，才意犹未尽地松开。

蒋赟下船后回头看向章翎，章翎对他一笑，什么都没说。蒋赟心脏乱跳，就和海盗船还没停下似的，一颗心差点要蹦到喉咙口。

玩了一整天，他们准备离开游乐场，去出口时路过一家很大的商店。蒋赟跟在章翎身边，女孩正随意地逛着，他回头看，章老师和杨医生走在一起，没注意他们。蒋赟立刻拉拉章翎的胳膊，说："你挑一个吧，我给你买，我想送你一份礼物。"

章翎问："为什么要送我礼物？"

蒋赟看着她的眼睛，"不为什么，你快点儿挑，我给你买。"

章翎抿唇一笑，"要不，你也给我买顶帽子吧。"

她走到帽子柜台，拿起一顶鸭舌帽给蒋赟看，帽子是咖啡色，顶上趴着一只同色系毛绒长颈鹿。章翎把帽子戴上，整理好马尾辫，问："可不可爱？"

蒋赟傻傻点头，"很可爱。"

章知诚和杨晔一个没注意，章翎就得了一份礼物，戴着长颈鹿帽子大摇大摆走到他们面前，得意地说："爸爸妈妈，好看吗？是蒋赟送我的。"

章知诚看向蒋赟，少年窘迫地低下头去。章知诚想要说他几句，被杨晔拉住了，她说："很好看，你要谢谢小卷毛哦。"

"我谢过啦。"章翎开心极了，回头拉蒋赟，"今天玩得好过瘾！我们走吧，回酒店吃自助餐去。"

　　晚上，四个人在酒店吃自助晚餐，蒋赟又一次不负众望，不仅让自己吃得很爽，还让杨医生看得很爽。回到房间后，杨晔把这两天拍下的照片一张张传给蒋赟，足有一百多张。

　　深夜，大家都睡了，蒋赟躺在床上看照片，每一张都看得很仔细。

　　他和章翎拍了许多合影，在步行街，在湖边，在游乐场，在火锅店……每张照片上，他和章翎都笑得很开心，有时候他俩凑得特别近，章翎甚至会把脑袋搁在他肩膀上，也不知杨医生拍的时候为什么没有提醒。

　　看着看着，蒋赟有点困了，把手机充上电，闭眼睡觉。他发现自己适应力好强，才第二天，已经觉得这张床很舒服，他想，他肯定能很快就睡着。

　　不知几点，一扇房门打开，有个人脚步轻轻地走出来。

　　蒋赟正在迷糊中，心想，这应该是章翎，章老师和杨医生出来上厕所不会像做贼一样。他等待着章翎往卫生间的方向去，结果却没有，那个人竟然走到了他的床边。

　　蒋赟不知道自己该不该睁开眼，也许章翎只是来帮他盖被子？这一晚，他被子盖得挺好，她应该很快就会走掉吧？

　　但她并没有走掉，蒋赟背对墙壁侧身而卧，能感觉到那个人先是站着，接着就蹲下身来，他们面对着面，他甚至，能感受到她清浅的呼吸。

　　章翎其实不是蹲着，而是跪在地毯上，双手交叠扒在床沿，很近很近地打量蒋赟的睡脸，小小声地问："蒋赟，你睡着了吗？"

　　蒋赟没回答，也没睁眼，依旧一动不动。

　　房间里很暗，只有一盏夜灯发出荧荧蓝光，章翎就借着这一点光亮看蒋赟，看他微卷的头发，藏在阴影中的眼睛和鼻梁，还有那张薄薄的嘴。

　　她右手托着下巴，歪着脑袋看他，足足看了两分钟。

　　就在蒋赟绷不住、想要假装翻个身时，章翎突然说："蒋赟，我喜欢你。"

　　下一秒，她倾过上身，眼睛在他唇上短暂流连后，终究还是胆小，只敢轻轻地将嘴唇印在蒋赟的右脸颊上。

　　只触碰到一点点，她就惊慌失措地跳起来，像只青蛙似的逃走了。

　　客厅重新回归平静。

　　在房门关上五分钟后，床上的少年才小幅度地动了一下，他睁开眼睛，翻身趴在床上大口大口地呼吸，手指紧紧揪着枕头，差点溺死在空气里。

　　刚刚，都，发生了什么呀？

蒋赟摸摸自己的右脸颊，回味着之前转瞬即逝的那份触感，那是嘴唇吗？是嘴唇吧！章翎亲他了？她疯了吗？

她还说，她喜欢他。

蒋赟的睡意烟消云散，趴在床上怎么想都想不明白。

章翎对他好，他一直都知道，他也想尽自己所能地对她好，可他真的能力有限，没办法像别的男生那样大方。邱远峰会在体育课后请梨子喝饮料，方家豪和林师妍去肯德基时，两人的餐全是方家豪买单。而蒋赟呢？他在和章翎相处时，似乎总是在索取，都没有付出，连他生活费的大头都是章翎父母给的！

章翎究竟喜欢他什么？

章翎啊！

成绩比他好，家境比他好，性格比他好，外表还那么可爱，她就是个完美的女孩，是别人家的孩子，这样的一个女孩怎么可能会喜欢他？

蒋赟至今都没觉得自己长得帅，乔嘉桐才叫帅，萧亮和方家豪也不差，而他一直被人说长得丑，连头发都不是黑的！

他想，章翎真该去重新配副眼镜，要么去看看眼科，她到底是怎么回事啊？他蒋赟，从头到脚，从内到外，到底有哪一点值得她喜欢？

后来，蒋赟想通一个关键。

章翎的表白是建立在他睡着的基础上，也就是说，她其实并不想让他听到那句话，是不是可以理解为，章翎只是冲动之下才有这样的举动？他是不是应该装作什么都不知道，会比较好？

天！那真的好难啊，他怎么才能装作什么都不知道啊？

蒋赟失眠了，在床上翻来覆去几小时都没睡着，恨不得起来去跑几圈发泄一通，直到天蒙蒙亮，他才扛不住睡了过去。

七点半，章知诚走出房间时，就看到前一天还信誓旦旦说每天六点多会自然醒的蒋赟此时在床上睡得正香，一大半被子被踢到地上，长手长脚摊得四仰八叉。

章知诚深深叹气，觉得小屁孩就是不靠谱。

八点刚过，杨晔和章翎走出房间时蒋赟才被吵醒，几乎是从床上蹦起来，卷发炸开，和同样头发散乱的章翎正正打了个照面。

章翎入睡前多少有些激动，后来却睡得很好，她也不在乎此时的自己形象欠佳，开开心心地喊："蒋赟，早上好。"

蒋赟直愣愣地看着她，很努力地扯起嘴角，露出一个古怪的笑，"早上好。"

这一天的行程是去一个影视城游玩。

影视城很大，分秦城、宋城、唐城、民国街等几大区域，全是人造景点，宫殿倒是建得宏伟开阔，章翎跟在父母身后，到处走走拍拍，看表演，吃小吃，玩得很尽兴。

只有蒋赟一直不怎么说话，像是满腹心事的模样。

有一场演出是武术表演，表演者大部分是成人，还是有几个男孩看着像未成年，但至少也过了十四岁。十几个演员在台上轮番上阵，表演各种武术套路，也有翻跟斗，蒋赟看得很专注，章翎拉拉他胳膊，问：“你没事吧？”

蒋赟摇头，“没事，我以前也去影视城表演过，那个影视城没这里大，也没这里正规。”

章翎心里一跳，觉得自己疏忽了，没考虑到影视城这样的地方，都会让蒋赟想起不愉快的过往。

她以为蒋赟这一天的失常是因为影视城所致，便想着法儿地逗他开心，引他说话。蒋赟看出章翎的意图，赶紧调整心情，换上一张没心没肺的笑脸。

在一个露天舞台上，有个女歌手迎着寒风表演唱歌，章翎和蒋赟站在台下看，章翎说：“以后我要是找不着工作，还可以靠唱歌挣钱，我唱得比她好呢。”

蒋赟笑道：“不至于。”

章翎还以为他会说她不可能找不到工作，这人开口却是，“你怎么的也该去室内唱吧，这露天的就跟卖艺一样，冬天冷，夏天热，下雨下雪还没活计，太砢碜了。”

章翎推了他一把，蒋赟笑得更开心，“说起来，我以后要是找不到工作，也能来这儿上班，表演人肉扎飞刀，还有胸口碎大石。”

章知诚和杨晔都听到他的话，一起哈哈笑，章翎笑得腰都弯下来，手掌推上蒋赟的背，“你别胡说八道了。”

她的手掌贴在他背上，隔着羽绒外套和毛衣，蒋赟甚至都能感受到她掌心的温度，不禁快速往前走开两步。章翎推了个空，眨着眼睛尴尬地收回手，觉得这天的蒋赟真的好奇怪。

在影视城玩到下午三点多，一行四人准备离开，蒋赟走在最后，看着周围古色古香的唐城街道，小贩们身穿古装，经营各色店铺，他想，原来这就是旅游。

也没什么目的，就是观赏风景、拍照、吃东西、看表演……章知诚对他说，这一趟出来和人文历史无关，就是休闲纯玩。杨晔说：“小卷毛，下次我们带你去远一点的地方，比如西安，可以看兵马俑，或者去爬山，好多地方风景都很美，这次就是简单地玩。”

蒋赟心中动容，他想，还有下一次吗？

这天的晚饭吃得很早，因为晚饭后还有一项章翎非常期待的行程——泡温泉。

冬天泡温泉绝对是一种享受，章翎和杨晔在房间里准备泳衣，蒋赟傻傻地看着她们，对章知诚说："叔，我没带泳裤，要么我就不去了。"

章知诚问："你家里有泳裤吗？"

蒋赟摇摇头。

"那不就得了？"章知诚觉得有意思，"我们都猜到你没泳裤，所以没提前告诉你，本来就打算去温泉那儿给你买一条。"

蒋赟急道："不用了，这多浪费。"

章知诚拍拍他的肩，"不浪费，以后也能穿的。"

那家温泉离酒店不远，章知诚买完票，给蒋赟买了条黑色三角泳裤，带他去男宾更衣室换衣服。

蒋赟换上泳裤后，章知诚看到他身上那些或浅或深的伤疤，皱起眉问："你身上的伤都是怎么弄的？"

蒋赟低着头不敢看他，"小时候被人打的，后来打架也弄了些伤。"

章知诚沉默下来，把浴巾丢给他，蒋赟披在肩上，跟着章知诚走出更衣室。

温泉分室内外，室内是大池，像个洗浴会所，大家更愿意去室外泡汤。天已经黑了，小径上挂着一排红灯笼，一个个温泉池嵌在绿树丛中，不走到池子入口几乎看不见全貌。

气温很低，蒋赟却不怎么怕冷，好奇地四处张望，听着轻柔的音乐声，还有隐隐约约的人声。他跟在章知诚身后找到一个空着的池子，两人把浴巾挂在挂钩上，先后下到水中。

"我去，好烫。"蒋赟脚丫子刚碰到温泉水，就忍不住说了句脏话，赶紧补救，"我是说，我脚……好烫。"

章知诚没在意，已经在池边坐下，给妻子发微信告知位置后，丢开手机悠悠地呼出一口气，"真舒服啊。"

蒋赟学着他的样子坐下，池水没到他胸口，还是感觉烫得要死，看看边上的温度计，显示池水 41 度，蒋赟想，这不会被煮熟吗？

就在小少年翻着白眼、脑袋上都要冒烟时，杨晔带章翎找来了，章翎裹着浴巾在池边跳脚，"冷死了冷死了。"

蒋赟转头看过去，看到章翎把浴巾挂到钩子上，她把头发绾成一个发髻，身穿紫色连体泳衣，底下带着短短的小裙摆，少女腰身纤细，瘦长的胳膊和腿在夜色中显得格外白皙。

蒋赟觉得自己不应该盯着看，硬生生把脑袋转回来，杨晔和章翎说笑着下到水里。

"喔，好烫啊！"章翎一边叫，一边走到蒋赟身旁坐下。两人靠得很近，她的右胳膊在水中蹭到蒋赟的左胳膊，滑溜溜的，蒋赟脑袋上腾地升起一股白烟，脸已变得通红。

章翎没戴眼镜，转头看他，问："你脸怎么这么红？"

蒋赟说："热的。"

章翎笑嘻嘻，"你没泡过温泉吧？舒服吗？"

蒋赟："嗯。"

"这儿有好多池子，一会儿我们去转转，好像还有什么红酒池、牛奶池、小鱼池……"章翎满心喜悦地给蒋赟介绍，"小鱼池可好玩了，小鱼会来吃你腿上的皮，特别痒，你一定要试试。"

蒋赟："嗯。"

章翎问："这两天，你玩得开心吗？"

蒋赟："开心。"

章翎："以后我们出去玩的时候，我再来叫你。"

蒋赟："哦。"

章翎开始畅想未来，"今年暑假过了我们就高三了，高三肯定很苦，只能在暑假里最后出去玩一趟，一定要去远一点的地方。哎，你有没有特别想去的地方？"

蒋赟："没有。"

章翎仰着脑袋看天，夜空中飘着一朵朵深色的云，说："我想去九寨沟，顺便还能去成都看大熊猫，那边有个大熊猫繁育基地，养着许多熊猫宝宝，肯定很好玩。"

蒋赟："哦。"

章翎察觉到蒋赟不对劲，转头碰碰他，"你怎么啦？"

蒋赟的脸红得很不正常，眼睛都发飘了，就在章翎的手碰到他胳膊时，他身子一晃，眼皮一翻，整个人往水里滑了下去。

章知诚和杨晔坐在另一边，正在小声聊天，就听到章翎尖叫："蒋赟！你怎么啦？"

蒋赟缺氧了，被章知诚从水里捞出来，裹着浴巾坐在池边吹冷风。章翎喂他喝水，他缓了好一会儿，血色才从脸上褪去，呼吸也变得顺畅起来。章知诚担心地问："小蒋，你没事吧？"

蒋赟摇摇头，章翎看过池水的温度后说："爸爸，这个池子太烫了，我陪蒋赟去别的池子玩吧。"

说着，她出水披上浴巾，拍拍蒋赟的肩，"还能走吗？我们去找个 37 度的池子。"

蒋赟顺从地站起身，章知诚也要跟上去，被杨晔拉住，"随他们去吧，小孩都好奇，喜欢一个个池子玩过来，你就别跟着了。"

章知诚小声说："他俩只穿着泳衣！"

"没事儿。"杨晔对章翎喊，"翎翎，你注意着点小卷毛，有任何不舒服就立刻上岸，他可能不适应温泉，叫他千万别逞强，知道吗？"

"知道！我会看着他的。"章翎领着蒋赟往外走，"你可真没用，我还头一次见到有人能在温泉里昏过去的。"

蒋赟也觉得自己很没用，耷拉着眉毛不吭声。

从滚烫的池水中出来，零上几度的气温实在是很冷，章翎走得哆哆嗦嗦，蒋赟心潮起伏地跟在她身后。章翎偶尔回头，看到少年瘦高的身型，立刻害臊地转回头去。

他的浴巾只松松地搭在肩上，露出劲瘦的胸膛和腰腹，三角小泳裤下是两条匀称修长的腿，这画面让章翎的小心脏不太受得了，只能把自己的浴巾裹得更紧。

（4）

章翎找到一个所谓的中药池，水温 37 摄氏度，才敢让蒋赟下去。

池子里有别的游客在泡，蒋赟和章翎坐在角落里，这样的水温舒适许多，蒋赟在水里坐了一会儿，没再出现头晕心慌的症状。

只是，他心里还是很乱，因为昨天晚上章翎的表白。白天时，他们四个在一起，蒋赟还能忍着，到了晚上，四周黑漆漆的，他和章翎单独相处，还是在温泉池里，他只穿着小泳裤，章翎穿着泳衣，那种尴尬、忐忑、心慌又心动的感觉真的是怎么忍都忍不住。

"你今天怪怪的。"章翎瞅着他，"发生什么事了吗？"

蒋赟摇摇头，他头发湿了，脸上也都是水，章翎的眼睛从他脸上往下瞄，落在他裸露的肩膀上，还有在水中半隐半现的胸膛……她终于也感到难为情，脸微微烧起来。

有个六七岁大的小男孩在水中玩，套着救生圈从这头扑腾到那头，平静的池水被搅动，像浪一样一层层掀过来。章翎借着这荡漾的水波，悄悄向蒋赟坐过去一些，胳膊又一次蹭到他的胳膊。

她为自己的小心机感到羞赧，又觉得这样的触碰很有乐趣。很快，胳膊贴胳膊让她不再满足，她的右手在水下慢慢移动，碰到蒋赟的左手，她抬起尾指，勾了男孩的尾指一下。

蒋赟真的要被她给逼疯了。

"放假前，邱远峰对梨子表白了。"蒋赟突然开口，没头没脑地说出这句话。

章翎一愣，"啊？是，梨子和我说了，还让我别告诉别人，邱远峰告诉你的吗？"

"嗯。"蒋赟声音低沉，"邱远峰说，梨子没答应。"

章翎笑，"我早说了，梨子不会答应的，她满脑子只有北大。"

蒋赟转头看着她，"我现在觉得，你说的话很有道理。"

章翎纳闷地问：“我说的什么话？”

蒋赟很严肃，“你说，高中里不应该考虑这些，人的精力是有限的，我们才高二，应该更多地关注学习才行。”

章翎把右手从他左手上移开了，原本勾勾缠缠的手指松开后，蒋赟心里就像空了一块，他咬咬牙继续说：“章翎，我可能考不上北航，但我还是会努力考去北京。”

章翎定定地看着他，蒋赟鼓足勇气，水下的左手伸过去，快速地握一下她的右手。特别用力，都把章翎给握疼了。只是一下下，他就松开了手。

他的脸依旧很红，眼睛因为充血也有点红。他垂下眼睛，复又抬眸，眼睫上沾着水珠，声音又低又哑，只有章翎能听见，“我们一起考去北京吧，章翎，我只想一直保护你，有我在那边，你爸爸妈妈会更放心，别的事儿……我没想太多，还太早，你懂的。”

章翎听完后，嘴角露出浅笑，她低下头，像是回答，也像是自言自语，“嗯，我懂。”

有些话不用挑明，他们都是聪明的孩子，一个清醒理智，一个执着坚韧，都懂得现在的他们还无法处理好这种事。

不想像刘陈飞和李婧那样，冲动地开始，失望地结束。也不想像邱远峰和梨子那样，一早就知道前路叵测，干脆就不要开始。

他们其实有榜样，远的，是章知诚和杨晔，近的，是林师妍和方家豪。年级第一第二目标一致，都是清华，他们有光明的未来，有大把的时间，何必在最需要为梦想而努力的现在去浪费精力？

蒋赟说出自己想说的话，知道章翎听懂了，心中的石头落了地。他变得好放松，在池水中泡过一阵子后，蠢蠢欲动起来，“不是说有很多池子吗？要不去转转？我挺好奇的。”

“行啊，走吧。”章翎和他一起出水，裹着浴巾去别的温泉池。

幸亏章知诚没跟着他们，四十多岁的章老师肯定经不起那样的折腾，两小只就跟屁股抹了油似的，在一个池子里泡不到五分钟，就会爬起来去另一个池子。

蒋赟真的体验到红酒池、牛奶池、人参池、海盐池……在牛奶池里最搞笑，他居然在众目睽睽之下掬着乳白色的池水喝了一口，章翎差点崩溃，“你干什么呀？不嫌脏吗？大家你泡泡我泡泡，这就是个洗澡水啊！”

别的游客笑个不停，蒋赟被章翎噼里啪啦打了几下，委屈地说：“我就是想尝尝是不是真有牛奶味。”

章翎无语极了，都不能直视这个牛奶池，赶紧拖着蒋赟离开，去玩小鱼池。

小鱼池不用下水，只需把脚放进去，蒋赟和章翎并肩而坐，一起低头盯着看。两人的脚丫子一个黑，一个白，一个大，一个小，章翎忍不住抬脚踢了他一下，蒋赟没动，问："鱼呢？"

正说着，鱼就一群群地游来了，大部分都聚集在蒋赟脚边啃他的小腿和脚丫，啃得很起劲，章翎脚边只有寥寥几条。

蒋赟好惊喜，"你看，它们更喜欢我！哈哈哈……真的好痒啊！"

章翎快要笑岔气，"拜托，这说明你的脚比我的脏！"

"是吗？"蒋赟乐不起来了，"不应该啊，我天天洗澡的。"

泡完温泉去更衣室后，章知诚说把澡洗了吧，省得回酒店再洗，蒋赟二话不说冲进隔间，洗得格外卖力，差点把两条腿搓下一层皮。

因为前一晚睡得太少，这一晚，他上床后就睡着了。饱饱地睡过一觉，醒来后他才意识到，四天三晚的旅程就这么结束了。

蒋赟枕着手臂躺在床上，回味着这几天的经历，吃得饱，睡得好，玩得爽，满足了他对旅游的全部幻想。他愉悦地想，以后和别人聊到旅游，他也有谈资了，再也不是什么都不懂的土包子。

回钱塘的路上，杨晔邀请蒋赟除夕夜去吃年夜饭，这一次没费多少口舌，蒋赟就答应下来。他知道，杨医生要么不开口，开口就是通知，没有拒绝的余地。况且，除夕夜举家团圆，他一个人孤零零地留在出租屋，自己想想都太过凄凉。

只是蒋赟没想到，这一年的年夜饭居然是去章翎的舅舅家吃。杨磊和茅医生住的是一套江景大平层，房子比章翎家大很多，蒋赟被章翎领着在屋里参观一圈，又一次大开眼界。

茅医生见到蒋赟后，向他招手，"来来来，小卷毛，让我看看你的脸。"

蒋赟之前被章知诚带去过茅医生工作的中医院，除了一直用着那款中药外敷面膜，还被茅医生开过口服中药。四五个月过去，他的青春痘症状真的缓解许多，再次见到茅医生，蒋赟感到很亲切，乖乖坐着让她和杨晔一起研究他的脸。

小杰克第二次见到蒋赟，小朋友对这个卷头发的"哥哥"竟是印象深刻，见到后就扑过来叫："喜羊羊哥哥！"

章翎纠正他，"是叔叔！"

蒋赟笨拙地把杰克抱起来，杰克摸着他的头发，亲热地抱住他的脑袋。小男孩才三岁半，软乎乎的小身体还带着奶香，蒋赟的心都跟着柔软下来，捏捏杰克肉嘟嘟的小脸蛋，觉得小孩子真好玩。

杨教授和喻明芝被杨磊接来后，更令蒋赟惊讶的事情发生了，章翎家的每一对长辈，居然都给了他一个红包。蒋赟自然不肯收，但是五六个大人围着他，其中还包括两位七十多岁的老人，他也不敢用蛮力抵抗，拉拉扯扯间，一只小手伸过来，章翎说："来来来，都给我，我先帮他收一下。"

大人们有的在厨房做菜，有的在客厅看电视，蒋赟和章翎躲在书房，锁上门，头碰着头数红包。

每人都是三个红包，来自杨教授夫妻、章知诚夫妻和杨磊夫妻。章翎的红包金额很大，每一个都是两千块，蒋赟的红包钱少，除了章知诚给的是一千，另两个都是五百，不过对小少年来说，这已经是一笔巨款。

章翎说："我表哥表姐和我是同辈，不用给我红包，但是我表哥有孩子了，鹤鹤姐就要给杰克红包，我还不用给，因为我还在上学，等哪天我工作了，我也得给杰克红包。"

蒋赟记在心里，想着以后等他工作了，也得给杰克发红包。

章翎喜滋滋地把红包都塞进包里，蒋赟问："你们家过年，都是和你妈妈家的亲戚一起吗？你爸爸家呢？还走动吗？"

章翎抬头看他，"你知道我爸爸家的事？"

蒋赟点点头，"你妈妈和我说的。"

章翎说："不走动了，但我爸爸每年过年都会给他姨妈一个红包，我和妈妈不用去，我爸爸也不会留下吃饭，我已经有很多很多年没见过我爸爸家的亲戚了。"

蒋赟心中怅然，原来，像章老师这么好的人，也会记得曾经的那些伤害。

这一晚的年夜饭特别丰盛，是杨磊和茅医生主厨，章知诚打下手。蒋赟吃惯章老师的手艺，这次吃到章翎舅舅做的菜，才知道每户人家烧菜口味都有区别，一样的是，都很好吃！

吃年夜饭时，蒋赟接到李照香的电话，离开餐桌去阳台接。李照香已经知道蒋赟会去章翎家过年，问："崽啊，你去小妹家吃年夜饭了吗？"

蒋赟说："去了，正在吃，还没吃完呢。"

他看着眼前壮阔的江景，高层阳台寒风彻骨，吹乱了他的头发。

李照香说："奶奶刚吃过年夜饭，就想着给你打个电话，你一个人要乖乖的啊，好好上学，别惦记奶奶，奶奶好着呢……"

她唠唠叨叨地说着，蒋赟一直趴在栏杆上，安静地听。

身边不知何时多了个人，章翎捧着一杯热饮，也趴在栏杆上往远处看。

江对面升起一朵烟花，接着是第二朵、第三朵……绚烂的烟花照亮夜空，也照亮男孩女孩稚嫩的脸庞。

李照香终于说完了，蒋赟说："奶奶，我会乖乖的，你放心吧。"

他挂掉电话，转头看章翎，她正喝下一口热饮，弯着眼睛看他，"饺子出锅了，进屋吃饺子吧。"

这个春节，蒋赟过得一点也不孤单。他和草花见过一面，其余时间都被章知诚叫到家里吃饭，和章翎一起看电视、做作业。章老师说杨医生过年要上班，蒋赟来了，家里可以热闹些，他还能多做些菜。

章翎会缠着蒋赟打打闹闹，蒋赟有时候被她缠得受不了，就躲去厨房帮章知诚干活。他甚至还帮章老师搞大扫除，扫地、拖地、擦桌子……爬高爬低干得不亦乐乎，弄得章翎天天被章知诚批评，"你看看人家蒋赟！"

章翎噘嘴，"我已经不是你的宝贝女儿了吗？"

蒋赟就来拉章知诚，"叔，算了算了，我一个人干活就行，章翎笨手笨脚的，就会帮倒忙。"

章翎气得去打他，"你才笨手笨脚呢！"

有一天，章老师和杨医生的高中同学来家里聚会，刚巧蒋赟也在，那些人好奇地问，这帅小伙是谁？杨晔揽着蒋赟的肩，骄傲地说："我干儿子！"

蒋赟差点哭出来。真的，一点也不夸张，他差点哭出来。

二月中旬寒假结束，高中生们迎来新学期，高三生则进入高考前最后的冲刺阶段。

高二（1）班进行座位调整，蒋赟从第四排换到第五排，同桌变为郭骏骁。两个男孩因为文艺汇演混熟许多，坐在一起并不会感到陌生。

梨子和邱远峰被分开了，章翎也不再是蒋赟的前桌，被换到隔壁大组第四排，同桌居然是吴炫宇。

蒋赟觉得好笑，兜兜转转一年半，仿佛一切回到原点，小吴学霸终于和章翎成为同桌。

蒋赟并未感到失落，依旧每晚骑车送章翎回家。

天气一天比一天回暖，漫长的冬季即将结束，等到三月，春暖花开，就是蒋赟十七岁的生日。

章翎手臂环着他的腰，有些遗憾地说："今年你生日是周一，和我去年一样也在上学日，不能吃蛋糕啦。"

蒋赟浑不在意，"没事儿，我本来就不过生日。"

章翎问："你想要什么礼物？"

蒋赟说："不用礼物，我现在什么都不缺。"

章翎最近一直在考虑这件事，想给蒋赟买双鞋，他穿的都是别人给的二手鞋。章翎偷偷看过他鞋子的尺码，居然从41码到43码不等，她都搞不清他到底是穿几码的鞋。

蒋赟把章翎送回家后，独自骑车回袁家村，停好车，他往屋里走，突然听到厨房里传来一阵低低的哭泣声。蒋赟好奇地走过去，发现是贾小蝶坐在餐桌边抹眼泪，问："小蝶姐，你怎么了？"

贾小蝶抬头看他，呜咽着说："你听说了吗？袁家村要拆迁了，于晖已经去和拆迁办面谈过，好像都签下协议了。"

袁家村要拆迁——这个传了小半年的消息，终于在年后尘埃落定。

于晖和其他房东们陆续去与拆迁办面谈，商量拆迁补偿办法，有人拿钱，有人拿房，还有些钉子户狮子大开口，不停地与对方扯皮，妄想通过拆迁一夜暴富，能拥有数千万身家。

于晖排着队找租户沟通，拆迁办给的搬迁截止日期是五月底，还有三个月。于晖很大方地把租期截止到二月底，多出的房租悉数退给大家，让租户们免费住三个月，在这期间自行去寻找别的落脚点。

蒋赟感到略微的迷茫，不知道自己能住到哪里去。好在高三开学就要住校，他决定到时候不再租房，只要把六月到八月间的住宿问题解决即可。

他从小到大搬过无数次家，在于晖这儿住满两年，算是久的了。搬家的事并不急迫，蒋赟就没对章翎说。

他很享受如今平静的生活，原来的他对未来并无规划，现在已经有了明晰目标——好好学习，努力提高成绩，高考时争取考北航，考不上就考北京其他的学校，无论如何，他要和章翎一起去北京。

然而，就像袁家村说拆就拆，奶奶说病就病，翟丽说出现就出现一样，蒋赟心中的平静生活似乎只是表象，底下其实流淌着无数危机四伏的暗河。

就像一个彩虹泡泡，手指一戳，泡泡就碎了。

二月下旬的一天晚上，蒋赟回到袁家村，正要开锁进屋时，后背突然发凉。他猛地转过身，就看到黑暗中的墙上倚着一个人，还有一点火光。

他大喝出声："谁？！"

"是我。"那人从阴影中慢慢走出来，双手插兜，嘴里叼着一根烟，竟是许久不见的赵楠。

蒋赟顿时警惕起来，看看周围，问："师兄？你怎么知道我住这儿？"

"问一下就问到了。"赵楠示意蒋赟开门，"不请我进去坐坐吗？"

蒋赟没办法，只能打开房门，赵楠进屋后问都不问，一屁股坐在下铺，说："有吃的吗？我饿了，晚饭都没吃。"

蒋赟去厨房给他煮了一碗挂面端到房里，赵楠像是饿坏了，捧着面碗狼吞虎咽，也不嫌烫。

他看起来很落魄，头发油腻腻的，也不知多久没洗过，脸颊都瘦得凹进去了，胡子拉碴，衣服上也都是污渍。

蒋赟坐在椅子上，不知道赵楠现在是什么情况，不会是逃犯吧？蒋赟镇定心神，问："师兄，你来找我……有事吗？"

赵楠吃完面，搁下碗抹抹嘴，撩起眼皮看他，"你放心，我没被警察盯着，局子已经蹲完了，过年前刚出来。"

蒋赟冷冷地看着他，赵楠拍拍他的高低铺，说："你这床不错啊，能睡俩人，能不能让我在你这儿落个脚？几天就行。"

蒋赟摇头，"对不起，师兄，这事儿不行。"

赵楠"嗤嗤"地笑，"我就知道你不会答应，你现在不一样了，混得人模狗样，那几年大伙儿同生共死的兄弟情，早就忘了吧？"

蒋赟真要翻白眼，心想谁和你同生共死过？

赵楠又向他摊开手，"那你给我点钱吧，我最近手头紧，身上没钱了。"

蒋赟咬咬牙，从书包里掏出两百块钱递给赵楠，"只有这些，你拿了就走吧。"

赵楠接过钱塞进裤兜，冷笑一声，"干吗这么急赶我走？你心虚啊？"

蒋赟面不改色，"我心虚什么？"

"你自己心里知道。"赵楠说，"武校被端了，我没地方去，跑了这么多年，好不容易找到一个落脚点，烟雨人间，又被端了，四万多块提成都没拿到，几票活白干，还莫名其妙蹲了几个月局子，你说我冤不冤？"

蒋赟像是很惊讶，"烟雨人间被端了？为什么？"

"你没看新闻吗？这么大的新闻，全钱塘都知道啊。"赵楠说，"海哥和成哥吃了枪子儿，现在坟头草都该长出来了吧。"

蒋赟心脏跳得很重，康大海和成可已经被枪毙了？

他说："我没看新闻，你看到了，我家没电视机，也没电脑。"

赵楠就把那件事简单说了一遍，最后感叹："我现在没地方去了，你说，我该怎么办呢？"

蒋赟说："师兄，你可以去找个正经工作，你还不到二十吧？工作不难找的。"

赵楠哈哈大笑，"你在逗我吗？什么叫正经工作？我没文化的！电脑不会用，字都认不全。"他猛地伸出手给蒋赟看，"你看看我的手指，我是个残疾，去工厂做流水线工人，他们都不要我！"

蒋赟无话可说。

赵楠起身在蒋赟屋里转了一圈，看到床架上挂着的那顶迷彩棒球帽，拿下来戴到头上，说："这帽子不错啊，送我了吧？"

蒋赞一把把帽子从他头上摘下来，"不行，这是别人送我的。"

赵楠抬头，他比蒋赞矮一点，阴鸷的目光紧紧盯着他，蒋赞没有退缩，也勇敢地回瞪他。

对峙几秒后，赵楠开口，"你老实说，是不是你报的警？"

蒋赞心跳得很快，面上却装傻，"你在说什么？我听不懂，什么报警？"

"那天警察冲进来时，我就在那儿。"赵楠慢悠悠地说，"海哥他们做的大生意，我半点儿没掺和，轮不着我，我就只负责讨债和管管姑娘。那些警察在找姜灵，我看到了，她都没被逮，是被警察护着带出去的。前一天晚上，姜灵可能用过我的手机，给你打了个电话，我手机上有通话记录。"

蒋赞面色沉静地与赵楠对视，努力不让他看出破绽，"她是给我打过电话，打了好几个，我不耐烦才接起来的，骂了她几句就挂了。师兄，你怀疑是我报的警？我没有，这事儿和我没关系，我最后一次和你们有接触，就是跟着你和成哥去讨债，我发誓，我没对任何人说过这些事。"

赵楠盯着他，渐渐收起眼中的狠厉之色，拍拍蒋赞的肩，转身离开出租屋。

他走以后，蒋赞仔细检查门窗，快速地打电话报警。他没再隐瞒自己匿名报警的事，详详细细地把事情因果说给接线员听。

当晚，梁军就做出部署，当蒋赞第二天出门上学时，佟跃东和夏云又一次悄悄地跟在蒋赞身后。

佟跃东问夏云："你觉得那个姓赵的是葛朝阳派来的吗？"

夏云回答："不知道。"

佟跃东说："他们应该猜到是小孩报的警了，就是来试探一下。"

"这事不好办。"夏云说，"葛朝阳很狡猾，如果起了疑心，肯定会再来找小孩，盯紧点吧，他才十七岁。"

第15章

章翎，我得走了

（1）

二月二十五日，星期二，阴。

屋外的雪积得很厚，人行道上只被人清扫出一条小路供人行走。

李照香把自己裹得严严实实，戴上毛线帽子和围巾，拎着个麻袋颤巍巍地走出小屋。蒋建梅在院子里扫雪，问："妈，你去哪儿？"

李照香说："上街转转，屋子里太闷了，我待得心慌。"

老太太适应不了西北寒冷的冬季，屋里暖气充足，她却嫌干燥，总是想着法儿地要出门走走。蒋建梅劝她，"别去了吧，你都七十岁的人了，昨天刚下完雪，路上可滑。"

说到下雪李照香就生气，"再过几天都三月了，在钱塘桃花都要开了，这儿还下雪！三天两头下雪！下不完了都！"

蒋建梅也不高兴了，"钱塘钱塘，你就会念叨钱塘！钱塘那么好，你回去呀！连个房子都能卖掉，贴了建齐不够，还要贴蒋赟，你这辈子都不知道在忙乎啥！"

李照香冷眼看向女儿，"我是建齐他妈，卖房子是为了救他，再说那房子本来就是他造的，为什么不能卖？小崽是我孙子，他妈不要他，只能我来养，问你要过钱了吗？你一个做姑姑的，也没给小崽买过一件衣服，还好意思说。"

"我有什么不好意思的？我很有钱吗？我有两个小孩呢！真是搞笑，我问你要过钱吗？你搞搞清楚，现在是谁在养你啊？"蒋建梅把扫把一丢，气呼呼地走回屋去。

李照香拉拉毛线围巾，嘟囔道："你是我女儿，不该你养我吗？哼，等我们小崽大学毕业，我就找他去。"

老太太拎着麻袋，迈着小碎步，挪啊挪地走出了院子。

可是这一走，她再也没能回来。

三月二日，星期天，晴。

赵楠没有再来找过蒋赟，周日下午，两位民警依照约定来出租屋与蒋赟见面，三人坐在一起聊了好久。

既然康大海和成可都死了，蒋赟也不再有顾虑，把之前没说到的细节全都一五一十说出来，包括自己和赵楠的几次见面，还有跟着赵楠和成可去讨债的那次经历。

民警说，那个案件涉案人员众多，难免有漏网之鱼，具体案情不便向蒋赟透露，但警方承诺最近会加大力度保护他的安全，让他自己也保持警惕，除了学校，别的地方尽量都别去。

蒋赟皱着眉说："这事儿要多久啊？我还在上学呢，你们最好能找到赵楠，让他别来骚扰我了。"

民警说："不会很久的，请你相信我们。"

蒋赟没再说什么，把民警送到门口，看着他们离开。

他回屋躺下，心里烦得不行。这事儿真是没完没了，赵楠就跟个狗皮膏药一样，到底是什么意思？蒋赟拿着那顶被赵楠戴过的棒球帽，心疼地摸着帽檐，打算把帽子洗一遍。

他对着帽子自言自语，"哦，你没了落脚点，就要赖我？拿不到讨债的提成，蹲几个月局子，也要赖我？手指废了找不到工作，没文化不会用电脑，还要赖我？那是不是你找不到老婆买不了房，都要赖我啊？神经病。"

蒋赟大无语，心想，这不都是赵楠自找的吗？

在床上躺了一会儿后，他拿起手机给李照香拨电话，连接音响过许久才被人接起，却不是李照香，而是蒋建梅。

蒋赟说："姑姑，我找奶奶。"

蒋建梅的声音带着疲惫，"你奶奶在午睡呢，等她醒了我让她打给你。"

"哦，好的。"蒋赟挂掉电话。

一直到晚上入睡前，他才想起，奶奶的电话一直没打过来。

可能是姑姑忘记告诉她了？蒋赟没放在心上，知道姑姑不喜欢他，想着过些天再给奶奶打电话。

三月初，乔嘉桐走进钱塘某考点，和全国同样通过资格预审的考生一起，参加北京航空航天大学的自主招生笔试。

如果通过笔试和面试，乔嘉桐能拿到北航降分 20 分录取的优惠政策，对于他来说，约等于保送。

因为民警的盼咐，蒋赟纠结要不要暂停护送章翎回家，却又找不到合适的理由。

他不想让章翎和她父母知道，他在前一年的秋天还有过那样一段经历，最后甚至牵扯上一个大案子。

蒋赟没觉得自己报警有错，算是问心无愧，最后还是决定不和章翎说。

三月四日，星期二，晴。

高二（1）班的体育课上，自由活动时间，邱远峰喊蒋赟去打篮球，蒋赟欣然前往，和萧亮、郭骏骁、方家豪那几个高个子男生一起打球。

他弹跳力好，负责在篮板下防守，方家豪一个跳投两分球，直接被蒋赟跳起盖帽，方家豪气得大叫："你这么能跳怎么不去练跳高啊！"

蒋赟得意地笑，脱下校服丢到一边，只穿着薄 T 恤回到场上。萧亮过来揽住他的肩，说："五月篮球赛，我算你一个吧。"

体育委员能操心的事除了运动会就是篮球赛，高一时，萧亮带 6 班男生从小组赛杀入八强，八进四时被淘汰，高二是最后的机会，他的目标是至少打进四强。

被萧亮揽着肩，蒋赟还不太习惯，扯扯嘴角说："我篮球打得很烂啊。"

萧亮说："做个替补也行，真的，参加吧，到时候咱们再一起练练。"

蒋赟犹豫，"还是算了吧……"

萧亮突然胳膊用力，一下子锁住蒋赟的脖子，"你这人是不是还在记仇？啊？是不是？是不是？"

蒋赟仰着脖子惨叫："没没没没没……我参加我参加，我参加总行了吧！"

萧亮这才松开他，"矫情。"

三月五日，星期三，晴。

这一天要进行春季体检。

蒋赟又一次在身高体重秤上站得笔挺，眼睛往上瞄，感觉到头顶的小棒棒后，听到医生报数："一米七九，体重五十八点五。"

他下来穿鞋，问："医生姐姐，我这体重还算轻吗？"

"当然算轻啦！"女医生瞅着他，"你这么高的个子，一百二十斤都不到，你自己说说，不算轻吗？"

蒋赟摸摸肚子，"我觉得我已经长胖很多了。"

排队的几个男生都在笑，郭骏骁喊他："你赶紧一边儿去，别丢人现眼。"

蒋赟找到章翎，兴冲冲地问："你现在多高？"

章翎说："一米六七，怎么了？"

蒋赟骄傲地抬起下巴，"我一米七九了！"

"喔，真哒？"章翎也很高兴，"不知道你能不能超过我爸爸。"

蒋赟"啧"了一声，"我前年，一年长了七点五厘米，去年长了五点五厘米，好像慢下来了，下一年最多只能长三厘米了吧？不一定能超过你爸。"

章翎笑嘻嘻，"和我爸爸一样高，也很高啦！"

说话间，吴炫宇刚好拿着体检表走过他们身边，蒋赟叫住他，"小吴学霸，你现在多高？"

吴炫宇只有一米七出头，瞟了他一眼后，扶扶眼镜腿，不声不响地走了过去。

蒋赟很受伤，"他还是不理我。"

上午体检结束，大家去食堂吃午饭，蒋赟被邱远峰叫走了，和郭骏骁、方家豪坐一桌。章翎和梨子找座位时，范欣言朝她招手，"章翎！坐这里坐这里！"

章翎带着梨子与范欣言拼桌，同桌的还有另一个高二（10）班的女生，那女生姓黄，听说这就是章翎后，意味深长地"哦"了一声，神色间带着兴奋。

章翎知道，这是她和乔嘉桐传"绯闻"的后遗症。

四个女生边吃边聊，黄同学突然碰碰范欣言的胳膊，"你看，校花，还有校草。"

范欣言和梨子都转头看去，只有章翎继续吃饭，半点儿没反应，把"与乔嘉桐划清界限"贯彻得很彻底。

乔嘉桐和许清怡是一起进的食堂，一起排队买饭，买完后又一起同桌吃饭，四人桌上只有他们两个，也没人敢和他们拼桌。乔嘉桐看着很沉默，只有许清怡一直在说话，校花像是完全不在意各种探究的眼光，表情娇俏，笑容甜美，所有心思只倾注在对面的乔嘉桐身上。

章翎吃得很快，吃完后对梨子说："你慢慢吃，我先回教室了。"

她端着餐盘起身，不远处的乔嘉桐望过来，突然也站起身。

许清怡一愣，叫他："学长？"

乔嘉桐像是没听见，大步向章翎走去。

梨子、范欣言和黄同学都惊讶地看着这一幕，周围静了一瞬。章翎回头看到乔嘉桐，突然就迈开腿小跑起来，把餐盘往碗槽里一丢，人就冲出了食堂。

乔嘉桐站在原地，许久后，才回到桌旁坐下。许清怡的心脏真的好强大，居然一点也没生气，继续与他说笑起来。

不远处，独自坐着的姚俊轩收回目光，垂下眼帘。

蒋赟那桌的几个男生也看到了这一幕，方家豪不太懂，"什么情况啊？乔嘉桐到底是什么意思？"

郭骏骁曾经万分迷恋校花的容颜，现在也淡了，悠悠开口，"不就是吃着碗里的，看着锅里的呗。"

邱远峰问蒋赟："蒋赟，你和章翎熟，知道他俩是怎么回事吗？我到现在都没弄懂，乔嘉桐和章翎什么时候认识的？高一吗？"

蒋赟一直没说话，眼神很冷漠，回答："我不知道。"

乔嘉桐和许清怡吃完饭，一同走出食堂。高三生和高二生不在同一栋教学楼，在岔路口分别时，乔嘉桐依旧面色冷峻。许清怡收起在食堂时那副天真无邪的笑脸，漂亮的大眼睛里浮上一层愁绪，低声说："学长，你生气了？"

乔嘉桐说："没有。"

"我不管别人怎么说。"许清怡站在乔嘉桐面前，巴掌大的小脸蛋上满是委屈，"我就是喜欢你，很喜欢很喜欢。我知道你喜欢章翎，但我不在乎，我只要能看到你，能陪着你，就心满意足了。"

她眼泪汪汪，乔嘉桐怔怔地看着她，很是为难，"你别这样。"

许清怡倔强地摇头，"学长，需要我去向章翎解释一下吗？我怕她误会你。"

乔嘉桐说："不用。"

许清怡抹抹泪，"那你回去吧，我也回教室了。"

"嗯。"乔嘉桐也不知该说什么，转身往教学楼走去。

许清怡看着他的背影，又一次变脸，眼泪还挂在眼角，眼神却不再楚楚可怜，而是满含嘲讽。

寒假前的那个月，因为乔嘉桐和章翎的"绯闻"曝光，许清怡的经历简直不堪回首。她知道自己成了一个笑柄，尽管没人敢在她面前提起，尽管依旧有男生来向她表白，但许清怡知道，在她看不见的地方，有无数人在嘲笑她。

她其实并没有多在乎乔嘉桐，如果校草来向她表白，她还不一定会答应！她只是不能接受自己输给章翎，不能接受乔嘉桐那个浑蛋莫名其妙把她当枪使。当枪使也就算了，还被赵思婷给听去，搞得人尽皆知。

这事儿，许清怡多冤啊！和她有什么关系？她撩过乔嘉桐吗？没有！她都看不上他！

许清怡从未尝过这样的屈辱，绝不会善罢甘休。她想，不就是个乔嘉桐吗？很高冷吗？很难追吗？不一定吧。

他们只是没见识过她真正的本事罢了。

于是，寒假里，她开始接触乔嘉桐。高三生再也没时间组局玩耍，许清怡就一趟趟往乔嘉桐家里跑，给他送亲手做的饼干、亲手织的围巾，情人节时，还送他亲手做的巧克力，并且哭哭啼啼地向他表白。

很少有男生能抵抗她的眼泪，事实证明，乔嘉桐也不例外。

乔嘉桐很是苦恼。

许清怡向他表白时，他其实很吃惊。两人认识一年多，乔嘉桐有好几个朋友都暗恋许清怡，又觉得自己条件不够，不敢去追，日常聚会时总是会拿乔嘉桐和许清怡寻开心，说他俩是绝配。

乔嘉桐承认许清怡很漂亮，是他入校三年见过的最好看的女孩，平时出来玩也很放得开，但他对她没有动心的感觉。他觉得许清怡不够聪明，不够文静，因为长得好看性格太过傲慢，成绩也很一般。尤其那次作弊事件出来，许清怡被记过，乔嘉桐心里对她有过小小的鄙视。

可当这女孩含着眼泪站在他面前，怯怯地说喜欢他时，乔嘉桐心里还是被撞了一下。

他有些忧愁地想，章翎和许清怡为什么不能互补一下呢？章翎要是能再漂亮一点，会打扮一点，就完美了。其实章翎的五官挺好看的，要是不戴眼镜，把头发散下来，穿上好看的小裙子，化点妆，不会比许清怡差太多……正胡思乱想着走到教室门口，乔嘉桐意外地看到走廊上站着一个人——蒋赟。

乔嘉桐目不斜视地要进教室，被蒋赟叫住，"乔嘉桐。"

"干吗？"乔嘉桐回头。

蒋赟开门见山，"你别再缠着章翎了。"

"我缠着章翎？"乔嘉桐双手插进裤兜，偏头看他，"要不要我手机拿出来给你看看？你知道我有多久没和她联系了吗？"

蒋赟说："那你刚才在食堂，不还想去找她吗？"

乔嘉桐觉得有趣，"食堂是你家开的？我找她说话也不行？你是章翎的谁啊？有什么资格来管我？"

蒋赟现在可有底气了，"我告诉你，章翎不喜欢你，你要是喜欢许清怡就去追，别在外面乱放消息，章翎一点也不想掺和你和许清怡的事！我就想不明白，你一个快高考的人，怎么还有心思弄这些事，你也不怕考砸了？"

乔嘉桐脸色冷下来，"第一，我已经参加过北航的笔试，可以很肯定地告诉你，我稳上北航，绝对不会考砸。第二，我不喜欢许清怡，是她来追我，我没答应过。第三，章翎喜不喜欢我轮不到你来多嘴，怎么？她不喜欢我，难不成还喜欢你吗？"

蒋赟胸膛一挺，"这可说不定，甭管她喜不喜欢我吧，反正我能确定，她不喜欢你。"

乔嘉桐盯着蒋赟，"那你知不知道，她以前喜欢过我？"

蒋赟："那又怎么样？你都说了是以前。"

"她喜欢过我，后来又不喜欢了。"乔嘉桐的笑容充满自信，"你又怎么能确定，她喜欢你，以后会一直喜欢呢？你又怎么能确定，她以后，不会再重新喜欢上我呢？"

　　两个少年相对而立，不再像两年前天桥下初见时那样，有着十几厘米的身高差。乔嘉桐是绝不会承认自己输给蒋赟的，他气定神闲地说："蒋赟，不是我打击你，你自己好好想想，你和章翎有可能吗？你有什么？你配得上她吗？你的出现完全就是浪费她的时间，你和她就算开始了，也绝对是以分手收场。"

　　蒋赟看着乔嘉桐白皙俊朗的脸庞，心里其实认同他的话，但这不是重点啊。他微微一笑，很是坦然，"你说的我都懂，章翎有多好，我比你清楚得多。我也没想着要和她怎么样，不过，我百分百地确定一点，你，更配不上她。好好考你的北航吧，有本事，等她到北京后你再把她追回去，现在，请你不要再骚扰她。"

　　蒋赟说完后，也不管乔嘉桐黑成锅底般的脸，昂首阔步地往楼梯走去。

　　三月六日，星期四，惊蛰。

　　晚上放学后，蒋赟在车站接到章翎，骑车送她回家。

　　"气象预报说，今晚好像要下雨了。"女孩坐在男孩身后晃着脚，"这几天你听到过打雷吗？"

　　蒋赟说："没有，没注意。"

　　章翎还穿着厚外套，蒋赟已经不穿了，他就在毛衣外套着校服，一点也不觉得冷。

　　"我爸爸说，这个周日给你提前一天过生日。"章翎拍拍他的背，"我声乐课下课后，我们一起去商场吧。我也不给你惊喜了，就想给你买双鞋，因为不知道你脚多大，你自己去试一下好吗？"

　　蒋赟说："我有鞋，好几双呢，不要买了。"

　　章翎不乐意，"都是别人给你的，你前天不是说萧亮让你参加今年的篮球赛吗，我想你穿自己的鞋。"

　　说到篮球赛，蒋赟就想到同样在五月进行的艺术节，"对了，今年艺术节你会去唱歌吗？进高中后，你一直都没独唱过。"

　　章翎笑问："你想听啊？"

　　"想听。"蒋赟语气里带着点恳求意味，"你去参加吧，我给你拍照，高三就没机会了。"

　　章翎想了想，点头，"行，满足你。"

　　蒋赟笑得很开心，双脚用力地踩着脚踏，自行车拐过一个转角，进入最后一条街，金秋西苑就在前方。

　　这条街就是去年他们遭遇康大海阻截的那条街，不那么宽，工地上的建筑已经封顶，脚手架和绿网都拆掉了，估计再过不久就能竣工。

　　章翎左手抱着蒋赟的书包，右手环住他的腰，和他聊着学校里的事。一辆越野车从后方驶来，章翎转头看了一眼，觉得很奇怪，这么晚了，那车居然没开车灯。

自行车靠着路边骑，按道理越野车会从他们身边路过，章翎起先没在意，渐渐地感到不寻常。那辆车开得很慢，竟是一直跟在他们身后，离他们只差不到十米远。

章翎说："蒋赟，后面有一辆车……"

话还没说完，那辆车突然加速开过来，蒋赟已经有所警惕，回头一看就知道事情不妙，大叫："丢掉书包！"

章翎立刻丢掉书包，千钧一发之际，蒋赟回身揽住她的身体，脚用力一蹬，两人搂抱着就往路边摔去。

自行车倒在地上，那辆越野车完全没减速，大轮子直接从自行车上碾过去，"噼里啪啦"一阵响，把这二手小破车碾成一堆废铁。

"你没事吧？"蒋赟抱着章翎惊魂未定地倒在地上，越野车停下来，从车上走下三个男人。蒋赟快速地拉章翎起身，"快跑！"

章翎眼镜都摔飞了，肩上的书包落在地上，完全不知道发生了什么。她被蒋赟拉着快步向前跑，那三人追上来，蒋赟推了章翎一把，"你快跑，去报警！我拦着他们。"

章翎回头，"不要——"

"快跑！往前跑！去报警！"蒋赟背对章翎，大吼出声，"快跑！"

章翎咬咬牙，转头就撒开腿跑了出去。

三个男人已经冲到蒋赟面前，有一个想去追章翎，被蒋赟一脚踹翻，又有一个想要越过他，被他一个猛扑扑倒在地。

章翎已经跑远了，三个男人对视几眼后，放弃去追女孩，其中一个说："把这小子带走。"

蒋赟翻身站起，转着手腕笑了，"就凭你们？"

章翎跑得飞快，比在八百米赛道上跑得都要快，从一开始就在全力冲刺。她手机在书包里，心急如焚，想着要找人，找店铺，要报警……很多店铺都关门了，为什么关门这么早啊！

她终于看见一家便利店，正要冲进去，一个年轻女人拦在她面前，章翎刹不住车，一头撞到她身上，被她抓住了。

那女人左手抓着章翎的胳膊，右手正在打电话，"是，就在金秋西苑门口那条路上，工地旁，大东已经过去了，请求支援，请求支援！"

章翎睁大眼睛惊愕地看着她，女人收起电话，才放柔声音对章翎说："别害怕，小妹妹，我是警察。"

（2）

空寂的街道上，蒋赟孤身而立，眼睛扫过面前三个男人，能看出这些人都不是普通流氓。

没事，他想，只要章翎安全，就好了，这一次，就让他来做余蔚吧。

一个男人已经拔拳向他冲来，蒋赟目光一凛，扎稳马步抬臂格上，紧接着一个回旋踢，一脚把那人踹退好几步。另两人同时逼近，蒋赟不敢轻敌，这可不是和成可"点到为止"的切磋，这些人都是亡命之徒，他只能拿出搏命的架势与他们缠斗。

就算是死，也不能被他们带走，蒋赟在心中做下决定。

就在蒋赟打得左支右绌时，一个年轻男人快速跑来，很突兀地加入战团。蒋赟起先一惊，以为是对方的人，开始担心章翎的安全，后来发现这人竟是来帮他的。

佟跃东没有表明身份，因为知道一旦表明，对方就会逃跑，他示意蒋赟，"抓住那个最矮的。"

蒋赟会意，两人同时出手如闪电，很快就把最矮的一个男人摁到地上，另两人正要扑过来时，佟跃东亮出手铐，"咔"的一下把那男人的手腕和地上的破烂自行车铐在一起，同时大喝："不许动！我是警察！"

果然，另两人听到后屁滚尿流地上了越野车，扬长而去。

佟跃东没再追赶，他只有一个人，也没车，留在原地和夏云打电话，收线后说："你那小女朋友没事，和我同事在一起。"

蒋赟松了口气，一屁股坐到地上。佟跃东抓抓头发，摸摸脸，发现脸上也有点挂彩，去看蒋赟也是一样，脸上有些伤，忍不住说："小孩，你身手不错啊。"

蒋赟看看被铐着的那个倒霉蛋，又抬头看看佟跃东，好半天后说出一句话："我见过你。"

佟跃东低头看着他，"什么时候？"

"还有个女的和你在一起，我见过你们好几次。"蒋赟喘着气，"我以为你们住在这附近，所以作息才会和我一致，妈的，原来你们是警察。"

佟跃东尴尬地摸摸鼻子，没出声，蒋赟又气势汹汹地问："你们一直跟着我吗？为什么这么久才过来？老子差点被车撞死！"

佟跃东："这……"

这事儿说来也很玄乎，因为蒋赟是骑自行车来回，轮班的便衣警察也就只能骑自行车。之前佟跃东和夏云骑车跟着蒋赟时，佟跃东的自行车突然掉链子了，就在他蹲在地上、满手是油地给自行车装链条时，夏云看到章翎狂奔过来，才意识到出了事。

夏云带着章翎走到事发地时，警队的车也来了，几个便衣下车，和佟跃东一起处理趴在地上的嫌疑人，章翎大叫："蒋赟！"

蒋赟刚回头，章翎已经扑到他面前，他立刻张开双臂将她抱进怀里。

章翎憋了许久的眼泪这时才落下，呜呜地哭出声来。蒋赟慌里慌张地揉着她的背脊和头发，连声安慰她，"我没事我没事，一点事都没有，你别哭，你看，警察都来了，你别哭别哭……"

章翎抬头看他，问："你有没有受伤？"

蒋赟脸上有些小伤，摇头，"就一些擦伤，不严重，你知道，我打架很厉害的。"

章翎用手指摸摸他脸上的伤口，蒋赟将手掌按在她的手背上，笑着说："我真没事，一点都不疼。"

佟跃东把犯罪嫌疑人逮上警车，回头叫蒋赟："小孩，跟我们去警局，我们队长要和你谈谈。放心吧，我同事会把你女朋友送回家的。"

章翎疑惑，"为什么要去警局？"

蒋赟揉揉她脑袋，又抱抱她，"没事，我可能是个证人，你回家吧，别担心我。"

章翎从他怀里出来，捡起地上的书包背上，去找眼镜时，发现眼镜被踩碎了。她站在夏云身边，看着蒋赟坐上警车，又看一眼地上那辆被碾烂的自行车，心里的感觉非常不好。

她往前走一步，叫："蒋赟！"

蒋赟回头，章翎问："你明天还去学校吗？"

"当然去啊。"蒋赟失笑，觉得这个问题很奇怪，"不去学校我去哪儿？"

章翎点头，"哦，那我们学校见。"

蒋赟朝她挥挥手，"学校见。"

警车开走了，夏云拉拉章翎的胳膊，"走吧，我送你回家，晚上的事，我也得和你父母说一声。"

章翎心口一跳，问："可以不说吗？"

"不行。"夏云很严肃地回答，"最近，你暂时不能和蒋赟有来往，因为有犯罪分子盯着他，和他在一起，你可能会遇到危险。"

章翎蒙了，又一次回头望去，警车早已开远。她心中越来越不安，觉得事情的发展已经超出她的想象，可她完全没有头绪，只能沉默着让夏云送她回家。

这晚杨晔也在家，夏云出示证件后，和章知诚、杨晔坐在客厅谈话，要求章翎回避。

章翎说她也想留在客厅，被章知诚拒绝，强硬地把她送进房间。章翎把耳朵贴在门板上也听不到外面的声音，只能爬上飘窗窗台，抱着膝盖，回想之前发生的那些事。

这已经是她和蒋赟第二次遇到危险。

章翎猜到这些人是和去年三月的那些人有关，却想不通其中的关联。蒋赟答应过她和爸爸，不会再和这些社会人员来往，章翎很害怕，心想，到底发生了什么？蒋赟碰到麻烦了吗？他不会骗她的呀。

警局里，蒋赟再次见到那位姓梁的中年男警，这次他自报家门，说他叫梁军，是钱塘市公安局禁毒支队的支队长。

当着蒋赟的面，佟跃东因为"掉链子"被梁军一通大骂，要求他回头写检讨，佟跃东垂头丧气地走出去，办公室里只剩梁军和蒋赟两人。

"你是不是有很多问题？"梁军在办公桌后坐下，问道。

蒋赟点点头，梁军说："那我简单和你说一下吧，你要保密。"

蒋赟又点头。

梁军知道不能再瞒着这个小孩了，他低估了犯罪分子的猖狂程度，他们居然如此嚣张，竟然会当街袭击蒋赟，还试图把他带走。

梁军问："烟雨人间的案子，你看过新闻吗？"

蒋赟说："看过。"

"是你报的警？"

"对。"

"我和你说说那个案子吧。"

这个案件不算复杂，也不简单，更确切地说，有点魔幻。

康大海和同伙入股烟雨人间娱乐会所，几年时间，那里变成一个黑社会犯罪窝点。一开始还没有涉毒，只是组织卖淫嫖娼、聚众赌博和放高利贷，后来康大海几人胆子越来越大，开始做毒品生意，两三年间就发展出一片以烟雨人间为中心点的贩毒网络。

贩毒要有上线，即货源，康大海的货源是从一个化名叫"葛朝阳"的大毒贩那里拿。事发当晚，葛朝阳的人带着货来交易。以前，他们的交易地点不在烟雨人间，乱七八糟哪里都有，偏偏那一天，他们定在烟雨人间，还是一整年来第一次把交易地点定在那里。

个中缘由，梁军没对蒋赟说，蒋赟也没意识到哪里有问题。

也是阴差阳错，治安支队接到群众举报，当晚去扫黄。那群人一开始强作镇定，想着扫黄就扫黄吧，谁知道，治安支队去的人挺多，顺便就把娱乐会所检查了一番，居然把货和钱都翻出来了。

那是一批大货，康大海等人都没闹明白是怎么回事，已经被一个个摁到地上，瓮中捉鳖似的，警察们意外地破了一桩贩毒大案。

康大海那拨人被抓了，葛朝阳吃了个哑巴亏，损失惨重，就派人把康大海手下那些罪名轻一点的小弟给网罗过去，想问问究竟是怎么回事，有没有黑吃黑的嫌疑。赵楠就是网罗过去的其中之一。

赵楠浑了二十年，难得聪明一回，迫切地想在新老大面前表现自己。他联系事发前的一些事，还有手机上姜灵打给蒋赟的通话记录，说怀疑报警人是一个叫蒋赟的高中生。

听到这里，蒋赟问："你们找到赵楠了吗？"

梁军说："还没有，现在他在逃，我们暂时没找到他。"

蒋赟低头思索，赵楠在逃，那个叫葛朝阳的大毒贩把仇记在他头上，派人来抓他，佟跃东很快就出现了，说明警察一直跟着他。这不是更加证明，就是他报的警吗？

他问梁军："那我怎么办？那个姓葛的，你们能抓到他吗？"

梁军说："葛朝阳人不在 A 省，抓他，已经不仅仅是钱塘公安的事了，而是要几个省的禁毒警联合行动才行。他行踪很隐秘，化名众多，平时几乎不露脸，我们抓他有好几年了，一直在努力，暂时还没成功。"

蒋赟心都凉了，碰到这样的事，他能说什么？

梁军坐在办公椅上，打量面前年轻的男孩。与一年前相比，他长高了，骨架子也长开了，面部轮廓由稚嫩变得刚毅，那些小小的伤口更是让他平添一股少年人特有的锐气。

他坐得很端正，没有因为被卷进这样的事件而显出胆怯之意，硬要说的话，他眼睛里有一种叫人心疼的无力感，就好像在说：来吧来吧，尽管冲我来吧，我什么都不怕，没什么可以打倒我。

两人相对无言，还是梁军打破沉默，"蒋赟，我有一个建议，希望你考虑一下。"

蒋赟抬眸，问："什么建议？"

"暂时离开钱塘。"梁军说，"我们会协助你办理手续，学籍依旧留在五中，你先避避风头，换一个城市，换一个名字，直到你高考为止。"

蒋赟脱口而出，"我不要！"

隐姓埋名，背井离乡，这种事他想都没想过，怎么可能会愿意？犯罪的是那些坏人，为什么要他来承担这样的后果？就像章翎说的，好人为什么要怕坏人？他就是报了个警，帮助警察破获大案，他什么都不知道啊！那个姓葛的是傻子吗？就算把他弄死了，那人除了爽，又有什么好处？

梁军说："我们会保护你，但不可能二十四小时盯着你，你很有可能会再次遇到危险。"

蒋赟一撇头，"我不怕！难不成他还能杀了我吗？"

梁军叹气，"也不是没可能。"

蒋赟吃惊地看着他，"他为什么要这么做啊？他就算杀了我他的货也拿不回去啊！"

梁军说："很简单，可以威胁、恫吓警方。"

蒋赟瞠目结舌，梁军双手交握，缓缓地说："蒋赟啊，我知道你不害怕，那你有没有想过，你身边的人，也有可能会因为你而遭遇危险？"

这句话像一把刀，直戳蒋赟的心窝。他想起章翎，还有章老师和杨医生，两次了，是的，他已经两次让章翎遇到危险。

那些坏人能找到他，自然也能找到章翎，他们知道章翎住在哪里，如果他继续待在章翎身边，她真的会一直处在危险中。

啊！章老师已经知道这件事了吗？蒋赟不怕坏人的打击报复，却极度害怕连累章翎，害怕章翎父母对他失望。

他慌乱起来，心想，完了，章老师和杨医生知道后，一定会对他大失所望。他食言了，没有完全断绝与那些人渣来往，他去过烟雨人间，还去过讨债现场，他曾经和那些吃枪子儿的人渣坐在一个包厢，看他们喝酒吹牛，和姑娘搂搂抱抱……这些事，章老师和杨医生是不是都会知道？

蒋赟感到恐惧，脸色逐渐发白，双手抚上脸颊搓一搓，也不顾伤口疼痛，茫然地问："可是，我能去哪里呢？"

梁军说："去你……"

话没说完，蒋赟裤兜里的手机突然振动起来，他拿出来看，"我姑姑？"

梁军没再继续往下说。

这么晚了，姑姑给他打电话，蒋赟心里有一种不好的预感，他接起来，"喂，姑姑。"

蒋建梅说："蒋赟，你放学了吧？"

蒋赟："放学了。"

"那个……和你说件事。"蒋建梅一张嘴就开始哭，"你奶奶……前些天，上个礼拜二吧，非要出门走走，我拦不住。那天刚下完雪，路上很滑，她出门的时候不小心摔了一跤，盆骨骨折，还……还磕到了头……脑……脑出血。"

蒋赟听着，居然很冷静，"然后呢？她现在怎么样？"

蒋建梅哽咽着说："当时被路人发现，送到医院抢救，这一个多礼拜一直在抢救，就……姑姑已经花了好多钱，好几万，那个……姑姑真的是没办法了，医生说就算救回来，估计人也醒不过来了，就和植物人差不多。所以……蒋赟你不要怪我，真的你不要怪我，姑姑实在是没办法了，姑姑家里很困难，我……我刚签字了……放……放弃抢救……"

蒋赟疯了，真的疯了，手机都快被他捏爆，他对着手机大喊："不要！不要！不要签字！姑姑不要签字！我求求你不要签字！我去找钱，我马上就去找钱，我去找翟丽，我问她借钱，你不要签字！求求你让奶奶活下去……我求求你让奶奶活下去……"

他再也坐不住，整个人滑下椅子，跪在地上，左手撑着地，右手捏着手机，眼泪早已漫出眼眶，吧嗒吧嗒地往下掉。

梁军站在他身边，听他说话就知道事情的大概，想去抢手机来通话，蒋赟哪里肯放，狠狠推了他一把，依旧在那里哭喊："姑姑我求求你不要签字，求你了！我是她孙子，我能找钱救她，她会好起来的，她会醒过来的，我来照顾她，你信我，你信我，求求你不要签字……"

蒋建梅"哇"的大哭起来，"我已经签了！我已经签了！蒋赟，你奶奶她……刚刚没了。"

手机咚地落地，蒋赟一头栽在地上，整个身体缩成一团，剧烈地颤抖。梁军去扶他，被一脚踢开，这个见惯生死的铁血男人只能沉默着站在一边，让少年自行消化、自行疗伤。

半晌后，蒋赟仰起脖子，发出一声困兽般的嘶吼："啊啊啊——"

三月七日，星期五，雨。

迟到的春雷在凌晨终于炸响，初春季节的第一场雨也随之落下。

蒋赟没有来上学，章翎给他发出无数条消息，他都没回。

同学们问她，蒋赟怎么没来？章翎说她也不知道。她偷偷去问陈涛，陈涛说蒋赟家里有事，请假了。

放学后，章翎想去袁家村找蒋赟，一出校门就看到章知诚撑着伞等在那里。

雨水淅沥，章翎收起伞钻到父亲伞下，章知诚揽过她的肩，揉揉她沾上雨水的头发，轻声说："翎翎，我们回家吧。"

三月八日，星期六，雨。

蒋赟依旧请假，依旧失联。

章翎偶尔回头，只看到郭骏骁托着下巴、孤单地坐在座位上。

三月九日，星期天，阴。

章翎去费老师家上声乐课，费老师捧着热茶迎接她，好奇地问："咦？小蒋没来吗？"

章知诚说："小蒋今天有事。"

下课后，章翎跟着章知诚去眼镜店，取来新配的眼镜，回家后，两人在小区门口的蛋糕房，拿到那个早就订好的生日蛋糕。

蛋糕是巧克力口味，因为章翎在蒋赟吃自助早餐时发现，比起其他口味，他似乎更喜欢巧克力蛋糕。

鞋子没买成，章翎依旧不知道蒋赟的脚有多大。一家三口坐在桌边，默默地吃着这个生日蛋糕，而它的主人，却不知道去了哪里。

下午，章知诚找章翎谈心，在她的房间。

章翎抱着那只愤怒的小鸟坐在飘窗窗台，章知诚坐在椅子上，说："翎翎，你有什么心事可以和爸爸说，不要憋在心里。"

章翎问："爸爸，你怪蒋赟吗？"

章知诚一时语塞。章翎已经从父母那里了解到事情的大概经过，当然，警方破案的细节，夏云没有多说。

良久，章知诚说："翎翎，你要知道，我已经没有爸爸妈妈了，也没有兄弟姐妹，你和你妈妈是我的全部。你还没有长大，我是你爸爸，我的责任就是要好好保护你，如果有人让你受到伤害，我不会原谅他。"

章翎说："可是，我不觉得蒋赟有错。"

"他没错吗？"章知诚的声音大起来，"他第二次让你遇到危险了！生命危险！他没有把这些事告诉我们，没有问过我们应该怎么处理会更恰当，他一个高中生，逞什么能？如果他和我说了，事情就不会变成这样。"

章翎苦笑，"爸爸你真有意思，蒋赟的朋友被坏人敲诈，他自己去解决，你说他应该报警。后来，他碰到他师兄，知道他们在犯罪，他报警了，你又说他逞能。那他到底要怎么做，你才会满意？"

章知诚厉声道："我是要求他不再和那些人来往！他没有听！如果他和那些人断绝关系，怎么会有这些事发生？他就是不信任我们！"

"爸爸，不是这样的。"章翎说得很慢，语气却很坚定，"蒋赟不想让你们知道这些事，不是不信任你们，而是他害怕说了以后，你们会不再喜欢他。我觉得，你自己也清楚，他就是想全都自己扛下，不想让我们家也牵连进去。可是爸爸，那个人是他在武校时的师兄，他们小时候同吃同住，相处过五年，你让他一见面就和人绝交，是很难的，他后来，也慢慢地不和对方来往了。"

说这些话时，章翎心中很难过，父母对蒋赟的确是以诚相待，好得没话说，但蒋赟毕竟不是他们的亲生孩子，章知诚和杨晔在教他做人的同时，对他其实也有要求。

章翎可以在父母面前胡搅蛮缠，理所当然地撒娇、讨东西，甚至偷奸耍滑，蒋赟可以吗？肯定是不可以啊。他就像是一片浮萍，无根无系，从小没被人善待过，好不容易碰到对他好的章知诚和杨晔，他便抓得很紧，想要做到最好，得到他们的认可，不想让他们的心血白费。可是，他的经历、家庭情况、生活环境那么特殊，注定了他会认识一些三教九流的人。一边是温暖宽厚、家庭和睦的章家，一边是一直纠缠着他的糟烂过往，他真的已经拼了命地在往光明之处攀爬，偶尔的一次疏忽，怎么能抹杀掉他一直以来的努力？

章翎了解蒋赟，在这件事上，她坚定地支持他。

章知诚沉吟片刻，像是下定决心般，说："翎翎，有件事，陈老师和我说了，我一直瞒着你。"

章翎眼睫一颤，问："什么事？"

章知诚低下头，语气沉痛，"蒋赟的奶奶，周四晚上，去世了。"

这个消息是章翎不能接受的，她倒吸一口凉气，从窗台上跳下来，急问："怎么回事？怎么会突然去世的？"

"陈老师也不清楚，好像是意外摔跤导致的脑溢血。"章知诚说，"蒋赟这几天请假，可能是要处理他奶奶的后事，他姑姑会把他奶奶的骨灰带回来，葬在钱塘。"

章翎身子都抖起来了，眼睛一眨，眼泪就掉下来，拉住章知诚的手臂哀求，"爸爸，我想见蒋赟。"

"现在还不行。"章知诚很干脆地拒绝她，"他现在不住在袁家村，警方会保护他的安全，他住在哪里，没人知道。"

章翎哭着说："奶奶没了……那蒋赟怎么办？追悼会呢？还办吗？我们连追悼会都不能参加吗？奶奶对我很好的……"

章知诚起身把女儿搂进怀里，温柔地摸着她的脑袋，"翎翎，这些事，大人们会帮蒋赟处理的，你暂时先不要管，好好上学，不要担心。我会和陈老师保持联系，有蒋赟的消息，一定告诉你。"

章翎在父亲怀里哭得不能自已，眼泪簌簌而下。

她想蒋赟，很想很想！

蒋赟的奶奶居然去世了，那么突然，还是在这样艰难的阶段，蒋赟肯定很伤心。她却不能在他身边陪陪他，安慰他，就因为在大人们眼里，她还是个未成年的孩子。

可是蒋赟也没成年啊，他才十七岁！

为什么他要独自面对这一切？身边连个说话的人都没有！

章翎无法想象蒋赟现在是怎样的状况，心都揪起来了，疼得死去活来。她抓着爸爸的衣服，眼泪汹涌，哀哀地说："爸爸，让我和他打个电话吧，就打个电话可以吗？我只想和他说说话……"

章知诚依旧是拒绝，"不行，翎翎，那天夏警官说了，这些天，我们不能和蒋赟联系，等事情处理完，他会回学校的。"

"为什么，为什么……"章翎号啕大哭，"我想见蒋赟！爸爸，我想见蒋赟……"

三月十日，星期一，雨。

这一天，是蒋赟十七岁的生日。

天下着蒙蒙细雨，他依旧不能去学校。佟跃东和夏云陪蒋赟去袁家村的出租屋拿东西，蒋建梅的火车第二天到，丧事一切从简，蒋赟需要找一张李照香的遗照。

他记得奶奶的话，她说过，遗照要用她五十岁过寿时照的一张相，就在相册里，是蒋建齐给她照的，她穿着一件黄衣服。

蒋赟把相册找出来，家里只有这一本相册，挺厚，里面大部分都是蒋建齐的照片。蒋赟坐在下铺，一页页仔细地翻，翻到某一页时，他看到李照香说的那张照片。那时奶奶才五十岁，头发都是黑的，穿着黄色外套，笑得很开心。

令蒋赟意外的是，照片边上居然夹着一张银行卡。

蒋赟拿起银行卡，发现背面贴着一张小纸条，上面写着几行字和一个签名。签名是李照香亲笔签的，还摁着红指印，蒋赟认得奶奶的字，歪歪扭扭。奶奶不认字，只会写自己的名字。

看着那几行字，蒋赟的眼睛又一次发红发酸，眼泪一滴滴地落下来。

这是给我孙子蒋斌的大学学费，密码是他生日，谁都不能动，我的女儿蒋建梅也不能动，谁动谁不得好死。

李照香口述，钟建国代笔。

——李照香

（3）

周四早上，李照香的骨灰被葬到墓园，和蒋赟的爷爷合葬。

这几日春雨缠绵，像是老天都在为这老人落泪。她一生辛劳，却不失傲骨，经历过丈夫去世和儿子英年早逝，含辛茹苦抚养孙子长大，抵御过癌痛折磨，谁能料到，最后却败给一块湿滑的路面。

蒋赟撑着伞，和蒋建梅并肩站在墓碑前。蒋建梅已是多年没给老父亲扫墓，再次见面，竟是送别老母亲。

一起来的还有很多袁家村的老街坊，钟叔、刚子叔、洪姨、王叔夫妻、于晖、小叶阿姨……很多人都签了拆迁补偿协议，五月以后，大家就要各奔东西，此时都来送李照香最后一程。

蒋赟私底下找到钟叔，说："叔，我拿到那张银行卡了，上面的字是你帮我奶奶写的吗？"

钟叔点起一根烟，"是。两年前吧，你初中毕业那会儿你奶奶找我写的。她说你很会读书，以后估计能考大学，那张卡还是我陪着她去银行办的，她让我不要说出去，怕被贼惦记。"

"谢谢叔。"蒋赟又问，"叔，你签协议了吗？"

钟叔眼神里露出一丝喜悦，"签了，我要的是房。我那屋小，只能赔两套，拿到房我报刊亭就不开了，看看能不能找个媳妇儿过日子，孩子也不要了，就想找个伴儿。"

钟叔之所以一直没找媳妇，就是因为他在袁家村的房子很小，收入也少，一次拆迁，他就能拿到两套一百多平方米的房子，从此走上人生巅峰。

几天下来，蒋赟将悲伤深藏心底，已经冷静许多，见到蒋建梅后也没再责怪她。奶奶年过古稀，性格倔强，讲话难听，并不太好相处，姑姑没劝住奶奶出门，蒋赟可以理解。

蒋建梅还带来很多医院发票和李照香的病历本，按照钱塘低保政策，她可以报销一部分医药费。她的确花了六万多块钱，没有撒谎，蒋赟也就释然了。

蒋建梅告诉他，她查过监控，李照香就是自己滑倒的，被路人发现时身边只有一个麻袋，里头装着她一路翻垃圾桶捡来的饮料瓶和硬纸板。

蒋赟心酸得难以自持，从包里掏出一个厚信封，交给蒋建梅，"姑姑，这是奶奶留下的钱，我找她遗照时发现的，一共四万多，我给你两万，其余的，我要拿着上大学用。"

蒋建梅很意外，没想到蒋赟会给她钱，犹豫了一下，还是收下了。

她在钱塘待了三晚，在蒋赟的陪同下办理完医药费报销手续，周五晚上就坐火车回家了。蒋赟去送站，这些天，便衣警察一直不远不近地跟着他，没有让蒋建梅发现。

蒋建梅进站前对蒋赟说："以后，你就要一个人生活了，如果有困难，那个……你可以给姑姑打电话，能帮的我一定帮，实在没办法的话，你也理解一下，姑姑真的很困……"

蒋赟打断她，"我知道，姑姑，你放心，我不会去打扰你的，我能照顾好自己。"

"好孩子。"蒋建梅心里愧疚，"我隔两年会来给你爷爷奶奶和爸爸上坟，实在是路太远了，你帮我多去看看他们。"

蒋赟点头，"我会的。"

蒋建梅说完后转身进站，蒋赟看着她的背影，心里很明白，这应该是他和姑姑最后一次见面。佟跃东走到他身边，拍拍他的背，"走吧，我们送你回宾馆。"

这一个星期，蒋赟一直住在梁军给他安排的小宾馆里，哪儿都没去，每天看书做题，吃饭有人送，需要什么东西说一声就行。

梁军没有要求他上交手机，他可以和外界联系，但他选择把手机关机。蒋赟想要静一静，仔细地思考一下，接下来，他究竟该怎么办。

梁军依旧倾向于让蒋赟出去避风头，并且明确提出，他可以去找蒋赟的亲生母亲翟丽。梁军对蒋赟说："你奶奶去世了，你还未成年，按照法律规定，你必须要有监护人，翟丽是你唯一的监护人，不管她愿不愿意，她必须抚养你至少到十八岁。要不然，你就要被送到福利院去待一年。"

蒋赟就跟听戏似的，他一个十七岁的大小伙子，居然还能和福利院挂钩？要真去了，他的人生经历也算是精彩纷呈。

当然，梁军说蒋赟是不能去福利院的，因为翟丽还活着。蒋赟万分不愿去找翟丽，说他再考虑一下。

从火车站回宾馆要路过钱塘五中，蒋赟说："东哥，我能去趟学校吗？"

"怎么？"佟跃东八卦地问，"要去见你女朋友？"

他好多次把章翎说成蒋赟的"女朋友"，蒋赟之前都没和他计较，这时候才郑重否认，"她不是我女朋友，我也不是去见她。我就是想去拿点作业本，都在我桌上，还有这一个礼拜的卷子什么的，我想拿回来，可以做做题。"

"行。"佟跃东对司机说，"去五中。"

半小时后，佟跃东陪蒋赟走进五中。正是晚自习时间，几栋教学楼灯火通明，抬头望去，能看到靠窗位置一个个黑脑袋。

蒋赟仰着头，望着高二（1）班的教室，心中悲凉。只过了一个礼拜，他竟有一种物是人非的感觉。

佟跃东说蒋赟最好别露面，由他去找陈涛，让陈涛去教室里帮蒋赟收拾桌上的书本。蒋赟同意，说自己想去操场转转，一会儿在校门口传达室与他碰头。

蒋赟自然想见章翎，细细思考后，还是放弃。学校里其实很安全，但他不想再看到章翎哭，也不想从她嘴里知道，章老师和杨医生现在对他是怎样的态度，更不想对章翎说，奶奶没了，他有多伤心，那样的话，他也会哭的。

蒋赟逃避这一切，这些人是他的软肋，章翎、章老师、杨医生、奶奶……是他永远的愧疚。

佟跃东往教学楼走去，蒋赟则去往操场。夜晚的操场不复傍晚时的热闹嘈杂，一个人都没有，黑漆漆的，篮球场的灯也灭着。蒋赟慢吞吞地走过去，坐在阶梯看台上，看着篮球场发呆。

他望向远处那几棵樱花树，花期将近，过几天就会是一树繁花。他记得很早以前，也是在这个阶梯看台上，他孤独地坐着，有个女孩走到他面前，歪着脑袋问：去医务室吗？

他又看向篮球架，记起萧亮说的话，真可惜，五月的篮球赛，他要爽约了。还有艺术节，此时舞台还未搭建，章翎说她愿意为他去独唱。蒋赟摇头苦笑，他没机会听了，也不能给她拍照，不知道她会不会生气。

坐了好一会儿，蒋赟觉得时间差不多，打算去校门口等佟跃东。正起身时，操场边出现了两个人影，一男一女，都穿着运动校服，可能是趁着晚自习偷偷溜出来约会的校园情侣。

蒋赟悄悄转到阶梯看台后面，不想让任何人看到他。

那两人竟没去逛操场，而是向着篮球场走来，最后并肩坐在阶梯看台上。蒋赟躲在暗处，懊恼地翻白眼，他心情巨差，这种时候还要被迫吃狗粮，真后悔之前没离开，现在想走都走不了了。

这时，他听到一个熟悉的、娇滴滴的女声，"学长，谢谢你愿意出来见我，今天是三月十四日，是白色情人节，你知道白色情人节的意义吗？"

蒋赟竖起耳朵，就听到另一个熟悉的男声说："我不清楚。"

天啊，真是见了鬼，这俩人竟是乔嘉桐和许清怡！

"二月十四日是情人节，大家都知道，女孩子可以在那天向喜欢的男生表白，送巧克力。"许清怡顿了一下，继续说，"三月十四日是白色情人节，意思是……在这一天，男生要告诉女孩自己的心意。"

蒋赟背靠阶梯看台的支架，心想：原来真的是许清怡在追乔嘉桐，不过没戏，乔嘉桐亲口承认过，他不喜欢许清怡。

就在蒋赟满心以为乔嘉桐会一口拒绝时，却听他说："我还没考虑好。"

蒋赟震惊极了，听乔嘉桐继续说："你知道，我要考北航。"

许清怡说："嗯，我知道，因为章翎想考北航。"

乔嘉桐问："你呢？你有想考的大学吗？"

许清怡的语气像是很羞涩，"有是有啦，就是……说出来不太好意思。"

乔嘉桐："是哪里？"

许清怡："我……我想考北京电影学院表演系，我想做演员。"

乔嘉桐："你也要去北京？"

许清怡："是呀，中央戏剧学院也可以，暑假开始我要去上一些专业课，高三会参加艺考。我的文化课还行，只要艺考上线，文化课肯定能过。"

乔嘉桐很久没说话。

许清怡像是等了一会儿，才开口，"学长，我知道你现在高三，学习很紧张，我不该来打扰你，可是，我怕你毕业了，我就见不到你了。我真的很喜欢你，你不用现在答应我，我可以等，我就是想……如果我和章翎都去了北京，就算你俩在一起了，你可以……至少……能抽空来看看我。"

乔嘉桐："清怡，你这样我真的很为难。"

许清怡："学长，我知道，其实你是有一点喜欢我的，对吗？"

乔嘉桐又一次沉默，蒋赟在黑暗中露出一个讽刺的笑。

许清怡说："学长，我一直想问问你，我究竟哪里比不上章翎？"

这次乔嘉桐开口了，"你是个很好的女孩，我没有拿你和她对比过，我认识她比认识你更早，章翎……唉……"他居然叹了口气，语气带着烦躁，"清怡，你比她漂亮，比她温柔，比她更善解人意，只是，章翎总是会在我觉得她就是个普通女孩时，突然带给我一丝惊喜，那种感觉很奇怪，我不知道你能不能明白。"

许清怡说："学长，我觉得，那是因为你不够了解她，你也不够了解我。"

"也许吧。"乔嘉桐说，"清怡，我马上要高考了，现在真的没精力去想这些，你给我一点时间吧。"

许清怡："我不是在逼你做选择，我只是太喜欢你了，真的！学长，我保证，去北京后我不会打扰你和章翎，我甚至可以不让她知道我的存在，我只希望你以后别不理我，可以吗？"

蒋赟听得都要暴走了，这俩人是怎么回事？说得好像乔嘉桐和章翎已经在一起似的，都太会脑补了吧？然后，他就听到乔嘉桐的回答，"你放心，我不会不理你的，我其实……很欣赏你。"

许清怡激动坏了，"学长……"

蒋赟从暗处走出来，就看到一对依偎着的背影，乔嘉桐已经揽住许清怡的肩，许清怡将脑袋搁在他肩膀上。

这其实不关蒋赟的事，他不应该生气，恰恰相反，乔嘉桐是他的"情敌"，情敌被别的女生勾走了，对蒋赟来说应该是件大好事。可是，听到刚才那些话，看到他俩相依相偎的这一幕，蒋赟却是愤怒了。

他不能容忍他放在心尖尖上疼爱的女孩，被别的男生那样糟蹋！哪怕只是口头上！

乔嘉桐是个什么玩意儿？他哪里来的自信心？以为章翎是他的私人所属物品吗？口口声声喜欢章翎，要考去北航，要追回章翎，转个身就对别的女孩说，你比章翎漂亮、温柔、善解人意。

是不是有病啊？！

就这种货色，以后章翎真去了北航，难道还要被他骚扰四年？

一个星期来，蒋赟压抑、迷茫、痛苦、愧疚……此时此刻全都转化为一腔怒意，像是寻到一个发泄口，他从黑暗中冲出去，在乔嘉桐毫无防备时，一记重拳就砸在他的脸上。

这一拳力道很大，直接把乔嘉桐给揍翻了，差点从台阶上滚下去。许清怡蹦得比袋鼠都高，"啊"的一声尖叫，在空旷的操场上显得异常刺耳。

乔嘉桐好不容易稳住身体，抬头看去，发现是蒋赟，心里又惊又气，揉着快速肿起来的脸颊，怒吼："你干什么？！你疯了吗？！"

"我是疯了。"蒋赟赤红着眼大步向前，揪住乔嘉桐的衣领把他提起来，"砰"的一拳又砸上去，乔嘉桐被打清醒了，知道蒋赟是真疯了，开始挥拳与他对打。

乔嘉桐还记得两年前的那场街头打架，瘦小的蒋赟根本不是他的对手，被他揍得摔在地上嗷嗷叫。现在蒋赟也就长高了一些，乔嘉桐没把他放在心上，莫名其妙连吃两拳，他咽不下这口气，决定再狠狠教训蒋赟一顿。

可真的打起来后他就后悔了，因为发现，他根本就打不过蒋赟。那少年仿佛把他当成杀父仇人，招招重手，疼得乔嘉桐眼泪都飞出来了。许清怡在边上蹦蹦跶跶，叫着"别打了别打了"，却丝毫没有去喊保安的意思。乔嘉桐都要崩溃了，想要跑，蒋赟根本就不放，连踢带打，竟弄得他毫无还手余地。

蒋赟又一脚把乔嘉桐踹翻在地，英俊潇洒的乔学长甚至抱住脑袋，叫得嗓子都劈了，"别打啦！我要高考！我要高考啊！"

听到这句话，蒋赟燃烧的怒意才渐渐熄灭，他居高临下地看着乔嘉桐，咬牙道："我最后警告你一次，不准，再去，骚扰，章翎！你在外面泡妞，不关我事，如果再让我发现你一边泡妞，一边骚扰章翎，我告诉你，我会杀了你。"

他最后踢了乔嘉桐一脚，才甩开手脚大步离去。

许清怡看着地上狼狈万分的乔嘉桐，忍住要笑的心思，扑上去喊："学长，学长！你没事吧？"

乔嘉桐已是鼻青脸肿，撑了一下竟没爬起来，干脆躺在地上咻咻喘气，"去帮我，叫保安，我要，报警。"

许清怡："哦哦哦，我现在就去。"

佟跃东又一次被梁军骂得狗血淋头。

他陪蒋赟去五中拿学习资料，那臭小孩竟然跑到操场上把一个高考生揍得妈都不认，人家怒而报警，对方家长冲到学校找校长，说一定要严肃处理蒋赟，绝不接受私了！

梁军头疼，佟跃东很委屈。

在宾馆房间，佟跃东问蒋赟："到底怎么回事啊？你是不是自己没见着女朋友，看到人家在约会就嫉妒了？这心态可不好啊，有点心理变态了，你看我，都二十六了还没对象呢，我也没想要打人啊。"

蒋赟说："我就是看他不顺眼，早就想揍他了。"

佟跃东点头，"哦，我听说了，那家伙好像是你们学校校草，大高个儿，那……你是嫉妒他长得帅？"

蒋赟不想再理他。

佟跃东叹口气，"无论如何，你也不能打人啊。学武是为了强身健体，保护自己和家人，你这一身功夫去对付一个高考生，真的过了。现在可好，人家揪着你不放，你说怎么办？"

蒋赟满不在乎地笑，"怎么办？不如让学校把我开除吧。"

佟跃东大惊失色，"啥？"

蒋赟转过头，深深地看着他，"要走，这不是个最好的理由吗？"

三月十七日，星期一，晴。

蒋赟依旧没去学校。

升国旗仪式后，五中教务处主任当着全校师生的面，说出一份处分通知："高二（1）班蒋赟同学，于三月十四日晚自习时间，在学校操场无故殴打高三（1）班乔某某同学，造成乔某某同学身体多处受伤，入院治疗，蒋赟同学的行为严重威胁他人生命和健康，给校园安全带来极其恶劣的影响。为严肃校纪校规，经学校研究决定，给予高二（1）班蒋赟同学开除学籍处分，即日生效。蒋赟同学需于一周内办理手续离校，乔某某同学依法保留追究刑事责任的权利。"

开除处分一出，全校哗然。五中已经很多年没有对学生做过开除学籍这么严重的处分，高二（1）班连班主任到全体学生，集体蒙圈。

高三（1）班乔某某，还能是哪个乔某某？不就是校草乔嘉桐吗！高二（1）班又是实验班，学霸打学霸，一个受伤住院，一个开除学籍，这是什么样的魔鬼剧情啊？

邱远峰目瞪口呆，"不可能吧？"

郭骏骁和方家豪面面相觑，"怎么回事？"

方家豪摇摇头，"不知道，蒋赟疯了吗？"

萧亮只有一句话，"我的天。"

梨子、林师妍、吴炫宇和金盏等人都担忧地看向章翎。

章翎已经石化，震惊得嘴巴都合不上了。这十天她度日如年，时时刻刻都在想念蒋赟，面上却没表现出来，一直乖巧地上学放学，从不在章知诚面前使性子发脾气。

她相信父母，相信老师，相信警察，相信蒋赟，相信这一切很快就会过去，蒋赟会回校上课，他们会回归平静的生活。辛辛苦苦等待十天，竟等来这么一个开除学籍的通知？章翎怎么能接受？

她有太多太多疑问，蒋赟上周五晚上在学校？他来干什么？为什么不来见她？他跑操场上去干吗？乔嘉桐为什么会在操场？蒋赟为什么要打他？最关键的是，他怎么会被开除？打架是这么严重的吗？

被开除……天啊！那蒋赟以后怎么办？他还能考大学吗？

章翎都不管纪律了，冲到队尾去找陈涛，"陈老师陈老师，到底是怎么回事啊？周五晚上，你不是还来教室帮蒋赟收拾桌上的书吗？他那个时候就在学校？你知道吗？"

陈涛像她一样迷茫，"我不知道啊，是他一个朋友来帮他拿的。"

章翎崩溃了，急得团团转，眼泪止不住地掉下来，"陈老师，你帮帮蒋赟吧，他不能被开除，不能被开除啊！他还要考大学的呀！"

陈涛说："你先别急先别急，我一会儿去打听一下到底是怎么回事。"

除了高二（1）班众人，散落在各个班级的原高一（6）班师生也都惊呆了。薛晓蓉、孙妙岚、李婧、汤子渊、刘陈飞、王雨晴、杜善杰、王波……大家在人群里对视，你看我，我看你，一个个都难以置信。

邓芳抚着心口，感觉真要被蒋赟气出心脏病。

姚俊轩眉头皱起，心想：那个人是疯了还是傻了？

许清怡像个没事人似的站着，赵思婷拉拉她的胳膊，问："清怡，你知道是怎么回事吗？你最近和乔学长走得很近啊。"

许清怡一瞥她，"我不知道，关我什么事？"

在梁军的安排下，学校出面给翟丽打电话，告诉她三件事：一，蒋赟的奶奶去世了；二，蒋赟因为殴打同学致对方住院，被学校开除；三，翟丽现在是蒋赟的法定监护人，必须履行义务，抚养蒋赟成人。

汇总成一句话就是：翟女士，赶紧来钱塘把你这倒霉儿子接走吧。

翟丽倒也没推卸责任，在台城奔波两日，帮蒋赟联系到一所寄宿制高中，愿意接收蒋赟插班就读。

一切都安排妥当后，翟丽给蒋赟打电话，纠结地说："蒋赟，我想求你一件事，你到台城后，上学时住学校，周末和节假日，我会在学校旁边给你租一套房子，我……我没办法把你带回家，希望你能理解。"

蒋赟说："我也不想去你家，就这样吧，挺好的。"

多好笑啊，他一个正儿八经的婚生子，搞得像个私生子般见不得人。蒋赟也疲了，只想有个安稳的落脚点，去哪儿都一样。

回学校办手续那天，夏云陪着蒋赟。

刚好是高二（1）班体育课时间，教室里应该没人，蒋赟说他想去教室转转，夏云同意了。

十七岁的少年穿着一件黑色带帽卫衣，他拉起兜帽，帽檐压得很低，双手插在兜里慢慢走过走廊，透过一扇扇窗，能看到别班上课的情形。

无人注意到他，蒋赟走到高二（1）班教室门口，迟迟不愿迈步进去。四十八张桌子还是老样子，四个大组，每组六排，他坐在第一组第五排，桌子上已经被陈涛清空了。

他的身边是郭骏骁，隔着过道的左前方是章翎和吴炫宇，邱远峰在第四大组，他们还说过，等邱远峰轮到第一大组后，他俩就近了。

还有梨子、方家豪、林师妍、萧亮、金盏……蒋赟的视线从一张张无人的课桌上掠过，每张桌子都很乱，书本卷子堆得高高的，文具散乱地摊着。教室后面的柜子上零星摆着几个水壶，大部分都被上体育课的同学带走了，蒋赟终于走进教室，发现章翎的水壶还在。

这个水壶是运动会第一名的奖品，章翎有一个，蒋赟有两个，他送了一个给邱远峰，萧亮他们都有。章翎为了不和大家搞乱，在水壶上贴了一个长颈鹿贴纸，又在蒋赟的水壶上贴了一个小熊。

她是个很细心的人，蒋赟想，为什么不带水壶去上课呢？她从来不会忘记的。蒋赟拿起水壶晃晃，里面装满了水，他拿着水壶就离开教室，往操场走去。

操场上，高二（1）班的学生正在跑圈。

章翎没跑，她来例假了，心情也不好，请假后就坐在场边休息。

开除通知出来已过三天，她依旧没有蒋赟一丁点的消息，实在忍不住，前天晚上她冲爸爸发了一次火，被章知诚严厉批评，最后还是杨晔搂着她回房间，章翎在妈妈怀里放肆地哭了一场。

她抱着膝盖坐在地上，眼睛发直，脑袋里雾茫茫一片，总是在想，蒋赟在哪儿呢？被开除了，他以后怎么办？说好的一起考去北京，还能实现吗？他们不会再也见不到面了吧？

不能想不能想，一想，她就会哭。

章翎把脸埋在膝盖上，有个人脚步轻轻地走到她身边，停留几秒后又走开了。她像是感应到什么，立刻抬起头来，发现脚边多出一个水壶。章翎猛地回头，就看到那个人远去的背影——高高瘦瘦的个子，戴着卫衣兜帽，走得很快。

她没有叫他，跳起来就追，把这段路当成八百米比赛的终点冲刺。那人很快就发现了，没回头，拔脚就跑，章翎慌了，她是跑不过他的，只能叫："蒋赟！你站住！"

她的声音带着哭腔，那人跑了几步，在自行车棚边渐渐停下，站着不动了。

章翎向他冲过去，也不管是在学校里，从身后一把抱住他，脸颊贴在他背上，呜呜呜地大哭起来。

"蒋赟……"她将他抱得很紧很紧，一遍遍地叫他，"蒋赟，蒋赟……"

蒋赟挣了一下，章翎不放，蒋赟叹气，"你松手，我不跑。"

章翎这才松开手，蒋赟转过身来，章翎终于看到他被兜帽遮着的脸。他似乎又瘦了，脸上好不容易被章老师养起来的一点肉，这会儿都没了，眉眼五官越发轮廓分明，那双咖啡色的眸子里刻着深深的眷恋之意。

章翎揪住他的衣襟，仰着脸叫他："蒋赟……"

蒋赟微微弯腰，浅笑，"干吗哭啊？我没事，你别担心。"

章翎哭得眼睛和鼻尖红通通的，眼镜都花了，蒋赟受不住，摘下她的眼镜，撩起衣摆帮她擦拭镜片，说："你换眼镜了？这副也挺好看的。"

章翎又一次抱住他，不想让他走。

蒋赟抬手将她拥进怀里，在她耳边说："开除是假的，学籍保留着呢，我只告诉你一个人，别说出去，连你爸妈都不能说。"

这话一说，章翎的心放下一大半，抬头看他，问："是警察帮你办的？这几天你一直和他们在一起吗？"

"是，我现在很安全。"蒋赟揉揉她的头发，又摸摸她的眼睛，"别哭了，我没事，就是得离开一段时间，去外地上学，明年高考再回来。"

章翎问："我怎么联系你？你会换手机号吗？"

蒋赟说："我奶奶身份证办的号已经销掉了，你应该知道了吧？我奶奶没了。"

章翎点头，"知道，太突然了，你没事吧？"

"一开始很伤心，现在好多了。"蒋赟放低声音，"章翎，警察说了，这一年多我不能和任何人联系。"

章翎狂摇头，"为什么？我不要！我不要！"

"会有危险的，我得让别人找不到我。"蒋赟笑起来，捏捏她的脸，"别哭了，再哭就不漂亮了。一会儿别告诉他们我来过，就让他们以为我被开除了吧，这样对大家都好。"

他不说还好，说了以后，章翎嘴巴一咧，眼看着又要哭。

蒋赟好无奈，又是抱又是揉又是哄，最后说："我不能再送你回家了，你记得好好保护自己，让你爸爸来接你。"

章翎说："你忘了？高三就住校了。"

蒋赟恍然，"对哦。"

章翎拍了他一下，"傻瓜。"

"你现在老是打我，以前明明很温柔的。"蒋赟叹气，"别的也没什么要提醒你，你向来比我靠谱，那个……乔嘉桐吧，你别再和他联系了，他这人太差劲，以后他对你说什么你都别信。"

章翎哪儿还有心思去管乔嘉桐，急道："我本来就没和他联系啊，我只喜……"

"嘘——"蒋赟的食指竖在她嘴前，"说好了的，不提。"

章翎闭上眼睛抱住他，"你答应我，明年高考一定要回来，我要见你。"

蒋赟："好啦，我答应。"

章翎："一起去北京。"

蒋赟："嗯。"

他揉揉她的背，低沉的声音响在她耳边，"章翎，我得走了。"

章翎好舍不得，在他怀里问："你什么时候去外地？"

蒋赟笑着说："就这几天吧，手续办完就走了，别问我去哪儿，我不会告诉你的。"

章翎低头呜咽，"我还没给你买鞋……"

蒋赟失笑，"明年给我买吧，明年我满十八了，记住，我应该是穿43码。"

他松开怀抱，帮章翎戴上眼镜，章翎羞怯地抬眸看他，蒋赟也注视着她。突然，他低下头，在她光洁的额头上轻轻吻了一下，说："我真的要走了，帮我和你爸爸妈妈说声对不起，还有谢谢，我永远不会忘记他们对我的好，章翎，明年见了。"

章翎呆呆地站在原地，蒋赟松开手，倒退两步后，转过身向教学楼走去。他背对着她，依旧戴着兜帽，左手插兜，右手食指中指合并，抬臂一挥，是那么洒脱又帅气。

章翎小声说："蒋赟，明年见。"

头顶的天空蓝得很纯粹，微风阵阵吹过，是一个春日里的大晴天。

章翎背后的操场上传来同学们自由活动的喧闹声，教学楼里也很热闹。樱花开了，团团簇簇缀满枝头，地上是一片被风雨打落的花瓣。

比起孤寂的夜晚，白日里的分别显得不那么伤感，阳光和煦，会让人对未来充满希望。

章翎站了很久很久，直到再也看不见蒋赟的身影，才摘下眼镜，揉揉眼睛。她试着做完几个深呼吸，心情终于平静下来，这才转身向操场走去。

第16章

十八岁的决定

（1）

离开钱塘的那一天，蒋赟最后一次坐在出租屋的下铺，伸手摸上高低铺的床架。这张铁架子床陪伴他和奶奶好多年，再过几个月，就要和整个袁家村一起，被尘土掩埋。

行李都收拾好了，翟丽让他不用带枕头被子，她那儿有新的，还有一些生活日用品，也都已买好。蒋赟在佟跃东的陪伴下，最后一次走到小空地，把手机交给对方，"东哥，帮我和那栋红色房子拍个合影吧。"

蒋赟站在那栋朱红色小楼前，佟跃东帮他拍了过几张，问："这屋子有什么特殊意义吗？"

蒋赟笑笑，"没有，就是觉得挺好看，袁家村马上要拆了，拍下来留个纪念。"

回屋拿行李时，蒋赟碰到于晖和贾小蝶，两人在院子里说话，贾小蝶红着眼，也不知于晖对她说了些什么。于晖看到蒋赟背着包、提着行李箱，问："小斌，走了？"

蒋赟说："嗯，走了，找好房子了。"

贾小蝶问："你租在哪儿？"

蒋赟随便扯谎，"金秋西苑那边，跟人合租，上学近一些。"

于晖说："好好上学，明年争取考个好大学，到时给我打电话，哥请你吃饭。"

"行。"蒋赟绽开笑，"晖哥，小蝶姐，我走了，谢谢你们这些年对我和奶奶的照顾，再见。"

于晖和贾小蝶一起朝他挥手，"再见！"

蒋赟跟着佟跃东沿着袁家村的主路往外走，路过刚子叔的水站，朝里头喊："叔，我走啦！"

刚子叔匆匆跑出来，"小斌，我电话不会改，你要是有困难记得给我打电话！"

蒋赟："知道，谢谢叔，再见！"

他又路过高阿太的家，天气很好，年迈的高阿太依旧在摆摊，看蒋赟拖着箱子，问："小斌要去上大学啦？"

蒋赟笑，"是，上大学去了，阿太再见，好好享福啊。"

高阿太笑眯眯地递给他一根棒棒糖，蒋赟拆掉糖纸，直接含进嘴里，又是橙子味儿，甜。

走出袁家村，他最后回头看一眼那杂乱无章的房子和小巷，说："以后再也见不到了。"

佟跃东走向汽车，"走吧，以后会越来越好的。"

翟丽没来接蒋赟，佟跃东和夏云开车护送他去台城。

他的行李不多，除了四季衣服就是一箱子书本，还有些对他来说特别重要的东西——奶奶的遗物、章翎送的礼物、学校发的奖牌和奖状等等。

把相册装进行李箱时，蒋赟记起章翎的话，入校近两年，他真的一张集体照都没拍过，高一（6）班没有，高二（1）班也没有，十几二十年后，那些同学大概就会把他给忘了吧？

去台城开车要四个多小时，蒋赟现在坐车有进步，但开过一个半小时后，他还是吐了。

"真可怜。"佟跃东握着方向盘，从后视镜里看蒋赟撑着塑料袋呕吐，开始回忆往事，"我小时候也晕车，上大学后才慢慢好起来，有一天突然开窍，坐几个小时车都没吐。"

蒋赟接过夏云递来的矿泉水，漱口后问："东哥，你哪个大学毕业的？"

佟跃东说："A省警察学院，侦查学专业，怎么？想做我小师弟吗？"

夏云大笑，"你可拉倒吧，你那个学校录取线才几分？550分稳上了，人家蒋赟能考600多分的！好意思让人家做你师弟吗？"

佟跃东嘿嘿笑，"那让他做你小师弟，你那学校分高。"

夏云和蒋赟都坐在后排，蒋赟转头看她，夏云说："我是中国人民公安大学毕业的，犯罪学专业，我那学校在A省招生620分起步，我那届录取的最高分有670多。"

"这么高？"蒋赟问，"学校在北京吗？"

夏云点头，"对，在北京。"

蒋赟不说话了，他还没具体想过将来要考的大学和专业，不过，梁军一年前就问过他，有没有想过报考警校，不知为何，蒋赟记得很牢。

还有余蔚，十岁的余蔚曾说过好几次，他长大后要当警察，把那些魔鬼都抓起来枪毙。

蒋赟想到自己目前的处境，他被葛朝阳盯着，对方可能是一时兴起，也可能会惦记他很久，要是警方一直抓不到葛朝阳，蒋赟也许这辈子都过不上安生日子。

如果成为警察呢？那就不一样了。警方就不用再保护他，他可以自己保护自己，可以跟着梁军一起去抓葛朝阳，去抓像康大海、成可那样的人渣，可以不再惧怕犯罪分子的打击报复。

那身警服其实很帅，蒋赟看佟跃东穿过。他靠在座椅上，没头没脑地想着这些东西，又觉得……太遥远了。

他就像被发配去边疆，一年多，不能和钱塘的任何人联系，也不知道未来到底会变成什么样。

下午，一行三人抵达目的地。蒋赟是第一次来台城，看着窗外的街景，想到自己也算半个台城人，对这陌生的城市多少有些不一样的感觉。

佟跃东直接将车开去蒋赟即将借读的高中，翟丽已经等在那里。他们与翟丽碰头，佟跃东和夏云说自己是五中的老师，翟丽便带着他们走进校门，一路给蒋赟做介绍。

这所高中叫台城玉桥国际学校，是一所民办的寄宿制高中，在当地算贵族学校。里头有近一半毕业生不参加国内高考，会直接出国，因此教学内容有所区分，一半是双语教学的国际班，一半是高考班，蒋赟自然是进高考班。

翟丽把一切都打点好了，所以直接领蒋赟去宿舍安顿行李。那居然是一个带卫生间的二人间，床位都不是高低铺或上床下桌，而是普通的一米二宽落地床。床上用品都已铺好，配一套书桌椅和衣柜，装修风格年轻时尚，色彩也很鲜明，看得佟跃东和夏云都惊艳了。

翟丽说："现在是学期中，别的寝室没人落单，蒋赟只能一个人住，等下学期开学，如果高一有落单的男生，可能会安排进来。蒋赟，这房间你满意吗？"

蒋赟没想到寝室都能这么豪华，还能一个人住，怎么可能不满意？

他说："房间很好，谢谢你。"

翟丽又开心又有些无措，"你别这么客气，来，行李放下，我们去办手续吧。"

佟跃东迟疑着说："蒋赟妈妈，电话里和您说的事，就是那个名字……您没忘吧？"

翟丽说："没忘，我登记的是蒋斌，那个……我不太明白，为什么要改名啊？"

夏云笑着说："因为蒋赟在学校里出的事，对方同学的家长一直不依不饶，我们帮蒋赟保留了学籍，怕对方家长再追究，想着出来借读还是改个名吧，人家就查不到了。要什么手续我们都能协助，一会儿对方老师如果有疑问，我也可以解释。"

翟丽很感激，"谢谢，谢谢你们没有真的开除蒋赟！他就是年纪小，不懂事，可能奶奶去世对他打击太大了。但无论如何，打架真的太不应该，如果对方家长要赔偿，你们尽管和我说，我可以赔。"

夏云说："您放心吧，赔偿的事已经谈妥了，对方看蒋赟被开除，后来也没再有别的要求。"

蒋赟板着脸站在一边听他们对话，偶尔还要接受翟丽落到他身上的复杂目光。他想，翟丽肯定觉得很烦，他信誓旦旦地说不会找她，才过半年就食言，还是因为打架被开除，甚至跑来台城要她安排借读，她心里估计快悔死了吧？

在寝室安顿好，一行四人去教学楼办公室。办完手续后，蒋赟被领进一个教室，班主任让蒋赟站上讲台，对同学们说："今天，我们班来了一位新同学，我们让他自我介绍一下，大家掌声欢迎。"

因为是小班化教学，班里只有二十多个人，大家噼噼啪啪地鼓掌，眼睛都盯着讲台上的少年，还有女孩交头接耳，"混血儿吗？挺帅的。"

"为什么不去国际班？他要参加高考吗？"

"好开心！帅哥转学生耶，不知道性格怎么样。"

蒋赟开口，"大家好，我叫蒋斌，文武斌的斌。"

一阵沉默，同学们伸着脑袋问："没了？"

蒋赟："没了。"

"你的兴趣爱好是什么？"

蒋赟想了想，"跑步。"

"喜欢的球星呢？"

蒋赟绞尽脑汁，借郭骏骁的偶像一用，"克洛泽。"

"喜欢的歌手呢？"

蒋赟："王菲。"

众人惊呼："喔……"

这位男同学的品位好不一样啊。

班主任让蒋赟坐到一张空桌子的位置上。他没有同桌了，左右桌都离他好远，左边的女孩朝他招招手，"嗨，蒋斌，我叫宋露璐。"

右边的眼镜男生说："我叫迟皓。"

蒋赟对他们说"你好"，心想，这儿的同学看着还挺好相处的。

翟丽先走了，蒋赟下课后，佟跃东和夏云带他去外面吃饭，两人很操心，像一对老父亲老母亲般对蒋赟叮嘱许久。吃完饭，佟跃东和夏云要连夜开车回钱塘，蒋赟在校门口送他们上车。

和这群可爱的小警察相处了半个多月，面临分别，蒋赟挺舍不得，佟跃东拍拍他的胳膊，"小伙子一个人在这儿，别哭鼻子啊。"

蒋赟笑，"不会。"

"你妈妈说，她给你把房子租好了，就在那儿。"夏云指向学校对面的一个高层楼盘，"这几天她会找人搞卫生，添一些家具家电、生活用品，周末你可以去那里。"

蒋赟："哦。"

佟跃东像个大哥似的劝他，"你妈妈呢，据我观察，还是挺关心你的，就是她有新家庭了嘛，她的难处可以理解，你也多担待点，别和她淘气。也就一年多，你乖乖在这儿上学，哪儿都别去，明年这事就过了，你爱去哪儿上大学就去哪儿，真的，很快的。"

蒋赟点头，"我知道，东哥，云姐，谢谢你们。"

佟跃东和夏云上车离开了。蒋赟看着车子驶远，又看一眼学校对面的楼盘，面露苦笑，低着脑袋走回学校。

从这天起，蒋赟暂时消失了，一个叫蒋斌的十七岁少年，在 A 省台城开始了他那大门不出、二门不迈的隐居生活。

蒋赟离校后，五中有过一阵子传言，有人说乔嘉桐被蒋赟打，是因为乔嘉桐对章翎单相思，章翎和蒋赟才是一对，女朋友和乔嘉桐被传绯闻，弄得蒋赟很不爽，所以就把人揍了一顿。

也有人说，乔嘉桐喜欢的人其实就是许清怡，章翎只是个幌子，是为了刺激许清怡，果然，绯闻一出来，许清怡和乔嘉桐就走近了，蒋赟去揍人是帮章翎打抱不平。

还有人说，乔嘉桐渣得很，妄想脚踏两条船，一边撩着许清怡，一边吊着章翎，蒋赟作为章翎的追求者，替天行道，帮女神报仇。

总之，真真假假的传闻甚嚣尘上，一个当事人已被开除，剩下的三个统统缄口不语，彼此之间再也没有联系，时间久了，大家也就不再议论。

四月，北航自主招生面试在北京进行，乔嘉桐通过笔试，却没去参加面试。心高气傲的少年主动放弃那 20 分降分，决定高考裸考，目标是哪儿还没定，反正绝对不会去北京。

高二（1）班满员四十八人，教室就那么大，想再多加一张桌子都困难，可是空出一张桌子就浪费了，老师们开会后决定，替补一位成绩优异的同学进入实验班。

于是，在一个风和日丽的早晨，姚俊轩背着书包走进高二（1）班教室，默默地坐到蒋赟的座位上。这阴郁少年已经受过惩罚，又用不懈的努力换来众人的尊敬，他被升入实验班，无人有异议。

郭骏骁瞅着姚俊轩，问："你就是那个年级第十？"

姚俊轩："是。"

郭骏骁竖起大拇指，"厉害。"

姚俊轩没再说话，把书本笔袋拿出来，又把书包塞进桌子。他摸摸课桌，心想，大傻子，你还是把这个位子还给我了。

章翎见过蒋赟后，没有把这件事告诉任何人，连爸爸妈妈都没说。

章知诚告诉她，蒋赟离开钱塘了，去外地上高中，章翎只淡淡地回答，"我知道了。"

她的情绪没再出现大的起伏，生活变回原来的样子，每天上学放学，周日去费老师家上声乐课。只是，晚上放学后，在第四医院公交站台等着她的，再也不是那个推着自行车的卷发少年。

章知诚每天都来接章翎放学，有时会给她买杯奶茶或芒果西米露。他好多次想和女儿谈谈心，劝她不要把事憋在心里，想聊蒋赟都可以，章翎却说："爸爸，我不想谈。"

学校里，和蒋赟有关的话题也越来越少。

高中阶段最后一次春游是去湿地公园，陈涛喊大家拍大合影。姚俊轩站在队伍里，所有人都嘻嘻哈哈，只有章翎躲在无人注意的角落，一不小心眼泪就从眼角滑落。

五月的篮球赛如期举行，萧亮带领一群男生奋力拼搏，真的杀入四强，在半决赛时遭遇刘陈飞所在的班级，败下阵来。

章翎和女生们一起去为男生加油，比赛结束后，刘陈飞跑来找她，问："学委，你和蒋赟还有联系吗？他 Q 号你给我一个吧。"

章翎说："不联系了，他的 Q 你也不用加，他弃号了。"

刘陈飞好遗憾，"这样啊……"

艺术节时，大家都说让章翎代表班级去进行个人才艺展示，章翎没答应，私底下找到金盏，说："盏盏，你帮帮我吧。"

金盏同意了，代表高二（1）班去跳舞。高二（10）班依旧是许清怡上阵，这一次她表演的是大提琴演奏，把一堆高一小学弟迷得神魂颠倒。

六月上旬，乔嘉桐和他的同学们走进高考考场，之后，学校里再也没有高三生的身影。

高考那几天，章翎放假在家，偶然看到电视上的《钱塘新闻》，讲袁家村拆迁启动的消息。仪式过后，推土机轰轰开过，把那一栋栋早就无人居住的小楼夷为平地。

章翎目不转睛地盯着屏幕，心里很难过，蒋赟爸爸造的房子没有了，袁家村就这样消失在钱塘城市建设的历史洪流中。

六月底，五中高二年级进行期末考试，因为教学进度关系，这次考试的内容和高考考纲几乎一致，所有人都认真对待。结果出来后，理科年级第一第二依旧是林师妍和方家豪，吴炫宇第五，梨子掉到第六，章翎第七，姚俊轩第八。

升上高二后，姚俊轩就没掉过排名，每一次都在往前追。梨子对章翎哀叹："下学期开学，咱俩估计就要被他超过了，我会被我爸妈骂死的。"

章翎倒是一点都不慌，说："姚俊轩真的很用功，我觉得他是我们班最用功的一个，他就算考到前三去，我也不意外。"

几乎同一时间，蒋赟的期末考也结束了，破天荒的，他考了个高考班理科年级第四。看过自己和第一名的分差，蒋赟一脸蒙，因为他觉得自己考得不好，原本还以为会垫底。

"我这是努把力能拿年级第一的节奏啊？"蒋赟暗戳戳地想着，又一次为这学校的教学质量而发愁，想着只能自己多努努力。

这贵族学校不用考，有钱就能上，学校里都是些不愁吃穿、不愁未来的公子哥和大小姐，在课业上的用功程度真的和五中没法比，说起旅游、奢侈品、明星、游戏、动漫倒是如数家珍，他们聊天时，蒋赟根本插不进嘴，干脆沉默。

有件事倒是值得一提，这所学校的体育课相当不一般，会教一些高大上的项目，比如击剑、游泳、体操、跆拳道等。蒋赟第一次去上跆拳道课，教练问他学过没，他老实地摇摇头，教练指着一群学生说："他们都学一年了，来，我先给你讲点基础的。"

蒋赟身穿白色道服，被单独拎出来，二十多个同学站在旁边看。教练教了些基础动作：前踢、后踢、侧踢、下劈……还做了一组腾空转身一百八十度反轮踢，完后得意扬扬地说："这种就比较难了，你们看看就好。"

做过示范后，教练举着护胸让蒋赟来练习，蒋赟先是规规矩矩踢了几脚，渐渐觉得不过瘾。他回忆着教练的动作，身体重心放低，双腿膝盖微微弯曲，突然双脚起跳，一个腾空大旋转后右腿伸直，右脚砰地踢到教练胸前的护具上，伴随着他一声响亮的"阿打"，教练直接飞了出去。

二十多个同学脑袋从左到右转得很整齐，一个个都惊呆了，"喔！"

教练瞪大眼睛躺在地上。蒋赟潇洒落地，尴尬地挠挠头发，"对、对不起。"

从那以后，蒋赟在这所学校竟有了点小名气，同学们对这位转学生的评价是——学霸，帅气，高冷，神秘，身手矫健。

掐指一算，已经有四个女孩来向他表白，两个高二，两个高一，都羞答答地说：蒋斌，我喜欢你。

蒋赟统统拒绝，态度很冷漠，还把其中一个女孩给弄哭了。

他想不明白，学霸、帅气和身手矫健暂且不论，高冷和神秘是什么玩意儿？他只是谨遵佟跃东的吩咐，不与同学走得太近，因为单住，他几乎独来独往，周末就待在翟丽给他租的那套一居室里。

那个小区非常高端，进出有门禁刷卡，外卖员和快递员都不能随便进，里头还有一个很大的业主活动中心，蒋赟偶尔会去其中的小图书馆看书。

翟丽租的房子设施齐全，还有厨房，小区门口就有菜场、小超市和水果店。蒋赟现在生活费充裕，周末时一日三餐都自己买菜回去做，有同学约他出去玩，他一次都没答应。

他只见过翟丽三次，都是在出租屋，她来给蒋赟送东西。第一次是送来一大堆夏秋季的衣服鞋子；第二次是送来一台笔记本电脑，说这所学校很多作业要用电脑做；第三次最温馨，送来一袋子海鲜，还亲自下厨给蒋赟做了一顿饭。

蒋赟和翟丽没话聊，翟丽自己也知道，每次都是匆匆来去。她做完饭就走了，蒋赟一个人坐在餐桌边，剥一只虾蘸醋吃，心里的滋味怪怪的。

他很孤单，很寂寞，原本性格也没那么沉闷，单独生活三个多月，他自然会想念钱塘的那些朋友们，想邱远峰，想郭骏骁，想方家豪，想草花……有时候甚至会想到萧亮，然后打自己一个大嘴巴。

他走之前给草花打过电话，说自己搬家了，Q号不再用，高考前两人不能再联系。草花没多问，只让他加油考大学。

他还想念章老师和杨医生，甚至想念章翎家那一大堆有爱的亲戚，想再捏捏小杰克肉嘟嘟的脸蛋，想再吃一次章老师做的饭。好久没用茅医生给的面膜了，蒋赟脸上的痘痘有点小复发，不过不严重，他去药店配了些外敷药，用过几次效果也挺好。

最最想念的自然是章翎。

经常会想，她现在在做什么？晚饭吃了啥？考试考得好吗？放学了吧？章老师可一定要去接她，她家门前那条路简直有毒，也许等那个工地竣工，店铺开起来，会安全很多。

每晚睡觉前，蒋赟都要摸一会儿长颈鹿，可怜长颈鹿头顶那撮毛都要被他薅秃了。后来他不敢再乱摸，就把它放在枕头上，侧卧着与它对视。

也就一年多，没什么了不起，蒋赟想，初中那两年半他不也是这么过的吗？现在比那会儿好多了，不是只有他一个人在想念，他知道，在四个多小时车程外的钱塘，章翎也在想念他。

蒋赟吃着虾，又想到翟丽。

这人是他的亲生母亲，他居然是从她肚皮里钻出来的，在这个陌生城市，她是唯一一个知道他叫蒋赟的人。

（2）

玉桥中学暑假放得早，六月底蒋赟就离校了。

　　炎炎夏日，每天待在屋里做题、看电视、上网，还不能去打工，小少年很有些无聊。

　　有一天，他去小区里的图书馆看书，见到一个男人汗流浃背地路过，显然是刚运动完，蒋赟好奇地问："大哥，你在哪儿锻炼啊？"

　　那人说："图书馆地下负一楼的健身房。"

　　蒋赟惊讶，"这儿还有健身房？"

　　"是啊，你不知道吗？业主都能免费去玩的。"

　　蒋赟听完后就兴冲冲地下到负一楼，果然找到一间健身房，面积不大不小，有很多蒋赟不认得的健身器械，还有几个男女在里头锻炼。

　　蒋赟拿着小区门禁卡在刷卡器上一刷，玻璃门开了，这说明他是有资格进去玩的。蒋赟笑得很开心，因为发现了一个好地方。

　　从这天开始，整个暑假，蒋赟每天都来健身房运动，泡上两三个小时。一开始他只会在跑步机上跑步，用很快的配速跑得大汗淋漓，觉得特别爽，后来有个健壮的大哥问他："小伙子，你到底是想减脂还是增肌啊？"

　　蒋赟差点晕倒，撩起衣摆给他看身上的肋骨，"哥，我都这么瘦了，还减什么脂啊？"

　　壮汉瞪大眼睛，"那你是要增肌？你要增肌，还瞎跑什么呀？你会越跑越瘦的！"

　　壮汉也是业主，姓戚，来这里锻炼纯属业余爱好，愿意指导蒋赟，蒋赟由此多了一个免费的健身教练。戚哥给蒋赟讲增肌理论，叫他不用控制饮食，因为他还在长身体。戚哥还教蒋赟如何规范使用各种健身器械，哪个器械是练哪儿的肌肉。蒋赟学得很认真，每天吭哧吭哧地举铁，不再瞎跑步，只用跑步机慢跑热身和放松。

　　他还认识了一个英姿飒爽的小姐姐，姓蒲，喜欢戴着拳套打沙袋。

　　蒋赟跟着蒲姐学，很快就练得有模有样，快速地出拳、防守、踢打……还有个大哥会和他练拳击对抗，蒋赟喜欢极了，从一开始纯挨打到渐渐能反抗，到最后那大哥都不愿再陪他打，因为打不过他了。

　　精力旺盛的少年天天挥汗如雨，却从中体会到无尽乐趣，一天不来健身房都会心痒痒。待久了，很多来玩的业主都认识了这个毅力十足的少年，每天会和他聊聊健身方面的事，蒋赟所有的社交都在这里，有人陪着说话，他不再感到孤单。

　　在健身房泡过两个月后，八月底的一天，蒋赟顶着一头汗湿了的头发，在健身房落地镜前转着身子打量自己——他没穿上衣，底下是一条运动长裤，排骨将军不见了，倒也没像戚哥那样大只佬。

　　镜中的少年五官立体，有着修长紧致的身型，肤色健康，宽肩窄腰，八块腹肌和人鱼线清晰可见。前胸后背的伤疤依旧存在，但看着并不狰狞，像一道道小勋章，见证了他的成长。

　　蒋赟弯起手臂，他的肱二头肌不那么夸张，用手指戳戳，硬邦邦的也是很有型。

他很满意，觉得这才是男人该有的模样。

戚哥把 T 恤衫丢给他，"快穿起来！小小年纪就这么骚包！"

蒋赟赶紧穿起衣服，对着戚哥嘿嘿傻笑。

蒲姐说："小男孩就是好看，小蒋，你这么帅，有女朋友吗？"

蒋赟脸红了，"姐，我还没满十八呢。"

"没满十八怎么了？搁古代都能做爹啦。"蒲姐坏笑，"要不要姐姐给你介绍女朋友呀？"

"不用了，姐。"蒋赟低下头，这时候才会露出他这个年纪的男孩特有的腼腆笑容，"我已经有喜欢的人了。"

钱塘五中的新校区在经过近三年的施工建设后，于八月底正式投入使用，章翎和同学们作为高三生，第一批搬入新校区，开始全封闭的住校生活。

章知诚陪章翎去参观寝室。女生寝室是六人间，面积宽敞，一边三张高低铺，一边是一排书桌和柜子，带卫生间。章翎的室友有梨子和金盏，都是她的好朋友，章知诚看过住宿环境，放下心来。

九月初，学校正式开学，因为有了新校区，这一届高一新生招了十八个班级，全校学生数量达到两千人，以后规模会越来越大。

章翎走在陌生的校园里，看着那一栋栋崭新的教学楼、实验楼、大礼堂、体育馆……心里感到遗憾，这么好的学校，蒋赟都没机会体验一下。

高三生功课繁忙，每天早上六点多起床，晚上九点下晚自习，回到寝室后大家排队洗澡，女生洗澡慢，有时候六个人洗完都快到十一点了。章翎考虑了几天，趁着周末回家时去理发店，剪掉了留了两年多的乌黑长发。

看着镜子里一头清爽短发的女儿，章知诚拍拍她的脑袋，说："很好看。"

开学一周后，章翎找到章知诚，交给他一大沓空白卷子和一张 A4 纸，纸上写着一溜书目，说："爸爸，这是我们最近发的卷子和老师要求买的书，卷子是我问各科老师要来的，你能联系到夏警官吗？她应该知道蒋赟在哪儿，能不能让夏警官寄给蒋赟？"

章知诚收下卷子，说："我去联系一下她，回头告诉你。"

章翎微笑，"谢谢爸爸，如果可以的话，我想每个月都给蒋赟寄一次。"

章知诚说："行，爸爸去帮你办。"

蒋赟也开学了，他的单住生活被终止。高一新生入校后，他有了一个叫邹帅的新室友，男孩刚满十五岁，个头瘦小，眼睛很大，性格非常活泼。

第一次见到高高大大的蒋赟，邹帅有点怕，眨巴着大眼睛叫他："学长，你好，以后请多多关照。"

蒋赟很不习惯，听到"学长"就会想到乔嘉桐，便让邹帅叫他"斌哥"，邹帅立刻亲亲热热地喊："斌哥！"

蒋赟很满意，摆摆手，"乖，退下吧，斌哥要做题了。"

玉桥中学的晚自习只到晚上八点半，蒋赟回到寝室后还要做大量习题，邹帅知道他是学霸，也不敢打扰他，就爬到床上去聊微信。

小男孩家境优越，用着最新款的果牌手机，聊天对象是班里刚认识的小女生伊莲，有时候不仅文字聊，还要发语音。

邹帅："伊莲，你有没有洗澡啊？"

伊莲："刚洗完，你呢？"

邹帅："我也刚洗完，你吹头发了吗？"

伊莲："吹了，我现在有点饿，可是零食吃完了。"

邹帅："你想吃什么？我明天去超市给你买。"

伊莲："黄瓜味的薯片，还想喝蜂蜜柚子茶。"

邹帅："小馋猫。"

伊莲："讨厌啦。"

蒋赟扶额，这么没营养的对话，都不知道那两人是怎么坚持下来的。

这时，宿管来敲寝室门，蒋赟开门后，宿管交给他一个包裹，"蒋斌，你的快递。"

蒋赟说声"谢谢"，接过快递。邹帅从床上跳下来，好奇地问："斌哥，你在网上买东西了吗？"

"没有，我不知道是什么。"蒋赟看一眼寄件人是夏云，便开始拆包。

邹帅在边上探头探脑，"我猜是吃的，月饼？马上要中秋了。"

蒋赟觉得有道理，包裹拆开后，两个男生都愣住了，那居然是一大沓空白卷子。邹帅默默地爬回床上，觉得学霸真可怕。

蒋赟站在书桌边，展开一张 A4 纸，上面是他熟悉的娟秀字迹，列着一排书目。他又拿起一份卷子看，卷子上贴着一张长颈鹿贴纸，别的什么字都没写，连一句问好都没有。

他低下头，情不自禁地开始笑，手指摸摸那张小贴纸，心里感到好暖好暖。

这一年的中秋节是周一，学校从周六开始放假。周五晚上蒋赟回到出租屋，发现翟丽来过了，餐桌上摆着一盒月饼，还有些水果和零食。

看着这些东西，蒋赟的心情很复杂。来到台城整半年，他和翟丽虽然见面很少，却能感受到她对他的关心。蒋赟始终没给翟丽好脸色，她也没生气，慢慢的，蒋赟的恨意在消退，大概这是人的本能，对于亲生母亲的爱总是有那么一丝渴望。

在出租屋待了两天，中秋那天，蒋赟很早起床，上午在家里做卷子，下午去健身房挥洒汗水。练得湿淋淋地回家后，他洗过澡，很有仪式感地做出两菜一汤，当做自己的中秋晚饭。

天黑了，蒋赟的手机一直沉默。手机依旧是章知诚给的那部，号码却是用佟跃东的身份证办的。知道这个号码的人很少，就是那几个警察，还有翟丽和现在班里的两三个同学。

警察和同学们没给他发消息，蒋赟理解，可是……他不想承认自己在等待，却又莫名地老是去看手机。一直等到晚上十点半，蒋赟憋不住了，拿起手机发出一条短信：中秋快乐。

半小时后，他的电话响了，蒋赟一看果然是翟丽，他快速接起，语气却是一如既往的生硬，"喂。"

翟丽沉默几秒，低声说："蒋赟，我和你说过，不要给我打电话和发短信，我会主动联系你的。"

蒋赟像被兜头浇了一盆冷水，翟丽又问："你找我有事吗？是不是钱不够用？"

蒋赟："没事，钱够用。"

翟丽："国庆节我会去看你，你不要再联系我了，你这样我很难做的，万一被我先生发现就完了。"

说完，她就挂断了电话。

蒋赟躺在床上，望着天花板出神，好半天后把手捂到脸上，笑出声来，"呵呵呵呵……蒋赟，你就是个二傻子。"

这个中秋夜，章翎依旧跟着父母和外公外婆、舅舅舅妈一大家子一起过。聚餐地点是在外公家，杨教授住在郊区的一个别墅楼盘，养着两只鹦鹉，其中一只绿鹦鹉会说话，章翎每次去都要和它聊会儿天。

章翎仰着脑袋，看枝丫上停着的鸟，"你在哪儿呢？是去你妈妈那边了吗？"

鹦鹉："妈妈，妈妈！"

章翎："你别和她吵架，如果待得不开心，明年就回来。"

鹦鹉："恭喜发财！红包拿来！"

章翎："今天是中秋，你在哪儿过的节？有人和你一起吗？吃月饼了没？"

鹦鹉："杰克尿床啦，杰克尿床啦！"

章翎："我很想你，你有没有想我呀？"

鹦鹉："宝贝，么么哒！"

章翎："傻鸟！"

她真的好想去问夏警官要来蒋赟的联系方式，又知道这样做弊大于利。蒋赟的目的是藏起来，不让犯罪分子找到，并且认为他和钱塘的这些人都断了联系。只有这样，章翎和其他人才不会被犯罪分子定为目标，用来威胁蒋赟和警方。

可她只想对他说一声"中秋快乐"。

罢了罢了，只剩不到一年，再忍忍吧。

国庆节，玉桥中学放假七天，蒋赟回到出租屋，面对这么长的假期，还不太习惯。

他第二次收到夏云寄来的快递，又是一大堆卷子和书目。蒋赟抽空去了一趟市中心的新华书店，照着书目买完书，哪儿都没逛就打车回家。

翟丽依照约定来看蒋赟，蒋赟正在做卷子。翟丽看到餐桌上书店的购物袋，吃了一惊，问："你去过市区了？"

蒋赟说："是，我去买书。"

翟丽急道："我和你说过，你有什么要买的东西，我给你打电话时你告诉我就行，我会去给你买的，你不要到处乱跑！"

要不是知道她并不了解案情，蒋赟都要以为翟丽是在担忧他的安危了，说："我只去了书店，打车来回，别的地方都没去，饭都没在外面吃。"

"这种事，不能有万一。"翟丽在餐桌旁坐下，语气焦躁，"台城很小，比钱塘小很多，市区繁华的地方就那一块，我很多亲戚朋友、同事客户放假天都会去那边玩，如果被人看到你，怎么办？我和你外貌特征太像了！不像别人，看到了也没啥，就你这个头发和眼睛，只要认识我的人，看到你都会起疑的！"

蒋赟从书桌边走过来，也拉一把椅子坐下，问："为什么我们的头发会是卷的？是因为有外国血统，还是少数民族？"

翟丽解释道："我爸爸的妈妈，就是我奶奶、你的阿太，是欧洲人，换成现在那个区域应该是罗马尼亚，所以，你其实有八分之一的欧洲血统。我奶奶早就去世了，我没见过她，我的爸爸、就是你外公，在上海出生，十几岁时来的台城，从此定居。"

蒋赟恍然，原来他还真是个混血儿，只是混得已经很稀薄。

他双手搁在大腿上，手指搅着，问："那个……我是有弟弟，还是妹妹？"

翟丽说："一个弟弟，一个妹妹。"

她叹口气，打开手机找出一张合影，拿给蒋赟看。

照片上是一个男孩和一个女孩，像是在游乐场留影，男孩比女孩大几岁，有着和蒋赟相似的卷发和五官，只是面部轮廓还很稚嫩。女孩的头发和眼睛是黑色的，可能更像爸爸。男孩揽着女孩的肩，两个人都牵着一个气球，笑得很开心。

蒋赟看着照片，觉得好神奇。这是他同母异父的弟弟和妹妹，还是第一次看到，尤其是这个弟弟，和他长得那么像，他忍不住问："他几岁？"

"老大吗？"翟丽说，"老大今年十三，老二才八岁。"

刚说完，她就意识到自己说错了，惊慌地看向蒋赟，果然，蒋赟也怔怔地看着她。蒋赟才应该是老大，显然，翟丽从未这么想过。

气氛变得很尴尬，蒋赟把手机还给翟丽，说："你走吧，我一个人待着没事。"

翟丽感觉到蒋赟的冷漠，有些无力地说："你能不能体谅我一下？"

蒋赟反问："我怎么不体谅你了？"

"蒋赟，请你听我说。"翟丽的语气变得严肃，"我现在和我先生一起开公司，我和他不管是生活还是工作，都是搅和在一起的。如果被他发现了你的存在，后果会变得很严重。我至今没有把你的事告诉我父母，他们年纪大了，我不想让他们担心。我知道你恨我，但我真的有在努力弥补！我答应你，明年你考上大学，你所有的学费和生活费都由我承担，还是那句话，你毕业后想出国，没问题。等你工作了，不管你是回钱塘还是想去别的城市定居，我都可以给你买一套房。我都没有强迫你叫我一声'妈妈'，对你只有一个要求，千万，不要，让我现在的家人知道你的存在，可以吗？"

蒋赟看着她，"你觉得我来找你，是看中你的钱吗？"

"我不是这个意思。"翟丽掠掠头发，"我相信你不是故意打架，故意被开除，就为了跑过来报复我，你不可能拿自己的前途开玩笑。可现在的事实是，你来投奔我了，我在负担你的生活，我没有推卸责任，没有拒绝你来台城，我只是希望你不要乱跑，不要主动联系我。真的蒋赟，我现在上有老下有小，工作非常忙，你妹妹还在念小学，我不能离婚！请你体谅一下我的难处，我不会亏待你的。"

蒋赟什么都明白了，这半年来被点燃的一点点小火苗也跟着熄灭。他牵起嘴角露出一个笑，"我知道了，你放心，我不会再给你发短信打电话，不会再往市区跑，我不会叫你为难的。"

翟丽长出一口气，"蒋赟，你长大了，应该懂事一些，这事儿捅出去，对你对我都没好处。我相信你也想过好日子，那就听我的话，以后我给你买套房，你也可以少奋斗十年。"

翟丽走了，蒋赟的心也死了。

他知道翟丽本性不坏，看她和人相处就能感受到她在生活中应该是个温柔恬淡、知书达理的人，是个好女儿、好妻子、好妈妈、好闺蜜、好上司、好的合作方。

她可能还很委屈，觉得自己对蒋赟已经仁至义尽，让他读学费昂贵的国际学校，帮他租高档舒适的出租屋，每个月给他两千生活费，平均一个月来看他一次，承诺以后送他出国、给他买房，绝对是一个好得不能再好的妈妈了。

但蒋赟想要的真是这些吗？

他摇摇头，彻底明白，翟丽能给的是他不在乎的，而他真正想要的，她永远都给不了。

高三生的日常就是刷题、刷题、刷题，再也没有任何课余活动，登山跑、秋游、运动会、文艺汇演……统统和章翎、蒋赟无关了。

秋去冬来，高三上学期即将结束，钱塘五中开始和辖区、市里的重点高中进行联考，排名不再仅限于本校，章翎和同学们每天做题做得焦头烂额，考完试，还得面对自己在联考中的排名。

不包括下辖县和外围辖区，钱塘市区有九所重点高中，五中的教学水平在其中只能算中等，有时中等偏上，有时偏下。

看联考试卷的难易程度，像林师妍和方家豪那样水平的学生，试卷越难，他们越容易脱颖而出。当试卷简单时，几所高中就是菜鸡互啄的大场面，所有人都考得差不多，630 分简直成了一道合格线。

章知诚看过女儿在市里的排名，和章翎讨论分析，清北依旧不保险，即使侥幸过线，也只能念比较冷门的专业。可真要去北航，按章翎的成绩又有点浪费，好处是专业可以随便挑。

章知诚试探着问："你真的没有想法去上海吗？复旦或是交大，爸爸觉得你的分都够了，如果是 A 大，就会更保险。"

章翎说："我想去北京，我不想待在南方，我想去北方转转。"

章知诚叹气，"好吧，爸爸尊重你的选择。"

章翎不想去上海，还有个原因是乔嘉桐在上海，他最终去了同济大学，学的什么专业章翎也不清楚，没去打听。

有一件很有意思的事，许清怡在一月时去往北京，参加北电和中戏的艺考初试，之后又马不停蹄地去上海参加上戏初试，在北电初试时，她被街拍了。

许清怡的照片出现在互联网上，那篇文章是介绍漂亮的艺考生。许清怡扎着马尾辫，穿着朴素的米色羽绒服，脖子上围一块咖啡色毛线围巾，小尖脸上不施脂粉，对着镜头粲然而笑。

网友们被她甜美的笑容击中，联合文中出现的十几个俊男靓女，都说那个穿米色衣服的女孩最好看，一传十传百，许清怡莫名其妙地出了圈，成了所谓的北电最美考生。

校花从钱塘五中火到北京，又火至全国，五中的学生们都觉得很有趣，有人说等许清怡回来后要问她讨个签名，合个影，搞不好她将来会做大明星。

　　章翎看着这则新闻报道，忍不住发笑，心想，许清怡真要去做演员，也是人尽其才。章翎有点佩服她，那个女生，其实一直都知道自己想要的是什么。

　　这年春节特别晚，除夕夜已是二月中旬，章翎全家去酒店吃年夜饭，吃完回家的路上，章翎自言自语地说："不知道蒋赟在哪儿吃的年夜饭。"

　　章知诚开着车，说："你别担心他，蒋赟比你能干多了，能照顾好自己。"

　　章翎扭头看向窗外，"下个月，蒋赟就满十八岁了。"

（3）

　　蒋赟的除夕夜和中秋节一样，一个人在出租屋过。

　　他买了些肉菜，上网找到菜谱，给自己做了一顿"丰盛"的年夜饭——三菜一汤，外加一锅自己包的饺子。

　　"小蔚，吃饺子了。"蒋赟给余蔚盛出一碗饺子，又搁上一双筷子，"我记得你是辽宁人，辽宁哪儿的呀？我都忘了。要是知道你家在哪儿就好了，我可以去看看你的爸妈，他们都不知道你在那学校的事，我可以说给他们听听，再下去，我怕我都要忘光了。哦，你放心，我不会忘记你这个人的，你永远都是我哥。"

　　蒋赟吃饱后，爬到床上看春晚。寒假好无聊啊，因为春节物业工作人员少，小区里的健身房关门五天，蒋赟哪儿都没得去，在家里待得都要长蘑菇。

　　他把长颈鹿顶在头上，美其名曰让它一起看春晚，心想，不知道章翎在干什么，看春晚了吗？他以前都没看过春晚，现在一看发现真没劲，一群不认识的人唱歌跳舞演小品，还没五中的文艺汇演好看。

　　去年国庆以后，翟丽只在十二月初时来过一次，给蒋赟送来几件冬装，后来再也没来过。她给蒋赟打电话，问他缺什么，蒋赟说自己什么都不缺，翟丽就说她暂时不过来了。

　　不过来就不过来，蒋赟早已对她绝了念想。

　　刚刚结束的期末考，蒋赟又一次轻松地考到年级第一，总分拉开第二名一大截。章翎寄给他的那些卷子和题集很有用，使得蒋赟的数理化在年级里出类拔萃，好多同学会向他请教难题。

　　至于英语，算是因祸得福，蒋赟的英语老师是个美籍华裔，口语那不叫流利，根本就是人家的母语，上课几乎全英语教学。蒋赟跟着学了一年，听力和口语进步得特别明显，加上他又很努力地刷题和背诵，现在考个120分那叫轻而易举。

　　邹帅小朋友视蒋赟为偶像，在偶像的带领下也开始认真学习，回到寝室不再热衷和伊莲聊微信，期末考考到全班前十，把小孩高兴得上蹿下跳，说寒假里要对父母敲竹杠，买一双惦记好久的限量版球鞋。

　　班里的同学对蒋赟也挺友好，因为他长得又高又帅，体育好，成绩更是拔尖，穿的衣服和鞋子也都是好牌子。在他们看来，蒋赟就是个和大家一样家境优越的男孩，性格有点闷，从不和同学一起出去玩，也不和任何女孩走得近，是一朵高岭之花。

　　有时候蒋赟会想，如果这些同学知道他曾经的生活是那样艰难又狼狈，估计都不会相信吧？

　　三月，新学期开学，距离高考还剩不到一百天。

　　蒋赟作息如下：早上六点三十分起床，在房里背诵英语至七点，等邹帅起床后，两人洗漱完一起去食堂吃饭，七点四十分去教室早自习。

　　下午五点下课，蒋赟不急着去吃晚饭，先去学校的健身房锻炼一小时。没办法，他上瘾了，每天不运动一下就浑身难受。

　　六点多，蒋赟去吃晚饭，接着去教室晚自习，八点半下课回寝室洗完澡，继续做题，饿了的话就吃点夜宵。

　　学校有一家小超市，供应玉米、烤肠、关东煮等热食，很晚打烊，好多学生会溜出寝室去买夜宵吃。

　　三月初的一天晚上，蒋赟做题时饿了，问邹帅："帅帅，吃消夜吗？哥去买。"

　　邹帅正在奋笔疾书，"吃，我要烤肠和一瓶可乐。"

　　蒋赟起身出去了。寝室楼离超市不远，蒋赟溜溜达达地走着，突然心里生出一种不好的感觉，后面似乎有人在跟着他，并且，不是学生。这种感觉让蒋赟背脊发毛，头皮都要炸开，心里闪过无数个念头，是葛朝阳的人找来了吗？这么神通广大的？他躲在这里一年了，都能被找到？

　　蒋赟在一个墙角转弯，快速地将背脊贴在墙上，眼睛注视着转角，身体已做出攻击准备。

　　他一点也不害怕，心中只有愤怒。现在的他可和一年前不一样了，如果对方只是一两个人，蒋赟相信自己很快能把人撂倒。

　　脚步声出现了，越来越近，蒋赟屏息凝神，当那人从转角出现时，蒋赟一声不响地扑了上去。对方果然不是学生，身手特别敏捷，蒋赟的伏击竟然没抓到他，他闪身避过，两人瞬间就交手几招。

　　蒋赟没留力，出手又快又狠，心想老子打不死你个人渣！竟敢混到学校来跟踪我，胆子倒不小啊！

　　那人应对得很沉着，一直没攻击，只是防守，任凭蒋赟的拳脚落到他身上，也不叫疼。蒋赟这时候才得空看清他的脸，不看不知道，一看真是吓好大一跳，魂都差点出窍，跟见了鬼似的弹开了。

"我的天！"他直着眼睛盯住面前的男人，"你……你不是死了吗？"

男人的发型不再是寸头，也不是酒红色，他留着很清爽的黑色短发，穿一身夹克衫、牛仔裤，此时正双手插兜，笑吟吟地看着蒋赟。

蒋赟都要疯了，"你……你是成可吗？你不是被枪毙了吗？！"

"成可"从兜里掏东西，蒋赟神情戒备，怕他拿出一把匕首来，结果他拿出来的是一本证件。他把证件丢给蒋赟，"成可是死了，枪毙的，我还活着。重新自我介绍一下，我叫盛珂，是个警察。"

蒋赟低头看证件，真的是一本人民警察证，照片上赫然是"成可"，笑容相当欠揍，名字那里却印着"盛珂"，算算年龄，二十八岁，刚好比蒋赟大十岁整，警衔是：一级警司。

蒋赟目瞪口呆地看着证件，盛珂也不催他，找不着北的少年终于抬起头来，问："你们做卧底，化名都这么草率的吗？"

盛珂一下子笑场了，大摇大摆地走过来，"对啊，就是这么草率！小伙子，走，找个地方坐坐，聊会儿天。"

几分钟后，盛珂和蒋赟并肩坐在体育馆前的台阶上，蒋赟还是难以置信，"你真的是警察？那你当着康大海的面打我的时候还那么凶，不知道留手的吗？"

"谁说我没留手？"盛珂好笑地看着他，"不留手你还能竖着去医院吗？"

蒋赟想起赵楠说过的话，眨巴着眼睛问："赵楠说你很厉害，能一挑五把人都干趴下，真的假的？"

盛珂挑眉，"当然是真的，我拿过五省联办警队格斗比赛冠军！"

蒋赟不开心，"那、那你和我打，真让我了？"

盛珂呵呵笑，"小朋友，你那会儿才多大？瘦得跟个猴似的，我两个手指头都能捏死你，不让你，难道真把你给打骨折啊？"

蒋赟不服气，"我没那么弱吧？"

"你那时候就会些花架子，打起来好看，一点不实用。"盛珂伸手捏捏他的胳膊，"不过刚才和你过几招，有点那味了。说起来你变化好大呀，这大高个儿，小肌肉，啧啧，要不是头发还是老样子，我都要认不得你了。"

蒋赟不好意思地挠挠头发，低声说："我还以为那些卧底什么的，都是电影里演的，原来现实里真有啊？"

盛珂说："有，不过没电影里那么刺激，有时候还挺狼狈的。"

他打开手机调出新闻，把自己当初站在法庭上接受"公开审判"的照片给蒋赟看。

照片里的盛珂剃着光头，穿一身橙色囚服，铐着手铐，一脸死灰地站在一排罪犯中，还挺像那么回事。

"你看，这个就是康大海，砰！已经没了。"盛珂指着画面中的自己，跟个缺心眼似的还很得意，"这个就是我，剃光头是不是也很帅？"

曾经忽略过的很多细节，慢慢在蒋赟脑海里浮现。比如两年前，他和盛珂在雨中单挑，章翎报警后，他被送到医院，这么一件鸡毛蒜皮的小事，为何会引来市局禁毒支队的队长梁军？

蒋赟记起梁军当时说的话：小伙子，你很能打呀，年纪轻轻的，都敢和康大海的手下单挑？

现在想来就很微妙了，梁军就像在逗他：你这小屁孩怎么敢去和警队格斗比赛冠军单挑？

还有后来，蒋赟两次见到盛珂，一次在烟雨人间，一次被赵楠带着去讨债。当他明确提出不会干那种事时，盛珂出手掐住他的脖子，阴狠地说：不干就滚，别来碍事，好好上你的学去。

哦，这家伙还骂过他"瓜娃子"，问他：怎么改主意了？你不是要考大学吗？

想必当时在包厢，盛珂看到他也很头疼吧？

蒋赟臊得慌，讪讪开口，"盛哥，你今天为什么来找我？你不该躲起来吗？"

盛珂掏出一包烟，抽了一根叼在嘴里点燃，眯着眼睛说："我是来谢谢你的。"

蒋赟纳闷，"谢我？"

"谢谢你救了我，要是没有你，我可能都活不到今天。"盛珂把烟夹在指间，"这些事其实不应该告诉你，不过我听梁队说，因为那个案子，你被弄得挺惨，被犯罪团伙袭击，书都差点读不下去，我就想着还是来看看你，把事儿都告诉你。"

蒋赟不明白，"到底是怎么回事啊？"

盛珂自嘲地笑，"其实，我是个失败的卧底，那个任务算是没完成，只抓到康大海那群小虾米，还差点把自己折进去。我从头给你讲一下吧，放心，梁队知道我要来找你，这些事，他同意我告诉你。"

事情其实是这样的。

盛珂化名"成可"，作为一名"刑满释放人员"，被安排去犯罪团伙卧底。一开始的目标是葛朝阳，可是经过几个月努力，他都没能渗透进葛朝阳身边，连面都没见到，只能退而求其次来到钱塘，很轻易地就混到康大海手下。

盛珂能打，最初的工作就是帮康大海去讨债。干过几单漂亮的活儿后，康大海终于注意到他，颇为赏识，逐渐让他成为自己的左膀右臂。两年前的那个雨夜，在金秋西苑附近的工地旁，康大海让盛珂和蒋赟"切磋"时，盛珂在康大海手下刚混满半年。

慢慢地，康大海越来越信任盛珂，盛珂开始参与烟雨人间的一些大生意。可是他发现，连康大海都见不着葛朝阳，这样待下去就没意义了。于是盛珂做了许多工作，在那年十一月，把一批大货的交易地点定在烟雨人间，并且怂恿康大海去钓葛朝阳本人来交易。

然而葛朝阳老奸巨猾，在交易前一天的晚上，盛珂得到线报，说第二天的交易葛朝阳依旧不会出面，还是他的手下过来。

这时候警方都已部署完毕，盛珂陷入两难境地。收网吧，还是抓不到葛朝阳，继续观望吧，那帮人渣钱货两讫，下一次再有这样的机会也不知猴年马月了，盛珂再待下去会越来越危险。

原本，如果葛朝阳被抓，收网后，盛珂是不用再隐瞒卧底身份的，可以立刻协助调查，官复原职。可现在葛朝阳不出面，收网以后，盛珂很容易暴露，因为那次交易几乎都是他在操作，哪怕他像康大海一样假装被抓进去，葛朝阳回过味来也会怀疑到他。

距离交易已经不到二十四小时，盛珂心急如焚，一晚上都没睡着。就在交易那天的早上，他接到警方线报，说有一个叫姜灵的女孩向外求助，让人打电话报警，举报烟雨人间有违法犯罪行为。

盛珂顿时眼前一亮，和警队如此一番商量后，决定将计就计。

当晚，治安大队突袭烟雨人间，里面其实有很多禁毒警。警察们借着扫黄行动，按原计划把两方罪犯一锅端。

盛珂不愿"坐以待毙"，当场掏出匕首反抗，被警察制服时，"不小心"在自己手臂上划了一刀，流了好多血。于是，别的犯罪嫌疑人被送去警局，他则被送去治疗。

盛珂说："小蒋，如果你没报警，那天晚上来的就是禁毒大队。不是我说，那样子几乎就是昭告天下，有人泄密了，仔细一想，这个人只能是我。"他望向蒋赟，很是诚恳，"谢谢你小蒋，谢谢你没有坐视不理，是你救了我的命。"

后来的事蒋赟就知道了。

姜灵被解救，把自己向蒋赟求助的事都告诉给警方。梁军知道葛朝阳不会善罢甘休，不会轻易接受"巧合"的发生，不会放过那个匿名报警的人，以防万一，就派出几队便衣轮班保护蒋赟。

本来，蒋赟报警是匿名，葛朝阳也不会知道。坏就坏在，姜灵是用赵楠的手机打的电话，又因为惊慌失措没有删除通话记录，被赵楠发现了。赵楠被葛朝阳招徕后，怀疑是蒋赟报警，葛朝阳就派人去抓蒋赟，也是想问问他到底是怎么回事。

说白了，"蒋赟报警"是意外，却阴错阳差地把盛珂摘了个干干净净，让"成可"

和康大海那拨人一起被"枪毙",之后再也不会有人怀疑。

一切真相大白,蒋赟消化半天才弄懂,他就是帮姜灵打了个报警电话,背后竟有这么多曲折,他都能想象出盛珂当时危机四伏的状况。果然,这太平世道,是有人在替百姓们负重而行。

蒋赟无力地抬手捂住脸,盛珂心里不是滋味,"对不起,一直没对你道歉,把你给扯到这件事里来了。"

"对不起有啥用?"蒋赟转头看他,"赶紧去把葛朝阳抓起来啊!"

盛珂望天,"我也想呢。"

两人一同沉默,半晌后,盛珂问:"小孩,你老实说,你后悔吗?"

蒋赟坚定地摇头,"不后悔。"

盛珂笑了,拍拍他的肩,"好小子。"

蒋赟问:"这一年多你在哪儿?"

"回学校了。"盛珂说,"学校里安全,帮忙上上课。"

蒋赟好奇,"你是哪个学校的?"

盛珂:"中国刑事警察学院,听过没?"

"没听过。"蒋赟问,"在哪儿?厉害吗?"

"在沈阳。"盛珂笑着说,"还行吧,咱国家一流警校了,被叫作'东方福尔摩斯的摇篮'。"

沈阳啊……蒋赟想了想,有些忐忑地开口,"盛哥,你和辽宁那边的警局认识吗?我有个朋友,八年前在 B 省去世了,那会儿才十岁。他是辽宁人,能查到他家在哪儿吗?我想有机会的话,去看看他父母。"

盛珂说:"你把信息告诉我,我去查查看。"

蒋赟把余蔚的信息告诉盛珂后,问:"你知道姜灵后来怎样了吗?"

盛珂说:"她被送回家了,已经回学校上学,只是经过这样的事,伤害肯定会有,希望她能尽快走出来吧。"

蒋赟低头不语,心想,至少他救了姜灵。

两人又聊了会儿天,盛珂问蒋赟:"你到这儿来上学,和你那小女朋友还有联系吗?"

蒋赟低着头,有些失落,"没有,梁叔叔说我不能和他们联系。哎,那个,她不是我女朋友!"

"骗谁呢?"盛珂哈哈笑,"那会儿你和她抱一块儿了,当我瞎呀?"

蒋赟无语,"那是因为她害怕!"

"哈哈哈哈……小孩儿就是脸薄,承认了我又不会笑你。"盛珂笑完后,拍拍蒋赟的肩,"对了,梁队和我说,你是个做警察的好苗子,马上要高考了,有没有兴趣报警校啊？"

蒋赟说："还没想好。"

盛珂叹口气，"其实，干我们这行很危险的，不仅是自己，还有家属。你记不记得那次你跟着我去要债，我们当着欠债人家属的面，殴打欠债人，这就是一种威胁，只要还有一丝亲情在，对方就会妥协。干我们这行也一样，我们自己可以宁死不屈，就怕家属被报复，被威胁。"

蒋赟问："你有女朋友吗？"

盛珂摇头："没有，不敢找，三十五岁以后再说吧。"他顿了一下，目光放得很远，慢悠悠地说，"我要找的姑娘一定要足够包容，足够勇敢，足够强大。一线刑警的警嫂不好做啊，她必须要支持我的事业，要不然俩人就会走不下去。"

蒋赟若有所思，盛珂站起身来，"我该走了，歉也道了，谢也道了，希望你能原谅我，以后，咱们继续警民大合作。"

蒋赟笑了一下，站起身问："接下来你要去哪儿？还是回学校吗？"

"不，我要回老家复职了。"盛珂说，"躲了一年多，也差不多了。以后，我应该再也不会来 A 省，咱俩不会再见面了。"

蒋赟愣愣地问："你老家是哪儿的？"

"瓜娃子！"盛珂往蒋赟脑袋上敲了个小栗暴，冒出一句方言，"我长得这么称展，你没看出我是来自四川的帅锅吗？"

　

盛珂走了，蒋赟双手空空地回到寝室，面对一脸期待的邹帅，才想起忘记买消夜。

"对不起帅帅，我碰到一个同学，聊了会儿天，忘买了。"蒋赟解释后就坐回书桌前，一时没心思做题，干脆打开电脑开始搜索"中国刑事警察学院"。

他搜过 A 省警察学院，也搜过中国人民公安大学，现在再搜出盛珂的母校，搞明白了，中国刑事警察学院和中国人民公安大学一样，都是公安部直属警校，比省级警校要高大上许多，录取分数线也很高，在 A 省都要 600 多分才能上。

一个在北京，一个在沈阳，似乎没什么好犹豫的。

没错，蒋赟想报警校，想做警察，这个念头在他心里蛰伏一年，越临近高考，变得越清晰可寻。

他也考虑过别的专业，金融不行，管理类也不行，语言类更不行，他半点儿没兴趣。数字传媒、信息类也是够呛，计算机相关想都别想，人家从小学就开始玩电脑，他摸上电脑才几个月，水平那叫一个惨不忍睹。

像杨医生那样学医呢？蒋赟觉得自己不是这块料。

像章老师那样做一位老师？那更离谱了，他都想象不出自己站上讲台的样子，如果碰到一个像他这样犟头犟脑的学生，他估计会操着椅子和对方打起来。

其他的呢？土木工程、建筑那块还可以，似乎要下工地，他倒不怕吃苦，还有些这个工程、那个工程的，都能考虑。

只是想来想去，最动心的还是成为一名警察。他看过梁队长的日常工作，也见过佟跃东、夏云以及他们的同事出任务时精神抖擞的样子，如今又见到盛珂，回想两人为数不多的几次接触，蒋赟体味到盛珂曾经对他的那一丝照顾和劝诫。

莫名其妙地帮盛珂挡了一次危机，弄得自己被迫远走他乡，蒋赟竟意外地不记仇，甚至觉得，盛珂好帅啊。

蒋赟发现，他也想成为盛珂这样的人。

他可以成为这样的人。

（4）

蒋赟的十八岁生日过得悄无声息，没有人给他发短信、打电话，也没有人对他说一句"生日快乐"。

倒也不是没一点惊喜，他收到一份来自钱塘的生日礼物。

生日前一天，蒋赟拿到夏云寄来的快递，除了一沓卷子，还有一盒剃须套装，含一把剃须刀、一盒刀片和一瓶剃须泡沫。打头的那份卷子上像往常一样贴着一只长颈鹿，这次又多了一只小熊。

蒋赟嘴角含笑，站在桌边研究剃须泡沫，邹帅看到了，问："斌哥，你要刮胡子啦？"

"嗯。"蒋赟摸摸嘴唇上方，其实他自己也有了刮胡子的想法，以前软软的小绒毛最近好像变粗变黑了，给人感觉脏兮兮的。

邹帅很来劲，"你刮一个我看看！"

蒋赟依言走进卫生间，先用洗面奶洗脸，又把剃须泡沫挤到脸上，顶着一嘴巴"奶油"，问："这么多够吗？"

邹帅站在他身边挠头，"不知道啊，我又没用过。"

蒋赟拿起剃须刀，向下绷唇，小心翼翼地刮唇上和下巴。邹帅问："啥感觉？"

"没啥感觉——哎哟。"蒋赟刮破了一个小口子，鲜红的血液渗出，两个男孩都大笑起来。

把脸弄干净后，蒋赟照着镜子，摸摸光滑的皮肤，感到很满意。

邹帅挤眉弄眼地问："斌哥，你真没有女朋友吗？"

蒋赟笑问："干吗问这个？"

邹帅倚在卫生间门口，老气横秋地说："你这么帅，还一直有人给你寄卷子，我觉得就是你女朋友。"

蒋赟笑笑，没回答，邹帅又说：“斌哥，其实我也有个女朋友。”

“是吗？”蒋赟转头看他，“就是你班里那个伊莲？老和你聊天的那个？”

邹帅摇摇头，“不是，伊莲是来这儿才认识的，我以前上初中时有个女朋友。”

蒋赟很无语，邹帅继续说：“我女朋友在台城二中上学，寒假我俩还一块儿出去玩过，但我感觉不太好，我觉得她好像不喜欢我了。”

蒋赟晕倒，“我也没觉得你有多喜欢她呀！我就看你一直和伊莲聊天呢！”

“对哦，你这么一说……我也有这感觉。”邹帅像是很苦恼，“我女朋友其实比伊莲漂亮，但我现在觉得伊莲也挺可爱的。”

蒋赟觉得该给这小孩上上课，“邹帅，你是男孩子，这样可不行，男人要有担当，要专一，要负责。你要是不喜欢你女朋友了就和她说清楚，然后你想追伊莲就去追，不可以脚踏两条船！这不是男人干的事儿。”

邹帅低头看脚尖，“你是不是觉得我很渣呀？其实我还是挺喜欢我女朋友的，就是……我和她不在一个学校上学，见也见不到，她现在对我冷淡很多，我和她在一起好像也没什么话讲。”

蒋赟想到章翎，他们分隔两地一年整了，连一通电话都没打过，他只能在脑海里回想她的声音，想得狠了，就打开手机看看照片。

他有一个移动硬盘，把前一年旅游的照片都存在硬盘里，还有平时一些零散的合影，只在手机里留下两张。

一张是在游乐场，章翎戴着那顶长颈鹿帽子，笑嘻嘻地依偎在他身边，背景是五彩斑斓的旋转木马。另一张是除夕夜拍的，蒋赟坐在章翎舅舅家的沙发上，穿着章老师那件驼色毛衣，章翎站在沙发后面，微微弯腰，双手搭在他肩上。

当时，她似乎是想用双臂环住他的脖子，被他阻止了，房子里那么多人，他都不明白章翎的胆子怎么会那么大。

蒋赟在走神，邹帅眨巴着大眼睛叫他，“斌哥，斌哥？”

“啊？”蒋赟回神，“怎么？”

邹帅：“我刚说的你听到了吗？”

“你说什么了？”

邹帅撇撇嘴，“我说，我以后是要出国的，我和我女朋友估计没有未来，可能还是伊莲更适合我，她说她也要出国。”

小男孩垮着肩，回身走向床，蒋赟站在洗脸台前收拾剃须套装。

距离高考不到九十天，想到自己和章翎的约定，他心里有了一丝茫然。

蒋赟想，跟着章翎去北京，真的正确吗？

一年多不见，他自然不会变，那章翎呢？

　　她的喜欢不像他，有着经年累月的基础，对章翎来说，和他相处满打满算也就一年半。这一年半里，她还喜欢过乔嘉桐，那她对他的喜欢会不会像邹帅的女朋友那样，随着时间推移慢慢地变淡？

　　蒋赟摇摇头，看着手里的剃须泡沫，强迫自己不去想这个问题。

　　十八岁，其实就是一个普通日子，前一天后一天，照旧吃饭睡觉上课做题，过得没什么不同。

　　可对蒋赟来说，十八岁是不一样的，在这一天他做出一个决定，只是暂时不能和翟丽讲，因为他不能主动联系她。

　　四月中旬，距离高考还有五十天时，钱塘五中所有高三学生在新校区的操场上举行成人礼和高考誓师大会。

　　大家都穿着那身藏青色正装校服，男生西装领带，女生百褶裙黑皮鞋，仪式结束后，还要拍毕业照。

　　高三生发言代表是林师妍，站在台上说得慷慨激昂，"我们十八岁了，步入人生中的崭新旅程，青春点燃梦想，激情放飞希望，站在少年至成人的大门口，面对国旗，我们庄严宣誓……"

　　操场上，五百多个高三生同时举起右拳，置于太阳穴边，跟着林师妍大声念诵宣誓词。

　　有人神情疲惫，有人目光坚毅，有人眼含热泪，也有人笑得没心没肺。

　　章翎抬头看向远方，国旗在飘扬，蓝天上一群鸟儿刚好飞过。她想，她念这个成人礼誓言还名不副实，不过那个人倒是名正言顺了。

　　大会结束，大家去拍毕业照，这是高三（1）班最后一次拍集体照，四十八人全员到齐，还有各任课老师和学校领导。排队时，章翎和邱远峰擦肩而过，邱远峰早就有了新朋友，几个男生打打闹闹，互相调侃对方穿西装的样子好傻。

　　章翎想，他还记得蒋赟吗？

　　一年多了，再也没人提到蒋赟，这个在高二（1）班短暂逗留过半年的男生，运动会上的表现让人振奋，文艺汇演中又带给大家惊喜，成绩一直普普通通，最后因为打架被开除，从此杳无音讯。

　　是不是，只有她还在默默惦记？

　　四月底，翟丽终于记起要给蒋赟打电话，他们已经有小半年没见。

　　"蒋赟，最近有缺什么吗？衣服够不够穿？钱呢？够用吗？"这是翟丽的经典开场白。

蒋赟说："什么都不缺，我挺好的。"

翟丽问："你什么时候回钱塘？五中的老师会帮你安排高考吗？"

蒋赟回答："放心，会安排好的，六月初过去。"

他的高考报名和体检都在台城做，是梁军帮他协调好的，蒋赟只要在六月初回到钱塘，拿到准考证就能直接参加高考。

翟丽说："哦，那没什么事了，我最近工作比较忙，就不过去看你了，你好好学习，下个月我再去看你。"

她要挂电话，蒋赟叫住她："你等等，我有话和你说。"

翟丽立时紧张起来，"什、什么话？"

她敏感的神经令蒋赟感到可笑，不过他说得倒很平静，"我成年了，就在上个月，所以，你的义务已经履行完毕。从现在开始你不用再来看我，也不用再给我打生活费，我奶奶给我留了些钱，我的大学学费和生活费都能自己解决，足够了。高考以后我不会再来台城，不会再打扰你，谢谢你这一年多对我的照顾，你说的什么出国、买房，我心领了。我走以后你放宽心，好好照顾两个孩子，不用再惦记我，我能照顾好自己。"

翟丽沉默了好一会儿，才问："蒋赟你在说什么？你什么意思呀？"

蒋赟说："不用我重复了吧？我不会破坏你现在的家庭，再过一个月我就走了，以后咱俩就别见面了，我知道你的难处，这是最好的解决办法。"

"什么解决办法？要解决什么问题？！"翟丽失控地叫起来，"你有没有良心的？蒋赟，你这算什么？过河拆桥吗？没地方去了过来找我，要考大学了拍拍屁股就走？你把我当什么了？！"

蒋赟很困惑，"你难道不觉得我是颗定时炸弹吗？或者是……拖油瓶？是你自己说的，不能让你的家人知道我的存在，我也不需要让他们知道我的存在。我是想过好日子，但我不需要你来帮我，之前十几年我都过来了，以后我也能一个人过。"

翟丽像是明白了他的意思，"你是……想要我公开认你，对吗？"

蒋赟吐血，"不是！你别瞎想！我没这个意思！"

"那你是什么意思啊？"翟丽又开始哭了，边哭边喊，"你是我儿子！亲儿子！我也想认你，但现在没办法！我说了我不会亏待你的，你怎么这么不懂事啊？！"

蒋赟强忍住挂电话的冲动，"反正，不管你怎么想吧，该说的我都说完了。这样吧，下个月你有空就过来一趟，咱俩见面聊，就当最后见一次，完了我就回钱塘高考，以后……你就把我忘了吧。"

打完这通电话，蒋赟感到很舒心。

他也算是体会过有妈妈的感觉了，尽管两人的见面次数一双手都数得过来，一点儿也不亲密。但他好歹吃过妈妈做的饭菜，穿过妈妈买的新衣，住过妈妈租的房子，睡过妈妈铺的被子。

也没什么可遗憾的了。

时间进入五月，是高考前冲刺的最后阶段。

邹帅再也不敢和蒋赟闲聊天，蒋赟做着章翎寄来的钱塘模拟考卷，还附有答案，自己做，自己批，估摸着这时候的自己在五中是什么水平。

他托着下巴想：不用担心章翎，她心态特别好，成绩一直很稳定，就是不知道姚俊轩现在考得怎么样。

蒋赟不再是"村通网"少年，已经知道上海交大有多牛，他希望姚俊轩能顺利考上，他一直记着姚妈妈给他吃的那支旺旺碎碎冰。

玉桥中学的高考氛围一点也不浓厚，要出国的那帮人还有空闲搞社团活动，蒋赟班里也不紧张，拍毕业照那天，有女孩偷偷给自己化了个妆，甚至扎起复杂的辫子。

他们去外面拍照，蒋赟坐在椅子上没动，宋露璐兴奋地叫他："蒋斌！走啦，去拍毕业照！"

蒋赟说："我不去了，和老师说过，我是借读的，不用拍。"

宋露璐睁大眼睛，"为什么借读不用拍？"

蒋赟笑，"不用拍就不用拍嘛，好像是规定的，我学籍不在这儿。"

宋露璐怔怔地看着他，咬咬唇，又问："那……一会儿，我能单独和你拍个合影吗？"

蒋赟有些为难，"不要了吧，我不喜欢拍照。"

他不想在这里留下影像记录，也是佟跃东交代过的。

原本高高兴兴的宋露璐再也笑不出来，迟皓叫她："露璐，走了。"

宋露璐一撇头，和迟皓一起往外走。

路上，迟皓说："我总觉得，蒋斌是故意和我们保持距离，来了一年多，从来没融入过我们这个班级。"

宋露璐不吭声。

"你别太在意他。"迟皓劝她，"他本来就不是台城人。"

宋露璐实在忍不住，眼泪掉下来，"你闭嘴！真烦人！要你提醒我吗？"

五月中旬的一个周末，距离高考只有不到二十天，蒋赟从学校回到出租屋，翟丽之前给他打过电话，说这个周末会过来看他。

蒋赟做好心理准备，估计又要看到翟丽哭哭啼啼的样子，他有点头疼，把房子打扫了一下，就坐在书桌前做卷子。下午，门铃响了。

翟丽是有钥匙的，每次都会自己开门进来，蒋赟感到奇怪，从猫眼往外看一眼后就愣住了。

他打开门，看着门外站着的那位老人，七十多岁的年纪，有着高大清瘦的身材、花白又微卷的头发、刀刻般立体的五官，只是脸上的表情很冷峻，每一道皱纹似乎都透着威严。

这是……翟丽的父亲？蒋赟睁大眼睛看着他，不明白他的"外公"为什么会来。

翟仕和缓缓走进门，把门关上，上下打量蒋赟，问："你就是蒋赟？"

他的声线深沉苍老，蒋赟觉得自己不用回答。

翟仕和说："你小时候我还抱过你，居然长这么大了，个子很高啊。唉，我也老了。"

他在餐桌边坐下，蒋赟说："我去给你泡杯茶。"

"不用了，一会儿你妈妈也会来，我和她约好在这里见面，她来了我就走。"翟仕和抬头端详蒋赟，看了好一会儿后，说，"你和你妈妈长得很像，和思儒更像。"

思儒？大概是他弟弟的名字。

蒋赟没回答，只目光平静地看着这位陌生老人，潜意识觉得，他可不是来重拾亲情的。果然，翟仕和起那份温情，沉声道："说吧，你到底想要什么？"

蒋赟都想笑了，好脾气地回答："我什么都不想要。我不知道你女儿和你们说了什么，我和她说过，下个月我就要回钱塘高考，以后再也不会来台城，再也不会和她见面，我绝对不会打扰你们的生活。"

翟仕和冷冷地注视他，似乎在揣摩他话语的真假，良久后开口，"你妈妈前两天对我说，你现在在台城上学，马上就要高考了，她想把你带去我们家，让我们认你。"

蒋赟说："不用，没这个必要。"

"你来了一年多，她从没和我们说起过。"翟仕和的眉头皱起来，像是很不满，"她向来都这样，以前和你爸爸谈恋爱也是，偷偷摸摸地谈，明知道我们不会同意，还是一根筋地走到底，结果呢？"

老人坐着，蒋赟站着，特像学生在被严厉的师长训诫，可蒋赟不觉得自己哪里有错，说："我还是给你泡杯茶吧，你坐会儿，我要去做题，马上要高考了，我时间很紧张。"

这一次翟仕和没拒绝，蒋赟给他泡来一杯绿茶，就不再理他，自顾自坐在书桌前做卷子。翟仕和坐了一会儿后，起身在屋里转悠一圈，看看蒋赟的床，又站在他桌边看他做数学题，负着手摇头道："字写得不好。"

蒋赟闭了闭眼睛，忍。

二十多分钟后，翟丽终于来了，看到老父亲已经先一步上门，慌得不得了。蒋赟无奈地推开卷子，三个人一起坐在餐桌边"谈判"。

他几乎没说话，就听翟丽和翟仕和在那里争辩。

翟丽的意思是不想委屈蒋赟，只是暂时不能告诉她的先生和婆家，希望她的父母可以先接纳蒋赟，承认他的身份。

说实话，听到她对老父亲说出这些话，蒋赟挺意外的。

翟仕和的意思是世上没有不透风的墙，蒋赟在老两口家里露面，保姆能看见，邻居和小区保安也能看见，万一哪天他们多嘴告诉翟丽的先生和孩子呢？总而言之，蒋赟最好不要来台城，没必要认亲，翟仕和同意翟丽在经济上帮助蒋赟，以后孩子工作结婚，翟家都会给予资助。

翟丽果然开始抹眼泪，说自己这么多年都没管过蒋赟，让孩子吃了不少苦，现在他奶奶去世了，在世上只有她这一个亲人，如果连她都不管蒋赟，孩子以后怎么办？

翟仕和火了，重重地一拍桌子，大声吼：“翟丽，你现在哭有什么用？当初我们叫你分手，你不分！叫你出国，你不出！死心塌地地要跟着蒋建齐，现在知道哭了？如果你那时候听我们的话，会是现在这样吗？四十多岁的人了还这么不过脑子，你是好日子过腻了想给自己找麻烦吗？思颜才九岁！这事儿你要是处理不好，你的家就散了！”

蒋赟面无表情地看着他，这老人说话时，仿佛当他是死的。

翟丽哭哭啼啼地说：“爸！你不能这么说建齐，我当初和他是真心相爱的！他生病，我也不想的呀！如果他好好地活着，我们也不会这样啊！”

翟仕和痛心疾首，“真心相爱？你到现在还惦记他吗？那个穷小子到底给你灌了什么迷魂汤？你为了他不出国深造，留在钱塘，住在那种农村房子里，年纪轻轻就做了妈！如果没有蒋建齐，你现在不会只有这点成就！做什么还要看你老公的眼色！我们辛辛苦苦把你培养成大学生，就是希望你能过上好日子！结果你却看上个一穷二白的男人，要不是后来我们把你带回来，你有现在这安稳日子过吗？！”

翟丽大哭，“爸！现在还说这些干什么？建齐已经没了，现在是要说蒋赟！我对不起蒋赟！我想好好照顾他！他是我和建齐的亲儿子啊！”

蒋赟看着他们吼来吼去，不知怎么的，竟想起章知诚和章翎。

高考越来越近，已经不到一个月。

他到底，为什么要去北京？想要陪在章翎身边，想要帮章老师照顾章翎、保护章翎，不让任何人欺负她。

还有呢？

他和章翎心知肚明，去了北京，他们的关系很大概率会改变。之前不能提的，不考虑的，在他们长大成人后，一切都不一样了。

他会和章翎谈恋爱吗？章翎会一直喜欢他吗？章老师和杨医生能答应吗？他真的能保护章翎吗？

他想做警察，盛珂说，警察的家属是很危险的，更何况，葛朝阳都还没抓到呢。

还有，章翎是想要出国读研的，会因为他而放弃吗？

几年后，章翎会后悔吗？

蒋赟想到一个场景，很多年后，章老师也这样敲着桌子骂章翎：那个穷小子到底给你灌了什么迷魂汤？当初我们叫你分手，你不分！叫你出国，你不出！死心塌地地要跟着蒋赟，现在知道哭了？我们辛辛苦苦把你培养成大学生，就是希望你能过上好日子！结果你却看上个一穷二白的男人，如果你那时候听我们的话，会是现在这样吗？！

蒋赟眨了几下眼睛，心口变得越来越堵。那对父女还在吵吵闹闹，他觉得聒噪，再也听不下去，站起身说："你们别吵了，要吵去外面吵，我还要做卷子。"

翟丽和翟仕和都停下来，一起转头看他。蒋赟很疲惫，说："其实，你们完全没必要吵架，我说过，我没有破坏你们家庭的意思，真心话，不骗人。我不要钱，也不要房，我本来就是一个人，以后也会是一个人。我不怪你们，你们不用觉得对我愧疚，这一年多我过得很好，这也是一份恩情，我不会忘，妈……"

他对翟丽喊出这个称呼，一点儿也不勉强，"我叫你一声妈，以后也没机会了，咱们可能就是没有做母子的缘分，就到此为止吧。你们吵得我头疼，高考考不好，我可要赖你们啊。"

翟丽泪流满面，呆呆地看着他，嘴巴一撇，又一次痛哭出声。

翟仕和没和女儿吵下去，坐在那里重重叹气，"作孽啊！"

翟丽和翟仕和离开了，临走前，翟丽想要抱一下蒋赟，蒋赟没同意，语气很淡地说："抱歉，我不习惯这些身体接触。"

翟丽呜咽着说："你哪天走？妈妈去送你。"

蒋赟说："不用了，我走的时候会把钥匙留在桌上，你到时候过来把房退了就行。"

翟丽摇头，"你上大学要用很多钱，妈妈会给你的。"

蒋赟笑，"真的不用，你好好过日子吧，妈，再见了。"

后来，蒋赟再也没见过翟丽。

六月初，他和邹帅告别，小男孩哭了鼻子，抱着他喊："斌哥，我会想你的！"

佟跃东和夏云开车来台城接蒋赟，他带上行李，与他们一起返回钱塘。

翟丽给他买的衣服鞋子，他挑着带走了四五件，大部分都留下了，笔记本电脑没拿，只带走一个移动硬盘，那里面都是他珍藏的照片。

蒋赟没和翟丽合过影，家里的老相册也没有翟丽的照片，这一走，他决定彻底忘掉这个人。她已经是别人的妻子和妈妈，儿女双全，事业有成，日子过得很安稳，蒋赟是真的不想再和她有纠葛了。

第17章

毕业照上消失的那个人

六月六日傍晚，章知诚在家里接到夏云的电话，对方说："章老师，麻烦你转告章翎，蒋赟回来了，他想对章翎说，考试加油。考完后如果你同意，我们会安排两个孩子见面。"

章知诚说："好的，我会告诉章翎，谢谢你夏警官。"

他去到章翎房间，女孩子没在复习，而是坐在飘窗窗台上翻小说，耳朵里塞着耳机。章知诚走过去，摘下章翎的耳机，说："蒋赟回来了，对你说考试加油，考完后，你们可以见面。"

章翎仰着脸看爸爸，圆圆的眼睛先是睁大，接着又快速地眯起，弯成两道月牙状。

章知诚揉揉她的脑袋，"矜持点，笑得牙花子都露出来了。"

他走出房间，章翎兴奋地扑到床上，左手捞过长颈鹿，右手捞过愤怒的小鸟，对它俩说："你们知道吗？蒋赟回来了，考完试我就能见到他了。"

六月七日一早，车载广播里全是高考日的交通信息，拥有高考生的家庭个个严阵以待，有妈妈穿上旗袍，寓意"旗开得胜"，也有爸爸穿上绿衣，寓意"一路绿灯"。

汤子渊收拾好考试包，和妈妈一起准备出门，他的弟弟汤子赟倚在门口对他握拳，"哥，加油！"

许清怡非常放松，因为过了北电和上戏的艺考，她好歹是个重点学生，过艺术院校的文化课分数线简直轻而易举，所以出门前还挑了会儿衣服，打算穿一条美美的连衣裙。

萧亮是个马大哈，临出门前还在整理身份证和文具，萧妈妈骂他："叫你昨晚收拾好！非不听！千万别落东西，落了我也不会给你送！"

萧亮大笑，"放心吧，不会落。"

林师妍和方家豪通电话，"我出门了，你呢？"

方家豪："我在你家楼下啦！赶紧下来。"

姚俊轩吃完一顿丰盛的早餐，他的爸爸撑着病体挪到客厅，对他说："轩轩，别紧张，放轻松，爸爸相信你。"

姚妈妈有些搞不清状况，只知道这场考试很重要，怯怯地对姚俊轩说："轩轩，你要考一百分哦。"

姚俊轩扶额，知道解释也没用，只对母亲说："妈，我会努力考的。"

还有邱远峰、梨子、吴炫宇、郭骏骁、薛晓蓉、李婧、孙妙岚……大家都从四面八方奔向考场，为了梦想，为了未来，为了给这十二年苦读做个交代。

章知诚送章翎去考场，穿衣色调向来简约的章老师这天罕见地穿了一件大红色 T 恤，章翎惊呆了，问："爸爸，你怎么穿得这么鲜艳？"

章知诚一本正经地说："这叫开门红。"

章翎乐坏了，"爸爸，你居然都迷信这些？"

章知诚笑，"宁可信其有嘛，走吧，翎翎，今天要加油。"

邓芳和陈涛等五中班主任都等在考场门口，挥着班旗发准考证，见一个叮嘱一个，"你记得速度一定要快，千万别来不及写作文。"

"作文审题要清楚，论点别写偏，你太会发散思维了。"

"正常发挥就行，别紧张，你能考好的。"

"记住你的字，好好写！你的字只有我认得，写太潦草了作文要扣书写分的！"

蒋赟混在人群里，戴一顶黑色鸭舌帽，穿一身黑衣黑裤，佟跃东陪着他，似乎比他还紧张，"昨晚睡得好吗？千万别紧张啊，好好考，名字记得写蒋赟，别写了一年多蒋斌，把自己大名都给忘了！"

蒋赟失笑，"知道了东哥，放心吧。"

他走进考场，佟跃东看着少年高大挺拔的背影，总觉得蒋赟有心事，这几天话都少了许多。

大概是紧张吧，佟跃东这么想。

熙熙攘攘的考场门口人越来越少，铁门关上，只剩部分家长还等在外面。

蒋赟坐在考场里，身边全是陌生人。

章翎也坐在考场里，托着下巴看向窗外。

吊扇哗啦啦地转着，窗外烈日炎炎，知了在树上鸣叫。

铃响，高考开始了。

　　两天考试结束，出考场后，学霸们都在对答案，章翎却迫不及待地奔向章知诚，"爸爸，考完了！我是不是能见蒋赟啦？"

　　夏云没有食言，给了章知诚一个地址和房号。当天晚上，章知诚就陪章翎去到那家小宾馆，他等在楼下大堂，让夏云陪章翎上楼。

　　章老师不想看到两个孩子重逢的场面，不想让自己心塞。

　　夏云打量着章翎，女孩子欢欣雀跃，坐电梯时都在哼歌，问："考得好吗？"

　　"还行。"章翎有点害羞，"我觉得发挥很正常。"

　　夏云说："蒋赟说他考得也还行。"

　　章翎开心得直笑。

　　夏云把章翎带到房间门口，说："我先走了，你自己敲门吧，他在里面。"

　　夏云离开了，章翎站在房门口，做过几个深呼吸后，抬手叩门。

　　门开了，她抬起头，惊讶地看向面前的男孩。

　　他应该是熟悉的，微卷的头发，咖啡色的眼睛，高挺的鼻梁，一切都是她记忆中的样子。可他又是陌生的，比起离开时，他更高了，似乎比章老师都要高，肩膀也更宽阔，露在短袖下的手臂修长又结实，还有那胸膛，似乎都厚了一些。

　　蒋赟也在看面前的女孩。

　　她居然把头发剪掉了，剪得比高一入学时都要短，刘海碎碎的，脸上依旧是一副大眼镜，圆圆的眼睛里泛着水光，嘴巴紧紧抿着，白皙的脸蛋儿都憋红了。

　　她轻轻叫他："蒋赟。"

　　是他记忆里的声音，整整四百四十一天没听到，他都数着的。

　　"蒋赟！我好想你啊！"章翎扑到蒋赟怀里，男孩再也抑制不住自己的感情，将她抱紧，疯狂地揉着她的后脑勺和背脊，哑着嗓子叫她，"章翎。"

　　他的声音更低沉了，完全褪去了少年的青涩，就是一个男人的声音，富有磁性，叫得章翎一颗心扑通乱跳。

　　房门关上，章翎就跟挂在蒋赟身上似的，被他带进房里。两人并肩坐在床上，牵着手，侧过身子看对方，一边看，一边笑。

　　章翎一开始还泪汪汪的，被蒋赟看了一会儿后就受不了了，"扑哧"一声笑出来，伸手打他，"你看什么呀？真讨厌。"

　　蒋赟问："你考得好吗？"

　　章翎点头，问："你呢？夏警官说你考得还行。"

　　蒋赟说："一般吧，但是应该够得上我想去的学校了。"

　　章翎急问："你想考哪儿？"

　　蒋赟的神色严肃下来，说："章翎，我想考警校。"

"警校？"章翎还是第一次听蒋赟提到这个想法，"哪个警校啊？北京肯定有警校，你查过吗？我都没听你说过你想做警察，其实挺好的，小蒋警官！"

蒋赟迟疑片刻，说："有件事，我要先告诉你。"

章翎问："什么事？"

蒋赟低下头，不敢看她的眼睛，说出这句话时他的心都在颤抖，"我不想去北京了。"

章翎愣住了。

过去的一年多，十五个月，四百多天的分离和思念，章翎不觉得有多痛苦难熬，因为她心中充满希望，对自己和蒋赟的未来从未怀疑。她克制、冷静、理智、忍耐，把所有心思都放在学习上，目标就是高考，她很少哭泣，很少失眠，很少因为想念而走神。

她觉得暂时的分别是为了更好的重逢，别人都以为蒋赟真的被开除了，只有她知道这是假的，蒋赟没事，只要等待一年多，一切都能回归原样。她连给他寄卷子时都不曾留下只言片语，既然要避嫌，就避得彻彻底底。

她相信他，也相信自己，可是现在，等来的却是一句"他不想去北京"。

章翎不是笨蛋，隐约猜到蒋赟的意思，既慌张又生气，强装镇定地问："为什么？你答应过我的。"

蒋赟不知该从何说起，这段日子他想了许多，想自己和章翎相处时的点点滴滴，那段岁月特别美好，如今想来，美好得都不真实了。

他说："我之前，去了台城。"

章翎："我猜到了。"

"你能想象吗？"蒋赟抬眸看她，"章翎，我过了一年多好日子。"

他向她细细讲述，"我住的是那种带电梯的房子，高档小区，虽然面积很小，装修却很好，设施特别齐全，小区里还有健身房和图书馆。

"学校的寝室也很豪华，二人间，比这宾馆都漂亮。我的室友是个高一男生，非常活泼，有时候还会发嗲，我把他当弟弟看。

"我穿的衣服都有牌子，鞋子也是，去食堂吃饭再也不用考虑菜价，想吃什么就吃什么，晚上饿了还能去买消夜。

"我的同学家里都很有钱，他们都没看出来我其实是个穷鬼。我听不懂他们聊的话题，几乎不插嘴，他们问我我也爱答不理，他们管这叫高冷。"

章翎认真地听着，没有打断。她猜测过蒋赟这一年多的生活，怕他过得不好，怕他和妈妈吵架，怕他性格冲动和同学老师起冲突，如今听来，他过得似乎还不错。

蒋赟继续说："我享受着这一切，和做梦一样，可这都是翟丽给我提供的。我告诉自己我还未成年，享受这一切是应该的，她是我妈，这本来就应该是我的。"

说到这儿，他话锋一转，"可是后来我十八岁了，成年了，我知道，我的梦该醒了。"

"十八岁……"章翎依旧牵着他的手，指甲抠着他的掌心，摇头问，"十八岁怎么了？就算你离开你妈妈，和我们又有什么关系？"

蒋赟微笑，"你还记不记得，你说过好几次，上高中不考虑这些事，我现在觉得真明智。章翎，那会儿我俩才十六七岁，十八岁好像还很远。我骗自己，船到桥头自然直，于是放纵自己和你亲近，答应和你一起去北京，想着那是很久以后的事，可是十八岁就这么来了。"

章翎还是摇头，"我不明白。"

"章翎，你明白的，你向来是个聪明的女孩。"蒋赟反手扣住她的手，手指与她纠缠在一起，"你知道我的心意，从来没变过，但我实在想不出来，将来要怎么和你相处。"

章翎着急地说："就和以前一样相处啊，我喜欢和你在一起，我想看到你，想和你聊天，一起吃饭逛街看电影，你没变过，我也没变过啊！你到底在想什么呀？"

"一起吃饭逛街看电影，就很难。"蒋赟叹气，"我问过熟悉的警察大哥，读警校和别的大学不太一样，平时除了上课还有训练，周末、寒暑假可能会参与一些执勤安保工作，会很忙。我现在依旧是低保户，奶奶给我留了些学费，不打工的话撑不了四年，读警校又很难打工，没那个时间，所以我可能还要申请助学补贴。"

章翎愣愣地看着他，他说的这些事，她从未考虑过，倒是想过蒋赟毕业后工作买房的事，那更遥远了。

蒋赟说："那次泡温泉，我说我们要高考，不能考虑这些，你说你懂。你告诉我章翎，如果我们一起去北京上大学，我还能用什么理由搪塞你，我依旧不能考虑这些？"

章翎倔强地摇头，眼泪涌出眼眶，"我不管，你答应过我的，不能说话不算数。"

看到她哭，蒋赟几乎心碎，还是耐心劝她，"章翎，我近几年都给不了你好的生活，我做不到上大学还要靠你父母资助。我怕我在的地方反而不安全。我怕我将来做警察，你会跟着担惊受怕。我怕你脑抽了，为我放弃出国读研。我怕你父母明明不同意我们交往，因为拗不过你而勉强同意，最后你后悔了，对他们哭诉我有多糟糕。"

章翎哭得好伤心，"不会的，你说的这些都不会的……"

"你还小呢。"蒋赟抬手揉揉她细碎的短发，"章翎，我现在真的一无所有，没有房子没有钱，一个亲人都没有，身后还跟着个通缉犯，未来的路注定很危险。我不怕危险，我怕的是连累你和你的父母。"他的语气变得格外温柔，"你从来没有吃过苦，爸爸妈妈都那么爱你，你家里的亲戚也都是体面人，如果你有了我这么一个男朋友，你说说，像话吗？"

章翎哭得说不出话来，她被弄蒙了，从进到这个房间后就一直被蒋赟带着走，只听到他在说，偏偏他说的这些东西，她都无法反驳。

　　蒋赟揉着她的脑袋，"以前我们年纪小，什么都不懂，以为喜欢就是喜欢，没那么复杂。现在你还是小，但我已经懂了，我知道男生和女生谈恋爱应该是什么样的，我寝室里的小孩都没满十六岁，他都能给我做榜样。

　　"章翎，你一直比我聪明，比我靠谱，你自己说说，我说的有没有道理？我可以去北京，去了以后呢？咱俩在一起？我可能连一顿饭都请不起，到时候怎么办？你买单吗？我接受不了的，不是说我大男子主义，至少要 AA 吧？我 AA 可能都不行。

　　"我希望你能过上好日子，不要像我妈那样，傻乎乎地为了爱情嫁给我爸，四十多岁了还要被她那七十多岁的老爸指着鼻子骂，说她当年鬼迷心窍，跟了我爸那个穷小子。

　　"章翎，我庆幸我们没有开始过，我相信你能很快走出来，你会忘掉我。你往后想几年，我俩真的在一起了，是不是很大概率会吵架，会分手？为什么非要拖到那时候去吵架，吵得两个人都忘了以前的美好，然后再分手？不如现在，趁还没开始，就结束吧。"

　　章翎一声一声地抽着气，眼睛都哭花了，看着面前的蒋赟，突然觉得他好陌生啊！

　　以前，他们相处时，蒋赟比她高不了几厘米，人又瘦，表面上会和她斗嘴，实际上对她言听计从，他们在一起时，她向来占据主导地位。

　　现在不是了。

　　章翎剪着学生气的短发，身材纤瘦，戴着眼镜，而蒋赟身形高大，嗓音低沉，明明只比她大三个月，坐在她面前，竟有一种大哥哥面对小妹妹的感觉。

　　他说的那些话，像是经过缜密思考，如此冷静，连眼睛都没红一下，说的每一句话似乎都很有道理，令章翎挑不出毛病。

　　她很想无所顾忌地喊：我就是喜欢你！我就要和你在一起！你答应过我要去北京，你不能说话不算数！

　　可她喊不出来。

　　她并不比别的女孩成熟，就是个十八岁的少女，喜欢可可爱爱的小东西，高兴时会笑，伤心时会哭，良好的家教让她从来不任性，不骄纵，碰到事情会先分析，再想办法解决。

　　她的确，比别的女孩更理智通透，所以她明白，蒋赟说的都是对的。

　　他们一起去北京，开始谈恋爱，真的可能会分手，因为他窘迫的经济情况，因为他繁忙的学业和训练，因为他背后阴魂不散的犯罪分子，因为她的父母有可能会不同意。

　　但章翎还是舍不得，舍不得舍不得。她第一次这么喜欢一个男孩，被他又倔又韧的性子深深吸引，知道他看起来很糙，其实心思敏感又细腻，是个很重情义的人。她想不出办法解决他说的那些问题，于是只能哭，觉得好不公平，蒋赟都不给她辩论的机会，一上来就把路都给堵死了。

蒋赟心疼极了，摘下她的眼镜，像以前那样撩起衣摆帮她擦拭镜片，又摆到一边。他摸摸她的眼睛，捏捏她的脸，柔声道："你别哭了。"

章翎凑过去，轻轻地抱住他，蒋赟也张开双臂回抱她，说："章翎，你是天底下最好的女孩，我真高兴，你居然喜欢过我。"

章翎哽咽着说："你也是很好的男孩子啊。"

蒋赟失笑，"你看，你都没法说出一个'最'字来，因为你知道，我不是最好的，比我好的男生太多了。"

章翎心都要碎了，"不是，没有……"

蒋赟闭上眼睛，轻抚她的背脊，"我们一年多没联系，也过来了，我过得很好，你也过得很好。以后，不就是一个个一年吗？我依旧可以过得很好，你也一定可以。"

章翎在他怀里问："你会考去哪儿？"

蒋赟想了想，说："某个省的警校吧，抱歉，我不想告诉你，我现在的处境还是有点危险，去了警校反而比较安全。我和我妈的事已经处理好了，以后，我不会再和这边的人联系，反正，袁家村也拆了，我在这里没有别的亲人了。"

章翎从他怀里出来，泪眼迷蒙地问："你今天叫我来，就是要和我说这些？"

蒋赟点头，"对，我不想对你撒谎，也不想藏着掖着不告而别，我和你之间一直都是有话就说的。我说的都是真心话，我实在是找不到解决办法，你很聪明，我相信你都能明白。"

他要走了，离开钱塘，离开 A 省，孤身一人去往一个陌生的省份，从此断绝与这里的一切联系。

袁家村，十六中，五中，金秋西苑，章老师和杨医生，老师和同学们……还有章翎，他统统都要放弃了。

章翎问："蒋赟，我以后还能见到你吗？"

蒋赟绽开笑，是那种淡然的笑容。章翎痴痴地看着他，觉得他比以前成熟好多，都不是她记忆里那个莽撞冲动又有点傻的男孩了。

他笑着说："有缘再见，没缘分的话，就算了。"他拿起眼镜帮章翎戴上，"你说过，你想要的东西，一定会去争取，你愿意放弃，说明你不在乎这个东西。我呢，和你不太一样，我也想过去争取，想来想去还是决定放弃。我放弃，不是因为我不在乎，而是我太在乎了，我不舍得这个宝贝落在我手里吃苦，我希望你能遇见一个更好的人。"

章翎离开房间，坐电梯下楼，看到章知诚后什么话都没说。章知诚注意到女儿红肿的眼睛，还有茫然失措的表情，心里闪过疑问，却没出声，跟着章翎走出宾馆。

车子开到第四医院附近时，章翎才开口，"爸爸，你在这儿把我放下吧，我想走一走。"

章知诚担心地问："需要爸爸陪你吗？"

"不用。"章翎说，"我想自己待一会儿。"

她在第四医院公交站台下车，章知诚把车开走了，章翎在站台上站了一会儿，才转身往天桥走去。

天桥下的报刊亭已经不见了，整个亭子被拆除，只在地上留下一点痕迹。章翎知道，现在智能手机普及，买报纸杂志的人越来越少，报刊亭这种东西迟早会消失。

她走上天桥，上到平台后回头往下望，记起自己第一次和蒋赟见面，就是在这里。当时，她站在三四级台阶上，他站在平地，仰着脑袋傻乎乎地看着她。

三年整了。

章翎走到天桥中段，双臂扒着栏杆，看天桥下络绎不绝的车流。

她刚才哭了好久，现在反倒不想再哭，后知后觉地意识到，刚刚发生的这一切，是不是可以叫作"分手"？

但他们根本就没有开始过，有过牵手，有过拥抱，她亲过他的脸颊，他亲过她的额头，除此以外，他们再也没有别的亲密行为。

他们甚至没有对彼此，说过一句正儿八经的表白，把"一切尽在不言中"玩得炉火纯青。

高考结束了，接下来要干什么？

出成绩，填志愿，等录取通知书，可能还有毕业聚餐。接下来的暑假原本是章翎最期待的，以为可以无忧无虑地和蒋赟一起玩，让他来家里吃饭，他有很久没吃爸爸做的菜了，他们还能一起出去唱歌、看电影……可现在，一切都完了。她的高中生涯就这么结束了，随之一起结束的还有她和蒋赟青涩的感情。

她感谢他的坦诚，没有找一堆借口来骗她，也没有不告而别，他向她袒露心扉，逐字逐句地诉说他的困扰。

章翎想，她果然还是太小了，竭尽所能都没能察觉蒋赟的难处。

他也只有十八岁，吃过那么多的苦，她曾经以为他什么都不懂，是个傻瓜，现在才知道她才是傻瓜。一个从小受尽白眼和欺辱的人，怎么可能什么都不懂？

他其实很早就懂了，只是以为高考还很远，没想到一下子，毕业就到了眼前。

夜深了，眼前的车灯路灯信号灯逐渐模糊，变成一片片彩色光斑，章翎在栏杆上趴了半小时，才默默往家的方向走去。

在等待高考成绩揭晓时，章翎迎来她的十八岁生日。

高一高二时，她的生日都在上学日，不仅需要晚自习，还处在期末考前紧张的复习阶段，一次都没能在生日当天吃蛋糕吹蜡烛。

她期待过她的十八岁生日，那是高考以后，大家都有空，她对爸爸说想办一场小派对，叫几个要好的朋友一起出去玩，章知诚自然同意。

可是现在，蒋赟不能露面，还和她告别，章翎再也没有过生日的心思，她在家里草草吃完一块蛋糕，就走回房间。

章知诚和杨晔对视一眼，目光里尽是忧虑。

蒋赟托夏云带来的生日礼物摆在桌子上，是一套小鸟造型的小音响，说是让章翎带去大学，可以听歌。

章翎把一双 43 码的运动鞋交给夏云，说是去年的生日礼物，那天忘记带给蒋赟了。

到此为止，章翎和蒋赟再也没有联系。

蒋赟和草花见了一面。

草花职高毕业了，在一家中餐馆做学徒工，他不像以前那么胖，看着就是个结实敦厚的小伙子。在餐馆后门的厨余垃圾桶边，草花掏出一包烟，问："赟哥，抽吗？"

蒋赟摆摆手，草花很佩服他，"你看着真不像是不抽烟不喝酒的人，我都闹不明白，你怎么忍得住的？"

蒋赟笑："我本来就不会，忍什么忍？"

"我赌你进大学后会晚节不保。"草花点起烟，也没问蒋赟消失一年多的去向，只问，"你打算去哪儿读大学？现在是不是先出成绩再填志愿？"

"对。"蒋赟说，"我应该会去东北那边。"

"跑这么远啊？"草花不太理解，"那边可冷呢，你受得了吗？"

蒋赟一脸无所谓，"我向来不怕冷，你不是知道吗？"

草花点头，"也是，你上初中那会儿大冬天的毛衣外头就一件校服，全校独一个。"他上下打量蒋赟，"赟哥，你现在好帅啊，过一米八了吧？"

蒋赟笑着点头，"过了，高考体检一米八三，我都没想到我能长这么高。"

草花又问："你和章翎现在怎么样啊？她也去东北上大学吗？"

蒋赟脸上的笑容消失了，"她去北京。"

"那你俩……"

"我和她本来就没什么。"蒋赟指着他，"你别再瞎说啊。"

草花抽一口烟，犹豫着问："赟哥，你初一时那事儿，后来有没有对章翎说过？"

蒋赟"啪"的拍一下草花后脑勺，"叫你别再瞎说，这都什么年代的事了？我自己都要忘了，还说个屁啊！"

草花喏喏地说："我总觉得，你应该告诉她。"

"没必要了。"蒋赟仰头看天，"以后，我应该不会回钱塘了，不会再和她有联系。"

草花大惊，问："你不回钱塘了？为什么？那我呢？你还和不和我联系啊？"

蒋赟转头看向草花，还是没能硬下心肠，说："我去学校后会办个手机号，到时候我联系你。草花，我把你当兄弟，你记着，千万别把我的号码透出去，谁都别说，答应吗？"

草花连连点头，"赟哥，你一直都是我最好的兄弟，我本来还想着你高考完，我俩能多见见，以后你来这饭馆吃饭，我就算不能给你打折，也能给你加量啊！"

蒋赟哈哈大笑，拍拍他的肩，"有机会的。"

六月下旬，高考成绩发布，蒋赟考了 631 分，几天后填报志愿，他郑重地报了提前批——中国刑事警察学院，侦查学专业。

梁军很高兴，像是已经得到一员大将似的，自掏腰包给蒋赟买了一份肯德基全家桶作为鼓励，让他好好学好好练，将来绝对大有作为。

蒋赟啃着鸡腿，觉得这位队长叔叔还是在把他当孩子看。

报完志愿后，蒋赟在佟跃东的陪伴下拿着户口本去接受政审，审核通过后，他收到通知，去 A 省警察学院进行面试、体检和体测。

体测完全不用担心，考一百米跑、一千米跑和推铅球，蒋赟体能充沛，全部高分通过。

体检也 OK，他视力很好，身上的伤疤虽然吓人，却没受过需要手术的重伤，不影响录取。

面试时，考官问他："你为什么要报考警校？"

蒋赟端坐在他们面前，从容回答："我从小没有父母，是被奶奶抚养长大的，生活一直很困难，还经常被人欺负。后来上高中，我认识了一个同学，还有她的父母，她的妈妈是医生，爸爸是老师，他们全家都对我特别好，叔叔阿姨资助我吃饭，免费帮我补课，教我做人的道理。那位阿姨对我说，他们不求我经济上的回报，只希望我能好好学习，长大后有能力了，像他们一样去帮助别的需要帮助的人。我很小的时候被警察救过，长大后又被警察救过，所以，我也想做一名警察，可以制止犯罪，伸张正义，保护老百姓。我认识好几位警察叔叔、哥哥和姐姐，他们都很勇敢，很专业，是我的榜样，我也想成为他们那样的人。"

七月中旬，蒋赟顺利收到录取通知书，买好火车票，准备离开钱塘去往沈阳，这也意味着，他再也不用梁军提供保护。

临走前，他最后去了一次墓园，先看过爸爸，给他烧纸上香，小小声地说了几句话，接着就走到爷爷奶奶的墓前。

蹲在墓碑前，看着李照香的照片，蒋赟说："奶奶，我考上大学了，是中国一流的警校，在沈阳。你是不是做梦都没想到，你的孙子以后会做一个警察？"说到这里，他自己都不好意思地笑了一下，"还有，我现在长得很高，可能比我爸都要高，一百三十多斤了，你看到我估计会认不出来，你的小崽变大崽了。"

他往火堆里丢进一张张纸元宝，"奶奶，袁家村拆了，爸爸造的房子也没了，我去原址看过，那儿在施工，我不知道要造什么。

"我明天就要去沈阳了，暑假里会租个短租房，开学后再搬去宿舍。寒暑假我不打算再回来，不过你别担心我，那儿比较安全，我现在也挺厉害的，一般的坏蛋近不了我身。等我去学校后，会越来越厉害，我也想去参加格斗比赛，指不定也能拿个冠军。

"还有章翎，就是你说的小妹，我和她断了，你放心，我俩没吵架，说得明明白白后才断的。以前有个讨厌鬼说我配不上章翎，说我什么都没有，和章翎在一起就是浪费她的时间，话糙理不糙吧，我觉得就是这么回事。以前我和她年纪小，什么都不懂，我都没想过她会喜欢我，心里还偷着乐。那会儿我脑抽，还真想过和她谈恋爱，后来，我想到我爸和我妈，就觉得吧……嘁，我这么个人，还是别祸祸她了。

"章翎的爸爸妈妈都是很好的人，对我特别好，我有快一年半没见到他们了，但我从来没忘记过他们对我的好。章翎是他们的心肝宝贝，我现在能对他们做的回报，就是离他们的女儿远远的。

"章翎不是那种会头脑发热的女孩，她可聪明了，什么都懂，我相信她会忘掉我的。去了大学，她会认识很多男生，那些可都是高才生，个个条件比我好，指不定哪天就谈恋爱了。

"奶奶，你说，我会喜欢上别的女孩吗？我认识章翎有……快九年了，九年里，我也认识过很多女孩，就从没见过哪个比她更好的，唉……"

蒋赟轻轻叹气，"无所谓啦，以后我上课会很忙，工作了可能会更忙，还危险，哪有工夫谈恋爱？还是先不想这个了。只要章翎好好的，我就能好好的。

"奶奶，我大概不能每年都来看你们了，有个大哥答应我，每年清明会帮我来给你们送束花。你别怪我啊，那个坏蛋没抓到，我回钱塘总归不太安全，有合适的机会我会回来看你们的。

"你在下面别骂我爷爷和我爸啊，就你这张嘴，死人都能被你气活，也就我受得了你。

"奶奶，我走了，你放心吧，我会照顾好自己，我这个人别的本事没有，只要饭够吃，活下去的本事比谁都强。"

烧完纸，蒋赟把墓前打扫干净，双手插进裤兜，晃晃悠悠地离开墓园。

因为天气炎热，墓园里很是空荡，一眼望去，漫山墓碑间都看不到几个人。蒋赟走着走着，忍不住放声高歌："让我悲也好，让我悔也好，恨苍天你都不明了。让我苦也好，让我累也好，随风飘飘天地任逍遥……"

（2）

这个暑假，在大多数人都收到录取通知书后，高三（1）班组织了一次毕业聚餐，来了四十多个同学和几位任课老师，也算是一场谢师宴。

高一高二时，部分同学已经换上智能手机，也有很多人没换，因为家长觉得高中生学业繁忙，不想孩子分心。这会儿高考结束，所有人不约而同地鸟枪换炮，一个个都用上了崭新的智能机，章翎也不例外，就连姚俊轩也拥有了一部新手机。

大家凑在一起加微信，林师妍拉出一个高三（1）班微信群，萧亮来加章翎、吴炫宇和姚俊轩，又问章翎要来薛晓蓉等人的微信号，说他还想拉一个高一（6）班的群。

大家坐在餐桌边叽叽呱呱地聊着天，说说高中时的趣事，讲讲即将去的学校，有人欢喜有人愁，只是愁的原因各有不同。

章翎高考分是670多，收到北京航空航天大学计算机学院录取通知书，专业是计算机科学与技术，简称6系，据说是北航相当牛的一个学院。

这一年清华在A省的录取线是680分出头，北大更高，近690分，复旦和上海交大都是660多分，北航则是640多分。

有人说章翎这分数可惜了，志愿没填好，她也不解释，都到这份上了，她想去哪儿就去哪儿，情结这种东西最是玄妙，章翎从未想过更改目标。

林师妍和方家豪全是700多的高分，双双去清华，梨子高三时拼命一年，也冲上700分，如愿以偿地考上北大。

邱远峰考去位于广州的华南理工大学，萧亮的分数拼外省985高校有点悬，保险起见填报家门口的A大，因为A大在本省招生人数比较多。萧亮被踩线录取，把他高兴得满场跑，毕竟A大在全国排名前五，说出去倍儿有面子。

郭骏骁去青岛，金盏去西安，任康去武汉，彭源去成都……大家好像都和章翎想的一样，趁着上大学拼命往外跑。

愁的人是吴炫宇，小吴学霸成绩向来很稳，这次也不差，考了680多分，志愿填报北大，结果因几分之差被拦在门外。

在餐厅里，陈涛和他谈心，大家都没敢去打扰，吴炫宇红了眼睛，说："我准备复读。"

章翎坐在桌边喝饮料，听几个女生讲到许清怡。

"我听说，校花被北电表演系录取了。"

"那她以后就能演电视剧了？"

"说不定能演电影呢！"

"也不一定能演主角，表演系同一个班毕业的，能火的也没几个。"

"但校花真的很上镜啊，脸特别小，我还满期待她变成大明星的。"

章翎正漫不经心地听着，一个人坐到她身边，竟是姚俊轩。

姚俊轩高考分比章翎高出几分，顺利拿到上海交大的录取通知书。他端着酒杯，轻声问："学委，你有蒋赟的消息吗？"

章翎愣愣地看着他，这么久了，姚俊轩还是第一个向她打听蒋赟的人，她说："没有。"

"怎么会？"姚俊轩皱皱眉，似乎不太信，但也没多问，举起酒杯说，"学委，我敬你一杯，也当敬蒋赟，你帮他喝了吧。"

章翎的杯子里原本是饮料，被他一说竟是有点血气上涌，立刻倒上一杯啤酒，与姚俊轩碰杯，"姚俊轩，我代蒋赟喝这一杯，祝你前程似锦。"

姚俊轩说："我也祝你和蒋赟一切顺利，你要是有机会见到他，帮我向他问声好，再说声……谢谢。"

两人喝干杯中酒，萧亮看到章翎喝酒了，立刻跑过来，"学委学委，不能只和老姚喝啊！我也要和你干杯！"

姚俊轩冷冷地看向萧亮，萧亮立刻怂了，"呃，你们先聊，我一会儿再来。"

章翎头一回喝酒，啤酒很淡，好像不难喝，她又往杯子里倒满酒，姚俊轩发现她不对劲，问："你怎么了？"

章翎摇摇头，又是一饮而尽，接着，她开始端着酒杯去敬人，敬陈涛，敬邓芳，敬梨子，敬邱远峰……敬到后来，她毫不意外地喝醉了，跑到卫生间去大吐特吐。

她把自己关在隔间，隔绝掉外面的喧嚣，脑子里晕乎乎地想：你在哪儿呢？收到录取通知书了吗？什么时候去报到？南方还是北方？你知道吗？有人在想你呢，居然是姚俊轩，很意外吧？

"很多人都不记得你了。"章翎喃喃出声，"蒋赟，蒋赟，为什么他们会不记得你？你在高一（6）班待过，在高二（1）班待过，为什么他们都把你给忘了？"

章翎背脊靠着隔间门，慢慢地蹲下身，双手捂住脸，忍了许久的眼泪顺着指缝不停往外溢。

那次告别后，她还没有失控过，连在家独处时都没有，这是第一次，可能是酒精的作用吧，她躲在一个无人的角落，歇斯底里地哭泣着。

那辆骑起来会哐哐作响的自行车，在某个初春夜晚被轮胎碾烂，如同她和蒋赟那段稚嫩的情谊，她以为会长长久久，坚不可摧，结果却是如此不堪一击。

暑假结束，章翎带上行李和新买的笔记本电脑，去北京报到。章知诚和杨晔因为工作走不开，小老板杨鹤自告奋勇，说可以陪表妹一起去，顺便在北京玩几天。

她们不打算坐飞机，选择坐高铁。到了高铁站，章翎才知道杨鹤不是一个人去，同行的还有她男朋友牛禹辰，杨鹤让章翎喊他"小牛哥"。

"牛羊 CP"居然成真了，章翎看着那斯斯文文的小牛哥，小声地哼起歌来，"到处是庄稼，遍地是牛羊啊……"

杨鹤瞪她，牛禹辰问："小章唱的什么？"

章翎咧嘴笑，"没什么。"

钱塘到北京的高铁有快有慢，这班最快，四个多小时就能到。他们买的是二等座三人位，杨鹤坐中间，章翎靠窗。一路上，杨鹤和牛禹辰一人一个耳机，头碰头地一边吃零食一边看剧。

章翎塞着耳机听歌，闭目养神，不想看他们撒狗粮。

大概觉得自己冷落了表妹，杨鹤摘掉耳机凑过来和章翎聊天，问："翎翎，你为什么还戴着眼镜？上大学就别戴了吧，戴隐形眼镜，再化个妆，美美哒。"

章翎问："我戴眼镜不好看吗？"

"也没有不好看，就是配上你这个头发，学生气太浓。"

章翎摸着发梢笑，"我本来就是学生啊。"

说着说着，杨鹤竟说到蒋赟，问："哎，那个小卷毛，上的哪个大学？"

章翎说："我不知道，我只知道他要上警校。"

"上警校啊？这么威风？"杨鹤又觉得奇怪，"你怎么会不知道？你和他不是很要好的吗？说起来……上次见他还是去年过年的时候，今年他怎么没跟着你们一起来过年？"

蒋赟的事，章知诚和杨晔都没在亲戚面前提起过，章翎更是不会提，她扯扯嘴角，"他去年春天转学了，我和他后来没再联系过。"

"转学了？"杨鹤既惊讶又遗憾，挽住章翎的胳膊小声问，"章小翎，你告诉姐，你是不是喜欢小卷毛？"

章翎有些烦躁，"姐，别说这个了，这事儿都过去了，我不想聊。"

杨鹤劝她："你看看你，十八岁的女孩子，最青春最漂亮的年纪，搞得这么愁眉苦脸干什么？姐和你说，到了学校你眼睛睁大点，多看看那些男孩儿，挑个帅的，谈一场轰轰烈烈的校园恋爱！"

章翎觑她，"你那会儿怎么不谈？"

"我没遇见合适的。"杨鹤指指正在孤独看剧的牛禹辰，"现在年纪大了，家里催得紧，只能凑合着找一个，你可别步我后尘。"

牛禹辰头都没抬，凉凉开口，"我可没聋啊。"

杨鹤闭嘴了，章翎"扑哧"一声笑出来，"姐你去陪小牛哥吧，别管我，我看小说了。"

下午，一行三人抵达北京，直接打车去学校。

章翎不是第一次来北京，小时候跟着爸爸妈妈来旅游过，看着车窗外陌生的街景，她想，她就要在这里开始独自一人的求学生活了。

北航新生们是在沙河校区上课，校区位于昌平沙河高教园区，园区里有北京师范大学、北京邮电大学、中央财经大学等高校，学校周围还有大片工地。

沙河校区启用没几年，面积很大，各栋教学楼、实验楼、寝室楼都很新。章翎站在人工湖边，仰头看着那几栋建筑，阳光在成片的玻璃上反射出强光，她手搭凉棚，出神许久。

新生入学，校园里很热闹，章翎办妥入学手续后，杨鹤陪她去寝室楼，寝室是四人间，上床下桌，带一个阳台，但没有独立卫生间。

杨鹤唠叨了几句，说这么新的校区怎么寝室连个厕所都没有，章翎觉得无所谓，别人能适应，她也可以。

一切都安顿好，杨鹤和牛禹辰要去酒店了，章翎去楼下送他们。杨鹤叮嘱了几句，章翎说："鹤鹤姐，谢谢你们陪我过来，你们去玩吧，不用操心我，反正爸爸妈妈国庆也要来看我呢。"

杨鹤笑道："那我们走啦，你乖乖的啊，记住，轰轰烈烈的校园恋爱哦！"

牛禹辰受不了了，"你别教你妹妹这些乱七八糟的，小章好好上学，拿奖学金，争取保研！"

杨鹤怼他，"保什么研？我妹是要出国读研的！"

章翎赶他们，"你们快走吧，这都好几年后的事呢。"

杨鹤和牛禹辰手牵手地离开了，章翎返回寝室，三个室友到了两个，都有家长陪着在整理行李。

一个扎着丸子头的女生问章翎："你叫什么名字？哪儿人？"

章翎说："章翎，立早章，孔雀翎的翎，A 省钱塘人。"

丸子头说："我叫苏以晴，可以的以，晴天的晴，我是江西南昌人。"

这是章翎在大学里交到的第一个朋友。

另两个室友一个叫赵媛，来自江苏，一个叫曹嘉恩，来自广东。当天晚上，四个女生就结伴去食堂吃饭，学校只有一个食堂，但是很大，有三层楼，女生们先参观过一圈，才心满意足地去买饭菜。

第一晚大家都很兴奋，坐在椅子上聊天，说自己的高考分数、所在省份的高考概况、为什么会考到这里来……聊着天时，赵媛的手机响了，她一脸甜蜜地说："啊，是我男朋友。"

赵媛溜去阳台接电话，苏以晴问章翎："你有男朋友吗？"

章翎摇摇头，苏以晴又问："高中里谈过没？"

章翎不知该点头还是摇头，就这几秒钟的愣神，苏以晴和曹嘉恩都"哦哦"地叫起来，指着章翎说："有情况！"

"没有。"章翎否认，"就是和一个人有过好感，没谈成。"

要睡觉了，大家洗漱完后回到寝室，章翎爬上床，呆呆地看着枕头边那只长颈鹿。她没把蒋赟送的其他东西带来北京，连那只小鸟音响都没带，只带了这只长颈鹿。

她想像蒋赟一样，把长颈鹿放在枕头边陪伴入睡。

不知道，她的那只长颈鹿，现在是不是还陪在他身边？

军训结束后，章翎开始了她丰富多彩的大学生活。

她性格随和淡然，在班里人缘非常好，和几个室友也处得不错。

对于学习，她向来自律，不会因为升入大学而有所放松，哪怕对待公共课都很认真。她有时会去操场跑圈，当作锻炼身体，有时会去人工湖边溜达，享受独处时刻。

脱去那身运动校服，章翎开始学习搭配衣服，逐渐有了自己的穿衣风格，比较钟情舒适淡雅的森系衣裙。

她没再剪短发，只把发梢修了一下，让头发随意地散在肩上，眼镜依旧戴着，偶尔会化淡妆，走在校园里就是个高挑纤瘦、气质温婉的女大学生。

北航是一所典型的理工科学校，校内男多女少，开学没多久，就有男生向章翎表示好感，她都委婉地拒绝了。

她向学生会递交报名表格，在选择社团时，没有选择音乐社，而是加入了吉他社。她买了一把吉他，因为有十几年的钢琴技艺，学得很快，没多久就能弹简单的曲子。

在吉他社，章翎认识了一个姓王的师姐，吉他弹得很好，还会写歌，章翎跟着她学，脑子里有些东西想要表达，灵感来了就打开本子记下几笔。看着那些杂乱的文字，零散的乐谱，她有时候会陷入沉思，抱着吉他坐在窗边，望向远方，很久都不说话。

周末时，章翎坐车去市区，和梨子、林师妍和方家豪聚餐。赶到餐厅时，梨子还没来，林师妍和方家豪已经到了，两人旁若无人地卿卿我我，章翎真觉得没眼看。

这俩学霸高中时明明不这样腻歪的呀！

四人吃完饭，一起出去闲逛，林师妍和方家豪手牵手地走在前面，章翎和梨子垮着脸跟在后面。

　　梨子："所以我俩为啥要来看他们约会？"

　　章翎："大概他俩在学校里约会太寻常了，没什么意思，只有在我们这种老熟人面前，才能寻到满足感和存在感。"

　　梨子："不应该是快感吗？"

　　章翎叹气，"梨子，你变了。"

　　国庆长假，章知诚和杨晔赶来北京看望女儿，这是章翎长这么大、第一次离开父母长达一个月，见面时，她发现自己真的很想念爸爸妈妈。

　　一家三口待在一起特别亲密，章翎左手挽着爸爸，右手挽着妈妈，带他们去学校外面吃烤鸭，又趁着假期去逛故宫、游长城。

　　章知诚心细，从女儿的笑脸上还是看出一丝浅浅的忧伤，找着机会对章翎说："翎翎，爸爸其实有去问过夏警官，蒋赞在哪个学校，但是她不肯告诉我。她说，蒋赞交代过，他的行踪要保密，所以……"

　　"没事没事。"章翎笑嘻嘻地说，"他和我说过的，我没有要找他呀。"

　　十二月时，北京下雪了，一夜之间整个学校银装素裹，章翎印象里钱塘已经好几年没下过雪，就算下，也只有一些雪粒子。

　　她拍下漂亮的雪景图，晒在朋友圈，也发在班级群里，立刻引来一堆高中同学点赞，在北方的同学开始和她斗图，在南方的那几个只能羡慕地看着。

　　在晒出雪景图后不久，章翎的微信收到一个新的好友申请，对方备注：许清怡。

　　章翎愣了一下，通过申请，许清怡很快发来消息。

　　许清怡：学委！我好想你呀！

　　许清怡也在北京，说想约章翎一起吃饭，章翎一阵恍惚，想自己难道是失忆了？她和校花很熟吗？

　　两个女孩真的约了饭，见面时，许清怡扑上来拥抱章翎，"学委，你现在好漂亮啊，我都要认不得你了！"

　　章翎很无奈，这话别人说还有点可信度，从许清怡嘴里冒出来，真要让人满头问号。因为许清怡才叫越来越漂亮，哪怕只穿着羽绒服牛仔裤，走在路上回头率都巨高。

　　许校花唯一的短板就是个子不高，比章翎矮了七八厘米，可能是同学见面，她也没穿高跟鞋，长发披肩，大眼睛长睫毛，扑闪得章翎都要晕了。

　　两人一起吃牛排，许清怡点了一份儿童牛排，叹气说："我要控制体重。"

　　章翎坐在她对面，纳闷地说："你才大一，现在又不拍戏，为什么要控制体重啊？你已经很瘦了。"

　　许清怡说："你看新闻了吗？我们班有几个同学是童星出身，一直在拍戏，我明年暑假也想试试进组。我就小时候拍过一部剧，后来初中高中和娱乐圈一点关系都没有，资源太差了，真要等到毕业再进组，就晚啦！"

章翎无言以对，许清怡已经进入一个新世界，她俩有代沟。

"哎对了，你现在还和蒋赟联系吗？"许清怡吃着蔬菜沙拉，眨巴着眼睛问，"他被学校开除后去了哪儿？你知道吗？"

章翎不明白许清怡为什么要问到蒋赟，还是那句话，"我不知道。"

"那个……有件事吧，我一直没对人说过。"许清怡压低声音，颇有些神秘，"就是蒋赟揍乔嘉桐的那次，其实，我也在。"

章翎好惊讶，"你也在？"

"对啊，学校知道的，也叫我去谈过话，不过通报里没有我，因为把我扯进去就更乱了。"许清怡贼贼地笑，"没想到吧？要不要我告诉你，那天晚上到底发生了什么？"

章翎问："发生了什么？"

许清怡没再卖关子，把那天晚上的事详细说给章翎听，包括在那之前，她做的种种"攻乔"行为。

末了，她说："我也不知道蒋赟为什么在操场，躲在那儿跟做贼似的。我本来的计划呢，是追到乔嘉桐，让他死心塌地地爱上我，然后再狠狠甩了他。结果呢，他莫名其妙被蒋赟揍了一顿，爬都爬不起来，那叫一个惨，我当时就解恨了。要不是我是个女的，打不过乔嘉桐，他和你的绯闻出来后我就去揍他了，我还要感谢蒋赟为我报仇呢。后来乔嘉桐厚着脸皮来找过我，我理都没理他。"

章翎叉着一块牛肉，都忘了塞进嘴里。

"听傻了吧？"许清怡很满意章翎的反应，又说，"其实吧，我觉得蒋赟挺好的，对你百依百顺，宁可被开除，都要为你出气呢！他揍了乔嘉桐后被老师问原因，咬死了都没把你供出来，乔嘉桐也没脸说，我更懒得说了。后来学校里那些传闻，都是别人自己编的，有些呢，是我故意透出去的，反正丢脸的是乔嘉桐，又不是我。"

章翎无语极了，事情居然是这样？

她和许清怡吃完饭，一起走出餐厅，许清怡又亲热地挽住她，章翎也随她去了。许清怡说："学委，其实我以前对你有些误解，我一直觉得你很装，特别假正经，后来觉得，你好像就是这么个人。"

章翎转头看她，"我很装？"

"对呀，就是那种……很一本正经的，别人家的孩子。"许清怡咯咯笑，"我以为你上了大学后会变得不一样，现在一看还是老样子嘛，话这么少，你是不是还很讨厌我呀？"

章翎摇头，"没有。"

许清怡打量章翎的脸，问："你怎么还戴眼镜呢？穿得也这么朴素，你都不怕找不到男朋友？"

章翎笑笑，问："那你呢？你这么好看，是不是有很多人追你？"

"一直都是啊。"许清怡骄傲地抬起下巴，"但是我不会答应的，我将来要做演员，女演员不能那么早谈恋爱，我要谈，初中高中早谈了，你看我谈过吗？"

章翎微笑，从某种角度来说，许清怡其实和她有点像，尽管她们的性格完全不同，但在对待某些事情时，都是头脑清醒、目标明确的女生。

与许清怡分别后，章翎独自一人往车站走，雪还未化，她拢拢围巾，踩着残雪，嘎吱嘎吱地走在人行道上，心里想着许清怡说的那些话。

蒋赟是个傻瓜。

哪怕章翎知道他被开除只是一个幌子，就算不打乔嘉桐，他依旧会离校，可听到许清怡说的事，章翎的心还是又一次被触动。

她依旧想念蒋赟，没对任何人说过。苏以晴曾经问过她，什么叫作"有过好感没谈成"？怂恿她详细说说，章翎发现自己说不出口，好像说了，那个人、那份早夭的感情就会变成室友们茶余饭后的谈资。

她们都不认识蒋赟，不知道他是个怎样的人。

章翎不想那样，她想把蒋赟藏在心里，那个卷发少年，是她青春岁月里永不褪色的一道身影。

期末考结束后，章翎回到钱塘过寒假，吃吃喝喝地过了二十多天。她和薛晓蓉、李婧和孙妙岚唱歌吃饭，还和爸爸妈妈一起去周边泡了一次温泉。

李婧谈恋爱了，其余三个还是单身狗。薛晓蓉忧愁地说："是不是只有在高中早恋过，在大学找男朋友才容易啊？我也看上了一个男生，和他说话都不敢，每次发微信都要酝酿半天，我怕再这么下去，他都要被人追走了。"

孙妙岚问章翎："章翎，有人追你吗？"

章翎说："有。"

女孩们兴奋了，薛晓蓉问："帅吗？哪儿人？你对他有没有意思？"

"长得还行，个儿挺高，上海人。"章翎低下头，"但我对他没感觉。"

那个男生叫秦学恺，是能源与动力工程学院的大二生，身材高瘦，长相清俊，在吉他社和章翎相识，被她恬淡又不失可爱的外表、聪慧的头脑、温柔知性的性格所吸引，已经追求她两个多月。

章翎拒绝过，秦学长并未气馁，依旧细心体贴地对待她。

大一下开学不久，北航新一届的校园歌手大赛开始报名，王师姐问章翎："你报吗？"

章翎思考后，说："报。"

赛制分沙河校区初赛、两校区联合复赛，最后选出十佳歌手进入决赛。章翎初赛时唱王菲的《我愿意》，一亮嗓子，评委和观众们就惊艳了，顺利进入复赛。

复赛时，她唱王菲的《流年》，不仅进入决赛，还获封一个"小王菲"称号。

决赛前，章翎在吉他社活动场地练习吉他，还在纸上写写画画，秦学恺走进来，听她练了一会儿后，问："章翎，你决赛唱什么？还是王菲的歌吗？挑一首难的吧，到时候十个人两两分组 PK，第一首歌最重要，唱得不好第二首就没机会唱了。"

章翎拨着吉他的弦，说："我唱原创。"

她没想要拿名次，进入决赛，就是想在最大的舞台唱她自己写的歌。

五月下旬，在北航学院路校区的晨兴音乐厅，面对八百多名观众，章翎和其余九名歌手轮番上台表演。

与她 PK 的是一个男生，高音嘹亮，章翎一听就知道他应该也正经学过声乐，心里做好 PK 失败的准备。

轮到章翎上台时，秦学恺来到台下，手里捧着一束鲜花，有认识的人看到他，笑问："给章翎送花吗？"

秦学恺笑而不答，静静地看向舞台。

章翎上场了，黑发垂在肩上，没戴眼镜，化着舞台妆，穿一身简单的白衬衫棉布裙，怀里抱着一把吉他。

有人期待地鼓掌尖叫，喊她"小王菲"，还有人纳闷地问：王菲的歌还要弹吉他吗？

开唱前，章翎对着麦克风说："大家好，我是计算机学院的章翎，初赛和复赛时，我都是唱王菲老师的歌，今天决赛，我想唱一首原创。我学吉他不到一年，弹得不好，学写歌的时间也很短，写得也不好。"她羞涩地笑，"这首歌……是写给一个很久没联系的朋友，歌名叫'毕业照上消失的那个人'，谢谢大家。"

秦学恺脸色一变，心说不妙，手里的花拿着都有些烫手了。

章翎坐在高脚凳上，舞台暗下来，白色追光打在她身上。她垂着眼眸，修长的手指拨动琴弦，一串温柔的和弦过后，她抬起头，明亮的眼睛望向虚空，婉转优美的歌声在音乐厅里响起：

教室里的黑米糕滋味甜香

微风吹过身边的窗

我给你一个苹果，你对我笑

那时的我们还没长大

抽屉里的毕业照还未发黄
是一张张青涩脸庞
那一天阳光灿烂，蝉鸣声响
我在树荫下蓦然回望

我记得体育场的跑道
一圈一圈，如此漫长
还记得那个温柔拥抱
你说你赢了，我揉你头发
那个少年也曾意气风发

我记得自行车的轨迹
转啊转啊，驶向远方
还记得那杯滚烫奶茶
我说你好傻，你却偷偷笑
说你会永远陪在我身旁

我想给你唱首歌啊
你能听到吗？
毕业照上消失的那个人
你现在过得好吗？

我想给你唱首歌啊
你会想我吗？
毕业照上消失的那个人
我们都在想你呀

天桥下的报刊亭再无踪迹
学校也已人去楼空
我在这里想念你，你知道吗？
毕业照上消失的人啊……

章翎唱完了，台下响起掌声，她眼角湿润，轻轻地呼出一口气，一点也不在意结果，拿着吉他起身鞠躬，准备下台。

舞台边突然有一阵小骚动，一片起哄声中，秦学恺抱着鲜花走上台，把花送到章翎面前，底下有人喊："亲一个！亲一个！"

秦学恺自然不会这么做，只说："唱得很好听，祝贺你。"

章翎接过鲜花，"谢谢。"

下台后，秦学恺问："章翎，刚才那首歌，是唱给你前男友的吗？"

章翎说："他不是我前男友，是我上高中时最好的一个朋友。"

"他现在在哪儿？"

章翎失笑，"你没听歌词吗？我也不知道他在哪儿。"

其实，如果有心去找，章翎知道自己可以找到蒋赟，去缠着夏云哭闹，她应该会松口。但章翎也知道，蒋赟与她告别是经过深思熟虑的，就算她主动去找他，对两人的处境也没什么帮助。

决赛在继续，章翎果然止步于 10 进 5，输给了那位铁肺小王子，不用再唱第二首歌。不过她也赢得了"校园十佳歌手"的名号，还有了几个小粉丝，说想再听她唱王菲的歌。

这场比赛结束后，秦学恺像是明白了什么，主动结束长达半年的追求，消失在章翎的生活中。

很快，暑假来临，章翎回到钱塘，这一年有暑假作业，要做一份问卷调查，比较烦琐，章翎就没去实习。

她得到一个好消息，吴炫宇经过一年辛苦复读，这一年考了 700 多分，北大清华随便挑，也算是让一帮老同学安了心，纷纷与小吴学霸约定，九月北京见。

在做暑假作业的间隙，章翎报名学车，考到驾照，还和爸爸妈妈去大连玩了一趟。

她都不知道，那时的她和蒋赟只相距三百八十公里。

大二开学后，一群青涩的大一学生入学，章翎也成为学姐。

她对学校的新鲜劲儿已经过去，每天就是马不停蹄地为着学业忙碌。

计算机专业在大一时以公共课、基础课为主，相对难一些的就是数学分析课。到了大二，专业课陡然增多，一门门都很要命，每一门的作业都不简单，章翎和室友们每天都过得紧绷绷，连做梦都是从写代码开始的。

沙河校区大且空旷，一到秋冬季季风特别大，碰到沙尘暴季节，狂风卷着沙，建筑上的墙皮都能被吹掉。女生们走在路上一个个被风吹得头发乱舞，还得捂住裙摆，对面路过的男生都瞪大眼睛好奇地看她们，平时再女神，这会儿也都变得狼狈不堪。

"呸呸呸。"赵媛吐掉吹进嘴里的沙子，气愤地说，"我男朋友在市里，那边根本没刮风！我们这儿的妖风都不知道是从哪里来的！"

章翎拨着脸上的乱发，低头走路，"别说话了，都是沙。"

她越发不想摘掉眼镜，至少眼镜还能挡风沙。

章翎所在的 6 系，大班二百人左右，分为六个小班，女生一共只有二十多个，被打散分到六个班里。章翎和苏以晴在 6 系 4 班，赵媛和曹嘉恩在 5 班。男生们都很照顾女生，章翎每次去上课，就算到得晚了，前排座位都为女生们留着，一群大小伙子都笑嘻嘻地看着她们，好像在欣赏动物园里的大熊猫。

当然也有例外，班里有个大佬叫何星砾，身材中等，戴副眼镜，典型的 IT 男外形，专业课特别厉害，只是为人高冷，对女生态度很一般，入学一年多，章翎就没和他说过几句话。

有一门数字逻辑课，老师布置的作业需要三人组队完成，章翎和苏以晴自然在一起，两人坐在第二排，小声讨论着要找谁组队，身边突然响起一个男声，"要不要我带你们？"

章翎转头，发现说话的竟是何星砾大佬，问："可以吗？"

何星砾面无表情，"不愿意就算了。"

章翎忙说："没有不愿意啊，我们愿意的，谢谢你，何星砾。"

这一次作业不复杂，章翎和苏以晴在何星砾的带领下完成得很出色，还被老师作为示范在课堂上演示。

作为感谢，章翎和苏以晴主动请何星砾去校外吃饭，两个女生私底下交流，觉得大佬也没有传说中那么难以接触嘛。

（3）

又是一个冬天来临，北京再次落下大雪，章翎不再像去年那样激动地跑出去堆雪人、拍雪景，而是窝在温暖的寝室里，对着笔记本电脑敲代码。

许清怡发来微信。

许清怡：学委，我记得你很喜欢王菲？

章翎：是啊，她是我偶像。

许清怡：我有个朋友，给了我两张王菲演唱会的票，她很多年没开演唱会了，十二月三十号在上海，你有兴趣吗？你想去的话，我俩一起？

章翎：！！！！！

王菲这场演唱会门票都是几千块钱的价位，还远在上海，章翎就算很想去，也不好意思让爸爸掏钱，原本计划是在线看直播。

收到许清怡的消息后，她真是又惊喜又意外。

章翎：你哪个朋友这么大方？你为什么不和他一起去？

许清怡：你怎么知道是男的？就不能是女的吗？

章翎：是女的呀？

许清怡：不，是男的，我不想和他去，你去吗？

章翎：真的可以吗？

许清怡：可以啊，票又不花钱，不过路费和酒店要自理，听完了咱俩可以在上海住一晚，第二天一起回钱塘，还能回家过元旦。

章翎：我去我去，谢谢你！

所以说，很多事都不能早早地盖棺定论。比如，几年前的章翎无论如何都不会想到，有一天，她会和许清怡坐在一起听王菲的演唱会，一起尖叫呐喊、挥舞荧光棒，一起激动得泪流满面。有一天，她会和许清怡一起坐飞机、坐高铁，一起吃饭逛街，一起住在一个酒店标间里，各自占一张床，穿着睡衣敷着面膜，漫无边际地闲聊天。

两人在演唱会现场拍过几张头碰头的合影，许清怡发到高一（6）班微信群，发出后半小时，群里安静如鸡，竟是一个说话的人都没有，估计都被整蒙了。

"什么玩意儿？"许清怡不开心，对章翎说，"我告诉你，我有乔嘉桐的微信，我要发个朋友圈炫耀一下。"

章翎大叫："不要了吧？别找事了！"

许清怡睁大漂亮的眼睛，"谁找事了？我就是要让他看看，咱俩有多大气！"

章翎仰面倒在床上，随她去折腾了。

许清怡发完朋友圈又发微博，丢开手机后，问床上躺尸的那个人："章翎，你在你们学校唱歌那个视频，我看了，你自己写的呀？写得真好，那歌是唱给蒋赟听的吧？"

章翎缓缓转头，"你还去看这个呀？"

"嗯。"许清怡趴在床上，问，"你为什么不去找他？"

章翎说："很多原因，他不想我去找他。"

许清怡托着下巴，"那你自己怎么想的？你想去找他吗？"

章翎沉默了一会儿才开口："他家里的情况你可能不了解，我和他，很难有结果。"

许清怡："因为他家很穷？"

"差不多吧。"

"这有什么？"许清怡嗤之以鼻，"都什么年代了，谁规定男的一定要比女的挣钱多？你不能挣钱啊？你那学校毕业的，以后再读个研，一年起码挣几十万吧？"

章翎被她逗笑了，"我都没发现，你思想居然这么进步。"

许清怡很得意，"我都说了，这叫大气，男人算什么东西？"

这一年的除夕夜在章翎的舅舅家过，小杰克遵循家庭传统，当着一屋子大人的面表演拉小提琴，拉得和锯木头似的贼难听。

喻明芝很捧场，"杰克真棒！"

杨鹤听得翻白眼，"我还是怀念翎翎小时候表演的弹琴唱歌，这事儿真是要讲天赋，强求不得。"

杨晔问她："鹤鹤，你都三十了吧？什么时候喝你和小牛的喜酒呀？让我们翎翎给你做伴娘。"

杨鹤捂着耳朵大叫："啊啊啊我聋啦！姑姑你说什么我听不见！"

全家大笑，茅医生看着正在吃水果的章翎，笑道："翎翎也二十啦，有没有找男朋友呀？"

章翎抗议，"舅妈，我才十九岁半！"

章知诚立刻帮腔，"嫂子，翎翎还小呢。"

"小也不小咯，可以找对象啦。"喻明芝摸着章翎的脑袋，"翎翎现在多漂亮啊，个子高，皮肤白，一定要找个英俊潇洒的小伙子才行。"

章翎脑子秀逗了一下，问："外婆，小伙子要有钱吗？"

喻明芝笑得慈祥，"不用很有钱，有稳定工作，对你好就行，你妈找你爸时，你爸哪有什么钱？对吧？"

突然被点名的章老师一脸无辜，章翎则爆笑出声，"哈哈哈哈哈！"

大二下开学后不久，四月初时，软件工程课的老师布置了一项期末大作业，让大家先行准备起来，在大班内四五人为一组，做一个小软件，内容不限，符合软工流程和理论就行，"五一"过了报上组团名单。

通常这样的作业，都是一两个大佬带几个菜鸟，大佬负责写代码，菜鸟们负责PPT 和文档之类的散活。

有过上个学期的愉快合作，苏以晴提议去找何星砾带她们，章翎便厚着脸皮去找何大佬，提出自己和苏以晴想加入何星砾的小组。何星砾同意了，又另外找来两个男生小周和小雷，三男两女组队成功，还在课余时间找地方讨论过项目内容。

当整个项目的计划和前期准备都差不多做完时，"五一"小长假来了。放假第一天，章翎收到何星砾的微信，叫她下楼，说有事找她。

章翎以为是项目上的事，立刻跑下楼。何星砾等在楼下，双手负在身后，章翎跑到他面前问："大佬，找我什么事？"

何星砾的手从身后伸出来，手里提着一盒小包装蛋糕，很不自然地说："买给你吃的。"

不得不说，IT 男们追女孩也是很让人伤脑筋，打出的都是赤裸裸的直球，叫章翎不知该怎么反应。

她没伸手，说："谢谢，那个……我吃过饭了，你自己吃吧。"

何星砾眼睛里的光黯淡下来，咬咬牙，还是开了口，"那晚上，我能请你吃饭吗？"

章翎说："对不起，我晚上和室友约好吃饭了。"

何星砾："明天放假，你想去看电影吗？"

章翎汗都要下来，"对不起……"

何星砾的脸黑了。

"五一"结束，软件工程课老师让课代表收集组队名单，何星砾是五人小组的组长，下课后他找到章翎，冷冰冰地说："抱歉，我和2班的一个同学约好了，想做一个比较难的软件，不能带你们了，你们去找其他人吧。"

苏以晴在寝室里忍不住骂脏话，"这男的真是臭不要脸！这也太现实了吧？活该找不到女朋友！说好一个月了都能放我们鸽子！这种时候再去哪里找人？人家大佬早就组完队了！"

章翎联系小周和小雷，那俩男生平时擅长划水，课业还比不过章翎，高级程序语言原本就是选修，这时候也没有真正上Java或C++语法课，为了做作业，大家都是买书自学。小周和小雷收到消息后都开始哭唧唧的，萌生退意，想去别的组碰碰运气。他俩要是走了，章翎和苏以晴也只能散伙，各自去寻求插到别的组里，人家还不一定同意。

章翎想了半天，在何星砾退出后的项目群里给另三人发消息。

章翎：代码我来写，就做个小软件，我们四个一起吧，别人能做出来，我们也可以。

章翎买来几本专业书，开始硬啃，接下来的一个多月，除了上课，她几乎都窝在寝室里敲代码。

翻着《Java从入门到精通》，她安排给两个男生和苏以晴任务，两个搞文档，一个搞曲谱对应时间。她每天争分夺秒，边学边做，终于在截止日期前做出一个音乐类小游戏。

测试成功后，章翎爬到床上睡了个昏天黑地，感觉头发都快秃了。

事后，她回想这些事，不管是秦学恺，还是何星砾，抑或是学校里其他向她表示好感、想让她做女朋友的男生，章翎都觉得很神奇。

他们总是能轻易地喜欢上一个女生，轻易地表白，被拒绝后又轻易地放弃，接着就马不停蹄地去追求另一个女生。

何星砾更是奇葩，被拒绝后居然还公报私仇，也算是给年轻的章翎上了一课。

在室友们的陪伴下，章翎度过了自己的二十岁生日。期末考后她回钱塘过暑假，这一次她没再偷懒，在舅舅的介绍下进入电信公司实习，成为渠道部的一个小小培训助理。

章翎第一次拥有工位和电脑，日常工作是给渠道部内训管理专员做培训资料收集和整理，经常要顶着烈日跑各电信营业厅。

八月初的一天，她和一位同事姐姐一起在营业厅处理完工作，出来后找了家饭馆吃午饭。这家饭馆是明档点菜，几位大厨就在玻璃后面做菜，客人和大厨互相都能看见。

章翎点菜时，一位年轻的小厨师一直在玻璃后面瞅她，瞅着瞅着，章翎也发现了，抬头看他。小厨师很壮实，咧开嘴冲她笑，还热情地挥挥手。章翎很纳闷，她并不认识这个人。

她回到桌边去吃饭，开始两道菜是服务员端过来的，第三道菜上来时，端着大汤碗的换成那位陌生的小厨师。他把汤碗放到桌上，又开始瞅章翎，章翎被他看得不好意思了，问："你好，有事吗？"

小厨师说："你是章翎吧？"

章翎："对，你是……"

小厨师很惊喜，"我叫曹华，哦，你可能不认识我，以前我俩念过一个初中，十六中！"

章翎晕菜了，她只在十六中待过半年，班里同学都快忘光了，印象里也没有一个叫曹华的人。

小厨师接下来说的话更叫章翎傻眼，"我是赟哥的好兄弟，赟哥，蒋赟！你总认得吧？我那会儿一直和他一起玩，还陪着他去偷看你，所以我记得你，你都没怎么变，我一眼就认出来了！"

章翎的同事"噗"地笑了，"哪家小伙子这么有出息，初中就知道偷看女生啦？"

章翎呆呆地看着小厨师，在一个小餐馆里骤然听到"蒋赟"的名字，让她差点忘了今夕何夕。

小厨师还在乐呵，搓搓手说："那你先吃，我去忙了。我和收银说一声，一会儿你买单就说是曹华的朋友，能打折！"

他要回厨房，章翎叫住他，"曹华，你现在和蒋赟还有联系吗？"

下午两点，饭馆午市打烊，章翎没走，和小厨师面对面坐在桌边。

小厨师给她拿来一罐可乐，说："我在这儿上班两年了，现在已经不是学徒，可以自己做菜。我高中就学的中餐。"

章翎开口，"曹华……"

"你叫我草花吧，就音不同，大家都喊我草花。"草花笑得很憨厚，"赟哥一直喊我草花，他是我最好的兄弟！"

"草花。"章翎轻轻叫了一声，问，"你刚才说，蒋赟初一时偷看我，是什么意思？"

草花挠挠头，"他没和你说过吗？我想也是，这么丢脸的事，他肯定不会说。我那时候都没想到，他能和你上同一个高中，上高中后你俩还成了同桌，赟哥那会儿可高兴了，告诉我的时候，我看他尾巴都要摇起来了。"

章翎想到高一刚开学的时候，蒋赟对她的态度实在是一言难尽，她可真没看出来他有多高兴。

草花继续说："赟哥告诉我，他小学就认识你了，你是小学里对他最好的人，他后来成绩变好，就是因为你对他说要好好学习。"

"我对他说要好好学习？"章翎惊呆，指着自己问，"我什么时候对他说的？我一点印象都没有。"

草花眨着眼睛，"他没告诉你，他小学时就认识你吗？"

"他是说过，但具体的没说。"章翎想起很久以前在袁家村的小空地上，蒋赟承认过，小学时就知道她，两人还说过话，章翎问他说了什么，他说是几句无关紧要的话。

"好像是一次春游还是秋游。"草花冥思苦想，"他被班里的男生欺负，你救了他，把那些男生赶跑了，然后你把所有吃的都给了他，让他吃饱了肚子，还告诉他不能打架，小学生要好好学习，差不多就是这个意思。他一直记着，记得可牢了，后来才开始拼命学习。"

章翎目瞪口呆，隐约记得是有这么一件事，都忘了是几年级发生的，春游还是秋游？在公园里，她遇见一个个子瘦小的男孩，被一群男生摁在地上打，她把那些男生赶跑了，又把书包带过来，把零食分给那个男孩吃。

她说了什么？全都忘了，忘得一干二净。

那个小男孩就是蒋赟吗？

草花没理会章翎的呆滞，继续往下说："赟哥说他小学时很惨的，之前他不是在武校待过几年吗？这个他告诉过你没？他在武校过得很苦，被虐待，后来好不容易被救出来，回到钱塘上小学，成绩特别差，脾气还暴躁。"草花叹口气，"那会儿他和他奶奶吵架，他奶奶也是狠心，为了罚他，就不给他饭吃。他饿极了，就去偷校门口小卖部的面包，完了被抓住，揪着衣领送到班里。后来他们班的人都喊他小偷，女同学骂他笑他，男同学就打他。赟哥其实打架很厉害，单挑的话，没人打得过他，可那群男生每次都是组团去打他，他那会儿人很矮嘛，又瘦，再厉害也打不过几个人啊，所以就三天两头挨打。"

说到这里，草花胖胖的脸上露出一个笑，"赟哥告诉我，在小学待的那几年，只有你一个人对他好过，他这辈子都忘不掉。后来，他升上十六中，我和他一个班，他发现你也在十六中，哎哟，他差点乐疯了，拉着我去看你，说'这个就是章翎，这个就是章翎'。"

草花学蒋赟的语气学得惟妙惟肖，章翎几乎能想象出蒋赟当时的表情。

草花往下说："每次出早操，赟哥都要看你们班的队伍，就为了多看你几眼。下课了，不上我们那层楼的厕所，非要下楼去尿尿，就为了从你们班门口路过，偷偷看你几眼。"

章翎听得哭笑不得，那真的是蒋赟干得出来的事。

"你听我这么说，不会觉得他很变态吧？"草花不好意思地笑，"其实不是这样，只有在说到你时，赟哥的话才会多一点，平时，他都不怎么说话的，也不会笑，就……心事很重的样子。我问过他，为啥这么不开心？他说他想起了以前的一个朋友，我也不知道是谁，反正那会儿我和他都很不合群，只能我俩做个伴，唉——如果没有赟哥，我都不知道在学校里，我要怎么待下去。"

章翎知道那个人是谁，是余蔚。

草花又想起一件事，"哦，对了，赟哥说你小学时就是班长，上初中后肯定还会做班长，所以，我们班第一次选班干部时，赟哥就去竞选了。他从来没做过班干部，竞选时说他期末能考第一，如果考不到就卸任，然后他还真选上了，因为大家都想看他笑话。"

章翎问："他考第一了吗？他初中时成绩应该不错的。"

"没有。"草花摇头，"你听我说下去，这事儿说来话长，赟哥肯定不会告诉你，但我一直觉得你应该知道。"

章翎问："什么事？"

草花看着章翎，"赟哥和我说，他做班长，就是想有机会能和你见面，说几句话。他想象中，每个班的班长可能会一起开个会什么的，不过后来一直到你转学，他也没能参加过那样的会，可能十六中本来就没有吧。"

章翎心里突然浮起一个可怕的念头，问："你们是几班？"

草花："初一（4）班。"

章翎轻呼一声，真的是初一（4）班？

初一（4）班的班长……是蒋赟？

草花还在说："我知道你是初一（1）班的，你们在二楼，我们在三楼，我们班和（3）班是一批老师，你们班和（2）班是一批老师，所以我们班和你们班平时都没什么交集。"

章翎承认，"对，我不认识别的班的人，谁是班长，我都不知道。"

"我想也是。"草花笑了笑，说，"章翎你知道吗？初一的时候，赟哥为你死过一次。"

如果猜得没错，章翎知道是哪件事，只是从来没想过，那件事居然和她有关，她的心脏都抽起来，问："草花，到底是怎么回事？"

"赟哥可能不想让你知道。"草花神情变得严肃，"但我决定告诉你，反正他在那么远的地方，也揍不了我。"

对于那件事，草花还历历在目。

那是初一上的冬天，期末考前不久，十六中举行了一次文艺汇演，章翎上台去唱歌，唱的是王菲的《明月几时有》。

蒋赟在台下听痴了，演出结束后，天天都在哼这首歌，草花也不敢去说他，只能任他唱。

那是章翎第一次在十六中表演节目，除了云涛小学的毕业生，别的学生都是第一次听到。很多人像蒋赟一样，都被她美妙的嗓音折服，这其中包括一个初三男生，他在听完章翎的演唱后，对很多人说觉得章翎好可爱，想追章翎。

那个男生成绩很糟糕，三天两头打架闯祸，却仗着自己长得不错，家里又有钱，在学校里小有名气，有不少无知少女暗恋他。

暗恋他的女生里有个初三的小太妹，除了不会好好上课，别的什么都会。她知道自己心仪的男生居然看上一个初一小妹，自然妒火中烧，和几个小姐妹商量，决定让章翎吃点苦头。

她们找到一个初一（1）班的女生，那女生在班里也天天被欺负，小太妹们威胁她，如果不听话，就要脱掉她的衣服拍裸照，女生吓坏了，说愿意帮忙。小太妹的想法简单粗暴，就是让这女生趁着出早操或是上体育课的时候，在楼梯上推章翎一把，把她推下楼。

女生得到指令后，好多次想下手，又不敢，犹犹豫豫好几天，自己都要崩溃了，还天天被小太妹打骂催促。

就在她决定下手的那一次，被蒋赟发现了，蒋赟一把捉住她的手，一无所知的章翎才逃过一劫。

蒋赟和草花一起逼问那个女生，女生才哭哭啼啼地把小太妹们的计划说了出来。事关章翎，蒋赟哪能袖手旁观？他领着草花找到小太妹，问她们到底要怎样才肯放过章翎。

那时候的蒋赟还未满十三岁，个子比小太妹都矮，人很瘦，顶着一头小卷毛，还没开始变声，就是个小男孩模样。太妹们看着他像只炸毛小公鸡似的站在面前，一个个都乐得大笑。

蒋赟说这事儿必须一次性解决，让对方讲条件，只要他能做到，一定去做，只是她们必须保证，以后绝不能再欺负章翎。

章翎才上初一，距离小太妹毕业还有半年，蒋赟又不能时时保护她，想到之前她差点被人推下楼梯，他好不容易才忍住满腔怒意。

为首的小太妹走到蒋赟面前，拍着他的脸说："行啊，小朋友，我可以放过她，条件是由你代替她，自己滚下楼梯去。"

草花在边上叫："赟哥，不能答应！那很危险的！"

蒋赟抬眸与小太妹对视，问："是不是我滚了，你就保证再也不会去动她？"

小太妹说："是啊，我保证。"

于是，蒋赟就走到三楼楼梯边，指着草花说："他也听到了，你们不能说话不算话。"

草花吓哭了，上去拉蒋赟，"赟哥你别傻了！这真的不行！"

蒋赟挣开他的手，说："你别怕，我不会有事。"

小太妹说："先说好，你要是摔死了，可不关我们的事，我可一个指头都没碰你啊。"

蒋赟点头，"是，我自愿的。"

话音一落，在草花满眼惊惧中，蒋赟就当着他们的面直挺挺地摔下了楼梯，草花凄厉地喊："赟哥！！"

蒋赟的后脑勺磕在坚硬的台阶边缘，哼都没哼一声，继续骨碌骨碌往下滚，最后躺在二楼半的平台上，不动了。

暗红色的血液从他脑后汩汩流出，很快就在地上洇成一摊。草花吓傻了，"嗷嗷"叫着飞奔下去看蒋赟，也不敢动他，慌得手足无措，眼泪狂流，一声声地喊："赟哥！赟哥！你别吓我赟哥！"

三楼的那几个小太妹也吓坏了，有人问："他……他会死吗？"

为首的小太妹再也不敢嚣张，惊慌地说："死了，也……也不关我事，是……是他自己摔的！"

后来，有老师闻讯赶来，拨打 120，救护车把昏迷过去的蒋赟送去医院抢救。谢天谢地，他没有生命危险，只剃光头发，在后脑勺缝了好几针，留下一道四五厘米长的伤疤。

蒋赟摔落时右手腕还被扭伤，所以缺席了那年的期末考。

小太妹们没有被轻易放过，尽管她们一口咬定是蒋赟自己摔的，老师们却不信，说哪个傻子会自己主动去摔楼梯？

学校对她们做出处分，并且要求她们合力负担蒋赟的医疗费。

"这件事当时在十六中闹得很大。"草花问章翎，"你知道这件事吗？"

章翎早已泪流满面，她当然知道这件事，连转去明阳中学后的同学范欣言都知道，也就是从那件事以后，章翎对做班长有了心理阴影，后来再也没做过班长。

原来，那件事居然和她有关？

原来，那个被初三女生合伙欺负、摔下楼梯的初一（4）班班长，竟是蒋赟。

原来，他不是被推下楼梯，是自己主动摔下去的，居然是为了……在当时几乎算是陌生人的她。

那个傻瓜，究竟还为她做了多少蠢事？

草花还没说完，继续说道："赟哥大难不死，痊愈以后，突然跟变了个人似的，整个精神面貌都不一样了。那年寒假我去看他，他对我说，他活过来了。"

章翎泪眼婆娑地看着他，"什么？"

"我也不太懂，但他说他活过来了，我印象特别深，我还以为他脑子摔傻了。"草花说，"他告诉我，他决定好好上学，以后考重点，他说你肯定会考重点，他要争取和你考上同一所学校。我说这很难啊，十六中都没人能考上重点，赟哥说你一定可以，他也可以，就是不知道你会考哪所重点，说还有两年半，到时候找机会问问你。"

章翎已经要崩溃了，问："后来呢？"

"后来……"草花笑了，"后来不是开学了吗，他发现你转学了，他就……又疯了。"

草花说，初一下开学后，蒋赟就卸任班长，从此再没做过任何班委职务。那个学期，蒋赟整个人处在一种失控的状态，脾气特别差，一点就燃，班里也没人敢惹他，大家都说他摔坏了脑子，变神经病了。

"初二才慢慢好起来。"草花对章翎说，"他可能终于接受了你转学的事实，想通了，把精力都放在学习上，成绩越来越好，后来一直在年级里排第一。"

草花又说了些蒋赟上初中时的事，章翎的眼泪渐渐止住，问："草花，你知道蒋赟现在在哪儿，对吗？"

草花咧嘴笑，"知道，他在沈阳，没回来过，我也没去看过他。我有他现在的手机号，你要吗？"

章翎说："要。"

和草花聊了好久，章翎准备离开，草花送她到餐馆门口，说："章翎，很多事赟哥都不打算告诉你，今天我也是胆儿肥，都和你说了，要是被他知道估计得揍我，但我还是觉得，你应该知道。"

章翎说："谢谢你，草花，谢谢你和我说这些。"

"赟哥这个人吧，疯是疯了点，但他很讲义气，也很重感情。"草花非常诚挚地看着章翎，"我以前和他一起玩，偶尔会请他吃点东西，他就会护着我不让人欺负，有时候还给我抄作业。后来上高中，我碰到麻烦了去找他，他二话不说就会来帮忙。他就是那种你对他好一分，他能还你五分，你对他好五分，他能还你十分的人。"

章翎问："那如果对他好十分呢？"

草花愣住，想了想，说："我觉得，还没人对他好十分过。他从小到大都过得很苦，好好对他的人真没几个，真要有那样的人，他不得把人家供起来呀？"

　　章翎和领导请过假，不用回公司，和草花分别后直接回到金秋西苑。

　　上楼的时候，她站在三楼平台往下看，三楼到二楼半是八个台阶，章翎闭上眼，想象着自己摔下去的场景，一会儿后她睁开眼睛，摇了摇头。

　　她，没有这样的勇气。

　　不知道十三岁的蒋赟站在楼梯边是怎么想的，草花说他当时根本没犹豫，一直都很平静，说摔就摔，好像不怕死似的。

　　章翎又想起草花最后说的话，有些委屈地想，没有人对蒋赟好十分吗？她和爸爸妈妈对他都很好啊。

　　仔细一想，草花说得也没错。

　　章老师和杨医生对蒋赟好，不是没条件的，向来都有学业和为人上的要求。

　　蒋赟奶奶对他好，倒是不求回报，却因为自身文化条件限制，在很多行为上太过偏激。

　　翟丽对蒋赟好，是出于愧疚和弥补，然而在他最需要母爱的时候，她放弃了他，那种伤害怎么弥补都无济于事。

　　余蔚对蒋赟好，蒋赟记着，但那个小男孩已经死了。

　　警察们对蒋赟好，是因为职责所在。

　　草花对蒋赟好，是别无选择，他们现在或许有了真友情，可在当年，他们只是互相取暖的两个小可怜。

　　至于其他人，老师、同学、邻居、亲戚……那都是泛泛的好，离十分还差得很远。

　　章翎自己呢？她想，她对他是几分好？

　　那时候他们真的还太小，章翎会把午点里的苹果给蒋赟吃，会请他喝奶茶、吃肯德基，会帮他讲课，陪他聊天，给他带零食，省着零花钱送他礼物，在知道他过年没地方去时央求爸妈带上他一起去旅游。

　　其实她对他的好也是建立在爸爸妈妈有能力帮助他的基础上，如果她家经济条件一般，爸妈也不会有余力去照顾蒋赟。

　　那个少年，现在已经长成一个二十岁的年轻男人，二十年人生里，真心对他的人真的很少很少。所以，他会珍惜好不容易获取到的每一份善意和照顾，再想着法儿地去回报。

　　他从来，不会理所当然地去享受别人对他的好。

　　为了不让章老师和杨医生失望，他拼命学习，尽己所能地保护章翎，天天骑车送她回家，刮风下雨毫无怨言。节假日去她家，他跟个家政工人似的帮她父母做事，口头禅就是：叔，有什么要我帮忙的吗？

　　萧亮曾经那样欺负他，在向他求援跑接力时，他不顾自己刚跑完三千米，一口就答应，就因为萧亮传递出的那份罕见的班级归属感。

姚俊轩曾经误会是他去举报作弊，他一点不记仇，不仅救下对方，还在上高二后帮对方抄下一份份附加题，就因为他觉得，是自己占了姚俊轩的位子。

对于武术表演，章翎知道他其实很排斥，但在她说出节目计划时，他半句推诿都没有，让怎么练就怎么练，听话得像一条小狗，就因为那是她的要求。

没有人教他要怎么做人，他一直在摸索着学习，学习说"早上好"和"晚安"；学习说"谢谢"和"对不起"；学习给在乎的人送礼物、请吃东西；学习控制自己的情绪，不轻易说脏话；学习怎么和人友好相处，用心聆听别人的想法；学习将心比心，换位思考；学习在心中立一个小小的理想，不再得过且过，朝着目标不断努力……

他甚至学会了争取和放弃，在本该肆意张扬、冲动嚣张的年纪，他已经学会克制自己的感情。

章翎回到家，同样放暑假的章老师在准备晚餐，看到女儿回来，问："今天下班这么早？"

"下午去外面办事了，办完就没去公司。"章翎放下包，走进厨房问，"爸爸，妈妈今天回来吃晚饭吗？"

章知诚说："应该回来的，晚上没班，怎么了？你找她有事？"

章翎说："我想找你俩开个会。"

第18章

好久不见，小蒋警官

（1）

八月中旬的一天下午，在沈阳某个闹市区的派出所里，几个醉汉正分为两派，互相指着鼻子破口大骂。家属还没来，当班的民警们忙着安抚劝架，刚劝过这一边，那一边又开始发酒疯，这边的立刻跳起来，冲上去就要打。

两拨人加起来有近十个，你推我搡，互相骂娘，弄得接警大厅跟菜市场一样吵闹。混乱中，有个女警被推了一把，差点摔跤，被人拉住胳膊才稳住身体，她回头一看就叫起来："你来得正好！快把他们分开！"

来人眼一瞪，一声怒喝像平地炸雷般响起，"干什么呢？！不看看这是什么地方？敢在这儿撒野，是不是想吃牢饭啊？！"

两拨醉汉都被震慑住，一齐住手，看向那个穿着夏装警服的年轻男人。这人身材高大挺拔，头发剪得很短，是毛茸茸的深咖色，五官立体英俊，鼻梁高，眼睛不大，目光却很凌厉，对视久了能让人腿软。

有个醉汉看清他肩膀上的肩章，嘎嘎嘎地大笑起来，过去往他胸口一推，"就一拐！原来是个小毛孩儿，你吼啥呀？神气啥呀？你家领导都没说话呢！"

年轻警员挡开他的手，厉声道："别动手动脚啊！你这是袭警知道吗？"

醉汉更乐了，摇摇摆摆地又去撩他肩章，"一拐，一拐是最低的吧？还袭警？小毛孩逗谁呢……"

话音未落，年轻警员已是一个利落的擒拿手把这人给反身扣住了，醉汉吓得嗷嗷叫："警察打人啦！警察打人啦！"

一个胖乎乎的中年男警过来拉开他俩，拍拍那小警员的背，皱着眉说："去去去去去，吃你的饭去！别成天在这儿耍威风！"

　　这年轻警员就是蒋赟，他没吭声，瞪了那醉汉一眼后才大摇大摆地离开。这拨人被带过来时他正在吃午饭，吃到一半听见外头吵吵嚷嚷，餐盘一推就跑出来帮忙。

　　蒋赟走回小食堂，一看桌子就傻眼了，大声叫："我的饭呢？我还没吃完啊！"

　　小食堂里的胖大姐正在抹桌子，"这都两点多了，还没吃完？你是不是要吃到下午五点去？"

　　蒋赟辩驳："姐，我早上出警，一点多才回来的！还有饭吗？我饿着呢。"

　　"没了，都收了。"胖大姐指指收拾好的几个不锈钢餐槽，"你饿的话去泡个方便面吧。"

　　蒋赟垂头丧气地走出食堂，打算去刘姐那里问问有没有吃的。

　　他在这个派出所见习，见习和实习不同，没有工资只管吃饭。见习期很短，十五天就够，但蒋赟暑假里也没别的事，很喜欢待在派出所工作，基层警力又很缺，所里就把他留下来，答应让他待够两个月。

　　这一个多月来，蒋赟跟着民警们到处出警，回到所里参与审讯，追过贼，和醉酒暴徒打过架，伏击过偷女人内裤的变态，也处理过一些邻里纠纷、夫妻吵架、你家小狗咬了我家小猫等零零碎碎的事情。

　　在周末或辖区里有重大活动时，他还需要上街巡逻，维护治安，日班夜班倒来倒去，亏得他年纪轻，精力充沛，每天都能元气满满地上班。同事们都很喜欢这个热血执着、勤奋专业，有时候又泛着傻气的帅小伙，尤其是内勤区域那几个女警，一个个都喜欢拿蒋赟寻开心，问他有没有女朋友呀，要不要帮他介绍呀，怂恿他毕业后留下来做个东北女婿。

　　刘姐是所里的内勤民警，年近五十，就管管户籍、身份证、暂住证等事情。她的儿子和蒋赟同岁，得知蒋赟无父无母，暑假里都不能回老家，刘姐就特别照顾他，每次见面都会给他塞吃的。

　　这次刘姐也没让蒋赟失望，从抽屉里掏出三包巧克力派丢给他，"就剩这些了，全给你，小饭桶。"

　　蒋赟笑嘻嘻地说声谢，刘姐问："你什么时候开学呀？"

　　"八月底我就回校了。"蒋赟说，"姐，到时候见习表你帮我写好点啊。"

　　"没问题。"刘姐又问，"对了，你明年暑假去哪儿实习？总不会还来派出所吧？"

　　蒋赟摸着瘪瘪的肚子回答："不来派出所了，我应该会去刑警队。哎姐，我先去吃东西了，真的好饿。"

　　几个女警哧哧直笑，刘姐摆摆手，"去吧去吧，叫你饭桶真没叫错。"

　　蒋赟一溜烟儿地跑去了休息室。他很讲规矩，从来不会在办公区域吃东西，因为邵哥对他说，以前有民警出警回来饿得慌，在公共区域吃面包时被报案的群众看见了，对方居然去投诉，说警务人员上班时吃东西。

蒋赟坐在休息室吃巧克力派，想到这件事，自言自语道："好像警察不用吃饭似的。"

正吃到第二个派，他听到邵哥在外面喊："小蒋？小蒋？蒋赟！你在哪儿？"接着，邵哥像是在对别人说话，"你稍等啊，这小子刚才还在的。"

蒋赟把大半个派塞进嘴里，手里拿着最后一个派急匆匆跑出去，嘴都没来得及抹，"在这儿呢！邵哥啥事儿？要出警吗？"

然后，他就定在原地不动了。

邵哥身边站着一个人，一个年轻的女孩，听到声音后转过头来。

她扎着马尾辫，戴着大眼镜，肤色白皙，眼神清亮，穿一身湖蓝色棉麻料子的连衣裙，肩上背一个双肩包，转身时，蒋赟看到她包上的长颈鹿轻轻地晃荡着。

蒋赟眼睛一眨不眨地看着她，努力把一嘴巴巧克力派咽下去，差点噎死。

章翎对他微笑，手指点点自己的嘴角，蒋赟抬手一抹，看看手上，果然有巧克力的痕迹。

他呆滞得不能再呆滞，哪里还有平时生龙活虎的样子。邵哥看看他，又看看那女孩，心里有数了，按捺住吃瓜的心思，像个善解人意的老大哥般开口："那个……你俩聊着，我先走了。蒋赟啊，今天下午没事儿你早点下班吧，带你朋友外头吃个饭去，晚上还能去太原街转转。"

蒋赟："……哦。"

邵哥小跑着回接警大厅，胖乎乎的身子一点不妨碍他身轻如燕，像是有一肚子八卦要去和人分享。休息室门口只剩蒋赟和章翎。

章翎走到蒋赟面前，好奇地看他的着装，浅蓝色短袖衬衫，深色长裤，黑色皮鞋，肩章、警号、臂章、胸徽一应俱全——是一身正儿八经、非常神气的警服。

她又抬头看他的脸，非常满意他此刻的表情。

草花很给力，不仅没有告诉蒋赟自己做了小叛徒，还套出他见习单位的地址。章翎突然袭击，蒋赟再也没办法像两年前那样做好万全的准备，有理有据地展开他的演讲。

他整个人都傻了，心态都要崩了，手里拿着一个巧克力派，站在那儿半天没动静，眼睛定在章翎脸上，表情千变万化，相当精彩。

章翎歪过头，笑着说："好久不见啊，小蒋警官。"

蒋赟："啊。"

这才是章翎记忆里的蒋赟，没那么深沉冷静，吃东西时腮帮子会塞得很鼓，看着她时眼神依旧会慌乱。

章翎问："警察叔叔上班还能吃零食啊？"

蒋赟回过神来，赶紧把巧克力派塞进裤兜，"不是，我饭吃到一半被食堂大姐收掉了，没吃饱。"

"怎么这么可怜的？"章翎噘噘嘴，"饭都不让你吃完啊？"

她娇嗔的姿态让蒋赟恍如隔世，张张嘴，说不出话来。

章翎又问："你什么时候下班？我等你，我们一起吃晚饭。"

蒋赟结巴，"我，那个，我……"

章翎："刚才的警察叔叔都说你可以提早下班的。"

"你别喊他叔叔。"蒋赟总算自然了一些，可以好好说话了，"我们都喊他哥，你叫他叔叔，辈分都乱了。"

章翎点点头，"哦，那你到底什么时候下班？"

蒋赟无奈叹气，"我现在就下班。"

他在更衣室坐了一会儿，用力拍拍自己的脸，又转头看看更衣室的门，还是不敢相信，章翎居然会出现在他面前。

蒋赟脱掉制服，换上自己的白 T 恤、牛仔裤，走出去时章翎等在门外，蒋赟说："走吧。"

离开派出所时，几个哥哥姐姐叔叔阿姨都在朝他们张望，蒋赟目不斜视、正气凛然地领着章翎走出门。

派出所位于太原街商圈附近，太原街是沈阳很有名的一条步行街，商铺林立，人流量不小。蒋赟带着章翎走在步行街上，慢悠悠地并肩往前走，章翎偶尔会逛逛店铺，蒋赟双手插兜，乖乖地跟在她身边。

逛了一段路，蒋赟才问出心中的疑问："你怎么来沈阳了？你怎么知道我在这儿？"

章翎笑道："你不是警察吗？这点推理能力都没有？"

"草花告诉你的？"蒋赟之前就想到了，还是觉得逻辑不通，"你怎么会认识他？"

章翎翻拣着店铺里的小首饰，说："我去他工作的餐馆吃饭，他把我认出来了。"

沈阳的夏天虽然比钱塘凉爽一些，下午的太阳还是很灼人，蒋赟看到章翎鼻尖上冒出小汗珠，说："买杯饮料吧，你都出汗了。"

两人找到一家奶茶店，点完饮料，章翎正要掏手机，蒋赟说："我来吧。"

他拿出手机扫码付钱，章翎问："你什么时候买的智能机？"

"大一开学就买了，现在很多都要扫码，班里也是微信群，以前那个手机用不了。"蒋赟付完钱，想到草花又开始生气，"草花这浑蛋，还骗我说要给我寄吃的，我才把地址给他！"

章翎咯咯笑，"他没骗你啊，我给你带了好多吃的，都在酒店，人肉背过来的。"

蒋赟问："你住哪儿？"

章翎报出酒店地址，蒋赟点点头，"晚上吃完饭，我送你过去。"

奶茶做好了，两人一人拿一杯边走边喝，蒋赟迟疑半晌还是开口问："草花……没和你说什么吧？有些事你别信。"

章翎咬着吸管，反问："你觉得他会和我说什么？"

蒋赟不敢说。

"草花告诉我……"章翎瞅着蒋赟紧张兮兮的样子，憋住笑说，"那年暑假，你为了在天桥下堵我，写了个剧本，有台词的，你俩还彩排过一回，结果草花临时闹肚子去上厕所，刚好我来了，你就只能一个人蹦出来啦。"

蒋赟咬牙，手劲大得快把奶茶杯给捏爆，"这王八蛋，我非揍死他不可。"

章翎叹气："你说你这个人，要 QQ 就要 QQ，搞那么复杂干什么？还平白无故被乔嘉桐揍一顿，你不能再等一个礼拜呀？"

蒋赟垮着脸说："再等一个礼拜橙子就要烂了，那玩意儿可贵！"

章翎一愣，接着就哈哈大笑起来，蒋赟也笑了，现在想起来，那会儿他真的很中二。

他挠挠头发，问："草花没说别的吧？"

章翎眯起眼睛，"你到底在担心什么？做了什么亏心事怕我知道呢？"

蒋赟摇头，一脸正气，"没有，没做过亏心事。"

"也是哦。"章翎表情俏皮，"初中时专门跑到二楼尿尿，就为了从我教室门口经过，看我几眼，也挺正派的呢。"

章翎不顾蒋赟黑下来的脸，又说："春游时吃光我所有零食，然后记住我说的话，偷偷摸摸地开始用功学习，也很厉害了！"

"你别说了，我不想知道他告诉你什么了。"蒋赟彻底对草花死心，还不忘纠正，"是秋游，不是春游。"

看他吃瘪，章翎好快乐。

逛了一阵子后，章翎问："我们要去哪儿？"

"吃饭。"蒋赟手指北方，"我带你去个餐馆，往北走大概三公里远，在长江街那儿，你累的话我们坐车，不累的话就一起走过去？"

章翎说："走路吧，我不累。"

两人就在沈阳的大街上并肩轧马路，路上，蒋赟给章翎讲自己这两年在学校里的事，宿舍什么样，室友什么样，课程很杂，什么都要学，训练非常辛苦，但他不怕苦……

"我们学校的侦查学专业应该是国内最好的，不出意外，我以后就是个一线刑警。"蒋赟笑着说，"大一的时候我加入学校散打队，是个社团，每个礼拜练三次，很爽，现在都没人打得过我，大二我们开了射击课和擒拿格斗课，我都是第一。"

他的语气里带着小小的骄傲，章翎可以想象出他神勇的样子，转头看他，蒋赟也刚好转过头来，两人视线相触，章翎没躲，蒋赟却又快速地转回头去，目视前方。

他问："你呢？云姐告诉我你考上北航了，我不知道你的专业。"

"计算机。"章翎说，"成天就是敲电脑，不过我还挺喜欢的。"

"我就不行了，电脑很一般，先天不足。"蒋赟有点难为情，"还好当时没选网络执法、信息安全那些专业，搞不好都容易挂科，现在那些和电脑有关的课，我拼命学，成绩都只是中等。"

章翎好奇地问："你们专业有女生吗？"

蒋赟说："有啊，怎么会没有？学校里男多女少倒是真的，不过我们班几个女生很厉害，一点不怕吃苦。"

"我们学校也是男多女少。"章翎抿抿唇，问，"那你……有遇见喜欢的女孩吗？"

蒋赟失笑，"没有，我现在不考虑这个。"

章翎："哦……"

两人沉默下来，蒋赟咂摸着章翎的话，也试着问："你呢？你有找男朋友吗？"

"没有。"章翎瞥他，"有几个男生追过我，我都没答应。"

蒋赟眨了几下眼睛，"是吗？也是啊，你这么漂亮，脾气又好，肯定有很多人追你。"

章翎笑问："那有女孩追你吗？"

蒋赟说："有是有，但我都推了。"

章翎偷笑，这人居然还有胜负心呢。

走了半个多小时，两人终于走到餐厅，是一家叫"红樱桃"的东北菜馆。看着店招，章翎随口说道："红樱桃？你送我的那个樱桃发圈，我还留着呢。"说完她就走进店里，留下蒋赟在身后发愣。

晚市已开，蒋赟领着章翎找位子坐下，说："我请客，你随便点。"

章翎抬头看他，蒋赟笑了，"别这么看我，我有钱。去年暑假没实习，打工挣了四千多，学校又有助学金，每年三千多，钱塘也给我发低保户大学补助，一年两千，我还拿了奖学金，五千块，再加上我奶奶给我留的两万多，你算算，够用了吧？"

章翎掩着嘴笑，蒋赟"啧"了一声，"笑什么？点菜。"

在蒋赟的介绍下，章翎点了老式锅包肉、飘香土豆泥、大拌菜和肉饼，蒋赟提议点烤鸭，说这里的烤鸭很好吃，章翎翻着菜单说："拜托，我在北京吃烤鸭都快吃吐了，够了吧？四个菜。"

蒋赟拿过菜单看，"才一个荤菜，不够的，肉饼算点心，再加一份烤羊排。"

点完菜，章翎凑向蒋赟小声说："会不会吃不完？都说东北这边菜量很大的。"

"量是很大。"蒋赟挑挑眉毛，"可有我在啊，怎么可能吃不完？"

"哈哈哈哈哈……饭桶！"章翎趴在桌上笑得肩膀直抖，蒋赟伸手拍一下她的脑袋，"还笑！"

章翎止住笑，抬头看他，眼睛里闪着温柔的光，"蒋赟，我好久没和你一起吃饭了。"

蒋赟的神色也柔和下来，回忆一下子浮上心间，声音都变得低沉，"是啊，三年半了，我三年半没见你爸爸妈妈了，他们现在好吗？"

章翎托着下巴看他，"挺好的，他们都很想你，我这趟过来，我爸妈知道，让我见到你后给你带话，叫你回钱塘时一定要去我们家吃饭。"

蒋赟垂下眼睛，心中动容，"我一直很过意不去，走的时候都没去看看他们。"

章翎说："没关系，当时情况特殊，他们都理解。"

蒋赟转着筷子，问："班里同学呢？都好吗？他们都上了什么大学？"

章翎便一个个地说给他听，蒋赟听的时候，嘴角挂着淡淡的笑容，眼神有点发飘，可能是在听到一个名字时需要在脑海里检索，再对应上一张脸。

他没有和大家好好地告别，离开得十分突然，还是用一种很不体面的方式，让同学们后来都不敢去提起。

章翎说："你的事，我没对他们说过，姚俊轩后来问起过你，让我代他向你问声好，再说声谢谢。"

蒋赟摇头笑，"这大傻子。"

"还有许清怡。"章翎说，"她说谢谢你帮她揍了乔嘉桐。"

蒋赟的笑都没来得及收起，"谁？"

"许清怡。"

"许清怡？谢我？"蒋赟蒙了，"你……你知道那天的事啦？"

章翎没好气，"是呀！我都知道了，你是不是傻？"

蒋赟破罐子破摔了，一丢筷子，"我就是傻，芳芳姐早就说过，姚俊轩是大傻子，我是二傻子，我俩就是五中双傻！你说怎么地吧？"

章翎往他上臂拧了一下，"二傻子！"

蒋赟吃痛，"嗷"的一声叫，章翎的手劲立刻轻了下去，"很疼吗？"

蒋赟冲她做个鬼脸，"骗你的，就你这点劲儿能有多疼？"

热菜开始上桌，蒋赟午饭没吃饱，拿起筷子给章翎夹了几道菜后就大口吃起来，又让服务员给章翎拿来一罐果汁，自己叫来一品锅米饭。他的饭量依旧很大，吃起饭来还是风卷残云的架势，章翎觉得好怀念，忍不住说："我妈妈在这儿就好了，她最喜欢看你吃饭。"

"我这是饿了，平时没吃这么多。"蒋赟摸摸肚子，"我胖好多，一百四十多斤了。"

章翎看他短袖下露出的手臂，线条清晰，毫无赘肉，再歪过头看看他的腰腹部，说："没有啊，没胖呀，你这都是肌肉吧？"

"那为什么我重了十斤？"

章翎失笑，"这叫发育好吗？你这么高的个子一百四十多斤一点也不胖，一百三十斤才叫竹竿呢。"

蒋赟笑笑，不再说话，继续大口吃饭，还不忘给章翎夹菜。

吃到七分饱时，他终于停下来，问："好吃吗？本地人挺喜欢来这家店，我沈阳的同学带我来吃过一次。"

章翎啃着羊排，"好吃，那个土豆泥和锅包肉都很好吃。"

"你……"蒋赟摸摸鼻子，鼓足勇气开口，"你还没回答我，你为什么会来沈阳？"

章翎定住，咬下羊排上一块肉，回答："这有什么为什么的？我来看你啊，来看看小卷毛有没有变成大卷毛。"

蒋赟很久没听到"小卷毛"这个称呼了，在学校没人敢给他取绰号，因为他看着就不怎么好惹，同学们习惯喊他"赟哥"，哪怕他的岁数在班里算是小的。

他笑得很开心，问："变了吗？"

章翎笑嘻嘻，"变了呀，哎，你是不是又长高了？就我们最后一次见面以后？"

"嗯。"蒋赟的脸有点红，"现在一米八五不到，一米八四点五，对外我都说一米八五。一年半没动了，应该不会再长。"

有蒋赟在，一顿饭吃得干干净净。买单后，他打着饱嗝，举高双臂伸个懒腰，T恤拉高后，劲瘦的腰线不小心露出来，章翎看到了，脸红红地移开视线。

蒋赟很不拘小节，心满意足地拍拍肚皮，说："走吧，我送你回酒店去。"

章翎跟着他走到餐厅外，因为晚饭吃得早，这时候天还没黑，她说："还早呢。"

"是有点早。"可能是因为一起吃过饭，两人找回了些过往的亲密感，那种端着的氛围在渐渐消散，蒋赟问，"你还想去哪儿逛逛？我陪你。"

章翎问："你现在住哪儿？暑假也住学校吗？"

蒋赟摇头，"不是，学校暑假不让住，我租了个短租房，和人合租的，在北站附近。"

"离这儿远吗？"

"不远，两公里不到吧。"蒋赟警惕起来，"你想干吗？"

章翎瞪他，"这么凶干什么？我想去你住的地方坐会儿，不行吗？"

蒋赟好为难，"不要了吧？我那屋子连我在内三个大老爷们，夏天都不穿衣服的！"

章翎看着他，"我就想去看看，只待半小时。"

蒋赟沉默数秒后妥协了，"行吧。"

又是一通大汗淋漓的暴走，蒋赟领着章翎来到他租的房子，是一个老小区。上楼时蒋赟给她介绍："沈阳的房租比钱塘低多了，两居室一个月一千三就够。我租的三室，我那屋一个月只收我五百，家具家电都有。我每年暑假都找个单间和人合租，花不了几个钱。"

上到六楼，他开门进去，回头对章翎说："你先别进来，我让那俩暴露狂把衣服穿起来先。"

章翎忍着笑等在门口，一会儿后蒋赟来叫她了，"进来吧。"

章翎走进屋子，入眼就是一个很乱很乱的客厅，沙发上全是衣服，地上油腻腻的，餐桌和柜子上也都一塌糊涂，摆满吃剩下的外卖盒。章翎心想这是猪窝吧？能住人吗？

另两个男生都在客厅，衣着得体，正勾肩搭背、兴味盎然地看着她。蒋赟指着章翎说："我高中同学，来沈阳玩，过来坐坐，一会儿就走。"

一个微胖的男生说："不走也没关系哒。"

蒋赟端起架子很唬人，指着他吼："别胡说八道！"

两个男生一起嘿嘿嘿地笑，接着就回房打游戏去了。

蒋赟从冰箱里拿出一罐冰可乐递给章翎，指着一扇门说："我住那屋，进去吧。"

章翎打开门，只觉眼前一亮，这个房间和脏乱的客厅形成强烈对比，虽然面积很小，装修古早，家具简单，却被蒋赟收拾得很干净，连着草席上的毯子都折得整整齐齐。

蒋赟打开空调，见她在出神，笑问："怎么？你不会以为我和他俩一样邋遢吧？外头我不管，我就住俩月，自己的屋子我可受不了那么脏。哎你是不是忘了？我住袁家村的时候，屋子也收拾得很干净的。"

章翎笑眯眯地看着他，摇头说："没忘，你在我们家打扫卫生也很勤快呢。"

蒋赟又低低地笑，章翎进屋参观。墙边是一个大行李箱，书桌上摆着一台笔记本电脑，旁边搁着几本书，桌面上还有一个小小的卡通人，章翎拿起来看，记起这是她送给蒋赟的小摆件。

蒋赟也不在意，指着单人小床说："你坐那儿吧。"

章翎在床上坐下，蒋赟拉过椅子坐在她对面，这样的场景以前出现过，在袁家村，章翎秋游后去找蒋赟，两人也是这样坐着。时空一转，竟来到沈阳，两人你看我，我看你，一起大笑起来。

蒋赟拿过章翎手上的可乐，帮她拉开环，递还给她，漫不经心地问："北京好玩吗？"

章翎说："好玩啊，冬天会下很大的雪。"

"下雪？"蒋赟耸耸肩，一点也不觉得稀奇，"有这儿下得大吗？这儿的雪下得老大老大，我们学警还要出去帮忙扫雪呢。"

章翎没接腔，喝过一口可乐后将罐子放在床头柜上，顺便摘掉眼镜，歪着脑袋打量蒋赟。

夜幕降临，窗外的天色终于黑下来，屋子里亮着暖黄色的灯光。

这不是在人来人往的大街上，也不是在热热闹闹的餐厅里，这是一个密闭空间，很安静，很凉爽，屋子里只有他们两个人，四目相对，气氛变得有些微妙，谁都没再主动开口。

蒋赟走过几公里路，前胸都是汗，白色 T 恤上看着分外醒目，他坐的位置正是空调出风口，毛茸茸的短发被风吹得小幅度飘动着。

他坐得很放松，叉开两条大长腿，宽阔的肩膀微微垮着，两只手腕搁在大腿上，手指交错在一起。他的神情却是紧张的，章翎好笑地看着他，见面以后他一直在紧张，也不知在戒备什么。

从见面，到现在，已经过去五个小时。

五个小时，他们谈天说地，嬉笑打闹，同桌吃饭，没有尴尬也从未冷场。忽略掉两年前那次短暂又伤感的见面，他们之间，其实隔着三年半时光。

三年半，让两个未满十七岁的半大孩子，长成了年满二十的年轻人。

章翎轻叹一口气，悠悠开口，"蒋赟，你还要硬撑到什么时候？"

那么简单的一句话，却像一支箭直捅蒋赟心口，他的心脏跳得重且快，几乎是一击即溃。

他在短时间内树立起来的所有伪装，一下子就被砸得稀巴烂，身子都绷紧了，扯扯嘴角试图挽救，"什么硬撑？我没有。"

章翎站起身，走到他面前，站在他叉开的双腿间，很自然地抬起双臂。

蒋赟吓得往后躲，可身后是椅背，他能躲到哪里去？难不成要往后摔吗？章翎已经揽住他的脑袋，将他拥进怀里，蒋赟整个人都僵硬了，一动都不敢动。

章翎右手轻抚他的后脑勺，因为头发短，很容易就摸到那道伤疤，她的指腹摩挲着伤疤，低下头问："这道疤到底是怎么来的？"

蒋赟脑子里"轰"地一下，一瞬间，思考能力、语言能力、行动能力全都没了，他再也说不出话来。

章翎又说："我问过你，你说是在武校摔的，你骗我。"

蒋赟咬紧牙关，章翎的声音响在头顶，含着些微的愠意，"草花都告诉我了，你是不是傻？为什么要做这样的事？为什么要为了那些莫名其妙的人伤害自己？你想过没有？你可能会死的。"

其实一切都没有变，两年前的那次见面是个意外，哪怕蒋赟比章翎大三个月，哪怕蒋赟已经长成一个一米八五的大小伙子，在他们的相处中，章翎依旧占据着主导地位。

也许，永远都是她占主导地位。

蒋赟在章翎怀里闭上眼睛，脸颊贴着她的身体，低声说："我知道我可能会死。"

"那你为什么还要这么做？"

蒋赟眼睛红了，不敢闭眼，生怕一闭眼，眼泪就会掉下来，说："我当时想的是，死了也好，反正我活着也没什么意思。"

"怎么会呢？"章翎的声音很温柔，摸着他的头发，"蒋赟，为什么要这么想？你那时候还很小呢。"

为什么要这么想？

蒋赟不敢说，从武校回来后，他其实一直很痛苦，白天在学校被人欺负，晚上噩梦连连睡不着觉。奶奶什么都不懂，从没有人关心他，问问他，这几年到底吃了多少苦？

见蒋赟死撑着不说话，章翎柔声道："蒋赟，真对不起，我那时候没有记住你，现在也不晚啊，你和我说说你小学、初中时的事吧，想说什么都可以，我很想听，我想知道那个时候的你是什么样的。"

（2）

那些年的记忆排山倒海般袭来，蒋赟像是受了蛊惑，真的开始诉说，嗓音低沉又压抑，语速非常慢，"那时候……那时候你不认识我，我却知道你。在学校里我不敢和你说话，只能远远地看着你，看你笑，看你和别人聊天，看你在台上主持、唱歌。

"我记得，你小学五年级时有一条粉红色连衣裙，你应该很喜欢，经常会穿。有一阵子，你喜欢扎双马尾，还带动很多女生向你学样。你从六年级开始戴眼镜，第一副眼镜边框是紫色的，你上台主持没戴眼镜，下台时大概因为黑，绊了一下，差点摔跤，你当时做了个鬼脸，可能觉得自己出丑了，特别可爱，但其实根本没人注意到你。"

章翎笑着揉揉他的头发，"你不是注意到我了吗？"

"我只是一个偷窥的人。"蒋赟摇头，"一个见不得光的小变态。"

"不是啊。"章翎不允许他这样说自己，"你那时候才几岁呀？这很正常的，也很可爱。"

"哪里可爱？我一直都是个讨人厌的小孩。"蒋赟缓慢地眨动眼睛，"那时候，我想象你的性格，想象你有多好，我一直记得你说的话，你说不要打架，小学生要用成绩说话……我也不想打架，但他们总会逼我动手，不打架我就会被打。打了架，我就更加拼命地学习，就是想要变得更好一点，可以离你更近一点。"

章翎温柔地抱着他，轻抚他，像在哄一个孩子，"你已经变得很好啦，我们现在就在一起呀。"

蒋赟终于闭上眼睛，眼泪顺着眼角滑落，"我一直，都觉得活着很难，回来以后，总是会想到余蔚，我这条命是余蔚给的，但他却死了。我想如果当初被抓住的是我，余蔚跑出去了，我会不会有他那么勇敢？我会不会让他跑？我害怕我做不到，我害怕我会哭着让他回来，回来救我。

"我欠余蔚一条命，又找不到活下去的意义。没有人在乎我，没有人关心我，我妈不要我，我奶奶把我送得远远的，那会儿我不懂，我以为她和我妈一样，也不想要我。很多人说我是个垃圾，我自己也觉得我是个垃圾。"

话匣子一打开，就再也合不上，这是蒋赟第一次对别人说这些话，那些尘封的过往一幕幕涌上他的脑海，就跟泄洪一样，好的记忆坏的记忆，全都刻骨铭心。

章翎什么都知道了，他中二时期做的那些傻事，都被草花出卖了。蒋赟再也不想隐藏，只想倾诉，只想发泄，想把自己那些年的遭遇全都说给她听。

"章翎，认识你以后，我变得很努力，每天活着的动力就是你，想看到你，想听你说话、听你唱歌，发现和你升上同一所初中，我真是高兴极了！

"那次，我听到那几个女的说要害你，如果要救你，我需要自己滚下楼梯，我知道，这是老天让我还命的机会。"

章翎心疼极了，"你在说什么呀？"

蒋赟没回答，想起两年前，他来沈阳准备上学，开学前去到抚顺下面的一个村庄，那是盛珂帮他查出来的余蔚老家。

他找到余蔚的父母，才知道他们为什么会把余蔚送去武校。他们家有四个孩子，前两个都是男孩，余蔚是老三，在他去武校后，父母又生了一个女儿。

孩子多了，哪怕是个男孩也变得不那么金贵。余蔚死了九年，他的父母已经不太记得他，对他在武校的遭遇也不想再听。

他们并不欢迎蒋赟，蒋赟想去给余蔚扫墓，他的父母说当初葬得很简单，不记得墓在哪儿了，也不知道是不是嫌麻烦的托词。

蒋赟只能离开，临走前给他们留下一千块钱。

他安静了一会儿，继续说："我当时站在楼梯上，心想，如果我摔死了，能把你救下来也值了，我欠余蔚的也还清了。我要是没摔死，那我一定好好活下去，连着余蔚的那份一起。"

他的语气变得坚定，"我心里做出决定，能活下来，我就去找你，告诉你我曾经经历过什么，又因为你而改变了什么，我还为你做了些什么。我想和你成为好朋友，别的一点想法都没有，然后，我就摔下去了。"

章翎听得心碎，却没有阻止蒋赟继续往下说，只将他紧紧抱住，用温热的身体给予回应。

"可是等我醒过来，养好伤回到学校，却发现，你不见了。"蒋赟的声音都颤抖起来，"你不知道我那时候有多崩溃，真的，还不如让我去死！"

"别说傻话。"章翎安抚着他，"别说傻话，不可以的，我要你好好活着。"

蒋赟像是没听见似的，哽咽着说："我到处找你，去问老师，但是老师不告诉我你的去向。你转去哪里连班里同学都没说，好像就是故意切断和十六中的联系。我知道十六中很垃圾，我也是其中一个垃圾，你那么优秀，本来就不该待在那里，你走是对的。"

他想起那年春天，放学后，他一遍遍地跑去金秋西苑，央求保安让他进去，十三岁的男孩在小区里茫然地转来转去，只想要找到章翎。

急红眼时，他甚至一边哭，一边仰着脑袋，在楼栋间大喊："章翎！章翎！章翎你在哪儿？章翎……"

后来，他被住户投诉，保安把他赶出小区，再也不让他进去。

他又去离十六中最近的几所初中，在校门口蹲点，每一所都蹲点一个礼拜，睁大眼睛，紧盯着出校门的每一个人，可是几个月下来，还是一无所获。

"我找了你好久好久，后来终于放弃，我决定好好读书，因为我活下来了，为了余蔚，还为了你。"

蒋赟的情绪稍稍平复，抬起双手也抱住章翎的腰，微微用力，将她与自己贴得更紧，声音里竟带上一丝笑意，"五年前，我居然奇迹般地认识了你，还和你成为同桌，我想象中的人终于活生生地来到我身边，我再一次欣喜若狂，却又非常紧张，你知道为什么吗？"

章翎说："我不知道，为什么呀？"

蒋赟说："因为，我害怕你和我想象中会不一样，我害怕完美的你只存在于我脑海里，我害怕你没有我想象的那么好。"

"哦，这倒有可能。"章翎撇撇嘴，"距离产生美嘛，我本来也没那么好呀，那你和我熟了以后，失望了吗？"

"没有。"蒋赟说，"我对你那么凶，你都没生气，还给了我一个苹果。你和九岁时一模一样，你和我想象中一模一样，甚至，你比我想象中还要好，好上千万倍。章翎，你就是我心目中最好的那种人，会发光的，再也没有人比你更好了。"

章翎忍不住笑出声来，"有没有这么夸张？我有很多缺点啊。"

"你没有缺点，你是完美的。"蒋赟抱紧她，手掌抚着她的后背，"再后来，我认识了你的爸爸妈妈，我都要疯了，我想象中的爸爸妈妈就是那样，那么好。我想象中的家就是那样，房子也是那样，很温馨，很漂亮，我每次坐在你家的餐桌边吃饭，坐在飘窗上看书，坐在沙发上看电视，都跟做梦一样。我想我这么一个垃圾，怎么也能享受这样的生活？"

"不要再说自己是垃圾啦，你不是！"章翎叹气，"你不是你不是，蒋赟你不是！你是我心里最好的男孩子，最好的！知道吗？"

"我不好。"蒋赟摇头，"你的爸爸妈妈对我那么好，给我钱吃饭，帮我补课，还带我出去旅游……我越来越喜欢和你待在一起，不想和你分开，我想这可怎么办？你有光明的未来，你那么好，乔嘉桐都配不上你，更何况是我？"

他伤心得快要说不下去，"我刚好又碰上那个案子，都没法再保护你，如果我继续留在你身边，只会耽误你，甚至会牵连你，章翎，章翎……对不起……"

他像个孩子似的泣不成声，"我也想成为你和你爸爸妈妈那样的人，我知道很难，但我愿意去努力。我做不了老师和医生，但我可以做一个警察！我能打，我不怕疼，也不怕死，我就想抓罪犯，抓武校里那些魔鬼一样的人，还有康大海、葛朝阳那样的人渣，我要把他们都抓起来！"

章翎表示赞同，"我相信你，你会是一名很优秀的刑警，我会支持你，那个……哎呀我站得好累。"她一屁股坐在蒋赟的大腿上，两人的脸瞬间拉近，他哭得眼睛红肿，鼻尖也发红，咖啡色的眸子水汪汪的，像一个委屈的小朋友。

章翎用手指抹掉他眼角的泪，笑着说："警察叔叔怎么能哭鼻子啊？会被人笑话的。"

蒋赟知道自己很丢脸，但在章翎面前，他不怕丢脸。这些话梗在他心中已有好多年，尽情的倾诉令他感到放松，从此以后，他在章翎面前真的一点秘密都没有了。

他抬手捉住她的手，粗粝的手掌抚摸着她的手背。

他的手变大许多，已经是一只男人的手，宽厚有力，手掌有因为艰苦训练而长出的薄茧，手指长长的与她纠缠在一起。

章翎看着他依旧泛着水光的眼睛，连睫毛上都沾着泪，柔柔地说："蒋赟，你问我为什么来沈阳，我现在告诉你答案。我说的每一句话你好像都记着，还被你学去了。你知道的，我说过，我想要的东西一定会去争取，我愿意放弃就说明我并不在乎。所以，我就来找你，因为……"她说得好认真，"我想要你，我不想放弃你。"

蒋赟像是听呆了，章翎白皙的双颊漫上一层绯色，圆圆的眼睛眨巴眨巴，噘着小嘴说："我说得不够明显吗？是不是要说，那个……我……我喜……"

"我喜欢你，喜欢好久了。"蒋赟先她一步说出口，没给她反应的机会，手掌按住她后脑勺，灼热的唇已经重重印在她的唇上。

蒋赟毫无经验，也无技巧，闭上眼睛拢住章翎的身体，嘴唇碾着她的唇，青涩粗野，一点都不浪漫，就像一只饿极了的小狗在啃骨头。

章翎被他啃得晕头转向，周身都缠绕着他热烘烘的气息，是属于年轻男人的气息，很多年前曾憧憬过，现在终于得偿所愿。只是……章翎也没有经验，被抱着啃时，脑子里还有空去想，原来接吻是这样的吗？总觉得有哪里不对。

她得空舔舔蒋赟的唇，尝到一丝咸味，知道是他的眼泪，她没忍住笑了一声，蒋赟一个激灵，所有动作戛然而止。

他依旧抱着她，心脏乱蹦，都不敢睁眼看她，更不敢继续放肆。章翎双臂搂着他的脖子，见他突然停下，还有些意犹未尽，往他脸颊上亲了一口，软软地问："怎么了？"

"我……"蒋赟的脸在发烫，终于睁开眼睛看向她，入眼就是一双微微弯着的明亮眼眸，他越发难堪，"我是不是很菜啊？"

章翎快要笑死了，说实话，这个初吻的确和她想的不太一样。这人也不知是真不懂还是假不懂，她都没咬牙，他怎么就只会在门外打转呢？

蒋赟没得到章翎的回答，只听见她伏在他肩窝里笑，拍拍她的背，问："是不是很菜？你倒是说话呀。"

"你真烦人。"章翎才不会回答呢，捧着他的脸颊一阵揉，"不哭啦？小蒋警官？"

蒋赟之前大哭一场，还说了好多话，是对着一个在这世上最重要的人。原本这些话是想烂在肚子里的，一下子全说出来了，倒也没后悔，只是作为一个男人，多少有点不好意思。

章翎拉过他的手，"你不哭了，那听我把话说完。"

蒋赟闷闷的，"你说。"

章翎玩着他的手指，脸红红地说："我也喜欢你。"

蒋赟等了一会儿，发现没后文了，"就这？"

"嗯？"章翎问，"不然呢？你还想听什么？"

蒋赟特别实在，"这话，你以前不就对我说过吗？"

章翎反应过来，"你那会儿不是睡着了吗？你装睡呀？"

"啊。"蒋赟承认了，"我都快被你吓死了，不敢睁眼。"

"我的天啊！"章翎又羞又恼，啪啪啪地拍着他，"你这人怎么这样的？"

她想起那次偷偷表白后的第二天，他们去影视城玩，晚上还泡温泉，蒋赟一直怪怪的，原来他前一晚全都听到了。

蒋赟没躲，笑着随她乱打，反正她也不会用力，那手拍在他身上就跟羽毛挠痒似的。

两人闹了一阵子才停下，蒋赟抱紧章翎，让她依偎在怀里，有些不确定地问："我们真的可以在一起吗？"

章翎说："可以啊。"

"可我们都不在一个城市。"

"这不是问题。"

"你爸爸妈妈不会同意的。"

"我来之前，我们家开过家庭会议。"章翎用手指戳戳他的胸，"我爸妈知道我过来找你的目的，他们没有反对，我们家碰到事情都是有商有量的，你不是知道吗？"

"可是我很穷啊。"蒋赟叹气，把玩着她的马尾辫，"我怕我工作几年都买不了房，照顾不好你。"

章翎说："我们回钱塘一起买房，我也会挣钱的，蒋赟，我爸爸妈妈明白，我们还年轻呢。"

"我以后工作了会很忙，有任务就得走，你可能好多天都见不到我。"蒋赟很发愁，"邵哥和我说，警察的离婚率特别高，很多女的都会受不了。"

他可真会煞风景，居然说到离婚率，章翎都无语了，还得好脾气地劝他，"你不觉得我妈妈也很忙吗？礼拜天你到我们家来吃饭，有几次能看到她？我根本搞不清她的班次，她也是接到电话就得去医院，有时候几天几夜不着家，我爸爸都理解，我也很理解，这是你们特殊的工作性质决定的，其实很伟大。"

"你会出国读研吗？"蒋赟又想到这个重要问题，"你想去就一定要去，千万别管我，读博也行，两年三年四年五年，都没关系的，我会等你回来。"

章翎用脸颊蹭蹭他滚烫的皮肤，"嗯，我知道。"

"我会努力工作的。"蒋赟像是下定决心，"我会对你好。"

章翎笑了，"我知道。"

蒋赟去卫生间洗了把脸，看着镜子里自己红肿的眼睛，深深地叹口气。双手撑着洗脸台，他想，话都说出口了，也没回头路可走，章翎都大老远地跑来找他，他不能再做孬种，不能再辜负她。

他必须要更加努力才行。

走回房间，看看时间已不早，蒋赟对章翎说："走吧，我送你回酒店。"

酒店比较远，不能再走路了，蒋赟叫了一辆网约车，两人站在小区门口等车。

章翎偷偷看他，他的神色还是很不自然，呆呆的，不知道在想什么。章翎又低头去看他的手，从出租屋里出来后，他们就没牵过手，章翎心想：笨蛋。

蒋赟突然转头问她："你什么时候回去？"

"后天。"章翎回答，"后天晚上的飞机，我票已经买了。"

蒋赟有些失望，"只待两晚啊？"

章翎笑，"我这不是……一晚就搞定了吗？明天走都行呢。"

蒋赟哑口无言，尴尬地摸摸下巴，说："那我和所里请两天假吧，之前都没请过假，明天后天我陪你，你想去哪里玩吗？"

章翎说："你安排呗，我也没做攻略，这儿有什么好吃的吗？比较有特色的。"

蒋赟皱眉思索，"也没什么特色……炸鸡架算吗？"

章翎大笑，"算，我没吃过，你带我去吃。"

网约车来了，两人并肩坐后排，章翎上车就问："你现在还晕车吗？"

"好很多了。"蒋赟说，"我也没去什么远的地方，坐一两个小时不会晕，再久我就不知道了。"

章翎说："我考出驾照了，你打算考吗？"

"那肯定要考，毕业前吧，争取考出来。"

一路上，他们都在说些闲话，身体也没挨在一起。章翎时不时地偷瞄蒋赟，这人坐得特别端正，两只手还握在一起，章翎再一次在心里喊：笨蛋！

车到酒店，两人下车，蒋赟要陪章翎进去，章翎指着一家店说："先去那家便利店，我要买点东西。"

蒋赟乖乖跟在她身后，章翎只挑了两瓶饮料，走到收银台时顺手拿了一盒柠檬味薄荷糖，蒋赟拿出手机问："就这些？"

"嗯。"章翎也没和他客气，蒋赟付完钱，帮章翎拧开饮料瓶盖。章翎却没急着喝，拆开薄荷糖往嘴里丢两颗，又倒出两颗放在掌心，说："张嘴。"

蒋赟不明所以，"啊——"

两颗清凉甜蜜的糖果入嘴，他直接"咔哒咔哒"地大嚼起来，没几口就给咽下去了。

章翎含着薄荷糖，心酸地想，这个男朋友真的好难带。

买完东西，两人走进酒店大堂，刚好有一个旅行团办完入住手续，浩浩荡荡一拨人拖着行李箱在等电梯。电梯门开了，蒋赟和章翎就在门边，进去后主动站在角落。

旅行团的住客不停地挤进来，很快就把电梯轿厢挤满了，一个大行李箱不小心轧到章翎的脚，她"哎哟"一声叫，对方忙说："对不起对不起。"

"没关系。"章翎刚说完，就感觉右上臂被人拉住，整个人向后退了一步，蒋赟侧过身，抓着她的胳膊将她护在胸前。

章翎抬头看他的脸，他现在比她高好多，眼睛正注视着楼层显示屏。章翎挣了挣手臂，蒋赟的手劲便松了些，依旧没看她，手指却顺着她的胳膊一点点往下滑，滑过手肘，滑过小臂，滑过手腕……终于，他的手与她的手轻轻地碰到一起。

章翎动动手指，勾了他手指一下，蒋赟没动。

章翎再去看他的脸，发现这人眼睛都发直了，盯着那块小屏幕看，薄唇抿成一条线，像是紧紧地咬着后槽牙。

章翎真的很想呐喊：就是牵个手而已啊！大哥？我们十五岁就牵过手了好吗？你忘了吗？在这儿装什么纯情呢？

这时候，蒋赟脸色变了，喉结咕嘟一滚，目光中透出一种慷慨赴死般的坚毅，右手突然抓住章翎的手，五指与她紧紧地扣在一起。他的掌心都出汗了，也不知之前做了多少思想斗争。章翎偏开头偷笑，蒋赟发现了，拽了拽她的手，脸腾地就红起来。

旅行团的楼层先到，那堆人都走了，电梯里只剩下蒋赟和章翎。两人从角落里走出来一些，蒋赟依旧牵着章翎的手，没敢看她。

电梯停在章翎房间所在的楼层，他们一起走出去，牵着的手微微晃荡几下，章翎小声问："你很紧张吗？"

"没有啊。"蒋赟嘴硬，"我紧张什么？"

"你不紧张……"章翎说，"为什么那么用力啊？我手好疼。"

蒋赟立刻把她的手牵起来看，那只漂亮的手都被他抓得发白了，还留着几道指印。

"呃……"蒋赟好羞愧，"对不起。"

其实，他紧张得都要昏过去了。

章翎找到房间，打开房门，蒋赟站在门外，章翎说："进来呀，我真的给你带了好多吃的，你进来拿。"

蒋赟看着那光线昏暗的房间，有点不敢进，他自认定力够足，可实在是不敢小瞧章翎的本事，很有种唐僧要进盘丝洞的感觉。

章翎拉他，"进来呀，傻站着干什么？"

蒋赟只能进去，章翎关上门，从行李箱里拿出两个环保袋递给他，"都是你喜欢吃的，有牛肉干、小香肠和鸡爪，我记得你喜欢吃肉。"

"谢谢。"蒋赟接过两个袋子，说："今天走了好多路，你也累了，早点休息吧，明天早上我来接你。"

章翎说："哎，咱俩还没加微信呢。"

蒋赟："哦，是。"

两人拿出手机互加微信，一看对方的头像都愣住了——两只不一样的长颈鹿。

章翎问："你这只长颈鹿是哪儿来的？"

蒋赟镇定回答："网上找的图片。"

章翎的微信昵称和 QQ 昵称一样，都是"菲羽"，蒋赟的昵称倒是改了，改得叫章翎哭笑不得。

她拿着手机问："你要进高中班级群吗？我可以拉你进去。"

蒋赟："行。"

章翎："一会儿再拉，我想先洗个澡。"

蒋赟慌了，"哦，那……我先走了，你洗完澡就休息吧。"

章翎问："你就这么走啦？"

蒋赟：“还有事吗？”

章翎神情羞赧，看着他的眼神带点儿嗔怪，红润润的嘴唇微微嘟着。蒋赟心惊肉跳，心想这果然是个盘丝洞！

这个人真的很不开窍啊！章翎也不管了，把手机往床上一丢，扑过去就抱住蒋赟，仰起脸孔、踮起脚尖，快速地吻住他的唇。

她的眼镜磕在他脸上，蒋赟反应很快，一把摘了眼镜丢到床上，收紧双臂用力抱住她，低头就与她热吻起来。

这一次，他们终于尝到彼此的滋味，是柠檬味儿的。蒋赟恍然大悟，还可以这样的吗？

小蒋警官学到新知识，柔软的舌与她缠斗在一起，体会到一种前所未有的幸福感和满足感。哦哦，原来这才是接吻，好甜啊，连身上的骨头都能发软。啊，他刚才果然很菜……

双唇好不容易分开，两人都有些衣衫不整、头发凌乱，是被抓挠出来的。蒋赟低着头，额头抵着章翎的额头，与她一同大喘气。

“行了，你走吧。”章翎过瘾了，推推男人的胸，扭着腰喊，“别抱着我了，你好热啊。”

蒋赟不想松开她，还是抱得很紧，咬着她的耳朵叫她：“翎翎，翎翎……”

章翎也叫他：“赟赟。”

蒋赟一怔，抗议，“不好听，换一个。”

“你有别的小名吗？”章翎手指点点他的鼻尖，“我听草花都是叫你赟哥，我也叫你赟哥？”

蒋赟拒绝，“不要，像小弟喊老大。”

“那，小赟？”

“不要，像女孩。”

“那叫全名，和以前一样，蒋赟？”

蒋赟依旧不满意，“不亲热。”

章翎揉他头发，“小卷毛？”

蒋赟小声说：“我妈以前……叫过我‘贝贝’。”

“哈哈哈哈……”章翎爆笑，“贝贝？好像小狗的名字啊！我要叫你贝贝吗？”

“不是，我没让你叫我这个，就是告诉你一声。”蒋赟放弃了，“算了算了，你还是叫我全名吧，我挺喜欢你叫我全名的，好多年没听到了。”

他松开怀抱，捏捏章翎的脸颊，拎起两个环保袋说：“我真走了，你早点休息，明天见。”

章翎倚着门框送他，挥挥手，"明天见，宝贝。"

蒋赟愣愣地看着她，唇角逐渐上扬，"明天见，翎翎，微信联系。"

他没再打车，坐公交车回到出租屋，看到床头柜上章翎留下的那罐没喝完的可乐。蒋赟坐在床上，从环保袋里拿出一包鸡爪，一边吃一边喝可乐，吃着吃着就忍不住笑了起来。

可乐喝完，他去洗澡，把 T 恤脱下来闻闻，一股子汗酸味，也不知道章翎抱着他时怎么忍得了，又一想，她也好不到哪里去，顶着大太阳走这么多路，谁身上还能好闻啊？

那他会嫌弃吗？才不会呢，他的翎翎永远都是香宝宝。

蒋赟洗得干干净净，擦着头发回房间，拿起手机一看，章翎已经把他拉进两个班级群，一个群名很正经，叫"高三（1）班的小伙伴"，另一个有点傻，叫"高一（6）班神勇无双"，一看就是萧亮的杰作。

两个群里此时都很热闹，刷过好多消息。

"高一（6）班神勇无双"群里，章翎把蒋赟拉进群。

章翎：我拉一个老同学进来啦，你们猜猜是谁呀？

底下刷过一堆省略号。

蒋赟很疑惑，这什么反应？他们不欢迎他吗？

他往下划，终于看到一条文字信息。

刘陈飞：这昵称是认真的吗？不是在讽刺我们吧？这么记仇呢？

蒋赟发出一条消息。

斗神：大家好，我是蒋赟。

底下立刻刷过一堆欢迎，伴随着各种表情包乱舞。

萧亮：@斗神，你赶紧把你群昵称改掉！这名字看得我辣眼睛！

"高三（1）班的小伙伴"群画风不太一样。

章翎同样的操作后，底下的人都在叫：

张梨：毕业照上消失的那个人找到啦？

邱远峰：毕业照上消失的那个人出现啦？

郭骏骁：毕业照上消失的那个人回来啦？

方家豪：毕业照上消失的那个人现在在哪儿呢？

斗神：你们在说什么？

梨子直接甩给他一个链接，蒋赟点开链接，是一段舞台表演视频，应该是用手机拍的，压缩后有点模糊。他点击播放，就看到章翎的表演。

他躺到床上，看章翎的样子，听她演唱那首歌曲，听着歌词，眼眶渐渐湿润。他感动坏了，习惯性地伸手去枕头下面摸长颈鹿，一摸却摸了个空。蒋赟傻眼了，腾一下坐起身，拿起枕头看，底下空空如也。

"我的鹿鹿呢？"他跪在床上到处找，"跑哪儿去了？鹿鹿？"

突然，他一拍脑门，大叫起来："啊！"

几公里外的酒店房间里，章翎正躺在床上，看着那只久违了的长颈鹿，摸摸它头顶稀疏的毛，嘬着嘴说："那么久不见，你怎么都秃啦？"

（3）

夜深人静，蒋赟躁动的心才渐渐沉静下来。

左臂枕在脑后，右手拿着手机，他一个个通过老同学的微信好友申请。很多人问他离开五中后去了哪儿，现在又在哪儿，他都没透露具体行踪，只说自己在东北上学。

他的朋友圈内容很少，都是些无关紧要的信息，从来不贴自己和学校的照片。翻着老同学的朋友圈，看到他们的近照，是一张张或熟悉或陌生的脸庞，蒋赟意识到，他们真的都长大了。

在章翎的朋友圈，他看到章翎的寝室环境和三个室友，还有北航的冬日雪景、女孩们平时的生活趣事、敲代码到崩溃后的吐槽……以及章翎和父母的合影。

看着照片上的章老师和杨医生，蒋赟突然好想念他们，与他们相处的那一年半，是他人生中为数不多的温馨回忆。

现在再也没人会欺负他了，同学和老师都对他很友好，他也不再浑身冒刺，觉得全世界都对他充满恶意。只是，锦上添花永远及不上雪中送炭，章翎一家对蒋赟的善意，早已深刻进他的骨血里，感觉这辈子都无以为报。

算一下，章翎的父母已经四十七岁，以前经常见面，蒋赟没觉得他们的外表有变化，如今三年半没见，蒋赟能看出来，章老师和杨医生比起初见时年轻精干的模样，还是老了一些。

是啊，章翎都二十岁了，不再是记忆里那个学生气的小姑娘，每天穿着校服，坐在他前面上课，他骑车送她回家时，她会用手臂抱着他的腰，在他身后不停地和他说话。

那时候，他们总有聊不完的天，还会因为一道物理题怎么解而争辩不休，觉得高考好遥远，每天猜测着午点吃什么，食堂做了什么菜，计划放学后要不要去喝杯奶茶。

那时候，奶奶还活着，袁家村没拆，五中老校区也在，天桥下钟叔的报刊亭还开着……他还没有微信，没有支付宝，大街上也没有共享单车和网约车，连他常用的拼多多都还没出现。

就三年半时间，整个世界变化好大。

最近两年的大学生活，蒋赟过得很忙碌，学业上比谁都刻苦努力，几乎没有停下过脚步。大一时课程不多，训练却很密集，每天早上六点就要起来跑操三公里，成天摸爬滚打。他不怕苦，反而乐在其中。

经济上，学校和钱塘社区都给他提供了助学补助，他也靠优异的成绩拿到奖学金，还申请到校内的勤工俭学岗位，利用课余时间赚点生活费。

他一直过得很节俭，除了手机和电脑，没有其他大的开销，要不是以前很多衣服都穿不下了，他连衣服都不想买。

至少，现在他可以吃饱饭，在吃饭上没太省钱，因为不吃饱就没力气训练。他没有像草花说的那样晚节不保，两年了，还是不抽烟不喝酒，可能在别的院校很正常，可在警校这种男女比例几乎要 9:1、全是铁血硬汉的地方，他算是一个异类。

同学们谈恋爱，出去聚餐、游玩，他几乎都不参加，没有故作高冷地不合群，而是坦坦荡荡地说：我生活费不多，得省着点花。

他偶尔和佟跃东、夏云联系。夏云知道他成绩不错，问他要不要继续读研，蒋赟说不读了，他的经济状况不允许他继续读研，做刑警，可能还是在工作中能学到更多的东西。

梁军让他大四去 A 省参加公安招考，蒋赟之前没答应。

他一个人无牵无挂，在哪儿都能过，东北的房价、物价比钱塘低很多，饭馆里菜量也大，还都是肉菜，他挺喜欢的，是真的想过要留在沈阳工作。

丢开手机，蒋赟又开始回想这一天发生的事，依旧觉得不可思议。

章翎居然来找他了，对他说两人一起回钱塘，感觉是好久以后的事呢。

这一天都发生了什么？

他和章翎在一起了，他成了章翎的男朋友，章翎成了他的女朋友。

章翎啊！

那个他一直仰望着的女孩，现在，是他的，女朋友了！

他们牵手，拥抱，还接吻了！

天哪……入睡前，蒋赟迷迷糊糊地想，是做梦吧？哪有这么好的事？他都没拜过菩萨，一毛钱的香火钱都没捐过，菩萨哪会记得他？

可是嘴唇上留下的触感还那么清晰，是来自她柔软甜蜜的小嘴巴。

手又一次去摸枕头底下，长颈鹿不在，蒋赟懊恼地翻个身，知道这真的不是梦。

白天经历过强烈的情绪变化，和章翎的关系又有了巨大改变，蒋赟这一晚睡得很不踏实，一大早就醒了过来，去卫生间洗漱时，他悲催地发现自己下巴上冒出一颗大痘痘。

蒋赟叹气："唉……"

他背上双肩包赶去章翎下榻的酒店，直奔早餐厅，章翎说了，她的房间含两份自助早餐，让蒋赟一起去吃，别浪费。

章翎也刚到早餐厅，和蒋赟一样一身 T 恤衫、牛仔裤、运动鞋，看到他就招手："早上好！"

这句"早上好"已多年未听到，直接让蒋赟愣了几秒，走到她身边，低低地说："早上好。"

说完，他又板起一张酷脸，章翎往他面前凑近一些，"咦？你长痘痘了？"

"我是上火了！"蒋赟摸摸下巴，又向她摊开手掌，"我的长颈鹿还给我。"

"什么长颈鹿？"章翎装傻。

蒋赟说："你昨天是不是从我枕头底下摸去一个长颈鹿？还给我。"

章翎瞪他，手指一戳他的胸，"那个呀？那是你的吗？那是我的长颈鹿！是我爸爸送给我的。"

蒋赟放软语气，"你还给我嘛，它陪我睡觉好多年了，没有它我都睡不着。"

这只长颈鹿跟着他从钱塘到台城，又从台城到沈阳，算是一只走南闯北、见多识广的长颈鹿。

章翎转身就走，"不还，我去拿东西吃了，好饿！"

蒋赟没办法，只能跟在她身后。

事实再次证明，自助餐真的好适合小蒋警官，他很快就忘掉长颈鹿的事，乐颠颠地拿来一大堆食物，坐在章翎对面埋头大吃。

有些本地的点心，章翎尝过一口后觉得不好吃，问他："这个我不喜欢，你吃吗？"

"给我吧，别浪费。"蒋赟一点不挑剔，全都倒进肚子里。

章翎前一天在太阳下走太久，脸上晒得有点红，这时候看比较明显，蒋赟从包里掏出那顶迷彩棒球帽递给她，"你今天戴帽子吧，太阳很晒的，别到时候回去晒得乌漆嘛黑，你爸妈都要怪我了。"

章翎很窝心，接过帽子就戴到头上。

吃完早饭，两人走出酒店，这一次小蒋警官开窍了，主动牵起章翎的手，说："打车过去吧。"

章翎问："地铁或公交能到吗？"

蒋赟看着她，"你别给我省钱。"

"没给你省钱，你别老是这么说。咱们都是学生，我室友和男朋友出去玩都是坐的公共交通，谁会成天打车啊？"章翎晃晃他的手，"我还没坐过沈阳地铁，在北京，我去市里找梨子玩，都是坐地铁的。"

蒋赟说："那是因为北京太大，你那个学校离市区那么远，打车得多少钱？"

章翎笑着捶他，"你知道我校区在哪儿呀？"

"上网一查就知道。"蒋赟拉着她往地铁站走，"走吧，1号线就能到。"

在地铁车厢里，蒋赟把章翎包里的水和零食都塞进自己的双肩包，还趁机往她包里扫了一圈——她没把长颈鹿带出来。

章翎装作没看见他失望的表情，心里差点乐死。

蒋赟定下的游玩线路是沈阳故宫——张氏帅府——中街步行街，是他向本地同学咨询来的。他没来过这两个景点，第一次来居然是和章翎一起，特别开心，买好学生票走进故宫，蒋赟牵着章翎兴奋得到处转，问："北京故宫比这儿大吧？"

"那肯定啊，大多了。"章翎很喜欢看他充满活力的样子，"什么时候你来北京，我带你去玩。"

"行啊。"蒋赟眼睛发亮，"有高铁，好像挺快的。"

章翎好奇地问："你平时在学校也是这样的吗？"

"哪样？"

章翎斟酌着用词，"这么……活泼。"

蒋赟哈哈大笑，"没有，我平时话挺少的，很多东西都不懂，怕说错了会丢脸，就在你面前话多一点，我不怕你笑我。"

他背着双肩包，转身走向一个大殿，走过几步后又回过头来，向章翎伸手，"来啊，翎翎，我们去参观。"

章翎小跑着过去，牵住他的手。

蒋赟记得章翎出游喜欢拍照，在哪儿都要帮她拍，可是他个子太高，又不太懂拍照技巧，总是会把章翎拍成小短腿，章翎指挥他，"你扎个马步！把我腿拍长点！"

蒋赟立刻听话地扎马步帮她拍照，完全不顾自己的硬汉形象。

除了互相拍单人照，章翎还请别的游客帮他们拍合影。拍完后，两人拿手机回看，照片里的男孩揽着女孩的肩，一个身材高大，眉目深刻，一个高挑纤瘦，娴静可人，年轻的脸庞上都笑意盈盈，看着就是一对很亲密的小情侣。

蒋赟问章翎："你回去后会把照片给你爸爸妈妈看吗？"

"不用等回去，我一会儿就发给他们。"章翎甜滋滋地说，"他们都要认不得你了，我来之前我妈妈还说，不知道你现在是不是还那么瘦，你看看，你哪里还有一点营养不良的影子？"

蒋赟失笑，"我和我大学同学说我高一时营养不良，才一米六几，一百斤重，他们都不信。"

快到中午，阳光越来越烈，两人找到一处阴凉地坐下休息，章翎摘下棒球帽当扇子扇风，蒋赟把水拿给她，问："那首歌，是你自己写的？"

章翎喝了几口水，"嗯，好听吗？"

蒋赟低头笑，"好听。"

"听哭了吧？"

"啧！"他揉揉她的头发，"过分了啊。"

章翎笑得更厉害，蒋赟又碰碰她胳膊，"翎翎，你给我现场唱一遍，行吗？"

章翎拿乔，"为什么？给我一个理由。"

蒋赟说："我都以为你再也不会理我了，你还给我写歌，能被人写歌很稀奇啊，我想听你现场唱给我听。"

"行吧，就是没有吉他，我清唱哈。"章翎也不扭捏，靠在蒋赟身上轻轻地唱给他听，"……我给你一个苹果，你对我笑，那时的我们还没长大……我在这里想念你，你知道吗？毕业照上消失的人啊……"

蒋赟揽着她的肩，低声和着，前一晚他听过好多遍，已经记住了歌词和旋律。

听完后，他沉默很久，说："翎翎，你如果要出国，是不是大三就要开始准备了？"

章翎："是啊。"

蒋赟转头看她，语气很认真，"我希望你能出去读书。"

章翎说："为什么？不一定的，在国内一样可以读研。"

蒋赟摇头，"你以前就说过你想出去，你念书这么好，肯定可以申请到好学校，你千万别为了我放弃梦想。"

章翎垂下眼睛，"我知道的，我会好好考虑。"

蒋赟沉吟片刻，低声说："之前，我被一个大毒枭盯着，这两年他倒是没什么消息，人还没抓到，据说是逃到东南亚去了。"

"你还会有危险吗？"章翎依偎着他，担心地问，"他还有没有再派人来找过你？"

"没有，他现在跟只过街老鼠似的，自身难保，哪儿还有心思再去想报复我的事？"蒋赟语调平静，"更何况我现在的情况和那时也不一样了，我不是个普通学生，小老百姓，我是个警校生。那个毒枭的确很凶残，脑子却不傻，非要来动我的话只会死得更快，所以我在沈阳是很安全的。这两年，梁队也和我说了，基本可以解除警报，我的行动自由很多。"

章翎松了一口气，"那就好。"

蒋赟又说："翎翎，现在我俩都还没毕业，你可能没什么感觉，以后我上班了，这种危险的事也许会经常遇见。不是我吓唬你，别的我都不怕，就怕因为我的工作而牵连到你。"

章翎说："我不怕。我一直认为，好人不应该怕坏人。你工作的时候要专心，别总记挂别的，我自己会小心，再说了，也没听说警察叔叔都得打光棍啊。"

蒋赟叹气，"一线警察的离婚率真的很……"

"拜托！"章翎在他胳膊上拧一下，"有你这样杞人忧天的吗？离婚率离婚率，你才几岁啊？你都还没到法定婚龄呢！跟个老头似的真啰唆。"

蒋赟闭嘴了，他俩前一晚才确定关系，他已经两次提到离婚率，属实有点过分。

"走吧，这儿逛完了，我们先去吃饭，下午继续。"章翎拍拍屁股站起来，"啊！好热啊，我想吃冰激凌了。"

走出故宫，蒋赟买来两个甜筒，和章翎一起走着吃。

他们看到路过的年轻情侣，和他们一样也是手牵手，有说有笑，蒋赟看了一会儿，低下头轻声说："咱们今天，算是约会吧？"

"是呀，你才知道啊？"章翎晃晃他的手，"都这样了，难道还是老同学见面吗？"

"啊……"蒋赟像是想不明白，"我一个室友追女孩，追了一年都没追到，现在还是个单身狗。我们寝室只有一个兄弟有女朋友，别的都是光棍，我这是不是太容易了？有点说不过去啊。"

章翎乐了，"我也没想到会这么容易啊！我还以为你会一直嘴硬呢！"

蒋赟被噎住，他反省过，的确是他心志不坚，外加章翎本事太大。或许还因为，看到她出现在他面前，他就输了。

两人吃过午饭，下午去逛张氏帅府，那是张作霖及其长子张学良将军的官邸和私宅。正逛着时，蒋赟接到邵哥打来的电话，有些为难地问他，第二天能不能不要请假。

邵哥说第二天是周六，太原街有一场大型活动，需要所里增加警力去巡逻，蒋赟说："可以，但我下午四点多得走，我朋友要去机场，我想送送她。"

邵哥一口答应，蒋赟挂掉电话，抱歉地看向章翎，"对不起，本来明天想带你去清昭陵的，所里有任务，我白天要去上班，只能下午给你送机。"

章翎说："没事儿，我理解，我可以自己出去转转，在房间休息也行，这两天也玩不少地方了。"

从张氏帅府出来，他们步行去中街步行街，一路吃小吃、逛店铺，章翎真的吃到沈阳特色小吃炸鸡架，蒋赟有些遗憾地说："有一家烤鸡店很有名，就是没时间买给你吃了。"

章翎说："下次吧，下次你带我去吃。"

晚上，吃过一顿丰盛的烧烤，两人终于结束一天的暴走，坐车回酒店。

蒋赟热坏了，进章翎房间吹空调，章翎闻闻自己的衣襟，"噫"了一声，"一股烧烤味儿，我先洗个澡，身上全是汗，你看会儿电视吧。"

蒋赟坐在窗边的椅子上，看她走进卫生间，也拎起衣襟闻闻，果然一股子烧烤味和汗味。他有点郁闷，章翎洗过澡会变得香喷喷，而他还臭着，那是不是今天不能再抱她了？

今天还没抱过她呢！

章翎洗完澡走出来，换上一套干净睡裙，用毛巾擦着湿漉漉的头发，感叹道："啊！舒服，夏天果然不适合城市游，太热了，还是应该去海边玩，我去年就去的大连，离你好近呢。"

她走到蒋赟面前，蒋赟警惕地看着她，眼看着她要往他大腿上坐，蒋赟连忙伸手拦，"别别别别别，我身上都是汗，你刚洗干净的。"

章翎眨巴眼睛，"我没嫌弃你，你还嫌弃我啊？"

蒋赟解释道："不是，我怕你澡白洗了，我可脏。"

"大不了再洗一个呗。"章翎才不管，结结实实地侧身坐在他大腿上，又伸臂抱住他的脖子，嘟嘴说，"亲一个。"

蒋赟抿着唇，向她摊开手掌。

章翎："干吗？"

蒋赟脸色好不自然，"刚吃烧烤了，嘴里都是味儿，那个……你不是有清凉糖吗？"

章翎："哈哈哈哈哈……"

像举行仪式般，两人各自吃过两颗薄荷糖，才挤在椅子上缠缠绵绵地接了一个吻。

窗外的月牙儿被云朵遮着脸，羞答答地看着两个有情人。

半小时后，蒋赟回去了，章翎想起一件事，掀开枕头看，那只长颈鹿果然不见了。

"小偷，流氓，大浑蛋！"章翎在床上趴了一会儿，又想起之前接吻时某位年轻先生身体上的一些奇妙变化，还有被发现时他尴尬又害臊的表情，抿着唇嘻嘻地笑，"讨厌呢，男生怎么会这样？"

章翎来沈阳的第三天，蒋赟乖乖滚去派出所上班，一直到下午四点才匆匆赶来酒店，提着几盒沈阳特产，送章翎去机场。

章翎进安检前，蒋赟好舍不得，抱着她不撒手，在她耳边说："回家后帮我向你爸爸妈妈问好，有机会我一定会去看他们的。开学了你好好照顾自己，别熬夜，按时吃饭。还有，认真考虑下读研的事，不管出去还是留下，我都尊重你的选择，只有一个条件，别顾虑我。"

章翎点头应下，"国庆节我想来看你，高铁很快的。"

"不要了。"蒋赟觉得不妥，"哪能老让你来？要见面也是我去北京。"

章翎从他怀里出来，期待地问："你国庆能来吗？"

蒋赟说："现在说不好，国庆节我们学警可能有安保任务，去那些火车站、大广场之类的地方帮忙巡逻，所以就算你来了，我都可能陪不了你，你还是别来了。"

章翎低下头，难掩失望，"好吧。"

蒋赟很过意不去，又抱抱她，"对不起。"

"那寒假呢？"章翎又问，"明年寒假，你会回钱塘吗？"

蒋赟答不上来，最关键的问题是寒假回钱塘，他能住到哪里去？他是一个没有家的人。

章翎看出他的为难，说："还早呢，我就是随口一问，我进安检了，你回去吧，今天巡逻一天，你好像又晒黑了。"

她心疼地摸摸蒋赟的脸，他不像高一时那么黑，但也不白，在章翎的记忆里，他从来没白过，短袖遮住的肩膀和下面露出的胳膊有一条明显的黑白分界线。他说上学时没这么黑，就是在派出所见习后被晒出来的，戴着警帽也没用。

"男人黑点儿没事。"蒋赟拍拍章翎的脑袋，"进去吧，路上小心，下了飞机给我发微信。哦对了，平时如果我没及时回消息，说明我在忙，我能回的时候一定会回，你千万别多想。"

章翎点点头，有点想哭，"我知道。"

"去吧，我会想你的。"蒋赟又低头在她唇上啄了一下，"翎翎，这三天，我真的好开心。"

章翎去安检了，进安检口时又回头看一眼，蒋赟还站在那里，左手插兜，右手向她挥挥。

三天两晚结束了，很短暂的一次见面，飞机飞离沈阳时，章翎透过舷窗看那越来越远的城景，不舍和伤心渐渐淡去，取而代之的是对下一次见面的憧憬。

她相信蒋赟，是一种说不清的信任。想着这三天两晚发生的事，还有蒋赟说的那些话，面对着即将到来的大三，章翎觉得，她的确应该好好想一想。

深夜，飞机在钱塘落地，章知诚开车来接女儿，章翎把几盒特产交给他，"爸爸，这是蒋赟买给你和妈妈吃的。"

她坐上副驾，章知诚观察她的脸色，问："蒋赟现在好吗？"

"挺好的，很忙，暑假都在派出所实习。"章翎心情不错，笑得很贼，"爸爸，你看到我和他的照片了吧？"

章知诚屈起手指，往女儿脑袋上敲了一下，"矜持点。"

车子启动，开过一段路后章知诚才说话，"翎翎，你才二十岁，还是个学生，爸爸妈妈之所以没有干涉这件事，是因为我们知道，你向来懂事。蒋赟的人品没问题，现在他的问题在于经济条件，我知道这很世俗，说出来你可能会厌烦，不爱听，但你应该可以理解，爸爸妈妈总是希望你能过得更好，你明白爸爸的意思吗？"

章翎说："明白。"

"那你出国的事怎么说？"章知诚心中忐忑，"之前都说好了的，学校也有在挑，大三都要准备起来了，你的绩点不会有问题，现在你和蒋赟在一起，你是不是打算放弃出国？留校保研？还是考研到 A 大？"

"谁说我要放弃出国？"章翎说，"我会申请学校的，爸爸你放心吧。"

章知诚又惊又喜，"那蒋赟……"

章翎看着前方被车灯照亮的高速路面，微笑着开口，"他说，他会在这里等我的。"

章知诚没再说话，车子平稳地行驶在路上。章翎想起去沈阳之前，她和父母在家里开过的那次家庭会议，她的开场白就是，"爸爸妈妈，我想去沈阳找蒋赟。"

她向来是个条理清晰的人，习惯做好周全的计划，对于可能会碰到的问题，章翎逐一考虑并向父母解答。

章知诚问："你确定你还喜欢他吗？你们已经有两年没联系了，算上高三，都有三年半了。"

章翎说："我还想着他，我想见他，至于喜不喜欢……见到我就知道了。"

章知诚又问："他要是有女朋友了呢？"

章翎说："不会的，这个我确定。"

杨晔问："你们在两个城市，异地，怎么解决？"

章翎说："这不是问题，他大四就能实习了，我会和他商量的，如果顺利的话他可以回钱塘实习。"

章知诚："那你呢？你不出国了？还是打算留在国内读研？"

章翎说："我会和蒋赟讨论这个问题，我会好好考虑，学业和感情并不冲突。"

杨晔说："翎翎，做个假设，你和蒋赟真的在一起了，并且感情稳定，你读研，他回钱塘工作，然后呢？他的经济条件我们都知道，钱塘房价这么高，他买房不容易，我们是可以给你买一套房，那蒋赟能接受吗？"

章翎说："到时候我也工作了呀，我可以和他一起存钱买房，妈妈，我和他现在才二十岁，我们还年轻。"

章知诚："翎翎，蒋赟如果真做了警察，会很忙的，可能还有危险，你能接受他的工作吗？"

章翎："能，我觉得很帅。"

杨晔对丈夫说："其实，如果蒋赟真进了钱塘公安系统，福利待遇不会差，也比较稳定，对他来说算一份不错的工作，他自己又喜欢，可以当成事业来奋斗。当然了，作为警察家属肯定是要辛苦一些，知诚，这个你应该最有发言权。"

　　作为一个很忙很忙的骨科主任医师的伴侣，章老师的确是深有感触，在他们家算是他主内，杨医生放开手脚拼事业，连着独生女的学习和生活也都是他在照料。

　　章知诚自己甘之如饴，却不舍得女儿受委屈，说："翎翎，你有没有想过，以后你和蒋赟在一起，他很忙，你也很忙，你俩经常见不到面，感情会不会慢慢变淡？如果有了孩子，谁来管孩子？难道你愿意为了蒋赟放弃自己的事业吗？"

　　年轻的章翎不太能理解这个问题，"我为什么要放弃自己的事业？爸爸你也没有放弃啊，其实你工作也很忙，只是作息比妈妈规律些，假期更多点。"

　　章知诚问："你的意思是……你也想做老师？"

　　"不是。"章翎干脆地回答，"我不想做老师，我会找喜欢的工作。我的意思是，如果人人都图舒适安稳，事少钱多，那这个社会就完蛋了。"

　　她想到接下来这段充满未知的旅程，说："我不敢说太多年后的事，你们说到的买房、结婚、工作、孩子这些，我觉得现在说都还太早。我只知道，我想见蒋赟，非见不可，只有见到他，我才能知道接下来要怎么办。"

第19章

———— ❖ ————

你就是幸运小蒋

（1）

章翎坐在飘窗窗台上，抱着愤怒的小鸟看向窗外。

对面楼栋的窗口亮着各种颜色的光，每一扇都是一个家。她的家庭温馨幸福，是一个能让她安心休憩的港湾，但她慢慢会长大，有一天也会像小鸟离巢一样离开这里，拥有一个属于自己的小家。

那好像是一件顺理成章，也不怎么困难的事。

而蒋赟呢？章翎知道，对于"家"，长久以来，他都有着一种难以言述的渴望。

暑假即将结束，章翎和梨子约好一起去北京，已经买好了高铁票。

这几天，她的心不再像前两年那样空荡荡地悬浮在半空中，而是变得沉甸甸，又满又踏实。她挂念着远方的那个人，知道他也在挂念自己，这些年，他从未把她忘记。

对于异地恋，章翎一点都不担心，自己都觉得很神奇。

可能是因为家里有一对很好的榜样，章翎从小到大见惯父母的恩爱，他们的感情细水长流，在柴米油盐中一日日度过。有事情，大家就坐下来商量，有不满，就及时沟通解决，有过争吵，却无冷战，从来不会翻旧账、说狠话，更加不会砸东西和打架。

他们相濡以沫走过二十多年，如果算上谈恋爱的时间，已经快要三十年，感情从未变淡，已成为彼此人生中最重要的那个人。

那么，与未来长长的几十年相比，如今短暂的分别又算什么呢？

蒋赟这个人已经傻得无可救药，章翎想到他就会忍不住地笑。

他依旧在派出所上班，偶尔给章翎发微信，都会说自己在干什么，特别像在对领导汇报工作，连着一日三餐都会拍照发过来，章翎每次看到他餐盘里小山包一样的米饭，都要笑岔气。

晚上，蒋赟要是不值班，会和章翎视频聊天。他靠在床头，头顶那只长颈鹿，笑得眼睛都要看不见，"翎翎，今天要向你重点汇报四件事。"

章翎也懒懒地窝在床上，"哪四件？你说说。"

"第一件，我今天在太原街巡逻，捡到一个小姑娘，才五岁。"

"怎么回事啊？"

蒋赟絮絮地说着："她和妈妈走丢了，被群众发现后报警，我离得最近，第一个过去。哎哟，小丫头哭得跟个小花猫似的，我抱她，还买了一根棒棒糖哄她，后来她就不哭了，奶呼呼地叫我警察叔叔。我把她带去所里，本来想交给女警照顾，小丫头还不让我走，非要我陪她玩。"

章翎想象着那个画面，能感受到蒋赟的开心，问："你怎么陪她玩？你会讲故事吗？"

"不会，脑袋里没故事。"蒋赟说，"我陪她画了会儿画，又给她买饮料喝，我说你妈妈很快就会来找你。她很乖的，一点也没哭，就要我抱她，我抱她没多久，她居然在我怀里睡着了。"

章翎问："后来呢？她妈妈找来了吗？"

"肯定找来了呀，她妈妈也哭得很厉害，我还批评了她几句，这么小的孩子在这种热闹地方，一眼都不能放松的。"蒋赟说话时一直带着笑，"小丫头走的时候还对我说'警察叔叔再见'，太可爱了，搞得我一天心情都很好。"

怪不得他这么乐呵，章翎也跟着高兴，问："第二件事呢？"

"第二件事……"蒋赟居然有点不好意思，"今天我们所里的刘姐问我，上次来找我的女孩是不是我女朋友，我承认了，嘿嘿。"

章翎笑他，"承认就承认呗，你怎么好像很心虚的样子？"

蒋赟瞪眼，"是很心虚啊！她们都知道我单身，你过来才待两个晚上，我就突然有女朋友了，多奇怪啊。"

章翎咯咯直笑，"哪儿奇怪了？"

"说不上来……就现在还觉得不敢相信。"蒋赟一直在傻乐，"你说，开学了我回宿舍，告诉我室友我有女朋友了，他们会不会揍我？哈哈哈哈……"

他笑得太厉害，头上的长颈鹿掉了下来，镜头一阵乱晃，章翎听到他叫："哎呀呀呀！"

他把长颈鹿从地上捡起来，心疼地吹吹灰，又看向手机，"下面汇报第三件事。"

章翎笑："是什么？"

"咳咳。"蒋赟清清嗓子，又抬手一撩头发，可惜他头发太短，也撩不出什么风情来，"今天巡逻的时候，有女孩子找我搭讪，还问我要微信号。"

章翎呆了一下，蒋赟居然还邀功，"我没给！我说我有女朋友了！"

章翎："哼。"

蒋赟觉得自己可能说错了话，问："还有第四件事呢，最最重要的，你要听吗？"

章翎很勉为其难的样子，"说吧，听着呢。"

蒋赟的眼神变得好柔好柔，低沉的嗓音从手机里传出来，"翎翎，我想你了。"

章翎心都要化了，对着屏幕"吧唧"亲一口，"我也想你呢，小赟赟。"

蒋赟很受不了，深情的眼神瞬间消失，"别这么喊！太肉麻了。"

八月底，章翎和梨子一起坐高铁去北京，路上，章翎告诉梨子，她和蒋赟在一起了。

"蒋赟？"梨子只意外了一小下，就变得惊喜，"我就知道！你俩高二就不纯洁！"

"哪有啊？"章翎否认，"那会儿可纯洁了。"

梨子贼兮兮地问："咦？那现在不纯洁了？"

章翎懊恼，"没有，现在也很纯洁！"

梨子大笑，继而叹气："唉……你们一个个都成双成对的了，只有我和小吴还单着。"

章翎说："你要不考虑下小吴得了？你俩一个学校的，见个面多方便。"

梨子想了想，摇头，"不要，我不找学弟。"

章翎笑喷，"被小吴听见他得气死。"

梨子回忆往事，"说起来啊，高二时我还以为你不喜欢蒋赟。"

"为什么？"

"因为谁都看得出来蒋赟喜欢你啊。"梨子说，"你要是也喜欢他，你俩为什么不在一起呢？然后还有乔嘉桐喜欢你的传闻，所以我一直以为是蒋赟在单相思，你就是把他当朋友。"

"这样啊……"章翎反思了一下，"看来我的演技也不比许清怡差嘛。"

她知道梨子会那么想的原因，因为高中时，没人知道章翎和蒋赟离开学校后的相处模式，他们的私下交往一直很隐蔽，谁能想到呢？连着年夜饭，他俩都一起吃。

梨子问："蒋赟现在在哪儿呢？他会不会来北京看你啊？他要是来了咱们可以聚聚，好几个人呢，凑一桌吃火锅去？"

"他学校很忙的。"章翎笑着说，"别急，有机会的啦。"

北航计算机学院的学生大三要搬回学院路校区，离北大、清华不远，章翎和梨子、林师妍见面也方便许多。

学院路校区的宿舍比较老，面积也比沙河校区小，章翎无所谓，发现自己适应力还不错。她已经习惯了公共卫生间和公共澡堂，住在寝室，只要大家相处融洽，住宿条件都不是个事儿。

大三开学，章翎的课业依旧繁忙，还要开始考虑之后的发展方向，选择相关的选修课进行学习。蒋赟也很忙，却不忘每天忙里偷闲给章翎发消息，外加视频聊天。

蒋赟：今天上了法医课，我有点吃不下饭。

蒋赟：刚刚跑完10公里，我要死了。

蒋赟：今天老师给了一道逻辑推理题，特别难，被我做出来了！哈哈哈我是名侦探小蒋！

蒋赟：今天上了射击课，爽！

蒋赟：今天上课模拟演练审讯，我把一个女生给弄哭了，她说我好凶……

章翎很想把这些内容给编撰起来，加个名字就是《名侦探小蒋快乐的警校生活》。

"翎翎，你吃过饭了吗？"蒋赟躺在寝室床上，对着镜头微笑。

他的头发长了一些，变成章翎记忆里的那头卷毛，让她很想摸一下，可惜摸不到。

章翎："吃过啦，你呢？"

蒋赟："我也吃了，今天食堂有炖猪脚，特别香。"

章翎："我吃了凉皮，今天特别想吃凉皮。"

蒋赟："说得我都想吃了。"

这时，章翎听到一个男人的怒吼："你俩无不无聊？净说些没营养的话！恶心谁呢？要聊视频滚出去聊！"

蒋赟偏头，从床上往下看，"谁恶心了？这叫亲热，你懂不懂？啊……你不懂，你没女朋友。"

"老子打不死你个王八蛋！"那男生三下五除二就上了床，章翎只看到镜头乱摇，那男生黝黑健壮，站在梯子上伸臂箍住蒋赟的脖子，蒋赟也不慌，反手一拧，也箍住了那男生的脖子。

两人缠成一团，脸都涨得通红，谁都不肯先放手。

章翎看得目瞪口呆，又听见视频里另一个男生大叫："你俩有完没完？二十多岁的人跟幼儿园小孩似的还老打架，老大你放了赟哥吧，人家好不容易有个女朋友，别给你整没了。"

老大"哼"一声后松开手，不忘往蒋赟的手机屏幕看，蒋赟不给他看，赶他，"看什么看什么？给我下去！"

"我看看是哪个妹子眼瞎了来找你。"老大终于看到章翎，愣住，"哟，这么好看的呀？"

这话说得蒋赟心花怒放，"那是！我女朋友是北航校花！"

章翎晕倒，"蒋赟你别胡说八道！"

老大骂骂咧咧地爬下床，"行，你不滚，我滚，老子外头抽烟去！"

蒋赟又拿起手机，声音很温柔，"你别理他，他叫老大，脾气特别暴躁。"

这时候已经临近国庆，章翎藏着心里的期待，语气淡淡地问："你国庆有任务吗？现在有没有通知下来？"

蒋赟挂着眉毛，很是泄气，"有，要去巡逻。"

"哦。"章翎也没有太失望，毕竟蒋赟之前就和她打过预防针。

蒋赟问："你会去外面玩吗？我是说，出北京。"

章翎摇头，"不会，国庆节景区都是人，我就待在学校，最多和室友出去逛逛，和梨子她们约个饭。"

蒋赟："行，到时候我和你视频聊天。"

章翎："好。"

蒋赟："那我挂啦，我要做个电脑作业。"

章翎："好，晚安。"

她对着屏幕"么"地亲了一口，蒋赟也回亲了一下，"么，晚安。"

章翎挂掉视频，从阳台走回寝室，有些闷闷不乐。

七天长假，她真的很想见蒋赟，但他说了，哪怕她去沈阳找他，他也没时间陪她。章翎不会为这种事不高兴，只是觉得很遗憾。

室友们已经知道她有了男朋友，苏以晴见她进屋，问："聊完了？"

章翎回身关门，"嗯。"

"怎么好像不高兴啊？"

赵媛插嘴，"是不是你男朋友国庆没空过来呀？"

章翎说："是啊，他很忙的，学校比较特殊嘛，我理解的。"

她坐回桌子前，轻轻叹了口气。

另一边，蒋赟挂掉视频，趴在床沿边问小吕，"二哥，我演得像吗？"

小吕冷冷地看他，"你这臭德行，不怪老大要恶心，我都快吐了，火车票都买好了非要演场戏，你怎么不去考演员呢？"

蒋赟说："我想给我女朋友一个惊喜，不都说女孩喜欢惊喜和浪漫吗？"

老大刚抽完烟进来就听到这句话，又火了，操起一个拖鞋板就丢去蒋赟床上，"你个蛮牛还学人家玩惊喜和浪漫？我可真服了你，你给我下来！去外头单挑！过个暑假你是不是被人夺舍了？"

蒋赟直接从上铺跳下去，梗着脖子一挺胸，"走啊！谁怕谁？"

小吕双手合十，"我求求你俩了，消停一会儿吧！"

蒋赟："哼。"

老大："呸！"

国庆长假来临，这是北京的旅游旺季，章翎没去外头凑热闹，第一天就待在寝室，到饭点了和苏以晴一起出去吃午饭。

吃饭时，章翎收到蒋赟的微信。

蒋赟：翎翎，你在干什么？

章翎：在食堂吃饭，你呢？

蒋赟：去的哪个食堂？

章翎：二食堂。

蒋赟：哦。

他没消息了，章翎觉得奇怪，也不在意，继续和苏以晴边吃边聊。

"下午干什么？"苏以晴问，"你想去图书馆吗？"

章翎摇头，"不去，我想在寝室里看会儿书。"

苏以晴说："我回寝室就只想睡觉，还有刷剧，我还是去图书馆吧。"

吃完饭，两个女生一起走出食堂，章翎的手机响了，一看是蒋赟的电话，她接起来，"喂，蒋赟。"

蒋赟："吃完饭了？"

苏以晴正百无聊赖地跟在章翎身边，突然看到食堂门边站着三个男生，背着双肩包，都是一米八几的大高个，一个特别健壮，一个很白净，另一个最高最帅，五官看着有点像混血儿，三个凑在一起格外招人眼球，进出食堂的同学都会看他们几眼，苏以晴也没收回视线。

章翎还在接电话，"吃完了呀，正要回寝室。"

蒋赟说："什么眼神？"

章翎："嗯？"

蒋赟："立正！向右——转！"

章翎心里产生了一种奇妙的预感，真的站住了，倒没听话地向右转，只快速地向右转过脑袋，发现她的预感成了真。

已是秋天，正午的太阳不再灼人，树叶沙沙作响，食堂门口人来人往，她看到那个熟悉的高大身影，黑衣仔裤，正越过人群，慢慢走向她。

远离轻狂张扬的高中岁月，章翎以为自己已经成长，成长得足够成熟理智，看到师弟师妹们那些当众表白的戏码，还会吐槽一句"幼稚"，却在看到蒋赟的这一瞬间，才恍然发现，没有什么幼稚不幼稚，只是因为她没碰到那个能让她变幼稚的人。

"蒋赟！"在路人惊讶的目光中，章翎向着蒋赟奔去。

蒋赟的步伐越来越快，在章翎冲到他面前时已经张开双臂，章翎投进他的怀里，他立刻将她抱紧，叫她："翎翎，我来看你了。"

　　语气一点也不温柔，还有点戏谑。章翎意识到自己被骗了，抬头看他，"你说要巡逻是骗我的？"

　　"啊。"蒋赟高兴极了，尾巴都要甩起来，"我演得好吗？你是不是一点也没猜到？有没有很惊喜？"

　　的确是很惊喜，但更多的是哭笑不得，章翎想，她的男朋友可真是一个奇人。

　　老大和小吕站在蒋赟身后，老大搓搓脸，"咱俩走吧，真待不下去了。"

　　小吕也有点家门不幸、见不得人的感觉，"就不该答应陪他来，听说这学校也是男多女少，我俩来了有啥意思？你看看这食堂，一眼望去都是老爷们。"

　　苏以晴站在那里干瞪眼，老大和小吕同时看向她，苏以晴的大眼睛眨巴了几下，老大和小吕同时站直，向她露出一个灿烂的笑。

　　蒋赟看出章翎有点不高兴，赶紧摘下双肩包，一边从包里掏东西一边说："给你带好吃的了。"

　　章翎好奇地往他包里看，只看到一大坨毛巾。蒋赟把毛巾捧出来，一层层揭开——他裹了两块毛巾，最后露出里面用塑料袋包着的一只烤鸡。

　　"这就是我说过的那个老王头烤鸡，在沈阳很有名，今天老清早我就去排队了，开张第一炉买到的。"蒋赟隔着塑料袋用手背贴贴烤鸡，绽开笑，"还有点热，你拿回寝室和室友一起吃吧。"

　　这就是蒋赟会干的事儿。章翎好喜欢，那一丝丝懊恼立时烟消云散。她双手接过烤鸡，凑到鼻子前闻闻，"好香啊，谢谢你。"

　　蒋赟把老大和小吕叫过来，给章翎介绍："这个就是老大，叫黄超，这个是我们寝室老二，我喊他二哥，叫吕晨捷。"又揽过章翎骄傲地抬下巴，"这我女朋友，章翎。"

　　老大和小吕一块儿立正，敬了个标准的军礼，喊："弟妹好！"

　　章翎吓一跳，"你们好。"她也叫过苏以晴，介绍给三个男生，又问蒋赟，"你们刚下火车吗？吃饭了没？我带你们去外面吃饭吧，你们住哪儿？"

　　蒋赟说："没吃呢，就住你们学校外头，定了个小旅馆。"

　　章翎挽着他胳膊，说："那走吧，我请你们吃饭，今天我是东道主。"

　　苏以晴吃过午饭，说自己不去了，章翎没勉强她，托她把烤鸡带回寝室分给大家吃，给她留个鸡腿就行，自己则带着三个男生走出校园。

　　妹子走了，老大和小吕有点失望，不过很快又被北航校园吸引。老大兴致勃勃地问章翎："弟妹，你们学校是不是有个航天的什么展览馆，可以参观吗？"

　　他喊的这声"弟妹"让章翎很有些不习惯，她笑着回答："有的，航空航天博物馆，可以参观，到时候我陪你们去。"

　　男生对战斗机之类的都很感兴趣，老大和小吕立刻展开关于战斗机的讨论，蒋赟没管他们，和章翎手牵手走在前面。章翎怪他："你真讨厌，都不提前和我说，否则我还能安排一下怎么带你们去玩。知道吗，故宫是要预约的，你们预约了吗？"

"预约了，票都买好了。"蒋赟说，"二哥就是个老妈子，做了好多攻略。我们都没来过北京，就待三晚，打算一天长城，一天故宫和天安门，最后一天自由活动，晚上的高铁回去。"

说到这儿，他掐掐章翎的手，"翎翎，你和我一起去玩吧？"

章翎摆谱，"你们这不都安排好了嘛，我去干吗？"

"啧。"蒋赟哄她，"我就是想给你一个惊喜，才不提前告诉你。这是我们寝室三哥教我的，说女孩都喜欢惊喜。"

章翎心中小鹿乱撞，她真的有被惊喜到，这时候都还很开心。

"你三哥怎么没来？"章翎想到了，"噢，三哥就是有女朋友的那个对吗？"

"对。"蒋赟微笑，"三哥陪女朋友去了，后面那俩都是单身狗。"

章翎小声问："哪一个是追女孩追了一年没追上的？"

"老大。"蒋赟也压低声音，"你瞅他那样子，感觉一言不合就能撸袖子干架，人家女孩都吓坏了，死活不答应他。"

章翎乐得直笑，又回头看了老大一眼。

老大发现了，指着蒋赟大叫："你个王八蛋是不是又在说我坏话？"

蒋赟和章翎咬耳朵，"你别看他这么凶，色厉内荏，散打还打不过我呢，他就是有蛮劲儿，举重比我厉害。"

章翎做东，请三个男生在校外吃川菜。平时一个蒋赟的食量已经很让她咋舌，三个警校男生在一起，吃起饭来跟打仗似的，每人一大盆米饭，一盘子菜上来三双筷子一起抢，连着服务员都惊呆了。

"矜持点，别让帝都老百姓看笑话，还以为咱们是饿死鬼投胎。"老大抹抹嘴，吃饱后开始有心情和章翎聊天，"来来来，弟妹，和哥说说，你和我们老四是怎么认识的？"

"哈？"章翎觉得有趣，"他没告诉你们吗？"

"没有。"小吕还在和毛血旺奋斗，辣得呼哈呼哈大喘气，"我们问他，他不肯说，就突然天上掉下个女朋友。哎，我说，你俩是不是网恋奔现啊？"

章翎哈哈大笑，右手肘碰碰蒋赟，"你干吗不说呀？"

"就不告诉他们。"蒋赟正在剔鱼刺，剔出好大一块鱼肉后夹到章翎碗里，"你尝尝这鱼，挺新鲜的，也不太辣。"

老大冷笑，手指敲敲桌面，"不说是吧？不说我可揭你老底啦。"

蒋赟抬头问："我有什么老底？"

“弟妹我告诉你，”老大坐在章翎左边，神秘兮兮地说，“这人啊，感情史绝对不单纯，进校到现在两年多了，床上一直有个小鹿——就你们女生爱玩的那种娃娃，挺小一个鹿，没事儿就摸摸，还不让我们碰，说谁碰他和谁急，这说明什么？你品品。”

章翎忍着笑，看了蒋赟一眼，问：“还有吗？”

“还有一双鞋。”小吕说，“我们训练强度很大嘛，挺费鞋的，他有一双特别宝贝的鞋，说是别人送他的生日礼物，跑步不穿，下雨不穿，总是刷得干干净净。结果呢，有一回晒鞋的时候风特别大，被吹下去一只，等他发现的时候下楼找，掉下去的那只已经找不到了。可怜我们赟哥翻了好几个垃圾桶也没找着，回来后哭得稀里哗啦，把我给吓得呀。”

老大附和，“对对对，我也记得！那绝对是前女友送的。”

这两人唯恐天下不乱，就想看章翎吃醋。章翎却看向蒋赟，伸手戳戳他的脸，语气里尽是宠溺，“傻子。”

她想，怪不得在沈阳见面时，没见蒋赟穿过那双鞋。

蒋赟脸有点红，都不敢抬头看她。老大和小吕对视一眼，都是一脑门问号，小吕锲而不舍，“还有他桌上那个小人……”

“差不多了啊！”蒋赟实在忍不住了，“吃你们的饭！话怎么那么多呢？”

老大指着他，“恼羞成怒！”

小吕帮腔，“心里有鬼！”

章翎跟上，“狗急跳墙！”

蒋赟拿起筷子敲她的头，“你也来劲了是吗？”

章翎揉着脑门儿，嘬嘴，“怎么还打人呢？”

蒋赟赶紧给她揉揉，“好了好了，你自己告诉他们，咱俩是怎么认识的，我就不说了，怕他们再受刺激。”

老大和小吕洗耳恭听，章翎指指蒋赟，“是这样的，这人十五岁的时候为了认识我，在大街上故意找我碰瓷儿，拉着我不让我走，还把我弄哭了，后来高中开学，他成了我同桌。”

老大和小吕傻眼了，老大先反应过来，“你俩是高中同学呀？”

章翎：“是啊。”

小吕：“你俩那会儿早恋过？后来分手了？那娃娃和鞋不会都是你送的吧？”

章翎竖起大拇指，“真不愧是名侦探！不过我和他那时候没早恋，就忙着读书呢。”

“喔！”老大想起一件事，“这人说他高一时只有一米六几，真的假的？就那挫样你也能看上他？”

“真的呀，哎，我有证据，高一拍的。”章翎拿出手机翻相册，“我一直留着这张照片呢。"

蒋赟凑过来看，"哪张？"

一看他就疯了，伸手来抢，"别给他们看这个！换一个换一个！"

老大以迅雷不及掩耳之势出手抢到章翎的手机，和小吕一起看。

这是一张半身照，照片上是一对十五六岁的男孩女孩，男孩穿藏青色西装，女孩穿着灰色衬衫。他们脸上都化着浓妆，男孩头上还有一只好大的黑色蝴蝶结，表情很僵硬，女孩倒是笑得很甜，两人一起比着剪刀手。

老大惊呆，"这是咱们老四啊？高一长这样？小脸咋涂得这么白？还抹口红呢！"

小吕说："嘿，他真没比弟妹高多少啊，还穿小西装，这不说是他我可真认不出来。"

章翎笑问："是不是很可爱？"

蒋赟已经放弃挣扎，翻着白眼说："你俩吃完没？吃完了我们去旅馆吧。"

旅馆并不远，步行就能到，章翎陪他们办理住宿，才知道他们定的是一个三人间。

"那啥，我们是劝老四定个单间，还能和你说说话。"小吕嘴笨地解释，"他非不肯，说三人间最合适。"

蒋赟看着章翎，相当老实，"国庆啊，单间很贵的。"

章翎没觉得哪儿有问题，这也是蒋赟会干的事儿。他们都还是穷学生，他能来，她已经很高兴。

小旅馆的三人间很简陋，三张床都只有一米宽，不过带着卫生间，三个男生还挺满意。

安顿好行李，章翎带他们回学校参观航空航天博物馆，又私聊几个老同学，约了晚上的饭。老大和小吕知道蒋赟要和高中同学聚餐，主动说他们不参加了，晚上自己出去吃。蒋赟没和他们客气，从博物馆出来，四个人就暂时分开。

（2）

太阳还没下山，电灯泡们退场后，终于只剩蒋赟和章翎两人。章翎带蒋赟参观学校，把一栋栋有名的楼指给他看，顺便介绍学校的历史。在路上偶遇班里的女生，对方好奇地打量蒋赟，章翎就大方介绍："这是我男朋友。"

蒋赟忍不住抬头挺胸，摆出最酷的姿势，那个女孩说："你男朋友好帅啊！"

章翎抱着蒋赟的胳膊笑，"是哦！"

蒋赟美得都想唱歌了：想飞上天，和太阳肩并肩……

从图书馆去操场的路上，章翎迎面遇见何星砾，何大佬冷着脸瞟了她一眼，视线又落在她身边的蒋赟身上。蒋赟注意到了，也看向何星砾。何大佬面无表情地与他们擦身而过。

"这人是谁？"蒋赟问，"你认识吗？"

章翎说："班里同学。"

蒋赟想了一会儿，"他是不是追过你？"

会推理的人到底不一样啊，章翎回答："是呀。"

蒋赟回想那男生的脸，"这人好像脾气很臭的样子，怪不得你不喜欢。"

"说得好像你脾气很好似的。"章翎失笑，"你是不是对自己有所误解？"

蒋赟惊讶得情真意切，"我脾气不好吗？我觉得我脾气挺好的呀。"

章翎："呵呵。"

他们走到篮球场边，十几个篮球场上都是男生在打球，热闹非凡。两人站在场边看了一会儿，章翎问："你现在打篮球水平有进步吗？"

蒋赟摇头，"没什么进步，很少打球，我有空还是喜欢去散打馆。"

"我给你买的那双是篮球鞋。"章翎说，"你走之前，我再给你买双鞋吧，你自己去挑，晒的时候小心点，别再被风给吹走了，又得哭鼻子。"

蒋赟委屈，"你能不能别笑我了？"

"是你自己做出来的事呀。"章翎扣紧蒋赟的手，"蒋赟，你听我说，这些东西都是身外物，就算是我送给你的，也没那么重要，最重要的是人。你以后不能再因为我，或是和我有关的一些事情、一些东西，做出伤害自己、伤害别人的事，我只希望你好好的，别老是钻牛角尖，行吗？"

"嗯。"蒋赟知道章翎的意思，在某些事情上他的确是偏激的，现在已经好很多了。学校里有心理学课，他很喜欢，也看过一些书，自我分析过。幼年时被抛弃、被虐待的经历其实对他的人格造成巨大影响，小小的他也不懂，为了能活下去，就无师自通地在心里给自己定下一份念想。

六岁前是母亲，指望母亲来救他；梦碎以后，六岁到九岁的念想就是余蔚，因为余蔚一直在照顾他；九岁以后，他认识了章翎；后来，他的念想又加上章老师和杨医生。

曾经的蒋赟过得浑浑噩噩，只为了念想而活着，一边否定自己，一边又寻着那一丝光亮拼命往上爬。

他一度觉得自己不应该存在，没有活下去的意义。打架是为了不被打，穿衣服不求好看，能御寒即可，吃东西不求口味，能填饱肚子就行。哪怕是努力学习，也只是因为听了章翎几句话，想要考大学，却不知道考上大学又能怎样。

后来他见过生活的美好，也看过罪恶的滋生，知道外面的世界其实很大，他的确很渺小，力量微弱，却不妨碍他想要尽自己所能去做点有意义的事。

他学着看开，学着放下，学着成长，学着收敛自己的戾气，不再睚眦必报，努力淡忘掉曾经痛苦不堪的经历。

　　就像在面对太原街上那个走失的小女孩时，他会试着把她抱起来，摸摸她的小脸蛋，买棒棒糖哄她开心，叫她不要哭，不要害怕，妈妈很快就会来找她。

　　哪怕他自己是个被妈妈抛弃过的人，依旧学着用善良包容的心态去对待世人。

　　这一切，都是章翎和她的父母教给他的道理。

　　天快黑了，章翎收到梨子的微信，说她和吴炫宇已经在火锅店里，章翎便和蒋赟离开学校一起去餐厅。他们在火锅店门口偶遇林师妍和方家豪，俩学霸看到蒋赟都愣住了，傻眼半天后才一起叫："蒋赟？！"

　　章翎好开心，她没告诉他们这一晚蒋赟也会来，之前，也没给他们看过蒋赟的照片，瞒得很严密，就是为了能看到这一刻他俩的表情。

　　"妈呀，蒋赟你现在怎么长这样了？"方家豪都要微微仰视蒋赟，"我记得那会儿你比我矮呢，还特别瘦。"

　　蒋赟与他击拳，"好久不见啊，'情敌'。"

　　情敌指的是那场表演，方家豪好怀念，"你还真是浪迹天涯去啦？这么多年都在哪儿呢？"

　　四人一起往店里走，章翎说："班长，学委，你俩猜猜蒋赟现在的专业。"

　　方家豪摸着下巴，"空、空少？"

　　章翎笑喷，"噗！哈哈哈哈……"

　　蒋赟也笑了，林师妍继续猜，"模特儿？"

　　方家豪："不会是演员吧？"

　　林师妍："武术指导？"

　　蒋赟制止他们的发散思维，"怎么那么天马行空呢？我在警校上学。"

　　方家豪、林师妍："哇！蒋 sir（长官）啊！"

　　梨子见到蒋赟没有太意外，只惊讶于他外表的变化，最可怜的是吴炫宇，万万没想到，一顿普通的高中老友聚餐，居然会见到蒋赟——这个在高中时让他产生过心理阴影的人。

　　蒋赟主动和吴炫宇打招呼："小吴学霸，好久不见了。"

　　吴炫宇："啊，哦，好久不见，你现在好吗？"

　　"挺好的。"蒋赟揽着章翎的肩，"不好意思啊，高一时抢了你同桌，一直没和你道个歉，真对不住了。"

　　吴炫宇紧张得口不择言，"没事没事，你喜欢就好。"

　　章翎叫道："吴炫宇！你说什么呢？"

吴炫宇：“啊，不是，我是说，你俩这是命运的安排，我就是个打酱油的工具人。”

另三人都不知道这个典故，起哄让吴炫宇详细说，吴炫宇快要哭了，“你们饶了我吧。”

大家也不再闹，点完菜，方家豪说：“今天蒋赟来了，我们喝啤的吧？”

蒋赟摇手，“你们喝，我不喝，我不会喝酒。”

林师妍很吃惊，“蒋 sir 不会喝酒啊？”

“不会。”蒋赟很自在，“也不抽烟，我吃饭就行。”

章翎说：“他就是个饭桶，你们喝，别管他。”

几瓶啤酒上来了，梨子问章翎：“你喝吗？”

章翎拿起杯子，“行，我陪你们喝点儿吧。”

蒋赟问：“你会喝酒啊？”

章翎笑：“就会喝啤酒，喝不多，别的酒不行。”

方家豪端起酒杯，“来来来，我们碰一下，欢迎蒋 sir 来北京指导工作！”

蒋赟乐了，拿着可乐罐与大家碰杯，“指导不敢当，第一次来北京玩，土包子进城，各位清北大佬们请多多关照。”

火锅菜被一盘盘倒进鸳鸯锅里，咕嘟咕嘟地冒着泡，蒋赟没有大吃特吃，而是一直留心听大家说话。

他观察着每个人的样子，看本人和看朋友圈照片的感觉完全不一样。梨子依旧是短发，没染色，林师妍的长发是栗子色，还有点卷，她俩都化过妆，已经不是蒋赟记忆里那样青葱稚嫩的脸庞。

方家豪稍微胖了一点，估计已经翻不了跟斗，小吴学霸倒是没怎么变，还是戴副眼镜，清瘦斯文，都不怎么敢与他对视。

蒋赟想，不知道姚俊轩、邱远峰、郭骏骁、萧亮那几个现在有没有大变化。

他又转头看向章翎，因为他突然来访，章翎下楼吃午饭后就没回过寝室，身上连个包都没带，更别提化妆了。她扎着马尾辫，穿着简单舒适的毛衣和休闲裤，清秀素净的脸庞上戴着眼镜，让蒋赟觉得怀念，他的翎翎好像一直就是这个样子的。

蒋赟听着他们聊天，除了吴炫宇，几个学霸都已大三，开始考虑之后的去向，没有人只满足于本科学历。方家豪和林师妍都打算争取本校保研，保不上就考，梨子和章翎一样打算出国。章翎和她讨论着意向学校，梨子瞅瞅蒋赟，小声问她：“你出去了，蒋赟怎么办？”

章翎也看一眼蒋赟，回答：“没事，就两年，他会等我的。”

餐桌下，她的右手和蒋赟的左手牵在一起，男人的手指一下下摩挲着她的手指，薄茧粗糙，刮得她有点痒，便也去挠他，痒得他没憋住，轻轻地笑了一声。

一通大吃大喝，伴随着海阔天空一顿乱聊，大家怂恿林师妍回钱塘后弄一个同学会，寒假或暑假都可以，方家豪喊蒋赟："蒋 sir，你寒假回钱塘吗？"

蒋赟语塞，章翎帮他回答："他不一定，他的学校可能会安排一些春运的安保任务。"

"这么辛苦啊？春节还要上班？"

蒋赟说："没办法，警校就是这样的。"

章翎喝了四杯啤酒，有点小醉，大家准备离开时，梨子陪她去洗手间。吴炫宇犹豫了一会儿，走到蒋赟面前，"和你说个事儿，高考完，我们班办谢师宴时，章翎喝醉了，还哭了。她酒量应该不太好，平时我们聚餐她都不喝酒的，一会儿你多照顾她一下。"

蒋赟点头，"你放心，我会送她回寝室的。"

大家在火锅店门口分别，蒋赟揽着章翎往学校走，章翎其实意识清醒，就是有点亢奋，走路蹦蹦跳跳。蒋赟好笑地看着她，觉得这时候的她像个小朋友，特别可爱。

"你知道吗？我去看过王菲的演唱会了！"章翎不知怎么想起这件事，对蒋赟说，"听现场真的太幸福！王菲永远的神！我和你说，我可幸运啦！票都没花钱，是许清怡请我去看的。"

"哈？"蒋赟是真没想到，"你现在和许清怡走得很近吗？"

"也没有很近，这个学期还没见过。"章翎嘟嘟囔囔地掰着手指，"她已经拍过一、二、三……三部剧了！不过都还没播，大概寒假会上线一部。她现在可好看啦！比以前都好看，你看到她一定会觉得她超——好看。"

蒋赟回想了一下许清怡的脸，模模糊糊，说："不会啊，就一般嘛，她没你好看。"

"甜言蜜语。"章翎瞟他，小脸红扑扑的，手指乱指，"男人的嘴，骗人的鬼。"

"你以后还是少喝点吧，就几杯啤酒都能醉，我不在你怎么办？"蒋赟头疼，扣住她的肩带着她走，"你说说，谢师宴的时候为什么会喝醉？"

"什么谢师宴？"章翎想了一下才记起来，"噢——谢师宴，我喝醉了吗？没有啊，我没喝醉过，后来我还是自己回家的呢！"

蒋赟叹气，章翎又噘起嘴，"我就是……想你了呗。"

蒋赟没接腔，心里很不是滋味，章翎垮着肩膀，"蒋赟，你怎么能说话不算话呢？"

"对不起。"蒋赟偏头亲一下她头顶的发，"对不起，是我的错。"

"如果我没有碰到草花，我们就真的完了。"想到这个结果，章翎就觉得伤心，用手指去戳他的胸，"你舍得吗？你舍得吗？我不是你最宝贝的翎翎吗？"

蒋赟搂紧她，"你就是我最宝贝的翎翎。"

"大概碰到草花，就是你说的有缘再见吧？"章翎突然开始大声唱歌，"有生之年！

狭路相逢！终不能幸免！手心忽然长出纠缠的曲线……"

就算她微醉，唱歌的水平也没下线，短短几句都能唱得缠绵悱恻，路过的一对小情侣恰巧听到，居然"啪啪啪"地鼓起掌来，"唱得真好听。"

章翎对他们一鞠躬，"谢谢，谢谢，献丑啦！"

蒋赟捂脸，继续揽着她往前走，章翎渐渐不闹了，抬头看天，指着月亮说："月亮快要变圆了！啊，马上就要中秋了。"

"是啊，我回沈阳那天就是中秋。"蒋赟温柔地说，"我是晚上的高铁，可以和你一起看中秋的月亮。"

"我每年中秋都会很想你，不知道你有没有吃月饼。"章翎抱住他胳膊，停住脚步仰脸看他，"你还记不记得，你第一次来我家就是中秋？"

蒋赟笑，"怎么会不记得？"

章翎抬手揉揉他的头发，笑得心满意足，"耶，我终于摸到小卷毛了！真好玩。"

蒋赟随她去揉，章翎揉了一会儿后，把下巴抵进他怀里。

"不可以再说话不算话。"她噘着嘴，"你答应我，不可以再说话不算话。"

"我答应你，再也不会说话不算话。"蒋赟看着她迷离的眼睛，红润的嘴唇，身体竟有些燥热，忍不住吞咽了一下。

他抬手摘掉她的眼镜，又觉得有点乘人之危，便哑着嗓子问："翎翎，我可以……亲你吗？"

章翎很认真，"可以！就是没有薄荷糖！亲亲！不需要！薄荷糖！"

蒋赟笑了，"嗯，不需要薄荷糖。"

朦胧的月光下，他闭上眼睛低头去吻她，唇瓣贴合，先是温柔地吮吸，轻巧地舔舐，很快便越来越动情，越来越深入。他强健的左臂用力揽住她的腰，让她贴紧他的身体，右掌按住她的后脑勺，疯狂掠夺彼此嘴里稀薄的氧气。

章翎也抱着他，手指揪紧他背上的衣衫，整个人沉溺在他的气息里。

老大和小吕也在附近吃饭，这时候正拎着一兜啤酒和一包鸡爪走回来，远远的，小吕说："哎！那是不是老四和弟妹？"

老大定睛一看，直接崩溃，"这还有没有王法了？黑灯瞎火的在大街上行这苟且之事！"

小吕拍拍他的肩，"老大，咱俩还是绕个路吧。"

这天晚上，蒋赟把章翎平安送回寝室后回到小旅馆，洗过澡，看到老大和小吕在喝酒吃鸡爪。他想去拿一个鸡爪，老大直接拎起袋子，一掌拍掉他的手，恶狠狠地瞪他，"这是单身狗狗粮，没你的份，滚！"

"哥！"蒋赟好委屈，"我饿了！"

蒋赟三人在北京玩满四天三晚，章翎陪他们一起去故宫、长城、天安门和国家博物馆，还吃了烤鸭和铜锅涮肉，玩得十分尽兴。

站在天安门广场上，蒋赟心情激动。领了这么多年的低保补助和助学金，他一直是感恩的，说白了，没有政府，就没有现在的他。

他眺望着恢宏的城楼，心想，这就是章翎说的首都啊，语文书、历史书上写着的地方，多么伟大，他可算是身临其境了。

去长城游玩时，是章翎第一次不坐缆车爬长城，因为三个穷小伙儿都不舍得坐缆车，他们有一身力气，觉得自己爬上去才牛。章翎体力也还行，热血上头就跟着他们往上爬。

老大和小吕蹿得飞快，蒋赟和章翎走在后面，见她走得气喘吁吁，蒋赟内疚极了，说："下去我们坐缆车吧，你太累了。"

章翎歇了口气，指着身边走过的一个白发老太太，说："我没这么差劲！人家那么大岁数都能自己走，我能坚持的！"

她很有毅力，说到做到，全程跟着三头蛮牛把长城走了下来。

离开北京的前一天晚上，蒋赟郑重邀请章翎的三个室友吃晚饭，说是三哥教他的，男生要请女朋友的室友吃饭，女朋友才有面子。

吃饭时老大和小吕也去了，两人都加到了苏以晴和曹嘉恩的微信。吕晨捷同学原本对苏以晴就有好感，得知她是江西人后，激动地说："我也是江西的，江西婺源，咱俩算半个老乡呢。"

苏以晴对白白净净的小吕印象也不错，吃饭时两人就开始眉来眼去，差点把老大给气死。

最后一天分开活动，老大和小吕去颐和园了，章翎带蒋赟参观清华和北大，梨子做导游，请他们吃北大食堂。蒋赟坐在食堂里吃饭，看看周围的人，感叹道："这些人可全是学霸啊。"

站在未名湖畔，蒋赟让章翎帮他拍照，说："初中时我啥都不懂，只知道清华北大和Ａ大，那会儿还纠结以后要考哪个比较好，姚俊轩和我说他想考上海交大，我都不知道交大有多厉害。"

章翎说："你的高考分能上Ａ大的，因为它在Ａ省招人多，萧亮就是这么上的，只是专业不好挑。"

蒋赟低头看照片，"我以前就想过出来读大学，不想回钱塘。"

章翎问："现在呢？"

蒋赟深深地看着她，回答："你回去我就回去，你在哪儿，我就去哪儿。"

晚上，章翎送三个男生去火车站，老大和小吕先进去了，蒋赟和章翎没急着进站，在室外腻腻歪歪地抱了一会儿。

章翎给蒋赟买了一双新鞋，蒋赟挑的国货品牌，他也给章翎买了一件毛衣，两件礼物都是打折款，不太贵，却含着满满的情意。

相逢短暂又甜蜜，对于分离，他们都没有过多伤感，只是说着悄悄话。章翎在蒋赟怀里抬头，圆圆的月亮已经挂在空中，她说："蒋赟，中秋快乐。"

蒋赟亲吻她的唇，又不舍地抱紧她，"翎翎，中秋快乐。"

日子在忙碌的学业和浓浓的思念中缓缓滑过，十二月初，沈阳降下这一年的第一场雪。

深夜，章翎在暖气充沛的寝室里收到蒋赟发来的一段视频，她手捧热咖啡，点击播放。

画面里的蒋赟举着自拍杆对准自己，他裹着厚羽绒服，没拉起兜帽，甚至没围围巾，章翎都能看到他露在冷空气中的脖子。

他独自走在雪地里，深一脚浅一脚，脚步声嘎吱嘎吱的，背后是浓浓的夜色，还有几栋亮着灯光的教学楼。

雪一直在下，下得还不小，片片雪花飘落在他身上、头发上，短暂停留后就被年轻男人的火气给融化。蒋赟对着镜头说话，脸被冻得微红，眼睛很亮，嘴边是一团一团的白气。

"我现在在学校，白天时，沈阳下雪了，现在已经积得很深，看，到小腿一半了。"镜头拍过积雪没腿，又对准他的脸，他眨着眼睛说，"翎翎，这是我来沈阳后的第三个冬天，每年看到下雪，我都觉得很有意思，钱塘没这么大的雪。

"我一直都想和人说说这事，可是没人能说。"蒋赟边说边倒退，小小喘着气，"今天下雪，我突然，也不知道为什么，就觉得很幸福，特别特别幸福，我就想，现在有人听我说了。"

他笑得露出一排大白牙，"没什么事，翎翎，就是想告诉你，沈阳下雪了，很好看。"

画面最后，蒋赟对着镜头抬起右手，用指尖比了一个爱心。

章翎流着泪，把这段视频发给爸爸，没一会儿收到爸爸的微信。

章老师：翎翎，你把蒋赟的手机号给我，我给他打个电话。

此时的蒋赟还没回到寝室，依旧在雪地里撒欢儿，正打算堆一个巨大的雪人给章翎看。

他的电话响了，是个来自钱塘的号码。他疑惑地接起，听到一个久违的声音，"是小蒋吗？我是章叔叔。"

蒋赟愣在那里，左手还捧着一团冰凉的雪球，讷讷开口："叔？"

章知诚温和的笑声传到他耳朵里，"好久不见了，小蒋，是我问翎翎要来的你的电话。"

蒋赟感到紧张，女朋友的爸爸给他打电话，没办法不紧张。他忐忑地问："叔，您找我有事吗？"

"不是什么大事儿，就是……"章知诚说，"小蒋啊，寒假回钱塘吧，到我们家来过年，什么都不用担心，就跟以前一样，我们都很想你，你回来吧。"

（3）

警校生的寒暑假和普通大学生的确有所不同，春运繁忙，基层警力严重不足，学校会提前做动员，希望本地学生在寒假期间下到基层派出所，或去火车站、大巴站等公共交通枢纽参与巡逻防控，缓解春运压力。

全国有警校的城市都一样，除非是有市内大型运动会、大型活动或会议，需要学校统筹安排，一切听指挥，其他的都是采用自愿报名原则，总不能不让外地学生回家过年。

过去的两个寒假，三个室友都回了老家，只有蒋赟没歇着，每次都奋斗在第一线。他也不怕苦，寒冬腊月地能在沈阳火车站室外广场上走几个小时，身上是一身藏青色冬款警服，戴着大檐帽，自我感觉很骄傲。

见习没有工资，只管饭，蒋赟向学校提申请，问能不能给他安排一下寒假期间的住宿。后来，他就在某区公安分局下属的警察宿舍里，得到一个免费的上铺床位。

两个寒假，他都是这么过来的。

寝室里，老大问他："赟儿，今年寒假你还去见习吗？"

蒋赟躺在上铺，双手枕在脑后，说："今年不去了，我回老家。"

小吕抬头，"钱塘？"

蒋赟："嗯。"

"去看你女朋友啊？"

"嗯。"

室友们大概了解蒋赟的家庭情况，蒋赟没说太细，但他们都知道蒋赟在钱塘没有亲人，没有房子，蒋赟所有的身家都随身带着，一个大拉杆箱，一个双肩包，可以装下一切。

三哥问："赟啊，那你回去了，住哪儿？"

蒋赟看着天花板，心里也没底，章老师说什么都不用担心，就和以前一样，那以前……他也没在他们家过夜呀。

他一个翻身，趴在床栏上往下看，"实在不行就找个小旅馆什么的，不是有那种青年旅社吗？六人间、八人间，一个床位几十块的那种？"

三个室友没吱声，都觉得很心酸。

蒋赟察觉到他们异样的沉默，笑了一下，"你们干吗呀？别这样，我好多年没回钱塘了，还挺高兴的，而且能看到我女朋友呢，都几个月没见了，我特别想她。"

小吕说："赟哥，不是我说，就你这情况，你女朋友爸妈能把女儿交给你啊？人家可是 985 大学的，你以后拿什么养她？"

三哥怼他："要你瞎操什么心？管得也太宽了吧？"

老大也说："就是！咱赟儿以后能挣钱的，人又帅又本分，多好一小伙。"

小吕很尴尬，"我这不是未雨绸缪一下吗，我也希望老四和弟妹能好好的，弟妹看着就是个好姑娘，老四啊，你可要争气。"

蒋赟又躺回床上，叹口气，"我知道，我也不想委屈她。"

这年春节又很晚，除夕是在二月中旬，寒假就放得也晚，章翎一月底放假，蒋赟是二月初，章翎便提前几天坐高铁回家。

蒋赟坐不起飞机，也不舍得坐高铁，买到一张从沈阳到钱塘的硬卧火车票，火车要开三十个小时，晚上发车，经过一夜一天再半夜后，凌晨三点到钱塘。

他还是第一次享受用学生证买票的优惠，便宜了一百多块钱，就觉得三十个小时的旅程也没什么，还有床睡，相当惬意了。

出发那天，直到走进车厢，摆好行李，火车开动，蒋赟看着窗外疾驰而过的风景，才意识到，他要回的地方是钱塘。

其实，他对钱塘都不怎么了解，小时候的事记不住，后来又去 B 省待了几年，对家乡的记忆就是从九岁多才开始。

他晕车，生活圈一直在袁家村附近打转，春游秋游老请假，也没去过几个景点。大学同学问他钱塘哪儿好玩、什么好吃，他根本答不上来，吃过的几顿饭店饭都在金秋西苑附近，步行可达，去过的商场只有一个天阳百货。他就像个假钱塘人，对钱塘的了解似乎还不如对沈阳来得深。

可那里毕竟是他的家乡，有他最挂念的人，还埋葬着他的爸爸和爷爷奶奶。

蒋赟已经快三年没去给他们扫墓了，有时候做梦会梦到奶奶，奶奶埋怨他：小崽啊，你怎么都不回家了？也不来看看奶奶，奶奶想你呢。

梦里的蒋赟很迷茫，问：奶奶，我的家在哪儿啊？

夜深了，硬卧车厢里充斥着此起彼伏的呼噜声。蒋赟和衣睡在中铺，对于他的身量来说，床位很逼仄，他蜷着腿侧身而卧，睡不着，干脆拿出手机看照片。

他有一个相册，放的全是章翎的照片，以及他们的合影。从移动硬盘把以前的合影挑了些导到手机里，加上后来他们在沈阳和北京的留影，蒋赟一张张看着，一边看一边笑，感觉永远都看不厌。

看到后来他困了，睡了过去。

吃过好多顿方便面和面包，又和天南海北的人胡乱唠嗑一个白天后，火车终于进入 A 省地界，再过四个小时就能抵达钱塘。

章翎知道蒋赟的行程，一路都在给他发微信，这时候，她的消息又来了。

翎翎：小巷毛同学，经过剪刀石头布比赛，我五局三胜赢过章老师，所以今晚由我来接你，你到站了别乱跑啊。

蒋赟：你来接我？我大半夜才到啊！你别来了，不安全，我在火车站待几个小时就行，天亮了再去住的地方。

翎翎：什么住的地方？不是让你别订住宿吗？

蒋赟：不麻烦你们，我会去一个青年旅社，条件挺好的。

翎翎：小巷毛你越来越不听话了，跟你说了什么都不用管，人回来就行，你怎么那么爱折腾呢？那房能退你就退了吧，我会来接你的，你抓紧再睡会儿，定好闹钟，别坐过站。

蒋赟：[尴尬]

蒋赟在青年旅社订下一张六人间床位，退倒是能退，就很过意不去，生怕章老师帮他在什么酒店订了房，那可太贵了，这么长的寒假，他不想他们为他花冤枉钱。

想来想去，他还是先把床位给退了，打算见到章老师后好好和他解释，总之绝对不能接受整个寒假住在酒店里。

火车轰隆隆地经过一片田地，窗外很黑，蒋赟又眯了一会儿，凌晨两点半从铺位爬下来，开始收拾行李。

他带着拉杆箱，里面除了换洗衣服，还有带给章翎家人们的礼物，就是些沈阳挺有名的香肠和糖果，不怎么值钱，但每一包都是他去超市认真挑来的。

终于，列车停靠在钱塘火车站站台，蒋赟背上双肩包，拉着行李箱下车。站在看台上，他感受了一下钱塘冬日的空气，一下子也没觉出与北方有什么不同，他做个深呼吸，就和旅客们一起大步往出站口走去。

越到出口，他步伐越快，半夜里的出站口人并不多，他一眼就看到那个日思夜想的身影。

"蒋赟！"章翎像只小鸟一样向他飞来，蒋赟张开双臂，一把就把她拥进怀里。四个多月没见了，他捧着她的脸颊，不停地亲吻她的额头和嘴唇，叫着她的名字："翎翎，翎翎，我好想你。"

章翎害羞了，捶他，"好啦，别人都在看呢，走吧，我们回家去。"

终于能牵到她的手，蒋赟根本舍不得放开，一路走一路傻笑。章翎说："本来我爸爸说他来接你，但他现在可菜了，完全比不上我妈妈能熬夜，熬一个通宵估计好几天都缓不过来，所以我没让他来。"

蒋赟问："那你呢？你不困吗？"

章翎指着自己的下眼睑，"你看我有黑眼圈吗？我们这种苦逼的码农，谁还没熬过通宵呀？"

章翎是开车来的，走到停车场，蒋赟看到车后一愣，"你家换车了？"

"是啊，一年多前换的，以前那辆开八九年了，上车吧。"

蒋赟放好行李箱，坐上副驾，章翎问他："要橘子吗？我带了哟。"

蒋赟摇头笑，"不用，这点路不会晕，我看着你就高兴，顾不上别的了。"

"我比晕车药都有效果呀？"章翎启动车子，"我发现，小蒋警官现在越来越会花言巧语了。"

蒋赟拍拍自己的左胸，"有一句是骗你的，就罚我天天饿肚子。"

"哈哈哈……"章翎大笑，"这个誓言的确很厉害啦。"

车子开往金秋西苑，蒋赟问："我们先去哪儿？"

章翎觉得奇怪，"什么去哪儿？去我家呀。"

蒋赟有些为难地说："我……住哪儿？我想洗个澡，两个晚上没洗澡了，身上都是车厢里的味儿。"

章翎说："去我家洗呗。"

蒋赟更纠结了，"这不太好吧？"

章翎很困惑，"那你想去哪儿洗澡？"

见蒋赟没说话，章翎终于想明白了，"噢！你是以为我给你订了酒店吗？你想什么呢？没这么好的事，春节酒店可贵了，寒假你就住我家里，都安排好了，放心吧。"

蒋赟愣住，"住……住你家里？整个寒假吗？二十多天啊。"

"是呀。"章翎微微笑，"你去了就知道了。"

车子开进金秋西苑，深更半夜的，整个小区都很安静。章翎带着蒋赟走上四楼，轻手轻脚地开门进屋，"进来吧，我爸妈都睡了，我和他们说过，早上再见面，别大晚上的搞欢迎会。"

客厅给他们留着灯，空调也没关，蒋赟走进屋，看着那些熟悉的家具家电，心中一阵恍惚，他有四年没来了，这时只感受到一种久违了的温暖。

餐桌上还摆着三盘菜，贴着一张便利贴，是章老师的笔迹：

小蒋要是饿了，就热热吃，电饭煲里温着米饭。——爸爸

蒋赟鼻子一酸，觉得章老师这话有歧义，都让他觉得是他的爸爸在对他说话。

章翎给他拿来一双新拖鞋，男士冬款，很大，蓝色底子上有一只咖啡色小熊。蒋赟换上鞋，发现和章翎脚上那双是情侣款，她的底子是粉色的。

他卸下双肩包，脱下羽绒外套，章翎牵着他的手往书房走，打开门说："来，看看你的房间。"

蒋赟发现，书房的布局小小调了一下，原本是比较宽敞的房间，现在摆进了一张打开的沙发床。床单、被子和枕头都已铺好，深蓝色系，全部都是新的，床不宽，却有两米长，他可以睡得很舒服。

这下子蒋赟不止鼻酸，眼眶也湿了，章翎吃了一惊，"哎，你别哭别哭，就一个沙发床，不至于不至于。"

蒋赟忍住眼泪，轻轻地把章翎抱进怀里，"我住你家，会不会不方便？会不会打扰你爸爸妈妈？"

"不会，你是我男朋友呀。"章翎在他怀里笑，"我爸爸妈妈的房间有卫生间，还是比较私密的，没有什么不方便。而且他们和你很熟了，没有打扰这一说。"

"我快四年没见到他们了，哪儿叫熟？"蒋赟闭上眼睛，"你的爸爸妈妈对我太好了，我都不知道该怎么办。"

"好啦，别煽情了，赶紧洗澡去，再睡一会儿。"章翎从他怀里出来，摸摸他的下巴，"胡子都长出来了，看着好憔悴呢。"

蒋赟也摸下巴，"就前天早上刮的胡子，两天没刮了。"

他把拉杆箱和背包带进书房，拿出换洗衣服去客卫洗澡，章翎就躺在沙发床上等他。蒋赟洗完澡后看看餐桌上的菜，一盘盘端回厨房，找出保鲜膜包好放进冰箱，又拔掉电饭煲插头，在便利贴上留言：

叔，这些菜我明早再吃，谢谢您。——小蒋

回到书房后，蒋赟发现章翎睡着了，他在床边蹲下，摸摸她的脸颊，叫她："翎翎，翎翎，醒醒。"

已经凌晨四点半，章翎困倦地睁开眼睛，伸长手臂圈住蒋赟的脖子，很自然地向他嘟嘴。

蒋赟哪里忍得住，立刻倾过上身去吻她，吻着吻着，他就上了床，年轻又强健的身躯压在她身上，低下头、拢着她的身子，近乎疯狂地吻着她，手指掠过她颊边的发，嘴唇在她耳垂和脖颈上种下一个个炙热的印记。

四个多月的思念全都化成这个热吻，章翎被吻得娇喘连连，睡意一下子就消散了。

小小的沙发床上挤着两个身量不小的人，有些不堪重负，发出"嘎吱"一声响，蒋赟和章翎吓一跳，渐渐停下动作。

章翎感受到某人身体上的变化，小脸羞得通红，骨碌骨碌地转着眼珠子。蒋赟没像第一次被抓包时那样难堪，就是有点难受，他的呼吸依旧急促，伏在她身上不愿起来。

章翎等了一会儿后，推他，"起来啦，你好重。"

"你说我不胖的。"蒋赟开始要赖皮，把脸埋进她肩窝里，"我只有一百四十二斤。"

章翎失笑，抚着他的后背，"没说你胖，你快起来啦，床都要被你压塌了。"

蒋赟也怕这个，床要是压塌，他这辈子在章老师和杨医生面前都要抬不起头来，只能哼哼唧唧地起身，发现章翎的眼睛一直盯着某处看。

"你看什么呢？要什么流氓？"蒋赟终于感到害臊，双脚落地坐在床沿边，拉过被子盖住腰，"你赶紧回房睡觉去，这是我的床。"

章翎笑嘻嘻地坐起来，看书房门关得好好的，便恶作剧爆棚，伸手隔着被子就去碰那地方。蒋赟惊得差点往地上摔，那么大个个子躲起来动静巨大，"砰"一下右手肘就撞到了墙。

他痛得"嗷"一声叫，章翎赶忙帮他揉揉手肘，"好了好了，不疼不疼，那个……我不和你玩了，我去睡觉啦。"

蒋赟无语，一脸愤懑，"谁和你玩了？"

章翎冲他吐吐舌头，"这么小气的，摸一下都不让，哼。"说完，她就溜走了。

书房里安静下来，蒋赟竖起耳朵听外面，章翎洗漱后回了房间，很快，整套房子都不再有动静。

蒋赟从双肩包里掏出长颈鹿摆在枕头边，关上灯，躺在沙发床上盖好被子，好一会儿了，他满脑子还是章翎刚才的样子：绯红的脸颊，明亮的眼睛，柔软的嘴唇，还有那一声声要人命的嘤咛声……

蒋赟醒来时已经是上午十点多，惊觉自己居然睡了这么久，他赶紧爬起来，穿着短袖 T 恤和沙滩裤就开门出去。

客厅里窗帘大开，阳光洒满整个屋子，他眯了眯眼睛，好像做了一个悠长的梦。

章翎正坐在沙发上看电视，看到他就喊："早上好！"

蒋赟挠挠头发，"早上好。"

章知诚听到声音从厨房走出来，身上穿着围裙，对蒋赟露出笑，"小蒋，起来了？"

蒋赟呆呆地看向他，章知诚也在打量他，"哎哟，现在长这么高啦？照片上看着都没感觉，这是比我都高了吧？"

　　蒋赟已经大步向他走去，章知诚察觉到他的意图，急急忙忙地说："我身上油，你先等等，我围裙没摘……"

　　"叔，我好想你。"蒋赟哪会管什么围裙，已经一把抱住章知诚。

　　章知诚也释然了，张开双臂抱住这个年轻的男孩，拍着他的背，"叔叔阿姨也想你。你阿姨上班去了，你回来就好，回来就好！看到你现在好好地在上学，叔叔阿姨都很欣慰。"

　　章翎转过身跪在沙发上，托着下巴看他们，章知诚说："饿不饿？叔叔给你做好吃的，你好久没吃叔叔做的菜了，是不是都忘啦？"

　　"没忘。"蒋赟松开怀抱，眼睛有点发红，"一直记着呢，那个土豆炖牛腩，后来再也没吃过比叔叔做得更好吃的了，食堂里都是土豆多，牛腩没几块。"

　　章知诚爽朗大笑，"那今晚就给你做土豆炖牛腩，绝对牛腩多，土豆少，你想吃多少吃多少，肉管够。"

　　蒋赟不好意思地笑，"叔，你一点都没变。"

　　"怎么可能没变？"章知诚摇头笑，"都快五十啦，你和翎翎都这么大了。"

　　蒋赟傻笑，"叔，我先去洗脸刷牙，一会儿帮你做菜。"

　　"不用不用，你去陪翎翎玩吧，你俩好不容易见个面，下午出去转转也行。"章知诚说，"过几天你阿姨休息，我和她说好了，带你和翎翎一起去商场买新衣服。在我们家，没挣钱的都还是孩子，过年要穿新衣服的，新年新气象嘛，所以给你俩从头到脚、从内到外都买一套新的！"

　　蒋赟急道："我不用……"

　　章翎蹦过来抱住他胳膊，"要买的，你得珍惜这机会，明年你实习有工资了，就没份喽！"

　　蒋赟："我真不用。"

　　章知诚拍拍他的肩，"要的，你和翎翎都一样的。好了，快去刷牙吧，我给你弄饭菜。"

　　蒋赟洗漱完，餐桌上热饭热菜已经摆好，章知诚在阳台上晾衣服。蒋赟看着面前的饭碗，是独属于他的那只大海碗，吃完后，能看到碗底的大象喷水图案。

　　章翎坐到他对面，"你先吃吧，我早饭吃得晚，现在还吃不下。"

　　蒋赟拿起筷子，先扒一口米饭，再去夹菜。章老师给他做了红烧肉卤蛋，是他很喜欢的一道菜，他还爱用这卤汁拌饭。他吃下一大块肉，钱塘的红烧肉会偏甜一点，是记忆里的味道，蒋赟食欲大增，把卤汁倒到饭碗里，拌一拌，开始愉快地干饭。

　　章知诚晾完衣服走过来，问："好吃吗？"

　　"好吃，好吃极了。"蒋赟嘴巴塞得很满，"叔你做菜真厉害，我得向你好好学学。"

章知诚说："是该学，以后要做给翎翎吃。"

章翎："嘿嘿嘿……"

蒋赟被闹了个大红脸，眨巴着眼睛好不容易把饭咽下去，低低"嗯"了一声，"我会学的。"

吃完饭，他去厨房洗碗，完了又去书房把特产拿出来送给章老师，另留了一些打算等过年时带给章翎的其他亲戚。章知诚欣然收下，喊章翎："翎翎，下午也没事，你开车带蒋赟出去转转吧，这几天天气好，你俩可以去看个电影、逛个公园什么的。"

蒋赟想了想，问章知诚："叔，我不太懂，想问问你，有没有习俗说，过年前有些忌讳的地方不能去……"

章知诚立刻明白他想去哪里了，说："没有忌讳，你去吧，应该去的，你好几年没回来了。"

蒋赟松了口气，"谢谢叔，那我下午就去一趟。"

章翎也听出他想去哪儿了，说："我陪你去吧。"

蒋赟摇头，"不要了，我一个人去就行。"

章翎说："可我……"

"真的翎翎。"蒋赟揉揉她的头发，"下次再带你去，今天我想一个人去，我想和他们说点悄悄话。"

章翎点头，"我明白了，那你去吧，晚上我妈妈会回来，我们一起吃饭。"

蒋赟便一个人坐公车去了墓园。

在摇晃着的车厢里，他看向窗外，钱塘已经有了迎新春的喜气，好多地方都挂着红灯笼和中国结，看着好热闹。

最开始的几站路，是蒋赟熟悉的街景，曾经每天都要来回，有些老店还开着，有些已经易主。那家卖芒果西米露的店也不见了，蒋赟遗憾地想，章翎想吃可怎么办？

车子还驶过钱塘五中老校区旧址，蒋赟伸长脖子盯着看，那里也变成一片工地，教学楼和操场早就没有了，不知道未来要建什么。

一个小时后车到墓园，蒋赟没买别的，只带着一块抹布和两束花进去。

他还是先去看爸爸，再去看爷爷奶奶。

蒋赟把墓碑擦拭干净，不顾地上脏，盘腿坐在墓碑前看着奶奶的照片，叫她："奶奶，小崽来看你了，你还认不认得我啊？"

照片上的李照香笑得很开怀，是蒋赟记忆里不曾有过的幸福面容。

"我回来了。"他说，"以后，我每年都能来看你们。"

"奶奶，我快二十一了，现在长得很高，他们都说我很帅，我自己没觉得，你看我帅吗？"他开始和奶奶聊天，"我毕业后会回钱塘工作，明年这时候，我应该就在准备公安招考了。我想进刑侦大队，市局和区分局都可以，我愿意从基层做起，我想做个好警察。"

"奶奶，我有女朋友了，章翎，就是小妹，你还记得她吗？她说想和我一起来看你，我没让，以后再带她来。"蒋赟低下头，笑了，"她可……真好啊。"

他闭了闭眼睛，忍住泪意，一时不知该从何说起，就坐在那里与李照香对视，很久以后，他才开始和奶奶诉说这两年半在沈阳的生活。

"奶奶，你怎么会那么不小心？走路都会摔跤。"蒋赟叹气，"我在沈阳也有看新闻，很多人下雪后都容易摔跤，所以骨科特别忙，章翎的妈妈要是在北方，冬天都要忙得回不了家。"

"我都没能给你养老，你还没住上我买的带电梯的大房子呢。"蒋赟又笑起来，"我现在还是很穷，没什么钱，也不知道什么时候才能买房，你说，章翎跟着我，会不会受委屈啊？

"我会努力的。

"我不会辜负她。

"今年过年，我和章翎一起过，你别担心我。她家有好多亲戚，都对我很好，我真的好喜欢她们家的氛围。奶奶，是不是别人家都那样？"

"我……"他说不下去了，眼泪还是掉下来，"奶奶，我不说了，说了就想哭，我都这么大个人了，哭鼻子真的很丢人。其实我现在过得很好，你也能看出来吧？我长大了，等我毕业，会越来越好的。

"奶奶，你相信我，我和章翎都会越来越好的。"

他又坐了一会儿，手指拂过花束的花瓣，起身离开墓园。

（4）

蒋赟回到金秋西苑时，杨晔还没回家，他去厨房帮章老师准备晚餐。正在切春笋时，客厅响起杨晔兴奋的声音，"小卷毛，小卷毛！让我看看小卷毛现在什么样啦？"

杨医生蹦跶着冲进厨房，蒋赟一回头，就被她抱了个满怀，这次换他喊了："阿姨阿姨，我在切笋呢！"

他右手高高扬起，举着一把刀，章知诚小心翼翼地把刀拿下来，蒋赟才敢去看杨医生，章翎倚着厨房门笑得浑身直抖。

杨晔仰脸看着蒋赟，拍拍肩膀，捏捏胳膊，"哇！小卷毛你怎么变这么大一只啊？真帅呢！"

蒋赟发现杨医生胖了一些，头发也剪短了，一张脸依旧神采奕奕，他任凭她抬手揉他头发，低低叫她："阿姨，我好想你啊。"

"乖孩子，阿姨也想你。"杨晔激动坏了，"书房那床睡得舒服吗？是我和你叔叔去宜家挑的，一张张试过来哒！"

蒋赟："很舒服，谢谢你们。"

章知诚赶人了，"杨医生你刚从医院回来，请先去脱外套和洗手，谢谢。"

杨晔笑嘻嘻地出去了，换章翎挤进厨房，围着蒋赟探头探脑，"今晚吃什么呀？"

蒋赟笑，"土豆炖牛腩，你不是知道吗？"

"别的呢？"

"河虾，桂鱼，油焖笋，还有青菜肉丸汤。"

章翎的手臂揽上蒋赟的腰，蒋赟也没动，继续切笋。

章知诚在边上扫了他们一眼，章翎没在意老爸的视线，手指在蒋赟背上挠啊挠，又顺着他的脊骨往下滑。蒋赟扭了一下，"别闹，痒。"

章老师就在旁边，蒋赟好不自在，小声对章翎说："你出去啦，我们忙着呢。"

章翎向他仰起脸，"亲一个。"

蒋赟吓得上身后仰，脑门冒汗，完全不敢看章老师。章翎撒娇，"亲一个，今天还没亲过呢。"

蒋赟没办法，只能飞快地在她嘴上啄了一下，章翎这才喜滋滋地跑出去。

蒋赟默默把春笋切完，盘子递给章知诚，"叔，笋好了。"

章知诚："嗯。"

别说蒋赟学过微表情心理应用课，就算他是个文盲，这时候也看得出来，章老师不高兴了。

"你以后在你爸爸妈妈面前，稍微那啥一点，刚才吃饭的时候，你爸爸看我跟看什么似的，我都没脸见他。"

蒋赟唉声叹气，章翎窝在他怀里动手动脚。这人身材真的好好，体脂率极低，胸肌腹肌摸着就很带劲。

蒋赟拍开她到处乱摸的手，"你听见我说话没有？"

"听着呢，什么叫那啥一点？"章翎气呼呼，"他俩在我面前亲来亲去都二十年了，我说什么了吗？"

蒋赟一口气被噎住，又说："那不一样，他俩是夫妻啊。"

章翎不服气，"你这是双标！"

"我怎么还双标了？"蒋赟脑壳疼，"反正就是你稍微、稍微收敛点，别叫我难做。"

章翎坐起身，指着房门，"这么难做啊？那你现在出去吧。"

蒋赟眉毛挂下来，"翎翎……"

此时，他俩待在章翎房里，时间：晚上九点多。坐标：章翎床上。

蒋赟一把搂住章翎的腰又把她给圈进怀里，一顿乱揉。章翎大笑着和他搏斗，斗来斗去，床单都被弄得乱糟糟的，姿势最终变成蒋赟仰躺着，章翎趴在他身上，面对着面。

她很轻，连着两只脚都搁在他腿上，蒋赟抱着她的腰，仰着脖子亲了她一口，"我不出去，还早呢。"

章翎双手捧着他的脸，又去抓他头发。他的头发真的很好玩，就是比较挑理发师，剪得好的托尼老师能把他打造成国际超模，碰到剪得不好的，他就会变成卖羊肉串的阿凡提。

章翎说："春节前，你去剪个头吧。"

蒋赟："好。"

章翎："我和你一起去，我想染个色。"

"染哪个色？"蒋赟问，"红的黄的？"

"染个和你一样的色，情侣色。"章翎笑得很开心，"把你带去理发师面前，说，就要这个色，染不出来我不给钱。"

蒋赟大笑，"你觉得我头发颜色好看吗？"

"好看呀。"章翎眼睛亮晶晶的，手指绕着他的头发打转儿，"是不是深了一点儿？我总觉得高中时颜色没这么深。"

"嗯，小时候更黄，我一直觉得很丑。"蒋赟摸着她乌黑柔顺的长发，"黑头发多好看，羡慕。"

章翎转着眼珠想了一会儿，说："你这头发是不是会遗传啊？你妈妈的头发就这样。"

蒋赟说："应该是，我见过我外公，他更像外国人，还看过我弟弟妹妹的照片，就是我妈后来生的小孩。我弟头发和我一样，我妹不是，头发眼睛都是黑的。哎我和你说过没有？我有八分之一的罗马尼亚血统。"

章翎很惊讶，当然不是因为他混血，而是因为蒋赟说他见过外公。

她问："你都见过你妈妈的家里人啦？"

蒋赟摇头，"不是，只有外公。"

他简单地说了那天发生的事，语气颇有些遗憾，"这么说起来，我是不是也算一个流落在外的豪门大少爷？"

章翎笑得打跌，知道他是在开玩笑。蒋赟自己也笑了，摸着她的头发说："我开玩笑的，没想过这些，他们就算要给我，我也不会要。"

"我知道。"章翎乖巧地伏在他胸口。

"你说，我要是有个孩子，会是卷发吗？"蒋赟说，"这都混到十六分之一了，估计不剩啥了吧？"

章翎嘿嘿直乐，"你有没有想过，你生个孩子叫什么名？"

蒋赟回答得巨快，"生个女儿就叫蒋章，生个儿子叫蒋状，小名壮壮。"

章翎："……不好听。"

蒋赟压着下巴看她，"是吗？你不喜欢啊？"

章翎发现自己着了他的套，"关我什么事？是你的孩子，和我没关系。"

蒋赟笑，手指在她腰间挠啊挠，"要不姓章吧？我愿意的。"

章翎啪啪拍他，"你好讨厌啊！烦人精！"

蒋赟抱住她，"吧唧"亲一口，又"吧唧"亲一口，亲一口亲一口，两个人慢慢地就吻到了一起，手也不老实地抚上对方的身体。

二十出头的小年轻实在是很不经撩，吻到后来，蒋赟就受不住了，翻个身趴在床上，脸埋在枕头里，向着章翎举手投降，"暂停，让我静静。"

章翎却还要去逗他，蒋赟不停讨饶，开始和她聊正题，"翎翎，你有没有挑好学校？"

他们从不避讳聊这件事，不惧分离，说好了要坦诚相待，有话就说，凡事多沟通多讨论，就像章老师和杨医生那样，感情才能历久弥坚。

章翎托着下巴趴在他身边，回答："有啊，USC，CMU，NYU。"

蒋赟露出脸来看她，"说人话。"

章翎一个个说给他听，"第一所是南加州大学，在洛杉矶；第二所是卡内基梅隆大学，在匹兹堡；第三所是纽约大学，全是美国的。"

蒋赟问："哪个最好啊？"

章翎："这不好说，要看我未来的发展方向，我可能比较倾向第二所，就是第二所学费比较贵，但它的计算机学院真的非常非常牛。"

蒋赟："就那个什么卡、卡梅隆大学？"

章翎："卡内基梅隆大学！Carnegie Mellon University，卡梅隆是个导演！"

蒋赟："哦，怪不得听着耳熟，是拍《变形金刚》的吧？"

章翎终于知道，蒋赟为什么不爱参与别人聊天的话题，他果然是多说多错，也就不怕在她面前丢脸。

"小赟赟你怎么这么傻的呀？"章翎去拽蒋赟的耳朵，"你都懂些啥？除了吃饭睡觉训练上课，你还懂什么？"

蒋赟还真认真思索了一下，说："我懂你。"

"真的吗？"章翎持怀疑态度，"那你说说，我最喜欢什么颜色？"

蒋赟："蓝色。"

咦？章翎看看自己粉蓝色的家具，"这个不算，房里有提示，我最喜欢吃什么？"

蒋赟看向她，"你这么馋一个人，什么都爱吃啊，每样又都吃不多，绝对没有最爱吃的东西，你自己都说不出来。"

章翎噘嘴，"我是什么星座？"

蒋赟卡壳了，章翎指着他，"哈，答不上来了吧？还说懂我？女朋友的星座都不知道哦。"

蒋赟疲了，"我连自己是什么星座都不知道。"

章翎戳戳他的脸，"记住，你是双鱼座，我是双子座。"

"都有个双啊？"蒋赟眼睛亮了，"咱俩还挺配！"

章翎笑了，"其实我不怎么信星座的，没研究过。继续提问，我是什么时候喜欢上你的？"

蒋赟一脸呆滞，又答不上来了。

章翎憋着笑，见他眼神迷茫，佯怒道："你看吧，你哪儿懂我了？"

蒋赟一骨碌坐起身，先拉过被子盖住腰下，又直勾勾地盯着她，"我也一直想问你，你是什么时候喜欢上我的？你怎么会喜欢我呢？我这么个人，我那会儿……又矮，又丑，又穷，成绩还不好，你不是喜欢乔嘉桐的吗？"

"干吗说到他呀？"章翎都快忘掉乔嘉桐这个人了，"我不告诉你，你先告诉我，你是什么时候喜欢上我的？总不会是小学吧？那你也太早熟了。"

"我……"蒋赟绞尽脑汁地回忆，"我也不知道，我一直，心里就只有你一个女孩，我从没想过你会喜欢我。"

"那你高一开学时还对我那么凶哦，你好奇怪。"章翎又问，"蒋赟，我一直在想，如果我俩没在一个高中，你打算怎么办？把我忘了吗？"

"忘不掉的。"蒋赟摇头，"我后来分析过，你每周二会从那个天桥过，说明你就住在附近，就算不是金秋西苑，也是附近那几个小区。那年暑假，后来我每个礼拜二都去钟叔那儿蹲点，没蹲着，我就想着等开学了再去金秋西苑和附近几个小区碰碰运气。翎翎，我一定会找到你的，没别的意思，就是想找你要个 QQ。"

章翎看着他认真的表情，问："要到 QQ 后呢？你打算怎么办？"

"我就有动力了。"蒋赟的眼神变得炙热，"我就能知道你将来要考哪个大学，我也就有目标了。我希望有一天我能变得很优秀，那我就会去找你，请你喝杯咖啡，或是吃顿饭。你要是有了男朋友，没关系的，我只要知道你好好的就行了。我还想过，等你大学毕业那天，我去参加你的毕业典礼，送你一份礼物。你结婚那天，我高高兴兴地去喝你的喜酒，给你包个大红包。等你有了孩子，我就给宝宝买个长命锁……"

"停停停停停。"章翎越听越头疼，"小蒋警官，你真的不该去考警校，应该去考编剧，你怎么那么会想啊？"

蒋赟不说了，目光深邃地看着她，章翎向前抱住他，"大概……就是因为你这些奇奇怪怪的想法，我无意中就想到了，然后就喜欢上你了。"

"我真是这么想的。"蒋赟回抱住她，"每想一次就乐一次，觉得真好，当这一切都成真时，我应该三十岁了吧？"

章翎笑问："那在你的想象中，三十岁、已经变得很优秀的蒋先生，结婚了吗？"

"应该没有。"蒋赟想着想着又笑了，"要找到一个比你还好的女孩，好难的。"

他正在深情告白，章翎却找着机会一把掀了他的被子，去摸他那里，蒋赟猝不及防被抓住要害，"嗷"地惨叫起来。章翎一击得手，惊讶地"喔"了一声，蒋赟气得扑上去，两人立刻又在床上滚成一团。

主卧，章知诚原本正靠在床头看书，隐隐约约听到男人的叫声，倏地抬起头来，"小蒋在翎翎房间已经待好久了吧？"

杨晔在玩手机，"他俩几个月没见了，腻在一起很正常。"

章知诚忧心忡忡地问妻子："他们……不会……那个……"

"应该不会。"杨晔头都没抬，"俩小孩胆子没那么大，我和翎翎也说过了，不是不可以，就是必须要做好保护措施。"

章知诚瞪大眼睛，"你这么和她说的？她才二十岁啊！"

杨晔转头看他，"章老师你是不是老年痴呆了？你忘了咱俩那会儿是几岁吗？我才十九岁！"

章知诚哑口无言，还是觉得放不下心，准备下床出去，"我去敲个门，问问他们要不要吃夜宵。"

杨晔一把拉住他，把他拉回床上，"哎哟章老师，您歇着吧，放心，他俩不会的，就是很久没见腻歪腻歪，你就别去吓唬他们了。"

章知诚盯着主卧房门，觉得自己这一晚会愁得睡不着。

蒋赟就这样在金秋西苑住下来。离过年还有十天，他很久没有过这么悠闲的时光，一时间还很不习惯。

章翎要考托福，每天都要花几个小时学英语，蒋赟就给自己安排起训练计划，每天外出跑十公里，再去小区里的健身设施区域锻炼，拉着单杠引体向上，引来一群老头老太帮他数数。

他买来两个很重的哑铃，借来杨晔的瑜伽垫在家里练力量。章知诚看得跃跃欲试，也试着去拎那哑铃，结果一拎起来，腰都差点折了。看着爸爸揉着腰一脸郁闷地走开，章翎在沙发上笑得直打滚。

其余时间，蒋赟会帮章知诚做家务，还会乐颠颠地陪他出去买菜，向章老师虚心学习厨艺。练习几天后，蒋赟掌勺做出一顿饭，迎来章翎一家三口的一致好评。

他和章翎偶尔出去约会，看场电影，喝杯奶茶，搂搂抱抱打打闹闹，和大街上别的小情侣没两样。

他们还去草花工作的餐馆吃饭，草花看到这两人手牵手地出现在面前，激动得抹起眼泪，"我是红娘吧？赟哥，你就说我是不是红娘？你俩结婚的时候我要给你做伴郎！"

他抱着蒋赟又蹦又跳，蒋赟随他闹，早就忘了要揍他一顿的事，拍着他的背说："草花，谢谢你。"

梁军带上佟跃东和夏云请蒋赟吃饭。佟跃东三十岁了，终于找到了女朋友。夏云依旧单身，她升了职，从禁毒支队转去经济犯罪侦查支队，出外勤的机会不再那么多。

餐桌上，夏云给蒋赟推荐了一大堆书目，都是公安招考的参考书，"好好准备起来，考公务员要背诵要刷题，马虎不得。"

侦查学专业毕业的学生能考公安系统绝大多数岗位，梁军希望蒋赟能干禁毒，蒋赟婉拒了，说自己还是想做刑侦。

"人各有志。"梁军对蒋赟很是欣赏，"好好干，小伙子，我不会看走眼的。"

梁军答应帮蒋赟联系大三结束后的实习岗位，那将是长达半年的实习，是蒋赟从警前很重要的一次历练。

距离除夕还有两天，一部青春校园网剧在某个平台火热上线，男一号女一号都是当红顶流，一上线收视率就不错。

章翎、蒋赟和章知诚一起坐在沙发上看剧，章翎吃着小核桃，说："爸爸，这部剧我高中同学有演哦，她演女三号，好像戏份还不少。"

蒋赟在给她剥核桃，拿着钳子一颗颗夹壳，把大颗的核桃肉都挑出来，放在小碟子里，章翎自己吃一颗，还不忘往蒋赟嘴里塞一颗。

蒋赟偷看章老师，用手肘捅捅章翎，章翎反应过来，又拿起一颗核桃肉递到老爸嘴边，"章老师张嘴。"

章知诚叹口气，用手接过核桃肉，推开女儿，"你俩自己去玩，别打扰我看电视。"

许清怡演的角色叫周晓芹，第一集就出场了，穿着校服，白衬衫配格子裙，黑色长发披在肩上，额边夹一个卡通发夹，有一张我见犹怜的清纯脸庞，笑起来甜度满分。

蒋赟对许清怡的印象还停留在高中，问："她是好的坏的？"

"不知道，我没看过原著。"章翎说，"我觉得她比女一女二都好看呢。"

很快，三个人都知道了，晓芹是个"反派"，因为暗恋男主、嫉妒女主，明里暗里和女主作对，当着男主的面又变成一副楚楚可怜的模样。

有一场哭戏，给的许清怡特写，前一秒还在对女主要狠，讲话阴阳怪气，后一秒男主来了，她一个回头，镜头都没切，大眼睛一眨巴，眼泪就大颗大颗滚下来，咬着唇喊："学长……"

蒋赟："噗！"

章翎笑得小腿乱晃，"哈哈哈哈哈……"

章知诚也不懂两个孩子在乐什么，一边看一边挑刺，"哪个高中的学生能把头发散下来？还化妆。"

章翎："爸爸，这是电视剧，又不是现实。"

一会儿后，男女主因为一个摔跤，不小心吻到一起，章知诚扶额，"这都什么乱七八糟的？"

章翎："爸爸，你不懂，观众就爱看这个。"

章知诚看不下去了，"我去午睡一会儿，你俩看吧。"

章老师走了，蒋赟立刻放松，章翎也黏到他身上，和他一起盯着电视看得津津有味，"许清怡演得还不错啊。"

蒋赟："这不是本色出演吗？"

章翎："也没有吧？她本人就是有点作，没那么阴险。"

高一（6）班的微信群都在聊这部剧，清一色地夸许清怡演技好，许清怡大大方方地说"谢谢"，还发出一个大红包，大家蜂拥而上，章翎抢到二十多块，发了个"谢谢老板"的表情包。

她问蒋赟："你几块？"

蒋赟虎着脸给她看——0.78 元。

章翎笑晕，拉了一下大家的金额，说："小蒋警官，你好像是最少的一个。"

蒋赟说："习惯了，我向来运气不太好。"

章翎抱住他胳膊，"别这么说嘛，有个说法是，运气这个东西其实很公平，这里少给你了，别处就会多给你，每个人的幸运值都是一样的。"

蒋赟仔细思索她的话，觉得很有道理，揽住她的肩在她脸上亲一口，"这么说也对，我都能找着你做女朋友，其实幸运爆了。"

章翎一点儿不谦虚，"对吧？所以你就是幸运小蒋。"

除夕夜，章知诚"一家四口"带着年货去杨教授家吃年夜饭。

蒋赟和章翎穿上一身从头到脚、从内到外的新衣服，头顶情侣色发型，一个精神又帅气，一个从知性女孩变得时尚许多。

蒋赟提着他从沈阳带来的礼物，第三次见到章翎家的亲戚们。

比起往年，这一年的年夜饭多了两个人，一个是蒋赟，一个是牛禹辰。

小牛先生和杨鹤已经领证，还没办酒。他家在外地，打算年初二带杨鹤和父母一起回去，年三十自然是和新婚妻子一起过。

杨教授家的别墅小楼很宽敞，人多了也不会拥挤，长辈们见到蒋赟都很惊喜，一个个排队来拥抱。喻明芝让蒋赟坐下，揉着他的卷发说："这个头发剪得真精神嘞，小卷毛现在好英俊啊，和我们翎翎真般配。"

牛禹辰酸溜溜地对杨鹤说："我第一次和你奶奶见面，她都没有夸过我英俊。"

杨鹤看看他，再看看蒋赟，"这说明我奶奶眼神还挺好。"

章知诚带着大家包饺子，蒋赟成为主力军，教杰克怎么包，牛禹辰不会包，被大家一通笑，说他三十多岁的人还比不过两个小男孩。

"小男孩"之一蒋赟被热情地围在中间，喻明芝乐得直拍手，"今年吃饭十三个人，明年能不能变成十五个呀？"

茅医生说："十五个，一桌都要坐不下咯！"

杨鹤说："奶奶，十四个就行了，我这第十五个再缓缓哈，不急。"

蒋赟想哪来的十四个？然后就发现樊真小腹微突，看来是怀孕了。

他小声问杰克："你要做哥哥了？"

"是呀！我要做哥哥啦！"杰克已经是个七岁半的小男孩，其实不太记得蒋赟，不过知道他将来要做警察，对他非常崇拜，很快就建立起"男人"间的友谊。

蒋赟边包饺子边问："你想要弟弟还是妹妹？"

杰克说："弟弟妹妹我都喜欢的，最好像我爸爸和我姑姑那样是龙凤胎，那就又有弟弟又有妹妹啦！"

杨鹏听到了，敲他脑袋，"还龙凤胎，真龙凤胎生出来，养都养不起。"

蒋赟知道他在说笑，章翎的亲人们经济条件都不错，可以给小孩提供很好的生活和教育环境，最重要的是，他们都会给予小孩浓浓的爱。

包完饺子，大家开始各玩各的，杨磊支起桌子叫人打麻将，樊真去楼上午睡，章知诚、茅医生和杨鹏去厨房准备年夜饭，小杰克很用功，在一楼书房摊开书本做寒假作业。

章翎拉着蒋赟的手，说："过来，我给你看个好玩的。"

蒋赟好奇地跟她出去，在阳光房里，看到两只鹦鹉，一只绿，一只白，都很漂亮。

"我外公养的。"章翎指着一只绿毛鹦鹉说，"我给你表演一个绝活。"

蒋赟好期待，就听章翎说："笨蛋。"

鹦鹉："蒋赟！"

章翎："笨蛋。"

鹦鹉："蒋赟！"

蒋赟傻眼了，冲着鹦鹉喊："你才是笨蛋！"

鹦鹉："蒋赟！"

章翎哈哈大笑，又说："宝贝。"

鹦鹉："么么哒。"

"它还会说什么？"蒋赟觉得好玩极了，"会叫你名字吗？"

章翎摇头，"不会，会叫杰克，还会说很多话，这个'笨蛋蒋赟'是我把它教会的，心情不好的时候就对着它骂笨蛋，它说蒋赟，我就开心了。"

正逗鸟玩，杰克跑出来，"卷毛叔叔，我有一道数学题不会做，你来教教我好吗？"

小男孩听女性长辈们喊蒋赟"小卷毛"，便自作主张叫他"卷毛叔叔"，蒋赟也不计较，拉着章翎一起去书房，"行啊，叔叔教你。"

然后，名侦探小蒋就被一道小学一年级发散思维的数学题给难住了，坐在那儿研究火柴棍怎么摆。章翎没去管他，坐在书桌边闲来无事，拿起杰克的《新华字典》翻看，蒋赟看到了，说："我也给你表演一个绝活。"

章翎问："什么？"

蒋赟说："翻到你生日那页，有惊喜。"

"哪页？六百一十七吗？"章翎翻到那一页，惊呆了，"咦？哇！"

蒋赟还怕字典改版过，看来并没有，笑着说："还有呢，再翻到我生日那页。"

章翎又翻到三百一十页，"我的天啊！怎么会这样的？"

她蹦起来，拿着字典往外跑，"爸爸！妈妈！我给你们看个好玩的！"

蒋赟低头笑，杰克站在他旁边挠挠头，问："卷毛叔叔，你做出来了吗？"

蒋赟："呃……还没有，你等等哈，我再想想。"脑子里却回想起那只绿鹦鹉的话：笨蛋蒋赟！笨蛋蒋赟！

年夜饭温馨开席，蒋赟又一次收到三个红包，捏一捏，好厚啊！他受之有愧，根本不敢拿，喻明芝按着他的手说："你不是翎翎的同学啦，是她对象，要收下哦！回去好好上学，小牛也有的。"

蒋赟只能收下，说："谢谢外婆。"

喻明芝笑得慈祥又开心，"乖孩子，要对我们翎翎好哦。"

别墅在城郊，能买到烟花爆竹，杨磊带来一些小礼花，晚饭后陪杰克在院子里放着玩。章翎从袋子里挑出一把冷烟花，对蒋赟说："我们玩这个。"

她和蒋赟一人拿一根小烟花，点燃后，火花滋滋地冒，她挥舞着烟花棒转圈圈，又蹦又跳，"蒋赟，新年快乐！"

蒋赟左手插兜闲闲站着，看着右手上闪耀的烟花棒，笑得眼睛弯起来，"翎翎，新年快乐。"

他身后的屋子里非常热闹，电视上播着春晚，大家挤挤挨挨地坐着聊天、吃东西、看电视。小杰克在院子里捂着耳朵看烟花，而章翎在他面前像个小仙女一样地转着圈，火花在夜色中划过，留下一道道耀眼的痕迹，她偶尔看向他，眼睛里的光亮比烟花还要绚烂。

蒋赟痴痴地看着她，突然觉得，他真的，是幸运小蒋。

第 20 章

你会有个家

二十多天的寒假即将结束，同学会最终没有开起来，因为有些人回了老家，有些人出去旅游，大家一致约定放到大三结束后的暑假再相聚。

章翎和蒋赟同一天回校，一个坐高铁，一个坐硬卧。章翎的列车是早上，蒋赟送她去火车站，抱着她不舍得松手。

两人朝夕相处大半个月，每天都会躲在章翎的房间里亲热一会儿，不过发乎情，止乎礼，小蒋警官定力十足，就算被吃光了豆腐，也没有突破最后的关系。

他说不急，他们有的是时间，他们还年轻。

大三下半学期，章翎进入大学四年中最累的一个阶段，除了要应对本专业课程，还要准备托福和 GRE 考试（美国研究生入学考试）。

她开始拼命，都没时间和蒋赟聊微信，每天早上六点起床，溜出寝室找个没人的地方背单词，晚上全部泡在自习教室，回寝室后继续学，十二点能睡都算是早的。

到期末时，她的 GPA（绩点）刷上 3.7，在系里能排进前 20%，手握托福 107 分和 GRE334+5.5 的成绩，为大四申请学校做好一切准备。

蒋赟的学业也不轻松，大部分课程都要结束了，暑假以后他就要开始实习，梁军已经为他联系好岗位，去钱塘东城区公安分局刑侦大队做一名实习刑警。

整一个学期，蒋赟和章翎没再像大三上那样天天联系，只在每个星期挑一个两人都有空的时间，聊一通长视频。谁都没有怨言，只有安慰和鼓励，知道另一个人虽然不在身边，却是在为梦想、为未来而全力以赴地奋斗。

章翎有时候学习压力太大，会在和蒋赟视频时掉眼泪，说每天都睡不够，很累很累。

蒋赟在手机里温柔地笑，"如果太累了，就给自己放一天假，好好睡个饱，再去买杯奶茶喝，吃块巧克力。我们翎翎最棒了，肯定可以熬过去的，宝贝儿你别哭啦，要不要我给你唱个歌？"

章翎眼角挂着泪，"你会唱什么？"

"就最近有个歌很火呢，我都学会了，我唱给你听啊。"蒋赟清清嗓子，开始唱歌，还配上搞怪的动作，"我们一起学猫叫，一起喵喵喵喵喵，在你面前撒个娇，哎哟喵喵喵喵喵……"

章翎破涕为笑，笑得直不起腰来，"你讨不讨厌的。"

蒋赟也笑，"不哭了哈，翎翎加油，暑假我们就能见面了。"

大三结束后的暑假，章翎和蒋赟回到钱塘，蒋赟在金秋西苑住了几天后，就去东城分局刑侦大队报到。

实习期间包吃包住，他被分到一间四人宿舍，还有实习工资，据说正式警员发福利，实习警也能分到一些。

带蒋赟的是个四十多岁的老刑警，叫韩伟，离过婚，脾气不太好。一开始因为蒋赟是梁军打过招呼的"关系户"，他没怎么给蒋赟好脸色看，都不爱管他，以为这帅气小伙儿是哪个有钱人家的公子哥，过来混混日子。

相处过一段时间，韩伟就发现不是这么回事，蒋赟很勤快，从来不偷懒，也不会叫苦叫累，不管派给他什么活儿都能完成得很出色。大太阳底下，让他去扒垃圾桶他就扒，让他去走访他就去走访，让他爬墙他就爬，跟个猴儿一样三两下就上去了。慢慢地，韩伟开始很乐意带蒋赟出外勤办案，在实战中教他一些真本领。

蒋赟实习得很卖力，也很快乐，只有一点比较遗憾，刑警都是便衣工作，那身警服，蒋赟很少再有机会穿。

他没日没夜地工作一个月，硬是一天都没休息，就为了攒下五天假期，向韩伟请假："韩哥，我想休个假，和我女朋友一起出去玩一趟。"

韩伟瞪他，"你还有女朋友？"

蒋赟笑得露出大白牙，"有呢！"

韩伟烦躁地摆摆手，"按流程办手续，滚！"

八月中旬，蒋赟和章翎一起踏上去厦门的旅程。

章翎说夏天太热，她喜欢去海边玩，蒋赟记得很牢。

第一晚，他们就住在鼓浪屿，民宿装修得很小资，到处是鲜花和绿植，住店的女孩们穿着吊带长裙，打扮得花枝招展，在院子里不停拍照。

蒋赟在房间里放下行李，看着仅有的一张双人床，回头问章翎："晚上怎么睡啊？"

章翎忍着笑睨他，"你说呢？"

他们在一起一年了，还从没在同一个房间过过夜。蒋赟有想过这趟旅行可能会发生点什么，却不敢提，他怕自己太冒失，会吓到章翎，毕竟……他都还没到法定婚龄呢，做那事是不是不太合法？

蒋赟指着沙发认真地说："我睡沙发吧。"

章翎"噗"一下笑出来，"这个沙发才这么点长，我睡都不够，你怎么睡啊？"

蒋赟从身后抱住她，"那我打地铺。"

"别卖惨。"章翎掐了他手臂一下，"明天去市里，订的酒店也是大床，要不要我现在去改成标间啊？"

见蒋赟在发愣，章翎牵过他的手，"走啦，先出去吃饭，鼓浪屿好多好吃的，我都饿了。"

两人一起出了门，蒋赟穿着章翎买的花衬衫、沙滩裤，章翎身上是一条浅蓝色长裙，头戴草帽和太阳镜，他们牵着手，一起在人头攒动的龙头路商业街上闲逛。

喝过奶茶，尝过蚵仔煎，他们最终选择吃海鲜，没有挑昂贵的鱼和大螃蟹，只点了一些小海鲜，依然吃得很满足。

夏天天黑得晚，吃完晚饭，太阳还没落下海平面。章翎拉蒋赟去沙滩上玩，脱掉人字拖，她提起裙摆，和蒋赟一起欢呼着冲向大海。

这还是蒋赟第一次与大海亲密接触，他都没去过大连，温暖的海水一波又一波地漫过脚背，他动动脚趾，觉得很有趣。章翎把裙摆打了个结，也不怕湿身，俯下身掬起海水泼向蒋赟，笑得很大声。蒋赟很快开始反抗，冲过去将她打横抱起，章翎尖叫，蒋赟说："信不信我把你丢进海里喂鱼？"

章翎搂着他的脖子讨饶，两条小腿不停晃，"不要不要不要……"

蒋赟哪会这么做？小心地把她放下来。章翎指着西边的天空说："你看，好美呢。"

蒋赟也望过去，海边的落日真的特别漂亮，夕阳把天空染成一片水彩画，海风吹着，海浪翻涌着，发出哗啦啦的声响，孩子们在沙滩上奔跑嬉戏，是一张张天真无邪的脸庞。

脚下，纠缠的影子被夕阳照得很长，蒋赟搂过章翎，低下头，闭上眼睛，很轻柔很轻柔地吻着她。

回民宿的路上，他们走进一家便利店，买了一大堆零食和饮料。收银台边有一排计生用品，章翎给蒋赟使了个眼色，蒋赟不敢动，章翎指甲又在他掌心掐一下，蒋赟做一个深呼吸，才抬手取下一盒。

章翎拿草帽盖住脸，不敢去看收银员。

回到房间，蒋赟一身汗，脱下衬衫先去洗澡，正在洗头时，卫生间的门被推开了，一个人悄悄地把脑袋探进来。

章翎拉开淋浴间的玻璃门时，蒋赟吓一跳，脑袋上顶着泡沫回头看她，"干什么？！"

章翎瞪大眼睛看向面前的高大男人，热水洒在他身上，顺着他结实的肌肉线条往下流淌，流过宽厚胸肌，流过棱角分明的腹肌，流过人鱼线……章翎只觉得一股雄性荷尔蒙气息扑面而来，她还看到他前胸后背上零散的伤疤，忍不住伸手去触摸。

蒋赟都不知该往哪里躲，手又要往哪里遮，在狭小的淋浴间里跳着脚，"翎翎你干吗呀？"

章翎说："我想和你一起洗。"

说着，她就抬脚跨进了淋浴间。

一切都发生得顺理成章，一座小岛，一间小清新的民宿，一张双人大床，两个年轻人在床上深情拥吻，手指交缠，看着彼此的眼睛，共同摸索着学习一门新的学科，走进一个新的世界……

会有一点点的疼痛和不适，章翎微微皱眉，不适感就被蒋赟的亲吻所缓解，整个身体被他炙热的气息、低沉的嗓音环绕，章翎闭上眼睛，抱紧他的腰身，任凭自己陷进他的温柔里。

夜深了，外面越来越安静，偶尔能听到几声野猫叫。

蒋赟累了，半趴着，伸长手臂揽过章翎，章翎使坏地用脚趾去抠他小腿，蒋赟忍不住咯咯笑，章翎问："你笑什么？"

"嘘——"他闭着眼睛说，"别说话，我在做美梦，让我再梦一会儿。"

章翎说："二傻子。"

蒋赟又笑了，亲了她一口，"那你就是二傻媳妇儿。"

章翎和蒋赟在厦门游玩五天四晚，除了第一天住在鼓浪屿，后面三晚都住在市区一家酒店。这趟旅行，两人的来回高铁票归蒋赟买，住宿由章翎买单，景点门票、小交通和饮食大部分是蒋赟掏钱。

给章翎花钱，他一点也不抠门，乐呵呵地说："你还没赚钱，我已经有工资了，以前也存了些钱，够用的，你放心吧。"

章翎真的很佩服蒋赟，就靠着奶奶留给他的两万多块钱做基础，他把大学给读下来了，成绩还很优异。

蒋赟这几天心情美得冒泡，大概是在东北待过三年，有时候会喊章翎"媳妇儿"，是很纯正的东北话发音，章翎每次听到都想笑。

"媳妇儿，你看看，肉脯买这种还是那种？"蒋赟站在特产店里挑选伴手礼，"我得给队里同事带些吃的，还有你爸爸妈妈，他们喜欢哪种口味？"

章翎指着一种，"就那个，原味的就行。"

她选了几盒凤梨酥，又说："得再多买点儿，回去要开同学会，老师也要来，给老师们带点小礼物吧。"

蒋赟问："芳芳姐来吗？"

章翎摇头，"不知道，班长在弄，我没问太清，我只知道陈老师肯定来。"

蒋赟说："我最想见芳芳姐。"

邓芳带过蒋赟三个多学期，是所有任课老师里带蒋赟时间最长的一个，也是骂他骂得最凶的一个，现在，却是他最思念的那一个。

买完特产，两人提着大包小包回酒店，蒋赟边走边哼歌，章翎看他傻乎乎的样子，问："这么高兴啊？"

"那可不？"蒋赟说，"媳妇儿，你觉不觉得，咱俩就像在度蜜月？"

章翎一撇头，"谁和你度蜜月了？"

"还有谁啊？你呗。"蒋赟嘿嘿笑，"不是度蜜月，能天天那样吗？"

他俩没牵手，因为手上都提满袋子，章翎用袋子去甩他屁股，"哪样啊？"

"那样嘛。"蒋赟把嘴凑到她耳边，小小声问，"今晚还能不？"

章翎觉得他好烦人，闷着头往前走，"不能！你这人真不要脸。"

蒋赟想了想，快步追上去，又问："你还疼啊？"

章翎不理他。

"真的还疼吗？"蒋赟内疚地说，"我、我已经很轻了。"

章翎依旧不吭声。

蒋赟："媳妇儿，你还记不记得汤子渊说过的话？"

章翎瓮声瓮气，"什么话？"

蒋赟声音低低的，"他说我的名字，就那个'赟'，除了文武双全又有钱，还有个意思，就是'大'。"

章翎疯掉了，左右手的袋子噼里啪啦往他身上甩去，"你个臭流氓！大你个头啊！离我远点儿！"

蒋赟一边躲一边哇哇叫："别别别别甩！肉脯没关系，那个点心都要弄碎了！"

两人闹了一阵子才好好走路，蒋赟问："你知道汤子渊高考考上哪儿了吗？他去到勤勉班后，我其实一直挺记挂他。"

章翎说："知道，晓蓉告诉我的，他考上了电子科技大学，就在钱塘。"

蒋赟呼出一口气，"那也挺好的。"

回到房间，章翎先去洗澡，蒋赟把自己剥得光溜溜，耳朵贴在卫生间门上，听到花洒的声音后，依葫芦画瓢地溜进去，在章翎的尖叫声中非要挤进淋浴间和她一起洗。

章翎：别问，问就是后悔。

从厦门回钱塘后，蒋赟继续回队里实习，吃住都在单位，章翎在家过暑假，两人很少能见面。

林师妍组织的同学会在八月下旬的一个周六下午，地点比较特殊，安排在五中新校区见面，完了再去校外吃饭。陈涛和学校沟通过，这时候高二、高三已经开学，可以放他们进去。

学校很远，参加的同学在群里讨论如何搭车前往，蒋赟说自己有任务，可能要晚点儿到，让章翎先过去，然后，他就收到一条微信。

姚俊轩：我也要晚点去，你把地址给我，我来接你。

蒋赟：好，谢谢。

周六下午，蒋赟出外勤回来，先去洗澡。

凌晨两点他就和几个刑警出去蹲守通缉犯了。那家伙流窜数月，最近发现在钱塘下辖的一个村庄落脚。刑警们摸排好几天部署下这次抓捕行动，趁着夜色包围那嫌疑人落脚的一栋房子，行动指令下来，刑警敲门，大家各自守住口子。那人插翅难逃，最终在跳窗后被一组刑警摁到地上。

蒋赟跟着韩伟在墙角埋伏两个多小时，脸、脖子和手臂被蚊子咬出好多包，全身脏兮兮的，不洗澡实在没脸去见老同学。他把自己拾掇干净，换了身衣服，才给姚俊轩打电话，"姚哥，我好了。"

姚俊轩的声音没怎么变，还是冷冰冰的，"我也快到了。"

蒋赟在分局门口等着，一会儿后，一辆黑色轿车开到他面前，车窗降下，蒋赟弯腰看向驾驶座，便看到姚俊轩那张冷漠脸。

蒋赟没敢认，姚俊轩说："上车。"

坐在副驾，蒋赟还是有点难以接受——姚俊轩怎么变这样了？

驾驶座上的男人有着一张年轻、清俊的脸庞，黑色短发修剪得很利落，还抹着发蜡，肤色白净，高挺的鼻梁上架一副金边眼镜。衣服倒没穿得太正式，一件黑色翻领短袖衫配米色中裤，左腕戴一块银色腕表。整个人看着很休闲，很精致。

蒋赟低头看看自己，白色圆领 T 恤，牛仔长裤，还是个大学生模样。

姚俊轩一直沉默，蒋赟忍不住开口问："这车是你的吗？"

"嗯。"

"你自己买的呀？"

"嗯。"

蒋赟挠挠头，"你哪儿来的钱？"

"我自己挣的。"姚俊轩说，"大一我在学校和人一起做点事情，大二我们几个参加了在校生创业项目比赛，拿到投资，做出一个 APP，后来就盈利了。"

蒋赟惊呆了，"天啊……"

对于他的反应，姚俊轩习以为常，脸色半点儿没变。蒋赟消化了一会儿，问："你是不是整容了？"

姚俊轩真不想搭理他，"你是不是有病？我还想问你呢，你是不是整容了？"

蒋赟摸摸脸，"我这是天生丽质。"

姚俊轩"切"了一声，蒋赟放下手，问出正经问题："姚哥，你还读研吗？"

姚俊轩说："不读了，没时间读，先忙工作，过几年有空了去国外读。"

蒋赟："你买房了吗？"

"没有，哪能挣这么多？就买了辆车代步。"

"你这车多少钱？"

"十几万，快二十万吧。"姚俊轩转头瞟他一眼，"你干什么？查户口啊？"

蒋赟一挑眉，"我要查你户口，你也必须配合啊！"

"这倒也是。"姚俊轩说，"其实你这样挺好的，进体制稳定，也有升职空间。"

蒋赟说："我还没考上呢。"

"这不是迟早的事吗。"姚俊轩把车开上高架桥，"我倒是没想到，你和章翎能真的在一起。"

说到章翎，蒋赟就乐了，"我自己都没想到。"

直到这时，姚俊轩嘴角才露出一个笑，是见面后第一次笑，"恭喜你啊，蒋 sir。"

"谢谢。"蒋赟很舒心，"你呢？有女朋友了吗？"

姚俊轩看着前方的路，"没有。"

蒋赟感叹："你现在好帅啊，女朋友肯定好找。"

"是吗？"姚俊轩笑笑，"没你帅，对了，你吃什么长的？怎么能蹿这么高？"

蒋赟大笑，"哈哈哈哈……吃饭啊！"

姚俊轩说："我以后可能就留在上海发展了，那边机会多，你要是来上海，告诉我，我请你吃饭。"

蒋赟很开心，"行！"

又开了几分钟，蒋赟困了，说："姚哥，对不住，我昨晚才睡三小时，我先眯会儿啊。"

姚俊轩说："睡吧，到了叫你，还要开一个小时。"

车到五中新校区时已经是下午四点，姚俊轩和蒋赟在保安室登记后，走进校园。

蒋赟是第一次来，看一切都新鲜，姚俊轩指着楼栋给他介绍，哪个是教学楼，哪个是大礼堂，哪个是实验楼……

"高三那年的文艺汇演就在学校礼堂办，没去外面的剧院了，礼堂只有一千多个座位，我们都没参加，每个班只派出几个代表去看表演。"姚俊轩领蒋赟走向操场，"运动会也在学校办，高一高二挤一挤也能坐下，我们也没参加。"

蒋赟问："住宿条件好吗？"

姚俊轩回答："挺好的，六人间，带卫生间，热水空调都有。"

"你和谁一屋？"

"邱远峰，任康，郭骏骁……"姚俊轩报出五个名字。

蒋赟说："那几个人都不错，你们处得咋样？"

姚俊轩说："处得挺好，高三嘛，就是复习，还能怎么着？"顿了顿，他又说，"你和邱远峰、郭骏骁是不是关系不错？他俩有时候会说到你。我一直闹不明白，你为什么要去揍乔嘉桐。"

蒋赟边走边伸懒腰，"过去的事就别提啦！反正我揍他，一点都不后悔。"

两个男生走到操场，远远的，就看到看台上有顶棚遮着的某个区域坐着一堆人，有三四十个。

有人看到他们，立刻挥舞起一面旗子，蒋赟望过去，发现竟是1班的那面橙色班旗。

"嚯，这旗子还留着啊？"他很惊喜，大步向看台跑去。

章翎已经站起来，向他招手，"蒋赟！"

好多人一起喊："蒋赟！老姚！"

蒋赟三两步就跨上看台，冲到大家中间，他看到陈涛，还有邓芳，以及其他几位任课老师。因为聚会就在学校，已经开学的老师们都能来和他们聊聊天。

"哎呀呀，蒋赟啊！"邓芳跨过几个人，过来拥抱他，一张长脸上笑得眼睛都眯起来，"快让我看看，啧啧啧，怎么长这么高啦？"

她已年近五十，还是胖乎乎的，蒋赟抱住她，"邓老师。"

邓芳拍着他的背，"我问你，你是不是在和章翎处对象？"

"是啊。"蒋赟松开她，一口承认，"不算早恋了吧？"

邓芳指指他，"你小子，上学的时候就居心不良，我早看出来了。"

章翎已经走到蒋赟身边，挽着他的胳膊说："是吧？还是邓老师火眼金睛。"

邓芳乐得直笑，陈涛也走过来拥抱蒋赟。老师们后来都知道了，开除是假的，蒋赟的学籍保留着，只是没有对学生们说。

"蒋赟！"又有人在叫他，蒋赟一回头就看到邱远峰。戴着黑框眼镜的男生大步走来与他拥抱，后面跟着郭骏骁和萧亮，还有在北京就见过的方家豪和吴炫宇。

"老同桌。"邱远峰抱紧蒋赟，"我其实一直都挺想你，就是不敢去打听，那个时候关于你的事好像很忌讳，和老陈一提，他就让我们别问。"

章翎除外，邱远峰是蒋赟在五中交到的第一个好友。蒋赟说："对不起，让你们担心了。"

郭骏骁插嘴，"蒋赟也是我老同桌呢，就是同桌还不到一个月。"

蒋赟指指一直站在外围的姚俊轩，"你和老姚后来同桌没？"

郭骏骁一拍脑门，"哎哟别提了，老姚这人太吓人，和他一个寝室简直是噩梦，每天早上五点就起床背书，五点多啊我的天爷！老子每天都想揍死他！"

哦，这就是所谓的寝室关系好？

蒋赟忍着笑看向姚俊轩，姚俊轩冷漠地移开视线。

萧亮走到蒋赟面前，给了他一拳，"你放我鸽子，都没参加篮球赛！"

蒋赟笑："抱歉抱歉，身不由己。"

他们都长大不少，再也不是青春期长着痘痘、留着小胡子的清瘦少年，一个个骨架长开，变成大人模样，有几个甚至还长胖了。

女生们都变得更漂亮，蒋赟见到金盏，差点没认出来。金盏不再是戴眼镜的乖乖妹，长发披肩，打扮得特别时尚，掩着嘴不停笑，"我的黑衣少侠总算是逍遥回来啦？还有了如花美眷哦。"

蒋赟不好意思地摸摸鼻子，悄悄瞅了章翎一眼。

章翎看蒋赟与大家说笑，心里感到欣慰。蒋赟被几个男生拉过去详聊，章翎没去打扰，而是和梨子坐在一起聊天。

梨子打算申请英国的学校，林师妍参加过清华的夏令营，保研成功概率很大，方家豪大概率需要自己考，要和来自全国的佼佼者们竞争，压力不小。

有些人打算本科毕业就工作，有些人想读研，有些人想出国，还有些人打算去考公务员。即将到来的大四，所有人都会很忙碌，并不像以前上高中时大人们说的那样：你现在念书辛苦，上大学后就能轻松了。

谁能真正的轻松呢？越长大，压力越大，责任越大，成年人的世界没有轻松一说。

正说着话，章翎听到一阵起哄声，回头看，几个男生正嗷嗷叫着冲下看台，蒋赟也是其中之一。

她问："他们要干吗？"

林师妍跑过来，"章翎，走！我们去百米终点，他们八个男生说要比一次百米跑。"

章翎："哈？"

老师们站在起点发令，几个女生在终点看撞线，标准百米跑道上站着八个自愿参加的男生，有蒋赟、萧亮、方家豪、郭骏骁、任康……

姚俊轩没跑，因为穿着休闲鞋，裤子也不宽松，便抱着手臂站在一边看。有女生主动和他聊天，他淡淡地应对着，不敷衍，也不认真。

"各就位——预备！跑！"

邓芳一声令下，八个男生就冲了出去。

阳光猛烈，跑道被晒得滚烫，蒋赟在4道，他摆动手臂，结实的双腿节奏有力，当当当当一马当先，眼角余光看不到任何人，只看到终点处那个挥舞手臂的身影。

没有人能跑过他，因为没有人在大学三年有他这样强度的训练。蒋赟第一个冲过终点，赢得干净利落，他小跑几步，章翎已经扑进他的怀里。

"我赢了。"他把章翎抱起来，转过两个圈才把她放下。

章翎踮脚揉揉他头发，"是呀，你赢了，我家小卷毛最厉害！"

蒋赟回过头，萧亮、方家豪、郭骏骁都向他冲过来，七八个男生抱在一起又蹦又跳，不知怎么的，很多人都哭了，就像那一年他们拿到接力赛冠军时一样。

离开学校前，陈涛找来一位爱好摄影的老师，拿着单反相机给他们在看台上拍大合影。

他们没有像拍毕业照那样一排排站得工整，而是凑在一起随意站或坐，老师们坐在中间，所有人都让蒋赟站在老师们后排的C位，章翎挨在他身边，大家一起看向镜头。

老师举起相机，"准备好了吗？听我口令，一，二，三，笑！"

"咔嚓！"

尽管人差了几个没到齐，蒋赟还是拍下了他高中阶段唯一的一张集体照。

九月开学，蒋赟继续留在钱塘实习，章翎要回北京，学校大四还有一点课。并且，她要开始申请学校，寒假前只能在国庆时回来一趟。

中秋节那天，蒋赟下班后匆匆赶去金秋西苑，把队里发的月饼礼盒和一箱水果送给章老师和杨医生，都没来得及吃饭，又往队里赶。

就在这个月，蒋赟在驾校报名，开始学车，见缝插针地去练习。他惊喜地发现，开车真的不会晕车，不管开多久，一点反应都不会有。

国庆长假，牛禹辰和杨鹤在钱塘举行婚礼，章翎做伴娘，蒋赟作为准妹夫，也被抓去做伴郎。可惜这位伴郎不烟不酒，一点用都没有，新郎官被灌得烂醉，蒋赟就负责扶小牛先生去卫生间呕吐。

十二月时，章翎收到卡耐基梅隆大学计算机学院的录取通知，意味着次年八月，她就要远渡重洋去往美国，开始为期两年的计算机硕士求学生活。

腊月里，蒋赟拿到驾照，成为有本一族，几天后过春节，蒋赟又一次和章翎的家人们一起过。

杰克的弟弟出生了，小名西蒙，只有几个月大。孩子太小，外出不太方便，所以年夜饭就在杨鹏和樊真家里吃。

蒋赟牢牢记得章翎的话，他已经有工资了，给杰克和西蒙两个孩子各发一个五百块红包，章翎指着杨鹤笑道："明年就得发三个喽！"

杨鹤也怀孕了，骄傲地挺着肚子。吃年夜饭时，喻明芝高兴得合不拢嘴，说家里人丁越来越兴旺，接下去就要轮到章翎和蒋赟。蒋赟都不敢想象那场景，红着脸埋头吃菜，章翎说："外婆，我和蒋赟还早着呢。"

杨教授说："要抓紧，我和你外婆年纪大了，别到时候等不着看你做妈妈。"

章翎抱住外公的胳膊撒娇，"外公，不会的，你和外婆都能活一百二十岁！"

三月十号，蒋赟被章知诚叫到金秋西苑。章翎在北京，章老师和杨医生做了一桌子菜，帮蒋赟过二十二岁的生日。

几天后，蒋赟以应届生身份参加 A 省公安招考，他准备得很充分，高分过线，顺利通过政审、面试和体检。毕业后，他就要去钱塘市公安局刑侦支队二大队报到，成为一名有编制的刑警。

大四下，章翎和蒋赟各自回校，准备论文答辩。

在这期间，发生了一件对蒋赟来说非常重要的事情，那就是——隐匿多年的葛朝阳，在西南边境被中国缉毒警给抓住了。

蒋赟在沈阳接到梁军的电话，梁军说："小蒋，你安全了，还有盛珂，他也安全了。"

好久好久，蒋赟都说不出话来。

六月毕业季，章翎在北京度过自己二十二岁的生日，月底，她和蒋赟正式本科毕业，拿到学士学位，两人前后脚回到钱塘。

蒋赟去队里报到，他的警衔不再是一拐，而是变成一杠一星，即三级警司。

市局有一栋警察公寓，比普通实习警住的宿舍条件好很多，大多数是单间，带独立卫生间，还有公用厨房、洗衣房、健身房和活动室，专门提供给在本地无房的优秀新警员。

蒋赟幸运地分到一间，面积十平方米大。搬家那天，章翎来陪他，看他带着行李欢天喜地地搬进去。坐在床沿，蒋赟拉着章翎的手说："你放心去美国，不要担心我，我在这儿包吃包住，会努力工作存钱买房。你看，这宿舍条件多好，单人间呢！"

他真的好容易满足，章翎亲亲他，说："你也别担心我，工作时千万别有杂念，要保护好自己的安全。"

蒋赟点头，"放心，我会小心的。"

七月，蒋赟和一批新警一起参加全封闭入职培训，大家来自天南海北，都是各省警校的优秀毕业生，通过重重考试才加入钱塘公安系统。

培训结束的那一天，所有新警员换上精神的警服，戴上警帽，站姿笔挺，对着国旗国徽举右手敬礼。

蒋赟站在队列中，昂首挺胸，眼神里透出坚毅，庄严宣誓：

"我宣誓，我志愿成为中华人民共和国人民警察，献身于崇高的人民公安事业，坚决做到对党忠诚、服务人民、执法公正、纪律严明，矢志不渝做中国特色社会主义事业的建设者、捍卫者，为维护社会大局稳定、促进社会公平正义、保障人民安居乐业而努力奋斗！"

八月初，蒋赟发到人生中第一笔正儿八经的工资，金额不算少。找着一个休息天，他拖着章翎、章老师和杨医生直奔商场，说要给他们一人买一份礼物。

章知诚劝他："不用啦，小蒋，你自己把钱存着吧。"

蒋赟说："不行，一定要买的！叔，我挣钱了！"

章翎在边上笑，"爸爸，这是蒋赟的心意，你就随他吧。"

"就是，小卷毛的礼物我是要的。"杨晔很开心，"买买买，我先来，我要一罐护肤霜。"

章知诚妥协了，挑了一条领带。

两位长辈买完东西，说去看电影，让两个小的慢慢挑礼物。蒋赟和章翎牵着手在商场里逛，蒋赟问："媳妇儿，你想要什么？我给你买。"

章翎反问："你好像发了很多钱似的，口气这么大呀？"

蒋赟说："我发多少你不是知道吗？不够，还有存款呢。"

他现在的生活真的宽裕许多，但章翎知道，一线刑警虽然收入还行，工作强度是真的大，与他们的付出相比，这些收入就不算什么了，都是拿命换来的。

"我想买这个。"章翎向着蒋赟伸出左手，修长的手指动一动，"可以吗？"

蒋赟眼睛睁大了，"戒指？"

章翎笑着点头，"对戒，你一枚，我一枚，可以吗？"

蒋赟愣了半天才回过神来，"当然可以啦！"

他们在饰品柜台挑选了一对铂金对戒，亮闪闪的光戒，式样很简单。还在柜台上，蒋赟就扯掉小吊牌，把女戒戴到章翎左手的无名指上，一边戴一边笑，"这下可真是套着媳妇儿了。"

章翎也把男戒给他戴上，"你出外勤的时候，如果不能戴戒指就摘下来，没关系的。"

蒋赟看着自己无名指上的戒指，点头，"嗯。"

章翎见他没抬头，摸摸他的脸，问："怎么啦？又哭啦？"

"没有。"蒋赟抬眸，眼尾的确有些红。他看了章翎一会儿，又把头低下了，"就是舍不得你，你这一走，得圣诞节才能回来。"

"很快的呢。"章翎抱住他，"圣诞节能回来，明年暑假也能回来，接着又是圣诞节，然后我就毕业啦！"

蒋赟想一想，说："也是，很快的，就两年。"

两只左手紧紧地牵在一起，蒋赟摩挲着章翎的手指，微笑，"真好看呢。"

章翎出发去美国的那天，蒋赟有任务，不能去送她，所以前一天晚上，小蒋警官下班后就赶去金秋西苑，最后和章翎见一面。

他没上楼，戴着头盔骑一辆小电驴，丢给章翎另一个头盔。章翎坐在他身后，抱住他的腰，蒋赟便启动电瓶车，载着章翎出了金秋西苑。

这辆电瓶车是蒋赟新买的，他告诉章翎，他得先攒钱买辆代步车，做刑警经常要出外勤，没有车很不方便，暂时先用小电驴将就一下。

蒋赟稳稳地骑着小电驴，章翎与他紧贴在一起，空气燥热，连风都带着热浪。蒋赟突然想到很久以前的一件事，大声说："我后来看过那部电影了，《甜蜜蜜》。"

章翎问："结局好吗？"

蒋赟笑着回答："好，男女主角最后在一起了。"

章翎更紧地抱住他的腰，轻轻地哼起歌来："甜蜜蜜，你笑得好甜蜜，好像花儿开在春风里……"

蒋赟跟着大声唱："开在春风里……"

他们说好了的，要骑车去五中旧址，再往回去袁家村旧址，最后再折返回章翎家。

五中那个地块要造一所民营医院，已经快要竣工。

袁家村很大，被一家实力雄厚的房企拿去建造新楼盘，现在已经交付了，一幢幢高层住宅拔地而起，很多窗子都亮着灯。据说这里有两栋楼是专门给拆迁户的，造得不如商品房漂亮，蒋赟抬头望向那高楼上亮着的窗，说："不知道刚子叔、晖哥和钟叔他们，是不是住在这里。"

骑车回金秋西苑时，章翎拍拍蒋赟的背，"停一下，去天桥那儿走走吧。"

蒋赟把电瓶车停在天桥下，和章翎一起牵着手晃晃悠悠走上天桥，并肩趴在天桥中段的栏杆上。

这座天桥，对章翎来说意义非凡，她认为这是她和蒋赟初识的地方，蒋赟也不和她争，觉得她说得也没错。

天气依旧炎热，第四人民医院高大的住院楼灯火通明，杨医生不在家，正在里头忙碌着。

天桥下车来车往，车灯汇成一道道长龙，街边的店招也都亮着霓虹灯光，晚归的打工人行色匆匆，吃过饭出来纳凉的人们倒是脚步悠闲。小孩子举着雪糕蹦蹦跳跳，一不小心雪糕掉到地上，那孩子一愣，接着就哇哇大哭起来。

这一切，都被蒋赟和章翎看在眼里。

蒋赟说："姚俊轩和人合伙开公司了，你知道吗？"

章翎点头，"我听许清怡说了。"

蒋赟转头看她，略微惊讶，"他俩还有联系啊？"

章翎笑，"有吧，搞不清楚，我没问太多。"

他们又说到别的同学毕业后的去向，萧亮考上了公务员，算是从政的路子，蒋赟说："这人上学时官瘾就贼大，你看他去年同学会劝酒那架势，以后可别贪污受贿被我抓。"

章翎乐坏了，"被他听见非打你不可。"

蒋赟很严肃，"我说真的，做官可以，别做贪官，我是真希望他能好好干。"

林师妍和方家豪开学后会在清华大学继续读研，方家豪为了考上研究生也是拼上一条命，据说整个人都瘦了十几斤。

许清怡已经小有名气，微博粉丝都有大几百万。

梨子要去英国，邱远峰在广州继续读研，郭骏骁回到钱塘进外企工作，金盏去了北京一家私企，薛晓蓉要参加司法考试，暂时没参加工作。刘陈飞很让人意外，他大学念的师范，成了一名小学数学老师，还有李婧、孙妙岚、杜善杰……大家曾经在五中同窗上课，现如今，已是各有各的去向。

"哎你知道吗？"蒋赟说，"我二哥，就吕晨捷，和你那室友，叫苏，苏什么来着？好像真好上了。"

"苏以晴。"章翎说，"他俩都在南昌嘛，很正常。你二哥好像考的岗位比较偏文职，没你这个危险。"

蒋赟说："是，他体能什么的没我和老大厉害，特爱操心，的确更适合坐办公室。"

他们在天桥上待了好一会儿，蒋赟伸手过去，手掌覆在章翎的左手背上，热乎乎的大手将她的小手紧紧握住，掌下，能感受到她无名指上的那圈坚硬。

章翎转头看着他，蒋赟脸上带着淡淡的笑，立体深刻的眉眼五官在此刻显得格外温柔。章翎注视着他的眼睛，似乎能从他眼底一直望进他的心里。

分别在即，好像没什么要说的了，这段日子，他们已经说过很多次叮嘱的话，做过很多次亲密的事。

蒋赟觉得还没到时候说那三个字，想留到章翎回来再说，他垂下眼眸，低低开口，"翎翎你知道吗？我没有什么特别大的理想，不像你，对未来的规划向来很清晰。我不像萧亮那样想当官，也不像姚俊轩那样想赚很多钱，我其实……我就是……"

章翎说："我知道的，你想要一个家。"

蒋赟猛地抬头看她，章翎笑了，"等我回来吧，蒋赟，相信我，你会有家的。"

蒋赟一把把章翎拥进怀里，死死地、死死地将她的身体搂向自己。

天桥下，一辆公交车缓缓进站，车载广播开始播报：市第四医院站到了，市第四医院站到了，请下车的乘客有序下车……

钱塘某闹市区，看似一片平静，小店小铺都在营业，马路上车水马龙，行人如织。

一个年轻的高个子外卖员骑着一辆电瓶车等在路边，脚下是一个大大的外卖保温箱。他随意地看向不远处一家小卖店，老板三十多岁，正在摇扇子，眼神并未与他接触。

小卖店隔壁是一家盲人按摩店，按摩店隔壁是一家水果店，水果店老板四十多岁，正在门口切西瓜。

时间差不多了，外卖员屏住呼吸，凝神戒备，耳朵里传来一声，"目标出现，行动！"

几乎同一时间，外卖员摘掉头盔，姿态自然地走下电瓶车，小卖店老板和水果店老板也都放下扇子和水果刀，眼睛望向按摩店。按摩店的玻璃门被推开，一个中年男人勾着脖子走出来，他舒展了一下身体，似乎刚做完按摩，很舒服的样子。

接着他就发现不对劲了，左右一看，两个男人正在向他靠近，多年逃窜经验令他反应迅速，一眼就看中正对面那辆停着的电瓶车。

男人向电瓶车冲去，就要跨上车时，斜刺里一条腿横扫而来，男人直接被扫得趴在地上，求生本能令他飞快地爬起，又拔出匕首刺向那外卖员。

外卖员一点都不慌，直接迎了上去，侧身避过后一个漂亮的擒拿就扣住男人拿匕首的胳膊，手下一使劲，匕首就"当"地掉到地上，被外卖员一脚踢开。

小卖部老板和水果店老板已经来到面前，也不加入战团，就好整以暇地旁观。外卖员反剪男人的双臂，膝盖一顶，男人就趴下了。外卖员扣住他，亮出一副手铐，眼神犀利，厉声喊："不许动！我是警察！"

两位"老板"一齐捂脸。

路人们都已吓得停下脚步，马路上连汽车都停下了，有人拿出手机来拍照，小卖店老板拿出证件，指着喊："别拍啊，警察执法！"

警车开过来，穿着外卖服的蒋赟和几位前辈一起把嫌疑人押上警车，"小卖店老板"乐坏了，学着蒋赟的声调喊："不许动！我是警察！"

"水果店老板"大笑，"哈哈哈哈哈……"

蒋赟挠挠头，不知道自己哪里做得不对，两位"老板"揽过他的肩，"小蒋啊，电影看多了吧？有没有受伤？"

蒋赟摇摇头，"没有。"

"老板"们又开始夸他，"小伙子身手真不错啊！"

"走了，收队！押回去还要审呢！"警车里的副队长探出头来，给两位"老板"各丢了一支烟，又给蒋赟丢去一瓶冰饮料，"这龟孙，老子逮了他一年多总算是逮到了，强奸抢劫，等着牢底坐穿吧！"

大家乐乐呵呵准备上车，就在这时，头顶响起一片"轰轰"声，蒋赟倏地抬起头，就看到一架飞机从蓝天飞过。

他的视线跟着那架飞机移动，直到再也看不见为止。

副队长喊他："小蒋，愣着干吗？走啦！"

"噢！来了！"蒋赟收回视线，小跑过去上了车。

车上，有人说："累了半个月，今晚要吃顿好的。"

副队长问："你们想吃什么？"

"烧烤。"

"火锅！"

副队长看向蒋赟，"小蒋说，今天小蒋是功臣，小蒋，晚上想吃什么？"

蒋赟看着他们，认真地说："我想吃红烧肉。"

众人爆笑，"哈哈哈哈哈哈……"

番外一

————◇————

小卷毛和小羽毛

蒋赟工作很忙，不分白天黑夜地忙，但再忙也有轮休或调休的日子，每逢休息天，他就会给章老师打个电话，买一些水果和蔬菜鱼肉，去金秋西苑看望他们。

章翎在美国宾夕法尼亚州，和国内有十二个小时的时差，功课非常紧张。她休息的时候父母在工作，父母晚上有空时，她又在上课，于是就做不到每天视频聊天，大多数时候都是发微信汇报近况。

蒋赟怕章老师和杨医生挂念女儿，很自觉地承担起看望他们的责任，半点也没勉强，他本来就好喜欢去章翎家。

十月中旬的一天，蒋赟轮休，算好章老师午休快结束时给他打电话，想说晚上去金秋西苑坐会儿，结果电话是杨医生接的。蒋赟很纳闷，这是周二，章老师应该在学校上课，怎么会是杨医生接电话？

杨晔听完蒋赟的话，在电话里支支吾吾地婉拒了他，说这几天章老师和她都很忙，让蒋赟暂时先别去。蒋赟直接戳破她的谎言，"阿姨，出什么事了？你告诉我，别瞒着我。"

杨晔沉默了一会儿，还是说了实话，"你叔叔……前天吧，周日早上，出门买菜的时候被一辆车给剐了一下，受了点伤，这几天在我们医院住院呢。"

章老师住院了？！蒋赟又惊讶又担心，还有点懊恼，"伤得严重吗？阿姨，你怎么都不和我说的？我现在就去医院！"

杨晔说："不严重不严重，就肋骨有点骨折。你那么忙，你叔叔就说别告诉你了，我们连翎翎也没说，就怕她担心。你……唉，你过来也行，别买东西了，人过来看看他就好。"

杨晔把病房号告诉蒋赟，蒋赟骑上小电驴就往四院赶。

他急急忙忙跑进骨科病房。是个二人间，章知诚穿着病号服躺在床上，胸廓做过固定，整个人一动都不能动，只歪过头来看蒋赟，埋怨道："哎呀，你这么忙，就不要过来了嘛，我没什么事，住几天院就能回家休息了。"

蒋赟走过去，看章老师形容憔悴，一直梳得整整齐齐的头发这会儿也都蔫蔫地搭在脑门上，估计是几天没洗澡洗头的缘故。蒋赟说："叔，我肯定要来的，你不该不告诉我。"

杨晔陪在丈夫身边，解释道："我是说要告诉你，你叔叔非不让。蒋赟，我们不是把你当外人，实在是怕耽误你工作，我们连翎翎都没说。"

杨晔又告诉蒋赟，章翎的舅舅舅妈，还有牛禹辰和杨鹏都作为代表来看望过章老师，樊真和杨鹤没来，因为孩子还很小，家里也是一团乱。另外，章老师的学校同事和高中好友也来过，蒋赟很是无奈，感觉除了他和章翎，全世界都知道章老师受伤了。

他在床边坐下，向杨医生询问事发经过和章老师的伤情。肇事人是全责，人还算靠谱，当时就帮忙拨打 120，医药费、误工费之类一点也没推卸责任，直接把章知诚送到四院，杨医生亲自帮丈夫做的治疗。

幸运的是，章知诚的肋骨不是开放性骨折，只要做好固定，休养一段时间就能痊愈，只是疼痛是免不了的。章老师这几天也吃了不少苦，晚上都疼得睡不着觉。

蒋赟问："晚上有人陪夜吗？"

杨晔说："晚上我陪，白天是护工，我白天反正也都在医院。"

蒋赟立刻说："阿姨，你这样白天上班晚上陪夜可不行，太累了。今晚我来陪吧，我是男的，照顾叔叔很方便，以前也给我奶奶陪过夜，我都懂，你回去好好睡一觉。"

杨晔犹豫，"这……你白天也要上班的。"

蒋赟摇手，"没事没事，我年轻，一点不会累，真的阿姨，你们听我的，晚上都我来陪夜，我要是有任务再和你们说。"

章知诚听着他们的对话，心里很矛盾。他的伤不算严重，只是为了防止骨折处产生摩擦移位，住院的这几天他不能下床，大小便都要在床上进行。男护工帮他时他都感到难堪，要是蒋赟……毕竟在蒋赟面前，章知诚一直是一副斯文儒雅的模样，他实在不想让蒋赟看到他狼狈的样子。

但要是拒绝，也太辛苦妻子了。

蒋赟看出他为难的神色，抓住章老师的手说："叔，让我来陪你吧，翎翎不在，我就是你半个儿子，你别和我客气，真的，有什么事尽管使唤我就行。"

听到"使唤"这个词，章知诚忍不住笑了一声，牵动到伤口，瞬间皱紧眉头。杨医生严肃地说："别笑，也别咳嗽，别大声说话，你就好好躺你的吧。"

章知诚拍拍蒋赟的手，"行吧，那就先辛苦你一晚。"

蒋赟摇头微笑，"不辛苦的！叔，你这样子真是遭罪，我看着都心疼。"

经过一次病房里的家庭会议，投票二比一，杨晔还是决定把这件事告诉章翎。

蒋赟说："叔叔阿姨，我知道你们不想告诉翎翎，是怕她担心，但你们要这么想，翎翎以后如果知道了，心里会不舒服的。她可能老是会想，你们还有没有其他事在瞒着她，她反而会更担心。我和她现在特别坦诚，除了工作上需要保密的事不能说，别的事，我都会和她讲，累了，摔了，睡不够，各种杂七杂八的。她也会把她的事告诉我，和班里同学的关系啦，作业做得掉头发啦，饭很难吃啦……哦，连有男生追她，她都会和我说，我们就这样，所以，我觉得咱们还是应该告诉她。"

章知诚躺着也不忘找重点，"还有男的追她呀？"

蒋赟挂着嘴角，"是啊，也是个中国人，她还给我看照片了呢，长挺帅的。"

杨晔看着他酸溜溜的样子，失笑，"小卷毛，你要自信啊，你现在很优秀的，别为了这种事和翎翎闹矛盾。"

蒋赟笑，"我知道，阿姨，我没和她闹矛盾，我俩可好了。"

晚上，杨晔教蒋赟怎么照顾章老师，又示范过怎么喂他吃饭喝水后就回家去休息了。蒋赟坐在章知诚身边，两个男人对视片刻，章知诚问："想翎翎吗？"

蒋赟回答："想。"

"我和你阿姨也想她，不过没太担心，翎翎很聪明，可以照顾好自己的。"

蒋赟说："我就是怕那边不安全，她毕竟是个女孩。"

章知诚说："她是个有分寸的女孩，知道什么能做什么不能做，哪儿能去，哪儿不能去。"

蒋赟垂下眼睛，"叔，我知道。"

在章知诚入睡前，蒋赟有许多工作要做，章老师想咳嗽时不能随便咳，需要叫他，由蒋赟轻轻地按住章老师的骨折部位，章老师才能咳嗽。

喝水用吸管，吃饭吃流食，防止吞咽时伤口疼痛。章老师小便要用尿壶，蒋赟拉上床帘帮他，章知诚很尴尬，蒋赟说："叔，真没事，咱俩都是男的，我其实……都把你当爸爸看。"

隔壁床的病人家属见蒋赟贴身照顾章知诚，好奇地问："这帅小伙前两天没来过呀，章老师，这是你谁呀？"

章知诚说："我们家的毛脚女婿。"

蒋赟憋不住了，嘴巴差点咧到耳根去。

他打来热水帮章知诚擦脸、擦手臂和大腿，用电动剃须刀帮他刮胡子，还让他用漱口水漱口，全部弄完后，章知诚说："你也累了，好不容易休息一天，早点睡吧。"

蒋赟拉开折叠躺椅，笑着说："我不累，一会儿十二点还要和翎翎视频。"

章知诚眼睛望着天花板，他自然没戴眼镜，蒋赟能看到他眼角细细的皱纹。章知诚慢悠悠地说："身体好的时候，没感觉，生病了，受伤了，感觉就会很明显。"

蒋赟问："什么感觉？叔，你又疼了？"

"不是。"章知诚转头看着他，"你应该知道，我家里没什么亲戚，这几十年来，身边最亲的人就是你阿姨，还有翎翎。不住院不知道，住院了才会想，以后我老了，生重病怎么办？我没有兄弟，也没有儿子，小牛和鹏鹏和我不算血亲，你阿姨到时候年纪也大了，我是不是只能找护工？"

蒋赟听得想笑，"叔你是不是故意和我说这个？这不是有我吗？你信不过我呀？"

"你没懂我的意思。"章知诚说，"蒋赟啊，你和我其实是一样的，你现在还年轻，没感觉，等你到我这个年纪，碰到这样的事，你就会有感触了。其实……我会担心的，现在是小伤，万一是重病呢？我会担心拖累你阿姨，还有翎翎和你。就……没有别的任何人可以帮忙分担了，你明白我的意思吗？我现在是在照顾她们，很怕自己哪一天会需要她们照顾，不是说经济上的担忧，而是精神上的，心理上的。所以我很害怕变老，希望自己一直健康，你阿姨有兄弟，她的兄弟也有两个孩子，而我没有……"

蒋赟抓住章知诚的手，"叔，一家人不说这样的话。我这么和你说吧，万一啊，我是说万一，我和翎翎以后不好了，我也会一直来看你和阿姨的。你们老了，我会照顾你们，你真的别想这些。"

章知诚瞪眼，"你还想和翎翎不好啊？"

"这不是翎翎说了算吗？"蒋赟有点委屈，"她要是哪天不要我了，我还能死皮赖脸地缠着她呀？"

"你个臭小子，说什么胡话呢？"章知诚被蒋赟气得伤口都疼了，低低咳嗽几声，蒋赟赶紧帮他按住伤处。

"睡吧睡吧，不说了。"章知诚摆摆手，"你别瞎想，翎翎是我女儿，她是个什么样的人，我比你清楚。"

蒋赟托着下巴傻笑，"我知道了，叔，你睡吧，有事就叫我。"

章知诚睡着了，半夜十二点，蒋赟走到病房外，和章翎接通视频。

章翎已经看到妈妈用文字告知爸爸住院的事，非常担心，蒋赟安慰她，说自己就在医院，章老师没事，养一两个月就能痊愈。

"我真没想到，我爸妈居然也会瞒着我这种事！"章翎那边是正午，她坐在窗边，室外阳光明媚，心情却一点也不明媚，"以前看新闻，有些家长在孩子高考前生病或是出意外，别的亲属就会故意瞒着孩子，怕影响孩子高考，结果导致孩子没能见上亲人最后一面。我那时候还问我爸，如果我家碰到这样的事，他们会怎么做，我爸说，他一定不会瞒着，肯定告诉我。现在是怎么回事啊？要不是你知道了，是不是他俩打算一直瞒到我十二月回来呀？"

"你别急，别急。"蒋赟说，"其实叔叔的意思我理解，他伤得不重，要是真严重了，反而会告诉你。我主张告诉你……是因为我奶奶，她走之前在医院待了一个多礼拜，如果我姑姑早点儿告诉我，我还能过去见我奶奶最后一面。就算她醒不过来，听不到我说话，我能见到她，摸摸她的手，亲亲她，后来也不会那么遗憾了。"

章翎和蒋赟一起沉默，通过手机看着彼此的脸，蒋赟微笑，"你别担心，有我在，你爸爸不会有事的。"

章翎真的放心不少，不知从何时起，蒋赟就是会给她一种特别可靠的感觉。

她说："有什么事都要向我汇报哦。"

蒋赟点头，"放心，我就是你的情报员。"

他把章老师的伤情细细地说给章翎听，约好这边天亮后，让章翎和爸爸再聊一通视频。之后，两人开始说悄悄话，而一墙之隔的病房里，章知诚又睁开了眼睛。

肋骨很疼，他没那么容易睡着，只是不想让蒋赟担心。他摸过手机打开聊天页面，看到妻子在一个小时前发来的消息。

小晔：知诚，睡觉了吗？

小晔：我知道你在蒋赟面前会不好意思，放松些，别有压力，大家都是一家人。

小晔：知诚你记着，你不是咱们家的顶梁柱，咱们家本来就是三根柱子撑着，现在是四根了，稳得很，缺你一根柱子，照样能把家撑起来。你就算信不过俩孩子，也该信得过我，放心吧，有我在呢，好好养伤哈。

看着微信，章知诚想到很久很久以前的事。

那时候他才十八岁，念高三，还是个个子瘦高、眉清目秀的少年，身上总穿着洗得发白的旧衣服，在学校里沉默寡言。

报纸上大学要收费的消息出来后，他感觉天都塌了，放学后不想回姨妈家，背着书包漫无目的地在街上走，走着走着，眼泪就止不住地往下掉。

有人牵住了他的手，他转过头去，就看到杨晔。

那时候的杨晔留短发，还长着一张娃娃脸，穿一身很时髦的夹克衫、牛仔裤，一双漂亮的杏眼睁得溜圆，有些紧张地看着他，问："章知诚，你怎么啦？"

章知诚抹抹眼睛，低下头说："没事，考试没考好。"

"你瞎说，你不是考了第一吗？"杨晔跟着他一起往前走，"你吃糖吗？我有水果糖。"

　　她把一颗水果糖塞进章知诚手里，章知诚没吃，杨晔催他，"你吃呀。"

　　章知诚只能剥开糖纸把糖咬进嘴里，糖果很甜，是橘子味，他的心却很苦，看着杨晔，想到两人之前一起考大学的约定，看来是完不成了，眼泪就又一次掉下来。

　　杨晔吓坏了，不停哄他："章知诚章知诚，你别哭呀！到底发生什么事啦？你告诉我，别把事都闷在心里，告诉我吧。"

　　章知诚呜咽着说："大学要收费了……我不能读大学了……"

　　杨晔呆呆地站在他身边，想了想，说："你别哭了，章知诚，有我在呢，我去帮你想想办法。"

　　病房门被推开，章知诚又闭上眼睛，蒋赟聊完视频轻手轻脚地走进来，先观察了一会儿章老师，帮他盖好被子，才掀开毯子躺到躺椅上去休息。

　　躺椅很短，他腿长，可能是睡得不太舒服，几分钟内就翻了两次身。

　　章知诚眯着眼睛偷偷看他，想起第一次见到这男孩时的场景。

　　中秋夜，蒋赟还是个十五岁的瘦小少年，憋红着脸扛起一桶四十斤重的水，"咚"一下装进他家的饮水机，抬臂抹抹汗，眼睛都不敢去看章翎，是一个很傻很傻的傻小子。

　　看着蒋赟微微蜷着的背影，章知诚突然就不那么害怕了。

　　妻子说得没错，他不孤单，他有家人，有杨晔，有章翎，现在还有蒋赟。他不应该害怕变老，害怕生病，这个家不是他一个人的，有四根柱子撑着，他偶尔休息一下，家依旧会很稳。

　　这么想着，章知诚的心渐渐安定下来，真的睡着了。

　　时间如河水般无声无息地流淌着，又是一年新春佳节，杨教授家的小楼里贴着对联和大红福字，一大家子热热闹闹地围在一起准备吃年夜饭，屋子里满是欢声笑语和孩子们的吵闹声。

　　杰克不再是家里唯一的小朋友，他已经十岁半，上小学四年级；弟弟西蒙两岁多。杨鹤的女儿妞妞才一岁半，走路还不太稳，就爱追着西蒙玩，小牛先生只能全程跟在她屁股后头跑。

　　杰克和两个小孩玩不到一起，下午来到杨教授家就不停地朝杨晔追问："姑奶奶，姑奶奶，小姑父什么时候来呀？"

　　杨晔说："你小姑父要晚点来，单位里要值班呢。"

　　小男孩没事就跑到院子里去张望，家里那么多人，他最喜欢和小姑父一起玩。小姑父对他可好了，每年都给他发红包，去年还送他一把玩具枪，和真枪长得很像，他非常喜欢，说长大了也要当警察。

开饭前，章知诚给蒋赟打电话，"小赟，你到哪儿了？"

也不知从什么时候起，几位男性长辈都开始喊蒋赟为"小赟"，大概觉得叫"小蒋"或全名太生分，女性长辈们就很执着了，依旧亲热地喊他"小卷毛"。

蒋赟像是在室外，对着手机喊："叔，你们先吃！我要晚点到！你们别管我，我这儿有个案子刚拿到新线索，处理一下才能走。"

章知诚没再多问，挂掉电话，喻明芝问："小卷毛还在忙啊？"

"是啊，有点事要处理，说晚点到。"章知诚走回桌边，"我们先吃吧，别等他了。"

这时，杨晔的手机亮起微信视频申请，她喜滋滋地连上视频，看到大洋彼岸女儿睡眼惺忪的脸，问："翎翎，起床啦？"

"嗯，刚睡醒，想到你们要吃年夜饭了，给你们拜个年。"章翎在床上坐起来，通过手机对一桌子人说，"外公外婆，爸爸妈妈，舅舅舅妈，表哥表嫂，表姐表姐夫，还有三个小朋友，我在这里向你们拜个早年啦！你们吃好点，连我的那份一起吃哈！"

杨晔笑问："你知道蒋赟还没来呀？"

章翎揉揉乱糟糟的头发，"知道，你们吃，别管他，人家蒋 sir 可是大忙人。"

年夜饭开饭一个多小时后，院子里响起汽车的引擎声，杨鹏过去开门，门一打开，寒气就往屋里钻。

这几天有冷空气过境，气温很低。一个年轻俊朗的男人打开车门下车，卷发修剪得短而精神，肩膀宽阔，身材颀长，穿一件黑色高领毛衣，左手提着年货礼盒，右臂上挽着外套快步走来，"鹏哥，新年好！"

"新年好小赟！快进来，外头可冷了。"杨鹏把蒋赟迎进屋，大家都在喊他："快快快，小卷毛，洗个手先吃饭。"

杰克向蒋赟扑过来，"小姑父！"

"哎！"蒋赟揉揉杰克的脑袋，把压岁包给他，"你是不是又长高了？都快赶上你翎翎姑姑了。"

杰克很骄傲，"我过一米六啦！"

蒋赟对杨鹏说："现在的小孩营养可真好，才十岁就过一米六了，我十岁时一米四都不到！"

家人们为了等蒋赟，都吃得很慢，一条鱼一筷子都没动，就为了让他吃第一口。蒋赟洗过手在餐桌边坐下，先礼貌地把一桌人都叫一遍，又端起椰奶说："不好意思来晚了，以奶当酒敬大家一杯，祝大家新春快乐，身体健康！"

众人纷纷与他碰杯，劝他吃菜，章知诚去厨房煮饺子，屋子里变得越发热闹。

　　蒋赟大口吃菜，杨晔给他盛来一大碗饺子，蘸着醋拌辣酱，他一口一个吃得很香。一边吃，蒋赟一边看着这一屋子的老老小小，心里生起一股浓浓的暖意。

　　加上高二那年的春节，这已经是他和章翎家人一起吃的第五顿年夜饭，蒋赟即将年满二十四岁，早已成为这个大家庭的一分子。章知诚和杨晔待他越来越不"客气"，平时有什么事需要他搭把手，就会给他打电话，蒋赟下班后便屁颠屁颠赶过去帮忙，有时候还会留宿在金秋西苑，章知诚做出大鱼大肉给他改善伙食。

　　蒋赟不再睡书房，而是睡章翎的房间，章翎那粉蓝色的衣柜里有两个大格子专门留给他用，渐渐的，他的换洗衣服把格子都填满了。

　　连着章老师家上下楼和隔壁邻居都知道，这个高高大大的帅小伙儿是章家的毛脚女婿，特别热心孝顺、勤快上进，他们碰到章知诚就问："章老师，你家章翎啥时候回来呀？我们都等着喝喜酒呢！"

　　章知诚就乐呵呵地说："六月，今年六月我女儿就毕业了。"

　　因为工作需要，蒋赟在拿到这年的年终奖后，买了一辆十几万的代步车，做上有车一族还没满一个月。他平时依旧住在警察公寓，吃饭上食堂，偶有空闲就去公寓楼里的健身房举铁。除了出外勤，他很少和同事们出去聚餐玩耍，别人问起，他就说："我攒钱买房呢！媳妇儿马上要回国了。"

　　所有人都知道他有个在美国读研的学霸媳妇儿，并且宝贝得不行。几个糙汉子老笑他，说他年纪轻轻就做老婆奴，一放假就往未来老丈人家跑，太不爷们了。蒋赟听完后一笑了之，从不在意别人的想法。

　　通常，一个在一线出生入死的刑警，挑选伴侣时都更偏向于贤惠顾家的姑娘，最好是有稳定清闲的工作，不会对对方的学历有太高要求。蒋赟找的这个女朋友算是与众不同，队里有些前辈不太能理解，总觉得这两人有点悬。

　　"你对象读书读太多后眼界开阔了，见的人多了，指不定哪天就不要你了，嫌你学历比她低，收入比她少，还三天两头见不到人影。"这是年近五十的一位老刑警说的话。

　　蒋赟说："不会，读书总是好事儿，我对象要是想读博，我都支持她。"

　　另一位老刑警说："找媳妇还是要找温柔听话的，愿意在背后支持我们工作，好好带孩子，照顾老人，管着家里，这样我们工作起来才没有后顾之忧。"

　　蒋赟内心并不赞同，章翎辛辛苦苦读这么多年书，是如此优秀的一个女生，自然要为自己的事业去打拼，他可不会绊着她。

　　另一个三十多岁的文职男同事对蒋赟说："你也别在一棵树上吊死，你瞅瞅你模样，局里新进来的几个小姑娘成天找我打听你，你又没登记，其实也能接触一下嘛，有几个还挺漂亮。"

听多了这些乱糟糟的话，蒋赟后来就不爱和他们聊这些了。

思绪回转，年夜饭也差不多吃完，蒋赟和几个小辈一起收拾餐桌，把碗盘端去厨房洗。

弄干净厨房后，大家没急着走，围着电视看春晚。杰克缠着蒋赟讲打枪、抓坏蛋的事，妞妞摇摇摆摆地走过来，扑到蒋赟怀里。他抱起妞妞坐在腿上，妞妞还不怎么会说话，咧着小嘴冲他笑。蒋赟拽拽妞妞脑袋上的冲天小辫，又捏捏她肉嘟嘟的脸，绽开笑说："真好玩，下次再见，妞妞应该会叫我'小姨父'了吧？"

牛禹辰带娃累了一天，瘫在边上说："你要喜欢，我把她送给你。"

杨鹤坐在沙发扶手上抱着丈夫的脖子笑，"要你送？小卷毛不会自己生啊？"

"也是。"牛禹辰问，"对了小赟，章翎马上就毕业了，她回来，你俩是不是就要考虑结婚的事啦？"

蒋赟抱着妞妞边逗边说："不急呢，房子还没买，章翎应该会先找工作。姐夫，我俩才二十四，我反正……都听章翎的。"

杨鹤乐坏了，对丈夫说："学着点，小卷毛才是新时代的好男人，出得厅堂入得厨房，还能下得犯罪现场，提着灯笼都难找哦。"

除夕聚餐结束，几户人家告别杨教授老两口，准备开车回家，章知诚叫住蒋赟："小赟，今晚回家住吧？"

蒋赟说："不了，叔，我还得回队里，有些外地同事回老家了，我们本地的就要值个班。"

杨晔叹气："过年都不能休息啊？"

蒋赟笑，"阿姨，你过年也不怎么休息啊，不也老去上班吗？"

章知诚从车里提出几箱年货交给蒋赟，"这些你拿去吃，我们两个老的吃不了这么多。"

蒋赟道谢后接过，章知诚拍拍他胳膊，"那你去吧，工作时注意安全，什么时候放假了就来家里吃饭，我都在的，放寒假呢。"

与他们分别后，蒋赟坐上驾驶座，一时还不想开车，便打开手机给章翎发微信。

蒋赟：刚吃完年夜饭，突然很想你。

翎翎：我也想你，吃饺子了吗？

蒋赟：吃了，吃了二十多个。

翎翎：我们这几天也都在包饺子吃，不过没你包的好吃。

蒋赟：等你回来，我给你做好吃的。

翎翎：很快啦！再过几个月我就要解放了！

蒋赟：[拥抱][爱心]

蒋赟放下手机，摸摸还很新的方向盘，想到这是自己攒钱买的车，心里就特别舒坦。他启动车子，顺便打开车载广播，跟着音乐哼起不着调的歌，将车开出别墅区，驶上公路。

冬去春来，春去夏又至，六月下旬，章翎千辛万苦地修够学分，顺利拿到卡耐基梅隆大学计算机硕士学位。

这所大学的计算机学院在全球大学里都能排名前列，毕业生很多都入职美国硅谷各巨头公司，拿百万年薪。章翎的同学里就有许多选择留下工作，或是继续读博，章翎没有丝毫犹豫，她归心似箭，只想回家。

毕业典礼后，章翎带上所有行李飞回钱塘，蒋赟提前安排好工作，开车去机场接她。

他现在已经是坐过飞机的人，因为出差。第一次和同事一起坐飞机时蒋赟吐了，被大家笑了好几天，后来又坐过几次，他渐渐适应在飞机上的感觉，不再晕机。

站在国际航班出口处，章翎的航班抵达后，平时威风凛凛的小蒋警官伸长脖子化身狐獴，终于，章翎拖着行李箱出现在他的视野。

曾经的小姑娘也已长成二十四岁的时尚女孩。章翎没戴框架眼镜，染成咖啡色的长发散在肩上，绿色连衣裙外罩着一件白色线衫，老远就朝他蹦跳着招手，"蒋赟！蒋赟！"

距离圣诞假过去已有半年，蒋赟想她都快想疯了。章翎走出玻璃门，蒋赟就大步向她冲去，一把把她抱进怀里，狠狠地揉了一番，又捧着她的脸"吧唧吧唧"不停地亲。

"蒋赟，我回来了！"章翎在他怀里快乐地喊。

"你终于回来了。"蒋赟想到章翎再也不会走，他们漫长的异地恋终于结束，心情简直难以言喻，搂着她说，"走，咱们回家，晚上我给你做菜，你想吃什么我都给你做。"

"真的吗？"章翎挽住蒋赟的胳膊，眼神竟是炙热如火，还带点儿狡黠，她踮起脚尖，在他耳边轻轻地说，"我想……吃你。"

（2）

章翎还是第一次亲眼看到蒋赟的车，黑色三厢，外观很沉稳，这人买车后迫不及待地给她发过照片，从文字里都能体会到他的喜悦。

蒋赟替章翎拉开副驾门，做一个邀请上车的动作，"章小姐，请上车。"

章翎笑着坐上副驾，扣好安全带，蒋赟坐上驾驶位，启动车子说："我发现，自己开车不管开多久都不会晕呢。"

章翎问："你还记不记得，你用多少种交通工具带过我？"

"三种呗。"蒋赟说，"自行车，小电驴，还有这车。"

章翎叹气："是四种啦。"

蒋赟很奇怪，"四种？还有一种是什么？"

"你忘啦？那个电动三轮车！"

"噢！"蒋赟反应过来，"还真是，哈哈，你不说我都要忘了。"

章翎努努嘴，"还不到十年呢，就能忘？"

蒋赟笑，"主要是现在日子好过许多，以前很多事我都不怎么去回想了，你说了我才记起来，我居然还做过送水工。"

两人说着话，车子开到金秋西苑，章老师和杨医生还没下班，蒋赟帮章翎把行李搬上楼，说："你坐了好久飞机，先休息一下，我去买菜，你想吃什么？"

章翎看看挂钟的时间，揪着他的衣领仰头说："说了要吃你，快去快回，菜随便买，我先去洗澡。"

蒋赟心都跳快起来，抓起钥匙就往门外蹦。他哪里还有买菜的心思，随便挑了些肉和蔬菜，不忘去便利店买小雨伞，心急火燎地回家后，章翎已经在吹头发了，还冲他抛了个媚眼。

再过一小时章老师就要下班回来，蒋赟光速洗完澡，腰间围着一块浴巾走进章翎的房间。窗帘已经被她拉上，章翎慵懒地靠在床头，身上盖着薄被，蓬松的长发散在白皙光洁的肩膀上，目光迷离地看着他。

蒋赟反锁上门，感觉从头到脚都在燃烧，正要上床，章翎伸手指他，"先让我看看，蒋 sir 现在身材如何。"

蒋赟一笑，扯掉浴巾丢到一边，他现在更结实了，体脂率依旧极低，就是个身材高大、肌肉漂亮的年轻男人，不再有几年前青涩稚嫩的少年感。

他单手撑着衣柜朝章翎笑，"怎样？还满意吗？"

章翎眯起眼睛，嘴唇咬着食指说："嗯……还不错。"

她朝他勾勾手指，蒋赟哪里还忍得住，眼睛都发光了，直接扑到床上，抱住章翎就吻了下去……

章知诚下班回家时，家里已经是一片温馨祥和的氛围。蒋赟穿着围裙在厨房做饭，章翎"吃饱了"，换上居家睡衣正窝在沙发上看电视，见章老师进门，立刻扑过去，"爸爸！我回来啦！"

章知诚把女儿抱了个满怀，又上上下下打量她，"让我看看，翎翎，你瘦好多呀。"

章翎抱住老爸的胳膊撒娇，"吃不惯嘛，功课又很忙，每天都不够睡，爸爸你再做好吃的把我养胖呗。"

父女两个在沙发上聊了会儿天，章知诚看一眼厨房，蒋赟正在里头备菜，暂时不会出来，便有些严肃地对章翎说："翎翎，爸爸想和你说个事，说之前你先告诉我，你和蒋赟现在感情好吗？"

刚做过羞羞事的章翎脸红了，抱着抱枕问："爸爸你干吗这么问？好的呀，一直都很好。"

"是这样的。"章知诚开始说正事，"我和你妈妈在摇房，你是知道的，去年九月第一次摇，到现在快一年了，从来没摇上过，看中的楼盘中签率都是个位数。"

章翎知道这件事，最近两年，钱塘买一手新房需要摇号。因为有限价，一手房房价比周围二手房要便宜很多，导致有买房需求的家庭一窝蜂地去摇号，僧多粥少，优质楼盘中签率就变得特别低。

章老师和杨医生工作几十年，之前也没有大的开销，攒了些家底，除去负担章翎出国留学的费用，剩下的钱还能全款再买一套房。

原本，他们是打算给章翎买房做嫁妆，章翎说不用了，让他们自己去买二套房。于是夫妻俩问过章翎将来最有可能会工作的区域，就开始摇那周边的楼盘，结果摇了大半年，报名十二个楼盘，愣是一次都没摇中过。

这件事，蒋赟不知道，因为章知诚和杨晔不想给他压力。

章知诚非常泄气，"你说你打算往科创城那边的公司投简历，科创城那边房子真是好俏好俏，一推出来，两百多套房，几千个人报名，有些甚至是万人摇，爸爸真是后悔没早几年去买，那会儿都不用摇号。"

章翎静静地听着，劝他，"没事，爸爸，这事不急的。"

"怎么能不急？"章知诚说，"你找到工作，去上班，科创城离这里这么远，你不可能住在家里啊，肯定要住单位附近，难道要去租房吗？"

章翎耸耸肩，"租房就租房呗，这又没什么。"

她想，蒋赟二十多年一直租来租去的，也没听他抱怨过。

章知诚拍拍女儿的脑袋，"你还是太天真，租的房子哪有自己家住得舒服？"

章翎想起父亲那严肃的开场白，疑惑地问："爸，你到底要和我说什么呀？你是有别的打算吗？"

章知诚看着她，压低声音说："我是想，既然你回来了，你也一起去摇号，现在摇房的政策中，有一部分房源是让无房刚需家庭优先摇，你的优先级会在买二套房的人前面，前提是，你得和蒋赟先登记。"

章翎惊呆了，愣了几秒钟才问："你是让我和蒋赟登记结婚？"

"对。"章知诚又往厨房看一眼，活像在做贼，"这事儿其实挺急的，你要知道，就算你们登记了，可能也会一两年摇不到，去买二手房要比一手房贵大几十万，甚至一百多万，这钱就花得很冤枉了。"

章翎茫然地说："可是……我要怎么去和蒋赟说？哦，咱俩登记吧，为了去买房？可……可他还没攒够钱呀，我都还没上班呢。"

章知诚拍大腿，"我知道呀，傻小子去年问过我，要攒多少钱才能买房。他现在收入还可以，平时也很省，我觉得再过三四年，他差不多能攒出首付，你要是上班，你俩一起攒，两年就够了。可问题是等攒完钱再去摇，摇到花一两年，交房再花一两年，还要装修，那时候你俩都三十多啦。"

章翎明白老爸的意思，也知道他说得有道理，可是……她撅着嘴说："爸爸，我才刚回来，就这样去和蒋赟说结婚，他心里指不定怎么想呢，而且这也太不浪漫了。"

"这是过日子，日子过得舒服最重要，两个人感情好，每天都会很浪漫。"章知诚指着厨房门，"你是想要那傻小子求婚吗？他没这个胆，他不攒出首付来不敢和你求婚的。"

章翎说："我倒不是非要他求婚，就是觉得突然去和他说这个事，他会不开心的，要不……"她想了会儿，说，"这样吧爸爸，你给我一点时间，我想个办法和他说。最近我打算先找工作，他过阵子要出去参加警队比赛，我暂时不想让他分心。"

章知诚同意了："行，这事说急，很急，说不急，也不急，你俩自己商量着来，反正爸爸妈妈会继续去摇号，你俩要是能一起摇，中的概率会更高。"

蒋赟什么都不知道，杨晔下班回家时，他已经做出一桌子菜，口味上颇得章老师的真传。"一家四口"围桌而坐为章翎接风，章翎说到自己的计划，不打算休息，要直接开始投简历找工作。

晚上，蒋赟没走，留在金秋西苑过夜。见他洗过澡后很不好意思地走进章翎的房间，章知诚没再说什么。

章翎回来后，蒋赟大多数时间还是住在警察公寓，只有休息天才会去金秋西苑和章翎见面。章翎开始找工作，她的履历很漂亮，国内985大学本科毕业，国外名校硕士文凭，往各大互联网公司投出的简历都能收到面试通知。

她去参加过几次面试，面试题都难不倒她，她放弃了一些offer，比较心仪的是国内某赫赫有名的互联网巨头下属的一家子公司，面的是研发部算法岗。

历时半个月，经过三轮面试，章翎过五关斩六将，顺利拿到offer。蒋赟问她薪资待遇如何，章翎向他伸出四根手指，蒋赟震惊了，"这么高？！"

章翎说："一般吧，市场价。"

小蒋警官默默望天，受到了小小的打击。不过，他很快就为章翎感到高兴，他的翎翎果然是最优秀的女孩，终于可以在自己擅长的领域大展拳脚。

八月一号，章翎正式入职，公司就在科创城，她在附近租下一间精装修一居室，开始自己"996"的"码农"生活。

她所处的团队都是精英，个个绝顶聪明，逻辑能力很强，整个团队还发过好几篇论文，在国际上都有不小的影响力。章翎原本就是个理性严谨、就事论事的人，很喜欢这样的团队氛围，可以学到好多东西。他们这儿没什么人际关系上的矛盾，大家各凭本事说话，她很快就适应了忙碌却高效的工作节奏，每天都过得很充实。

蒋赟休息天会来接章翎下班，两人一起吃顿夜宵，再手牵手地散会儿步才回出租屋。对于章翎高强度的工作，蒋赟很心疼，"你们也太忙了，每天都这么晚下班，身体会不会受不住？"

章翎微笑摇头，"还行，比我在美国上学时还好点儿。"

蒋赟掐掐她的掌心，凑过去小声说："晚上，我给你做做按摩，在电脑前坐一天了，我怕你脖子酸。"

章翎撞了他一下，"按摩可以，别按着按着又不老实了。"

"啧，这话说的。"蒋赟揽住她的肩，"你是我媳妇儿，好不容易才见一面，你就不想我吗？"

"讨厌。"章翎往他小腹上拍一下，"你就会耍流氓。"

"媳妇儿，你有没有觉得我胖了？"蒋赟摸摸肚子，"我前几天称了个重，快一百五十斤了。"

章翎笑他，"你这么会吃，长胖很正常啊。"

"真胖了？"蒋赟撩起 T 恤下摆看看，"看着还行啊。"

章翎哈哈大笑，"没有啦，没胖，你每天跑来跑去的，哪那么容易胖？你就是长好了，二十多岁不能和十几岁的时候去比，方家豪才叫胖呢，师妍说他都有一百六十多斤了。"

蒋赟嘴巴张成"O"形，"这么重？"

"对呀。"章翎说，"我和他们几个约了饭，等你比赛回来大家聚聚，我好久没见他们了。"

蒋赟很开心，"行啊！我也很久没见他们了。"

正说着话，他们路过一间打烊了的房产中介门店，蒋赟停下脚步，认真地去看玻璃上张贴的房源。

就像章老师愿意把家安在四院边上一样，蒋赟也明白，他的工作相对机动一些，而章翎是坐班，早出晚归，肯定是住在公司附近最合适。

这附近的二手房源都是交付没多久的次新房，均价比金秋西苑那边的老小区高很多，在四万七到五万出头，面积最小的也有八十九平方米。蒋赟心算了一下，四百多万的总价，首付也得一百三十万。

小蒋警官有些灰心，看着那一张张房源广告，轻轻地叹了一口气。章翎看在眼里，牵着他的手继续往前走，左前方有一个正在施工的新楼盘，章翎指着那楼盘说："这种新房子，开盘价只要三万七左右，还带精装。"

"真的？"蒋赟惊讶地问，"这么便宜？"

章翎哈哈大笑，"不便宜啦，就是比二手房便宜些罢了，因为政府有限价。"

蒋赟瞬间精神了，"那咱们可以买新房啊！新房多好，都没人住过。"

章翎点头，"对，我也想买新房。"

蒋赟燃起斗志，"我再攒三年，首付就够了。"

"唉……"章翎悠悠道，"可惜，新房不是想买就能买的。"

"为什么？"蒋赟这两年忙于工作，只在中介门店偷偷看过二手房价格，却没关注过买新房的政策。

章翎瞟他一眼，"你自己上网去查呗，很复杂的。"

蒋赟抬头看向那施工中的新楼盘，眼睛里满是憧憬，章翎偷偷地笑，感觉自己正在引他入坑。

八月中旬，蒋赟作为 A 省警务人员代表，去参加华东区警察两项比赛的决赛。之前，他参加过市里的初赛和省里的复赛，都拿到第一，得以和其他五位男警、六位女警组成 A 省省队，雄赳赳气昂昂地奔赴江苏某公安民警训练基地。

警察两项比赛规则很简单，贴近实战要求，每个参赛者需跑三个 1.6 公里越野跑，在三次跑步间隙，各进行一次 25 米距离 15 发子弹射击，要求必须全部命中标靶，最后按用时由短至长进行排名。

蒋赟耐力非常好，在长跑中算是遥遥领先，射击又是他的强项，跑完 1.6 公里去射击，他呼吸很稳定，手一点都不晃，每一枪都稳稳击中标靶。最后 1.6 公里冲刺，他撒开腿疯跑一气，第一个撞线，帮 A 省拿到一块男子组金牌。

从江苏回到钱塘已是傍晚，局里的领导亲切接见他们，说要请参赛警员们吃饭，简单庆功。蒋赟非常抱歉地说，这天是七夕，一礼拜没见女朋友了，和女朋友约好晚上一起去吃饭。

大家都乐坏了，队长对副局说："陈局，你就放了我们小蒋吧，他是我们队里出了名的老婆奴，一放假就要去找老婆，今天小年轻们要过节，就让他去吧。"

陈局大笑，拍拍蒋赟的肩，"行，好小子，去吧，早点儿请我们喝喜酒啊。"

蒋赟得了特赦就开车走人，去到和章翎约好的餐厅。

那是一家很有名的露天大排档，开在江边，主打烧烤和海鲜，在夏天生意特别旺，还有一个小舞台，有歌手驻唱。

章翎已经提前定好位子，是一张大圆桌，就在舞台前不远处。蒋赟赶到后看到桌边已经坐满了人，除章翎外，还有方家豪、林师妍、梨子、邱远峰、郭骏骁和萧亮，其中，郭骏骁和萧亮都带着女朋友，蒋赟也是第一次见。

姚俊轩在上海，没能来，吴炫宇也没来，在北京忙着实验室的事。

看到蒋赟，大家一起招手，"蒋 sir，这里这里！"

蒋赟跑过去，心里就是一声"糟糕"，林师妍和两位陌生女孩都捧着鲜花，笑得甜蜜蜜地依偎在男朋友身边，而蒋赟双手空空，什么都没准备。

完了，他想，晚上回去估计要跪键盘。

章翎托着下巴在看他，蒋赟灰头土脸地在她身边坐下，小声说："对不起，没买花，一会儿吃完补给你。"

章翎："哼。"

蒋赟好难为情，他从没给章翎送过鲜花，倒不是舍不得，实在是没这个意识。看到别的女生都有男朋友送的花，就章翎没有，他真恨不得立刻出去买一束来。

老同学们和蒋赟都是好久不见，开始热络地聊天，说着近况。

郭骏骁在外企干得不错，梨子毕业回国后在一家传媒公司工作，年薪很优渥。几位在国内读研的同学都还没毕业，其中林师妍还计划读博，方家豪大概是没有升学压力，心宽体胖，果真长胖许多。

萧亮还是个小科员，却像个小领导似的侃侃而谈，不停地给大家打烟，递烟给蒋赟时，蒋赟摇手，"谢了，我不抽烟。"

萧亮语气夸张，"你还不抽烟啊？你们警察办案不都压力很大的吗？抽烟提神醒脑啊。"

蒋赟笑道："是，的确有很多人抽烟，但我不抽，习惯了。"

女孩们点完菜，章翎和梨子头碰头地说着话，蒋赟听不见，凑过去问："你俩在聊什么？"

"没什么。"章翎推他，"走开，别偷听。"

蒋赟越发心虚，觉得章翎可能真的生气了。

这个季节，暑意还未消散，大排档桌桌坐满，舞台上的男歌手抱着吉他在唱情歌。海鲜烧烤一盘盘端上来，大家喝酒的喝酒，喝饮料的喝饮料，聊得一身大汗，吹着江风，听着音乐，又感到十分畅快。

林师妍听完一首歌，说："这人没我们章翎唱得好听呢。"

章翎笑着摇手，"没有没有，我就是个业余的。"

她喝了点啤酒，脸色酡红，懒懒地靠在蒋赟身上。蒋赟吃饱喝足，放松地揽着她的肩，再一次在内心感慨，媳妇儿回来了，真幸福。

萧亮指着章翎对女朋友说："我们这位老同学，歌后级别，当年就该去参加唱歌比赛，搞不好能当大明星。"

章翎笑问："咱们的老同学里，有许清怡一个大明星还不够吗？"

郭骏骁的女朋友瞪大眼睛，"许清怡是你们同学？"

"我没和她同班过。"郭骏骁指指章翎、萧亮和蒋赟，"是他们班的。"

郭骏骁的女朋友顿时星星眼，"哇！我好喜欢她呀，她演技好棒，你们能不能帮我问她要个签名？"

萧亮的女朋友举手，"我也要我也要！"

蒋赟偏过头捂住嘴，差点笑出声来，心想这两位妹子啊，你们的男朋友当初还暗恋过许清怡呢！

这时，舞台上的歌手一曲唱罢，拿着话筒说："今天是七夕，咱们餐厅有个小活动，大家可以上来唱歌，参加的客人，餐厅都会送一份小礼物。"

立刻就有人上去唱歌，是一个男生，抱着话筒唱得很深情，最后得了一个小小的毛绒玩偶。

又有几个人唱过后，梨子受不了了，"怎么唱得这么难听啊？章翎你快上去，给他们一点颜色瞧瞧。"

章翎往蒋赟怀里躲，"不要不要，我好久没唱歌了。"

梨子一指蒋赟，"蒋 sir，你想听吗？"

蒋赟："呃……"

大家立刻起哄："噢！蒋 sir 想听呢！章翎上！章翎上！"

章翎抬头看向蒋赟，"你想听吗？"

蒋赟点点头，"想听。"

"行吧！"章翎站起身，"还欠你一次独唱，我记着呢。"

她很大方地跑去台边，对那位驻唱歌手说了几句话，歌手就把吉他摘下来交给她。章翎抱着吉他上台，坐在高脚凳上，先试过几个和弦，才对着麦克风说："献丑给大家唱首歌，是我自己写的，歌名叫《小卷毛和小羽毛》，嗯……送给我的男朋友，祝大家七夕快乐。"

章翎这桌立刻开始欢呼尖叫吹口哨，蒋赟听到歌名后就愣住了，接着就捂住脸，明明一滴酒都没喝，脸却烧得跟什么似的。

小小的舞台上，章翎扎着马尾辫，戴着眼镜，没有化妆，穿一身简单的白 T 恤、牛仔热裤，左腿伸长点地，右脚踩在凳子横杠上，左脚尖有节奏地敲击地面。吉他和弦响起后，她开口唱起来，是温馨轻快的旋律：

扑簌扑簌，扑簌扑簌
雪花在落下
有个男生给我堆了大雪人
问我是不是很像他

哗啦哗啦，哗啦哗啦
牵手去踏浪
有个男生送我一根棒棒糖
说我的笑容甜过它

吃饭的客人们都被她美妙的嗓音吸引，纷纷将目光投向舞台，这时，章翎表情一变，像是有些苦恼，发愁地唱着：

有时候，我总会想
这个人怎么会那么傻？
我是一个聪明的好姑娘
嫁给他会不会变傻瓜？

可是啊，我又在想
这世上没有人比他傻
如果连我都不去喜欢他
那他该多么可怜巴巴？

这歌词把大家都逗笑了，有客人甚至站起来，探头探脑地去找哪个是唱歌女孩的男朋友。蒋赟身边几个老同学都笑得前俯后仰，邱远峰搭着他的肩，叫他："蒋 sir 把脸露出来呀！别害臊啊！"

蒋赟窘得要死，听到有人在问："是那个吗？真的是卷毛哎！"

"好像还挺帅的呀。"

"哎呀，好浪漫啊……"

舞台上，章翎的表情又变了，变得开怀又释然，吉他的旋律也越来越轻快，她晃着脑袋，蕴满笑意的眼睛望向台下的蒋赟，大声地唱着：

我这样唱！你会不会想

这个人到底什么样？

其实他有一双漂亮的眼睛

腿还特别长！

　　蒋赟的脸红成猪肝色，迎接着来自全场的注目礼，捂着眼睛笑得肩膀直抖，停都停不下来。

　　章翎唱到副歌部分，歌声越发清亮，弹吉他的姿态也更加潇洒肆意，马尾辫在脑后甩动，是显而易见的享受和快乐：

我们一起走过好多地方

约好要吃遍全天下

他说我是他最记挂的小羽毛

是他心里的宝贝疙瘩

我们以后要去更多地方

承诺永远都不会忘

我说他是我最心爱的小卷毛

是我未来的孩子爸爸

啦啦啦啦，啦啦啦啦

我们在长大

小卷毛和小羽毛，将组成一个家

啦啦啦啦，啦啦啦啦

有笑有泪呀

小卷毛和小羽毛，故事唱完啦……

　　蒋赟双手捂着脸，浅色眼眸泛着光亮，只从指缝里望向章翎。

　　他不知道章翎是什么时候写的这首歌，从没听她说起过，这么好听，这么温暖，这么可爱。她还说小卷毛和小羽毛将组成一个家，这……真的触动蒋赟内心最柔软的地方，他不想在那么多人面前掉眼泪，只能死死地捂住脸，专心地听章翎唱歌。

　　梨子碰碰他胳膊，"蒋 sir，你不该表示一下吗？"

　　章翎正在唱第二遍副歌，蒋赟问："表示什么？"

林师妍被他的不解风情打败，真是恨铁不成钢，"章翎都那么唱啦，什么嫁给他，孩子爸爸，组成一个家，今天是七夕耶，你不该……嗯嗯？就那什么，嗯嗯？"

蒋赟蒙了，方家豪从林师妍的花束里摘出一朵香槟玫瑰，递给蒋赟，"借你一朵花，兄弟，上吧！"

蒋赟终于明白了，大惊失色，摸一遍自己的裤子口袋，"我什么都没准备啊！不是，我还没买房……"

"买什么房？不用准备了，一朵花就行。"邱远峰推他，"赶紧的，章翎都快唱完了。"

可怜小蒋警官还没从感动中回过神来，就被方家豪和邱远峰两个损友一块儿踹到台下。

章翎正在收尾：

啦啦啦啦，啦啦啦啦

有笑有泪呀

小卷毛和小羽毛，故事唱完啦

唱完啦……你，喜欢吗？

她的手指拨过吉他的弦，留下一串温和的尾音，抬起头时，就看到蒋赟拿着一朵香槟玫瑰，身姿笔挺地站在台下。

方家豪喊："愣着干吗？上去呀！"

蒋赟长腿一迈就跨上舞台，客人们都尖叫起来，他还什么都没说呢，就有人在大叫："答应他！答应他！答应他！"

蒋赟脑门后背全是汗，脸红得不像话，愣愣地看着章翎，都不知该说什么，该做什么。

章翎歪过脑袋，笑眯眯地看着他。蒋赟的左手贴着左裤兜，突然摸到一样硬硬的东西，想起来，那是一块金牌，中午时刚拿到的，揣在兜里是想给章翎看看，但餐桌上人太多，他就没好意思拿出来。

蒋赟摸出金牌，莫名地就有了点底气，向着章翎单膝跪地，左手拿着金牌，右手举着玫瑰，目光灼灼地看着她，说："翎翎，你愿意嫁给我吗？"

章翎站起身，摘下吉他放到一边，唇角渐渐扬起，接过金牌和玫瑰，点头说："我愿意。"

她把蒋赟拉起来，全场掌声不断，蒋赟把金牌挂到她脖子上，眨眨眼睛，在她唇上落下一个浅吻，又把她给拥进怀里。

舞台下，梨子、林师妍、方家豪和邱远峰纷纷击掌庆祝：

"哎哟，这人咋这么不开窍？可愁死我了。"

"我就怕他又犯浑，刚才好紧张。"

"安排这么久，他要是不肯上去，章翎不得气死啊？"

"都到这份上了，不上去就不是男人啦！"

"好了好了，我们任务完成，一会儿都闭嘴啊。"

"知道知道，不说不说。"

萧亮和郭骏骁目瞪口呆，这时候才反应过来，"这都是安排好的呀？"

"那是！"梨子骄傲地抬下巴，"章翎说，蒋 sir 当初追她就是找她碰瓷儿，所以她也要写个剧本，找蒋 sir 碰个瓷儿。哎哟，蒋 sir 真是被章翎拿捏得死死的，你们看没看到他刚才的样子？哈哈哈哈哈……够我笑一礼拜的。"

躲在蒋赟怀里，章翎也在偷笑，心道，老爸，我搞定啦！

（3）

章翎拿到一只餐厅送的小猪玩偶，和蒋赟一起坐回桌边。十分钟后，飘在云端的小蒋警官终于回过味来，这一切……也太巧了吧？

七夕夜，一家有舞台表演的餐厅，一场唱歌送礼物的活动，一首章翎从未说起过的原创歌曲，还有几个"贼眉鼠眼"的老同学。

他不动声色，任由老友们朝他打趣，直到聚餐结束回到章翎的出租屋，蒋赟锁上门，才开始"刑讯逼供"。

他把章翎压在床上，又是呵痒，又是亲吻，章翎手脚颠个不停，却怎么也逃不掉，只能讨饶："你放开我放开我，哈哈哈……好痒好痒，好啦，你先放开我嘛！"

蒋赟单手扣住她双手手腕，目光沉沉地与她对视，"说不说？"

"说说说。"章翎被他弄得气喘吁吁，"那个……就是做了些小准备，我也想给你一个惊喜嘛。"

蒋赟松开章翎，盘腿坐在床上，有些无奈地说："翎翎，你知道我的存款的，还不够首付。"

章翎也爬起来，头发衣服都已乱糟糟的，她牵过蒋赟的手说："我知道呀，我们可以先登记嘛，怎么？你自己求的婚，还想赖账啊？"

蒋赟认真地说："没想赖账，就觉得还不是时候，你爸爸妈妈现在不会答应的。"

章翎心想，他要是知道这就是她爸妈的主意，不知道会不会吐血。她柔柔地说："他们知道的，都听过我练习这首歌呢，你相信我。"

蒋赟傻眼了，"你爸妈都知道啊？"

"是呀，只有你不知道，说你是个傻瓜真没说错。"章翎扑上去抱住他，像个树袋熊似的挂在他身上，"小卷毛同学，咱俩找个时间去登记吧？我想做警嫂了，感觉很威风呢。"

哇哦，警嫂章翎……蒋赟光用想的就觉得很刺激，可心里总归有些毛毛的，抱住她问："你真的想好了吗？你才二十四，工作又那么好，你真的……不打算再多看看？"

"看什么？"章翎乐了，"看别的男人吗？"

蒋赟不说话了。

章翎推他，"去洗澡啦，一身臭汗，都是烧烤味，把我床都搞脏了。"

蒋赟从床上爬下来，伸手拉她，"一起洗。"

章翎抱着被子滚来滚去，"不要。"

"一起洗嘛。"蒋赟一把扒了自己的上衣，绷紧腹肌，说，"让你好好看看我。"

"噫！"章翎伸脚去踹他，"臭不要脸！"

蒋赟捉住她的脚踝就把她给拉过来，章翎"呀"的一声叫，蒋赟弯下腰手臂一揽，直接把她给扛到肩上，大步往卫生间走去，"今天就臭不要脸了，你能把我怎么地？"

章翎没再闹，乖乖地让他扛着，他的胳膊强健有力，戳一戳，肌肉硬邦邦的，让她有一种美妙的安全感。

洗完澡，两人在床上狠狠地缠绵了一番，章翎累得睡着了，蒋赟却无睡意，走去阳台思考人生。

他靠在栏杆上，打开手机银行看自己的存款。因为年初买过车，存款只有1打头的六位数，他算了一下，到年底发完年终奖，应该勉强能破3，对于首付来说还是远远不够。

蒋赟有时候会觉得自己遗传了奶奶的抠门属性，对于存钱都有点魔怔了。这两年是他这辈子过得最宽裕的阶段，存款金额一个月一个月地在增加，他从没有过这么多钱，有时候都不太信，会打开手机银行看看余额。

他很佩服姚俊轩，在大一时就想着去赚钱，还真的赚到了。他好像没这样的意识，也没这样的本事和魄力，就像他买理财产品，连中风险都不会选，永远只选低风险产品。

他只想踏踏实实地过日子，一步一个脚印地往前走。关于结婚，他做过无数次设想，首先要有个房，不用装修得特别好，面积也不用特别大，但必须有三个房间，因为章翎需要书房。

然后，他会买枚钻戒，正式向章翎求婚。

至于婚礼怎么办，章翎说了算。无论如何，婚纱照肯定得拍，蜜月旅行也得有，还有婚宴……他没亲人，只有一些同学和同事，章翎家倒是有不少亲友，算一下，也得有十几桌吧。

蒋赟原本以为这会是至少三年后才考虑的事，那会儿他和章翎也才二十七，还很年轻呢，但是在这个七夕夜，大家一起哄，他脑子发热，居然就求婚了。

他都还没对章翎说过那三个字。

蒋赟走回卧室，章翎卷着被子在床上睡得很熟，他爬上床，侧身而卧，静静地看着她的睡脸。

真没想到呢，他能活到这一天，和他最心爱的女孩睡在一张床上，每次和她亲热，他都觉得在做梦，于是就想表现得更好，想让她喜欢，让她享受，看到她愉悦的表情，他就会非常非常满足。

蒋赟抬手摸摸章翎的脸颊，她感觉到了，往他怀里钻了一些，蒋赟便拍拍她的背，像是在哄小朋友睡觉。

章翎又睡熟了，蒋赟关掉台灯，在黑暗中轻声说："晚安，翎翎。"

第二天是个周日，章翎放假，蒋赟早上有工作，市局又离科创城比较远，所以就悄悄地起床，洗漱后走进厨房做早饭。他给章翎蒸好一锅小笼包，又煮了一个玉米和鸡蛋，把牛奶放在餐桌上，写好便利贴，正要出门时，章翎蓬头垢面地从房里出来了。

"你要走了？"她眯着眼睛看蒋赟，显然还没睡醒。

蒋赟给了她一个拥抱，又亲亲她的脸，"今天有任务，你再睡会儿吧，还早呢。"

"你晚上要加班吗？"章翎又挂在他身上，"我一会儿回我爸妈家去吃饭，你下班能过来吗？"

蒋赟笑，"我看情况，争取过来。"

章翎放开他，"行，那你走吧，路上小心。"

蒋赟定了定心神，说："章翎，我爱你。"

没等到章翎的反应，他背上双肩包、拿上车钥匙就走了，章翎依旧愣在客厅。

一会儿后，她走进卫生间，看向镜子里的自己，头发乱得和鸟窝一样，身上是一条卡通睡裙，满脸迷糊，左脸颊还有被荞麦枕压出来的印记。

章翎绝望地捧住脸，都想要大叫了，她的男人第一次对她说"我爱你"，怎么会是在这样一个场景中？她还是这么一副邋遢的模样！那个人，脑袋里装的到底是什么？是米浆吗？

经过章翎和章知诚大半个月的洗脑，蒋赟终于明白了，他得先和章翎登记结婚，才有机会去买他梦寐以求的新房。

小蒋警官没有自尊心作祟，很坦然地接受了这样的安排，挑选结婚登记日期时，他和章翎不约而同地想到中秋节。

不是这一年的中秋，而是九年前，蒋赟第一次到章翎家的那个中秋，九月三十日，国庆的前一天，是个很好记的日子。

蒋赟和章翎安排好工作，各自请了一天假去往民政局。蒋赟向局里打过申请，穿上一身精神抖擞的警服，和章翎并肩拍结婚照。他特地修剪过头发，两鬓剃得比较薄，头顶的发也不长，抹了点发蜡，就没有那种毛茸茸的感觉，衬得一张脸英气勃发，眼神很刚毅。

章翎长发披肩，戴着隐形眼镜，略施淡妆，身穿浅蓝色衬衫，笑容甜甜地坐在蒋赟身边。

一溜手续办下来，两本红彤彤的结婚证到手，章翎正式成为警嫂，蒋赟则变成市局刑侦支队里年纪最小的已婚男士。

"我结婚了。"他看着手里的结婚证，又去看章翎，"咱俩结婚了，翎翎，咱俩结婚了！"

章翎笑吟吟地看着他，"是呀，咱俩结婚了。"

要不是不能给身上这套制服丢脸，蒋赟真恨不得把章翎抱起来，昭告全天下，他蒋赟，和章翎，结婚了！

他俩是有红本本的合法夫妻啦！

晚上，小夫妻手牵手回金秋西苑吃饭，蒋赟买了一大堆礼物，红酒、人参、阿胶、护肤套装、水果礼盒……两只手都要提不下。开门进去时，章知诚正在厨房做饭，听到声音探出头来，"回来啦？哟，买这么多东西啊？"

蒋赟喊："叔！给你和阿姨买的。"

章知诚走出来，眼神古怪地看着他，没接。

章翎好笑地看着老爸，又去看蒋赟，蒋赟一点儿也没发现异常，把礼盒都摆到餐桌上，兴冲冲地说："叔，我来做饭吧，你休息会儿。"

章知诚真的把厨房留给蒋赟，和章翎坐到沙发上去聊天。章翎把结婚证拿给父亲看，章知诚戴上老花眼镜，认真地看过结婚照和证件上的每一个字，说："这照片拍得真好。"

他抬头看向女儿，眼神里满是慈爱，"翎翎啊，爸爸还记得你小时候的模样，刚生出来时那么小一个，后来上幼儿园，上小学，上初中……好快啊，你就结婚了，还是和蒋赟那个傻小子。"

章翎挽住父亲的胳膊，把脸颊靠在他肩膀上，"没办法，我随的你和妈妈，高中时就被蒋赟给拐跑了，谁叫你那会儿没阻止啊。"

"哈哈哈哈……"章知诚大笑，"干吗要阻止呢？如果他不好，你也不会找他的，爸爸对你有信心。"

父女两个又聊了一会儿，章知诚拿出几张宣传单，说："这几个楼盘，十月就要开始报名，你和蒋赟国庆节要是有空，就去看看样板房。"

章翎接过来，"好呀，我会叫上蒋赟一起去的。"

杨晔下班回来时，饭菜已经做好了，蒋赟帮杨晔拿包拿拖鞋，满脸堆笑地叫她："阿姨，洗个手就吃饭了。"

杨晔可不像章老师那么端着，抬起头揶揄地问："还叫我阿姨啊？"

蒋赟愣住了，总算是明白章老师为何会那样看他。他张张嘴，想叫又不敢叫，杨晔鼓励他，"小赟，你和翎翎登记了，咱们就正式成为一家人啦，你说说，你该叫我什么？"

章翎和章知诚都走了过来，蒋赟依旧盯着杨晔，眼睛眨了几下，才轻轻地喊出那个词："妈妈。"

"哎！乖儿子！"杨晔喜笑颜开，张开双臂抱住他，蒋赟把她抱得很紧，杨晔拍拍他的背，小声说，"还有那一位呢，都要吃醋了。"

蒋赟松开怀抱看向章知诚，叫他："爸爸。"

章知诚的眼神非常温柔，和杨晔一样，也给了蒋赟一个温暖的拥抱，"好孩子，早就把你当儿子了，现在终于可以名正言顺地听你叫我一声'爸'。"

"爸爸，妈妈。"蒋赟哭了，又把杨晔一起搂进怀里，杨晔也掉了眼泪，连着章老师的眼睛都湿了。

章翎却没哭，一直站在边上笑，调侃道："不知道的，还以为你们把失散多年的亲儿子给找回来了呢。"

蒋赟被她逗笑了，眼角还挂着泪，又把她给一起抱进去，四个人亲密地搂成一团，蒋赟低声说："我一直都想着这一天，我也早就当你们是我的爸爸妈妈了。爸，妈，我答应你们，这辈子一定会好好待翎翎，好好孝顺你们，我真的……能和翎翎结婚，能叫你们一声爸妈，我……我这辈子都值了。"

章知诚笑道："傻小子，你这辈子还长着呢，以后有的是让你高兴的事。"

"就是，等你自己做了爸，包准要乐上天。"杨晔先从团抱里出来，问丈夫，"知诚，你给了吗？"

章知诚从口袋里掏出一个红包，"没给，他刚才都没喊，我怎么给？"

蒋赟都傻了，章知诚把红包塞到他手里，"意思一下，办酒时再给个大的。小赟啊，你和翎翎努力工作，两个人好好过日子，相信爸爸和妈妈，一切都会越来越好的。"

蒋赟看着面前的两位长辈，心情复杂得说不出话来。

他们都已年过半百，章老师原本乌黑的头发如今也夹杂了一些白发，眼角的皱纹越发明显，辛苦保养的体型也有微微发福的迹象。

杨医生甚至已进入更年期，饱受潮热盗汗、情绪起伏之苦，幸好她原本就性格豁达，又是医生，丈夫在这特殊时期对她更加温柔体贴，她便坦然地接受着自己身体上的变化，不怕变老，说要做一个时髦又快乐的小老太太。

杨晔拍拍蒋赟的手，"行啦，都把眼泪收回去，我这刚从医院回来呢，先去洗手换衣服，准备开饭，我要吃我儿子做的菜！"

杨医生去换衣服了，章翎帮蒋赟把菜端到餐桌上，章老师负责盛饭——三小碗米饭，还有一只大象喷水海碗。盛饭时他忍不住笑，给大海碗盛了满满当当一碗饭，还用饭勺压了一下。

自从家里多了一个蒋赟，大米都要多买很多呢。

从这天起，蒋赟正式改口喊章老师和杨医生为"爸妈"，连着对同事说话都是说"我爸我妈"，有人纠正他，说那不是你丈人和丈母娘吗？蒋赟说："不是，就是我爸妈！"

他和章翎商量过，忙得连轴转时，他依旧住警察公寓，只要不通宵，他就去章翎的出租屋过夜，还能给她做顿早饭吃。

每天开着车来回市局和科创城，蒋赟一点也不嫌辛苦，对章翎说："夫妻就要有夫妻的样子，我想每天都看到你。"

国庆节，章翎有几天假期，蒋赟也凑出三天假，和章翎一起去售楼中心看样板房。

章翎发现，和蒋赟一起看房真的非常有趣。这个人大概是楼盘销售人员最喜欢的那类客户，从来不挑刺，对所有房子都喜欢，户型再有瑕疵，他都能自己找出理由来为设计师开脱。

走进装修时尚的样板房时，蒋赟眼睛都是发亮的，东看看西摸摸，一个劲地夸房子好，比销售更像销售，还会在沙发上坐坐，畅想自己和章翎未来在这套房子里的生活。

"哦，这个是儿童房，哇，真好看。"

"翎翎，翎翎，你来看！这个就是书房，以后你要用的。"

"主卧很大呀，这床是多大？一米八宽？哦，怪不得，我们现在睡的那床才一米五，这个真的大很多。"

"八十九平方米也能做三室一厅两卫啊？真的会很方便。"

看过几套样板房后，蒋赟和章翎作为无房刚需家庭，开始参加报名摇号。小蒋警官看一套爱一套，很忧愁地对章翎说，选不好，要是都摇上了，也不知道该放弃哪几套。

章翎说："你想多了。"

蒋赟果然想多了，十月中旬，他们报名的第一个楼盘开奖，三百多套房，六千多个报名家庭，他们排在三千多号。

蒋赟："唉……"

而这只是一个开始，一直到第二年六月，他俩的命运竟和章老师一样，优先级都不顶用，十次摇号，就是一次都没摇中过。

队里的同事见到蒋赟，个个都会问他："小蒋！摇到了吗？"

"这次是分子还是分母啊？"

"赟哥，有没有进前一千？"

蒋赟默默望天，不知道这苦逼日子什么时候才能熬到头。

章老师也在发愁，愁得白头发都多冒出几根，和妻子商量，如果年底前还是摇不到新房，就去买二手房吧，多花钱就多花钱了。

他不想女儿女婿一直住在出租屋里，两个年轻人工作都很稳定，收入也不低，感情又很好，登记一年了连个小窝都没有，他这个做爸爸的实在是过意不去。

蒋赟很焦虑，在一次次期待和失望中反复煎熬，私底下对章翎说："我这人运气向来不咋样，这种和抽奖有关的事，有我参加，真的就是凉凉。"

相对来说，章翎是心态最好的一个，她并不觉得住出租屋有什么大问题，又觉得她和蒋赟还年轻，完全可以靠自己来拼下一切。

前几年他们一直是异地恋、异国恋，最近一年才算真正地生活在一起。他们需要淡化少年时对彼此的印象，开始习惯长大成人的对方，相互了解，相互磨合，章翎常对蒋赟说的一句话就是："你别把我想得太好，我身上一堆缺点。"

蒋赟却不依，抱着她说："你没有缺点，我越看你越喜欢，我媳妇儿就是完美的。"

章翎就敲敲他的头，笑着说："傻子。"

一年来，章翎和蒋赟过的日子其实就如章老师曾经所说，两人各自忙碌，每天能见到彼此的时间并不多。

蒋赟有时候还要出差，抓捕罪犯回局里后要连夜审讯，连着几天几夜都不能去章翎的出租屋。但只要他去了，就会把小屋子打扫得很干净，穿上围裙给章翎做一顿热乎乎的饭菜，这些都是和章老师学来的。

他讲究卫生，回家就洗手，不换衣服不往床上坐，给章翎常备水果、牛奶和常用药，发微信提醒她按时吃饭，这些习惯则来自杨医生的言传身教。

章翎向来不是黏人的女孩，自己都很忙，更不会去抱怨蒋赟周末没时间陪她。难得的休息天，她有很多事可以做，比如回家去看望父母，坐在飘窗上看会儿书，或是和闺蜜约一顿下午茶，一起逛逛街。

她现在的收入完全可以负担奢侈品消费，但她没有那么旺盛的购物欲，从小到大也没过过缺衣少食的生活，受父母影响非常大。杨医生和章老师都是注重内在的人，所以，一个几万的包和一双上万的鞋，对章翎没有太大的吸引力。

她更享受的是见到蒋赟后一起谈心的时光。寒冷的冬天，窝在暖乎乎的被窝里，听蒋赟说一些工作上的趣闻，章翎会觉得很有意思。她的工作相对枯燥，人际关系也简单，不像蒋赟能到处跑，见到很多匪夷所思的案件，有时候就会感叹一句，人性真的很复杂。

六月十七日，章翎迎来她的二十五岁生日，是在周五，晚上被爸妈叫回金秋西苑吃饭。

说来也很夸张，从十六岁到二十五岁，章翎的十个生日里，除了十六岁那年和蒋赟一起在五中上学，去食堂吃的晚饭，其余九个生日，她都没能见到蒋赟。

这个生日，还是蒋赟第一次很正式地与她一起过。

小蒋警官带来生日蛋糕和一大束红玫瑰，还买了一串铂金项链做生日礼物。他是真直男审美，挑花的时候也不懂什么浪漫情趣，点名就要红玫瑰，买项链时选粗的，觉得太细的容易断。

把礼物给到章翎时，蒋赟说："我原本想买金项链的，但那个营业员问我送的对象几岁，我说二十五，她就让我别买金的，买这种。"

章翎边听边乐，把项链交给他，"帮我戴上。"

她撩开长发，蒋赟小心地帮她戴上项链，章翎照着镜子摸摸挂坠，是一只铂金小鸟，笑着说："我很喜欢，谢谢你，老公。"

可能是因为还没举行婚礼，她平时很少叫蒋赟"老公"，大多数时候是叫全名。有时候两人玩笑打闹，她会喊他"小卷毛""蒋 sir"或"小赟赟"，导致蒋赟听到这声"老公"，都有些怔神了。

面对插着"25"数字蜡烛的生日蛋糕，章翎闭眼许愿：希望我和蒋赟能摇到房，拥有一个属于我们自己的小家。

或许是上天听到了她的心声，在这年十月，章翎和蒋赟报名的第十六个楼盘开奖，共推出四百多套房子，其中一百多套给刚需家庭优先摇。

蒋赟是在出外勤回局里的路上查询的摇号结果，他完全没抱希望，因为每次都是在千号以后，他俩连一次三位数号码都没摇着过。

这一次，他神情淡漠地输入报名码，结果跳出来后，蒋赟倏地睁大眼睛，直愣愣地盯着手机看，揉揉眼睛再一次确认，接着就蹦了起来，脑袋撞到车厢顶，发出"咚"的一声响。

司机和几位刑警同事都吓一跳，副队长问他怎么了，蒋赟揉揉脑袋，故作镇定地说："没事，就是，我好像摇到房了。"

副队长凑过来看，"哎哟，126 号啊，真摇到啦？"

"是啊，真摇到了。"蒋赟心里乐疯了，赶紧给章翎打电话，又在四个人的家庭群里发微信。

蒋赟：@爸爸，@妈妈，@翎翎，爸妈！我和翎翎摇到房啦！

小蒋警官扬眉吐气，下车后都走出了六亲不认的步伐。晚上离开警局，他开车直奔章翎公司接她下班，两人没急着回出租屋，而是去那个楼盘的施工工地。

这个楼盘叫尚锦翠枫城，离章翎公司不算太近，坐地铁两站路，坐公交六七站，不适合步行，勉强也算在科创城板块内。

工地晚上停工，灯都灭着，十几幢高层都只造到七楼以下，楼外罩着绿网，其实啥也看不出来。蒋赟却是看得入了迷，牵着章翎的手站在马路对面，遥遥地望着那片工地，问："咱们摇的是哪几幢？你还记得吗？"

章翎说："10、12、13，那三幢。"

"在沙盘上的位置我还记得，好像就是靠东边的这几幢。"蒋赟伸长手臂指点了一下，"翎翎，是那几幢吗？"

"应该是。"章翎转头看着他，又看到那满怀憧憬的眼神，只是这一次，那憧憬变得更加真实，一切都已触手可及。

"翎翎。"蒋赟眼睛望着工地，低声开口，"你还记不记得，你从小到大，除了旅游，住过多少房子？"

章翎开始掰手指，"小时候，是住在我爸爸学校分的房子里，两室一厅，六十多平方米吧；六岁要上学了，搬去金秋西苑，初中住过两年多阳明中学旁的出租屋，上高中又搬回金秋西苑。后面住过大学寝室，去美国住学生公寓，再就是现在住的出租屋了，你呢？"

"我？"蒋赟轻轻摇头，"我记不清了，住过太多太多房子，光是在袁家村，就不知道搬过几次家。"

他转过头来看向章翎，"我以前和我奶奶说，要买一套带电梯的大房子给她住，要给她养老，其实说的时候我心里也没底，我知道房子很贵，要存很久的钱才有可能买。"

他又把视线投向那片夜色中的工地，"我一直都想有个属于自己的家。其实也没特别高的要求，楼梯房的七楼、底楼，我都接受。不需要什么学区房，老房子也可以，一居室、没装修，都行。只要是我的家，不会有人动不动就加租，随便赶我走，我就满足了。"

章翎抱住他的胳膊，与他依偎在一起，"咱俩很快就有家了，到时候交房，我们一起装修，去挑家具，然后把户口落过来，以后小朋友就在这附近上学，那个小学据说还不错。"

蒋赟问："我可以送孩子上学，谁来接呢？咱俩都这么忙。"

"总会有办法的。"章翎笑，"交房还要两年多呢，到时候再说吧，我妈妈再过几年就退休了，实在不行可以请她帮帮忙。我小时候，也是我外婆来接我放学的，双职工家长哪儿走得开呀。"

蒋赟最后望向那片工地，不再说话。

大概在幸福家庭长大的人很难理解他此刻的心情，章翎无法感同身受，哪怕是同为低保户的姚俊轩，估计都理解不了。

这是蒋赟的执念，他活了二十五年，飘来荡去，至今都挂着集体户口。从小到大填表格，家庭住址那一栏，他都不知道怎么写，父母那一栏也不知道怎么写。他曾经想不明白，为什么会这样呢？人家说有瓦遮头便是家，可对他来说，这片瓦，真的好难好难企及。

而如今，他牵着身边女孩的手，终于看到了希望。

几天后，蒋赟和章翎与几百个家庭一起去参加选房，选房现场闹哄哄的，音乐放得震天响。蒋赟看着身边一个个家庭，拿着各种户型图七嘴八舌地讨论着，排队时，每个人脸上都透着喜悦，蒋赟就觉得很玄幻，他居然能待在这样一个幸福的地方。

每户家庭只有三分钟时间，对蒋赟来说，这是人生中至关重要的三分钟。轮到他们时，他和章翎站在大屏幕前，看着那些或亮着或灭掉的楼栋和房号，章翎反应很快，"10 栋 1 单元 1101、1201、1301 都行，要哪套？"

蒋赟："1201。"

"行，就 1201。"章翎对工作人员说，"我们选好了，10 栋 1 单元 1201，谢谢。"

工作人员在电脑上操作，蒋赟盯着大屏幕，眨眼间，这套房对应的灯灭掉了，他长长地呼出一口气，转过头，就对上章翎灿烂的笑脸。

他们挑的这套房子有一百二十五平方米，大三居，带一个小小的储藏室。章老师说要买大户型，一步到位，省得以后再换房，首付不够就由他来贴，就当是借给他们的。

蒋赟拿出自己所有的积蓄，加上章翎的积蓄，又问章老师借了几十万，付掉三成首付，按揭二十年，他和章翎都有公积金，还贷压力并不大。

从那以后，小蒋警官找到一个思考人生的好地方，就是那新楼盘的马路对面。有时候处理案子没有头绪，他就会在下班后开车到工地旁，眼睛盯着那渐渐拔高的楼栋，在心里整理案子的相关线索。

偶尔，蒋赟和章翎参加高中好友聚会，同在体制内的萧亮会问他，蒋 sir，有没有升职啊？

蒋赟就笑笑，说没有，就是在一线拼命。

不是他不想升职，只是，市局刑侦支队是一个很看重经验和资历的部门。蒋赟还很年轻，有专业素养，也有拼劲，几年来逐渐成为二大队的骨干警员。他表现很优异，和同事一起侦破过数起大案，还在扫黑除恶专项斗争的大案中立过功，很多人都对他寄予厚望，也明白，他缺少的就是经验和资历。

有时候，蒋赟会在局里碰到梁军。梁军已经升职为市局副局长，每次看到蒋赟都会拉着他聊几句，知道他把家安在城西科创城，梁军很惊讶，"这么远啊？"

蒋赟就笑，"没事儿，我老婆在那边上班。"

分别后，梁军想这件事想了好几天，还是决定打电话给蒋赟，问他要不要试着申请，调去西城分局刑侦大队。

西城分局就在科创城，离蒋赟的新房很近，上班会方便许多。

于是，在蒋赟二十七岁这年，他正式到西城分局刑侦大队报到，任职副大队长，是各区分局刑侦队伍中年纪最轻的一个副队。

分局里自然有人不服气，认为他是有背景的空降兵，很快，蒋赟就用自己出色的业务能力、刚正不阿的作风和拼命三郎般的工作态度让他们闭了嘴。

新入职的小刑警都很喜欢他，喊他"蒋副队"，也有人叫他"蒋哥"或"赟哥"。他开始带小兵，教他们怎么走访、怎么搜集线索、怎么跟踪、怎么审讯、怎么抓捕……

他越发成熟，行事也稳重许多，因为时常要面对生死，他对章翎说他会好好保护自己，因为家里有让他牵挂的人。

次年春节后，蒋赟二十八岁生日前夕，他和章翎的新房终于交付。

他们已经还清向章老师借的首付款。办完交房手续，蒋赟拿到钥匙，和章翎一起走去新房，章知诚和杨晔请来一位验房师，也陪在他们身边。

尚锦翠枫城 10 幢 1 单元 1201 室。

蒋赟站在门口，看着大门上贴着的大红密封条，上面写着："欢迎回家"。

他扯掉密封条，拿出钥匙开门，大门打开，入眼就是一间宽敞明亮的客厅。房子带精装，客厅是灰色地砖，房间是木地板，卫生间和厨房都已全部搞好，玻璃擦得透亮，崭新的厨房电器上还覆着塑料膜。

蒋赟沉默着，和章翎牵着手走过一个又一个房间。他抬手摸上白色墙面，还会开一下顶灯开关。章翎感觉到他掌心有汗，便捏捏他的手，蒋赟转头朝她笑，摇摇头，意思是他没事。

章知诚和杨晔跟着验房师在认真验房。蒋赟没管，他一点都不懂，在他眼里，这房子一点毛病都没有，那么大，那么亮，那么多房间，还那么高，视野多好。

他站在阳台上，看着楼下的绿化和五颜六色的小滑梯，觉得怎么看都看不厌。章翎走到他身边，与他一起靠在栏杆上往下看。

她笑着说："哦，好高。"

蒋赟还是没说话，章翎拍拍他胳膊，"你怎么啦？傻乎乎的，从进来就一直不说话。"

"不知道要说什么。"蒋赟看着她，"翎翎，你高兴吗？"

章翎大笑，"当然高兴啦！这是咱俩第一套房子呢！"

蒋赟回头看向客厅，章老师正撅着屁股跪在地上，也不知在看哪道地砖缝隙。

蒋赟把手覆在章翎的手背上，与她手指相扣，浅色的眼眸温柔地凝视着她，说："翎翎，这不是一套房子，这是我们的家。"

章翎重重点头，"对，这是我们的家，是小卷毛和小羽毛的家！"

我知道你对我最好了

（1）

四月初的一天晚上，章翎正在寝室修改毕业论文，苏以晴从上铺探下脑袋，"章翎章翎，你快看微博，你那个小明星同学上热搜了！"

"是吗？美出圈了？"章翎笑着问。

苏以晴吃瓜吃得好快乐，"不是！你看过就知道了，三条！"

章翎打开微博，就看到关于许清怡的三条热搜：

许清怡哭戏炸裂

许清怡学霸

许清怡作弊

大一结束后的那个暑假，许清怡在一部网剧里出演成年后的第一个角色，是个没什么台词的配角，但她太美了，特别上镜，很快就接到另一部校园偶像剧的女三角色，就是那个女"反派"周晓芹。

许清怡把周晓芹演得入木三分，观众们恨她恨得牙痒痒，剧集结束后才反应过来，这个新人妹子好漂亮啊！演技也很生动。于是，许清怡被一家实力还不错的经纪公司签约，从此片约不断。她作为一个没有童星背景，也没有显赫家境的纯新人，在娱乐圈开始崭露头角，大学还没毕业，就已经拥有了几百万微博粉丝。

在粉丝们眼里，许清怡的演技可以碾压一众同年龄段小花，尤其是她的哭戏，被营销号吹上天。据说许清怡随时随地都能哭，从来不用眼药水，哭起来还特别美，那双水汪汪的大眼睛令人心碎，这，就是演技！

许清怡另一个人设是学霸，粉丝们知道她曾经念的是重点高中，高考分550多，足够上普通本科院校，这分数拿来参加艺考，可不就是学霸吗？

她被吹演技好和学霸已经有一年多，章翎都知道，可现在出现的"许清怡作弊"又是什么呀？

章翎点开这条热搜，眼睛就瞪大了。她竟看到记忆中钱塘五中老校区的公告栏照片，还有张贴在上面的一份处分通知，大特写，白纸黑字地写着某年某月，本校高一（6）班姚俊轩、沈漫、许清怡三位同学，因为期中、期末考试作弊，严重违反校纪校规，被学校记过处分……

这……章翎右手撑着额头，能想象到许大小姐现在该有多抓狂。

许清怡的确在抓狂，已经快要气疯了。

助理小南吓得不敢吱声，经纪人魏姐则不停地打电话，想办法处理这件事，她对着电话说："无论如何先把热搜撤了，帮帮忙，我这里再想想接下来怎么办。"

挂掉电话，魏姐看向许清怡，年轻女孩正仰面躺在酒店大床上，枕头全被她丢在地上，一双眼睛瞪着天花板，眼中的怒火仿佛能把房顶烧穿。

"你知道是谁放出来的照片吗？"魏姐走到床边问。

许清怡咬着牙，"不知道。"

"怎么会不知道呢？"魏姐在床沿坐下，"你高中里有没有得罪过什么人啊？"

她没得到回应，便拍拍许清怡的腿，"问你呢？"

许清怡一下子坐起来，大声说："我怎么知道会是谁啊？我没得罪过人！我倒是拒绝过很多很多苍蝇！那些男的都有可能这么干！还有那个处分上的沈漫！指不定就是她发出去的呢！"

小南怯怯地问："姐，为什么会有人把这个照片拍下来呀？"

"为什么？你问我为什么？我怎么知道啊！"许清怡砰砰拍床垫，"你不如去问问那些苍蝇为什么要喜欢我？我也很烦啊！"

魏姐头疼，"好了好了，你冷静一点，我问你，你真作弊了？"

许清怡想到这件事就后悔，"我们那破学校，高一上结束要用总分分慢班！我是文科生，数理化特别烂，我就问人家要了数理化的答案！高二以后我就没作过弊！高考557分是我自己考的！"

她嗓子很尖，叫得魏姐和小南太阳穴都突突跳，魏姐也不想计较这位大小姐当初为什么作弊了，冷硬地打断她的歇斯底里，"行了，这事儿是实锤，人家也没冤枉你，我们还是想想怎么解决吧。我让公司先去撤热搜，完了给你发几篇稿子，先观望观望。"

许清怡还不是家喻户晓的大明星，但她很有潜力，没有绯闻也没有黑历史。魏姐知道她大学四年被无数男人追求，却懂得怎么利用男人的喜爱给自己争取资源，又死活不谈恋爱，就觉得这女孩很有点本事，公司将之列为力捧新人之一，不是没有道理。

现在出了这样的黑料，不算特别严重，可对一朵小花来说真的很丢人，免不了要被网友嘲笑。

魏姐和小南先后离开房间，只留下许清怡一人，她烦躁地起身开了一瓶红酒，端着酒杯一饮而尽，还是压不下心里的火。

谁都有可能拍下那张公告栏处分照片，仰慕她的人，或是嫉妒她的人，甚至就是一个纯粹的吃瓜同学。这个处分已经过去六年了，她刚接到一部女主戏，是演艺生涯中的第一个女主，演的就是个高中学霸，这种时候给她来这一出，是要整死她吧？

到底是谁啊？许清怡喝着红酒想了半天，突然想到处分通知里的另一个人。她打开手机找出高一（6）班的微信群，在群成员里搜索，看到那个人的名字——姚俊轩，微信昵称 Willian，头像是一个沙漏。

许清怡轻轻咬唇，盯着这个毫不起眼的头像看。

自从高三毕业后萧亮拉起这个班级群，有很多人来加许清怡，但她都没通过，只主动去加过章翎。在她的印象里，姚俊轩没在群里说过话，也没来加过她。

其实，高一结束后文理分班，许清怡就没和姚俊轩再有过交集，唯一一次有印象的见面，还是在高二运动会上。姚俊轩参加三千米跑得了第二，和蒋赟一起站上领奖台，许清怡给他端去银牌，两人有过对视，却无其他交流。

那次作弊事件导致姚俊轩没能进入实验班，他情绪失控，要不是蒋赟拦下他，他差点从二楼跳下去。许清怡亲眼看见那一幕，吓得半死，当时她很委屈，恨死了沈漫，恨死了萧亮，对于姚俊轩却说不出是什么样的心情。

可能有一点点的愧疚吧，却被更为强大的愤怒和羞耻感掩埋。

想着往事，许清怡去加姚俊轩的微信，发出申请：我是许清怡。

她等了一会儿，姚俊轩没通过，许清怡起身去洗澡，在浴缸里泡了一会儿才不觉得那么糟心。她穿上浴袍，擦着湿漉漉的头发走回床边，捡起被她砸到地上的几个枕头，懒洋洋地靠在床头，打开手机后发现，姚俊轩通过了她的好友申请。

许清怡给自己敷上一张面膜，拿着手机靠回床上。

许清怡：嗨，姚俊轩？

姚俊轩：是。

姚俊轩：我看见热搜了。

许清怡：看热搜了吗？

许清怡想要撤回消息，已经来不及了。

姚俊轩：不是我发的。

许清怡：我没说是你发的。

姚俊轩：你就是这么想的。

许清怡不想理他了，拿来剧本翻看，一会儿后微信又响起来。

姚俊轩：你在苏州？

许清怡：你怎么知道？

姚俊轩：你的后援会有发布你的本月行程。

许清怡：你还关注我后援会？

姚俊轩：不行吗？

许清怡：没有。

姚俊轩：什么时候走？

许清怡：明天晚上。

姚俊轩：今晚还有工作吗？

许清怡：干吗？

姚俊轩：没有的话，我来找你，一起喝一杯？

许清怡：？？？？？

姚俊轩：我在上海，开车过来一个多小时就行，有空吗？

因为微博热搜的事，许清怡的确很烦，对着魏姐和小南除了发脾气，也没其他话好说。如果她在北京，可能会连夜开车去找章翎倒苦水，如今她在苏州，也不想煲电话粥，真是憋了一肚子的气。

可就算很想倾诉，她也不愿莫名其妙地和姚俊轩见面，总觉得这个走向太过诡异。

许清怡：别了，已经九点多了，以后有机会的。

姚俊轩：酒店名给我，我刚下楼，现在就出发。

许清怡：……

这个男同学很有些出人意料啊，许清怡喝了点酒，有些小醉，眼珠子一转后，心里渐渐浮出一个主意。

许清怡越想越觉得有戏，便很爽快地把酒店名给了姚俊轩。

两小时后，许清怡穿上一身黑衣黑裤，戴上鸭舌帽、太阳镜和口罩，没敢和魏姐、小南打招呼，做贼似的坐电梯上到酒店另一楼层，摁响一个房间的门铃。

房门打开，她左右张望后，闪身进入房间。

姚俊轩正在往房间深处走，许清怡反手关上门，摘下墨镜抬眸看他，姚俊轩也正回过头来。

他的房间楼层很高，窗帘没拉上，窗外是一大片苏州城璀璨的夜景。姚俊轩站在书桌边，并未看向许清怡，而是低头看着桌上的笔记本电脑，还伸手过去敲了几下键盘。

许清怡得以仔细地打量他，心里闪过蒋赟同款疑问：这人，是不是整容了？

　　他们只同班一年，如今距离高二分班已过六年，许清怡和姚俊轩早就算两个陌生人，她都不太记得他的样子了。

　　记忆中，那就是个清瘦寡言的男同学，肤色苍白，神情冷漠，冬天时总是穿一身老气的旧棉衣。他是贫困生，学习刻苦，是班里的语文课代表，作文写得特别好。

　　而此时，站在她面前的年轻男人是如此陌生，高而瘦的个子，乌黑利落的短发，苍白清俊的脸颊上戴一副金边眼镜——这是六年后，二十三岁的姚俊轩留给许清怡的第一印象。

　　大概因为连夜开车，他穿得并不太正式，白衬衫灰裤子，衬衫下摆没有仔仔细细扎在裤子里，而是拽出了一截，袖口挽到手肘，露出一截修长的小臂，领口的扣子也散开两颗，脚上踩着酒店里的米色拖鞋。

　　房间里灯光幽暗，他被笼罩在一片半明半暗的光晕里。许清怡并不知道姚俊轩这几年的经历，章翎也没和她聊起过，所以，她无论如何没法把眼前满身精英气质的男人和记忆里那个阴郁落魄的少年联系到一起。

　　姚俊轩意识到许清怡在看他，抬起头来，镜片后的眼睛不带情绪，凛冽的目光直视许清怡，冷冷地问："看什么？不认识我了？"

　　许清怡这才慢悠悠地摘下帽子和口罩。她没化妆，长发披肩，款款走到姚俊轩面前，仰着小脸露出一个甜美灿烂的笑容，"怎么会不认识？姚大才子，我还请你喝过奶茶呢。"

　　就算是素颜，她对自己的颜值也相当自信，唯一懊恼的就是身高。站在姚俊轩面前，许清怡比他矮了大半个头，仰着脸说话就显得气场不足，都有点像在撒娇。

　　姚俊轩低头看着女孩清纯柔美的脸庞，良久后突然偏开头，低低地笑了一声。

　　"笑什么呀？"许清怡嗲嗲地说，"你这人好人来疯哦，说来就来，你就那么肯定我会把地址告诉你啊？我要是给你一个假地址，你不是白跑一趟啦？"

　　姚俊轩："好好说话。"

　　"你没在忙毕业论文吗？"许清怡的语调变正常了，捞起书桌上的汽车钥匙看，"你是不是在实习？公司里的车还能随便开出来？"

　　姚俊轩没理她，顺手按下电动窗帘的开关，"嗡嗡"声中，一片绝美夜景被灰色窗帘隔绝在外，房间内顿时显得更为私密，气氛也随之变得暧昧不明。

　　许清怡并不害怕，对方不是陌生人，谅他也不敢做些什么。她只是有些后知后觉的兴奋，她许清怡，一个小女星，见过多少想要潜规则她的男人，她都能全身而退。而此刻，大晚上的，她竟然和一个高中男同学共处一室，想想都很刺激呢！

　　姚俊轩一指沙发，"你坐会儿，我先烧壶水。"

　　许清怡在窗边的沙发上坐下，看到茶几上一块腕表，拿起来看，语气惊讶，"哇，这表不错啊，姚俊轩你中彩票啦？"

男人正拿着烧水壶往卫生间走，听到这句话后脚步一顿，没有回头。

许清怡放下表，又看到姚俊轩脱在沙发上的外套，拿起来看过品牌，很是不解地眨巴了几下眼睛。她几乎忘记自己此行的目的，本来想要施展的演技这会儿也有点发挥不出来。

唔……这个问题必须要搞清楚，如果事实真的和她想的一样，那她得赶紧走，这种浑水绝对不能趟。想到这里，许清怡也不端着了，扬声发问："姚俊轩，你是不是被富婆包养了？"

姚俊轩在卫生间里给烧水壶灌水，抬起头，看着镜中人略显疲惫的脸庞，"啪"的一按将水龙头关掉了。

许清怡的疑问不是个例，姚俊轩知道，这些年有很多人对他的经历感到好奇。心情好时，他会像面对蒋赟那样简单说几句，心情不好就懒得搭理。

有些观念是根深蒂固存在的，他根本不想去解释。

姚俊轩走回房间，默默地开始烧水，许清怡连着两个问题没得到回答，也不问了，靠在沙发上打开微博看评论。

评论是真糟心，网友们各种嘲讽，只有粉丝还在辛辛苦苦地控评，夸赞她的盛世美颜、绝妙演技，以及怼那些吃瓜路人：晒出你的高考分呀！过400了吗？

许清怡看得脑壳疼，这时，姚俊轩右手拎着一瓶红酒，指间夹上两个玻璃杯，左手端着一盘酒店送的水果坐回沙发，问："饿不饿？要不要点些吃的？"

许清怡摇头，从水果盘里拿了个小番茄丢进嘴里，"不用，会胖。"

姚俊轩晃晃酒瓶子，"喝一杯？"

"行。"许清怡有一回在微博晒过自己深夜独酌的照片，她想，姚俊轩大概看过，才会那么自然地邀请她来喝一杯。

姚俊轩也没醒酒，开瓶后直接倒上两杯，一杯递给许清怡。许清怡接过高脚玻璃杯后抿了一口，这酒应该是姚俊轩带来的，口感不错，比她房里那瓶要好喝。

她又喝了一口，听到姚俊轩说："包养我很贵的。"

"噗。"许清怡差点喷出来，姚俊轩抽出纸巾递给她。许清怡擦拭着溅到衣服上的红酒渍，好在黑色衣服也看不太出来，她斜眼看他，问："真的假的？"

姚俊轩居然笑了，笑得很是耐人寻味，"你说呢？"

这人不知是故作高深，还是平时就这样，许清怡这些年不像普通女生那样待在象牙塔内，而是见多了形形色色的人，对于姚俊轩这样的言行并不太当回事。

有些男的，不管是男明星、投资人，还是导演制片之类，在外人面前一本正经，走高冷范儿，私底下什么德行她都见识过。况且，姚俊轩十六七岁时是个什么样的人，许清怡清楚得要命，所以，哪怕他现在看着衣冠楚楚、人模狗样，许清怡对他也没有丝毫滤镜。

"我和你开玩笑的。"她放下酒杯，又拿起那块腕表把玩，漫不经心地问，"这表哪儿来的？"

姚俊轩摘下眼镜放到茶几上，架起二郎腿慢悠悠地说："你喜欢？送给你。"

"男表，我要来干吗？"许清怡放下表，问，"你自己买的？"

姚俊轩一笑，算是默认了。

许清怡不解，"你不是还没毕业吗？"

姚俊轩："你也没毕业，不也在拍戏吗？"

许清怡觉得很有意思，"你叫我过来，是和我抬杠的呀？"

"不是我叫你过来的。"姚俊轩纠正她，"是我专程，从上海，到苏州，来陪你排忧解难的。"

哦，他说得对。

许清怡眯起眼睛看他，心里的感觉很奇怪。在姚俊轩来之前，她接过几个朋友的电话，一个个就热搜的事情来慰问她，她统一回复没事，自己好着呢，其实，她是真的很想找个人说说话。

就是打死都没想过这个人会是姚俊轩，一个她几乎忘掉了的高中男同学，还是作弊事件当事人之一。

"聊聊吧。"姚俊轩问，"这件事你打算怎么解决？"

许清怡又吃了一颗小番茄，"不知道，估计公司会先撤热搜，再找人写几篇稿子来夸我吧。"

姚俊轩很好奇，"夸你什么？"

许清怡嚼着番茄，一脸的理所当然，"还能夸我什么？人美心善演技好，吃苦耐劳情商高，随便他们怎么写呗，我高考分总是真的。"

姚俊轩被逗笑了，只是，许清怡怎么看怎么觉得他的笑容里含着讽刺，她在心里估量，自己的那个办法真的有用吗？

姚俊轩，好像和以前不一样了。

一张三人位沙发，两人各坐一头，中间隔着一臂的距离，姚俊轩和许清怡偶尔抿一口酒，吃块水果，开始毫无营养的闲聊。

他们的共同话题只有高中，甚至只有高一，而高一那年发生的事对两人来说都不算愉快，如今聊到那些孩子气的小事，两人内心都有些感慨，又不约而同地没在面上表现出来。

在结束一段很无趣的东拉西扯后，姚俊轩说到章翎，"我在群里看过你发的照片，你和章翎一起去看过演唱会？"

"是呀。"许清怡笑，"没想到吧？我现在和她还挺要好的，在北京有空就会约饭。"

姚俊轩说："她和蒋赟在一起了，你知道吗？"

"当然知道啊。"许清怡挑挑眉，"他俩在一起都快两年了，但我后来没见过蒋赟，他就去了一回北京，我没见着。"

姚俊轩说："我见过他们，去年暑假 1 班开过同学会。"

许清怡问："蒋赟变化大吗？"

姚俊轩反问："我变化大吗？"

许清怡一愣。

"他现在长得很高，也没以前那么瘦了，挺帅的。"姚俊轩并不在意许清怡的沉默，又给她空了的杯子倒上一点酒，问出一个许清怡始料未及的问题，"你和乔嘉桐还有联系吗？"

许清怡都蒙了，"谁？乔嘉桐？"

姚俊轩看着她，"高二时，你不是和他走得很近吗？"

许清怡心情有点复杂，端起酒杯把酒喝干了。

"我后来见过乔嘉桐。"姚俊轩说，"在一次上海高校的科技项目比赛上，我们团队赢了他的团队。"

许清怡扯扯嘴角，"他应该不认识你吧？"

"当然。"姚俊轩神态放松，"谁会认识我？在五中都没人认识我，我还没有蒋赟名气大。"

他又给许清怡添酒，许清怡伸手挡住酒瓶，"够了，这些喝完我不喝了。"

姚俊轩微笑着收回酒瓶，换了个话题，"拍戏辛苦吗？"

说到拍戏，许清怡放松了一些，"还行吧，我又没演过女主角，就那仨瓜俩枣台词的配角，能辛苦到哪里去？"

"我看过你演的剧。"姚俊轩说，"演得很好，公司里的几个小姑娘都挺喜欢你。"

许清怡咯咯笑，"要不要我给她们签个名？"

姚俊轩："可以啊，一会儿你帮我签。"

话说到这里，许清怡已经猜到了，姚俊轩估计自己在创业，不知道是单干还是和人合伙，也不知道是什么行业，但她没打算问。

在她的认知里，男人都很虚荣，还很虚伪，最喜欢的就是女人的崇拜和追捧。她不想给姚俊轩炫耀的机会，不管他是很辛苦地白手起家还是走了狗屎运，许清怡都没兴趣了解。

她只记挂着自己的"任务"，又把话题绕了回去。

许清怡眼神变得迷蒙，像是很不好意思，柔柔地问："姚俊轩，你现在工作了，热搜的事对你有没有影响？"

姚俊轩摇头，"没有，同名同姓的人这么多，谁会那么闲去关注我？人家只会关注你。"

许清怡瘪瘪嘴，神情变得很委屈，"这件事对我影响真的挺大的，我刚接到一部戏，演女主角，是个学霸人设，出了这样的黑料，我可能会被换角。而且，这个黑历史会一直跟着我，以后别人说到娱乐圈立学霸人设的艺人，搞不好都会把我拉出来鞭尸，一轮轮地全网嘲。"

姚俊轩不动声色，"你有什么想法？"

"唉——"许清怡叹气，愁眉苦脸的样子越发显得楚楚动人，"只能听天由命了，我也不好去回应，说什么都不对，除非……"

她大眼睛一撩，长而密的睫毛微微颤动，像是很不经意地看了姚俊轩一眼，又慌忙把视线错开，脸颊上漫起浅浅的红晕。

姚俊轩问："除非什么？"

"没什么。"许清怡掠着头发，神情羞赧，"我也没遇过这样的事，不知道要怎么办，我真的不想这个黑料一直跟着我。"

姚俊轩静静地看着她，问："有什么是我能帮你的吗？"

许清怡抬眸看他，漂亮的眼睛里含着数种情绪，像是在做思想斗争，一会儿后又低下头去，小声说："还是算了，让公司去处理吧。"

姚俊轩观察着她的表情，问："你是不是想到了什么办法？"

许清怡连连摇手，"没有没有。"

"说给我听听？"

许清怡好纠结好痛苦好难做抉择，"真的没有，你别问了。"

姚俊轩却好温柔好耐心，"真的，你说给我听听，我要是能帮，一定帮你。"

许清怡："真的不用了……"

姚俊轩嘴角噙着笑，长臂搭在沙发靠背上，低声开口，"是想要我帮你澄清吗？说是我单方面作弊，你是被牵连的，是这个意思吗？"

许清怡羞惭的神色瞬间就不见了，姚俊轩笑得更开，"那你能给我什么好处？"

许清怡冷冷地看着他，姚俊轩晃着手里的红酒杯，眼神里带着戏谑，"我把自己塑造成一个恋爱脑，实名上线帮你澄清，我的合伙人、客户、员工会怎么看我？你不给我一点好处吗？"

许清怡冷静下来，抱起双臂笑意盈盈，"你想要什么好处？"

姚俊轩上身向她倾过去一些，"很简单的，我要听你说一句话。"

许清怡纹丝不动，有招接招，"这么简单啊？什么话？说来听听。"

"嗯……不太说得出口。"姚俊轩站起身，去书桌上拿来酒店的纸笔，写下一句话给许清怡看，"就这句。"

许清怡看过后脸色又变了，怒意浮上她的眼睛，"你有病吧？"

姚俊轩哈哈大笑，许清怡把纸丢到茶几上，"姚先生，我要走了，刚才的话请您忘了吧，我的事自己会处理。谢谢您大老远跑过来陪我'排忧解难'，这件事就不劳您费心了。"

说完她就起身要走，姚俊轩却一把抓住她的手腕，许清怡低头瞪他，"放手。"

姚俊轩松开手，好整以暇地站起来，身高差的改变立刻让许清怡陷入弱势。姚俊轩低头看她，"怎么？这是欲擒故纵吗？你愿意来见我不就是想求我帮忙？"

许清怡冷笑，"你少自作多情了，我什么时候说过要求你帮忙？"

姚俊轩注视着她的眼睛，渐渐又笑了，"许清怡，你真是一点都没变。"

许清怡已经明白得不能再明白，这就是姚俊轩挖的坑，指不定那照片真是他放出去的呢，但这种小伎俩对她来说就跟过家家似的。她弯腰从茶几上捞起那支黑笔，又露出一副纯美至极的笑容，"是想说我就会利用人吗？别自作聪明了姚俊轩，你不是第一个这样说的人，怎么啦？以为可以打击到我吗？你真的好天真。"

姚俊轩没说话，一直意味深长地看着她。

许清怡"咔哒咔哒"地按着那支水笔开关，左手食指戳了戳姚俊轩的胸膛，"你是不是还因为没上实验班记我仇啊？姚先生，做男人不能这么小气，我再明确地和你说一遍，这件事不需要你帮忙，我自己会处理，不是欲擒故纵，不是以退为进，也不是欲拒还迎，你不要脑补太多。别以为自己有了几个钱就多了不起，你这样的男人我见多了，来，姐给你签个名，也不让你白跑一趟。"

说完，她大笔一挥，就在姚俊轩价格不菲的白衬衫上签下自己的大名，还在后面加了个笑脸。

签完名，许清怡把笔一丢，挑衅地看了姚俊轩一眼，扭头就走了，还不忘拿上她的帽子、墨镜和口罩。

直到房门关上两分钟后，沙发边如雕塑般站着的男人才重新恢复行动能力。他在沙发上坐下，低头看着自己左心房上那个龙飞凤舞的签名，不禁笑了起来，越笑越开怀，越笑越大声。

姚俊轩仰头靠在沙发靠背上，端起酒杯把红酒饮尽，嘴里是苦涩的酒味，心里却在反复回味之前的那些对话，有营养的，没营养的，还有女孩子的一颦一笑，一举一动，他的眼睛就像一台录影机，把那一幕幕都录了进去。

姚俊轩把茶几上那张纸团成一团，丢进垃圾桶里，起身按开窗帘。

只过了一个多小时，午夜时分的苏州城夜景已经黯淡许多，姚俊轩站在落地窗前，静静地看着这座陷入沉睡的城市，燃起一根烟，眯着眼吸了一口，又徐徐地吐出一串烟雾。

（2）

天还未亮，关于许清怡作弊的热搜消失了。

早上，一条奇怪的微博率先出现，发布人实名认证是上海某科技公司技术部总监，微博名为：Willian Yao。说：

曾经年少轻狂，为了引起心仪女生注意，本人在学校期中、期末考试中有过对他人不公平的作弊行为，系主动为之，对方并不知情，如今因牵连到对方，产生不良社会影响，故对公众诚恳道歉。@ 小许许清怡

许清怡的粉丝喜极而泣，奔走相告，在那些抨击本命的微博下纷纷留言：我家姐姐是被牵连的，被冤枉的！全是那个男的自作多情，他自己都发博了！我家姐姐就是学霸！不服来战！

可惜，粉丝们的欢乐还没维持过两小时，许清怡亲自发博了，晒出一张手写道歉信。

小许许清怡：……高一时的作弊事件是事实，系本人主动向姚同学索要数理化答案，被学校处分后，本人深刻检讨，认识到自己的过错，本人的行为不仅违反校纪校规，还令其他认真学习的同学遭遇不公平对待，在此向大众说一声：对不起，我错了。

升入高二后，本人认真学习，再无作弊，高考成绩557分绝无水分，其中语数英及文综成绩如下：……

另，姚同学所述不是事实，也非本人意愿，是他个人行为，与本人无关。

最后，因本人做了不好的示范，再次向大家致歉。

对不起。

许清怡艾特了姚俊轩，还晒出自己高二、高三几次月考、模拟考成绩单，能看出她的语文、英语和文综都还不错，数学的确很拉胯。

她的粉丝被打得措手不及，一时间都不知道该怎么发言，姚俊轩的反应比粉丝还快，他转发了许清怡的微博，留言说：不生气了？

粉丝们一头雾水，许清怡又转发姚俊轩的微博，留言：姚先生，我们不熟，请你自重。

粉丝们满脑门问号，几条和作弊有关的微博，怎么还嗑出甜味来了？

有人立刻说：炒作无疑！

再也没人关心那张公告栏照片到底是谁发出去的，魏姐找公关公司写的洗白通稿都还没来得及发，许清怡和姚俊轩几个来回，事情已经完全变了样。

最神奇的是，许清怡的学霸人设居然没倒，还有粉丝对威廉姚产生兴趣，想去扒他，

但对方似乎很低调，扒了半天什么也没扒到。

许清怡因祸得福，从此多了一个新人设，连路人都觉得她很耿直，很率真，那么好的台阶都不下，主动认作弊并积极道歉，属于知错就改的好典范。

许清怡回到北京后约章翎吃饭，饭桌上依旧气得半死，"你说说，姚俊轩是不是有病？"

章翎哭笑不得，"他可能就是想帮你。"

"谁要他帮了？"许清怡咬牙切齿，"这人真的很变态！真的我一点都不讲大话，他就是个变态！之前我的确是想过让他帮我澄清，但他要求我对他说一句话才肯帮忙，你知道他想要我说什么吗？"

章翎问："说什么？"

许清怡想到那句话就浑身炸毛，一屁股坐到章翎身边，把嘴凑到她耳旁小声说："他要我说，'姚俊轩，我就知道你一定会帮我的，你真好。'"

四月底，许清怡进组拍戏，这部高中校园剧取景地是在上海松江的一所高校，拍摄周期一个多月，还赶得上让许清怡回北京参加北电的毕业典礼。

人在上海，许清怡心里有点没底，最近半个月，某个"变态"偶尔会给她打电话、发微信闲聊几句，话题、语调像极了一个多年不见的温善老友，仿佛那天晚上的事不曾发生过。

姚俊轩知道许清怡要去上海拍戏，说到时候找她吃饭，许清怡敷衍着回答"再说吧"，没想好还要不要再和他见面。

凭良心讲，她能平安度过作弊风波，姚俊轩是出了力的，如果他不发那条奇怪的微博，光凭许清怡那条道歉微博，她依旧会被全网嘲。多亏姚俊轩转移了大众的注意力，并且让整件事变得"扑朔迷离"，网友也吃不准谁真谁假，还觉得许清怡是在炒作。敏感的粉丝甚至嗅到恋爱瓜的酸甜味，都没人去在意许清怡到底作没作弊了。

魏姐分析过粉丝评论后，说："清怡，你和那个威廉姚，反正你俩是老同学，有空就在微博多互动一下，但最好不要见面。"

许清怡很震惊，"我为什么要和他互动？他又不是娱乐圈的！"

魏姐说："这样会显得你很真实，人缘不错，说明你是个有老同学的人。"

许清怡晕倒，"谁还没有老同学了？又不是森林里的猴子！"

她就在这段热搜余波中进了组，两个星期后，许清怡足足轻了五斤。

别看她平时口口声声说自己见多了这样那样的男人，好像阅尽风霜，一切尽在掌握，实际上她也只是个二十二岁的年轻女孩，在那些大佬面前哪敢嚣张跋扈，表现得又乖巧又温柔，台词背得滚瓜烂熟，拍戏十分卖力。

应酬她会去，劝酒她会喝，大夜戏一点也不会抱怨，面对前辈刁难，她也只能用一张笑脸生生受着，还得嘴甜地喊对方"老师"。有人拿作弊的事打趣她，她就害羞地讨饶，说自己那时年纪小，不懂事，就是怕考砸了被父母批评。

总而言之，人还没红，许清怡该低头就低头，非常珍惜这来之不易的女主机会，在片场不会让魏姐太操心。

这部网剧的男主角是一个选秀出身的流量男星，叫陈一哲，二十岁，个子挺高，一张脸长得见仁见智。许清怡见多了帅哥，对他的颜值很无感，只觉得他是个性格骚包的大眼仔。

这是陈一哲的第一部剧，因为没有受过正规表演训练，演技很生涩。但他比许清怡红，微博粉丝都有一千多万，每天还有很多女粉丝堵在片场外试图探班，所以在演员表里他光明正大地排在许清怡这个科班生前面。

许清怡每次和陈一哲对戏，都被他空洞的眼神和木讷的表情搞得相当无语，回到酒店对着小南疯狂吐槽，第二天还得笑嘻嘻地继续与他合作。

有一场雨夜戏，许清怡穿着薄薄的夏装，在冰冷的"雨水"中来来回回淋了两个多小时，还需要声嘶力竭地喊叫，可是陈一哲情绪一直起不来，被导演吼得近乎崩溃，嚷嚷着让他静一静，然后跑角落里坐着不动了。许清怡裹着毯子狂翻白眼，敢怒不敢言，最后，这场戏从晚上八点多一直拍到凌晨两点多，导演才勉强满意，喊大家收工。

收工时，许清怡打了几个喷嚏，感觉喉咙痒兮兮的，心说要糟。

果然，她感冒发烧了，直烧到三十九摄氏度，需要去医院挂点滴。导演临时做出调整，让她休息两天，先拍配角戏份。

医院里，许清怡在一个三人间病房输液，戴着口罩，同室病人并不认识她，她正好能安静地休息会儿。

迷迷糊糊地睡了一觉后，她的手机响了，小南陪在她身边，说："姐，你电话，好像是你同学。"

许清怡一点也不想动，说话时鼻音很重，"你接一下吧，就说我病了在输液。"

小南乖巧地接起电话，"喂，您好，我是清怡姐的助理小南，请问您是哪位？"

对方不知说了什么，小南说："哦，对不起，清怡姐现在不方便接电话，她发烧了，在医院输液。"

然后，许清怡就听到小南说："对的，就是这家医院，好的姚先生，我会转告她的，谢谢您，再见。"

许清怡诈尸般地弹起来，"谁的电话？"

"一位姓姚的先生，不是你同学吗？"小南看着手机上许清怡给对方做的备注：老同学——姚。

许清怡懊恼地躺回病床，脑袋烧得七荤八素，有气无力地说："以后这人的电话你别接。"

小南蒙了几秒后一拍脑门，"噢！姐，这就是那个威廉姚对吗？"

许清怡斜眼看她，"你可真聪明呢，现在才知道啊？"

小南觉得自己做了错事，"怎么办嘛，他说要来看你……"

许清怡闭上眼睛，"不见，被人拍了解释不清。"

小南赶紧用许清怡的手机给姚俊轩发短信，让他别来，可是姚俊轩没回复。

一个多小时后，许清怡的手机又响了，小南惶恐地看着"老同学——姚"在那儿闪，又触到许清怡冷冰冰的视线，只能硬着头皮接起电话，"喂，姚先生您好，真的很不好意思，因为这边有狗仔，清怡姐说她不方便见您，我刚才已经给您发过短信了……"

对方说了几句。

"啊？这……我问问她哈，您稍等。"小南用气声对许清怡说，"他在外头，说给你带了粥和点心，可以不见面，让我出去拿。"

许清怡有点愣，接着就点点头，小南立刻放松了，"好的好的姚先生，请您稍等，我现在就出来。"

挂掉电话，小南准备出去，顺口问了一句："姐，他长啥样？"

许清怡想了想，说："方圆五十米内，长得最斯文败类的那一个，就是了。"

小南嘴角抽抽，"哦，我试试。"

几分钟后，小南拎着一袋子食盒回来了，一脸的兴奋，"姐，姐！你真不愧是学霸，那个成语用得好贴切哦！真的一眼就能认出来耶！"

许清怡呵呵干笑，目光却落在那个袋子上，"他带什么吃的来了？我还真有点饿。"

小南从袋子里往外掏食盒，发现姚俊轩打包的都是粤式点心，还有一份很清淡的菜肉粥。许清怡食欲大动，摘掉口罩坐起来，也不顾烫，急急忙忙舀了一勺粥吃进嘴里，满足地眯起眼睛，"唔……真香，吃了那么多天盒饭，我都快吃吐了。"

她和小南一起分着吃点心，魏姐不在，许清怡又瘦了许多，还生着病，小南不会去控制她的饮食，见她有胃口还很开心，便一边咬着鲜美的虾饺一边说："姐，你一会儿给人家发个短信或打个电话吧，他本来都能叫个外卖过来的，结果自己大老远地跑一趟，这儿可是松江，你还不见他。"

许清怡吃着肠粉，瞟她一眼，"我第一次对人这样吗？"

"他和其他那些男的不一样。"小南只比许清怡小几个月，私底下两人关系还不错，大着胆子说，"好歹是你老同学。"

　　许清怡嗤笑，"有什么不一样？不都是想追我。"

　　小南说："那我觉得他在你的追求者里长得算帅的，至少比陈一哲帅！"

　　说到陈一哲，许清怡莫名地有点焦虑，这几天她原本要拍一场吻戏才不得不推迟。她以前都是演女配，没什么感情戏，所以这其实是她演艺生涯的第一场吻戏。

　　小南曾为她打抱不平，"姐，你的荧屏初吻居然是给陈一哲？我觉得好亏啊！他长得一点都不符合我的审美。"

　　许清怡愁眉不展，小南不知道，这何止是她的荧屏初吻，这根本就是她的人生初吻啊！

　　小南压根儿不信她没谈过恋爱，认为她每次在访谈时说自己母胎单身都是在骗人，小南的原话是：姐，就你这张脸，小学时就有一串小男孩追在你屁股后头了吧？

　　是，她没说错，许清怡的确从小到大屁股后头都跟着一串男孩。每次上台表演节目，那些男生都会仰着脑袋傻呆呆地看着她，但这不代表她谈过恋爱啊！哪怕当年她主动去"勾引"乔嘉桐，那家伙想吻她，都被她给躲过了。

　　许清怡曾经问过导演吻戏能否借位，导演只冷冷地看着她，问："你觉得呢？"潜台词就是，就你俩这点知名度，还想借位？忌讳啥呢？没让你俩舌吻已经很给你面子了！

　　许清怡想象了一下自己和陈一哲舌吻的画面，那人年纪轻轻却很油腻，简直能让她吐出来。

　　想到这里，许清怡叹了口气，觉得肠粉都不香了，恹恹地把食盒丢到床头柜上，看过点滴余量后重新躺下，"我再睡会儿，挂完了你叫我。"

　　点滴要挂两天，第二天早上到医院时，许清怡的烧基本退了，精神好了一些，只是身上还有点乏力，感冒也还没好。

　　她没听小南的话，一直没给姚俊轩发过感谢消息，更没给他打电话，姚俊轩也很沉得住气，都没来问她一句"病好点没"。

　　小南坐在病床边说："姐，今天你还是休息，下午你就回酒店睡一觉吧，明天又要开始连轴转了。"

　　"好。"许清怡打开微博随意地翻着，突然就翻到陈一哲前一晚发的微博。

　　九宫格自拍帅照，各种角度的晒脸，配文却很有意思：美慕啊！我也好想休假几天，但我是个打工人，打工人天天都要上班。

　　有选秀时的队友评论：谁在休假让你这么美慕？

　　陈一哲回复：我的CP。

许清怡本来就不是那种习惯忍辱负重的人，这一下真被气得七窍生烟，恨不得立刻去扇那呆头鹅几个巴掌——谁是你的 CP？谁又在休假？要不是因为你这蠢货演技稀烂，我会被淋到发烧挂点滴吗？！

小南见许清怡脸色不对，也凑过来看，看过之后气得跳脚，"姐！这人是故意的吧？"

陈一哲微博下的评论已经开始走歪，粉丝们都对"男主角兢兢业业留守剧组，女主角却休假几天"这种行为义愤填膺，接着毫不意外，许清怡唯一的黑料"作弊"又被拿出来念叨。

还有很多陈一哲的粉丝涌到许清怡微博底下骂骂咧咧，意思是许清怡糊咖还要耍大牌，自己去休假，让她家哥哥辛苦工作，实在太没艺德！

许清怡气得浑身发抖，给魏姐打了个电话。魏姐也很生气，当初让陈一哲做一番，他们已经忍让，现在这人如此作妖绝对不能忍！她让许清怡赶紧晒出自己在医院挂点滴的照片，怎么凄惨怎么来。

许清怡说："我自己发，不好。"

魏姐问："那让谁来发？"

许清怡咬着牙："我有一个人选。"

此时，姚俊轩正在公司开会，手机静音后丢在桌上，会议室很暗，有位负责运营的同事在前方讲 PPT，大家都听得很专心。

姚俊轩的手机就是这时候突然亮起，尽管无声，也吸引了左右两边合伙人的目光，只见手机上赫然闪烁着：许清怡。

两个合伙人同一时间看向姚俊轩，年轻的姚总监面无表情抄起手机，丢下一句"抱歉"就起身离开会议室。

合伙人 A："啧！"

合伙人 B："唉……"

姚俊轩接通电话时已经走回自己的办公室，"喂。"

"你现在有空吗？"许清怡问，"有个事我想请你帮忙。"

姚俊轩问："什么事？"

许清怡三言两语就把事情说完了，"帮不帮？"

姚俊轩站在落地窗前，看着室外一座座摩天大楼，没有回答，嘴角却含着笑。

许清怡等了几秒钟后，突然放软语气，嗲嗲地说："姚俊轩，我知道你对我最好了，一定会帮我的。"

她是故意的，他知道她是故意的，她也知道他知道她是故意的。

就是撒个娇卖个萌耍个赖罢了，许清怡能屈能伸，一点也不觉得丢人，如果他喜欢这种，她甚至可以说得更多，"帮我一下嘛，姚俊轩，拜托你了，好不好嘛？一会儿我就把照片和文案给你，很简单的，动动手指就行哦。"

姚俊轩闭上眼睛听她说话，近乎享受，末了问："你还在医院？"

"对。"许清怡不再发嗲，"还在挂水。"

姚俊轩抬腕看表，"我现在过去找你，你把病房号给我。"

许清怡惊呆了，"哈？"

一个多小时后，姚俊轩出现在许清怡的病房，可怜她为了等他，故意调慢点滴的速度，还让小南用粉底给她扑出一个相当凄惨的病号妆。小南的化妆技术居然不错，成功地让姚俊轩皱起眉头。

病床上的女孩一脸病容，嘴唇毫无血色，短袖下露出的手臂也是苍白纤细，手背上还扎着点滴。姚俊轩忍不住伸手按上许清怡的额头，想要试一下体温，结果却被搞得满手粉底。

他看着自己的手掌发呆，许清怡憋不住"噗"的一声笑，为了不让同室病人起疑，她一直病恹恹地躺着，小声说："赶紧拍，拍了赶紧发，要不是等你过来，我早就挂完了。"

姚俊轩掏出手机坐在病床边，许清怡脑袋一歪立刻入戏。她闭着眼睛，精致的眉头微微皱起，像是很不舒服的样子。姚俊轩找好角度，"咔嚓"拍下一张照片。

几分钟后，Willian Yao 发出一条配图新微博，还带着定位，没有艾特任何人：原来这叫休假啊，那其实很简单，反正消防车的水也不花你家钱，让你的 CP 在边上休息，你在水中淋上四五个小时，也能拥有几天完美假期。

许清怡的点滴挂完了，全副武装后准备和小南一起离开医院，姚俊轩问："你下午去哪儿？"

许清怡本来是想回剧组所在的酒店，不过现在微博在发酵，这时候回去似乎不太好。姚俊轩见她在思索，问："要不去我那儿休息一下？晚上我送你回酒店。"

小南不敢说话，紧张地看着许清怡，小助理还记着魏姐的话，许清怡可以和威廉姚网上互动，但最好不要见面。

许清怡想了半天，决定同意姚俊轩的提议。她身体还没好透，不想回剧组和人当面撕逼，的确需要一个安静的地方休息。

小南没办法，眼睁睁看着许清怡坐上姚俊轩车子的副驾，喊了一声，"姐，晚上要回来啊！"

许清怡冲她摆摆手，"放心吧，不回来我去哪儿？"

车子驶离松江，一路往上海市区方向开。许清怡瞄一眼驾驶座上的男人，五月中旬的天气不冷不热，姚俊轩穿一身灰色衬衫、黑色西裤，衬衫袖子依旧挽到手肘下一截，脸上架着那副斯文败类标配眼镜，侧脸看着还挺帅。

许清怡想到身边那些和姚俊轩同龄的男艺人，一个个打扮得花枝招展，费尽心机地想要展现出时尚与活力，而姚俊轩却总是把自己打理得很成熟，明明长着一张极年轻的脸，却拼命在往成熟精英男的方向靠拢。

唔……许清怡敲着下巴打量他，其实这人少年时就是一副苦大仇深的模样，数年如一日地神情寡淡，倒也没颠覆人设。

这时，姚俊轩开口了，"看够了没？"

"看看都不行啊？"许清怡窝在副驾上，不再对他"评头论足"，问，"你要带我去哪儿？"

姚俊轩："我家。"

"你住哪儿？"

"一套 loft 公寓。"在许清怡下一个问题还没问出口前，他已经提前回答，"租的。"

许清怡笑了，"我真以为你发大财了呢，要带我去一套黄浦江边的豪华大平层。"

姚俊轩嘴角一牵，却没出声。

他的公司在交大附近，为了方便，房子就租在公司旁边，是一套精装修 loft 酒店式公寓。许清怡帽子墨镜口罩捂得很严实，坐电梯上楼时没人认出她来。

她跟着姚俊轩进屋，把脸上的东西一一摘掉，先好奇地上下楼参观一番，才脱掉外套一屁股坐到沙发上，姚俊轩问："喝什么？"

许清怡说："热水就行，我感冒还没好，不太吃得出味儿。"

酒店式公寓没有单独的厨房，姚俊轩只有电饭煲、电磁炉和微波炉，他用烧水壶烧开水，又开始淘米，许清怡见他在忙碌，问："你在干吗？"

"给你煮点粥。"姚俊轩没回头，"你没吃午饭吧？"

"没吃。"许清怡起身去卫生间，"你有洗面奶吗？我想把粉底洗了，糊着难受。"

姚俊轩："有，你用吧。"

许清怡把脸洗干净，出来时发现姚俊轩已经摁下电饭煲的煮粥开关，她倚在流理台边懒懒地问："你会做饭吗？"

姚俊轩："会，不过做得不多。"

许清怡打量着这套小而舒适的房子，又问："你住这儿多久了？不住学校宿舍吗？"

"前阵子搞毕业论文回去住过几天，大三以后我就搬出来了。"姚俊轩打开冰箱，发现什么食材都没有，又去手机上下单外卖，"我点几个清淡的菜一起吃吧。"

许清怡没反对，姚俊轩下完单，抬头看她，她站在茶几边，正拿着一本财经杂志翻看。

因为去医院输液，许清怡穿得低调又休闲，短袖 T 恤运动裤，和大街上的普通女孩没什么两样。她脸色依旧不太好，整个人看着像是瘦了一圈，姚俊轩微微蹙眉，问："你不去看一下微博吗？"

"不看。"许清怡放下杂志，对他微笑，"我现在还在'昏睡'中哦，什么都不知道呢。"

姚俊轩靠着流理台，抱起双臂看着她，觉得很有意思，作为被她"当枪使"的那把"枪"，他居然一点也不生气，还配合得挺乐意。

姚俊轩问："你是不是得罪那个人了？"

"我得罪他？开什么玩笑！"许清怡眼睛瞪得老大，"他得罪我还差不多！我就没见过这么蠢的人还能演男主角的，走位都不懂，台词也不熟，做什么都要手把手地教！就这种草包我还要和他拍……"

她突然噤了声，眼睛一眯，双手负在身后向姚俊轩慢慢走去，站在他面前后仰起小脸问："姚俊轩，我问你一个问题。"

直觉不会是一个好问题，姚俊轩却表现得云淡风轻，"你问。"

许清怡盯着他漆黑的眼睛，"你谈过恋爱吗？"

姚俊轩："问这个干吗？"

"就问问。"许清怡甜笑，"谈过就谈过，没谈过就没谈过，你谈过没？"

姚俊轩说："没有。"

许清怡像是很惊讶，"为什么？你现在挺帅的呀，又有钱，总不可能找不到女朋友吧？"

"课业很忙，还要忙工作。"姚俊轩不觉得有什么说不出口，"这几年我每天都只睡五六个小时，没有时间谈恋爱。"

"哦……"许清怡的大眼睛骨碌碌一转，"就是说，你初吻还在喽？"

姚俊轩不动声色地看着她。

"哎，陪我过一场戏吧。"许清怡伸手抓住他的小臂，轻轻地晃一晃，"过几天就要拍了，我还不熟。"

姚俊轩说："我不会演戏。"

"很简单的，就是陪我走个位。"许清怡将他拉到客厅里更宽敞些的地方，开始给他说戏。

姚俊轩听着听着就感到不对劲了，问："吻戏？"

"对呀！"许清怡说，"陪我过一遍，不可以真亲哦！"

她闭了闭眼睛，再睁眼时已经快速入戏，眼尾微红，朦胧的水雾浮上眼底，仰着脸含情脉脉地望着姚俊轩。姚俊轩的神色竟也变得格外温柔，听许清怡说着戏里的台词，她依旧有鼻音，因为感冒流涕，鼻尖也有点红，越发显得娇柔脆弱，惹人怜爱。

　　一大串台词说完，许清怡给了姚俊轩一个眼神，姚俊轩便抬起右手，很慢很慢地抚上她的左脸颊，大拇指的指腹摩挲着她苍白细腻的肌肤。视野里，她的嘴唇微微嘟起，唇色很淡，他喉结滚动，按着"剧情"低下头去。

　　许清怡没躲，甚至还闭上眼睛。她告诉过他，相距五厘米时就可以停下了，但是事情的发展像是不受控制，姚俊轩在心里估算距离，十厘米、八厘米、五厘米、三厘米……当他的唇离她的唇只有一厘米时，姚俊轩心里还有最后的理智。

　　该停了，他想，已经太近了，他能感受到她的呼吸，能看清她唇上每一道淡淡的唇纹，那小小的唇珠饱满可爱，让人想咬一口，尝尝是不是甜的。

　　就在姚俊轩逼迫自己停止这场"过戏"时，许清怡上身一晃，非常小的一个晃动幅度，她的嘴唇就和姚俊轩的唇不小心触碰了一下，转瞬又分开了。

　　这就像一个危险的信号弹，"咻"地一下在姚俊轩脑内炸响。许清怡睁开眼睛，像是很茫然地看着他，长睫毛簌簌地眨动几下，神情逐渐变得难以置信，似乎还带着责怪和怨气。

　　然而姚俊轩不会轻易被欺骗，哪怕她只有那么一丝小计谋得逞后的得意，还是被他捕捉到了。姚俊轩不知道许清怡的目的是什么，也不想知道，他只知道一件事，事到如今，她休想再逃出去。

　　沉默的对视被快速终结，姚俊轩再也无暇考虑其他，左手揽住女孩纤细的腰身贴向自己，右手摁住她后脑勺，闭上眼，偏过头，唇已经重重地贴在许清怡唇上。

　　"唔……"许清怡都没来得及说话，嘴里的氧气已被抽离，她感受到男人铺天盖地的掠夺气息，贴合的身体像是过了电，令她浑身酸麻。须臾之间，两人唇舌已是斗得难分难解，似乎谁都不想让步，无人退却，只想进攻，都想得到更多一点。

　　许清怡被吻得晕头转向，终于开始挣扎，可是男人的臂膀那么有力，死死地箍住了她，她怎么挣都挣不脱，只能铤而走险去咬他。

　　啊，真是甜的呢……姚俊轩浑然不觉女孩的反抗，只是沉溺其中，恍惚间以为是在做梦，直到舌尖传来一阵刺痛，血腥味在口腔蔓延，他才清楚地意识到，这不是梦。

　　于是他变得更加疯狂，吻得越发投入，眼镜都被打掉了，依旧不肯松手、松唇。

　　"啪！"左脸被赏了一记重重的耳光，姚俊轩的理智才重新回来。

　　他转过头来，呼吸还有些急促，额前的发丝凌乱地垂挂着，眼睛里原本危险散乱的光在一点一滴地消失，眼神渐渐变得温柔平静。他看向面前怒气冲冲的女孩，抹了抹溢出嘴角的鲜血，突然偏过头笑了起来，"呵呵呵"地笑得停不下来。

　　许清怡知道自己玩过火了，定了定神，将被扯乱的衣服整理了一下，冷冷地说："姚俊轩，你别太过分啊。"

　　"不喜欢吗？"姚俊轩又抱紧她，不再发癫，而是温柔地将她搂进怀里，安抚般地拍着她的后背，在她耳边低语，"你想玩，我就陪你玩，你不想玩了，告诉我一声就行。清怡，宝贝儿，你别怕我，放心吧，我永远都不会伤害你。"

（3）

许清怡居然没走。

坐在餐桌边托着下巴，她都佩服自己了，按常理来讲，她应该直接甩门而出才对，但不知为什么，面对姚俊轩如此疯癫的行为，她并没有感到害怕。

大概是因为刻板印象，当一个男人曾经被她"掌控"过，哪怕后来他变成了大妖怪，在她眼里，这人依旧不足为惧。

想到他叫的那声"宝贝儿"，许清怡竟然并不觉得肉麻，超强的自信心告诉她，姚俊轩是真的把她当宝贝儿看待。这样的认知令她觉得有趣，再看姚俊轩时，就觉得这人更有意思了。

哦，还有一个重要原因，就是她那破事儿还没解决，她不能走。

姚俊轩点的外卖到了，白粥也已煮好，两人坐在餐桌边一起吃午饭。许清怡喝着粥，姚俊轩给她夹菜，都是些蒸蒸煮煮的清淡菜肴，她有一口没一口地吃着，顺手打开微博。

"你差不多可以把那条微博删了。"许清怡眼睛都没抬，面无表情地说道。

姚俊轩没多问，直接把那条微博删了，删的时候看了一眼，转发评论已经很多，看来许清怡的粉丝真的有在关注他。

许清怡紧跟着发出一条新微博，带上她在医院的自拍照，一张可怜兮兮的惨白小脸，着实叫人心疼。

小许许清怡：对不起，让大家担心了，这几天因为感冒发烧我一直在医院治疗，病好后会立刻复工。春夏之交气候多变，大家也要注意保重身体哦，爱你们。

她又挑了几条粉丝评论回复。

有人问她是不是拍了雨戏所以感冒，她说：有一点关系，主要还是因为我身体底子不够健壮啦。

有人问陈一哲的微博那样误导大家，她为何不澄清。许清怡去翻了一下，陈一哲已经把那条打工人微博删掉了，前面的微博底下很多人在骂他是个颠倒是非的绿茶男。

许清怡回复：他发什么了？我没看到哦，这几天大多数时间都在输液睡觉。

又有人问 Willian Yao 是不是她男朋友，许清怡回复：不是哦，他就是我高中同学，知道我生病特地来探病，他真学霸来的，我在他面前就是个学渣啦！

一通操作结束，许清怡浑身轻松，对姚俊轩说："我晚上回去应该就没事了，人家要是问起，我就说我什么都不知道。"

姚俊轩"唔"了一声，夹了一筷子菜送进嘴里，咀嚼时表情有些不好看，许清怡不怕死地问："舌头还疼吗？"

姚俊轩盯着她，他又戴上了眼镜，舌尖隐隐作痛，眼神很冷淡。

许清怡却笑得好灿烂，送给他两个字，"活，该。"

姚俊轩不和她一般见识，继续低头艰难吃饭。

下午，姚俊轩要回公司处理工作，许清怡打算在他家睡个美容觉，她伸了个懒腰，"我睡沙发吧，这衣服在医院待过，睡你床不好。"

姚俊轩上楼拿来一件白色 T 恤丢给她，"穿这个上床去睡，舒服点儿。"

T 恤直接盖到许清怡的脑袋上，她才扒拉下来，男人已经揽过她的肩，在她额头上落下一个吻，许清怡炸毛般地推他，"你别得寸进尺啊！"

姚俊轩笑着看她，问："晚上想吃什么？我给你带回来。"

许清怡闷闷地说："小馄饨，不要放葱。"

"知道了。"姚俊轩拿上手机和车钥匙，又揉揉她的脑袋，"好好休息，我会早点回来的。"

许清怡总觉得这画风有点不对，姚先生是不是误解了什么？

姚俊轩走了，许清怡把窗帘拉上，走上二楼，二楼层高很低，只有一张大床、一个床头柜和一组衣柜。她脱下身上的衣服裤子，解下内衣，套上姚俊轩的白色 T 恤，衣摆几乎垂到大腿一半，真的很宽松舒适。

许清怡对姚俊轩的衣柜产生了兴趣，打开移门想要观摩一下姚总监的衣品，入眼就是一片黑白灰蓝，她嫌弃地撇撇嘴，"真会装。"

突然，许清怡的注意力被一件白色衬衫吸引，那件衬衫挂在最里头。她连着衣架拎出来，发现这就是被她签过名的那件衬衫。

已经一个多月了，衬衫都没洗，左胸口的签名和笑脸清楚地留存着。许清怡把衣服凑到鼻子前闻闻，没有难闻的异味，倒是有一点衣挂香薰的香味。

"干吗不做个画框裱起来得了？"许清怡忍不住哧哧笑，把衬衫挂回衣柜，转过身就扑到大床上，抱着姚俊轩的被子滚来滚去，没多久，她就睡着了。

这几天公司里其实很忙，大家都在加班，傍晚六点，财务总监在姚俊轩办公室和他谈事情，发现他频频看表，问："你晚上有事啊？"

姚俊轩承认了，"是，和人约了晚饭。"

财务总监说："那你去吧，有事电话联系。"

姚俊轩收拾电脑包，想到一件事，问："这附近，哪儿有好吃的小馄饨卖？"

财务总监茫然地看着他。

"小馄饨。"姚俊轩也看他，"你知道吗？"

财务总监与他对视，突然伸手指他，"威廉！你是不是谈恋爱了？"

姚俊轩懒得理他，拎起电脑包就走。

他找了三家店，才找到一家在晚市卖小馄饨的，老板娘问他："你是要我给你煮好呢，还是自己回家煮？"

姚俊轩想了想，说："我自己回家煮吧，调料不要放葱。"

他又买了两份煎饺，拎着食物回到公寓，开门进屋时，姚俊轩心里突然有不好的感觉，总觉得，许清怡已经走了。

那一瞬间他的心仿佛缺了一块，空得令他害怕，脸上的表情也变得冷若冰霜。直到他看见玄关处许清怡的鞋，还有沙发上她的薄外套，他的心才渐渐安稳下来。

姚俊轩把食物放在餐桌上，洗过手，轻手轻脚地走上二楼。二楼比一楼更暗，大床上，女孩卷着被子睡得正香。

她的睡姿很嚣张，可能是因为有点热，两条又白又细的腿都露在外面。姚俊轩在床沿坐下，在黑暗中看着许清怡恬淡的睡脸，一会儿后，他伸手拂开她脸颊上的长发，俯下身去亲吻她。

又来了……许清怡的好梦被惊扰，眼睛都没来得及睁开，已经被男人吻得娇喘连连，气都要喘不上来。

当他的大手游移到她身上后，她突然意识到自己没穿内衣，这可不行！许清怡小小挣扎了一下，姚俊轩终于松开她，手肘支着床面，镜片后的那双眼睛带着笑意在看她，声音低哑，"醒了？真能睡。"

许清怡摘下他的眼镜丢到一边，抬手描摹着他锋锐的眉眼和高挺的鼻梁，懒懒地问："你什么时候开始戴眼镜的？我记得你高中里都没有戴。"

"我说我高中里穷，配不起眼镜，你信吗？"姚俊轩捉住她的手，又开始亲吻她的手指，一个个指头啄过来，"我一直都近视，度数不高，一两百度，高中里就凑合过了。"

许清怡被他弄得手指很痒，却敌不过他的力气，忍不住哼了一声，"你干吗呀？跟狗一样的。"

"你的手指真漂亮。"姚俊轩抚摸着她修长的手指，"我听过你拉大提琴，现在还拉吗？"

许清怡很多年没碰大提琴了，连着钢琴都很少再弹，还有跳舞，这些才艺在上了表演专业后几乎被她丢到一边，出道后也没再立过多才多艺的人设，大概只有老同学才知道她还会这些。

"姚俊轩，你现在到底是什么意思？"许清怡有点心虚了，那个吻的确是她故意的，想着与其把初吻给呆头鹅陈一哲，不如给姚俊轩。姚俊轩长得更符合她的审美，她也不讨厌他，而且他还是初吻呢！两人都不吃亏，多完美。

不过事情好像失控了，就这么半天时间，这位姚先生已经很不和她见外，想抱就抱，想亲就亲，他不会是把她当女朋友了吧？

最要命的是，她居然并不反感！在被他亲吻抚摸时，她还觉得酥酥麻麻的，一颗心怦怦乱跳，这到底是怎么回事啊？

"什么意思？"姚俊轩失笑，"那不是应该问你吗？你是什么意思？"

许清怡掀开被子坐起身，刚要摆出一个盘腿坐的姿势，就发现自己只穿着一件 T 恤衫，米色小内裤都露出来了，赶紧又把被子盖到腿上。可姚俊轩已经看见了，像在走神，再抬眼看她时，眼睛里有火苗在乱冒。

"你别乱来啊！"许清怡推了他一把，恶人先告状，"想什么呢？我就是找你过一场戏，是你先动手动脚的，我还没和你算账呢！"

姚俊轩不和她计较，非常没有诚意地道歉："是我不好，我的错。你饿不饿？我买小馄饨了，煮给你吃？"

许清怡换上自己的衣裤，下楼坐到餐桌边，手机上有几个未接来电，是魏姐和小南。

许清怡给她们回电，说自己下午一直在睡觉，让她们放心，微博的事差不多处理好了，她不会乱来的。

魏姐问："你在威廉姚那里？"

许清怡："是啊。"

她看着姚俊轩的背影，他在煮小馄饨，还是那身灰衬衫黑西裤，宽肩窄腰大长腿，画面非常和谐。

魏姐压低声音，"清怡我问你，你和他到底是什么关系？你和我说实话，就算你俩在谈恋爱，你也得让我知道。你不是偶像，他也不是男艺人，你俩如果真的谈恋爱，其实也没啥，只是你现在还是个新人，这么小年纪就谈恋爱会让人觉得你恋爱脑，对你的事业多少会有影响。"

许清怡故意很大声地说："姐，我是不是恋爱脑你还不清楚吗？现在的问题是对方可能是个恋爱脑啊！那你要我怎么办？"

姚俊轩缓缓地回头看她。

魏姐："什什什什么？你别嚷嚷！生怕人家听不见啊？你说谁恋爱脑？你那个老同学威廉姚？"

许清怡挑衅地瞪着姚俊轩，"嗯哼，就是他。"

姚俊轩看了她一会儿后，又把脑袋转回去了。

魏姐："你可别惹上不该惹的人啊。"

许清怡说："姐你放心吧，我会处理好的，这几年不会谈恋爱。"

挂掉电话，姚俊轩把小馄饨和煎饺端到她面前，还配着米醋。馄饨碗里紫菜蛋丝香喷喷的，没有葱花，许清怡很满意，拿着勺子小口地吃起来。

姚俊轩在她对面坐下，许清怡边吃边说："你都听到了？我经纪人发话了，警告我不准谈恋爱。"

"嗯。"姚俊轩很明理地点点头，问，"那……不谈恋爱，光做爱，可以吗？"

许清怡被他呛得差点把馄饨碗都打翻，"你胡说八道什么呀？！"

她都要震怒了，这人也忒不要脸！

姚俊轩抱起双臂，几乎是一本正经地回答："我没开玩笑，你要是想，就来找我。"

许清怡微张着嘴，一脸呆滞，觉得魏姐说得没错，她好像真的招惹了不该招惹的人。

睡够，吃饱，许清怡该回剧组了。

姚俊轩帮她戴上帽子、墨镜和口罩，一点也不避讳，牵着她的手出了门。许清怡想到那些被偷拍恋情的明星，又低头看看两人牵着的手，心脏扑通乱跳，想要叫妈妈救命！

姚俊轩却非常淡定，出门时还抹了点发蜡，把头发打理得很帅气。他甚至换了身衣服，可能是为了和她相配，穿着黑色 T 恤和牛仔裤，一下子从职场精英变得像个酷酷的男大学生。

不对，他本来就是男大学生，都还没毕业呢。

姚俊轩开车送许清怡去松江。经过鸡飞狗跳的大半天，许清怡累了，一点也不想演了，只想展示真我。她生无可恋地歪在副驾上，偶尔偷瞄一眼驾驶座上的男人，心想，那些恋爱剧都是骗人的，哪有什么暧昧期，哪有什么酸酸甜甜的少女心，一男一女搞在一起，只需要几个小时，就能从两个陌生人到拥抱接吻，再到摸来摸去，还说到做爱……和动物有什么两样？啊？野猫发春也不过如此吧？

姚俊轩突然问："那场吻戏，什么时候拍？"

"就这几天吧。"许清怡望天，"本来前几天就要拍了，我不是感冒了吗，导演怕我传染给陈一哲，就推后了。"

姚俊轩很无情地提醒她，"哦，那你就不怕传染给我？"

许清怡嘴硬，"是你亲的我。"

姚俊轩点头，"行，那口径就这么统一吧，是我亲的你。"

许清怡："本来就是你亲的我！"

姚俊轩没再说话，只是笑，笑得许清怡想打他。

他没把车子开到酒店门口，而是距离酒店还有几十米时，在路边车位停下了。许清怡准备下车，姚俊轩一把拉住她的胳膊，她猝然回头，姚俊轩又一次倾过上身，吻住了她的唇。

没完没了，没完没了，没完没了……许清怡闭上眼睛细细体味，觉得姚俊轩的吻技突飞猛进，吻得她都不想下车了。

居然……有点儿……舍不得。

居然……觉得待在他身边……很开心。

炙热又绵长的吻终于结束，姚俊轩摸摸她的脸，又去咬她耳朵，"记住了，可以给我打电话。"

许清怡呼吸急促，一下子就想歪，手忙脚乱地推开他，瞪了他一眼后气呼呼地下了车，只留下姚俊轩在那儿低声地笑。

一直到他把车开走，许清怡才戴上伪装，垮着肩膀往酒店走去。

两天休息结束，许清怡重回剧组，继续没日没夜地紧张拍摄，见到陈一哲后，她主动向他道歉："对不起啊，一哲，我同学脾气有点急，昨天发的微博可能让人误会了，我代他向你道歉，已经让他删掉了，你不生我的气吧？"

陈一哲傻眼了，他发那条微博其实是得了经纪人的授意，想要炒作一下新剧。原本的计划是，许清怡会自己发博解释，然后陈一哲就澄清，说自己提的 CP 并不是许清怡，而是另一个正在休假的男性艺人好友。这样，他不仅能摘掉自己，还能显得许清怡敏感又小气。

谁知许清怡竟不接招，冒出一个圈外人威廉姚来帮她发声，搞得陈一哲特别被动，在微博上被喷得够呛，怎么解释都说不清。

陈一哲终于知道许清怡不是好惹的，后来再也不敢作妖。

那场吻戏终于开拍，也没清场，偶像剧嘛，接吻其实就是嘴唇贴一下就行，两颗脑袋一左一右地保持不动，不管从哪个角度来拍，都是一个定格场景。

拍完后，两位主演很客套地彼此慰问，许清怡嚼着口香糖，得意地想，这也只能骗骗无知少女。哼，真正的接吻才不是这样的呢。

偶尔，她会想起姚俊轩，会想他在干吗，在加班吗？还是回公寓休息了？

姚俊轩很少和她联系，没打过电话，有时就在微信留言几句，提醒她记得吃饭，熬夜后记得补觉，说自己去哪里出差……都是些无关紧要的话题，非常正经，一点都没再耍流氓。许清怡收工后看到留言会回复，如果他恰好在线，两人会闲闲地聊上几句。

马上就要六月了，许清怡想，他学校里的事应该都结束了吧？什么时候毕业典礼？她居然有点想看姚俊轩穿学士服的样子。

她居然……还有点想看姚俊轩不穿衣服的样子。

许清怡被自己的想法吓一跳：不要脸也会被传染吗？

剧组杀青那天，许清怡在微博晒出杀青照，姚俊轩在微信上找她了。

姚俊轩：你是不是要回北京了？

许清怡：是，后天走，明天还有些工作的事要处理。

姚俊轩：晚上见个面？到我家来，一起吃饭？

看到这句话，许清怡心里一跳，震惊地发现，她居然有点想他。

许清怡：今晚有杀青宴，我经纪人这几天也在，我出不来。

姚俊轩：晚点也没关系，我可以来接你。

许清怡：晚点是几点？半夜一点也行吗？

姚俊轩：行啊，我没那么早睡。

许清怡：那你等我电话吧，杀青宴完了我就出来。

许清怡在房间里挑选着穿去杀青宴的小礼服，看着镜子里的自己，她绽开笑，又嘟起嘴，接着又微微抬起下巴，摆出一副妩媚妖娆的姿态。

真美啊……怪不得那么多男人喜欢她，她爸妈怎么那么厉害，把她生得这样好看？

但她不能谈恋爱！

一个二十二岁的女明星，不可以，谈恋爱！

唉——这吹弹可破的肌肤，这顾盼生辉的眼睛，这凹凸有致的身材……真有点浪费呢。

许清怡想到晚上和姚俊轩的约会，脑子里竟又浮现出他说的流氓话，总觉得……这趟赴约的结果不会那么简单。

许清怡溜到卫生间，坐在马桶盖上悄悄地给章翎拨了一个电话。章翎正在学校食堂吃晚饭，背景很嘈杂，许清怡时间有限，开门见山地问："章翎我问你一个事，你和蒋赟做过了吧？"

章翎愣了几秒才开口，"你说的这事，是我理解的那事吗？"

许清怡："是。"

"怎么突然问这个？"大庭广众之下，章翎不好意思了，含含糊糊地回答，"Yes。"

许清怡问："疼吗？"

章翎沉默好久才说："No。"

"快乐吗？"

"Yes。"

"第一次也不疼吗？"

"还……好吧。"

"需要准备什么？"

"这是常识吧？"章翎崩溃了，"你……可以自己买好。"

"行，我知道了。"许清怡决定收线，"爱你哟，么么哒。"

杀青宴在酒店宴会厅举行，工作人员和演员们都很兴奋，许清怡美得不可方物，端着酒杯敬来敬去，还不停合影。忙过一轮后，她抽空把小南叫过来，对她耳语，"宴会结束我要出去见一个朋友。"

小南脱口而出，"威廉姚？"

小助理的智商不可小觑啊，许清怡抿着唇瞪她，小南很无辜，"姐，那你晚上还回来吗？"

许清怡沉吟片刻，又向小南招招手，"你现在去便利店，挑个远点儿的，帮我买个东西……"

小南听完后好惊讶，"姐，这不应该是男生准备的吗？"

许清怡说："以防万一，不一定会用。"

"哦。"小南脸红红地左右一看，"你可别让魏姐知道啊，被她知道会宰了我的。"

"知道了知道了。"许清怡推她，"快去快回，戴上口罩，别被人拍到啊。"

杀青宴直到十一点多才结束，许清怡喝了酒，倒也没醉，她换下礼服，卸掉浓妆，全副武装后偷偷摸摸坐电梯到地下二层。姚俊轩的车已经在等她，她背着大包坐上副驾，姚俊轩启动车子开出车库。

又是半个多月不见，许清怡看了他一眼，没说话。姚俊轩看到她手上的包，皱眉问："你带了什么？这么大一个包。"

许清怡带了两套换洗衣服、护肤品和充电线，还有那啥。

姚俊轩又问："想吃什么？我去打包，家里什么都没有。"

许清怡："我不吃，晚宴吃多了，要减肥。"

"不吃夜宵？"姚俊轩像是很意外，"你经纪人没为难你吧？有没有说几点之前要送你回来？"

许清怡："没有。"

姚俊轩："那我大概三四点送你回来吧，去我那儿喝一杯，聊聊天。"

许清怡愣了一下，老天爷啊，她是不是想错了？

不会，那么想的，只有她一个吧？

她抱紧自己的大包，缩了缩脖子，决定当做什么都没发生过。

夜晚的高速很通畅，不到一小时就开到姚俊轩住的公寓楼，两人一前一后上楼。进门后，许清怡拿掉伪装，泄气地把大包丢到餐桌上，去卫生间洗手。

她狠狠地搓着手，为自己的自作多情感到羞耻，想不通自己怎么会往那个方向歪。

这时，姚俊轩走进卫生间，许清怡抬起头，从镜子里看着他。他已经摘掉眼镜，黑色衬衫的下摆从西裤里拽了出来，原本扣到最顶上的纽扣也被他解开两颗，领口微微敞着，露出两道迷人的锁骨。

他很自然地从身后抱住她，低下头，灼热的吻就一下一下地印在许清怡的脸颊、耳朵和脖颈上。

许清怡被搞蒙了，难道……方向没歪？

姚俊轩并不给她反应的时间，掰转她的身子，让她的后背靠在瓷砖墙上，抓住她的手，紧贴着他的身体，低着头细细密密地吻她。

"想我吗？嗯？"他低沉的声调响在她耳边，"清怡，我很想你。"

许清怡抬手抱住他的腰，手掌从衬衫下摆探进去，男人的皮肤很烫，比喝过酒的她都要烫。她被他吻得说不出话来，只会嘤嘤地哼，姚俊轩却不肯放过她，"叫我一声。"他说，"你还没叫过我，我想听你叫我。"

"叫什么？"许清怡问。

姚俊轩含住她的唇，边咬边说："随你。"

"俊轩？"许清怡被他吻得好痒，忍不住笑，"轩轩……"

姚俊轩闭上眼睛，狠狠地咬了她一口，许清怡吃痛，"你是狗吗？"

"呵呵呵……"姚俊轩又开始低笑，"喜不喜欢？嗯？清怡，喜不喜欢？"

许清怡在他怀里软成一摊水，揪紧他的衣领，细声细气地说："你也叫我一声嘛……我也想听你叫我……"

姚俊轩半点都没迟疑，额头与她抵在一起，一声声地叫着她："宝贝儿，宝贝儿，清怡，宝贝儿……"

许清怡的耳朵满足了，身体却越来越空虚，她像是一秒钟都不想忍耐，双手抓住姚俊轩的左右衣襟，"刺啦"一下就扯开了他的衬衫。

（4）

二楼的大床上一片凌乱，薄被下是两道互相纠缠着的身影。

刚刚经历过一场大战，此时的房间里还弥漫着一股气息。年轻的男人从身后抱着女人，两人肌肤相贴，他浅浅地舔吻着她的耳垂，呼吸拂在她耳边，惹得她反手去拧他。

许清怡带来的套套最终没用上，她不该低估姚俊轩，这种以防万一的事，深谋远虑的姚总监怎么会想不到呢？

"姚俊轩。"许清怡叫着背后的人。

"嗯？"姚俊轩在玩她的长发，一缕缕地绕在手指上，刚开始时她的头发还是湿的，这会儿已经半干，滑溜溜的发丝泛着光泽，还很香，他享受着这乐趣，玩得乐此不疲。

许清怡问："你是不是喜欢我很久了？"

姚俊轩一愣，把她的头发蒙到自己眼睛上，突然想到很久以前的一些事。

他在跑道上绝望地绕圈，一次又一次跑过她身边，她却只在看乔嘉桐跳高，连个同情的眼神都不舍得给他。

在剧院后台，他鼓足勇气对她说：我觉得，你唱得很好听。

她却白了他一眼，回答：你不是在讽刺我吧？

还有操场上简陋的小舞台，她在台上翩翩起舞，他在底下痴痴仰望。

以及秋游时去钱塘乐园，他孤身一人在游乐场里无趣地逛着，远远看到她打扮得时尚亮眼，和几个朋友有说有笑地迎面走来。

他们擦身而过，她依旧对他视而不见。

当时，距离作弊事件过去才四个月，他没能上实验班，应该要恨她的，却很不争气地恨不起来。

他曾经在食堂看到她和乔嘉桐一边吃饭一边聊天，俊男靓女，分外般配，他食不知味地咽着饭菜，觉得那样的画面于他来说可望不可即。

他永远都忘不掉高一时的那次期中考试，他正陷在"蒋赟这种烂泥都有人关心，自己那么努力却无人问津"的烦恼中，坐在身后的许清怡突然伸手戳戳他的背。

他转过头去看她，看到她娇羞甜美的脸庞，听到她嗲嗲的声音：姚俊轩，一会儿语文考完你有时间吗？我想请你喝奶茶，有个小事想找你帮忙……

姚俊轩抱紧许清怡，不想再掩饰什么，沉声回答："是。"

许清怡在他怀里转过身，与他对视，台灯亮着幽暗的光，初经人事的女孩脸颊还有些红，咬着唇问："那现在……你还喜欢我吗？"

姚俊轩皱眉，"什么意思？"

"别人不都说，得不到的才是最好的，得到了就会不珍惜。"许清怡用手指戳着他的胸膛，"我一直都觉得，这世上没有那么多的蒋赟。"

在床上听到另一个男人的名字令姚俊轩不太爽，问："关蒋赟什么事？"

许清怡笑问："你知道蒋赟喜欢章翎多少年吗？"

姚俊轩："六七年？"

"不是哦。"许清怡说，"他喜欢章翎十三年了，十三年，心里只有章翎一个女孩，没想到吧？"

姚俊轩不再说话，六七年和十三年相比，好像是少了点儿，只到一半。他将许清怡抱得更紧，有些不服气地问："那你为什么要来？你不怕我得到了就不珍惜吗？"

"因为……"许清怡的大眼睛忽闪忽闪地眨巴着，笑容好自信，"我发现自己有点喜欢你呀，所以我就来了，我要是不喜欢你，你喜欢我三十年都没用哦。"

行吧。

有她这句话，姚俊轩什么都不想计较了。

没想到，许清怡又说："不过，我还是不能谈恋爱。"

姚俊轩神色又冷下来，许清怡像是在认真思考，继而说道："这样吧，我答应你，我不会在外面乱来，如果你一直单身，我会来找你，如果你有喜欢的人了，就和我说，我不会缠着你。"

姚俊轩被她逗笑了，"那我在外面也不能乱来？"

"那肯定啊！"许清怡很是理直气壮，"你要是乱来，还找我干吗？把我当什么了？"

姚俊轩沉思了一会儿才开口，"我还是第一次，听人把炮友说得这么清新脱俗的。"

许清怡咯咯娇笑，小手往他胸膛上推了一把，"答不答应嘛。"

"行。"姚俊轩没有多犹豫，只用一个热吻去回答她，他伸长手臂将台灯拍暗，修长的身躯又一次覆到女孩身上……

这一晚对许清怡来说格外漫长，疲惫地入睡时，天空已泛起鱼肚白。早上八点，手机闹钟响起，她才艰难地睁开眼睛。姚俊轩依旧抱着她，连右腿都缠在她身上，男人的身躯热烘烘的，冷空调都挡不住那股火气，许清怡感觉自己都被他焐出汗来了。

她关掉闹钟，不急着起床，而是近距离地看着姚俊轩的脸庞。

真是奇怪，上高中时都没觉得他长得帅，仔细看，眉眼五官分明没怎么变，但整个人的气质却是天翻地覆。看来，丑小鸭变天鹅是无关性别的。

许清怡用手指去撩他的睫毛，姚俊轩皱皱眉，捉住她的手，睁开眼睛看到她，又想来吻她，许清怡赶紧捂住嘴，"没刷牙呢！"

姚俊轩的眼睛笑得弯起来，是很少见的温柔笑容。他坐起身，光溜溜地下了床去衣柜里拿衣服，脑袋上的黑发胡乱支棱着，是许清怡不曾见过的那一面。

许清怡抱着被子看他走来走去，心里偷偷给他的身材打分，姚总监平时看着略瘦，身材其实还不错，骨肉匀停，瘦而不弱，皮肤又白净，看着还挺养眼。

正欣赏着美男起床图，姚俊轩已经穿上内裤和西裤，从床头柜里拿出一个盒子递给她，"送给你的。"

"什么呀？"许清怡打开盒盖，发现是一块女表，和姚俊轩那块表是一个牌子，材质、颜色有点像，不知道是不是情侣表。

"谢谢，真好看。"许清怡把表戴在左腕上，笑着问，"我是不是也该送你一份礼物？"看姚俊轩在衣柜里挑衬衫，她灵机一动，"哎，我送你一件衬衫吧？"

"行啊。"姚俊轩回头看她，眼神无奈，"你糟蹋我两件衬衫了。"

"我送，可不会送这些颜色哦。"许清怡眼神狡黠，"红的黄的绿的，你会穿吗？"

姚俊轩回身揉揉她脑袋，"赶紧起来吧，不是说今天有工作吗？早饭吃完我送你过去。"

许清怡被姚俊轩送到酒店，又是停在那个路边车位。两人依依不舍地在车里吻别，心里都明白，下一次不知何时才能再见面。

北京和上海，说远不远，说近不近，还因为他们的工作都很忙碌，毕业以后，都要在自己的领域为未来打拼。

"不可以乱来。"姚俊轩捏捏许清怡的脸，镜片后的眼神很暗，"你是我的。"

许清怡哈哈笑，"知道啦，你也不可以乱来哦，要不然我会嫌你……脏。"

姚俊轩偏头低笑几声，把帽子口罩一一为她戴上，又捏捏她的手，"去吧，下次见。"

许清怡忙完工作，第二天飞回北京，半个月后，她参加了北电的毕业典礼，在微博上晒出自己的学士服毕业照。

这一届表演系毕业生里，有更红的男星女星，也有大学四年一部戏都没拍过的小透明同学，许清怡算是凭天赋和努力脱颖而出，娱乐新闻里都有她的消息，标题是：**你还记得当年的北电最美考生吗？她毕业了。**

许清怡晒照的那一天，姚俊轩穿着一件暗紫色衬衫去上班，惊得公司里一众小姑娘瞠目结舌。开会时，几位高层领导纷纷拿姚俊轩打趣，问他怎么突然转了性，穿得这么骚包？

姚俊轩绷着脸没理他们。他身上衬衫的料子还有点哑光，化个妆可以直接上台去表演。微信里留着女孩发来的消息，文字里都能感受到她恶作剧得逞的得意。

许清怡：礼物喜欢吗？祝你毕业快乐哦，轩轩！

经纪公司给许清怡租了一套小单间，作为她在北京的落脚点。她的工作排得满满当当，试戏、拍戏、杂志拍摄、小综艺……在毕业后的那个冬天，她甚至被送去参加一档女团选秀综艺，网友评论说她就是去划水的，只有颜值，哪有唱跳能力？连粉丝都对她不抱希望，结果许清怡却成了一匹大黑马，在节目中将自己隐藏四年的舞蹈功底展现得淋漓尽致。

粉丝们震惊：我家姐姐居然会跳舞？！

许清怡最终止步于决赛夜，没有成团出道，这也是公司的安排。她大大地提升了知名度，再次接到的戏约全都是女主戏，还开始有一些化妆品、小零食代言，也被邀请去参加一些颁奖典礼和慈善晚会，在娱乐圈算是有了自己的一席之地。

姚俊轩大学毕业后同样心无旁骛地投入工作中。

这些年，有一种论调是寒门再难出贵子，因为资源分配不均，寒门学子直接输在了起跑线。姚俊轩不信邪，他是个极聪明的人，眼光精准，行事果断，是一个不折不扣的工作狂，对成功有着常人难以想象的渴望。

他的两位合伙人都很靠谱，三人牢牢抓住机遇，拿到资本扶持，借着东风飞速发展，短短两年时间，姚俊轩的身家就以几何倍数增长，在圈子里都以青年才俊闻名。

他换了一辆一百多万的车，在钱塘为父母买下一套带院子的排屋，请来两位护工照顾二老的生活，自己则买了一套江景大平层，足有两百平方米，客厅有一面巨大的落地窗，可以坐在窗前喝咖啡，看风景。

姚俊轩偶尔回钱塘就去房子里小住几天，和父母见面不多。父亲缠绵病榻多年，性情阴郁寡言，这些年随着经济条件改善才有所变化；母亲的精神状况则反反复复，好一些时能认人，也能聊天，病情发作时就完全封闭在自己的世界里，有时还需要送去精神病院治疗几个月。

对于父母，姚俊轩感情复杂，便见得不多，倒是家里那些杂七杂八的亲戚时不时地想通过他父亲来找他，目的只有一个，就是"借钱"。

成长过程中，谁对他们家好过，姚俊轩都记得，谁对他们不好，他也不会忘记。

有一个亲戚，曾经连五百块药费都不肯借给他，哪怕他承诺下个月就还，对方也只是不耐烦地把他赶出门。如今，这个人却开口向他借十万，姚俊轩都觉得好笑了，十万块，他宁可让许清怡再撕掉他几件衬衫，也不会"借"给对方一个子儿。

亲戚们说他冷漠无情，自私自利，有了钱就跩上天，姚俊轩毫不在意。他所有的温情和不理智都留给了许清怡，那个曾经也"践踏"过他的女人，但他乐意，他高兴，他就犯贱了，别人管得着吗？

诱惑不请自来，开始有人给姚俊轩介绍各种美人，姚俊轩统统不理。他偶尔会和许清怡见面，在她北京的出租屋，或是他上海的小公寓，抑或他在钱塘的家。

他们从来不去外面约会，每次见面都在屋里吃饭，然后去床上厮混。几年磨合，他们对彼此已经非常熟悉，很轻易地就能让对方满足又快乐。

许清怡和陈一哲演的那部网剧上线播出时，姚俊轩搂着她在沙发上一起看。

他看到许清怡和陈一哲的吻戏，画面拍得很唯美，远景、近景、特写，各种切换。许清怡窝在他怀里吃水果，抱着一碗草莓一颗颗咬，还喂他吃几颗。喂着喂着，许清怡发现姚俊轩有些沉默，仔细观察后，她得出一个结论，姚总监生气了？

后果就有点严重，姚俊轩直接打横抱起许清怡，她连草莓碗都没来得及放下，就被他丢到了大床上。两颗草莓从碗里蹦出来，许清怡忙不迭地把它们捡起来往碗里丢，"脏不脏呀？都染床上了。"

姚俊轩一声不吭地站在床尾，眼神冰冷，已经开始解扣子。

许清怡呆呆地捧着碗，下一秒就被男人吻住了唇。

姚俊轩二十七岁那年的一天早上，他醒过来，突然感到有点累。

这时候的他已经有了可以任性的底气，在床上想了几分钟后，他给许清怡打电话，说：“我想出去读书。”

许清怡正在片场拍戏，回答：“去呗。”

三个月后，姚俊轩就在法国开始了他的读研生活。

又过了几个月，许清怡因为一次广告拍摄要去巴黎，工作忙完后，她和姚俊轩约在一个广场上见面。

广场不大，周围有很多充满历史底蕴、欧洲风情浓郁的建筑，各种肤色、发色的小孩在奔跑玩耍，一群群鸽子扑棱棱地起飞、降落。

许清怡穿着驼色呢大衣，戴着毛线帽和围巾，蹲在地上喂鸽子。这不是国人旅行团常来的知名景点，身处异国他乡，没人认得她这个中国二线小花。

有人在向她慢慢走近，一双黑色皮靴率先进入她的视野。许清怡抬起头，就看到一个穿着黑色大衣的英俊男人站在她身边，他依旧戴着金边眼镜，肤色苍白，神情冷峻，镜片后的眼睛却含着隐隐的笑意，向她伸手，“许小姐，好久不见。”

许清怡笑得花枝乱颤，抓着他的手站起身来，扑进他的怀抱里，“威廉，我好想你！”

这还是他们第一次在室外约会，可以光明正大地牵着手在路上瞎逛，买冰淇淋和三明治边走边吃，偶尔停在路边，他们会闭上眼睛缠绵接吻。

姚俊轩搂着许清怡的腰，抬头看看灿烂的阳光，笑道：“居然还有这一天。”

许清怡也笑，“是不是美得冒泡？”

“是。”姚俊轩吻吻她的额头，“逛够了吗？逛够了就去我住的地方，你的炮友已经憋很久了。”

许清怡大笑着捶他，“姚俊轩你越来越不要脸了！”

走去停车场的路上，他们路过一间教堂，教堂里正在举行一场婚礼，新郎和新娘被宾客们簇拥着走出来，脸上洋溢着甜蜜的笑容。

姚俊轩停住脚步看了一会儿，许清怡拉拉他的手，“别看了，走吧。”

姚俊轩回头看她，“清怡，你想过结婚吗？”

许清怡说：“暂时没有。”

那天晚上，姚俊轩和许清怡连晚饭都没吃，一直待在卧室厮混，从傍晚到半夜。姚俊轩觉得，这大概就是小别胜新婚。

许清怡精疲力尽，被男人抱在怀里，推了推他，他也不动，许清怡突然问了一个问题：“俊轩，你有没有厌倦？”

“嗯？”听到这个问题，姚俊轩反问，“你厌倦了？”

“没有，我很满意我们现在的关系，只是……”许清怡又推了推他，姚俊轩这才支起手肘，看着她的脸。

许清怡点点自己的眼尾，“看到了吗？我眼睛这儿有细纹了，魏姐都喊过我去打美容针除皱。我这个年纪的女演员，从来不做脸的，大概没几个了。"

姚俊轩微微皱眉，许清怡伸臂揽住他的脖子，仰着脸，依旧是那种娇嗲的语气，"我会变老的，姚先生，会越来越老，越来越丑，我不可能永远像以前那样青春漂亮，但是世界上永远都有青春漂亮的女孩子，你懂吗？"

姚俊轩伸手去摸她的眼尾，"我没看到细纹。"

"你近视眼。"许清怡娇笑几声，语调又平和下来，"感情需要经营，可我没有时间和精力去经营，我很喜欢你，非常享受和你在一起的这种状态。俊轩，如果你有别的什么想法，就和我说，我不介意的，这五年我很开心，没有遗憾。"

姚俊轩自然知道她的意思，但要他放手，那是做梦。

第二天，许清怡和团队飞回中国，姚俊轩依旧留在巴黎。一开始他没多想，偶尔和她在微信上联系，可是两个月后，许清怡参加的一档恋爱综艺上线，他追过节目，发现有些事不一样了。

许清怡在综艺里和一个男星组 CP，两人眉来眼去，非常真情实感，观众们个个都说"嗑到了嗑到了"。

这些年，许清怡一直没有绯闻，网传她有一个交往多年的圈外男友，身家不俗，但她从没承认过，姚俊轩的社交圈也无人见过许清怡。这份地下恋被他们深深藏着，姚俊轩偶尔会怀疑，他们到底是什么关系？真的只是炮友吗？

姚俊轩等待着许清怡的解释，一直没去联系她，可是等到节目下线，许清怡和男明星疑似定情，姚俊轩都没收到过许清怡的消息。

有几个晚上他睡不着，去院子里一根接一根地抽烟，想自己拼了这么多年，究竟还缺什么？好像什么都不缺，积累的财富几辈子都花不完了。

但他好像还是一无所有，没有交心的朋友，没有体贴的家人，现在，连着许清怡都与他渐行渐远。姚俊轩在黑暗里失笑出声，冷静下来后，又觉得这没什么大不了。

他抽一口烟，缓缓吐出烟雾，再次对自己说，是，这没什么大不了。

从此，姚俊轩和许清怡再也没有联系，微信并未拉黑，相互也能看见朋友圈，但是他们的聊天界面很久都没再更新。

许清怡和那个男明星最终不了了之，她的工作越来越繁忙，并且从电视剧、网剧转战大荧幕，担任起一部大制作电影的女主重头戏。

姚俊轩能看到她的动态，只是，他的生活里，再也没有许清怡。

二十九岁那年，姚俊轩硕士毕业回到中国，暂时没去上海，而是在钱塘和几个朋友捣鼓起一家新公司。一开始是玩票性质，真的做起来后，他的工作狂本色再次显露，因着丰富的经验和犀利的眼光，公司项目开发得很不错。

　　他把全副精力都投入到工作中去，偶尔和父亲见面。老人家身体越来越差，委婉地表示希望能看到他结婚生子，姚俊轩冷冷地说："我的事你别管。"

　　九月，姚俊轩接到蒋赟的电话，乐呵呵地说他的新房装修好了，十月要和章翎举行婚礼，很多老同学要来，问姚俊轩去不去参加。

　　除了那次同学会，姚俊轩就没参加过高中聚会，像是刻意避开这样的场合，因为总会在看到那些人时，想到曾经卑微不堪的自己，还会想到那个狠心的女人。

　　可是这一次，姚俊轩鬼使神差地答应了，"去，你把时间地点给我。"

　　蒋赟和章翎的婚礼在钱塘一家五星级酒店举行，一共只有十几桌，规模不算大。姚俊轩到得晚，新人迎宾已经结束，他那一桌除他以外都到齐了。

　　"老姚！这儿！"郭骏骁在圆桌边向他招手。

　　梨子惊叹："哎哟我的天，老姚现在好帅啊！"

　　姚俊轩坐到桌边，与那几个好久不见的老同学打招呼。郭骏骁和妻子带着才一岁多的儿子，小家伙长得圆头圆脑，姚俊轩问："他叫什么名字？"

　　郭骏骁说："小名蝈蝈。"

　　姚俊轩笑起来，"这名取得不错。"

　　同桌的还有挺着大肚子的梨子和丈夫、从深圳赶过来的邱远峰和女友、从北京回来的方家豪和林师妍。

　　九大一小，四对夫妻或情侣，只有姚俊轩是孤家寡人。

　　老同学们问他的近况，他只简单说了几句，就听梨子向郭骏骁的妻子打听育儿经，又听林师妍和方家豪斗嘴，再看邱远峰与女朋友打情骂俏，郭骏骁突然问他："老姚，现在有女朋友吗？"

　　姚俊轩摇头，"没有。"

　　闲来无事，他开始观察其他几桌。有两桌好像是章翎的家人，坐着两位白发苍苍却很精神的耄耋老人，还有几个小朋友，正拿着气球跑来跑去。

　　章翎的父亲身材高大，穿着得体的西装，左胸别着红花，在圆桌间走来走去，笑容满面地招待宾客，章翎的母亲身边围着几位年龄不等的女性，聊得热火朝天。

　　姚俊轩移开视线，又看到几桌男男女女，也是神奇，哪怕那些人都穿着便装，还是一眼能看出他们全是警察，因为精气神和常人真有些不一样。

　　姚俊轩还看到几个老同学，萧亮、吴炫宇、李婧和孙妙岚，他们和另外几个陌生男女拼桌，姚俊轩猜测那几个可能是章翎的大学或初中同学。

　　剩下的几桌大概是蒋赟的大学同学、章翎的同事、章翎父母的同事和老友。姚俊轩静静地观察着，大家都很欢乐，普通百姓结婚大抵都是如此。

他突然想，如果他找一个普通女孩恋爱结婚，是不是也能这样？接着又自我推翻，有哪个女孩能受得了他？而他，又会对谁那样迁就？

没多久，吉时到了，宴会厅的灯光暗下来，姚俊轩抬头看向舞台，推了推眼镜，就看到新郎官已经站在台下。

二十八岁的蒋副队长穿一身深色西装，高大帅气，微卷的头发打理得很精神，唇边带笑，正和一个身材结实的年轻人说着话，那人像是他的伴郎。

司仪先上台，煽情几句后，新郎就被请到台上。直到这时，蒋赟的神情才有变化，他似乎很紧张，对着司仪的连环发问回答得牛头不对马嘴。姚俊轩这桌的老同学都笑翻了，姚俊轩也忍不住笑，摇头道："还是这么傻。"

很快，流程就进行到新娘进场，宴会厅大门被打开，追光投到门口，穿着雪白婚纱的章翎挽着父亲的胳膊，微笑着，在音乐声中缓缓走上红毯。

姚俊轩的视线追随着她，看到她步上台阶，沿着长长的红毯向蒋赟走去，两个小朋友在后面撒着花瓣，伴娘之一是薛晓蓉，手上端着两枚婚戒。

蒋赟身姿笔挺地站在红毯那一头，视线只望着章翎，这一刻，仿佛周围的喧闹都不存在了。

气氛温馨、欢乐又喜庆，蒋赟和章翎手牵手站在台上时，那傻子终于回过神来，还向着大家挥了挥手，笑得牙花子都露了出来。梨子笑趴在桌上，又抚着大肚子说："哎哟我不行了，蒋 sir 怎么这么好笑？"

郭骏骁说："蒋 sir 结婚不容易，这么多年终于买了房，抱得美人归，能不美吗？"

大家都在笑，乐呵呵地看着台上那对新人，除了姚俊轩。

幸亏光线很暗，没人能看清他的表情，也没人知道，在这样喜庆的场合，他竟然感受到一种无法形容的悲伤。

新人交换结婚戒指，大声地对另一半说"我爱你"，然后忘我地拥吻。台下掌声雷动，姚俊轩却低下头，眼睛生涩，发现自己待不下去了，对郭骏骁说："我去下洗手间。"

他起身快速地往宴会厅大门走，就在走到大门不远处时，他看到大门边的墙上闲闲靠站着一个人，正抱着双臂望向舞台。

她身材娇小，打扮得很低调，扎着马尾辫，脸戴口罩，可是那双露出来的大眼睛在黑暗中闪着光，是姚俊轩再熟悉不过的一双眼睛。

她也终于看到他，像是愣了一下，却也没走。

姚俊轩站在原地不动，死死地盯着她。许清怡终于站直身体，转过身先他一步离开宴会厅，姚俊轩没有迟疑，大步跟了上去。

顶楼的豪华套房里，从玄关到大床，衣服裤子一路掉过去。

没人说话，连一声"好久不见"的招呼都没人打，因为两张嘴都很忙，流连在彼此的身体上。

窗帘被用力拉上，背脊被指甲挠出深深的红印，重重的呼吸声此起彼伏，姚俊轩疯狂地吻着许清怡，咬着许清怡，眼泪终于落下。

"十三年。"他凝视着她的眼睛，一字一句地说，"我也满十三年了，许清怡，你还不满意吗？"

身下的女人向他绽开一个温柔的笑，接着就张开双臂抱住了他。

番外三

——— ◇ ———

为你奔赴而来

十一月底的一天早上，八点多时，章翎被闹钟叫醒，睁开眼睛看到大床的另一边空荡荡的，床单平整，蒋赟又是一夜未回。

她掀开被子下床，在主卫洗漱完后走去客厅，看到沙发上的痕迹就愣住了——沙发上摆着枕头和被子，显然，有人睡过。

"蒋赟？"章翎喊了一声，无人回应。

走到餐桌边，她看到桌上有一张便利贴，拿起来看，是蒋赟的狗爬字：

老婆，早饭在锅里，要是冷了你热一下。今天我要出差，顺利的话晚上会回家，万一不回我会给你消息，爱你——

老公^_^

章翎放下便利贴，又看向那张沙发，蒋赟应该是深夜回来过，怕吵醒她才没进主卧，就在沙发上凑合了几小时，天没亮又走了。

厨房的锅子里蒸着两只猪猪包和一个水煮蛋，电饭煲里有一个热乎乎的玉米，边上还摆着一罐牛奶。章翎把早餐端到客厅，坐在餐桌边慢慢地吃。

这是很寻常的一个早晨，蒋赟不是第一次这样做，章翎说过他，不管多晚回家都可以进主卧睡，不要怕吵醒她。蒋赟却说："我要是不早起一定进去睡，可我回得晚，起得又早，要吵醒你两回，时间久了我怕搞得你神经衰弱。"

章翎边吃早餐边看手机，微信上没有蒋赟的消息。

这些年，章翎的手机从不静音，就怕漏接电话，她和蒋赟也很少在工作时间聊天，最多就是留个言。说不担心肯定是假的，但章翎不会把"注意安全、保护好自己"之类的话挂在嘴边，这种话说越多，越会给他压力。

　　章翎很努力地把蒋赟的工作当成一份普通工作，想着，其实每份工作都有危险。杨医生从医几十年也碰到过医闹，哪怕是章翎所处的互联网行业，熬夜猝死的案例也不鲜见，蒋赟的工作性质更特殊一些，对章翎来说，没有消息就是好消息。

　　蒋赟这天是和几个同事一起去台城进行一次抓捕行动。

　　半路上，有人在补觉，队里新来的实习警员小宋是第一次去外地抓捕，兴奋得睡不着。这是个话很多的自来熟的小伙子，逮着蒋赟不停聊天，蒋赟被他吵得瞌睡都醒了，看到高速上的路标，已经快到台城。

　　"蒋哥，你来过台城吗？"小宋问。

　　蒋赟回答："来过。"

　　"旅游还是走亲戚？"还没等蒋赟回答，小宋已经顾自说下去，"我高中时跟我爸妈来台城旅游过，是个暑假。我说我想去海边玩，那会儿我还没看过大海，我想象中的海边就是马尔代夫那种，水特清，天特蓝，沙滩上都是漂亮妹子！结果我爸妈就带我来了台城，这儿的确是有海，可是那个海水啊跟黄泥浆汤一样，我在里头滚一圈，上来就像个泥猴，唉——大人就会骗小孩。"

　　因为快到目的地，车上的几个同事都醒了，听到小宋的话后乐得直笑，蒋赟却没笑，很莫名其妙地问了一句："台城还有海吗？"

　　老傅从前面转过头来，"有啊！台城的海鲜很有名的，和舟市那边不太一样，和福建也不一样，可惜咱们赶时间，要不然还能去吃顿新鲜的。"

　　蒋赟想起很多年前的一件事，翟丽给他送来一袋海鲜，有虾有蟹，的确非常新鲜。原来，台城还是个沿海城市，他有一点概念，但因为一直都待在学校和出租屋，哪儿都没去过，不太想象得出来。

　　小宋有点想不明白，"蒋哥，你这地理学得不太好啊，咱 A 省统共就这么几个市，沿着东海的一只手都数得过来，你咋连这个都不知道？"

　　蒋赟大笑，"我知道，我就是一直以为靠海的是台城下面的一些市和县，我来过台城，没去海边玩过。"

　　小宋"哦"了一声，"那你不是来旅游，是来走亲戚的？"

　　蒋赟哑然，继而就笑了，点头道："没错，是来走亲戚的。哎你信吗？我还是半个台城人。"

　　大家都很惊讶，"真的假的？"

　　"假的。"蒋赟大笑着指指自己头发，"告诉你们一个真的，哥有罗马尼亚血统。"

　　同事们都一脸无语地看着他。老傅呵呵笑，"你就扯，继续扯，一头自然卷就罗马尼亚了？我看你最多就是有点儿少数民族血统。"

虽说蒋赟是副大队长，队里几个年龄较大的老刑警在私底下还是把他当小孩，怼起来一点也不客气。同事们听完老傅的话都哈哈大笑，蒋赟跟着一起笑，"吹个牛都不行？"

他又把视线落向车窗外，台城近在眼前，是他曾经生活过一年多的地方，但他依旧对这城市很陌生，印象最深的是那个小区里的健身房。离开后，蒋赟换过几次手机号，和这里的人早就断了联系。

十年了，健身房的戚哥和蒲姐，那个傻乎乎的小室友邹帅，还有他的母亲翟丽，以及他那两个从未谋面的弟弟妹妹，好像一个叫思儒，一个叫思颜，不知道这些人现在都过着怎样的生活。

这次来台城，蒋赟要抓的是个涉嫌抢劫杀人的犯罪嫌疑人。案子发生在钱塘西城辖区内，嫌疑人是台城人，在外逃窜几日后疑似回到老家。有人举报给台城警方，台城警方和蒋赟所在的西城分局联系后，联合部署了这次抓捕行动。

这个犯罪嫌疑人心狠手辣，手上沾着两条人命，蒋赟不敢掉以轻心。到达台城后，专案组和台城刑侦支队的几个警员简单开会，判断那嫌疑人并未起疑，为防夜长梦多，决定立刻行动。

傍晚时，章翎接到父亲的电话。

"喂，老爸。"

章翎刚和同事一起走到食堂，正看着一个个餐槽计划晚饭吃什么，听章知诚问："今天加班吗？"

"加班啊，大概八点多能走吧。"

章知诚又问："小赟呢？"

"他出差了。"章翎向食堂师傅示意自己要什么菜，才继续应对老爸，"不知道几点回来呢。"

章知诚："他去哪儿了？"

"不知道。"

"你连他去哪儿出差都不知道吗？"

章翎笑，"他工作上的事有些是保密的，他能说肯定会对我说，不说我就不问，哎呀，爸，随他去啦，他那么大个人，您就别操心了。"

章知诚不禁埋怨："你俩酒都办了，现在是正儿八经的夫妻，你也要多关心他一点，两个人都这么忙，以后有了孩子怎么办？我能不操心吗？"

"我哪儿不关心他啦？他从头到脚的衣服鞋子都是我给他买的呢！"同事已经买好饭，章翎歪着脖子夹住电话端起餐盘，"爸，我不和你说了，先吃口饭，你周末过来看房吗？到时候给我打电话。"

通话结束，章翎和女同事一起坐到桌边，同事听到她说的话，问："你爸说你不关心老公啊？"

"唉，别提了。"章翎摇头叹气，"我现在在家最没地位，他们三个更像一家三口。我算是知道了，人的分类多种多样，在咱们国家还有一种特殊的分类，叫作有编制和没编制。我就是我们家的异类，他们三个都有编制，总是用一种忧心的眼光看着我，就怕我哪天被公司扫地出门，变成无业游民。"

同事边听边笑，"你家也是绝了，一个老师，一个医生，一个警察，你还真是个异类。"

章翎吃着菜，想到自己和蒋赟有一次开玩笑，说到以后他们有了孩子，就把这事讲给同事听，"我老公说我们的小孩以后写作文，这样写：我的外公是一位辛勤的老师，教书育人，桃李满天下；我的外婆是一位伟大的医生，救死扶伤，妙手回春；我的爸爸是一位光荣的人民警察，惩恶扬善，文武双全还贼帅……"

她说得声情并茂，同事快要笑死了，问："那你呢？"

"我？"章翎摸摸自己的头发，"咳咳，我的妈妈是一位苦逼的码农，每天都在和掉头发做斗争。"

"哈哈哈哈哈……"同事听得好欢乐，"你老公胆子这么大？敢这么说你啊？打他！"

"打不过啊，人家是警队散打冠军来的。"章翎憋着笑，"好了好了不说了，说到这事儿我就郁闷，他们三个真的很讨厌！我大概是我爸妈捡来的孩子，我老公才是他们亲生的。"

说说笑笑，一顿晚饭吃完了，章翎和同事一起回办公室，戴上眼镜，继续和掉头发做斗争。

晚上八点多章翎下班，因为公司离家不远，她都是坐地铁。从地铁站出来后，她去水果店买了些橘子和草莓，哼着歌回到家。

洗澡、吃水果、看书……十点多时章翎打开热空调，爬到床上，想到蒋赟一整天都没有消息，也不知晚上能不能回来，章翎有些担心，却不敢去问他，怕影响他工作。

一直等到半夜十二点，蒋赟还没回来，章翎就先睡了。正迷迷糊糊要睡着时，她的电话响了。章翎猛地惊醒，一看是蒋赟的电话，快速接起，"老公？"

她好怕听到的不是他的声音，幸好，是他。

"翎翎。"蒋赟那边有点吵，他喊得很大声，"我回来了，在钱塘，我现在在医院。"

"你受伤了？"章翎心都提起来了，"哪个医院？我现在过来。"

"我没受伤，放心放心，我真没受伤。"蒋赟连声安慰她，"我同事受伤了，就那个小宋，手臂上被划了一刀，不严重，在那边已经处理过。我现在陪他再处理一下，他可能要住院，我晚上就不回来了，和你说一声。"

章翎靠在床头反应了一会儿，才问："他没事吧？"

蒋赟说："没事，住一晚观察一下，明天就能走了。他不是钱塘人，父母都不在身边，我得照顾他，明天他父母会过来，他父母来了我就回家。"

"哦。"章翎说，"那你自己也注意休息，有事就给我打电话。"

"放心，我就是怕你担心，觉得还是得和你说一声。"蒋赟的语调变得很温柔，"把你吵醒了吧？"

章翎说："没关系的，我平时都是这个点才睡。"

"那你继续睡吧，我得去看看小宋了。"

"好，我睡了，明天见。"

"明天见。"蒋赟在电话里轻轻吻她，"啾。"

章翎笑着挂断电话，摸了摸脸颊，才发现不知何时自己已流下眼泪。

这些年，蒋赟碰到过几次比较凶险的情况，万幸的是只受过几次破皮小伤。作为警嫂，章翎听说过刑侦队里一些刑警的事迹，有人因公负伤，有人因公牺牲，虽然只是小概率事件，但落到当事人和其家属头上，就是天塌一般的存在。

她去厨房倒了一杯水喝，重新躺回床上后，强迫自己不要多想，一定要入睡。蒋赟平安回来了，但她还是为那个小警员感到担心。

小宋，章翎在婚礼上见到过，只是个二十二岁的年轻男孩子，警校还未毕业，不知道这样的受伤会不会让他产生心理阴影。

医院里，蒋赟脸色深沉地坐在小宋的病床边，小宋右臂上裹着厚厚的绷带，很有些忐忑地看着他，问："蒋哥，我是不是表现得很菜？"

"没有，别多想，你表现很好，是我没有提醒你要多注意一些家属。"蒋赟帮他盖好被子，"好好睡一觉吧，手还疼吗？"

小宋说："上麻药了，没什么感觉。"

蒋赟靠在椅背上看他，问："下午，害怕吗？"

小宋原本垂着眼睛，一听这话立刻抬眸，坚定地摇头，"不害怕！"

蒋赟笑着拍拍他没受伤的左臂，"好小子，睡吧。"

小宋不敢再找蒋赟聊天，乖乖躺下睡觉了。

蒋赟叹了口气，想到下午发生的事，小宋说不害怕，他却是一阵后怕。

抓捕行动其实很顺利，嫌疑人自然不会束手就擒，也试过逃跑并持械抵抗，但蒋赟和几个老刑警都配了枪，黑洞洞的枪口对准嫌疑人，都还没鸣枪示警，那人已经吓得投降了。

当时小宋和两位同事负责看管嫌疑人的父母，他们涉嫌窝藏罪，也要一起带回警局去。小宋对嫌疑人年迈的父母亲没有过多戒备，当他们发现儿子被抓住后，突然就崩溃了，那老母亲身上居然藏着一把小刀，回头就向小宋捅去。

小宋毕竟年轻，反应迅速，侧身避开，虽然没有被捅到要害，右手臂上却被划了一刀。蒋赟和几个同事第一时间上前去制止，眼看着那老太太第二刀往小宋肚子上扎，蒋赟也不管了，飞身一脚将她踹翻。老太太杀猪般地叫起来："警察杀人啦！警察杀人啦！"

随后她就被摁在地上控制起来。

一夜过去，第二天上午，小宋的父母连夜坐车，风尘仆仆地赶到医院。老两口都是朴素的小镇居民，什么都不懂，原本想着把儿子供出来上警校光宗耀祖，突然碰到这样的事，胆儿差点吓破。

小宋安慰父母自己没事，宋妈妈抓着他的左手呜呜地哭，"咱别干这个了，这么危险，你要是真有个好歹，妈妈可怎么办啊？"

小宋无奈地说："妈你别这么说，这就是个小伤，很快就会好的，做警察一直是我的梦想。"

警局的领导们也来探望小宋，慰问他的父母。蒋赟几乎一夜未睡，挂着两个黑眼圈站在边上陪同，一位领导转头看到他，拍拍他的肩，"小蒋，你也累好几天了，赶紧回去睡一觉，休息好了再回局里，审讯的事你们队长会处理的。"

蒋赟非常疲惫，连车都没去拿，直接打车回了家。

家里没有人，章翎去上班了，餐桌上是她留下的便利贴：

老公，厨房里有吃的，你记得吃，爱你——

*老婆^_^*

蒋赟拿出手机给章翎发微信。

蒋赟：老婆，我到家了。

章翎：好，你先睡一觉吧，我今天会早点下班。

蒋赟走进厨房，高压锅里是章翎给他蒸好的小笼包，电饭煲里有玉米和紫薯，当然还有牛奶，放在那个固定的位置上。

蒋赟先洗了个澡，他的衣服上有血渍，是小宋的血，他简单搓洗后丢进洗衣机里。洗完澡，蒋赟坐在餐桌边吃饭，和章翎不一样，他不习惯边吃边看手机，最喜欢的是欣赏着这间大客厅用来下饭。待在家里是他最放松的时刻，看着餐边柜上大大小小的相框，还有沙发上五颜六色的抱枕、茶几上凌乱的零食袋，蒋赟光用看的就能看饱。

吃完饭，他走回主卧，章翎把窗帘拉开了，温暖的阳光照进房间，蒋赟拿起窗台上的一把小水壶，给窗外花架上的几盆绿植浇了点水。

这些绿植是新房入住前章老师搬过来的，说特别好养，偶尔浇下水就行，只要养不死，第二年春天会开花。

蒋赟用手指点点那嫩绿的叶子，自言自语道："明年开春，你真的会开花吗？"

照顾完绿植，他把窗帘拉上，上床睡觉。

这一觉也不知睡了多久，蒋赟是被痒醒的。

"嗯？"他睁开眼，房间里依旧很黑，但能看到身边多了一个人，她穿着软软的毛衣，正在用发梢挠他的脸颊。

蒋赟一把搂住她的身体让她贴到他身上，章翎低头啄了下他的唇，问："醒了？"

"几点了？"蒋赟打开床头灯，看看时间是下午五点，疑惑地问，"你这么早下班？"

"我想回来见你呀。"章翎问，"你今天还要去局里吗？小宋好点了没？"

蒋赟坐起来，捏捏眉心，"好很多了，没什么大碍，我要去局里的，不过应该不用通宵，会晚点回来。"

"哦。"章翎苦着脸，像是有点失望，蒋赟赶紧抱住她哄，"这个案子拖了有一阵子了，社会上多少有些恐慌情绪，新闻里都在报，我们要赶紧审讯，趁早给老百姓一个交代。"

章翎摸摸他的脸，"我就是觉得，好久没见你了。"

蒋赟笑，"哪有好久？这才几天？我差不多也是天天回来的。"

"回来了就睡沙发。"章翎噘嘴，"刚结婚就分房，像话吗？"

"太不像话了！是我不好，这案子结束我争取休两天假多陪陪你，给你做好吃的。"蒋赟揉着章翎的脑袋，"今晚想吃什么？我做个饭和你一起吃，吃完再回局里。"

章翎扒下蒋赟的睡衣衣领，在他肩膀上咬了一口，"想吃你。"

"啊……"蒋赟快速地解开睡衣衣扣，一把把衣服脱下，露出一身漂亮的肌肉，"来吧！随你吃，想怎么吃就怎么吃！"

章翎咯咯直笑，蒋赟也没和她开玩笑，在她屁股上拍了一下，"你先去洗澡。"

章翎从床上爬下来，去衣柜边拿换洗衣服，回头时，看到蒋赟正扭过上身从床头柜抽屉里拿东西。

章翎回过头去，一边拿衣服一边说："别用了吧。"

"什么？"蒋赟抬头看向她的背影。

"咱俩都快满二十九了。"章翎小小声地说，"还用啊？"

蒋赟愣了一下，没说话，手里还拿着那个小包装。

章翎突然开始朗诵："我的爸爸是一位光荣的人民警察，英勇正义，就是有时候脑子不太好使！"

蒋赟直接从床上蹦下来，拦腰抱起章翎，让她双脚都离地了，问："谁脑子不好使？啊？谁脑子不好使？"

章翎双脚乱晃，"干什么干什么？我爸爸还会欺负我妈妈！"

蒋赟把她放下了，章翎回头瞪他，却对上蒋赟笑得极灿烂的一张脸，他搂着她，问："老婆，我真的能做爸爸了？"

"是呀，蒋副队长。"章翎戳戳他的胸，"新房都住上了，喜酒也摆了，蜜月也度了，还等什么呀？"

蒋赟眨眨眼睛，心想，是啊，他都有家了，还等什么呢？

窗外，花架上的小绿植被风吹得摇摆了几下，这真是很好养活的几盆植物，给点阳光给点水，就能坚强地活下去，到第二年，会开出漂亮的花。

（2）

春节前一个月，为了这年大年三十在哪里吃年夜饭，"杨教授和他的小鸟们"微信群里讨论得热火朝天。

杨教授夫妻此时已八十多岁，平时住在退休了的儿子家，别墅小楼空置许久，不适合再聚餐，所以最近几年，杨家都是去外面餐厅吃的团年饭，因为一大家子连老带小足有十五口人，去任何一个小辈家都会很挤。这一次，杨磊的建议依旧是去餐厅吃，却遇到了不同意见。

杨磊：不管去谁家，做饭都很麻烦，那么多人呢，吃完了还要洗碗，就出去吃吧。

杨晔：哥，去外头吃饭没那个气氛，今年来我们家吃吧，让章老师去借个圆桌面回来，挤挤坐得下。

杨磊：你家太小，非得在家吃的话，还不如来我这儿。

几位长辈聊过几句后，发现小辈们都没说话，杨磊就问了一句。

杨磊：@所有人，你们几只小鸟有什么想法没？

杨鹏、杨鹤、樊真、牛禹辰和章翎都没吭声，冷不丁的，蒋赟说话了。

蒋赟：舅舅，今年要不来我和翎翎家吃饭吧？我们第一次在新房过年，客厅也够大，再说翎翎怀孕了，这阵儿一直不太舒服，医生让她多休息，尽量少外出，我也不放心她去外头餐厅吃饭。

蒋赟刚发完消息，几个小辈都冒了泡，一个个回复"+1，同意"，连小杰克都发言了。杨磊立刻明白，原来几个孩子早就商量过，想去蒋赟和章翎的新房过年。

杨家现任大佬顺应民意，拍板同意。

杨磊：行！那就这么定了，今年除夕，去翎翎和小赟家吃年夜饭！

蒋赟心满意足地收起手机，回头看向正在床上休息的章翎。

章翎怀孕还未满三个月，开始有了孕吐反应，吃什么吐什么，原本就挺瘦的一个人，怀了孕竟变得更加憔悴，让蒋赟心疼坏了，每天变着法子给她做好吃的，无奈她就是没胃口。

"老婆，看消息了么？"蒋赟坐到章翎床边，把手机给她看，"大家说好了，今年过年来咱家吃年夜饭，你哪儿都不用去，可以好好休息几天。"

章翎抬眼看他，她没戴眼镜，眨巴着大眼睛问："谁来做饭啊？那得做二三十个菜吧？"

蒋赟拍拍胸："我呀！我会做，不就十几个人嘛，我是咱爸亲传弟子，绝对做得好吃。"

章翎笑眯眯地看着他，伸手捏捏他的脸："瞧你这嘚瑟样。"

蒋赟笑得特别灿烂，握住她的手贴在颊边："第一次在家过年呢，能不开心吗？再说了，我都快做爸爸了，还不许我嘚瑟一下？"

章翎"噗嗤"一声笑出来："你行了啊，悠着点，都还没满三个月呢，逢人就说你要做爸爸了，没满三个月最好不要到处说，你懂不懂的呀？"

"是吗？为什么？"蒋赟是真的不懂，"说了会有什么坏处吗？"

"没有坏处，就是显得你这人特爱瞎激动。"章翎也懒得说他了，手一指，"去帮我削个苹果来，我想吃。"

一听章翎想吃苹果，蒋赟立刻往厨房跑，不仅削了皮，还将苹果切成小块，放上叉子，屁颠屁颠地端了回来。

章翎靠坐在床头吃苹果，蒋赟一直陪着她，小心翼翼地摸摸她依旧平坦的小腹，说："小宝，你乖一点，别折腾你妈妈了，你妈妈这阵子被你搞得都吃不下饭，有你这样做孩子的吗？"

章翎听得咯咯直笑，问："老公，你想要男孩还是女孩？"

蒋赟笑得特别傻："都行。"

他想起那一天，是个清晨，他在局里熬了个通宵，正准备回家补觉，突然接到章翎的电话，说用验孕棒查出了两道杠。蒋赟反应了好一会儿才明白这意味着什么，当着一屋子同事的面蹦了起来，大声叫："我要当爸爸啦！"

对于孩子的性别，蒋赟一点想法都没有，那是他和章翎的孩子，身上流着他和章翎的血，是男是女他都喜欢。章翎曾经问过蒋赟，以后有机会要不要再回台城去看看他母亲，还有他那两个从未见过、同母异父的弟妹，蒋赟想了一会儿，摇摇头："不要了，就这样吧，我不想再去打扰他们，再说我现在挺好的，特别幸福。"

所以，从某种意义上来说，蒋赟在这世上的血亲，往后就只有章翎肚子里这个孩子了。

为了这顿年夜饭，蒋赟提前加班好多天，就为了年三十那天可以休息。

　　腊月二十九，他被叫到市局去开会，在走廊上碰到佟跃东。佟跃东已年近四十，看到蒋赟后就问："听说你要做爸爸啦？"

　　蒋赟惊讶地问："怎么连你都知道了？"

　　"能不知道么？"佟跃东大笑，"传说，西城分局的小蒋副队知道自己要做爸爸了，原地一蹦三尺高，差点没把天花板给砸个窟窿。"

　　蒋赟连连摆手："没那么夸张，那天就是挺意外的，我和我老婆刚准备要孩子，才一个月呢，就有了，我都没回过神来。"

　　两人并肩往前走，佟跃东打量着蒋赟，感到欣慰："小蒋，你还记不记得，十年前是我送你进的高考考场。那会儿我愁啊，心想这小孩将来可怎么办，这没爹没妈的，口袋里还没钱，屁股后头又跟着个通缉犯，我都怕你熬不过去。看你现在这样，我是真替你高兴。"

　　随着佟跃东的话，蒋赟也想起十年前那段岁月，他搭住佟跃东的肩，由衷地说："东哥，我都记着呢，忘不了的，真的要谢谢你，还有梁局和云姐，那会儿你们都特别照顾我。"

　　佟跃东哈哈笑，拍拍蒋赟的背："好好干吧，梁局一直很看好你。"

　　开完会，蒋赟没回分局，直接下班，开车来到市里一条餐馆林立的美食街。草花两年前在那儿盘下一家小饭馆，和女朋友小雯一起经营，做起了小老板。

　　蒋赟走进店里，小雯正在扫地，看到他就喊："赟哥你来啦，草花！赟哥来啦！"

　　"哎！就来！"草花提着大包小包从后厨跑出来，曾经的小胖子这会儿已经变成一个壮实的大小伙子，热情地喊，"赟哥，给你拜个早年哈！"

　　蒋赟失笑："你这年也拜得太早了，过几天不是约好来我家吃饭么。"

　　草花嘎嘎直乐，把那些袋子都交给蒋赟："你要的那些菜我都准备好了，有些都帮你处理过了，保证新鲜。"

　　蒋赟没时间大采购，就拜托草花帮他购买年夜饭所需的食材，足足三大包，还有两箱阳澄湖大闸蟹，个个硕大鲜活。

　　蒋赟谢过草花，把钱转给他，草花说："这些是我帮你买的，还有一些是我送给你的，你不是一直喜欢吃我爸做的酱肉吗，我跟我爸学了，现在自己也会做，店里也卖，还挺受欢迎，我给你准备了几斤。"

　　他从后厨拿出几挂酱肉，还端着一个大饭盒，"这是卤牛肉，给章翎的，今天刚做出来，新鲜！你别给她吃酱肉，那个是腌制的，孕妇吃了不好。"

　　蒋赟心里好感动，接过酱肉和牛肉，说："谢谢，我都没给你带东西，这多不好意思。"

　　草花一瞪眼："这算啥？我和你还讲究这些吗？我这都是顺手做的，章翎要是喜欢，吃完了你再来我这儿拿，牛肉有营养，我这选的都是好肉。"

　　蒋赟收下了，想起章翎还在家，准备回去，小雯说："草花，你昨天超市买的那个是不是没给赟哥？"

　　草花一拍脑袋："哎！差点忘了，赟哥你等着，还有些小东西给你。"

　　蒋赟惊讶地问："还有东西啊？"

　　他着实没想到，草花给他的是一套贴大门上的对联、横批和福字，红红火火，特别精美，草花说："你这是新房啊，才第一次在里头过年吧？必须要贴这个，吉利！"

　　蒋赟看着手里红彤彤的一叠纸，笑了："谢谢你，草花。"

　　告别草花后，蒋赟回到家，出电梯后观察了一下三户邻居家的大门，果然有两户都贴上了对联和福字。蒋赟喜滋滋地进了门，先去主卧看章翎，章翎没睡觉，正在床上玩手机，看蒋赟从抽屉里找双面胶和剪刀，问："你干吗呢？"

　　蒋赟说："贴对联，你要一起吗？"

　　章翎愉快地从床上下来，两人来到大门口，互相配合着把对联和福字都贴上了。

　　章翎念着对联和横批上的字："财源滚滚随春到，喜气洋洋伴福来，新春大吉。"

　　"草花就这个水平，俗气。"蒋赟看着那"财源滚滚"笑个不停，"他做梦都想发财呢，说也想买个新房和小雯结婚，他家里也帮不上他，都得靠他自己。"

　　章翎说："不俗气呀，挺好的，我也想发财。"

　　她看看自家大门，又去看了眼邻居家的门，抱住蒋赟的腰仰头说："真有点过年的气氛了，好看！"

　　蒋赟低头在她唇上啄了一下："那我们以后年年都贴。"

　　"嗯！"章翎把脑袋埋进了他的胸膛。

　　大年三十，蒋赟早早地就起了床，去菜场买鱼和虾，这些东西都要当天买才最新鲜。菜场里人不少，菜价也高了许多，蒋赟和一群大爷大妈挤在一起，几乎是靠抢的才抢到两斤基围虾。

　　上午，章知诚和杨晔就来了，二老还住在金秋西苑，最近一直在女儿女婿住的小区看二手房。章翎下半年就要生宝宝，需要有人照顾，杨医生打算退休后就搬来城西，以后就和女儿住同一个小区。章老师就比较可怜，他离退休还有五年，不得不过几年两边跑的日子。

　　蒋赟爱干净，把家里打扫得整洁又明亮，都不需要章知诚和杨晔再做什么。蒋赟让二老和章翎在客厅看电视，自己去厨房忙活，晚上要做二十多道菜，对他来说也是一次挑战，为此他精心列了一份菜单，贴在厨房窗玻璃上照着做。

下午，家人们陆陆续续地来了，一百二十五平方米的房子便也显得不那么大，客厅、餐厅都坐着人，小孩子叽叽喳喳，大人们吃着水果零食聊着天，电视机里播着和春晚有关的节目，蒋赟在厨房听着那些声音，心里特别踏实。

小杰克已经十五岁半，上高一，是个身高近一米八的大小伙子了，他不喜欢亲戚们再喊他"杰克"，因为觉得"杰克苏"很烦人，所以大家就叫起了他的大名儿——杨思凡。

在这个大家庭所有男性成员中，杨思凡最亲蒋赟，嘴里是叫"小姑父"，实际上是把他当大哥哥看。杨思凡在客厅坐不住，就溜去厨房找蒋赟，问："小姑父，要我帮忙吗？"

好多人都说要来帮忙，蒋赟都没让，说是前期准备阶段，他一个人就够。这会儿看到杨思凡，笑着赶他："你能帮什么忙？你会什么呀。"

"我不爱和他们聊天，你让我在这儿待一会儿吧。"小少年是这个家里唯一一个十几岁的半大孩子，每次都要被人揪着开玩笑，板着一张小酷脸赖在厨房，看蒋赟摊了一台面的食材半成品，咋舌道，"这么多菜啊？小姑父你能搞定吗？"

"小看我呢？"蒋赟笑着切菜，又递了一盘酱鸭舌给杨思凡，"当零食吃吧，这个很多，晚上还有。"

杨思凡就啃起了鸭舌，蒋赟回头看他，小伙子长得眉清目秀，穿着也时尚，一看就是学校里很受女生欢迎的那类男生，蒋赟问："期末考得好吗？"

杨思凡一愣，脸都皱了起来："小姑父，你怎么也问我这个呀？"

"我好奇嘛。"蒋赟一点也不羞于说自己当年的糗事，"我上高一那会儿全年级垫底的，你小姑姑是学霸，我想看看你有没有遗传到她们家优良的学习基因。"

杨思凡乐了："你还全年级垫底啊？这么菜。"

蒋赟很坦然："是啊，所以你呢？年级多少名？"

"第八，班里第二。"杨思凡转了转眼珠子，"我们班第一是个女生，她还是年级第一。"

蒋赟惊呼："呦，这很像我高中时的一对儿同学啊，女生年级第一，男生年级第二，后来他俩都考的清华，一块儿念的本科和研究生，现在在北京待着呢，快结婚了吧。"

"嗯？"杨思凡听着听着感到不对劲，"他俩早恋啊？"

"没有吧，上大学后才谈的。"蒋赟心思一动，瞄了小少年一眼，"什么意思？你对那个年级第一的女孩有想法？"

杨思凡脸都红了："没有！我现在才不考虑这种事呢。"

蒋赟说："这有什么？不很正常吗？我第一次见你时就和你现在差不多大，那会儿我就可喜欢你小姑姑了。"

　　杨思凡笑得肩膀直抖，眼神里透着狡黠，问："小姑父，你和我小姑姑认识这么多年了，还没烦她呀？"

　　蒋赟眼一瞪："说什么呢？哪能烦她？她可是我千辛万苦找到的媳妇儿，疼她还来不及呢。"

　　杨思凡"噗"一下笑出来，把鸭舌盘子放回桌上，大声喊："我去外头玩了，小姑姑，你来陪小姑父吧。"

　　说完，他就"咻"一下窜了出去，蒋赟回过头，发现章翎不知何时已经倚在厨房门口，正抱着手臂笑吟吟地看着他。

　　"说我什么坏话呢？"她问，一双眼睛亮晶晶的。

　　蒋赟居然有点害臊了："你什么时候过来的？还偷听。"

　　"听听你都是怎么说我的。"章翎走过去，也拿起一根鸭舌吃。

　　蒋赟手很油，不敢去碰她，只能偏头亲了亲她的额头："说的都是真心话，当你面都敢说的。"

　　杨思凡在客厅远远地看到这一幕，肉麻地别开了脑袋，章知诚敲了敲他的头："非礼勿视。"

　　杨思凡大叫："姑爷爷！你自己不看，怎么知道我在看什么呀？"

　　年夜饭的准备工作都做好后，章知诚和杨鹏进了厨房，帮蒋赟一起弄菜，章知诚还带来一大包手工饺子，让蒋赟一会儿煮给大家吃。

　　忙活了整整一个下午，年夜饭终于开席，蒋赟和章翎新家的客厅里支起一张大圆桌，十五口人挤挤挨挨围桌而坐，杨教授对蒋赟说："小赟，你先来说几句吧！"

　　"我吗？"蒋赟很惊讶，他只是小辈，开席祝福语怎么也轮不到他吧？

　　章知诚说："这是我们家的传统，在谁家过节，就由那家的主人先说几句，以前在金秋西苑不都是我说的吗？现在在你和翎翎家，当然是由你来说啦。"

　　"你和翎翎家"这五个字听得蒋赟心中涌起一股暖意，与章翎对视一眼后，他端着饮料杯站起来，看着餐桌上那一张张熟悉的脸庞，举杯道："我这还是第一次，有点紧张，外公外婆，爸爸妈妈，舅舅舅妈，还有哥哥嫂嫂，姐姐姐夫，三个小朋友，我和翎翎祝大家身体健康，工作顺利，学业进步，新春快乐！"

　　所有人都举起了酒杯，纷纷说着吉祥话，蒋赟喝了一口椰汁，坐下后轻声对身边的章翎说："老婆，新年快乐。"

　　章翎笑着与他碰杯："新年快乐，老公。"

　　一顿饭吃得热热闹闹，蒋赟的厨艺受到热烈夸奖，说他青出于蓝而胜于蓝，是几个小辈里做菜做得最好的。可怜的牛禹辰又一次被拎出来点名批评，小牛先生年过四十，依旧不会做菜，被大家取笑得连连认错，说自己一定会学做菜。

喻明芝红光满面，笑得眼睛都眯起来，拍着手说："真好呀，翎翎也快生宝宝了，明年，我们家就有十六口人啦！"

"下一个会是谁？"杨鹤环视一圈，盯上了杨思凡，"小思凡，下一个就是你咯，你要向你爸爸学习，早婚早育，咱们家就是五代同堂啦！"

杨思凡脸又红了，埋头吃菜，蒋赟补了一句："思凡应该有喜欢的女孩了吧？"

大家都问："真的吗？真的有啦？"

杨思凡耳朵红得都能滴出血来，大叫："没有啦！你们别听小姑父瞎说！"

杨鹤说："对了，我今天带单反相机和三脚架来了，一会儿我们拍个全家福吧！"

杨鹏附和："今年先在家里拍，明年，等翎翎和小赟的宝宝出生了，我们去影楼里照一个！"

"这个主意好，我们还没去影楼照过全家福呢！"杨晔说，"穿那种中式服装，大红色的，肯定很好看。"

杨教授笑得合不拢嘴："好好好，以后每年都去照一次！"

樊真说："我现在最好奇的是，小赟和翎翎的孩子会不会有一头小卷毛呀？"

大家都看向蒋赟，这些年他一直没把头发留太长，但就算是短发，也能看出是一头天然卷，蒋赟捂着脸："别了吧，卷发一点也不好看，像翎翎多好啊，我可是从小被人笑话着长大的。"

杨鹤说："凡尔赛哦，我觉得你头发挺好看的呀，多洋气，我想要还没有呢。"

蒋赟愁眉苦脸："姐……"

章翎揉了揉蒋赟的头发，托着下巴说："我也觉得挺好看，家里要是能有个小小卷毛，多好玩呀。"

西蒙和妞妞都只有六七岁，一直睁着大眼睛听大人们说话，这时候两个小家伙叽里呱啦地叫起来："我也想要一个卷头发的小妹妹！"

"不！要卷头发的小弟弟！像小姑父那样的！"

春晚节目中在给观众发红包，杨磊拿出手机说："我也来发个红包，看看谁手气最好。"

他发出一个大红包，大家立刻上微信抢，一会儿工夫红包抢完，章翎惊呼："哇！蒋赟，你是手气最佳！"

蒋赟也看到了，非常吃惊，这还是他人生中第一次抢红包手气最佳。茅医生说："这要做爸爸的人到底不一样，运气就是好。"

章翎挽住蒋赟的胳膊，笑着说："我家蒋赟向来运气好，他可是出了名的幸运小蒋。"

吃完年夜饭，大家又吃了一顿热乎乎的饺子，蒋赟拿出一把冷烟花，和章翎一起带着两个小朋友去阳台放着玩。杨思凡起初嫌幼稚，不想玩，听到阳台上弟弟妹妹们大呼小叫的声音，又走了过去，板着酷脸拿起一支烟花，自己在边上悄悄地甩着玩。

蒋赟看着他，悄声问章翎："是不是十五岁的小男孩都这么别扭的？我十五岁那会儿，也像思凡这样吗？"

章翎差点笑死："你十五岁那会儿什么样你忘了吗？别碰瓷思凡啊，人家校草来的，你那时候又黑又矮又瘦，脸上还长痘痘，只有别扭是一样的。"

"什么意思啊？"蒋赟不乐意了，搂住章翎的肩，低头咬她耳朵，"这么嫌弃我？那会儿为什么喜欢我？"

章翎推他："走开啦，我那会儿就是太傻，被你骗了。"

蒋赟低低地笑："翎翎，你还记得那天的事吗？就那个夏天，在天桥那儿。"

章翎瞪圆了眼睛："当然记得啦，人生中第一次碰到一个小流氓，印象太深刻啦。"

"我曾经很后悔做出这种蠢事儿。"蒋赟说，"不过现在，我觉得很庆幸，如果没有那件事，就算后来我们同班了，我可能都不敢主动去认识你。"

"傻子。"章翎踮起脚在他脸颊上亲了一下，也拿来一支冷烟花，蒋赟帮她点燃，她拿在手上转圈圈，蒋赟看着她的笑脸，又说了一句："翎翎，我好幸福啊。"

客厅里传来杨鹤的声音："你们放完烟花了吗？快进来拍全家福啦！"

蒋赟回头喊："来啦！"

他牵起章翎的手，带着三个孩子走回客厅。除夕的夜晚，屋外寒风刺骨，屋子里却热闹又温馨，蒋赟与章翎十指紧扣，两人亲密地依偎在一起。

时光倒转，回到十四年前的那个夏天。

七月，烈日当空，树荫下蹲着两个小少年。

十五岁的蒋赟拿着石头在地上划拉，边划边说："一会儿橙子掉下来你一定要快点捡，她肯定会追下来的，到时你就凶一点，不要还给她。"

白白胖胖的草花舔着冰棍儿，大圆脸上布满汗珠，哼哼唧唧地问："怎么样算凶啊？"

"我不是教过你么？"蒋赟斜眼看他，"你也不用多说什么，就瞪她！她要是非要你还，你就说橙子是你捡的，你捡的就归你，反正就是要横呗，耍横你总会吧？"

草花不安地瞅着他，嘟囔道："我不会，我从来不耍横。"

"这是演戏，演戏！又不是真的，你就撑一会儿就行了，我很快会从报亭里出来。"蒋赟抬头望向不远处的天桥，站起身，抹了把额头的汗，单薄的胸膛轻轻起伏着，像是在自言自语，"快了，她马上就来了，她每次都是这个点儿过天桥。"

草花吃完了一根冰棍儿，说："赞哥，我有点怕。"

蒋赞双手叉腰，一副恨铁不成钢的表情："你怕什么？人家还能吃了你啊？"

"没干过这个……"草花挠挠自己的小寸头，"我都不懂你为什么要这么做，你直接去和她说话不行吗？"

"你不懂。"蒋赞左手撸一把卷发，右手插进裤兜，自以为帅气地踢着脚下的小石子。

天桥下的报刊亭外，李照香正坐着和钟叔聊天。

蒋赞向报刊亭小跑而去，李照香看到他，脸上原本就深刻的纹路挤得越发皱，踢一下脚边的一兜橙子，问："小崽，到底要等到什么时候啊？这儿贼热啦！"

"快了。"蒋赞说，"奶奶，我教你的你都记住了吗？"

"记住了记住了。"李照香摇着头叹气，对钟叔说，"你瞧我这孙子，小小年纪就知道去找小姑娘碰瓷儿，长大了可怎么办哦！"

钟叔跷着二郎腿在抽烟，笑得露出一嘴大黄牙："这还不是您给惯的？臭小子胡作非为还您还帮他，怨得了谁？"

李照香叹气："小兔崽子求我好久，就差给我跪下了。"

蒋赞站在报刊亭的遮阳棚下，没吭声，任由奶奶和钟叔说闲话。这时，草花双手捂着肚子跑过来，表情痛苦地说："赞哥赞哥，哎呦呦我不行了，肚子疼，我想拉大号！"

蒋赞一脸无语地看着他："谁叫你连吃两根冰棍儿的？！"

草花已经冲到钟叔面前："钟叔钟叔，你有纸吗？"

钟叔笑个不停，抽了几张草纸塞给他，草花转身要跑，蒋赞大声喊："你快点儿啊！章翎马上就要来了！"

"知道了知道了。"草花佝着背、夹着腿，一溜烟儿地往公厕跑去。

蒋赞又一次望向天桥，随着时间越来越近，他的心也越跳越快。

大小车辆在报刊亭前的大马路上穿梭不停，骑电动车的人个个全副武装，就为了挡住那能把人烤化了的骄阳。

一切都是明晃晃的，晃得蒋赞眯起了眼睛，视线始终停留在天桥对面。时间一分一秒地过去，草花还没回来，蒋赞开始焦躁，李照香好笑地瞅着他，依旧和钟叔有一搭没一搭地聊着天。

突然，蒋赞眼睛一亮，整个人原地蹦了一下，抓住奶奶的胳膊说："奶奶，她来了她来了！"

"呦，那怎么办呀？草花还没回来呢。"李照香手搭凉棚往天桥对面张望，就看到一个穿裙子的小姑娘正在上天桥。

蒋赞紧抿着唇，眼睛定定地看着那头，像是下定决心般地开口："不管了，奶奶，你去吧！"

李照香慢吞吞地起了身，拎起那兜橙子问："那我真去啦？"

"去吧。"蒋赟最后一次提醒她，"奶奶，一会儿不管发生什么事，你都别说认识我，记住了吗？"

"知道啦，你个讨债鬼。"李照香提着一兜橙子就向天桥的楼梯走去，而在天桥的这一头，蒋赟躲在暗处，视线再也离不开那个远远走来的女孩。

六年了，他想认识她，想了解她，想和她做好朋友，想和她说说话。

那是一种在当时无比迫切、无比汹涌的渴望，胜过尊严，胜过生命。

十五岁的蒋赟遥望着十五岁的章翎，终于下定决心，向她奔去。

番外四

———— ◈ ————

一点点的爱

（1）

李书墨拎着一个环保袋在街上溜达。

炎热的夏天，室外近四十度的高温，烈日晒得李书墨浑身是汗，又饿又渴，垂着脑袋走得有气无力。他看到一个垃圾桶，过去翻拣，挑出饮料瓶和易拉罐，拧掉盖子很熟练地踩扁，丢到环保袋里。

前面有一家双门面小餐馆，名叫胖嫂小吃，李书墨站在门口张望了一会儿，下午一点多，用餐高峰已过，店里只坐着三桌客人。几分钟后，其中一桌客人吃完离开，李书墨立刻走进，来到离开的客人坐过的餐桌边。看到桌上的菜盘子里还剩着不少菜，一品锅米饭也没吃完，李书墨很开心，直接把一品锅给抱过来，不客气地坐在餐桌边，拿起筷子就着剩菜吃米饭。

店里的服务员大姐似乎认识他，走过来揉揉他脑袋，小声说："赶紧吃，一会儿被老板看见又要骂你了。"

李书墨吃得腮帮子鼓鼓的，"胖姨不会骂我的。"

"你胖姨不在，她老公在。"服务员大姐催他，"吃快点，吃完了我还要收盘子。"

李书墨便狼吞虎咽起来，可是饭菜太干，他又渴，就抱着一品锅瓷碗去饮水机边想倒点白水拌拌。正在接水时，老板胖哥从内厨走出来，看到他后大吼一声："谁让你喝水的？！"

李书墨吓一跳，瓷碗很大，他右手拧着出水开关，左手端着碗本来就吃力，被这一吼直接手滑，大瓷碗摔到地上，噼里啪啦碎成几大块。

"啪！"胖哥的大肉巴掌扇到李书墨的后脑勺上，把他打得两眼冒金星，一屁股坐到地上，右手撑地时不小心压到瓷碗碎片，手掌传来一阵刺痛，他忍不住"嘶"

了一声。

胖哥挺着大肚子指着他怒骂："你个小王八蛋是故意的吧？碗不要钱的呀？赶紧给我收拾，收拾完了滚！以后不准再进来！"他瞪着铜铃般的眼睛又指服务员大姐，"还有你！你再敢放他进来也给老子滚！老子是开店的！不是开救济站的！"

服务员大姐也是暴脾气，对着胖哥叫道："胖姐都乐意给这娃娃吃饭，就你不乐意！一个孩子吃点儿剩饭能吃垮你呀？一个男人白长这么多肥肉！心眼儿比针尖都小！要不是看在胖姐的面上老娘早就不干了！"

胖哥扬起巴掌似乎要打她，服务员大姐腰一叉，胸一挺，"你敢碰我一根手指头，我就报警！"

饭馆里剩下的两桌客人中的一桌，有个小年轻站起来，指着胖哥厉声喝道："行了啊！把手放下！打完孩子还想打女人啊？我们可都是证人！"

李书墨坐在地上回头望去，那桌有五个客人，都是男的，站着的那个很年轻，李书墨的注意力却在另一个坐着的男人身上。因为其余人都在看胖哥，只有那个男人在盯着他看，目光深沉威严。

李书墨收回视线，偷偷地看自己的右手掌，掌心划破了，血正在渗出来，他把手掌按在肚子上抹两下，挺疼的。

胖哥不敢再打人，嘴巴却不饶人，依旧骂骂咧咧，服务员大姐也不退让，勇敢地与他互喷，饭馆里顿时污言秽语不绝于耳。另一桌客人听不下去，赶紧结账走人，转眼就只剩下那帮忙出声的一桌男人。

李书墨一骨碌爬起来，拉住服务员大姐，"大姨大姨，你们别吵了，我把碗收拾了就走。"

他从墙角拿来簸箕和扫帚，蹲下来用手捡起大块碎片往簸箕里放，右掌心的鲜血滴在白色瓷片上，看着触目惊心，他却毫无反应。李书墨可惜那些还没来得及吃完的米饭，都沾了灰，后悔自己为啥要来接水。

这时，有人拍拍他的肩，李书墨回过头，就看到一个陌生男人正蹲在他身边，就是刚才在看他的那一个。男人的头发剪得很短，发色和眼睛的颜色有点浅，鼻梁高，眼窝深，五官英挺，有那么点儿像外国人。李书墨的眼神里满是戒备，男人一笑，说："你受伤了，手给我看看。"

李书墨右手攥成拳，不给他看，男人干脆拽着他的胳膊把他拉起来，说："别收拾了，先把手弄一下。"

李书墨这才发现，这男人长得很高大，一身黑衣黑裤，抓着他就像抓着一只小鸡崽。

男人也不容李书墨拒绝，直接把他带到餐桌边，按着肩膀让他坐下，对其余四个男人说："你们先回局里，我来买单，我陪这孩子吃个饭。"

其余四人已经吃完，利索地起身，纷纷说："蒋队，那我们先走啦。"

蒋赟带着几个同事外出办事，办完了顺道来这小饭馆吃饭。从这小男孩走进来，蒋赟就注意到他了，注意到他瘦小的个头，黝黑的皮肤，身上破了洞的 T 恤衫，还有脚边那只装满饮料瓶的环保袋。

胖哥和服务员大姐终于结束争吵，胖哥气呼呼地回后厨，大姐一边嘀咕，一边把地上的碎片收拾干净，就去忙别的了，摆着十几张桌子的餐馆里顿时只剩下蒋赟和李书墨两人。

李书墨局促不安地坐在桌边，蒋赟从包里掏出消毒湿纸巾和创可贴，向小男孩伸手，"手给我。"

李书墨没再逞强，乖乖把右手递给他。蒋赟拿着湿纸巾帮他擦拭掌心，看小男孩皱起眉头，问："疼吗？"

小男孩摇摇头，蒋赟又给他贴上两张创可贴，说："指甲这么长，该剪了。"

李书墨把手收回来，低头看，指甲的确很长了，还很黑，顿时就感到难为情。蒋赟观察着这小男孩，长得虎头虎脑的，头发剪得很毛糙，黑黝黝的脸上有一双黑白分明的大眼睛，问："你叫什么名字？几岁了？"

小男孩没回答，蒋赟笑了，"别紧张，我不是坏人，我姓蒋，你可以叫我蒋叔叔。你吃饱没？没吃饱的话再吃点儿？"

李书墨终于开口了，还是稚嫩的童音，"老师教了，不能吃陌生人给的东西。"

蒋赟指指被服务员大姐收拾过的另一张餐桌，"那你刚才还吃别人剩下的饭菜？"

李书墨认真地说："他们走了呀，那是他们不要了的。"

蒋赟看看桌上，菜还剩一些，米饭都吃完了，问："你想吃面条还是米饭？想吃面条的话我给你点碗面。"

李书墨摸摸自己瘪瘪的小肚子，咽了口口水，轻声说："米饭。"

蒋赟对服务员大姐喊："你好，再炒个蛋炒饭，多加个蛋，谢谢。"

李书墨也在偷偷观察蒋赟，蒋赟知道，却不说破。一会儿蛋炒饭上来了，热腾腾的冒着香气，李书墨口水都要流出来，蒋赟把筷子塞进他手里，"吃吧，我看你也没吃饱。"

美食当前，老师的教诲被李书墨丢到脑后，拿起筷子就大口大口往嘴里扒饭。蒋赟又要了一瓶冰芬达，插好吸管放到他手边，劝他，"慢点吃，小心烫，没人和你抢。"

李书墨渴极了，咕嘟咕嘟喝掉半瓶芬达，忍不住打了个嗝，蒋赟低低地笑，李书墨又开始埋头扒饭。干掉大半盘饭后，李书墨吃饭的速度渐渐慢下来，蒋赟才又一次问他："现在能告诉我你叫什么名字了吗？"

李书墨从餐盘上抬起头，"李书墨，木子李，书本的书，墨水的墨。"

蒋赟笑，"哟，你这名字一听就是个文化人啊。"

李书墨也笑了，咧开嘴，大门牙左右两边还是俩窟窿——牙没长出来。蒋赟心里有数了，问："你是八岁还是九岁？"

李书墨说："快九岁了。"

"开学上几年级？"

李书墨变得有问必答，"三年级。"

"在哪个小学上学？"

"向岚二小。"

"是吗？"蒋赟很意外，"你和我儿子一个小学啊？"

听到这句话，李书墨不吭声了，眼神黯淡下来，又把脸往餐盘里埋。蒋赟看着他毛毛糙糙的后脑勺，细细的小脖子、小胳膊，心里多少有了点数。这小男孩身高还不到一米三，比蒋恪恒高不了多少，蒋恪恒才六岁多，开学了上小学一年级。

一通奋斗，李书墨把一盘蛋炒饭全吃完了，又喝掉冰芬达，满足地抹抹嘴，说："蒋叔叔，谢谢你请我吃饭。"

蒋赟觉得有趣，这小孩倒是比他小时候要懂礼貌。

买完单，两人一起走出餐馆，看李书墨宝贝似的抱着环保袋，蒋赟问："为什么要捡饮料瓶？"

李书墨觉得好奇怪，"卖钱啊。"

"我知道卖钱，我是说……"蒋赟摸摸他的脑袋瓜，"你家里，很困难吗？"

李书墨仰头看着他，很少有人问他这样的问题，因为答案是显而易见的。很多人对他态度冷漠，有些甚至像胖老板那样对他又打又骂，胖姨愿意给他饭吃，他已经很感激。而这个蒋叔叔和胖姨又不一样，李书墨待在他身边，不知道为什么，竟体会到一种被关爱的滋味。

他还小，不明白这其实就是一种善意。

看李书墨没回答，蒋赟又问："你家住哪儿？"

这家饭馆就在科创城，离西城区公安分局不远。科创城是新城，全是新楼盘，连九十年代造的老小区都没有，更不会有袁家村那样的城中村。蒋赟看李书墨的穿着，不觉得他和家人能有条件在科创城租房子，但他又在向岚二小上学，所以蒋赟对于他的住处也是很好奇。

"我……我家……"李书墨答不上来了，汗珠都从额头滚下来，小小声地说，"蒋叔叔，我要回家了，今天谢谢你，再见。"

说完，他抱着环保袋就一溜烟地跑了，蒋赟看着他小小的背影，没去追他。小男孩还不信任他，这很正常，艰辛长大的孩子不会在面对一丝丝善意时就立刻敞开心扉，竹筒倒豆似的把什么话都告诉对方。

晚上，蒋赟下班后回到家，章翎还没回来，杨晔在客厅看电视，章知诚陪着蒋恪恒在下军棋。一老一小的眼睛都盯着棋盘，全神贯注，对于蒋赟的进门毫无反应，杨晔倒是回头喊："小赟，回来啦？"

"回来了，妈。"蒋赟这年已经三十五岁，儿子都快上学了，杨晔吃不消再当着外孙的面喊他"小卷毛"，就跟着丈夫一起喊"小赟"。

被"小赟小赟"地叫着，蒋赟感觉自己越活越小了，像个小朋友似的，内心深处又觉得很温暖。

杨晔起身过来，问："吃饭了吗？要不要给你把饭热热？"

"我自己来吧，或者等翎翎回来一起吃。"蒋赟看看时间，"她也快回来了。"

"等你爸这盘棋下完，我俩就走了，回去洗澡睡觉。"杨晔看向那依旧在埋头大战的爷孙二人，"壮壮好聪明啊，再下去你爸下棋都要下不过他啦。"

蒋赟笑，"那是随的翎翎，肯定不是随我。"

章老师和杨医生此时都已年过六旬，几年前在章翎和蒋赟住的小区里全款买了一套八十九平方米的小三居，单价是贵了点，好处就是离女儿家非常近，上楼下楼步行三分钟就能走到对方的楼宇。

章翎和蒋赟拿房后的那年秋天举行了婚礼，第二年蒋恪恒就出生了，杨医生刚退休不久，婉拒医院的返聘，来到女儿家帮忙带孩子。后来章老师六十岁退休，把金秋西苑的房子租掉，一起搬来科创城，老两口就过起旅游、带娃、养花、钓鱼的美好退休生活。

一盘军棋终于下完，章老师宝刀不老，最终取得胜利。蒋恪恒输了棋，有点沮丧，这时候才抬头看见老爸，"爸爸！你回来啦？"

"我回来都快半小时了。"蒋赟走过去捏捏儿子的脸，"今天有没有惹外公外婆不高兴？"

"没有！"蒋恪恒还没说话呢，章知诚先开口了，"我们壮壮很乖的，上午看书做作业，下午去游泳，一下手机都没玩哦！"

蒋恪恒慌得直瞅老爸，蒋赟大笑，"爸，您这是此地无银三百两吧？"

章知诚也笑起来，"哎呀，现在的小孩和你们小的时候不一样，他就稍微玩了半小时手机，我们都看着的。"

正说着话，开门声响了，章翎背着包走进来，"我回来啦！"

"妈妈！"蒋恪恒向着章翎跑过去。

章翎接住他，揽着儿子的小肩膀往沙发走。母子两个长得很像，蒋恪恒也有白皙的皮肤、乌黑的头发和眼睛，只在眉眼间有一点点像蒋赟，鼻子挺高的，是一个眉清目秀、活泼开朗的小男孩。

他没出生时，大家都在猜小朋友会不会遗传到蒋赟的卷毛，生出来后看到他一头黑发，亲戚们还很遗憾，只有蒋赟最高兴，他一点也不觉得卷毛好看。

那时候，小夫妻并肩看着童床里熟睡的小婴儿，章翎抱着蒋赟的胳膊说："这样也好，你就是我们家唯一的小卷毛了，没人和你抢这个名字。"

蒋赟便转头去亲吻她，心里觉得儿子像章翎，多好啊！最好什么都像她，情商智商各种商，还有才艺和性格，千万别随了他的狗脾气。

章翎给小朋友取名叫蒋恪恒，恪，是谨慎而恭敬，恒，即恒心，持之以恒，都是美好品质，是夫妻两个对儿子将来为人的期望。

不过，蒋赟对"蒋章蒋状"还是念念不忘，于是大家就依了他，给蒋恪恒取小名叫"壮壮"。

章翎到家后，章知诚和杨晔就回去休息了。蒋赟去热菜，蒋恪恒在沙发上缠着章翎说话，叽里咕噜地说着这一天他都干了些啥。这是家里的传统，章老师和杨医生始终鼓励家人间要多多地聆听、倾诉与沟通。

蒋赟热完饭菜端去餐桌，看到母子两个还在聊，叫他们："翎翎，先吃饭吧，壮壮你要说到餐桌上来说。"

章翎就和儿子一起过来，三人在餐桌边坐下，蒋恪恒把鸡毛蒜皮的事儿汇报完毕后，章翎看向蒋赟，"蒋队呢？今天忙了些什么？"

蒋赟端着饭碗正往嘴里扒饭，听到这个问题后，想了想，说："我今天，碰到一个小男孩。"

他对妻子和儿子说了下午发生的事，蒋恪恒听得很认真，还童言无忌地发问："他为什么要去吃别人剩下的饭？"

章翎说："因为他肚子饿了，可是没有钱。"

"他为什么会没有钱？"蒋恪恒对钱还没概念，"他的爸爸妈妈不给他饭吃吗？他的爸爸妈妈也没有钱吗？"

蒋赟说："爸爸不知道那个小朋友家里的情况，他没告诉我。"

章翎摸摸儿子的小脑袋，"壮壮，不是每个小朋友都能吃饱饭的，所以爸爸妈妈才会教你不能浪费食物。你看，你想吃什么都能吃到，却有小朋友饿着肚子，只能去吃别人剩下的饭菜。"

蒋恪恒大声说："我没有浪费食物啊！我每次吃饭都是第一名，全部都吃光哒！"

章翎冲他竖起大拇指，"非常棒，这点很像你爸爸。"

捧着小饭碗的蒋队长莫名地有些委屈，他已经不用大海碗吃饭了，年龄上来后，他也体会到新陈代谢减慢带来的"副作用"，如果敞开肚子吃饭，他真的会长胖，就像警局里那些大腹便便的老警察一样。

意识到这一点后，蒋赟开始控制食量，并且坚持健身，几年来身材依旧维持得不错，被年轻的女警们称为西城分局局草。

一直到入睡前，蒋赟都还在想李书墨，脑海里总是会浮现那个场景。刺眼的阳光下，小男孩满头大汗，抱着环保袋站在他面前，目光平静地与他对视。

那一刻，蒋赟仿佛看到多年前的自己。

"还在想那个小朋友吗？"章翎的声音响在耳畔，蒋赟回过神来，转头看向她，"嗯"了一声。

章翎依偎在他怀里，他伸臂将她搂得很紧，低声说："好日子过久了，突然看到这样一个孩子，就觉得……很难过。"

"他和壮壮是一个小学的，你可以找到他。"

听到妻子的话，蒋赟没作声，章翎也不再说话，手指在他胸膛上画圈圈。天气太热，蒋赟习惯裸着上身睡觉，身材依旧结实有型。章翎的手指戳戳他富有弹性的胸肌，蒋赟被她闹得笑出声来，捉住她的手问："上一天班，不累啊？"

章翎抬眸看他，眼神贼贼的，"蒋队累了？"

"开玩笑。"蒋赟的手也往她腰上移去，指尖故意很轻柔地去挠她皮肤，每挠一下，章翎就跟过电似的微微一颤，嘴里嘤咛出声。蒋赟很满意她的反应，唇角笑意浮现，忍不住在她颊边落下一吻。

她依旧是那个会令他心动的姑娘，不管工作中遇到多危险的境况，多穷凶极恶的歹徒，蒋赟都能冷静地处理决断。因为他知道，他必须要回家，家里有父母孩子，还有最令他牵挂的她。

台灯的光线被拧到最暗，柔软又宽阔的大床上，两道人影开始起伏纠缠……很久后，章翎疲惫又满足地睡着了，蒋赟缓了缓呼吸，穿上衣裤走出房间。

这套房子里所有的家具家电都是他和章翎一起挑选的，这么多年了，他依旧记得当时为什么会选那组沙发，为什么会挑那张餐桌，那是极致幸福的时光。当家具电器被一样样搬进屋子、由工人组装起来后，蒋赟时不时地就会过来看看。

他一个人坐在客厅沙发上，眼睛四处看，一边看一边笑，笑得停不下来。哪怕是七年后的现在，穿过客厅，静悄悄地走进儿童房，他依旧能感受到那种发自肺腑的温暖与安心。

儿童床上，蒋恪恒的睡姿很豪放，手脚乱摊，被子都被踢开了。蒋赟帮儿子盖好被子，又把空调温度打高一度，才在床沿坐下，仔细看儿子的睡脸。

蒋恪恒无疑是一个幸福的小朋友，就像章翎一样，出生在一个充满爱的家庭，像爸爸一样热爱体育运动，也遗传到妈妈的音乐细胞，小小年纪就开始学钢琴，对于枯燥的基础练习一点都不排斥。

外公教他下棋，外婆陪他阅读，每一年，蒋赟和章翎都会在暑假时休假几天，带上二老和儿子一起出去长途旅行。他们去过西安看兵马俑，也去广州玩过长隆乐园，去泰国出海潜水，还去成都看过大熊猫……蒋恪恒的童年生活过得丰富多彩，在幼儿园里人缘非常好，过生日时能收到很多礼物，也经常和好朋友们一起出去吃饭玩耍。

他的成长轨迹大概会像章翎一样，顺风顺水，品学兼优。蒋赟欣慰儿子不用吃他曾经吃过的苦，只要父母妻儿平安健康，他再怎么辛苦都值了。

但这一天，在见到李书墨后，蒋赟内心深处藏着的一些东西又翻涌起来。

都是孩子，蒋恪恒过得那么幸福，李书墨为什么连喝口水都要被人殴打？他还没满九岁，到底做错了什么？

蒋赟不禁问自己，小时候，他又做错了什么？

九月初，向岚二小新学期开学，蒋恪恒背上新书包走进校园，开始他漫长的求学生活。

每天早上，蒋赟只要不值班就最早起床，帮妻儿做好早餐，送儿子去上学，再去局里上班。章翎不用那么早去公司，他想让她多睡一会儿。

小学一年级新生下午三点半放学，章知诚和杨晔会一起去接外孙，顺便买些菜，回家后章知诚给外孙弄点儿水果点心吃，接着蒋恪恒自己做作业，章知诚去弄晚饭，并把女儿女婿的量一起做进去。

蒋赟和章翎也不是天天都会晚归，有时候一家五口还能一起吃晚饭，日子就这么一天天地过，碰到蒋赟轮休，接孩子放学自然由他来。

九月中旬的一天，秋老虎还在肆虐，蒋赟算好时间走出家门，第一次混在向岚二小校门口等接孩子放学的家长堆里，眼睛盯着校门看。三点半，一年级小朋友先放学，一支支队伍走出来，蒋赟很快就看到蒋恪恒，小家伙排在队伍后段，正和小伙伴说说笑笑。

他向儿子招手，"壮壮！"

蒋恪恒看到他后眼睛一亮，人都跳起来，"爸爸！"

他冲老爸跑来，仰着脸笑得好开心，"今天怎么是你来接我呀？"

蒋赟接过他的饭袋子，说："今天爸爸休息。"

一年级几个班都放完了，三点四十分，二年级的队伍开始出校门，蒋赟看向大门，蒋恪恒牵住他的手，不解地问："爸爸，不回家吗？"

蒋赟低头看他，说："爸爸想找找上次说过的那个小朋友，咱们一起等会儿，好吗？"

"李书墨！"蒋恪恒还记得这个名字，"好啊，我和你一起等。"

三点五十分，三年级放学了，孩子们的个头明显高了许多，蒋赟盯着每支队伍，在里面搜索那个黝黑瘦小的身影。

学校规定一至三年级的孩子必须有家长接放学，四年级以后才能自己回家。蒋赟看到队伍出校门后，每个孩子都被家长领走，只有几个家长迟到的孩子就坐在校门内一排塑料凳子上等待。

然后，他就看到了李书墨。他和暑假时一个样，剪一头毛毛糙糙的头发，穿一身带破洞的 T 恤衫，背着书包拎着饭袋，低垂着脑袋混在队伍里。校门外有轮值的家长帮忙站岗，看到李书墨独自离开，立刻叫住他，"这个小朋友，你的家长呢？没人接不能走哦。"

李书墨回头看过去，保安大叔说话了，"让他走吧，他没人接的。"

有两个小男孩像是李书墨的同班同学，跟在父母身边与他走得很近，两个男孩边走边打闹，其中一个不小心撞到李书墨身上，把他撞得一个趔趄，饭袋都掉在地上。男孩的爸爸对儿子说："你怎么走路的？赶紧和同学道歉。"

男孩却对李书墨做了个鬼脸，对爸爸说："他就是李书墨！"

男孩爸爸一怔，把儿子拉过去一些，"走了走了，你好好走路，不是和你说过吗，别乱交朋友。"

"他才不是我朋友！"

"那你撞他干什么？"

对话声越来越远，李书墨呆呆地站着，等到那些人走远了才捡起饭袋，拍掉上面的灰。他刚要离开，就听到有人叫他，"李书墨。"

李书墨抬起头，看到不远处站着的高大男人和他身边的小男孩，大眼睛眨了几下，喃喃出声，"蒋叔叔？"

蒋赟牵着蒋恪恒走到他面前，给两个小男孩互相介绍："壮壮，这就是爸爸和你说过的李书墨哥哥。李书墨，这是我儿子蒋恪恒，小名壮壮。"

李书墨还在发愣，蒋恪恒却对他笑开了，"李书墨哥哥，你好！"

李书墨不知道该说什么，看到蒋赟和蒋恪恒大手牵小手，他的眼睫颤了一下，移开视线说："蒋叔叔，我要回家了。"

"你家住哪儿？"蒋赟看看四周，"没人来接你吗？"

李书墨的脑袋又开始出汗，显得格外紧张，"我自己能回家的，我家不远。"

蒋赟突然扯开话题，"今天很热，你要吃冰棍吗？"

李书墨还没回答，蒋恪恒已经蹦起来，"要！我要吃巧克力味的！"

校门口的小超市在放学后特别热闹，很多高年级小孩过来买吃的，蒋恪恒拉着李书墨挤在冰柜前，两颗脑袋凑在一起往冰柜里看。

"书墨哥哥你吃哪个？"蒋恪恒伸着小手指指点点，"这种好吃，那种也好吃。"

李书墨一个夏天没吃过冰棍儿，看着那些五颜六色的包装，完全闹不明白。他回头瞅瞅蒋赟，蒋赟正双手插兜在等他们挑选，还笑着说："想吃哪种就拿，挑不好就和壮壮买一样的。"

蒋恪恒挑了一个巧克力蛋筒，李书墨有文化，去看对应的标价——八块钱，把他吓坏了，最后犹豫着拿了一根麻酱棒冰，好像只要两块。蒋赟什么都没说，去收银台付钱，并帮儿子把蛋筒的纸包装拆掉，又问李书墨："要我帮忙吗？"

李书墨摇摇头，小心翼翼地拆掉麻酱棒冰的包装纸，先用舌头舔舔，哇！好冰，好甜，这才小小咬下一口，大眼睛一撩，又不安地看向蒋赟。

蒋赟装作什么都不知道，带着两个小男孩走出超市，对李书墨说："走吧，我送你回家。"

举着棒冰的李书墨傻眼了，不知该怎么拒绝，蒋赟不由分说拍拍他的脑袋瓜，"你带路。"

"我……"李书墨急得不知如何是好，"不要了，我可以自己回家的。"

蒋赟干脆蹲下来与他对视，"书墨。"

他没再连名带姓地叫他，而是很诚恳地注视着他的眼睛，"我知道你可能过得不好，所以才想去你家看看，相信我，我不会笑话你的，壮壮也不会。"

李书墨定定地看着蒋赟，又看向身边的蒋恪恒，他正在舔蛋筒，吃得嘴巴边上都是巧克力。他穿着干净又漂亮的衣服裤子，脚上是一双洋气的运动鞋，李书墨低头看自己，从头到脚都旧巴巴的，全是别人不要了的衣服。

（2）

李书墨妥协了，答应带蒋赟回家。

他不知道蒋赟想做什么，不过能感觉到这个蒋叔叔没有恶意，两次见面，蒋叔叔都对他很好。家里出事以后，他几乎没碰到过这样的人，会让他想起爸爸。尽管对于父母的记忆已经越来越淡，他还是会很努力地去回想，他不想忘记他们。

一路上，蒋恪恒走在李书墨身边，叽叽喳喳地对他说话。李书墨没怎么搭理他，大点的孩子都不怎么喜欢和小孩玩，何况李书墨本来也没朋友，不知道要怎么和蒋恪恒来往。

蒋恪恒唱了一通独角戏后感受到李书墨的冷淡，很有些委屈，走回爸爸身边小声吐槽，"爸爸，书墨哥哥不理我。"

蒋赟看着前面小男孩单薄的背影，安慰儿子，"那是因为书墨哥哥和你还不熟，而且你话也太多了，稍微安静会儿。"

蒋恪恒垮起一张小狗脸，"哦。"

蒋赟猜测过李书墨的住处，可能是住在群租房，可能是住在某个工地宿舍，就是没想过，他居然住在一个街区公园的公共厕所里。

那个公厕其实造得很漂亮，装修现代，打扫得也干净，那再怎么说公厕就是公厕。蒋赟站在公厕门口，看着李书墨拿钥匙打开一扇门，回头说："蒋叔叔，这就是我家。"

那其实是一间公厕管理员的工作间，放着一些拖把、清洗剂、手套抹布等工具，只有六七平方米大，带一扇窗，里面有一张高低铺，还有一张桌子和一个柜子，地上有电饭煲和电磁炉，角角落落全是纸箱，东西摆得根本落不下脚。

高低铺上下床都有草席、枕头和被子，看到这样一张床和这样的一个房间，再看向那个静静站着的小男孩，蒋赟有些撑不住了，问："你和谁一起住？"

李书墨说："爷爷奶奶。"

"他们人呢？"

"去打扫卫生了。"李书墨仰着小脑袋认真回答，"他们是环卫工，这个厕所也归他们打扫，房间就能免费住。"

蒋恪恒一直没出声，眼睛瞪得很大，紧紧牵着爸爸的手站在房门口。李书墨垂下眼眸，"对不起，蒋叔叔，我家没有地方坐的。"

"没事。"蒋赟揉揉他的脑袋，还是问出心中的疑问，"书墨，你的爸爸妈妈呢？"

李书墨沉默了，走进屋里，摘下书包丢到下铺，出来后才回答："死了。"

蒋赟还没继续问，小男孩又说了下去，神情很淡，都不像一个孩子，"煤气中毒死的。"

李书墨的爷爷奶奶不在，蒋赟没能和他们进行沟通，也不忍心去问一个孩子究竟发生了什么。他有想过给李书墨留一点钱，思考后，还是没有这么做。蒋赟比谁都懂，李书墨缺钱，但最缺的并不是钱。

那双明亮的大眼睛里刻着与他年龄不符的哀伤，瘦小的肩膀微微垮着，看向蒋赟的眼神几乎令他心碎。

蒋赟不知道李书墨想要的东西，他是否能给得起，那很沉重，也很神圣。蒋赟自认是个凡人，没那么伟大，他见多了稀奇古怪的案件，在工作中不会再感情用事，习惯客观冷静地对待案情，可是看着面前的小男孩，他真的，冷静不下来。

他不想让这个孩子产生希望又陷入绝望，就像很多年前的那个中秋夜，他盯着手机等待许久，鼓足勇气发出一条"中秋快乐"，最后却只得到对方一个问题：你是不是钱不够用？

在这样的时刻，蒋赟特别特别想念章翎，他不动声色地向李书墨道别。蒋恪恒自从看到那间厕所边的房子后，整个人就是蒙的。蒋赟让儿子和李书墨说再见，蒋恪恒躲在他身边，小声说："书墨哥哥再见。"

"再见。"李书墨浅浅地笑着，挥挥手，靠在门框边目送他们离开。

这一趟来回，蒋恪恒幼小的世界观受到极大震撼，回到家做作业时都还蒙蒙的。

蒋赟在厨房做饭，心里也在想着那个小男孩。

其实，李书墨和他小时候不一样。如果是小时候的蒋赟，遭受胖老板那样的辱骂殴打，必定会扑上去反抗，就算以卵击石也不怕。可是李书墨没有，他一直都很平静，被打被骂，手划破出血，他都没有特别的反应，面对蒋赟时还很有礼貌，是一个习惯把心事都藏着的小孩。

深夜，蒋赟把这一切都告诉章翎，抱着她柔软的身体絮絮地诉说着，末了，他说出心里话，"翎翎，我想帮帮他，不是光给钱的那种帮。"

章翎的手掌轻抚他的后背，曾经瘦成竹竿样的少年如今已长成一个高大沉稳的男人，但她明白，幼年时的经历其实一直梗在他心里，令他无法对李书墨这样的孩子无动于衷。

"帮吧，别有顾虑。"章翎的声音像是有魔力，可以抚慰蒋赟内心所有的不安和恐惧，他将她抱得更紧，听到她说，"做你想做的事，我会支持你，咱爸妈也都会支持你。"

有了妻子的支持，蒋赟不再有压力，抽空去了一趟学校，找到李书墨的班主任，向她打听孩子的情况。班主任说，李书墨一年级入学时父母就已经去世了，她问过李书墨的爷爷，李爷爷说儿子儿媳都是大学生，外省人，毕业后在科创城的私企工作，户口也都落在钱塘。

小两口恩爱又勤奋，一直计划着攒钱买房，可是在李书墨五岁那年，因为出租屋房东安装的燃气热水器管道老化，导致小夫妻在洗澡时不慎煤气中毒，双双去世。那阵子刚巧是夏天，李书墨去乡下爷爷奶奶家过暑假，才幸免于难。

那场事故还遗留下一个官司，法院判决房东负百分之六十的责任，需赔偿三十多万，但房东说自己好好的房子被搞成凶宅，损失更大，拒不赔偿。李爷爷老两口无人求助，这个官司拖了好几年，他们也只拿到五万块钱。

蒋赟听完后，又向班主任问起李书墨平时的成绩和表现。年轻的女班主任犹豫好久，说："成绩一般，算不上好，但也没吊车尾，考试基本都是八十多分吧，至于表现……"她叹口气，"他在班里不怎么说话，我知道有一些同学会排挤他。我试着在班会课上引导大家不能欺负同学，可是这个年龄的孩子懂得很多。他们都知道李书墨家经济条件很差，还没有父母，都不喜欢和他玩，有些人回家后还会对爸爸妈妈讲，我猜啊，绝大多数家长都会教孩子不要和他来往。我每次安排座位，不管安排谁和他同桌，对方家长都会来找我，说不希望孩子和李书墨同桌，怕被他影响。我也很难做，后来实在没办法了，我就让李书墨单坐，就坐在第一排靠窗的位子。"

蒋赟皱眉，"他现在没有同桌？"

"没有。"班主任摇头，神情愧疚，"二年级开始就没有同桌了，我实在是没办法。"

蒋赟给班主任留下手机号码，"如果李书墨有什么事，你可以给我打电话。"

离开学校，蒋赟又去了李书墨住的那间公厕，远远地就看到一个五六十岁、穿橙色环卫工制服的小老太太在拖把槽里洗拖把，他想，那应该是李书墨的奶奶。

蒋赟和李奶奶聊了几句，说自己是李书墨同学的家长，给她留下五百块钱，让她给孩子买点水果和牛奶，最后又问李奶奶要来那起案子的判决文件，仔细看过后，蒋赟说会帮他们去跟进一下。

回到局里后，蒋赟就给在西城区法院工作的一个朋友打了个电话。

又是一个放学日，周五下午，李书墨走出校门时再一次见到蒋赟和蒋恪恒，小男孩仰着脑袋看向蒋赟，目光里满是不解。蒋赟冲他笑，"书墨，要不要去我们家玩？明天休息，我和你爷爷说过了，晚上你可以在我们家吃饭。"

李书墨脚踩棉花似的跟着蒋赟回家，先去买菜，再走进那个高档的住宅小区，坐电梯上楼。一路上蒋恪恒不停地和他说话，李书墨都傻呆呆的，想不明白事情为什么会变成这样。

蒋赟打开家里的门，蒋恪恒先溜进去，李书墨却站在门外不动，蒋赟回头喊："书墨，进来吧。"

李书墨忐忑不安地走进门，蒋恪恒已经帮他拿来一双拖鞋。李书墨脱掉鞋子才发现自己右脚袜子上破了个洞，大脚趾都露了出来，他动动脚趾，小脸红得能滴血。蒋赟揉揉他脑袋，"没事，我小时候也都穿的破袜子。"

李书墨穿上拖鞋，蒋赟对蒋恪恒说："壮壮，你带书墨哥哥洗个手，先陪他参观一下我们家，爸爸给你们弄点水果吃。"

两个小男孩摘下书包，蒋恪恒有了小伙伴非常开心，拉着李书墨的胳膊晃晃，"书墨哥哥，你来我房间玩。"

李书墨看一眼蒋赟，蒋赟已经穿上围裙，对他摆摆手，"去玩吧，今天礼拜五，不急着做作业。"

李书墨跟着蒋恪恒走进他的儿童房，像是打开了新世界的大门。蒋恪恒有一张可爱的儿童床、一套蓝白相间的书桌椅，书架上满满当当都是书，还有好几套搭好了的乐高积木，都是大飞机和大恐龙。小男孩很好客，把自己压箱底的珍藏都拿出来，有各种桌游、棋类、奥特曼、小汽车……铺满了整块爬爬垫。

"书墨哥哥你来看！"蒋恪恒蹬掉拖鞋滚到爬爬垫上，"你想玩什么？这个棋子你玩过吗？我们一起玩吧！"

李书墨在爬爬垫旁蹲下，看着那些花里胡哨的玩具和棋类，摇摇头，"没玩过。"

蒋恪恒说："我教你呀，很好玩的！"

蒋赟给两个孩子切出两碗西瓜，端去儿童房，就看到蒋恪恒和李书墨面对面坐在爬爬垫上，正在玩一副类似大富翁的桌游。两个小男孩一人攥一把游戏钞票，造房子收房租，李书墨会仔细看功能卡上的内容，指着房子说："这个要收双倍钱，你得给我四百。"

蒋恪恒苦着小脸蛋，"这么多？"他很心疼地在钞票里挑了半天，"没有四百。"

李书墨说："你不是有一张五百的吗？我找你一百就行了。"

三位数加减对蒋恪恒来说还有点小困难，心算半天后才不情不愿地把那张五百给他，还不忘加一句，"你可别骗我，我算术没你好。"

蒋赟乐坏了，把水果放在他们脚边，便走出房间。

他正做着饭，章知诚和杨晔来了，看到玄关处陌生的小鞋子，章老师说："有小客人呀？"

蒋赟从厨房出来，低声说："爸，妈，今天有个小朋友来吃饭，就是我和你们说过的那个小孩，李书墨。"

"哦哦。"章知诚把一个袋子递给他，"我今天早上去钓鱼了，还是活的，你看看要不要弄个鱼汤？"

蒋赟接过，"行，我来杀吧。"

章知诚想去看外孙，杨晔拉住他，"小孩有伴儿，你个老头去凑什么热闹？"

章知诚说："我可以和他们一起玩啊。"

杨晔也不拦他了，章老师敲开儿童房的门，探进脑袋，"能不能加我一个呀？"

蒋赟就听到儿子欢快的声音，"好啊好啊，外公你一起来玩！书墨哥哥，这是我外公。"

章翎下班回家时，家里正要开饭，蒋恪恒领着李书墨去洗手，李书墨走出客卫看到章翎，立刻站住不动了。

"你就是李书墨吧？"章翎走过去，像蒋赟一样揉揉男孩的小脑袋，"你好，我是壮壮的妈妈，我姓章。"

李书墨小声叫："章阿姨好。"

蒋赟正把热菜端上餐桌，喊章翎："翎翎，洗手吃饭了。"

章翎洗过手，蒋赟顺势在她脸上亲了一口，章翎又捏了一下蒋赟的屁股，李书墨看到了，惊讶地瞪大眼睛，立刻溜了开去。

客厅里有一个顶天立地的餐边柜，除了一些小摆件，还有几个大大小小的相框。

李书墨站在相框前看照片，其中有一张全家福是蒋恪恒和他的爸爸妈妈，三人穿着蓝色亲子装，头上都戴着可爱的长颈鹿耳朵，蒋叔叔和章阿姨并肩盘腿而坐，只有三四岁的蒋恪恒被爸爸抱在怀里，三人都笑得很开心。

还有一张更大的全家福，上面足有十几个人，有老有小，都穿着中式服装，男的穿黑色，女的穿大红色。李书墨在里面找到蒋叔叔、章阿姨和蒋恪恒，他们一家三口和其他人一样，脸上都洋溢着温暖的笑容。

李书墨看得眼睛都发酸了，逼迫自己移开视线，又看到一张蒋叔叔和章阿姨的婚纱照。章阿姨穿着一袭白色婚纱，非常漂亮，蒋叔叔却没穿西装，而是穿一身警服，又威风又英俊。李书墨正看得入神，有人揽上他的肩，问："在看什么？"

他转头看到蒋赟，问："蒋叔叔，你是警察吗？"

蒋赟失笑，"是啊，我没和你说过吗？"

李书墨摇摇头，"我没见你穿过警服。"

"哦，我是刑警，就是便衣警察。"蒋赟给他解释，"不像派出所的民警和马路上的交警，我们上班基本不用穿警服。"

李书墨似懂非懂，不过，警察这个职业对小男孩来说还是极富吸引力，他对蒋赟的好感度立刻又上升不少，好奇地问："蒋叔叔，你有枪吗？"

蒋赟笑了，"有枪，不过在单位，我们工作时才配枪，下班后很少带回家。"

李书墨觉得他好厉害，不知不觉变成一个小粉丝，跟在蒋赟身后问："蒋叔叔，要怎么样才能做警察？"

"唔……"蒋赟想了想，说，"首先得好好学习，想上警校也得参加高考，怎么？你也想做警察吗？"

李书墨不好意思地低下了头，他成绩很一般，爷爷经常对他说，他没爸爸聪明，爸爸妈妈都是大学生，他以后估计连高中都上不了，只能像爷爷奶奶一样去扫大街。听多了，他就当真了，根本不敢想考大学的事。

"吃饭啦！"章知诚在餐桌边喊他们，蒋赟便揽着李书墨的肩带他过去。六个人在餐桌边坐下，李书墨看着一桌丰盛的菜，默默地开始咽口水。

他想起很久以前，爸爸妈妈还活着的时候，他们家也曾这样热热闹闹地吃饭。爸爸妈妈虽然没有这么大的房子，却也没少过他的吃穿，放假时会带他去游乐场玩，还带他吃过比萨，给他买新衣服新鞋子。

妈妈会给他讲故事，唱儿歌，爸爸教他骑自行车，陪他放风筝……他也曾经是一个幸福的小孩，只是这些美好都在那年夏天破灭了。

四年了，爸爸妈妈在他的脑海里只剩下两道模糊的身影，他已经记不起他们的声音和笑容，再也没人给他唱歌哄睡，没人带他出去玩，连着做梦都很少再梦见他们。

上学后，李书墨时常被人欺负嘲笑，同学们说他是住在厕所的狗屎，是没有爸爸妈妈的孤儿，他们嫌他脏，说他臭，没人愿意和他玩。老师也不喜欢他，让他一个人单坐，李书墨都不懂，难道他是细菌吗？要不然，为什么所有人都讨厌他？

久而久之，他开始习惯这样的生活，麻木了，绝望了，然后，他就遇见了蒋赟。

蒋赟剥出几个油爆虾盛在小碗里，一半拨给儿子，一半拨给李书墨，李书墨看着饭碗里油亮亮的虾肉，呆了许久都没出声。章翎微微俯身，温柔地说："趁热吃，一会儿凉了就不好吃了。"

李书墨抬头看着她，说出一句话来，"我妈妈也戴眼镜。"

"是吗？"章翎绽开笑，"那你妈妈肯定很聪明，戴眼镜的妈妈都很聪明。"

李书墨咧开小嘴笑了，蒋恪恒看向老爸，问："真的吗？爸爸你就是因为不戴眼镜，所以妈妈才会叫你傻子？"

杨晔敲敲他的小脑瓜，"瞎说什么呢？你爸爸很聪明的，我们家现在就你最笨，小笨瓜一个。"

"我还小呀！"蒋恪恒很不服气，"我以后长大要当博士的！"

蒋赟大笑，"可以啊，那爸爸心甘情愿做咱们家最笨的人，你加油哈，小蒋博士。"

李书墨一边扒饭一边听他们对话，视线又移到餐边柜上，远远地看着蒋叔叔穿着警服的照片，那么神气，哪里笨了嘛。

吃过饭，蒋赟和章翎带两个孩子去小区里的儿童游艺设施区玩耍，小滑梯和沙池对李书墨来说幼稚了点，但他还是玩得很开心，全程跟在蒋恪恒屁股后头保护他。

经过几个小时的相处，他和蒋恪恒熟悉许多。蒋恪恒性格特别好，话又多，总是缠着李书墨说个不停，还把自己在小区里认识的朋友介绍给他，几个孩子凑在一起跑跑闹闹，直玩得浑身大汗都不愿回家。

可是时间已经很晚，孩子们最终被长辈们一个个地接走。蒋恪恒也要跟着章翎回家，对李书墨不停挥手，"书墨哥哥再见，下次你再来我家玩呀！"

李书墨不舍地看着他和章阿姨一起走进单元门，蒋赟拎起李书墨的书包和饭袋，拍拍他的背，"走吧，叔叔送你回家。"

走在去街区公园的路上，蒋赟看出李书墨的失落，干脆牵起他的手慢悠悠地走。小男孩的手还是软软小小的，蒋赟用手指摸摸他的指甲，笑道："指甲又长了，下次你再来我们家，我帮你剪一下吧。"

李书墨顿时羞红了脸。

蒋赟想过要不要把自己的经历说给小男孩听，又觉得他还太小，突然给他讲道理，不一定会有效果。

对于这样的孩子，蒋赟其实很懂得要怎么对待，小的时候自己最想要的是什么，得不到的又是什么，如今给予李书墨就行了。只要一点点，一点点就够，这样的孩子心思极为敏感，对他好或不好，他们都感受得到。

从那以后，只要蒋赟轮休去接儿子放学，都会把李书墨一起带回家，让他和蒋恪恒去小区里玩一会儿，再留他吃顿饱饭，章老师还会辅导两个孩子做作业。

蒋赟看过李书墨的作业本，还算认真，只是字有点丑。他买来两本不同年级的字帖让两个男孩练习写字，李书墨没拒绝，一页页仔细地写。

蒋赟的轮休日不固定，李书墨就算不出哪一天能见到蒋叔叔。因此，每次放学时他都充满期待，见不到蒋赟会很失落，见到了就会傻乎乎地笑，像过节一样开心。

在学校里，他偶尔会在出操时碰见蒋恪恒，蒋恪恒会甜甜地叫他"书墨哥哥"，李书墨就喊他"壮壮弟弟"。那一刻，李书墨会觉得很幸福，原本度日如年的校园生活都不再难熬，连着班里同学的欺负都不那么在意了。

国庆时，蒋赟和章翎带儿子去商场玩，顺便叫上了李书墨，两大两小吃了一顿美味的烤肉。章翎提议给孩子们买一身新衣服，于是，李书墨就得到一件冲锋衣、一条牛仔裤和一双超级漂亮的运动鞋，他珍惜得不得了，抱在怀里都不舍得撒手。

蒋赟给孩子们买了室内游乐场的门票，让他们去里头随便发疯。李书墨又紧张又兴奋，跟在蒋恪恒身后爬高爬低。玩久了，蒋恪恒跑到围栏边对章翎喊："妈妈，我想喝水！"

李书墨眼馋地跟在蒋恪恒身边，他也很渴，却不敢说。章翎把水壶递给儿子，这时，蒋赟喊："书墨你过来。"

李书墨走到蒋赟面前，蒋赟拿出纸巾帮他擦汗，"出这么多汗，渴不渴？"还没等李书墨回答，蒋赟已经笑着拿出一瓶冰红茶，拧开瓶盖递给他，"喝吧，渴了就过来喝水。"

蒋恪恒很吃醋，"为什么我没有饮料喝？"

蒋赟说："因为你有蛀牙。"

李书墨还没开始喝冰红茶，赶紧把饮料递给蒋恪恒，"壮壮喝吧，我不渴。"

"给你买的，壮壮有。他不爱喝水，就是要让他多喝水。"蒋赟的大手包住李书墨的小手，把饮料往他面前一推，"喝吧书墨，这是你的。"

李书墨这才喝了一口，尝到甜味后，咕嘟咕嘟一口气喝掉半瓶，对着蒋赟笑笑，又和蒋恪恒一块儿去玩了。

蒋赟看着男孩瘦小的身影，欣慰于他的变化。他们见得不多，但每次见到，他能明显地感觉出李书墨开朗了一些，在他和章翎面前越来越像一个普通的九岁小男孩。他和蒋恪恒也处得很好，时时刻刻都会记得自己哥哥的身份，想着去保护蒋恪恒。

十一月中旬，孩子们迎来期中考，考完会有家长会。蒋赟和章翎商量，由章翎去给蒋恪恒开家长会，他去给李书墨开，正好和李书墨的班主任再聊一聊。

蒋赟不想让李书墨再单坐，小男孩曾怯怯地对他说过，他也想有同桌，一个人坐，很孤单。

家长会的前几天晚上，钱塘下了一场秋雨，雨势很大，夜里九点半，蒋赟在局里加班，突然接到李书墨爷爷打来的电话，老人的声音惊慌失措，背景是哗啦啦的雨声，"小蒋啊！小墨不见了！不知道跑哪里去啦！你有没有看到他呀？"

蒋赟一惊，问："怎么回事？"

李爷爷说："小墨好像在学校里和人打架了，放学回来的时候，衣服都被撕破了，我就说了他几句，他气性大得哟，转头就跑出去了，雨那么大，伞都没带。我已经找了两个多钟头了，也没找着他，我就想问问你，他有没有来找你啊？"

蒋赟说："没有，李叔你先别急，我出去找找他，小孩估计跑不远，我们电话联系。"

蒋赟和同事打过招呼，便开车离开警局，半路上给李书墨的班主任打了个电话。班主任对于白天发生的事不太了解，说："好像就是打架了，没什么大事，我让他们互相道歉，李书墨不肯道歉，我就批评了他几句。"

蒋赟问："知道为什么打架吗？"

班主任支支吾吾的，"不太清楚……"

雨下得很大，蒋赟把车开到向岚二小，又沿着学校到李书墨家的道路一路开去，一边开一边看两边的人行道，却没有收获。

他思索着，李书墨会去哪里呢？

如果是他，在学校受了委屈，他又会去哪里呢？

脑子里突然想到一个地方，蒋赟将车调头，毫不犹豫地开往自己家的小区。

他撑着一把伞，快步走向小区里的儿童游艺区域。大雨滂沱，沙池都被淹在水里，滑梯和其他设施也被雨水浇得湿透，平时很热闹的地方这时候一个人都没有。

蒋赟却依旧往那边走，越走越近，然后，就看到滑梯架子下那个缩成一团的小小身影。

他有一瞬间的恍神，仿佛看到很多年前的某个雷雨夜，袁家村小空地上孤单坐着的那个少年。

蒋赟走到李书墨面前，蹲下来，把伞撑在他头上。李书墨的脸埋在膝盖上，感觉到面前有人，终于抬起头来。他席地而坐，全身被雨水浇透，眼睛和鼻头都红通通的，看到蒋赟也没有太意外，只是用一双湿漉漉的眼睛盯着他看，小身子一抽一抽，也不知哭了多久。

蒋赟心中恻然，这还是他第一次看到李书墨哭泣，这个早熟又倔强的小男孩，向来懂得控制自己的情绪。

蒋赟温柔地问："书墨，你怎么在这儿？你爷爷找不到你，很着急。"

李书墨又把脑袋埋下去了，瘦弱的肩背抽动得更加厉害。蒋赟伸手去摸他湿淋淋的脑袋，他脑门冰冷，早就没了热意，蒋赟很耐心，"发生什么事了？你和叔叔说说？"

李书墨依旧不吭声。

"你这样淋雨，会生病的。"蒋赟劝他，"你先起来，到叔叔家去洗个热水澡，换身衣服，你还没吃饭吧？叔叔给你做好吃的。"

不管他怎么说，李书墨就是不动，蒋赟干脆去拉他了，被李书墨甩开手，小男孩哽咽着喊："生病就生病！让我死了算了！"

蒋赟的语气变得严厉，"不可以说这样的话。"

李书墨被他威严的样子弄得一愣，嘴巴一咧，突然哭喊起来："我哪里说错了？我就是想生病！我不想去上学！我讨厌他们！他们为什么要这样对我？就因为我没有爸爸妈妈吗？他们说我是住厕所的臭狗屎！还在我衣服上画画！这衣服是你送给我的！他们怎么能在这衣服上画画！我打他们！他们就打我！还把我衣服撕破了！老师还要我给他们道歉！我为什么要给他们道歉？明明是他们不对！呜啊啊啊……"

他委屈极了，边哭边喊，最后变成号啕大哭。蒋赟丢掉伞，一把把李书墨抱进怀里，"是他们不对，你没有任何做错的地方，书墨，是他们不对，是他们不对……"

李书墨的手臂环上蒋赟的脖子，冰凉的雨水打在他们身上，蒋赟却一点也不在乎。小小的男孩渐渐收拢手臂，很紧很紧地抱住蒋赟，小手抓着他的衣领，呜呜呜地大哭不止。

"我知道你受了委屈。"蒋赟拍着李书墨的背，"不哭了，不哭了，叔叔都懂。"

李书墨揪着他背上的衣服，大喊："你不懂！你不懂！"

蒋赟说："我懂，我都懂，你信我，我都懂。"

他把李书墨抱起来，伞也不要了，双臂牢牢地把小男孩拥在怀里，快步走向单元门。李书墨像只小狗似的窝在他怀里，还用脸颊去蹭蹭他。很久很久没人抱过他了，他贪恋这样温暖又有力的怀抱，根本舍不得离开。

回到家，蒋赟帮李书墨洗了个热水澡，给他换上蒋恪恒的睡衣裤，又给他煮了一碗荷包蛋面。

李书墨哭哭停停，连着吃面条时都在伤心地掉眼泪。蒋恪恒都不敢和他说话，只坐在他身边托着下巴看他。章翎走出来叫儿子，"壮壮，妈妈带你去睡觉。"

蒋恪恒很不安，"妈妈，书墨哥哥在哭呢。"

"爸爸会陪他的，放心吧。"章翎抱了抱李书墨，拿纸巾帮他擦掉眼泪，"书墨，不哭啦，再哭都不帅咯。"

李书墨哭得更厉害了，章翎干脆俯身亲了亲他的额头，"乖孩子，不哭了，你可是哥哥，要被壮壮看笑话啦。"

这天晚上，李书墨留在蒋赟家过夜。蒋赟给李爷爷打过电话后，把李书墨抱去书房，那里有一张双人床，是给章知诚和杨晔偶尔留宿准备的。

蒋赟和李书墨躺在一个被窝里，小男孩终于不再哭泣，睁着一双大眼睛盯着蒋赟看。蒋赟拿着指甲钳，大手抓着男孩的小手，真的帮他剪了一回指甲。剪完指甲，李书墨依旧不肯放开蒋赟的手，牢牢地抓着他，眼睛也继续盯着他，蒋赟笑问："看什么呢？"

李书墨说："衣服撕破了。"

蒋赟说："没事，叔叔给你买件新的，破的那件叔叔帮你缝一下，还能穿的，叔叔会缝衣。"

李书墨鼻子一皱，眼泪又滑下来，"叔叔，你为什么对我这么好？"

"为什么啊……"蒋赟浅浅地笑着，捏捏他的小脸蛋，"你困吗？不困的话，叔叔给你讲个故事？"

李书墨立马摇头，"不困。"

"好，那我就开始讲了。"蒋赟说，"故事的主角，是一个叫小斌的男孩……"

李书墨淋了好久的雨，又狠狠哭了一场，终于睡着了。

蒋赟回到主卧，章翎还在等他。他爬上床，章翎就凑过来把他拥进怀里，揉着他微卷的头发，又抚摸他的脸颊，一下一下地亲吻着他。

蒋赟汲取着她身上的温暖气息，手指与她扣在一起。

"我以前不懂。"他的嗓音低沉，"不懂他们为什么都讨厌我，不懂自己到底做错了什么，不懂自己想要的到底是什么。"他闭上眼睛，一颗心沉在无边的温暖中，"我不懂自己为什么总是会那么生气，不懂，为什么，我那么想要靠近你。"

章翎问："后来呢？后来你懂了吗？"

"懂了。"蒋赟说，"我只想要一点点，一点点……"

"我爱你。"章翎吻吻他的额头，"蒋赟，我爱你，很爱你，非常爱你，一辈子都爱你，不是一点点，是很多很多的爱，你是我最爱最爱的小卷毛。"

蒋赟从她怀抱里出来，定定地看了她一会儿，眼睛里逐渐浮上笑意，张开双臂将她拥进怀里。

他永远都无法忘记，在那个雷雨夜，袁家村的小空地上，有个女孩丢掉伞，也像现在这样温柔地抱住他。

钱、衣服、食物、住处……他曾经很缺这些东西，但最缺的，向来都不是这些。

他比谁都要明白李书墨的心，他，他们，其实只想要一点点、一点点的爱，只要一点点，就够了。

（3）

向岚二小举行家长会的那个晚上，蒋赟和章翎在学校门口碰头。

蒋赟想起杨医生第一次去帮他开家长会的那一天，她和章老师手牵着手下楼梯，当时的蒋赟趴在窗台上偷看，而现在，居然轮到他自己了。他牵着章翎的手往学校里走，边走边说："真的很像约会啊。"

章翎和他晃晃手，"咱俩的确很久没约会了。"

"过阵子带孩子们出去玩一下吧。"蒋赟说，"叫上几个老同学，孩子多点热闹。"

章翎点头："行。"

他们在教学楼下分别，一个去一年级教室，一个去三年级教室。

李书墨同学的家长们看到蒋赟坐在李书墨的座位上，都暗自惊讶，因为以前来给李书墨开家长会的都是他爷爷。李爷爷有一次赶时间，没来得及换衣服，就穿着那身橙色环卫工制服进的教室，家长们嘴上不说，心里都是一个咯噔。

现在的家长评价学校，不止讲究师资力量和教学环境，还很在乎生源，谁都希望孩子班里的同学生活在"正常"的家庭，不求大富大贵，至少要衣食无忧，这样的孩子才不容易沾染不良习性，才"配得上"和自己孩子做同学。显然，李书墨是达不到及格线的。

蒋赟坐在李书墨的座位上，心里默默叹气。他原本以为小男孩是坐在第一排，事实却是这座位在第一排前面，是单独摆着的一张课桌，几乎要与讲台平行。看这样子，教室轮大组也轮不到李书墨，小男孩永远都会孤零零地坐在这个角落。

家长会按部就班地开了近两个小时，快要结束时，班主任说有一位同学的家长想对大家说几句话，然后，她看向蒋赟。蒋赟拿着一个袋子走上讲台。

他穿便装，很普通的夹克衫牛仔裤，却掩不住他一身威严正气。他站在讲台上，深沉的目光在教室里扫过，开口说道："大家好，我是李书墨的叔叔，我姓蒋，职业是一名普通的人民警察，抱歉耽误大家几分钟时间，简单说几句。"

他从袋子里拿出一件冲锋衣展示给家长看，"这件衣服是我买给李书墨的，大家能看到后背上被人画了一坨屎，衣领还被撕破了。"

家长们鸦雀无声，眼睛都望向那件脏兮兮的衣服，后背上的一坨屎非常刺目。

蒋赟放下手里的衣服，继续说道："李书墨的父母因为一场意外，在他五岁时双双去世，现在孩子跟着爷爷奶奶一起生活。他的爷爷奶奶是环卫工人，经济条件有限，目前二老带着孩子住在一间公厕里，这些情况，想必大家都有听自己的孩子说起过。

"但大家可能不知道其他一些情况，李书墨的父母毕业于 A 省财经学院，本科学历，生前都在科创城的互联网公司从事财务工作。他们在世时把儿子教育得很好，李书墨一直是个善良、温和、懂礼貌的小男孩。

"就是这样的一个孩子，因为父母双亡，爷爷奶奶经济条件不佳，两年多来在班级里始终遭遇到不平等对待，贫穷的家境和孤儿的身份成为他的原罪。他没有不良习性，成绩中等，从不惹事，在班里几乎没有存在感，但就算这样，还是有不少孩子故意、主动、充满恶意地去欺负他。"

蒋赟停下来，观察着那些家长们的表情，一会儿后才继续说下去："相信大家都听说过校园霸凌，可能会觉得离自己的孩子很遥远，因为他们都只是一些八九岁的小孩。大家作为家长，会担心孩子在学校被人欺负，我能理解，我自己也是一个六岁孩子的爸爸。只是，不知道各位有没有想过，有些孩子在你们不知道的时候，已经成为霸凌者。"

可能是因为蒋赟的警察身份，没有家长敢打断他的话，这就像是一次家长课堂。

蒋赟说："霸凌，不仅仅是肢体上的冲突。言语上、精神上的羞辱，联合大多数人去排挤少数人，也算在其中。可是李书墨到底做错了什么？他在这个班里上学，没有人愿意与他同桌，就是因为他没有父母，又家境困难吗？因为他是个孤儿，家里很穷，所以他就是一个坏孩子，大家是这么想的吗？

"今天我站在这里，不是希望大家能一夜之间就对李书墨改观，而是，我希望各位回家后能告诉你们的孩子，不需要对李书墨有同理心，甚至不需要对他有同情心，但至少要做到，对他有基本的尊重。可以不喜欢他、不接纳他，但不能去欺负他、羞辱他。

"我要说的就是这些，以后，只要时间允许，我会继续来帮李书墨开家长会，不希望再有这样的事情发生。"蒋赟抖了抖衣服，装进袋子里，最后说道，"学校是一个学习知识的地方，但我始终认为，在学习知识之前，孩子们最先该学会的，是如何做一个善良、包容、明理的人。"

他提着袋子走下讲台，教室里依旧一片沉默，连窃窃私语都没有。班主任宣布家长会结束，蒋赟听到有个男的小声说："有病吧？我还以为什么事呢，搞得那么严肃。"

"小孩懂什么呀？有时候就是开开玩笑。"

"还校园霸凌，三年级的孩子懂什么校园霸凌？这不是搞笑吗？"

"你别说，没有父母教的小孩，就是不一样的。"

"家里穷就不要在城里上学，回老家去上嘛，关我们什么事？"

蒋赟回头望去，那几个人立刻不吱声了。

　　教室里的家长差不多走完，蒋赟又和班主任聊了几句，这时，一位三十多岁的女家长来到他们身边，她的外表温婉知性，自我介绍说："蒋警官你好，我是班里徐思薇的妈妈。"

　　蒋赟看着她，"你好。"

　　徐妈妈又看一眼班主任，说："是这样的，我们家徐思薇说起过李书墨，每次看到有人欺负李书墨，徐思薇都很生气，但她胆子比较小，不敢出头，只能回家和我们说。刚才我听了蒋警官的话，我是这么想的，李书墨现在一个人坐嘛，很难融入班级里，要不……试试让徐思薇和他同桌？"

　　蒋赟和班主任对视一眼，问："徐思薇会不会不同意？"

　　徐妈妈微笑摇头，"不会的，我女儿虽然胆小，但是个很有主见的孩子，成绩也不错。她说过好几次想去和李书墨说说话，就是没机会，还害羞。要不我回家去问问我女儿？如果她同意，我是愿意让我女儿和李书墨做同桌的。"

　　蒋赟很惊喜，"那最好不过了！谢谢你。"

　　徐妈妈不好意思地将捋头发，"不用谢，我和我先生也都是从小苦过来的，我们都懂。别的也帮不上，就希望徐思薇和李书墨能成为好朋友吧，这样，孩子在学校里也能过得开心点。"

　　蒋赟明白了，这也是一位有故事的家长。

　　果然，只有自己苦过的人才更能理解李书墨的遭遇。

　　经过西城区法院工作人员两个多月的跟进，李书墨家那桩拖延许多年的官司终于得到妥善解决，房东掏出了剩余的赔偿款。

　　两条人命，都是风华正茂的年纪，却只值三十多万。李爷爷拿到钱后老泪纵横，抓着蒋赟的手哭得说不出话来。

　　蒋赟劝他，"李叔，换个房子住吧，书墨大了，需要有个好的学习环境。"

　　于是，李爷爷和老伴在稍远些的地方租下一套一居室。李书墨还是没有自己的房间，睡在客厅，但蒋赟送给他一套书桌椅，还带着一个小书架，他总算是有了一个能好好写作业的地方。

　　从这时起，蒋赟每个月资助李书墨五百块钱，给他买牛奶、水果和课外书，平时会带他去家里吃饭，偶尔带他和蒋恪恒一起出去玩，买换季衣服时都会给李书墨带上一两件。

　　李书墨悄悄地告诉蒋赟，他不再一个人单坐了，搬到了第二排，拥有了一个叫徐思薇的新同桌。

　　"我以前从来没和她说过话，她也没欺负过我。"李书墨说到这件事时小脸上带着笑，"她成绩很好的，每次考试都能考95分以上，英语也说得很好，我英语不好，她还教我。"

蒋赟说："那你自己多用用功，争取把成绩赶上去。"

"我会用功的。"李书墨眼睛亮亮地看着蒋赟，"叔叔，我长大了也想做警察！"

小男孩自从听过蒋赟小时候的故事，心态上变化很大，就觉得蒋赟能做到的事，他为什么不能呢？蒋赟也对李爷爷说了，不要老是去打击小孩的学习积极性，要多多鼓励，多多关心。李书墨的小脑瓜里逐渐就有了考警校、当警察的念头。

蒋赟揉揉他毛茸茸的头发，"好啊，那你更要努力学习了，还要把体能搞上去，你跳绳都还跳不过壮壮呢。"

李书墨急得抓耳挠腮，"我……我会练习的！"

十二月初的一个周末，天气很好，蒋赟和章翎带着蒋恪恒和李书墨一起去郊外的一个公园玩。一起去的还有两辆车，分别是梨子夫妇和他们的女儿甜豆，还有郭骏骁夫妇和他们的儿子小蝈蝈。

方家豪和林师妍毕业后留在北京工作成家，如今有了一个两岁的小女儿，同在北京的还有吴炫宇、金盏和许清怡，蒋赟和章翎带儿子去北京玩过，能见到好多老同学。

最令人感慨的就是方家豪，当初白衣飘飘、仙气渺渺的清瘦少年，如今放飞自我胖到一百九十多斤，成天在朋友圈晒女儿的照片，成了一个笑起来有双下巴的可爱奶爸。

在北京聚餐时，金盏见到蒋赟，又转头去看方家豪，笑着打趣："天啊！我当初是怎么选的呀？"

林师妍笑得"啪啪"去拍方家豪的大肚腩，"你该减肥啦！孩子她爸！你看看人家蒋sir这身材！"

方家豪颇有些委屈，信誓旦旦地嚷嚷要跑步减肥，却在菜肴上桌后忍不住大快朵颐，章翎能看出来，班长和学委的感情还是很好。

至于其他人，邱远峰毕业后也没回钱塘，去了深圳工作；姚俊轩一直上海北京两头跑；薛晓蓉、李婧、孙妙岚那几个女生都在钱塘，陆陆续续成了家，生儿育女，章翎偶尔会与她们聚会，有时也会一起带孩子出去玩。

还有萧亮，也不知为什么，萧亮与老同学们的来往越来越少，几次聚会他都没来，到后来，大家也就不去叫他了。

人大概就是这样，十几岁时好得能黏在一起，觉得友谊会永远存在，到了二十多岁、三十多岁，大家分散在天南海北，在各行各业工作打拼，有了自己的小家庭，最好的朋友便如大浪淘沙般只剩下那么几个。

就如蒋赟和章翎，现在走得最近的是梨子、郭骏骁和草花，因为几个家庭时常见面，孩子年龄也相仿，才得以一直维系感情。

在郊外公园里，蒋赟和郭骏骁负责搭帐篷，三个妈妈在草坪上铺上野餐垫，把食物一样样拿出来。章翎抬头看向几个孩子，蒋恪恒拉着李书墨的手，正在把他介绍给甜豆和蝈蝈。

四个孩子里，李书墨年纪最大，蒋恪恒最小，刚好是六、七、八、九这样的排列，没一会儿，四个小朋友就玩在了一起，在草坪上不停地追逐打闹。

蒋赟搭完帐篷，眯着眼抬头看天，冬天的太阳晒得人很舒服，他坐到章翎身边，问："有什么吃的？我饿了。"

章翎打开一个保温桶，还飘着热乎乎的香气，"喏，咱爸做的红烧鸡翅。"

蒋赟想用手去捞，被章翎拍开，"脏不脏呀，你去洗个手先，孩子们都还没吃呢。"

"麻烦。"蒋赟不乐意，直接长腿一伸躺在野餐垫上，双手枕在脑后，惬意地闭上眼睛，"好久没出来走走了，有时候是要放松一下。"

正说着话，鼻子前就闻到一阵香气，他睁开眼，发现是章翎用一次性勺子兜出一个鸡翅喂到他嘴边，"张嘴。"

"啊——"蒋赟张开嘴，章翎把鸡翅投喂到他嘴里。

"哦哟，还烫的！"蒋赟一骨碌坐起来，嘴巴一嚼，吐出两根骨头来，章翎拿垃圾袋接下，笑他，"烫的还吃这么干净。"

蒋赟也笑，"好吃呗，咱爸的手艺真绝了。"

趁着章翎没注意，他嘟着油油的嘴在她脸颊上亲了一下，章翎推他，"你讨不讨厌！"

郭骏骁在不远处大喊："你俩文明点！那么多孩子在呢，做的什么榜样？"

"哪儿不文明了？"蒋赟回头，"你不亲你老婆啊？"

梨子和郭骏骁的妻子一起哧哧笑，蒋赟光说还不过瘾，又揽过章翎在她脸上亲了两口，郭骏骁放弃了，转身拿屁股对着他俩。章翎受不了了，抽出湿纸巾丢给蒋赟，"走开啦，你这人真腻歪。"

腻歪的蒋队长被嫌弃了，委屈地擦擦嘴，起身向几个孩子跑去，"小朋友们想不想去玩项目？我带你们去！"

孩子们都围着他蹦蹦跳跳，"想！想！"

公园里有一个儿童高空拓展项目，小朋友们都需要在教练的陪同下穿戴护具、挂着保险绳上去，开始后就不能走回头路，不管是吊桥还是高网，都得自己走完。

四个小孩仰头看着别的小朋友在玩，那个小女孩走到一小半就吓坏了，哇哇哭着不肯再走。爸爸妈妈都在下面鼓励她，小女孩停了半天，才颤巍巍地往前迈出一小步。

蒋赟问："你们敢上吗？"

孩子们一起沉默，蒋恪恒拉拉李书墨的袖子，"书墨哥哥，你敢玩吗？"

李书墨听出他的意思，说："你要是想玩，我陪你。"

蒋恪恒想玩，却有点怕，"你能一直走在我前面吗？"

李书墨点头，"能啊。"

蒋恪恒下定决心，对蒋赟说："爸爸，我想和书墨哥哥一起玩！"

最小的蒋恪恒都上了，甜豆和蝈蝈就也说要玩，于是四个孩子一起穿上护具，李书墨打头，后面跟着蒋恪恒、甜豆，八岁的蝈蝈殿后，四人开始走全程。

李书墨走上第一道关卡，两条小腿就开始哆嗦。他从来没玩过高空项目，脚下的木板桥摇摇晃晃，晃得他胆战心惊。回头看去，三个小朋友跟在他身后，都睁大眼睛期待地看着他。

李书墨咕嘟咽了口口水，不停给自己加油打气，咬着牙、忍着恐惧把木板桥给走完了。脚踏实地后，他转身对着蒋恪恒喊："壮壮加油！一点都不害怕的！"

蒋恪恒却停在那儿不动，蒋赟也在底下喊："壮壮，加油往前走！你吊着安全绳呢，不会掉下来的！"

蒋恪恒声音都打战了，"爸爸，好高啊！"

"别怕，你可以的。"蒋赟说，"书墨哥哥都走完了。"

蒋恪恒抬头看向李书墨，眼睛已经湿了，眼看着就要哭。李书墨着急地问教练，"叔叔，我能去拉着他走吗？"

教练说："可以，你小心点。"

李书墨立刻走回去，木板桥摇晃得更厉害了，蒋恪恒嘴一咧，"哇"的一声哭出来，"爸爸，我害怕！"

他一哭，甜豆也绷不住了，跟着一起哇哇哭，蝈蝈在后头喊："你们别哭呀，赶紧走啊！"

李书墨已经走到蒋恪恒面前，牵住他的手，"壮壮，来，我拉着你走，别害怕。"

蒋赟仰头看着儿子，没再出声，想看看两个孩子会怎么解决困境，只看到蒋恪恒左手扶着绳栏，右手抓着李书墨的手，一边哭一边往前走，小腿簌簌发抖。

章翎和另两位妈妈也过来了，一眼就看到四个孩子站在高高的设施上，梨子好惊讶，"甜豆怎么上去的？她很怕高的。"

李书墨把蒋恪恒接到第一个平台，两个男孩一起转身鼓励甜豆，蝈蝈牵住甜豆的小手，从后头护着她，四个孩子才终于跌跌撞撞走完第一道关卡。

后面还有更大的挑战，李书墨每次都第一个上，蹿高纵低给几个孩子打样，好多地方蒋恪恒不敢走，都需要李书墨回来接他。蒋恪恒和甜豆边走边哭，李书墨和蝈蝈就不停地鼓励他们，又是拍手又是叫，喊得喉咙都哑了。足足花了半个多小时，四个孩子才全部走完，安全落地。

蒋恪恒在高空时哭哭啼啼，下来后立刻就活了，抹掉眼泪扑进章翎怀里，高兴地说："妈妈，妈妈，你看到了吗？我走完了！"

甜豆躲在梨子怀里嘤嘤嘤，蝈蝈咕嘟咕嘟喝着水，对妈妈吐槽，"我以后再也不和壮壮、甜豆一起玩这个了，累死我了！"

只有李书墨不声不响，站在那儿咻咻喘气，脸色都有点发白。蒋赟走到他身边，手伸进他的衣领一摸，大冬天的，他后背全湿了，额头上也沁满了汗，眨巴着大眼睛仰头看向蒋赟。

"你做得很好，非常勇敢。"蒋赟蹲下来，轻轻地把李书墨搂进怀里，"只是，叔叔和你说，有时候，害怕了就说害怕，想哭就哭，不用硬撑。"

李书墨茫然地看着他，"可……我是哥哥。"

蒋赟捏捏他的脸，"你是哥哥没错，但书墨你要知道，你其实和壮壮一样，还是一个孩子。"

——你还是一个孩子。

这是杨晔对蒋赟说过的话。

李书墨憋了许久的眼泪一下子决堤，泪珠掉下来，委屈地对蒋赟说："叔叔，我刚才吓死了都……"

蒋赟笑着抱住他，"怎么变脸这么快的？好了好了，不哭了，走吧，叔叔带你去野餐。"

他掏出纸巾帮李书墨擦掉眼泪，抬起头，就看到章翎和蒋恪恒已经在等他们了。蒋赟揽着李书墨过去，蒋恪恒笑嘻嘻地拉起李书墨的手，蒋赟和章翎一左一右牵住两个孩子，四个人一块儿往帐篷的方向走去。

太阳照耀着他们，在地上拉出两道长长的身影和两道小小的身影，蒋赟转头看向章翎，章翎也正在对他微笑。郭骏骁在前面挥手大叫："你们快点啊！再不过来，鸡翅膀就要被我们吃完啦！"

蒋赟一拍李书墨的脑袋，"快跑，去抢鸡翅膀！"

李书墨立刻冲了出去，蒋恪恒不甘示弱，也哇哇叫着追了上去。

蒋赟揽过章翎的肩，依旧走得很慢，冬天的公园虽没有繁花盛景，却因阳光和煦而令人心生暖意。蒋赟不知感悟到什么，突然说："我好开心。"

章翎转头看他，"开心什么？"

蒋赟说："看着书墨，我好像，一点遗憾也没有了。"

　　章翎明白了他的意思，笑着说："所以，你是幸运小蒋，他就是幸运小李。"

　　蒋赟没再说话，这世上有许多不幸的事，也会有许多不幸的人，比如李书墨，比如曾经的他自己。但他记得章翎说过的话，幸运值这种东西其实很公平，每个人是一样的，这里少你了，那里就会多给你。

　　蒋赟搂紧章翎的肩，心里只希望，这世上，幸运的孩子能再多一些吧。